盛世帝王妃 3

SHENGSHI
DIWANGFEI

上册

我欲与君长相知

JIEYU
WORKS

解语 著

新世界出版社
NEW WORLD PRESS

图书在版编目（CIP）数据

盛世帝王妃. 3, 我欲与君长相知 / 解语著. -- 北京 : 新世界出版社, 2020.3
ISBN 978-7-5104-6991-6

Ⅰ. ①盛… Ⅱ. ①解… Ⅲ. ①长篇小说－中国－当代 Ⅳ. ①I247.5

中国版本图书馆CIP数据核字(2019)第293661号

盛世帝王妃3：我欲与君长相知

作　　者：解　语
责任编辑：冀　晖
责任印制：王宝根
出版发行：新世界出版社
社　　址：北京西城区百万庄大街24号（100037）
发 行 部：（010）6899 5968　　（010）6899 8733（传真）
总 编 室：（010）6899 5424　　（010）6832 6679（传真）
http：//www.nwp.cn
http：//www.nwp.com.cn
版 权 部：+8610 6899 6306
版权部电子信箱：nwpcd@sina.com
印　　刷：大厂回族自治县德诚印务有限公司
经　　销：新华书店
开　　本：710mm×980mm　1/16
字　　数：1100千字　　印张：54.25
版　　次：2020年3月第1版　2020年3月第1次印刷
书　　号：ISBN 978-7-5104-6991-6
定　　价：99元（全三册）

盛世帝王妃 3

SHENGSHI DIWANGFEI

目录［上］

盛世帝王妃 3

SHENGSHI DIWANGFEI

目录［中］

盛世帝王妃 ③

SHENGSHI DIWANGFEI

目录［下］

第一章 桃夭

这个消息八百里加急送到扬州时，东方溯正陪着慕千雪游秦淮河。

东方溯也猜不出罗寂背后那人的身份，只隐约感觉到与西楚或齐国有关，毕竟整个中原有能力与北周对抗的，只有这两个国家。

慕千雪看过金陵送来的信后，轻声道："臣妾现在就去让他们收拾东西，准备回京。"

"线索已经断了，朕回去也无济于事，就让张卿去追查吧，他的能力你是清楚的，如果连他也查不出眉目，那就真是没法子了。"

慕千雪螓首轻点："那陛下打算何时回京？"

东方溯似笑非笑地看着她："怎么，你急着回京吗？"

"臣妾倒是还好，就是怕陛下惦记朝中之事，毕竟出来这么久了。"慕千雪垂手轻轻地拨弄着船外的河水，一圈圈涟漪顺着她纤白的手向外扩散。

"连那么大的事都被张卿压下来了，朕还有什么不放心的。再说，老九不是也回去了吗？"说到这里，他感慨道，"说起这个，朕真的要好好谢谢你，给朕带来这么一位贤才！"

慕千雪抿唇一笑，打趣道："陛下不担心他别有居心？"

"你啊！"东方溯刮一刮她的脸颊，眼中尽是笑意，"就知道寻朕的开心，真要怀疑，就不会让他辅政了。为了这事，朕可没少听牢骚！"

无论张启凌的能力如何出众，但他始终是外族人，平日里让他参政议政也就算了，因为毕竟没有实权。然而辅政不同，等于手握半壁江山，只要张启凌稍稍生出一点儿异心，就可以将北周搅得天翻地覆，难怪那些老臣子放心不下。

慕千雪看了一眼从旁边驶过的画舫，笑语道："那陛下打算何时回京？"

"再过一阵子吧，难得出来一趟，朕想陪你和倾心他们好好逛一逛扬州。"东方溯拉起她一直浸在河水中的纤手，一边仔细擦干上面的水渍一边轻斥道，"咳嗽才刚好一些，就这样戏水，万一受凉怎么办。前两天才刚刚下过雪，这河水最是冰凉不过。"

慕千雪被他说得一阵好笑："就是稍稍沾些水罢了，臣妾又不是纸人，哪有这么夸张。"

东方溯不由分说道："总之你好好坐着，不许再碰水，一丁点儿都不许。"

慕千雪知道他是紧张自己，语带笑音道："好好好，臣妾谨遵陛下圣旨。"话音刚落，就看到一只用纸折成的小船随水摇摇晃晃地来到他们船边，纸船上还写着几行字。

慕千雪刚要伸手去取，就听到一声咳嗽，她知道这是东方溯的"警告"，只得无奈地收回手："能否请陛下为臣妾取一下水中的纸船？"

东方溯忍着笑道："当然。"

慕千雪接过他递来的纸船，仔细拆开，这纸船虽在水里浸了一阵子，但纸质极为坚韧，纸上那一行行字没有丝毫化开的痕迹。

纸船被拆开后，一首完整的诗文出现在慕千雪眼前，随即轻声吟诵："桃之夭夭，灼灼其华。之子于归，宜其室家。桃之夭夭，有蕡其实。之子于归，宜其家室。桃之夭夭，其叶蓁蓁。之子于归，宜其家人。"

在念到最后一个字时，慕千雪心中一动，往停在不远处的画舫望去，一个轻纱遮面的女子正悄悄望着他们这边，在碰到慕千雪的目光时，赶紧转过头去。

东方溯没留意到这个，随口道："这是诗经里的《桃夭》，看来这扬州是一个诗词盛行之地。"

听到这话，慕千雪掩唇一笑："陛下既知是《桃夭》，想来当知其意。"

"当然，这首诗出自周代，在商周时期，姑娘一般都会选择在春光明媚桃花盛开的时候出嫁，故而以桃花起兴为诗，祝贺姑娘出嫁，也类似于'催妆曲'。"

"这首诗字迹娟秀，用的又是绍兴粉笺，必是出自一位姑娘之手。"

"那又如何？"见东方溯还没往心里去，慕千雪忍着笑道："那陛下就不奇怪，这河里为什么会无缘无故突然飘来一艘写着《桃夭》的纸船吗？"

"江南本就是诗词盛行之地，写几首诗折成船放入河中再寻常不过，有什么好奇怪的，倒是你……"东方溯疑惑地打量着她道，"打从看到这纸船起，就一直古古怪怪的，怎么了？”

慕千雪正要说话，一艘画舫往他们这边靠过来，两艘船离着还有小半丈距离，倾心就迫不及待地往这边跳，张进赶紧拉住她，慌声道：“我的小祖宗，您慢点儿，这大冷天的万一掉水里，非得去掉半条命不可。”

“才不会呢。”倾心扮了个鬼脸，笑嘻嘻地朝张开双臂的东方溯扑去，开心地唤了声“爹爹”。

东方溯宠溺地抱着她：“都游完了？”

“嗯，不过就一些船，驶来驶去的没什么意思。大哥说今儿是正月十五，晚上这里有灯会，很热闹的，还能够猜灯谜，可好玩了。”说着，倾心搂着他的脖子撒娇道，“爹爹，我们晚上再来玩好不好？”

东方溯点一点她小巧的鼻子，笑道：“咱们的小公主开了口，当然好。”

倾心高兴地拍手：“多谢爹爹，爹爹最好了。”

慕千雪摇头道：“你啊，整日就想着玩，之前让你背的千字文会了吗？”

“还……还差一些。”倾心不自在地回答着，她怕慕千雪再问，赶紧转移话题，“娘亲，你手里拿着什么啊，我看看。”

没等慕千雪说话，她已经从东方溯怀里滑下，取过那张粉笺一个字一个字地念着，纸上的字并不复杂，很快就念了一遍，但她并不明白诗里的意思，转头问一旁的予瑾道：“三哥，这是什么意思啊？”

“我知道！”予瑾得意道，“这首诗是以桃花比喻姑娘，说姑娘争着盼着出嫁，将来必能宜家宜室，还能早生贵子，后嗣兴旺！”说到这里，他瞅了予恒一眼，捂着嘴笑个不停。

倾心眨着两丸黑水银似的眼睛，好奇道：“三哥你笑什么？”

“你知道我怎么会知道这首诗的意思吗？”予瑾朝予恒努一努嘴，“都是因为大哥呢。”

“大哥？”倾心听得一头雾水，“为什么啊？”

予恒脸庞一红，尴尬地瞪了予瑾道：“不许在倾心面前胡说。”

予瑾扮了鬼脸：“才没有呢，就是因为你。”

慕千雪听着他们你一言我一语，好笑道：“到底怎么一回事？”

予瑾忍着笑道：“姨娘您是不知道，这一路过来，好几个姑娘给大哥塞信笺呢，其中一张信笺上写的就是这首《桃夭》。”

东方溯惊讶道："竟有这样的事？"

"父亲别听他胡说，那就是别人随便写的一首诗，正好……正好被风吹到我手里。"予恒面色通红地解释着。

慕千雪似笑非笑道："那怎么风没吹到我这里？"说着，她仔细打量着身形颀长的予恒，笑道："姨娘差点儿忘了，你已经长成一个翩翩少年郎了，难怪姑娘爱慕。看来这趟回去，得替你留意起来了。"

予恒被她说得面红耳赤："姨娘您就别取笑我了，真没那回事，再说……我也不急，我……"他越说越尴尬，不知该怎么接下去，眼角余光看到倾心拿在手里的那张花笺，眼睛顿时一亮，赶紧道，"姨娘不也凑巧收到了吗？"

慕千雪抿唇笑道："我是收到了，但不是凑巧。"

她这么一说，东方溯也想起来了："对了，千雪你还没有说，为什么会有这么一艘纸船。"

慕千雪指一指停在不远处的一艘画舫，笑道："这艘画舫一直跟在咱们旁边转悠，里面坐着的又是一位年轻姑娘，爷可有想到什么？"

予瑾眼珠子滴溜溜转着，突然兴奋道："我知道了，那位姑娘一定是喜欢上父亲了！"

东方溯心里也猜到了几分，只是不便说出口，结果被予瑾一语给捅破了，顿时一阵尴尬，借咳嗽掩饰道："不许胡说。"

予瑾不服气道："我才没有胡说呢，先生说过，《桃夭》就是一首女子示爱的诗，她一定是看上父亲了。"

东方溯屈指在他额头重重弹了一下："就你话最多。"

予瑾委屈地抚着额头，不敢再说话，这个时候，倾心双手叉腰，气呼呼地对船夫道："把船开到那艘画舫旁边去。"

予恒疑惑道："你要做什么？"

"她明明看到娘亲也在船上，还敢喜欢父亲，好生讨厌。"倾心生得玉雪粉嫩，哪怕是生气的样子，也十分可爱。

"所以你打算去说人家？"

"嗯！"倾心用力点头，"那么坏的人，我一定要好好说说她，看她以后还敢不敢！"话音未落，便被予恒凌空抱了起来："咱们不理她就是了，费那劲做什么，又不认识。"

“不行，我不能由着她欺负娘亲，放我下来。”倾心一边说一边挣扎着要跳下来。

“予恒说得对，不理会就是了，回去吧。”见慕千雪发了话，倾心不敢违背，只能暗中用力揪着予恒的头发，予恒知道她是借此发泄心中的不满，只得苦笑着忍受。

看到他们的船离去，画舫中的女子露出失望之色，旁边一个梳着双鬟的丫鬟生气地道：“难得小姐肯垂青于他，竟然这般不知好歹，可恼。”

另一个丫鬟附声道：“就是，扬州城里不知多少世家公子一掷千金，只为博小姐一笑，他可倒好，连招呼也不来打一声，实在无礼。”说着，她又道，“小姐，要不要去查查他住在何处？”

“不必了。”女子摇头，黯然道，“他既无心，就不要勉强了。而且……”她远远望着东方溯一行，低声道：“看刚才的样子，他怕是已经有了家室。”

“有家室又怎么了，三妻四妾再正常不过。”丫鬟不以为然地说着，“小姐就是考虑得太多，生生拘束了自己，要奴婢说，自己过得好才是最要紧的，您总不能一辈子待在那里，奴婢瞧着柳嬷嬷已经有些不耐烦了，怕是忍不了多久了。”

女子面色一沉，冷冷道：“我不愿意的，谁也逼迫不了，她也不例外。”

“可是……”丫鬟还想再劝，女子已是打断道：“别说这些了，走吧。”

两个丫鬟跟随她多年，深知她的性情，无奈地相视一眼，命船夫往岸边驶去，这一场秦淮河上的相逢，随着河水的平静归于无形……

唯有女子知道，她会在很长一段时间里，记住那名丰神俊朗的男子……

扬州一直都是一个富庶之地，有鱼米之乡的美称，而每一年的正月十五，是扬州最热闹的日子，到处张灯结彩，人声鼎沸。

上万盏水灯被投放到秦淮河中，与灯火辉煌的上百艘画舫相映成辉，将整个秦淮河照得流光溢彩。更有歌女舞姬，在画舫上载歌载舞，引得岸上百姓驻足观望。

东方溯带着倾心他们漫步在岸边，望着繁华到让人目不暇接的秦淮河，感慨道：“难怪有人说秦淮灯彩甲天下，果然一点儿不假，要比金陵热闹多了。”

慕千雪微笑道：“是啊，妾身也是头一回看到这么热闹的灯会，怕是整个扬州的人都来了。”

五光十色的彩光只是整个灯会中的一小部分，还有耍龙灯、耍狮子、踩高跷、打太平鼓，各色各样，看得人眼花缭乱。

予恒几个兴奋地看着四周，眼睛都不舍得眨，对于自幼在皇宫中长大的他们来说，这里的每一样东西都是那么稀奇好看。

“大哥，你们看，好大的灯台啊，快去看看！”倾心兴奋地尖叫着，在离他们不远的地方，有一座鳌形的高台，上面悬挂着数百盏花灯，许多人都围在那里。

灯台那里已经围了许多人，一个个盯着徐徐旋转的花灯，或是苦思冥想，或是会意一笑，上前取下张贴在彩灯上的纸，乐呵呵地写上几个字，然后交给负责看守灯台的人，换来一盏精巧的彩灯。

倾心不解道：“大哥，他们在做什么？”

予瑾抢先道：“我知道，他们是在猜灯谜，猜对了就可以把相应的彩灯拿走。”

他的话被旁边一个人听到，笑道：“这位小哥说得没错，就是猜灯谜，你们要不要来试试？不过有一个规矩，一旦错了，就不能再继续，你们可以从简单的开始，外面最简单，越往里面越难。”

倾心仰头看向予恒，满脸期望，予恒知道她的意思，笑道：“说吧，要哪一盏。”

“大哥最好了！”倾心开心地拍着手，随即指着最当中的一盏彩灯，上面绘着嫦娥奔月的图案，“我要这一盏。”

予瑾撇一撇嘴：“你这丫头倒是真不客气，一上来就要最好的，万一猜不到怎么办？”

倾心得意地扬起小下巴：“才不会呢，大哥最厉害了！”

“你啊。”予恒捏一捏她雪白粉嫩的脸颊，笑道，“就知道给我出难题。行了，我尽力吧，真要猜不到，你可不许哭鼻子。”

“好。”倾心一本正经地点头，那可爱的样子看得予恒为之一笑，随即上前取下花灯上的纸条。

他的举动引来众人侧目，正中心那盏彩灯足有半人高，精巧绝伦，谁见了都喜欢，可始终没有人去动，就是因为上面的谜题太难，偏偏这里的规矩又是一旦猜错就不能继续，这会儿看到有人挑战这个毫无头绪的谜题，且还是一个少年郎，自是来了兴趣。

“一钩新月挂西楼。”予瑾探头顺着纸上的字念着，疑惑地挠着头，“大哥，这是什么意思？”

“无言独上西楼，月如钩。寂寞梧桐深院锁清秋。这是南唐末主李煜的《相见欢》，这道灯谜应该就是由此而来。”予恒话音刚落，适才给他们讲解规则的人便竖起了大拇指，“小哥说得不错，就是出自《相见欢》，接下来就看小哥能否猜出谜底了。”说着，他竖起一根手指，笑眯眯道，“记着，只打一个字，以一炷香为限。”

予瑾捧着脑袋看夜空中又大又圆的月亮，随即又看看灯笼，不知在想些什么，半晌，他犹豫道：“大哥，会不会是‘眉’字？”

予恒淡淡道：“理由呢？”

予瑾似得了鼓励，提振了精神道：“你看这嫦娥，两道眉毛又细又弯，像极了一钩新月，肯定是眉字没错。”

予恒还没说话，旁边已经有人笑道：“这个眉字早有人猜过了，错的。”

听到这话，予瑾顿时像被霜打蔫了的茄子，垂头丧气，东方溯也在人群中，看了一眼正在低头苦思的予恒，转头看向身边的慕千雪：“如何，你这位女军师可有猜出来？”

“猜到一个，就是不知道对错。”听到这话，东方溯轻笑道：“要是连你也猜不到，可就真成千古之谜了。”

慕千雪好笑道：“您就喜欢拿妾身来开玩笑。”顿一顿，她问道，“七爷想妾身提醒予恒？”

“不，让他自己猜，咱们……”东方溯做了一个噤声的手势，“只看不说。”

那厢，炉中的香已经烧得只剩下短短一截，予恒始终没有说话，倾心用力绞着手指，紧张道：“大哥加油！大哥加油！”

香渐渐烧到了底部，在勉强挣扎了几下后，火光熄了下去，看守灯台的人有些可惜地望着眉头紧皱的予恒：“请这位公子在十声内回来，十、九、八、七、六……”

在他看来，予恒已经输了，事实上，这个谜语已经整整三年没有人猜出来了，相信今年也不例外。

“四、三、二……”

“禾！”予恒突然说出这个字，令守灯者愣在了那里，半晌方才回过神来：“为什么猜这个字？”

“一钩新月挂西楼，新月如眉，同样亦形如‘丿’，而‘西楼’，上北下南，左西右东，从字体结构来说，‘楼’字的西侧为木，‘丿’加‘木’，正是‘禾’字。”予恒的话条理分明，令人一听就懂。但这个灯谜却是再刁钻不过，否则也不至于三年来都没人猜对。

听完予恒的解释，守灯者露出一抹笑容：“恭喜公子，您猜对了！”

倾心接过和她个头差不多大的彩灯，献宝似的地跑到东方溯面前：“爹爹您看，这是大哥给我赢来的彩灯，好看吗？”

东方溯抚着她的头，笑言道：“很好看。”

得了东方溯的称赞，倾心笑得更加开心，爱不释手地提着灯笼，之后予恒又猜到了几个，都对了，离开时一人手里提着一个彩灯，连张进他们几个也不例外。

“娘，那是什么？”倾心一脸好奇地指着一处搭着白布的台子问着，布后有一个个薄薄的人影，仿佛是用纸剪成的，很是精致。

慕千雪顺着她手指的方向看去，微笑道：“那是皮影戏。”

“皮影戏？”倾心重复一遍她的话，茫然道，“那是什么？唱戏吗？”

“张灯走戏调翻新，顾影徘徊却逼真，环佩姗姗莲步稳，帐前活见李夫人。”慕千雪娓娓解释道，“相传，在汉武帝时期，有一位甚得恩宠的妃子，名为李夫人。她过世后，汉武帝对她日夜思念，遂命一位宫女穿上李夫人生前的衣裳在月光下翩翩起舞。汉武帝则望着宫女投在地上的影子，一解相思之苦。后人由此得了灵感，用兽皮或者纸板做成人或物的样子，在幕布后操纵。这也就是皮影戏的由来。”

倾心似懂非懂地点点头，随即认真地看了起来，台上演的一出《孙悟空三打白骨精》，配着唱曲与乐声，栩栩如生，看得台下众人目不转睛。

待得一出演完，倾心依依不舍道：“娘，这里可真好玩，明年元宵，我们再来这里好不好？”

慕千雪抚着她粉嫩的脸颊，笑道：“这个娘可做不了主，得问你爹爹。”

“爹爹……”倾心可怜兮兮地看着东方溯，予恒二人虽然没有说话，但看得出是一样的心思。

东方溯颔首道：“好，咱们明年再来。”

“谢谢爹爹！”倾心开心地直拍手，笑得眼睛弯成了两个小小的月牙，“爹爹最好了。”

这个时候，前面传来锣鼓的声音，人群一阵骚动，继而疯狂地往前面涌去，予瑾没来得及避让，被撞得险些摔在地上。

予恒拉住一个人，道：“这位大哥，你们这么急是要去哪里？”

那人不耐烦道：“冯家小姐抛绣球的时间到了，都赶着去抢绣球呢，赶紧放手，去晚了就抢不到好位置了。”

予瑾一边揉着被撞疼的肩膀一边道：“为什么要抢绣球？”

那人神情古怪地打量着他们：“你们是从外地来的吧？”

“我们昨日才刚到的扬州。”听到予恒的回答，那人恍然道，“那就难怪了，连冯家小姐也不知道。”

倾心眨着黑白分明的眼睛，仰头道：“冯家小姐是谁啊，很有名吗？”

那人得意地笑道：“何止有名，在咱们扬州城里简直是无人不知无人不晓。”

东方溯若有所思道：“你说的冯家，可是盐商冯立？”

那人连连点头：“没错，就是这位冯老爷，不过他在咱们这里可不叫冯立，叫冯百万。”

东方溯眼底闪过一丝冷光，淡然道：“看来这位冯老爷很是有钱。”

那人啧啧道：“何止有钱，简直是家财万贯，我告诉你们，说他是咱们扬州城的第一富商也不为过。”

予瑾不以为然道：“不就是一个卖盐的嘛，能有多少钱。”

那人一掌拍在他脑袋上，鄙夷道：“你一个小毛孩懂什么，我告诉你，在这扬州城里，没一个生意比卖盐更赚钱的了。”

予瑾哪里被人这样打过脑袋，气呼呼道：“大胆刁民，放肆！”

“哟，年纪不大，脾气倒是不小，要不得。”那人一边说着一边又往予瑾脑袋上拍了一下，气得予瑾跳了起来，指了他大声道：“刁民，我要砍了你的头！”

予瑾身为皇子，自幼身居上位，平日里察觉不出什么，这会儿生气起来，顿时散发出一股无形的气势，令那人惊疑不定。

予恒怕露了破绽，连忙上前打圆场：“这位大哥，你别听他胡说，他就喜欢学戏里的人说话。”

那人恍然道：“原来是这样，我说怎么动不动就刁民、砍头，不知道的还以为是哪位王孙公子呢。”

予恒尴尬地笑一笑，赶紧转移话题：“对了，那位冯小姐抛绣球做什么？”

“招亲啊，谁抢到绣球，谁就是冯家的乘龙快婿。”

予恒拧眉道：“既然冯家这么有钱，为什么还要抛绣球招亲，万一招到个不好的，可怎么办？”

“我知道了！”予瑾插话道，“一定是那个冯小姐长得很丑，没人敢娶她。”

“这你可就错了。”那人呵呵笑道，“冯家家财万贯，就算冯小姐长得丑如母猪，也有无数人争着抢着娶她。”

予瑾不屑地撇一撇嘴，随即道：“那到底是怎么一回事？”

那人倒也没卖关子，将这位冯家小姐的情况如实说了一遍。

原来这位冯家小姐不仅不丑，还貌美如花，才高八斗，但也正因为这样，养成了她心高气傲的性子，誓要嫁人中之龙。

打从她十四岁开始，就不断有媒婆上门，冯家的大门都快被踏破了，但没有一人能入这位冯小姐的眼。不是这个尖嘴猴腮，就是那个一肚草包，好不容易找到一个俊朗又有才学的，想着总能满意了吧，不，她又嫌人家太矮。

挑了六年，没有一个能入冯小姐的眼，到后面，没人去冯家做媒了，为什么？因为去一次被贬低一次，谁还敢去自讨没趣啊。

春去秋来，这冯家姑娘的年纪也就越来越大了，到了今年，已是二十岁了，这要是再不嫁出去，可就真成老姑娘了。

冯老爷天天劝着，可冯小姐就是不肯降低要求，气得他吹胡子瞪眼。在又一次劝说无果后，他一怒之下，决定正月十五元霄灯会之日抛绣球招亲。

只要能抢到绣球又没有成亲的，无论贫富贵贱，无论高矮胖瘦，一律招为冯家的乘龙快婿。换而言之，就算是个乞丐也无所谓。

这个消息一传开，整个扬州城都为之沸腾，冯百万膝下无子，只得一女，谁娶了冯小姐，就等于继承了冯家的万贯家财。

“好了，都告诉你们了，我得赶紧过去，否则抢不到了。”听到这话，予恒面色顿时变得古怪起来，吞吞吐吐道：“那你……还没成亲吗？”

“成亲了，孩子都有两个了。”那人倒是答得爽快，丝毫没有隐瞒的意思。

“那你怎么还去抢绣球？”

那人嘿嘿一笑：“抢一下而已，又不犯法，万一真抢到了，冯小姐又中意我，愿意下嫁，那就娶作平妻，两全其美。”说着，他急急道，“好了好了，我该走了，你们要是有兴趣，也可以过去看热闹。”

倾心朝那人的背影做了个鬼脸：“那么贪心，才不会有人看上你呢。”

予瑾还记着他拍自己脑袋的仇：“对，也不看看自己长什么样，冯小姐要招亲，也招大哥那样的。”

“就是就是，大哥长得可比他好看多了，学问也好，除非冯小姐眼瞎了，不然肯定选大哥。”

予恒被他们说得哭笑不得：“你们两个，扯我做什么，好了，走吧。”

“不要，我要去看热闹。”倾心摇着东方溯的手撒娇，“爹爹，那边多热闹啊，我们去看看好不好，我还从来没见过抛绣球招亲呢。”

“你啊，哪里都有你的份儿！”东方溯无奈地摇摇头，对慕千雪道：“左右也没什么事，就去看看吧。”说着，他看了予恒一眼，打趣道，“说不定还真给咱们看出一个儿媳妇来。”

予恒涨红了脸，别扭道：“父亲总帮着他们取笑儿子，儿子现在只想多学一些东西，好为父亲分担，别的事情……从来没想过。”

东方溯笑道：“为父知道你懂事，不过你年纪渐长，这件事确实该留意起来了，不过……”他望着不远处围聚的人群，淡淡道，“这个冯小姐配不上你。”

倾心不解道：“为什么？不是说冯家小姐才貌双全、名动扬州吗？”

东方溯笑刮着她小巧的鼻子：“你这妮子，就这么想给你大哥找媳妇吗？”

倾心乌溜溜的眼珠在予恒身上转了一圈，笑嘻嘻道：“那倒没有，就是觉得大哥这么喜欢扬州，带一个扬州姑娘回金陵，可不正好吗？”

予恒被她说得满面通红，窘迫地瞪了她道：“再胡闹，下次你脚痛的时候，我就不背你了。”

倾心吐一吐舌头，转头朝东方溯道：“爹爹你看，大哥欺负我。”

予瑾最喜欢挤对倾心，当然不会放过这个机会，一脸鄙夷道：“恶人先告状，明明就是你先乱点鸳鸯谱的。”

倾心鼓着腮帮子，气呼呼道：“我哪有乱点，才貌双全，家世也不错，配大哥不是正好吗？”

予瑾嗤笑道：“你还真好意思说，那冯小姐都多大年纪了，让大哥娶她，那不是老牛吃嫩草吗？”

倾心一愣，悄悄掰着手指头算了一下，发现果然大了许多，但还是嘴硬道：“就是稍微大了几岁，又没什么。”

“什么几岁，是整整差了六岁好不好，你要当红娘，好歹找个靠谱些的，刚才父亲也说不合适了。”

倾心一时反驳不上来，气得直跺脚：“哼，不和你说了。”

慕千雪好笑道：“你们两个啊，一找到机会就斗嘴，就不能歇一歇嘛。”

“才没有呢，是他故意找茬儿，娘亲……”

“好了。”慕千雪捏一捏她粉嫩的脸颊，轻斥道，“你什么性子，为娘还会不知道吗？也就予恒老实，由着你欺负。”不等倾心反驳，她又道，“不过这个冯小姐确实不合适。”

倾心捂着脸颊，嘟囔道：“我就是随口说说嘛，又不是真的要大哥娶她，毕竟那年纪……”

“年纪不是最大的问题，娶妻娶贤，尤其是咱们这样的人家，更要注重品性才德。这位冯小姐眼高于顶，对他人诸多挑剔，断然不是予恒的良配。”慕千雪娓娓说着，随即对予恒道，“你已差不多到了适婚的年纪，一定要好生记着这一点。贤妻可助你成就功业，反之则会害了你。”

予恒闻言，连忙拱手道：“予恒谨记姨娘的教诲。”说着，他脸庞微红，轻声道，“予恒的婚事，全凭父亲与姨娘安排。”

慕千雪欣然颔首：“姨娘一定会帮着你母亲为你选一位最贤良淑德的女子。”予恒虽然不是她的亲生儿子，但她对予恒的关爱并不比对予怀和倾心少。

东方溯道：“你姨娘说得在理，一定要谨记，切不要一时冲动，毁了自己一辈子。”

“儿子知道。”说着，予恒朝慕千雪长揖一礼，感激道，“多谢姨娘教诲。”

听着他们在那里你一言我一语，倾心急得不行，瞅见这会儿有空，赶紧插话道：“娘，我们快过去吧，不然要来不及了。”

东方溯在她光洁的额头上弹了一下，笑道：“怎么，还想着当红娘啊？”

“好疼。”倾心捂着额头满脸委屈道，“都被您和娘亲训成这个样子了，哪里还敢，就是想去看看热闹而已。”她眨一眨不知什么时候盈满了眼泪的双眼，泫然欲泣道，“爹爹不会连这个小小的要求都不肯满足吧？”

“你这张小嘴，没理都能被你说成有理。”东方溯一把将她抱起，“好了，就依你的意思，咱们看热闹去。”

“好啊，爹爹最好了。”倾心高兴不已，像个小猴子一样，心满意足地挂在东方溯身上，至于她眼里的泪水早就消失得无影无踪。

慕千雪无奈地摇摇头：“七爷您再这样宠着她，当心把她给宠坏了。”

东方溯笑道：“她是咱们的女儿，当然就该宠着，走吧。”

一行数人来到绣台前，那里已经被里三层外三层围得水泄不通，根本挤不进去，只能站在最外面。

等了一会儿始终不见冯家小姐出来，人群渐渐开始骚动起来，嚷着让那冯小姐赶紧扔绣球。

予恒怕东方溯抱久了吃力，道：“父亲，您抱了心儿这么久，想必也累了，我来抱一会儿吧。”倾心年纪太小，若是不抱着，根本看不到台上的情况。

东方溯点点头，将倾心交给予恒，这丫头比那些要抢绣球的人还要紧张，目不转睛地盯着绣台。

予恒好笑地刮着她的脸颊，打趣道：“我看你对冯小姐倒是十二分的关心，干脆把她嫁给你吧。”

“不许再碰我的脸。”倾心拍开他的手，嘟囔道，“刚才被爹爹和娘亲又捏又敲的，这会儿还疼着呢。”说着，她攥着粉嫩嫩的拳打在予恒胸口上，气呼呼道，“都怪你都怪你！”

予瑾在一旁翻白眼：“又开始欺负人了。”

倾心耳尖，听到他的话，板着小脸道：“谁欺负人了？”

予恒怕他们又争起来，赶紧抱着倾心往旁边走了几步：“好好好，都怪我，还请公主殿下大人有大量，别跟我们一般计较。”旁边的人都一门心思盯着台上，再加上他又是玩笑的语气，倒也不怕露了身份。

倾心抬起小小的下巴，高傲道：“好吧，看在大哥的份儿上，就不跟你计较了。”

予瑾正要说话，看到予恒使来的眼色，只得将已经到嘴边的话咽了下去：“哼，好男不跟女斗！”

倾心吐一吐小舌头，毫不示弱道：“好女不跟男斗才对！”

予恒听得连连摇头：“你们两个简直是前世的冤家，否则怎么一见面就斗得你死我活。”

倾心还想要说话，耳边传来旁人兴奋的声音：“快看快看！冯小姐出来了，好美啊！好像天仙一样，我从没见过这么美的女子！”

第二章　强嫁

一听这话，倾心赶紧抬头看去，果见绣台上站着一名身着朱红锦衣的女子，华衣罗裳，珠翠环绕，贵气无比。

灯光繁华，映照出冯小姐明媚动人的脸庞，虽说冷着一张脸没什么笑容，但还是看得底下一众男子热血沸腾，只有倾心撇着小嘴道："我还以为是什么绝世美人呢，原来不过如此，还真是配不上大哥。"

旁边一人听到倾心的话，不乐意道："你一个小姑娘懂什么叫绝世美人吗，去去去，别在这里捣乱。"

倾心不高兴道："我当然懂，我娘亲就是绝世美人，倾国倾城。"

这话引得旁边那几个哄堂大笑，最先说话的那个人笑得最厉害，气得倾心挥舞着小拳头道："笑什么笑，有什么好笑的，都不许笑！"

有人抹着笑出来的眼泪道："小姑娘，你娘有多大了，三十还是四十？都一把年纪徐娘半老了，还说什么绝世美人、倾国倾城，可不好笑吗？"

倾心虽然听不懂"徐娘半老"的意思，但怎么着也猜到那不是个好词，生气道："我娘就是天底下最美的人，比这个冯小姐不知美了多少倍。倒是你们，一个个那么大的人了，随便看到一个女的就喊着美人美人，也不怕被人笑话。"

这话又引来一阵大笑，其中一人道："小姑娘嘴皮子倒是挺溜，既是这样，把你娘叫出来让我们大家伙看看，是不是真有那么美。"

予恒蹙眉道："不要和他们争了，没意思，咱们看完扔绣球就回去了。"说着，他在倾心耳边低声道，"不要说了，相信姨娘不会希望有人看到她真实的样子，那样太过引人注目了。”

倾心望着被人群挤到另一边的慕千雪，慕千雪脸上的妆容做了手脚，将倾城容色掩藏起来，看上去就像一个普通女子，没有丝毫惊艳之处。

她咬着小小的贝齿，朝那群人道：“哼，本姑娘不跟你们一般见识！”

那群人指了她哈哈笑道：“瞧瞧，说不出来恼羞成怒了。本来就是，一个徐娘半老的人，再美又能美到哪里去，更不要说和年轻姑娘比了。”

“一群井底之蛙！”倾心气呼呼地捂着耳朵，不想再听他们说话。

此时，绣台上，一名年过半百的老者站在冯小姐旁边，低低地不知在说些什么。

慕千雪轻笑道：“他身上的料子与冯小姐一样，都是上等的蜀锦，想必就是冯老爷了。”

东方溯眯着眼睛道：“那料子仅次于进贡，不说寸金寸锦，却也差不多了，冯百万……这个绰号倒是真没取错。”

慕千雪笑意浅浅：“早就听闻盐商富裕，但没想到能够如此富甲一方，端的是能耐，爷可要见一见他？”

东方溯目光清冷似云间漏下的月光，凉声道：“如此能耐之人，我怎么可以错过。”

冯百万并不知道自己已经被人盯上了，这会儿正苦口婆心地劝着身边的女子：“岚儿啊，咱们之前不都说好了吗，怎么这会儿又不愿意了？”

“什么说好了！”冯岚柳眉倒竖，“由始至终我都没答应过，是你非逼着我招亲。爹啊，你是不是老糊涂了，我可是你亲生女儿啊！”

冯百万摇头道：“就因为你是我亲生女儿，才费尽心思地给你找夫婿。”

“这也叫找夫婿？”冯岚嗤笑道，“女儿要找的夫婿是人中之龙，而不是随便嫁一个阿猫阿狗。”

“岚儿啊，你都已经二十了，再这样挑下去，得等到什么时候，三十岁还是四十岁？你想想，媒婆都多久没来咱们家了。你十六七岁那会儿，咱们家可是几乎每天都有人来提亲。”

冯岚面色一僵，不自在道：“那是他们知道配不上我，所以不敢来自取其辱。”

冯百万摇摇头：“总之今日你一定要听我的，抛绣球成亲。”

“不可能！”冯岚一边说着一边把手里的绣球塞给丫鬟，转身准备离去。

冯百万面色一沉，冷喝道：“你要敢离开这里，我明天就把你嫁给门口的乞丐。”

冯岚回过身，难以置信地盯着他："你说什么，把我嫁给一个乞丐？你疯了？"

"对，我被你气疯了，你要是不想沦为乞丐婆的话，就好好扔绣球！"说着，冯百万对一旁的丫鬟道，"把绣球给小姐。"

冯岚死死盯着上好绸缎做成的绣球，半晌，她咬牙道："不抛，有本事你就把我嫁给乞丐！"

"你！"冯百万气得说不出话来，这个时候，管家走过来，在他耳边低语了几句，冯百万眼睛一亮，"在哪里？"

管家伸手指向人群："就在那里。"

冯百万顺着他手指的方向看去，半晌，脸上露出一丝笑容："嗯，确实一表人才，气度不凡，看他那身衣裳，至少十来两纹银，看来家境不错。不过……"他蹙眉道，"这扬州适婚年纪的，我差不多都见了，怎么没见过他，你见过吗？"

"小人也没有见过，应该是从外地来的。"说到这里，管家皱一皱眉，"这个人身边有一个女子，不知道是不是他的妻子，若是的话，这件事怕是有些麻烦。"

冯百万看了一眼，不以为然道："不过是一个姿色平庸的寻常妇人罢了，哪里配得上此人，多半不是。"

"可万一……"

"没有万一。"冯百万冷冷地打断他的话，"我说他没有妻子就是没有，这么简单的事情还需要我教你吗？"

管家神色一凛，赶紧低头道："小人明白，那小人现在去安排。"

在管家离去后，冯百万看向还在耍脾气的冯岚，叹了口气道："好了，别再生气了，爹做的一切都是为了你好。"

冯岚咬着细白的贝齿："既是这样，就赶紧撤了这荒唐的绣台。"

冯百万定定看着她，半晌，他道："你看一个人，若你真不满意，爹拼着不要这张老脸，也撤了这个绣台，这样总行了吧？"

冯岚心中一喜，连忙道："这可是你说的，不许耍赖。"

冯百万狠狠一咬牙："好，一言为定！"

冯岚心里打定主意，看一眼就立刻拒绝，想她冯岚才貌双全，家财万贯，能配得上她的，必得是文武双全满腹经纶的伟岸男子，断然不能将就了。然而当冯岚看清冯百万所指的那个人后，已经到嘴边的那个"不"字，竟是怎么也说不出口。

气宇轩昂，俊伟儒雅，站在人群中犹如鹤立鸡群，目光深邃如星空，只是一眼，便沉溺其中，无法自拔。

冯百万一直在仔细留意冯岚的表情，看到她一直望着那人，心中顿时定了一半：“如何？”

冯岚回过神来，赶紧收回目光，但又忍不住偷偷看了一眼，面庞微红，露出小儿女的娇羞姿态，小声道：“一切全凭爹做主。”

这下子，冯百万心里的大石彻底落了地，揶揄道：“怎么，不反对了？”

冯岚粉面通红，别过脸扭捏道：“不和你说了。”

冯百万大笑道：“好好好，我冯家终于要办喜事了。”说着，他对丫鬟道，“让小姐准备一下，马上开始。”

“慢着！”冯岚忧心忡忡道，“万一他没抢到绣球那可怎么办？”

冯百万神秘地笑道：“你真以为爹会不在意你的终身幸福吗？爹早已经让管家去安排了，你放心，绣球一定会落在他的手上。除他之外，没有第二个人可以接到绣球。”

冯岚放下心来：“多谢爹爹。”

这个时候，底下的人已经等得不耐烦了，催促声一声比一声大，有几个人甚至在下面吹口哨。

冯百万走到绣台前示意众人安静下来：“诸位，今日是我冯家大喜的日子，我冯百万的女儿将会抛绣球招亲，谁抢到绣球又不曾成家，便可以成为我冯家的乘龙快婿。喜堂都已经布置好了，一抢到绣球，就立刻拜堂成亲！”

听到这话，人群顿时再次沸腾起来，有人大声道：“冯家小姐要求这么高，要是我们抢到绣球，但她不满意，那怎么办？”

“我冯百万一言九鼎，只要没成亲，那就可以。”说着，冯百万环视了人群一眼，“还有疑问吗？”

那人满意道：“希望冯老爷不要出尔反尔！”

“当然。”冯百万意味深长地看着人群某一处，随即退入楼阁之中。

人群中，慕千雪若有所思地看着东方溯，东方溯察觉到她的目光，摸一摸脸颊疑惑地问道：“看我做什么？我脸上脏了吗？”

慕千雪笑着摇头：“不仅没脏，还很俊秀呢，谁见了都喜欢。”

东方溯皱一皱眉，不解道：“这是什么意思？”

慕千雪朝绣台努一努嘴，打趣道：“那位冯老爷刚才一直在看这边，怕是看中七爷了。”

东方溯被她说得哭笑不得："你想到哪里去了，这里那么多人，怎么可能是在看我。"

"人固然多，可最出色的莫过于七爷，冯老爷看中爷也是情理之中的事。"

东方溯摇头道："他愿意看中是他的事情，我又没打算抢绣球。"

慕千雪笑道："那冯老爷会很失望的。"

"你这人，倒是替别人可惜起来了。"东方溯好笑道，"怎么，你很希望我去抢绣球吗？"

慕千雪扬眉道："冯小姐年轻貌美又有才情，爷看上她也是情理之中的事。"

东方溯嗅一嗅四周道："谁家的醋坛子倒了，这么大的醋味？"

慕千雪粉面一红，嗔道："胡说，妾身哪有吃醋。"

东方溯笑道："我什么时候说你吃醋了，不打自招了吧。"

慕千雪被他戳穿了心事，又羞又涩，别过脸道："妾身才没有呢。"

"好了。"东方溯揽过她的肩膀，笑言道，"别多想了，我心里除了你之外，再无第二人。"

"可妾身已经三十有余了，不复青春韶华。"在说这句话的时候，慕千雪神色略略有些黯然，虽然东方溯对她一直很好，容颜也不曾有太多的变化，可年纪终归是在增长，心里不可能一点儿芥蒂都没有。

东方溯轻叹一声，握住她冰凉的手，一字一顿道："我不能让你青春长驻、容颜不老，但我会陪着你一起变老。"

慕千雪手指微微一颤，低声道："不会厌烦吗？"

东方溯目光坚定道："不会，因为你是慕千雪，独一无二的慕千雪！不要说一个肤浅无知的冯小姐，就算全天下的女子加在一起，在朕心里也不及你万分之一！"

慕千雪怔怔望着他，不觉含泪，半晌，她粲然一笑，抹去眼角的泪水，哽咽道："陛下真会哄人开心。"

东方溯一脸正色道："每一字每一句都是我的肺腑之言，没有半点儿虚假。"他抬手，抚过慕千雪的脸庞，"卿——朕心藏之，无日忘之！"

听到这句话，刚刚抿去的泪水又渗了出来，慕千雪没有再说话，只是紧紧握着东方溯的手，千言万语尽在不言中。

"准备抛了！准备抛了！"旁人兴奋的声音将二人思绪拉了回来，东方溯笑一笑道："好了，咱们看看这绣球究竟会花落谁家。"

"好。"慕千雪回以一笑，这一刻，她心里再无芥蒂，因为她知道，无论她是青春少艾还是白发苍苍，东方溯都会一如始终。

绣台上，冯岚手捧绣球，踩着金缕绣鞋一步步来到栏杆前，底下的人群已经趋于疯狂，挥舞着双手不停地叫嚷着扔给自己。

冯岚眼底掠过一丝不屑，这些庸俗之辈妄想娶她，简直是不知天高地厚。她目光一转，再次落在东方溯身上，心中既欢喜又失落，矛盾得很。

欢喜她看中的人，稳重自持，不像那些人一样莽撞冲动；失落的是他对自己毫不在意，从刚才到现在，连看也不曾看一眼，反倒是一直瞧着他身边那个姿色寻常的女子。

管家走到冯岚身边，轻声道："一切都已经安排妥当，小姐可以开始了。"

冯岚微一点头，抬高了手中的绣球，尽管心里早就想好了掷往哪边，但还是做出犹疑不定的样子，一会儿往左一会儿往右。

每次绣球到了哪一边，哪一边就会疯狂地往前挤，其他几个地方的人也会像潮水一样拼命涌过来。虽然冯岚看不上底下那些人，但却很享受被人追捧的那种感觉。

如此这般数次后，冯岚终于将绣球抛了出去。这一刻，底下的气氛达到顶点，那些人疯一样地往绣球落下的方向涌去，拼命伸长双手去接绣球。

绣球在空中划过一道优美的弧线，往东方溯的方向落去，东方溯眼中掠过一丝无奈，难道真被千雪说中，冯家小姐想招他为夫婿?

绣球抛得稍稍有些偏，落向旁边一个瘦高男子，瘦高男子狂喜万分，笑得嘴都要裂了，赶紧伸长手去接，只要接到绣球，他就可以从此鱼跃龙门，不仅能过上富裕无忧的日子，还有美娇娘相伴，真是睡着了都要笑醒。

就在瘦高男子手指将要碰触到绣球时，旁边一个男子突然伸手，将抛球拨开，瘦高男子懊恼不已，赶紧就要挤过去，但身边几个人比他更快，全往绣球的方向挤去，根本不给他机会。

绣球在人群中起起落落，每次快有人抢到的时候，总会被人看似无意地破坏，所以一直没人抢到绣球。

冯岚的心也是紧张得要跳出来了，不住祈祷绣球赶紧落在东方溯手里，千万不要被别人抢了去。

看到绣球离这边越来越近，东方溯眉头一皱，正要拉着慕千雪闪避，眼前一花，继而一个东西掉入怀里，低头看去，竟然就是那个绣球。

冯百万安排的人早就在等这一刻，一看到绣球投入东方溯怀中，立刻喊道："接到了！有人接到绣球了！”

冯岚赶紧凝神看去，见到绣球落在东方溯怀里，顿时松了一口气，旁边两个丫鬟笑着行礼：“恭喜小姐，贺喜小姐。”

“多嘴。”冯岚轻斥了一句，不过从她殷红如桃花的脸颊中可以看出，她对东方溯很是满意。

东方溯此刻的心情却是差到了极点，真是越不想什么越来什么，他一把攥起绣球往别处抛去。

看到这一幕，有人欢喜有人惊，喜的是没抢到绣球的那些人，惊的是冯家父女，他们怎么也没想到，东方溯竟会把接到的绣球往外扔。

“抢啊！快抢！”那些人眼睛发红地往绣球扑去，冯百万大急，赶紧朝他安插在人群中的那些人使了个眼色。

“呼！呼呼！”不断有人被撞倒在地，被无数双脚在身上乱踩，疯狂的众人根本听不见他们的呼救，眼里只有那个绣球。

谁抢到绣球，就意味着可以一朝飞上枝头，从此摆脱为一日三餐烦忧的日子。

但每一次那个代表荣华富贵的绣球在眼前时，总会被人有意无意地拨走，留下无尽的懊恼。

绣球于他们，就如镜中花水中月，可望而不可即！

“我们走！”东方溯面色阴沉地看着那个在人群中抛来抛去的绣球，拉着慕千雪往外走去，以他的心思与眼力，怎么可能没看出是有人故意把绣球往他这里扔。

所谓抛绣球招亲，不过是个幌子罢了，早在绣球抛下之前，他们就已经定了要抛给谁，可怜那些妄图靠这个绣球改变命运的人为此争得头破血流。

看到东方溯准备离开，那些人着了急，拼命将绣球往他身边推，眼见东方溯就要挤出人群，其中一人发了狠心，拿头用力撞向快抓到绣球的那个人，然后将绣球挥往东方溯的方向。

绣球受力，快如闪电地往东方溯后背飞去，在绣球快要撞到背后的时候，东方溯头也不回，挥手一拍，再次将绣球挥开。

冯百万在台上看得牙根痒痒，暗骂道：“难得我冯家看上他，竟如此不知好歹，可恶！”

管家就在一旁，听到这话，小声道：“老爷，要不……算了？”

冯百万面色阴晴不定地盯着被抛来抛去的绣球，半晌，他冷声道：“我虽然不喜欢他的态度，但往往这种人才是真正有能耐的。没瞧见也就罢了，既然瞧见了，就一定要做冯家的女婿，由不得他！”说着，他道，“让底下的人使力一些，事后重重有赏。”

“是。”管家应了一声，朝站在人群外面的一个人使了个眼色，那人会意，悄悄将手指扣在唇下，发出三短一长的鸟叫声，这是他们约定的暗号，代表催促。

那些人听到声音，知道自家老爷等得不耐烦了，心急不已，拼命地往东方溯的方向挤去，被拍飞的绣球又重新回到东方溯这边。

这个时候，慕千雪被一个迎面挤过来的人撞了一下，跌倒在地上，东方溯连忙停下脚步，扶了她道：“怎么样，摔疼了吗？”

就在他停下来的这么一会儿工夫，绣球撞进了他的怀里，冯家派去的人怕他再次扔了绣球，不着痕迹地将他围在中间，故作惊讶道：“快看，又是他，看来他就是冯小姐的真命天子。”

东方溯面色阴沉如铁，这么蛮横无理的人家他还是第一回看到，他扶起慕千雪，冷冷道：“我并不想娶冯小姐，再说我已经有妻子了，还给你们。”

面对他递来的绣球，其中一人笑道：“我们又不是冯家的人，给我们做什么，公子还是自己去还绣球吧。”

“没兴趣。”说着，东方溯就要将绣球扔出去，管家快步走过来，笑着行了一礼：“小人是冯家的管家，不知这位爷贵姓？”

“姓方。”

“方爷。”管家笑呵呵地唤了一声，“刚才我们老爷的话，您想必也听到了，谁抢到绣球，谁就是咱们冯家的姑爷，恭喜恭喜！”

“我没兴趣做你们的姑爷，还你。”说着，他就将绣球递过去。

听到这话，旁人在心里怒骂，他们拼了命也抢不到绣球，这位可倒好，抢到了还往外推，真不知该说他傻还是笨。

管家赶紧后退两步，避开他递来的绣球：“方爷别为难小人了，这个小人是万万不敢接的，要是您真不愿意，烦请多走几步，将绣球还给我家老爷！”

东方溯犹豫片刻，点头道：“好，你带路。”

冯百万早已经来到底下等候，瞧见大步走来的东方溯，真是丈人看女婿，越看越满意。虽然还不清楚此人的背景来历，但凭他多年练出来的眼力，可以断定此人绝非池中物。他甚至觉得，就算放眼整个扬州，也不会有比他更出色的人。

“老爷，新姑爷来了。”管家一边说着一边来到冯百万身边，附耳低语，随着他的话，冯百万的脸色渐渐沉了下来："果真不愿？"

"是。"管家小声道，"他刚才就想将绣球还了，小人推说要他亲手还给老爷，这才勉强带了过来，小人看他的意思……怕是很难。"

"知道了。"冯百万不动声色地点点头，朝已经走到近前的东方溯道，"有什么话，咱们进里面说。"

东方溯犹豫片刻，答应了他的要求，虽然他厌恶冯家父女的做法，但也无心让冯家小姐从此沦为笑柄。

绣台下的厅堂虽是临时布置的，但也很是讲究，处处都是富贵气息，厅内摆着一只精致的鎏金香炉，飘出阵阵雾白轻烟，悄无声息地散入厅堂每一个角落里。

"坐。"面对冯百万的示意，东方溯淡然道："不必了，我来，只是为了将绣球还给冯老爷，请您另择佳婿。"

望着被放到桌上的绣球，冯百万也不气恼，微笑道："不知我家小女哪里不好，使得方公子不肯同意这门亲事？"

"我已经有妻室了。"东方溯的回答简单而明了。

冯百万目光一转，落在不曾出声的慕千雪身上："这位吗？"

东方溯温柔睇视着慕千雪："是，我的妻子。"

"她与你并不般配！"一个高傲的声音突然插了进来，循声望去，冯岚不知什么时候走了下来。

冯百万眉头一皱，道："你怎么下来了，快回去。"

"事关女儿终身，女儿当然要在。"说着，冯岚来到东方溯身前，傲然道，"你值得更好的女子。"

东方溯面无表情地看着她："你说的更好，是指自己吗？"

"当然。"冯岚倨傲地扬起下巴，"无论容貌、才情、家世，我冯岚在这扬州城都是第一人，我才是与你最相配的那个人。"

东方溯淡然一笑："你连我是谁都不知道，就说'相配'二字，不觉得可笑吗？再说……"在冯岚渐趋难看的脸色中接着道，"我不知道你是不是扬州城的第一人，但我知道我的妻子，一定是这天底下的第一人，再没有一个女子可以与她相提并论！你——不及她万一！"

冯岚面色一阵白一阵红，自幼听着恭维话长大，后来又有无数青年才俊围绕着她，想尽办法托媒提亲，早已养成了高傲自负的性子，这会儿却被东方溯当面奚落，哪里受得了。要真是一个比她出色的女子也就算了，偏偏是一个姿色平庸毫不起眼的女子，这让她怎么受得了。

半晌，冯岚自牙缝中挤出一句话来：“我哪里不及她？”

东方溯握紧慕千雪的手，丝毫没有顾及冯岚面子的打算：“你应该问哪里及得上她。”

“你！”冯岚满面通红，怒斥道，“你不知好歹！”

东方溯懒得与她多言，对冯百万道：“绣球我还给你了，就此别过。”

“站住！”冯百万唤住意欲离去的东方溯，沉声道，“你当我冯家是什么地方，想来就来，想走就走。”

倾心也在，听到这话眨着黑白分明的眼睛，一脸天真道：“冯家有什么了不起，天底下还没我爹爹去不了的地方呢！”

直到这个时候，冯百万才留意到倾心他们几个的存在，皱眉道：“你爹爹？”

“是啊。”倾心伸出白嫩嫩的小手，指着东方溯道，“那就是我爹爹。”

冯百万脸颊一阵抽搐，他猜到东方溯有妻室，却没想到连孩子都这么大了，这下真是有些麻烦了。

他心里明白，到了这个份儿上，不该再强求，可又不舍得，毕竟那么多年才找到一个他们父女看着都喜欢的人。

许久，他叹了口气，道：“既是这样，那就……”

“你抢了绣球，就必须得娶我！”冯岚的话令冯百万猝不及防，怔怔看着她，半晌才回过神来：“岚儿你……”

“爹。”冯岚打断他的话，“外面那么多人都看着，不出一夜，全扬州的人都会知道他接到了我的绣球，要是不成亲，女儿乃至整个冯家都会沦为扬州城的笑柄。”

冯百万眉头紧紧皱着：“但他已经有妻女，实在有些麻烦。”

“没什么麻烦的。”冯岚高傲道，“让他写一封休书，从此与她们母女断绝往来就是了，顶多我们给些银子。”

“这……”冯百万犹豫不定，休妻弃女无疑是过了，但他又舍不得逆这个宝贝女儿的意。

予恒气愤地指着冯岚道：“你这人怎么这么蛮横无理，哪有逼人休妻的道理。”

冯岚冷笑一声，根本不将他的话放在心上：“你是什么东西，也敢来指责我，他要是不想娶我，刚才就不该抢绣球。”说着，她转头道，“管家，去拿笔墨纸砚来，另外把新姑爷的衣裳拿来，准备拜堂。”

东方溯面色阴沉道：“这绣球怎么落到我手上的，你们心里清楚，我不会娶她的，你们死了这条心吧。”

他毫不留情的拒绝令冯岚红了眼，泪水在眼眶里打转，都说美人泪令英雄气短，可惜她的泪水并不能令东方溯心软。

冯岚见他始终无动于衷，又气又恨，但又狠不下心，只得摇着冯百万的胳膊，泣声道：“爹，他这个样子，女儿……女儿没法做人了。”

“乖女儿别哭，有爹在，断不会让你受委屈。”冯百万心疼地替她拭去泪水，随即将她拉到一边，低声道，“女儿，你真的非他不嫁吗？”

“是！”冯岚毫不犹豫地说出这个字。

“就算他比你年长许多，又曾娶妻生子也没关系吗？”

“女儿一定要嫁他！”冯岚这句话，既是倾慕也有攀比之心，心高气傲如她，万万不能接受自己输给一个无貌无才的乡野村妇。

只是她做梦也想不到，这个所谓的“村妇”是名动天下的璇玑公主，大周皇帝最爱重的慕贵妃！

看到冯岚这个样子，冯百万心疼不已，连连道：“好好好，爹答应你，一定让他娶你。”

听到这话，冯岚破涕为笑：“多谢爹爹。”

冯百万拍一拍她的手，来到东方溯身前，冷声道：“我冯家在扬州城也是有头有脸的，岂容你说不娶就不娶，这个亲……一定要结。”

倾心小手叉着双腰，不高兴地嘟了嘴道：“你好没道理，我爹爹都说得很清楚了，他只钟情娘亲一人，是绝对不会娶你女儿的！”

冯百万正憋着一肚子火，听到倾心这话，面色更加难看，管家在一旁训斥道：“大人说话，哪有你一个小丫头片子插嘴的份儿，一边去。”

予瑾将气得小脸通红的倾心护在身后，冷冷地扫过管家道：“大哥，你有没有听到好大一阵狗叫声？”

别看他平日里总与倾心针锋相对，实则比谁都疼爱这个妹妹，这会儿看到倾心被管家训斥，顿时心头火起。

予恒知道他的意思，忍着笑意，一本正经道：“听到了，有些人好好的人不做，非要去做狗，真是让人不明白。”

“这有什么不明白的，犯贱呗！”说着，予瑾咧嘴一笑，讥声道，“大哥，你说我现在扔根肉骨头，他会不会趴在地上啃啊？”

“这我不知道，不过我记得有句话叫狗改不了……改不了，呃，怎么就想不起来，明明在嘴边，改不了什么来着？”予恒转头问面色难看的管家，“你知道吗？”

“狗改不了吃屎！”管家刚说出口便后悔了，分明是对方设的一个圈套，无奈已经来不及了，予瑾指着他哈哈大笑：“你也承认自己是吃屎狗，哈哈！”

“你们两个……放肆！”管家气得浑身发抖，他是冯家的管家，平日里走出去谁不给他几分面子，何曾受过这样的羞辱。

予恒面色一正，道：“倾心的话并没有错，倒是你，倚仗主人权势欺负一个孩童，说你是狗有什么错！”

“对，你就是狗，汪汪狗，看门狗！”予瑾朝管家扮了个鬼脸，气得管家抬手要打。

“还嫌不够丢脸吗？”冯百万的声音令管家浑身一哆嗦，赶紧收回手退到一旁。

冯百万深吸一口气，盯着东方溯道：“我再问你一遍，答不答应这门亲事？”

“绝无可能！”东方溯毫不犹豫的拒绝令冯百万脸色连变，他还是第一次遇到这么不识抬举的人：“你可知多少人想与我冯家结亲？”

“不知道，也没兴趣知道。”

“那我来告诉你。”冯百万冷冷道，“至少有大半个扬州的人挤破脑袋要当我冯家的乘龙快婿。要不是岚儿看上你，我根本不会与你在这里废话。”

东方溯漠然道：“我们可以走了吗？”

见东方溯软硬不吃，冯百万气得牙根痒痒，半晌，他狠狠一咬牙：“你不肯弃糟糠之妻，可见是一个有情有义的人。也罢，我退一步，你不必休妻，她与岚儿共为平妻，不分大小！”

冯岚一向心高气傲，怎肯与人共享一个丈夫，且还是一个如此“庸俗寻常”的女子，当即不满道：“这不行，我不答应！”

冯百万瞪了她一眼道：“那就不嫁，重新再抛绣球！”

冯岚死命绞着帕子，东方溯是她这么多年唯一看中的男子，实在不舍得就此放弃，但要她做平妻，又实在不甘心。

丫鬟看到她心中的犹豫，目光一转，轻声道：“小姐不妨先答应着，做平妻是一回事情，能做多久又是一回事情，小姐还怕对付不了她吗？”说话间，她感觉到脸颊有些刺痛，转头看到予恒寒厉的目光，顿时心中一慌，有一种被人看穿的感觉，赶紧低下了头，不敢再与之对视。

那厢，冯岚微一咬牙，朝冯百万道："好，一切听从爹爹安排。"

冯百万松了一口气，对东方溯道："这下子你不会再反对了吧？"

东方溯定定看着他，半晌，哂然一笑："你没有听清楚我的话吗？我不会娶你女儿，别说平妻，就算她愿意做侍妾，我也不会娶！"

要是让外面的人听到这话，不知得有多恨东方溯，他们挤破脑袋也得不到的艳福，竟被他如此嫌弃鄙夷。

冯百万没想到他竟如此不知好歹，刚刚有些缓和的面色再次冷了下来，如同山雨来临前的天色，咬牙道："你不要得寸进尺！"

"一直都是你们父女在得寸进尺。"东方溯的耐心已被磨尽，扔下这句话转身离去。

"给我把他拦下！"随着冯百万一声呼喝，早已等候在外面的家丁皆涌了进来，将东方溯他们团团围住。

冯百万负手走到东方溯身前，冷笑道："我说过，冯家不是你想走就走的地方，我告诉你，这门亲事，你想结得结，不想结也得结！"说着，他不由分说道，"来人，替新姑父更衣。"

"是。"两个粗壮的汉子走上来，双手往东方溯肩上搭去，东方溯眼中精光一闪，身形一动，快如闪电地绕到他们身后，等那两个汉子回过神来时，两只修长的手已经分别扣住他们的脖子，动弹不得，而他们……甚至连东方溯的动作都没有看清。

冯百万大惊失色，怎么也没想到东方溯竟有这样的身手，他……究竟是什么人？

东方溯面无表情地盯着他："冯家的霸道，我今日算是见识到了，不过……凭你凭你们冯家，还没资格逼我做不愿意的事。你若再执意相逼，我不介意把事情闹大，到时候冯家会怎么样，我不敢保证。"说着，他松开手，那两名汉子赶紧退开，惊惧地盯着他。

冯百万眼皮狠狠一跳："你这是在威胁我？"

"当然。"东方溯没有丝毫否认的意思，"如果我是你，一定不会那么做。"

冯百万神情阴晴不定地看着他，冯岚按捺不住，尖声道："爹爹，不能答应他，冯家和女儿都丢不起这个脸。"

第三章　三道题

予恒冷冷地看着冯岚，在冯岚有所察觉之前，收回目光在倾心耳边低低说了几句，倾心歪着脑袋想了一会儿，跑到东方溯身边，附耳轻语。

随着她的话，东方溯沉冷的面容露出一丝笑意，揉着倾心的脑袋道："你这个鬼灵精。"

倾心嘻嘻一笑："那爹爹是答应了？"

"可以，不过……要是出了岔子，就把你押在这里。"面对东方溯的话，倾心扮了个鬼脸，娇声道："爹爹才不舍得呢！"

慕千雪好笑道："你们父女俩在说什么悄悄话呢？"

东方溯拍一拍她的手，笑言道："慢慢看戏就是了。"

那厢，倾心来到又气又怒的冯岚面前："我爹爹说了，你毕竟是个姑娘家，他也不想你太难堪，刚才在外面的时候，我听他们说你是扬州第一才女，不如就由我出三道题，只要你能答对其中一道，就算你赢，他娶你为平妻；反之，则是我们赢，必须放我们离去，不得再阻拦。"

"你出题？"冯岚上下打量着倾心，眼里充满了不屑，一个六七岁的女娃儿能出什么像样的题目，必输无疑。

"嗯，你答应吗？"

冯岚没有说话，只是看着东方溯，东方溯知道她的意思，淡然道："心儿所言即我所意。"

冯岚眼底掠过一丝喜色："这可是你说的，不许反悔。"

在东方溯点头后，她按捺着心中的喜意，对倾心道：“好，我答应你，出题吧。”

予恒俯身在倾心耳边说了几句，倾心点点头，对自信满满的冯岚道：“好，你听清楚了。”

倾心负手，老气横秋道：“第一题：一株通天古柏，一块巨石，要怎么修建成一百一十一座庙。”

冯岚没想到第一个问题就如此刁钻，一时愣在那里，待回过神来后连连摇头：“这问题不对，一株树，一块石，怎么可能修建出一百一十一座庙。”说着，她生气地瞪着倾心，“我知道了，你根本就是在胡诌。”

倾心皱一皱可爱的鼻子：“我才不会跟你一样无耻呢，既然是问题，就一定有答案，关键在于你是否能够回答得出。”

予恒冷冷道：“不是号称第一才女吗，连这么简单的问题也回答不出吗？看来名不符实。”

冯岚被他说得挂不住脸，侧头问着旁边的丫鬟，可惜她们也一头雾水，也不知答案。

冯岚绞尽脑汁，始终想不出一石一树要怎么建一百一十一座庙，万般无奈之下，只得僵着脸道：“我想不出，你说吧。”

倾心朝予恒投去一个胜利的眼神，笑道：“一柏树一石头一座庙，合起来不就是一柏一石一座庙吗？”

冯岚恍然，倾心利用谐音给她下了一个圈套，不是一百一十一座庙，而是一座庙，她气愤道：“这算什么答案，这道题不算数。”

予恒冷笑道：“我刚才只当你才名有虚，现在看来又多了一样，那就是脸皮厚，予瑾，你说是不是？”

予瑾一本正经道：“是啊，可比金陵城的城墙厚多了，怕是连火药都炸不穿。大哥，你说这天底下怎么有这样厚脸皮的人，还是个女子。”

看到他们在那里你一言我一语地调侃自己，冯岚气得牙根痒痒，但又无可奈何，毕竟严格说来，她确实没答出。

她心不甘情不愿道：“好，这道题就当我输了，下一道。”

予恒在倾心耳边低声说了几句，倾心对冯岚道：“让人去拿一根绳子、四个铁环和一个铜环来。”

冯岚蹙眉道：“你要这些做什么？”

倾心抬起小下巴："这是第二题要用的东西，你们冯家总不至于连这些东西也拿不出来吧？"

冯岚冷冷看了她一眼，对丫鬟道："去取。"

丫鬟动作很快，不过半炷香的工夫，就将倾心要求的东西备齐了。倾心点点头，分别将五个环串入线中，铜环在正中间，然后让予恒和予瑾一边一个拉着绳索，道："你听好了，第二个问题是，如何在不破坏绳子和五个圆环的情况下，将铜环从绳子上解下来，以一炷香为限。"

冯岚已经领教过倾心问题的刁钻，不敢大意，仔细思索着，但铜环在正中间，任她怎么想，都不可能毫发无损地取下铜环。

她在这边苦苦思索，偏偏倾心还催促个不停，令她根本不能静下心来细想，直至最后一点火光熄灭，也没能想出取下铜环的办法。

倾心拍手笑道："看来你又输了！"

冯岚冷哼一声："我就不相信你可以毫发无损地取下铜环。"

"当然可以。"倾心得意地说着，在众人的注目下，她将绳子两头打结，然后把左边的铁环顺着绳圈移到另一端，将铜环移到绳子结头处，然后解开绳结，取下铜环。正如倾心所言，毫发无损。

冯岚面庞青白交错，指了倾心道："你耍赖！"

倾心一脸无辜道："我哪有耍赖？"

"你并没有说可以打结。"

倾心摊着手道："可我也没说不能打结啊，是你自己没想到，怪得了谁？"

其实这道题的解法很容易，但人往往被固定思维所限，觉得不能动绳子，所以想不到这个解法，冯岚也是一样。

冯岚死死地攥着双手，她怕自己一松手，会忍不住一掌掴下去！这个该死的丫头，出的题目一道比一道刁钻，实在可恨。

"可以开始下一道了吗？"说着，倾心嘻嘻一笑，"两道题目你都错了，这最后一题要是再错，可就要放我们走了。"

冯岚恨恨一跺脚，冷着脸道："说！"

与刚才一样，予恒俯身准备与倾心说话，却被冯百万唤住，阴恻恻道："我要是没猜错，刚才那两道题，应该是出自你之手。先前说得很清楚，由这个小姑娘出题，你这么做，可是犯规了。"

予恒面色一僵，刚才那两道题确实是他悄悄告诉倾心的，毕竟倾心年纪这么小，若无人从旁指点，想要难住冯岚，根本不可能。

冯岚恍然道："我说这两道题怎得如此刁钻，原来是有人在背后指点，你们这般作弊，理应算输！"

倾心被她说得一阵心慌，朝予恒投去求救的目光："大哥，现在该怎么办？我……我会不会害了爹爹和娘亲？"

"不会的，你别怕。"予恒安慰了她几句，抬头道，"你有什么证据证明我们作弊？"他心里清楚，无论如何都不能承认这件事，否则他们就输了。

冯岚嗤笑道："那么多双眼睛盯着，还需要我说吗？"

"他们所看到的，不过我是与小妹说话，我说了什么，又是否涉及这场赌约……"予恒环视众人，漠然道，"我想问一句，谁亲耳听到了？"

冯岚没想到他会这么说，一时为之语塞，气愤道："你这是在强词夺理！"

"我说的是事实。"予恒讥声道，"我不过是叮嘱小妹几句罢了，竟被你们说成作弊，真是可笑！"

冯岚还想与之争辩，被冯百万先一步道："既是这样，就当老夫以小人之心度君子之腹了。"

冯岚着急道："他分明就是砌词狡辩，怎么能相信。"

冯百万拍一拍她的手，意味深长道："为父自有主张，你且不要多言。"说着，他转头对予恒道，"先前的事情就这么算了，但为避嫌，在出最后一道题前，你们不要再私语了。这个要求，我想并不过分吧。"

予恒为难地拧着眉头，他最怕的就是冯百万好言好语，正所谓伸手不打笑脸人，要是冯百万仗势欺人，无理蛮横，反而好处理。

予瑾拉一拉他的袖子，急切道："大哥别答应他。"

予恒何尝想答应，但……实在没有拒绝的理由，正自为难之时，倾心忽道："无妨，大哥答应就是了。"

予瑾一急，连忙道："你疯了，万一被她答出，父亲可就要娶她为平妻了。"没等倾心回答，他头已是摇得跟拨浪鼓一样，"这万万不行！"

看到他这个样子，倾心笑得前俯后仰，目光狡黠道："三哥放心，我自有办法。"

"当真？"予瑾狐疑地看着她，不是他信不过倾心，实在是这件事干系太大，他们输不起。

“当然！”倾心得意地抬起小下巴，“别忘了去年中秋节那会儿，你可是输得被我当马骑。”

予瑾脸庞一红，不自在道：“好端端的提这个做什么，我……”说到一半，他似乎明白了什么，目光倏地一亮，惊喜道，“你想……”

“嘘！”倾心做了一个噤声的手势，“就那个！”

予瑾乐呵呵地笑着，一扫之前的担心：“就你鬼主意最多。”

那厢，东方溯也听到了他们的话，疑惑地问道：“中秋那天怎么了，不就是赏月放灯吗？”

慕千雪含笑道：“七爷去看望病重的肃老王爷，所以不知道后面发生的事，他们几个相互猜谜，倾心不知道从哪里得来几个刁钻古怪的谜语，打赌予瑾答不出来，结果还真是一个都没答上来，被迫当马骑。予瑾觉得丢脸，不许说起这件事，所以七爷不知道。”

“这个予瑾。”东方溯好笑之余，好奇道，“什么题目？”

话音刚落，倾心脆生生的声音传入耳中：“什么水没有鱼？什么火没有烟？什么树没有叶？什么花没有枝？”

冯岚愕然道：“这算什么题目？”

倾心白了她一眼，“你只负责答题，至于出什么题，那是我的自由，轮不到你来过问。”

冯岚被她一顿抢白，气得脸庞发白，咬牙道：“好，我不过问题目，但说好了最后一道题，为什么变成了四个题目？”

倾心眨着黑白分明的大眼睛，一脸无辜道：“我不过是说话的时候停顿了几下，怎么到你嘴里就成四个问题了？”说着，她又道，“要不然我换个方式问吧，什么情况下，水无鱼，火无烟，树无叶，花无枝？”

冯岚目光渐渐冷了下来，她一直以为这个小丫头什么都不懂，全靠予恒在背后出谋划策，如今看来，并不尽然。

冯百万拧眉道：“江河湖海，但凡是水就一定有鱼；至于火，不管柴草灯烛都会生烟；至于植物，无叶怎么成树，无枝怎么开花？”

“这就是你们的事情了，既是问题，就一定有答案。”倾心亲手点燃细香，将它插在香炉之中，轻烟丝丝散入空气中，“与刚才一样，以一炷香为限。”

冯岚心思飞转如轮，她知道这是自己最后的机会，必须抓紧每一时每一刻，尽快解答出倾心的问题。

在香燃到一半时，冯岚那张冷寂多时的脸庞终于露出一丝笑容："我知道答案了！"

倾心小脸一白，紧张地问道："是什么？"

冯岚自信满满道："死水无鱼，银炭无烟，菩提无叶，珊瑚无枝。"

听到这话，倾心松开因为紧张而攥起来的双手，笑嘻嘻道："错了。"

这两个字犹如当头一盆冷水，浇得冯岚浑身冰冷，怔怔地站在那里，待得回过神来后，她尖厉道："怎么可能错，你胡说！"

倾心不疾不徐地道："所谓死水，是指滞积不流动的水，譬如池塘、水潭，甚至是水缸，但你敢说，这里面就没有鱼吗？还有银炭，不错，它烧起来的时候烟是很少，熏不到人，但不代表一丁点儿都没有。"

"至于菩提，那就更可笑了，菩提本无树，明镜……明镜……"倾心一下子想不起后面的话，皱了两道小小的秀眉努力思索着。

予恒摸一摸她的头，笑着接下去："菩提本无树，明镜亦非台，本来无一物，何故惹尘埃。这是一首佛偈，出自《六祖坛经》。"

"对，就是这句。"倾心朝冯岚皱着小小的琼鼻，"人家说的是菩提本无树，你可倒是好，竟说菩提无叶。亏得你还是扬州第一才女，整个扬州的才名都被你丢尽了。"她对冯岚早已厌烦透顶，这会儿损起来，自是一点儿情面都不留。

"那最后一个呢？"冯岚咬牙问着，脸色难看得像要破裂一般。

倾心嗤笑道："最后一个就更可笑了，珊瑚确是无枝，但它根本不是花，甚至连植物也算不上。"

冯岚被她奚落得脸面无光，恼羞成怒道："那你倒说说，答案都是什么？"

"我当然可以说，但那么一来，你就输了。"倾心看了一眼还剩下小半截的香，跳上旁边宽大的椅子，"确定吗？"

冯岚犹疑不定，她不相信倾心有更正确的答案，但又怕万一……毕竟东方溯是她二十年来唯一看中的人，若是就此错过，她必懊恼终身。

冯岚搜肠刮肚，勉强又想了几个答案，都被坐在椅子里晃悠着双脚的倾心给否了，而香也燃到了尽头，再无一丝火光。

倾心从椅中跳了下来："好了，时间到了！"

"答案呢？"直至这一刻，冯岚心里仍然存着一丝希望，只要倾心的答案有一丝瑕疵，她就可以反败为胜。

倾心咯咯笑着："井水无鱼，萤火无烟，枯树无叶，雪花无枝。"

倾心每说一个答案，冯岚的脸就难看一分，到后面，已是难看得犹如要破裂一般，她知道自己输了，彻底输了！

倾心拍一拍小手："三个问题你都输了，可以让我们离开了吧？"

冯岚没有理会倾心，只是死死盯着慕千雪，她想不明白为什么这样一个普通庸俗的女子，可以成为东方溯的妻子，而她却连一个平妻的名分都要不到，为什么？

予恒将她的不甘、愤恨、怨憎都看在眼里，冷声道："花开不择贫家地，月照山河到处明。世间只有人心恶，万事还须天养人。"

冯岚眉心一蹙，转头疑惑地盯着予恒："你什么意思？"

"连这么简单的意思都不懂，亏得你还有脸自称才女，简直是笑话。"予恒一向宽仁厚道，哪怕吃了亏也不会说出来，要不是亲眼所见，根本无法想象他会说出这样尖酸苛刻不留半点儿情面的话。

"你说什么？"先是被倾心取笑，这会儿又被予恒如此奚落，冯岚气得肺都要炸了。二十年加在一起，也没今日受的气多。

"我说你空有一身皮相，心肠却比豺狼还要恶毒，娶你为妻，就等于娶了一头豺狼进门，随时被啃得尸骨无存！"

"你……你……"冯岚手指不住发抖，半晌，她怒斥道，"给我把他抓起来，狠狠打！"

那些家丁刚要动手，便听到冯百万呵斥："谁都不许胡来！"

冯岚生气地道："爹，他这样羞辱女儿，绝不能轻饶！"

冯百万沉下脸："好了，还嫌闹得不够吗？"

"爹……"不等冯岚说下去，冯百万已是对丫鬟道："小姐累了，把她扶下去休息吧！"

冯岚气得直跺脚："爹！"

"我让你下去休息，没听到吗？"冯百万目光阴沉如晦，盯得冯岚心底发毛，不敢再顶撞。

待她下去后，冯百万深吸一口气，来到东方溯身前，拱手道："我只得岚儿一个女儿，平日里难免宠了一些，养成了她骄纵的性子，还请方公子见谅。"

"算了。"东方溯道，"我们可以离开了吗？"

“当然。”冯百万再次拱手道，“刚才的事，实在是对不起，多谢方公子大人大量，不予计较。”停一停，他又笑道：“不知方公子现住在何处，改日我也好登门赔罪。”

“不必了。”说罢，东方溯拉着慕千雪转身离去，丝毫没有给冯百万面子的意思，事实上，他对这个扬州第一富商的印象已经降到了冰点！

望着东方溯离去的身影，冯百万缓缓敛了笑容，冷冷唤过管家：“派人盯着，别丢了。”

管家离去后，冯百万来到里屋，冯岚正坐在椅子里生闷气，看到他进来，扭过身子不理会。

冯百万走到一旁坐下：“怎么，还在生爹的气？”

“没有。”冯岚闷闷地说着，谁都能看得出她言不由衷。

冯百万叹了口气：“爹知道你心里憋屈，但这件事确实不宜再闹下去。”

这句话把冯岚心里的委屈都给勾了起来，气愤道：“所以你就任由女儿受人欺辱，任由女儿失去终身幸福。”

冯百万定定看着她：“你觉得把他强行留下来，他就会娶你吗？”

冯岚傲然道：“当然，论相貌，论家世，论学识，我哪里不如那个无知妇人，瞧瞧她刚才，吓得连一句话都不敢说。”

冯百万呵呵一笑：“爹不知道他为什么会娶一个乡野村妇为妻，但爹知道，他不是一个普通人。”

“当然不是，否则又怎么入得了女儿的眼。”

“我说的不是这个。”冯百万沉声道，“他那三个子女，你也都看到了，见识一个比一个不凡，这样的人家岂会寻常，还有他腰间那块玉佩……我曾在太原一位士族公子身上见到过类似的。”

冯岚若有所思道：“爹的意思是，他出身士族？”

“我不敢肯定，但小心一些总是没错的，招惹上士族可是一件麻烦事。”

冯岚点点头，随即又委屈道：“明日全扬州的人都会知道女儿被拒婚，到时候……女儿真是没脸见人了。”

冯百万安慰道：“什么拒婚，是咱们嫌他已有妻室，不肯下嫁。”

冯岚稍感安慰，半晌，她小声道：“爹，你说……他会娶我吗？”

冯百万眉头一皱：“怎么，你到现在还想着嫁他？”

“从第一眼看到他起，女儿就知道，他是最适合女儿的人，而且……如果他真出身士族，必可助我冯家更上一层楼，这不也是爹所希望的吗？”

“话是这么说没错，但看他的态度……”冯百万摇头吐出两个字来，“很难。”

冯岚撒娇道：“从来没有事情可以难倒爹，相信这次也是，除非……爹想看女儿孤苦一身。”

冯百万哭笑不得道：“你这顶帽子扣得可是有些大。”思索半晌，他道，“我已经派人去跟着了，一切等查明底细再说。”

东方溯一行离开绣台后，无心游逛灯会，径直回了客栈，守夜的店小二看到他们进来，殷勤地迎上来：“几位回来了，可还玩得尽兴？”

倾心皱着可爱的脸庞：“还说呢，差点儿就回不来了。”

小二一愣，疑惑道：“好端端的怎么会回不来？”说到这里，他眼皮一跳，惊声道，“难不成遇到劫匪了？”

予恒笑道：“没那回事，就是遇到一些麻烦，好在没出什么大事。”

“那就好。”小二松了口气，倒也没有刨根究底，询问道，“几位饿不饿，要不要小的让厨房下碗面条？”

予瑾撇一撇嘴：“面条有什么好吃的，还不如炒几个小菜呢。”

小二一边擦着桌子一边乐呵呵道：“小公子别小看咱们的面条，那可是一等一的好吃，保证您鲜得连舌头都要吞下去，好多人专门赶过来，就为了吃一碗面条。”

予瑾将信将疑地问道：“真有这样的事？”

“当然。”小二道，“您可以点一碗试试，看小的有没有撒谎。”

予瑾看了东方溯一眼，道：“好吧，就一人来一碗面，要是不好吃，找你算账。”

“好嘞，您几位稍等，小的这就让厨房做去，您几位先喝茶。”在小二离去后，予恒执了青花茶壶一一倒茶，是茉莉花茶，随着升腾的热气散发出阵阵清香。

予恒给自己也倒了一杯，端起正要喝，意外发现众人都盯着自己，他疑惑地摸了摸脸：“怎么，我脸脏了吗？”

予瑾嘻嘻一笑：“没有，大哥英俊潇洒，风度翩翩。”

“对，风流倜傥，比潘安还要帅。”这一次，倾心难得没跟他唱反调。

“秀美多姿，皎如玉树临风前，简直是……”予瑾努力思索着合适的词语，片刻，眼睛一亮，脱口道，“一树梨花压海棠。”

予恒被他们说得哭笑不得：“都什么乱七八糟的东西，还一树梨花压海棠，那是用来形容老夫少妻的，你倒好，拿来说自己大哥。”他伸手在予瑾头上拍了一下，“你脑袋里都在想些什么？”

予瑾委屈道：“我那不是想夸大哥嘛。”

予恒还想再说，想起东方溯和慕千雪都在，连忙咽下嘴边的话，不好意思道：“让父亲和姨娘见笑了。”

“无妨，说起来，姨娘还要谢谢你。”

“谢我？”予恒诧异地指着自己，“谢我什么？”

慕千雪笑吟吟道：“你是故意让倾心出那三道题刁难冯小姐的是不是？”

予恒脸庞微微一红：“被姨娘发现了，我实在看不惯那个冯小姐目中无人的样子，还有她身边的丫鬟，都是一肚子坏水。”

“丫鬟？”予瑾茫然道，“她怎么了？我没印象啊。”

“你还记不记得冯百万之前提议冯小姐和姨娘共为平妻，冯小姐不肯答应。”在予瑾点头后，他又道，“那后来是怎么同意的？”

予瑾仔细回想了一下：“我记得是她身边的丫鬟劝了几句。”

予恒冷笑道：“那哪叫劝，简直是献计杀人。”

听到这话，众人皆是为之一骇，东方溯面色凝重道：“怎么回事？”

“父亲知道，儿子听力素来不错，所以那丫鬟说的话，儿子听了个分明，她说：‘小姐不妨先答应着，做平妻是一回事情，能做多久又是一回事情，小姐还怕对付不了她吗？’”

倾心听得小脸发白，颤声道：“她……她要害娘亲吗？”她虽然古灵精怪，毕竟还年幼，又一直被保护得很好，从来没有真正接触过人心的险恶。

予恒抚着她的脸颊，柔声道：“别怕，有大哥在，不会让任何人伤害你跟姨娘。”

听着他的话，倾心脸庞恢复了一些血色，生气道：“不是说善恶有报吗，为什么姓冯的那家人这么坏，还可以享尽富贵荣华，不公平！”

“不是不报，只是时辰未到，不过现在……”东方溯唇边泛起一抹冰冷的笑意，“也快了。”

冯百万父女怕是做梦也想不到，自己究竟招惹了什么样的人物！

慕千雪婉声道：“你听到她们的话，所以让倾心出那几道题，让冯小姐当众难堪是吗？”

“是。”予恒点头，“可惜当时不能表露身份，只能用这种方式为姨娘出一口气。”

“好！”慕千雪欣慰地点点头。予恒善良、温厚，又那么懂得照顾人，真的一点儿不像赵平清。

予瑾笑嘻嘻道：“连着三道题，那个冯小姐都没答出来，尤其是最后一题，这脸打得……啧啧，真是舒坦。”

倾心也是笑弯了腰：“就是呢，那张脸难看得像块破布，就她那样还自称什么扬州第一才女，真真是笑死人了。”顿一顿，她又道，“不过要我说，最解气的还是大哥后面说的那些话，我从不知道，原来大哥还能这个样子。”

听到这话，予瑾兴奋道：“我也是第一次见到，大哥真是……真是……”他努力想着合适的形容词，还是倾心先一步想到，“大哥太帅了！”

予瑾连连点头：“对对对，帅得惊天动地！”

“你们两个小猴子！”予恒在两人额上各弹了一下，“一天到晚就知道寻大哥开心，该罚！”

“哪有！”予瑾不服气道，“我们是真的佩服大哥，把那个冯小姐斥得一句话也说不出来，痛快极了！”说着，他笑道：“原来我们几个里面，最牙尖嘴利的是大哥。”

予恒淡然道：“是她羞辱姨娘在先，我不过是以牙还牙罢了。”

予瑾挥舞着拳头道：“嗯，下次别让我看到，否则见一次怼她一次。”

看到他们这个样子，东方溯哑然失笑，予恒见状，有些不安：“父亲是不是觉得儿子有些过分了？”

“你做得很好。”东方溯赞许地看着他，“你真的长大了，不仅可以独当一面，还能保护身边的人。以后有你这个护花使者帮忙照顾你姨娘，为父可就轻松多了。”

第四章　盐贵如金

慕千雪睨着他，似笑非笑道："听七爷这话，似乎妾身是一个很大的负担？既然如此，不如妾身明日就回金陵？"

东方溯故作惶恐地拱手作揖："夫人想到哪里去了，我岂敢有这样的念头。"说着，他又道，"能够做夫人的护花使者，实乃三生有幸，为夫往后定当尽心竭力，万万不敢怠慢夫人。"

慕千雪忍俊不禁，笑着摇头："七爷从哪里学来这些油嘴滑舌的话？"

东方溯咳嗽一声，一本正经道："此乃为夫肺腑之言，夫人实在冤煞为夫了。"

倾心扑到东方溯怀里，笑扯着他的脸颊："爹爹，你好好玩啊，再说几句我听听，快说！"

被她这么一闹，东方溯不禁笑了出来，抱住倾心小小的身子道："你这小妮子，胆子越来越大了，竟敢拿爹爹来取笑，看爹爹怎么罚你！"他一边说着一边去挠倾心的痒痒，把倾心逗得咯咯笑，像条小虫子一样在东方溯怀里扭来扭去，"娘救……救我，爹……咯咯，爹爹欺负……人，咯咯！"

慕千雪抿嘴笑道："好了，七爷都多大了，还跟小孩子闹，瞧瞧，予恒和予瑾都在笑您呢。"

一听这话，予恒二人赶紧憋住笑，但笑意还是不停透出来，尤其是予瑾，憋得脸通红。

东方溯停下手，笑斥倾心："看在你娘的份儿上，这次饶过你，下次再敢拿爹爹来取笑，绝不轻饶。"

倾心从他怀里爬落，皱着小鼻子道："哼，爹爹欺负人，不理您了！"

慕千雪替她整理弄乱的头发，轻声道："不许这样跟你爹爹说话。"

倾心嘟着小嘴，不乐意道："娘偏心，总帮着爹爹。"

予瑾戏谑道："来来来，三哥帮你！"

"才不要！"倾心朝他扮了个鬼脸，依偎在慕千雪身边玩着垂在腰间的五彩丝绦，她安静起来的时候，就像一尊瓷娃娃，玉雪可爱。

予恒默默地看着这一切，半晌，他突然起身朝东方溯和慕千雪长揖一礼："多谢父亲，多谢姨娘。"

东方溯二人面面相觑，疑惑道："好端端的，谢什么？"

予恒声音沙哑地道："谢父亲对儿子谆谆教诲，谢姨娘不计赵氏犯下的错。予恒……一定会铭记于心，不敢有忘。"

慕千雪摇头道："傻孩子，赵氏是赵氏，你是你，怎可混为一谈。"

"话虽如此，但我毕竟是她所生，我……"予恒哽咽着不知该如何说下去，这个时候，一只手拍在他的肩膀上，正是东方溯，"知道感恩，比什么都重要，也总算这些年没有白读书。"

"父亲……"予恒眼圈微红地看着东方溯。

东方溯笑一笑，温言道："为父知道你想说什么，多用些心，以后大周的担子，还要你帮着予怀来挑起。还有母后，她才是最心疼你的人。"

予恒拼命忍住眼泪，用力点头："儿子知道，儿子……一定不会让父亲失望。"

说话间，小二端着煮好的面条上来，一人一碗摆好后笑呵呵道："面好了，几位客官赶紧趁热尝尝。"

予恒怕被他看到眼眶里的泪水，赶紧拿起筷子，低头吃面。他是幸运的，虽然没有生母，却有慕千雪、沈惜君的爱护，东方溯也没有因为赵平清的事情，弃他不顾。

予瑾吃了几口，惊喜道："嗯，这面真鲜，好吃！"

"好吃吧。"小二得意道，"不是吹牛，这汤底都是用新鲜海鲜熬出来的，亏得今天正月十五，来吃的人不多，否则汤底早就用光了。喏，这虾和扇贝放进锅里的时候可都是活的，从来不用死的东西。"

"嗯嗯，好吃！"予瑾大口大口地扒着，看得慕千雪好笑不已，"吃慢些，别噎着了。"

予瑾含糊道："姨娘，真的很好吃，比宫里头的还要好吃。"

“宫里头？”小二既惊讶又兴奋，“小公子您……您吃过宫里的御膳？”

予瑾身子一僵，暗悔自己一时口快，忘了还有外人在这里，赶紧想办法把话给圆回来：“我怎么可能吃过宫里的御膳，我刚才……刚才是在说家乡的一间小馆子，那个掌柜姓恭，馆子又在胡同里头，所以我们都管那间馆子叫恭里头。”

小二不疑有他，恍然道：“原来是这样，我还以为小公子进过宫呢。”

“呵呵。”予瑾一边赔笑一边暗自舒了口气，好险，差点儿就露馅了。

听着他的胡诌，予恒暗自一笑，道：“这面汤确实鲜美，就是略微有些淡，盐放少了。”

倾心连连点头：“是呢，再加些盐就好了。”

听到这话，小二露出一副肉痛的模样，咬牙道：“几位稍等，小的去拿些盐来。”

予瑾看着他的背影，笑道：“这个小二倒是有趣，不过是问他要些盐，像是要割他肉一样，又不是什么金贵的东西。”

慕千雪若有所思地看着碗中乳白色的面汤，她这碗也是一样的味淡，令鲜味大打折扣。

能够做出这般面汤的厨子，不可能没发现这个问题，但依旧选择这么做，恐怕……

见慕千雪面色不大好看，东方溯疑惑地问道：“怎么了？”

慕千雪摇头道：“没什么，希望是妾身多疑了。”

东方溯看看她，又看看面汤，隐约明白了什么。过了一会儿，小二捧着一小勺盐进来，一只手还拉在底下，唯恐洒了。

予瑾催促道：“快，快点儿倒进去。”

“小公子别急。”小二不疾不徐地将这一小勺盐，均匀洒在五个人的面汤里，当中有一小撮盐不小心洒在了桌上，小二一点一点地把盐捻了起来，看得予瑾目瞪口呆。

见小二准备走，予瑾赶紧拉住他：“盐呢？”

“盐不给您几位都洒上了吗？”

予瑾不以为然道：“就那么一点儿盐有什么用，去多拿一些来。”说着，他有些不高兴道，“你也是有趣，不就问你要一点点盐嘛，那么小气做什么。”

小二苦笑道：“小公子误会了，不是小的小气，实在……”

慕千雪倏然接过话：“盐价很贵是吗？”

小二涩声道：“何止是贵，简直是要命，这阵子为了盐的事，我家掌柜几宿几宿地睡不着，头发都白了许多。”他叹了口气，沉沉道，“说句不好听的，再这样下去，客栈都要开不起了。”

予瑾难以置信地问道：“盐不是随处可见吗，怎么会那么贵？”

小二摇头道：“小公子有所不知，盐是随处可见不错，但不是随处可以买到的，贩卖私盐可是要砍头的。”

予瑾从未接触过盐务，听得一头雾水，予恒在一旁解释道：“盐是由朝廷管制的，只有取得朝廷掰发的盐引，才能贩卖盐，否则就是私盐，一旦查实，买卖双方都是死罪。所以，盐是没有任何竞争的，盐价高低那就是盐商一句话的事。”

予瑾似懂非懂地点点头：“照大哥这么说，要是盐商定价一斤盐一百两，老百姓也没法子？”

“可不就是嘛。”小二诉苦道，“您几位是不知道，就刚才那一小勺盐，价值二十几文呢。”

予恒惊讶道：“这一碗面也就几十文吧？”

“所以啊，厨师都是尽量少加盐，除非客人实在觉得淡，才会多加几颗，这城里的人都知道盐价贵，一般也不会说什么。”

予瑾被他说得有些不好意思，刚才最先嚷着要加盐的人就是他：“既然盐商那么黑心，不吃就是了，看他们怎么办。”

“不吃？”小二连连摇头，“小公子真是不知柴米油盐，这人啊，糖可以不吃，醋可以不吃，辣椒可以不吃，唯独这盐是万万不可以不吃的，好比您刚才，不就觉得淡而无味吗？”

慕千雪淡然道：“人如果长久不吃盐，就会食欲不振，虚弱无力，所以从某种程度上来说，盐和粮食、水一样重要。”

予瑾怔怔听着，他是真不知道这些，从他有记忆开始，就从来没有为吃费心过，宫里头什么都有，就算这阵子出宫在外，自有东方溯和慕千雪照顾，体会不到什么艰难烦忧。

予瑾回过神来，有些激动道：“可也不能由着他们漫天要价啊，这简直是勒索。”

“那也没法子啊。”小二满脸无奈道，“就像那位夫人说的，人一定得吃盐，唯一的法子就是尽量少吃一些。”

予恒思忖道：“既然扬州盐贵，你们可以去附近的州府买盐，就算加上一来一回的车马费，应该也要便宜许多。”

“公子以为这只是扬州一地的情况吗？”小二摇头道，“整个两淮的盐价都疯了，去哪里买都是一样的，再远的地方，路途陌生，道上又怕有劫匪，唉，过一日算一日吧。”

东方溯默然不语，早在看到冯百万时，他就想到扬州的盐务可能有问题，但怎么也没想到，竟然严重到了这个地步，要不是今日恰巧说起，他这会儿还蒙在鼓里。

东方溯询问道：“盐价如此离谱，没人去官府反映过吗？”

“怎么没有，但每一次都是石沉大海，有的是不管，有的是管不着，唉，反正啊，这苦的永远是咱们小老百姓。”小二意兴阑珊地擦着桌子，神情有些麻木。

倾心眨着眼睛道：“你刚才不是说有人卖私盐吗，悄悄去买一些来，别让人知道不就行了吗？”

小二吓了一跳，赶紧道：“我的小姑奶奶，可千万别说这样的话。”说着，他走到门边，打开看了一下确定外面没人后，方才松了口气，回过身来嗔怪道，“还好没人，否则咱们都要完蛋，从现在起，可万万不要说……那个了。”他谨慎地避开“私盐”二字。

倾心不以为然地问道：“有那么可怕吗？”

“怎么没有。”小二压低了声音道，“前阵子，隔壁一间铺子的掌柜，胆大包天地去买私盐，结果不出三日就被人查出来了，全部拉去咔嚓了，铺子也关了。你说说，谁还敢去买那玩意儿。”

东方溯忽地问道：“认识冯百万吗？”

小二撇嘴道：“扬州最大的盐商，家财万贯，富可敌国，谁不认识。盐价贵得这么离谱，他可是功不可没。”

“富可敌国……”予恒咀嚼着这几个字，“他到底有多少钱？”

“他有多少钱小的不知道，但小的知道，在咱们扬州，百万以下者，谓之小商。”

他的话令东方溯神色凝重无比，家财百万竟然只是小商，扬州盐商财力之雄厚简直不可想象。

倾心气愤道：“他们那些财都是从你们身上刮去的，简直是吸血鬼。”

“那又能怎么办，咱们只是小老百姓，哪里斗得过这些有财有势的。”小二一边摇头一边叹气，半晌，他突然道，“如果陛下来咱们扬州就好了。”

这话一出，众人面色皆古怪地瞅着东方溯，尤其是予瑾，想笑又不敢笑，努力憋着笑道：“为什么这么说？”

“陛下在陵阳惩治那些贪官污吏的事情，早就已经在咱们这里传开了，都说陛下是个大明君，他若来了扬州，一定会惩治那些唯利是图的盐商，为咱们老百姓做主。”小二眉飞色舞地说着，他怎么也想不到，他们一心期盼的那位皇帝陛下，此刻就坐在自己对面。

东方溯默默看着他：“你不怪皇帝吗？他没有看好底下的官员，令他们屡屡为祸百姓。”

“这个……”小二挠一挠头，憨厚地笑道，“不瞒这位爷，以前是有一些，但后来小的想明白了，不是陛下不想管，而是他实在管不过来。好比陵阳那件事，如果陛下一早知道，又怎么会由着他们胡来。最坏的就是那些贪官，欺上瞒下，做尽坏事。”

慕千雪微笑道：“陛下若听到你这番话，一定很欣慰。”

“要真是这样就好了，可惜陛下不会来。”说到这里，他神情有些黯然，勉强提一提神道，“您几位慢慢用，小的去厨房干活，吃完后碗放桌上就行了。”

在小二离去后，众人看着碗中鲜美依旧的汤面，不约而同地没了胃口，连最贪吃的予瑾也没有动筷的心思。

“梆……梆梆！”外面传来打更的声音，已是三更时分，倾心搁在木架上的那盏花灯不知什么时候熄灭了，静静地悬在那里，偶尔风从窗缝中钻进来，吹动垂落在灯下的流苏。

“予恒，你对这件事有何看法？”东方溯的声音令予恒一惊，紧张道，“儿子不知道自己想的是否正确，父亲……”

“无妨，你只管说就是了。”见东方溯坚持，予恒清一清嗓子，缓缓阐述着自己的想法：“自有史册记载以来，就有盐引的存在，咱们大周也不例外，只有取得盐引的商人才可以贩卖盐，而盐引的数量以及给哪些人，都由盐政决定，扬州属于两淮地界，也就是说，控制这里盐业的是两淮盐政。”说到这里，他瞅着东方溯，欲言又止。

“说下去。”

予恒咬一咬牙，低声道：“两淮盐价居高不下，盐商固然唯利是图，两淮盐政……也绝对脱不了干系。”

予瑾轻哼一声，厌恶道：“大哥说这么客气做什么，直接说他们是一丘之貉、相互勾结好了。”

“没有查清楚之前，不要妄下断言，以免先入为主。”予恒轻斥了一句后，朝东方溯拱手道，“这是儿子自己的想法，如有不对之处，还请父亲指正。”

东方溯转头道：“我记得两淮盐政使是江叙对不对？”

慕千雪颔首道："是，江尚书的弟弟，去年三月刚刚上任的。"

听到这话，东方溯几乎冷笑出声："真是能耐，才上任一年不到，就把两淮盐价抬到这个地步，真是能耐。这要是让他再做几年，百姓怕是一粒盐都吃不起了。"说着，他目光一沉，"千雪，你猜这件事，江越知道多少？"

慕千雪思忖道："江尚书一向恪尽职守，身正清廉，十几年如一日，这件事……他应该是不知道的。"

东方溯点头道："最好是这样，否则就太让我失望了。"

"父亲。"倾心走到他身前，一张小脸异常严肃，"您教过女儿，食朝廷俸禄当心系百姓，老吾老以及人之老，幼吾幼以及人之幼。这些人如此不顾惜百姓，您一定不能放过他们。"

东方溯有些意外地看着倾心，半晌，他感慨道："枉这些人读圣贤书，还不及一个七岁的孩子。"说着，他拍着倾心的脸颊道，"放心，父亲一定会查明此事，绝不姑息。"

这个时候，林默走了进来，在东方溯耳边一阵低语，东方溯蹙眉道："是什么人？"

"这些人是从灯会后出现的，卑职估计……应该是冯家的人想查爷的底细。"说着，林默道，"需要卑职将他们赶走吗？"

"不用。"东方溯冷声道，"他想查，就让他慢慢查，我有更重要的事情交代你去做。"

林默面色一正："爷请吩咐。"

"知道扬州有多少盐商吗？"

"小的不算，大的盐商应该有八个。"林默如实答着，还没到扬州的时候，他就已经命底下人大致查了扬州的情况，八大盐商非富即贵，自是有所耳闻。

"好。"东方溯看了一眼窗外灯火映衬下的夜色，冷声道："现在是三更，给你一个时辰的时间，让你的人拿到八大盐商与两淮盐政之间的账册。"

林默没想到会是这么一件事，账册从来都是商人最重要的东西，一个时辰内要拿到八本账册，实在是有些棘手。

迟迟不见他答应，东方溯横眉道："怎么，做不到？"

林默身子一震，连忙道："卑职这就去做。"

在他离去后，东方溯命张进带已经在不住打哈欠的予瑾和倾心回房休息。予恒则留了下来，一来他年长一些，二来东方溯也有心让他参与政事，为以后辅佐予怀打下基础。

漏夜更深，屋内一盏油灯静静地亮着，在墙上拉出长长的影子，慕千雪见东方溯一直看着紧闭的屋门，劝道："七爷别急，应该就快回来了。"

东方溯沉沉地吸了口气："这些年，每次盐政奏事的时候，都说盐业不好做，说为了顾及百姓，不敢调高盐价，我还信以为真，那几场战事，一直都没有让盐政及下面的盐商出过钱，现在看来，我真是太天真了。"他气愤道，"瞧瞧那个冯百万，就因为贩盐卖盐，富得流油，就是我也没他那么大的手笔。就这个样子，还跟我说没钱，简直是滑天下之大稽。"

慕千雪柔声道："七爷息怒，那些官员最擅长的就是欺上瞒下，好在咱们已经知道了这件事，好好彻查的同时，也正可借此机会，整顿一下盐业的风气。"

东方溯沉声道："你说得不错，不只两淮，整个大周的盐业都要整顿，这是百姓赖以为生的东西，绝不能成为某些人中饱私囊的工具！"

"其实……"慕千雪思索道，"陛下有没有想过，只要盐引还在，这种风气就不能彻底扼制。"

东方溯眉头一皱，盯着她道："你想废除盐引，开放盐业？"

予恒惊声道："据儿子所知，盐业一直是我朝一大税赋来源，若是就此放开，只怕国库损耗巨大，平日里还好，一旦与西楚开战，必然难以支撑。"

东方溯神色凝重道："予恒说得不错，盐业是一块巨大的肥肉，所以历朝历代关于盐业的贪污舞弊案层出不穷，但始终没有人废除盐引，就是因为牵扯太大，甚至会动摇国本。"

"妾身明白，所以妾身并无意废除盐引，只是想着能否换一种方式，在满足税收的情况下，尽量消除盐商的暴利！"

东方溯颔首道："这倒是个法子，待回去后仔细研究一下《盐法》，看能否像你说的，尽量扼制盐商暴利。"

烛光微微一闪，一道人影从门外闪了进来，正是林默，他恭敬地将捧在手里的一大摞册子递过去："七爷，八大盐商还有两淮盐政的账册都在这里了，请您过目。"

东方溯点一点头，接过册子道："正好一个时辰，可有人发现你们？"

"没有。"林默沉声道，"但瞒不了多久，明天天一亮，他们就会发现账册失踪。"

予恒皱眉道："父亲，儿子以为在没有查清楚之前，不宜打草惊蛇。不如……咱们抄录一份，然后赶在天亮之前将册子还回去？"

东方溯也是这个意思，但林默手里的九本册子加在一起足有一尺多厚，就算他们几个一起抄，怕是也要一个多时辰，再加上还回去的时间，至少要两个多时辰，可现在距离天亮已经不足两个时辰了，根本来不及。

看到东方溯为难的模样，慕千雪微笑道："妾身来吧。"

东方溯摇头道："你一个人抄更是来不及了，实在不行的话，也只能打草惊蛇了。"

慕千雪笑道："七爷忘了妾身有过目不忘的本事吗？这些册子看一遍的话，半个时辰足矣。"

东方溯一拍额头，恍然道："是了是了，朕怎么把这个给忘了。"说着，他朝慕千雪揖手，笑言道，"那就有劳夫人了。"

"嗯。"时间紧迫，慕千雪简单应了一声便接过册子看了起来，予恒就在旁边，往往他才看了个开头，那一页就已经翻了过去，这种一目十行的阅读速度实在令人惊叹。

正如慕千雪所言，不过半个时辰，就已经看完所有册子，在将最后一页合上后，她闭上双目，无数字符与数字在她脑海中飞掠闪动，半晌，她睁开眼前，对一直等在旁边的林默道："好了，趁着天还没亮，赶紧把册子还回去吧。"

"是。"林默面色古怪地接过册子，他怎么也无法想象，有人仅仅只是看了一遍，就记住了里面成千上万的字符。

在林默走后，慕千雪让予恒拿来纸笔，一个字一个字默写着刚才所看的账册，整整一日，写完了两支松烟墨。

其间东方溯不止一次地让她休息，都被慕千雪拒绝了，她虽然有过目不忘的本事，但也有时限，时间一久，难免会记错，尤其这种全是数字的账册。所以为求准确无误，她一口气将所有账册默写了出来，连口水都没有喝。至于东方溯，一直在旁边默默陪伴，为她磨墨铺纸。

在写完最后一个字后，慕千雪面色苍白如纸，靠在椅背上不断喘气，背上尽是汗水。别看只是默写书册，其实心力损耗巨大。

东方溯握住她因为疲惫过度而不断颤抖的右手，怜惜道："辛苦你了。"

慕千雪摇头，虚弱道："不碍事，最要紧的是能够帮到七爷。"说着，她催促道，"七爷快看吧。"

"好，你歇一会儿。"在将慕千雪扶到床上躺下后，东方溯捧起一本账册细细地看了起来，这一看就是一整夜。

晨光熹微，透过半旧的窗纸照在床上，沉睡的慕千雪蹙一蹙秀眉，缓缓睁开眼来，桌上的灯盏已经耗尽最后一点儿灯油，只剩下焦黑色的灯芯，一道颀长的身影负手站在窗前，一动不动，犹如一座雕像。

慕千雪坐起身来，试探性地唤道："七爷？"

那道身影一动，随即转过身来，正是东方溯："你醒了？"

慕千雪看了一眼桌上摆得整整齐齐的账册，轻声道："您一夜没睡？"

东方溯点点头，来到床边坐下，沉沉道："朕才知道，原来除了朝廷规定的税赋外，两淮盐政还另外索取每引三两的费用。至于盐商，为了敛财，变本加厉地提高盐价，仅仅是这五年，就涨了将近十倍，令每家每户要吃的盐贵如黄金。"

慕千雪默默不语，这些她在昨日默写的时候就知道了，两淮盐政的腐败程度，实在令人发指。

东方溯冷笑道："难道之前小二说扬州盐商，百万只是小富，仅仅是这些账册里面记载的数额就已经超过千万两，全部是一层层刮下来的民脂民膏！"说到后面，他怒不可遏，狠狠一拳击在床榻上，"待朕查清之后，绝不饶过他们。"胸口气息翻涌如潮，忍不住咳嗽起来。

慕千雪连忙替他抚背顺气，劝道："七爷当心身子，咱们已经知道了这件事，接下来就不难了。"

东方溯平一平气息，道："还有一件事，我估计你也发现了。"

慕千雪眸光微微一动："七爷可是说两淮盐政那本账册？"

"不错，那本账册与八大盐商那本出入很大，如果只看那一本，根本瞧不出扬州的盐政有问题。"

慕千雪点头道："是，依妾身猜测，那本应该是假账册，用来应付朝廷盘点。"

"昨夜你睡着的时候，朕让林默亲自去了一趟江叙的府邸，还是没找到那本真账册。"

"那本账册关系重大，江叙一定会找一个隐蔽地方收起来，想要找到……很难。"

"但账册是一定要找到的，牵涉此案的官员必定不止江叙一个。"东方溯抹了把脸，"朕派人查过他，此人好色成性，前前后后娶了五六房妾室，还不满足，最近看中了红袖阁的花魁，经常过去，所以我想着，能否从那里入手。"

慕千雪掩唇一笑，斜睨着东方溯故意道：“这案子倒是有趣，竟是查到青楼去了，七爷莫不是醉翁之意不在酒吧？”

东方溯被她说得哭笑不得：“你想到哪里去了，我有你一人足矣，其他女子，我连看都不会看一眼。”

慕千雪努力绷着脸道：“说的比唱的还好听，也不知有几分真。”

“你啊。”东方溯在她手心轻轻拍了一下，“难怪倾心总爱欺负予恒，原来是遗传自你。”顿一顿，他道，“你要是真不放心，就让予恒去。”

慕千雪似笑非笑道：“予恒才十四岁，七爷不怕他去了那种地方，会被迷晕了头吗？”

东方溯挑一挑眉，顺着她的话道：“那也没办法，谁叫你不让我去，要是予恒回不来，皇后非得急疯不可，到时候你自己去向皇后解释，我可不帮你背这个黑锅。”

慕千雪嗔道：“好啊，七爷拿皇后娘娘来压妾身，可真是狡猾。”

东方溯仰头一笑，刮一刮她的脸颊道：“近朱者赤，近墨者黑。整日与你这个狐狸精在一起，想不变得狡猾也难。”

慕千雪笑语道：“那七爷打算什么时候找道士收了妾身这只狐狸精？”

“你倒是想。”东方溯长臂一伸，将慕千雪揽在怀里，笑意背后是似海情深，“我早已发过誓，要生生世世与你纠缠，绝不放你离去。”

“油嘴滑舌，也不知有几分真假。”慕千雪轻啐着，但脸上止不住的笑意泄露了她内心的欢喜。

东方溯嗅着她发间的清香，笑道：“这么说来，夫人是同意我去红袖阁了？”

“脚长在爷身上，我还能拦着不成，只要爷记得回来的路，别被拐跑了就好。”

“是，谨遵夫人之命！”东方溯一本正经地答着，也不知谁先笑了出来，顿时二人笑作一团。

所谓岁月静好，大抵是这样吧……

十年前，红袖阁刚开张的时候，只是一家不起眼的青楼，在几家大青楼之间挣扎求生，但仅仅过了十年，就一跃成为扬州城最大最有名的青楼，令无数人趋之若鹜。

能入得红袖阁的姑娘，无一不是青春貌美，精通琴棋书画，扬州城中流传着一句话——红袖一日，胜似外面一年。

扬州每年都会举行花魁大赛，就是将所有青楼出色的女子集中在一起，从中选出一个最出色的，冠以“花魁”之名，一旦成为花魁，这名女子和她身后的青楼都会身价大涨，而近三年的花魁都是从红袖阁出来的，其风头可想而知。

扬州繁华似锦，尤其是夜间，灯火通明，浅红奢靡的灯光如流水一般倾泻而下，映照在那条长长的秦淮河中，不时可听到河岸边传来丝竹之声，还有女子婉转的歌喉。

“女曰鸡鸣，士曰昧旦。子兴视夜，明星有烂。将翱将翔，弋凫与雁。

弋言加之，与子宜之。宜言饮酒，与子偕老。琴瑟在御，莫不静好。”

一道清越的歌声划破夜空而来，回转往复，动人心魄，令人驻足细听，如痴如醉。

第五章　琴清

直至歌声停下后许久，众人方才回过神来，皆不约而同地看向河畔的一间楼宇，歌声正是从那里传出来的。

予恒也在，许久才回过神来，喃喃道：“这歌真好听，我从没听过这么好听的歌声。”说着，他不知想到了什么，拉住一个行人道，“这位大哥，刚才是谁在唱歌？”

那人像看白痴一样看着他：“你连琴清姑娘也不知道吗？”

予恒拱手道：“我才刚到扬州没几日，所知不多，还请大哥赐教。”

“难怪了。”那人恍然道，“我告诉你，这琴清姑娘是红袖阁的头牌花魁，又美又媚……啧啧，真是让人一想起来就浑身发软。”

予恒眼底闪过一丝精光：“所以刚才是她在唱歌？”

“当然了，这位琴清姑娘和别的姑娘不同，她偶尔才会唱上一曲，你才来扬州就能听到，真是好福气。”

予恒不以为然道：“能有什么不同，不都是青楼女子吗？”

“话是这么说，但这位姑娘卖艺不卖身，不知有多少富商一掷千金，只求与她一度春风，她就是不肯答应，也没人勉强得了她。”说着，那人压低了声音道，“告诉你，就连两淮盐政大人也对她倾慕得很。”

“两淮盐政大人？”予恒惊讶道，“那可是位大人物，怎么，也不肯？”

“不肯，所以一直到现在，这琴清姑娘还是完璧之身呢，也不知谁有幸能够得到她的垂青。”那人一脸痴迷，“要是能与琴清姑娘春风一度，就算让我死也甘心。”

在那人走后，予恒回到东方溯身边，轻声道：“父亲，看来琴清就是您要找的人，只是不知她是否肯帮咱们。”

东方溯点点头，道：“走吧。”

听到这两个字，予恒一脸尴尬道：“父亲，要不……我还是不去了。”

“怎么了？”面对东方溯的询问，予恒扭捏道，“那……那毕竟是烟花之地，实在不习惯，也不知要怎么应对，要不……我在门口等您吧。”

东方溯失笑道：“你们两兄弟倒是有趣，予瑾一门心思想要跟来，你却是到了门口不愿进去。”

予恒讪笑着不知该怎么说，张进也在，听到他们父子对话，上前笑道：“大公子别怕，有奴才在，绝不会让那些庸脂俗粉近您的身。”

被他这么一说，予恒脸更红了：“可……可终归是不大好，还是算了吧。”

东方溯淡然道：“如今有父亲在，就算你不去红袖阁也没什么，可以后你自己入朝为官，会遇到形形色色的事，到时候稍一不对，就像现在这样驻足不前，那该怎么办？”

张进在一旁小声道：“七爷之所以带大公子过来，就是希望您可以多经经事，长长见识，毕竟往后这江山是要托付给您几位的。只要您能守得住心，别说一家青楼，就十家百家，也没什么可怕的。”

在他们的言语下，予恒终于下定决心，拱手道：“刚才是儿子怯弱了，儿子愿随父亲前往。”

东方溯颔首道：“好了，走吧。”

予恒快步跟在东方溯身后，虽然决心已定，但心里还是紧张得很，尤其是在看到门口那几名衣着暴露、招揽客人的姑娘后，手脚都僵硬了。

那几名姑娘看到东方溯，眼睛皆是一亮，围上了腻声道：“这位爷面生得紧，以前都没有见过，可是刚来扬州？”

东方溯笑道：“是啊，刚到扬州，就听闻你们红袖阁之名，这不就过来了嘛。”

其中一名女子抚着东方溯的肩膀，媚眼如丝：“爷来对了，翠儿一定会好好招待您，包您满意。”说着，一只小手从东方溯衣襟处探了进去，缓缓往下，这样大胆的调情瞧得予恒脸庞通红，别过头不敢再看。

东方溯握住她的手，淡然道：“我是来见琴清姑娘的，请你带路。”

翠儿眼中闪过一丝恼恨，娇声道：“琴清可不见客，就算见了，也不过是一场镜花水月，哪里有软玉温香在怀来得实在。”

“琴清自有她的妙处，不然也不会有那么多人慕名而来，倒是姑娘……”东方溯横了她一眼，淡然道，“你与琴清也算是姐妹，如此言语，未免有失厚道。”

翠儿被他说得脸庞一红，抽回手道：“我只是不想你空走一趟，这才好言相劝，既然你不领情，就当我没说过，进去吧。”

在东方溯一行入内后，她朝地上狠狠啐了一口，娇艳的脸庞扭曲如夜叉：“不知好歹的东西，难得本姑娘心善，偏偏还不领情，哼，看你待会儿怎么撞得头破血流。”

旁边一女子取笑道：“什么心善，分明是看人家俊秀，想截琴清的胡，偏偏人家就认准琴清一个人，自讨没趣了吧。”

翠儿气恼地瞪了她道：“胡说什么，想我撕烂你这张臭嘴是不是？”

女子不甘示弱道：“我说什么，不都是实话吗，怎么，敢做不敢认啊？”

“你！”翠儿气得就要冲上去，被旁边的人死死拦住，劝她不要在门口失了仪态，毕竟随时有客人过来。

那名女子见状越发得意，甩着帕子讥声道：“这人啊，最重要的是要有自知之明，别以为长了两个眼睛一个鼻子就都一样了，和琴清比？你还不配！”两个早有嫌隙，这会儿好不容易寻到机会，自是百般讥讽。

玲珑美人，红袖添香。

红袖阁中最不缺的就是各色各样的美人，云鬓香影，翠眉环坐，或吟诗，或行酒令，或弹琴，看得人眼花缭乱。

从踏进红袖阁开始，予恒就一直低着头，嘴里喃喃不知在念些什么，张进凑过去听了半晌，终于听明白了。

“非礼勿视，非礼勿听，非礼勿言，非礼勿动……”听着予恒翻来覆去的念叨，张进捂嘴一笑，细声道：“大公子这么害怕做什么，不就是一些女人嘛，还能把你吃了不成？”

予恒涨红着脸道：“张公公就不要拿我取笑了。”

张进挑一挑眉，似笑非笑道：“大公子叫奴才什么？”

被他这一提醒，予恒记起他们此刻并不在宫中，赶紧改口道：“张管家。”

张进应了一声，见他始终不敢抬头，好笑道：“有奴才在呢，您别怕。”

予恒刚要说话，一阵香气扑鼻而来，一只玉手抚上他的脸庞：“好俊俏的小哥，从哪里来啊？”他虽然刚满十四，但自幼习武，身体结实，长得又高，瞧着与十七八岁的人差不多。

予恒的脸庞唰地一下红了起来，赶紧避开不知什么时候来到身边的玲珑美女，语无伦次道："我……姑娘，我……自重。"

"自重？"女子一怔，旋即掩唇笑了起来，好不欢愉，继而柔软的身子如蛇一样缠了上来，气息喷吐若兰，"小哥真有趣，我喜欢。"

予恒脸红得像煮熟了一样，结结巴巴道："你……你离我远些，我与你不熟。"

"无妨。"女子点一点予恒滚烫的脸颊，暧昧道，"过了今晚咱们就熟了，走吧。"

予恒像被蛇咬了一般，赶紧逃离，女子一下子失了重心，猝不及防，险些跌倒在地，幸好张进扶了一下，笑眯眯道："姑娘别白费心思了，我家公子还年轻，对你没兴趣，姑娘另寻客人吧。"

这句话似乎刺痛了女子，粉面一僵，不过像她这种在欢场中迎来送往的女子，早已经习惯了隐藏自己的喜恶，不过一瞬间又笑靥如花，抚着张进的肩膀，娇滴滴地道："他不喜欢，那你呢？"

"我？"张进苦笑一声，摇头道，"我也要辜负姑娘美意了。"

女子被一再拒绝，不悦道："怎么，我不够美吗？"

张进如实道："很美，不过非我等所欲，所以姑娘别浪费时间了。"

女子盯着他片刻，忽地笑了起来，柔弱无骨的手抚过张进的脸庞，在他耳边道："试都没有试过，怎么知道是浪费时间，随我回房啊，我一定会让你欲仙欲死，不后悔来这一趟。"

这样大胆露骨的言语，张进也不禁有些受不住："真的不必了，多谢姑娘好意。"

"来都来了，还装什么正人君子，走吧。"女子并不肯放过他，反而缠得更紧，香肩半露，那香艳的样子要换了别人还真吃不消，可惜张进是个太监，就算一个绝世美人站在面前，也不会有半分情欲之念。

张进这会儿只有满满的尴尬："真不用了，多谢姑娘好意，我……我们……是来找人的。"

女子娇笑道："咯咯，当然是来找人的，不然来红袖阁做什么，快来啊！"

"真的不用了！"张进挣扎半天，方才从那女子手下逃脱，代价是衣裳凌乱，连扣子也掉了一个，看起来狼狈不堪。

予恒憋着笑道："张管家你还撑得住吗？"

张进努力抹去脸上的红印，心有余悸道："这里的风气太彪悍，女子猛如虎，公子您可得小心一些。”

予恒故意道：“管家不是说会护着我吗？”

“这个……这个……”张进尴尬地咳嗽一声，“奴才自当尽力，但……咳咳，这个嘛，您自己也要小心。”为免予恒继续说下去，他赶紧转移话题：“哎，爷呢，怎么不见他？”

这么一说，予恒也发现东方溯不见了，四下张望，发现他站在去二楼的台阶前，正与一名风韵绰约的女子说话，赶紧走了过去。

东方溯客气道：“我此来，就是慕琴清姑娘之名，如今一面未见就这么回去，未免太过扫兴，还请艳娘通融一下。银子方面不必担心，我可以出双倍的价格。”

看到递来的银票，被称作艳娘的女子眼睛一亮，下意识地伸手去接，然而在快要碰到银票的时候又缩了回来，歉疚道：“不是我不给爷面子，实在是没办法，琴清一天只见一个客人，这约啊都已经排到下个月去了，来见琴清的非富即贵，实在是得罪不起。要不然，我帮您约下个月，到时候我给您半价优惠。”

“我来扬州是做生意的，停留不了那么久，艳娘帮忙跟琴清姑娘说一声，看是不是可以破例一次。”

艳娘无奈道：“爷初来乍到，不知琴清的性子，她啊，向来说一不二，性子倔得很，我实在做不了她的主。”说着，她又笑容满面道，“不然奴家找如画陪您，虽然不及琴清，但也是扬州城顶尖的美人儿，包您满意。”

“除了琴清，谁都不能让我满意。”见东方溯始终不肯松口，艳娘无奈道：“那就真没法子了，爷请回。”

东方溯眼眸微眯：“如果我一定要见呢？”

艳娘满面委屈道：“规矩实在坏不得，奴家一人管着这偌大的红袖阁也不容易，还请爷大人有大量，不要为难奴家。”别看她说得可怜，眼底却并没有什么惧色，能将红袖阁经营得蒸蒸日上，自有她的能耐。

这个时候，楼上长廊有一个丫鬟经过，无意中瞧见东方溯，脚步倏然一顿，继而快步进了一间厢房，过了一会儿，她从屋中出来，走到艳娘身边，附耳低语。

随着她的话，艳娘露出几分惊意：“当真？”

丫鬟点头道：“嗯，姑娘亲自开了口，也与李公子说好了。”

“知道了。”艳娘应了一声，笑容满面地看向东方溯，“爷真是好运气，琴清愿意为爷破例一次，这可真是天大的面子，楼上请！”

东方溯眸底掠过一丝惊讶，他与琴清素未谋面，琴清竟然主动为他破例，还真是有些稀奇。

他压下心里的疑惑，随丫鬟往楼上走去，予恒二人也想跟上去，却被艳娘拦住，只能等在楼下。

“姑娘就在里面，爷请。”丫鬟推开位于二楼最后面的一间厢房。

东方溯点点头，举步走了进去，不同于外面浓郁的脂粉气息，房中只有淡淡的梅花清香。

一抹窈窕身影站在窗边，芙蓉广袖绛丝锦衣逶迤而下，在地上铺展如云，一支海棠步摇静静垂落在鬓边，髻后是一枚蝶恋花的银吊穗，除此之外发上再无其他饰物，这位红袖阁的第一花魁装扮竟是异常简单素雅。

她听到脚步声，徐徐转过身来，一张清丽脱俗的脸庞出现在东方溯视线中，东方溯眼中掠过一丝惊叹，除了慕千雪，这是他见过最秀美的女子，丝毫看不出风尘痕迹。

琴清微微一笑，恍若寒梅初开：“我们又见面了。”

东方溯眉头微微一皱：“我们之前见过吗？”

琴清示意他坐下，取过桌上的提梁玉壶亲手替他倒了一杯茶：“算是有一面之缘，我没想到会在这里见到公子。”顿一顿，她道，“听公子口音，应该不是扬州人。”

“我来此做生意。”说着，东方溯又道，“一进扬州就听到琴清姑娘之名，若不来见上一面，难免有些遗憾。”

“不会。”琴清不假思索地否定了他的话，她的声音如风拂银铃，很是好听。

东方溯惊讶地看着她：“为什么？”

琴清在他对面坐下，徐徐往自己面前的白瓷盏中注入茶水：“因为公子从来都不是一个注重美色的人，确切来说……”她举目注视着东方溯，“红袖阁不是公子会来的地方。”

琴清的聪慧大大出乎东方溯的意料，前后才两三句话而已，她竟然已经将自己看得如此透彻：“那姑娘觉得，我来红袖阁是为了什么？”

琴清摇头道：“这个我倒是猜不出来，公子不妨直言，若是琴清能够帮得上忙，一定尽力而为。”

东方溯笑一笑：“那姑娘呢，仅仅一面之缘，怎么就愿意为我破例？”

琴清明白他的意思，眼睑微垂：“每个人都有他不愿意说的秘密，既然公子不愿，琴清也不多问，不知公子想要听琴还是听曲又或者琵琶？”

东方溯摇头道："我想与姑娘秉烛畅谈，不知可否？"

"当然可以。"琴清眼底掠过一丝疑惑，越发猜不透东方溯的来意。

窗外夜雪纷飞，房中却是温暖如春，梅香盈盈，两人对面而坐，一问一答，静雅安然。

问得越多，东方溯就越欣赏眼前的女子，琴棋书画，诗词歌赋，皆能对答如流，容颜又如此出众，难怪能够惊艳整个扬州，成为十数年来最出色的花魁。

绕了一大圈之后，东方溯不动声色地问出了正题："方某听闻，不只那些富商公子，连两淮盐政使江叙江大人也倾慕于姑娘，但姑娘从不假以颜色，这是为何？"

琴清端着茶盏的手微微一僵，旋即淡然道："方公子什么时候也相信这些流言蜚语了？"

东方溯微笑道："空穴不来风，再说江大人倾慕姑娘之事，在扬州并不是什么秘密。"

"他倾慕是他的事，与我无关。"尽管琴清说得轻描淡写，东方溯还是从她细微的表情中捕捉到一丝烦躁，不似提及其他人时那般无动于衷。

东方溯道："江大人是朝廷重臣，听说长得也不错，我想不出姑娘拒绝他的理由。"

琴清手指微微一紧，漠然道："青菜萝卜各有所爱，就像公子，你不也只爱家中的妻子吗？"

东方溯目光微微一跳："看来姑娘所知不少。"

"我家姑娘她……"丫鬟刚说了几个字便被琴清以目光制止，琴清静静地看着东方溯，忽道："你真想知道我为何拒绝江大人？"

不知为什么，东方溯心中微微一跳："愿闻其详。"

"桃之夭夭，灼灼其华。之子于归，宜其室家。桃之夭夭，有蕡其实。之子于归，宜其家室。桃之夭夭，其叶蓁蓁。之子于归，宜其家人。"琴清曼声轻吟，目光一直落在东方溯身上。

听到这首《桃夭》，东方溯想起前几日在秦淮河中捡到的纸船，恍然道："原来那日是姑娘。"

琴清涩涩道："现在公子明白了吗？"

东方溯摸一摸鼻子，尴尬道："承蒙姑娘美意，无奈使君自有妇。"

丫鬟皱一皱眉，不屑道："你那位妻子，怎么能与我家姑娘相提并论。"

听到这话，东方溯面色倏然一沉，冷冷盯着那丫鬟：“同样的话，我不希望听到第二遍。”

不过是一道目光罢了，却令丫鬟不由自主地退了一步，心头被一种无形的压迫笼罩，弥漫着难以言喻的恐惧，连喘气也困难。

琴清亦是十分不悦，转头道：“平日真是太纵着你了，竟如此口无遮拦，该罚！”

丫鬟回过神来，急忙跪下道：“姑娘息怒，奴婢……奴婢也是替姑娘不值。”

“多事！”琴清斥了她一句，起身朝东方溯深深欠身，“都是琴清管教无方，令紫鹃说出这样无礼的话，实在对不住。”

东方溯眉目冰冷道：“刚才那话，看在你的份儿上，我只当没听到，但不会再有第二次，希望琴清姑娘明白。”

琴清轻舒了一口气，再次欠身：“琴清明白，多谢公子宽宏大量。”随着这句话，屋里寂静无声，银炭在铜盆中徐徐燃烧着，不知什么时候，梅枝上几个花苞开了一半，透出里面的殷红。

琴清默默看着梅枝，忽道：“琴清能否问公子一件事？”

“姑娘请问。”

得了东方溯的话，琴清樱唇轻咬，抬目道：“公子与夫人可是自幼定亲？”虽然紫鹃刚才所言有失妥当，但确实，那日在画舫中看到的女子太过寻常，不足以相配。

“不，我与夫人相识于战乱之中，算起来，那已经是十几年前的事情了。”提及慕千雪，东方溯目光异常温柔，似一池刚刚破冰而出的春水。

“携手十余年而心不改，实在难得，你夫人真是幸运。”尽管琴清极力克制，还是忍不住透出一丝酸涩。

东方溯笑一笑，摇头道：“你错了，我才是幸运的那一个，可以娶到她为妻。”

琴清默默看着他，半晌，她羡慕道：“你对你夫人真好。”

东方溯正要说话，屋外传来叩门声：“姑娘，江大人来了，说要见您。”

紫鹃拧眉道：“他不是前日才来过嘛，怎么又来了？”

“他想来就来，谁还能拦着。”琴清淡然说一句，歉疚道，“方公子，我有客要见，不能再陪你说话。”

东方溯笑一笑：“还真是说曹操曹操就到，也罢，姑娘就陪江大人吧，能够与姑娘畅谈多时，方某已经知足了。”

“实在对不住。”琴清咬一咬唇，轻声道，“若是公子某日闲暇，不妨再来坐一坐。”

“好，那方某明日再来叨扰姑娘。”东方溯拱手离去，在走到楼梯时，与一名和江越有几分相像的男子擦肩而过。

楼下，张进看到东方溯下来，激动得几乎要哭出来，极力挣开一直围在身边的几名女子奔上来道：“七爷您可算是下来了，奴才实在是快招架不住了。”

东方溯好笑地看着衣衫不整满脸红印的张进：“你怎么弄成这个样子？予恒呢？”

“儿子在这里。”予恒跌跌撞撞地奔过来，面色潮红，身上弥漫着一股淡淡的酒气，显然是被人灌了几杯。

张进扶住予恒，哭丧着脸道：“这里的姑娘实在太可怕了，七爷要是没别的事，咱们赶紧走吧，再待下去，奴才怕自己真的晚节不保。”

东方溯哭笑不得道：“这都什么乱七八糟的，行了行了，走吧。”

张进如逢大赦，赶紧扶着予恒离去，在踏出红袖阁时，他们二人齐齐松了口气，不约而同道：“可算是出来了。”

东方溯摇头道：“有那么可怕吗？”

“有！”二人异口同声地答着，张进一边抹着脸上的印子一边大倒苦水，“七爷您是不知道啊，那些姑娘，看着年纪轻轻，一点儿羞耻心都没有，搂搂抱抱，亲亲热热，实在是不堪入目，还一直灌奴才和大公子酒，简直是……”他想了半天，终于想出一个自认最为恰当的形容词，“龙潭虎穴！”

予恒被冷风一吹，酒醒了大半，深以为然地点头：“对，就是龙潭虎穴，可怕得紧。”

东方溯摇头笑道：“男人的温柔乡，居然被你们说成龙潭虎穴，也是有趣。”停顿片刻，他对予恒道，“你在底下那么久，可有发生什么事？”

予恒用力抹了把沾着雪花的脸庞，一边思索一边道：“并没有什么特别的，就是客人来来往往。”

“确定吗？”

予恒听出他话中的不满，低头仔细想了一会儿，道：“儿子记得，最后走的时候，来了一个衣着华贵的人，红袖阁的艳娘亲自招待的，很是恭敬，应该来头不小。对了，父亲走下楼梯的时候，他正好上去。”

东方溯淡淡道：“总算还没有被酒灌醉。”说着，他转头对张进道，“看清楚样子了吗？”

张进点头道："看清了，三十来岁，看他那身打扮，非富即贵。"

东方溯微微一笑，望着风灯光芒灯罩下细密的夜雪道："你就没有觉得他像一个人？"

"像一个人？"张进诧异，努力回想着那人的模样，半晌，他不确定地问道，"七爷可是说像江尚书？"说到这里，他倏地一惊，脱口道："两淮盐政使？"

"就是他！"东方溯淡淡道，"琴清一日只见一位客人，可江叙一来，就立刻相迎，一个拒绝的字也没有。听她的丫头说，江叙前日才来过，也就是说……他可以随时见到琴清。呵呵，看来咱们这位江大人不仅常来红袖阁，还关系不浅。"

张进拧眉道："红袖阁就是一个销金窟，就咱们这么一会儿工夫，就去了百多两，这江大人三天两头过来，得扔多少银子下去啊。"

东方溯目光森冷道："无妨，他扔多少，咱们就让他加倍吐出来，吐不出来，就从身上刮，像他刮老百姓那样一层一层地刮！"

张进听得打了个冷战，低了头不敢言语，旁边的予恒也是一样，默默无言地往客栈走去。

回到客栈，已经是三更天，慕千雪一直等在屋中，看到他们进来，让夏月取出裹在棉衣里的炖盅，分别盛了一碗还热乎乎的红枣银耳羹递到他们手里："外面冷，快吃了暖暖身子。"

"多谢夫人。"张进受宠若惊地接过她亲手递来的银耳羹，虽说红袖阁里也有珍馐美味，但他一口没吃，就喝了几杯酒，还是被强行灌下去的，这会儿还真是饿了。

看着他们两个狼吞虎咽的样子，夏月好笑道："慢点儿吃，还有呢，刚才小二送膳过来的时候，我还和他说起红袖阁呢，他说那边请了八个大厨，川鲁粤苏，浙闽湘徽各一位，做出来的菜比扬州城最好的酒楼还要好，怎么你们好像一口没吃，尽饿肚子呢。"

张进含糊不清道："那一个个如狼似虎的，谁敢动啊。"

予恒亦道："张公公说里面指不定有药，说什么也不让我吃。"

夏月好奇道："无端地放什么药？"话音未落，她眼皮猛地一跳，骇然道，"难道有人知道了你们的身份？"

"那倒没有。"予恒喝完最后一口，茫然道，"我也不知道好端端的为什么要放药，张公公就是不让吃。"

面对众人的目光，张进清咳一声，神情不自在道："我以前在金陵的时候，曾听人说起，有些风尘女子为了招揽生意，会在酒菜里面下……咳，下一些药，好让……让客人动情。”

听到这里，夏月哪里还会不明白，笑得前俯后仰：“我还以为是什么，原来是这个，咯咯，想不到公公久居深宫，竟然还知道这个。”

张进被她笑得满脸通红，窘迫道：“就算没吃过猪肉也看过猪走路，有什么稀奇的。”

几人里，只有予恒还是一脸茫然：“你们在说什么，什么药，什么动情？”

夏月努力憋着笑道：“没什么，大公子往后多听张公公的话，他知道的可多了，连……连……哈哈哈。”说到后面，她又忍不住笑了起来。

予恒疑惑道：“姨娘，他们到底在说些什么，怎么我都听不懂？”

“这个……”慕千雪粉面微红，朝东方溯投去求救的目光，东方溯微微一笑，解释道：“青楼之地为了招揽客人，有时会用一些催情的药，张进就是怕你出事，才一直拦着。”

“原来是这样，多谢张公公。”予恒脸庞一红，朝张进拱手道谢。张进连连摆手，“这都是奴才应该做的，就是后面灌酒的时候，奴才实在挡不及，好在没出什么事，否则奴才真没脸见七爷和夫人了。”

慕千雪笑一笑：“有你护着予恒，我与七爷都放心得很。”顿一顿，她将话题转回正题，“七爷可有见到琴清？”

东方溯拨弄着碗里雪白软糯的银耳：“见了，也见到了另一个人。”

慕千雪一怔，旋即猜到了几分：“江叙？”

“不错。”东方溯松开手指，勺子磕在碗边，发出“叮”的一声脆响，“我们走的时候，他刚好到，算是打了个照面。”

这个时候，屋外响起脚步声，继而门被推开，一道娇小的身影如花蝴蝶一样扑到东方溯怀中，亲昵地唤了声“爹爹”。

“你怎么还不睡？”东方溯宠溺地捏着倾心玉雪粉嫩的脸颊。

“爹爹不回来，心儿睡不着。”倾心像扭结糖一样在他怀里扭着，过了一会儿，她疑惑地问道，“爹爹你去哪里了？身上好香啊，好像是脂粉香。”

“爹爹去办了些事情。”说着，东方溯温言道，“很晚了，快跟花蕊去睡吧，否则明儿个起不来了。”

见东方溯对她的问题避而不答，倾心不高兴地皱了皱小鼻子："爹爹不说，我才不睡呢。"说着，她又催促道，"爹爹你快说嘛。"

"你这鬼灵精。"东方溯摇摇头，想他乃堂堂帝君，谁见了不是战战兢兢，偏偏拿这个小女儿一点儿办法也没有。

没等东方溯想好怎么说，倾心突然一拍手掌，脆声道："我知道了，爹爹是去了青楼寻欢。"

肆无忌惮的童言稚语，令众人尴尬不已，尤其是东方溯，借咳嗽掩饰着脸上的尴尬："谁告诉你的？"

倾心歪着小脑袋，一本正经道："我自己想出来的啊，爹爹身上染了那么多脂粉，又这么晚回来，一定是去青楼了。"说着，她嘟着小嘴，不悦道，"好啊，爹爹瞒着娘亲跑去青楼，该罚！"

东方溯被她说得哭笑不得，揉着倾心的脑袋道："你这小脑袋瓜里都在想些什么？"

倾心生气地拍开他的手："爹爹把我头发都弄乱了，快说，你为什么要去那里，都做了什么？"

予恒一把抱起倾心，敲着她的小脑袋道："父亲是去了青楼，但那是为了查案，倒是你，才几岁的人啊，张口就是'青楼寻欢'，都哪里听来的，乱七八糟。"

倾心生气地瞪着他："不许再敲我脑袋，要是敲得和三哥一样笨，我可不放过你！"

予恒朗声大笑："你这个鬼丫头，予瑾要是听到你这话，非得气死不可。"

倾心正要说话，突然在予恒身上一阵乱嗅，继而生气道："你也去了青楼寻欢！"说着，她攥起小小的粉嫩，不停打着予恒。

予恒被她打得哭也不是笑也不是："小姑姐姐，我冤枉啊！"

倾心轻哼一声，打得越发用力："罪证确凿，还敢狡辩！"

"我都说了是去查案啊，不相信你问姨娘，她也是知道的。"听到这话，倾心将信将疑地看向慕千雪，慕千雪笑道："你大哥说的是真的，快下来吧。"

见自己打错了人，倾心脸庞微微一红，赶紧从予恒怀里滑了下来，予恒揉着隐隐作痛的胸口道："幸好力气不大，否则照你这么个打法，非得内伤不可。"

"倾心胡闹，我代她赔个不是，别往心里去。"听到慕千雪这话，予恒连忙道：

“姨娘言重了，我是与心儿说笑呢，别说打几拳，就算她刺我一剑，我也不会生气。”

慕千雪欣慰道：“倾心不知修了几世的福气，有你这么一个大哥疼她。”

予恒被她说得不好意思，挠着脑袋憨厚地笑着，在这番笑闹过后，东方溯将见琴清的事情说了一遍，也提到她就是当日在秦淮河上见字未见人的那一位。

第六章　两女初见

东方溯随口赞道："琴清虽然身在风尘，但出淤泥而不染，且谈吐清雅，博学广才，很是难得。"

听到他称赞别的女子，慕千雪略略有点儿吃醋，酸溜溜道："既然七爷和琴清姑娘如此投缘，她又倾慕七爷，不如带回宫中长伴圣驾左右。"

东方溯低笑一声，挤眼促狭道："夫人这是在吃醋吗？"

慕千雪被他说穿了心思，脸庞微微一红，急忙否认："谁吃醋来着，七爷不要胡说。"

东方溯朗声大笑："好好好，夫人没有吃醋，夫人最深明大义，是为夫自作多情、自以为是、自命不凡，夫人满意了吗？"

慕千雪忍不住"扑哧"笑出声来："哪有人这样说自己的。"

东方溯握住她的手，含情脉脉："只要夫人高兴，为夫怎么着都没关系。"

慕千雪脸皮薄，怕被张进他们看笑话，急忙抽回手轻声道："来了扬州几天，七爷越发会哄人了。"

予恒一脸正色道："予恒相信父亲说的都是肺腑之言，就算琴清姑娘有千般万般的好，在父亲心里都不及姨娘万分之一。"

东方溯拊掌笑道："予恒可算是替我说了一句公道话。"

张进也来凑热闹："虽然七爷见琴清姑娘的时候，奴才不在一旁，但奴才敢拿性命担保，一定是神女有心，襄王无梦。"

倾心倒是没说什么，只是捂着嘴偷笑，令慕千雪越发面红耳赤，啐道："一个个都帮着他来欺负我，不与你们说了。”

看到她又羞又气的模样，东方溯笑道：“好好好，不说了，咱们说正事。”停顿片刻，他道，“林默那边有消息吗？”

慕千雪摇头道：“林统领接连派了几拨人去江府搜查，都没有找到真正的账册，倒是险些露了行踪。今夜林统领亲自走了一趟，发现江府加强了守卫，不宜再去。”

东方溯颔首道：“我今日在红袖阁见到江叙了，他倾慕琴清一事，应该是真的，如果她肯帮忙，应该能问出账册的下落，只是……”他头痛道，“我想不到要怎么样才能让她帮忙，又不用表露身份。”

慕千雪凝声道：“但这本账册是一定要找到的，否则只凭八大盐商的账册，并不能将江叙定罪。”

“所以啊，实在麻烦。”听着东方溯的话，予恒插话道，“咱们可以给她银两，或者替她赎身，离开红袖阁。”

慕千雪摇头道：“第一，她是扬州第一花魁，有的是富商公子为她一掷千金，绝不会缺银两；第二，她若真要离开红袖阁，大把大把的人愿意为她赎身，包括那位江大人。所以你说的这两个法子都不可行。”

“我有办法！”倾心兴奋地举手，“她不是喜欢爹爹嘛，那就让爹爹用美男计！”

慕千雪险些笑出声来，勉强忍住后，一本正经地附和着倾心的话：“对哦，只要你爹爹牺牲一下色相，琴清姑娘一定会同意。”

东方溯一脸无奈道：“你们两个是打定主意拿我取笑了是不是？心儿，快回去睡觉。”

“才不要。”倾心扮了个鬼脸，蹦蹦跳跳地来到予恒身边，“大哥，我这个主意好不好？”

予恒刮一刮她的鼻子，轻声道：“你就别捣乱了，我回来的时候，外面在下大雪，要是盐价抵制不下来，扬州百姓为了吃盐，必然节衣缩食，这个冬天可就难熬了。”

倾心虽然爱玩，却也知道轻重，当即点点头，安静地站在他身边，不再言语。

另一边，慕千雪沉吟片刻，道：“七爷，不如让妾身去试试。”

“琴清？”东方溯长眉轻扬，复又摇头道，“除非表露身份，否则难以开口。再者，琴清也未必肯帮忙。”

“试，未必能成；不试，就一定不成。”慕千雪取过一个橘子徐徐剥着，橘皮一片一片垂落，犹如倒垂的莲花，“琴清是这盘棋的关键，除非七爷有更好的法子，否则妾身还是建议一试。”

“你有几成把握说服她？”

慕千雪将橘皮扔入炭盆中，随着橘皮渐渐变焦，屋中清香四溢，令人心旷神怡，“这个要等妾身见到她，方才能够知晓。”

东方溯沉思片刻，点头道：“好吧，就按你的想法去做。”

在他们商议如何对付江叙与两淮居高不下的盐价时，冯家正在进行一场激烈的争论。

冯岚激动地说道：“我不相信，你胡说！”

“家丁亲眼看见的，还能有假吗？”冯百万冷笑道，“前脚义正词严地说糟糠之妻不下堂，后脚就跑去红袖阁找女人。女儿，咱们都被他给骗了。”

冯岚紧紧咬着银牙：“我不相信他是这样的人，这里面一定有问题。”

冯百万不悦道：“能有什么问题，难不成还有人拿刀逼着他进红袖阁不成。”

“可是……”冯岚努力寻思着开脱的话，“他若真是这种贪花好色的人，那日就不会拒绝了。”

管家在一旁道：“或许他是不想入赘冯家，从此受老爷和小姐的钳制，所以玩了一手欲擒故纵的把戏，好谋得更多的利益。”

冯百万面色阴冷道：“若真是这样，此人心机深不可测。”停顿片刻，又道，“查到他的底细了吗？”

管家摇头道：“没有，这人好像凭空冒出来的，什么都查不到。”

“查不到……”冯百万手指“笃笃”敲着桌面，半晌，手指一顿，面无表情道，“看来，这个人远比咱们想的要复杂，从现在开始，派人日夜盯梢，一定要查清楚他的身份和背景。”

管家正要答应，有家丁进来，恭敬道：“老爷，江大人来了，正在前厅奉茶。”

冯百万一惊，赶紧就要过去，经过管家身边时，意外听到他喃喃自语：“奇怪，这江大人不是去红袖阁了吗？”

冯百万脚步一顿：“怎么回事？”

管家赶紧道：“先前家丁来报的时候，说方寻本去红袖阁见琴清的时候，正好江大人也来了，按道理说，江大人这会儿应该在红袖阁啊，怎么就过来了呢。”

冯百万心中一凛，江叙喜欢琴清一事他是知道的，甚至不止一次铺桥搭路，想让艳娘说服琴清从了江叙，无奈琴清倔强得紧，始终不肯。

尽管琴清不识抬举，但江叙还是很喜欢她，每次过去，都要在她房里待上一夜，弹弹琴，说说话，可现在……

一定是出事了！

想到这里，冯百万急忙加快了脚步，冒雪来到前厅。冯府下人都被调教得十分机灵，江叙一到，立刻就端了炭盆过来，不一会儿工夫，厅中已是十分暖和。

"大人！"冯百万一进前厅，顾不得掸去衣上的雪，急急朝坐在厅内用茶的中年人拱手行礼，"大人深夜前来，可是出事了？"

江叙微微一笑："坐下说话。"

见他这么说，冯百万只得按了心头的急切，依言落座，下人在奉上茶之后就退了出去，厅堂寂静，令外面呼啸的风雪声格外清晰。

江叙掸一掸衣裳，慢条斯理道："本官听说冯老哥的宝贝千金抛绣球招亲，结果招到一个有妇之夫，是这么回事吗？"

冯百万讪讪一笑："是这么一回事，想不到大人也知道了。"

"这扬州城，说小不小，说大不大，就算不刻意去打听，这消息也会自然而然地传到耳朵里。"茶雾氤氲，令江叙的面容看起来有些模糊，"这个人可是姓方？"

冯百万面色一怔，点头道："大人认出他来了？"

江叙眼皮一动，似笑非笑道："想不到冯老哥耳目如此灵通，看这样子，恐怕本官这些年的一举一动都在冯老哥监视之下。"

冯百万大惊，急忙起身解释道："冯某就算有天大的胆子，也绝不敢监视大人您，冯某只是觉得那个姓方的不大对劲儿，所以让下人暗中盯着，结果正好遇上大人，此事实乃凑巧，大人您可千万不要误会。"

江叙哂然一笑，摆手道："本官只是开个玩笑罢了，老哥不要当真，快坐下。"

冯百万依言落座，但这一次，他如坐针毡，惴惴不安地揣测着江叙刚才的话，他虽然富可敌国，但江叙掌握着江南盐业命脉，他是万万得罪不起的。

所幸江叙并没有继续追究下去的意思，徐徐道："今夜我去红袖阁见琴清，正好遇见他，本来也没在意，结果护卫发现你的家丁跟在他后面，一时好奇，就让人查了一下，意外得知这件事。"说到这里，他眸光一冷，凉声道，"真是想不到，居然有人宁可要糟糠之妻，也不要老哥你的万贯家财，换了是本官，也未必能做到。"

虽然冯百万放出消息，说是冯岚不愿下嫁一个有妇之夫，但江叙是什么人，这扬州城里还没什么事情是能够瞒过他的。

冯百万搓着手道："大人说笑了，我那点儿家财，哪入得了您的法眼。"

"好了，你也别在这里谦虚了，关于这个方寻本，你都查到了些什么？"

冯百万正色道："什么都没查到，只知他是来扬州做生意的商人。"

"商人……"江叙取过一个龙眼徐徐剥着，他的手很好看，修长白皙，左手拇指上戴着一枚兽首碧玉的扳指。

江叙将剥好的龙眼递过去，凉声道："商人行事，皆以利为先，可他前脚拒绝了你冯家，后脚又找琴清问我的事，你觉得正常吗？"

冯百万一惊："竟有这样的事？"

江叙眯了眼眸道："琴清本不肯说，还是趁紫鹃送出门时套出来的话。"

冯百万盯着手里洁白如玉的龙眼肉，半晌，他不确定地问道："难道……此人在调查我们？"

江叙拭一拭手上的汁水，幽幽道："不怕一万就怕万一，前车之鉴，后事之师。"

冯百万试探道："大人是说……陵阳一事？"

江叙微微点头："虽说陛下已经在回京路上，但谁敢保证他没有派人来扬州呢？"陵阳一事后，东方溯原本打算回京，但在途中改变主意，改带慕千雪他们来扬州散心，但外界一直以为他在回京途中。至于方寻本这个化名，只有少数几个人知道。

冯百万双手猛地收紧，龙眼透明的汁水顺着指缝滴了下来，慌乱道："那……那现在怎么办？"

江叙睨了他一眼，温言道："慌什么，这一切都是我们的猜测，是真是假还不知道。退一步说，就算是真的又如何，兵来将挡，水来土掩，这样的事也不是头一回遇到了。"

听到这话，冯百万渐渐平静下来："明白了，我会尽快查清此人底细，有什么动静立刻向各大人禀报。"

"好。"江叙眼眸微眯，"最近府里可有什么异常？"

"没有。"冯百万疑惑道，"大人为什么这么问？"

"昨夜曾有一伙盗贼试图潜入本官府邸，也不知是否跟姓方的有关。"江叙轻敲着桌面，冷声道，"本官总觉得，自打过了年之后，就不甚太平。"顿一顿，又道，"告诉其他几家，最近收敛一些，不要闹出什么事，否则本官可保不了他们。"

冯百万点点头，试探道："那盐价……"

江越知道他想说什么，凉声道："盐价该怎么样就怎么样，关键是别让人抓到把柄，明白吗？"

冯百万在商场打滚几十年，怎会听不懂他的意思，当即道："小人明白。"

他们在调查东方溯的时候，东方溯也在调查着他们，就看谁更快查清对方的底细。

雪下了一夜后，不仅没停反而更大了，积在地上的雪差不多有一寸多厚，鞋子踩上去"咯吱咯吱"作响，一眼望去，到处都是白茫茫的，行人裹着厚厚的棉衣行色匆匆，沿街两排店铺看不到客人，伙计缩在柜台后面，百般无聊地打量着来往行人。

不同于晚间的繁华热闹，白天的红袖阁清冷无人，连一个守门人都没有，门窗都紧紧闭着。

慕千雪站在红袖阁门前，对夏月道："去敲门吧。"

"是。"夏月上前叩动门环，过了很久才有人来应门，是一个三四十岁的龟奴，一边打着哈欠一边不耐烦地打量着夏月，"什么事？"

夏月客气地说道："我家公子想见琴清姑娘，麻烦通传一声。"

龟奴瞅了一眼披着大氅男装打扮的慕千雪，面色古怪道："你们不知此地的规矩吗？"

"知道，但我家公子今夜就要离开扬州，故而想在离开之前见一见琴清姑娘，还请这位大哥通融。"随着这话，夏月往他手里塞了一锭银子。有钱能使鬼推磨，这一锭银子塞过去，龟奴的面色顿时好看了许多："既是这样，我帮你们去说一声，不过别抱太大希望，旁的姑娘都好说，只有琴清姑娘，她可不随便见人。"

"我们知道，多谢大哥。"说着，夏月又补充道，"我家公子姓方。"

"知道了。"龟奴转身入内，留下慕千雪主仆在外面。夏月犹豫道："主子，她会见咱们吗？"

"会的。"果不其然，龟奴笑容满面地走了出来，哈腰道："公子真是幸运，琴清姑娘答应见您呢，里面请。"

"有劳了。"夏月道了声谢，与慕千雪随着龟奴来到二楼，此刻红袖阁的姑娘都还睡着，只有几个下人在那里掸尘扫灰。

龟奴领着她们沿铺着细绒锦毯的长廊来到一间厢房前，恭敬道："姑娘，方公子来了。"

"吱呀！"两扇朱红锦门应声而来，一个梳着双髻的丫头走了出来，在看到慕千雪后"咦"了一声，也不说话，只是上下打量着。

龟奴瞅着气氛有些不对，轻声道："紫鹃姑娘怎么了？"

紫鹃是丫头，本没资格被人称一声姑娘，但琴清是红袖阁头牌，连艳娘都客客气气，不敢说半句重话，紫鹃作为她的贴身丫头，身份自然也是水涨船高。

"没什么，你下去吧。"在打发龟奴离去后，紫鹃睨了慕千雪二人一眼，冷冰冰道，"跟我进来。"

看到慕千雪二人，琴清脸上的欣喜化为失望，意兴阑珊道："琴清突然有些头疼，不能招呼方公子，请回吧。"

面对她的逐客令，慕千雪也不生气，微笑道："琴清姑娘是在等另一位方公子对吗？"她没有刻意改变声音，轻灵悦耳，一听便知是女子声音。

琴清诧异道："你是女人？"

"是，而且我们曾经见过。"慕千雪的话令琴清陷入沉思之中，半晌，她恍然道："我记得了，你是方公子的夫人，那日在秦淮河上见过。"

"琴清姑娘好记性。"慕千雪欠身一礼，浅笑盈盈，"冒名而来，实属不该，但若非如此，怕是难以见到琴清姑娘，还望见谅。"

琴清拂袖落座，淡然道："你见我做甚？"

"昨夜一见，夫君对姑娘称赞有加，千雪慕姑娘之风采，所以冒昧来访。"千雪是她的闺名，只有亲近的几个人知晓，倒也不怕泄露了身份。

"方夫人说笑了。"琴清自顾自斟了一杯茶，凉声道，"夫人此来，应该不仅仅是为了看琴清一眼吧？"

"果然什么都瞒不过姑娘。"慕千雪笑一笑，"是，我此次过来，除了拜访姑娘之外，还有事情想请姑娘帮忙，我……"

"你不必说下去。"琴清漠然打断她的话，"因为我不会答应。"

夏月皱眉道："我家夫人客客气气地跟你商量，你听都不听就拒绝了，真是好没礼数。"

见自家姑娘被数落，紫鹃自然不会客气，当即反唇相讥："你才没礼数呢，我家姑娘是为你们好，反正说了也是白说，倒不如省点儿唾沫星子。"

琴清举手示意她退下，淡然道："第一，我与你们非亲非故，没有理由帮忙；第二，我不喜欢管别人的闲事。这两个理由足够了吗？"

夏月没想到这个琴清这么难对付，一时还真不知怎么接话，半晌，她咬牙道："原先听我家爷说着，还以为你古道热肠，乐于助人，原来根本是一个自私自利之人。"

琴清拔下一支金簪，拨弄着卷曲焦黑的烛芯，平静道："激将法对我没用，帮人是客气，不帮是本分，谁也挑不了刺。"

"姑娘说得固然没错，可如果这件事对姑娘自身也有利呢？"慕千雪一边说着一边拿起针线箩里的剪刀，利落地剪去烛芯，随着多余的烛芯被剪去，烛苗渐长，恢复了之前的明亮炽盛。

琴清若有所思地看着她："这话怎么说？"

慕千雪给自己倒了一杯茶，笑意深深道："现在姑娘有兴趣听我说下去了吗？"

琴清一言不发地盯着她，半晌，态度终是软了下来："琴清洗耳恭听。"

"两淮盐价居高不下，百姓为了能吃上一口盐，只能节衣缩食，如今又天降大雪，严寒深重，百姓生计越发艰难。我夫妇二人虽是闲人，却也不忍百姓受苦，听说两淮盐政使江大人对姑娘甚是倾慕，故而想请姑娘说一说情，让江大人将盐价压下来一些。"

夏月一怔，望着慕千雪欲言又止，他们不是来请琴清帮忙打探账册的吗，怎么一转眼又变成压盐价了，夫人这葫芦里卖的究竟是什么药？

琴清哂然一笑："夫人说笑了，我只是一名青楼女子，没资格也没立场去说这件事。退一步说，就算我说了，江大人也不会答应。"

"试都没有试，就先一口否决，姑娘不觉得太过悲观了吗？"

"不是悲观，而是告诉你一个客观事实。"琴清摇头道，"这件事没你想的那么简单。你不要插手了。"

慕千雪捧着温热的茶盏，目光幽幽道："听姑娘口气，似乎知道些什么？"

琴清面色微微一滞："我不知道。"

慕千雪捕捉她眼底细微的惶恐，微笑道："只要姑娘肯帮这个忙，我愿帮姑娘离开此处。"

"离开……"琴清喃喃念着这两个字，有片刻的失神，复已平静如常，"夫人觉得我会缺赎身的银子吗？"

慕千雪含笑道："当然不缺，只要你琴清姑娘一句话，有的是人双手奉上金银，但红袖阁束缚你的，并不仅仅是银子。"

琴清双手猛地一哆嗦，茶盏从手心滑落，打湿了衣裳，她有些慌乱："我……我不知道你在说什么。"

"你比谁都清楚。"刚才那句话，慕千雪只是试探，而琴清的反应给了她最好的答案，"你不喜欢浮华奢靡，不喜欢这里的堕落，甚至不喜欢红袖阁里的每一个人，可你依旧待在这里，好好待着，一步也不敢离开，因为红袖阁外有你害怕的东西，而那些富家公子，并没有保护你的能力。贫不与富斗，富不与官斗，能令他们无力为难的，也就只有官家了。”

琴清面色煞白，颤声道：“你不要胡说，没这样的事。”

“我有亲戚在金陵为官，位居一品，只要你肯帮我这个忙，我有足够的信心，保你平安离开红袖阁。”

琴清默默不语，藏在广袖中的十指绞得发白，紫鹃犹疑半晌，俯身附在她耳边：“姑娘，若你真想离开红袖阁，不妨试一试，顶多就是不成罢了，江大人那么喜欢你，总不至于为了几句话问您的罪。”

琴清苦笑道：“保得了一时，保不了一世，只要他们还在一天，我就不可能真正平安。”说着，她对慕千雪道，“我只是一个小女子，只想安安静静、平平安安度此一生。所以，我帮不了你，另外……”她脑海中闪过东方溯的身影，想到他可能会有危险，胸口狠狠一痛，像有无数根钢针在扎一样，连呼吸都染上了痛，犹疑半晌，终还是说出了口，“我劝你们一句，不要再管这件事，以免招来杀身之祸。”

紫鹃骇然色变，顾不得有外人在场，急急捂住她的嘴，紧张道：“姑娘慎言！”

琴清拉下她的手，深深吸了口气：“言尽于此，你们走吧。”

夏月急切道：“姑娘，您再想想，这可关乎两淮百姓的生计啊。”

琴清打定主意不想管这件事，冷冷道：“说句不中听的话，他们的生死与我何干？”

慕千雪示意夏月退下，静静道：“是，就算他们都死了，你也不会少一块肉，但你扪心自问，真的能够安心吗？”

紫鹃叹息道：“你们不要为难我家姑娘了，她真的帮不了你们，快走吧。”

静默片刻，慕千雪起身道：“既是这样，我改日再来拜访姑娘，希望到时候姑娘能够改变心意。”

在她们走到门边时，琴清突然道：“你真那么想帮扬州百姓吗？”

听到她语气有所松动，慕千雪心中一喜，连忙回身道：“当然！”

琴清眼中精光一转，颔首道：“我可以帮你，但我有一个条件。”

慕千雪不假思索道：“你放心，我不会让任何人伤害你。”

琴清摇头，盯着她一字一字道：“我说的是另外一个条件，不过这个条件，必须要方公子在场，我才会说。”

谁也猜不透琴清打的什么主意，夏月冒雪去请了东方溯。在看到东方溯的那一瞬间，琴清目光温柔如山顶的那一抹朝霞，就算再迟钝的人，也能看出她的深情。

“你的要求是什么？”东方溯问得干净利落，不带一丝感情。

门关起时的风拂动琴清宽广的衣袖，犹如一只努力想要飞起却不能如愿的蝴蝶。

她浅浅一笑，望向东方溯的目光中有着不加掩饰的情意：“天下是否太平，百姓是否安好，皆与我无关。我只会帮一个人，那就是我的夫君。”

东方溯眉宇拧成一团，神色古怪道：“你要我娶你？”

“不错。”琴清语气缓慢而坚定，“只要你答应娶我，无论何事，我都会帮你办到，哪怕付出我的性命。”

东方溯沉默片刻，道：“你知道，我是不会休妻的。”

“我知道，所以我愿为妾。”她的回答简单明了，没有丝毫拖泥带水。

东方溯定定看着她，半晌，叹气道：“多谢姑娘抬爱，但我还是不会娶你。”

“因为我是风尘女子？”琴清的目光很深，深到让人看不出她在想些什么。

“你虽身在风尘，却出淤泥而不染，远胜许多所谓的大家闺秀。”他的话令琴清有些许欣慰，但疑问仍在：“那是为什么？”

东方溯温柔凝睇于慕千雪：“我答应过我的妻子，终此一生，不会再娶，所以只能辜负姑娘的一番美意。”

“值得吗？”

听到这话，东方溯哂然一笑：“似乎有很多人问过这个问题，而我的回答从来没有变过——值得！”

“我明白了。”琴清怆然苦笑，早在询问之前，她就已经猜到会是这样一个答案，只是不亲耳听到，总是不肯死心。

“那盐价的事……”

琴清走到窗前，光影投落在她脸上，透着一种单薄的苍白，曼声吟道：“一别之后，二地相思，只道是三四月，又谁知五六年。七弦琴无心弹，八行书无可传，九曲连环从中折断，十里长亭望眼欲穿。百思想，千系念，万般无奈把君怨。”

东方溯眸光冰冷道：“我明白了，告辞。”

在他们离去后，琴清忍了许久的眼泪如断线的珍珠般落下，紫鹃心疼道：“姑娘别哭了，像他这样有眼无珠的人，不值得姑娘为他难过。”

“不。”琴清推开窗子，痴痴望着底下那道颀长挺拔的身影，哽咽道，“他不是有眼无珠，而是已经遇到了最好的人。"

"方夫人？"紫鹃撇一撇嘴，不以为然道，"她算什么最好，就那姿色，连给姑娘提鞋也不配。"

琴清拭一拭泪，摇头道："你错了，她虽姿色不出众，但聪明过人，心地善良，与她相比，我才是自惭形秽的那一个。"

紫鹃不乐意道："姑娘，他们对你那样不好，你怎么还反过来帮着说话，以德报怨也不是您这么个报法啊。"

琴清涩涩一笑："我不是帮着谁说话，而是真的不如。我一直都知道为了那一口盐，百姓过得很艰难，可我从来没为他们说一句话，甚至连这个念头也没有过。"

紫鹃不以为然道："这事本来就与姑娘无关，就像您说的，帮是客气，不帮是本分，没人挑得了刺。"

"别人固然挑不了，却难过自己心里那关。"琴清闭一闭目，再睁开时，目光温柔而坚定，"该是时候做一些事情了。"

紫鹃听着意思有些不对，试探道："姑娘打算帮他？"

"不错，这也是我唯一力所能及的事情。"琴清的回答令紫鹃又生气又心疼："先前姑娘那样委曲求全，他都不肯答应，还帮他做什么？"

"本就是我强人所难，怪不得他。再说，我这么做不仅仅是帮他，也是帮两淮千千万万的百姓。"

"奴婢知道，但……"紫鹃为难道，"那个江大人一直想得到姑娘，这会儿开口，岂不正好给了他机会吗？"

"你以为我不开口，就可以安然无事吗？"琴清摇头道："不，他早晚会耗尽耐心，只是迟早的问题。"

紫鹃被她说得没了主意："那……那怎么办？"

琴清低头看着留在雪地里的那一串脚印，幽幽道："生若流水，迹如浮萍，飘零不知所终；身随物役，心为尘迷，百年终归一梦。"

随着她的吟念，紫鹃感觉到一种无处不在的悲凉，犹如清明节时断时续的细雨，令人心中难过："姑娘……"

琴清转过头，笑意和静温雅："我没事，只是突然有感而发。"说罢，取过一枝开得正盛的梅花，红梅素手，美得让人移不开目光，"穷则独善其身，达则兼济天下。我虽未达，却也愿意助他兼济天下，相信这也会是我此生最有意义的事情。紫鹃，你应该为我高兴。”

紫鹃难过道：“奴婢知道，只是太委屈姑娘了，而且……他根本不知道您的心意。”

琴清微微一笑：“他不知，她却知。”

紫鹃被她说得一头雾水，“姑娘您在说什么？”

琴清正要解释，外面传来嘈杂的吵闹声，隐约还听到有人在叫自己的名字，不一会儿，门外传来龟奴无奈的声音：“姑娘，又有人要见您，这会儿正在底下大吵大闹。”

紫鹃疑惑道：“今儿个是怎么了，天还没黑，就接二连三有人要见姑娘。”说着，她开门问道，“是谁？”

龟奴摊一摊手：“不认识呢，应该是外地来的富家公子，瞧着年纪不大，脾气倒是很大，还扬言要拆咱们红袖阁呢。”

紫鹃气急反笑：“好大的口气，他要是真能拆了红袖阁，我就给他写一个大大的服字。你们也是，就不会赶出去，还非得惊动姑娘。”

龟奴无奈道：“艳娘交代过，在没摸清背景前，不要轻举妄动，以免得罪一些不该得罪的人，她今儿个又恰巧不在，所以只能劳烦姑娘一趟了。”

琴清心中一动：“今儿个是初几？”

龟奴如实道：“正月二十二。”

琴清低眉不语，回想起来，每逢二十二这日，艳娘都会离开红袖阁，深夜方归，没人知道她去哪里，也不知道她去做什么。在这一日，艳娘的行踪就是个谜。

“姑娘？”龟奴的声音将琴清惊醒，她知道龟奴的意思，颔首道：“我与你下去看看。”

龟奴赶紧应了一声，陪着她下楼，底下，一个少年公子坐在椅中，模样倒是很俊秀，就是那副盛气凌人的模样让人看得不舒服。

看到从楼梯上走下来的琴清，他眼眸微眯，冷冷道：“你就是琴清？”

第七章　江叙

琴清走到他身前，屈膝微微一福，轻声道："正是小女子，敢问公子高姓大名？"

冯岚眼底掠过一丝嫉妒，她一向自视甚高，偏偏东方溯对她不屑一顾，要仅仅是这样也就罢了，但东方溯特意来红袖阁见琴清，令她气愤不已，遂女扮男装，来见一见琴清。

她本以为琴清身在风尘，必然流于俗艳，没想到竟然这般清丽秀美，更透着一股傲气，生生将她压了下去。

冯岚从怀里掏出一把银票，扬声道："我叫什么，你不必管，只要你把小爷侍候舒服了，这些银票就是你的。"

琴清看了一眼那叠至少有十几张的银票，淡然道："公子想我怎么侍候？"

冯岚以为她动心了，越发得意，勾起她的下巴道："模样倒是长得不错，水灵灵的，就不知道这身材怎样，这样，先把衣裳脱了，让小爷仔细看看。"

紫鹃面色一变，站出来道："胡说八道什么，我家姑娘可不是你想的那种人。"

冯岚旁边的丫鬟嗤笑道："哟，一个出卖皮肉的还装起清高来了，也不怕笑死人。"

见她存心羞辱自家姑娘，紫鹃怒不可遏道："把嘴巴放干净一点儿，不然我撕烂你的嘴！"

"果然是没教养的东西，连句像样的人话也不会用说。"丫鬟冷冷说了一句，转眸对琴清道，"我家公子的要求你都听到了，脱吧。"

龟奴赔笑道："这位公子，琴清姑娘一向卖艺不卖身，您要是想玩，我可以找几个会玩的姑娘陪您，虽说略有不及，但也是一等一的美人儿，保您玩得尽兴。”

“我让你说话了吗？”冯岚横了他一眼，指了琴清道，“我就要跟她玩。”

龟奴搓手道：“这个真是没办法，公子您就不要为难小人了。”

冯岚冷哼一声：“连这点儿小要求都没办法，你们这红袖阁不开也罢！”

这句话说得有些重了，就算见惯刁难客人的龟奴也不禁有些冷脸：“看来公子是存心来捣乱的。”

“小爷是存心来快活的，要不然也不会带那么多银票，你们可倒好，自己侍候不好，还说小爷捣乱，真是好笑！”说着，冯岚挥手将银票甩到琴清身上，催促道，“还不赶紧脱？”

此时天色已晚，正好有几个客人进来，看到琴清皆是一阵狂喜，眼睛像被胶水黏住一样，怎么也移不开，平日里他们可是想见一面也难，这会儿当然要拼命看个够。

看到那群人色迷迷的样子，冯岚眼底掠过一丝不屑，男人都是肤浅的东西：“再不脱的话，我可就亲自动手了。”

琴清在紫鹃耳边低语了几句，紫鹃点点头，上前道：“我家姑娘说了，她可以答应公子的要求，但有一个条件，那就是……”她凑到冯岚身前，就在冯岚以为她是要说条件的时候，突然一把拽下冯岚发间的白玉束带，一头秀发顿时披散而下，露出她的女儿身。

紫鹃一击得手，立刻退后几步，故意道：“听说群芳楼来了一位新头牌，想来就是姑娘了。我知道你不服气我家姑娘名动扬州，压了你风头，但这样扮作客人来故意捣乱，未免过分了吧。”

冯岚被揭穿了身份又惊又怒，这会儿听到紫鹃冤枉自己是群芳楼的姑娘，更是气不打一处来，怒喝道：“贱婢胡说！”

紫鹃眼中掠过一缕笑意，继续道：“姑娘敢做不敢认吗，其实你姿色不差，只是心眼小了些，脾气也差了些。与其在这里闹些有的没的，倒不如好好改改脾气，修修性子。”说着，她转头道：“几位公子，你们说是不是？”

“不错，是这么个理。”那几人纷纷点头，其中一人色迷迷地打量着冯岚，“仔细看看，还是挺水灵的，看你也不容易，这样吧，今儿个晚上，本公子就包你了。”

“哎，吴兄，这你可不厚道了吧，咱们一起看见的，怎么你说包就包了，我可不答应啊。”

另一个人随声附和：“对对对，这么个美人儿，必须得公平竞争，我出一百两。”

他们心里都清楚，能看琴清一眼，已经是烧高香了，想要她陪自己，是根本不可能的。再说了，他们都只是小富之家，琴清的价格，动辄千两，根本不是他们所能承受的。

跟只可远观不可近玩的琴清相比，眼前这个小美人儿可就实在多了，恨不得立刻抱在怀里蹂躏。

被称作吴兄的那个人不屑道："一百两也好意思拿出来说，我出三百两。"

"我出三百五十两。"他们四个在那里肆无忌惮地叫着价，没一会儿工夫，就叫到了六百两。

看到他们把自己当货物一样叫价，冯岚几乎气歪了鼻子，指了他们呵斥道："你们这群蠢东西，凭你们也配议论本姑娘。"

"哟，还是个小辣椒呢，不错不错，玩起来一定更带劲儿。"吴公子笑得越发大声了，继而对还在那里叫价争执的三人道，"我出八百两，今儿个一定要让她陪我。"

六百两对那几个人来说已经是天价了，平日里来红袖阁一趟，叫两个姿色不错的姑娘，也不过是两三百两的事情，现在吴公子又把价格提到了八百两，彻底超出了他们的承受范围，摇头道："行吧行吧，今夜就让你春风一度吧，我们几个等明日。"

"承让承让。"吴公子得意地拱一拱手，走到冯岚身边，轻佻地摸着她的下巴，"小美人儿，你是本公子的了。走，咱们现在就回群芳楼快活去，定保你欲仙欲死！"

冯岚狠狠拍掉他的手，咬牙切齿道："来人，给我打断他的手！"

两名家丁应了一声，朝吴公子走去，看那架势，竟然真要打断他的手，吓得吴公子面色苍白，颤声道："你们……你们不要胡来，你们知道我是谁吗，我父亲是庆丰米店的吴中，你们要是伤了我，一定没好果子吃。"

"庆丰米店……"冯岚点点头，"我记下了。"就在吴公子以为她惧怕自家势力的时候，耳边传来一句令人惊恐的话："米店不用再开了。"

这一次，吴公子就算再傻，也看出冯岚不是青楼女子了，结结巴巴道："你到底是什么人？"

丫鬟漠然道："你没资格问我家小姐的名字，你只需记得，在扬州屹立几十年的庆丰米店是毁在你手里就行了。"

且不提吴公子在那里鬼哭狼嚎，冯岚目光森森地盯着琴清，犹如一条择人欲噬的毒蛇，半晌，她张嘴露出雪白的贝齿："你倒是好手段，差一点儿就被你给害了！"

琴清微微一笑，云淡风轻："我不过是与姑娘开个玩笑罢了。"

"可我不喜欢你这个玩笑，红袖阁……"她环视周遭一眼，对剩下的几名家丁道，

“给我把这里砸了，记着，砸干净了，不许留下一件完整的东西！”

龟奴面色一变，急忙道：“还请姑娘适可而止。”

冯岚迭声冷笑：“你就是一个龟奴，有什么资格跟我说话，还有，本姑娘的字典里，就没有‘适可而止’这四个字。”

“红袖阁虽是青楼，却也不是随便什么人都能撒野的地方，我劝你还是不要自讨没趣的好。我们这里的东西都不便宜，你现在砸得痛快，等告到官府，可就得一五一十赔出来。”

冯岚对龟奴的话嗤之以鼻：“本姑娘什么都缺，就是不缺银子。”说着，她扬声道，“给我砸，狠狠地砸！”

“出什么事了？”一名锦衣女子蛾眉紧蹙地走进来，正是艳娘。看到她，龟奴犹如见了救星，急忙迎上去将事情简单讲述了一遍，这么一会儿工夫，吴公子胳膊已经生生被人打断，正在那里哀号。

艳娘点点头，对紫鹃道：“没事了，你扶琴清回房吧。”

“不许走！”冯岚憋了一肚子气，哪肯轻易放过琴清，她打量了艳娘一眼，毫不客气地道，“你就是红袖阁的老鸨？”

艳娘笑容满面道：“正是奴家，冯小姐有礼了。”

见她一语道破自己身份，冯岚满面惊讶：“你认识我？”

艳娘笑语玲珑道：“冯小姐乃扬州第一才女，奴家要是认不出来，那不是讨打吗？”

知道冯岚的身份，吴公子真是想死的心都有了，谁不好惹，偏偏惹上这位姑奶奶，别的不说，这只手算是白断了。

“倒是有几分眼力。”冯岚轻哼一声，“你底下的姑娘蓄意陷害羞辱我，你倒说说，这笔账要怎么算？”

“冯小姐大人有大量，就不要与她们一般计较，改明儿我亲自带上东西，去冯府赔礼道歉。”艳娘在风尘中打滚十几年，说出来的话自是八面玲珑，让人挑不出错来。

“你既知道我身份，就该明白，从没人敢这样羞辱我，更别说还是一个人尽可夫的青楼女子。”冯岚依旧咄咄逼人，丝毫没有给艳娘面子的意思。也是，在她冯大小姐眼里，一个青楼老鸨需要什么面子。

“你说谁人尽可夫？”紫鹃生气地说着，她虽然身在青楼，但洁身自好，仍是清白之躯。

艳娘狠狠瞪了她一眼，呵斥道："还嫌事情不够乱吗，闭嘴！"

冯岚不耐烦道："好了，你们两个别在那里演戏了，要我不追究这件事，可以，但我有一个条件。"

艳娘见有可商量的余地，当即笑容可掬道："冯小姐请说。"

琴清眉心微微一蹙，唤过一个龟奴悄声叮嘱了几句，龟奴点点头，悄然离开了红袖阁。

冯岚幽幽一笑，指着紫鹃道："刚才这个丫头冤枉我是群芳楼的姑娘，还怂恿他们几个叫价，想侮我清白。"听到这话，那几个公子哥皆是脸色一白，悔自己早不来晚不来，偏偏撞在这个时候过来，尤其是吴公子，他的手还断着呢。

"我让紫鹃给您斟茶道歉。"艳娘话音未落，冯岚已道："不必了，我怕她在茶里下毒。"

艳娘面色一僵，复已笑容如初："冯小姐真喜欢说笑。"

"谁有工夫跟你说笑。"冯岚毫不客气地呛了她一句，随即目光一转，落在紫鹃身上，那两道阴森森的目光，犹如盯着猎物的毒蛇，令紫鹃下意识地往后退了一步。

"别怕，有我在。"耳边传来琴清温柔好听的声音，抚平了紫鹃心中的不安。

"我的要求很简单，以彼之道还施彼身，她刚才想怎么害我，就怎么还给她。"说着，她一指那几个公子，不怀好意道，"喏，人都还在，方便得很。"

艳娘面色一沉，冯岚这话分明是要毁紫鹃清白，这个丫头，年纪不大，心肠倒是歹毒得很。

"如何，答应吗？"面对冯岚的紧逼，艳娘红唇紧抿，迟迟没有开口。紫鹃只是一个丫头，清白与否她并不在意，可要是答应了，就等于当众被冯岚狠狠掴了一掌，这个脸，她丢不起，红袖阁也丢不起。

冯岚迟迟不见她回答，眼眸微眯："怎么，不肯？"

琴清蹙眉道："得饶人处且饶人，何必非要这样咄咄相逼？"

一听这话，冯岚顿时柳眉倒竖，厉喝道："我做事，还轮不到你来教，真以为你顶着一个花魁的名头，就了不得了吗？哼，说到底还不是一个出卖皮肉的。要不是本小姐仁慈，你连和本小姐说话的资格都没有。"

听到她辱骂自己的姑娘，紫鹃气愤道："我们才不要和你说话呢，是你自己巴巴地跑过来。还有，我家姑娘从来没有出卖过皮肉，你不要冤枉人。"

"我巴巴地跑过来？依你这么说，这一切都是我自找的了？"冯岚气极反笑，指着紫鹃道，“看来不给你几分颜色，真是不知道天高地厚了。来人！”

艳娘面色一变，连忙道：“冯小姐息怒，此事咱们再从长计议，不然我……”

“不用了！”冯岚冷冷打断她的话，“我给你两个选择：一，按我刚才说的做；二，我砸了你们红袖阁。”

艳娘按着心中的怒气，赔笑道：“冯小姐，我与你父亲也算有过几面之缘，能否给个面子手下留情？”

“扬州城里与我父亲有过几面之缘的多了去了，难道我还每一个都要给面子？笑话！”冯岚横了她一眼，冷声道，“既然你不舍得管教，那我来。”说着，她扬声道：“来人，把紫鹃带到房里去，然后把他们几个也带进去，什么时候好了，再放他们出来。”

那些公子哥听到这话，一个个愁眉苦脸，万般不乐意。说实话，紫鹃虽不及琴清那般清丽俗脱，但也有几分姿色，又是个清倌儿。要换了平日，别说免费，就算花些银子他们也乐意，可这会儿……明显成为冯岚报复的工具，谁能高兴得起来。

最郁闷的是他们不敢拒绝，否则冯家动起真格来，他们没一家能扛得住，到时候别说逛青楼，连吃饭都成问题。

艳娘强忍怒气道：“冯小姐这样做，实在让我很为难，不如这样吧，我让人拿鞭子来，随您怎么抽紫鹃。”

冯岚扬起高傲的下巴：“怎么，听不懂人话吗？”

艳娘缓缓沉下脸：“既是这样，那就恕艳娘不能遵命。”她不想撕破脸，所以一直在说好话，可惜对方根本没有见好就收的意思。既是这样，那就没法子了，冯家虽然财雄势大，但还没有让她低头屈膝的资格。

面对凶神恶煞一般扑上来的冯家家丁，琴清广袖一展，挡在紫鹃身前：“谁敢放肆！”

琴清气质清冷，沉了的眉眼颇有几分气势，令那几人不敢妄动。

见他们被琴清喝住，冯岚气不打一处来，呵斥道：“愣着做什么，还不赶紧动手！”

其实冯岚最想对付的人一直是琴清，她虽然目中无人，却不是傻子，知道扬州城里许多有头有脸的人都盯着琴清，包括两淮盐政使江叙，一旦琴清出事，江叙绝不会善罢甘休，所以她选择对紫鹃动手，杀鸡儆猴。

众家丁相互看了一眼，终归是不敢得罪冯岚这个衣食父母，咬牙向琴清冲去，艳娘面色一冷：“拦住他们！”

看到一群龟奴应声挡在双方之间，冯岚又惊又怒：“你想跟我作对？”

艳娘优雅地欠一欠身：“不敢，只是希望冯小姐高抬贵手，不要让我难做。”

冯岚面色连变：“如果我不答应呢？”

艳娘张嘴正要言语，一个沉稳的脚步声出现在大厅中，同时有声音响起：“不答应什么？”

听到这个声音，艳娘露出一丝喜色，连忙迎上去福一福：“奴家见过江大人。”

与她相比，冯岚的脸色更要难看一些，身为盐政使的江叙一直是冯家求之不得的座上宾，她当然不会不认得，欠身道：“岚儿见过江叔叔。”

江叙微微一笑：“我道是谁，原来是冯老哥家的宝贝千金，怎么跑到这里来了？”

冯岚当然不会说实话，随口道：“岚儿好奇这红袖阁，所以女扮男装来看看，哪知道被这丫头发现，还设计陷害岚儿，险些被她所害，实在用心险恶，岚儿正打算教训她，可这艳娘一直拦着不让，江叔叔既是来了，可一定要替岚儿主持公道。”她想先下手为强，将江叙拉到自己这边来。

冯岚那点儿小心思，当然瞒不过江叙的双眼，他也不说破，笑道：“你可是冯家的千金，你不欺负人就不错了，谁敢欺负你。”

“江叔叔……”冯岚待要再言，江叙已道：“好了，给江叔叔一个面子，这件事就这么算了。”

“不行！”刚说出这两个字，冯岚便后悔了，因为江叙的脸色正渐渐变得阴沉，他冯家在扬州天不怕地不怕，唯独对江叙不敢有半点儿轻慢，如果因为自己而害了冯家……

冯岚不敢想象下去，努力解释着刚才的话：“岚儿并非不听江叔叔的话，实在……这红袖阁欺人太甚，所以才……”她越解释越苍白，到后面不知该怎么说下去。

“好了。”江叙淡淡道，“冤家宜解不宜结，做人做事都要留一线，我让艳娘给你斟茶道歉，这件事就这么算了。”

“一切听江叔叔吩咐。”纵是心里一千个一万个不愿，冯岚也绝不敢再说一个“不”字，否则就真是把江叙得罪了。

冯家之所以能有今日的风光，成为八大盐商之首，就是因为和两淮盐政使关系打得好，盐政使能捧得起冯家，自然也能踩得起冯家。

接下来的事情就简单了，艳娘斟茶道歉，冯岚装模作样地喝了一口，然后就跟江叙道了个别，带着她的人离开了红袖阁。她一走，吴公子他们几个也赶紧离开，生怕再惹上什么事。

在将他们一一送走后，艳娘满面笑容地来到江叙身前："亏得大人正好过来，否则奴家真不知要怎么办了。"

"正好？"江叙微微一笑，朝琴清努一努嘴，"你问问她。"

琴清垂目道："我见冯小姐来势汹汹，怕真闹出什么事来，所以悄悄让人去请了江大人。"说着，她朝江叙屈膝一福，感激道，"多谢大人特意赶来解围，否则我这丫头怕是真要让人给糟蹋了。"

江叙微笑道："美人有所命，江某岂敢不从。"

琴清轻声道："琴清身无长物，只有一手琴技还能入耳，不如为江大人弹奏一曲，只当回谢。"

"好。"江叙脸上有着难以言喻的欢喜。他中意琴清已经很久了，可琴清对他始终没什么好脸色，每次都是敷衍了事，像今日这样主动邀请还是头一回，看来自己这趟真是来对了。

艳娘目光微微一黯，转瞬已是笑靥如花："快去烫最好的酒，再让厨房做几个拿手小菜，一并送到琴清房里。"说着，她扭着柳腰对江叙道，"大人快请上楼，酒菜一会儿送到。"

江叙悄悄捏一捏她的手，随琴清上了楼。琴清的琴技一如她的名字，不同于青楼间一贯的奢靡华丽，清悦明亮，如凤凰临世，又如百鸟争鸣，令人耳目一新。

随着最后一个音符落下，江叙拍手笑道："几日不见，姑娘的琴技又进步了，好，真是好！"

琴清命紫鹃将琴收下去，起身为江叙倒了一杯酒："大人不是昨儿个刚来过吗，怎么就成几日不见了。"

江叙轻轻握住她净白如玉的手腕，定定望着琴清："一日不见如隔三秋，几日已经是少说了。"

琴清身子一僵，强忍着抽回来的冲动，淡然道："大人又拿琴清取笑了，您家中娇妻美妾那么多，哪看得上我。"

见琴清没有抽回手，江叙心中越发欢喜："家中那些庸脂俗粉，哪能与你相提并论。"

"大人真会逗人开心。"琴清捧起酒盏，脸庞在烛光映照下粉若桃花，"请大人满饮此杯。”

面对美人美酒，江叙自不会拒绝，不知不觉间已是喝了四五杯，红袖阁的酒虽入口甘甜，后劲儿却极强，再加上美人的温言软语，几杯下来，不禁有了几分醉意。

江叙亲了一下她的手背，含情道：“琴清，只要你愿意，我定保你后半世荣华富贵。”

琴清幽幽叹了口气：“琴清命薄，怕是受不起大人的厚爱。”

“你不相信我？”

“大人一诺千金，琴清怎么会不相信，只是……后半世那么久，谁又敢保证呢。”

江叙沉吟片刻，道：“那你要怎样才能相信？”

琴清重新斟满酒，黯然道：“不说这个了，咱们喝酒。”

“有什么话就说，我能给的一定会给你。”

琴清定定望着他，忽道：“若我说要江夫人的位置，大人会给吗？”

江叙没想到她会提这么一个要求，一时愣在那里，半晌，他摇头道：“这个我还真不能答应。倒不是我喜欢家里那位，事实上我与她早没什么感情了。无奈她是我大哥亲自选的，如果我休妻，大哥一定会打死我！”

琴清被他说得笑了起来，一边倒上酒一边道：“大人不愿就不愿，何必说这样的谎言来诓人，也不怕失了身份。”

“我十几岁的时候父母就过世了，是大哥将我拉扯长大，对我来说，他就像父亲一样，偏偏大哥又很喜欢我这位夫人，实在是……”他拍着琴清的手歉声道，“对不起。”

琴清摇头道：“大人重情重义，琴清佩服尚且不及，又何来‘对不起’这三个字。”

江叙欣慰地点点头，又道：“除了这件事，其他的我都能答应你，只管说就是了。”

琴清咬唇道：“我现在心很乱，大人您让我再想想可好？”

江叙颔首道：“也好，你慢慢想，我会一直等着你。”

静寂片刻，琴清突然道：“有一件事须得告诉大人，昨日那位方爷，今儿个又来了。”

江叙面色微微一变，转瞬却若无其事：“看来他很喜欢你。”

“不，他来找我，是为了大人。”琴清语出惊人，将旁边的紫鹃吓了一跳，姑娘先前还说要帮方公子，怎么一转眼，又将事情告诉江大人了，这不是害方公子吗？

紫鹃心急如焚，有心想要提醒，无奈江叙就在一旁，只能暗自着急。

那厢，江叙扬眉道："为了我？怎么一回事？"

琴清一边斟酒一边徐徐道："他对扬州盐价很是不满，觉着是大人联同八大盐商一道抬高了盐价，故而一直在暗中调查，还想让我帮着他套大人的话。"

"倒是有趣。"江叙冷笑一声，寒光在眼底闪烁，"知道他的来历吗？"

琴清想了一下道："说是商人，也不知是真是假，大人可得小心一些。"

江叙对这话不置一词，盯着琴清精致的脸庞："那你呢，他又许了你什么好处？"

琴清将盛满琥珀色液体的酒杯递到他手上，曼然道："如果我说许以金银，大人必然不信。"

江叙颔首道："不错，这些年我许你的金银不知多少，但你从未欢喜。"

"所以啊，"琴清抿一抿耳边的碎发，目光一片坦诚，"我不会也不愿拿这样的谎言诓骗大人。"

江叙点头道："我知道，你从来都不屑于说谎。"

"他说，只要我答应办此事，就替我赎身，并迎娶为正妻。"

江叙仰头一笑，满面讽刺道："你相信吗？"

"初时有一些信，但后来听说了冯家招亲的事，便知他满口谎言。"说着，琴清自嘲道，"连扬州首富的女儿都不愿娶，何况是我这样一个风尘女子，真不知该说他专情还是薄幸。"

江叙安慰道："你能够看明白，不被他花言巧语迷惑就好。"

"琴清在红袖阁那么多年，见的听的也算不少，不敢奢求一生一世一双人，只盼有人能够真心疼惜。"说这话的时候，琴清哀怨缠绵的目光一直落在江叙身上，令江叙甚是动容："我当视你如珍宝。"

琴清被他说得一笑，娇声道："大人可要说话算话。"

"当然。"江叙揽住琴清香肩，想要一亲芳泽，他等这个机会可是很久了。

琴清捂住他的嘴，笑斥道："大人好生猴急。"

"我等了你整整一年，好不容易等到你想明白，能不急吗？"说着，江叙拉下她的手又凑了过去，一副急急的模样。

混合着酒气的气息喷在脸上，令琴清一阵反胃，强行压下胸口的躁动，娇嗔道："男人说的话果然靠不住。"

“这话怎么说？”

“大人刚才还说视人家如珍宝，结果什么都不做，就想……就想……”琴清粉面一红，扭过身道，“不理你了。”

江叙哈哈大笑：“是我不好，应该要择个好日子，然后送来聘礼，这样才不委屈了你。”说着，他勾起琴清下巴，笑容满面道，“我去找艳娘，让她择个黄道吉日，待到那日，你我再行夫妻之礼。”

琴清点点头，声如蚊吟：“妾身等着大人过来。”

“好！好！好！”江叙心情大好，连着说了三个好字，随即又喝了几杯酒，方才起身去找艳娘挑日子。

确定他走了之后，紫鹃终于可以问出憋胸口半日的话：“姑娘你为什么要把方公子的事情告诉他，还要……从他，你不是一直很讨厌他吗？”

“我自有打算。”说着，琴清又道，“去拿一套你的衣裳来，待会儿我出去一趟，你留在这里，若有人来敲门，就说我身子不痛快，歇下了。”

紫鹃听得云里雾里：“姑娘，您这是要做什么？”

“别多问，快去拿衣裳来。”见琴清不愿多说，紫鹃只得压下疑问，拿了一套衣裳给她换上。

再说艳娘，处理完冯岚的事情后便回了屋，一个人对着烛火发呆，不知在想些什么。

“笃笃笃。”外面传来敲门声，艳娘不耐烦道：“都说了不饿，下去。”

“真要赶我下去吗？”这个熟悉的嗓音令艳娘一怔，旋即露出几分喜色，赶紧正一正衣裳去开门。

江叙似笑非笑地站在门口：“谁惹你生气了，连晚饭也不吃。”

艳娘一边将他迎进去一边酸溜溜道：“奴家年老色衰，哪里有资格生气，倒是大人，不是去了琴清那里吗，怎么舍得出来。”

“还说不生气，这醋坛子都快满出来了。”江叙一边说着一边不顾艳娘的挣扎握住她的手，“早与你说过，那些女子都是逢场作戏，怎么就认起真来。”

艳娘咬一咬饱满如玫瑰的红唇，轻声道：“其他女子，大人或许真是逢场作戏，可琴清……大人待她可不一般。”

江叙朗声一笑：“我确实中意琴清，但无论怎样中意，都不会将账册交给她保管，只凭这一点，你已经胜她无数。”

艳娘心中欢喜，但嘴上仍道：“给谁保管都是大人一句话的事，谁知道什么时候就变了。”

“你啊。”江叙搂住她笑道，“这世间美人儿多得是，可会用性命护着我的，就只有你艳娘一个。”

听到这话，艳娘忍不住笑了出来，轻捶着江叙的胸口道：“大人就知道寻奴家开心。”

“事实如此。”江叙拍拍她的肩膀，“无论我有多少女子，包括琴清在内，充其量都只是玩物，岂能与你相提并论。”

谁也想不到，他刚刚还对琴清许以重诺，一转眼就变得这么冷酷无情，或许这才是他的本性。

艳娘依偎在他怀里，柔顺得像一只小母猫：“只要大人心里有奴家，要奴家做什么都愿意。”说着，她感慨道，“当年要不是遇到大人，奴家这会儿怕是已经魂归地府了。”

十一年前，江叙还是一个刚刚被外放到地方的七品小官。有一次路过街市，遇到因为不肯接客而被毒打的艳娘，他从来不是一个心慈手软的人，可那一次，不知怎么就动了恻隐之心，替艳娘解了围，并给她赎身，让她在青楼里来去自如，不受任何人控制。

过了几年，江叙调任扬州为官，将艳娘也带了过来，并暗中盘下当时经营不善的红袖阁，让艳娘打理，他自己则做幕后老板。

换而言之，整个红袖阁都是江叙的，这一点琴清是知道的，这也是她为什么明明有钱赎身，却不敢离开红袖阁的原因所在。

江叙知道她跑不了，所以一直没有用强，想凭个人魅力征服，让她心甘情愿地伏在身下，可若是她离开红袖阁，那就不一样了，江叙绝不会放过她。两淮盐政使虽然只有从三品，但江叙的兄长是朝中的一品大员，就算是两江总督也不敢得罪。

江叙展一展双臂道：“很久没有下棋了，陪我下一局。”

“好。”艳娘吹熄了烛火，室内一片黑暗。过了片刻，烛火重新亮起，桌上并不见什么棋局，倒是江叙的手里多了一本书册。

艳娘熟稔地取来笔墨，侍候江叙在书册上一笔笔记着。琴清屏息站在外面，透过窗缝往里看着，看样子这本就是账册了，原来藏在艳娘这里，难怪没人找得到。

真是踏破铁鞋无觅处，得来全不费工夫，刚才江叙说的“下棋”应该就是取账册的暗号。

在放回账册之时，艳娘再一次吹熄了蜡烛，令琴清没有看到藏账册的地方，但可以肯定一点，账册就在艳娘房中。

带着这个秘密，琴清悄悄回到了自己屋里，紫鹃正焦急地等着，一看到她回来，赶紧道："姑娘你到哪里去了，怎么这么久才回来。"

"有人来过吗？"琴清一边回答一边问。

"厨子来送过膳，被奴婢给打发回去了。"说着，紫鹃又追问道，"姑娘您到底去哪里了？"

在让紫鹃去外面看了一圈确定没人后，琴清方压低了声音道："我去了艳娘那里，原来江叙的账册就藏在艳娘房中。"

紫鹃听得一头雾水，茫然道："什么账册？"

琴清摇头道："我没看清，但应该是记录他与各大盐商往来银钱的账册。"

紫鹃似懂非懂地点点头："姑娘找那本账册做什么？方公子只是让您劝江大人平抑盐价而已啊。"

"劝？"琴清冷笑道，"三年清知府，尚且十万雪花银，何况他这个两淮盐政使，你觉得他会和银子过不去吗？"

"这个……"紫鹃想了想，道，"别人开口或许不会答应，但姑娘不一样，江大人他……"

"没什么不一样的，在江叙眼里，整个红袖阁只有艳娘一人与众不同，至于我……跟其他姑娘并无区别。"

"怎么会呢，他明明……"

琴清冷冷打断她的话："他喜欢的是这副皮囊，一旦得到手，就会弃之如敝屣。平抑盐价，呵呵，想都不要想。"

"可方公子他们……"

"那只是他们试探的话，真正可以抵制盐价的，唯有账册。"若慕千雪在这里，一定会击掌称赞。

紫鹃迟疑道："就算给他们拿到账册也没用，扬州那些官员平日里可没少收江大人的好处，说句不好听的，都是一丘之貉，根本指望不上，一个不好还会反受其害。"

"你没听到方夫人先前说的话吗，她在京中有位居一品的亲戚，账册应该会直送入京，甚至呈递御前。"

紫鹃点点头："那我们现在要做什么，去偷账册吗？"

琴清思忖片刻，道："明日你设法引开艳娘，我去她房中寻找账册，找到后，你立刻送去给方公子。"

紫鹃答应之余，又忧心忡忡道："一旦艳娘发现账册不见，必定会遍搜红袖阁，万一怀疑到姑娘身上……这可怎么办？"

"一时半会儿还怀疑不到我身上，再说，你以为我置身事外，就可以安然度日吗？"琴清抚一抚脸，苦笑道，"他既看上了这副皮囊，又岂会放弃。与其温水煮青蛙，倒不如搏一搏，或许还能拨云见日。"

紫鹃无奈地叹了口气，旁人看着琴清风光无限，其实只有自己知道，身上有太多的束缚，根本轮不到自己做主。

"无论怎样，奴婢都会陪在姑娘身边。"这是紫鹃唯一能够想到安慰的话。

"我知道。"琴清抚着紫鹃清秀的脸庞。还好，身边有一个可以完全信任的人，不至于太过孤独。

第八章　机关

翌日，紫鹃依着琴清的吩咐引开艳娘，让琴清得以悄悄潜入艳娘屋中寻找账册。可说来奇怪，她将屋子上上下下都翻找了一遍，连柜子顶格、床板底下，乃至枕头里都找了，始终没有账册的下落。若非亲眼所见，她真要怀疑那账册不在此处。

紫鹃得知没有找到账册，手足无措道："那现在怎么办？"

琴清凝神片刻，道："你去一趟客栈，将这件事告诉方公子夫妇，方夫人心思玲珑，或许能够解开这个疑团。"

紫鹃知道关系重大，虽不愿意也只得答应，为免引起艳娘怀疑，拖到第二日才以买胭脂水粉为由离开了红袖阁。

东方溯仔细听完紫鹃的话，颔首道："明白了，烦请转告琴清姑娘，我会设法找到账册，不负她一番苦心。"

"你要真在意我家姑娘，就该……"紫鹃瞥了旁边的慕千雪一眼，深为自家姑娘不值，跺脚道，"总之话已带到，你自己想办法吧。"说着，她嘟囔道："要不是为了姑娘，我才懒得来见你呢。"

望着扭头离去的紫鹃，东方溯有些哭笑不得："这个丫头，瞧着人小小的，脾气倒是不小。"

"她这是在为琴清姑娘抱不平呢。"慕千雪笑睨着东方溯，"爷要不要再仔细想想？"

"你又来了，该打！"东方溯作势要打，慕千雪咯咯一笑，扭身避开了东方溯的手掌："妾身好心好意为七爷着想，七爷却要打妾身，这是何道理？"

东方溯翻了一个白眼："什么好心好意，分明是存心添乱。别人都是拼命想拴住我，偏你是一门心思把我往外推，你自己说说，是不是该打？"

慕千雪掩唇笑道："哪有，妾身是不想七爷将来招怪。"

"满口歪理。"东方溯努力想板起脸，结果还是笑了出来，他一笑，慕千雪也跟着笑了起来，两人笑作一团。

笑闹过后，慕千雪言归正传："七爷打算如何引开艳娘等人？"

东方溯轩一轩长眉："此事不难，难在找到账册，琴清心思细腻，连她也找不到，这账册必然藏得十分隐秘。"顿一顿，他道，"你一向观察入微，所以还得你走一趟。"

慕千雪也有这个打算，点头道："此事宜早不宜迟，咱们明日就过去。"

"好，我这就去安排。"

一夜无语，第二天晌午过后，一群衣着普通的人来到红袖阁，一进去就点了最贵的酒菜，也不叫姑娘作陪，就是埋着头猛吃，什么贵叫什么，这一吃竟是整整一下午，酒菜流水一般送上，一顿还没吃完，已是三百多两银子。

艳娘倚在二楼的栏杆边，柳眉微蹙地看着底下那几个狼吞虎咽的人。半晌，她招手唤过一个龟奴低声说了几句，龟奴点点头，噔噔下楼来到那几人身边，笑道："几位爷对我们这里的酒菜可还满意？"

"满意！满意！"张远一边说一边还在不停地往嘴里塞菜，含糊道，"听说你们这里还有粤菜师傅，让他也做几个拿手的菜出来。"

"当然当然。"龟奴迭声答应，但并没有下去的意思，只是笑眯眯盯着那几个人，张远被他盯得不高兴："你不去厨房吩咐，看我们做什么？"

龟奴取过一旁的单子，递过去道："几位爷总共点了十九个菜，八壶上等好酒，总共三百四十四两，抹个零头算三百四十两，您看看有没有错？"

张远扫了一眼他递过去的单子："你什么意思？"

"小人能有什么意思，就是麻烦几位爷把账先结一下，这样才好再上新菜。"龟奴话音未落，旁边一人"啪"地一拍桌子站了起来，横眉竖眼地道："怎么，怕我们付不起钱吗？"

龟奴并没有被他的气势所慑，笑容不减地道："岂敢，只是红袖阁有红袖阁的规矩，三百两一结，您这边都已经三百四十两了，小人也是按规矩办事。"

"什么破规矩！"那人指着龟奴恼怒道，"吃完后，爷自会给银子，但现在——

不给。”

龟奴笑意渐渐冷了下去：“是不给还是给不出？”

“笑话，区区几百两银子，我兄弟会给不出？”虽然那人态度嚣张狂妄，但还是被龟奴捕捉到一丝心虚的痕迹，越发肯定自己的判断。

“既然你们不缺这点儿银子，就请先结账吧。”这一次，他连“爷”都懒得叫了。

那人扬一扬钵大的拳头，怒骂道：“狗奴才，不给你点儿颜色看看，真是不知道天高地厚了。”

张远拦住那人，对已经彻底没了笑容的龟奴道，“我兄弟说得很清楚，吃完结账，随便去哪一家酒楼都是一样的，从没有说中途结账的道理。”

“别处是别处，红袖阁是红袖阁。”龟奴讥声道，“没钱就别来这里装阔客，胆子真是不小，居然敢来红袖阁吃霸王餐。”

“混账东西，你说谁吃霸王餐！”

“冲你这态度，就算有银子也不给了，我们走！”张远说了一句，便要带人离去，龟奴哪会让他们走，拦住道：“不结清银子，谁也别想离开这里！”

“爷想去哪里就去哪里，滚开！”张远一把将龟奴推倒在地，往门外走去，没走几步，便被一群打手拦住。

龟奴从地上爬起来，捂着摔痛的地方气急败坏道：“给我打，狠狠地打，吃了熊心豹子胆了，居然敢来我们红袖阁吃霸王餐！”

张远等人当然不会傻站着挨打，双方顿时打起来，一时桌椅翻飞，一片狼藉。原本想来红袖阁寻欢的客人看到这一幕，吓得连忙离开。

艳娘看得心疼不已，酒菜再加这砸坏的东西，早已经过千两了，再这样闹下去，今夜怕是都不用做生意了。

想到这里，艳娘快步走了下去，龟奴连忙迎上来，为难道：“这次麻烦了，遇到几个硬茬子。”

“没用的东西。”艳娘怒斥一声，上前命双方住手，这么一会儿工夫，又砸坏了一把鸡翅木椅子。

待双方停手后，艳娘命人取来算盘，噼里啪啦打了一阵后，利落地计算道：“酒菜三百四十两，砸坏桌子一张、椅五把，再加两个前朝的青花瓷瓶和一幅画，总共一千五百两，我给你们两个选择，要不赔钱要不拿人做抵押。”

几人相互看了一眼，其中一人啐道：“还真是黑心，那么一点儿东西就好意思要一千五百两。”

张远一脸冷笑道：“要不怎么叫戏子无情，婊子无义呢。”说着，他又道，“我们几个要钱没有，有本事你报官去，顶多关个几天就出来了，不过到时候，你红袖阁别想再有太平日子过。”他并不擅长威胁人，事实上这还是头一遭，令他十分不自在。无奈来之前东方溯一再交代了，只能硬着头皮把戏演到底。

艳娘冷了脸道：“这么说来，你们是打定主意不给银子了？”

“要钱没有，要命一条，就看你艳娘有没有本事收！”面对张远无赖的言语，艳娘露出一抹笑意，“很好。”说着，她转头道，“派人去衙门报官，让他们派人过来一趟。”说罢，她不再言语，只是笑吟吟地盯着张远几人，盯得他们心里发毛。

艳娘扬一扬洒了香粉的帕子，眼波流转：“等官差一来，你们就要被关进大牢了，不知得关多久，当然得趁着这个工夫多看看。”

张远重重哼了一声：“你等着，以后有的你好看。”

在所有人都被吸引去楼下的时候，三个人悄无声息地进了艳娘的卧室，除了东方溯与慕千雪之外，琴清也在。

“我亲眼看到江叙拿到账册，可等我进来找的时候，却怎么也找不到。”琴清百思不得其解。

“会不会藏在暗格里？”东方溯环视了四周一眼，艳娘卧室布置得颇为清雅，墙上还挂着一幅丹凤朝阳图，两边是一副对联：“一寸光阴一寸金，寸金难买寸光阴。”

琴清摇头道：“我当时也想到了，所以把墙都敲了一遍，并未发现异常。”

这个时候，慕千雪突然道：“他们说话的时候，是否提到过下棋？”

琴清满面惊讶道：“你怎么知道？”

“传说中，凤凰共分五种，分别是赤色的凤、青色的青鸾、黄色的鹓鶵、白色的鸿鹄和紫色的鸑鷟。《尔雅》中也有关于凤凰的注解：鸡头、蛇颈、燕颔、龟背、鱼尾、五彩色，高六尺许。”

慕千雪指着正当中的那幅画道：“你再瞧这画中的鸟，虽色呈赤红，但长喙、疏翼、圆尾，虽似凤凰却不是凤凰。我以前看过一本《人镜经》，其中曾提到，凡间有五方之鸟皆似凤，而非也。分别是东方发明、南方焦明、西方鹔鹴、北方幽昌、中央玉雀。其中唯独焦明呈赤色，应该就是画中的鸟了。”

“这么说来，是画师弄错了？”

慕千雪上前徐徐抚过画纸：“此画纤毫毕现，栩栩如生，画师至少有二十载的功底，当不至于犯这样的错误。再者，知道焦明神鸟的人少之又少，我也是偶尔知道。”

琴清柳眉一蹙：“这么说来，画师是故意的？可他为什么要这么做？”

“我曾见过一个象棋残局，叫《丹凤朝阳》，或许……这才是此画的真意所在。”随着这句话，慕千雪仔细摸索着画纸，在摸到焦明眼睛的时候，动作一滞，继而用力按下，随着“咔嚓咔嚓”机关转动的声响，那幅画缓缓移开，露出一盘象棋，令人惊奇的是，棋盘竖直，上面的棋子却无一枚掉下，纹丝不动地贴在棋盘上。

“原来机关在这里。”琴清一边说着一边探手摸索。半晌，她“咦”了一声，“奇怪，账册不在里面。”

“既是一盘残局，那么应该要解开棋盘，方才会露出账册。”东方溯拧眉道，“我对象棋所知不多，你们呢？”

“我也只是略有涉及，谈不上精深。”琴清将目光转向慕千雪，慕千雪成了他们现在唯一的指望。

“我尽力而为吧。”慕千雪无奈地应了一句，正要移动棋子，手突然被东方溯一把拉住，惊讶道，“怎么了？”

“你看！”东方溯神色凝重地指着棋盘上几根纵横交错的钢丝，这几根钢丝细如发丝，又与棋盘一色，不仔细看根本发现不了，钢丝两端没入墙壁之中，不知延伸去了哪里。

琴清若有所思道：“我记得红袖阁内檐角各装了一个风铃，按理来说，那里风吹不到，根本无须装风铃，这么多年也没见响过。如今想来，那铃很可能是连着这里，一旦有人动了棋盘，艳娘就会知道。”

东方溯冷笑道：“为了这本账册，他们可真没少费心思。”

慕千雪小心翼翼地绕开钢丝拨动棋子，这些棋子皆是用磁石打造，牢牢吸附在精铁铸成的棋盘上，随着第一枚棋子移动，旁边一个小小的沙漏亦开始动了起来，细细的沙子一点点往下面漏去。

“一寸光阴一寸金，寸金难买寸光阴……”琴清喃喃念着这副对联，片刻，鼻尖渗出细细的汗水，尽量放缓了声音道，“方夫人，你最好快一些，我若没料错，咱们只有一炷香的时间。”

“我知道了。”慕千雪沉声应着，她比琴清更早看到那个沙漏，也更早猜到那副对联的意思。这个江叙比他们之前见到的任何一个人都要小心谨慎，账册还没影子，已经连着设三个机关了，简直步步是陷阱。

在接下来这一炷香的时间，无论是东方溯还是琴清，心都提到了嗓子眼里，又不敢催促慕千雪，以免坏了她的思路，只能焦灼地等待着。

帅四平五，车六平五。

帅五平六，象七进九。

随着慕千雪不断移动棋子，红棋开始渐呈败象，黑棋则步步紧逼，气势高涨。

帅六退一，炮一退七。

兵二平三，炮一平五。

在沙子将要漏完之时，慕千雪终于将红棋逼到了死局，随着她抽掉红棋的帅，棋盘“咔嚓”一声，暗格弹出，一本账册出现在众人眼前，而沙漏也随之停了下来。

琴清长舒了一口气，一颗心终于放回了原处：“好险。”

东方溯抬手抚去慕千雪额间的冷汗，温言道：“辛苦你了。”

看到这一幕，琴清心中一酸，强迫自己移开目光：“我们该走了，否则被人撞见就麻烦了。”

东方溯点点头，将账册藏入怀中，开门准备离去，然而令他们没想到的是，艳娘竟然就在门口，众人都一下子愣在那里。

艳娘抚着鬓边的珠花，意态闲闲道：“果然是你们搞的鬼。”

东方溯面色一变，快步走到外面，只见二楼站满了弓箭手，黝黑的箭尖齐齐对准站在底下的张远等人。

艳娘冷冷地盯着琴清：“从你踏进红袖阁的那一日起，我就一直好吃好喝供着你，吃的穿的，比那些大家闺秀还要精细，你可倒好，竟帮着一个才认识没几日的男人来我这里偷东西。”

琴清用力咬着唇，紫鹃也在外头，听到这话，急急冲进来挡在琴清身前，急忙道：“妈妈误会了，没这样的事，姑娘她……她是不小心走错了地方。”

“不小心？”艳娘满面讽刺道，“你们是第一天来红袖阁还是第一天带脑子，连这样低劣的谎言也会说出口？”说着，目光一转，落在面色苍白如纸的琴清身上，“你真以为我不知道那天你站在门口？”

此言一出，琴清骇然失色，“你……”她下意识想要问艳娘怎么知道，又怕这是艳娘设的陷阱，赶紧止住已经到嘴边的话。

艳娘看出她的心思，冷笑道：“从一开始，江大人就看出你不对劲儿，只是看你到底有什么目的，故而一直没揭穿，没想到……你蠢到这个地步。”说着，艳娘摇头道，

“琴清，你真是很让我和江大人失望。”

“别怕。”慕千雪轻声安慰着琴清，随即看向艳娘，“所以你是故意让我们进你房间的？”

“当然。”艳娘冷笑道，“那些人一进来，我就料到是你们安排来捣乱的，果不其然。”说罢，她面色一冷，目光犀利如箭：“你们到底是什么人，为什么非要管这闲事？”

“对你来说是闲事，对千千万万的扬州百姓来说，却是关乎他们生计的大事。”慕千雪的话令艳娘目光一阵闪烁：“我不知道你在说什么，总之你们擅闯我房间，偷盗财物，当押送官府治罪。”

东方溯冷笑道：“只怕我们进了官府就出不来了吧。”

艳娘嫣然一笑：“这就要看你们犯了多大的罪，我记得本朝盗窃罪最严重的那一条是割鼻刺字，并一世为奴，劳役至死。”

东方溯对她的话嗤之以鼻：“可你也别忘了，此刑需得盗银千两以上。”

艳娘柳腰轻摇，施施然来到床边：“我记得这里挂着一颗鸽子蛋大小的翡翠，现在没有了。还有这梳妆台上，摆着一对白玉鸳鸯佩，现在也没了，这两样东西加在一起，足有数千两。”说着，她又来到东方溯身前，纤指在其胸口画着圈圈，“我记得你还有一个女儿，长得很是标致，你们被判刑后，可就没人照顾她了，这年头，坏人可不少。不过你放心，看在相识一场的份儿上，我会帮你好好照顾她，过个几年，应该就能成为扬州城的又一位花魁姑娘……啊，你做什么？放手！快放手！”

艳娘的一只手被东方溯攥住，那样用力，几乎能听到骨头被挤压的声音，冷汗瞬间布满额头。

东方溯面色阴沉如铁，寒声道：“你敢再对我女儿动一下念头，我就让你尝一尝被凌迟处死的滋味！”

艳娘被他盯得心惊胆战，但嘴里还是硬得很：“你敢！”

东方溯怒极反笑：“你只管试试。”说着，手上再次加重了力道，艳娘痛得跪倒在地上，连呼喊的声音都发不出。

一名捕头模样的人走了进来，呵斥道：“大胆盗贼，竟敢当众伤人，为非作歹，还不赶紧松手随我回衙门受审！”

东方溯冷哼道：“你们这群人，食朝廷俸禄，却帮着奸人为非作歹、欺压百姓，该受审的是你们！”

捕头一向在扬州城横行惯了，此刻被东方溯这般呵斥，哪里咽得下这口气，怒气冲冲地喊道："大胆刁民，找打！"说着，他一扬手，厉声道，"把他们都给抓起来，一个都不许放过！"

"慢着。"琴清突然出言阻止，对东方溯道，"我有几句话想和艳娘说。"

东方溯明白她的意思，松开了五指，艳娘赶紧抽回手，她手腕上爬着五条紫黑色的指印，稍微碰一下就是钻心的痛。看这样子，就算没断，手骨也一定裂了。

琴清俯身盯着痛楚不堪的艳娘："我们已经拿到账册，真闹到官府，你跟江叙都讨不到好处，我若是你，一定会适可而止。"

艳娘抬起满是冷汗的脸庞，阴恻恻道："我既知道你心存反意，又怎么会将真的账册放在这里，你们拿到的是红袖阁的账本。你放心，每一笔账我都交足了税，到了官府，知府老爷还要称赞我一句。可你们就一定逃不了割鼻劳役的结局。琴清，你本来可以舒舒服服过完下半辈子，可惜，你非要选这么一条不归路，要怪就怪你自己蠢。"

"蠢的那个人是你。"慕千雪垂目，眼底平静无波，并未因艳娘的话兴起一丝波澜，"捉贼拿赃，无凭无据，你有什么资格说我们偷盗东西，顶多就是擅入他人宅院，但你这红袖阁是开门做生意的，所以连这一条也够不上。"

捕头不耐烦道："牙尖嘴利，有本事到衙门说去！"

慕千雪面色冷厉道："是该去衙门，我得好好问一问知府，为什么朝廷的差役会听从一个青楼老鸨的话。再问一问，只是聚殴打架，为什么要派这么多弓箭手来，到底这衙门，是朝廷的衙门，还是红袖阁的衙门！"

捕头被她说得冷汗涔涔，色厉内荏道："哪里来的刁妇，在这里搬弄是非，再敢胡说，先打二十大板！"

东方溯面色一寒，将慕千雪拉到身后，眸光阴冷如千年寒冰，让人不敢直视："看来这江南的吏治真是败坏了，一个小小捕头就敢如此欺压良民！"

捕头听得心头一慌，不知怎么接话，只催促道："废话少说，走！"

"我们无罪，为什么要跟你走，真要论起来，该让你们知府来见，好好说一说他平日里都是怎么管束底下人的，养出你们这群混账东西！"东方溯越说越恼，不禁加重了口气。

"你们……你们这群刁民。"这一次，捕头底气明显不足。

就在双方僵持不下的时候，一道人影走了上来，竟是江叙，艳娘看到他，眼中掠过一丝喜色，急忙迎上去："大人，您来了。"

江叙目光从东方溯几人脸上刮过："这是怎么了？"

艳娘当然不会把真相说出来，满面委屈道："他们派人在底下闹事，引来奴家，然后闯进奴家房里盗窃，还好被奴家发现了，否则值钱的东西都要被他们搬空了。还有琴清，她监守自盗，最是可恨不过。"

江叙"嗯"了一声，淡然道："丢了什么吗？"

"丢了一个翡翠珠子和一对白玉佩。"艳娘面不红气不喘地说着，既是撒了谎，就一定要撒到底。

"对你来说，也不是什么太值钱的东西，就这么算了吧。"江叙的话令艳娘大跌眼镜，他们做了这么多，为的就是把东方溯一行关进牢里，怎么临到头变卦了，这葫芦里卖的究竟是什么药?

"怎么，不肯？"

江叙的话令艳娘回过神来，咬一咬银牙，垂目道："既是大人开了口，奴家就是再不情愿，也得卖这个面子。"

江叙点点头，对捕头道："辛苦你们了，回去吧，杨知府那里我会跟他说。"

捕头求之不得，赶紧答应："那就劳烦江大人了，小人们告退。"

待捕头带着一众弓箭手离去后，江叙微笑道："算起来，这才是咱们第二次见面，但已令本官印象深刻。"

"彼此彼此。"东方溯漠然地盯着那张与江越相似的脸庞，这两兄弟长得很像，性子却截然不同。

江叙的目光掠过琴清落在东方溯身上，似笑非笑道："琴清是咱们扬州第一花魁，不知多少少年公子为她痴狂，可惜无人能够打动芳心，连本官也难入她的眼。上次见艳娘的时候，还提起这件事，担心琴清要孤独终老，结果才几日，她就遇到了方公子你这位真命天子，所以说缘分这东西啊，真是妙不可言。"

"说不上什么真命天子，只是与琴清姑娘较为投缘而已。"说到这里，东方溯心思一动，道，"正好大家都在，我想向艳娘讨个人情。"

艳娘还在懊恼放过他们一事，听到这话，皮笑肉不笑道："方爷请说，奴家洗耳恭听。"

"我想为琴清赎身。"琴清帮着他们对付江叙的事情已经暴露了，若是任由琴清留在这里，必不会有好结果。

"不行！"艳娘想也不想就拒绝了东方溯的要求，"琴清当初签的是死契，生是红袖阁的人，死是红袖阁的鬼。”

慕千雪开口道：“这些年琴清为你赚的银子也不少了，何不放她一条生路？也算是做了一桩好事。”

艳娘虚笑道：“这位夫人，奴家也想做好事，但在商言商，不能坏了规矩啊。今日琴清赎身，明朝紫玉离开，后天良辰她们几个也走了，那我这红袖阁还开不开？”

慕千雪眸光微微一沉：“你只管开价就是了，只要是我夫妇能力所及的范围，一定照付，分文不少。”

“奴家知道夫人不缺银子，但奴家要的并不是银子，而是规矩，正所谓没有规矩，不成方圆。死契放人的例子，恕奴家不能开。”别看艳娘笑容满面，这话里话外却是一口咬死不放人。

琴清朝慕千雪欠身屈膝：“夫人的好意琴清心领了，无奈死契在身，由不得自己……”她凄然一笑，语带双关道，“咱们还是就此别过。”

慕千雪扶住她，眸光璀璨如星辰：“难得你我一见如故，怎舍就此相别。”

“可是……”

“天无绝人之路，总会有办法。”在安抚住琴清后，慕千雪转眸看向江叙，“江大人，有一件事，妾身想问问你。”

“夫人有话尽管问就是了，只是这死契一事，本官怕是帮不了你，毕竟本官并不管这一块，还请见谅。”江叙老奸巨猾，先一步把话给堵死了。

慕千雪微微一笑：“妾身明白，不会让江大人为难。”她拨一拨额头碎发，含笑道，“永平九年七月，朝廷曾修正《大周律法》，大人可有印象？”

江叙摸不透她突然问这话的意思，谨慎道：“是有这么一件事，怎么了？”

“修正后的《大周律法》第一百零六条写明，未年满十二周岁者，所签死契均为无效。陛下修正这条法案的用意在于给那些被人贩拐卖的孩子一条生路，让他们不至于一世为奴为娼。”说着，她道，“琴清姑娘，你可记得签死契的时候，你几岁？”

紫鹃兴奋地插嘴：“奴婢知道，是八年前签的，那个时候姑娘才十一岁，所以这份死契是无效的。”

艳娘面色苍白道：“胡说，亲笔所签，还按了指印，怎么可能是无效的。”

“你去将死契取来，看看上面的年月，再推以琴清姑娘的年纪，便可知道究竟是有效还是无效。”

艳娘哪里肯把死契拿出来，嘴硬道：“我不管，总之一切以契约为准！”

“凭你这句话，就可以治你一个藐视朝廷的罪名。”慕千雪语气温和如初，但目光已是渐渐冷了下来。

艳娘被她盯得一阵心虚，目光闪烁道：“你别乱扣帽子。”顿一顿，她又道，“我想起来了，琴清今年二十岁，八年前，她刚满十二岁。”

“胡说！”紫鹃气愤道，“姑娘今年满打满算也才十九岁，怎么一转眼就成二十了？”

艳娘恼怒地瞪了她一眼：“是你清楚还是我清楚？还有，这里什么时候有你说话的份儿了，琴清真是把你给纵容坏了。”

紫鹃下意识地往后退了半步，但很快又收回脚，鼓起勇气道：“我记得很清楚，姑娘今年就是十九，是你在胡说！”

“死丫头！”艳娘气急败坏，扬手就要打，被江叙拦住，淡然道：“你和一个小丫头置什么气，也不怕失了身份。”

“可是……”艳娘刚说了两个字，已被江叙打断：“而且她也没说错，琴清今年确实只有十九，是你记错了。”

艳娘目瞪口呆地看着江叙，之前帮着东方溯他们解围也就算了，现在竟又帮着说话，难道他不想得到琴清了吗？

江叙似乎没看到她的惊诧，自顾自道：“方夫人说得没错，只要没满十二周岁，签的死契就是无效的，难得琴清遇到一户好人家，你就成全了他们吧。”

旁边一个龟奴讨好道：“大人可真是心善。”

江叙叹了口气，怜惜地看向琴清：“本官也有心照顾琴清，无奈没有这个福气，只盼她以后能安好。”说着，他又对艳娘道，“本官厚颜再问你讨一个人情，可好？”

艳娘压根儿不想答应，但又不能明着驳江叙，只能道：“大人对琴清一片情深，奴家很是钦佩，但这口子一开，奴家以后还怎么打理红袖阁？”

“本官明白你的难处，但一切当以律法为重。”在说到最后四个字时，江叙加重了语气，并朝艳娘使了个眼色。

艳娘压下喉咙里的不甘，努力挤出一个笑容：“大人说得是，是奴家一时糊涂了。”说着，她移步来到柜子前，踮脚从上面一个极为隐蔽的暗格中取出一个小小的箱子。打开后，里面是厚厚一叠纸，都是红袖阁里那些姑娘的卖身契。

第九章　身份

艳娘小心翼翼地翻找着，半晌，抽出一张递给琴清："这就是你的卖身契，拿着吧。"

在接过那张薄薄的纸时，琴清两只手都在颤抖，她曾以为自己这一辈子都不可能离开红袖阁，没想到……

慕千雪和紫鹃低语了几句，道："紫鹃签的是活契，也趁这个机会一并赎了吧，琴清姑娘也离不开她侍候。"

"好。"艳娘笑眯眯地应着，一口银牙被她咬得发酸，卖身契递出去的时候，手指都在颤抖。

她当然不是舍不得紫鹃，与琴清这棵摇钱树相比，紫鹃根本不算什么，她是咽不下这口气，打从她来了扬州后，还从没这样憋屈过。

东方溯点一点头，带着慕千雪他们离去，却被江叙拦住，他轩一轩眉："怎么，江大人反悔了？"

江叙微微一笑："本官还不至于出尔反尔，是突然记起一事，想提醒方公子一句。"

东方溯眸光微闪，淡然道："请说。"

"本官知道，方公子是一个古道热肠之人，但一些时候，还是要量力而为，否则害人害己。"

东方溯眼眸微眯，冷冷道："江大人这是在威胁我？"

江叙哂然一笑："方公子想到哪里去了，本官完全是出自一片好意。"

东方溯盯了他片刻，淡然道："那就多谢江大人了，只是……我这个人没别的喜好，就是爱管闲事。倒是江大人身为两淮盐政使，却尸位素餐，纵容盐价飞涨，置百姓生计于不顾，实在有负朝廷与陛下的托付。"

江叙面色倏然一冷："方公子怎么知道本官没有抵制盐价？本官不妨告诉你，这阵子要不是本官想尽办法抵制盐价，这盐价恐怕还要离谱。"

东方溯对他的话嗤之以鼻，毫不客气道："大人说出这话来，就不怕被人笑掉大牙吗？"

"放肆！"江叙沉下脸道，"本官看你禀性不错，屡次帮你又好意提醒，你不领情也就罢了，竟还侮辱本官，是何道理？"

东方溯上前一步，盯着江叙的双眼一字一字道："是侮辱还是事实，你心中有数。水可载舟亦可覆舟，你好自为之！"扔下这句话，他大步离去，江叙在他眼里，已与一个死人无异，既是死人，又何必再与之多话。

确定他们出了红袖阁后，艳娘一股脑儿将憋了半天的话倒了出来："大人，咱们之前不都商量好了吗，为什么您又突然改了主意？先是帮他们解围，之后将琴清拱手相送，现在又放他们离开。您……您到底是怎么想的？"

江叙一边倒茶一边道："来，喝口茶再说。"

艳娘焦灼道："都这个时候了，您怎么还有心思喝茶。是，账册是没落到他们手上，可咱们的事情已经被他们给知道了，万一捅到金陵去，就算是您，也未必撑得住。"

江叙抿了口茶，淡然道："你以为把他们抓起来，就没事了吗？"

"当然，虽然不能明着置他们于死地，可只要他们被关进牢里，有的是办法置他们于死地。"艳娘的话引来江叙的嗤笑，摇头道："你啊，还是想得太简单了，我告诉你吧，没那么好对付。"

艳娘听出他话中有话，试探道："大人可是查到什么了？"

江叙点一点头："此次利用琴清布下这个局，除了对付他们之外，也是想调虎离山，探一探他们的底细。所以我派了人混入客栈搜查，结果你猜猜，我找到了什么？"

艳娘思忖片刻，道："他们的身份是假的？"

"虽未查实，但也八九不离十了。"江叙盯着茶水里支离破碎的影子，冷笑道，"我就说，一个行商怎么有这么大的胆子管我的事情，果然是有问题。"顿一顿，他道，"我在他们的行李里，发现了八本账册，是冯百万他们的。"

“啊！”艳娘惊呼一声，紧紧掩住樱唇，半晌，她松开手，难以置信道，“他们怎么会有账册？”

“我一知道这件事，立刻就带人去见了冯百万，他的账册没丢，但内容与在客栈找到的一模一样，你知道这意味着什么？”

“他们复制了账册？”艳娘艰难地说出这个猜测。

“不错，神不知鬼不觉复制了八本账册，你觉得这是一个普通商人能做出来的吗？”顿一顿，他又道，“还记得上次跟你提过有人想潜入府邸吗？应该也是这个姓方的所为，想拿我手上这本账册。”

艳娘喃喃道：“他们……究竟是什么人？”

江叙目光冰冷道：“我也想知道他们是什么人，最有可能的，就是金陵知道了扬州的事情，派钦差微服查访。我已经修书给大哥，看他是否知道这个方寻本的底细。”说着，他叮嘱道，“你记着，在查明他们的身份之前，切不可轻举妄动。”

“奴家明白。”艳娘心慌意乱地应着，随即攥着江叙胳膊，不安道，“万一……他真是钦差怎么办，大人您会不会有事？”

江叙感觉到艳娘的慌乱，轻拍着她的手安慰道：“你别担心，只要知道了他们的身份，自有对付的法子。再者，不是还有大哥在嘛，他虽然严厉，但我真出了事，断不会见死不救的。”

“那就好。”艳娘松了一口气，懊恼道，“要早知道他是冲大人来的，奴家怎么也不会让他见琴清。”想起琴清，她气不打一处来，怒骂道，“这个吃里爬外的小贱蹄子，我好吃好喝供着她，她说不愿接客，也都随着她，现在竟帮着外人来对付我们，实在该死！刚才要不是大人开口，奴家绝不会放她走。”

江叙眼底掠过一丝瘆人的寒光，阴声道：“你放心，这只是权宜之计，琴清……她会后悔今日所做的一切！”

艳娘平一平怒气道：“那依大人的话，咱们现在什么都不做？”

江叙颔首道：“我已经派人日夜盯着他们的一举一动，金陵离此不算太远，八百里加急的话，应该四五日就能有消息传回来。”

艳娘神色复杂道：“希望一切只是咱们多虑，他并不是钦差。”

再说东方溯那边，直至踏进客栈，紫鹃还不敢相信他们就这么轻易离开了红袖阁，翻来覆去地看着手里的契约，差点儿被门槛绊倒，亏得琴清扶了一把，琴清好笑道：

"都看一路了，还没看够吗？"

紫鹃把手伸到嘴边用力咬了一口，留下一个深深的齿印，琴清一惊，急忙道："你这是做什么？"

紫鹃仿佛感觉不到痛楚，乐呵呵道："姑娘，会痛呢，不是在做梦。"

琴清被她这突如其来的话弄得好笑不已，屈指弹在紫鹃额上："你这丫头，天还没黑呢，做什么梦。"

紫鹃揉着额头傻笑道："所以咱们是真的离开红袖阁，从此再也不用回去了吗？"

"契约都在你手里，还会有假吗？你自由了。"听到最后四个字，紫鹃突然泪如雨下，哽咽道："还有姑娘，您也自由了，真好！真好！"她不知该怎么表达心中的欢喜，只是不停地说着"真好"两个字。

紫鹃心里明白，自己那张卖身契并不稀奇，早在去年，姑娘就说过，如果哪一天艳娘逼她接客了，又或者不想留在红袖阁了，她会拿银子给自己赎身，因为自己签的是活契，只要有银子随时都可以赎身。

姑娘那张卖身契才是最要命的，死契不说，还被江叙盯着，在今日之前，她们根本没想过有朝一日能够离开红袖阁。

琴清知道她是在替自己高兴，眼底波光闪动："傻丫头，这是好事，哭什么，快把眼泪擦一擦，方公子他们可都看着你呢，也不怕闹笑话。"

紫鹃这才想起屋中还有别人，赶紧把眼泪擦了，来到东方溯夫妇身前跪下道："多谢方爷和夫人为我家姑娘赎身，奴婢无以为报，只有磕头道谢。您二位那么善良，老天爷一定会保佑你们长命百岁，无病无灾。"

慕千雪扶起她，微笑道："你最该谢的人是当今陛下，要不是他怜悯百姓赏下恩德，我也做不了这个顺水人情。"

"不管怎样，您和方爷都是奴婢的恩人，只是……"紫鹃咬一咬唇，"奴婢还想求您二位一件事。"

慕千雪微一思索，已是猜到了紫鹃的心思："你想让我们带琴清离开扬州？"

"是。"紫鹃用力点头，"虽然艳娘答应了，也把契约还给了姑娘，但奴婢总觉得她不会就此罢休，只要姑娘留在扬州一日，就有一日的危险。所以奴婢恳求方夫人，送佛送到西，带姑娘离开扬州，不，离开江南，离得越远越好。"说着，她又一次跪了下去，"奴婢愿意给您二位当牛做马，以还你们的恩德。"

慕千雪笑一笑，温言道："就算你不说，我们也会这么做，快起来吧。"

在紫鹃千恩万谢地起来后，琴清内疚道："可惜没能帮你们找到账册，如今江叙有了提防，更是难找了。"

"这不能怪你，我也没想到江叙会如此狡猾，只是……有一件事，我始终想不明白。"东方溯拧眉道，"从一开始的情况来看，他是打算借艳娘之手，将我们关入牢里，为什么突然改变主意，不仅帮我们解围，还答应给琴清赎身？这根本说不通。"

慕千雪思忖片刻，从柜子里捧出一叠册子，凝声道："如果妾身没有料错，答案应该在这里。"

东方溯一怔，疑惑道："这不是你默录的账册吗，和这件事有什么关系？"

"妾身也只是猜测，是否属实，还得问问林护卫。"慕千雪口中的林护卫，自是指林默。

林默一直站在门口，这会儿听慕千雪提到自己，进来道："回禀夫人，确如您所料，有人悄悄来过，并找到了这八本册子，卑职一路暗随，看到他进了两淮盐政使司。另外，不久后，有一人策马出城，往金陵的方向去了。"

"慢着。"东方溯眸光一沉，冷声道，"你既发现有人潜入，为何不将他擒住，反而由着他翻看账册？"

慕千雪欠身道："七爷息怒，这是妾身的意思。"

"你？"东方溯越发疑惑，"这到底是怎么一回事？"

"妾身查过江叙，此人谨慎多疑，非有十足把握，绝不会轻易出手，这也是他这么多年来可以在扬州屹立不倒，并且一路升迁至盐政使的原因所在。自从那日七爷告诉妾身，您在红袖阁与江叙打过照面后，妾身就担心他会怀疑咱们和琴清姑娘，所以事先让林护卫加强对客栈的监视，原本只是以防万一，不承想还真让妾身猜对了。"

东方溯颔首道："这一点我倒是没想到，可你放纵他的人看到这些账册，岂非打草惊蛇？"

慕千雪含笑道："有时候，打草惊蛇未必不是一件好事，否则他怎么会放了咱们。"

琴清恍然道："我明白了，夫人利用江叙多疑谨慎的性子，让他在没摸清你们底细之前，不敢轻举妄动。"

"谨慎既是他的长处，也是他的短处。"慕千雪淡淡说着，随即对东方溯道，"刚才林护卫提到有人往金陵方向行去，十有八九是去打问咱们的底细了。"

东方溯眼眸微眯，冷冷道："是啊，他还有个大哥在金陵当官呢。"

听到这话，紫鹃惴惴不安地问道："那个人的官大不大？会不会帮着江叙一起害咱们？”她越说越不安，紧张道，“要不咱们现在就走吧，再晚我怕走不了了。”

“已经晚了。”琴清冷冷地击碎了紫鹃的希望，“我们从来没有离开过他的监视。”

紫鹃一怔，继而想到了什么，急忙奔到临街的窗子前推开往下望去，果见底下站了好几个可疑的人，其中一个她曾见过，是江叙身边的人。相信只要他们一离开客栈，江叙立刻就会得到消息，插翅难飞。

紫鹃慌乱道：“那……那现在怎么办？他是官，我们是民，我们根本斗不过他。”

琴清没有理会紫鹃的话，只是静静地望着东方溯，半晌，她摇头道：“你不是商人，来扬州也不是为了游山玩水，我记得方夫人说过，有一位亲戚在金陵为官，位居一品。想来……这个所谓亲戚，就是你吧。”

东方溯既不承认也不否认，淡然道：“何以见得？”

琴清抿一抿耳边的碎发，徐声道：“我在红袖阁多年，见得最多的就是商人。不论是哪一种商人，皆以利为先，不会有你这样的侠义与慈悲。并不是没人知道扬州百姓的艰难，可都是以一声叹息作罢，没有人会试图去改变什么，因为这意味着要和官斗，一个不好就会家业尽毁，粉身碎骨。试问谁会为一群毫不相干的人去冒这个险，还有他……”琴清指一指林默，“他刚才自称卑职，琴清虽不懂官场之事，却也知道这是下位者对上位者的自称。”

林默脸庞一红，拱手道：“是卑职疏忽了，请七爷治罪。”

东方溯摆一摆手，望着琴清道：“我到底是什么人，待过几日，你自会知晓，如今还不是时候。”

琴清也不多问，转眸看向慕千雪：“有一件事，我一直想问夫人，那盘棋局，你怎么知道是黑棋赢？”

慕千雪拢一拢宽大的袖子，微笑道：“艳娘的‘艳’对应红，所以她一定是执红棋的那一个，也就是说，江叙拿的是黑棋。从这两个执棋者来说，琴清姑娘觉得哪一方赢更合理一些？”

琴清思忖道：“江叙是主，艳娘是仆，自然是主子赢、奴仆输了。”

“正是如此，另外我观察到棋子和棋盘都有一些磨损，根据它们磨损的痕迹推断，黑棋应该是赢的那一个。”

“夫人观察入微，令琴清佩服至极。”琴清虽沦落风尘，但她容貌秀丽，又聪慧机敏，素来自恃极高，还是第一次这般钦佩一个人。

慕千雪含笑道：“琴清姑娘过誉了。”

"不，我说的都是实话。"说到这里，琴清绽出一丝由衷的笑容，所有芥蒂与不甘皆消融在这抹笑容间，"也只有您才配得上方公子。"

"你……"慕千雪是知道她心意的，一时竟不知说什么才好。

琴清看出她的心思，目光清澈如一汪清泉："能够遇到你们夫妇，是琴清的福气。"

慕千雪轻叹一声，握住她温暖的纤手："你这般美好，定会遇到一个待你一心一意的良人。"

琴清赧然一笑，似如春风拂过："无论遇到与否，琴清都已经知足了。"

接下来的日子，寂静无波，仿佛什么事情都没有发生过，但各人心中清楚，这一切都只是暴风雨前短暂的平静。

四日后的清晨，一行五六人策马飞奔入刚刚打开的扬州城门，冒雪在还没什么人的街道上狂奔。

"吁！"这群人最终停在盐政使司门口，负责看门的两名差役看到他们来势汹汹，神色一紧，呵斥道："来者何人？"

马背上一人扬声道："户部尚书江大人来访，速速进去通传。"

一听这话，差役不敢怠慢，赶紧进去通禀。不多时，江叙亲自迎了出来，看到当先那人，既惊又喜，急忙迎上来："真的是大哥，你怎么亲自来了？"

来者自是江越，他翻身下马，将马绳扔给后面的随从，漠然道："我一接到你的书信就立刻日夜兼程赶来。"

江叙目光一颤，竟然惊动大哥亲自赶来，看来那个方寻本来头不小，难道……真是钦差？

想到这里，他连忙道："这下雪天的，大哥一路赶来想必十分辛苦，快请进去歇一歇。"

江越点点头，随他来到正堂，江叙亲自沏了茶递到江越跟前，恭敬道："大哥请用茶。"

江越环视了一眼垂手站立在两边的下人，淡然道："让他们都下去。"

"是。"在打发下人离去后，江叙将茶又往前递了一递，讨好道，"大哥喝杯茶暖暖身子吧。"

江越看也不看散发着温热水汽的茶水，只一味盯着江叙，盯得江叙心里发毛，不安道："大哥你这是看什么呢？"

江越暗自吸了口气："我问你，那个人当真自称方寻本？"

"是。"江叙捧得双手发酸，把茶搁到小几上，"他用的就是这个名字，大哥是不是认识？"

江越没有理会他的话，继续问道："他身边都有些什么人？"

"还有一个夫人和三个子女，最大的十几岁，小的两个应该都还不到十岁，都住在城西一家客栈里。"说着，他再次问道，"大哥，他们到底是什么人？"

"他们什么时候来的扬州？你又是怎么跟他们认识的？为什么要打听他们的事情？"

面对江越抛出的一连串问题，江叙有些不乐意道："大哥，你怎么问得跟审犯人一样？"

江越双目一瞪，呵斥道："我让你回答就回答，哪来那么多废话，快说！"

江叙天不怕地不怕，但就怕这个大哥，无奈地将事情说了一遍。当然，两淮盐价高涨的事情被他瞒了下来。

"这么说来，你跟他是在青楼认识的？"

"正是，此人极是嚣张狂妄，先是在红袖阁捣乱，后来又强行赎走琴清，实在可恶。"

听着他的回答，江越一阵冷笑："什么时候学会对大哥撒谎了？"

江叙心中一跳，急忙道："大哥说到哪里去了，我怎么会对……"

江越猛地一拍小几，茶盏弹了起来，茶水都洒了出来："还在满口胡言，你身为两淮盐政使，虽不直接掌管扬州城，但到底是从三品官员，扬州知府见了你也要行礼，还会应付不了一个小小的商人？甚至为此特意修书问他们的身份？你当大哥是三岁小儿，由着你糊弄吗？说，你到底做了什么见不得人的事！"

江叙听得心惊肉跳，但勾结盐商纵容抬高盐价，从而中饱私囊的事情他是万万不敢说出来的，一边转着心思一边道："他说自己是从金陵来的，大哥您也知道，金陵那地方遍地是皇亲国戚，我怕给大哥惹麻烦，所以先问上一声，哪知引来大哥这样的误会，真是冤煞我了。"

江越牵一牵唇角，勾勒出一抹森冷的笑纹："这么说来，倒还是我的错了？"

江叙连忙道："大哥误会了，我不是这个意思，只是想……"

"我确实认识方寻本。"江越目光落在他身上，天光透过莹白窗纸照在他脸上，有一种清冷冷的寒光，“不过在我说出他的身份之前，你得老老实实告诉我，到底做了什么事。”

江叙满面委屈道：“我不都告诉大哥了嘛，还要我说什么，难道大哥连自己兄弟也不相信吗？”

江越目光如剑一般落定在他身上，嘴唇抿成一条紧绷的直线，半晌，他突然道：“把你盐政使司的账册拿来给我看。”

江叙眼皮猛地一跳，小心翼翼道：“大哥看这个做什么？”

“拿来！”江叙的话简洁利落，没有一丝拖泥带水。

江叙为难道：“大哥虽是户部尚书，位居一品，但并不管辖盐政使司，根据律法，大哥无权查看盐政使司的账册。”

江越冷笑连连：“长进了，懂得拿律法来压大哥，好！”他拂袖起身，漠然道，“既是这样，我也没必要留在这里。江大人，告辞！”

江叙连忙拦住他，焦急道：“大哥你这是做什么，有什么事情咱们慢慢说。”

江越面无表情道：“你都不拿我当大哥看了，还有什么好说的，你好自为之！”

“大哥！”江叙拼命拦住想要离开的江越，无奈地道，“好，我告诉你，什么都告诉你，这总行了吧。”

在江越重新落座后，他将事情一五一十地说了一遍，这一次，江叙不敢再有所隐瞒。

尽管心里早有猜测，可真听到江叙这些年利用身为盐官的权力大肆敛财时，江越还是愤怒异常，双手紧紧攥着扶手，他怕稍一松手，就会忍不住一掌掴过去。

江越努力压下胸口激荡不定的气息，恨声道：“你总共贪墨了多少两银子？”

江叙偷偷觑着他的神气，小声道：“大概几百万两银子，也可能有……一千万两。”

“一千万两……”江越气得浑身发抖，指着他咬牙切齿道，“你离开金陵，来扬州为官的那一日，我都与你说了什么？”

江叙“扑通”一声跪下，哀求道：“大哥，我知错了，你原谅我一次。”

江越重重一拍雕花扶手，手背上青筋暴跳：“说！”

江叙颤声道：“大哥说为官者当上体君心，下恤百姓，要为民做主，不可以权谋私，更不可欺压百姓。”

“你倒是记得清楚，可结果呢？”江越恨声道，“结果是你把两淮百姓的皮剥了一层又一层，将他们剥得血肉模糊！”

江叙垂泪道："大哥，我知道错了，以后再也不敢了！"

"以后？"江越气极反笑，"你觉得还会有以后吗？"

江叙大惊失色，急忙抱住他的膝盖："大哥，我们是嫡亲兄弟，母亲临终之前，让你一定要照顾好我，你可不能见死不救！"见江越不为所动，他又急急道，"我发誓，只要能够渡过这一关，以后一定做一个爱民如子的好官，大哥你相信我！"

江越掩面，有低沉悲伤的声音从指缝中传出："太晚了，一切都太晚了！"

"不晚，一点儿都不晚！"江叙忙不迭道，"只要大哥帮我对付那个方寻本，这一切就跟没发生过一样！"

江越身子一震，缓缓抬起头："怎么对付？"

江叙精神一振，连忙道："我已经让人日夜盯着，只等大哥告之身份，便可以设法除去。"

江越眸中精光一转："你想杀他？"

"我并不想枉害人命，但他居心不良，一意想要害我，为求自保，只能如此。"江叙话音未落，脸上重重挨了一掌，打得眼前金星乱冒，半晌才回过神来，气愤道，"大哥你这是做什么？"

江越指了他怒骂道："混账东西，你还有脸问我，你是不是嫌自己犯的错还不够多，非得再加一条杀人罪？"

江叙委屈道："这不能怪我，是他跟疯狗一样，非咬着不放。"

"所以你就可以理直气壮地杀人了是吗？"江越气得脸色发青，半晌自牙缝挤出四个字来，"满口歪理！"

"我也是没办法，大哥，就这么一次，你帮帮我！"

面对江叙的哀求，江越眼底泪光闪烁，痛声道："你真的会改？"

见他语气松动，江叙连连点头："改，我一定会改，那些银子我也都不要了，任凭大哥处置。"

江越深深吸了一口气，道："去把账册拿来。"

这一次江叙没有推辞，立刻自枕下取来账册，上次引琴清上钩后，他就悄悄把账册带了回来，夜夜枕在头下。

厚厚的账册记载了他这些年来与八大盐商之间的银钱往来，上面的金额少则几万两，多则十几万两，在他出任两淮盐政使后，金额变得越发触目惊心，最大的一笔整整七十八万两。

看着账册上一个比一个惊人的数字，江越心情久久不能平静，整整一千零九十余万两，而在户部的账册上，国库存银也才不过两千万两。也就是说……江叙整整贪污了半个国库。

“大哥，你还没告诉我那个方寻本的身份，他究竟是不是陛下派来的钦差？”

江越合上账册，沉声道：“走吧，带我去见他。”

江叙蹙眉道：“大哥……”

“你想知道他身份的话，就立刻带我过去！”见江越态度强硬，江叙只得按下心头疑惑，命人准备马车，前往东方溯落脚的客栈。

一路上，任凭江叙如何旁敲侧击，江越都不肯透露方寻本的身份，江越讳莫如深的态度令江叙越发不安，甚至生出一种跳下马车逃走的冲动。

在江叙胡思乱想之时，马车停了下来，帘外传来车夫的声音：“二位大人，到客栈了。”

刚一掀开车帘，便有雪花打着转扑面而来，冰冷的气息令江叙打了个寒战，望着车下被积雪覆了一层的道路，迟迟没有落脚。他有一种感觉，只要这脚一落下去，他就再也回不去了。

江越迟迟不见他下马车，冷声道：“怎么了？”

江叙强笑道：“大哥，我突然想起衙门里还有一些事情没处理，得先回去一趟。”

江越淡淡道：“都已经到门口了，也不急这么一时半会儿。再说，你不是一直很想知道方寻本的身份吗，走吧。”

江叙能够明显感觉到肩膀上那只手正在把他往前推，这令他越发心慌：“都是一些紧要的事情，原本早该处理的，这不是看到大哥突然到访，一时欢喜就给忘了，大哥要是嫌来回麻烦，就在这里坐会儿，我去去就来。”说着，他对车夫道，“回衙门。”

江越喝止住准备掉头的车夫，冷冷地盯着神情不安的江叙：“怎么了，怕大哥害你？”

“当然不是，只……”

“既然不是，那就下车吧。”江叙不由分说地打断他。

江叙无奈，跟着他一起下了马车，在雪地里留下一连串脚印，在问明东方溯几人住的客房后，江越径直走了上去。

林默正好从房里出来，看到从楼梯处走上来的江越，略微一怔，旋即迎了上来，拱手行礼：“江大人什么时候来的？”

“今早刚到的扬州。”说着，江越张望了一眼紧闭的房门，“七爷在里面吗？”

“在，正和夫人说话。”林默简短地回着。

“烦请替我通传一声，另外再拿一根粗些的绳子来。”江越客气异常的态度令江叙越发不安，在林默进去通传后，他低声道：“大哥，你为什么叫他七爷，难道他是朝中的哪位亲王？”

江越官居一品，能被他尊称一声爷的，也就几位亲王，可在他的印象里，这么年轻的亲王，就只有肃王府那一位，可那位是老王爷独子，不可能排行第七。

“待会儿就知道了。”说话间，有人取来一条粗长的麻绳，与此同时林默也走了出来：“七爷请江大人入内说话。”

“有劳了。”江越拱一拱手，拿麻绳往江叙身上套去，将江叙吓了一大跳：“大哥你做什么？”

“带你去请罪。”江叙一边回答，一边继续绑着，不一会儿工夫，已是把江叙绑得结结实实。

江叙被他绑得挣扎不开：“我又没错，请什么罪，大哥你是不是疯了，快放开我。”

江越将绳子打了一个死结，冷声道：“贪了一千多万两银子还跟我说没犯错，倒还真是有趣。”

江叙没想到他会当众把这事说出来，吓得面皮一紧，赶紧往旁边看了一眼，见没什么人注意他们这边，方才松了一口气，压低了声音道：“大哥你无端端在这里说什么，我不是答应你会改吗，那银子也都交给你处置。”

江越眼底掠过一丝痛楚，沉声道：“太晚了，进去吧。”

江叙被强行推了进去，正如林默所言，东方溯与慕千雪都在屋中。

这并不是江叙第一次看到他们，每一次都以为自己看清楚了，可后面总会挖掘出一些不为人知的秘密，令他始终如同镜中看花水中望月，无法看真切。

如果说，在此之前，江叙只是担心的话，那么接下来的一幕，就真是让他惊骇欲死了。

江越肃然跪下，俯首于地：“臣江越叩见陛下，陛下万岁万岁万万岁！”

江叙怔怔盯着东方溯，他刚才听到了什么？陛下……大周的陛下……方寻本？这不可能，绝不可能！

第十章　平抑盐价

江叙努力想要否认这件事，可江越明明白白就跪在地上，试问除了当今陛下，还有谁能让身为户部尚书的江越下跪？

“陛下……”江叙失魂落魄地念着这两个字，他终于明白，为什么江越会一接到消息就日夜兼程从金陵赶过来，又为什么迟迟不肯告诉他方寻本的身份，他一定早就知道方寻本是东方溯的化名。

东方溯扫了一眼被五花大绑的江叙，淡然道：“他告诉你的？”

“是，这个畜生写信给臣询问陛下身份，臣不敢怠慢，立刻赶了过来。”说着，他痛声道，“臣管教无方，请陛下治罪！”

东方溯摩挲着手中的茶盏：“你想替他求情？”

江越抬起头，哽咽道：“于私，他是臣唯一的弟弟，臣当然不希望他有事。可是于公，他剥削百姓，犯下种种大错，臣……实在没脸替他求情。”

东方溯颔首：“总算你没跟着他一起犯浑，起来吧。”

“谢陛下。”江越吃力地站起身，又朝慕千雪行了一礼，“娘娘万福。”

慕千雪温言道：“江大人一路赶来，想必都没有怎么歇息过，坐下说话吧。”

“谢娘娘。”江越斜着身子坐下，从袖中取出江叙给他的那本账册递过去，“这是他这些年来跟八大盐商往来的账册，贪银……一千余万两。”说出最后五个字的时候，他声音都在发抖，赶来扬州的路上，他不是没想到江叙可能会利用盐政之便贪污受贿，但总以为顶多就百八十万两，万万想不到竟会上千万。

江叙大惊，顾不得东方溯他们在场，急声道：“大哥，我已经答应你悔改了，为什么你还要这么做？”

江越咽下喉咙里的涩意，盯了他道：“你若真知道悔改，就不会一味让我帮你隐瞒，甚至不惜杀人灭口！”

江叙脸颊一搐，不敢直视东方溯的眼睛，低头道：“我……我也是没办法。”

“没办法就可以杀人，没办法就可以欺压百姓，那么多年的圣贤书你都读到哪里去了？父亲一生正直，要是知道你这个样子，不知会有多痛心！”江越一口气说了许多，微微有些气喘。

江叙低头不语，片刻，他道：“无论如何，我都是你唯一的弟弟，你连一次机会也不给我吗？”

江越闭一闭目，哽咽道：“我也想救你，可是……我无能为力！”

面对他的话，江叙低低笑了起来，满面讽刺道：“你不是无能为力，而是怕我连累你，害你丢了头上的乌纱帽，得罪你跟前这位主子！”

“爹娘过世的时候，你是怎么答应他们的，现在又是怎么做的，为了功名利禄，你连自己亲人都可以不管不顾，你还是人吗？”说到后面，他咬牙切齿，状如恶鬼。

江越叹了口气，沉沉道：“到了这个时候，你还不知错？”

“错？”江叙冷笑道，“我最大的错，就是把这件事告诉你，我一心盼着你帮我，你可倒好，竟送我来死！呵呵，你说父亲知道我的所作所为会痛心，那你呢？你会把他们气得从棺材里爬出来！”

面对江叙的吼斥怒骂，江越神色平静无波：“就算爹娘此刻站在我面前，我也问心无愧！”

江叙讥声道：“你当然这么说，因为你还要抱紧皇帝主子的大腿。”

“你……”江越痛心疾首地看着他，怎么也想不明白一向听话懂事的弟弟怎么会变成这样。

慕千雪漠然道：“你觉得江尚书对不起你，那你呢，又是否对得起朝廷，对得起陛下，对得起两淮千千万万的百姓？”

江叙眼底闪过一丝心虚：“这么做的又不止我一个，我……我把银子全还给他们就是了。”

房中响起一阵低低的笑声，正是东方溯，他嗅着一枝新鲜的蜡梅，讥笑道：“朕第一次听说，贪官犯事把银子还回去就行了。贵妃，刑部什么时候改了律法，怎么也没通知朕一声。”

江叙硬着头皮道："我一没伤人，二没害人，只是收了盐商一点儿银子而已，还回去还不够吗？"

东方溯冷笑连连，起身走到他身前，一字一顿道："扬州城中，盐价贵如黄金，多少人因为买不起盐而只能吃淡而无味的饭菜，从而身体虚肿，四肢无力。又有多少人为了一口盐，奔波劳苦，甚至卖儿卖女，你居然还有脸在这里说什么没害人没伤人，真是可笑！"

不等江叙辩解，他又道："还有，你从来不是一个心慈手软的人，在你为官的这些年里，想必双手没少染血。"说到这里，东方溯替江叙理着领子，微笑道，"对了，连朕和贵妃都差点儿伤在你手里！"

江叙被他盯得腿肚子打战，别看他说得硬气，其实心里比谁都害怕："你想怎么样？"

东方溯微微一笑："张进。"

听到叫自己，张进赶紧答应："奴才在。"

"你说说，一千余万两，你要扒多少百姓的皮，才能聚集那么多钱财？"

"这个……"张进低头想了一会儿，掰着手指头道，"奴才记得陛下说过，一个百姓一年收入不过几十两，这一千万两，算下来得一百多万百姓呢，就算分成七八年，那也是十几二十万的百姓。"

"十几万百姓，被你扒了那么多年的皮，你居然还在这里大言不惭地和朕说，只是收了一点儿银子。江叙，你这脸皮倒是真厚。"

"我一开始没想这样，但……其他人都这样，所以……"

"所以你就心安理得地收了是吗？"东方溯冷笑一声，说出一句令江叙心胆俱裂的话来，"那你就安心等着被凌迟处死吧！"

"不要！不要！"江叙双腿一软，不由自主地跪在地上，凌迟是所有死刑中最可怕的一种刑罚，据说技术高明的刽子手，能在犯人身上割三百多刀而不死，令犯人求生不得，求死不能。

"陛下开恩，陛下开恩！"江叙不断哀求，见东方溯不理他，又转头道，"大哥救我，救救我！"

江越虽然痛恨江叙贪赃枉法，忘记自己的教诲，可终归是自己唯一的弟弟，此刻听到他要受那非人的刑罚，心有不忍，跪下道："陛下，臣弟虽然罪有应得，但……能否请您看在臣这些年还算勤勉的份儿上，免他凌迟之刑。"

江越迟迟不见东方溯应承，朝慕千雪投去哀求的眼神，没人比他更清楚这位贵妃娘娘在陛下心里的位置，只要她肯开口，别说凌迟，就算要免江叙的死罪也未必不可能。但这个要求他不敢提，慕千雪也不会答应。

慕千雪叹了口气，轻声道："陛下，江尚书多年来一直对您忠心耿耿，这次又亲自押送江叙前来受审，也算是自首，就免了凌迟之刑吧。凌迟之刑太过残忍，若是被不知就里的人传扬开去，难免会有损陛下仁德之名。"

见她开口，东方溯面色微缓："既是这样，就斩首示众吧。"

"不要！我不要！"江叙连连摇头，从一开始，他想要的就不仅仅是免除凌迟之刑，他要保住这条命，继续活下去。

"大哥，你再帮我跟陛下求求情，我不想死，要我做什么都可以！"江叙拼命哀求着，死对他来说太可怕，在今日之前，他连想都没有想过。

看到他痛哭流涕的样子，江越心里也是难过得很，哽咽道："早知今日，何必当初！"

江叙爬到他身前，哭泣道："我知错，我真的知错了，大哥，你再帮我最后一次！"

江越缓缓抚过他的肩膀，双手颤抖得厉害："老二，好好记着这次的教训，下辈子投胎做人，千万不要再重犯了！"

听到这话，江叙惊惶欲死，拼命摇头："大哥你不能这么对我，大哥……你救救我！"

"不是大哥不想救，是你实在错得太离谱。"江越狠心收回搭在他肩膀上的双手，闭目道，"对不起！"

他的回答令江叙绝望，但依旧不肯死心："你答应过爹娘，你不能食言。还有……还有你不是常说，知错能改，善莫大焉吗，怎么到我这里就全变了？"

"我死后，会亲自去向爹娘赔罪。二弟……"江越哽咽地看着他，"不是每一步走错都可以回头，也不是每一个错都有机会改。"

这句话如一盆冷水当头浇下，泼灭了江叙心里最后的希望，他绝望地大叫道："谎言！全部都是谎言！你……"他恨恨盯着江越，咬牙切齿道，"你根本从一开始就想要我死，所以才会把我带到这里来，连一点儿机会也不给我，江越，你好狠的心。"

慕千雪摇头，冷冷道："到了这个时候，你还把过错都推到别人身上，死不足惜！"

“我该不该死，轮不到你来决定。”说到这里，江叙忽地笑了起来，双目赤红地盯着慕千雪，“你口口声声说我该死，你自己又算什么？亡国女？西楚废后？真亏你有脸活到现在！”

江越大惊，急忙喝道：“放肆，你怎么敢对贵妃不敬？”

“她都要杀我了，难道我还要点头哈腰，由着她杀吗？”江叙满面讥笑地说着，“还有你，你为了讨好皇帝，保住仕途，不惜背弃父母遗言，将最亲的人送上断头台。江越，你一定会有报应的，一定有！”

江越一言不发，任由他喝骂，待他骂痛快之后，方才痛声道：“如果可以拿顶戴仕途换取你的性命，我一定会毫不犹豫地答应。甚至，我愿意代你去上断头台，但是……不可以。”

“我呸！”江叙狠狠往地上啐了一口唾沫，“说的比唱的还好听，真要是可以代替，只怕你跑得比兔子还快！”

东方溯冷哼一声：“死到临头犹不知悔改，看来凌迟之刑一点儿不为过。”

江越怕他真的改变主意，急忙道：“陛下息怒，他……他只是一时口误，并非有意。”这样的借口其实连他自己也不信。

看到江越紧张的样子，东方溯叹息一声：“难为你处处替他着想，可惜他并不领情。”

“臣……臣……”江越眼底泛红，哽咽道，“说到底还是臣教导无方，让他走上误国误民的歧途，臣罪该万死！”

东方溯扶起他，安慰道：“江叙本性贪婪，就算你日夜盯着他，他也会千方百计去走这条路。”

江越抹一抹眼角渗出的泪水：“臣现在唯一的心愿，就是他能够走得痛快一些……”他抬起头，乞求道，“请陛下无论如何不要将他凌迟。”

东方溯一言不发地盯着江越，不知在想些什么，半晌，他道：“朕答应你，但在此之前，他要办一件事。”

江越赶紧道：“陛下请说，臣一定为您办到。”

“交出囤积的食盐，好让盐价恢复到正常水平。”东方溯看过八大盐商的账本，为了抬高盐价，他们囤积了许多食盐，但存放食盐的地方只有江叙知道，也就是说，他一人掌控着两淮绝大多数的盐。

江越迭声答应，让江叙赶紧说出囤积的地点，然而江叙对他的催促无动于衷：“我为什么要交出来？”

“难道你真想身上的肉被一片片刮下来吗？”江越恼怒地说着，随即叹了口气，“二弟，你就当临死之前给自己积德吧。”

江叙嗤笑道：“德？那是什么东西，能当饭吃还是能当银子花？”

“当然不能，但……”

“既然不能，为什么要积？”江叙满口歪理，令江越不知道该怎么接才好。说得越多，他就越觉得眼前这个人陌生，完全找不到昔日的影子，究竟……是江叙变得太快，还是他从来就没有真正认识过这个弟弟？

“唉。”江越已经记不得这是自己第几次叹气了，“都说人之将死，其言也善，为什么你就是听不进劝，非得一错再错？”

江叙冷笑道：“不是我想错，而是你们不肯给我一条生路，既然要死，那就大家一起死！”

慕千雪眉目一动，淡然道：“你想用盐库换取活命？”

“是！”江叙大方地承认，“用我一条命，换两淮千千万万条人命，这笔买卖对你们来说可是划算得紧。”

慕千雪扬眉一笑：“被你这么一说，似乎真的很划算，不过……你就不怕我们食言吗？”

江叙咧一咧嘴：“所以要等我进入南域地界后，才会告诉你盐库所在。”这里离南域不远，快马加鞭，不过两三日的路程。

“混账东西！”江越气得一掌掴在他脸上，怒骂道，“那是两淮百姓的命根子，你倒好，拿来当自己保命的工具，你……你到底还有没有良心？”

江叙张嘴吐出一颗带血的牙齿，目光森森道：“人不为己，天诛地灭，你不也一样吗？”

江越连连摇头，痛声道：“可那关系着千千万万的扬州百姓啊！”

“他们的生死与我何干，要我来操这个心？”江叙的回答冷酷无情，他目光一转，落在东方溯身上，“要不要答应，陛下自己衡量吧。”

东方溯沉吟不语，江叙这次真给他出了个难题，究竟……是根据律法严惩江叙，还是为两淮百姓放他一马？

张进低头想了一会儿，小声道：“陛下，奴才有一句话不知当讲不当讲？”

东方溯有些不耐烦道：“都什么时候了，有话就说。”

“是。”张进理一理思绪，轻声道，“没有盐，虽然会让人四肢无力，精神不振，甚至诸多难受，但并不至于要人性命，盐和粮、水、空气有着本质上的区别。故而奴才以为，无须急在一时，可以耗费一些时日从别处调盐，到时候自可缓解两淮的盐荒。”

东方溯还没说话，江叙已经冷笑出声：“到底是个太监，说出来的话也跟女人似的，头发长见识短。”

张进是承德殿的大太监，又是东方溯身边的红人，就连王公贵族见了他都客客气气，何时被人这样当面斥骂过，气得面色通红，好一会儿才挤出一句话来：“贼子胡说！”

“我胡说？”江叙讥笑道，“没有盐虽然不至于要人命，却会令那些人发疯，人一旦发起疯来，什么事情都做得出来。据我所知，江宁、盐城那边，已经发生好几起因为抢夺食盐而斗殴的事情，甚至还有人失手把对方给捅死了。扬州这边也有，只是没那么严重而已，但随着食盐紧缺，情况会越来越差，甚至整个两淮都会一片混乱。”说到这里，江叙咧嘴一笑，唇边的鲜血令他看起来犹如从地狱爬出来的恶鬼，“若不是这样，你以为他们会耐着性子在这里谈判吗？”

张进转头看向东方溯，东方溯没有说话，但张进跟了他这么多年，又怎么会不明白，江叙……没有撒谎！

这件事真不是一般的棘手！

“二弟，你不要再执迷不悟了，那都是一条条人命啊！”江越还在试图劝说，然而他的苦口婆心只换来江叙的冷笑：“你连自己亲弟弟的死活都不管不顾，这会儿倒是关心起别人的性命来，真真是可笑。”

“我从来没有不顾你，只是……”

“只是我错得太离谱是吗？呵呵，这话我听得耳朵都快长茧了。”江叙讥笑道，“摆在你们面前的只有两个选择，放了我，或者任由百姓发难，令两淮混乱不堪。”说到这里，他似乎想起了什么，凑到江越面前，似笑非笑道：“差点儿忘了，江苏乃鱼米之乡，要是这里乱了，户部应该会少收很多银子吧？听说西楚一直蠢蠢欲动，要是他们趁这个机会打过来，那可就麻烦了。”

慕千雪冷冷道：“江大人还真是为咱们大周操碎了心。”

“好说好说！”江叙自觉拿捏住了东方溯的死穴，心中大定，“怎么说，我也是大周的一份子，当然要多操些心。说起来，西楚这么针对大周，贵妃娘娘功不可没。”

慕千雪幽幽一笑，一语道破他的心思：“口舌倒是尖利，你真以为自己去定南域了吗？”

江叙眸光一沉，旋即又笑了起来：“若贵妃娘娘非要两淮百姓为我陪葬，那江某无话可说。”

“雕虫小技。”慕千雪冷冷吐出四个字，随即道，“第一，就算两淮大乱，今年国库税收也不会减少，因为有你和八大盐商多年剥削百姓得来的银子充入国库，单你一人就一千余万两，他们八个加在一起至少有三千万两，加在一起，足抵一年有余。第二，也是最关键的一点，两淮根本不会乱，不过是你一厢情愿的想法罢了。”

江叙面色一变，继而又低低笑了起来：“你不必在这里虚张声势，我身为盐政使，比任何人都知道盐有多重要，我可以保证，没有我那个盐库里的盐，两淮必乱。”

慕千雪微笑道：“既是这样，我们来打个赌，两日之内，我一定恢复扬州盐价，令百姓人人吃得起盐。”

“不可能！”江叙想也不想便否决了他的话。

“可不可能，要等两日之后才能见分晓。要与我赌吗？”

江叙咬一咬牙：“你想赌什么？”

“就赌你的命，我若是输了，就向陛下进言，让你离开大周，南域也好，西楚也罢，由着你去。反之，你若是输了，就说出盐库所在，如何？”

江叙面色犹疑不定，正如他刚才所言，没人比他更清楚盐的重要性，想要在短短两天之内恢复盐价，简直是痴人说梦。

无论怎么看，慕千雪都输定了，可她还是坚持要和自己赌，究竟……是真有办法，还是自以为是？

许久，他终于有了决定，举目道：“我可以和你赌这一局，但仅仅只是进言，我太吃亏了，到时候陛下不答应，我还是难逃一死。既然要赌，就给我一个保命符。”

慕千雪秀眉微微一蹙，这个江叙倒是小心得很，一点儿亏都不肯吃，虽然她不觉得自己会输，但终归……

正自犹疑前，眼前一道金光掠过，“叮”一声落在江叙脚边，东方溯漠然道：“这是朕的金牌，你要是赢了，就拿着这个金牌出城。”

江叙眉眼间掠过一抹浓重的喜色，当即道：“好，一言为定。”

在将江叙带下去后，江越试探道：“娘娘，您真有把握在两日之内平抑盐价？”

慕千雪淡然一笑：“江尚书希望本宫赢还是输？”

江越涩声道：“不瞒娘娘，臣有那么一丁点儿私心希望您输。”说着，他又急急解释道，“不是臣不明对错，实在是凌迟太过可怕，臣……臣以后真的无颜去见九泉下的爹娘。”说着，他偷偷瞅了东方溯一眼，欲言又止。

慕千雪看出他的心思，微笑道：“你放心，陛下并非真想将他凌迟处死，不过是想借这个契机，让他说出盐仓所在罢了。可惜，他不肯。”

江越无奈地摇摇头：“他真是彻底变了，早知如此，臣当年绝不会让他步入仕途，害人害己。”

“千金难买早知道，哪是这么容易的。”东方溯感慨了一句，“好了，你奔波数日也累了，回去歇着吧。”

在江叙离开后，慕千雪笑意吟吟地看着东方溯：“陛下突然把金牌拿出来，倒是把臣妾吓了一跳，您就不怕臣妾输吗？”

“璇玑公主聪明绝顶，又岂会输给一个跳梁小丑，再者……”东方溯神秘一笑，“朕只说放他出城，可没说饶他不死。”

慕千雪恍然明了，掩嘴笑道：“好啊，还以为陛下有多相信臣妾，原来也是当面一套，背后一套，心思多得很。”

东方溯哂然笑道：“你啊，天天冤枉朕，朕这叫做两手准备，不过朕相信，应该用不到第二手。不过，朕确实很好奇，你到底有什么办法，可以在两天之内抑平盐价。”

慕千雪眨一眨那双秋水明眸，嫣然道：“陛下想知道吗？”

“当然，还请夫人不吝赐教。”说着，东方溯装模作样行了一礼，惹慕千雪一阵轻笑。

待得笑过后，慕千雪轻咳一声，说出一句令东方溯哭笑不得的话来：“天机不可泄露，明日自见分晓。”

“你个妮子，和朕耍起心眼来了是不是，该罚！”东方溯一边说着一边抬手在她脸上“打”了一下。说是打，其实根本是轻轻摸了一下，还没蚊子叮的痛。

第二日，江叙早早被带到了城头，双手依旧被牢牢绑着，动弹不得。二月初的天气很冷，才站了一会儿，脸就冻麻了，浑身哆嗦。

等了半日，终于看到东方溯与慕千雪出现，江叙连忙道：“你们一大早把我带到这里来做什么？”

慕千雪微笑道：“我们昨日不是说好了吗，今日要平抑盐价，这么快就忘了？”

“现在？”江叙满脸怀疑地盯着她，从昨日到现在还不足八个时辰，她这么快就调集到了足够的盐？

这个念头刚一出现，便被他否决了，两淮食盐尽在他一人之手，八大盐商剩余极少，根本平抑不了扬州的盐价。至于从别处调盐，就算是最近的地方，也至少要半个月——八个时辰，简直是痴人说梦。

“不错。”慕千雪肯定的回答令江叙犹疑不定，猜不透她是真有这份自信，还是虚张声势。

此时，城门已开，一队士兵推着几十辆车子进城，江叙眼尖，看到他们出示的是江宁府的牌子，应该是江宁府衙的亲兵。

“多谢。”头领收回牌子，示意身后士兵推车入城，其中一人想是赶多了路，脚有些发软，不甚摔倒在地，连带着堆在车上的一个麻袋也摔了下来，旁边两名士兵见状，赶紧把袋子抬上去，哪知反而扯松了袋口，从里面倒出白花花的细末来。

那几个守城士兵是最先瞧见的，看得眼睛都直了，不约而同地咽了一大口口水，那是什么……盐吗?

现在的扬州城里，盐价贵如黄金，这洒出来的要真是盐，那就等于满地黄金啊，谁见了都是眼热。

这个时候，其他过往行人也都看到了，纷纷停下脚步，直勾勾盯着那些洒出来的盐，眼里闪动着热切的光芒，他们已经很久没见到过这么多盐了，要不是士兵在旁边盯着，早就已经扑上去抢了。

“这……这是盐吗？”人群中一名妇人颤声问着。

士兵一边将麻袋搬回车上，一边道：“当然，都是十足的细盐，我等奉江宁知府的命令，连夜运送过来，以解扬州盐荒。”

妇人激动道：“所以……这里面都是盐？”

“当然。”士兵指着几十辆推车道，“这里全部都是盐，足够整个扬州城的人吃了，而且陆续还会有盐送过来。”

“太好了！太好了！”妇人激动得热泪盈眶，“我们终于吃得起盐了，不用再每日吃那些淡而无味的菜了。”

旁边一人按捺不住地问道：“那我们现在可以买吗？”

士兵犹豫道：“这个……等我问问头领，稍等片刻。”

头领也听到了他们的对话，当即走过来道：“出发之前，大人特意交代过，这些盐是陛下为了缓解扬州百姓的燃眉之急特意调送过来的，所以定价五文一斤，如有困难的百姓，则当免费赠送。”

那些百姓听到“五文一斤”的时候，已是激动万分，如今的盐价五百文一斤都不止，五文简直跟白送一般，待听到最后那句，顿时群情沸腾，急急涌过来，这个嚷嚷着要两斤，那个嚷嚷着要五斤，还有一个更离谱，张嘴就要十斤，也不知要吃到猴年马月。

不过也可以理解，他们受了太久无盐的苦楚，这会儿好不容易有盐了，而且还是免费的，当然是拼命想要多囤积一点儿。

“大家别急，因为这些盐车需要供给全城百姓，所以每个人暂时限三两，待其他盐车运送过来后，再加大供应。”

虽然这个结果令百姓有些失望，但有免费的盐赠送，他们已经知足了，在那些士兵的安排下有序领取食盐，一麻袋的盐很快就领完了，排队的百姓还在络绎不绝地增加。

士兵头领看了一眼长长的人龙，大声道：“诸位父老乡亲，此处乃是城门出入口，分发食盐，难免会影响到旁人出入，所以请诸位前往盐政使司衙门，我等会儿去那里分发食盐。你们放心，每个人都有，一个都不会少。”

这番话在人群中引起小小的骚动，不过很快那些百姓就陆续散去，前往盐政使司衙门。

看到人群散去，一名士兵暗自松了一口气，小声道：“还好还好，要是让他们知道……”话音未落，士兵头领冰冷的目光已是横了过来，“知道什么？”

士兵身子一颤，惶恐道：“没什么，是小的多嘴了。”说着他赶紧推了盐车往盐政使司衙门行去。

城头上，江叙面色苍白如死，直至几十辆盐车驶得不见踪影，还不肯收回目光，嘴里喃喃不知在说些什么。

慕千雪抿一抿耳边的碎发，淡然道：“江大人以为，这些食盐足够平抑盐价了吗？”

江叙像见鬼一样地看着她，激动道：“不可能，这一定是假的，江宁府根本没那么多食盐！”

慕千雪凉声道：“你亲眼所见，难道还会有假吗？”

江叙哑口无言，是啊，耳听或为虚，眼见却不会有假，不管他承不承认，慕千雪真的在八个时辰之内弄到了几十车盐，他——输了！

一想到输掉赌约的后果，江叙双腿一软，踉跄着往后退了几步，险些从城墙上摔下去，还好被林默一把拉住。

慕千雪面无表情道："其实有这些盐在，你说不说出盐库所在，已经无关紧要了。但江越是朝廷栋梁，对陛下也一向忠心，本宫不希望他唯一的弟弟尸骨不全，所以本宫现在给你一个机会，用盐库换取斩首的机会，你自己衡量吧。"

江叙低头不语，半晌，他哑声道："我还有一个问题。"

"想问江宁为何有这么多食盐？"

"不错，江宁归我管辖，我记得很清楚，那边凑一凑，勉强能够凑个几包盐，但要说几十车，这是绝对没有的，这些盐又是从何而来？"这个问题，江叙从看到食盐的那一刻就在思索，可怎么也想不出答案。

慕千雪淡淡一笑："两淮盐政使司一直是个肥缺，不说前朝，就咱们大周而言，纵观这百年多时间，不知有多少官员倒在这个位置上，食盐紧缺的事情也不止出过一次。江叙，你以为陛下一点儿都没有提防吗？"

"什么意思？"

"老实告诉你，早在陛下刚登基的时候，就曾考虑过两淮盐政的问题，所以秘密在江宁建造了一座盐库，存储在里面的食盐足够两淮百姓吃上一年之久。"

江叙连连摇头，激动道："不可能，我从来没有听说过这件事，上一任盐政使也从来没有提起过。"

林默讥声道："要是都被你们知道了，还叫什么秘密。"

"江宁盐库一事，除了陛下之外，就只有本宫知道，非万不得已不会去动用，你能逼得陛下动用这个秘密盐库，也是能耐了。"

江叙无力地跌坐在地上，大哥不肯替他求情，用来保命的盐库这会儿也变成了鸡肋，无法再成为他保命的资本，输了……彻底输了……

许久，江叙抬起那张仿佛在一瞬间苍老了十岁的面容，无力道："是不是我说出盐库下落，你就保我免去皮肉之苦？"

别看他之前说得硬气，其实对于凌迟一直害怕得紧，相信没有一个人被生生割上几十乃至几百刀而不害怕的。

"一言既出，驷马难追！"慕千雪的保证令江叙心中稍安，他吃力地站起身来："好，我告诉你，在我的书房里有一本《四海图志》，在封底有一个夹层，里面是一张地图，按着那张地图就能找到盐库，里面存储了数万斤的食盐。"这次他倒说得畅快，一点儿没有卖关子。

慕千雪眼底掠过一丝微不可见的激动，面上平静依旧，只对林默说了两个字：

“去找！”

林默领命离去，过了半个时辰，他过来回禀，已经找到了江叙说的那张地图，这会儿正派人按着地图去寻找盐库，具体方位应该是在扬州东城郊。

张进过来的时候，天色已经暗了，天上又飘起细细的雪花，夏月撑着伞，为慕千雪挡去冰冷的雪花。江叙就没那么好运了，身上落满了雪花，头发和眉头都变成一片银白，冻得不住打哆嗦。

张进上了城门，随手将伞扔给身后的小太监，三步并作两步来到慕千雪身前，恭敬地打了个千儿：“娘娘万福。”

“怎么样了？”尽管慕千雪极力掩饰，还是透出一丝焦灼。

“已经找到盐库了，陛下也过去了，这会儿正让人连夜将盐运出来，陛下怕娘娘等得心焦，特意让奴才来通禀一声。”说着，张进扫了一眼江叙，笑道，“这狗东西把盐库修建在山腹里，要不是娘娘妙计，咱们是万万找不到的。”

江叙听到他的话，心里隐约觉得有些不对，牙齿打战道：“什……什么……妙计？”

张进看了慕千雪一眼，待慕千雪点头后，方来到江叙身前，冷笑道：“你真以为江宁有盐库吗？呵呵。”

江叙心头一颤：“假……假的？”不等张进言语，他又道，“不可能，我……我亲眼看到……那几十车盐。”

“你真的亲眼看到几十车都是盐吗？没有，你真正看到的只有一袋盐，其他麻袋里的都是……”在江叙一眨不眨的注视下，张进缓缓吐出一个字，“土！”

“土……”江叙喃喃念着这一个字，身子不住颤抖，震得眉发上的雪花簌簌落下，“怎么会这样？”

“怎么会？”张进满面讥讽道，“因为这一切都是贵妃娘娘的计策，为的就是让你以为盐库无用，从而说出它的下落。”他没有忘记江叙是怎么讽刺自己的，这会儿抓到机会，自是不会客气。

“那些士兵确是奉娘娘之命，连夜从江宁府运盐过来，但江宁府能够凑齐的盐不过一袋，也就是你今日看到的那一袋。”

江叙失魂落魄道：“所以……从摔下推车到掉出里面的食盐，都是事先安排好的？”

“若不如此，怎么引你这只老狐狸上钩，不妨再告诉你一句，就连最先说话的那个妇人也是事先安排好的。江叙，你一直自诩聪明，其实一切都在娘娘意料之中，你……不过是一个小丑罢了。”张进毫不客气地说着。

江叙怎么也想不到今日这一切都是一场骗局，怔怔愣在那里，待得回过神来后，他疯了一样地扑向慕千雪，声若厉鬼：“贱人，你骗得我好苦！我要杀了你！”

张进早有预料，横移一步挡在慕千雪身前，一把将被绑住手脚的江叙推开：“若不是你冥顽不灵，娘娘何须如此！”

“我要杀了你们，统统杀了！”江叙拼命挣扎着，想要挣脱束缚着双手的绳子，一想到活命的机会被慕千雪骗得失去了，就恨不得亲手掐死她。

张进瞪着他道：“死到临头，犹不知悔改！”

慕千雪淡淡道：“不必与一个将死之人计较，把他带回去吧。”

“是。”张进恭敬地答应着。这十余年来，他亲眼看到慕千雪凭借过人的智慧助大周百姓一次又一次渡过难关，令他心悦诚服。

正如江叙所言，盐库存盐万余斤，有了这些盐，扬州乃至两淮百姓终于不必再为一口食盐犯愁，久违的笑意也终于又一次出现在他们的脸上。

与此同时，东方溯以迅雷不及掩耳之速，亲自督办扬州知府衙门查抄包括冯百万在内的八大盐商，一干主犯全部入狱，从他们家中共计抄出两千五百万两银子，除此之外还有许多珍宝古玩、名人字画。

与此同时，两淮各地也奉旨纷纷查抄盐商，曾经风光无限、富足无忧的盐商一时之间全部成了阶下之囚。

东方溯的雷厉风行与铁面无私令百姓欢呼雀跃，一个个拍手称快，继陵阳之后，东方溯的威望和声誉又一次被推到了顶点。

事后统计，从江叙和各地盐商家中查抄出来的银子总共有五千余万两，相当于将近两年的国库收入，实在惊人至极。

经由东方溯亲自审理，江叙和八大盐商皆被推赴刑场斩首。那一日，扬州城万人空巷，全部来了刑场，在他们头颅被砍下的那一刻，欢呼声久久不息，他们被压迫了太久，现在需要这样的欢呼来释放心中的压抑。

第十一章　回京

江叙被斩首的时候，江越就坐在一旁的酒楼里，一杯接一杯地往嘴里灌着酒，尤其是欢呼爆发的那一刻，几乎整壶酒都被灌了下去。

他知道江叙该死，可终归是他的亲弟弟，试问怎么能不难过。

江越放下已经空了的酒壶，道："小二，再拿几壶酒来！"

小二为难道："客官，再喝下去您该醉了。"

江越不耐烦道："我的事不用你管，赶紧去拿酒来。"

小二还在犹豫的时候，一道人影出现在视线中："照他的话去拿。"

这个声音……

江越连忙抬头看去，果见东方溯站在对面，连忙就想起身行礼，膝盖还没伸直，东方溯已是按住他的肩膀："坐着吧。"

江越忐忑不安地坐回椅中："七爷怎么来了？"

东方溯接过小二端来的酒，给江越和自己各倒了一杯："没在客栈里见到你，猜着应该是来了这里。"

江越目光一黯，低声道："下官知道他咎由自取，不值得同情，但还是……想陪陪他，毕竟以后都没这个机会了。"

"我明白。"东方溯叹了口气，"难得你能够大义灭亲，给天下官员树立了一个好榜样。"

江越苦笑道："都是因为下官教导无方，他才会误入歧途，'榜样'二字，下官实在汗颜。"

“我说过，这是他自己的选择，你虽为兄长，却不可能替他做每一个决定。”停顿片刻，东方溯忽道，“我记得江叙的原配夫人给他生了两个儿子是吗？”

江越豁然站了起来，起得太急，碰翻了酒盏，琥珀色的液体沿着桌子边缘滴落，他看也不看，焦灼地望着东方溯：“七爷开恩，祸不及无辜，还请您饶他们一命，弟妹是下官当年亲自挑选的，深明事理，她教出来的儿子一定不会差，再说那两个孩子都还小，什么也不懂。要是……要是您不放心，下官今日就送他们出城，远去边疆，从此不踏入金陵半步。”

东方溯好笑道：“我何时说过要杀他们？”

听到这话，江越心头微松，小心翼翼地问道：“那七爷的意思是……”

东方溯重新给他满上酒，淡然道：“你把那两个孩子带回金陵去，好好教导，做一个堂堂正正的人，不要让他们再走江叙的老路。”

“多谢七爷恩典，下官……下官实在不知如何感谢七爷恩德。”江越激动得浑身发抖，恨不能跪下谢恩。从知道江叙犯事起，这两个孩子就一直是他的心病，既不希望他们一直背负着犯官之子的名声，又不知怎么向东方溯求情，如今终于是能放下这块心中大石了。

东方溯知道他的心思，否则也不会主动说那句话：“行了，今儿个咱们好好喝一杯！”

江越连连点头，举起酒盏恭敬道：“下官敬七爷！”

东方溯举杯饮下，随着几杯酒下肚，身子渐渐热了起来，君臣二人一边喝一边说话，倒也自在。

“七爷。”满身风雪的林默突然走了进来。

看到本该在客栈的林默出现在这里，东方溯眉心微微一蹙：“怎么了？”

“金陵传来急报，太后急病，甚是凶险。”林默的回答简洁明了。

东方溯握着酒盏的手微微一紧：“怎么会这样？”

“暂时还不清楚，皇后娘娘还有几位太医都去了畅春园，情况……”林默低声道，“不太乐观。”

在短暂的寂静后，东方溯道：“传令下去，明日一早起程回京。”虽然陈太后做了无数错事，可终归血浓于水，无法割舍。

接下来的事情就简单了，江越留在扬州善后，东方溯带着慕千雪一行先回京。在出扬州的路上，恰好看到冯岚押过，曾经目空一切的她，这会儿蓬头垢面，狼狈不堪，犹如过街老鼠。

冯家倒台，冯百万被斩首，她虽然保住了性命，但余生都会和其他盐商的家人一样，在织造局的浣纱局度过。

“叮叮！”风吹动车铃，清脆悦耳，引得冯岚抬头观望，恰好看到坐在车中的东方溯与慕千雪，先是一怔，继而露出又恨又惧的神情。

曾几何时，她高高在上地要求东方溯休妻迎娶，认为东方溯能够被她看上是几世修来的福气，结果她不仅没有嫁成，还为冯家招来抄家之祸。

她痛恨东方溯的绝情，却又无可奈何，因为东方溯是一个她绝对惹不起的人。

倾心也看到了冯岚，皱着小巧的琼鼻道：“大哥你瞧她的样子，怕是到现在还不觉得自己哪里错了呢。”

予恒揉着她的头发道：“无论她知错与否，都会为以前的事付出代价。”

予瑾撇一撇嘴道：“要我说，是父皇太仁慈了，像这种死不悔改的人，就该斩立决！”

予恒笑弹着他的额头：“什么斩立决，就知道胡说！”

“哪有！”予瑾不服气道，“她是冯百万的女儿，她吃的喝的用的，哪一样不是从百姓身上搜刮来的民脂民膏，可不就应该以同罪论吗？而且看那冯岚的德行，平日里一定没少欺压下人。”

“要按着你的说法，得杀多少人。”予恒替倾心紧一紧紫狐皮的披风，“冯岚固然有错，但错不致死，其他盐商的家人也是一样，所以父亲才放他们一条生路。再者，也可避免残暴嗜杀之名。”

予瑾知道他说得在理，但心里还是不太痛快，嘟囔道：“但那样实在太便宜他们了。”

“未必。”予恒淡淡道，“母亲说过，死不过是头点地的事情，可活着，就要在漫长的岁月里忍受种种痛苦和悲哀。所以有时候，活着才是最大的惩罚。”

马车在途经秦淮河的时候，河面上传来清灵悠扬的琴声，令人忍不住驻足停留。

慕千雪倾听片刻，露出诧异之色，脱口道：“《广陵散》。”

东方溯满面惊讶道：“此曲不是早就失传了吗？”

“是，妾身也只早年机缘巧合之下听过一次，但那人怎么也不肯教妾身指法，一直引为憾事。妾身以为此生再无耳福，想不到竟会在扬州听到。”说着，慕千雪急忙掀帘下车，她迫不及待想见一见弹琴之人。

琴音是从一艘画舫里面传出来的，河边已站满了聆听琴音之人，河面上细雪纷飞，令这一切看起来如真又如幻。

一曲《广陵散》令所有人如痴如醉，连画舫什么时候来到近前都不知道，直至最后一个音符落下后许久才回过神来，人们目光炙热地盯着画舫，想知道究竟是谁在弹琴。

画舫徐徐驶到岸边，一名女子走了出来，竟是琴清，她朝东方溯与慕千雪欠一欠身，垂目道："琴清知道七爷与夫人今日要走，无以馈赠，唯有以一曲《广陵散》送别，愿七爷与夫人白头偕老，恩爱永隽。"

在直起身时，琴清看到一张倾国倾城的无双容颜，她自己也是一等一的美人，可在看到那张脸庞时，仍是为之失色。

尽管与记忆中的那张脸庞相差甚远，但琴清还是一眼认了出来："夫人？"

慕千雪颔首道："之前为了便于行事，未以真面目示人，让琴清姑娘见笑了。"

琴清释然一笑："我先前还一直奇怪那样集天地灵秀于一身的女子，上天怎么会给了一张如此普通的面容，原来如此。"

"地契和房契都收到了吗？"

"嗯，夫人有心了。"琴清感激地点头。昨天夜里，林默突然来见她，交给她一份地契和房契，是一间位于城东的宅院，以前属于江叙的别院。不大，但小巧精致，她以前给江叙唱曲的时候曾去过几次，很是喜欢。江叙被抄家那会儿，她曾无意中在慕千雪面前提了一句，没想到慕千雪记在心里，并且送给她，着实是惊喜。

"空着也是空着，倒不如送给真正喜欢它的人。"说着，慕千雪又道，"你今后有何打算？"

琴清看了一眼站在不远处的东方溯，微笑道："有琴，有诗，有画，余生足矣。"

慕千雪默然，她知道琴清钟情东方溯，但……

琴清看出她的心思，笑道："此生能够遇见七爷和夫人，琴清再无遗憾，夫人也不必介怀。"

慕千雪感慨她的冰雪聪明，怜惜道："以后若是有缘遇到良人，记得千万不要放弃。"

"好。"琴清自紫鹃手中接过一本册子，郑重地交到慕千雪手中，"我知道夫人也是位爱琴之人，所以连夜默录《广陵散》，就当是临别之礼。"

这份礼无疑深得慕千雪之心，她小心翼翼地接过尚且散发着幽幽墨香的曲谱，疑惑道："你怎么会弹失传的《广陵散》？"

琴清倒也不隐瞒，如实道：“六七年前，艳娘为了让我技压群芳，夺取花魁，请来许多琴师教我弹琴。他们当中大多数人都倾囊相授，好从艳娘那里换取更多的利益。唯独一位老琴师，每次授琴之时，都独自坐在一旁，从来不会主动教授。久而久之，艳娘便不再待见他，将他赶出了红袖阁，流落街头。我瞧着可怜，就让紫鹃拿了些银子给他，没想到他竟又回来了，什么也不说，只是授我一曲，我学了一个余月才算勉强学会，直至那个时候，我才知道此曲名为《广陵散》。

“老琴师说他一生从不欠人，收了我银子，就还我一曲，两不相欠，不告诉我名字，也不许我叫他一声师父，性子着实有些古怪。”在得知慕千雪也曾在多年前见过他后，琴清甚是惊喜，连称有缘。

琴清一路将他们送到城门口：“送君千里终需一别，七爷与夫人一路平安。来日二位若来扬州游玩，请一定要让琴清尽地主之谊。”

“就此别过，琴清姑娘珍重。”说完这句话后，东方溯扶着慕千雪上了马车，缓缓驶出了扬州城。

直至马车走得不见踪影，琴清才终于收起伪装的淡然，一滴清泪自眼眶中滑落，滴入积雪之中不见。

紫鹃叹息道：“姑娘既是舍不得，刚才为什么不告诉陛下，奴婢看陛下不是无情之人，或许他会……”

“不会。”琴清抹去脸上的泪痕，摇头道，“他固然情深，可惜只对夫人一人。我于他，不过是萍水相逢罢了。”

紫鹃心疼道：“今日一别，很可能就是永别，姑娘不怕将来后悔吗？”

琴清涩声道：“与其苦苦纠缠，不如留下一个美好的回忆，至少……他会愿意记得我。”

紫鹃不知该怎么安慰，叹声道：“只是苦了姑娘了。”

琴清笑一笑：“天下无不散的筵席，能有那一瞬间的美好，我已知足了。再说，若非遇到他们，我也不能摆脱红袖阁与江叙的纠缠。”

紫鹃默然不语，又陪着琴清站了许久，方才离去。

再说东方溯，在离开扬州后，他取出一对拳头大小的玉麒麟递给慕千雪：“喜欢吗？”

慕千雪打量了一番，颔首道：“是上好的和田籽玉，雕工也不错，麒麟栩栩如生，应该出自名家之手，只是……”

“只是什么？”

慕千雪蹙眉道：“看这雕工不似出自吴派，周派也不太像，也没落款，一时还真看不出是出自哪位大师之手。”

坐在外面的张进听到她的话，隔着车门道：“娘娘，那位大师远在天边，近在眼前呢。”

东方溯翻一翻白眼，呵斥道：“你什么时候变得这么多嘴了？”

张进咧一咧嘴，不再言语，反正他要说的已经都说了。

慕千雪满面惊讶地看着东方溯：“是陛下雕的？”

“嗯，你我虽然夫妻十几载，但回想起来，朕还从未送过你定情之物，此次在扬州的时候买到这对出自同一块大料的籽玉，瞧着不错，就雕了这对麒麟，又亲自打磨抛光，直至昨夜才完成，你一个我一个。”东方溯眼中情深意重，语气宠溺而真挚。

“都已经老夫老妻了，还要什么定情信物，陛下也不怕肉麻。”话虽如此，慕千雪眼底却是止不住的欢喜。

东方溯将她的欢喜瞧在眼中，故意道：“既然你嫌肉麻，那就不要了。”说着，他拿回麒麟往车窗外扔去。

慕千雪大惊，急忙道：“陛下做什么？”

“反正你不喜欢，干脆扔了，省得瞧着碍眼。”面对东方溯不以为然的样子，慕千雪又气又急：“妾身只是随口一说，又没真的不喜欢。”说着，她朝外面喊道，“张进，快让车夫把车停下，快！”

没等车停稳，她便要推门下车，东方溯赶紧把她拉住，伸出背在身后的手，露出那对本已扔到外面的玉麒麟：“没扔，只是与你开个玩笑罢了。”

慕千雪知道自己上了东方溯的当，面色微红，羞道：“陛下就知道欺负妾身，不和你说话了。”

东方溯朗声一笑，拱手道：“是为夫不好，请娘子恕罪，收下这对玉麒麟。”

慕千雪别过身子不理他，但不论她转到哪一边，东方溯都会跟过来，慕千雪忍了半天，终还是没能板住脸，笑斥道：“陛下乃是一国之君，哪有这么耍赖的。”

“于别人来说，朕是一国之君。于你而言，朕是你的夫君，仅此而已。”东方溯眸中温柔如春日里的池水。

他是帝王，不能像普通男子那样一生一世一双人，但他将所有的爱都给了眼前这名女子。

帝王的爱可以高高在上，也可以平易近人！

慕千雪没有再说话，只是静静依偎在他身边，任由时光荏苒，只是岁月静好……

因为惦念陈太后的病情，所以这一路赶得甚急，不出十日就到了金陵。东方溯没有回宫，而是先去了畅春园，沈惜君正好也在，得到消息，立刻迎了出来："臣妾恭迎陛下归来。"

东方溯扶起她："皇后不必多礼，太后怎么样了？"

"不大乐观。"沈惜君摇头道，"一直病得昏昏沉沉，这几日更严重了，少有清醒的时候。"

"是什么病？"

"起初只是风寒，太后拖着没有传太医，结果拖成了大病。几位太医一直在畅春园，但始终没有什么好法子，只能用药吊着。纪院正说了，他们只能尽人事，能否熬过这一关，还得看太后自己。"沈惜君淡淡说着，对于陈太后的生死，她并不在意，来畅春园也只是为了尽皇后的责任。

东方溯看着紧闭的殿门，神色异常复杂，他一边担心陈太后的安危，一边又无法放下当年的事情。

慕千雪看出他心中的挣扎，轻声道："无论太后做错过什么，都是您的母亲，应该进去看看的。"

东方溯点点头，推门走了进去，梁昭仪正在里面守着，看到他进来，眼圈一红，赶紧起身行礼。

东方溯没有理会她，只是默默看着躺在床上的陈太后，不知是云丝锦被太厚，还是她呼吸太微弱，胸口的地方几乎感觉不到起伏。

不知过了多久，有低沉的声音响起："你下去吧。"

"是。"在退到门边时，梁昭仪停下脚步，望着东方溯的背影道，"母后病的这些日子一直在念叨陛下，她老人家若知道陛下过来，一定会很高兴。"

梁昭仪离去后，东方溯侧身坐在床边，也不说话，就这样安静地坐着。他已经很久没来过畅春园了，印象里，陈太后的头发一直是乌黑的，哪怕年过六旬，也保养得宜，没有一丝银白的痕迹，可这次见到，竟是两鬓斑白，尽显苍老之态。

"皇帝……"虚弱的声音将东方溯的思绪拉了回来，低头看去，陈太后不知什么时候睁开了眼。

东方溯按下心中的复杂，淡然道："母后醒了。"

陈太后没有说话，只是伸出颤抖的手往东方溯脸上摸去，在真切地感觉到温度后，泪水一下子涌了出来："不是……不是哀家的幻觉，真的是皇帝，你来看哀家了。"

东方溯取了一个弹花软枕垫在她身后："刚刚从扬州回来，知道母后病了，过来看看。母后既是醒了，正好让太医看看。"说着，他起身离开。

陈太后大急，急忙想要拉住他，无奈身子虚弱无力，一下子跌落在地，嘴里不住说道："别走，溯儿别走！"

"溯儿"两个字一下子勾起了东方溯旧时的回忆，在他还没登基时，陈太后就是这么称呼他的。

"溯儿！溯儿！"陈太后一声声的呼唤令东方溯心一软，回身将她扶回床上，语气生硬："你还生着病，好好歇着。"

陈太后含泪道："哀家知道，这是老天爷在惩罚哀家以前犯下的错，惩罚哀家一时糊涂，做下那么多错事。"

"你想多了。"东方溯想要收回手，却被陈太后死死拉着，也不知她哪来这么大的力气，陈太后一边哭一边道："对不起，是母后不好，让你失望了，对不起。"

东方溯抽不回手，只得任由她："过去的事情，不要再提了，先看病吧。"

陈太后垂泪道："你还是不肯原谅母后是不是？"不等东方溯回答，她又黯然道，"也是，谁让哀家做出那样荒唐的事情。"

东方溯漠然地看着她："你明白就好，你毕竟生了朕，太后该有的一切，朕都不会少你半分，但别的……你还是不要想的好。"

陈太后一边流泪一边咳嗽，她咳得很厉害，就像是要把肺咳出来一样，脸上是异样的潮红。

许久，她渐渐止住咳嗽，放下捂嘴的手，掌心竟然一片殷红，不住喘着粗气。东方溯一惊，连忙唤了纪临等人进来，待得诊过脉后，纪临沉声道："启禀陛下，太后咳血，是肺经损伤之故，尽管臣等竭尽所能，但太后病情顽固，再加上心情郁结，故而还在继续恶化当中。"

东方溯面色阴沉道："你有几成把握？"

纪临思索片刻："不瞒陛下，要是依现在的情况恶化下去，臣连一两成把握也没有。"

东方溯双手一紧，冷声道：“朕不管你用什么方法，总之一定要治好太后。”

“臣尽力而为。”纪临无奈地回答着。

“朕改日再来看你。”扔下这句话，东方溯转身离去，不理会陈太后依依不舍的目光。

踏出殿门，意外看到梁昭仪站在外面，她看到东方溯出来，急忙跪下道：“陛下，臣妾有一事相求。”

东方溯的目光在她身上转了一圈，冷冷道：“你想见予瑾？”

梁昭仪神情黯然道：“臣妾确实很想念予瑾，但自知是戴罪之身，相见……只会害了他。”

东方溯意外道：“那你求朕什么？”

梁昭仪涩声道：“自从来了畅春园后，母后心情一直郁郁不展，这次的病，风寒只是一个诱因，关键还是在于心病。臣妾斗胆，请陛下得空多来看看母后，让她晚年可以过得开怀一些。”

耳畔寂寂无声，若不是那双玄黑绣金龙的靴子还在，梁昭仪几乎要以为东方溯已经离开了。

在梁昭仪按捺不住想要再说话的时候，东方溯终于开口了：“好好照顾太后，余下的事情就不要多管了。”

梁昭仪心中一急：“可是……”

东方溯目光一沉，冷冷刮过梁昭仪的脸庞：“是朕说得不够清楚吗？”

梁昭仪听出他言语间的不悦，知道不宜再说下去，无奈道：“臣妾遵旨。”

陈太后这一场病极为厉害，整日昏昏沉沉，滴水难进，药都是强行灌下去的，好几回都混着血吐了出来，只得再重新煎再灌下。

众太医连着换了几个方子效果都不大，病情时好时坏，令他们束手无策。后来一位刚到太医院不久的年轻太医写了一个偏方，偏方上面的药只有区区七八味，都是治疗风寒用的，也不名贵，但效果出奇地好，在连着服用数日后，陈太后的病情渐渐稳定下来，又几日后，已是能够下地行走，彻底脱离了危险。

眼见陈太后一日好过一日，众太医终于能松口气了，虽说陈太后与东方溯母子关系不睦，但身份始终在那里，一旦有什么三长两短，他们绝对没有好果子吃。

这日，予恒来畅春园探望，一进内殿便看到陈太后独自一人扶着床沿吃力地行走着，他一惊，急忙奔过去扶住：“皇祖母，您怎么一个人在这里，快坐下。”

看到予恒紧张的模样，陈太后笑道：“哀家没事。”

尽管陈太后这么说，予恒还是坚持扶她坐下，环视了一眼，拧眉道：“宫人呢，怎么一个也不见，都躲懒去了吗？”

陈太后笑一笑道：“今儿个是三月初三，消灾除凶的日子，哀家这边也没什么要紧的事，就许了他们一日假期。”

“就算这样，也不能全放出去，连个照应的人也没有。”

“秋月在，只是她去膳房煎药了，还没回来。”陈太后慈祥地打量着予恒，“哀家记得，每年三月初三，皇帝都会宴请群臣，你不在宫中帮着你父皇，怎么跑到哀家这里来了？”

“父皇那边有太子殿下在，孙儿正好偷闲来看望皇祖母。”自从那一日之后，东方溯再没有来过畅春园，但他没有阻止予恒他们来畅春园看望。

“你啊。”陈太后感慨道，“那么多后辈里，就你最孝顺，最记得哀家了。”

“皇祖母别这么说，太子殿下也很记挂您，就是朝中事务缠身，不能经常来看望您。”说到这里，予恒似乎想到了什么，拍一拍手，有宫人提着一个鎏金鸟笼来，里面是一只五彩鹦鹉，看到宫人拿出粟米，立刻张开尖尖嘴叫道：“太后万福！太后万福！”

陈太后一怔，旋即开怀笑道：“这鹦鹉倒是有趣，你从哪里得来的？”

“是太子让孙儿送来给皇祖母解闷的，除了太后万福，它还会说不少话呢，都是太子手把手教的。”在予恒的示意下，宫人又逗鹦鹉说了几句，都是一些吉祥话，如“太后吉祥”“万寿无疆”等。

“有心了。”陈太后淡淡说了一句，自从知道鹦鹉是予怀送的后，她就不似先前那么欢喜高兴。

这个时候，秋月端了药进来，予恒接在手里，舀了一勺仔细吹凉后递到陈太后唇边：“皇祖母喝药了。”

陈太后抿了一口，蹙眉道：“怎么哀家觉得这药越来越苦了，容太医是不是换过药了？”

秋月笑道：“还是原来的方子，只是太后以前重病，口中无味，所以不觉得太苦。现在凤体渐好，这苦意自是越来越明显了。”

陈太后点一点头，对予恒道：“今儿个天气甚好，待会儿陪哀家去园子里走一走。”

予恒自不会拒绝，侍候陈太后喝过药后，扶着她在畅春园中缓步行走。畅春园是照着江南景色建的，怪石林立，遍种珍奇花卉，此时又正逢春时，百花齐放，欣欣向荣，不时能够看到孔雀、白鹿等。

陈太后大病初愈，没走一会儿便累了，遂进了花聚亭歇息，花聚亭四周遍种各种芍药，一眼望去，竟是无边无际。

“这里真美，简直是将江南山水最美的地方都搬来了。”予恒虽然来过畅春园数次，但都是为了看望陈太后，来去匆匆，今日才算第一次欣赏到畅春园的美。

陈太后却不似他那般欢喜，甚至有着一丝厌倦：“再美又如何，不过是一座金丝牢笼罢了。”

予恒一怔，随即似乎明白了什么，蹲下身道：“皇祖母还是想回昭明宫？”

“哀家在那里住了大半辈子，怎么会不想。”说到这里，陈太后自嘲道，“但想又如何，皇帝是不会再让哀家回去的。”

“其实父皇还是很记挂皇祖母的，但……”予恒犹豫着没有说下去，陈太后看出他的心思，淡然道：“但哀家犯下了无可补救的大错是吗？”

予恒沉默片刻，小声道：“其实父皇让您搬来这里，也是出于一番好意，与其两看两相厌，不如彼此不见。”

陈太后若有所思地看着予恒，她以为予恒会说一些安慰的话，没想到是这么一句。一阵子没见，这个孙子的性子似乎有些变了。

寂静片刻，陈太后道：“哀家听说，你随皇帝他们去了江南？”

“是呢，父皇微服私访，将孙儿还有予瑾、倾心他们都带去了，一路热闹得很。”说着，他挑了几件有趣的事情说给陈太后听，当然少不了抛绣球招亲那回事，令陈太后笑开了怀：“想不到皇帝被人逼亲，还险些成了盐商的女婿，有趣，真是有趣。”

“是呢，后来那个冯小姐知道父皇身份后，羞愧得无地自容。”

“那样一个肤浅的女子，也敢自称扬州第一才女，可笑！”陈太后淡淡哂了一句，转而道，“扬州的盐价后来怎么样了？还是很贵吗？”

“孙儿离开的时候，扬州乃至两淮盐价都已经恢复正常。”说着，予恒满脸钦佩道，“多亏姨娘足智多谋，套问出江叙私盐库的下落，否则难以这么快平抑盐价。”

陈太后意味深长地看着他：“看来你和慕氏关系不错。”

予恒沉默半晌，道：“孙儿知道皇祖母不喜欢姨娘，认为是她蓄意离间你们母子，是她害死孙儿的生母。当年真相如何，孙儿无从得知，孙儿只有以这十四年来的所见所闻告诉皇祖母，姨娘不是您想的那种奸妃，反而屡次襄助父亲，令大周越发繁荣强大。”

陈太后冷冷道：“哀家认识她的日子，可比你久多了。”

“孙儿知道，但皇祖母心中有结，难以公平公正地去看待姨娘。”予恒突然走出亭子，再次回来时，手上拿着一朵含苞待放的嫣红芍药，“再有一日，这朵芍药就差不多能开了，可如果这个时候，拿一根绳子将它牢牢绑起来，那就永远都开不了。心结亦是如此，只有解开心结，方才能够自在。”

“你这是在教训哀家？”陈太后目光幽深如潭，令人无法看清她在想些什么。

予恒平静道：“孙儿不敢，孙儿只是不希望皇祖母一直被过去的事情束缚。释怀，不是为了别人，而是为了自己。”

陈太后定定看着他，半晌，她忽地苦笑道：“想不到，哀家活了这么一大把年纪，竟然还不如你这个十几岁的。”随着这话，她接过予恒手里的芍药，剥去包在外面的几片叶子，花瓣一得到自由，立刻欢呼盛放。

陈太后将花别在予恒衣襟上，微笑道：“哀家不能立刻答应你，但哀家会试着去做，这个回答你满意吗？”

予恒欣喜道：“多谢皇祖母。”

“是哀家要多谢你才对，被你这么一说，哀家这心里感觉痛快多了。”说着，她抚着予恒的肩膀，温言道，“出去一趟，懂事了许多。”

这样的祖孙慈孝，一直持续到予恒离去，望着他渐行渐远的背影，陈太后面色渐渐阴沉下来。

彼时，秋月也在，看到她这副模样，递过刚温好的羊奶，轻声道：“太后这是怎么了？”

陈太后示意她将羊奶搁到小几上，冷然道：“哀家还是低估了慕氏。”

秋月心思一转，试探道：“是不是她和大殿下说了什么？”

“哪里需要说什么，予恒现在完全站在她那一边。”陈太后冷笑连连，“这个蠢东西，居然还教训起哀家来了。”

秋月蹙眉道：“这么说来，大殿下是不会再帮咱们了？”

“告诉他，只会坏事。”陈太后冷哼一声，“哀家让你安排的人呢？”

秋月轻声道：“都已经安排好了，只等太后吩咐。”

“好。”陈太后满意地点点头，端过羊奶正要饮，忽地心中一动，望着予恒离去的方向不知在想些什么。

许久，她道：“你再去办件事。”

在听完陈太后的吩咐后，秋月面色一变，惊声道：“太后，这……这会否过了一些，不管怎么说，他都是……”

陈太后抬手打断她的话，目光冷漠无情：“今日之前哀家或许还会念他几分情，但此刻……完全是他咎由自取。去吧。”

第十二章　疯癫之症

接下来的日子，平静如常，西楚遵照约定，将古逸臣送了回来。古逸臣的身上有不少伤痕，都是萧若傲为了逼问机关术留下的，要是当初没逼萧若傲放人，不知还会受多少苦。

予恒十四岁生辰那日，东方溯正式让他去了吏部历练，显然是有重用这个儿子的打算。

畅春园中，梁昭仪握着一个香囊出神，连容贵人进来了也不知道，直至绣春提醒了一句，方才回过神来："妹妹来了，快坐。"

"多谢姐姐。"容贵人欠身坐下，笑道，"姐姐刚才想什么想得这么认真？"

梁昭仪将手里的香囊递给她："你对香素有研究，闻闻这里面都有哪些香料。"

容贵人依言接在手中，闭目轻嗅了一口，喃喃道："丁香、栀子花、薄荷、紫苏。"

梁昭仪眸光一闪："就这几样吗？"

她的话令容贵人疑惑："难道还有别的香料？"说着，容贵人又仔细嗅着，但无论她怎么闻，除了刚才那几样之外，再闻不到其他香料的气息。

梁昭仪微笑道："连你也闻不出，看来那人真没骗本宫。"说着，她取回香囊，将之解开后倒在帕子上，除了容贵人说过的那几样之外，还有一些小小的花，瞧着有几分像桂花，但香气却截然不同。确切来说，它每一朵的香气都不尽相同，有的像丁香，有的像薄荷，有的像栀子花，又有的像是前面那几种花的融合，它本身的香气，反而不可闻。

容贵人捻了一朵，好奇道："姐姐，这是什么花，我怎么从未见过？"

"此花名为百香，不是说它有百种香气，而是指它与任意一种花卉放在一起，皆可以变成与对方相同的香气，就像现在这样，紫苏、丁香、薄荷都可以。"

容贵人诧异道："天底下竟有这样神奇的花，我怎么从来没听说过？"

梁昭仪淡淡道："此花长在域外，你没听过也不稀奇。本宫猜测，整个大周，知道这花的都不会超过十人。至于见过的，更是少之又少。"

"域外"二字令容贵人面容微微一动，试探道："既然这花如此稀罕，姐姐又是从哪里得来的？"

梁昭仪没有回答她的问题，却道："妹妹觉得这个香囊气味如何？如果本宫送给太后，你猜她老人家会喜欢吗？"

容贵人摸不清她的用意，小心翼翼道："这个香囊气味清雅，有提神醒脑的功效，太后应该会喜欢。"

"那就好。"梁昭仪欣然点头，抬眼见容贵人还捻着那朵百香花，凉声道，"妹妹赶紧把花放下吧，这花闻多了可不好。"

这话将容贵人吓了一跳，赶紧将那花掷到地上："难道这花有毒？"

"一时半刻不碍事，闻久了，就有些麻烦。"绣春小心翼翼捡起那朵百香花，和其他花卉一起放回到锦囊里，又里三层外三层地裹了个严实。

容贵人越听越觉得事情不对，试探道："既然这花不好，为什么姐姐还要送给太后？"

梁昭仪伸手抚过容贵人娇美如花的脸颊，护甲冰冷的触感令容贵人有些心惊胆战，又不敢避让，强笑道："姐姐怎么了？"

梁昭仪微微一笑："本宫听说你每日都有用珍珠粉末敷脸，看来效果不错，竟是比刚来畅春园时还要滑嫩几分。"

容贵人目光一颤，赔笑道："最近内务府送来的珍珠又小又不圆，戴着不喜欢，扔了又可惜，干脆磨粉敷脸，也好打发时间。娘娘要是喜欢，臣妾这就送过来，正好还剩了一些。"

梁昭仪收回手拨一拨颊边的珍珠流苏，淡淡道："本宫还以为妹妹细心维持容颜，是有心复宠，原来是本宫想多了。"

容贵人没想到会被她看穿心思，露在袖外的手指微微一搐，在将十指掩好后，她黯然道："咱们已经被陛下驱来畅春园，哪里还有机会复宠。"

梁昭仪意味深长道："世上无难事，只怕有心人。"

在容贵人思索着要怎么回答之时，梁昭仪又道："本宫原想助妹妹一臂之力，如今看来，是本宫多管闲事了。"说着，梁昭仪展一展袖子，淡然道，"绣春，送客。"

绣春应了一声，对容贵人道："贵人请吧。"

面对梁昭仪的逐客令，容贵人无奈起身，在快要走到门口的时候，她突然折身返回，朝梁昭仪跪下道："臣妾不想终老畅春园，请娘娘助臣妾一臂之力。"

梁昭仪对着窗外的天光打量着纤白手指上的琉璃戒指，琉璃本就色彩璀璨，对光之下更是光艳迷离，不过也照出里面一条细细的裂缝。

梁昭仪凉声道："内务府这群人真是越来越大意了，有裂缝的东西也拿来做首饰，要是被人瞧见，非得笑我们大周无宝不可。"说着，她褪下戒指随手掷给绣春，"拿去扔了。"

"是。"绣春接在手里，提醒道，"娘娘，容贵人还跪着呢。"

梁昭仪目光冷漠地盯着容贵人："终于肯说实话了吗？"

容贵人连忙道："臣妾刚才糊涂，辜负娘娘一片心意，实在该死，还请娘娘大人大量，原谅臣妾一次。"

梁昭仪唇角缓缓扬起："罢了，坐下说话。"

容贵人谢恩起身，小心翼翼地在一旁坐下。以前梁昭仪是一个喜怒皆形于色的人，很容易被她看出心思，可自从梁承栋死后，她发现自己越来越看不透梁昭仪。

梁昭仪端起青花缠枝茶盏，半透明的指甲轻扣盏盖，发出叮当轻响："你刚才问本宫，为什么明知百香花不好，还要呈送给太后是吗？"

容贵人连忙道："娘娘自有深意，是臣妾多嘴了。"

梁昭仪幽幽一笑："这是怎么了，一口一个娘娘，是要与本宫生分吗？"

"娘娘，呃……姐姐误会了，臣妾断无此意。"

梁昭仪抿了一口茶，漫然道："太后这场病是怎么一回事，你与本宫都心知肚明。"

"是。"容贵人谨慎地回答着，陈太后的病确实是风寒引发的，却不是意外，而是刻意为之，好令东方溯来畅春园。

太医开的那些药方并非无效，只是她从来没有真正喝下去过，这才越病越严重。

"太后与你一样，都不想一辈子被困在畅春园里，所以狠心拿性命冒险，目的是为了激起陛下心中的母子情，从而回到昭明宫。这段时间看下来，陛下心里还是惦念太后的，只是……这份惦念还不足以将太后接回去。”

容贵人叹了口气：“是说呢，希望假以时日陛下能够想通。”

梁昭仪垂目盯着在茶汤中载沉载浮的茶叶，微笑道：“与其漫无目的地等下去，不如想办法助太后一把。”

容贵人心中一动，试探道：“姐姐可是有法子了？”

梁昭仪徐徐道：“百香花产自域外，形状细小，似如金桂，人若闻之，初不觉异，若是久闻之，轻者精神错乱，狂躁臆想，重者疯癫而死。”

容贵人骇然色变，豁然起身：“这么可怕的药，怎么能用在太后身上，不行，万万不行！”

梁昭仪也不生气，漫然道：“怎么，妹妹不忍心？”

容贵人咽了口唾沫，惊魂不定道：“这件事太过严重了，万一被人发现，你我都要没命。再说……就算陛下来了畅春园，你我也难以复宠。”

“本宫自有办法，否则也不会与你说这些，如今万事俱备，就差你这个东风了。”说罢，梁昭仪不再言语，优雅地饮着茶。

绣春目光一转，道：“恕奴婢多言，贵人以为太后是真心疼惜您吗？”

容贵人一怔：“你想说什么？”

绣春朝梁昭仪看了一眼，道：“据奴婢所知，太后曾让太医给贵人开了一个益气补身的方子，您一直都有在服用。”

容贵人面色微微一变：“那又如何？”

“奴婢偶然得知，那张方子并不是什么益气补身的良方，而是……”

“断子绝孙的阴损药方。”容贵人冷冷接过她的话，“对吗？”

这下轮到梁昭仪主仆震惊了，尤其是梁昭仪，满面惊讶道：“你竟然知道？”

“臣妾服用了一阵子药后，总觉得身子不大爽快，月信也一次迟过一次，便问了太医，太医只说无碍。但臣妾不放心，就让宫人带着方子去宫外询问，结果发现是一张阴损害人的方子，可惜……已经晚了。”

梁昭仪蹙眉道：“不能生育了？”

“是，大夫说停用得太晚，无论怎么调理……以后都不能生了。”说到这里，容贵人潸然泪下，痛苦不堪。

她哽咽道：“臣妾明知道是太后蓄意加害，可是不敢说，甚至连一丝不快都不敢露在她面前。因为她是太后，臣妾已经不得陛下欢喜，若是再得罪太后，就真没臣妾的容身之地了，万一再连累父母……”

“也是难为你了。”梁昭仪叹息道，“本宫初知此事时，也是万般震惊，无论如何都想不到太后会这么对你。”

绣春在一旁道：“既然太后对贵人不仁，你也无须再对她有义，多为自己考虑才是正经事。”

“绣春说得不错，与其在畅春园中蹉跎岁月，倒不如搏上一搏，你复宠，本宫则得回予瑾，两全其美，你说呢？”

容贵人拭一拭泪，欠身道：“一切听从姐姐的吩咐。”

梁昭仪对她的回答甚是满意：“好。”

从梁昭仪那里出来，兰珠见左右无人，小声道：“其实贵人身子并无大碍，为什么要说不能生育？多不吉利啊。”

容贵人回头看了一眼，淡然道：“若不这么说，她怎么能放心助我复宠？别看她说得好听，其实与太后根本没什么区别，都是在利用我罢了，只是她的利用又稍微好些。”

兰珠咬牙道：“这宫里头的人可真歹毒，想尽办法害人。太后是这样，梁昭仪也是这样，奴婢在一旁看着都心寒。”

容贵人冷冷道：“你放心，她们对我做过什么，我都一一记着，来日，定当加倍奉还。”

再说梁昭仪那边，在与容贵人议定后的第二日，她就将装有百香花的香囊献了给陈太后，递过去的时候，梁昭仪的手没有一丝颤抖，平静得仿佛是在递一件再寻常不过的东西。

陈太后不知香囊有问题，整日佩戴在身上，正如梁昭仪所言，初时无异，随着时间的推移，陈太后脾气变得越来越大，动不动就发火，连她一向最倚重的秋月也挨了不少训斥。

到后面，陈太后情况越发严重，失眠、幻觉、梦游、狂躁，这下子谁都看出有问题了。

这日清晨，梁昭仪过去请安，刚到门口便看到一只白瓷茶盏迎面飞来，吓了一大跳，躲闪不及，只能掩袖遮面，幸好茶盏只是砸在门框上，虚惊一场。

秋月急急走过来：“昭仪没事吧？”

梁昭仪看了一眼里面，陈太后被几名宫人按住，太医正试图给她把脉，但陈太后反抗得太过激烈，手刚一触及便被挣开，根本无法把准脉象：“本宫没事，倒是你们，这是出什么事了？”

秋月满面无奈道：“奴婢见太后情况越来越不对，就请了太医来看，哪知太后抗拒得很，怎么也不肯见太医，实在愁煞奴婢了。”

陈太后似乎听到了秋月的话，大声道：“哀家没病，是你们，你们存心要害哀家，滚！全部都滚出去！”

秋月愁容满面：“您瞧瞧，这可怎么办？从前日开始，太后就一直没合过眼，说是有人要害她。太后风寒才刚好，再这样折腾……”说到伤心处，秋月不禁哭了起来。

梁昭仪不动声色地打量着陈太后，陈太后眼里满布红血丝，眼下一片青黑，果然是很久没睡了。

“啊！”一名小太监突然大叫起来，陈太后挣扎不开，竟是一口咬在他手上，鲜血顺着嘴角流下来，狰狞如恶鬼，胆小的宫女被吓得连连后退，不敢靠近。

几名太监合力，才强迫陈太后松嘴。那名小太监赶紧抽回鲜血淋淋的手，这么一会儿工夫，手上已是留下一圈深可见血的牙印，要是再晚一会儿，怕是手都要被咬断了。

太医也是吓得面色煞白，说什么也不敢再靠近，唯恐落得跟那个小太监一样的下场。

秋月气得直掉泪，怒斥道：“这个也不看，那个也不管，难道由着太后狂躁失眠而……而……”后面那个字，她不敢也不愿说。

梁昭仪凝声道：“你身为太医，却置太后性命于不顾，只凭这一条，本宫便可以问你的罪！”

太医连忙道：“昭仪娘娘息怒，下官并没有说不看，只是太后现在的情况实在不宜诊脉。”他思索片刻，“这样，下官先给太后开一剂安神助眠的药，待她老人家入睡之后，再行把脉。”

“也好。”有了梁昭仪的许可，药很快就开了下去，不一会儿，便有宫人端着煎好的药过来。

当然，陈太后是不会愿意喝的，秋月他们几个强行灌下去，又等了半个多时辰，才算入眠。

太医诊了许久方才收回手，沉声道：“太后心气不畅，内体生火而致痰多，痰又与气结合，迷蒙心智，从而精神错乱，幻觉频生。”

见太医没诊出百香花，梁昭仪一直紧绷的心缓缓松弛下来：“能医好吗？”

太医为难道："精神方面的病症，最是难医不过，臣只能尽力而为。"

"又是尽力而为。"秋月冷笑道，"医好了是你们医术高超，医不好就是命该如此，对吗？"

面对秋月尖刻的言语，太医脸上青一阵红一阵，也不敢与她争辩，尴尬道："我……下去开药。"

秋月朝他背影啐道："要是太后有什么三长两短，我绝不放过他们。"

梁昭仪叹息道："陛下不管，太医院又怎么会真的尽力，否则来的人就该是纪临了。"

秋月恨恨道："都是一群跟红顶白的东西！"

"姑姑消消气。"绣春安抚道，"依我看，想让太医院真正把太后的病放在心里，还是得禀报陛下才行。你看上一次，就是因为捅到陛下跟前去了，皇后还有纪院正他们才肯过来，否则谁肯多看咱们畅春园一眼啊。"

被她这么一说，秋月也想了起来，连连点头："对，我要赶紧把这件事告诉陛下。"

东方溯得知此事，甚觉意外，毕竟陈太后风寒刚愈，转眼间竟又得了精神错乱的毛病，但也没说什么，只命纪临前去医治。但开了几服药，结果都不理想，到后面，陈太后竟然连身边的人也开始不认识了，整个疯疯癫癫，时哭时笑。

这日，东方溯下朝后，让张进传了纪临和容禄过来，询问陈太后病情一事，在听完二者的讲述后，他面色阴郁道："究竟太后为什么会突然得疯病，病因何在？"

纪临拱手道："起因在于心气郁结，但病情进展之速，臣也是始料未及。"

容禄在一旁欲言又止，先前就是他献上偏方，治好陈太后风寒恶症，所以这次陈太后疯病，纪临把他也给带去了。

东方溯瞧见他这副神气，道："有什么就说。"

容禄依言道："不瞒陛下，其实早在为太后医治风寒的时候，微臣就发现太后心气郁结不畅，风寒小症之所以变得那么严重，也是因为这个，所以微臣当时曾叮嘱秋月姑姑平日里多开导劝解太后，可惜……还是晚了一步。"

东方溯拧眉道："你是说，太后接连两场大病，都是心气不畅引起的？"

"不能说完全，但确实占了很大一部分原因。"容禄的回答令东方溯眉宇越发紧皱，"有没有办法治好？"

容禄沉吟片刻，抬头道："陛下有没有听过'心病还需心药医'这句话？"

“什么意思？”

容禄咬一咬牙，突然撩袍跪下：“微臣假传圣意，欺君罔上，请陛下治罪。”

东方溯诧异道：“怎么一回事？”

容禄抬头道：“其实治好太后风寒恶症的，并不是微臣那张方子，而是微臣在太后耳边说的一句话。微臣说——”他深吸一口气，战战兢兢道，“‘只要太后您病愈，陛下就会将您接回宫中，重聚天伦。’太后听进了这句话，方才重燃求生意志。”

东方溯面色瞬间冷了下来，一掌拍在扶手上，怒斥道：“你好大的胆子！”

容禄慌忙俯首：“微臣自知罪该万死，但当时太后性命垂危，微臣实在……实在没办法。后来微臣去复诊的时候，太后一再追问，后来实在瞒不住，只能将实情告诉太后，太后很可能是受不住这个打击，才……才得了疯癫之症。”

东方溯面色铁青地走到他身边，冷笑道：“都说古今医术最高者，非华佗扁鹊莫属，可在朕看来，你容太医才是妙手回春，不只内病外症，连心病都会医。能耐，真是能耐！”说着，他俯身盯着冷汗涔涔的容禄，“你说朕该怎么封赏你才好？”

容禄伏在地上头也不敢抬，纪临看了他一眼，拱手道：“陛下息怒，虽然容禄假传圣意，但其本意并不坏，还请陛下看在他救人心切，且能够主动承认犯错的份儿上，从轻发落。”

东方溯眼底掠过一丝隐晦的杀机，眼眸幽沉如深渊，看不出他在想什么，寂寂半晌，喝道：“来人，把他拖下去重责三十杖，摘去顶戴，在太医院行走。”

“多谢陛下开恩！多谢陛下开恩！”容禄连连叩首，虽然顶戴没了，但继续留在太医院行走，就表示东方溯还肯给他机会，要是表现得好，很快就能官复原职。

只是……这皮肉之苦是免不了了。

在容禄被拖下去后，东方溯望着纪临道：“连你也没办法吗？”

纪临知道他的意思，叹息道：“容禄虽然剑走偏锋，犯下欺君之罪，但有一句话他说对了——心病还需心药医。药石可以助益，但效果不大。”

东方溯紧紧抿着薄唇一言不发，他当然知道陈太后的心病是什么，也知道自己就是那道“心药”，但当年的事，他始终无法释怀。

纪临看出他的心思：“陛下……”

东方溯摆一摆手，打断道：“你退下吧。”

纪临依言退下，夏末的风从窗外吹进来，令紫铜灯台上的烛火一阵摇晃。

“张进，朕该去吗？”

张进还在思索着怎么回答时，另一边的张远抢先道："太后是陛下生母，如今太后有病在身，陛下理该去探望。"

陵阳一事后，张远便跟在了东方溯身边，他身手不错，人也忠心，这半年多来一直跟着林默，练了一身不错的本事，前几天刚刚被任命为御前侍卫，张老汉也被接到金陵安享晚年，父子俩总算苦尽甘来。

张进面色一变，低声呵斥道："你不知太后当年做过的事情，不要多嘴。"

"无论太后做过什么，都是陛下的生母，天下无不是的父母，陛下不该弃之不顾。"张远振振有词的言语，令张进哭笑不得："天家的事情可没你想的那么简单，看在你我五百年前是一家的份儿上，提醒你一句，少说多看，对你有好处的。"

张远不服气，正要辩解，耳边突然传来东方溯的声音："摆驾畅春园。"

张进一惊："陛下，您真要去看太后？"之前陈太后被风寒恶症缠身之时，东方溯也只在回来的那天去看过一次，想不到他今日会突然过去，难不成……真被容禄和张远说动了？

可他跟了东方溯十几年，东方溯并不是一个会轻易改变主意的人啊，否则也走不到今日。

东方溯没说什么，只道："摆驾吧。"

见他心意已决，张进只得去安排，踏出承德殿前，他看到张远朝自己投来胜利的眼神，又好气又好笑。

一辆朱顶金帷马车在畅春园门口停下，看到从车中下来的人，守卫面色一变，急忙单膝跪下："叩见陛下，陛下圣安！"

东方溯大步走了进来，所过之处，宫人尽皆伏身跪下，迎接这位难得来畅春园的贵主。

"你们是谁，为什么在哀家房里，是不是想害哀家？"刚走到门口，便听到里面传出陈太后激动的声音。

陈太后指着秋月等人，恍然道："哀家知道了，你们是卫太后的人，你们想要害死哀家。"

秋月满脸无奈道："卫太后已经死了很久了，没人会害您，奴婢们都是侍候您的宫人。"

"死了……"陈太后喃喃重复着这两个字，半晌，她倏然抬头，伸出许久没修剪的手指，厉声道，"满口胡言，哀家昨儿个才见过她，怎么可能死，你们一个个都在骗哀家，哀家才不会上你们的当呢。”

元九愕然道：“昨日才见过，难不成太后见鬼了？”

秋月抚一抚额头，疲惫道：“从昨儿个起，太后就一直把梁昭仪当卫太后，怎么解释都听不进去。”

彩云担忧道：“太后现在膳也不用，水也不喝，一门心思觉得有人要害她，这可怎么办？”

秋月正要说话，眼角余光瞥见一抹耀眼的明黄，待看清是东方溯后，急忙跪下行礼，其他人也纷纷跪下，只有陈太后还一动不动地坐在床上。

陈太后眼里的陌生令东方溯暗自拧眉，难道……是他多心了？事情并非如他所想？

东方溯压下心中的疑惑，沉声道：“太后怎么样了？”

听到这话，秋月顿时潸然泪下：“启禀陛下，太后病得越来越严重了，这里里外外，已经一个都不认得了。”

那厢，陈太后突然朝东方溯扑过来，泪流满面道：“先帝！先帝您来看臣妾了！”

秋月赶紧拉住她：“太后您认错了，是陛下来看您了。”

“陛下……”陈太后喃喃念着，突然用力把东方溯推开，声色俱厉地指了他，“东方洄，你想来害我们母子是不是？滚！滚啊！”

“太后！”秋月急忙道，“卫氏母子早就已经死了，如今的大周君主是睿王，是您的儿子。”

“哀家的儿子……”陈太后怔怔地盯着她，目光渐渐变得清明，秋月见状赶紧道：“对啊，睿王殿下在十三年前就登基了，不然怎么会尊奉您为太后？”

“是了，哀家想起了，哀家的儿子是皇帝了，可他……可他不要哀家了。”说到这里，陈太后突然哭了起来，像个孩子一样，坐在地上哭得伤心不已。

秋月安慰道：“陛下怎么会不要您呢？您瞧，陛下这不是来看您了吗？”

陈太后一边哭一边摇头：“你不要骗哀家了，溯儿……永远都不会原谅哀家，他恨死哀家了，呜……”

东方溯冷眼看着这一切，虽有怜悯，却不足以磨灭心中的芥蒂：“早知今日，何必当初。”

秋月在他面前跪下，哽咽道：“纵然太后有千错万错，都是给予陛下骨血，生您养您的那个人，自来了畅春园后，太后每一日都是在忏悔懊恼中度过，日日念着陛下，经常看着春晖堂的门口，就盼着您能来，如今……您真的来了，她却已经不认得了。”说着，秋月重重叩头，痛哭道，“求您看在太后已经病到这个份儿上，原谅她吧。”

张远瞧着不忍心，也想帮着劝，还没开口，就已经被张进看出了心思，先一步道：“多看少说，小心惹祸上身。”

东方溯一言不发，就在秋月以为他已经动摇的时候，有淡漠的声音响起：“地上凉，扶太后起来吧。”

秋月心中一阵失望：“陛下……”

东方溯冷冷打断：“这个情，你求不起。”

秋月无奈，只得与彩云一道扶了陈太后至椅中坐下，陈太后已经止住了哭泣，嘴里一张一合不知在说些什么。

这时，容贵人走了进来，看到东方溯在，既惊又喜，连忙欠身行礼：“陛下万福。”

东方溯也不叫起，淡然道：“你来做什么？”

“臣妾听说太后不肯用膳，特意炖了清热解暑的荷叶莲子膳粥，太后没病的时候，最喜欢喝这个粥，亏得园子里荷花还没有谢尽，否则臣妾还不知该去哪里弄新鲜荷叶。”

“拿过去吧。”得了东方溯的话，容贵人赶紧盛了一碗，在她经过身边时，东方溯闻到一阵幽香，出奇地好闻。

“太后，您尝尝看，臣妾在里面加了一些冰糖，清甜不……”容贵人话还没说完，陈太后已是打翻她手里的碗，厉声道：“你跟卫氏走得那么近，一定在里面放了毒药，想帮着她谋害哀家，哀家不吃！拿走！”

容贵人捂着被烫疼的手，满面委屈道：“哪有这回事，您说的什么卫氏，臣妾连见都没有见过呢。”

“贵人见谅，太后她……”秋月也不知该怎么说，叹了口气，转头对依旧怒目相视的陈太后道，“太后您又忘了，卫氏一族早已覆灭，再也不会有人害您了。”

陈太后根本不信她的话：“你骗哀家，你们一个个都在骗哀家，要谋哀家和溯儿的命！”说着，她似乎记起了什么，神情激动道，“溯儿呢，你们把溯儿藏到哪里去了？”

秋月朝东方溯投去求救的目光，东方溯示意容贵人重新盛了一碗粥，递到陈太后面前：“没人害你，一直都是你作茧自缚，吃吧。”

陈太后茫然看着他，半晌，她竟接过东方溯递来的粥吃了起来，看得秋月她们一阵激动，两天了，陈太后一口粥都没有吃过。

待陈太后吃完后，容贵人小声问道："太后，您是不是认得陛下了？"

陈太后没有理会，只是一眨不眨地盯着东方溯，许久，她喃喃道："溯儿……溯儿没那么大，你们骗哀家。"

元九急忙道："不是，真的是陛下，现在是永平十三年了。"

元九的话并没有让陈太后相信，反而起身往外走去，嘴里念叨着："溯儿，哀家要去找溯儿！"

"太后！"容贵人上前阻拦，但被陈太后推倒在东方溯脚边，在将她扶起时，东方溯再次闻到她身上那股盈盈幽香，而且这一次更加明显，连心神也为之一醉。

这么一会儿工夫，陈太后已是走了出去，快步往外奔着。

彼时，虽已是夏末，但依旧热浪滚滚，夏蝉伏在几乎被日光烤焦的树叶下拼命叫着。但陈太后连鞋也未穿，只有一双薄薄的袜子，踩在滚烫的石板上，她却丝毫未察觉，只是不停呼喊着东方溯的名字。

容贵人急切道："陛下，您快去阻止太后吧，她身子本就弱，神智又不清楚，要是再中暑就麻烦了，她现在只听得进您一人的话。"

东方溯犹疑片刻，终还是追了出去，日光灼热逼人，刚一踏出去，便有热气扑面而来，像是要着火一般。

东方溯快跑几步，追上陈太后："外面热，我们回去吧。"

"不，哀家要找溯儿，哀家什么都没有了，连先帝也不在了，哀家就只有溯儿一人！"听到这句话，东方溯鼻子一酸，曾几何时，他们在卫氏母子的压迫下相依为命。如今卫氏母子伏诛，他亦成了九五至尊，坐拥天下，可他和陈氏，却再也回不到从前了。

东方溯按下纷乱的思绪，沉声道："朕在，朕在这里，我们回去吧。"

"你？"陈太后侧头看着他，半晌，她伸手欲去抚东方溯的脸庞，却被东方溯下意识地避开。

这个举动刺激了陈太后，摇头道："不，你不是溯儿，他不会避开哀家！"

容贵人也赶了过来，听到这话，连忙道："太后误会了，陛下没有避开您，只是……只是……"她一时想不到合适的借口，还是东方溯圆了一句，"只是朕脸颊有些痒。"

容贵人朝东方溯投去感激的笑容，随即握住陈太后的手道："太后，您再试试。"

这一次，东方溯没有再避让，僵硬地站在那里，任由陈太后抚过自己的脸颊，手指划过的那一瞬间，他又闻到一阵香气，跟先前在容贵人身上闻到的差不多，应该是刚才她碰过陈太后的缘故。

“溯儿，你真是哀家的溯儿！”陈太后又哭又笑，扑上来想要抱东方溯，东方溯赶紧退后一步，令她扑了个空，不自在道：“外面热，我们进去吧。”

“不要，哀家要去给溯儿捕蝉，他最喜欢了。”陈太后说着牵着东方溯的袖子来到树边，竟想要爬上去，吓得秋月赶紧拉住她，让元九爬上去捕蝉，元九费了老半天工夫，才抓下来三四只，关在临时找的笼子里面。

陈太后一接过笼子，立刻献宝一样地拿给东方溯：“喜欢吗？”

望着不停鸣叫的夏蝉，幼时的记忆一下子涌了上来，令东方溯心中百味杂陈，半晌，他拂袖道：“送太后回去。”

“溯儿，溯儿你怎么走了？”见东方溯离开，陈太后赶紧追上去，没奔出几步，便眼前一黑，跌倒在地。

“太后！太后！”

秋月等人的惊呼令东方溯停下脚步，那厢，张远已经奔过去察看，急声道：“陛下，太后晕过去了。”

“送太后回去！”得了东方溯的话，众人七手八脚把陈太后抬回春晖堂，又请了太医来诊治，乃是身体虚弱再加上心情激荡引起的晕厥，并无大碍。

第十三章　心神受制

容贵人来到鎏金香炉前，揭开兽首盖子，舀了一勺香料添入炉中，不多时，袅袅轻烟从炉盖的孔洞中飘了出来，散入空气中。

香炉就在东方溯右侧，他闻得最清楚："这是什么香？"

"是西域檀香，太后说这香比云南出产的檀香更能宁神静气，每每闻之，都觉得心宁如镜，所以每次太后心情不畅的时候，都会点上一些。"说到这里，容贵人神色一黯，低声道，"只是再好的檀香也治不好太后的心病。"

檀香幽幽，不断钻入鼻翼之中，正如容贵人所言，此香能令人心气安宁，但……似乎效果太好了一些，安宁到东方溯连自己为什么在这里都想不起来，脑海中一片空白。

容贵人一直在留意东方溯的神情变化，见他此刻目光透着几分茫然，心中暗喜，朝兰珠使了个眼色，兰珠会意地倒了一杯茶，容贵人在转递给东方溯之时，小指指甲不经意地划过茶水："陛下，喝口茶解解渴吧。"

东方溯木然接过，一口饮尽，根本不管茶水是烫是温，张进在一旁暗自拧眉，东方溯一向不喜欢容贵人，怎么会喝她递的茶且喝得这么急，完全不像他平日的样子。

喝过茶后，东方溯眼中的茫然又加深了几分，容贵人估摸着差不多了，试探道："陛下，太后怕是没这么快醒，不如去臣妾那里坐一会儿？"

听到这话，东方溯竟然真的起身，准备去容贵人那里，张进连忙拦在他身前："陛下，咱们是不是该起驾了？"

容贵人扫了他一眼，讽刺道："太后未醒，就急着催陛下回去，张公公倒是真尽责啊。"

张进欠一欠身，微笑道："奴才也是没办法，陛下日理万机，出来这么一会儿工夫，已是忙里偷闲了。"

"到底是朝堂事务繁多，还是张公公收了别人的好处，不想陛下多留畅春园，张公公心里最是清楚不过。我只提醒一句，做人做事，牢记本分二字，千万不要僭越了。"

张进眼皮微抬，瞅着她道："不劳贵人费心。"说着，他又朝东方溯道，"陛下，该回去了。"

那厢，容贵人娇声道："天色尚早，陛下还是去臣妾那里坐坐吧。"

她的声音像一根绳子一样，牵引着东方溯的心神，令东方溯不由自主地跟着她走，张进见状大急，脱口道："陛下去不得。"

兰珠柳眉一竖，冷笑道："张公公这差事真是当得越发好了，陛下去哪里都要经过你的同意。"

张进不理会她，焦灼地看着目光呆滞的东方溯道："陛下，贵妃娘娘还在宫里等您呢。"

"贵妃"二字令东方溯浑身一震，眼中透出挣扎之色，容贵人一惊，唯恐前功尽弃，赶紧上前拉了东方溯的手："陛下，咱们快过去吧，臣妾有许多话想跟您说呢。"

浓郁的香气扑鼻而来，瞬间将东方溯刚刚有些恢复的神智又压了下去，木然地被容贵人拉着走。

张进二人正要跟过去，被兰珠伸手拦住："请张公公在此等候。"

张进看出事情不对，哪里肯依："不行，咱家要跟着陛下。"

"畅春园还由不得你来做主，来人！"随着兰珠的话，涌进来七八个身强力壮的太监，面色不善地围过来。

兰珠冷哼一声，漠然道："你们好好陪着张公公，别让他闷着了。"她走了几步，忽地又回过头来，笑容满面地看着暗自蓄劲的张远，"我听说张侍卫跟着林统领学过一阵子功夫，想必身手不错，喏，他们几个也都学过武，正好可以陪张侍卫过过招。"

张远皱一皱眉，朝眉头紧皱的张进道："这宫中的太监，竟然还懂武功？"

张进沉眸不语，畅春园的宫人都是内务府挑选的，他也曾看过，不可能会武功，兰珠……不，确切来说是容贵人，她从哪里找来的这些人？

而且……深居畅春园的容贵人似乎对他们的事情了如指掌，到底是怎么一回事？

眼见东方溯快要步出春晖堂，元九走到秋月身边，低声道："姑姑，要不要阻拦？"

秋月无奈道："怎么拦，太后可还没醒呢，凭我们两个……呵呵，你觉得有这么大的面子吗，而且容贵人很明显是有备而来。"

元九疑惑道："她到底想做什么？会不会对陛下不利？"

"她没那么大的胆子，我猜着……"秋月冷笑道，"应该是耐不住畅春园寂寞，想借这次机会，重获圣宠，不过……"她蹙一蹙眉，"陛下今日有些奇怪，按理来说，他是不可能去的。"

在踏进听音阁时，容贵人长舒了一口气，别看她这一路上笑吟吟的，其实手里一直捏着把冷汗，要不是梁昭仪跟她再三保证，百香与药混在一起，可以控制住东方溯的心神，又找人亲身试验过，她绝不敢这么做。

在示意兰珠等人下去后，容贵人揽着东方溯脖子，媚声道："陛下可真是狠心，这么多日也不来看一看臣妾，让臣妾想得好苦，这次来了，您可一定要多住上几日，让臣妾好好侍候您。"

东方溯一言不发地盯着容贵人，黝黑的眼眸盯得容贵人心惊肉跳，他不是被药物控制住心神了吗，怎么还会有这样的眼神？

容贵人按一按怦怦乱跳的胸口，道："陛下出了好多汗，臣妾给您换身衣裳吧。"说着，她伸手去解东方溯的衣衫，明黄龙袍滑落在脚边，在容贵人准备解中衣的时候，东方溯突然抓住她的手，眼里涌动着挣扎，嘴微微张阖，不知在说些什么。

容贵人凑到他唇边，在听清的那一刻，妒意如潮水一般涌上心头，他翻来覆去念的都是两个同样的字——千雪！

"千雪千雪，你眼里心里，就只有慕千雪一人，除了那张脸，她还有什么好，让你这样神魂颠倒，连看我们姐妹一眼都不愿意！"容贵人神情激动，说着说着，她竟是褪下自己的衣衫，只着一件肚兜，捧着东方溯的脸道："陛下您看看臣妾的肌肤，仔细看看，是不是比慕千雪更年轻，更光滑白皙？"

东方溯看着她在烛光下莹白的肌肤，一团欲火渐渐从小腹升起，容贵人看到他眼底的情欲，心中一喜，双手如蛇一样，缠上他结实的腰身，声音里透着媚惑之意："从入宫那一刻起，这身子就是陛下的，所以即便身在畅春园，臣妾也不敢怠慢，日日敷以珍珠粉，内务府送来的不够，臣妾就把珠串拆了一颗颗磨成粉。臣妾相信，终有一日能再回到陛下身边，如今终于如愿了。臣妾一定会好好侍候陛下。"说着，一只滑腻的手伸入中衣里面，缓缓向下探去。

这个时候，东方溯突然推开她："退下！"

东方溯这一推的力道并不大，容贵人只是退后几步便稳住了，面色却是惊骇欲死，难以置信地盯着东方溯，他……他不是被药物控制住心神了吗，怎么会这样？

难道那药，并不能完全控制住他？

想到这里，容贵人整个人都在发抖，要真是这样，东方溯……绝不会放过她！

正在容贵人被恐惧攥住心神，不知如何是好的时候，殿门被人推开，梁昭仪走了进来：“怎么样了？”

容贵人仿佛看到救星，急忙奔过去，将刚才的事情说了一遍，梁昭仪面色一变，走到站在那里不动的东方溯身边，试探道：“陛下？”

东方溯怔怔地看着她，黝黑的眼眸看不到一丝波动，就像一个人形玩偶，梁昭仪犹豫片刻，道：“陛下，臣妾扶您去那边坐。”

东方溯也不反抗，任由她扶着坐下，梁昭仪朝绣春看了一眼，后者会意，将两个卷轴放在东方溯面前的桌案上，容贵人看得眼皮直跳，那个卷轴……竟是明黄色的，这是只有帝后才能用的颜色，连太子也只允许在某些特定的地方使用，梁昭仪她怎么敢这样？

梁昭仪柔声道：“陛下，臣妾这里有两份诏书，都已经拟好了，只等您盖上宝印呢。”

诏书？

容贵人一怔，她一直以为梁昭仪只是想复宠回宫，与予瑾母子团聚，如今看来似乎没有那么简单。

想到这里，容贵人走了过去，待看清两份诏书的内容后，她惊呼道：“姐姐，你……你疯了吗？怎么可以！”

这两份分别是废立太子的诏书，废二殿下予怀太子之位，立三殿下予瑾为东宫太子。

梁昭仪眼波一转，似笑非笑道：“有什么不可以？”

“废立太子，关系国之根本，万万不可。”

她的话令梁昭仪露出一丝冰冷的笑意：“想不到妹妹还如此关心社稷，真是难得。”

容贵人咬牙不语，半晌，她道：“从一开始，你就不是真心想助我复宠对吗？”

梁昭仪冷笑道：“复宠有什么用，还不是要看别人的脸色，又哪有自己做主来得痛快。妹妹是个聪明人，竟连这么浅显的道理都不懂吗？”

“我当然懂，可也不能这样，你这简直是……是……篡位！”说出那两个字的时候，容贵人的心都快从胸腔里蹦出来了。

无论她怎么恼恨东方溯专宠慕千雪，冷落自己，却都从没想过谋朝篡位这种事情，那是随时要掉脑袋的。

梁昭仪对她的话不屑一顾：“朝纲不正，小人当道。本宫身为九嫔之首的昭仪，有责任拨乱反正！”

“这……这太疯狂了。”容贵人连连摇头，看梁昭仪的目光像在看一个疯子，勉强理一理思绪，她道：“娘娘还是快收手吧，臣妾……只当不知道这件事。”

“收手？”梁昭仪好笑道，“太晚了，你我只能继续走下去。”

见她扯上自己，容贵人连连摇头否认：“一切都是你的计划，我什么都不知道。”

梁昭仪掩唇轻笑：“你觉得有人会相信吗？从你答应的那一刻起，就跟本宫乘上了同一条船，富贵贫贱都在一起，谁也逃不了。”

容贵人面色惨白如纸，颤声道：“你存心害我！”

“不能这么说，要不是本宫，你根本见不到陛下，更别说来这听音阁了。”梁昭仪抚过东方溯呆滞的脸庞，微笑道，“只要予瑾成为太子，本宫一定不会亏了你。”

“万一……”

“没有万一！”梁昭仪冷冷地打断容贵人的话，不容置疑道，“只要你照本宫的吩咐去做，就一定能够成事。”

容贵人努力让自己平静下来：“就算陛下答应也没用，玉玺并不在他身上。”

“本宫当然知道。”说着，梁昭仪拍一拍手，一个太监应声而入，拍袖跪地：“奴才给昭仪娘娘请安，给容贵人请安。”

“你是……”容贵人瞧着有些眼熟，但一下子想不起来。

梁昭仪看出她的疑惑：“他叫小安子，是张进的徒弟。”

被她这么一提醒，容贵人也想起来了，但随即又有新的疑虑浮上心头：“他怎么会在这里？”

容贵人清楚记得，跟在东方溯身边的，只有张进和张远二人，并不见小安子。

梁昭仪微微一笑：“当然是本宫叫他来的。”说着，她眼波一转，落在直起身的小安子身上，“陛下龙体不适，张进要照顾陛下，所以差你回承德殿取玉玺，记着速去速回。”

“嗻！”小安子连一丝犹豫也没有，当即应声离去，看得容贵人发怔，好一会儿方才回过神来："他什么时候成了娘娘的人？"

梁昭仪拨一拨戒指，微笑道："要是连这些准备都没有，本宫又怎敢贸然行事。"见容贵人始终惴惴不安，她伸出优美如兰花的手指轻轻搭在容贵人肩上，"还不放心？"

容贵人身子微微一颤，低头道："有娘娘运筹帷幄，臣妾又怎会不放心，一切悉听娘娘吩咐。"

"很好。"梁昭仪对着窗外照进来的天光比一比指甲，满意道，"待予瑾登上帝位，你要的富贵荣华，本宫皆会许你，半分不少。"

"多谢娘娘！"容贵人头垂得越发低了，透着一种近乎卑微的恭维，谁也没看到，那双眼睛里透着森冷的怒火。

终日打雁，却不想有一日被雁啄瞎了眼！

这几年来，她表面上对梁昭仪毕恭毕敬，其实根本没有把梁昭仪放在眼里。在她看来，梁昭仪除了出身武将世家，有幸生了一个儿子之外，一无是处。要是她有梁昭仪的家世与运气，绝对比梁昭仪做得更好，也爬得更高。

她怎么也没想到，平日里一直不声不响的梁昭仪竟然会疯狂到逼宫篡位的地步，还把自己耍得团团转，被迫上了她的贼船。

别看梁昭仪说得好听，要是真让她赢了这场逼宫，怕第一个要杀的就是自己，毕竟自己知道她太多事情了。

卧榻之侧，岂容他人酣睡。

无论这场逼宫是赢是输，她……始终难逃一死！

容贵人目光悄悄掠过神情呆滞的东方溯，心思飞转如轮，刚才的事，究竟是一时清醒，还是他根本没被药物控制？

夏末的黄昏，天空铺粉凝紫，与一盏盏点亮的绢红宫灯交相辉映，成为这一日当中最华美醉人的时刻。

梁昭仪站在檐下，抬头望着流光溢彩的天空："绣春，昭明宫的黄昏也有这么美吗？"

绣春微笑道："奴婢倒觉得，昭明宫的黄昏更美一些。"

梁昭仪有些惊讶地收回目光："为什么？"

"因为昭明宫离天更近，仿佛一伸手就可以触到。"绣春的话令梁昭仪缓缓勾起唇角，“你说得不错，昭明宫是离天最近的地方，所以本宫一定要回去！”

绣春笑着欠下身去：“娘娘一定会得偿所愿！”

梁昭仪仰头，朝流光潋滟的天空伸出蓄着尖长指甲的手，五指缓缓收拢的那一刻，仿佛真的将整片天空握在手里。

梁昭仪一字一句道：“待予瑾登临天下，本宫一定要让所有迫害过我们梁家的人付出代价！”

在最后一道金红霞光也敛去后，离开多时的小安子终于出现，气喘吁吁地打了个千儿：“娘娘万福。”

梁昭仪紧张地问道：“可有拿到？”

小安子从袖子里取出一个四四方方的锦盒，笑容诡异道：“总算不负娘娘所望。”

“好！好！”梁昭仪激动地接在手里，小心翼翼打开锦盒，一方盘踞着金龙的玉玺映入眼帘。

绣春取来一张白纸，放在小安子背上，梁昭仪双手捧着玉玺重重盖下，拿起之后，纸上赫然映着四个朱红大字：天子之宝。

“果然是皇帝玺印。”梁昭仪将玉玺放回锦盒之中，转身入殿，东方溯依旧愣愣地坐在那里，一动也没有动过。

看到她手中的锦盒，容贵人瞳孔骤然一缩，竟然真的被她拿到了！

梁昭仪凑到东方溯耳边，她的声音阴毒而蛊惑：“陛下，玉玺拿来了，咱们盖印吧，然后您再写上一句‘此诏为朕之意’，这两份诏书就成了呢。”

皇帝一般极少亲自拟诏，所以为了证明诏书是皇帝本人之意，防止有人冒用玉玺，逐定下一个规矩，皇帝必须在诏书后面，亲书“此诏为朕之意”六个字，一旦没有或者发现不是皇帝本人笔迹，此诏书即为无效。

当然，也有遇到皇帝病重无力执笔的，那就需要朝廷六名一品以上官员联名见证，方才可行。

梁昭仪将蘸满了墨的狼毫笔递到东方溯手边：“陛下，写吧。”

东方溯呆呆地盯着那支笔，任梁昭仪如何催促，始终不肯去接，反而是一直木然无光的眼眸流露出几分波动。

梁昭仪等得不耐烦，将笔强行塞到东方溯手里，逼迫道：“写啊！”

“啪！”笔掉在诏书上，留下一个大大的墨点，这么一来，这份诏书无疑是不能用了，令梁昭仪又气又疑。

按理来说，东方溯现在的心神应该已经完全被控制，难道……容贵人刚才所说的情况，并非偶然，他还有自己的思想在？

想到这里，梁昭仪冷声道："绣春，再去拿些一晌贪欢散来。"

一晌贪欢散，是一种催情药，一旦男人中了此药，无论眼前的女人是谁，都会毫不犹豫地扑过去。

但如果仅仅只是催情药，根本入不了梁昭仪的眼，此药与百香混在一起，可以迷惑人心，控制人的心智，任由下药之人摆布。

容贵人先前用在身上的，正是百香，后来借着递茶的机会，将事先藏在小指指甲里的"一晌贪欢散"混入茶水之中，让东方溯喝下，这就是为什么东方溯会答应容贵人来听音阁的原因，那个时候，他的神智已经有些模糊了。

绣春一惊，小声道："娘娘，卖药给咱们那人说了，此药性烈，每次使用绝不能超过半钱之数，否则轻者疯癫，重者血管爆裂而亡，可不能再用了。"

她的劝说并没有令梁昭仪打消念头："他不写诏书，咱们的计划就前功尽弃了，快去拿！"

"慢着！"容贵人出言阻止。

梁昭仪目光一冷，阴恻恻地看向她："怎么，你害怕了？"

容贵人垂目道："确实害怕，但臣妾是害怕坏了娘娘的大计。"

晚风徐徐自窗外吹入，令烛火一跳一跳，映在梁昭仪眼中，似有一簇火苗在燃烧："说下去。"

"这两份诏书必须要同时有玉玺和陛下亲笔所书，方才能够生效，所以，在此之前，陛下一定不能有事。贸然用药，万一陛下暴毙，这两份诏书就是废纸一张，到时候便宜的可是漪兰殿那位。"

梁昭仪目光渐渐缓了下来，但口中仍道："暴毙是最坏的结果。"

"可咱们赌不起，退一步说，就算只是疯癫，对咱们而言，也是输了。"

"未必。"

容贵人叹了口气："娘娘您别忘了，大周虽然大部分权力集于天子一人之手，但是有一些权力旁落于藩王、异姓王。一旦他们发现陛下疯癫，继位的是一个不足十岁的少年，娘娘以为，他们会乖乖听令吗？西楚、齐国、四方异域，他们会安分守己吗？"

"不会，他们会抓住这个难得的机会，或起兵谋反，或进攻北周，瓜分利益，到时候，三殿下危矣。

“所以陛下一定要‘清醒’地活着，至少在娘娘与三殿下能够掌控住大局之前，不能死，也不能疯。”

静默片刻，梁昭仪道：“你有何办法？”

容贵人望着东方溯木然的侧脸，凝声道：“陛下心神必然已被药物影响，否则不会听任臣妾摆布来听音阁，只是时间尚短，所以控制得不够深，不如咱们再等一等。至于昭明宫那边，就派人报个信，说陛下留在畅春园过夜，就算慕千雪有怀疑，一时半会儿也不至于来畅春园搜查。这一夜，臣妾必会想办法让陛下签署诏书，如果到明日还没有结果，咱们再用药不迟。”

梁昭仪默然不语，她虽然急着扶自己儿子成为储君，却也不希望给他招来一个烂摊子。良久，她冷笑一声：“分析得倒是头头是道，也罢，就给你一夜的时间，天亮之前，一定要让他签署诏书。”

“臣妾一定尽力而为。”在梁昭仪走得不见踪影后，容贵人方才长舒一口气，勉力直起酸软颤抖的双腿。

兰珠扶住她，惶惶不安道：“贵人，现在怎么办？陛下他会肯写吗？”

容贵人没有理会她，“扑通”一声跪在东方溯面前，痛哭流涕道：“臣妾自知犯下大错，但臣妾是受奸人欺骗，并非本意，还请陛下宽宏大量，饶恕一次！”

东方溯目光呆滞地看着她，没有一丝神情变化，倒是兰珠被吓了一跳，急忙道：“贵人您糊涂了，陛下已经痴了，您说什么他都听不到也听不懂。”

容贵人眼底掠过一丝犹豫，但很快又伏下身去，以头触地，任兰珠怎么说都不肯起身。

窗外夜色浓郁，犹如化不开的墨汁，黄铜烛台容不下那么多的软红烛泪，从边缘渗了出来，一滴一滴挂在那里，犹如倒垂的珊瑚珠子。

“你什么时候知道的？”突如其来的声音令兰珠骇然失色，难以置信地盯着东方溯，他不是痴呆了吗，怎么……

容贵人伏地，战战兢兢道：“臣妾只是猜测，眼下看来，臣妾猜对了，陛下……”她悄悄抬起头，“并没有喝那盏茶。”

“倒是机灵。”东方溯冷笑一声，容贵人递茶给他那会儿，他神智已经有些模糊，但还是守住了一丝清明，那盏茶看似一口饮尽，其实一直含在嘴里，趁容贵人不注意，悄悄吐了出来。

但他还是小觑了那药的厉害，尽管没有一滴入口，但依旧感觉心神恍惚不宁，小腹不时蹿起一股邪火，需要极大的意志力来压制。还有一件事……容贵人并不知道，他至今仍然无法控制手足，犹如一个废人。

东方溯不动声色道："刚才梁昭仪提到'一晌贪欢散'，那是什么药？"

"梁昭仪从一名域外之人的手里得到两种药，一种名为'百香'，另一种就是'一晌贪欢散'。'百香'令人心智失常，'一晌贪欢散'则是一种催情药，两者混合在一起后，可以控制他人心神，听任下药者摆布。"容贵人一口气将自己知道的事情悉数说了出来。

"百香……"东方溯将这两个字牢牢记在心中，"所以，太后的病是梁昭仪搞的鬼？"

"是，梁昭仪知道陛下仍然关心太后，所以利用太后将陛下引来畅春园。"

东方溯目光冰冷道："那你呢？"

容贵人身子一颤，小声道："梁昭仪知道臣妾一直思念陛下，遂利用这件事来怂恿臣妾。"说着，她又急急道，"但臣妾真不知道她原来是想谋害陛下，逼宫篡位，否则臣妾绝不会答应，求陛下明鉴！"

"她虽屡屡犯错，但朕始终念在梁忠舍身救驾，还有予瑾的份儿上，一再给她机会，如今看来，是朕太心慈手软了。"东方溯盯着那两道废立太子的诏书，脸上沁出森冷阴狠的杀意，看得容贵人汗毛倒竖，不敢直视。

在须臾的沉寂后，东方溯道："你想将功赎罪？"

容贵人闻言，连忙伏身，以额触地："是，请陛下给臣妾这个机会。"

"好！"东方溯森森道，"总算你还不糊涂。"顿一顿，他道："朕怀里有一片金叶子，你将它吹响，自会有神机营的人过来。"

容贵人正要答应，突然意识到有些不对，既然有金叶子在，东方溯为什么自己不吹响召唤神机营，而是要借自己的口？想到这里，她试探道："陛下……可是哪里不舒服？"

东方溯知道瞒不过，只得道："朕虽没喝那茶，但还是中了一些毒，这会儿动弹不得。"

容贵人恍然，伸手入东方溯怀中，果然在最贴身的地方，摸到一个暗袋，里面藏的正是那片用来召唤神机营的金叶子。

容贵人拿在手里，却迟迟不曾吹响，不知在想些什么，东方溯心中一沉，冷声道："后悔了？"

容贵人仰头，目光真挚道：“对陛下而言，臣妾只是一个无足轻重的存在。可对于臣妾来说，陛下就是臣妾的一切，就算豁出这条性命，臣妾也一定会救陛下脱险，只是希望陛下能够再给臣妾一个机会。”

“你想回朕身边？”东方溯一语道破她的心思。

容贵人迎向他阴沉的目光：“是，请陛下恩允。”

东方溯抿着薄唇，冷冷道：“你这是在玩火，小心玩火自焚。”

容贵人凝声道：“臣妾知道，但臣妾还是想为自己争一争，路遥知马力，日久见人心。终有一日，陛下会明白臣妾的真心。”

东方溯唇角扬起一抹冰冷的弧度，无论容贵人说得如何动听，都掩盖不了她内心的贪婪与丑恶。

他并不想与容贵人做交易，但很明显，如果他不答应，容贵人是不会吹响金叶子的，偏偏他又动弹不得。如果到天亮时分，他还不能恢复行动的话，梁昭仪一定会再次灌药，到时候就真成痴呆了。

东方溯用力吸了几口气，压下心底的憎厌，沉声道：“好，朕答应你，只要梁昭仪之乱平定，你就回昭明宫，并进正五品嫔位。”

容贵人大喜过望，连连磕头谢恩，与回宫相比，五品嫔位反而不被她放在眼里。她相信以自己的聪明与容貌，迟早可以得到东方溯的垂青，只要恩宠加身，小小嫔位又算得了什么。

东方溯不耐烦地催促道：“好了，吹响吧。”

容贵人点一点头，将金叶子凑到唇边，在她深吸一口气准备吹响时，一枚异物穿过窗户，打在她手上，吃痛之下不由自主地松开手，金叶子掉落在地上。

“呯！”门被人用力推开，容贵人瞳孔倏缩，她看到一个绝对不应该出现在这里的人——梁昭仪！

梁昭仪接过绣春捡起的金叶子，凉声道：“原来召唤神机营的就是这个东西，倒是长见识了。”

“你……你怎么会在这里？”容贵人结结巴巴地问着，神情惊慌不定。

梁昭仪伸手勾起她的下巴，微笑道：“你当然不希望本宫在这里，这样你就可以帮着他来对付本宫了。”说到这里，她笑容一敛，狠狠一掌甩在容贵人脸上，“吃里爬外的东西，凭你也想坏本宫的大计，做梦！”

梁昭仪吹一吹打痛的手指，冷声道：“本宫原本只是想拿回被弄污的诏书，重新抄录一份，结果竟听到那么精彩的一番对话，容秀华，你可真是能耐。”

容贵人面如死灰，但更令她绝望的事情还在后面，梁昭仪从针线箩筐里取出一把剪子，将金叶子慢慢绞断，一下不够，又连着绞了几下，彻底将金叶子绞成了一堆碎片。

梁昭仪绞完最后一点，搁下剪子拍一拍手道：“神机营终日忙碌，也是不易，就让他们好好歇一歇吧。”说完这句话，她莲步轻移，来到东方溯身边，笑意浅浅道，“陛下，您说刚才的事险不险？”

东方溯冷冷道：“你现在收手还来得及。”

“收手？”梁昭仪满面诧异道，“臣妾又没有做错，为什么要收手？”

“死不悔改！”面对东方溯的言语，梁昭仪掩唇娇笑：“哪有人这样说自己的，不过……”她抬起那双幽冷的眼眸，“还真是没错，陛下您死都不肯悔改呢。”

不等东方溯言语，她又道：“陛下不妨想一想，自从你专宠慕千雪后，生出多少事情，又有多少亲人背弃远离你，包括太后。他们都希望有朝一日，你能幡然醒悟，可惜啊，他们失望了。”

梁昭仪指着他的胸口，一字一字地道：“这里被人下了蛊，永远都不会清醒。”

“朕自问待你们梁家不薄，千雪更是百般维护你们父女，你却一次又一次触犯朕的底线，如今更想逼宫篡位，你的良心都被狗吃了吗？”

这句话踩到了梁昭仪的痛处，刚刚还娇艳如花的脸庞瞬间变得狰狞无比，手指狠狠掐着东方溯的胳膊，护甲尖透过薄薄的衣裳陷入皮肉之中：“你把我赶到畅春园，害我们母子分离，又逼死承栋，这也叫不薄吗？”

东方溯面无表情道：“梁承栋罪有应得，至于你……朕确实不该将你赶到畅春园。”

梁昭仪一怔，她没想到东方溯会这样说，难道他对当年的绝情心生悔意了？

“朕应该赐你三尺白绫，省得你继续作恶！”东方溯的回答令梁昭仪气歪了鼻子，指着他半晌说不出话来。

绣春轻声道：“娘娘无谓与一个死人动气，眼下最要紧的，是让他签下诏书。”

绣春的话提醒了梁昭仪，她平一平胸中怒气，示意小安子将笔递给东方溯：“不想死的话，就签诏书吧。”

东方溯冷笑连连：“难道朕签了诏书，你就会放过朕吗？”

“当然不会，不过好歹能多活几年，虽说痴痴傻傻的，但总归是活着，民间不是有句话叫‘好死不如赖活着’吗？”说到这里，梁昭仪又掩唇笑了起来，眼波流转，“对了，还有你的那对子女，兴许我一高兴，会饶他们不死。”

东方溯大怒，厉声道：“你敢动予怀和倾心一根汗毛，朕必将你千刀万剐！”

虽知他被药物控制，动弹不得，但看到他狰狞如欲噬人的目光，梁昭仪还是惊得后退一步，心在胸腔里怦怦乱跳。

梁昭仪勉强定了神，催促道：“不想他们死的话，就赶紧把昭书签了，别浪费时间。”

东方溯冷声道：“朕被你药物所伤，手脚动弹不得，怎么写诏书？”

绣春眼眸微微一转，在梁昭仪耳边道：“当初那人倒是留下了一些解药，要不要奴婢去取来？”

梁昭仪看向东方溯的目光里有深深的忌惮，她知道这位皇帝文武双全，一旦让他恢复行动，必会麻烦不堪。但不给解药，这诏书又没法写，变成了一个死局。

梁昭仪思索良久，在绣春耳边说了几句，绣春眼底掠过一丝惊色，但她没说什么，只是欠身离去。

过了小半个时辰，绣春回来，手里拿着一个小小的纸包，命小安子倒来一杯温水，将纸包里面的粉末倒入温水之中，搅匀之后递到东方溯唇边，一股浓烈的药味争先恐后涌入鼻中：“把解药喝了吧。”

东方溯也不说什么，一口将呛人的药喝下去，腹中像有一团火在烧一样，难受得紧。

过了一会儿，四肢渐渐有了知觉，东方溯刚一抬手，一支黝黑短小的弓弩已是对准了他的喉咙，眼前是一名面生的男子，先前就是他打落了容贵人手里的金叶子。

绣春拿来两份空白卷轴，一份梁昭仪用来誊抄先前那份被弄污的诏书，另一份则平摊在东方溯面前：“做什么？”

“我要你再写一份罪己诏，我念，你写！”梁昭仪缓缓抚过东方溯的脸颊，强行勾起他的下巴，逼他直视自己，“本宫要让天下人都知道你的不忠不孝，不仁不义！”

梁昭仪收回手，一字一句道：“朕自继位以来，犯下三大过错：一为宠幸奸妃，倒行逆施；二为知人不明，亲小人远君子；三为罔顾人伦天道，弃太后于畅春园。上天屡屡降下灾祸警示于朕，唯朕愚而不明，使水旱灾疫横行，百姓苦难，悔无所及。朕上不累于祖宗，下负于万民，痛心靦貌，罪实在予，无颜再位。故朕决意退位，由太子承继，重整社稷。”梁昭仪洋洋洒洒说了一大通，字字句句皆指东方溯失德，尖酸苛刻。

东方溯拍手，讽刺道：“朕一直以为昭仪出身武将之家，文采欠缺，想不到竟是出口成章，黑白颠倒，实在令朕刮目相看。”

梁昭仪冷哼一声，催促道：“废话少说，快写！”

东方溯眸光一闪，突然抓住梁昭仪递笔过来的那只手，另一只手扣住她脖子，这一切发生在电光石火之间，等众人反应过来时，梁昭仪已经被东方溯控制住，被迫挡在他身前，成了人肉盾牌。

手持弩箭的男子面色大变，这么一来，他若出箭，先被射中的必然是梁昭仪。

“不想她死的话，全部让开！”东方溯厉声呵斥，面庞透着几分不自然的红晕，刚才运功虽然成功制住梁昭仪，但他也不好过，胸口气血翻涌，五内俱焚，痛苦不堪。

容贵人见形势逆转，心中一喜，赶紧跌跌撞撞地奔过去，与东方溯站在一起。

绣春还算镇定，沉声道：“没用的，娘娘早已布下天罗地网，你逃不出去的，除非神机营赶来，可惜……”她扫过地上被绞碎的金叶子，“你已经无法召唤。”

“闭嘴，让开！”虽然服了解药，身体得以动弹，但东方溯总觉得身体不太对劲儿，急于离开这里。

男子试图瞄了几次，都没有把握避开梁昭仪，他拧眉看向绣春：“我无法避开，怎么办？”

绣春眸光微闪，低声道：“先退开，不要让他伤了主子。”

男子点点头，缓步退到一边，东方溯晃一晃有些眩晕的脑袋，挟持着梁昭仪往外行去。屋里屋外不过十余步，对东方溯来说，却走得极为艰难，胸口像有锤子在敲一样，又闷又痛，双耳嗡嗡作响。

梁昭仪被他胁迫来到院中，讥笑道：“堂堂一朝天子，竟要靠挟持女人来脱困，传扬出去非得被人笑话不可。”

“闭嘴！”东方溯强行咽下涌上喉咙的甜腥，咬牙道，“朕最后悔的，就是放过你这个蛇蝎毒妇！”

梁昭仪冷笑连连，恨声道：“要不是你，父亲不会死，承栋也不会变成那样。东方溯，我会变成这样，都是你逼的，是你！”

“你和梁承栋一样，死不悔改！”东方溯一步步往外退，容贵人亦步亦趋跟在旁边，唯恐被落下。

“死不悔改也好，蛇蝎毒妇也罢，总之今夜，你休想离开畅春园。”

东方溯没有理会她，对一直跟在后面的容贵人道：“立刻去准备一匹快马。”话音刚落，东方溯突然面色一僵，继而一口鲜血猛地喷了出来，溅了容贵人一身，吓得容贵人尖叫不止。

吐出这口血后，东方溯像块破布一样跌倒在地，绣春见状，急步来到梁昭仪身边："娘娘怎么样了？"

"本宫没事。"梁昭仪揉一揉被掐疼的脖颈，蹲下身看着浑身没有一丝力气的东方溯，嘴角弥漫着冰冷的笑意，"我早就说过，你走不了的，非不听，呵呵，现在相信了吧！"

东方溯恨恨盯着她，吃力道："你在解药里动了手脚？"

"总算还不笨。"梁昭仪弹一弹指甲，凉声道，"陛下武功这么高，臣妾怎么能不提防着一些。先前给你服用的，确实是解药，只是里面掺了一些'一晌贪欢散'。"说着，她嫣然一笑，妖艳的红唇一张一阖，"你现在是不是感觉神智越来越模糊？过不了多久，你就会忘记一切，像个木偶一样，我让你做什么就做什么。"

东方溯用力一咬舌尖，心神瞬间一阵清醒："痴心妄想！"

梁昭仪俯身，温热的气息喷吐在东方溯耳边："是不是妄想，陛下……很快就知道了。"说罢，她直起身，冷声道，"把他带回去。"

绣春来到面色惨白的容贵人身边，皮笑肉不笑道："容贵人，请吧。"

容贵人牙齿在嘴唇里咯咯打战，梁昭仪……梁昭仪不会放过她的！

每次神智快要涣散的时候，东方溯都会狠狠咬一下舌尖，借剧痛维持神智清醒。

梁昭仪发现他这个举动，又惊又怒，命人掐住他的下颌，令其无法咬动牙齿。如此强撑了半个时辰，东方溯终是无法抵抗药力，神智涣散，目光变得呆滞无神。

在确认东方溯心神被控制后，梁昭仪大喜，提笔蘸墨放到他手中，重叙了一遍罪已诏，这一次东方溯没有任何犹豫，按照她说的一字字写在纸上，分毫不差。

梁昭仪仔细看过确认无误后，命绣春盖好玉玺，然后铺开另一道诏书："这份废太子诏书，臣妾已经写好了，陛下只需在下面写上一句——'此诏为朕之意'即可。"

东方溯茫然重复着她的话："废太子诏书……"

"是。"梁昭仪在他耳边低低诱惑道，"贵妃奸邪，太子失德，大周江山万万不可交到他们手中。"

见东方溯迟迟不肯动笔，梁昭仪又道："只有重立太子，方才能够保大周千秋万代，永世昌隆！"

"千秋万代，永世昌隆……"东方溯像木偶人一样，一遍遍重复着。

"是呢！"梁昭仪声音越发低沉，"所以陛下，快写吧。"

东方溯木然握着笔，半晌，他神情呆滞地摇头：“朕不能废太子。”

梁昭仪没想到东方溯在神志不清的情况下，还是护着予怀，又气又嫉，狠狠一咬嘴唇，冷声道：“绣春，再去拿一晌贪欢散。”

绣春犹豫道：“娘娘不怕……”

梁昭仪咬牙道：“顾不了那么多了，一定要在天亮之前让他签下这两份诏书，去吧。”

绣春明白她的顾虑，欠身离去，刚走到门口，便看到东边弥漫着冲天火光，染红了半边夜空。

第十四章　夜访畅春园

就在绣春愣神的工夫，一个小太监跌跌撞撞地奔了过来，慌声道："姑姑不好了，云涯馆……云涯馆走水了！"

绣春脑袋轰然一响，云涯馆正是梁昭仪的居处，下一刻，她紧紧攥住那个小太监："你说什么，再说一遍！"

小太监被她狰狞的样子吓了一跳，结结巴巴道："云涯馆……走……走水了。"所谓走水，就是起火之意，因宫中有避讳，所以起火一律称之为走水。

"无端端怎么会走水的？"绣春面色难看地问着。

"小的也不知道，突然之间就烧起来了，而且火势很大，一时无法扑灭，小的赶来禀告娘娘。"

"没用的东西！"绣春怒骂了一句，匆匆回到里面，将事情告诉梁昭仪。梁昭仪亦是大惊失色，百香和一晌贪欢散可都在云涯馆里，要是被烧了……

梁昭仪不敢再想下去，命宫人看管好东方溯和容贵人后带着绣春匆匆回了云涯馆。她到的时候，云涯馆已经完全处在大火的包围下，空气中弥漫着焚烧的刺鼻气息。

宫人到处奔走，不断将水泼入火中，然而对于这场大火来说，这些水只是杯水车薪，根本无法减弱火势。

绣春拉住一个宫人，跺脚道："这点儿水有什么用，快去将铜缸里的水引过来。"

畅春园建造之初，为了应对火情，在各宫殿建筑旁边都设了铜缸和管子，缸里的水必须时刻保持蓄满。一旦起火，立刻就能借用抽水的机关将水引到起火之处，扑灭大火，那些机关还是古逸臣帮着研制的。

宫人为难道：“不知为什么，附近那些抽水的机关都坏了，无法引水过来。已经去别处拆了，但还需要一些时间。”

“没用的东西！”梁昭仪怒骂一句，呵斥道，“快去本宫寝宫，将放在紫檀雕花顶柜里的一个盒子取来。”

宫人骇了一跳：“娘娘，这么大的火……”

梁昭仪面目狰狞道：“本宫让你去就去，哪来这么多废话，快去，要是那个盒子毁了，本宫就将你们的脑袋统统砍下来！”

宫人被她训得不敢再说，愁眉苦脸地取来一条浸透了水的棉被，咬牙往被大火包围的宫殿冲去，刚冲到檐下，便被一根烧断的屋梁砸中，倒在地上，迅速被蔓延过来的大火包围。

梁昭仪不理会火中传来的哀号，指着另一个宫人道：“你去！”

在她的逼迫下，宫人硬着头皮冲进去，结果和先前那个一样，葬身火海之中。

在接连两人死亡后，任梁昭仪怎么威逼利诱，宫人都不肯再进去，只是乌压压跪着。

“一群贪生怕死的东西！”梁昭仪气急之下，竟是准备自己冲进去，绣春赶紧拉住她：“娘娘冷静一些。”

“那些药都在里面，你让本宫怎么冷静！”梁昭仪愤怒地说着。

“奴婢明白娘娘的心情，可事已至此，您再生气着急也没用，里面有多危险您刚才也看到了，九死一生，要是您出了事，这一切就真的前功尽弃了，三殿下也难以保命。”

绣春的话令梁昭仪渐渐冷静下来：“那现在怎么办？”

“虽然药没了，但陛下已经痴痴呆呆，只要控制住他，咱们的计划就可成。”

“他虽痴呆了，却始终不肯签诏书。”一想到这个事，梁昭仪就气不打一处来。

绣春凑到她耳边，轻声道：“实在不行，咱们就找人伪造陛下的字，只要陛下在娘娘手里，就算被人看出来也不怕。”

梁昭仪眸光闪烁不定，半晌，她道：“你是说——挟天子以令诸侯？”

绣春微笑道：“不错，虽说和咱们先前的计划有点儿出入，但结果是一样的。”

“也只能这样了。”说着，梁昭仪心中一动，“知道为什么会起火吗？”

绣春神色一凝：“这场火起得蹊跷，那些宫人一问三不知，奴婢怀疑……是有人纵火！”

梁昭仪心中也有这样的怀疑，但一时之间想不出什么人会纵火，寻仇？报复？

她来畅春园后，并不曾与什么人结怨，而且宫人也不会那么大的胆子，除非是受人指使。

整个畅春园里，不算东方溯，只有陈太后、自己还有容贵人三个主子，容贵人被自己控制着，陈太后又疯了，会是谁呢？

“有一件事，奴婢一直想不明白。”绣春的声音令梁昭仪回过神来：“什么事？”

绣春看着被大火包围的云涯馆，拧眉道：“要真是有人纵火，理由是什么？如果是冲着百香和一晌贪欢散来，偷走就是了，何必闹出这么大的动静？”

是啊，为什么？

梁昭仪低头思索着，突然间，一道雪亮划过脑海，难道是……声东击西？

想到这里，慌意出现在脸上，她紧紧攥住绣春的手，颤声道：“快，快去听音阁！”

见她神色惊慌异常，绣春不敢多问，赶紧扶着她往听音阁走去。

再说听音阁那边，梁昭仪走后不久，外面响起敲门声，梁昭仪留在屋中的两名内侍随口问道：“什么人？”

他连着问了几遍，都不见有人回答，但那敲门声还在响个不停，二人觉得不对劲儿，相互看了一眼，一起走到门前，开了一个小缝，想看清楚是谁在敲门，没等他们看清，便觉脖子一紧，像被什么东西缠住，越是挣扎就越是缠得厉害，不消多时便失去了知觉，仰身往后倒去。

没等二人倒地，一道黑影自门外掠过，一手一边拉住他们的身体，脚跟一抬一踢，殿门被悄无声息地关上。随即剥下其中一人的衣裳，一甩一扬，像变戏法一样穿在自己身上，再将那两名内侍塞入旁边的柜子里。这一连串的动作如行云流水，没有一丝凝滞。

容贵人看得目瞪口呆，而令她惊悚的事情还在后面，黑影的双手在脸上用力揉捏着，等他手放下时，那张脸已是变成了其中一名内侍的模样，除了脸形稍有些区别之外，再看不出任何区别。

容贵人知道江湖上有易容术，但大多是用一张薄如蝉翼的皮覆在脸上，达到改变面貌的目的，像他这样把脸当作面团一样揉捏易容的，还是头一回见到，这……这到底是一张怎么样的脸？

那人在做完这一切后，朝容贵人走来，吓得她急忙退到东方溯身边，拉着他的袖子颤声道：“你……你是什么人，想做什么？”

那人没有理会她，径直来到东方溯身边，拉过他的手，两指扣了上去，不多时，面色青白交错，咬牙道：“好一个毒妇！”

那人自怀里取出一个精巧的瓷瓶，倒出一丸丹药，塞入东方溯口中，东方溯像木头人一样，任由他摆布，也不知道吞药，木然地含在嘴里。

那人皱一皱眉，对容贵人道：“去倒杯水来。”

容贵人已经大致猜到了他的身份，急忙按吩咐倒水，来人往东方溯口中灌了一些后，手指在其颈间一扣一按，喉咙滚动，连水带药吞了下去。

那人紧张地盯着东方溯，过了约莫一盏茶的工夫，东方溯终于有了反应，“哇”的一声吐出一口黑血。

那人顾不得被弄污的衣裳，扶住东方溯道：“陛下，您怎么样了？”

东方溯面色苍白如宣纸，浑身大汗淋漓，犹如刚从河里捞上来一样，眼中有些许迷茫：“你……”

那人想起自己易了容，连忙跪下道：“卑职医十救驾来迟，请陛下治罪。”

“平身。”东方溯无力地摆一摆手，“幸好你及时赶来，否则朕危矣。”

虽然东方溯来了畅春园，但对陈太后的病情始终有所怀疑，担心有诈，所以带了医十暗中随行。一来护卫安全，二来医十精通医术与易容之术，如果陈太后果然得了疯病，可以让他把一把脉，看能否医治。

神机营虽隶属于北周皇帝，但更多时候，神机营的职责是助皇帝稳定北周，掌控朝局，并非时时刻刻跟在皇帝身边，只有一些疑心深重或者极为贪生怕死的皇帝，才会让神机营时时刻刻跟在身边。

东方溯缓了口气，吃力地问道：“知道她下了什么药吗？”

“卑职替陛下把过脉，是控制心神的药，而且应该不止一种，药性极烈。”医十为难道，“卑职从没见过那药，暂时无法化解，只能用护心丹先护住陛下心脉，令您恢复神智。”

容贵人连忙道：“她用的是百香和一晌贪欢散，都是从西域求得。”

东方溯疑惑地问道：“她怎么会和西域扯上关系？”

容贵人摇头：“臣妾也不清楚，只知是从一名西域商人那里买来的，梁昭仪很多事情都瞒着臣妾。”说着，她似想起了什么，朝医十道，“那场火是你放的吗？”

医十点头道："我见她对陛下不利，便引燃了云涯馆，调虎离山。另外，云涯馆附近引水的机关也都被我破坏了，不把云涯馆烧尽，这场火是不会灭的。"

容贵人疑惑道："为什么你不直接出手救陛下，我知道梁昭仪招揽了几个江湖中人，但应该不是你的对手。"

听到这话，医十神情变得异常凝重："梁昭仪身边有几个很可怕的人，动起手来，只凭我一人，必输无疑。"

容贵人骇然道："怎么会？"

"她胆敢逼宫，必然做足了准备。"东方溯看了一眼窗外隐约可见的火光，沉声道，"梁昭仪应该快回来了。"

容贵人一惊，随即摇头道："火还没扑灭，她应该没这么快过来。"

"如果她发现这是有人调虎离山呢？"说到这里，东方溯眉头一皱，又一口血呕出来，与刚才一样，漆黑如墨，腥臭难闻。

医十急忙又倒出一颗护心丹喂他服下："得赶紧想办法离开这里医治，否则只靠护心丹撑不了多久。"说着，他道，"卑职这就禀告尊者，请他将神机营调来。"

医十口中的尊者就是禁军统领林默，东方溯缓了口气，道："除了林默，你再去找几个人。"说着，他在医十耳边低低说了几句，他说得极轻，容贵人尽管极尽耳力，也未能听到一言片语。

医十将他的话一一记下，随即道："他们会相信吗？"

东方溯取下腰间的玉玦递给他："有这块玉玦在，他们一定会相信。"

医十刚收入怀中，外面便传来急促的脚步声，神色顿时为之一变，看来真让东方溯说对了，梁昭仪……回来了。

容贵人倒也机灵，怕被梁昭仪看到东方溯呕出的血，急忙吹熄了几支蜡烛，只剩下一支亮着，散发着昏黄的光芒。

容贵人刚做完这一切，门便被人用力推开。果然是梁昭仪，看到东方溯还好端端坐在那里，她顿时松了一口气，狂跳了一路的心渐渐回到胸腔里。

绣春蹙眉道："怎么这么暗？"

容贵人强自镇定道："刚才有风吹进来，吹熄了几支，一时找不到火折子。"

绣春扫了她一眼，目光落在医十身上，显然是在等他的回答，医十低头道："确是这么一回事。"

梁昭仪四下看了一眼："王五人呢？"

医十神色平静道：“他刚才腹痛得厉害，去了茅房，这会儿还没回来。”

“麻烦的东西。”梁昭仪低斥了一句，“刚才可有发生什么事情？”

医十一脸茫然道：“自从娘娘离开后，奴才就一直守在这里，并未见什么异常，也没见人进来过。”

梁昭仪眉头轻蹙，难道真是自己多心，云涯馆的火是一场意外？

梁昭仪压下心中的疑惑，看向呆坐在椅中一动不动的东方溯：“他怎么样了？”

“还是老样子，痴痴呆呆的。”容贵人在一旁答着，眼角余光看到梁昭仪往这边走来，心中大急，要是被梁昭仪看到东方溯身上的血迹，一定会起疑，但她又不能阻拦，这可怎么办？

医十双手悄悄缩入袖中，将银针扣在指缝间，万一被梁昭仪发现，就算不敌，他也要试一试，绝不能让她害了陛下。

在离着东方溯还有两三步的时候，容贵人突然冲到梁昭仪身前跪下，抱着她的双腿哀求道：“娘娘，臣妾知错了，您再给臣妾一次机会，臣妾保证，一定不会再让您失望。”

绣春听得冷笑连连：“贵人这脸皮，怕是快赶上金陵的城墙了吧，真是让奴婢大开眼界。”

容贵人忍着绣春刻薄的讥讽，忍气吞声道：“刚才的事，都是臣妾的错，臣妾罪该万死！”

她当然不是真的想求梁昭仪原谅，只是想借此阻拦梁昭仪过去，避免发现东方溯身上的血迹。

梁昭仪还不知东方溯已经清醒，凉声道：“你自己都说罪该万死了，本宫还怎么恕你？滚开！”

“臣妾只是一时糊涂，并非存心背叛娘娘，求娘娘看在相识多年的份儿上，饶臣妾最后一次。”见梁昭仪始终不为所动，容贵人狠一狠心，抬手用力掴着自己的脸颊，不一会儿工夫，便掴得两颊红肿，发髻也都散了，钗环叮当落了一地。

梁昭仪唇角凝起一个冰冷的微笑：“一次不忠，百次不用的道理，贵人应该懂的。”

“不是的，臣妾发誓，以后都不会了。”容贵人抱着她的腿呜咽。

梁昭仪被她抱得动弹不得，不耐烦道：“滚开！”

容贵人哪里肯让，哭诉道：“娘娘不开恩，臣妾死也不放！”

她这样的无赖，令梁昭仪越发心烦意乱，厉喝道："再不放手，本宫现在就杀了你！"

容贵人到底不敢再惹怒她，无奈地松了口，跪在那里低低啜泣，梁昭仪探目看了一眼，见两份诏书底下还是空白，又气又慌，急声道："怎么这么久药还没起效？"

扮成内侍的医十垂目道："娘娘别太担心，奴才看他痴呆之意比先前更明显，应该就快见效了。"

容贵人目光微微一转，急忙道："娘娘再给臣妾一点儿时间，臣妾一定会让他签署诏书。"

梁昭仪一言不发地盯着她，不知在想些什么，这个时候，有宫人走进来，在绣春耳边低低说了几句，绣春面色微微一变："确实吗？"

在得到宫人肯定的答复后，她来到梁昭仪身边，轻声道："娘娘，昭明宫有动静。"

梁昭仪眸光一颤，有心想问个清楚，但当着那么多人的面，到底不便，勉强压下心中的迫切，对容贵人道："你真的后悔了？"

容贵人连连点头，抹泪道："求娘娘开恩。"

"好！"梁昭仪冷声道，"只要你能够在天亮之前，让东方溯签下那两份诏书，本宫就饶你不死！"

容贵人满面欣喜道："臣妾一定不会令娘娘失望。"

这个时候，绣春看了一眼四周，疑惑地问道："怎么王五还没回来？"

"想是拉肚子了，刚才看他很痛苦的样子。"医十不动声色地答应着，"要不要小的去看看？"

"不用了，你和王五在这里好好盯着，有什么事情，立刻来禀告。"说完这句话，梁昭仪带着绣春离去，在亲眼看着他们走远后，容贵人长舒了一口气，心有余悸地拍着胸口："总算是应付过去了，好险。"

东方溯的目光从容贵人身上漫过，看向医十："快去吧。"

"是。"在走到门口的时候，医十又停下脚步，犹豫道，"万一卑职离开后，梁昭仪对陛下不利，那可怎么办？"

"什么时候你也变得拖泥带水，一点儿没有神机营该有的样子。"说着，东方溯道，"刚才朕隐约听到绣春提及昭明宫，梁昭仪很可能是去了那里，一时半会儿不会回来，好了，快去吧。"

在东方溯的催促下，医十只得离去，在他走后，容贵人倒了一杯茶递给东方溯：“陛下喝口水吧。”

东方溯接过水，漠然道：“你刚才做得不错。”

听到东方溯夸奖，容贵人心中暗喜，连忙道：“这些都是臣妾应该做的。”

东方溯唇角微微一弯：“既是这样，那你再帮朕做一件事。”

容贵人心里“咯噔”一声，隐约觉得不太对劲儿，但又不能拒绝，只得硬着头皮道：“请陛下吩咐。”

再说梁昭仪那边，带着绣春等人快步来到畅春园门口，她到的时候，正好一辆马车停下，一道人影在梁昭仪的注视中徐徐走下马车。

果然是她!

梁昭仪眸中掠过凛冽的寒光，敛袖欠身：“见过贵妃娘娘，娘娘万福。”

慕千雪走到她身前，垂在颊边的赤金镶红翡步摇微微颤动，在月光下划过晶亮的弧线：“免礼。”

“谢娘娘。”在梁昭仪直起身后，慕千雪微笑道，“劳动昭仪来迎接，本宫实在过意不去。”

梁昭仪嫣然冷笑：“娘娘难得来畅春园一趟，臣妾当然要来迎接，只是……这三更半夜的，娘娘不在宫中安寝，来园子做什么？”

“陛下今日来园中探望太后，至今未归，本宫甚是挂念，特来看一看。”说着，慕千雪又道，“不知太后情况如何？”

“还是那个样子，疯疯癫癫，谁都不认得。”梁昭仪幽幽叹了口气，“陛下原本下午就要回去的，哪知突然龙体不适，头晕得紧，便在园子里歇下了，都怪臣妾不好，忘记派人禀告娘娘，让您平白跑这一趟。”

“没事就好。”慕千雪看了一眼掩伏在夜色中的畅春园，笑道，“烦请梁昭仪送陛下出来吧。”

梁昭仪摇头道：“陛下一动就头晕，实在是走不了。”

小元子插话道：“既不能动，那就抬出来吧，正好奴才带了几个身强力壮的宫人过来，始终宫中有太医在，万一真有什么病也方便医治。”

梁昭仪似笑非笑道：“本宫还在昭明宫的时候，就觉得你做事仔细，如今看来，更加认真妥帖了，难怪贵妃娘娘那么赏识你，走哪儿都带着。”

“昭仪娘娘过奖了。”说着，小元子朝身后那几名太监道，“把肩舆抬好，随咱家进去吧。”

“慢着！”梁昭仪眉目冰冷地盯着小元子，“本宫什么时候答应让你进去了？”

小元子笑道：“这么说来，娘娘是打算亲自送陛下出来了，那奴才可就偷懒了。”

梁昭仪目光幽幽地盯着他：“看来你不光做事仔细，还能说会道，黑的白的都让你一个人说了。呵呵，也是，有什么样的主子就有什么样的奴才。”她目光一转，落在慕千雪身上，“陛下今夜不回去了，贵妃娘娘请回吧。”

慕千雪目光一沉：“这是陛下的意思？”

“当然，难道臣妾还敢假传圣意吗？这可是要杀头的呢。”梁昭仪笑吟吟地说着。

慕千雪沉眸不语，谁都知道东方溯不会留在畅春园过夜，但是梁昭仪一口咬死是东方溯的意思，倒是有些不好办。

畅春园是皇家园林，梁昭仪又假传圣意，她虽贵为一品皇妃，也不好强闯入内。

梁昭仪……到底在筹谋些什么？陛下又何以迟迟不归？

“夏月，”慕千雪按下心中的焦灼，平静道，“去把本宫放在马车上的东西取来。”

夏月应了一声，回身自马车中取来数个锦盒，见梁昭仪盯着自己，她笑道：“主子知道太后病得不轻，很是担心，特意带了一些滋补的药材过来。”说着，她打开锦盒，果然都是人参、鹿茸等物。

梁昭仪淡然道：“贵妃有心了。”

“主子一向都很有心。”夏月笑着应了一声，随即道，“那奴婢现在就给太后送进去，顺道看望陛下，看是否要让太医过来一趟，头疼这种病，可大可小呢。”不等梁昭仪言语，她又笑吟吟道，“昭仪一向关心陛下，想必也不希望因为一时大意，加重陛下病情。”

梁昭仪冷冷看着她，绣春会意，对夏月道：“东西我拿进去就行了，不劳烦姑姑。”

夏月刚要拒绝，有人抢先一步道：“这是贵妃娘娘一片心意，你拿进去成什么样子，不知情的人见了，还以为本宫想抢劳功呢。”

“娘娘……”绣春愣愣地看着梁昭仪，她怎么没想到，出声阻止自己的那个人竟然是梁昭仪。这要是让夏月进去，看到东方溯的情况，那可怎么办？

梁昭仪漠然道：“没听清楚吗，要不要本宫再重复一遍？”

绣春一个激灵，连忙低头退到一边。

“多谢娘娘。”夏月虽然不明白梁昭仪的用意，但对她来说，最要紧的是可以进畅春园一探究竟。

在经过梁昭仪身边时，被她伸手拦住，夏月疑惑道：“娘娘您做什么？”

梁昭仪皮笑肉不笑道：“都说了是贵妃娘娘的心意，当然要娘娘亲自拿进去才显得有诚意。”

夏月面色豁然一变，没想到梁昭仪打的是这个主意，真是阴险，她定一定心神，微笑道：“夜色黑沉，容易摔着，还是奴婢去吧。”

别看梁昭仪说得好听，要是慕千雪真进去了，只怕就和东方溯一样，出不来了。但要是不进去，就无法探知里面的情况。

梁昭仪并不打算让她这么轻易过关，漫然道：“本宫让人把畅春园里的灯都点上了，保准明亮如白昼，姑姑大可放心。”说着，她朝慕千雪屈一屈膝，恭敬道，“臣妾陪娘娘进去。”

慕千雪怎么会看不出她的心思，淡淡道：“深夜叨扰，本宫已经过意不去，怎么好再劳烦昭仪。”

梁昭仪笑道：“在宫里时，娘娘对臣妾颇多照顾，尤其是父亲那桩事，如今这点儿区区小事，又算得了什么。”

“原来昭仪还记得以前的事，本宫还以为早已经忘得一干二净了。”

“怎么会呢，桩桩件件臣妾都牢记于心，不敢有片刻忘记，一直思索着该怎么报答娘娘的恩德。”恭敬的表面下是刻骨的怨毒。

慕千雪深深看了她一眼：“今日终于让昭仪寻到机会了。”

“也不算机会，只是稍稍还上些许。”梁昭仪低头一笑，作势道，“好了，娘娘请吧。”

“太后一向不喜欢本宫，这会儿进去，怕是反而会加重太后病情。”说着话，慕千雪不动声色地朝夏月使了一个眼色，夏月假意手滑，将锦盒掉落在地上。

“奴婢该死。”夏月告罪一声，赶紧俯身去捡，与此同时，几条身影借着夜色掩护，无声地掠向畅春园。

突然之间，梁昭仪衣裳无风自动，恍若一只巨大的飞蛾，在黑夜中飞舞。

“叮！叮叮！咻！咻！”夜色中响起金属交击的声音，伴随着什么东西破空的声音，隐约能看到园墙上几道人影在交手。

不多时，有两人被隐藏在暗中的箭弩射中，闷哼一声，捂着伤口飞掠而回，退到慕千雪身边，低声道："娘娘，园子里有埋伏，凭我们二人进不去！"

梁昭仪冷冷看着这一切，讽刺道："臣妾不都已经打开门让您进了吗？怎么您不走正门，非得往旁门左道里钻呢，您这样……可是很容易玩出火的。"

夏月恼极了她装模作样的样子，冷声道："玩火的那个人是昭仪，您已经犯下大错，奴婢劝您还是及早悬崖勒马的好，不要一错再错。"

梁昭仪掩唇轻笑："姑姑这话可是有趣，又是玩火又是大错的，本宫到底犯了什么错，弄得这么严重？"

夏月待要再说，慕千雪一把拦住她："既是这样，就烦请昭仪照顾太后和陛下，本宫改日再来探望。"

连神机营的人都吃了亏，可见东方溯必是出了事，梁昭仪一直邀她入园，分明是想把她也困在园中。

她得赶紧回宫，召人商量对策，救出东方溯才行。

梁昭仪怎肯轻易放她离去，笑意深深道："娘娘来都来了，就进去坐会儿吧，来人啊，扶贵妃娘娘进去。"

见那些人朝这边围来，夏月和小元子赶紧拦在慕千雪身前："贵妃娘娘在此，谁敢放肆，全部退下！"

见那些宫人被夏月喝得萌生退意，绣春目光一冷，呵斥道："昭仪的话没听到吗？还不快去！"

那些宫人迟疑片刻，再次涌了过来，小元子用力咬着唇，对夏月道："我拦着他们，你赶紧带主子走！"

"咻！"小元子话音未落，一支短箭自黑暗中破空而来，插在小元子脚前，箭尾还在不断震颤。

梁昭仪眼波斜斜一动："你倒是忠心，可惜啊，光靠忠心远远不够。下一次，这支箭可不会再射偏了。"

这已经是公然的威胁了！

夏月倒吸一口凉气，在慕千雪耳边道："娘娘，梁昭仪这是打定主意要谋乱了，要不要让他们过来？"

梁昭仪以为慕千雪只带了两名神机营的人过来，殊不知那只是表象，实际还有一支十几人的神机营队伍隐藏在暗中，听候慕千雪命令行事。

既知道畅春园有异，慕千雪又怎么会不做万全的准备，梁昭仪还是低估了。不，确切来说，她从来就没资格去低估慕千雪。

慕千雪目光阴晴不定，虽然她还不知道梁昭仪究竟有多少人，但凭她带来的那些神机营，绝对可以打开缺口，攻入畅春园。但东方溯还在梁昭仪手中，而且她对里面的情况一无所知，万一伤到东方溯……后果不堪设想。

希望……她能及时赶来！

第十五章　两手准备

“叮叮！”夜色中传来银铃被风吹动的声音，清脆悦耳，一起传来的还有车轱辘缓缓在石板上滚过的声音。

不多时，一辆马车出现在众人视线中，这辆马车与慕千雪乘的那一辆相仿，唯独马车纹饰用的是明黄色，即便在夜间也异常耀眼。

梁昭仪脸颊一阵抽搐，在北周，能够乘坐明黄纹饰的不超过三人，其中两个被自己关在畅春园里。所以，能够坐在马车里的只有一人——沈惜君！

接下来的事情，也证实了梁昭仪的猜想，阿紫扶着沈惜君从马车中下来：“娘娘小心。”

尽管是深夜前来，沈惜君依旧将每一缕发丝梳得整整齐齐，发间是一套赤金镶海水明玉首饰，动静之间，光华耀目。

梁昭仪压下心底的惊意，凉声笑道：“今儿个吹的是什么风，竟把皇后娘娘也吹来了。”

“怎么，昭仪不愿意见到本宫？”沈惜君来到慕千雪身边，悄悄握了一下她的手，示意她安心。

梁昭仪虚虚一笑：“娘娘说到哪里去了，臣妾只是有些意外。”

“你刚才与贵妃说什么，说得这么热闹？”

“没什么，贵妃刚才说想进去探望太后和陛下，臣妾刚想陪着进去，娘娘您就来了。”梁昭仪眸光一转，微笑道，“既是娘娘也来了，那就一起进去吧。”

沈惜君淡然一笑：“陛下怎么样了？”

“没什么，就是头疼，不便走路，要等明日再回昭明宫。”梁昭仪把早已经记得滚瓜烂熟的说辞又重复了一遍，“娘娘请。”

沈惜君不置可否地点点头，目光掠过小元子脚前的那支箭：“这是谁射的，想伤人？”

梁昭仪面不改色道：“没呢，是有人不小心按到弩箭，意外弹了出来，不碍事。”

“昭仪倒是说得轻巧，万一伤到人怎么办？做任何事情，都得仔细想清楚，以免害人害己。你入宫有些年头了，也经历了不少事，怎么还这样莽莽撞撞的，一点儿分寸也没有。”沈惜君半点儿面子都没留，训得梁昭仪脸上青一阵白一阵。

绣春见自家主子受辱，忍不住道：“主子已经说过了，这是意外，皇后娘娘何必这样得理不饶人。”

沈惜君冷眉道：“本宫好心好意教你家主子，你可倒好，还训起本宫来了。”

“奴婢不敢。”话虽如此，绣春眉眼之间，可没丝毫“不敢”之意。

沈惜君冷哼一声，看到夏月手里那几个锦盒，蹙眉道：“怎么还没给太后拿进去？”

夏月委屈道：“梁昭仪不让奴婢进去，非得让主子亲自送进去。”

“什么时候这畅春园的事情，轮到梁昭仪你来做主了？”说着，沈惜君侧目道，“阿紫，你陪夏月一道进去，看一看太后与陛下。”

梁昭仪眸光一冷：“何必这么麻烦，臣妾陪二位娘娘一道进去就是了。”

沈惜君不假辞色道：“说话之前，想一想自己的身份，本宫做事，还轮不到你来过问，梁昭仪！”她刻意咬重后面三个字。

见她屡屡拿身份压自己，梁昭仪气得浑身哆嗦，皇后——呵呵，还真以为能够一辈子用这个身份来压制自己吗？天真！

一个也是对付，两个也是对付，并没有什么区别，反而能令自己手上的筹码更多一些。

想到这里，梁昭仪对绣春道：“让他们准备，一个都不许放走。”

“是。”绣春刚要下去传话，站在他们对面的沈惜君突然道：“阿兰，去把三殿下抱下来。”

听到这话，梁昭仪脸色大变，予瑾……她竟把予瑾带来了？

接下来的事情，令梁昭仪的担心成真，阿兰将睡眼惺忪的予瑾抱下马车，予瑾揉着眼睛道：“我们到了吗？”

沈惜君拉过他的手，柔声道：“到了呢。”

予瑾睁着困倦的双眼：“母后，我们这是在哪里？”

“在畅春园呢，你瞧瞧那是谁？”顺着沈惜君手指的方向，予瑾看到一个熟悉的身影，小小的身子一震，用力揉了揉眼睛，那个身影还在，不是幻觉。

“母妃！”予瑾欢呼一声，当即就要往梁昭仪的方向跑去，梁昭仪也是激动得不行，嘴里喃喃念着予瑾的名字。

沈惜君手中一用力，拉住予瑾往前奔的脚步：“不能过去。”

予瑾不解道：“为什么？”

沈惜君蹲下身，替他理一理衣裳，轻声道：“母后私自带你来见梁昭仪已是犯了规矩，要是你再过去，那母后的罪过可就更大了。母后心疼你，你也该为母后想想，对不对？”

予瑾虽然有些难过，但还是点了点头，泫然欲泣道：“是，儿臣知道了。”

“真乖。”沈惜君拍一拍他小小的脸庞，笑道，“瞧瞧你这样子，不知道的还以为母后欺负你呢。好了，有什么话就和你母妃说吧，等下次有机会，母后再帮你向你父皇说说，这样你就能够光明正大地来畅春园了。”

这句话顿时令予瑾破涕为笑：“多谢母后。”

沈惜君笑一笑，起身望向面色煞白的梁昭仪，曼声道：“本宫知道梁昭仪思子心切，感同身受，故特意带予瑾来与你一见。”

冷汗自梁昭仪额头不住滴落，心里没有丝毫相见的欢喜，反而弥漫着巨大的恐惧。因为她看到一道几乎与夜色融为一体的人影站在予瑾身后，不知道那是不是神机营的人。但她知道，只要自己稍有异动，这个人就会杀了予瑾，杀了自己唯一的儿子。

予瑾并不知道自己身后的危险，满心欢喜道：“母妃，您好不好，儿臣好想您。”

梁昭仪回过神来，勉强笑道：“母妃也很想你，你好不好？”

“好啊，父皇带儿臣去了陵阳还有扬州，让儿臣长了好多见识，父皇还说，以后有机会再带儿臣去。”说着，他又懂事地说道，“母妃您别担心儿臣，儿臣一切都好，母后还有贵妃娘娘都待儿臣很好。”

梁昭仪有苦说不出，只能言不由衷道：“那就好。”

予瑾看到她的勉强，疑惑道：“母妃，您不想见到儿臣吗？”

“怎么会，母妃是意外，没想到皇后娘娘会带你过来。”说着，她仔细打量予瑾，“比母妃离开时高了一些，也更壮了。”

予瑾到底还小，很容易便被瞒了过去，笑道：“儿臣每天都有练骑射，等以后长大了，要跟大哥二哥一样，助父皇一统中原。”

“好！”梁昭仪心不在焉地应着，脚步悄悄往前挪动，沈惜君看在眼里，冷声道：“昭仪还是留在原地的好，否则不知道会发生什么事。”

仿佛是为了配合沈惜君的话，后面那个黑影扬起手，而手掌所对的地方，正是予瑾的头颅，看到这一幕，梁昭仪急急停下脚步，不敢再往前，而沈惜君接下来的话也打消了她其他念头：“三殿下安好与否，其实一直在于昭仪的选择，所以昭仪一定要三思而后行。”

梁昭仪闭目，双手在袖中捏得咯咯作响，她千算万算，唯独算漏了予瑾，令沈惜君有机会拿他来威胁自己。

许久，她缓缓睁开双眼，目光掠过一脸茫然的予瑾，最终落在沈惜君身上，缓缓欠下身去：“臣妾恭送皇后娘娘，恭送贵妃娘娘！”

她终是不敢拿自己儿子的性命来冒险，选择了妥协。

沈惜君冷声道：“昭仪似乎还少说了一个人。”

梁昭仪知道她指的是东方溯，眸中寒光一轮，露出几分阴狠厉色：“得寸进尺，可不是什么好事。”

要是把东方溯交出来，她就彻底完了，而予瑾……相信也不会有什么好日子过。

“本宫这么做都是为你好，希望你及早回头。”

予瑾听得一头雾水，扯着沈惜君的袖子道：“母后，你们在说什么？”

“没什么，母后与你母妃许久未见，所以多说了几句。”望着那张似懂非懂的脸庞，沈惜君暗自叹了口气，梁昭仪犯错，最直接的受害者就是予瑾。

在他们说话的时候，小元子走到慕千雪耳边轻声说了几句。

那厢，梁昭仪眯一眸长眸，冷声道：“这已经是臣妾最大的让步，如果娘娘不愿意，那臣妾也没法子。”

沈惜君还待再说，慕千雪按住她，轻声道：“小心狗急跳墙，有什么事情咱们回去再说。”

虽然沈惜君并不情愿，却也知道慕千雪说得在理，无奈地点头答应：“既是这样，就让夏月和阿兰把东西送进去，然后我们就走。”说罢，她目光一转，落在梁昭仪身上，“这点儿小事，梁昭仪总不会拒绝吧。”

梁昭仪忍着胸口的怒火，声音清冷如罡风：“当然。”

在夏月二人出来后，沈惜君俯身对予瑾道：“我们该走了。”

予瑾哀求道：“能不能再多留一会儿？儿臣还有许多话没和母妃说。”

“下回吧，有机会的。”见沈惜君态度坚决，予瑾只得依依不舍地离去，在他们走得不见踪影后，绣春凝声道：“主子，现在怎么办，三殿下会不会有危险？”

“陛下还在本宫手里，她们不敢乱来，只要写下诏书，任他们如何奸诈狡猾，都没用了。至于予瑾……”梁昭仪银牙紧咬，寒声道，“他们敢伤予瑾一分，我就十倍百倍还在他们子嗣身上！”迟疑片刻，她又道，“上次让你找的那个人呢？”

绣春眼皮一跳，轻声道：“一直在园子呢，主子您想……”

“现在药已经没了，万一实在不行，就只能走那一步了。”说着，梁昭仪道，“你再去听音阁看看，本宫去安排一下人手，明日……”她看着漆黑的夜空，幽幽道：“注定不会太平。”

再说沈惜君那边，在哄予瑾睡着后，她看向同坐一辆马车的慕千雪：“刚才小元子和你说了什么？”

“什么都逃不过娘娘的眼睛。”慕千雪淡然一笑，“是林默，他派人来报信，医十回来了。”

“医十？”沈惜君试探道，“神机营的人？”

她虽贵为皇后，但对神机营的事情所知并不多，只知神机营的人都以数字排序，以前的辛月就是如此。

“嗯，陛下来畅春园的时候，把医十也给带来了，据林统领传来的消息，陛下的情况……并不好。”

沈惜君对此早有预料，所以并不意外，抚着予瑾熟睡的脸庞，沉声道：“梁昭仪先是囚禁陛下，随后又想囚禁你我，她这是想逼宫吗？”

“就算不中，亦不远矣。”慕千雪漠然道，“咱们都小觑了她。”说着，她感激道：“幸好娘娘及时赶到，否则真不知怎么脱身。”

沈惜君笑道：“你在本宫面前就不要谦虚了，本宫可不相信你明知有问题还单枪匹马来见梁昭仪。”她目光一转，打趣道，“让本宫猜猜，这马车四周是不是跟满了神机营的人，一百？两百？”

慕千雪被她说得好笑：“哪有这么多，不过十几人罢了，脱身不难，但要救陛下就有些麻烦了。”

“虽然知道你不会鲁莽，但本宫还是放心不下，本宫虽然没有神机营可以调动，却也有让梁昭仪不敢轻举妄动的法宝。”沈惜君目光落在熟睡的予瑾身上，显然他就是那个法宝。

慕千雪轻抚着予瑾稚嫩的面容，叹息道："梁昭仪荒唐，只是可怜了予瑾。"

"这也是没法子的事，谁让他摊上那么一个母妃呢。天作孽犹可恕，自作孽不可活。"顿一顿，沈惜君突然看着千雪道，"这一次，你一定要答应本宫一件事。"

迎着她异常严肃的目光，慕千雪心中已然猜到了几分："娘娘请说。"

沈惜君一字一字道："这一次，无论如何都不能再对梁昭仪心软，为了陛下，为了予瑾，也为了咱们自己，本宫不想梁昭仪还有第二次甚至第三次机会。"

"梁昭仪都已经错到这个份儿上了，臣妾怎么还会对她心软。"说到这里，她苦笑道，"梁忠当年为救陛下而死，他怕是做梦也想不到，自己的一子一女会先后逼宫谋反。他用命挣下的忠勇侯府终归还是难逃化为飞灰的结局。"

"那就好。"沈惜君松了口气，嗔道，"你啊，什么都好，就是有时候心软得紧，对本宫是这样，对别人也是这样。"

慕千雪知道她是关心自己，打趣道："臣妾知错，求皇后娘娘恕罪。"

"又贫嘴！"沈惜君笑斥了一句，随即低头看着予瑾，"你要照顾太子和倾心，再加一个予瑾的话，怕是分身乏术，以后……就让他跟着本宫吧，正好他跟予恒还算投缘，兄弟二人也能做个伴，说说话。"

慕千雪颔首道："娘娘肯垂怜予瑾，那是再好不过的。"

"到底是陛下的骨肉，本宫不能不顾惜。"说完这句，二人不再言语，寂寂无声，任由马车载着她们回昭明宫。

到了宫门口，沈惜君命宫人将予瑾抱去长信殿，她和慕千雪还有事情商量。在没人发现的地方，本应该睡着的予瑾睫毛微颤，一滴泪水无声无息地滑落眼角……

在慕千雪他们回到漪兰殿不久，林默和医十也到了，不等他们行礼，慕千雪已道："无须多礼，快说，陛下到底怎么了？"

医十拱手道："启禀娘娘，梁昭仪利用太后疯癫，引陛下过去，随后利用容贵人在陛下身上下了控制心神的药，想让陛下废太子殿下，改立三殿下为太子，卑职这会儿用护心丹护住陛下心脉，但不能太久，必须得尽快回宫医治。"

"该死！"沈惜君狠狠一掌击在扶手上，她虽早已猜到梁昭仪心怀不轨，却没想到她竟然胆大妄为到这个地步。

慕千雪勉强按下了心中的恼怒，沉声道："林统领，你立刻派几个擅于隐匿刺探的人潜入畅春园，另外在园外布置人手，一旦探清里面的情况，就立刻攻入畅春园，救出陛下。”

林默摇头道：“只怕不行。”

他这回答令慕千雪二人一愣，尤其是沈惜君：“本宫知道梁昭仪招揽了不少能人，也在畅春园里布置了不少机关，但应该不至于难住你们神机营。”

她虽然对神机营所知不详，但这些年也间接见了听了不少，要是成立百年之久的神机营连一个谋乱的宫嫔都对付不了，那可真成笑话了。

林默沉声道：“确实难不住，但陛下不允许。”

沈惜君一怔，追问道：“怎么一回事？”

“陛下认为，梁昭仪此次谋乱，并非一人之举，应该还有其他人参与其中，陛下想彻底清除乱党，所以不许卑职擅动。”

沈惜君惊声道：“陛下这是要以身作饵？”

林默没有说话，显然是默认了沈惜君的话，沈惜君连连摇头：“不行，陛下乃是一国之君，怎么可以冒这样的险，万一有点儿差池……万万不行。”

“但陛下的命令，卑职不敢违拗。”林默无奈地说着，他又何尝放心得下，但君令如此，他亦无可奈何。

沈惜君紧张地绞着帕子：“妹妹，这……这可怎么办？”

“娘娘别急，容臣妾想想办法。”在安抚了沈惜君后，慕千雪起身在殿中来回走着，片刻，她道，“陛下还说了什么？”

医十递过玉玦：“陛下让卑职以玉玦为信，请太子与九王暗自调集兵马，但有一样，不得将此事告诉任何一名将领，只能直接调兵。”

“这是为何？”沈惜君听得一头雾水，这调兵从来都是君调帅，帅调将，将调兵，哪有直接越过帅将直接调兵的。再说了，一旦调兵，必然成千上万，一个个去调，那得多少精力与时间。

“臣妾知道。”慕千雪凝声道，“梁昭仪能够招揽那么多能人异士，又将畅春园拱卫得像铜墙铁壁一样，绝非她一人能够办到。”停顿片刻，她又道，“姐姐不妨想一想，梁家最大的倚仗是什么？”

“倚仗……”沈惜君思索片刻，试探道，“忠勇侯？”

慕千雪摇头道：“不，那只是虚名而已，直接的倚仗或者说资本，是梁忠多年行军打仗。”

阿紫听到她的话，疑惑道：“可那都是十年前的事情了，再多的威望，经过这十年，也差不多消耗殆尽了。”

慕千雪凉声道：“可他带过的人、领过的兵都还在，人脉……就是最大的资本。当初梁承栋为什么可以一手遮天，在陵阳为所欲为，就是因为金陵有人给他撑腰。”

阿紫恍然之余，又浮起新的疑问：“但那些人不都随着陵阳那件事被处置了吗，怎么还会有？”

“并不是每一个跟过梁忠的人都参与了陵阳那件事，再者……谁敢保证在陵阳一事上，没有漏网之鱼？”

沈惜君凝声道：“但陛下那样做实在太危险了，梁昭仪你也见到了，简直就是个疯子，要是陛下一直不写那两份废立太子的诏书，谁知道她还会做出什么来。”

慕千雪默然不语，她也感觉极为棘手，一方面不能违背君令，另一方面，又担心东方溯安危，矛盾至极。

沉寂半晌，她道：“太子和九王知道了吗？”

“卑职一回来，就立刻通知了太子和九王，他们已经连夜出城调兵。”医十话音刚落，林默便接上来道：“神机营也已经准备妥当，只等下令。”

慕千雪思忖片刻，凝眸道：“林统领，本宫不管你用什么办法，一定要安排人设法潜入畅春园，唯有知道里面的情况，我们才能做出最合适的部署，还有陛下……”想到东方溯此刻正在受毒药的煎熬，慕千雪心中一痛，暗自吸了一口气，神情凝重道，“一定不能有失！”

林默沉声道：“卑职明白，卑职这就去安排。”

在林默出去后不久，外面隐隐传来宫人焦急的呼声，不多时，一个小小的身影带着夜风奔了进来。

夏末秋初的天气，虽然白天依旧炙热如火，但夜里已是渐渐凉了下来，风吹在身上，凉如水。

“予瑾？”沈惜君惊讶地看着来人，“你不是睡了吗？”

予瑾眉间发梢都有着露水的痕迹，他“扑通”一声跪在二人身前，“求母后和姨娘再给母妃一次机会。”

沈惜君二人简直不敢相信自己的耳朵，为了不让予瑾难过，她们一直小心隐瞒着这件事，就连去畅春园，也只是说去探望梁昭仪，万万没想到予瑾会突然冒出这么一句话来。

慕千雪最先回过神来：“你都知道了？”

“是。”予瑾扁一扁嘴，泪花在眼眶里打转，眼见着就要掉下来，他用力揉一揉鼻子，努力把泪水逼了回去，“其实从畅春园回来的路上，儿臣并没有睡着，母后与姨娘的话，儿臣都听到了。”

他虽小，但跟着东方溯在江南游历一番后，心智比同龄人长了许多，沈惜君半夜三更带他去见梁昭仪，却又不让他跟梁昭仪接触，这些异常的举动已是引起了他的怀疑。所以在回来的路上，他假装入睡，实际一时竖着耳朵在听她们二人的对话，解开心中疑惑的同时，亦是犹如五雷轰顶，母妃竟然挟持父皇，想要逼宫谋反。

他身在皇家，“逼宫谋反”这四个字意味着什么，他再清楚不过。

在那一刻之前，他做梦也想不到自己生母竟然会这么做，而且听母后他们的语气，母亲似乎已经不是第一次犯错了。也是，若非犯了错，父皇又怎么会将她贬到畅春园去。

刚才在长信殿，宫人退出去后，他一个人悄悄爬起来，坐在外面的台阶上默默掉泪，他气愤梁昭仪糊涂，但终是他的生母，不可能置之不理，所以挣扎了半天，还是决定来替她求情。

慕千雪目光垂落在那个小小的身子上：“你希望我们放过梁昭仪？”

“儿臣知道，母妃犯下不可饶恕的大罪，但……但她始终是儿臣的生母，求母后和姨娘再给一次机会，求求你们。”

沈惜君起身走到他身前，抚过他微微颤抖的肩膀：“母后知道你孝顺，但现在，不是我们不肯放过梁昭仪，而是她不肯放过我们，不肯放过陛下。”

“不会的！”予瑾急急道，“我去劝母妃，她最疼我了，母后你相信我，我一定可以劝母妃回头的。”

看着予瑾期待的眼神，沈惜君心中一酸，但还是说出了实情：“没用的。”

予瑾用力拉住她的袖子，急切道：“不是，母后您听儿臣说……”

“你要说的，母后都知道。梁昭仪已经走到这一步，她不能也不敢回头，因为这里面牵扯的人与事太多，哪怕明知道前路一片黑暗，也只能继续走下去，再说……”沈惜君嗤笑道，“她那么偏激，又怎么会觉得前路是错的。”

她的话像一盆刚刚融化的冰水，狠狠浇在予瑾身上，将他浇了个透心凉，脑袋一片空白，只有嗡嗡的声音充斥其中。

他这个样子，令沈惜君怜惜不已，轻抚着他苍白的脸庞：“以后你就跟在母后身边，母后会好好照顾你，至于别的事情……你就不要再想了。”

这句话像一把利刃，狠狠刺进予瑾的心里，然后用力转动着，把五脏六腑绞得粉碎，痛得他一下子佝偻起来。

沈惜君再次叹了口气，直起身对阿紫道：“送三殿下回去吧，好生照顾。”

阿紫应了一声，蹲下身扶着予瑾柔声道：“三殿下，我们走吧。”

予瑾愣愣跪在那里，也不知有没有听到阿紫的话，在阿紫准备拉他起来的时候，突然用力甩开阿紫的手，俯身用力磕头：“母后和姨娘不答应儿臣，儿臣就在这里长跪不起！”

“呯！呯！”那是额头重重磕在金砖上的声音，不一会儿工夫，额头就红肿一片，但予瑾还是咬牙继续磕着。

“你这孩子……唉。”沈惜君又心疼又难过，不知该怎么说，半晌，她道，“予瑾，本宫问你一个问题，你要如实回答。”

予瑾连连点头：“母后请问。”

“如果每一个犯下大错要处以极刑的犯人家属都过来求情，要官府放他们的亲人一条生路，官府是放还是不放？朝廷律法是要还是不要？”

予瑾紧紧咬着唇，他知道沈惜君是借这件事来反问自己，所以他既不能答放，也不能答不放。

许久，终于让他想出一句话：“圣人说过，知错能改，善莫大焉。既是知错，为何不能再给一次机会？”

“知错？”沈惜君冷笑连连，“梁昭仪说过多少次知错，结果如何，你也看到了，继续放纵下去，不知还会生出什么事来，更不要说到现在，你父皇还生死未卜。百善孝为先，但绝不可愚孝，否则害人害己，难道你想你父皇辛辛苦苦开拓的江山都毁于一旦吗？”

“可是……可是……”这一次，予瑾终是忍不住泪水，大滴大滴地落了下来，落在光可鉴人的金砖上，摔成八瓣。

沈惜君再次叹息一声，拉起予瑾道：“没人逼梁昭仪走这条路，是她自己非要走这条路，既然走了，就要承担这个后果。”停顿片刻，她说出予瑾最不愿意听到的话，“这一次，没人能够救得了梁昭仪，包括你！”

“母后……”予瑾含泪看着她，像一头被抛弃的小鹿，好不可怜。

“没用的。本宫也好，贵妃也罢，都不会答应。”沈惜君知道他想说什么，尽管怜惜，但还是残忍地拒绝了他。

听到这话，予瑾忍不住心中的悲痛，号啕大哭，予恒不知什么时候站在殿外，这会儿看予瑾哭得伤心，走进来揽住他道：“不难过，就算梁昭仪不在了，你也还有父皇母后，还有我和太子，并不是孤单一人。”

予瑾抬起满是泪痕的脸庞，泣不成声道：“可是我不想母妃死，大哥，我不想母妃死啊！”

予恒鼻子一酸，伸手抹去他脸上的泪：“大哥知道，但每一个人都要为她自己做过的事情负责，梁承栋是这样，扬州那些官员也是这样。你要记住，我们是皇家人，一举一动皆受世人瞩目，所以我们要比普通百姓更遵纪守法，更对错分明。你若是再听不进理，就是在丢皇家的脸，也枉费父皇带你去江南的那番游历。”

“可我……呜，心里真的很难受，大哥……呜……”予瑾一边哭一边说着，予恒说的道理他都懂，可懂和做是两回事。大人尚且不能做到，何况是小孩子。

“大哥明白，哭吧，尽情地哭，哭过就好了。”拍着予瑾的背脊，予恒的思绪飘到了远方。

他也是一个没有生母的孩子，只是和予瑾不同，他生母早早就没了，在还没懂事的时候就一直被养在长信殿，所以和赵平清感情不深，事后知道赵平清死了，也仅仅只是这样，并没有太多伤心。

如果……赵平清现在还活着，她犯错的时候，自己会不会像予瑾一样，拼命为她求情呢?

他不知道，也不想知道，因为这一切不会发生。

予瑾哭了一阵后，渐渐止住，依在予恒怀里低低抽泣，予恒道：“母后，儿臣带予瑾回去，您和姨娘别担心。”

予恒的懂事令沈惜君甚感安慰，颔首道：“好，去吧。”

在走到门口的时候，予恒突然停下脚步，回头道：“母后，您和姨娘一定要救出父皇。”

沈惜君沉眸道：“母后知道，有母后和你姨娘在，谁也颠覆不了你父皇的天下！”

再说梁昭仪那边，派了绣春去听音阁，那边还是老样子，东方溯始终不肯签诏书，不签诏书，就无法改立太子。

得了绣春的回话，梁昭仪又恨又恼，眼见着天就要亮了，这样下去，非得坏了大计不可。

她狠狠一咬银牙，冷声道："把那个人带来。"

绣春眼皮微微一跳，她知道梁昭仪说的那个人是谁，点头离去。不多时，带了一个细眉长眼的干瘦老者进来，干瘦老者拱一拱手，小心翼翼道："贵人找小人来，不知有什么吩咐？"

他本是金陵城中一个替人代写书信、临摹古人字画卖钱的先生。半个月前，突然有人找到自己，然后就被"请"到了这里，除了刚来那个时候见过梁昭仪一面之外，就再没有见过，一直住在拨给他的客房里，一应吃穿用度都会有人送到房中，但不许他外出。

梁昭仪面色阴晴不定地盯着他，令老者一阵忐忑，在算盘是不是要再问一遍的时候，梁昭仪终于有了动静，她从床头暗匣之中取出一份卷轴掷在老者身前，漠然道："打开看看。"

看到被掷在脚前的卷轴，老者心里"咯噔"一下，如果他没有猜错，这份应该是圣旨，因为只有圣旨才会同时拥有明黄、祥云、玉轴这几样东西。

他小心翼翼地捡起展开，果然是一份追封旨意，但不是皇帝亲自执笔，而是由大臣代写，皇帝只在后面加了几个字——此诏为朕之意。

老者瞅着梁昭仪，小心翼翼道："贵人要小人做什么？"

"本宫要你临摹最底下的那六个字。"此言一出，老者豁然色变，连连摇头："小人身份卑微，万万不敢临摹圣上之字。"

梁昭仪冰冷刺人的目光自他脸上刮过，老者瞬间起了一身鸡皮疙瘩："什么时候轮到你来做主了？"

"小人不敢，只是……"老者硬着头皮道，"这件事，贵人还是另请高明吧。"

梁昭仪唇角微勾，淡淡道："本宫给你两个选择，要么临摹，要么拖去喂野狗，你自己看着办。"说着，她将一包拳头大的锦袋扔到老者手中，"只要你临摹得好，里面的东西就是你的了。"

她一早就做好了两手准备，东方溯肯写诏书自再好不过，万一不肯写，那就临摹假冒，一个连古人字画都能临摹得以假乱真的人，临摹几个字又算得了什么。

很多时候，不是临摹不了，而是不敢！

至于那份诏书，是当年东方溯追封梁忠为忠勇侯的诏书，她特意让绣春去梁家取来。

如果梁忠地下有知，不知会是什么心情。

第十六章　矫诏逼宫

老者疑惑地打开手里轻飘飘的锦袋，当他看清里面的东西时，眼睛都直了，银票！厚厚的银票！

粗略看看，至少有十几张，每一张都是百两银以上的金额，也就是说，这么一个小锦袋里，装了上千两的银票。

绣春在一旁道："这么多银票，足够你一家人衣食无忧地过完下半辈子了，你也不用日日风吹日晒地在街上卖字写信了，多好。"顿一顿，她又道，"好好的银子不拿，反而去选一条死路，那未免也太蠢了，你说是不是？"

在绣春的威逼利诱下，老者终于答应了，仔细揣摩着那六个字的横钩竖直，确定了然于胸后，方才在纸上落笔。

一开始，他写得生疏僵硬，与东方溯笔迹有着很大的区别，在写了几遍后，就变得娴熟许多，笔迹也越来越像。

在相似达到一定程度后，似乎到了一个瓶颈，任老者如何揣摩笔迹，始终无法做到一模一样，只有七八分相似。

梁昭仪对这个结果并不满意："本宫看过你临摹的字画，不说百分之一百，至少有八九分相似，怎么到本宫这里就成七八分了，你在戏弄本宫？"

老者连连摇头，慌忙道："小人就算有天大的胆子也不敢戏弄贵人，实在是尽力了。"见梁昭仪面色不善，他赶紧解释道，"那些字画，之所以能临摹得以假乱真，是因为小人练习了很久，正常来说，一幅字要练上半个月，画就更久了，现在就这么点儿时间，能够模仿到这样，已经很好了。"

梁昭仪盯着那几个七八成相似的字拧眉不语，她本是不想老者过早知道这个秘密，现在看来，倒是她失算了，应该早一些让老者练习起来。

可惜事已至此，再懊悔也没用了。

许久，梁昭仪道："绣春，你说瞒得过去吗？"

事关重大，绣春仔细斟酌了言语，一个字一个字地道："正如娘娘所说，这临摹有七八分相似，寻常人根本分辨不出来，唯一担心的就是经常伴驾左右的那几个，譬如贵妃还有九王他们，但这些人本来就是敌人，敌对之人的话，本来就不可信，咱们大可反咬一口。"

"很多时候，真假并不重要，重要的是谁势大，只要娘娘掌控住昭明宫，别说七八分相似，就算一分不像又如何，娘娘说它是真的，它就是真的，谁敢说半个不字。"

梁昭仪的心随着绣春的话渐渐安定下来，是啊，只要自己一口咬死，那些不服自己的人就算质疑，她也大可以推说是这些人诬陷。

成王败寇，从来如此！

"笃笃笃！"殿外传来叩门声，在这黎明时分听来，格外明显。

绣春隔着门道："什么事？"

门外传来小太监尖细的声音："回姑姑的话，是容贵人让小人过来的，说是有要事，请娘娘过去一趟。"

绣春蹙一蹙眉："她有说是什么要事吗？"

"没说，就只让小的来传个话。"

"知道了。"在打发他下去后，绣春回到梁昭仪身边，思忖道，"容贵人这个时候派人过来，难不成……诏书成了？"

听到这话，梁昭仪精神顿时为之一振："成不成，去看看就知道了。"

绣春点点头，扶着梁昭仪往听音阁走去，其实她心里还有一个疑问，王五二人就在里面看着，为什么不是他们两个来传话？

到听音阁的时候，天边刚刚洒开第一道曙光，伴着晨风洒落在身上，不冷不热，甚是舒服。

推门入内，容贵人早已等在里面，看到梁昭仪进来，急忙迎上来行礼："娘娘万福。"

看她满面笑意，梁昭仪心中一跳，不动声色道："可是好消息？"

"正是。"容贵人笑道，"要是没好消息，臣妾怎么敢请娘娘过来。"

绣春四下看了一眼，并不见王五二人，心里顿时咯噔一下："王五和马六呢？"

容贵人摇头道："我也不知道，刚才他们说有点儿事情出去一下，然后就一直没回来。"

"不可能，没有主子的命令，他们绝不敢擅自离开。"在她说话的时候，绣春一直牢牢盯着，试图从那张脸中找出一些什么，可惜并没有。

"我也觉得奇怪，可能是有什么突发的要紧事吧。"说着，容贵人取过两道诏书，献宝一样地捧给梁昭仪，"娘娘请看！"

此诏为朕之意！

六个龙飞凤舞的字映入梁昭仪眼睑，令她瞬间激动起来，只是一眼，她就确定，那是东方溯的笔迹，亲手所写，绝非他人临摹假冒。

在抚过那六个字时，梁昭仪的手指都在颤抖，她等了一夜，几乎已经放弃了，万万没想到，竟然又盼到了。

待心情平复了一些后，她道："你怎么做到的？"

容贵人再次敛袖行礼，眉飞色舞道："全赖娘娘睿智，您给陛下服的药起效了，现在咱们说什么他就做什么，听话得紧。就算……"她诡异地笑道，"您要他自己打自己，也是一句话的事情。"

梁昭仪意外道："果真？"

容贵人自信满满道："当然，娘娘不信可以试试。"

梁昭仪来到一脸呆滞的东方溯身前，半信半疑道："掌嘴！"

随着她的话，东方溯果然抬手掴在自己脸上，左右开弓，一下接着一下，每一下都用尽全力，丝毫没有留手，没几下脸上就出现了红色的指印。

看到东方溯像个玩偶一样听话，梁昭仪又惊又喜，待回过神来后，急忙道："停手。"

"绣春，让人拿些冰来给陛下敷一敷，这脸可不能肿起来，否则怎么上朝传位啊。"说到这里，梁昭仪忍不住笑了起来，心情是从未有过的欢愉。

等了一会儿，始终不见绣春有所动作，梁昭仪疑惑道："怎么还不去拿？"

绣春扫了容贵人一眼，沉声道："王五和马六最是听娘娘的话，可他们却擅离职守，而且一直未归。"

被她这么一说，梁昭仪心中的欢喜渐渐冷了下来。是啊，这两个太监是自己的亲信，要说有急事离开一下，不是不可能，但一直没回来，就有古怪了。梁昭仪的目光缓缓掠过四周，最后停在一个半人高的柜子上，如果说这屋子里能藏人的话，一定就是那里了。

她朝绣春看了一眼，绣春会意，快步走过去拉开柜子，里面空空如也，并没有见到她们所想的那两个人。

容贵人满面诧异道：“姑姑该不会以为他们二人藏在这里吧？”

绣春没有理会她，对梁昭仪道：“奴婢这就派人去找。”

梁昭仪瞅着一眼窗外的天色，一时决定不下，就快到早朝的时候了，要是真的找不到王五他们二人，又或者找到两具尸体该怎么办，放弃计划吗？

这个念头刚一出现，便被梁昭仪狠狠否定，机会就此一次，若她放弃，必然一败涂地。可要是找不到这两人，始终心里不安。

正在梁昭仪犹豫不决的时候，两道人影慌慌张张地奔了进来，看到梁昭仪在，脸色皆为之一白，赶紧跪下行礼。

这二人正是王五和马六，王五还好，马六就不行了，竟然只穿了中衣，而且前襟的带子还系错了，看起来极别扭。

梁昭仪不悦道：“怎么一回事？”

王五悄悄看了一眼容贵人，低头道：“回主子的话，马六拉了一晚上的肚子，虚弱得连路都走不稳，刚才他又腹痛，奴才怕他出事，就陪着他一道过去了，并非有意疏忽看守，请主子恕罪。”

马六急忙道：“都怪奴才不小心吃坏了肚子，才闹成这样子，求主子原谅！”

梁昭仪冷声道：“你这衣裳又是怎么一回事？”

马六脸庞一红，嗫嗫道：“过去的路上，小的忍不住，拉……”见梁昭仪露出鄙夷之色，他赶紧把嘴边的话咽了回去，改道，“不小心弄污了衣裳，本来是去换衣裳的，听说主子来了，匆忙之间忘了穿外衣，主子恕罪。”

梁昭仪冷哼道：“两个糊涂东西，还好没出事，否则砍了你们两个的脑袋也赔不起。”

二人唯唯诺诺地应着，唯恐梁昭仪怪罪，所幸梁昭仪得了诏书，心情甚好，斥责几句就罢了。

“主子，几位将军在园外等候。”小安子走进来，在梁昭仪耳边说着。

“好。”命绣春收起诏书后，梁昭仪走到东方溯身边，微笑道：“陛下，天亮了，咱们回宫吧。”

东方溯木然起身，像牵线木偶一样被她拉着走。

眼见梁昭仪要离开，容贵人急忙拦住她："娘娘，您说过，只要臣妾能让陛下书写诏书，就原谅臣妾的，现在……"

梁昭仪眼底掠过一丝厌恶，面上则是笑意浅浅，温和道："本宫记得，你好生在听音阁待着，予瑾继位之日，就是你加封贵太妃之时。"

容贵人欣喜万分，激动道："多谢娘娘，此恩此德臣妾没齿难忘。"

"好了，你在这里好好等着本宫归来。"说完这句话，梁昭仪拂袖离去，在随她踏出门槛时，绣春回头看了容贵人和王五他们一眼，不知为什么，她总觉得有些不对劲儿，但具体哪里又说不出来。

"绣春。"梁昭仪的声音将绣春的思绪拉了回来，恭敬道："主子请吩咐。"

"吩咐下去，不要让容贵人离开听音阁。"

绣春神色一凛："主子想……"她比了一个抹脖子的手势。

梁昭仪望着天边的朝霞，漠然道："背叛过本宫的人，不应该继续活着。"

绣春点点头，试探道："那要不要现在就吩咐下去？"

梁昭仪摇头道："正事要紧，等回来之后再处置，左右她也逃不走。"

绣春不再言语，一路随梁昭仪来到畅春园外，正如小安子所说，那里已经等了不少人，皆是盔甲鲜明的武将。

看到东方溯出来，那些人皆露出几分骇意，有几人甚至下意识地往后退了一步，不敢与之对视。

其中一名武将大着胆子道："娘娘，陛下他……"

梁昭仪知道他的意思，微笑道："你们不必担心，陛下已经被药物控制，成了本宫手里的一个傀儡。"

听到这话，众将顿时松了一口气，纷纷点头。

梁昭仪环顾一眼，对刚才说话的那个人道："王郎将，人都齐了吗？"

王郎将拱手道："还差郑将军、梁校尉，还有李郎将三位没到。"话音刚落，一群人策马而来。

"吁！"在离着还有数丈的地方，当先那个中年武将勒住缰绳，和其他人一起下马走过来，在盯着神情木然的东方溯片刻后，他朝梁昭仪单膝跪地，铿锵有力道："郑汉来迟，请娘娘恕罪！"

"梁虎来迟，请娘娘恕罪！"

“李广来迟，请娘娘恕罪！”

看到他们三个过来，梁昭仪心中一块大石落了地，亲自扶起郑汉：“郑将军还是来了。”

郑汉沉声道：“忠勇侯对末将有提携之恩，昭仪是他唯一的后人，昭仪传令，末将又怎么能不来。”

“郑将军有情有义，实乃众将典范，事成之后，将军就是辅政功臣。”说着，她又朝其他将领道，“你们也是，本宫和三殿下，都不会亏待了你们！”

郑汉拱手，大声道：“虎威将军郑汉，誓死追随梁昭仪和三殿下！”

在他之后，其他将领纷纷跪下：“西中郎将李广，愿意誓死追随昭仪娘娘和三殿下！”

“越骑校尉梁虎，愿意誓死追随昭仪娘娘和三殿下！”

“四品中护军梁烈，愿意誓死追随昭仪娘娘和三殿下！”

……

望着一大片跪在自己身前的将领，梁昭仪满意地说道：“众位将军匡扶社稷之心，本宫甚是感激。其实本宫最不愿意的就是走这条路，无奈陛下为妖姬迷惑，欲将大周江山拱手相送，本宫为社稷着想，方才出此下策，希望可以拨乱反正，令大周重归正道。此去昭明宫，必然凶险万分，希望诸位将军能够助我母子。”

对于她这番话，众将自然又是一番效忠的言语。

梁承栋虽然死了，但梁家并没有就此消亡，梁忠在北周二十余年，部下亲信不计其数，有一些亲信，甚至自愿改姓梁，成为梁家一份子。

梁忠死后，他们依旧在军中任职，如果一直这么下去，他们或是战死沙场，或是因为年迈解甲归田，从此沉寂。

可偏偏出了梁承栋那件事，梁忠一手带出来的将士，都认为东方溯罚得太重，无论如何，那都是梁家唯一的男丁，为此还曾联名求情，可惜并不能保下梁承栋的性命。

梁承栋死后，梁昭仪的人找到了他们密谋，最终有了这场畅春园逼宫。

东方溯不动声色地将这些人一一记在心中，郑汉等人做梦也想不到，东方溯根本没有痴傻，相反还清醒得很。

“末将的两万士兵已经乔装入城，布置在昭明宫四周，只待一声令下，便可以入内接应，至于其他几位，也都凑了一万兵马，有这三万人马在，相信足以控制昭明宫，末将只担心……神机营。”

梁昭仪微微一笑："郑将军放心，有陛下这枚绝好的护身符在，就算神机营有通天的本领，也耍不出花样来。"

郑汉想想也是："那我们现在就动身吧。"

"好。"在准备上马车的时候，梁昭仪突然眉心一蹙，回头看着畅春园门口。

"主子怎么了？"

梁昭仪不确定地问道："刚才……好像感觉有人在盯着咱们？"

绣春回去看了一眼，除了负责看守园门的宫人外并无其他人，梁昭仪得到她的禀报，展一展眉道："可能是本宫多心了，走吧。"

在他们走远后，踮脚夹在门与墙之间的王五长舒了一口气，趁着那些宫人还没起身，蹑手蹑脚地离开。

王五匆匆回到听音阁，容贵人和马六都在，他朝容贵人打了个千儿，殷勤地回道："贵人，全部走了。"

如果梁昭仪在这里，一定会十分惊讶，因为王五对容贵人的态度比对她还要恭敬，甚至可以说是……畏惧。

"可有人看到你？"

王五连连摇头："没有，奴才谨记贵人的吩咐，小心谨慎，谁也没发现。"说着，他试探道，"贵人吩咐的事情，奴才们都已经照做了，能否……请贵人高抬贵手，解了奴才们体内的毒？"

他们先前被医十弄晕后塞入柜子里，不知过了多久，感觉人中穴一阵剧痛，继而迷迷糊糊醒过来，这个时候，嘴里被人灌入了什么东西，弥漫着苦涩的药味，想吐又吐不出来。

清醒后，他们逼问容贵人怎么一回事，哪知这个时候，本该心智失常的东方溯突然开口，将他们吓了一大跳，也从而得知自己刚才喝下去的是断肠草药汁，三日之内不得解药，就会肠穿肚烂而死。

为了自己的小命着想，他们只得听从东方溯的安排，帮着一起欺骗梁昭仪，打消她的怀疑。

容贵人眼波流转，似笑非笑道："怎么，你们很不愿意看到我吗？"

马六赔笑道："贵人说笑了，贵人国色天香，奴才们巴不得天天能够看到，只是这体内无端端多了要命的毒药，实在是不自在，还请贵人慈悲，再说……"他瞅了一眼看不出喜怒的容贵人，小声道，"陛下不是也说，只要奴才们听话照办，别坏了大事，就会赐下解药。”

“我记得。”容贵人捋一捋耳边的碎发，微笑道，“不过大事还没有办完，万一我给了解药之后，你们去给梁昭仪通风报信，那可怎么办？”

马六急急道：“不会，奴才发誓，绝不会……”

“好了。”容贵人打断他的话，凉声道，“誓言这种东西，听听就好，解药一定会给你们，但需得在陛下成事之后，三天时间……足够了。”

“可是……”马六不甘心，还想再说，被王五阻止，“贵人说得是，我们就再等一等。”

“那好吧。”马六无奈地应着，谁让解药在人家手上呢，不答应也得答应。

在二人垂头丧气退到墙角时，容贵人忽道：“你们今后有什么打算？”

王五二人相视一眼，疑惑道：“打算？”

“是啊，打算。”容贵人唇角微扬，“这次之后，陛下是断断不会再容忍梁昭仪的了，她的结局只有一个，我不说你们也知道。都说树倒猢狲散，你们是不可能继续留在宫里了，只能出宫谋生，只是……你们能做什么呢？”

在二人渐渐难看的脸色中，容贵人继续道：“那些个有头有脸的太监出宫还好一些，毕竟攒了不少积蓄，不说大富大贵，好歹能够衣食无忧。普通的太监就不行了，文不成武不就，也不能娶妻生子，回家又会被人嘲笑，许多人用完微薄的积蓄后，饿死在街头，身边连个帮忙埋尸骨的人都没有，真是可怜。”

王五面色苍白道：“贵人为什么要和奴才们说这些？”

“我是在替你们担心，宫里的日子虽不算多舒坦，却是最适合你们的，要换了是我，一定会想方设法留在宫中。”

王五咬一咬牙：“可我们是梁昭仪的人，贵人刚才也说，陛下是容不下奴才们的。”

容贵人微微一笑：“说是一回事，结果又是另一回事，如果你们连努力一把的念头都没有，那就当我没说。”

王五咬一咬牙，跪下道：“如果贵人能够帮奴才们留在宫里，奴才们一定从此对贵人感激涕零，唯命是从。”

“好。”容贵人满意地点点头，她没说更多的话，也没有许诺什么，作为一个在宫里待了十年的人，她比谁都要精明，同时也深深认识到自己人手的不足。

梁忠死了，梁承栋被斩首，可梁昭仪依旧能够聚集起那么多旧部将士，逼宫作乱，和她相比，自己简直一无所有。以前还能靠着太后，可后来发现，太后也只是利用自己，甚至骗自己喝那断子绝孙的汤药。

她算是看明白了，想要在宫里生存下去，唯一的办法，就是靠自己，多多培植自己的人。

王五他们虽然是梁昭仪的奴才，但并非死忠之士，否则刚才也不会骗梁昭仪了，只要自己许他们恩惠，必能得到他们的效忠，从而成为自己在宫中的耳目。

再说梁昭仪那边，等候在承德殿内的百官看到梁昭仪扶东方溯上朝，皆是诧异万分，这位昭仪娘娘不是被贬到畅春园去了吗，怎么又回来了，还一起上朝？

除君主年幼、太后垂帘听政之外，大周可还从来没有过嫔妃上朝的先例呢。哪怕当今陛下再怎么宠爱慕贵妃，也未携她共同上朝过。至于御书房中代批奏折的事，因为没有摆到明面上，大家也就睁一只眼闭一只眼，当不知道了。

肃亲王最先忍不住，上前道："此乃朝堂，请昭仪娘娘回避。"

"陛下慢些。"梁昭仪扶东方溯在龙椅中坐下，转身看向神情严谨的肃王，微笑道，"本宫明白，本宫今日陪陛下上朝，实在是情非得已。"

肃王眉头一皱："娘娘此话何意？"

梁昭仪没理会他，环顾一圈，挑眉道："九王怎么不在？还有太子呢？"

张启凌冷冷盯着她："九王身子不适，告病在家，至于太子，应该快到了。"

他的目光令梁昭仪感觉十分不痛快，像被他给看穿了一样，轻哼一声，道："那就再等一等吧。"

"不如趁这个时候，娘娘先说说有什么情非得已吧，如若不然，就只有请娘娘回避了。"

面对张启凌的紧逼，梁昭仪按下心中不悦，微笑道："不急，等太子到了再说。"

张启凌沉眸不语，别人不知道太子去了哪里，他却是清楚的，也不知赶不赶得及回来。

一阵子没见，这个梁昭仪倒是谨慎了许多。

正思忖间，一串脚步声传入耳中，举目望去，一道并不算颀长的身影逆光走来，朝阳洒落在他身后，烘托得犹如神子降临。

看到来人，张启凌心中一定，与百官一道拱手行礼："参见太子殿下，殿下千岁千岁千千岁。"

"诸位大人免礼。"来者正是予怀，他虽然只有十岁，但这几年一直听政监国，身上自然而然流露着一种上位者的威严，没人敢再把当他小孩子看待。

“父皇。”予怀朝面无表情的东方溯行了一礼，转首看向站在旁边的梁昭仪，微一点头，“见过梁昭仪。”

“太子有礼了。”梁昭仪虚虚一笑，扬声道，“既然太子来了，那就开始说正事吧，省得有些人口口声声让本宫回避。”说着，她朝绣春看了一眼，绣春会意地取过东方溯写的罪己诏，当场宣念。

百官听得大为皱眉，东方溯为帝期间，虽然说也有一些问题，但总体来说还是好的。尤其是这几年，休养生息，清肃整治，在江南连着破了两件贪污大案，怎么无端端写这样一份罪己诏。

罪己诏这个东西，有好也有不好，一般是皇帝用来巩固政权，但大多时候，都是避重就轻，以拉拢民心为主。可东方溯这份罪己诏，简直是否定了自己过往所有功绩，将自己这十多年来的政绩贬得一文不值，其中还包括贪恋女色、宠幸奸妃，这等于是将慕千雪推上刑台，怎么想都不是东方溯会做的事情。

待绣春宣读完罪己诏后，江越起身道：“娘娘，能否让臣等看一看诏书？”

梁昭仪早料到他们会有这个要求，颔首道：“当然可以。”

江越接过诏书，与肃王他们共同观看，几人都是跟随东方溯多年的老臣子，对东方溯的笔迹再熟悉不过，一眼便认出这份确是东方溯亲笔所出，只是……这份罪己诏……实在不合情理，唯一释疑的办法，就只有问当事人了。

江越将诏书还给绣春，朝进来后一直没说过话的东方溯道：“陛下，这份罪己诏果真是您的意愿吗，还是……”他目光一抬，掠过旁边的梁昭仪，“有人存心作乱？”

梁昭仪眸光一厉，冷声道：“江大人这是在指本宫吗？”

“昭仪娘娘多心了，臣只是觉得有些奇怪，所以想问问清楚。”

梁昭仪冷哼道：“陛下亲笔书写的诏书，岂会有假，倒是你，江大人，竟然当众质疑陛下，该当何罪？”

予怀拱手道：“昭仪息怒，江大人也是为父皇着想，这份罪己诏一旦颁发下去，必定对父皇影响甚大。”

梁昭仪面色微缓：“还是太子懂事，不瞒诸位，本宫也曾劝过陛下，但陛下心意已决，本宫亦无可奈何。”顿一顿，她又道，“昨夜陛下与本宫畅谈一宿，除了这份罪己诏之外，陛下还写了两份诏书，是关于储位的。”

百官豁然一惊，储位……一直都是一个敏感的词，因为那关系着江山承继、皇室兴衰。

梁昭仪虽然被称一声娘娘，但说到底，她只是一个从九品昭仪，连正妃都算不上，竟然敢当朝谈及储位，实在是胆大至极。

肃王沉声道："陛下早在几年前就册立二殿下为太子，居于东宫，储位一事早就已经定了。"

梁昭仪微微一笑，侧目看了一眼木然的东方溯："二殿下既非长子，亦非嫡子，作为东宫太子，诸位不觉得有些欠缺吗？"

有朝臣开口道："我大周一向立贤不立长，若非如此，怎保我大周基业千秋万代、永世昌盛？"

"对！"梁昭仪对他这番言辞竟是出乎意料的赞同，一时间百官诧异，但接下来的话令百官很快明白了她的用意。

"就是因为要保我大周基业千秋万代，所以才更不能交给——他！"梁昭仪云袖一扬，指向予怀。

张启凌眼皮一抬，冷冷道："理由呢？"

"他母亲是什么人，张相最清楚不过，慕贵妃一心想复辟南诏，弥补她当年犯下的过错。二殿下身上流着一半南诏的血，慕贵妃处心积虑哄陛下立他为太子，为的是什么，还不是想等他继位之后，将大周江山改成她慕家天下！"

"放肆！"予怀冷眼怒斥，"母妃自来北周之后，一直殚精竭虑辅佐父皇，从未有过半点儿谋夺江山之意，你休要诬蔑母后！"

梁昭仪嗤笑一声："你们是母子，当然处处帮着她说话，好在陛下已经认清了你们母子的真面目，不会再被你们蒙蔽圣听。"

予怀气得脸庞发白，咬着牙关一个字也不说。

百官悄声议论，猜测梁昭仪刚才的话有几分真实，要是换了刚才，他们一个字都不会相信，可现在，梁昭仪拿出了罪己诏，这可是千真万确的亲笔书信，半点儿不假。

难不成……陛下真有意改立太子？

所有人心中都在嘀咕这件事，如果是真的，那朝堂一定会有一场大地震。因为朝臣里面，有不少人是站在太子和贵妃那一边的，譬如张相，譬如江越，又譬如九王、肃王他们，一个个可都是跺跺脚就能令金陵震上几震的主儿。

"陛下。"江越率先开口，"梁昭仪所言，是真的吗？"

东方溯愣愣看着他，没有半点儿反应，见东方溯迟迟不答，梁昭仪怕被人瞧出问题来，俯身在他耳边轻声道："陛下，江大人在问您呢，您回答是就行了。"

在畅春园里她说什么，东方溯就应什么，可这一次，任梁昭仪怎么说，东方溯都没有丝毫反应，像是听不到她的话。

"陛下？陛下？"梁昭仪心急如焚，该死的，什么时候掉链子不好，偏偏要在这最关键的时候，一旦被那些大臣发现东方溯的情况，一定会拿这个大做文章，质疑诏书的真实性。

绣春眸光一闪，出言解围："陛下一定是心中难过，所以不愿意多说，主子您就别再问了，还是宣读另外两份诏书吧。"

梁昭仪当然懂得她的意思，顺势道："好吧，你来宣读。"

绣春点点头，取过另外两份诏书，肃然道："陛下有旨，请诸位大人跪接。"

江越并不打算让她这样蒙混过关，刚要开口，却被张启凌暗中阻止："江大人放心，梁昭仪翻不了天。"

见他似乎知道些什么，江越点点头，与其他大臣一道跪下聆听诏书，第二第三道诏书的意思简单明确，就是废予怀太子之位，改立予瑾为东宫储君。

肃王第一个反对："不对，储君乃国之根本，岂能如此儿戏！"

梁昭仪居高临下地看着他："这件事乃陛下三思之后的结果，何来儿戏二字，倒是肃王，不遵陛下旨意，该当何罪？"

肃王狠狠瞪了她一眼，朝东方溯道："陛下，梁昭仪分明是想祸乱朝堂，逼宫篡位，您可不能由着她胡来，坏了社稷江山！"

"大胆！"绣春冷眉喝道，"你身为亲王，却不顾君臣之别，中伤昭仪娘娘，该当何罪？"

肃王哪里把她放在眼里，呵斥道："狗仗人势的东西，这里哪有你说话的份儿，滚下去。"

绣春被他说得一口气堵在喉咙里，上不得下不去，脸上一阵青一阵白，咬牙道："请肃王自重。"

肃王冷笑连连："好啊，一个上不得台面的宫女居然义正词严地叫本王自重，简直是反了天了。"说罢，他朝东方溯道，"陛下，您怎么能由着梁昭仪将朝堂弄得如此乌烟瘴气、一塌糊涂，您倒是说句话啊。"

梁昭仪冷哼道："陛下要说的话，都已经在那三份诏书之中，再无旁话。"

"不可能！"肃王激动道，"太子仁厚，德才兼备，陛下绝不会废他东宫储君之位！”说着，他似乎想到了什么，指了梁昭仪道：“是你，一定是你用了什么见不得光手段哄骗陛下写这几份诏书！”

“荒谬！”梁昭仪目光冷厉道，“你虽为亲王，但本宫是陛下亲封的九嫔之首，你怎敢如此放肆！再者，陛下又不是三岁小孩，本宫要怎么哄骗？”

肃王冷哼一声，拂袖道：“总之这三份诏书，本王不认！”

此言一出，好几位朝臣纷纷附和，言称不认诏书。

梁昭仪唇角弯起冰冷的弧度，目光环顾一圈，落在张启凌和江越的身上：“你们呢，也不认吗？”

江越不像肃王那么激动，淡然道：“臣等想听陛下亲口说，如果陛下真觉得太子失德，那么臣等也无话可说。”

梁昭仪料到他会这么说，一早想好了说辞：“身为臣子，当为君王分忧解乏，如今陛下龙体不适，无法言语，你却还咄咄相逼，实在有失臣子之道。”

“不劳昭仪教训。”江越的话不软不硬，倒是令梁昭仪不知怎么接话，她转而看向其他沉默不语的官员：“你们呢，一个个是不是也不想遵从陛下的诏书？”

寂静半晌，有官员站出来道：“臣等私下以为，东宫废立，关乎国本，轻率不得，不如等皇后、贵妃还有九王他们都来了以后再做决定。”

梁昭仪眸中掠过一丝森冷的杀意：“本宫觉得不必如此麻烦，依诏书行事即可。”

一众官员窃窃私语，片刻，刚才那名官员再道：“这样的话，恕臣等无法遵从。”

梁昭仪也不生气，漠然道：“这么说来，你们是打定主意要抗旨了？”

那些官员没有说话，但意思已是摆在了那里，梁昭仪颔首，缓缓道：“既是这样，那本宫也没办法了。”

在众官员以为这件事会暂缓的时候，梁昭仪突然扬声道：“来人！”

随着梁昭仪的话，一群盔甲鲜明的武将大步走了进来，当先之人，正是郑汉，他走到殿中央，朝梁昭仪拱手道：“娘娘有何吩咐？”

梁昭仪掠过一众神情惊异的朝臣，冷声道：“这些官员勾结慕氏，抗旨不遵，立即将他们拿下！”

“遵命！”郑汉利落地答应一声，抽出腰间佩刀，朝随他进来的那些武将道：“我等遵从昭仪娘娘之命，勤王护驾！”

“勤王护驾！”

“勤王护驾！”

那些武将皆抽出佩刀，寒光凛凛，极是瘆人，有胆小的官员已是往后退了数步。

这一连串的变故令肃王愤怒不已，指了梁昭仪厉喝道："你这是想逼宫吗？"

梁昭仪并不动气，淡然道："肃王此言差矣，本宫只是助陛下拨乱反正，保大周江山不被他人夺取。"

"满口歪理，依本王看，最想夺取大周江山的那个人就是你！"肃王重重哼了一声，"有本事，你就杀了我们所有人，要想我等拥立三殿下为太子——不可能！"

梁昭仪微微一笑，环视神情各异的一众官员："你们呢，也跟肃王一样准备抗旨吗？"

百官犹疑不定，到了这个时候，他们怎么会看不出梁昭仪是蓄意逼宫作乱、谋夺帝位，可现在对方手里有兵，他们要是反对，必然走不出承德殿的门槛了。

他们该怎么办?

第十七章　黄粱一梦

在殿内气氛凝重得几乎化不开时，从刚才起就一直没怎么说过话的予怀开口道："当年母妃得知忠勇侯是西楚奸细，但为还忠勇侯护驾之恩，她选择将这件事隐瞒下来，父皇得知之后，也不曾公之于众，更没有收回谥号，为的就是昭仪和三弟，结果他们一片好心，换来的却是昭仪逼宫作乱，真是讽刺。"

百官之中，有知道这件事的，也有不知的，那些不知道的，都被这段隐藏了十年之久的秘密惊得倒吸冷气。

梁昭仪没想到他会当众说出这件事，一时又惊又恼，厉喝道："胡说，根本是你不甘被废东宫之位，在这里恶意中伤。"

"孰是孰非，昭仪心中最清楚不过，这样颠倒是非、恩将仇报，我真替予瑾难过。"

予怀这句话踩到梁昭仪的痛处，顿时柳眉倒竖，正要呵斥，殿外传来嘈杂之声："放我进去，我要见母妃！我要见母妃！"

绣春侧耳听了一下，低声道："主子，好像是三殿下的声音。"

梁昭仪也听了出来，对梁虎道："去看看是不是三殿下，是的话带他进来。"

"是。"梁虎出去后不久便带着予瑾走了进来，他脸上依稀还有泪水被风干的痕迹。

梁昭仪迎上去将他揽在怀里，关切地问道："瑾儿，你怎么一个人过来了，宫人呢？"

"儿臣是偷偷从长信殿跑出来的。"予瑾依偎在梁昭仪怀里，心中百味杂陈，说不出是什么滋味。

自从梁昭仪被贬去畅春园后，他不止一次幻想可以回到梁昭仪怀里，可他从没想过，竟会是在这种情况之下。

梁昭仪面目一冷："是不是长信殿的人待你不好，别怕，母妃这次回来，再也不会离开你，所有曾经对你不好的人，母妃都会替你一一惩罚他们。"

"不是！"予瑾急急摇头，"没人对儿臣不好，母后还有姨娘她们都很疼儿臣。"

梁昭仪冷笑道："那都是假象，实际上一个个都视你为眼中钉。"

"真的没有。"予瑾拉着她的手，鼓起勇气一字一字道，"其实儿臣过来，是想劝母妃收手的。"

梁昭仪几乎不敢相信自己的耳朵："你说什么？再说一遍！"

"求母妃收手，不要一错再错。"

"这些话是谁教你说的，慕千雪还是沈惜君？"

"没有人教儿臣，是儿臣自己想到的。"予瑾拉着梁昭仪的手，哀求道，"母妃，儿臣不想做什么太子，只希望您好好的，求您了，不要再错下去了。"

梁昭仪面色异常难看，对郑汉道："郑将军，麻烦你在这里看着，本宫和新太子说几句话。"说着，她拉了予瑾来到偏殿，进了里面，一巴掌甩在予瑾脸上，厉喝道，"你知不知道自己刚才在说什么？母妃为你做了这么许多，你竟然说不要？"

"主子息怒，三殿下毕竟还小。"绣春话音未落，梁昭仪森冷的目光已是横过她脸庞，令她心中一凛，赶紧改口，"太子年幼，难免受人挑唆，主子不要太往心里去。"

"没有人挑唆我！"予瑾捂着脸庞哭泣道，"是母妃做错了，她不应该这样的。"

"你再说一遍！"梁昭仪大怒，再次抬掌欲掴，被绣春拦了下来，"主子先别急，奴婢和三殿下说说。"

在劝住梁昭仪后，绣春将予瑾拉到远一些的地方，小声道："三殿下，寄人篱下，又怎及自己登堂入室来得痛快，你说是不是？"

予瑾怔怔看着她，过了许久，点头说出一个绣春最想听到的字："是。"

"那就好了。"绣春替他正一正衣衫，"你母妃做这么多事情，都是为了你好，你怎么能反而惹她生气呢。既是知道错了，就快去向你母妃陪罪。"

予瑾并未有所动作，反而缓慢而认真地说道："我知道母妃为我好，可是她真的错了，她不应该这么对待父皇他们。"

"对也好，错也好，事情都已经走到这一步。再说，做太子不好吗？多少人求而不得呢。”

“总之我不想做太子。”说着，他甩开绣春的手，跑回梁昭仪身边，哀求道，“母妃，你收手好不好，我会向父皇求情，我会保护您的！”

“混账东西，好端端的本宫要你来求什么情！”梁昭仪本就怒气未消，被他这么一说，更是犹如火上浇油，再次抬掌掴下，这一次比刚才更狠，力道大得将予瑾打倒在地，绣春拦不及，赶紧扶起脸颊红肿的予瑾，心疼道：“主子这又何必了，太子毕竟还小。”

“小？”梁昭仪怒极反笑，“看看予怀，比他也大不了几岁，可人家护得多牢。再看看他，本宫已经替他安排好了一切，他可倒好，竟然不要，简直是想气死本宫。”

不等绣春劝说，她指了指泫然欲泣的予瑾，冷声道：“本宫告诉你，这件事，你答应也得答应，不答应也得答应，没人能够阻止本宫的计划！”

予瑾哭泣道：“母妃……”

梁昭仪打断道：“如果你还认我这个母妃的话，就把眼泪擦干，去外面接受百官朝贺！”

听到这话，予瑾哭得越来越厉害，“为什么您一定要逼儿臣，对您来说，太子之位比儿臣更加重要吗？”

绣春手忙脚乱地劝道：“殿下别伤心，主子不是这个意思，只是……只是……”她不知道该怎么说，叹气道，“走到现在，咱们已经不能再回头了，不论您愿不愿意，都要做这个太子，除非您想害死主子！”

予瑾一边哭一边摇头，他知道，自己救不了母妃了，她已经走火入魔，谁的话都听不进去，注定……要死！

绣春只道他是不愿做太子，安慰道：“别哭了，等您坐上太子之位，就知道好处了，呼风唤雨，想怎么样都行。”

“娘娘。”有将领走进来，拱手道，“郑将军让末将来问娘娘好了没有？”

“好了，本宫和太子这就出去。”在打发将领离开后，梁昭仪拉过还在哭泣的予瑾警告道，“出去后，本宫让你做什么就做什么，不许再说废话。今日之后，你就是大周名正言顺的太子，不久之后，更会成为大周的皇帝，君临天下！”

在说这句话时，梁昭仪眼里充斥着狂热的光芒，完全沉浸在自己的幻想里，丝毫没有留意到予瑾脸上的悲哀，就算她注意到，也不会在意。

梁昭仪牵着予瑾重新回到正殿，环顾四周，冷声道：“你们还不赶紧参拜太子殿下？”

张启凌上前一步，沉声道：“我想看一看陛下那两道废立太子的诏书，昭仪说这一切都是陛下之意，相信不会反对吧？”

梁昭仪眼眸微眯，这个张启凌，竟然不自称“臣”，分明是存心与她作对，不过没关系了，等予瑾坐稳东宫之位后，她有的是机会收拾这个小人。

“绣春。”

听到梁昭仪的声音，绣春点点头，将两道诏书交到张启凌手里，张启凌将其中一道交给旁边的江越，两人齐齐展开。

在一阵令人心跳停止的静谧后，突然响起江越惊喜的声音：“不是！这诏书不是陛下的手迹，是有人冒写，假的！”

梁昭仪对他的话嗤之以鼻：“陛下龙体不适，由本宫代笔，有什么奇怪的，江大人看清楚底下玉玺还有陛下的朱批，千真万确，就是陛下的意思。”

江越摇头道：“哪里有陛下朱批？”

梁昭仪不屑道：“不就在诏书最后面吗，江大人眼神如此不好，就该致仕还乡，何必非要强撑。”

江越肯定道：“诏书中根本没有‘此诏为朕之意’这六个字。”说着，他反讥道，“眼神不好的人是梁昭仪。”

梁昭仪只道江越是耍花样，不肯附议废立太子一事：“江大人好歹也是一品大员，这般睁眼说瞎话，未免有失身份。”

江越也不与她废话，直接把诏书递过去：“你自己去看。”

梁昭仪随手接过诏书，一边展开一边冷笑道：“既然江大人非得玩这故弄玄虚的把戏，本宫就让你输得明明白白，你看清楚，上面……”突然之间，梁昭仪的脸色变得难看无比，死死盯着手里的诏书。

“主子怎么了？”绣春扶住脚步踉跄的梁昭仪，待看清诏书后，她也是脸色大变，几乎不敢相信自己的眼睛，“怎么会这样？”

“字呢？字呢？”梁昭仪嘴里喃喃念着，翻来覆去地看着诏书，可无论怎么看，都找不到“此诏为朕之意”六个大字。

突然间，她挣开绣春的搀扶，抢过另一道诏书，结果一样，东方溯亲笔书写的那六个字不翼而飞。

这两份诏书她不止看过一次，上面都清楚明白写着“此诏为朕之意”六个字，可现在底下一片空白，什么都没有，简直是闹鬼了！

难道……是被人掉包了？

这个念头刚出现，便被梁昭仪否定了，从拿到诏书的那一刻起，这诏书就没离开过她的眼皮子，一直是由绣春拿着的，外人根本没机会掉包。

“梁昭仪，你伪造诏书，该当何罪？”正在梁昭仪心神失守之时，一声惊厉如雷的声音在耳边炸响，惊得她双腿一软，跌坐在地上，衣衫落下，犹如一只巨大断翅的飞蛾。

绣春勉强定一定神，对发出质问的肃王道：“我家主子绝没有伪造诏书，奴婢也曾亲眼见到陛下所书六字，肃王不要冤枉人。”

肃王对她的话嗤之以鼻：“你是梁昭仪的宫人，当然帮着她说话，总之本王与百官都没有看到陛下亲笔，你们就是伪造诏书，按照大周律例，假传圣旨者，当诛九族！”

绣春被他问得哑口无言，再加上百官虎视眈眈的目光，一下子没了底气，手足无措地站在那里。

肃王趁机道：“来人，将这群逆贼拿下！来人！”

肃王连着喊了几声，都不见有禁军进来，按理来说，承德殿发生这么大的事，禁军应该早有察觉。

肃王正要再次呼喊，郑汉冷冷道：“整个昭明宫已经被我等控制，禁军……呵呵，肃王还是别白费力气了。”

肃王虽然心中已有猜测，但真听到时还是忍不住气愤交加：“你们这群逆贼，该杀！”

郑汉对他的话不屑一顾：“我等该杀与否，还轮不到肃王你来决定。”说罢，他扶起还有些恍惚的梁昭仪，“娘娘不必担心，虽然诏书被人掉包了，但我等都见过，一定会遵从陛下之意，辅佐三殿下入主东宫。”

绣春看到他使来的眼色，心中会意，跪下道：“奴婢记起来了，刚才从偏殿过来的时候，曾有人撞了奴婢一下，诏书掉在了地上，想必贼人就是趁这个时候掉的包，都怪奴婢大意，诏书被人掉包了都不知道，求主子治罪！”

他们二人的话令梁昭仪渐渐回过神来，用力掐一掐掌心，故作生气道：“糊涂东西，本宫如此信任你，你居然这般大意，实在该杀。姑念在你跟随本宫多年，无功也有劳的份儿上，免你一死，但死罪可免，活罪难逃，待会儿自己去暴室领三十杖。”

“谢主子开恩。”绣春满面感激地磕头谢恩。

张启凌冷眼看着这一切，以他的心思，怎么会看不出这是一场戏：“既然诏书没有，那废立太子一事，到此为止吧。”

梁昭仪盯着他，半晌，唇角漾起一丝胸有成竹的笑意：“虽然诏书被人掉包，但陛下在，可以请陛下重新在诏书上签署，这样就可以证明是陛下自己的意思了。”说着，她道，“小安子，去取文房四宝来。”

小安子低头离去，不一会儿，笔墨纸砚一一摆放在案，梁昭仪提裙欲走上去，却被予瑾拉住，予瑾哀求道：“母妃，收手吧，现在还能回头，求求你了！”

见予瑾到了这个时候还在求自己收手，梁昭仪心中恼怒，但当着这么多人的面不便发作，只得蹲下身，轻声道：“没有什么好回头的，很快……很快你就是东宫太子，假以时日，整个天下都是你的，所有人都需要仰视你我母子。”

“母妃……”不等予瑾说下去，梁昭仪已是抽回手，带着几分警告的意味，“在这里等着母妃，不许乱说话。”

予瑾痛苦地闭上眼睛，他费尽口舌，可终归还是救不了，很快……母妃就会明白，一切都是她痴心妄想，江山从来都没有属于过她，甚至连一丁点儿靠近也没有……

梁昭仪不知予瑾想法，欣然来到呆滞的东方溯身边，将蘸满浓黑墨汁的笔塞到他手里，柔声道：“陛下，这两份诏书出了些小问题，需得您再签署一遍，很简单，只需写上……”

“此诏为朕之意。”东方溯突然开口，令梁昭仪甚是意外，但她现在一门心思扑在那两份诏书上，未曾多想，微笑道：“对，这就六个字，您快写吧。”

东方溯似听懂了她的话，笔缓缓落下，在就快碰到诏书的时候，他突然停住了动作，一动不动。

梁昭仪催促道：“陛下怎么还不写？”

东方溯突然侧首道：“昭仪知道为什么明明诏书没被掉包，那六个字却不见踪影了吗？”

“臣妾怎么知道。”梁昭仪下意识地回答着，待回完后才发现情况不对劲儿，因为问她那句话的不是别人，正是东方溯，可东方溯明明被药物控制了心神，成为一具听任摆布的傀儡，怎么会……

她难以置信地望着东方溯，四目相对，那双眼眸一片清明，哪有半点儿被控制的痕迹。

梁昭仪大惊失色：“你怎么……”

东方溯撑着御案缓缓起身，梁昭仪虽然较一般女子高挑一些，但站在东方溯面前，还是矮了一截。这会儿相对而立，一下子感觉压力倍增，有些喘不过气来，下意识地往后退了一步。

“朕怎么没有被你控制是吗？”东方溯一语道破梁昭仪的心思，梁昭仪紧紧咬着唇，没有说话。

“梁秀英，朕对你一再容情，你却利用太后来谋朕江山，害朕性命，都说最毒妇人心，真是一点儿没错。”

梁昭仪被他说得连连后退，一直退到朱红盘龙圆柱前方才勉强稳住身形，颤声道：“你是什么时候发现我计划的？”

“太后这场疯病来得蹊跷，朕有所怀疑，所以来畅春园的时候，命医十暗中跟随。昨夜你因为云涯馆走水离开后，医十出现，用护心丹让朕恢复心智，你后来所见到的一切，都不过是一场戏。”

“不可能！”梁昭仪激动道，“王五和马六一直都看着你，如果真有人出现过，他们不可能不知道。”

东方溯讥笑道：“你真以为你从云涯馆回来后，见到的王五还是王五吗？”

“什么意思？”

“医十除了擅长医术之外，还擅长易容术，你不妨想一想，你从云涯馆回来后，见到的是一个人还是两个人？”

梁昭仪面色瞬间一白，咬牙道：“可后来我见到马六了，这又怎么说？”

“很简单，你会用毒控制人，朕也会。”东方溯似笑非笑地盯着她，“你说在性命和忠心之间，他们二人会选择哪个？”

梁昭仪死命咬着牙关，半晌，她自牙缝中挤出一句话来：“那字又是怎么一回事？”

“碘酒再辅以几样东西渗入墨水之中，可以令字迹在一段时间后消失。”东方溯之前让容贵人做的就是这件事，“好在听音阁里东西还算齐全，否则倒还找不齐了。”

“所以容贵人那个贱人，也背叛了我是吗？”梁昭仪咬牙切齿地说着，她早该想到的，要不是她里应外合，怎么可能瞒天过海。如果容贵人这会儿在面前，她非得扑上去生生咬下一块肉不可。

“你欺骗容贵人在先，她背叛你也是理所当然。”停顿片刻，东方溯说出一句令梁昭仪濒临崩溃的话，“你输了！”

“输……”梁昭仪低头喃喃重复着这个字，半晌，她突然抬起头，神色凶狠地盯着东方溯，“没有！我没有输！”

梁昭仪指着郑汉等人：“你看清楚，昭明宫内外都是我的人，无论你答应与否，东宫乃至帝位都必须让出来！”说到这里，她似是下了什么决心，厉声道，“传本宫命令，将殿内所有人全部拿下！”

虽然失了先机，但她手上有兵，一样可以赢，顶多就是留下几句不痛不痒的骂名。

到了这个地步，她已经不能再回头了！

郑汉等人也深知这个道理，所以没有丝毫犹豫，立刻就传召士兵，将百官控制了起来。刚刚才因为东方溯没有迷失心智而欢喜的百官，又一次陷入了危机之中。

郑汉握着寒光森森的钢刀走上台阶，盯着东方溯道：“请陛下写诏书！”

“朕是不会写这两份诏书的。”东方溯毫不犹豫地拒绝了他。

郑汉皮笑肉不笑道：“其实三殿下和二殿下一样，都是您的子嗣，又不是外人，何必如此执着呢。”

见东方溯始终没有软化的意思，郑汉目光一沉，冷冷道：“那末将就只有得罪了。”

他们虽不能杀东方溯，却有无数种办法折腾，令东方溯受尽皮肉之苦，从而写下诏书。

“你敢！”东方溯沉眸厉喝，无形的天家威严自周身散发出来，令郑汉心中升起一种恐惧，不由自主地停下了脚步，不敢再往前。

梁昭仪怕郑汉临阵退缩，急忙道：“郑将军，他已是瓮中之鳖，翻不起什么风浪来，只管将他拿下。”

郑汉也知道自己没有退路，咬一咬牙，再次走了过去，就在他准备将东方溯绑起来的时候，予瑾突然尖声大叫，继而冲到郑汉面前，用力将他推开：“滚！全部都滚，滚出承德殿！”

梁昭仪没想到他会突然这样，急忙道：“予瑾，你在做什么？”

“我不要当太子，不要当皇帝，我什么都不要！”予瑾虽知道慕千雪他们的部署，但又不能说出来，否则事后父皇更不会留情。他希望在一切无可挽回之前，让梁昭仪收手，那样……或许还能保住一条性命。

梁昭仪没想到他敢当着这么多人的面说出来，又气又急：“胡说什么，绣春，带他下去！”

“我不走！”予瑾挣开绣春的手，跪在地上嘶喊道，“母妃，儿臣求您了，收手吧！不要再错下去了！”

“闭嘴！”梁昭仪被他说得面上挂不住，“胡言乱语的说些什么，脑子浑了就去洗把脸，绣春！”

予瑾眼底掠过一丝狠绝，在绣春来拉他之前，突然起身，劈手去夺梁虎手里的刀。他虽然才十岁，但自幼习武，猝不及防之下，梁虎被他夺去了刀。予瑾横在自己脖子上，一字一字道：“母妃你要是不收手，儿臣……儿臣就死在你面前！”

梁昭仪怎么也想不到他会用这么激烈的方式来对抗自己，吓了一大跳，待得回过神来后，她急喝道：“你疯了是不是，快把刀放下！”

“不放！”予瑾哭泣道，“母妃，你就听儿臣一次，收手吧！”

“你懂什么！”梁昭仪几乎要被他气死，冲上去想要夺刀，却被予瑾脖子上的那一丝殷红吓住，不得不停下脚步，也终于确定，这个儿子不是在闹着玩，他真的会了结自己的性命。

“母妃为你做了这么多，你怎么就不明白，你……你真想气死母妃吗？”

予瑾悲伤地摇头：“你做的这一切，根本不是为了我，而是你自己！你觉得父皇负了你，所以拼命想要夺回这一切，甚至不惜拿儿臣和皇祖母来做棋子，可你有没有想过，父皇为什么要负你？

“姨娘为你做了那么多，你不仅视若无睹，反而以怨报德，不要说父皇，连儿臣都接受不了！

“母妃，你醒一醒吧，从来就没有人对不起你，对不起梁家，一直是你在作茧自缚！”

“不用你来教训我！”见他一直帮着别人说话，梁昭仪气得几乎要疯了，“再说一遍，把刀放下！”

予瑾悲伤地看着她，都已经到这一步了，母妃还没有回头之意，看来……是他天真了。

“父皇，母妃犯下的过错，儿臣愿意一力承担，无论如何，都请您看在儿臣的面上，放母妃一条生路！”说完这句话，他将视线转向梁昭仪，怆然道，“是母妃十月怀胎生下儿臣，现在……儿臣就将一切还给母妃！”

梁昭仪心中警钟大鸣，急忙道：“你想做什么？”

予瑾没有理会她的话，而是缓缓闭上眼睛，就在他准备使劲之时，一只手从后面绕过来牢牢握住他的胳膊，令他无法动弹。

予瑾睁开眼睛，惊讶地看着不知什么时候来到身边的东方泽："九叔？"

东方泽手一翻一带，夺下予瑾手中的刀，继而一掌拍在他后脑勺上："你这浑小子，居然还想自尽，平日里九叔是怎么教你的，只要还有一口气在，就绝不能放弃。"

予瑾苦笑道："不是我想放弃，而是……我实在没办法了。"说到这里，他悲从中来，低低哭了起来。

东方泽也知道他的委屈，叹息道："九叔知道你孝顺，可这件事……不是你能解决的。"

"九叔，你救救母妃吧，我求求你，我不想看着她死！"予瑾抓着东方泽的衣袖，抓得是那样紧，就像溺水的人抓着最后一根救命稻草。

东方泽还没说什么，梁昭仪厉喝道："你在胡说什么，本宫怎么会……会……"不知为什么，那个"死"字，她竟不敢说出口，唯恐一语成谶。

她的话令予瑾哭得越发厉害，东方泽叹了口气，垂目道："你都听到了，不要求你父皇，也不要再求别人，没人救得了她。"随着这句话，他缓慢而坚定地拉开予瑾的手。

予瑾抓得太紧，丝线因为绷得太紧发出"嘶嘶"的声音，终于在濒临断裂的时候，予瑾松了手。确切来说，是被强迫松手，因为他敌不过东方泽的力气。

梁昭仪没有理会予瑾的反常，盯了东方泽冷笑道："你来得正好，省得本宫再多费工夫。"

东方泽讽刺道："梁秀英，你真以为整个昭明宫都在你的掌控之中了吗？"

他的反问，令梁昭仪升起一丝不祥的预感，但嘴上仍强硬道："当然！"

"呵呵。"东方泽一边笑一边摇头，那副讥讽的样子看得梁昭仪极不痛快："你笑什么？"

"我笑你也不是十五六岁的少女了，怎么还这么天真！"东方泽毫不留情的嘲笑令梁昭仪面上挂不住，怒喝道："放肆！来人啊，给本宫将他拿下！"

东方泽看也不看朝他走来的士兵，冷笑道："你也不想想，陛下既然洞悉了你的阴谋，又怎么会没有半点儿准备？"

从刚才起，梁昭仪就一直觉得自己似乎忽略了什么，但又想不起来，直至这会儿被东方泽一语点醒，医士救醒东方溯之后就不见踪影，必然是回来通风报信，也就是说……承德殿这一切，是一个陷阱。

接下来的一幕，也证实了她的猜测，林默带着数名禁军大步走入殿中，单膝跪地，大声道："卑职救驾来迟，请陛下治罪。"

东方泽按下胸口的激荡，沉声道："外面情况如何？"

"回陛下的话，除了殿内这些乱党之外，余者都已经被制伏。"林默的话令郑汉等人脸色大变，脱口道："不可能！"

林默横了他一眼，冷声道："你若不信，尽可以出去看看！"

郑汉望了梁虎一眼，梁虎会意，快步离开承德殿，过了半晌，他重新走了进来，只是这一次，面如死灰，艰难道："将军……咱们的人都被抓了！"

"不会的……"郑汉难以置信，"那么多人，怎么可能连声响也没有？"

"要是连这么一点儿小动乱都对付不了，神机营也传不到现在！"林默平静的语气里是掩藏不住的轻蔑，如果东方溯真被他们控制了，那倒是有些棘手，毕竟他们不能做任何对皇帝不利的事情，可事实并没有，那他们就没有任何顾虑了。

"神机营……"郑汉失魂落魄地念着这四个字，怎么也没想到，自己等人精心准备了这么久的计划，在神机营面前竟如此不堪一击。

梁昭仪怔怔地看着这一切，犹如在梦中，半晌，她突然发足狂奔出殿，林默想要阻拦，被东方溯拦住："让她去，只有亲眼看过，她才会死心。"

梁昭仪一路奔出承德殿，外面黑压压地站满了人，不少是她认识的梁家旧部，可现在那些人全部都跪在地上，每个人的脸上都弥漫着死亡的气息。

"怎么会这样……怎么会这样……"梁昭仪喃喃地重复着这句话，为了这一天，她筹备了那么久，忍了那么久，结果才刚开始，就悄无声息地崩溃瓦解，这让她怎么接受！

东方溯也带人走出了大殿，冷冷道："死心了吗？"

"我不相信！"梁昭仪姣好英气的面庞因为绝望而扭曲如恶鬼，厉声道，"我不会输的，不会！"

"你不只输了，还输得一败涂地。"东方溯毫不留情的言语令她脸庞越发扭曲："你胡说，输的那个人应该是你！"

她张牙舞爪地向东方溯冲去，可惜还没近前，就已经被人拦住了。明明近在咫尺，梁昭仪却生出一种天涯海角的错觉。

"将所有乱党拿下，凡有官爵在身者，一律斩首，余者发配连疆，至于梁昭仪……"东方溯目光落在梁昭仪身上，一字一字道，"赐白绫三尺！"

“不要！”予瑾扑到他脚下，哭诉道，“父皇，儿臣愿替母妃承担所有罪过，求父皇开恩。”

“她不值得你求情。”东方溯怜惜地望着这个最无辜的幼子。

“儿臣知道母妃犯下大错，可无论如何她都是儿臣的生母，任何人都可以不管她，甚至可以咒她死，唯独儿臣不可以！”

予怀蹲在他身边，安慰道：“我知道你心里难受，可若是放过昭仪，父皇要怎么向天下人交代，她犯的是逼宫篡位的大罪。”

“我知道，二哥我知道！”予瑾胡乱抹了把脸，急急道，“一命偿一命，我不会让父皇为难！”

“放过一个该死之人，而去杀一个无辜者，你觉得天下人会怎么看待父皇？”

“这是我自己的请求，与父皇无关。”

“但世人不会这么想，他们会觉得父皇处事不公，从而在史书上留下不可磨灭的污点，再说……”予怀叹了口气，“你不觉得让父皇下旨杀你，太过残忍了吗？血脉相连的，并不只有你和梁昭仪。”

这席话彻底击溃了予瑾的理智，他伏在予怀怀里哭泣道：“那我该怎么办，该怎么办？”

予怀一边拍着他颤抖不止的背一边安慰道：“谁犯的错，就由谁来承担，我们……无能为力。”

“无能为力”这四个字，就像一把尖矛，狠狠刺进予瑾的胸口，痛得他几乎无法呼吸。

许久，他勉强止了哭泣，朝东方溯道：“父皇……”

“不要再替她求情！”东方溯虽然怜惜这个儿子，但并不打算再放过梁昭仪，同样的错，他不想再犯第二次。

予瑾死命咬着唇，涩声道：“能否……让儿臣送母妃最后一程？”

东方溯垂目盯着跪在地上微微颤抖的予瑾，终是于心不忍，点头道：“好，朕答应你。”

在被带出去的时候，一直面若死灰的梁昭仪突然道：“我想去明瑟殿看看。”

“张公公……”予瑾向负责督刑的张进投去哀求的目光，张进知道他想说什么，怜他一片孝心，叹息道：“去吧。”

明瑟殿离得并不远，穿过上林苑就到了，这些年宫里没进什么嫔妃，所以明瑟殿一直空置着，也维持着梁昭仪离开时的模样。

看着那一样样熟悉的物件，曾经的记忆一点点涌上心头，初入后宫的新奇，诞下予瑾的欢喜，入主明瑟殿的得意，还有……被逼离开时的失落。

她费尽心机想要赢慕千雪，甚至不惜选择逼宫，可结果……还是输了，再一次输给那个女人，更被迫赔上自己的性命。

很快……很快她就要被三尺白绫缠上细细的脖颈，结束她才只有三十岁的人生，她不甘心，可是又无可奈何。

成王败寇，从来如此！

第十八章 月见草

“母妃，我舍不得您！”予瑾的哭声将梁昭仪的思绪拉了回来，望着伤心不已的予瑾，梁昭仪不知想到了什么，目光渐渐亮了起来。

她蹲下身，缓缓抚过予瑾满是泪痕的脸颊：“母妃也不舍得你，可有人非要分开我们母子。”

“母妃！”予瑾抱着她温软的身子，眼泪落得越发凶猛，以后，他就是一个没娘的孩子了，无论母后和姨娘对他多好，都不能掩盖这个事实。

梁昭仪抬起泪眼，哀求道：“张公公，能否让我们母子单独说几句话？”

张进看看她，又看看予瑾，叹息道：“好了，别太久。”

在张进带人出去后，梁昭仪拉着予瑾坐下：“好了，别哭了，趁着现在还有一点儿时间，母妃有几句话要与你说。”

“嗯。”予瑾赶紧擦了泪水，“母妃请说，儿臣一定牢记于心。”

“好。”梁昭仪满意地点头，“母妃问你，是谁害我们母子生离，又是谁害我们母子死别？”

予瑾一怔，疑惑道：“儿臣不明白母妃的意思。”

“不必明白，只要照实回答即可。”

予瑾努力想了一会儿，试探道：“是父皇？”

梁昭仪阴恻恻道：“你父皇固然是凶手，但元凶却是慕氏，要不是她，你外祖父不会死，舅父不会死，今日这一切也根本不会发生。”

望着那张阴冷扭曲的脸庞，予瑾突然很害怕，他甚至生出几分怀疑，眼前这个满腔怨气的人……真是他的母妃吗？

“姨娘……”予瑾刚说了两个字，便被梁昭仪恶狠狠打断，“不许叫姨娘，她不配，听到了吗？”

梁昭仪凶神恶煞的样子令予瑾害怕，战战兢兢道：“听……听到了。”

梁昭仪也知道自己的样子吓到了予瑾，努力舒展着五官：“予瑾，你要答应母妃一件事，否则母妃死也不瞑目。”

见她说得严重，予瑾连忙坐直了身子：“母妃只管吩咐。”

梁昭仪一字一字道：“你将来，一定要杀了慕千雪，替母妃报仇！”

予瑾被她的话吓得跳了起来，小脸白得没有一丝血色：“母妃你……你……你在说什么？”

“母妃让你以后寻机会除掉慕千雪。”梁昭仪话音未落，予瑾已是拼命摇头，“不，不可以，我……我做不到！”

梁昭仪抓住他的肩膀，强迫他看着自己：“这是母妃最后的愿望，你一定要答应！”

予瑾死命摇头，嘴里喃喃重复着相同的话：“我不要……不要！”

见他一直不肯答应，梁昭仪怒上心头：“是不是在你心里，那个贱女人比母妃还要重要？”

“不是，但……”

“既然不是，就答应母妃，难道你想母妃死不瞑目吗？”

予瑾被她说得哭了出来，但这一次，他是被梁昭仪逼哭的。

予瑾的眼泪不仅没有换来梁昭仪的怜惜，反而遭到呵斥：“不许哭，你是男子汉，是大周皇子，动不动就掉眼泪成何体统！”

等在外面的张进听到殿里动静有些大，隔门问道：“三殿下，您没事吧？”

“没事没事。”予瑾一边应付张进一边手忙脚乱地擦着眼泪，努力将眼眶里的泪水逼了回去。

在殿外重归宁静后，予瑾哀求道：“母妃，姨……贵妃娘娘真的不是一个坏人，而且……这次的事情，也怪不得她。”

梁昭仪哪里听得进他这话，横眉斥道：“依你所言，是母妃咎由自取了？”见予瑾低头不答，她连连冷笑，“好！好！本宫真是生了一个好儿子！”

“母妃……”

“别叫本宫，本宫没你这样的儿子！”梁昭仪绝情的话语令予瑾难受不已，他不明白，为什么曾经热心善良的母妃，会变得这样蛮横不讲理。

“儿臣知错了。”这五个字，予瑾说得无比委屈，明明没有错，却被逼认错，无论谁都会觉得委屈。

梁昭仪面色微缓，冷声道：“这么说来，你是答应了？”

“儿臣……”予瑾内心无比挣扎，他一边希望梁昭仪可以心无挂碍，一边又不想违心答应一件错事。

“你不答应，就是逼母妃死不瞑目，就是大逆不孝！”梁昭仪已经疯了，心和眼都被仇恨所蒙蔽，根本不考虑对予瑾的伤害。

予瑾痛苦道：“母妃你不要逼我！”

梁昭仪厉声道：“我生你养你，现在让你做这么一件事，还成了逼你，你这么多年的书都读到哪里去了，你的孝道又学到哪里去了？”

予瑾不知该怎么说，只得道：“可贵妃娘娘并没有错，我……我怎么可以去害她。”

梁昭仪冷冷盯着予瑾，令予瑾惴惴不安，头低得几乎快要垂到胸口了，在这样的忐忑中，梁昭仪寒声道：“依你这么说，错的倒还是本宫了？”

予瑾连连摆手：“儿臣不是这个意思……”

“既然不是，那就答应！”梁昭仪咄咄逼人的态度压得予瑾喘不过气来，前有狼虎，后有悬崖，他竟是无路可走。

“你是不是真想母妃死不瞑目，生生世世不能安心？”在梁昭仪的步步紧逼下，予瑾终于妥协了，但这个妥协，是一种心神近乎崩溃的妥协：“儿臣……儿臣答应。”

听到这句话，梁昭仪终于露出了笑容，抚着予瑾的肩膀道：“好，这才是本宫的好孩子。”

一直以来，予瑾都很依恋梁昭仪，可当梁昭仪手碰到自己身体时，竟是感觉无比厌恶，下意识地往后退了一步，避开梁昭仪的手。

梁昭仪察觉到予瑾这个动作，刚刚还挂着笑容的脸庞再次沉了下来，但并没有说什么，寂静片刻，她忽道：“既是这样，那你随母妃发个誓。”

予瑾一怔：“发誓？”

“不错，省得你忘记刚才答应过母妃的事情。”梁昭仪微微一笑，牵过予瑾的手来到窗边，“接下来母妃说一句，你复述一句：我东方予瑾对天盟誓——”

“我东方予瑾对天盟誓……”

“我若违背应承母妃之言，不取慕千雪这贱人性命，就百病缠身，不得安宁，如果娶妻，妻暴病，子难养。死后沉沦地狱，永世不得超生。”

予瑾怔怔看着梁昭仪，无法想象刚才那个恶毒到极点的誓言是出自她之口，哪有一个做母亲的人这样诅咒自己的亲生儿子，真的是疯了！

“念！”梁昭仪并不知道予瑾心里的念头，就算她知道了，也不会在意，对她来说，唯一要做的就是逼予瑾发下誓言，只有这样，她才能够稍稍平复心中的怨恨。

予瑾被她喝得浑身一颤，继而用力甩开她的手，哭泣道：“我不念，我不要念！”

“不念也得念！”梁昭仪再次攥住他的手，那样用力，指甲都掐到了予瑾幼小的胳膊里，痛得予瑾面色发白，不住呼痛。梁昭仪却仿佛没听到，死死盯着予瑾，“我十月怀胎把你生下来，你身上的毛发皮囊都是我给你的，你凭什么不答应，念！”

予瑾听得悲哀，哭诉道：“我是你生下来的不假，可我也是人，我也有自己的思维，自己的喜怒哀乐，不是你的傀儡，你为什么一定要逼我做我不愿意的事情？！”

梁昭仪本就趋于疯狂，这句话更是刺激了她，狠狠一掌掴在予瑾脸上：“我生你养你，你却胳膊肘往外拐，处处帮着外人害自己母亲，临到头还成了我逼你？早知这样，我当初根本不该把你生下来！”

予瑾捂着剧痛的脸庞，狠狠咬着牙，不让眼泪流下来，梁昭仪每一句话都像一把刀子，狠狠割裂着他的五脏六腑。

梁昭仪还在继续斥骂着：“别人的孩子都帮着自己母亲说话，唯独你……”

“你确实是不该把我生下来，这样我就不会那么痛苦难过！”予瑾狠狠打断她，痛声道，“你是我母妃啊，可你却为了一己仇怨，把自己儿子往死里逼，难道你这样就对吗？”

予瑾一直都是一个老实听话的孩子，梁昭仪从没有想过他竟然会质问……甚至是指责自己，不禁愣在那里，待得回过神来后，怒火中烧，扬手就要再掴，予瑾恨恨地瞪着她：“你打啊，打死我，那就一了百了了。”

不知为什么，迎着那双愤怒的眼睛，梁昭仪的手怎么也掴不下去，不是因为不忍，而是害怕……她竟然在害怕自己的儿子。

张进一直在外面听着，眼见动静越来越大，怕真闹出什么事来，赶紧奔进来，看到剑拔弩张的母子二人，赶紧道：“这……这是怎么了？不是就说几句话吗，都消消气。”

梁昭仪恨恨放下手掌，盯着予瑾道："你是不是怎么都不肯发誓？"

予瑾咬牙道："是！"

"好！"梁昭仪指了他，恨声道，"从这一刻起，你再不是我的儿子，我只当没生过你！"

张进劝道："都这个时候了，还说气话做什么。"

予瑾闭目，痛苦道："无论你认不认，我都念你十月怀胎之恩。"说着，他双膝跪地，磕头道，"儿臣送母妃最后一程！"

"不必了！"梁昭仪冷冷拒绝，"你我之间的母子情分到此为止，以后你走你的阳关大道，我过我的黄泉幽路。"顿一顿，她又道，"既然你不肯发誓，那么，我替你发！"

在予瑾还没弄清楚她的意思前，梁昭仪三指向天，一字一字道："若予瑾不取慕千雪这贱人性命，就从此百病缠身，不得安宁，如果娶妻，妻暴病，子难养。死后沉沦地狱，永世不得超生。"

张进骇然失色，脱口道："你疯了吗，怎么能发这样恶毒的誓言，他可是你亲生儿子啊，快收回来！"

梁昭仪冷冷道："你什么时候见过说出去的话可以收回？而且这是他欠我的。"说到这里，她面庞扭曲地尖声道，"他明明早就知道慕氏母子要害我，却什么也不说，任由我在那里被他们欺骗！"

张进连连摇头："你……你……你真是个疯子！"

"是啊，我是疯子，是被你们逼疯的！"梁昭仪咬牙切齿道，"我恨不能现在就去杀了慕千雪这个贱人！"

张进叹了口气，拍着予瑾颤抖的肩膀："这种诅咒都是假的，三殿下别往心里去。"说罢，他转头对捧着白绫的小太监道，"来人，送梁昭仪上路！"

"是！"那两名小太监本就看不惯梁昭仪，当即领命上前，不顾梁昭仪的挣扎，将三尺白绫绕在她的脖子上，狠狠拉紧。

"我不要死，不要死……唔！"梁昭仪拼命挣扎，可终归还是逃不过白绫缠颈的结局。

"不要看！"张进蒙住予瑾的眼睛，不让他亲眼看着自己母亲被处以绞刑。

那两名太监力气极大，不一会儿工夫，梁昭仪便不会动了，一动不动地瘫在那里，在确定梁昭仪死后，他们松开了手，朝张进禀报："公公，她死了。"

张进刚要说话，予瑾已是拉下了他的手，来到双目大睁的梁昭仪身前，即使已经死了，那双眼里依旧充斥着无尽的怨毒，仇视着每一个人，包括……她的亲生儿子。

张进怕予瑾难过，安慰道："一切都过去了，奴才送殿下回长信殿吧。"

予瑾摇头："我想送她下葬。"

"可是……"

"我没事。"予瑾神情异常平静，"我说过要送她最后一程的。"

对视半晌，张进叹了口气："那好吧，待奴才禀告陛下一声，如果陛下不反对，您就跟奴才出宫一趟。"

梁昭仪犯下这样的大罪，自然不得再葬入皇陵，寻了一处山丘安葬，从落葬到立碑，予瑾都没有掉一滴眼泪，只是默默帮忙。

在烧完最后一点儿纸钱后，张进走到予瑾身边，轻声道："三殿下，我们回宫吧。"

予瑾木然盯着墓碑，低低道："张公公，以后……就只剩下我一个人了。"

张进连忙道："怎么会是一个人呢，您还有陛下，还有皇后娘娘和贵妃娘娘，他们都很疼你。再不然……您还有奴才呢，只要您不嫌奴才又老又烦，奴才就一直陪在您身边，好不好？"

予瑾转过僵硬的脖子看着张进，半晌，他突然扑入在等着他回话的张进怀里，张进猝不及防，被冲着向后退了几步。

予瑾把脸闷在张进怀里，哽咽道："为什么连公公你也这么疼我，唯独她……那么恨我？"

"唉。"除了叹气，张进不知道自己还能说什么，半晌，他抚着予瑾微微颤抖的肩膀道，"都已经过去了，别想了，以后会好起来的。"

会好起来吗？予瑾不知道。

梁昭仪临死之前的诅咒还历历在耳，那样决绝，那样刻骨怨毒……

"咳！咳咳！"

秋初的天气，承德殿便烧起了炭盆，东方溯半倚在床榻上，盖着厚厚的被子，不时捂唇咳嗽，面色白中泛青，极是难看。

张进将炭盆端到床边，轻声道："陛下，要不要再拿床被子来？"

"不用了，再多也是冷。"东方溯摇摇头，"纪太医来了吗？"

“应该快了，顶多就这一两日的工夫。”张进一边替他掖紧被子一边说着，“等纪太医和医先生回来，陛下就没事了。”

当日，医十虽然用护心丹护住东方溯的心脉，保他神志清醒，但体内的毒还在。事后，他曾逼问过绣春等人，皆没有线索，根据他们的话，甚至连梁昭仪自己也不知道“一晌贪欢散”的配方，唯一知道的就只有一个百香。事情拖得越久，东方溯体内的毒就越深，他也就越危险，所以决定与纪临去一趟西域，弄清楚“一晌贪欢散”的配方，这样才可以对症下药。

张进轻声道：“今儿个早上，贵妃娘娘又来过了，奴才按陛下吩咐的话说了，但娘娘……似乎并不怎么相信，临走之前还问了纪太医的事，奴才担心……瞒不了多久了，毕竟娘娘那么聪慧。”

东方溯怕慕千雪担心，所以中毒这件事一直瞒着她，包括宫里其他人，只以受惊和感染风邪为名，在承德殿休养，朝事一律交给太子和张启凌他们。除了医十和纪临之外，就只有张进几个贴身内监知道。

东方溯手指微微一颤，涩声道：“能瞒一日是一日吧。”

“可是……”张进还想说，被东方溯抬手打断：“好了，不说这个了，予瑾怎么样了？”

“自从梁昭仪下葬，三殿下就一直病着，虽然有皇后娘娘悉心照顾，可总不见起色，奴才担心……”张进低头不语。

东方溯瞅着他的神气，冷声道：“你担心梁昭仪诅咒成真？”

张进叹了口气：“毕竟那天她咒得那样决绝，连一点儿余地也不留，奴才难免有所……”

“不会！”东方溯不假思索地否决了张进的话，“梁昭仪蛇蝎心肠，不分好歹，老天岂会帮这种人。”说着，他缓了口气，“让太医院那边多上点儿心，尽快治好予瑾的病。”

“奴才明白，待会儿就去太医院传旨。”张进话音刚落，外面传来叩门声，“陛下，纪太医和医先生求见。”

张进欢喜道：“一定是他们带着解药回来了。”说着，他扬声道，“快让他们进来。”

不一会儿，风尘仆仆的纪临和医十踏入承德殿，身上还有黄沙的踪迹，他们一到金陵就立刻进宫，连衣裳也没换。

东方溯坐直了身子："平身，赐坐。"

在就着宫人端上来的绣墩坐下后，纪临看了一眼热烘烘的暖炉，蹙眉道："看来陛下畏寒的情况越发严重了。"

张进连忙道："是呢，白天还好，每到夜里，陛下就冷得睡不着。这半个多月来，几乎没睡过一个安稳觉，总是被冻醒，可这才九月的天。唉，就等着您二位回来呢。"说着，他满怀欣喜道，"二位可是找到解药了？"

医十面色有些不大好看，和纪临对视了一眼，拱手道："卑职已经查清楚了一晌贪欢散的配方，此药与百香混在一起，确有控制他人心神的功效。此药虽然阴毒，但并非不可化解，卑职与纪太医，已经差不多找齐了解毒所需的药，唯独还缺一味主药——月见草。"

"月见草。"东方溯重复了一遍这个陌生的药名，"西域没有这味药吗？"

医十摇头道："有，而且也只有西域有产，和百香一样。"

东方溯眉目一沉，缓缓道："这么说来，是有人阻挠你们了，是摩洛吗？"

"月见草产自西域，它又喜阴喜寒，所以只长在天山上，而百香则长在天山脚下，负责掌管天山一带的是摩洛手下一个叫苏克的将军。他底下一人曾无意中漏嘴说出苏克曾派人去北周，听说还带去了不少百香，卑职怀疑，梁昭仪一案……与他有关。"

东方溯摩挲着腕间的沉香佛珠，这是梁昭仪一事后慕千雪特意为他求来的："说下去。"

"卑职与纪太医知道月见草的下落后，便去了天山摘取，岂知苏克派了重兵在那里把守，无功而返。事后，摩洛可汗亲自带卑职等人去见苏克，苏克虽然说得客气，但每每说起月见草，都顾左右而言其他，始终不肯正面回答。后来被逼问急了，就说月见草没有了，但明明前一日，卑职还见到山上长着许多月见草，显然是撒谎。"

东方溯低低咳了一声，惊讶道："他是摩洛手下的将军，竟敢如此？"

"是。"医十沉声道，"摩洛可汗担心陛下病情，欲亲自去天山采摘，苏克竟然派兵阻拦。"

东方溯冷笑道："能耐不小，朕要是没猜错，他应该是找到靠山了吧？"

医十点头道："据摩洛可汗所说，这个苏克曾是罗格手下，虽然当年没有跟随罗格造反，但一直不是很服他。这些年摩洛并不是没想对付他，但一来，他手里猛士诸多。二来，他与北域过往甚密，所以摩洛可汗不敢轻举妄动。"

"果然啊。"东方溯搓一搓冰凉的手，讥声道，"但凡有人有权的地方，就一定会有纷争，所以你们并没有得到月见草？”

医十闻言急忙跪下，满面愧疚道：“卑职无用，请陛下治罪。”

“你就一个人，苏克却有诸多精兵猛士，怪不得你，起来吧。”

待医十起身后，纪临道：“摩洛可汗怕陛下等得着急，所以让臣二人先回金陵，他会继续问苏克要月见草。他也说了，如有必要，他会倾西域之力与苏克一战，无论如何，都要帮陛下得到月见草。”

东方溯盯着在铜盆里燃烧的银炭，沉声道：“拿不到的。”

纪临一惊：“陛下不相信摩洛可汗？”

“朕不相信的是苏克，如果梁昭仪一事真与他有关，只怕你们前脚刚走，他后脚就毁了所有月见草。”

“他敢！”医十脱口而出，眸中充斥着紧张与害怕。

东方溯换了一个舒服些的姿势：“苏克、梁昭仪、北域，医十，你不觉得这几者之间，缺了一个联系的纽带吗？”

医十仔细思索着他这句话，半晌，眸光一亮，脱口道：“西楚？”

“不错。”东方溯沉声道，“这阵子，西楚有点儿太安静了，据朕对萧若傲的了解，他可从来不是一个安分的主儿。”

医十与纪临面色难看无比，如果苏克真毁了所有月见草，那东方溯体内的毒就无解，哪怕……他们有再多其他药材，也无济于事。

而他们的担心，也在几日之后成真了。摩洛派人八百里加急送来书信，正如东方溯所料，苏克毁了所有月见草，彻底与摩洛撕破了脸。

得知消息的当日，纪临就和医十一道向东方溯告了假，他们要去别的地方寻找月见草，无论希望多么渺茫，都要去一试。

临行之前，医十给东方溯留下一瓶重新研制的护心丹，效果比原先更好，可终归……也只是治标不治本。

在护心丹的功效下，东方溯畏寒的毛病有所好转，虽然还比不得常人，但至少不必整日偎在火盆旁边，也能睡个安稳觉了。

这日，东方溯坐在殿中看折子，突然闻到一阵桂花的香气，转头看去，原来是一个宫人捧着一束桂花进来，他搁下折子道：“谁让你折来的？”

见他发问，宫人连忙道：“回陛下的话，是贵妃娘娘让奴才折的，说是桂香清新，陛下喜欢。”说着，他悄悄抬起头，瞅着神情复杂的东方溯小声道，“陛下要是不喜欢，奴才这就去扔了。”

张进走过去拍着他后脑勺：“都说了陛下喜欢，还扔什么，下去。”

宫人赶紧将桂枝交给他，退出了内殿，张进一边将桂枝插在花瓶中一边道：“陛下您看，贵妃娘娘多关心您。”

东方溯盯着金灿灿的桂花，沉声道：“她还是每日都来吗？”

张进点点头，小心翼翼道：“其实陛下这几日精神已经好了许多，不如见见娘娘吧，也省得她那么担心。”

东方溯何尝不思念慕千雪，只是恐她知道实情会担心难过，才强抑思念不与之相见。这会儿被张进一说，不由得有些意动。

张进跟了他这么多年，哪会不知道东方溯的心思，轻声道：“奴才去请娘娘过来。”

“不。”东方溯唤住准备离去的张进，抬头望着窗外明媚如金的秋光，起身道，“在屋里躺了这么多日，也该出去走走了，走吧，陪朕去漪兰殿走走。”

张进大喜过望，连忙答应，陪着他往漪兰殿行走，走到一半，意外碰到容贵人，她也在折桂花，看到东方溯过来，连忙屈膝行礼：“陛下万安。”

“免礼。”在示意她起身后，东方溯淡然道，“可都还习惯？”

“多谢陛下关心，臣妾一切都好。”容贵人恭敬地回答着。梁昭仪一事后，东方溯兑现了自己的承诺，允许她回到宫中，并晋封为嫔，独居玉昭殿。至于王五和马六，也在她的求情下，保住了性命，去了内务府当差，负责种植花木。

容贵人瞅了东方溯一眼，轻声道：“看陛下的气色，似乎风寒已经大好。”

东方溯自不会与她说实话，淡然道：“好得差不多了。”

容贵人抚着胸口微笑道：“那就好，臣妾可以安心了。”说着，她又道，“陛下走这条路，可是要去漪兰殿？”

“你倒是聪明。”

“陛下过奖了，这条路是去漪兰殿的必经之路，臣妾猜中并不稀奇。”说着，容贵人退后一步，垂目道，“臣妾不打扰陛下了，臣妾告退。”

在她离开后，东方溯淡然道：“张进，你说她会安生吗？”

张进看了一眼容贵人远去的身影，恭声道：“容贵人若是个聪明人，就会明白前车之鉴的道理。反之……就是她还不够聪明。”

“她是一个聪明人，只是很多时候，不肯用在正道上。”说完这句话，东方溯拂袖离去。于他来说，容贵人只是一个微不足道的人，不值得他多浪费心神。

东方溯到的时候，慕千雪正领着宫女在晒桂花，细小而金灿的桂花在秋阳下极是好看，更有扑鼻而来的浓郁桂香。

慕千雪亲自将淘洗干净的桂花一一铺平，叮嘱道："记着，要晒得极干了才能封入瓦罐之中，然后藏到地窖里，切记不能沾水。"说着，她看了一眼一碧如洗的天空，"今儿个天气晴朗，应该不会下雨，但还是不能大意，稍有雨水，就立刻拿油布盖起来。"

花蕊点头道："奴婢省得了，娘娘忙了一天，快进去歇息吧，别累着了。"

慕千雪也确实有些累了，抹一抹额上的汗水，转身准备入殿，结果意外看到东方溯，既惊又喜："陛下何时来的？"

"有一会儿了，见你在忙，便没打扰。"东方溯一边说着一边朝她伸出手，蓬勃灿烂的秋阳肆无忌惮地洒落在那只手上，异常温暖。

"陛下风寒好了吗？"慕千雪刚将手放上去，便被紧紧握住，十余载夫妻，依旧情深缱绻，恩爱如初。

东方溯笑道："有你亲手折来的桂花，自是百病全消。"

慕千雪低头笑道："陛下又拿臣妾取笑了。"

"朕说的可都是实话。"东方溯笑吟吟地说着，随即指着满院的桂花道，"你晒这么多桂花做什么？"

"陛下去年饮桂花酒时，曾说来年多酿一些，好分给诸位大臣，所以臣妾便让花蕊他们多采摘一些，晒干之后用来酿酒。"

东方溯一拍额头，恍然道："是了是了，瞧朕这记性，竟是忘得一干二净，多亏你还记得。"

"陛下日理万机，自不记得这些小事。"在入殿落座后，慕千雪听东方溯还有些咳嗽，不放心道："陛下当真已经大好了？"

东方溯极力压下已经到喉咙里的咳嗽，笑道："若不大好，怎么能来看你。"

他怕慕千雪再问下去，转过话题道："予怀呢，怎么不见他？"

慕千雪眼底掠过一丝异色，轻声道："他去皇后娘娘那里看望予瑾了，这孩子虽然嘴里说着没事，但这心里毕竟是难过的。"

"梁昭仪实在歹毒，连自己亲生儿子都不放过。"张进愤愤不平地说着。他一向最谨言慎行，连他也忍不住出声，可见心中是何等愤怒。

东方溯叹：“朕不该答应予瑾去送梁昭仪最后一程。”

慕千雪安慰道：“谁也想不到梁昭仪会疯狂到这等地步，虽然予瑾现在难过，但再深的伤也会有愈合的那一日。而且这也不见得全是坏事，经历过伤痛的人，往往能够更坚强。”

东方溯定定地看着她，目光深得让慕千雪有些害怕：“那你呢？”

慕千雪一怔，疑惑道：“臣妾怎么了？”

“无论怎样的伤痛，你都会熬过去，变得更坚强是吗？”

慕千雪被他说得心中一慌，勉强笑道：“陛下怎么突然说这些，是不是出什么事了？”

东方溯笑一笑：“能有什么事，朕就是随口问问。”

话虽如此，慕千雪总觉得有些不安：“只要有陛下在，无论怎样的艰难困苦，臣妾都一定能够熬过来。”

如果朕不在了呢？

这句话在嘴边打了几个转，终是没有说出口，千雪太聪明，只要他稍稍露一点儿口风，恐怕就瞒不住了。

东方溯忍着心中的悲伤，呵呵笑道：“你说得不错，只要咱们夫妻齐心，就没有熬不过去的艰难苦困。”

从漪兰殿出来，已经是晌午时分，在经过上林苑时，东方溯突然停下脚步，张进连忙道：“陛下怎么了？”

东方溯蹙眉道：“朕……似乎听到哭声了。”

张进闻言，侧耳细听，果然听到一缕细幽的哭声，应该是从林子里面传出来的，他小声道：“奴才去看看。”

不久，张进带着一个脸上还挂着泪痕的小宫女出来：“启禀陛下，是她在哭。”

宫女连忙伏地，惶恐道：“奴婢不知陛下在此，惊扰了陛下，奴婢该死。”

“为何哭泣？”

“奴婢……”宫女小心翼翼地瞅了他一眼，“奴婢思念家中患病的父亲，所以忍不住哭泣，并非有意惊扰，求陛下恕罪。”

东方溯垂目道：“你父亲得了什么病？”

“半个月前，家中来信，说奴婢父亲贪酒多喝了几杯，结果第二天起来，半边身子动弹不得，大夫说是中风了，以后恐怕也好不了，多亏家里还有哥嫂在，否则真不知该怎么办。”说到伤心处，她又忍不住嘤嘤哭了起来。

张进呵斥道：“陛下面前哭哭啼啼的成什么样子，赶紧把眼泪收了。”

宫女连忙手忙脚乱地擦去眼泪，随即她大胆子道：“陛下，奴婢能否求一个恩典？”

东方溯一眼看穿了她的心思：“你想出宫看望？”

“是。”宫女忐忑不安地点着头，“求陛下恩典。”

东方溯默然片刻，对张进道：“你让内务府查证一下，若属实情，就让她出宫一趟。”

宫女大喜过望，连连磕头：“多谢陛下恩典！”

在打发宫女离去后，东方溯抬头望着日影渐移的天空，不知在想些什么，半晌，他忽道：“太后怎么样了？”

张进如实道：“还是老样子，疯疯癫癫，谁也不认得。”

东方溯默默半晌，道：“准备车驾，朕想去一趟畅春园。”

张进知道他是被那个宫女勾起了心思，轻声道：“陛下身体才刚好，还是缓几日再去吧。”

“朕没事，去准备吧。”见东方溯态度坚决，张进只得下去准备，不多时，一辆马车载着东方溯往畅春园行去。

“陛下，咱们到了。”张进的话将东方溯自沉思中惊醒，扶着张进的手下了马车。

望着笼罩在秋阳中的畅春园，东方溯说不出是什么心思，梁昭仪一事后，他还是第一次来畅春园。

梁昭仪死了，容贵人回宫了，就只有陈太后还住在畅春园里。人来人去，只有景色依旧如初。

第十九章　信与不信

东方溯见到陈太后的时候，她正用双手在院子里挖草，弄得满手是泥，非说这些杂草是用来治病的，宫人拦都拦不住。

东方溯来到陈太后旁边，蹲下身问道："草怎么能够治病？"

陈太后头也不抬："当然可以，这些草很好的，什么都能治，哀家要多挖了一些，去给……"

"去给谁？"

陈太后脸庞垂在阴影里，看不清她的样子，只听她嘿嘿笑道："当然是给自己吃，哀家要多吃一些，这样才能青春长驻，先帝才会喜欢哀家。"说着，她竟拿草往自己嘴里塞，等秋月阻拦的时候，已经往嘴里塞了好些。

秋月一边替她拿出来一边道："太后又忘了，先帝早就已经过世了。"

"过世了……"陈太后晃动着脑袋，似乎在思索这三个字的意思，没过多久，她又大口大口往嘴里塞还带着泥土的草。

"太后别吃了，要吃坏的。"秋月一个人拦不住，赶紧让宫人将陈太后强行拉回殿后，她朝东方溯屈膝道，"让陛下见笑了，太后……神志越来越不清醒了。"

东方溯看了她一眼，什么也没说，负手走入殿中，宫人正想方设法哄陈太后吐出嘴里的草，但陈太后怎么也不肯，反而驱赶宫人，不许他们靠近。

东方溯在一旁坐下，道："草是牛马吃的，人吃不得，吐出来吧。"

"这草是大补的药，哀家要多吃一些，你们一个个都想抢哀家的补药，都不是好人。"陈太后一边说一边努力嚼着，看得人牙根发酸，也不知那么难吃的草她是怎么吃下去的。

东方溯神情复杂道："何苦这么为难自己呢。"

陈太后一边咀嚼一边朝他嘿嘿傻笑，全然看不出昔日精明算计的痕迹，颇让人感叹。

东方溯叹息一声，趁陈太后张口的机会，突然伸手去取，陈太后一怔，牙齿下意识地要咬下，但咬到一半又生生忍住了，任由东方溯取出她嘴里还没咽下去的青草。

在陈太后嘴里的青草被取干净后，秋月递过一盏茉莉花茶："太后快漱漱嘴里的苦味吧。"

陈太后嘿嘿一笑，竟是把那杯茶都喝了下去，秋月劝阻已是不及，幸好吃不坏肚子，也就随她去了。

东方溯转目对秋月道："朕听说，已经很久没宣太医来看了？"

"看来看去就一个样，不看也罢。"秋月涩声道，"或许对太后来说，这样才是最好的，至少……她不会难过。"

东方溯眸光微沉："到底是看不好，还是你们不肯看？"

秋月眼皮一跳，垂目道："奴婢不明白陛下的意思。"

东方溯环视四周垂手站立的宫人："都下去吧。"

待殿内只剩下彼此几人时，东方溯端过一旁的茶盏，轻轻啜了一口："真以为医十会替你们保守那个秘密吗？"

秋月惊得身子一颤，下意识地看向陈太后，陈太后把玩衣带的手一滞，复又如常，痴痴傻笑。

秋月极力按下心中的紧张，强笑道："奴婢不明白陛下的意思，医十……他又是什么人，奴婢认识吗？"

东方溯慢条斯理地喝着茶，一片片形似瓜子的六安瓜片茶叶在淡绿色的茶汤中舒展翻滚："这么说来是不记得了，那朕提醒你一句，他是神机营的人，那日朕被梁昭仪控制，就是他去昭明宫通报的。"

秋月惊讶道："是吗？这件事奴婢倒还真不知道。陛下也知道，奴婢一直在春晖堂中侍奉太后，少有出去。梁昭仪的事情，奴婢也是事后听说的，幸好陛下安然，否则真不知会怎么样。"

东方溯眸光扫过她紧紧攥在手里的帕子："既然如此，为何如此紧张？"

"紧张？"秋月一下子没反应过来，待发现东方溯一直盯着自己双手后，赶紧松开已经被绞皱的帕子，强笑道，“没有啊，奴婢只是……”

东方溯目光一转，落在陈太后身上：“太后，你也不认得医十吗？”

陈太后仿佛没听到他的话，只是专心把玩自己的发梢，秋月连忙道：“太后连奴婢都不认得，又哪里会认得什么医……”

“朕问你话了吗？”东方溯目光横过，刺得秋月心头狂跳，急忙低头：“奴婢多嘴，请陛下恕罪。”

东方溯冷飕飕的目光自她身上掠过，重新落在陈太后身上：“太后还准备瞒朕到什么时候？”

这下子连张进也不明白了，陈太后都已经疯成这样了，还能隐瞒什么事。

陈太后突然站了起来，嘴里喃喃道：“哀家要吃去吃药，药呢？药呢？”她一边说着一边往外走去，在她快要走到殿门口的时候，东方溯豁然起身，大声道：“你根本就没有疯！”

这句话像一句定身咒，令陈太后僵在那里，动弹不得，张进也吓了一大跳，几乎要以为自己听错了：“陛下您……您刚才说什么？”

东方溯走到陈太后面前，一字一顿道：“云涯馆那场火，根本就是你放的，你让医十替你保守这个秘密，可你忘了，医十是什么人，纵然全天下的人都隐瞒于朕，神机营也不会。你——根本没有疯，一直都是在装疯卖傻。”

陈太后露出广袖外的十指微微颤抖，许久，她抬起头来，眼中不知什么时候盈满了泪：“哀家装疯……不好吗？”

张进吃惊地张大了嘴巴，陈太后……竟然真的没疯。

“明明神智正常，却在人前装作一个疯子，吃草挖泥，蓬头垢面，这样舒坦吗？”

“不舒坦，尤其是那草，难吃得紧，可这……”她望着东方溯，颤声道，“却是哀家唯一可以自在面对皇帝的办法。”

“为什么？”

陈太后掩袖拭去眼角的泪，哽咽道：“其实起初，哀家是真的上了梁昭仪的当，精神恍惚，易怒易燥，甚至半夜梦游，幸好秋月细心，及时发现哀家的反常，悄悄请来太医为哀家医治，这才没有加重病情。后来检查吃用的东西，发现梁昭仪送来的香囊有异，哀家悄悄将那些东西给替换掉了。”

“所以从一开始，你就知道梁昭仪有问题？”

“是，哀家知道，但哀家怎么也想不到梁昭仪竟然贼胆包天，意欲加害皇帝，等哀家发现的时候，已经来不及了，只能让秋月去云涯馆纵火，引梁昭仪过去，结果正好遇到医十。”

“既然你与梁昭仪并非一伙，为什么不告诉朕，还在继续装疯卖傻？”

陈太后长叹一口气，望着透过窗子投落在地上的光影：“皇帝不觉得这样才安宁吗？”

“什么意思？”

“哀家曾为一己私念，害过自己的亲儿子，无论过去多少年，这个结都会横在我们母子中间。你看你，从进来到现在，都没有唤过哀家一声母后。”陈太后苦笑一声，摇头道，“哀家说这些，并不是想指责你，相反，哀家是在指责自己，实在错得太离谱了。”

“与其每次相见都存着心结，不如让你以为哀家疯了，这样，相见之时，也可坦然一些。”说到这里，她自嘲道，“扮一个疯子确实有些辛苦，但哀家还熬得住，只要……能够见到皇帝，可惜还是瞒不过。”

云层飘去，光影在地上若隐若现，陈太后望着东方溯道：“哀家听说梁昭仪曾对你用毒，可都解了？”

“已经解了。”东方溯的话令陈太后长舒一口气，以为他真的没事了：“那就好，哀家可以安心了。”停顿片刻，她又道，“哀家想求皇帝一件事。”

东方溯沉眸道：“你想回昭明宫？”

陈太后涩涩一笑：“哀家在那里住了大半辈子，岂有不想之理，不过想来……有许多人不愿意哀家回去，包括皇帝。”不等东方溯言语，她又道，“是哀家自己做的孽，怨不得别人，哀家要求的也不是这件事。”

东方溯有些意外：“太后请说。”

陈太后定定望着他，眼底泪光隐现：“往后……你能否多来来畅春园？”

秋月恳求道：“陛下，太后真的很想念您，每次您过来，太后都会特别高兴，太后……”她看着陈太后，泪眼蒙眬道，“太后年事已高，之前又生了一场大病，身体大不如前，您就常来看看吧，哪怕是坐一会儿也好，奴婢求求您了。”

见东方溯不为所动，她又磕头道：“太后纵有千错万错，终归是陛下您的母亲，还有这次，要不是太后纵火引开梁昭仪，陛下也不能如此顺利行事，破了梁昭仪的阴谋。”

东方溯徐徐拨着茶沫：“依你所言，倒还是朕的不是了？”

秋月连忙道："奴婢不敢，奴婢只希望太后与陛下能够尽释前嫌。"

"你管得倒是不少。"东方溯搁下茶盏，对张进道，"朕乏了，回去吧。"

见他要走，秋月连忙道："陛下……"

陈太后打断她道："秋月，不得多言。"

"可是……"秋月还待要说，被陈太后阻止，"好了，不要再说了。对了，把哀家房里那几个锦盒拿来。"

秋月无奈地取了锦盒来，打开之后，里面都是一些人参鹿茸的补品，有两盒张进瞅着眼熟，仔细看了一会儿，记了起来，那是他以前奉东方溯之命挑选后送来的，不承想还在。

"这些都是你以前送来的滋补药材，太医说让哀家吃得清淡一些，这些大补的药材吃了反而不好，皇帝都带回去吧，虽说你体内的毒已经解了，毕竟是伤过元气，得好好补一补。"

"这些东西宫里都有，太后自己留着吧。"

东方溯的这声"太后"令陈太后目光一黯，复又笑道："这些东西都是有年头的老货，就算是宫里也不是随随便便能够拿出的，带着吧。"她怕东方溯拒绝，又道，"总不至于连这点儿小事都不肯答应吧。"

东方溯犹豫半晌，终归还是让张进收下了。马车驶离了畅春园，在离开很远后，东方溯挑开帘子往后看去，依稀能够看到陈太后的身影，她还站在那里。

"咳咳！"东方溯突然捂唇咳得厉害，脸颊通红骇人，气息粗重，犹如拉风箱一样，看得人害怕。

张进赶紧倒出一粒护心丹，将水一起端到东方溯面前："陛下快吃药吧。"

在服下护心丹后，东方溯渐渐止了咳嗽，倚在一旁喘气，张进试探道："陛下可好些了？"

"没事了。"东方溯摆一摆手，"张进，你说朕该相信她吗？"

张进神情一动，小声道："陛下可是指太后？"

"不错。"东方溯喘了口气，缓缓道，"从医十告诉朕，那场火其实是她派人放的之后，朕就一直在想，到底要不要相信。"

"这是陛下的家事，奴才不敢妄言。"张进话音未落，便被东方溯踢了一脚，"从哪里学来这扭扭捏捏的模样，赶紧说。"

张进嘿嘿一笑："那奴才就斗胆一言，于情来说，太后这样帮陛下，又委屈自己装疯，那番言语应该不假。于理来说，太后独居畅春园，难免有损陛下仁孝之名。”

“所以你觉得朕应该将她接回昭明宫？”

“虽然太后没说，但奴才看得出，她很想回去，只是拉不下这个脸面，或者说……怕陛下拒绝，才会退而求其次。”说罢，他伏地道，“这些都只是奴才自己的想法，如有不对，还请陛下恕罪。”

东方溯掀起车帘，时近黄昏，霞光漫天，如一匹上好的五色锦缎：“可曾听过一句话——一次不忠，百次不用。”

张进小心翼翼道：“奴才听过，奴才记得这是用来形容将士官员的。”

“都一样。”东方溯搁下帘子，冷冷道，“好比梁昭仪，朕给过她那么多次机会，她又有哪一次珍惜了，表面说得好听，实际上还是一样的心思，千方百计地要对付朕。”

“所以……陛下觉得太后也是这样？”

东方溯苦笑道：“说句实话，朕并不知道，与其冒险上一局，不如维持现状，顶多……”他目光复杂道，“朕得空之时，多去看看她。”

张进点点头：“能够得陛下去探望，太后也知足了。其实奴才现在最担心的是……”他瞅着东方溯没有说下去。

东方溯笑道：“瞧瞧你，本来这张脸还算讨喜，这一耷拉下来，可就变成苦瓜脸了。”

张进苦着脸道：“眼见着护心丹一颗颗少下去，医先生和纪太医那边一直没有消息传来，陛下怎么还有心思开玩笑。”

东方溯淡然一笑：“无论是盖世英豪，还是圣贤达人，皆有一死，又有什么好担心的。”

“话是这么说，可陛下正值春秋鼎盛，又有千秋功业要建，是断然不能有事的。”说着说着，张进忍不住落下泪来。

东方溯虚虚踢了他一脚，好笑道：“说就说，哭什么，赶紧把你那几滴马尿给擦了。”

张进一边拭了眼泪一边道：“奴才就是替陛下难过，明明您对梁昭仪一再开恩，她却恩将仇报，几次三番陷害陛下。现在还……要是陛下有个三长两短，奴才一定去阴曹地府撕烂了她。”

“你啊。”东方溯指一指张进，叹息道，“一饮一啄皆有定说，说到底，还是朕自己留下的祸患，怨不得别人。朕现在只担心千雪……”他遥遥望着窗外虽霞光万丈却难掩暮色的天空，犹如——他的生命。

张进连忙伏身道：“陛下是仁德之君，苍天垂顾，您一定会没事的，说不定明儿个纪太医他们就把解药带回来了。”

对于他的宽慰，东方溯只是笑笑，什么也没说……

九月，在叶落之中缓缓过去。

十月初一，摩洛决定正式出兵讨伐苏克，而北域也在边境增派兵马，并且频频与苏克往来，显然是准备给苏克撑腰。

至于西楚和齐国，异常安静，犹如两个冰湖，连一丝涟漪也没有，只是不知在那层薄薄的冰面下，他们正在怎样张牙舞爪，蓄势待发。

那场大战，摩洛败了，他中了苏克的奸计，损兵折将，大败而逃，不过他也得到一个重要的消息，那就是月见草并没有被毁尽。

在传说中，月见草是会结果的，虽百多年来从未有人见过月见草的果实，但这个传说一直在域外流传。传说中，若能服食此果，凡人可得长生。

从人知道死亡的那一刻起，就一直在孜孜不倦地追求长生，千百年来，从未停止过，哪怕长生是那样的虚无缥缈，不可触摸。

苏克——亦是如此。

在天山之巅，长着一株生长多年的月见草，汲取日月精华，高过寻常月见草数倍，也是最有可能结果的。

苏克毁尽月见草，唯独舍不得这一株，悄悄留了下来，派重兵把守，等待着结出果实，等待着他所渴求的长生。

神机营一接到消息，便立刻被派去夺取月见草，医十也赶去了，但最终被拦在天山之下，苏克为了保护这株唯一的月见草，借天时地利将整个天山围成铜墙铁壁。再加上那边气候恶劣，纵是神机营，亦无法寸进。

这日，慕千雪去承德殿看望东方溯，恰好看到医十出来，医十眉头紧皱，一副心事重重的模样。

医十也看到了她，拱手道：“见过贵妃娘娘。”

“免礼。”慕千雪温言道，“医先生何时回来的？”

“回娘娘的话，卑职今日刚到。”

“医先生一走就是一个余月，不知都去了哪里？”

医十眼皮微微一动，垂目道：“娘娘知道，卑职擅于药理，趁着这阵子没事，就去四处游历，也算是增长见识。”说着，他再次拱手，“娘娘若没别的吩咐，卑职告退了。”

“去吧。”在目送医十离去后，慕千雪忽道，“纪院正回来了吗？”

小元子扶着她一边走一边道：“奴才早上才去过太医院，并没有见到纪院正，也没听说什么，应该是没回来，主子怎么突然问起这个来了？”

望着近在咫尺的承德殿，慕千雪突然停下脚步，在小元子诧异的目光中，她凝声道：“你不觉得医十刚才的话有些牵强吗？”

小元子思忖片刻，试探道：“主子是说……游历？”

“神机营的职责是拱卫京师安宁，‘游历’二字……不应该出现在神机营人口中，而且他离开的日子与纪临太过接近，本宫总觉得有些不大对劲儿。”

小元子掰着指头算了一下：“是呢，前后就差了一天，不过纪院正与这位医先生八竿子打不着，应该没什么关联。”

慕千雪心思飞转如轮，片刻，她道：“你现在去一趟张府，请张夫人帮本宫查一件事。”

小元子细细听完后，点头道：“奴才这就去。”

等小元子回来，已经是月上柳梢，他来到慕千雪身前，小声道：“张夫人按着主子的吩咐去查了，发现神机营如今在宫里的人数，不足平日一半之数。”

夏月蹙眉道：“另外那一半都去哪里了？”

小元子摊手道：“这个就不知道了。”顿一顿，他道，“对了，奴才今日出宫，意外知道一件事，西域那边打仗了。”

慕千雪神色一紧，搁下手里喝了一半的羊奶道：“说仔细一些。”

“听说是西域那边有一个将领勾结北域作乱，摩洛可汗领兵征伐，可惜中了奸人歹计，铩羽而归。听说事情闹得挺大的，连咱们边境都受了一些波及，好在不严重。”

“这是什么时候的事？”

小元子想了一会儿，道：“应该是月初的事情。”

“月初……”慕千雪喃喃念了一遍，轻声道，“算算日子，陛下应该早就得到消息了，却从未听他提起过，偏偏……医十又在这个时候回来，神机营的人又少了一半，难道两者之间有什么联系？”

食指在桌上一下一下叩着，“笃笃”的声音在静夜里听来格外清晰。

夏月思索道：“神机营和西域八竿子打不着，应该是没什么关联，不过陛下这阵子确实奇怪，整日把自己关在承德殿里，少有出来的时候，也不愿意见人，听说大殿下去求见了几次，都没让进。”

慕千雪手指一顿，正要言语，外面传来争执声，她唤过夏月道：“出去瞧瞧，看是怎么回事。”

夏月应声离去，过了一会儿，她带着花蕊与一个小太监进来：“主子，是花蕊和小德子在争执呢。”

“为何事争执？”面对慕千雪的询问，花蕊率先道：“回主子的话，奴婢看最近天气凉了，就让小德子去内务府拿些银炭来，哪知他去了半日，空手而归，说是内务府没有银炭，这怎么可能，分明是他借着拿炭偷懒去了。”

“奴才冤枉！”小德子委屈道，“花蕊一跟奴才说，奴才就立刻去了内务府，那边确实没有银炭，说至少要等下月初才会有。”

夏月蹙眉道：“无论春夏秋冬，内务府都会常备银炭，怎么可能没有？”

“奴才也不知道，但他们就是那么说的啊，姑姑要是不信，可以亲自去内务府问，奴才真的没有撒谎。”

小德子的话令慕千雪记起自己有一次去承德殿，明明是九月的天，里面却烧着炭盆，热得让人流汗，东方溯说是为了烘烤衣裳，因为那天确实下了雨，所以她也没怀疑，如今想来……

慕千雪手指倏然攥紧，对夏月道：“你立刻去一趟内务府，把出入记账的册子拿来。”

“奴婢这就去。”夏月刚走到门口，又被慕千雪唤住：“慢着。”

夏月回过身，疑惑地问道：“主子还有什么吩咐？”

慕千雪思忖片刻，摇头道：“不用去了，如果本宫没有料错，那些册子必然被人动了手脚，看不出什么问题来。”

夏月惊声道：“主子是说，有人私自贪污内务府的银炭？”

“只怕比这个更严重。”慕千雪黛眉紧蹙，在众人疑惑的目光中，她突然起身往外走去，夏月和小元子对视一眼，快步跟了上去。

夜色沉沉，忙碌了一天的张进轻手轻脚地退出了承德殿，唤过一旁的小太监嘱咐道：“好生在这里守着，每隔一个时辰进去看一次，如果发现炭火不够了，就赶紧添了，陛下受不得寒。”

“是。”小太监应声之余，又好奇道，“其实这才十月，并不是太过寒冷，这样整夜烧着炭，陛下不会觉得热吗？”

张进面色一沉：“你第一天来承德殿当差的时候，我跟你说了什么？”

小太监被他冷厉的目光盯得脖子发凉，低头努力回想着第一天的情景，片刻，他小声道：“公公教导小的们少说多做，不要打听主子的事情。”

“既然记得，就好好管住自己的嘴。”张进拍一拍他的脑袋，凉声道，“别为了一点儿好奇心，把这么好的一个脑袋给弄掉了，不值当。”

小太监被他说得冷汗涔涔，连连点头：“小的记住了，多谢公公提点。”

“寅时我再过来。”扔下这句话，张进回了他位于后庭的屋子，然而到了门口，他却停下脚步，皱着眉头，迟迟不曾推门进去。

他记得很清楚，一早离开的时候把蜡烛给吹熄了，可现在屋里却透着烛光，分明是有人进去过，甚至……还在里面。

他身为承德殿的首领太监，向来独居一屋，而且没他的话，手底下的太监宫女都不会擅自进他的屋子。这个规矩，十几年来都没有破过，现在……难不成宫里出了贼？

想到这里，张进弯腰捡了一块比手掌略大一些的石头，蹑手蹑脚地推开门，准备一看到歹人就一石头砸过去。

屋里果然有人，而且不止一个，但并非张进以为的歹人，而是……

张进大惊，赶紧扔掉手里的石头，躬身打千儿：“奴才给贵妃娘娘请安，娘娘万福金安。”

夏月瞥了一眼被他扔在地上的石头，笑道：“公公这是准备拿石头来砸我们吗？”

张进尴尬地笑道：“我以为是进屋盗窃的贼人，没想到会是娘娘。”说罢，他又朝慕千雪赔罪，“奴才鲁莽，还望娘娘大人大量，原谅奴才这一回。”

“是本宫擅入在先，怪不得公公。”

“多谢娘娘。”张进松了一口气，刚想直起身子，耳边又传来慕千雪的声音：“不过有一件事，本宫需得好好问问张公公。”

张进连忙道：“娘娘请说。”

“为什么要撒谎？”

张进愕然抬头：“奴才不明白娘娘的意思。”

“你真以为本宫不知道陛下的情况？”

张进骇然失色，听这意思，贵妃似乎知道了陛下的事情，这怎么可能，自己可从来没跟人透露过半句，连跟在承德殿侍候的那几个小太监也不清楚陛下到底是怎么一回事，她又从何得知！难道是纪太医？也不对啊，纪太监都没有回宫，再说这件事陛下一再叮嘱，他又怎敢透露。

“怎么不说话了？”慕千雪的声音令张进激灵灵一颤，低头道：“奴才……奴才不明白娘娘的意思。”

“纪临和医十突然离宫，西域突起战乱，还有天未入冬，内务府就送来那么多银炭，你以为本宫会没察觉？”

张进心跳得几乎快要从嗓子眼里蹦出来了，强自镇定道：“奴才实在不……”

慕千雪重重一掌拍在扶手上，厉斥道：“事关陛下安危，你却一再相欺，简直该死！”

张进吓得双膝一软，不由自主地跪在地上，慌声道：“不关奴才的事情，是陛下……陛下不许奴才说出来。”

慕千雪粉面含霜：“所以这么多日子，你就一直瞒着皇后与本宫是不是，简直糊涂透顶！”

张进被她斥得不敢抬头，战战兢兢道：“奴才也是没办法，求娘娘开恩。”

慕千雪缓了口气，盯着他的头顶道：“陛下现在怎么样了？”

张进不敢再隐瞒，如实道：“之前靠着医先生留下的护心丹好了一阵子，现在吃得多了，效果越来越差，陛下又和以前一样畏寒怕冷，精神也差，要是再找不到月见草，恐有性命之忧。”

慕千雪豁然起身，袖子带翻了茶盏，一整杯茶都倒在身上，她看也不看，只是死死盯着张进：“你……你说什么？”

张进诧异于她的反应，试探道：“娘娘……不是已经知道了吗？”

慕千雪不理会他的话，只是再一次道：“本宫问你刚才说什么？”

张进意识到自己犯下了大错，无奈话已出口，无法收回，只能硬着头皮道：“奴才说陛下……恐有性命之忧。”

慕千雪身子摇摇欲坠，小元子率先从震惊中缓过神来，扶住她道：“主子小心。”

慕千雪怔怔看着他，半晌，一把推开小元子，跌跌撞撞来到张进身前，紧紧攥着他的衣襟，颤声道：“到底是怎么一回事，陛下怎么有性命之忧？说，都给本宫说清楚，说啊！”

第二十章　齐声相求

一轮弯月悄悄爬上树梢，安静冷漠地俯视着人间的一切，人世间无数沧海变桑田，唯有日月交替，从来没有变过。

银白色的月光穿过承德殿四方朱格的窗子，静静地投在地上，外面不时响起秋虫低鸣的声音。

铜盆里的银炭被烧得红通通，整个内殿温暖到近乎炎热的地步，可东方溯却依旧紧紧裹着厚重的锦被。

“咳！咳咳！”一连串激烈的咳嗽从东方溯嘴里冲出，锦被下的身子一下子躬了起来，微微发抖。

一只手抚上他冰凉的额头，习武之人的警觉令东方溯一下子惊醒过来，握住那只手，厉声道：“什么人？”

“是臣妾。”听到这个熟悉的声音，东方溯心神一松，就着慕千雪的手坐起来，笑道：“什么时候来的？”

“有一会儿了。”烛光幽暗，照不见慕千雪脸上的悲伤，“陛下很冷吗？”

东方溯笑容一僵，复又如初：“也没有，就是这两日天气冷得快，朕怕又染了风寒，所以盖得厚了一点儿。”说着，他又道，“倒是你，这大半夜的，怎么跑到朕这里来了，也不怕着凉。”

慕千雪幽幽看着他：“陛下准备瞒臣妾到什么时候？”

东方溯心头一跳，面上笑意不减道：“朕瞒你什么了？怎么你今夜瞧着奇奇怪怪的？”

张进也在旁边，听到这里，“扑通”一声跪下，颤声道：“陛下，娘娘她……她都知道了。”

东方溯脸色大变：“怎么一回事？”

张进惶恐道：“都怪奴才不好，奴才以为娘娘知道了，所以……不小心漏了口风。”

东方溯大怒：“混账东西，朕是怎么嘱咐你的，你可倒好，竟把朕的话当耳旁风？！”

张进不敢为自己辩解，只是一遍遍叩头请罪。

慕千雪欠身道：“此事不怪张公公，是臣妾察觉有异，故意套取他的话，陛下要责罚的话，就请责罚臣妾。”

“你……”东方溯看着她，不知该说什么好。半晌，他长叹了口气，朝尚在磕头的张进挥挥手，“罢了，起来吧。”

“谢陛下！”张进知道他是饶过自己了，赶紧谢恩起身。

在张进退到一边后，东方溯叹了口气，握住慕千雪微微颤抖的纤手：“朕并非有意瞒你，只是不想你担心。”

“所以陛下打算一直这样瞒下去，直至……”后面的话，慕千雪不敢说出口，泪水在眼眶里打转。

东方溯最怕看到她掉泪，急忙道：“朕本想着等他们找到月见草，配治出解药后再和你说，哪知被你提前知道了。神机营的人已经去西域了，很快就能带月见草回来，你别担心。”

“如果真这样简单，今早医十就不会是那副心事重重的模样。”慕千雪哽咽道，“陛下答应过臣妾，会坦诚相待，不隐瞒任何事情，可是一直到现在，您还是在想方设法地隐瞒，不肯说实话。”

殿外不知什么时候起了风，有一扇窗子没关严，被吹了开来，冷风瞬间灌进来，吹得炭火忽明忽暗。

“咳！咳咳！”东方溯咳得很厉害，整个身子都在发抖，刚才还有点儿血色的手背，以肉眼可见的速度变得苍白如纸，冷得吓人。

慕千雪赶紧让张进把窗关了，又倒往盆里加了几块炭火，殿内总算又渐渐热了起来。

“陛下喝茶。”在接过张进端来的热茶时，东方溯的手一直在发抖，需要慕千雪帮着才能握稳。

慕千雪一边解下身上的狐裘披在东方溯身上一边道："张进，再去拿一床锦被来。"

"不用了。"东方溯苦笑道，"这寒意在骨子里，就算盖得再多，也不会觉得暖和。"

"不管怎么样，总会有些用，去拿。"在慕千雪的示意下，张进取来一床厚实的云丝锦被，慕千雪细心地盖在东方溯身上，又替他掖好被角。

东方溯握住她准备收回的手，轻声道："不生朕的气了？"

他这一说，慕千雪顿时想起刚才的事："谁说的，还气着呢，不知有多气。"她别过身子不理会东方溯，但手却没有抽回来。

"对不起。"东方溯歉疚道，"朕真的不是存心隐瞒，只是觉得……好不容易过几天安生日子，不想你又整日担惊受怕。"

"可是对臣妾来说，什么都不知道才是最可怕最残忍的，臣妾不想……"慕千雪艰难道，"等到最后一刻，才知道一切，那样的话，臣妾一定会悔恨终身。"

"朕明白，对不起，朕……不该这么自私。"东方溯抬手抚去她渗出眼眶的泪水。

慕千雪握住他的手，哽咽道："我们说过，无论是好还是不好，都要一起承担，陛下是天子，金口玉言，不能反悔。"

东方溯眼底微红，揽了她道："好，朕不反悔，无论前路如何，你我都一起走下去。"

待各自平静下来后，慕千雪问起西域那边的事情，这一次东方溯没有再隐瞒，将事情原原本本讲述了一遍，包括神机营失利，未曾取到月见草。

"朕已经决定增兵西域，助摩洛共同平定苏克之乱，从而取到月见草。"

慕千雪思索片刻，道："这么说来，医先生和纪院正那边，并未找到能够替代月见草的药材？"

东方溯点点头，见慕千雪蹙眉不展，他宽慰道："别担心，苏克虽有北域支持，但也敌不过我朝铁骑，一定可以取回月见草。"

慕千雪忧声道："臣妾只怕他狗急跳墙。"

夏月眼皮一跳，脱口道："主子是说，他会毁了那株唯一的月见草，可那不是他长生的希望吗？"

慕千雪冷笑道："连命都要没有了，还谈什么长生。苏克……或许护不住那株月见草，却一定有办法先我们将其毁去。"

张进骇然失色，惊声道：“那……那可怎么办？”

东方溯沉默不语，他也想到了这个可能，但神机营被阻于山下，除了硬攻之外，再无他法。

慕千雪思忖片刻，忽道：“陛下，能否让臣妾随军出征？”

东方溯诧异地看着她，待缓过神来后，立刻拒绝道：“不行，朕不答应。”

慕千雪咬一咬银牙，凝声道：“有大军拱卫，臣妾不会有危险，但救陛下的机会，就此一次，容不得半点儿闪失，还请陛下恩允。”说着，她屈膝欲跪下，却被东方溯拦住：“朕刚才说得很清楚，不许去！”

“陛下……”

东方溯并不给她继续说下去的机会：“夜深了，张进，送贵妃回去。”

张进点点头，来到慕千雪身边轻声道：“娘娘，奴才送您出去吧，这件事……您回头慢慢再找机会跟陛下说。”

十一月二十日，北周集结十万大军，由东方泽率领前往西域，助摩洛讨伐苏克。与此同时，北域亦出兵援助苏克。

任慕千雪如何恳求，东方溯始终不肯让她随军出征，毕竟战场上刀剑无眼，就算有大军拱卫，也未必就是安全的。

东方泽骁勇善战，领的又都是大周精锐之士，一路势如破竹攻克到天山脚下，苏克和北域联军节节败退。

眼见着就快要取得月见草，得胜还朝，之前抓到的几名俘虏突然得病身亡，而且死状恐怖，全身都是脓液疱疹，随军太医诊断后，发现他们得了瘟疫。

都说谈虎色变，可对出征在外的军队来说，瘟疫要比老虎可怕百倍千倍，一来人群密集，极易传播；二来缺医少药，难以医治。

虽然东方泽当机立断烧了那几名俘虏的尸体，并将之前负责看管俘虏的那些士兵隔离开来，可在此之前，他们已经接触过其他人，一传十，十传百，这场瘟疫最终还是无可避免地扩散开来……

从发现瘟疫的那一天起，几乎每隔几天就会有人死亡，士兵们蒙着口鼻将尸体抬去掩埋，被白布蒙着的可能是他们生前的至交好友，甚至是亲人。在这样日复一日的死亡中，士兵们逐渐变得麻木，因为谁也不知道下一次被埋的会不会是自己。

太医仔细调查后，在抓到那几名俘虏的附近发现一些死去的牛羊，都已经腐烂发臭。按理来说，这样的天气，就算死去多时，也不应该腐烂成这个样子。

不过随后发现的几个铁盆还有里面没有烧尽的炭火就能解释这一切了，有人为了让这些牛羊尸体迅速腐烂，在屋里烧炭火，就仿佛置身于夏天之中。也就是说，这场瘟疫并非天灾，而是人祸。

苏克知道正面交锋难以致胜，遂想出这样一条恶毒的计策，东方泽知道自己中了苏克的毒计，大怒之下，狠下心肠，将所有染上瘟疫以及可能染上瘟疫的整整两万余人都隔离开来。

大军从一开始的十万锐减到七万不到，而且士气低落，人心惶惶，唯恐那场要命的瘟疫会落到自己头上。

屋漏偏逢连夜雨。

苏克知道东方泽因为瘟疫而损兵折将的时候，知道自己等待的机会到了，当即集结大军，将他们围困在五里坡处。

东方泽几次领兵突围，都被拦了下来，至于摩洛，被北域的军队缠住，自顾不暇，无法救援。

苏克谨慎，怕染上瘟疫，并不急于对付东方泽，只是将他们困住，等着他们弹尽粮绝。

最后，还是靠着神机营的配合，方才杀出一条血路，但代价是惨重的，离开西域的时候，东方泽手里只剩下三万残兵。至于神机营，也在营救过程中遇到两股暗势力偷袭，死伤不少，其中一拨是天机卫，另一拨是齐国的血骑士。正如先前所料，这两国果然参与在这件事情里。

这次战败，给予东方溯沉重的打击，不是北周承受不起折损七万士兵的代价，而是他……快要坚持不住了。

自从东方泽出征后，他的身体越来越差，到后面几乎下不了床，无论烧多少炭，穿多少衣裳，都冻得瑟瑟发抖，每批阅一本奏折，双手都冷得不会动，要过很久才能缓过来。

期间，纪临和医十回来过一次，带回来一张药方，倒是有几分效果，可惜也只能治标不能治本。

东方溯不想人心惶惶，所以一直极力隐瞒，可连着多日不上朝，朝野难免议论纷纷，其中一个猜测就是东方溯病情危重，无法上朝。

摩洛记着当年东方溯襄助他登基的恩情，战败之后准备再次集结军队，进攻天山。

可他底下的将领并不认同，认为当年东方溯助他们也是出于私心，再说之前那一战，什么恩情都还了，没必要再为其去拼死拼活。

众将领的反对令摩洛进退两难，无奈之下，只能暂缓出兵一事。

今年的冬天特别冷，刚入十二月就下了好几场雪，积雪在地上覆了一层又一层。

慕千雪站在檐下出神，连有人来到身边也不知道，直至肩上一沉，方才惊醒过来，转头看去，却是沈惜君将一袭紫袭披风覆在自己身上："这下雪的天，娘娘怎么来了？"

"心里闷得难受，就出来走走。"沈惜君望着檐外连绵如棉絮的雪，轻声道，"你刚才可是在想陛下的事？"慕千雪知道东方溯的病情后，与她提过，她也是宫里仅有几个知道真相的人。

慕千雪沉沉点头："昨日纪临回来了，他们没有找到能够代替月见草的药材。"

沈惜君忧心忡忡道："本宫听说，陛下打算再次出征西域，由张启凌领兵，但遣兵调粮至少要半个月，再加上来回还有征伐的时间，现在天气又不对，至少得两三个月，陛下……撑得住吗？"

慕千雪眉宇深锁，片刻，她轻声道："臣妾问过纪临，以陛下的情况，最多还能撑一个月。"

"一个月？"沈惜君惊呼出声，见在庭院扫雪的宫人望过来，她急忙压低声音，"那现在怎么办？"

慕千雪默默地看着她，半晌，忽道："臣妾想请娘娘帮一个忙。"

沈惜君心神一跳，大致猜到了几分："你想出宫？"在慕千雪点头后，她蹙眉道，"陛下是不会答应的，再说，就算让你出宫，也无法缩短遣兵调粮的时间，一样赶不及。"

"总好过什么都不做，放手一搏，至少……还有一线生机。"说着，她突然跪下，哽咽道，"臣妾知道，这样会让娘娘很为难，甚至遭来祸端，可……臣妾真的没有办法了，陛下不可以有事的。"

沈惜君一惊，连忙俯身去搀扶："你这是做什么，快起来，陛下病重，本宫也满怀忧心，只是苦无化解之法。"

夏月在一旁道："自从娘娘上次请求随宫出征被拒绝后，陛下就加强了宫禁的守卫，每一个出入之人都要查验正身，尤其是咱们漪兰殿的人，为的就是防止娘娘私自出宫。”

“陛下怕你有危险，你又怕陛下……”沈惜君叹息数声，强行拉起尚跪在地上的慕千雪道，“你且先起来，咱们仔细商议一番。”

大雪纷飞，人在雪中走一圈便成了雪人，还没到酉时，天就已经黑得差不多了。

“关门吧。”负责看守宫门的禁军搓搓手，招呼另一名禁军关闭宫门，刚关了一半，两道身影冒着风雪匆匆赶来，“且慢！”

禁军停下手里的动作，眯眼看着朝他们走来的两道身影，待走近了，发现前面那人是沈惜君身边的阿紫，连忙拱手行礼：“见过阿紫姑姑。”

“客气了。”阿紫笑着还了一礼。

在将阿紫二人迎到檐下避风雪后，禁军道：“姑姑这会儿过来，可是要出宫？”

“是呢，娘娘家里人出了点儿事情，让我们出去处理一下。”阿紫瞅了一眼关到一半的宫门，取出腰牌递给禁军，“应该还来得及吧？”

当年，卫家人虽然被连根拔除，但看在沈惜君的份儿上，东方溯最终还是饶了他们一死，只是削去爵位，流放北疆。后来册立太子，大赦天下，他们也在恩赦之列，再加上沈惜君的关系，最终得以回京。

禁军借着灯光仔细检查了一下腰牌，笑道：“来得及来得及，姑姑请。”

在另一人也准备随阿紫出宫时，禁军伸手拦住，疑惑道：“这位是……”

阿紫笑道：“瞧我都忘了说了，他是内务府刚拨到长信殿侍候的小福子，主子让他跟我一道出去呢。”说着，她催促道，“小福子，快把腰牌拿出来。”

禁军接过腰牌看了一眼，对旁边那人道：“去把内务府给的画册拿来。”

阿紫一怔，疑惑道：“什么画册？”

禁军笑道：“姑姑有所不知，上面交代了，出宫的人一律要人牌相应，除了像您这样认识的人之外，其余人都需要对画册，确定一致方才能放出宫。”

阿紫面皮一紧，故作不经意地笑道：“瞧你这话说的，我还能骗你不成？”

“我怎么会不相信姑姑呢，但这是上面的命令，我也没办法。”禁军虽然话说得客气，态度却是极为坚决。

说话间，另外一人已经取来画册，借着灯光一页页翻着，很快便翻到了小福子那页，随后朝一直低着头的那人道：“把头抬起来。”

在禁军的催促下，那张一直蒙在阴影中的脸庞渐渐抬了起来，在露出小半张的时候，又一道人影冒着风雪疾步而来，看到阿紫二人后，她松了口气："你们还在就好。"

"主子是不是还有什么吩咐？"阿紫疑惑地看着来到近前的阿兰。

阿兰笑一笑道："主子刚刚得到消息，那边已经没事了，所以让我来拦住你，免得多跑一趟。"

阿紫欣喜道："那就太好了，这么大的风雪，我也不想出去呢。"

"那咱们回去见主子吧。"在跟禁军道了声谢后，她带着重新低下头的小福子随阿兰离去。转身的同时，尽皆沉下了脸，而在他们身后，厚重的宫门徐徐关起，将宫里宫外隔绝成两个世界。

阿紫回头看了一眼紧闭的宫门，咬牙道："查得可真严，幸好一早做了两手准备，否则就被识破了。"

"嘘！"阿兰做了一个噤声的手势，"慎言，有什么事情回去再说。"谁也没有发现，在风雪深处，有一双眼睛始终跟随在她们身上。

长信殿里，沈惜君正在灯下看书，瞧见阿兰她们进来，心中一沉，搁下根本没看进去的书册："没能出去？"

阿兰摇头道："查得很严，连画册都有，奴婢瞧着不对，就按主子之前交代的过去将她们带了回来。"

沈惜君秀眉紧蹙，朝"小福子"道："看来陛下是做足了准备，想蒙混出宫是不可能的了。"

小福子抬起头，露出一张精致如工笔刻画的脸庞，正是慕千雪，她摘下帽子苦笑道："是啊，没想到陛下防臣妾防到了这个地步。"

沈惜君也是一脸苦笑："本宫真不知该羡慕你还是同情你。"她屈指弹去伏在灯罩上的一只小黑虫，"你接下来有何打算？要不要本宫帮你去跟陛下说说？不过本宫提醒你一句，看陛下这个态度，基本不可能。"

慕千雪抚一抚隐隐作痛的额头："臣妾知道，所以容臣妾再想想。"

"好了，先不说这个了，本宫让小厨房做了你爱吃的菜，就在本宫这里用过晚膳再走，也顺道再想想办法，一人计短，二人计长。"

"那臣妾就恭敬不如从命了。"慕千雪感激道，"多谢娘娘肯这样不计一切地帮助臣妾。"

沈惜君笑道："怎么突然说起这样生分的话来，本宫落难之时，你可没少帮着，这会儿充其量不过是投桃报李罢了。再说了，这件事关乎的又岂止你一人，陛下……”想到东方溯的情况，她不由得鼻尖发酸，说不出的难过。

慕千雪握住她的手宽慰道：“娘娘别担心，一定会有办法的。”

“主子。”殿外传来宫人的声音，“承德殿的张公公来了。”

沈惜君一怔，自言自语道：“他怎么突然过来了？”

“应该是陛下的意思，臣妾在此不便，先行回避一下。”被慕千雪这么一提醒，沈惜君亦想了起来，让阿紫带她到屏风后面暂避。

“奴才给皇后娘娘请安，娘娘万福。”张进进来的时候，身上还沾着几片雪，被炭火的热气一烘，化成一滴滴细小的雪水。

“免礼。”沈惜君客气地抬一抬手，“公公这么晚过来，可是陛下有什么吩咐？”

张进恭敬道：“陛下请娘娘和贵妃娘娘去一趟承德殿。”

沈惜君眼皮一跳，不动声色地问道：“贵妃也去？”

“是。”在张进回答后，她道：“本宫知道了，你冒雪过来，必然冻坏了，快随阿兰下去喝杯热茶暖暖身子，然后再去漪兰殿传旨。”

“多谢娘娘，不过奴才赶着回承德殿复命，就不多叨扰，奴才在外面等候，您赶紧更衣吧。”张进的话令沈惜君惊讶：“你不是说贵妃也要过去吗，怎么一转眼不去传旨，而是赶着回承德殿了？”

张进瞅瞅她，又瞅瞅旁边的屏风：“陛下说了，只需往长信殿传旨即可，无须再去漪兰殿。”

沈惜君心中一沉，只传长信殿，难道东方溯知道慕千雪在她这里？

不应该啊，守门禁军根本没发现慕千雪，退一步说，就算他们觉得事有蹊跷，也不至于传得这么快。

阿兰知道自家主子心思，试探道：“公公，您是陛下身边的人，可知陛下这个时候请主子和贵妃娘娘过去，所为何事？”

张进摇头道：“这个咱家可不知道，不过……”他犹豫片刻，终于还是决定提醒一句，朝沈惜君道，“陛下心情似乎不大畅快，娘娘过去的时候，还请仔细一些。”

“本宫知道了，多谢公公提醒。”在命阿兰将张进带到外面后，沈惜君将慕千雪从屏风后面唤了出来，神情凝重，“今日这趟圣命，怕是来者不善，你说陛下是不是……”

慕千雪知道她想说什么，颔首道：“应该是，否则不会那样交代张进。”

沈惜君叹了口气："这些禁军，平日里也不见怎么机灵，这次倒是长心眼了。"

慕千雪摇头道："应该与禁军无关。"

沈惜君一怔："若不是禁军，陛下怎么会知道？"

"陛下应该一早料到臣妾会向娘娘求援，所以派人暗中盯着长信殿，回想起来，先前在宫门处，就算禁军放行，臣妾也出不了宫。"

沈惜君听得一阵苦笑："为了防你，陛下还真是煞费苦心。"说罢，她起身道，"去换身衣裳，咱们一起去见陛下。"

"是臣妾连累了娘娘。"面对慕千雪的歉疚，沈惜君笑着拉过她的手："要是把本宫当姐妹，就不要说这样见外的话。"

承德殿的四个角落里都摆着铜盆，里面是烧红的银炭，不时发出"哔剥"的轻响，一旦盆中的炭火稍有暗淡，宫人立刻就会添炭下去，使得殿内一直温暖如春。

即便是这样，东方溯依旧寒冷难耐，握笔的手几乎被冻僵，每一个字都写得异常艰难。

张进领着慕千雪二人轻手轻脚地走了进去："陛下，二位娘娘来了。"

东方溯既不说话也不抬头，自顾自批阅着奏折，仿佛没有听到，张进也不敢再说话，静静等在那里。

许久，东方溯终于写完了最后一个字，捂唇咳嗽几声，抬头漠然注视着慕千雪二人："你们可知罪？"

果然是来兴师问罪的。

沈惜君按下心中的紧张，垂目道："臣妾不知所犯何罪？"

东方溯搁下手里的笔，冷声道："你身为皇后，却不顾宫规，私助宫妃离宫，还不是罪？"

沈惜君强自镇定道："陛下误会了，臣妾并没有……"

"还在撒谎！"东方溯用力一掌拍在桌案上，震得笔砚都跳了起来，怒斥道，"你真以为朕什么都不知道吗，贵妃前脚才到长信殿，后脚阿紫就带着所谓的'小福子'要出宫，还说什么家中有事，是不是要朕把所有人都叫到你面前才肯承认？皇后，你好大的胆子！"

沈惜君被他斥得冷汗涔涔，急忙跪下道："臣妾……臣妾知罪，请陛下恕罪！"

慕千雪亦跟着跪下："一切都是臣妾的主意，皇后娘娘碍不过臣妾的请求，这才……"

东方溯冷冷打断："朕没问你话！"

在慕千雪不语后，东方溯目光一横，重新落在沈惜君身上："你是皇后，是大周的国母，当为天下女子之典范，你可倒好，贵妃不懂事，你也帮着一起胡闹，私自出宫……你眼里还有没有朕？"

沈惜君用力一咬樱唇，抬头道："臣妾知道自己犯下大错，但臣妾和贵妃也是为了陛下。苏克狡猾，北域强横，又有西楚和齐国暗中撑腰，想要从他们手中夺到月见草，实在千难万难。贵妃聪明绝顶，擅于计谋，只有她随军出征，咱们才有胜算，也才能救治陛下。"

东方溯怒极反笑："这么说来，朕还要感谢你了？"

"臣妾不敢！"沈惜君话音未落，东方溯已厉声道："朕看你哪里还有什么不敢，敢得很！"

沈惜君哽咽道："臣妾知道陛下拦着不让贵妃出征，是怕她有危险，可贵妃何尝不是如此，自从知道陛下病情后，贵妃常常夜不能寐，需要靠安息香才能勉强睡一会儿。这次九王战败后，贵妃忧郁更甚，臣妾有一次去见贵妃，看到她一个人在屋里默默垂泪，万一……万一陛下有什么事情，您让贵妃、让臣妾、让大周怎么办？"

"朕自有打算，不需要你来担心。"东方溯面无表情地说着，看不出他心里在想什么，"禁足一月，好好在长信殿反省。"

慕千雪连忙道："皇后娘娘这么做都是为了臣妾，陛下要罚，就罚臣妾一人，不要责怪娘娘。"

东方溯冷笑道："自身都难保了，还想着替别人求情。"

慕千雪含泪道："只要陛下安好，臣妾就算粉身碎骨亦无怨无悔。"

东方溯神情一滞，随即捂唇咳嗽不止，苍白的面容浮上一层诡异的潮红，许久方才渐渐止住，手指颤抖地指着慕千雪："你也一样，禁足一个月，下去吧。"

看到越来越虚弱的东方溯，慕千雪垂泪道："陛下，求您让臣妾去一趟西域，臣妾答应您，一定带着月见草平安归来！"

"不行！"东方溯想也不想就拒绝了她的话，"朕说过，这件事朕自有打算，不会有事也不需要你们来操心！"

慕千雪摇头，泣声道："陛下在撒谎，您根本就没有打算，否则不会一遍遍耳提面命地教予怀为君之道，根本……根本是做好了最坏的打算，可明明有机会的，为什么不让臣妾去试？"

东方溯眸光一沉，呵斥道："一派胡言，下去。"

慕千雪沉默片刻，坚定道："除非陛下答应，否则臣妾不会离开。"

东方溯瞳孔一缩，缓缓站起身来："你好大的胆子，居然敢威胁朕？"

"臣妾……"慕千雪刚说了两个字，跪在一旁的沈惜君忍道："己所不欲，勿施于人。臣妾知道陛下是想保护贵妃，可陛下不觉得您这份保护太过自私了吗？万一您没能熬过去，那么贵妃一辈子都会活在悔恨懊恼的折磨之中。"说着，她伏身拜下，以额触地，"求陛下答应贵妃，让她出宫，无论成与不成，至少不会有遗憾。"

张进犹豫片刻，鼓起勇气道："陛下，皇后娘娘所言在理，您就答应了吧。"

东方溯的眸光自张进身上刮过，冷得让人打哆嗦："好啊，一个个都逼起朕来了，真是能耐。"

张进急忙跪下："奴才不敢，奴才只是担心陛下，只有娘娘随军出征，才有可能在一个月里除去苏克和北域联军，取得唯一一株月见草。"说着，他抬起头，哽咽道，"这是救陛下唯一的机会了啊。"

"朕不需要任何人来救！"东方溯说得急了一些，又是一阵咳嗽，每一次咳嗽过后，他眼中的精气都会少一些，再少一些，直至油尽灯枯的那一刻……慕千雪起身，一字一顿道："既然这样，臣妾亦不再说什么，但有一事，臣妾需得告之陛下。"

东方溯眉目微微一松，缓了口气："说！"

"陛下龙归大海之日，臣妾必以三尺白绫相随！"此言一出，东方溯豁然色变，近乎害怕地咆哮道："你敢！"

慕千雪涩然一笑："陛下放心，臣妾一定说到做到！"

"你……"东方溯气得浑身哆嗦，身为帝王，谁敢威胁他，就算有，也都一个个到阴曹地府去报到了，可眼前这个女子的威胁，却让他无处使力。

东方溯深吸一口气，按下心中的慌张与害怕："宫嫔自尽是大罪，你要是真这么做了，连予怀都会被你连累。"

慕千雪淡然道："连累也好，大罪也罢，总之臣妾说到做到！"

东方溯紧紧攥着手指，指节因为过于用力，发出"咯咯"的轻响，咬牙道："你不要逼朕！"

慕千雪抬头，神情一如先前那般平淡："是陛下逼臣妾在先。"

沈惜君在一旁道："贵妃性子素来倔强，陛下您是知道的，还是……"

"闭嘴！"东方溯面目狰狞地指着她，"你一门心思想将贵妃置于危险之中，究竟存的什么心思？”

这句脱口而出的指责尖刻到了极点，大殿瞬间静了下来，鸦雀无声，只有外面呼啸不止的风雪声充斥在耳畔。

沈惜君强忍了心中的难过，哽咽道：“臣妾可以对天起誓，所做的一切，都是为了陛下，为了大周，绝无半点儿私心。”顿一顿，她又道，“臣妾虽无贵妃那样的巧思奇谋，不能为陛下取得月见草，但臣妾愿与贵妃共同承担一切，贵妃伤，臣妾伤；贵妃死……臣妾死！”

慕千雪大惊：“娘娘不可！”

沈惜君温言道：“虽然之前答应助你出宫，但其实本宫心里一直不安，就怕你在宫外遇到什么事情，现在这样，反而好过许多。”见慕千雪还要言语，她摇头道，“这不是你一个人的事情，理该如此。”

“求陛下恩允！”

“求陛下恩允！”

“求陛下恩允！”第一遍是沈惜君，第二遍是张进，第三遍则是承德殿所有的宫人。

第二十一章　出征

东方溯盯着一道道跪在底下的身影，面色阴晴不定。这个时候，门外传来小太监尖细的声音："陛下，林统领求见。"

"让他进来。"随着东方溯的话，一身寒气的林默走了进来，他不动声色地扫了一眼大殿，拱手道："见过陛下。"

"什么事？"

林默看了一眼慕千雪，道："卑职听说贵妃娘娘想要出宫？"

"你消息倒是灵通。"东方溯冷笑一声，倒也没怎么意外，毕竟林默身兼神机营与禁军。

林默突然单膝跪地，肃声道："卑职愿意护送贵妃娘娘，拼着性命不要，也一定会将娘娘平安送回！"

东方溯气愤交加，恨声道："连你也来跟朕作对！"

"卑职不敢，卑职只希望陛下龙体安康！"林默很清楚，调兵征粮，来回奔波，一个月根本不够，就算大军一到西域就大获全胜，取得月见草，也救不了东方溯的性命，慕千雪是唯一的希望了。

东方溯面色阴沉如铁："说得可真是好听。"

慕千雪凝声道："梁昭仪姐弟二人虽已经伏诛，但他们带来的内政之乱，并没有完全平定。予怀这两年虽然学了不少，但毕竟年少，就算有大臣辅政，只怕也难以支撑大局。再说西楚和齐国狼子野心，一旦陛下出事，他们绝不会放过这个机会，到时候内忧外患，您让予怀怎么办？万一社稷不保……他岂非成了大周的罪人？"

东方溯面无表情地听着："所以朕一定要答应是吗？"

"除非陛下不在乎先祖辛苦打下的江山，否则恐怕只能这样。"慕千雪坚定地说着，随即又软了语气，"臣妾答应您，一定会带月见草回来。"

林默沉声道："臣愿意以性命保证娘娘的安危！"

沈惜君接过话："臣妾也愿意！"

东方溯的目光在三人身上徐徐掠过，冷笑道："朕的皇后，朕的贵妃，朕的臣子，竟然联起手来逼朕，好啊，真是好啊！"

"陛下……"林默刚说了两个字，便被东方溯抬手阻止，他缓步来到慕千雪身前，眸中是难言的复杂与悲凉："你非要逼朕答应是不是？"

慕千雪抬头，与他四目相对："是。"

许久，东方溯率先打破了令人窒息的沉默："好，朕给你一个月的时间，一个月后，无论有没有得到月见草，你都必须回来。"

见东方溯同意，慕千雪欣喜过望："多谢陛下，臣妾一定会带月见草回来！"

东方溯深深看了她一眼，转眸落在林默身上，冷声道："记住你说过的话，贵妃安，则你安。贵妃不安，则你人头落地！"

林默知道，这是让他护送慕千雪去西域，当即拱手答应："卑职领旨！"

"至于你……"东方溯走到沈惜君面前，垂目片刻，缓了语气道，"你也起来吧，贵妃不在的这些日子，倾心就由你照顾，她自幼没离开过贵妃，倏然分别，怕是会闹些脾气。"

他心里清楚，沈惜君和慕千雪一样，都是因为关心自己，才会铤而走险，先前一时情急，才会语出伤人。

"臣妾一定会好生照顾倾心，请陛下放心。"面对沈惜君的应诺，东方溯点点头，挥手道："你们下去吧，朕和贵妃还有几句话要说。"

在沈惜君他们离去后，东方溯俯身扶起慕千雪，目光哀凉如水："朕本想趁这段时间多陪陪你和孩子，可你偏偏不肯。"

"等陛下病好了，臣妾天天陪伴陛下，到时候您可不许生厌。"慕千雪故作轻松地说着。

"天天……"东方溯涩然一笑，怆然道，"朕不知道还有没有这个机会。"

慕千雪神情坚定道："一定有，因为臣妾一定会为陛下取来月见草，所以请陛下无论如何都要等臣妾回来。"

东方溯怔怔看着她，片刻，他赧然一笑，点头道："好，朕等你！"

"陛下是天子，金口玉言，可不能反悔，咱们拉钩。"虽然慕千雪笑语嫣然，一派轻松，可东方溯分明看到她眼底的忧虑。他知道，千雪在害怕，怕自己等不到她回来。

东方溯压下心中的伤感，伸出小指与她纤巧的手指钩在一起："好，咱们拉钩，千雪不归，朕绝不闭眼！"

说了这么久，东方溯也累了，就着慕千雪的搀扶回到椅中坐下，歇息片刻，他道："你打算何时动身？"

"明日就动身。"慕千雪的回答出乎东方溯意料之外，蹙眉道："兵马粮草最快也要十余天才能调集过来，明日怎么来得及。"

"时间紧迫，臣妾不打算等他们，臣妾记得，京城有三千精锐骑兵在，请陛下准许臣妾带他们前往西域。"

"这个当然可以，但三千骑兵，如何与苏克他们拼斗。上次一战，摩洛也是损失惨重，朕估摸着他此刻能够动用的士兵不会超过五万之数。"

慕千雪微微一笑："足够了，比这个还悬殊的仗，咱们不也打过吗？"

"话是没错，但……"东方溯沉声道，"这场仗，表面上是对付苏克和北域，但你我心里都清楚，西楚和齐国也有暗中参与，一旦战事有变，他们一定会出手，老九那次，神机营就吃了大亏。"

"天机卫是臣妾一手训练出来的，虽说离开已经有十几年了，但万变不离其宗，臣妾自有办法对付。至于血骑士，不过是齐帝集结起来的一群嗜杀之徒，不足为患。"停顿片刻，慕千雪道，"不过臣妾要再带一个人去西域。"

东方溯思索片刻，道："张启凌？"

"他当然要去，但臣妾说的并不是他，而是古逸臣。"

"你想借用他的机关术？"

"是，臣妾听说天山附近地势陡峭，行走不易，他的机关术天下无双，或许能够派上用场。"

"也好，不过自西楚回来后，他精神一直不大好，也不知能否随军出征。"

"臣妾明日亲自去见他，应该没什么问题。"

"好。"东方溯点点头，对张进道，"你立刻去一趟张府，传朕口谕，让张启凌带齐三千骑兵，明日随贵妃动身。另外，你再去见一趟林默，告诉他，除了必要的人手之外，其余的全部带上，一定要保护好贵妃。"

“其实已经有三千骑兵在了，又有林统领亲自护送，无须再带那么多人，还是让他们留在金陵，听候陛下差遣吧。”

“如果不想朕改变主意的话，就不要再拒绝。”见东方溯态度坚决，慕千雪只得答应：“多谢陛下。”

东方溯笑一笑，握了她纤细白皙的手掌道：“今夜就留在承德殿陪朕吧。”

慕千雪当然不会拒绝，她也好，东方溯也好，都格外珍惜这一夜，因为……谁也说不准，他们还有没有再相见的机会。

都说长夜漫漫，可这一夜却显得格外短暂……

翌日清晨，大雪还在继续，慕千雪冒雪离去。东方溯忍着骨子里刺骨的寒冷，一路送到宫门口，目送她消失在纷飞如絮的大雪中。

张进见他久久不肯收回目光，知道是担心慕千雪安危，轻声道：“陛下别担心，之前那么多艰难险阻娘娘都一一闯过来了，奴才相信这次一定也可以。”

东方溯正要说话，被一阵咳嗽打断，待勉强平息了气息后，他怆然道：“你觉得朕还能再见到贵妃吗？”

张进大惊，急忙道：“陛下别说这么不吉利的话，您宽厚仁慈，爱民如子，上天一定会保佑陛下长寿无疆，万岁万岁万万岁！”

东方溯摇头道：“哪有什么万岁，纵观古今，多少帝王将相求长生而不得。”

张进嘿嘿一笑，随即关切道：“陛下，外面冷，奴才扶您回去吧。”

林默已是等在宫外，看到慕千雪出来，拱手行礼：“见过娘娘。”

“都安排好了？”

“一切都已安排妥当，随时都能动身。张相刚才派人来传过话，午时过后，他会领三千骑兵在城外等候娘娘。”

慕千雪看了一眼林默以及他身后在漫天大雪中若隐若现的数十道人影，颔首道：“好，辛苦林统领了。”

“娘娘客气了，这是卑职应该做的。”说着，他肃容道，“只要神机营还有一人活着，就一定会保娘娘平安。”林默很清楚这次出征有多危险，已是做好了破釜沉舟的准备。

慕千雪知道他的心思，微笑道：“本宫不会有事，你们也不会有事。”

林默只道她是安慰自己，笑一笑道：“时辰不早了，娘娘请上马车。”

“驾！”在慕千雪乘上马车后，他亲自驾驶马车往城中行去，车轮滚动，在雪地里留下两道长长的印子……

在马车离去后，原先跟在林默身后的数十个神机营的人都不约而同地失去了踪迹，消失在漫天飞雪中。

但无论林默还是慕千雪，他们都知道，神机营一直追随在左右，一旦遇到危险，就会立刻现身，舍命护主。

神机营——从来都是大周天子最忠诚的护卫。

古逸臣还住在原来的宅子里，连下了一天一夜的雪在门口积了厚厚一层，上面还残留了几分竹叶形状的鸡爪印。

林默敲了很久的门才有人来应，是一个六旬左右的老人。慕千雪认得他，是古逸臣以前的管家福伯。古家家道中落的时候，迫于生计曾离开过一阵子，后来放心不下，又回来了，一直待到现在。

福伯也认出了慕千雪，赶紧就要跪下行礼，被慕千雪扶住：“他在家吗？”

福伯知道她说的是自家公子，连连点头：“在，在，奴才这就去给娘娘叫来。”

“不必麻烦，本宫自己过去，机关室还是在原来的地方吧？”古逸臣是一个机关痴，只要他在家，就一定会待在机关室里鼓捣他那些稀奇古怪的机关。

古宅没有翻修过，屋宇庭院都还是原来的模样，一路走来，曾经的记忆一一涌上心头，一切恍如昨日。

古逸臣果然在机关室里，看到慕千雪愣了一下，半晌才回过神来，赶紧放下手里的东西迎上来：“见过贵妃娘娘，娘娘千岁千岁千千岁。”

“此处没有外人，无须行此大礼。”慕千雪扶起他，看到摆在桌案上的一堆零件，笑道，“怎么，又在寻思新发明了？”

古逸臣挠一挠头，有些不好意思道：“最近没什么好点子，就想着将原来的东西改良一番，让娘娘见笑了。”

慕千雪不知道是否自己错觉，刚才她似乎在古逸臣的眼里捕捉到一丝紧张，未等她细想，耳边又响起古逸臣的声音：“娘娘冒雪前来，不知所为何事？”

慕千雪按下思绪，凝声道：“本宫此来，是有一事想请你帮忙。”

古逸臣当即道：“娘娘请说，只要是在下能力所及，定当义不容辞。”

慕千雪将东方溯的病情说了一遍，古逸臣满面诧异：“梁昭仪谋逆一事在下倒也有所耳闻，但没想到这么严重。”

“化解陛下体内的寒毒，还差一味主药，此药只长在西域天山之上，而且只剩下一株。”

“西域天山……”古逸臣喃喃重复了一遍，试探道，“难道九王之前征伐西域，就是为了那株月见草？”

“不错。”慕千雪叹了口气，“苏克谋反，占据天山，不许任何人上去，更毁了几乎所有月见草，要不是那株年岁长久，传闻可以使人长生，他连那一株都不会留下。”

“陛下还能撑多久？”

“一个月，如果一个月内得不到月见草，陛下体内寒毒就会彻底爆发……”慕千雪黯然吐出她最不愿意说的四个字，“无药可救。”

古逸臣也是一阵叹息，随即疑惑道：“在下既不懂医术，也不懂行军打仗，不知要怎么帮娘娘？”

慕千雪笑道：“你虽不懂行军，却懂得机关术，可以出奇制胜。”

林默接过话道：“我还记得当年木牛运粮的奇景，若非有古公子精绝天下的机关奇术，那一仗我们怕是已经输了。”

古逸臣腼腆道：“林统领过奖了。”

慕千雪正色道：“本宫已经得到陛下恩允，领三千骑兵前往西域夺取月见草，本宫希望你能够助一臂之力，可否？”

“三千骑兵？”古逸臣犹豫道，“恕在下直言，连九王的十万大军都败于苏克和北域联军之手，三千骑兵……可行吗？”

慕千雪眸光微微一闪：“你不相信本宫？”

古逸臣连忙道：“在下不是这个意思，娘娘奇谋妙计，天下无人不知。只是三千之数，实在是悬殊，尽管智计可以在一定程度上弥补不足，但毕竟有一个限度，不可能无止境地弥补。”

“苏克可以击败九王和摩洛可汗，想来他手里至少有五六万士兵，再加上北域的支持，兵力是娘娘的数十倍以上，恕我直言，这已经不是智谋能够扭转的了。”不等慕千雪言语，他又道，“我知道，摩洛可汗会全力襄助，但他才刚刚受过一次大败，损兵折将不说，士气也必然低落到了极点，所以他的襄助其实并没有太大意义。”

慕千雪默默听着他的话，待他说完后，凉声道：“这么说来，你并不希望本宫出征？”

“当然不是，只是希望娘娘可以等大军集结之后再出征，这样胜算大一些。”

“本宫也想，无奈陛下等不了这么久。”说着，慕千雪淡然道，“若你觉得此行太过冒险，不愿意同去，本宫也不勉强，告辞。”

见她转身要走，古逸臣连忙拦住：“娘娘误会了，我不是这个意思。”

慕千雪漠然道：“没什么好误会的，惜命是人之常情，你放心，本宫不会怪你。”

“我……我……”古逸臣急着想要解释清楚，但又不知该怎么说，好半晌才挤出一句话来，“我不是怕死，是不希望娘娘出事。”

“本宫相信自己可以带月见草归来。”说完这句，慕千雪不再言语，带着林默离去，在他们将要踏出门槛时，古逸臣的声音自身后传来：“我随娘娘一起去。”

慕千雪脚步一顿，却不曾回头：“你不必勉强，本宫说过，不会怪你。”

古逸臣急步来到她面前，诚恳道：“没有勉强，是我自己想去，当初我被擒去西楚，要不是陛下与娘娘，根本不可能回来。这一次，请娘娘让我为陛下尽一份心力。”

慕千雪定定地注视着他：“你不怕吗？”

“怕，但还是要去，人这一生中，有很多事情比性命更重要。”说罢，古逸臣长施一礼，“请娘娘应允。”

慕千雪唇角微弯，牵起一抹温和的笑意，扶起他道：“你有这份心，本宫很高兴，你放心，本宫和林统领一定会保你平安。”顿一顿，她道，“把东西收拾一下，本宫在外面等你。”

几乎是在踏出古宅的瞬间，慕千雪的笑容犹如被乌云遮住日光，消失得无影无踪，冷声道：“这一路上派两个人日夜监视古逸臣，本宫要知道他的一举一动。”

林默愕然道：“这是为何？”

慕千雪接过夏月递来的伞，漠然道：“刚才你都看到了什么？”

林默猜不透她这么问的用意，谨慎道：“他虽有些胆小畏惧，但总算还懂得知恩图报，没有辜负娘娘的期望。”

“仅此而已？”

“卑职愚钝，还请娘娘明示。”

慕千雪目光冰冷地盯着风雪中的宅子：“本宫从来没说过苏克与北域联手，他却一言道破。”

被她这么一说，林默也想了起来：“苏克与北域联手之事，并不是什么秘密，他知道也不稀奇。”

“那他对两国形势的分析呢？”

“分析？”夏月惊讶道，“古公子什么时候对这个感兴趣了？”

“连你也觉得不对劲儿了吧，他是一个机关痴人，只对机关术感兴趣，除此之外，他连听一句都嫌多余，可这次却侃侃而谈，而且说得头头是道。”

“是很奇怪，不像古公子平日的为人。”说到这里，夏月陡然一惊，脱口道，“难道是有人冒充古公子？”

林默摇头道：“江湖上盛传的那些易容术并不高明，如果是易容冒充，我一定能够看出来，除非……”

见他迟迟没说下去，夏月催促道：“除非什么？”

林默面有难色道：“除非是像医十那样，通过改变骨骼肌肉来易容，但这么多年来，除了医十，我再没见过第二人。”

慕千雪拂去夏月肩上的落雪，漠然道：“或许是本宫多疑了，但……事关陛下性命，小心一些总是没错的。”

林默深以为然地点点头：“卑职立刻安排。”

这一切，古逸臣并不知道，他简单收拾了一下东西，便随慕千雪出城，张启凌已率三千骑兵等在城外。

看到慕千雪过来，他下马行了一礼，笑道：“想不到娘娘真的说服陛下，亲自领兵出征。”

慕千雪扶着夏月的手走下马车：“你知道本宫别无选择。”

张启凌缓缓收敛了方才的笑容：“娘娘真的想好了吗？说句不中听的话，这一仗很可能有去无回。”

“为了陛下，就算前面是龙潭虎穴，本宫也一定要去闯。”

张启凌早料到她会这么说，赧然笑道：“这么看来，我只能舍命陪娘娘了。”说着，他伸手道，“时辰不早，请娘娘上马车，咱们立刻动身。”

慕千雪领三千骑兵出征的消息，很快传到了苏克耳中，苏克满面不屑道：“北周真是没人了，竟派个女子领兵，还只有区区三千骑兵，简直是送死。”

旁边有将领道：“听说这位慕贵妃多智近妖，但凡是她插手的战事，就没有败过，将军不可大意。”

另一名将领不以为然道：“就算她再有能耐，也不可能将三千骑兵变成三十万，三千……呵呵，咱们一人一脚都能把他们活活踩死。”说着，他拱手道，“将军，请让末将迎战，末将一定取下他们人头献予将军。”

“好！”苏克欣然答应，“待巴图你得胜归来，本将军为你摆酒庆祝。”

将领正在说话，营帐外传来女子悠闲的声音：“仗还没打呢，就先想着庆祝了，也是有趣。”

苏克面色一变，手已经握在刀柄上：“什么人？”

“才这么几日不见，将军就不记得小女子了吗？”一名女子挑帘走了进来，面上挂着吟吟笑意。

看到来人，苏克神情一松：“我道是谁，原来是乔初姑娘。”说着，他对巴图道，“你去外面瞧瞧，怎么乔初姑娘来了也不通传一声，是不是都偷懒去了。”

他这里乃是重兵把守的营地，乔初却犹如出入无人之地，令他甚是不安。

乔初看出他的意图，漫然道：“不用去了，你那些士兵都趴在地上，应该要好一会儿才能站起来。”

苏克眸光一沉，手指缓缓握住刀柄：“这是什么意思？”

乔初将他的举动看在眼里，笑道：“将军不必紧张，我若要对你不利，此刻就不会站着了，我只是想借此提醒你，千万……千万不要小觑了这位慕贵妃。”

乔初的话令苏克大为诧异：“难道她跟你一样，有一身绝顶武功？”

“不，她丝毫不懂武功，甚至可以说手无缚鸡之力。”

听到这话，苏克放下心来：“一个不通武功的妇人，我怕她做甚。”

乔初摇头道：“将军错了，她虽不懂武功，却诡计多端，狡猾如狐，可比武功可怕多了。”

见苏克对她的话将信将疑，乔初凉声道：“既已说到这个份儿上，我也不怕再多嘴说一句，今日来的若是她，任你有这些个士兵，呵呵，将军也早已经血洒此处。”

苏克被她说得面上挂不住，旁边的巴图冷哼一声，恼怒道：“危言耸听！”

乔初横了他一眼，言辞倏然变得锋利起来：“北周上一任帝王是怎么败的，东凌是怎么灭的，罗格又是怎么死的，这桩桩件件，你们都忘了吗？”

这一连串的问题，让巴图词穷，好半天才挤出一句话来：“那……那是她运气好。”

“运气？”乔初掩唇娇笑，眼波流转，望着苏克道，“将军也这么认为吗？”

苏克沉默片刻，冷声道：“我承认她确实有些本事，但也不至于像乔初姑娘说得这么匪夷所思。”

巴图接过话道："就是，任她如何能耐，说到底还是一个凡人，既是凡人，就不可能凭三千士兵赢我们。"

乔初微微一笑："该说的我都说了，信不信由你们，告辞。"说罢，她飘然离去，消失在漫天风雪中。

在确认她走远后，巴图往地上吐了一口唾沫，嫌恶道："不就是一个劳什子的天机位首座吗，还真把自己当一回事了。"

见苏克低头不语，他拍着胸脯，信心十足道："大将军放心，不管是谁来，末将都会砍下他的头颅献给将军。"

尽管有巴图的保证，苏克仍是心中不安，思忖片刻，他对巴图道："你派人去看看，北周的军队到哪里了。"

巴图不满道："大将军，你还真把那女人的话当回事了啊？"

苏克目光谨慎道："乔初是楚帝的亲信，她今日过来，必是楚帝的意思，楚帝是什么样的人，巴图你还不清楚吗？"

听到萧若傲的名字，一向天不怕地不怕的巴图竟露出一丝惧色，迟疑道："会不会是楚帝多心了？"

"多心也好，多虑也罢，谨慎一些总是不会错的。"见苏克态度坚持，巴图只得领命离去。这一去就是大半日，直至天黑时分方才回来。

看到他进来，正在与将领议事的苏克精神一振，连忙道："到哪里了？"

巴图面有难色地摇头："不知道。"

苏克没想到会是这么一个答案，愣了一会儿才回过神来："什么意思？"

"按之前传回来的消息还有他们的行军速度来看，周军今日一早就该进入西域范围，可咱们的士兵怎么也找不到他们的踪迹。"

旁边一名蓄着络腮胡子的将领愕然道："三千人，又不是三个人，怎么可能找不到？！"

巴图满脸无奈道："我也觉得不应该，但确实一点儿痕迹也找不到，仿佛……凭空消失了一般。"

另一人思忖道："是不是去了摩洛那里？"

"已经飞鹰传书给咱们安插在摩洛那边的探子，应该很快就有消息传来。"话音刚落，外面传来鹰鸣声，在寂静的黑夜里听来格外明显。

巴图露出一丝喜色："应该是消息传回来了。"

果不其然，很快有一名士兵拿进来一个手指粗细的竹筒，里面藏着一张卷起来的纸条，在展开纸条后，巴图脸上的笑容一滞，失落道：“那边也没有。”

络腮胡子的将领寻思道：“会不会是他们还没有抵达西域，或者……觉得实力悬殊，又折回去了？”

“不会。”苏克不假思索地否定了他的话，“第一，以他们的脚程，不可能至今没有抵达。第二，他们一门心思想得到月见草，日夜兼程而来，又怎么可能折回。”

“那怎么就找不到人呢？”

苏克盯着碗里的马奶酒，冷声道：“能够从咱们眼皮子底下消失，看来乔初并没有夸大其词，这个慕贵妃……确实有些能耐。”

这一次巴图心里也没了底：“那现在怎么办？要不要继续找？”

苏克眼眸微眯：“与其费神费力地寻找，不如守株待兔，奎狼你说呢？”

奎狼就是那个络腮胡子，与巴图一样，都是苏克最得力的部将，他眼珠子微微一转，已是猜到了几分：“大将军是说天山？”

“不错，无论他们如何掩藏行迹，最终的目的都是天山，守住天山，就等于把住了他们的命脉。”

奎狼深以为然地点点头，起身道：“末将现在就去安排，必将他们一网打尽。”

第二十二章　三千对三万

天山是西域最大的山脉，延绵数千里，一眼望不到尽头，而苏克占据的是天山最中心的一座山峰，那里终年被积雪覆盖，四季不化，地势险峻。但往往越是危险的地方，就有越多的奇花异草，雪莲、紫草、黄芪等，而那株关乎东方溯生死的月见草就长在山峰顶端。

天山犹如一座巨大的宝库，虽然危险，但依旧引来一批又一批人，这些人穷尽毕生之力在天山上搭出一座天梯，成为登上天山唯一的路径。

奎狼带来了三万士兵，驻守在天梯附近，这一等就是三天。第三天夜里，一向安静的天山突然出现许多影影绰绰的人影，大有往天梯这边聚集的势头，必是北周军队无疑。

“可算来了。”奎狼咧嘴露出一丝狞笑，用力挥手道，“放箭！”

“嗤！嗤嗤！”随着他一声令下，成千上万支箭矢如雨一般往那些人影射去，尖锐的破空声几乎要刺穿耳膜，这要是被刺中，非得成刺猬不可。

事实也确实如此，借着微弱的月光，能够看到那些人影纷纷倒地，显然是中箭而死。可接下来的事情，让西域士兵头皮炸裂，那些本该中箭而死的人，竟然又摇摇摆摆地站了起来，隐约可以看到他们身上还插着箭。

奎狼也是头皮发麻，他杀人无数，但还是第一次看到如此诡异的事情，旁边士兵结结巴巴道：“将军，现在……现在怎么办？”

奎狼强压心中的慌张，咬牙道：“继续放箭！”

箭矢如雨，一轮接一轮地射去，那些人影身上挨了一箭又一箭，但还在继续往前，竟仿佛杀不死一样。

西域士兵越射越心慌，纷纷猜测他们是不是撞鬼了，否则怎么会有杀不死的人！眼见那些“人”离得越来越近，要不是军令如山，他们几乎都想弃箭奔逃了。

不只他们，奎狼也是忐忑不安。所幸在又一轮箭矢后，那些影子似乎害怕了，纷纷转身离去。他们身上都插着箭，走路又都是摇摇晃晃的，仿佛是一头头箭猪，甚是好笑。但那些西域士兵没一个笑得出来，皆在心里庆幸，否则跟那些非人的东西碰上，真不知怎么打。

奎狼也是暗自抹了把冷汗，虽然那些“人”不见了，但他不敢大意，一直瞪大眼睛盯着，总算一直到天亮都没再出现异常。

“你们在这里轮流看守，我回去向大将军禀报。”奎狼交代了一句后，带着几名亲兵策马赶回营地。

苏克听完他的禀报亦是惊骇莫名：“竟有这样的怪事？”

奎狼神色凝重道：“天亮后，末将曾派人去前方看过，除了散落在地上的箭矢之外，一滴血迹也没有。”

巴图也在，听到这话连连摇头：“胡说，哪有人中箭却不流血的。”

“确实不可能，除非……”奎狼缓缓吐出在他心里盘旋了一宿的三个字，“不是人。”

旁边一名将领迟疑道：“听说天山藏着不少魑魅魍魉，会不会是那些东西在作怪？”

苏克双手猛地一紧，下一刻，他用力拍在桌案上，面目狞狠地斥道：“放肆！你们一个个身为军中将领，却在这里胡言乱语，大放厥词，该当何罪？”

“大将军息怒。”奎狼连忙拱手赔罪，随即又道，“我等并非有意，只是昨夜的事情，实在太过匪夷所思，这才……”

“够了。”苏克拂袖打断他的话，寒声道，“最好不要让本将军再听到类似的话，否则动摇了军心，绝不轻饶！”

苏克并非真的一点儿不怀疑，只是他不敢说出口，否则整个军营都会人心惶惶，那这仗就真的没法打了。

“是。”奎狼也知道他的顾虑，无奈道，“那现在怎么办？”

苏克思绪片刻，沉声道：“我再调一万士兵给你，你继续守着天山，不许北周和摩洛的军队踏足一步，一定要给我守住那株月见草！”

奎狼正要答应，一名士兵急急奔入帐中，慌声道：“启禀大将军，有敌袭！”

苏克豁然起身：“在哪里？”

“天山！”士兵的回答令众人骇然，尤其是奎狼，脱口道：“不可能，我刚刚才从天山回来。”

“是天山那边传来的情况，而且已经燃起狼烟，应该不会有假。”士兵话音未落，奎狼已经冲了出去，果见天山的方向狼烟升腾。

真的有敌袭！

苏克等人也冲了出来，看到笔直冲天的狼烟，他当即传令集兵，半个时辰后，他和奎狼等人带着五千士兵迅速赶往天山。

从军营到天山，说远不远说近不近，差不多要一个时辰，等他们赶到的时候，那里已经血流成河，无数士兵倒在血泊中，身上插满了箭矢，奎狼一眼认出这是他们的箭矢，只是不知为什么，全部插在自己这边的士兵身上。

“大将军小心！”巴图挥刀格挡射来的箭雨，这一轮利箭之下，又有无数士兵死去，看得苏克眼皮直跳。

他抬头，穿过重重箭矢，看到一群士兵，看那军服，是北周无疑，箭矢正是他们射出。而在这群人的正中间，一名女子白衣飘飘，恍若仙子，唯独那双眼睛冷得可怕，让人不敢对视。

慕千雪！

只是一眼，苏克便肯定远处这名女子一定是慕千雪无疑，只有那个传闻中的女子才会出现在这里，也才会拥有连自己也害怕的眼神。

苏克敛了心神，抓过一名士兵怒吼道：“箭呢，为什么不反击？”

“我们的箭没有了，而他们一直在射箭，那么远的距离我们……我们根本冲不过去。”

奎狼的脸上青一阵白一阵，他当然知道为什么会没有箭。没有箭矢，注定会在远距离攻击中吃大亏，这一点他是清楚的。所以先前回营，一是向苏克禀报昨夜的事情，二是补充箭矢。但他怎么也没想到，北周军队竟然会挑这个时候袭击，而且还是选择远距离攻击，偏偏他又正好不在，群龙无首，死伤无数。

苏克倒也果断，见无法实施远距离攻击，当即道：“重甲兵掩护，冲上去！”

在他的命令下，一队身穿黑亮盔甲的士兵集结在一起，每个人手里拿着一块将近一人高的盾牌，掩护其他士兵冒着箭雨往前走来。

“叮叮咚咚！”有了盾牌掩护，那些箭矢纷纷落地，无法再像先前那样肆无忌惮地收割性命。

慕千雪冷眼注视着一步步逼近的西域士兵，张启凌来到她身边，说道：“箭矢用得差不多了。”

“那就撤兵吧。”随着慕千雪的命令，三千士兵迅速撤离，没有一丝犹豫，等到苏克他们赶到，早已经不见了踪影。

这一战，苏克这边伤亡惨重，竟是死伤了将近一万的士兵，而北周……几乎没有任何伤亡。

“该死！”苏克脸庞铁青欲迸，他领兵这么久，还是头一次遇到如此惨烈的失败，三万对三千……简直是在当众打他的脸。

苏克愤然盯着奎狼：“我把天山交给你守卫，你就给我守出这么一个名堂来？”

奎狼慌忙下跪：“末将有负大将军所望，请大将军治罪！”

苏克强忍着一脚踹在他身上的冲动，咬牙道：“整整三万士兵，却被区区三千人大败，死伤近万，这要是传扬出去，我的脸还往哪搁？”

奎狼心里也委屈得紧：“末将自知罪责难逃，但实在没想到，他们会挑这个时候进攻，而且……他们专挑咱们的弱点下手，似乎早就知道了。”

这句话让苏克渐渐冷静下来，是啊，不论时机还是进攻方法都太巧了，绝不正常。难道……出了内奸？

正在思索时，有士兵来报：“将军，我们在旁边的峡谷中发现许多稻草人。”

“稻草人？”苏克疑惑地重复了一遍，“带我去看看。”

很快，士兵带着他们来到一个峡谷处，果见里面堆了许多稻草人，周身许多地方有破损，像是被利器所伤，大概数了一下，竟有上千个之多。

巴图不解地问道：“奇怪，这里怎么会有这么多稻草人？”

苏克蹲下身，若有所思地抚着稻草人身上的伤口，半晌，他突然道：“奎狼，你说昨夜那些人，怎么中箭都不死是吗？”

奎狼点头道：“是，末将看得清清楚楚，那些人身中数箭而不死，所以才会有那样的猜测。”

苏克拍手起身，冷然道：“你被骗了。”

奎狼一愣：“末将不明白大将军的意思。”

“你昨夜见到的根本不是人，而是……”苏克指着地上满堆的稻草人道，“这些。”

“这些？”别说奎狼，其他人也都听得发懵，稻草人又不会走路，怎么可能夜袭天山，难不成那位慕贵妃会使妖法？

苏克看出他们的心思，冷笑道：“没有什么妖法，就是一个诡计而已，只是她使得极为高明，从而把你耍得团团转。”

众人听得一头雾水，巴图最先忍不住：“大将军就别卖关子了，到底是怎么一回事？”

“昨夜，那些北周士兵给稻草人穿上他们的衣裳，然后背负在身上，夜色暗沉，奎狼根本分不清真假，只道是敌袭，下令射箭。稻草人是死物，自然中多少箭都无所谓。为了避箭，这些士兵必然是趴在地上匍匐前进，直至天色将亮，方才撤兵而归。这一夜工夫，敌军不仅成功让你们惶惶不安，而且还成功得到了几万支箭，然后掉转头用来对付我们，这如意算盘打得真是响。”

奎狼被他说得满面通红，单膝跪地：“末将无能，请大将军治罪。”

苏克冷哼一声：“罪当然要治，不过本将军可以给你一个将功赎罪的机会。”

奎狼知道他是想让自己继续留在军中效力，当即道：“多谢大将军，末将一定会诛杀慕氏妖女，为将士们报仇！”

苏克点点头：“派人仔细搜寻附近山脉，他们应该不会走远，找到后立刻来报，不得轻举妄动。”待奎狼应下后，他又补充道，“记着，一定要守住天山，守住月见草。”

在奎狼一一应下后，苏克翻身上马，带着巴图与几名亲兵往西楚的方向奔去。不多时，一片残破的城墙出现在视线中，看样子应该已经废弃许久了。

可就是这样一片看似荒废的城墙，在苏克靠近时，突然凭空出现一道鬼魅般的黑影：“什么人？”

苏克勒住马绳，拱手道：“在下苏克，想见你们首座。”

“等着。”扔下这两个字，黑影消失在城墙后面，巴图等人面面相觑，他们还是第一次来这个地方。

不多时，耳中传来“吱呀”一声轻响，这城墙竟然藏了一道用砖块垒成的门，要不是他们开启，根本发现不了。

刚才那道黑影站在门边，冷声道：“首座让你进去，别忘了规矩。”

“当然。”苏克一边说着一边解下佩刀，巴图大惊，连忙道：“您这是做什么？”

“这是天机卫的规矩，你们也把刀解下。”

“天机卫？”巴图还是第一次来这里，满面诧异。

“不错。”在苏克的要求下，第一次来这里的巴图等人只得解下佩刀，交给黑影保管。

与外面荒凉无人的城墙不同，里面有人来回巡逻，而且一个个太阳穴鼓起，显然非泛泛之辈，难怪苏克刚一靠近就被发现了。

他们被带到一间屋子里，待下人出去后，巴图小声道：“大将军，您见那个乔初做什么？”既然这里是天机卫所在，那么苏克口中的首座，必是乔初无疑。

苏克正要说话，房门被人推开，乔初笑吟吟地走了进来：“难怪今儿个一早连着爆了好几朵灯花，原来是有稀客到来。”

苏克笑道：“首座大人说笑了，我哪算什么稀客，顶多就是一个便宜客人。”

“将军真会说笑。”乔初掩唇娇笑，她的笑容很美，但每每笑起来的时候，右侧脸颊都会出现一个浅浅的印子。

这个印子，正是当初在金陵时被张启凌他们伤及脸颊留下的，虽然事后用了无数去疤养颜的膏药，但还是留下了疤痕。平日里看着不明显，可一旦笑起来，疤痕就显露出来了。

客气了几句话，乔初话锋一转，娇声道：“无事不登三宝殿，不知将军今日过来，所为何事？”

苏克敛了笑容，沉声道：“不瞒首座，今日一早，慕氏领兵偷袭了天山。”

乔初一惊：“这么快？”

“事实上，这场偷袭从昨夜就开始了。”苏克将事情原原本本说了一遍，随即道，“首座说得果然没错，慕氏虽然不懂武功，却比任何人都要可怕，我还是头一次遇到这样诡异的战术。”

待诧异过去后，乔初微笑道：“将军现在不觉得我是危言耸听了吧？”

“在下昨日失言，今儿个特地过来赔罪，还请首座大人大量，不要见怪。”苏克这会儿态度出奇地好，与昨日判若两人。

乔初嫣然一笑，眼波流转：“将军特意过来，想必不仅仅是为了赔罪吧？”

被她揭穿了心思，苏克也不在意，笑道：“首座七窍玲珑，难怪楚帝将你倚为左膀右臂。不错，我今日来，还有一件事想与首座商量。”

乔初目光一转，已是猜到了几分：“你想本座助你一起对付慕氏？”

“不是助我，而是助楚帝。”苏克纠正了她的话，“谁都知道，慕千雪是楚帝的死敌，要是咱们能够除了她，楚帝从此就可高枕无忧，想必这也是楚帝的心意。”

乔初似笑非笑道："那你可就错了，陛下……并不想杀了慕千雪。"

苏克大为意外，正要言语，乔初又道："不过你放心，我会帮你，只是慕千雪必须得交给我处置。"

"不行！"巴图第一个反对，大声道，"她害死我军万余名将士，一定要由我们处置，当众斩首，以慰我军将士在天之灵！"

乔初横目于他，冷冷道："这里什么时候轮到你说话了？"

巴图是苏克底下一员猛将，何曾被人这样说过，气得面庞通红："总之慕千雪绝不能交给你们！"

乔初目光冰冷地盯着巴图，半晌，她目光一转，落在苏克身上："将军也是这个意思吗？"

"这……"苏克还在犹豫之时，乔初道："既是这样，我们也没必要再说下去，本座即刻带人回应天。至于齐国那边，相信也会立即撤离，将军自己对付北周吧，送客。"

苏克没想到她态度如此坚决，连忙道："首座息怒，有话慢慢说。"

乔初冷声道："先前那一战，要不是陛下帮你，你根本赢不了北周与摩洛的联军，如今却纵容一个下属在此放肆，可见你眼里并无陛下，还有什么好说的。"

"误会误会。"苏克急忙道，"我对楚帝一向尊重，绝无半分不敬之心。"说着，他瞪着巴图道："还不快向首座大人赔罪！"

巴图晃着脑袋道："末将又没说错，为何要赔罪？"

苏克目光狠狠在巴图脸上刮过，咬牙道："你现在连本将军的话也不听了是吗？"

见他动了怒，巴图只得心不甘情不愿地向乔初赔罪："是我失言，见谅。"

苏克顺势道："抓到慕千雪后，我一定交给首座带回应天。"

他很清楚，乔初这是存心在给自己施下马威，但今早与慕千雪的初次交锋令他心惊胆战。

以区区三千之数，斩杀自己近万将士，对方却毫发无损，这样恐怖的智谋，绝非他所能抵挡。再说了，北周拥有的可不仅仅只有三千士兵，只要给他们一些时间，别说三万，三十万也不在话下，如果没有西楚与齐国的支持，他根本不是对手。而且北域与西楚之间也有着千丝万缕的关系，一旦西楚施压，北域会做何选择，可想而知。

见姿态摆得差不多了，乔初也见好就收："既是这样，那刚才的事，就此揭过吧。"

苏克试探道："那北周那边……"

乔初知道他想问什么，微笑道："我会帮你一道对付她，血影那边应该也问题不大，毕竟北周是咱们共同的敌人，待我们安排好就会过去，最多两日。"血影就是血骑士的头领，也是齐帝的亲信。

"好好好，多谢首座大人。"苏克连连道谢之后，方才带着巴图等人离开。

待那道隐晦的城门重新关起后，从刚才起就憋了一肚子气的巴图按捺不住道："大将军，咱们何必要受那刁妇的气。是，之前是输了一仗，但那是输在没有防备，现在有了提防，末将就不相信，凭咱们这么多人，还赢不了区区三千周军。"

苏克默默听着，待他说完后方才道："后面呢？"

"什么后面？"

"对付三千周军当然容易，可北周并不止这些人，一旦他们狗急跳墙，倾巢而出，你确定挡得住？还有摩洛，他可不会就此罢休。"

巴图被他说得哑口无言，他是个一根筋的粗人，脑子里就只有打仗杀人这么简单，半晌，他憋屈道："那……那就只能受他们的气？"

"我们现在实力不够，他们只能如此，至于以后……"苏克冷冷看了一眼城墙，"走着瞧吧。"

那一仗之后，北周军队便又消失得无影无踪，任他们寻遍天山附近，皆一无所获，似乎已经离开了西域，天山亦恢复了宁静。

但不论是苏克还是乔初都知道，只要那株月见草还在，慕千雪就不可能离开，她一定还会再来。

在离天山主脉数十里的地方，一群士兵正席地而坐，啃着坚硬无味的馒头。

张启凌将半个馒头递给一直盯着沙盘的慕千雪："你已经看得很久了，休息一会儿吧。"

慕千雪接过馒头默默咬了一口："还有多少干粮？"

"大概还能再撑两三天，摩洛那边指望不上了，得尽快想办法补充粮草。"张启凌取下铁吊子，里面的水已经烧开了，正嘟嘟冒着泡。

"北域？"

"不错，你又料对了，但并不是什么好事。"张启凌倒了一杯水递给慕千雪，"一个时辰前传回来的消息，在突破北域包围之前，摩洛都没办法送粮过来。"

慕千雪默默捧着茶盏，热意渗出盏壁，一点点温暖着她冰凉的双手："未必。"

“苏克虽然损失近万士兵，但还有好几万，这会儿一定全数守在天山，要是我没料错，应该还有天机卫和血骑士的人。这一次他们有了防备，不可能再像之前那样轻易得胜，可若是硬碰硬，我们必输无疑。”张启凌为难地说着，他征战的次数并不少，但像现在这样艰难的还是头一回，偏偏他们还输不得。

“所以一定要出奇兵。”慕千雪命夏月取来地图，指了一个地方道，“你看这个地方。”

张启凌仔细看了一眼，道：“这是西楚与西域交界的地方，怎么了？”

“这里是一段废弃的城墙，可林默告诉我，有人驻守在这里，甚至……连苏克也来过，就在那一次大败后。”

苏克怕是做梦也想不到，他去见乔初的时候，林默就跟在他身后。

“苏克？”张启凌一怔，随即想到了什么，“天机卫的人？”

“不错，再过去十里的地方，就是血骑士驻扎之处，你说……”慕千雪唇角牵起一个冰冷的弧度，“在这两个地方，会不会有粮草？”

张启凌会意地笑道：“老窝被端，想必他们的表情一定很精彩，而且越是生气着急就越是容易露出破绽，从而给我们机会。”

慕千雪微微一笑，眼角余光掠过坐在远处的古逸臣：“他怎么样了？”

“没有任何异常，每日就是翻书研究机关术。”顿一顿，张启凌迟疑道，“这件事……会不会是你多疑了？”

慕千雪神色复杂道：“我也不知道，总之在这场仗结束之前，都盯紧他，咱们输不起。”

“我知道。”张启凌点点头。

第二天晌午时分，乔初与血影几乎是同时收到营地被袭击的消息，匆匆赶回去，粮草被搬空不说，留驻在那里的手下悉数被杀，无一生还。

血影是一个阴沉的中年人，望着死了一地的手下，咬牙切齿道：“贱妇该死！”说罢，他厉喝道，“找！全部都给我去找，一定要把那贱妇的藏身之处给找出来！”

他身后的血骑士正要离去，突然被人唤住：“不必了！”

血影目光阴冷地盯着朝他们走来的乔初：“你什么意思？”

“你觉着以她的性子，会不事先找好藏身之处吗？不过是徒劳无功罢了。”

“我不管！”血影梗着脖子道，“总之她杀了我那么多手下，还抢了我的粮食，就算把整个天山翻过来，也一定要把她找出来，血债血偿！”

乔初轻笑道："不是我打击你，天山有多大，你应该很清楚，像个没头苍蝇一样到处乱撞，只会有一个结果，那就是人还没找到，你那几个手下就先活活累死饿死了。"

血影面色不善道："那依你的意思，这件事就这么算了？"不等乔初言语，他已是讥声道，"想不到乔首座如此宽宏大量，真是让我佩服。"

乔初横了他一眼，冷冷道："你不必在这里冷嘲热讽，我死的手下可不比你少。算了……呵呵，我字典里没这两个字。"

"那不就行了，赶紧去找。"面对血影的催促，乔初不疾不徐道："不必这么麻烦，我知道她在哪里。"

血影一愣，半信半疑道："当真？"

"慕氏素来狡猾多诈，当初在金陵的时候就曾吃过她的亏，所以这一次，临来之前，我特意留了一手，在营里洒下百里香，不论是谁，只要踩到此香，少则三天，多则五日，会一直沾附在鞋底，唯一除去的办法就是用水洗，可这两日并没有下过雨，只要顺着此香寻去，就可以找到他们的藏身之处。"

血影一言不发地看着乔初，半晌，咧嘴笑道："乔首座心思缜密，考虑周到，佩服，佩服！"

"不敢。"乔初欠一欠身，凉声道，"虽说死了不少人，但能够找到他们的藏身之处，也算死得其所。"

"不错，找到他们才是最要紧的。"说着，血影笑道，"慕氏怕是怎么也想不到，你竟还留了这么一手。"

"要怪就只能怪她太自以为是，还真以为天下事都在她一人的掌控之中。"说到慕千雪，乔初下意识地抚了一下脸颊，那里的伤早就愈合了，连疤痕也浅到只有笑起来的时候才能隐约看见，但始终像根刺一样扎在她心里。

血影眉头一动，想到了一事："你刚才说百里香附着之后，数日不消，那他们岂不是也知道了？"

"百里香的主药是百香，此物会随周边的东西变幻香气，非熟悉此物药性的人，断然发现不了，你尽可放心，若非如此，当初陈太后也不会上当了。"

"那就好。"血影心中一松，随即催促道，"既是这样，还等什么，赶紧找到他们。"

乔初眼波轻转，似笑非笑道："急什么，慕氏虽然只有三千人，但也不是你我这些人能够轻易对付的。再说了，最需要对付慕氏的人，可不是你我。"

血影猜测到：“你是说苏克？”

“不错，他手下那么多兵马，不用可惜了。”顿一顿，乔初又道，“我来之前已经通知他集结兵马了，就快了。”

血影笑意沉沉道：“想得可真周全，难怪楚帝如此倚重乔首座了。”

“彼此彼此。”乔初话音刚落，血影又道：“抓到慕氏后，你准备怎么处置？”

“当然是带回应天。”说着，乔初眸光一转，落在血影身上，“怎么，血统领想跟我抢人？”

血影哈哈一笑：“首座想到哪里去了，我是这样的人吗？慕氏是你们西楚的废后，由你带回去合情合理，我就是随口一问罢了。”

“那就好。”乔初微微一笑，“我去瞧瞧苏克那边安排得怎么样了。”

望着乔初离去的背影，血影朝地上啐了一口，狞声道：“那女人还真把自己当回事了，哼，有你哭的时候。”说罢，他招手唤过一人，低声道，“立刻飞鸽传书回去，让大军随时准备出战，慕氏绝不能落到西楚的手里，若是阻止不了，那就——杀！”

如果说今日之前，血影对璇玑公主之名还有所怀疑的话，那么现在是一点儿都没有了，慕千雪展现出来的智慧，连他也心惊。

别看现在西楚和齐国是同盟，仿佛铁板一块，其实都是表面上的东西，没有人会真的愿意和别人平分天下，萧若傲不愿意，齐帝也不愿意。

得璇玑公主者得天下。

既然已经知道此言非虚，那他岂有拱手相送的道理，就算最后自己这边得不到，也绝不让乔初那个贱人得到。

所谓盟书，在利益面前，不过是一张废纸罢了。

乔初回来的时候，手里牵着一只狗，她拿了一块布在狗鼻子前晃了一会儿，随即拍拍头，道：“去吧。”

那只狗似乎听得懂人话，当即箭一样地朝东南方向冲去，天机卫、血骑士还有苏克的大军，全部跟在这只狗后面，画面看起来有些滑稽。

一路走走停停，足足过了一个多时辰，狗才彻底停下来，朝一处爬满藤蔓的山壁狂吠不止。

苏克疑惑道：“它在叫些什么，前面可没路了。”

血影面色不善道：“乔首座，该不会是你的狗找错地方了吧？”

“你错了它也不会错。”乔初这句话把血影气得面色发青，这话分明是在说他还不如一只狗，想他堂堂血骑士统领，隶属于齐帝，在齐国满朝文武无不怕他惧他，谁敢这样跟他说话。

要不是还要靠她找到慕千雪一行，血影真恨不能一刀砍过去。

再说乔初那边，虽然把血影噎得说不出话来，但看着并无异常的石壁，她心里也没底，难道真错了？

乔初忐忑不安地走上前去，徐徐摩挲着山壁，在摸到一处时，她脸色一变，一把攥住密密麻麻的藤蔓拉了起来，露出一个黑黝黝的洞口，乔初心中一松，冷笑道："果然别有洞天。"

苏克兴奋地搓着手："看来没错了，周军就躲在这里，我们快进去吧。"

"不急。"血影一边说一边绕着山体走了一圈，"山腹算不得很大，容纳三千人应该已经是极限了，我们进不了几个人，反而处于劣势。"

奎狼闷声闷气道："那怎么办，等着他们出来？他们刚刚才补充了粮食，岂非要等很多日？"

乔初嫣然一笑，眼底尽是冰冷之色："由不得他们不出来。"说着，她对奎狼道，"找几个人去捡些柴来，记着要湿一些。"

"什么意思？"奎狼听得一头雾水，刚刚还在说怎么让周军出来，怎么一下子又跳到柴火去了？

乔初并没有解释的意思，只道："把柴火捡来就知道了，快去。"

在苏克的示意下，奎狼只得派几个士兵去捡柴，很快捡来一堆潮湿的柴火，乔初让他们把柴火堆在洞口，然后用火折子点燃，这些柴太过潮湿，点了好几次才算燃起来，而且都是烟。

"把烟往洞口里扇。"在乔初的吩咐下，士兵或是用衣裳或是用木板，拼命把熏人的烟往洞里扇。

看到这一幕，众人尽皆明白过来，洞里没有通风的地方，被这烟一熏，别说是人，就算里面是头大象也得给逼出来。

不一会儿，洞里果然有"扑扑"声，像是有什么东西在扇翅膀，紧接着一群黑乎乎的东西飞了出来，伴着尖细的声音撞在众人脸上。

乔初猝不及防之下也被撞到了，惊呼一声，急急将脸上的东西打下来，紧张地摸着自己的脸颊，确定没有受伤后，方才松了一口气。定睛往地上看去，竟是一只蝙蝠，它并没有死，晃了几圈后又朝乔初飞来，乔初冷哼一声，寒光掠过，蝙蝠再落下时，已经变成了两半，血肉模糊。

血影也砍了几只蝙蝠，来到乔初身边："怎么人没熏出来，反倒熏出一堆蝙蝠？"

乔初没好气道："我哪知道。"

好不容易等这群蝙蝠飞完，又把柴火烧熄搬走，等烟小了一些后，乔初等人捂着鼻子摸索着走到洞中。

洞里很黑，伸手不见五指，只能靠火把照明，洞里堆满了厚厚的蝙蝠粪便，散发着熏人的味道，每次脚踩下去，都有一种陷在里面的感觉。

每走一步，乔初在火把下的脸色就难看一分，在走到一半时，她脚步一顿，低头往脚下看去，在捡起什么东西后，又往四周看了一眼，突然道："不用再进去了。"

血影不解地问道："为什么？"

乔初没有和他解释，自顾自离去，血影面色一沉，也跟了出去。待到外面，他不悦地拦住乔初道："你什么意思？"

乔初冷冷道："周军根本就不在里面，还进去做什么？"

苏克疑惑道："你不是说百里香的味道是从洞里散发出来的吗，怎么一转眼，又说不在里面？"

乔初把一直拿在手里的东西往地上一扔："你们自己看！"

血影与苏克定睛看去，却是一只军靴，看式样应该是周军的，靴面沾了不少蝙蝠粪便，但奇怪的是，鞋底干干净净，一点儿也不脏。按理来说，最会沾到蝙蝠粪便的应该是鞋底才对，实在不合情理。

血影眉头紧拧："怎么会这样？"

乔初冷冷吐出一句令众人诧异的话："很简单，因为这鞋是被人扔进洞里去的。"

血影一怔，随即似乎明白了什么，惊声道："你是说，这一切都是圈套？"

"不错。"乔初粉面笼了一层寒霜，"洞里蝙蝠粪便平整完好，并没有被人踩过的痕迹，你想想，如果周军真的在这里，怎么可能不踩到？之后，我踩到了这只鞋子，而四周还有许多一样的鞋子散落着，很明显，慕氏发现了百里香，故意布下这个圈套。"

苏克有些不满道："你不是说这百里香很难发现吗，怎么被她给识穿了？"

乔初横了他一眼，冷声道："将军这是在怪我？"

苏克被她盯得心头一颤，连忙道："不敢，只是有些疑惑。"

"慕氏手下应该有一个精通医理之人。"乔初也是恼怒得很，每一次无论她怎么仔细，慕千雪总是能轻易坏了她的计划，让她功亏一篑。

“这个女人还真是难缠！”血影恨恨地说了一句，“那现在怎么办？”

“慢着。”苏克突然想到了一个关键，“周军既然不在这里，那会在哪里？”

乔初愣了愣，继而脸色大变：“不好，这是一个连环计，快去天山！”

血影面色也难看得紧，要真让慕千雪采到月见草，麻烦可就大了，无论如何，都不能让她把月见草带走。

第二十三章　尽数为饵

三人领兵一路往天山主峰狂奔，还没到，就听见刀剑相撞、嘶吼冲杀的声音，他们最担心的事情，终归还是发生了。

站在一处山丘上的张启凌拿下千里镜，对身边的慕千雪道：“他们快到了，我们该撤了。”

慕千雪盯着山峰上那株在风中摇曳的月见草，林默他们已经冲到了山腰，只要再给他们半个时辰，就可以摘到月见草了，可惜，他们没有时间了。

夏月不甘心道：“真可惜，他们要是再晚来一会儿就好了。”

“不是早料到了吗？”慕千雪漠然说了一句，“传令下去，收兵。”

军令如山，尽管占据着上风，但在军令之下，没人贪功恋战，如潮水一般迅速撤退，在苏克大军抵达之前，已是鸣金收兵。

无论是苏克还是乔初抑或血影，都不甘心，下令追击，但慕千雪早就策划好撤离路线，并且一路撒下铁棘藜，马一踩过，立刻扎入马蹄中，哀鸣倒地。

在损失了数十匹马后，苏克只能下令收兵，否则他那些马就全要交代在这里了。

乔初踩着天梯来到山巅，望着那株完好无损的月见草悄然松了一口气。虽然知道月见草没有被取走，但还是要亲眼看过心里才觉得踏实。

“害怕吗？”不知什么时候，血影来到了她身边。

乔初漠然道：“难道你不怕吗？”

血影咧一咧嘴：“我承认，之前确实是小看了慕氏，这个女人比我之前遇到的任何对手都要难缠，难怪楚帝会将她视之为心腹大患。”

“知道就好。”对于乔初的冷淡，血影不以为意，绕着那株月见草走了一圈，道：“其实对付慕氏最好的办法，就是毁了这株月见草，那样就不必整日提心吊胆了。”

乔初看了他一眼，凉声道：“你舍得吗？”

血影眸光一闪，笑道：“这株月见草又不是我的，何来舍不舍得一说。”

乔初漠然道：“行了，明人面前不说暗话，长生……齐帝不喜欢吗？”

血影仰天一笑，意味深长道：“彼此彼此。”

乔初绕着月见草走了一圈，蹙眉道：“你说这么一株不起眼的草，真有如此神奇的功效吗？”

“我不知道，但就算只是传说，也足以让天下人疯狂，苏克……把事情想得太简单了。”

乔初微微一笑，彼此心里都清楚，无论最终这株月见草落在谁的手里，那个人都绝对不会是苏克，他拼命守着这株月见草，不过是为他人做嫁衣罢了。

匹夫无罪，怀璧其罪。

“你和璇玑公主打过交道，猜得出她下一步会做什么吗？”

“如果能够被猜到，她就不是璇玑公主了，不过……”乔初抚过碧如翠玉的叶子，凉声道，“只要月见草在这里，她就一定会回来。”

“这倒也是，左右营地已经被她给毁了，就在这里守株待兔。听说周帝病得只剩下一口气了，相信她就快等不及了。”

乔初直起身，提醒道：“不要忘记我们的约定。”

“当然。”血影毫不犹豫地答应，至于真正的想法是什么，只有他自己知道。

正如血影所料，并没有过多久，他们就等到了周军的袭击。这一次，慕千雪似乎真的急了，偷袭不成，就准备强攻，三千周军再加神机营，倾巢而出，看来是铁了心要抢到月见草。

苏克等的就是这个机会，亲自率着一早安排好的数万大军迎击，乔初与血影也各自领人迎战神机营。

虽然周军的三千人个个骁勇善战又不畏死，可终归双拳难敌四手，何况现在的情况，已经不是一对二，而是一对十，甚至……更多。

战场永远是最残酷的，不断有人死去，鲜血染红了一片又一片刚刚下过雪的大地……

不过周军也不是完全仓促而来，他们安排了可以连发的机关弩箭，在一定程度上，给了苏克军队不小的打击，助他们扳回了一些形势。可好景不长，这些箭弩受力不够，没过多久，就纷纷断裂崩溃，无法再用。

眼见死去的人越来越多，张启凌下令撤退，一路在雪地上狂奔，原本的三千人已经只剩下一千多人。

苏克也好，乔初也罢，好不容易等到这个一网打尽的机会，又怎么肯罢休，当即下令追击，誓要将周军全诛在这天山下。

沉浸在胜利喜悦中的他们，忽略了一件小小的事情，但正是这件事情，令他们几乎全盘皆输。

从头到尾，在这场战事里，慕千雪都没有露过面，林默也是。

苏克他们蜂拥着追击北周军队，只留下百十个人看守天山，在他们看来，北周已经大败，没有人会再动月见草，而恰恰……慕千雪等的就是他们这个念头。

大雪已经停了，但不时有风吹起地上的积雪，有士兵被雪花迷了眼，正抬头揉眼，突然脖子一凉，紧接着就失去了意识，往后倒地，砸出一个人形的坑来。

而这只是一个开始，士兵一个接一个无声倒下，每一个倒下的士兵都是喉咙被割断，鲜血像泉水一样喷涌而出。

这样恐怖的画面将士兵吓坏了，纷纷抽出刀，互盯着看起来一片平静的四周，更有甚者，拿着刀四处乱砍，但并没有什么用，依旧有人不断死去。

仿佛有一柄无形的镰刀在收割他们的生命。

有士兵受不住这样的恐惧，怪叫着想要逃走，可没等他们逃出多远，就扑倒在地上，一动不动，鲜血从他们身下徐徐蔓延，雪白，血红，两种对比强烈的颜色放在一起，透着一种妖艳的美。

一炷香，仅仅只是一炷香的时间，百余名士兵悉数被杀，无一生还。

在一切恢复宁静后，几道人影渐渐显形，他们手里都拿着一柄薄如柳叶的刀，刀刃还在往下滴血，刚才那些士兵就是死在这些柳叶刀下。

在确认没有生还者后，这些人齐齐刀刃朝下，拱手道："恭请尊者！"

随着他们的话，林默自山后走了出来，在他身旁还有慕千雪。林默看了一眼地上横七竖八的尸体，并没有什么情绪波动，对他来说，死人再正常不过。就算要同情，也是同情拼死引开敌人的北周将士和自己的手下。

犹豫片刻，林默终还是忍不住问道："张相他们能逃出去吗？"

"本宫已经给他们安排好了路线，应该能够活下来一些，但不会太多。"静默片刻，慕千雪忽道，“你是不是觉得本宫太残忍了？”

“没有。”林默毫不犹豫道，“娘娘做的这一切都是为了陛下，为了大周，卑职明白，士兵们也都明白，所以他们才会主动请缨。”

慕千雪沉沉叹了口气：“敌人的实力太强了，本宫绞尽脑汁，也只能想到这么一个下下策。”

这一场仗，同样是慕千雪的安排，让苏克以为他们没有了耐心，准备拼死一搏，从而降低戒心，带兵追击。

谁能想到，慕千雪会用手里所有的士兵当作诱饵来引他们上当，这不是一般人能够做到的，毕竟她还在异域他乡，身边只剩下林默等几人，万一被苏克他们追上，会很麻烦。

“其实在来之前，将士们都已经做好了必死的准备，毕竟只有三千人，连敌方的十分之一都不到。可偏偏就是这么点儿人，娘娘几次三番凭着奇谋妙计克敌制胜，斩杀了数倍于咱们的人，将士们已经很高兴，也很知足了。相信在后世的史书上，都会用最浓重的笔墨记下这一仗。

“是，这一次，他们很可能都活不下来，但他们可以完成任务，这对将士们来说，比什么都重要，对于大周来说，也比什么都重要。只有陛下和您都好好活着，才能够平定中原。”说着，林默肃然道，“卑职一定会拼死护送娘娘和月见草回到金陵。”

慕千雪知道他说的每一个字都是心里话，微笑道：“不只本宫，你也要回去，陛下可不能没了你这个禁军统领。”

林默感激地笑笑，看了一眼山顶的月见草，道：“卑职先去把月见草摘下来。”

慕千雪点点头，“好，记着连根带土一起，否则这一路上，未必能够保得住。”

林默应了一声，纵上天梯，他的轻功很好，没多少工夫，就已经攀到了山顶，小心翼翼地将月见草采下。若是让苏克他们看到，非得疯了不可，这可是能够长生的宝药啊，就算仅仅只是传说，也足够让天下人为之疯狂了。

萧若傲也好，齐帝也好，可都一门心思盯着这株宝药呢。他们派乔初和血影来，一个是想断东方溯的生死，另一个就是想要将这株宝药占为己有。

一采得月见草，林默立刻折身下山，护着慕千雪迅速往北周的方向撤离，只要越过边境，他们就安全了。

可彼此心里都明白，这一路……绝不会太平。

在他们离开后不久，苏克等人归来，看到空空如也的山顶，气得暴跳如雷，怒吼道：“慕千雪，我一定要杀了你！”

他们这一路追赶，虽然杀了许多北周士兵，但始终没有看到慕千雪和林默的人影，他生怕会有什么变数，所以在追出百余里后，决定折回，只派一小股军队追击，结果还是晚了一步。

乔初和血影的脸色也是难看到了极点，月见草在他们眼皮子底下被盗，这简直是在当众打他们的脸。

“追，全部都给我追！”苏克狂吼着领兵狂追，乔初和血影二人也各自带人追上去，要是找不回月见草，两国帝君必然不会放过他们。

一路上，凭借着慕千雪对苏克一行的推测，几次躲过了追赶，代价是慕千雪因为心力耗损过大而虚弱不堪。

“娘娘您撑住，就快到了。”林默把装着水的羊皮囊递给坐在马车里休息的慕千雪，这是他们一天里仅有的休息时间。

慕千雪看了一眼身边栽种在盆里的月见草，虚弱地笑道：“林统领放心，在没见到陛下之前，本宫一定会撑住。”

“算算路程，再有两天时间就差不多了。”

慕千雪点点头：“辛苦林统领了。”

林默连忙道：“娘娘千万别这么说，这一切都是卑职和神机营应该做的，其实……”他难得露出尴尬之色，“不瞒娘娘，在来之前，卑职并没有太多的信心，可以在千军万马之中夺得月见草，现在娘娘给了卑职一个奇迹，卑职死也无憾了。”

慕千雪将羊皮囊交给夏月，用力揉一揉涨痛的太阳穴，疲惫道：“越靠近边境，他们就会越疯狂，你让大家打起精神，千万不要松懈了，还有……”她看了一眼黑沉沉的天空，“让大家把蓑衣都穿上，看这天色，应该很快就要下雨了。”

“是。”在短暂的休息过后，又开始了疯狂赶路，马车的颠簸令慕千雪越发不适，面庞苍白如纸，偏偏她还要看地图，从中寻找最安全的路线，夏月担忧道：“要不奴婢去让林统领慢一些？”

“不行。”慕千雪摇头拒绝，“慢一刻，我们被他们追上的可能性就大一分，一定要在最短的时间里赶回大周。”

夏月眼圈通红道：“可这样下去，主子会受不住的。”

慕千雪笑一笑，抚着她的脸颊道：“本宫心里有数，不会有事的。”她转头看着月见草，喃喃道，“一定……一定要把月见草带回去。”

正如慕千雪所料，不出半个时辰便下起了雨，而且是瓢泼大雨，伴着电闪雷鸣，豆大的雨滴像石子一样拼命砸落，马匹在大雨中艰难前行。

他们身后用来消除车行痕迹的机关，在泥泞面前显得无能为力。

雨，到处都是雨，除了雨还是雨，他们不知道这场雨什么时候会停，只是不断往前走着。

马车里，慕千雪借着微弱的灯光看着地图，不断将行进路线告诉夏月，由她转述给林默。

雨实在太大了，灯一盏一盏被浇灭，到后面，他们只能靠马车里透出来的微弱灯光还有不时划破夜空的闪电来辨别路线。

不知过了多久，身后突然响起轰鸣如潮的雷声，不，不对，不是雷声，是……

林默回头看着一片黑暗的身后，“雷声”还在继续，而且似乎离他们越来越近，半晌，他突然脸色大变，厉吼道：“不好，他们追来了，加快速度，快！”

他听出来了，那是成千上万匹马一起奔跑的声音，乍一听仿佛是闷雷在响。

尽管拼命挥鞭催促，无奈胯下的马接连赶路，早已是强弩之末，根本跑不快，很快便被团团包围，无路可走。

苏克驱马上前，冰冷的目光穿过滂沱大雨落在林默身上，讽刺道：“跑啊，怎么不跑了？”

林默抹了一把脸上的雨水，笑道：“看你追得这么不容易，我当然要等等你。”

苏克阴恻恻道：“口舌倒是锋利，不过没用，今夜，你们全部都要死在这里！”

这一路上，苏克憋了一肚子的气，好几次都差点儿跟丢了，幸好乔初及时纠正，否则真让他们带着月见草走了。

“想要我的命，那得看你有没有本事。”林默悄悄将手背在身后挥动，车夫知道，这是在让自己随时准备冲出去，而这也是他们的约定，无论如何，都要保住贵妃和月见草。

苏克怒极反笑：“你觉得凭你们几个，还会有活路？”

“凡事皆有可能，不试试怎么知道。”

苏克冷哼一声：“废话少说，把慕氏和月见草交出来，本将军就饶你一命。”

“果真？”见林默似乎动了心，苏克精神一振：“当然，本将军一言九鼎。”

血影将这一幕看在眼中，有些好奇地问着身边的乔初：“他就是神机营的尊者？怎么看起来是个贪生怕死的东西？”

乔初睨了他一眼，冷声道：“那只能说你不够了解神机营，他不过是在戏弄苏克罢了，你倒还当起真来了。”

乔初不屑的样子令血影甚是不快，但当着敌人的面也不便发作，只在心里默默记下这个过节。

那厢，苏克还在诱劝林默：“你也只是领一份俸禄，根本没必要把命搭上，以你的身手，不论去到哪里都可身居高位，如何？”

林默点头道：“说得倒有几分道理，不过……”

“不过什么？”

望着苏克那张急切的脸庞，林默咧嘴笑道：“不过我从不和叛臣贼子做交易。”

苏克没想到自己说了这么许多，竟换来这么一句话，怒不可遏道：“你耍我？！”

“要怪就怪你太蠢，不耍一下都对不起自己。”话音未落，林默突然发难，几道寒星破开重重雨幕往苏克等人袭去，与此同时，他用力一拍马背，大声道：“就是现在，快走！”

刀影在雨中翻飞，薄如柳叶的刀刃每一次落下，都会收割走一条性命，鲜血在雨中盛开，妖艳而可怕。

十几个人，硬生生在人海之中杀出一条血路，令马车得以突出重围。

苏克没想到林默会突然动手，一时躲避不及，肩膀硬生生挨了一下，他咬牙拔出大半个嵌进皮肉里的流星镖，恶狠狠盯着陷入重围的林默：“敬酒不吃吃罚酒，既是这样，本将军就让你去见阎罗王！”

乔初何等乖觉，趁苏克被愤怒冲昏了头脑，当即道：“这边就交给将军了，本座去追慕千雪。”

“跑得倒快，驾！”血影嘟囔一句，也带人跟了上去，等苏克反应过来的时候，已经来不及了，只能怒骂一句，带人追了上去。

夏月一直在注意后面，虽然神机营的人一直在后面阻拦追兵，但他们人太少了，就像汪洋中的一叶扁舟，是那么的不起眼与……无能为力。

见乔初他们追上来，夏月紧张道：“快一些，再快一些！”

车夫拼命驱赶着马，可惜不仅没能拉开距离，反而越来越近了，他看了一眼后面，掀起帘子对车里的慕千雪道：“娘娘，您带好月见草，待会儿卑职让您跳的时候，您就跳下马车去，卑职知道这样很危险，但只有这样才能摆脱他们。”

慕千雪摇头道：“没用的，就算本宫跳车，他们也会继续追上来，你让本宫再想想。”

她忍着越来越强烈的头疼努力思索脱身之计，可时间太紧，而她之前耗费的心力太甚，已经支撑不住她这样苦思冥想了。

“他们追不上娘娘。”车夫肯定的语气令慕千雪愕然，那厢，夏月已是连连摇头，“凭你一个人怎么可能挡得住这么多人。”

“我挡不住，但是它可以。”车夫一边说着一边示意夏月打开一直搁在车厢里的一个铁箱子，临出发之前，林默特意将它搬到马车上，却不说是什么，只说关键时候会用得到。

待看清车里的东西后，夏月骇了一大跳，惊呼道：“火药？”

“对！”车夫凝声道，“这是尊者布下的最后一个杀招，这么多火药，足够炸死后面这些人，给娘娘逃走的时间，另外……再告诉娘娘一件事，尊者他们身上也都绑着炸药，一旦受伤就可点燃炸药，来一个同归于尽，只是……”他苦笑道，“没想到会这么巧下雨，火药的效果要打点儿折扣了，老天爷也真是不公平。”

“卑职们能做的就只有这些了，接下来的路，得靠娘娘自己走，卑职等人，当以魂魄相护。”

“你……”慕千雪想要说话，一阵剧烈的头疼袭来，令她不得不停下已经到嘴边的话。

“夏月姑娘，麻烦你好生照顾娘娘。”说完这句话，车夫突然用力拉住缰绳，奔跑中的马突然被拉住，顿时人立而起，长嘶一声，继而车夫强行掉转方向，驾驶着马车朝苏克他们冲去。

奎狼看到前方的变故，愕然道：“他们是不是疯了，不仅不逃，还往咱们这边冲来？”

“有古怪，小心着些！”话虽如此，但苏克并没避让的意思，是啊，他们这么多人，兵强马壮，怎么也找不到理由避让。

在离着还有二十几丈远的时候，车夫控制着马车速度慢一些，同时呵斥道：“跳下……”

“嗤！”一支利箭准确无误地射入他喉咙里，将那个“去”字永远封存，再没有机会说出口。

与此同时，另一支箭射入马的眼睛，继而从另一只眼睛处贯穿而出，马哀鸣一声，带着马车一起往旁边倒去。

车夫看到这一幕，他放开捂着喉咙的手，努力想要稳住马车，但他已经没有力气了，只能眼睁睁看着马车倒下，看着炸药从箱子里翻出来，而他……永远都没有机会点燃了。

“你做什么？”乔初怒视着旁边的血影。

血影放下手里的弓箭，皮笑肉不笑道：“阻止他们啊，有什么问题？”

乔初气急败坏道：“你这叫阻止吗，万一伤到里面的人怎么办？”

“里面的人？”血影目光在她脸上转了一圈，露出恍然大悟的表情，一拍脑袋道，“瞧我这记性，居然忘了楚帝还等着你带慕氏回去呢，实在是不好意思。”

彼此都是人精，乔初又怎么会被他这么一句话给糊弄过去，冷笑道：“是真忘记还是故意如此，你自己最清楚。”

“瞧你这话说的，我们可是盟友，我怎么会故意如此，是真的忘记了。”血影当然是故意的，于公于私，他都不想让乔初带走慕千雪，但是他不承认，谁都拿他没办法。

乔初也知道没有结果，冷哼一声，策马来到翻倒的马车前，慕千雪正艰难地从马车里爬出来，看到她满身泥泞的狼狈模样，乔初心里说不出的痛快，故意道：“哟，这不是贵妃娘娘吗，怎么变成这副模样了？”

夏月也爬了出来，她手里还拿着灯，这盏灯的灯罩是用琉璃做的，所以即使大雨如注，也没有将其浇熄。

乔初目光漫过慕千雪紧紧捧在手里的月见草，冷笑道：“你可真是能耐，居然在我们眼皮子底下盗走了月见草，可惜啊，终归还是带不回北周，救不了周帝的性命。”

“你别过来！”夏月紧张地挡在慕千雪身前，阻止乔初靠近。

乔初不屑地笑笑：“你们已经走投无路了，乖乖跟我走，免得受皮肉之苦。”

“站住！”夏月高高举起琉璃灯盏，“你再往前一步，我就砸了这盏灯。”

乔初好笑道：“你只管砸就是了，难不成你以为这么一盏小灯，就能伤了我？”

雨水顺着脸庞流到夏月微微翘起的嘴边：“你最好看清楚了再说这句话。”

乔初一怔，顺着夏月的目光看向她脚边的箱子，盖子在刚才的翻滚中打开，露出里面一包包的炸药，巧的是，这些炸药正好被翻倒的车子挡住雨，一点儿也没有湿。

一旦琉璃灯盏碎了，里面的火苗就会引燃炸药，到时候方圆数十丈以内的人都要死，月见草也会化为飞灰。

油纸伞下，乔初脸色难看无比，她没想到还有这么一招，回想起来，刚才车夫突然掉转马飞奔来，只怕就是想利用这些炸药同归于尽，幸好血影误打误撞一箭射死了车夫，否则……她这会儿已经死了，且还是面目全非的那种，想想就后怕。

乔初努力挤出一抹笑容：“这又是何必呢，有什么话咱们慢慢商量。”

“废话少说，退后，全部退后！”夏月作势要摔灯盏，乔初不敢刺激她，只能和血影他们慢慢往后退。

在他们退出十几步远后，夏月对慕千雪道：“主子，奴婢挡着他们，你快走。”

“你……自己小心。”慕千雪死死忍着泪水，她一千个一万个不愿舍下夏月，可是她清楚，继续留在这里，不过是多一个人陪葬罢了，于事无补。只有将月见草带回金陵，才对得起他们的死。

血影看了一眼仓惶逃入黑暗中的慕千雪，转眸看向夏月和她手里的灯盏，突然咧嘴一笑，阴恻恻道：“我决定了，要把你的皮剥下来，做人皮灯笼，天天点着。”

望着那双嗜血残忍的眼睛，夏月知道他不是在说笑，如果自己落在他手里，绝不会有好下场，不过……无所谓了，从翻车的那一刻起，她就没打算活着。

眼见慕千雪就快逃得不见踪影，苏克按捺不住，示意奎狼悄悄追上去，然而他一动，就被夏月发现，再次将琉璃灯举高：“看来你们是不打算活了，好，我成全你们！”

“不要！”乔初急忙阻止，回手一甩，一支短箭穿过激烈的雨水射在奎狼马前，“将军，管好你的人，再有下一次，我可不会再射偏了，要杀也轮不到你，本座自会派人动手。”

苏克面上青一阵红一阵，他身为大将军，被人当众这样威胁，实在挂不住面，无奈乔初背后是萧若傲，是整个西楚，他不敢得罪，只能生生咽下这口气。

“你主子已经走远了，把灯放下吧，放心，我们不会伤害你的。”乔初极力放缓了语气，想要打消夏月的戒心。

“我自有打算，不用你来多嘴，总之不想死的话，就全部站着，一个也不许动。”夏月话音未落，突然手腕一痛，没等她看清楚怎么一回事，琉璃灯已是落在了一个不知从哪里冒出来的人手里。

那人冷冷剜了她一眼，来到乔初面前，恭敬地呈上琉璃灯：“首座。”

“做得好。”乔初笑吟吟地接过琉璃灯，眼波轻转，落在惊慌失措的夏月身上，“现在你已经没有火种了，还能怎么办？”

夏月捂着不断流血的手腕，恨恨吐出两个字：“卑鄙！”

乔初嫣然一笑，并没有把这两个字当成贬义：“你也不错，懂得威胁人，可惜啊，到底还是嫩了一些。”

她刚才回身那一箭那一句话，看似阻止奎狼，实则是在暗示自己的人动手，夏月不通武功，此刻又下着大雨，根本没发现有人绕到了她身后。

正在乔初得意的时候，身后传来马蹄奔跑的声音，回头看去，只见血影和苏克各自带人往慕千雪逃跑的方向追去。

“该死！”乔初大怒，他们竟趁自己说话的工夫，抢先奔去追慕千雪，她赶紧让人抓住夏月，自己带人追了上去。

慕千雪在泥泞的路上跌跌撞撞，雨水不断打在脸上，根本看不清前面的路，只能凭感觉往前奔走，其实她的体力早已经到极限了，一直是靠意志力撑着。

“驾！驾驾！”无数匹马从后面追上来，将她团团包围，血影咧嘴露出一丝狞笑：“你已经无路可逃了，来，把月见草给我。”

慕千雪一言不发地盯着他，突然笑了起来，令血影莫名其妙之余还有一丝被看轻的恼怒：“你笑什么？”

“我笑你高兴得太早。”湿漉漉的头发紧紧贴在脸上，衣裳上面都是泥，明明已经狼狈到了极点，却让血影不敢轻视。

“什么意思？”

“我既能从你们眼皮子底下得到月见草，你觉得，我会不做好安排吗？”

血影心中一跳，看了一眼黑漆漆的四周，难道……四周还有伏兵？

正在血影犹疑不定的时候，乔初赶了上来，凉声道：“你不用在这里唱空城计，我敢肯定，这附近一个人都没有。”

“确实，你很聪明，把我们耍得团团转，可惜谋事在人，成事在天，老天爷不想你活着回北周，所以下了这么一场雨，令你们无法掩盖逃走的痕迹。”顿一顿，乔初冷笑道，“慕千雪，你已经无路可逃了。”

慕千雪笑意不减地看着她：“既是这样，乔首座就请动手吧。”

看到她这个样子，乔初也不禁犯起了嘀咕，难道真的还有埋伏？

虽然这个可能性微乎其微，但乔初还是不敢犯险，心思一转，对苏克道：“人就在眼前了，将军还不动手？”

苏克不是傻瓜，当然知道一门心思要抓慕千雪的乔初为什么突然让自己动手，打着哈哈道：“她是首座要的人，还是由首座来动手更合适一些。”

乔初漠然一笑：“什么时候将军变得这么谦虚了？”

“在乔首座和血统领面前，我当然要谦虚。”苏克是打定主意不动手了，哪怕被乔初冷嘲热讽也无所谓。

见苏克不上当，血影更是指望不上，乔初只得硬着头皮自己带人上前，她每一步都走得极为谨慎，看似望着慕千雪，其实一直在注意四周，唯恐真的有埋伏。

一直到离慕千雪只有几步距离，始终没有任何动静，乔初终于放下心来，冷笑道：“贵妃这出空城计唱得真是不错，差点儿就被你给骗了，可惜啊，假的始终是假的，一戳就破。”

雨水顺着伞椽飞速流下，落在地上四散溅起，慕千雪冷冷盯着伞下的乔初：“你高兴得太早了。”

乔初微微一笑：“就算你说得天花乱坠也没用了，死心吧。”说着，她冷下面容对身后的天机卫道，“把她带回去！”

一切……似乎已经没有任何转机。

“嗤！”一支利箭穿过重重雨幕往乔初面门袭来，雨水阻碍了乔初的听觉，等她发现已经晚了，只能勉强侧头让开，利箭擦着耳朵掠过。

乔初紧紧捂着耳朵，鲜血自指缝中流下。突然受伤令她惊怒不已：“什么人？”

随着她的话，一道身影自黑暗中走出来，竟然是林默，他手里拿着一柄弓，射伤乔初的那支箭，就是从这里出来的。

乔初死死盯着林默，眼中尽是怨毒之色：“你居然还活着？”

“你都没死，我又怎么舍得先走。”林默一边说着一边捡起乔初失手扔掉的伞递给慕千雪，“卑职救驾来迟，请娘娘恕罪。”

慕千雪看到他肩上被雨水冲刷得泛白的伤口，蹙眉道：“你受伤了。”

“一点儿小伤，不碍事。”林默笑一笑，郑重道，“卑职一定会保护娘娘回金陵。”

“你保不了！”身后传来乔初冰冷刺骨的声音，“就算你来了又如何，凭你一人，根本救不了慕千雪。”

林默转身看着她，不知道为什么，乔初在他眼中看到一丝猫戏耗子的笑意：“我当然不行，但是你可以。”

乔初听得几乎笑出声来：“难道你觉得我会帮你？”

“当然！”林默的话引来哄堂大笑，所有人都觉得他得了失心疯，不管怎么想，乔初都不可能帮他。

林默对他们的讥笑不以为意，望着乔初道：“你看看流出来的血。”

乔初疑惑地把手伸到眼前，虽然大雨滂沱，依旧能够清晰看到沾染在手上的血呈现一种诡异的紫黑色，她骇然失色：“你在箭上涂了毒？”

林默冷笑道：“总算还不是太笨。”

乔初气得咬牙切齿：“卑鄙小人！”

“和乔首座交手，不学着卑鄙一点儿怎么行。”说着，林默冷声道，“不想死的话，就拦住他们，别以为可以找大夫解毒，医十配的毒药，只有他自己才能解。”

乔初冷哼道：“你以为天机卫的人会畏惧死亡吗？”

“这种毒药不会立刻要了你的性命，一开始是皮肤溃烂，你会在镜子里看着自己的脸一点儿一点儿烂去，接着是手、脚、身子，全部都烂去。啧啧，瞧你这张如花似玉的脸还有这身细皮嫩肉，这要是烂起来，真是太可惜了！”

乔初面色铁青，她最爱美，一直以自己的美貌自傲。之前在金陵时，脸上受了那么一点儿伤都让她紧张不已，涂了无数药膏。全身溃烂……只要想想她就觉得头皮发麻，像有无数只小虫爬过一般。

“你不用在这里危言耸听，本座什么风浪没经过，岂会怕你这点儿小毒。”言辞虽厉，却没几分底气，乔初……到底还是怕了。

她的害怕，林默听出来了，血影也听出来了，眉头一挑，提醒道：“那就最好了，否则楚帝那边，乔首座可没法交差。”

听到萧若傲的名字，乔初浑身一颤，敬畏、害怕、仰慕、不舍，在眼底纵横交织，犹如一张密密的网。

林默怕乔初被血影影响，催促道：“如何，想好了吗？”

“我……”乔初犹疑不定，她既不想背叛萧若傲，又不舍得死去，且还是那么一种凄惨的死法。

“她想好了。”一个突如其来的声音从雨中传来，令众人脸色齐齐一变，这个声音……

“嗒！嗒！嗒！”随着越来越近的脚步声，一道人影从黑暗中走来，俊美、邪魅、优雅，犹如一头徘徊在夜色中的狼。

盛世帝王妃

SHENGSHI DIWANGFEI

中册

我欲与君长相知

3

JIEYU WORKS

解语 著

新世界出版社
NEW WORLD PRESS

第二十四章　帝王相见

乔初既惊又喜，急忙奔到萧若傲身前，跪下道："卑职见过陛下，陛下千秋万代，福寿无疆。"

萧若傲温和地扶起乔初："辛苦你了。"

乔初受宠若惊道："陛下言重了，这些都是卑职应该做的。"

萧若傲微微一笑，望着她耳上的伤势叹了口气："你也太不小心了。"

见他有责怪之意，乔初惶恐道："卑职该死。"

"朕不是责怪你，而是舍不得你。"萧若傲抚着她的脸庞道，"天机卫那么多人里面，就属你最懂朕心，也最是忠诚，朕实在舍不得。"

乔初十指微颤，她跟随萧若傲多年，又岂会听不懂他话里的意思，他是要将自己当作弃子了。

可是她不想死，不想离开萧若傲……

是的，从见到萧若傲的第一眼起，她就对这位主子起了爱慕之心，但她清楚自己的身份，所以这么多年来，一直都将这份爱意压在心底。

萧若傲看出她的犹豫，声音顿时冷了下来："怎么，不愿意吗？"

"不是。"乔初连连摇头，仰头道，"卑职只是舍不得陛下。"

这句话令萧若傲神情一缓，微笑道："朕也舍不得你，但没办法，你放心，朕不会让你受太多的痛苦，至于害你的人……"他的目光在林默的脸上扫过，"朕很快就会将他送去地府陪你。"

"多谢陛下。"望着那双冷酷无情的眼眸，乔初心中悲伤不已，但还得强笑着谢恩。

君要臣死，臣不得不死。

萧若傲不知道乔初的心思，也根本不想知道，此刻他所有的心神都放在慕千雪身上。半晌，他微笑道："我们又见面了。"

"想不到楚帝竟会亲临此处。"慕千雪冷然注视着那张邪魅狷狂的面孔，萧若傲的出现，确实大出她意料之外。

"你都来了，朕又岂能不来。"说着，萧若傲微微一笑，"区区三千人，就从苏克将军手里抢到了月见草，真是让朕佩服。"

苏克被他说得老脸一红，可以想到，这件事会成为他人生中最大的污点，而这一切都是拜眼前这个女子所赐。想到这里，他心里的恨意又深了几分，催促道："与她说这么多做什么，直接抓过来就是了。"

血影冷笑一声："抓过来？看来将军是不打算要月见草了。"

被他这么一提，苏克才想起月见草还在慕千雪手里，万一动起手来，她狠心毁了这株宝草，那可就得不偿失了。

萧若傲根本没理会苏克，一直定定地看着慕千雪，半晌，他伸手道："随朕回去吧，你依旧是朕的皇后。"

"本宫一定会回去。"在众人诧异的目光中，慕千雪一字一字道，"随陛下一起领兵踏平应天！"

萧若傲脸颊肌肉微微抽搐："到了这个时候，你还在想着东方溯，朕哪里不如他？"

慕千雪微微一笑，倾城绝艳，犹如一道破开黑暗的光芒，令人目眩神迷："你应该问自己哪里比得上陛下。"

萧若傲面色阴沉如铁："千雪，朕以真心待你，你却一再挑战朕的底线，不觉得太过分了吗？"

慕千雪拨开眼前的湿发，冷笑道："相信不会比你做过的事情更过分。"

对视半晌，萧若傲叹息道："说来说去，你还在记恨当年的事情，其实朕也是受曹氏父女挑拨，才会那样做，朕已经知错了，为什么你不能再给朕一个机会？"

慕千雪嗤笑一声，满面讽刺道："再给你机会将我推入万丈深渊吗？萧若傲，从你屠灭南昭都城的那一刻起，我与你之间就再没有'机会'二字，有的只是仇恨与鲜血。"顿一顿，她又道，"不过，这次相见，倒是让本宫发现一件事，其实应天的城墙不必修得那么厚。”

听她突然把话题转到应天的城墙上去，萧若傲不解道：“为何？”

“楚帝面皮那么厚，有你坐镇，应天就算不修城墙，也能够挡得住千军万马。”说着，慕千雪故作为难道，“嗯，本宫回去后，得与陛下好生商量，否则攻到了应天，却被楚帝这张比城墙还要厚的面皮所阻，岂不可惜。”

她这番话极尽嘲讽取笑之能，偏偏又一本正经，令人忍俊不禁，连血影也弯起了嘴角。

萧若傲面色铁青欲迸，他身为一国帝王，何曾被人这样当众取笑过，乔初护主心切，厉喝道：“大胆贱人，竟敢如此放肆，该死！”

“站住！”萧若傲冷冷地唤住意欲冲上去的乔初，乔初不甘心道：“陛下……”

萧若傲并不给她说下去的机会，眸光森冷道：“朕让你站住，没听到吗？”

“是。”乔初不敢违逆，强行压下心中的恼怒，低头退到一边。

在喝退了乔初后，萧若傲缓步来到慕千雪身前，不知什么时候，雨小了起来，淅淅沥沥地落着。

萧若傲的目光掠过一脸戒备的林默，落在慕千雪的身上：“你真以为还能再见到东方溯吗？”

慕千雪毫不犹豫道：“当然！”

萧若傲眼角一搐，冷冷吐出七个字：“不到黄河心不死！”

林默寒声道：“你自是巴望着陛下出事，可惜啊，陛下是真龙天子，岂是你这种小人所能够加害的。”

萧若傲目光倏然一冷，下一刻，忽地低低笑了起来：“很好，朕决定了，待会儿第一个要杀的人就是你。”

“随时恭候！”林默寸步不让。

萧若傲看他的目光就像在看一个死人，负手道：“动手吧。”

等了一会儿，始终不见动静，萧若傲眉头微微一蹙，望着浓黑如墨的夜色道：“还不动手？”

这一次终于有了动静，几道人影从黑暗中出现，确切来说……是被人扔出来，一动不动地落在地上，竟是已经死了。

萧若傲面色大变，这几个都是他布置在暗中的天机卫，用来控制慕千雪和保护月见草的，哪知竟然一声不响地被人杀了。

林默也是满面诧异，他虽然还带了几个手下来，但也是强弩之末，不可能悄无声息地解决楚帝的人，会是谁在暗中帮他们？

那厢，萧若傲阴声道："既是来了，为何不现身？"

黑暗中传来车轮滚过地面的声音，一辆马车徐徐驶入众人视线中，驾驶马车的竟然是东方泽。

他不是在金陵吗？

这是所有人心中共同的疑问，怎么也想不明白东方泽为何会突然出现在这里。

"吁！"东方泽停下马车，扬眉看着萧若傲，"咱们又见面了。"

萧若傲面色阴晴不定："你怎么会在这里？"

东方泽笑嘻嘻道："你都来了，我怎么能不来呢？说起来，咱们可是老相识了。"

萧若傲冷哼一声，扫了一眼跟在马车后面的人，不屑道："你以为凭这么几个人，就可以救出慕千雪吗？"

"当然不可能。"东方泽的坦白令萧若傲意外，但接下来的话令他面色瞬间变得苍白，"苏克大军、天机卫、血骑士，还有你楚帝带来的十万大军，凭我们几个人怎么挡得住？就算一人吐一口唾沫，都能把我们活活淹死。"

"你怎么知道朕带来了十万大军？"萧若傲死死地盯着东方泽，直欲噬人，他领兵来天山的事情是绝密，就连乔初都不知道，东方泽又怎么会知道得那么清楚？

"我不止知道这些，还知道你想将月见草据为己有。"东方泽咧嘴一笑，转头对苏克道，"你以为楚、齐两国派天机卫和血骑士过来，仅仅是为了对付我们吗？错了，他们最大的目标是月见草。"

"你想想，长生啊，那是多大的诱惑，连秦始皇都为之疯狂，何况是他们，从知道月见草的那一刻起，他们就起了抢夺之心。而你……不过是他们手里的一枚棋子，等到没有利用价值的时候，他们就会毫不犹豫地毁掉，可笑你还一无所知。"

苏克脸上青一阵白一阵，半晌，他呵斥道："你不用在这里挑拨离间，本将军既与齐、楚两国结盟，就会遵守盟约，而且本将军相信两位国君的为人，绝非像你说的那样。"

"你有没有听说过'匹无夫罪，怀璧其罪'这句话？"不等苏克言语，东方泽又摇头道，"罢了，像你这种蠢人，就算听过也不懂。"

被他这样当着众将军的面奚落，苏克怒不可遏："放肆！"

"笨人还可以救一救，蠢人就……"东方泽咧嘴一笑，毫不客气道，"死一百次都不冤枉。”

苏克气得浑身发抖，恨不能立刻率兵杀过去，可是月见草还在慕千雪手里，万一被毁……

苏克不敢冒险，朝萧若傲看去，萧若傲明白他的意思，但他安插的人都被杀了，这一时半会儿也想不出别的办法。而且……他总觉得东方泽还有后手，否则不可能这样大大咧咧地走出来，更不可能清楚他带来的兵马。

思忖半晌，他将目光转向慕千雪：“你知道朕会来？”

“不知道。”慕千雪漠然道，“但本宫知道，想要带回一株被你和齐帝都盯着的月见草，绝不容易，所以在本宫带三千人来天山的同时，金陵那边的调兵也在继续，如今看来……正好赶上了。”

东方泽接过话道：“本王算算，柳州三万，福州五万，江宁两万，济南五万，还有其他地方的兵马，总共加起来，不下于二十万。而你手上只有十万，就算加上苏克的兵马，也不过十三四万，除非齐帝也那么巧派兵来此。否则，不管怎么看，你都没有胜算呢。”

血影冷哼一声：“你别高兴得太早，说不定大军就快到了。”

从林默口中知道他身份后，东方泽笑道：“就算真有大军到来，应该也不会现身了。”

血影一怔，不由自主地问道：“为什么？”

“月见草就只有一株，你猜……”东方泽挑眉道，“萧若傲会把长生的机会让给你主子吗？”

血影心头猛地一跳，是啊，一旦得到月见草，萧若傲一定会拼命抢夺，此人心思狡诈诡异，这里又离西楚更近，两军交战，吃亏的必然是自家主子。

“鹬蚌相争，渔翁得利。”东方泽知道他被自己说动了心思，脸上的笑意又深了几分，“与其拼死拼活去争夺，不如坐收渔翁之利。”

乔初怕血影真的信了东方泽的话，急忙道：“所谓长生，只是一个传说，根本信不得。”

“就算只有万分之一的可能，也足以让人疯狂了，长生……意味着可以永远把江山、权势掌握在手里，而这两样东西，正是你家主子最喜欢的。为此，他可以算计自己的妻子，残杀自己的岳丈。血统领……”东方泽望着血影道，“这样一个将背信弃义当家常便饭的人，你觉得能相信吗？”

血影面色阴晴不定，半晌，他冷声道：“你不用在这里挑拨离间，本统领只知道，北周……还有你，你们才是最不该存在于这个世上的。”

他心里早已相信了东方泽的话，但他不是蠢人，当着萧若傲的面，是万万不能说实话的。

“北周该不该存在于世，轮不到你来指手画脚！”一个威严清冷的声音突然从马车中传出来。

慕千雪难以置信地盯着车帘低垂的马车，这个声音是……

萧若傲瞳孔倏然一缩，死死盯着马车，自齿缝中挤出三个字：“东方溯！”

东方泽很满意众人的震惊，伸手掀起帘子，一张消瘦苍白的脸庞出现在众人视线中。

林默激动得几乎说不出话来，陛下……真的是陛下！

东方溯温柔地望着慕千雪憔悴的脸庞，一句未说，却已经胜过千言万语。

苏克也好，乔初、血影也罢，面色皆是难看到了极点，东方溯的出现，令事情再一次朝着不利于他们的方向发展。

身为北周天子，东方溯代表的是整个北周，也就是说……北周将会举全国之力来对付他们。东方泽说的二十万，那不过是先头部队罢了。

“楚帝，我们又见面了。”面对东方溯的言语，萧若傲眼底掠过细如针芒的阴毒，微笑道：“是啊，没想到会在这里遇见，朕听说周帝病重垂危，如今看来，倒是还好，并不像将死之人。”

奇怪，明明探子回报，东方溯寒毒侵体，奄奄一息，怎么这会儿看起来，除了脸色苍白些之外并无大碍呢?

东方溯冷然一笑：“楚帝未死，朕又岂敢先走一步？”

萧若傲目光猛地一沉，但他心计极深，很快又笑意如初：“呵呵，周帝还是和以前一样喜欢说笑。”

东方溯看了一眼天边的曙光，朝慕千雪伸手道：“出来这么久，该是时候回去了。”

“好。”慕千雪嫣然轻笑，在笑意深处，是旁人难以察觉的担心，相比她离开金陵时，东方溯此刻的气色和精神都好了许多，好到……不正常。

见东方溯要带走慕千雪，萧若傲一惊，急忙阻止道：“慢着。”

东方溯微笑道：“有劳楚帝将贵妃送来这里，辛劳一夜，想必都累了，咱们就此别过吧。”

“不行！”这次说话的是苏克，他策马上前，阴沉着脸道，“她手上的月见草是属于本将军的，要走可以，但必须把月见草留下！”

东方溯眉毛一挑，对东方泽道：“老九，朕要是没记错，这里应该是属于西域地界吧？”

东方泽点头道：“嗯，这里还有整个天山都是属于西域的。”

“那就没错了。”东方溯点点头，“来这里之前，朕见过摩洛可汗，他已经答应将月见草赠予朕了。”

苏克冷哼一声：“摩洛的话算什么，这里本将军说了算。”

“摩洛是西域可汗，你不遵他的命令，就是乱臣贼子了。”东方溯似笑非笑道，“老九，你说咱们要不要帮摩洛可汗整顿一下内政？”

东方泽忍着笑道：“咱们与西域是盟国，现在有人谋乱，臣弟觉得是该帮上一把。”

苏克听得心惊胆战，色厉内荏道：“你……你们想做什么？本将军手里可有好几万精兵，你们可别胡来。”

“好几万精兵，我好怕怕啊。”东方泽故意搞怪，摆出一副害怕的表情，引得众人哄堂大笑。

搞怪过后，东方泽面色一正，扬眉道：“你真以为他们会为一个乱臣贼子去冲锋陷阵，抛头颅洒热血吗？”不等苏克言语，他冷冷地吐出两个字，“不会！”

苏克冷哼道：“你以为这样就能离间军心了吗？幼稚！”

“是不是幼稚，很快就知道了。”扔下这句话，东方泽来到苏克大军前面，大声道，“本王知道，你们都是苏克带出来的兵，对他忠心耿耿，但扪心自问，你们真的想造反吗？”

“是这些年来摩洛可汗亏待了你们，还是迫于苏克的命令，不得不从？”

奎狼怕真被他说得军心动摇，急忙道：“你不必在这里妖言惑众，我等誓死追随大将军！”

“誓死？”东方泽细细咀嚼着这两个字，半晌，他低低一笑，“本王相信你对苏克的忠心，但你一人意见并不能代表全军将士，这样有失公允。”

不等奎狼言语，他扬声道：“刚才你们也听到了，二十万大军就在这里，真打起仗来，本王可以断言，你们必输无疑，就算……”他看了一眼萧若傲，冷笑道，“与西楚联手，也改变不了结果。本王知道，你们都不是贪生怕死的人，但想想你们的家人，想想你们的妻儿，就这样抛下他们，舍得吗？更不要说他们还得为此背上叛军家人的骂名，不要说安稳的日子，连能不能活下去都是未知之数。”

大军寂静无声，不知过了多久，突然响起一个声音："就算我们现在投降，可汗也不会放过我们。"

东方泽唇角微弯："来之前，本王去见过摩洛可汗，与他谈起过这事，他体谅你们身不由己，所以应承了，只要你们肯投降，之前的事一律既往不咎。"

这句话就像投入湖中的一块石头，在士兵心中激起阵阵涟漪，虽然奎狼大声呵斥，但涟漪已起，岂是他几句呵斥就能够抹平的，刚才那个声音再次响起："空口无凭，我们凭什么相信你？"

"对，你是北周人，谁知道你是不是在骗我们，等我们投降，就反悔不守诺言。"

"听说可汗现在在跟北域打仗，你怎么能见到他？"

面对他们的质疑，东方泽取出一块黑色的铁牌，上面金纹纵横，绘成鲲鹏模样。

北冥有鱼，其名为鲲。鲲之大，不知其几千里也；化而为鸟，其名为鹏。鹏之背，不知其几千里也。怒而飞，其翼若垂天之云。（摘自《庄子·逍遥游》）

传说，西域曾有人见过鲲鹏，将它绘在纸上，代代相传，久而久之，鲲鹏就成了西域的图腾，很多地方都能见到，包括可汗的令牌。

看到这块令牌，刚刚只是稍有些嘈杂的大军一下子沸腾了，激动的声音此起彼伏。

"是可汗的令牌，我见过，是真的！"

"我也见过，他没有撒谎，真的见过可汗！"

"可汗肯原谅我们，太好了，我们不用死了。"

苏克的面色难看得几欲破裂，此刻的他，除了愤怒之外，更多的是害怕，如果没有了这些士兵，他就真的完了。

奎狼也慌了，紧张道："大将军，我们现在怎么办？"

苏克强自镇定道："你以为拿出一块破牌子就能骗得了我们吗？可笑。"说着，他回身道，"大家别听他胡说，从我们拿起刀的那一刻起，就没有回头路了，摩洛不可能放过我们，我们唯一的活路，就是杀出去，到时候你们就是功臣，本将军一定不会亏待你们。"

"摩洛可汗何曾亏待过你，结果还不是被你背叛，可见你根本是一个背信弃义、言而无信的小人，你的话，谁敢相信？"

如果目光能够杀人，东方泽这会儿已经被剁成了肉酱——可惜并不能，苏克只能压下满腔恨意，努力安抚着他的士兵，可惜效果并不好，他在那些士兵的眼睛里，几乎看不到服从的意愿，就算偶尔有几个，也少得可怜。

东方泽拍一拍手："好了，该说的我都说完了，要怎么选择，就看你们自己的了。"

大军没有动静，但并不是那些士兵不动心，而是他们在等一个契机，或者说……第一个人。

约莫过了半盏茶的时间，终于有人动了，扔下手里的刀，往东方泽的方向走去，奎狼大怒："给我站住！"

那名士兵没有理会他，确切来说，连一个停顿也没有，继续往前走着，奎狼怒骂一声，把手里的刀掷了出去，眼见就要刺中士兵后背，一支不知从哪里来的利箭呼啸而至，正中刀刃，箭上的力道令刀失了准头，落在地上。

相对于士兵的后怕，东方泽显得泰然自若，就连嘴边的笑意也没有任何变化，因为他早料到会这样。

"你们都瞧见了，他们根本不把你们的命当命，跟着这样的主子，实在是悲哀。"顿一顿，他又道，"只要你们归降，陛下和本王一定会保证你们的安全。"

这件事，令那些原本还有些犹豫的士兵为之心寒，坚定了离开之心，无论苏克与奎狼怎样咆哮吼叫，都改变不了这个事实。不过片刻工夫，地上就堆满了被扔掉的兵器，数万大军走得只剩下一千多人，都是苏克的亲兵，但就是这些人，也一个个左顾右盼，心志不坚。

"啊！"苏克气得仰天怒吼，几万大军啊，居然转眼之间被东方泽几句话给摧毁，这让他怎么甘心！

接下来的事情，没有任何悬念，苏克带着仅剩的一千多人想要突围逃走，可惜人太少，加上全无斗志，不过片刻便被制服，至于苏克自己，也死于乱刀之下，临死之前，他一直盯着那株月见草，他的长生梦，终归是没有实现……

东方溯漠然漫过已经没有生机的眼眸，落在面色阴沉的萧若傲身上："朕此行是为了迎回贵妃，并不想引起战乱，但若楚帝执意一战，朕——奉陪！"

在说出"奉陪"二字的时候，一股无形威力从他身上散发出来，压得人喘不过气来。

萧若傲迅速盘算，他只带了十万人，齐帝那边到底是什么意思还不清楚，万一真打起来，十万对二十万会是什么结果，可想而知，更别说他们那边还有一个算无遗策的慕千雪。但让东方溯就这么带走慕千雪和月见草，他又万分不甘，到底怎么办？

东方溯久久不见他回话，长眸微眯，冷声道："楚帝不说话，是打算一战了？"

乔初低声劝道："陛下，留得青山在，不怕没柴烧。"

萧若傲咬一咬牙，再咬一咬牙，终于下定了决心："好，朕退兵，不过朕有一个要求。”

东方溯眼底掠过一丝松弛：“说！”

“把乔初的解药交出来。”乔初跟随他多年，一直忠心耿耿，帮他办了不少事情，今日已是失去了慕千雪和月见草，他不想再失去一名忠心的部下。

东方泽嗤笑道：“如果不给呢，难道楚帝打算冲冠一怒为红颜？”不等萧若傲回答，他已是摇头道，“不会，你不是这样的人。”

萧若傲盯了他半晌，忽地笑了起来：“你说得不错，朕不是这样的人，但朕可以让她陪葬。”

“带上来。”随着他的话，夏月被押了上来，萧若傲赢不了这场仗，但要杀一个夏月，绰绰有余。

东方泽沉下了脸，他忘了夏月还在对方手上，这可有些麻烦了，心思飞转，他悄悄将手背到身后朝林默打手势，命他设法让神机营的人救出夏月。

“不要以为朕看不到你在做什么，朕保证，会在你们的人动手之前杀了夏月！”萧若傲看破了他的心思，冷声警告。

“陛下，主子，你们别管奴婢。”夏月大声说着，随即盯着乔初咧嘴笑道，“有天机卫首座给奴婢陪葬，也算不虚了。”

乔初又恨又慌，唯恐东方溯他们真的放弃夏月，那就完了，所幸她担心的事情并没有发生，东方溯冷声道：“老九，把解药给他。”

东方泽虽然不甘心，但他也不想夏月死，只得将解药抛给了乔初，乔初急忙服下解药，随即自己搭脉，过了一会儿，她松了一口气，对萧若傲道：“解药是真的。”

萧若傲点点头，示意天机卫放了夏月，朝东方溯道：“好了，就此别过，朕会期待与周帝的再次相逢，相信……会比现在更有趣。”

东方溯扬一扬眉，微笑道：“放心，两年后，朕一定来应天见你。”

萧若傲唇角狠狠一搐，两年后，就是当初与东方溯约定的三年之期，想攻应天？哼，鹿死谁手还是未知之数。

“好，朕在应天恭候周帝大驾！”萧若傲深深地看了一眼慕千雪和她手里的月见草，拂袖离去。

长生，可惜了……

不过，慕千雪是属于他的，终有一天，他会将之夺回，再不让任何人抢走！

此时天色已经大亮，能够清楚看到萧若傲的大军渐行渐远，直至彻底不见。

“总算是走了……”东方溯低低地说着，下一刻，他突然呕出一大口血来，落在墨金色的衣襟上，暗红的鲜血顺着金丝淌下来。

“陛下！”慕千雪骇然惊呼，急忙去扶，手刚碰到他，便被一大口血染红了手背，那样刺目，犹如开在白雪中的红梅，热烈缠绵的同时亦透露着死亡。

只是这么一会儿工夫，东方溯刚刚还算正常的面色已是变得青灰一片，被慕千雪抱在怀里的身子冷得可怕，犹如一块坚硬的冰坨子，完全感觉不到正常人该有的温度。

“医十！”慕千雪声音激烈尖锐，全然不像她平日的声音。

医十就在马车旁边，但他并没有替东方溯诊脉，而是一把夺过摆在马车旁边的月见草，将它从土中拔了出来。

夏月急得直跺脚：“你做什么？赶紧救陛下啊！”

“我就是在救陛下。”医十一边说着一边手上的动作不停，像变戏法一样变出一个捣药罐与捣药杵，将掸尽泥土的月见草放在里面，迅速捣碎，之后小心翼翼取出，连着好几样药材一起放到一个药罐里，这些动作一气呵成，在添水之后交给张进，叮嘱道，“大火煎开后，小火慢煎，煎成一碗水后立刻端来。”

待张进捧着药罐过去后，他才有空解释：“为了赶到西域救娘娘，陛下服食了大量的护心丹，现在药效过了，寒毒爆发，幸好娘娘拿到了月见草，否则……”他没有说下去，但意思谁都懂。

得知东方溯吐血的真相，慕千雪更加难过，哽咽道：“陛下是存心让臣妾内疚难过是不是？”

“朕……怎么舍……舍得你……难过。”骨子里透出来的寒冷令东方溯牙齿咯咯作响，“朕……担心你，别……别哭。”

“臣妾说过，一定会带月见草回来，为什么陛下就是不相信？”虽是责怪，但抹去东方溯唇角鲜血的动作却是异常轻柔。

“朕没事……没事。”东方溯努力想要挤出一丝笑容，无奈肌肉都被冻僵了，努力许久，也只弯起一个微不可见的弧度。

东方泽在一旁道：“在娘娘离开金陵几天后，皇兄接到一封急报，萧若傲带着十万大军前往西域，齐国边境那边也有了动静。虽说娘娘一早做了安排，但月见草的诱惑太大，皇兄担心他们会不顾一切抢夺月见草，所以几经思量，决定亲自领兵过来，为的就是震慑楚、齐两国，令他们不敢放肆。”

“就算这样，也不能拿陛下的安危犯险，你和医十应该劝住才是。”

东方泽苦笑道：“事关娘娘安危，您觉得臣弟们劝得住吗？”事实上，他为了阻拦东方溯，述以利害，简直说得嘴巴都干了，结果一点儿用都没有。

“还有一件事，娘娘不知道，其实齐军就在附近，如果不是皇兄亲临，又看起来精神不错，齐军很可能就会与萧若傲联手对付咱们。”

“毕竟长生的诱惑太大了，谁也舍不得放弃，只是齐帝更耐得住性子一些，没有急着现身，而这也给了逼退楚军的机会。”林默沉声说着，他身上的伤都已经包扎过了，虽然看着吓人，但都没有伤到要害。

慕千雪若有所思道：“传闻齐帝暴虐急躁，如今看来，只怕传言有误，以后要多加提防。”

“臣弟知道。”东方泽应声的工夫，东方溯按捺不住喉咙的甜意，又呕出一口血来，慕千雪紧张地催促道：“快去看看，药煎好了没有。”

东方溯努力舒展因为痛苦而皱起来的眉宇：“别怕，朕……没事。”

“您现在这个样子，让臣妾怎么能不怕。”慕千雪紧紧地搂着他冰冷的身子，用自己的体温给他驱寒。

东方溯哂然一笑：“就算……阎罗王亲自来索命，为了你……朕也一定会杀了他。”

慕千雪被他说得破涕为笑：“都这个样子了，还顾着哄臣妾开心。”

“你欢喜，朕才能……欢喜。”他的语气温柔如一池春水，绵绵击在心中，这样的帝王情意，怕是天下女子都会为之疯狂。

慕千雪莞尔，柔声道：“陛下想臣妾欢喜，就不要再说话了，好好歇着，药很快就煎好了。”

东方溯点点头：“其实……朕来也有好处。”

慕千雪笑道：“是啊是啊，多亏陛下御驾亲征，才能惊退齐楚两国，救了臣妾的性命，臣妾定当感恩戴德，报答陛下救命之恩。”

“朕说的不是这个。”东方溯轻声道，“从这里回金陵，就算日夜兼程也得好几日，现在朕过来，可不就省了这个时间吗？”

慕千雪没想到他会说这个，想想还真是这么一回事，无奈道：“就算这样，也不能服食大量的护心丹啊，万一臣妾没有及时拿到月见草，万一……”

“没有万一！”东方溯努力提了一口气，认真道，“朕相信朕的妻子，没有万一！”

慕千雪心中感动：“怎么说都是陛下有理，臣妾说不过您。”

“药好了，好了！”张进捧着一碗褐色药汁过来，小心翼翼的模样犹如捧着绝世珍宝。事实也确实如此，这世间，再不会有任何东西能够贵过他手里这碗药。

慕千雪接在手里，一勺一勺喂东方溯喝下，待悉数喝完，她迫不及待道：“陛下感觉如何，可有好些了？”

医十在旁边道："娘娘别急，药效发挥需要一段时间。"

慕千雪点点头，在一旁静静等候着，随着时间的推移，东方溯四肢百骸渐渐感觉到几分暖意，不像之前那样，冷得像要结冰一样。

但他身边人的感受却恰恰相反，都觉得四周空气冷得冻人，张进裹紧了衣裳，还是感觉冷意一丝丝地往衣裳里面渗，虽说现在是十二月，寒冬腊月，可昨夜他也在，并不觉得这么冷，简直就像……一瞬间冷了下来。

慕千雪也觉得冷得很，怕东方溯病上加病，拿过搁在一旁的狐裘要替东方溯披上，却被医十阻止："娘娘放心，陛下此刻不会觉得冷。"

"为什么？"

医十扫过马车旁边结起的薄霜，解释道："娘娘之所以觉得倏然寒冷，并非天气变寒，而是陛下体内的寒气正在排出来，等寒气排干净，陛下的病自然也就好了。"

得知是这么一回事，慕千雪松了一口气，颔首道："那就好。"

等了将近半个时辰，四周温度开始有回升的趋势，医十一边替东方溯把脉一边道："陛下感觉如何？"

东方溯活动了一下手脚，欣然道："朕很久没觉得这么舒坦了，身子暖洋洋的，一点儿都不冷，就是右脚……"他蹙眉道，"好像还有一点儿冷。"

医十眼皮微微一跳，俯身去碰触东方溯的右脚，果然还有些冻手，奇怪，按理来说药服下之后，寒毒应该彻底被化解，怎么会还有残留？

见他久久不说话，慕千雪不安道："怎么了，是不是有什么不对？"

医十回过神来，摇头道："应该是中毒过久，所以化解起来需要一点儿时间，等会儿卑职让人再煎一次，给陛下服下就好了。"

东方泽拊掌笑道："皇兄终于没事了，可算是能松口气了。"

其他人也都是一样，自从东方溯身中寒毒，每一个人心里都压了块石头，沉得喘不过气来。

东方溯温柔地握了握慕千雪的手："多谢你，千雪。"

慕千雪低头一笑，随即调皮道："陛下刚才救了臣妾一次，臣妾现在也救您一次，算不算扯平了？"

东方溯一怔，旋即朗声大笑："好好好，扯平了，互不相欠。"

所有的艰难险阻，所有的惊心动魄，尽皆在这一笑之中……

连日来的急行赶路，士兵都已经疲惫不堪，再加上东方溯寒毒刚驱，慕千雪又淋雨受了寒，有些咳嗽，所以决定就地休整几日，然后再班师回朝。

第二十五章　隐患难消

黄昏日落，霞光晕染了天空，五色十光，如一匹没有尽头的彩锦绸缎，远远铺展开去。

林默来到一座小山丘上，朝背对着他的女子道：“娘娘，您找我？”

“张相回来了吗？”

“刚刚到，医十正在给他包扎伤口，好在都是皮外伤。”先前为了给慕千雪制造盗取月见草的机会，张启凌带着三千士兵引开苏克大军，三千对几万，再加上天机卫和血骑士，结果可想而知，只有少数几人逃了出来。

慕千雪神情一松，转而问道：“古逸臣呢？”

“也回来了，也是一些皮外伤。”林默话音未落，慕千雪又问道：“本宫之前让你派人盯着古逸臣，结果如何？”

“没有什么异常，并不见他传递消息，会不会……是咱们想错了？”

“让张相领兵为饵之前，本宫与他仔细商量过路线，按理来说，就算不能全军而退，至少也可以保住千余人，结果如何，你都看到了，才几十个人。”慕千雪冷笑一声，“如果不是有人通风报信，本宫不相信会损失这么严重。”

林默拧眉道：“可这一路上，卑职的人一直盯着他，如果有通风报信，不可能察觉不到。”

慕千雪默然不语，林默是不可能撒谎的，古逸臣确实没有通风报信，至少没有被发现，难道真是自己多疑了？

一阵冷风吹来，慕千雪掩唇低低咳嗽，林默劝道：“外面冷，娘娘回营帐里歇着吧。”

慕千雪点点头，走到营帐门口时，看到一个士兵端着还剩一大半的饭菜从不远处的一个营帐中走出来，低着头嘟囔道：“也没比我们瘦多少啊，怎么就吃这么少呢？”

“这是谁剩下的？”突如其来的声音把那名士兵吓了一跳，待看清是慕千雪后，急忙行礼：“见过贵妃娘娘。”

“你还没回答本宫的话。”听到这话，士兵急忙道：“回娘娘的话，是古先生剩下的饭菜，他说吃不下。”

“吃不下？”慕千雪惊讶地看着没动几口的饭菜，有菜有肉，虽说不是什么山珍海味，可对于出征在外的人来说，已经算不错了。

士兵无奈道：“是呢，自出征以来，古先生的胃口一直不好，难得有吃光的时候，大多数都是这个样子。”

慕千雪秀眉微蹙，在她印象里，古逸臣并不是一个挑食的人，怎么会这样？思索片刻，她对那名士兵道：“吃不完的饭菜一般怎么处理？”

“这饭菜都是按需供给的，基本都能吃完，实在吃不完的就倒在林子里，给那些野狗野猫吃。”

慕千雪沉默片刻，突然道：“把饭菜端到本宫营帐来。”

“啊？”士兵愕然道，“娘娘若是饿了，小人这就去端饭菜来，这些是古先生剩下的，恐怕……”

“无妨，你只管端进去就是了，另外，这件事不要告诉任何人。”在慕千雪的一再要求下，士兵只得照做。

待士兵走后，林默盯着摆在案上的饭菜，试探道：“娘娘觉得这些饭菜有问题？”

“有些时候，不是内奸没有通风报信，只是我们不曾发现。”慕千雪一边说着一边将那些饭菜倒出来，不顾脏污，凝眸仔细拨弄察看，饭菜里并没有她以为的纸条或者传递消息的载体。

“难道是本宫猜错了？”慕千雪喃喃自语，在拭去沾在指尖的饭粒时，突然动作一滞，继而捻起一粒米饭，不，确切来说是生米，没有煮熟的那种，吃在嘴里会硌到牙齿。

林默也瞧见了：“因为是饭没煮熟，有夹生。”

“若是夹生，不会这么多。”慕千雪掏出碗底的饭递到林默面前，全部都是生米粒，这绝不正常。而且每一粒米上面，都有小小的黑点，但实在太小，无法看清。

“娘娘稍等。”扔下这句话，林默挑帘离去，过了一会儿他重新走进来，手里拿着一个圆圆的东西，中间是透明的，像是水晶做的。

“这是水晶镜，可以放大东西，有一次执行任务时意外得到的，瞧着有趣，就留下了。”林默一边说一边取过一粒米放到水晶镜下，小黑点被放大后，可以清晰地看到是五个字：“毒已解失败。”

盯着这几个字，林默脸颊狠狠一搐：“原来他一直在用这种办法通风报信，难怪没人发现。”说着，他单膝跪下，沉声道，“卑职失职，请娘娘治罪。”

“是敌人太过狡猾，怪不得你。”在扶起林默后，慕千雪冷声道，“这种能够将字雕刻在米粒上的手艺，称之为微雕，非耗费多年工夫不能练成。古逸臣一生醉心于机关术，根本没时间也没心思去学这个。所以，我们见到的这个古逸臣，根本就是假的。”

“楚帝可真是卑鄙！”林默恨恨地说着，随即道，“卑职现在就去把他抓起来。”

“不。”慕千雪唤住他，思忖半晌道，“继续让他和西楚那边联系，你就当什么都不知道。”

林默没想到会听到这么一个吩咐，愕然道：“这是为何？”

“揪出内应固然痛快，可真正的古逸臣还在西楚手里，一旦内应揭穿，他随时都会有性命之忧。”慕千雪掸去指尖的饭粒，冷声道，“与其图一时痛快，不如借此布一局，一则救回古逸臣；二则……破他们三国联盟！”

“卑职随时听候娘娘差遣！”林默不知道她要怎么去救人，也不知道她要怎么去破齐楚燕三国的联盟，可从慕千雪嘴里说出来的话，就是莫名的让人信服。

“让人把饭菜倒去林子里，然后派人暗中盯着，看是谁在跟这个假古逸臣接头，记着，不要打草惊蛇。”

在林默下去安排后，慕千雪带着夏月去看望东方溯。下午服过药后，东方溯便睡下了，算算时辰，差不多该醒了。

这个时候，天已经黑了，夜风呼啸，吹得树枝摇动，犹如横行在黑暗里的魑魅魍魉。

在离着王帐还有一段路时，夏月突然停下脚步，紧张地看着四周，慕千雪疑惑道：“怎么了？”

夏月颤声道：“奴婢……好像听到有人在哭。”

“无端端的怎么会有人哭，应该是风声吧。”慕千雪的话并不能让夏月安心，反而更加紧张：“主子您听，真的有人在哭。”

这会儿正好风停了，四周一片寂静，果然隐隐有哭泣的声音，慕千雪仔细辨认了一下：“是从林子里传来的，过去看看。”

夏月急急摇头：“还是不要了，万一是……是鬼怎么办？”

慕千雪好笑道：“哪里有这么多的鬼，再说就算真是，也没什么好害怕的。”见夏月还是惴惴不安的样子，又道，“你在这里等着，本宫过去看看。”

夏月放心不下她一人过去，努力壮起胆子，颤声道：“还是……还是奴婢陪您去吧。”

两人一前一后走进林子，这里长满了参天大树，树叶虽然已经落尽，但树枝还在，肆意伸长交错，遮天蔽日，月光只能照下来一点点。

“呜……呜……”哭声在黑夜里听来极是瘆人，仿佛就在耳边，夏月一路都紧紧地攥着慕千雪的袖子，要让她一个人来，打死都不肯。

走了一会儿，终于看到一个人影，背对着他们跪在树前，哭声就是他发出的，一边哭一边用力捶着树干。

夏月壮着胆子喊：“你……你是人是鬼？”

人影似乎被惊到了，急忙回身，借着微薄的月光，慕千雪看到了那人的模样：“医十？”

医十看到慕千雪，也吓了一跳，连礼也不行，急忙就要离去，像是存心避开。

慕千雪见状急忙喊住他：“站住！”

见走不了，医十只能无奈地停下脚步，朝慕千雪拱手道：“见过娘娘。”

慕千雪打量着他道：“为什么一看到本宫就要走？”

医十强笑道：“卑职失态，怕惊着娘娘，所以……请娘娘恕罪。”

慕千雪扫过他残留着泪痕的脸庞：“为什么哭？”

医十胡乱抹了一下脸，强笑道：“卑职……没有哭，娘娘听错了。”

慕千雪也不勉强，漠然道：“既然你不肯说实话，本宫唯有去问林统领了。”

见她真的要走，医十大惊，连忙拦住道：“娘娘留步，其实……”他心思急转，随口道，“其实是卑职思念家人，所以一直按捺不住，惊扰了娘娘，还望娘娘恕罪。”

“果真如此？”

“当然，卑职岂敢欺骗娘娘。”医十话音未落，慕千雪已道：“据本宫所知，神机营的人全部是无父无母的孤儿，从来都没有家人，怎么你偏偏例外了？”

“卑职就是因为没有家人，所以……刚才听那些士兵说起家人，心中难过，才会这样。”

“什么时候神机营的人这么容易受他人的影响了？”顿一顿，慕千雪又道，“本宫还是去问林统领好一些。”

“不要！”医十惊声疾呼，这一次，就连夏月也看出他有事隐瞒了：“医先生，到底出什么事了？”

医十紧紧咬着牙关，半晌，他跪下道：“卑职无能，请娘娘治罪！”

慕千雪一惊，待平静下来后，她心中升起一种不祥的预感：“是不是与陛下的病有关？”

“嗯。”医十痛苦地点点头，“刚才卑职又替陛下把了一次脉，发现仍有寒气聚于右足。”

夏月骇然道：“怎么会这样？你不是说只要再煎服一次，就可以悉数除尽了吗？”

“原本按我的猜测，应该是这样，可……”医十哽咽道，“陛下之前为了赶来天山，服食大量护心丹，借此将寒毒压制于身体某一处。”

慕千雪心思一转，颤声道：“右足？”

“是。”医十沉声道，“想是因为这个缘故，所以右足的寒毒特别重，导致无法完全驱除。”

“那现在怎么办？”夏月手足无措道，“总不能……总不能让主子再去找一株月见草来吧？可都已经绝迹了啊。”

医十苦笑道：“就算真找到第二株月见草也没用了，陛下体内的寒毒已经产生抗药性，否则第二次服药的时候，就不会一点儿效果也没有。”

慕千雪怎么也没想到才欢喜了一天，就又听到这样的噩耗，她强迫自己冷静下来，慌乱解决不了任何问题：“能不能用别的办法把陛下右足的寒毒逼出来？”

“卑职仔细替陛下检查过，寒毒就像藤蔓一样，缠绕着陛下的脉络肌肉，无法逼出，早晚会再次蔓延到全身，除非……”

夏月正听得仔细，突然没了声音，催促道：“除非怎么样？”

慕千雪自牙缝中挤出夏月追问的答案：“除非陛下断一足是吗？”

“啊！”夏月骇然惊呼，继而连连摇头，“这绝对不行，陛下万乘之躯，怎么能断足。”

慕千雪死死盯着医十，厉声道：“回答本宫！”

医十用力抠着地上的泥土，颤声道：“就算是这样，也不能保陛下一定安然。”

“什么意思？”

“只要寒毒还有一丝残留，就有再次席卷之势，断足……意义并不大，因为谁也不敢保证可以断尽寒毒。”

慕千雪身子摇摇欲坠，扶着一旁的树干勉强站住，她以为得到月见草就可以救东方溯，结果……老天爷跟她开了一个天大的玩笑。

许久，她努力撑着苍白的嘴唇，颤声道：“纪临呢？”

“纪太医在帐中翻看医书，希望可以找到救治陛下的方法。”这句话，医十说得一点儿信心也没有，他也好，纪临也罢，读尽医书，如果真有驱除寒毒的方法，他们岂会不知。

“如果……”慕千雪努力压下喉咙里的哽咽，艰难道，“本宫是说如果，驱除不了寒毒，陛下……能撑多久？”

医十仔细斟酌了一下，谨慎道：“调理得当的话，多则八年，少则……五年。”

“五年……八年……”慕千雪喃喃低语，双腿一软，终是支撑不住跌坐在地上，她以为经过这次劫难，可以苦尽甘来，与东方溯白头到老，结果……

老天爷……为什么从来都是这么残忍，不肯降下半点儿仁慈？

夏月急忙扶住她，劝慰道：“不会有事的，陛下一定会好起来的，主子别太过担心。”

慕千雪没有理会，或者说……她根本没有听到夏月的话，整个人都沉浸在撕裂般的悲伤中。

不知过了多久，她抬起头，声音颤抖如秋风中的落叶：“陛下知道了吗？”

“卑职还没告诉陛下，想着等纪太医那边有消息了再说。”

慕千雪努力静一静心，声音沙哑道：“不管纪临那边是什么消息，这件事都不要告诉陛下。”

医十黯然道：“可是随着寒毒复发，陛下早晚会知道。”

“所以你们要在陛下寒毒复发之前，找到化解之法，无论是于本宫还是于大周，陛下都不可以有事，这一点你也是知道的。”

医十默默不语，半晌，他近乎发狠道：“卑职以性命起誓，一定会找到解救陛下的法子。”

“好。”慕千雪抚着胸口，只有这样，她才能让自己心跳得不那么厉害，“除了你我、纪临、夏月之外，本宫不希望再有第五个人知道这件事，包括陛下，也包括林默。”

医十明白她的顾虑与担心：“卑职明白，卑职一定会谨守秘密。”

慕千雪不记得自己是怎么回去的，等她回过神来，已是在王帐中，东方溯正关切地看着她：“这是怎么了，瞧着神不守舍的样子？”

望见那双映着自己身影的眼眸，慕千雪几乎要哭出来，在泪水浮现于眼底之前生生逼了回去，涩意滑过喉咙，滴落在心头……

“臣妾没事，只是想起这段时间的惊心动魄，一时有些出神。”慕千雪笑意玲珑，死死压抑着心底的悲伤。

东方溯不疑有他，笑揽着慕千雪的肩膀：“都过去了，以后朕会事事小心，不让你再担心难过。”

“那……一言为定？”慕千雪笑着伸出小指。

东方溯朗声笑道：“好，一言为定。”他一边说着一边也伸出小指，与慕千雪拉在一起，许下属于他们两个的誓言，可是……这个誓言注定不能成真。

夏月一直在努力忍耐，可还是按捺不住红了眼，虽然很快别过脸，但还是被张进捕捉到，疑惑道：“这是怎么了？”

夏月赶紧道：“没事，就是瞧见陛下与主子苦尽甘来，心里实在欢喜。”

“既是欢喜，该笑才是，怎么反倒是要哭的样子。”张进随口之语，却像针一样刺得夏月胸口生疼，笑……知道真相的她怎么笑得出来。

慕千雪生怕她露了破绽，解围道：“公公没听说过喜极而泣吗？她啊，打小就是这个样子，一点儿小事情就能高兴哭了。”

夏月知道她的意思，抹去眼角渗出的泪痕，故意道：“主子就知道取笑奴婢，奴婢还不是为您高兴嘛。”说着，她对东方溯道，“陛下，您替奴婢评评理。”

“哈哈哈。”东方溯心情甚好，笑道，“这次是你主子不对，朕替你罚她。”说着，他自慕千雪髻间取下一枝缠丝金明珠钗掷给夏月，“拿着，这个就当你主子的赔礼，回宫后朕再替你主子备一份厚礼。”

慕千雪摸一摸发髻，故作生气道：“陛下再这样惯着她，她更要得意得没形了。”

“奴婢多谢陛下隆恩！”夏月笑着谢恩，没人知道，这抹笑容对于她来说……有多么艰难。

在一番笑语后，东方溯唤过张进：“去把医十叫进来。”

慕千雪心头一跳，不动声色道：“陛下这么晚叫他做什么？”

东方溯抚着右腿道："他说服了第二碗药后，朕右足的僵寒就会消失，可现在还是有些发冷，不太舒适，朕在想会不会是寒毒没驱除干净？"

慕千雪替他掖了掖被角，笑语道："陛下真当月见草是仙草神丹啦，哪有这么快的。俗话说，病来如山倒，病去如抽丝，急不得。"顿一顿，她又道，"来之前，臣妾刚刚见过医十，他说需要一段时间才能彻底清除。"

东方溯点点头："朕刚才想了一下，打算后日就动身。"

慕千雪惊讶道："这么急？陛下身体可还没恢复。"

"这次月见草的事情，可以看出齐楚两国贼心不死，虽然暂时逼退了他们，可谁也不知道他们会不会又卷土重来，还是早些回金陵为好。"说着，他想起一事，道，"朕听林默说，古逸臣有问题？"

"嗯，确切来说，他并不是咱们认识的古逸臣。"慕千雪将疑点细细叙说了一遍。

东方溯认真听完后，道："找到接头人了吗？"

"还没有，但臣妾已经让林统领盯紧此事，应该很快会有消息。"慕千雪话音未落，门外传来林默恭敬的声音："卑职有事求见。"

东方溯对他的来意猜到了十之八九："进来。"

果不其然，林默找到了暗中与古逸臣接头的那个人，是一名叫钱明的士兵，他找到与钱明同住一帐的士兵套过话。这个人是一年前应征入伍的，江宁人氏，自称家人多年前已经过世，也未曾娶妻，一直孤身一人。

"除此之外，卑职还查到一个很有趣的事情。"林默凝声道，"钱明……对燕国的风土人情很熟悉。"

"燕国？"此话大出东方溯意料之外，在他的猜测里，既然与古逸臣接头，那应该是西楚派来的内应，结果却是一直被忽视的燕国。

"是。"林默肯定道，"知道这件事，也是意外，与他同帐的一个士兵多年前曾去过燕国，无意中提及那边的事情，结果因为日子久远记错了，竟被钱明纠正了过来。"

慕千雪蹙眉道："这倒是有趣了，难不成钱明是燕国的人？若是这样，他怎么与古逸臣扯在一起？"

夏月低头想了一会儿，道："燕楚两国是同盟，相互之间有所牵扯也是情理之中的事。"

"不会。"说话的是东方溯，"他们之间的同盟，你也看到了，有共同利益之时抢着分一杯羹，一旦出事，就会将对方推出去做挡箭牌；这样的同盟，怎么能相信，更不要说疑心重如萧若傲者。”

夏月想想也是，但随即又有疑惑浮上心头：“那钱明是怎么一回事？”

东方溯捻着手指，冷冷道：“这件事恐怕要问钱明才知道了。”

慕千雪犹疑道：“这样会否打草惊蛇？”

“或许吧。”耳中传来淅沥沥的声音，外面又开始下雨了，“朕突然有一个想法，燕国……或许并不像咱们以为的那样安分懦弱。”

钱明被连夜带到帐中，他似乎激动得连话也不会说，结结巴巴道：“小人叩……叩见陛下，叩见贵妃……娘娘。”

东方溯斜倚在榻上，似笑非笑道：“你很怕朕吗？”

钱明点点头，随即又用力摇头：“陛下宽厚仁德，爱民如子，小人怎么会害怕，小人是……是激动，小人从军一年，还是头一次能够这么近地瞻仰圣颜。”

“瞻仰？”东方溯好笑道，“朕可还没死呢。”

“小人失言，请陛下恕罪。”钱明意识到自己说错了话，急忙磕头请罪。

“罢了。”东方溯摆摆手示意他起来，“你刚才说从军一年，那从军之前在哪里做事？”

钱明摸不准他的意思，小心翼翼道：“启禀陛下，小人是江宁人氏，以前在码头做苦力，总是受人欺负，过得憋屈，正好碰上官府招揽兵丁，小人就去报了名，虽说当兵要打仗，不知什么时候命就没了，但至少过得痛快，也不会被人欺负。”说着，他讨好道，“小人真幸运，能够跟随陛下打仗，不费一兵一卒就败了苏克大军，还逼退了楚军。”

东方溯转脸道：“贵妃你瞧瞧，这个士兵倒是很会说话。”

“是啊。”慕千雪笑一笑，目光落在他那张看似憨厚的脸庞上，“听说，你对燕国的风土人情颇为了解，可是以前去过？”

“小人从来没去过燕国，就是以前听说书先生讲过一些，记在了心里。”尽管钱明极力隐藏，还是被慕千雪发现了一丝慌张。

“原来是这样。”慕千雪也不追问，转过话题道，“你刚才在哪里？”

“小人一直在营里。”说着，他试探道，“娘娘出什么事了？”

慕千雪秀眉轻扬：“可是据本宫所知，你并不曾一直待在营地，曾出去过一阵，这又作何解释？”

钱明双手一紧，赔笑道：“小人先前觉得腹痛，去林子里解决了一下，让娘娘见笑了。”

东方溯凉声道：“那你有没有看到一些倒掉的饭菜，譬如刻了字的生米粒？”

这一次，钱明按捺不住心中的惊慌，面孔为之一白，不自在道：“这……这米粒怎么能刻字，陛下真是说笑。”

“朕的样子像说笑吗？”敛去笑容的东方溯不怒而威，令钱明越发紧张，双手不知往哪里放。

东方溯冷冷盯着他：“说吧，谁派你来的。”

钱明闻言，急急摆手，呼喊道：“冤枉，小人冤枉，小人什么都没做过。”

“你与古逸臣暗中传递消息的事情，本宫与陛下都已经一清二楚，本宫只是好奇，在两军未曾会合之前，你们是怎么传消息的。”

“小人……不知道娘娘在说什么。”尽管钱明极力否认，但他额头涔涔的冷汗出卖了心中的紧张。

“不说？”

钱明强撑道：“小人根本不知道这件事，如何说起？”

林默拱手道：“陛下，娘娘，不如将他交给卑职，卑职一定让他供出实话。”

“没用的，能被派到这里来当内应，必然受过严苛的训练，必要时可以连命都不要，百般求死。这一点，林统领你最清楚不过。”说罢，慕千雪重新看向紧紧抿着唇的钱明，“本宫知道你不怕死，可是你不怕在西楚的家人吗，一旦楚帝知道你身份败露，坏了他的大事，以他的性子，是绝对不会放过你家人的。”

钱明一言不发地看着她，半晌，突然笑了起来。夏月拧眉道：“你笑什么？”

钱明咧嘴，露出两排森白的牙齿：“我笑你们打错了如意算盘，我孑然一人，根本没什么亲人，连朋友也没有。”

慕千雪也不生气，微笑道：“这么说来，你是承认了？”

钱明脸颊狠狠一搐：“贵妃聪明绝顶，我再隐瞒也没用了。”

东方溯漠然道：“可是你不会背叛楚帝，对吗？”

“你们知道就好。”钱明这会儿已是彻底抛去了伪装，再不是那个唯唯诺诺的士兵。

望着那对桀骜不驯的眼睛，东方溯低低笑了起来，像在嘲讽钱明的不自量力。

他这个样子令钱明有所不安，忍不住问道：“你笑什么？”

“朕相信你没有家人或者朋友。”东方溯的话大出钱明意料之外，一时竟不知该怎么接话，“可要是楚帝知道了你的秘密呢？”

钱明愕然道：“什么意思？”

东方溯眸光深深道：“不如朕换一个说法，如果让楚帝知道你是燕国派来的奸细，你猜他会怎么做？”

钱明的面色倏然苍白，心中的惊骇已不是言语能够形容：“你怎么知道？”

东方溯唇角缓缓拉成了一个意味深长的弧度：“这么说来你是承认了？”

钱明一怔，旋即出离愤怒道：“你骗我？”

东方溯接过慕千雪递来的茶盏喝了一口，凉声道：“与其说这些，不如仔细想一想燕国的下场。”

“你……你是北周皇帝，不能用这么卑劣的手段！”说话的时候，钱明脸上一丝血色也没有，身子瑟瑟发抖，怎么也没法停下来。

东方溯知道自己戳中了钱明的痛处，慢条斯理道：“理由呢？”

慕千雪在一旁道：“燕国与我大周为敌，对付敌人，没有什么手段是不能用的，再说了，论卑劣……又怎及燕帝。”

钱明死死咬着牙，他知道自己惹了一个无法解决的大麻烦，许久，他态度终于软了下来：“你们想怎么样？”

“朕想与燕帝做一笔交易，而你……”他盯着钱明道，“就是朕的诚意！”

见东方溯并没有灭燕的意思，钱明松了一口气：“什么交易？”

“这不是你该问的，你要做的，就是带朕的人去见燕帝。”

钱明沉吟道：“是不是我这么做了，你就不会将我的身份告诉楚帝？”

“交易达成，周燕两国就是盟友，朕不会做出卖盟友的事，但若燕帝不答应……就怪不得朕了。”

钱明清楚自己没有别的选择，咬牙道：“好，我答应就是了，但……”他犹豫道，“我突然去燕国，恐怕他会起疑。”

慕千雪秀眉一扬：“你是说那个假古逸臣？知道他是什么身份吗？还有真的古逸臣被关在哪里？”

“不清楚，只知道他是楚帝的亲信，精通易容术，至于真的古逸臣，应该还在应天。楚帝看中他的机关术，这次派人假扮来金陵，一是用来迷惑你们，二是拿到古逸臣这些年来对于机关术的心得。据我所知，大部分书籍、笔记还有一些半成品，都已经被悄悄送到了应天。”

见慕千雪一直看着自己，钱明知道她的意思，到了这个时候也没什么好隐瞒的了，如实道："至于传信一事，接应他的，并不是我一个人。"

东方溯沉眸道："你是说，宫中还有其他奸细？"

"那三千骑兵里肯定是有的，现在他让我送消息回金陵，之前那个应该已经死了，至于现在还有没有，我真不知道。"

当夜，东方溯召张启凌密谈许久。第二日天未亮，张启凌悄悄带着钱明与数十骑士兵往燕国行去。

东方溯对外宣称张启凌先回金陵，辅佐太子处理政事，没有人怀疑这个理由，毕竟张启凌和东方泽都出征在外，朝廷大小事务由未及十岁的太子一人处理，确实太过吃力。

至于钱明那边，东方溯派人假扮他与假古逸臣互通消息，左右两人并不见面，相信不会露了破绽。

张启凌一行日夜兼程赶路，不过十余天工夫，便到了燕国国都蓟城，钱明通过城中驿站的人传信入宫，不过半日工夫，就有燕帝口谕传来，召张启凌入宫。

燕国疆域狭小，面积不足北周的三分之一，都城自然也小，可皇宫却异常大，足足占了蓟城五分之一的面积，连北周的皇宫都有所不及。据说里面有大小宫殿百余座，房屋九千余间，仅次于齐国皇宫，前面一条宽数十米的护城河环绕而过，一旦起战，便会收起梯子，令敌军无法过河。

张启凌望着眼前巍峨宏伟、飞檐卷翘的重重宫殿，微笑道："我十几年前曾来过蓟城，那时候的皇宫可没法和现在比。"

钱明神色复杂道："陛下还是太子的时候，就劝先帝扩建皇宫，先帝起初不答应，后来拗不过太子，便下旨征召民夫扩建宫殿，这一建就是十三年，直至去年才算完工，不知费了多少人力物力，而且……"

张启凌扬眉道："而且什么？"

钱明神情不自在道："没什么。"

"让我猜猜。"张启凌回身往蓟州城眺望，从他这个位置看出去，差不多能将半个蓟州城收入眼底，城中大都是一些低矮的民房，一排排地挨着城墙，看起来十分拥挤。

张启凌思忖片刻，心中已是有数："皇宫扩建太甚，导致百姓无处居住，只能被迫搬到城外，可对？"

钱明诧异地看着他，半晌，他苦笑道："都说东凌四皇子是世间少有的聪明人，今日一见，果然不虚。”

“可惜啊，不及燕帝。”张启凌意味深长地说。至于钱明，他听懂了，但不敢宣之于口。

在将他们二人带进大殿后，太监恭声道：“陛下很快就来，请二位在此稍候。”

待太监离去后，张启凌环视四周，大殿明朗开阔，金砖铺地，顶上绘着和玺彩画，门窗上嵌菱花纹格，下雕云龙图案，接榫处安有镌刻龙纹的鎏金铜叶，每一处都彰显出皇家的华贵气派。

大殿正中间摆着一张九龙金漆宝座，乍一看并无稀奇，但仔细看去，就会发现一个有趣的事，正中间那条龙，爪子下面抓着一条蟒蛇。

“陛下驾到！”太监尖细的声音在殿内响起，钱明连忙跪下，恭敬道：“卑职恭迎陛下，陛下万岁万岁万万岁！”

明黄缎绣五彩云蝠金龙衣裳，白玉垂珠通天冠，玄色绣金龙朝靴，与这座大殿一样，处处透出皇家的贵气。

第二十六章　燕帝此人

燕帝是一个三旬左右的中年人，长眉疏目，倒也算是一表人才。他在龙椅中坐下，望着底下拱手行礼的张启凌，扬眉道："见到朕，为何不跪？"

张启凌不卑不亢道："张某奉我朝陛下圣命而来，跪拜燕帝，于礼不合。"

燕帝微微一笑："素闻四皇子口舌锋利，今日一见，果然不错。"

"燕帝过誉了，张某只是依理而言。"

燕帝狠狠瞪着一直低垂着头的钱明："你怎么知道他是朕的人？"

张启凌似笑非笑道："燕帝应该幸庆，发现钱明身份的人是我朝陛下，而不是楚帝。"

燕帝眸光一冷："你以为这样，就能威胁得了朕？"

"不敢。"张启凌笑意深深道，"张某说的是事实，如果让楚帝知道您这位'忠实'的同盟，其实一直在暗中算计他，您说他会作何感想？"

"燕帝心思通透，深知跟楚帝结盟，是与虎谋皮，无论最终西楚是赢是输，燕国都逃不过覆灭的结局，就像当年的南昭。所以你早做防范，派了钱明潜伏在楚帝身边，替你刺探情报，了解楚帝的一举一动，甚至……杀了楚帝。"

燕帝被他说中要害，眼角连连抽搐，双手紧紧攥着两边的扶手，扶手上的龙头张牙舞爪，栩栩如生，仿佛随时会从椅中飞出来。

"可惜啊，楚帝生性多疑，又有天机卫随行护驾，无论你派多少个钱明，都杀不了他，也改变不了结局，顶多……只是让你多一些时间逃亡。"顿一顿，张启凌又道，"我再猜猜，齐国那边，应该也有你的人吧？一旦事情败露，两国的怒火足以将蓟城烧成灰烬。”

说到这里，张启凌低低一笑，环顾了一眼大殿，感慨道：“可惜了这座皇宫，耗费十多年，好不容易修建得如此金碧辉煌，结果却是为他人做嫁衣。”

每一句话，都像针一样狠狠扎在燕帝的心头。他还是太子之时，就不甘燕国屈居六国之末，无奈燕国地窄人少，资源贫乏，根本不能与其他五国相提并论，至于登顶天下，更是毫无可能。

所以他只能将野心寄托在扩建皇宫上，征召民夫无数，历时十三年，将皇宫扩建至此，建成后的每一日，他都在这里做着自己逐鹿天下、唯我独尊的美梦。

可惜，梦始终是梦，不会变成现实。

所以当初萧若傲来找他结盟的时候，他根本不敢拒绝，因为他清楚，在现实里，他没有拒绝的资格。

可他也清楚，一旦灭掉了北周，自己就会失去利用价值，西楚和齐国都不会放过自己，放过燕国。

所以，他一直在苦思冥想，终于被他找到一个办法，就是学当年的“荆轲刺秦”，不只西楚，齐国也有他的人，一旦北周被灭，他安排的人就会图穷匕见，刺杀萧若傲和齐帝。

这两人一死，他就可以趁两国内乱，率兵夺取两国都城，称霸天下，真正实现他的美梦。

这一切，看起来是那么的天衣无缝，直至……张启凌带着钱明出现！

燕帝脸色难看得像见了鬼一样：“你到底想怎么样？”

张启凌没有回答他的话，而是面色一正，自袖中取出一道黄绫卷轴，双手呈于头顶：“张某奉陛下之命，送来一封国书，请燕帝过目。”

宫人接过国书递到燕帝手中，燕帝看过后，神情古怪道：“周帝要与朕结盟？”

“不错，只要燕帝答应，共伐楚齐两国，待功成之日，我朝陛下会下旨册封您为异姓王，统管此地。”

“也就是说，朕变成了周帝的臣子？”

张启凌颔首道：“可以这么说。”

“哈哈哈！”燕帝仰天大笑，笑得不可遏制，许久，他猛地一敛笑声，狠狠瞪着张启凌，“你凭什么认为朕会答应放弃帝位，而去改做一个臣子？简直是可笑！”

燕帝狠狠将国书掷在地上，起身走到张启凌面前，阴恻恻道：“不错，论国力，论兵力，朕都不如周帝、齐帝、楚帝，但始终是一国之君，只要朕一声令下，你就会死在乱刀之下。”说着，他忽地笑了起来，“朕知道了，周帝一定是看厌了你这个异族之人，所以让你来这里送死？”

张启凌并没有因他的话动怒，面色平静道：“虽然称呼变了，但也仅此而已，你依旧是燕国的王，住的、吃的、穿的，甚至权力，只要你不背叛陛下，这一切就不会改变，包括你的子孙后代。”他捡起被掷在地上的国书，再次递给燕帝，“这个结盟，对你来说，是最有利的。”

燕帝并不伸手去接，冷冷道：“说得倒是好听，朕凭什么相信你？”

“不是相信张某，而是相信我朝陛下。”张启凌微微一笑，“燕帝那么聪明，相信一定会做出正确的选择。”

燕帝眸光沉沉地盯着那道国书，心思飞转如轮，论诚信，周帝自然是比楚帝更可靠，但……要他从一国之君沦为他人臣子，实在有些难以接受。

到底……该怎么办？

天色欲晚，暮色如一头巨兽，将宫殿一座座吞噬，令人无端生出几分害怕与惶恐。

“周帝希望朕做什么？”不知过了多久，殿中响起燕帝的声音。

张启凌嘴角微微一弯，他知道燕帝已经妥协了，只是一时还说不出口：“西楚当年欠下的血债，该是时候还了。”

燕帝眼皮一跳，脱口道：“你们想进攻西楚？”

“错了。”张启凌停一停，纠正道，“是我们！”

燕帝双手一紧，半晌，说道：“朕听说，周帝曾经允诺，三年之内，不踏足齐、楚、燕三国，现在这么做，是想毁约吗？”

张启凌纠正他的话：“毁约的不是我朝陛下，而是楚帝。”

燕帝一愣，诧异道：“此话怎讲？”

“当初两国订立三年之约时，有一个条件，就是楚帝送回被他抓去的古逸臣，结果，倒是送回来了，但是个假货。”

“原来如此。”燕帝恍然，转身回到椅中坐下，眯眸道，“听你的意思，朕……似乎没有其他选择。”

张启凌微笑道：“当然有，但张某相信，与我朝结盟，是燕帝最好的选择。”

燕帝内心已经倾向北周，但表面上还是一副犹豫不决的样子：“朕需要仔细考虑，你先回驿站等着，过两日朕会派人去找你。”

“好，张某告辞。”在转身离开前，张启凌深深地看了一眼燕帝坐着的九龙宝椅。

宫门外，张远正在焦灼地等待着，看到张启凌出来，长舒一口气：“张相您总算出来了，可把我给急死了。”

张启凌掸一掸袖子，笑道：“怎么，怕燕帝杀了我？”

张远不好意思道：“毕竟咱们第一次来，谁知道燕帝是什么性子。”

张启凌转身回望暮色中的宫殿，宫人正在掌灯，一盏盏绢红宫灯亮起，流光明丽：“从钱明那件事里，可以看出燕帝是一个极为聪明之人，这样的人，绝不会自掘坟墓。”

“那燕帝答应了吗？”

张启凌一边走一边道：“还没有，不过应该八九不离十了，不过……燕帝的野心倒是比我想象的更大。”

张远好奇道：“张相何出此言？”

“我刚才在殿里，看到正中间那张金漆九龙宝椅最正中那条龙的爪子里抓着蟒蛇，起先我以为是一条，后来无意中发现，那蟒蛇是重叠的，不多不少，正好五条，你想想是什么意思。”

张远疑惑地挠挠头：“卑职记得陛下的宝椅，并没有什么蟒蛇，也从来没听说过啊，一抓就是五条？用来做什么？”

“你慢慢想。”张启凌笑一笑，翻身上马往驿站行去，张远跟在他后面，苦思那五条蟒蛇的意思。

在快到驿站之时，脑海中忽然划过一道雪亮，他急忙追上去：“卑职知道了，那五条蟒蛇代表北周、齐国、西楚、南昭还有东凌。”

张启凌赞许地点点头：“不错，他将五国比作蟒蛇，又抓在爪子里，很明显，就是想凌驾五国之上。”

“真是想不到，小小一个燕国国君，野心居然如此之大。”张远连连摇头，一副不可思议的模样。

“他和萧若傲是同一类人，但不及萧若傲狠绝果断，所以燕国至今仍是一个小国，只能靠修建皇宫和宝椅来满足他的幻想。”

张远点点头：“既然已经知道他狼子野心，是不是就不结盟了？”

张启凌侧目：“为什么不结盟？”

“这种人不会知道忠心与感恩，留着他只会养虎为患。”

张启凌微微一笑："还记不记得陛下在国书里是怎么写的？"

"当然记得，只要燕帝归降，并助我国攻破应天，便封他为异姓王，继续统治燕国一地，只要燕帝不背盟约，燕国就永归燕帝统治。"东方溯起草国书的时候，他和张启凌就在旁边，自是知道得一清二楚。

"那不就行了，还担心什么？"

张远听得一头雾水，苦笑道："张相您就别卖关子，到底国书里藏着什么玄机？"

"试问一个野心勃勃的人，怎么会甘心一直屈居人下，沦为臣子？所以燕帝一定会背叛盟约，到时候，陛下就可以顺理成章攻伐燕国，平定天下。"

"原来如此。"张远恍然大悟，感慨道，"想不到短短一句话里，竟藏了这么多玄机，要不是张相点破，卑职怕是一辈子都想不到。"

张启凌笑一笑："好了，回去吧，应该明后日就会有消息。"

再说燕帝那边，张启凌一离开，他就立刻命人传召心腹大臣入宫商议，共有三人，分别是丞相王谦、户部尚书于同、将军陈一敬。

在知道事情的始末后，陈一敬第一个反对："不行，我大燕自太祖皇帝开国以来，历经百年方才有今日的基业，岂可拱手送予北周，这万万不行。"

于同叹气道："可如果陛下不答应，周帝就会将密探一事告诉楚帝，到时候两国必然开战，生灵涂炭。再者我国与西楚国力悬殊，一旦起战……必败无疑。"

"未必！"陈一敬冷哼道，"西楚固然国力强于我们，但敌人也不少，北周、齐国，哪个是省油的灯，又有哪个能真正容得下西楚。"

于同犹豫道："话是这么说，但……到底风险太大，还是得从长计议。"

"不管如何计议，总之万万不能丢了咱们燕国的百年基业。"说着，陈一敬拱手道，"陛下，臣愿随陛下誓死保卫大燕！"

见陈一敬和自己唱反调，燕帝心中不悦，淡然道："难得陈卿一片赤胆忠心，不过正如于卿所言，这件事还需从长计议。"说着，他眸光一转，看向半闭着双目的王谦，"丞相呢？"

王谦抬起眼皮，拱手道："启禀陛下，臣以为与北周结盟，不失为一个良策。"

燕帝尚未说话，陈一敬已是恼怒："王大人身为相国，食朝廷俸禄，当为陛下分忧，怎么能因为一点点危险，就弃江山社稷，弃陛下于不顾？"

王谦也不生气，抚着半白的胡须道："陈将军此言差矣，本官就是因为顾及陛下，顾及大燕江山百姓，才建议陛下答应结盟。"

陈一敬对他的话嗤之以鼻："分明是借口！"

王谦没有与他争辩，而是对燕帝道："陛下，如今乱局已现，一时冲动，只会为燕国招来亡国之祸，万万不可取。"

燕帝听得连连点头："那依王相之见，朕该如何抉择？"

王谦低眉道："恕老臣直言，陛下虽有雄心壮志，无奈我大燕地少人稀，不能与其他几国相提并论，想要在这群雄割据的乱局之中保全自己，必须要找一个足够强大的同盟。西楚原本也是一个不错的选择，但就像张启凌说的，楚帝野心太大，来日若真让他灭了北周，下一个就是我们，至于齐国，相信也存了一样的心思，昔日与他们结盟是迫于无奈。所以若要做一个选择，北周……更合适一些，至少周帝言而有信。"

此话正合燕帝之意，颔首道："丞相所言甚是。"

见燕帝倾向于王谦，陈一敬大急："陛下不可，楚帝固然阴险，周帝也不是什么善类，表面说是结盟，其实是想不费一兵一卒收服我燕国，一旦答应，从此以后，就再没有燕国，也再……"他抬头望着燕帝，一字一字道，"没有燕帝。"

王谦花白眉毛一扬，冷声道："陈将军此言差矣。"

陈一敬憋着气拱手道："请王丞相指教。"

"身为大丈夫，当能屈能伸，一时妥协，是为了更光明的将来。"说着，王谦撩袍跪下，肃然道，"请陛下暂忍一时之辱，待乱局过后，老臣必当竭尽全力，助陛下重夺帝位，扩疆拓土，一如先辈。"

燕帝走下来，亲自将他扶起："朕怎会不相信丞相，快快请起。"说着，他感慨道，"父皇在世时，不止一次教导朕，谁都可以不信，就是不能不信王家。没有王家，就没有今日的燕国。"

王谦满面惶恐道："陛下言重了，王家世世代代都是燕国臣子，理当为陛下、为燕国鞠躬尽瘁，死而后已。"

百年前，王家祖先追随燕国第一代皇帝东征西战，是开国功臣，他的子孙世代都是燕国重臣，辅佐历代皇帝。三十多年前，皇族有人起兵谋乱，是王家一名将军领着不到一万的士兵，硬生生杀出一条血路，平定叛乱，保住上一任燕帝的宝座。

陈一敬急得直跺脚，脱口道："陛下，丞相年老糊涂，怎么连您也糊涂了。"话刚出口，他便知道说错了话，果然燕帝面色瞬间变得极其难看，阴恻恻道："是啊，朕和丞相都糊涂了，只有陈卿你最清醒。"

陈一敬急忙跪下，慌声道："臣一时失言，请陛下治罪！"

燕帝俯身，皮笑肉不笑道："朕怎么敢治陈大人您的罪。"

陈一敬冷汗涔涔，手指紧张地抠着细密的砖缝："臣罪该万死，但臣本意是为陛下，为大燕好。"

燕帝直起身，冷冷俯视于他："你以为朕不知道你的心思吗？你一直认为自己文武双全，不甘屈居丞相之下，而打仗……则是积累功名威望最好的办法。但陈一敬，朕告诉你，打仗——没那么容易！"

陈一敬大惊，急急道："臣绝无此念，请陛下明察！"

"够了！"燕帝不耐烦地拂袖道，"朕不管你是什么心思，总之从现在起，你给朕闭紧嘴巴！"

陈一敬不知该怎么说，只能一遍遍道："陛下三思！陛下三思！"

燕帝被他说得越发烦躁，怒喝道："退下，朕不想再看到你！"

"陛下……"

"退下！"在燕帝的呵斥下，陈一敬只得退出大殿，王谦拱手道："陛下息怒，老臣相信陈将军也是出于一片赤胆忠心，只是想法不同，假以时日，他一定会明白陛下的苦衷。"

燕帝冷哼道："就他那些小九九，也好意思说赤胆忠心，简直是污辱了这四个字。"说着，他目光一转，落在于同身上，"于爱卿呢？"

于同连忙道："听任陛下圣心独断，臣没有意见。"

燕帝满意地点点头："好，朕明日就召张启凌入宫，缔结盟书。"

"依老臣所见，盟书不急。"王谦的话令燕帝诧异："丞相不是赞成朕与北周结盟吗，怎么又……"

"盟是一定要结的，但不必急于一时。"王谦微笑道，"越急显得咱们越被动，所以不妨拖上几日，让他们急一急，也好在缔结盟书时争取到更多的利益。"

"不错不错。"燕帝连连点头，赞许道，"还是丞相想得周到。"顿一顿，他又道，"那依丞相所见，拖上几日为好？"

王谦沉吟片刻，道："自是越久越好，拖到他自己熬不住为止，陛下若是信得过，这件事就交给老臣来处理。"

燕帝哈哈一笑："丞相是朝廷栋梁，朕岂有信不过之理。好，就全权交给你处理。"

"老臣遵旨。"王谦拱手答应，一缕精光悄然掠过眼底。

张启凌不知道他们君臣之间的对话，本以为顶多等上一两日，哪知道这一等就是五六天，竟是一点儿消息也没有。

眼见窗外的太阳一点点西移，张远忍不住道："张相，这都第六天了，怎么还没有消息来，难不成燕帝不打算结盟？可就算这样，也该有个消息来啊。"

张启凌沉吟片刻，起身道："走，随我进宫见燕帝。"

二人刚走到驿站门口，迎面走来一个头发半白的老者，笑眯眯道："这位想必就是鼎鼎大名的张相吧？"

张启凌眉头微微一蹙："不敢，老丈是……"

旁边一名小厮道："我家老爷姓王，乃是当朝丞相。"

"原来是王丞相，久仰久仰。"如果说在燕国谁最有名，那绝不是燕帝，而是眼前这个王谦。

在一番客气后，王谦笑道："张相可是打算进宫？"

"不错。"张启凌也不隐瞒，"结盟一事，丞相应该也知道了。"

王谦点头道："当然，老夫正是为此事而来，走，咱们进去说。"

待来到张启凌房中后，王谦道："当日，张相一离开，陛下就召了老夫等人入宫商议，一致觉得与北周结盟对我燕国最是有利。本来昨日就该请张相入宫的，谁知道竟然有人入宫行刺。"

张启凌诧异道："竟有这样的事？燕帝怎么样了？"

"陛下受了伤，好在没有性命之忧，可惜被刺客逃了，老夫已经派人加强宫中守卫。"停顿片刻，王谦沉声道，"蓟城一向太平，突然出这种事情，老夫在想，会不会是结盟一事走漏了风声？"

张启凌眸中精光一轮："丞相是说楚帝？"

"不错，除了他，老夫想不到第二个人，所以老夫想问问，结盟一事都有哪些人知道？"

张启凌指一指旁边的张远："除了张某与陛下之外，就只有他跟钱明知道。"

"那可真是奇了怪了，到底是哪里出了问题？"王谦久思无解，只得搁在一旁，转而道，"老夫此来，还有一件事，陛下现在身上有伤，暂时无法缔结盟书，所以要劳烦张相在此多等几日。"

"我们……"张远刚说了几个字，立刻被张启凌打断，"这是应该的，就等燕帝伤情好转之后，再缔结盟书。左右已经来了，也不急于一时。"

王谦欣然道："张相能够理解最好，这次实在是飞来横祸，谁也想不到。"

"可有派人在追刺客？"

"当然，老夫已经传令京兆府，让他们全力搜寻刺客下落，四方城门也都关闭了，谅他们插翅也难飞。"说着，王谦又道，"驿站这边，老夫也加派了人手，张相只管安心住着。"

"多谢王丞相。"在送走王谦后，张启凌唤过张远，"你去外面打听一下，看是否真如王谦所言。"

张远心思一动，小声道："张相怀疑他撒谎？"

张启凌盯着王谦一口未动的茶水，不知在想些什么："我也说不上来，查清楚一些总是没错的，去吧。"

这一去，就是大半天，张远回来时，已是入夜时分，他喘了口气，一股脑儿把打探到的事情说了出来。

今日一早，蓟城确实封锁了城门，城中士兵也比平日多了数倍，正在挨家挨户搜查刺客，行刺一事，在城里传得沸沸扬扬。

张远取过桌上的馒头，就着茶水大口大口地吃着，跑了大半日，实在饿坏了，他一边吃一边道："看来那个王丞相并没有撒谎，确实有刺客潜入皇宫。"

张启凌手指"笃笃"叩在沉重的桌案上，半晌，他道："城门是从什么时候开始封闭的？"

"今天一早。"

张启凌眼眸微眯，冷冷吐出四个字："他在撒谎！"

"咳咳！"张远被馒头噎住，涨得脸庞通红，好半天才把卡在喉咙里的馒头咳出来，顾不得喘气，急急问道："为什么？"

"还记得他提到行刺的第一句话是什么吗？"

"他说'本来昨日就该请张相入宫的，谁知道竟然有人入宫行刺'。"张远记性极好，一字不漏地复述了一遍。

"关键就在于'昨日'两个字。"张启凌微眯了双眼，冷声道，"既要请我入宫，那一定是白天，行刺却是在夜里，根本就是前后矛盾。"

张远思忖道："说不定是白天行刺呢，他又没说确切时间。"

"如果是白天行刺，昨日就该封锁城门了，又岂会等到今日。还有……"张启凌负手走到窗前，窗外树影摇动，看起来有些张牙舞爪，"如果真有西楚刺客，他们应该更急着缔结盟约，寻找一个靠山才是，但他们并没有。相反，在我答应多留几日时，王丞相明显松了一口气。”

张远点头道：“这么说来，确实有些奇怪，可他为什么要撒这样的谎，兴师动众不说，还弄得整个蓟城人心惶惶。”

“应该是为了拖延时间，至于理由……我一时还想不到。”

张远不知所措道：“那现在要怎么办？”

“梆！梆！”远处传来打更的声音，已是二更天了，张启凌微微推开窗子，王谦派来的士兵就在外面，从房门到驿站门口，守了好几层，日夜轮守。

不像保护，倒像……监禁。

张启凌关起窗子，低声道：“这里不是久留之地，叫大家收拾一下东西，我们今夜就走。”

“今夜？”张远诧异道，“可城门已经关了啊。”

“那就不要走城门，总之今夜一定要走！”时间越久，张启凌心里就越不安，仿佛有什么不好的事情要发生。

见他心意已决，张远不再多言，当即下去传话，他们这次带来的都是精锐士兵，不过片刻已经收拾好东西，悄无声息地离开驿站，没有惊动任何人，包括门外的守卫，他们根本不知道里面已经人去楼空。

城门当然是不能走了，借着夜色悄悄来到一处开阔的城墙，利用飞绳攀游上城墙，铁爪刚刚钩住城头，数支利箭破空而来，无一落空地钉在那些绳索上，所有绳索应声而断。几乎是在同一时刻，无数火光自黑暗中亮起，将他们团团包围。

张启凌面色阴沉地看着一个个举着火把的黑影，看来除了驿站那些守卫之外，王谦还另外派了人盯着自己，还真是煞费苦心。

一名武将朝他们走来，银白月光在叮当作响的盔甲上透着一种肃杀之气，他停在张启凌面前，冷冷道：“现在是宵禁时分，请张相立刻回驿站。”

“张相，现在怎么办？”张远紧张地问着，手心里都是冷汗，这些人分明来者不善。

“别慌。”张启凌低声安慰了一句，朝那名武将道，“我朝陛下飞鸽传书，急召我等回去，还请将军行个方便。”

“此事张相可以明日请示王丞相，但现在……”他面无表情道，“请回驿站。”

“放肆！”张启凌沉眸喝道，“本相乃北周使者，并非你燕国臣子，轮不到你来命令！”

“末将不敢。”武将嘴上说不敢，却没有丝毫退去之意，反而上前道，“末将知道张相身份尊贵，但您既然在蓟城，就要遵守这里的规矩，不要让末将为难。再说，这也是为了张相安危着想，毕竟刺客还没找到，万一伤了张相，那就不好了。”

张启凌冷冷盯着他：“如果本相一定要走呢？”

武将眸中精光一轮，右手悄然握住刀柄：“那就只有得罪了。”

“张相，我们助您冲出去。”张远在张启凌耳边低低说着，他算是看明白了，今夜想要善了是不可能了，想离开蓟城，就只有杀出一条血路来。

“别冲动。”张启凌一边阻拦张远，一边心思飞如轮转，片刻，他道，“我要见王丞相。”

“丞相没空。”武将已是十分不耐烦，催促道，“走吧。”

张启凌面色阴晴不定，回驿站等于羊入虎口，但想要冲出去也不是那么容易的，武将分明是有备而来。

“如果张相再不走的话，末将就只有不客气了。”武将这句话令原本就有些凝滞的气氛更加僵硬。

就在双方一触即发之时，一个响亮威严的声音自后面传来：“谁在那里？”

武将一怔，待回身看清来人后，连忙拱手道：“见过陈将军。”

来者正是陈一敬，他扫了张启凌一眼，落在武将身上：“原来是你，怎么回事？”

陈一敬在燕国地位极高，武将不敢怠慢，如实道：“回陈将军的话，末将巡逻之时，发现张相不遵宵禁，更意图翻墙出城，卑职正在请张相回驿站。”

陈一敬看了一眼四周，似笑非笑道：“你这请人的架势倒是真不小。”

武将讪讪一笑，低头道：“没想到会惊动陈将军，实在该死。”

“无妨。”陈一敬大手一挥，走到张启凌面前，目光炯炯地盯着他，半晌，忽道，“我有些事想问张相，可否去我府中一叙？”

张启凌眉头微蹙，陈一敬这话分明是在替他解围，只是……他与这位将军素无往来，连认识都算不上，为什么要帮自己？

他还没说话，那名武将已是急切道：“陈将军，此事不可。”

陈一敬侧目，冷冷道：“为何？”

武将走到他身边，小声道：“他是王丞相要的人。”

他满以为陈一敬会懂自己的意思，知难而退，哪知陈一敬只是翻一翻眼皮，满不在乎道："所以呢？"

"末将也是奉命行事，还请将军不要让末将为难。"

"为难？"陈一敬打量了他一眼，冷声道，"我记得你是五品郎将对吧？"

"正是。"武将话音刚落，陈一敬的话便如疾风骤雨一般劈头盖脸地罩来，"区区一个五品小官，有什么资格让老子为难你，老子跟着先帝打仗那会儿，你小子还在你娘怀里吃奶呢！"

这番话引来张远等人哄堂大笑，就连武将底下那些人也差点儿笑出来，一个个忍得极是辛苦。

武将尴尬无比，怎么也没想到陈一敬会这样当众奚落自己，一点儿情面也不留。偏偏陈一敬官位比他高出许多，是先帝封的威武将军，素有威望，远非他一个小官所能比拟，他强笑道："将军真喜欢开玩笑。"

本想打个圆场，哪知陈一敬根本不买这个账，冷哼道："谁有工夫和你开玩笑，总之，张启凌老子要定了。你呢？"后面两个字，他是在问张启凌。

"将军相邀，在下又岂敢拒绝。"

"哈哈，好，咱们走。"见陈一敬真的要带张启凌走，武将心急如焚，顾不得被人听到，急声道："他是丞相要的人，将军三思啊！"

陈一敬眼眸微眯，细碎似针尖的冷光自他眸底射出，刺得武将头皮发麻，他俯身，在其耳边一字一字道："告诉王谦，让他自己到我府上要人！"

"走！"扔下这个字，他带着张启凌等人大步离去，虽有士兵无数，却无一人敢阻拦。

看着他们离去的身影，武将气得发怔，半晌，恨声道："你们都去将军府盯着，不要让张启凌走了，本将军现在就去禀告丞相大人！"

再说张启凌那边，在跟着陈一敬来到将军府后，拱手道："多谢将军搭救。"

陈一敬解下披风，吐出一句让人意料不到的话来："我一点儿都不想救你！"

张启凌眉头一挑："可将军还是救了。"

陈一敬嘴角微微一撇，轻哼道："西楚固然不是东西，可你们北周也好不了多少。"

"所以将军并不同意结盟。"

"不错。"陈一敬接过下人递来的茶啜了一口，冷冷道，"燕国虽弱，却也不是你们想收就能收的。"

望着他不甘的眼神，张启凌心中已是了解："可燕帝和王丞相并不这么认为。"

听到王谦的名字，陈一敬心中烦躁不已，重重搁下茶盏，犹豫半晌，终还是说出了口："要仅仅只是政见不合也就算了，但王谦……分明别有居心，本官怕他最终会害了陛下。"

张启凌面色一凛，他虽一早发现事情不对，但没想到会严重到这个地步："请将军明言。"

在一番长久的沉默后，陈一敬低声道："早在六天前，陛下就在王谦的怂恿下，决定和你们结盟，但提出要召你入宫缔结盟书之时，王谦却又怂恿陛下一再拖延，甚至为此上演了一场行刺的戏。"

"果然是假的。"张远生气道，"一个是一国之君，一个是当朝丞相，竟然满口谎言，实在可笑。"

陈一敬被他说得老脸通红，干笑几声："陛下也是受了王谦蛊惑，并非存心。"

张启凌沉思片刻，缓缓道："要说拖延几日作为谈判的筹码，倒也无可厚非，可王丞相的所作所为，已经远远越过了这条线。"

"你我都看得出来，可偏偏陛下……"陈一敬无奈道，"任我怎么说，陛下就是不相信，反倒把我臭骂了一顿。"说着，他又道："你连夜准备出城，想必是发现了什么，赶紧说来听听。"

张启凌将自己的怀疑说了一遍，随即道："王谦平日为人如何？"

陈一敬想了一会儿，说出一句颇为中肯的话："精明圆滑，处事老练谨慎，虽说我看不惯他，但平心而论他确实是一个难得的人才。"

"人才……"张启凌玩味着这两个字，唇角拉出一个意味深长的弧度，"将军可知，作为一个人才，最不甘心的是什么？"

"什么？"

迎着他疑惑的目光，张启凌缓缓道："是被一个不如他的人管束。"

陈一敬先是一怔，继而面色大变，豁然起身，惊骇与激动令他连话也说不利索："你……你说……"

张启凌知道他想说什么，先一步点头道："不错。"

"这……这不可能，他怎么有这么大的胆子。"陈一敬喃喃说着，下一刻，他倏然拔出搁在架上的刀指向张启凌，厉声道，"你想挑拨离间，让我们自相残杀是不是？"

张启凌拨开横在颈间的刀，淡然道："燕帝都答应结盟了，我何必还要挑拨，岂非多此一举？其实将军心里早有了怀疑，否则也不会从他手里救下我们。"

陈一敬面色一阵青一阵白，变得极是厉害。许久，他掷下手里的刀，怆然道：“我总以为是自己多疑了，没想到……真是这样。”

“如果他想取燕帝而代之，一定会寻一个靠山，很可能……”张启凌神情难看道，“我们两国意欲结盟之事，西楚已经知道了。”

陈一敬狠狠一拳捶在桌上：“该死！”

门外传来下人慌乱的声音：“将军不好了，王丞相他……他带人把咱们将军府围起来了！”

陈一敬气得浑身发抖：“看来他……他是真打算谋反了！”

张启凌拧眉道：“王丞相此行，必定是有备而来，恐怕将军会吃亏。”

陈一敬死死盯着房门，寒声道：“他不好惹，本将军也不是吃素的，走，跟我出去看看。”

第二十七章　西楚来袭

陈一敬大步走了出去，果然在大门外看到了王谦，他依旧是那副笑眯眯的样子，一副亲切的模样，可屋里几人清楚，他是一只十足的笑面虎，跟他打交道，必须得打起十二万分精神，不然什么时候被吃了都不知道。

王谦拱手，满面歉意道："深夜叨扰，还请陈将军莫怪。"

陈一敬按下心头怒火，虚笑道："好说，不过丞相带这么多人来我府邸，是为何故？"

"老夫听说张相来了陈将军府上做客，担心他会有危险，毕竟刺客还没抓到，所以亲自带人来护送张相回驿站。陛下可是交代过了，张相的安危不容有失。"王谦眼睛本就不大，笑起来更是成了两条缝。

陈一敬几乎冷笑出声，这头老狐狸果然能说会道，不知情的听了，真会相信他的话。

"本将军自会亲自护送张相回去，不劳丞相费心，请回。"他直接拒绝了王谦的话，不留一丝余地。

王谦笑眯眯道："陛下将蓟城的防卫交给了老夫，这是老夫分内之事。"

陈一敬走到他面前，凝声道："这么说来，丞相是一定要带走张启凌了？"

"不错。"

"如果本将军不许呢？"

王谦拢着双手，微笑道："那将军就是为难陛下了。"

"丞相眼里还有陛下吗？"

王谦眼眸微睁，精光在眼底悄然流动："如果老夫是将军，一定会收回刚才的话。"

"本将军既然说了，就没打算收回！"陈一敬盯着他，再次道，"请回！"

"既是这样，那就只有得罪了。"王谦叹息一声，对跟随他来的武将道，"去把人接过来。"

"得令！"武将等的就是这句话，看向陈一敬的眼里有着一缕报复的笑意，他可没忘记刚才陈一敬是怎样让他难堪的。

陈一敬眸光一冷，大声喝道："来人！"

随着他的话，无数身着盔甲的士兵从府中涌了出来，拦在双方之间，这些都是陈一敬一手操练出来的亲兵，个个骁勇善战，能够以一敌十。

这一次，纵是王谦也不禁变了颜色："陈一敬，你想造反吗？"

"想造反的人是你！"陈一敬指了他道，"别以为没人知道你那点儿心思，我告诉你王谦，大燕的基业，轮不到你来染指！"

王谦缓缓沉下脸，在众人惊骇的目光中道："看来陈将军是病了，连这样的疯言疯语也会说出口。"

陈一敬冷哼一声："总之人就在这里，能不能带走，就看你的本事了。"说罢，他对张启凌道，"刚才那壶茶还没喝完，咱们回去继续，别浪费了极品铁观音。"

望着他们的背影，王谦面色阴晴不定，不知在想些什么，武将低声道："丞相，既然他这样不识抬举，咱们也没必要再跟他客气，直接冲上去抓来就是了。"

王谦侧目盯着他，冷冷道："你嫌老夫麻烦还不够多是吗？"

武将连忙道："卑职绝无此意，卑职是想尽快替丞相抓到张启凌，以消丞相心头之忧。"

"陈一敬始终是一品大员，没有陛下谕旨或者确凿的证据，就算是老夫，也不便直接冲进府里抓人。"王谦脸色阴沉地说着。

武将急忙道："可他私自窝藏北周使者，这是所有人都看见的。"

"窝藏？"王谦冷笑道，"老夫问你，张启凌是杀人还是纵火了？"

武将被他问得一愣："这倒没有。"

"那又何来窝藏二字，你现在贸然冲进去，正合了陈一敬的心，到时候去皇帝那里倒打你一耙，别说官职，连人头都不一定保得住。"王谦恼怒道，"亏你跟了老夫这么久，连这点儿事情都想不明白。"

武将听得满头冷汗，急忙道：“末将大意，多谢丞相提点。”说着，他又道，“那现在怎么办？”

王谦盯着大门上各写着一个“陈”字的灯笼，橘红灯光如流水一般轻泄在那张充满算计的脸上：“跟老夫耍花样，好，老夫就陪你好好玩玩。”

“派人把守住这里，不许任何人进出。如果有人问起，就说是为了保护他们安全，毕竟……”王谦笑意深深道，“刺客还没抓到呢。”

武将会意道：“末将明白，末将一定严守所有出入口，别说人，连苍蝇都休想飞出。只是……丞相受委屈了。”

“无妨。”王谦毫不在意地摆手，“只要张启凌还在蓟城就足够了，再说……连这么一点儿小委屈都受不了，还谈什么成大事。”

“丞相英明。”面对武将的恭维，王谦笑一笑，将双手拢在袖中离去。一片六棱雪花从夜空中飘转而落，成为蓟城今年冬天的第一片雪。

王谦表面谦和宽厚，实则是一个睚眦必报之人，这次受了这么大的难堪，自不会善罢甘休。第二天一早，他便入宫见燕帝，老泪纵横地把事情说了一遍，当然免不了添油加醋，曲解是非。

燕帝听完后，果然如他所料的那般勃然大怒，当即下旨将陈一敬和张启凌押入皇宫。

圣旨之下，陈一敬不敢也不能拒绝，只得跟随禁军入宫，而且……他也确实有许多话要和燕帝说。

燕帝斜倚在榻上，目光冷冷掠过张启凌，落在陈一敬身上：“你可知罪？”

陈一敬挺直了脊背，沉声道：“臣不知何罪之有。”

“大胆！”燕帝重重一拍床榻，恼怒道，“你身为将军，当知使臣只许居住在驿站之中，你却不顾王丞相的规劝，执意将他留在府中，坏了规矩不说，还弄得双方险些打起来，你还敢说自己无罪？”

“陛下息怒。”陈一敬来之前已是与张启凌商量好了说辞，所以并不慌乱，平静道，“臣昨夜确有不妥之处，但臣所做的一切都是为了燕国，为了陛下。”

燕帝先入为主，哪里听得进他的话，坐直了身子怒喝道：“一派胡言，看来朕这些年真是太过纵容你了，令你放肆至此。”

一直站在旁边的张启凌突然开口道：“张某听说燕帝遇袭，身受重伤，无法缔结盟约，现在看来，却是中气十足，并无大碍。”

被他这么一说，燕帝才猛地想起自己现在的“情况”，连忙咳嗽几声，装出一副虚弱的样子，王谦也适时道：“陛下伤势刚刚有所好转，切不可太过激动，以免恶化。”

燕帝指了陈一敬，痛心疾首道：“他不守律法，不服管教，甚至连朕也不放在眼中，你让朕怎么能不气。”

“陛下！”陈一敬抬头，一字一字道，“真正不将陛下放在眼中的，不是臣，而是——王丞相！”

“放肆！”燕帝越发恼怒，瞪了他道，“你真以为朕不会惩治你吗？”

“臣不敢，但请陛下仔细回想一下，王谦明明同意陛下与北周结盟，为何要将结盟日子一拖再拖，甚至……”他咬一咬牙，大声道，“怂恿陛下编出行刺一事！”

燕帝怎么也没想到陈一敬会知道“行刺”一事的真相，更没想到他会这样当众说出来，一时面色发青，大殿也静得可怕，谁也不敢说话。

许久，燕帝终于回过神来，随手抄起用来安神的如意掷到陈一敬头上，气急败坏地吼道：“混账东西，朕杀了你！”

以陈一敬的身手，要避开如意是轻而易举的事情，但他却生生受了这一砸，当即头破血流：“臣死不要紧，要紧的是陛下和燕国的百年基业！”

“你……你……”燕帝气得说不出话来，半晌，他猛然一摆手，厉喝道，“来人，把他拖下去重责四十杖，然后关入天牢！”

“陈将军是难得的忠臣，燕帝杀害忠臣，怕是要让天下人心寒了，还望燕帝三思。”张启凌道。

燕帝正在气头上，哪里听得进去：“朕知道你是周帝使臣，但燕国的事情，轮不到你来插手，押下去！”

“陛下！”陈一敬痛声道，“臣一人死不足惜，可如果因为陛下一时之失，毁了燕国百年基业，敢问陛下，您要怎么去向先帝、去向列祖列宗交代？！”

燕帝气得浑身发抖，指了他半晌说不出话来，王谦在一旁道：“陈一敬，你休要在这里危言耸听，陛下英明神武，只会令燕国越来越好，岂会像你说的那样！”

“我呸！”陈一敬狠狠朝地上啐了一口，指着他道，“王谦，你可敢对天发誓，说你没有勾结西楚、背叛陛下吗？”

王谦心中猛然一跳，但他城府极深，很快便压下惊意，平静道：“老夫从来没做过这种事，当然敢发誓。”顿一顿，他抬手道，“我王谦对天起誓，如对陛下有半点儿不忠，就让我天打雷劈，不得……”

陈一敬打断道："如有违誓，王家子子孙孙，男丁代代为奴，女眷世世为娼！"

"陈一敬，你不要太过分了！"王谦脸颊猛地一搐，尽管他并不相信誓言，可陈一敬说的这个太过恶毒，就算是他，也不敢说出口。

看到他这个样子，陈一敬仰天大笑，额上流下来的鲜血令他看起来异常狰狞："老匹夫，到底是我过分，还是你心虚了？"

王谦"扑通"一声跪在燕帝榻前，老泪纵横道："请陛下为老臣做主！"

"你放心，朕这次绝不会饶过他！"燕帝对陈一敬的容忍也是到了极限，狠狠一咬牙，对候在一旁的禁军道，"陈一敬以下犯上，罪大恶极，着即重责一百，剥去官服，贬为庶民，并且赶出蓟城，终生不得踏入一步！"

王谦低垂的眼中掠过一丝失望，燕帝始终是没有杀陈一敬，可惜了。

在禁军凶神恶煞地涌上来时，张启凌突然道："慢着。"

燕帝阴恻恻地道："如果朕是使者，一定会管好自己的嘴，以免招来无妄之祸。"

对于他的威胁，张启凌微微一笑："如果我是燕帝，一定不会如此对待一个忠于自己的人。"不等燕帝言语，他又道，"如果燕帝执意如此，那张某唯有取消两国之盟了。"

王谦眼皮一翻，冷声道："周帝定下的盟约，岂是你一个臣子说取消就取消的！"

张启凌微微一笑："来见燕帝之时，陛下让我可以看情况决定是否缔结盟约，所以……我想我应该有话语权。"

王谦对他的话嗤之以鼻："胡说，周帝怎么会下这样的旨，两国缔结盟约可不是儿戏。"

对于他的质疑，张启凌也不生气，朝燕帝道："该说的张某都已经说了，接下来要怎么做，就看燕帝的了。"

燕帝面色难看得紧，他知道张启凌这是在威胁自己，一旦贬了陈一敬，谈好的盟约就会化为虚无。

其实他不是没想过，这很可能是张启凌的谎言，但……他赌得起吗?

王谦怕燕帝受影响，急忙道："陛下别听他胡说，陈一敬以下犯上，目无陛下，若不严加惩治，传扬出去，必然有损陛下威信。"

燕帝犹疑不语，他当然不想被一个使臣威胁，但又害怕真的毁了结盟一事，张启凌来蓟城这么久，消息多多少少会传出去，一旦萧若傲知道，必不会再信任自己，如果再失去北周这个靠山，那燕国就真的完了。

许久，他终于有了决定，沉声道：“陈一敬口出狂言，本该贬为庶民赶出蓟城，姑念在他征战有功，又是两朝臣子，从轻发落，回去闭门思过三日，罚俸半年。”

“陛下……”王谦大急，这样的惩罚简直是挠痒痒，让他怎么能甘心。

“怎么，丞相有意见？”燕帝打断他的话，眸中流露出警告的意思。

王谦看懂了，努力咽下哽在喉咙里的那口气，低头道：“老臣没有。”

“既是没有，那就这样决定了。”说着，燕帝又对张启凌道：“朕现在有些乏了，明日缔结盟约可好？”

“当然。”张启凌见好就收，微笑道，“燕帝宽宏大量，是百姓之福。”

面对他的恭维，燕帝哼哼两声算作回应，挥手道：“好了，你们都退下吧。”

一夜无语，翌日一早，张启凌依召入宫缔结盟约，这是关乎燕国未来的大事，王谦和陈一敬自然也都来了。

于同拟定盟约后，分别交给燕帝和张启凌过目，二人确定没问题后，各自在上面盖上玺印，如此一来，盟约就正式订立并生效。

张启凌接过一份收入袖中，拱手道：“既然盟约已缔，张某就回金陵复命了，待我朝陛下有安排之后，就立即通知燕帝。”

“好，朕恭候周帝消息。”燕帝点头道，“陈将军，你送张相出城。”

陈一敬刚要答应，一名禁军匆匆忙忙奔了进来，神情慌张道：“陛下不好了，不好了！”

禁军的冒失令燕帝心生不悦，但当着众人的面不便发作，只得道：“出什么事了？”

“城外来了一支军队，正在……正在攻城！”此言一出，众人豁然色变，尤其是燕帝，难以置信道：“你……你再说一遍！”

“有军队正在攻城！”

这一次，由不得燕帝不相信，颤声道：“是哪里的军队？”

“是……”禁军犹豫地看着燕帝，似有什么难言之隐，直至燕帝又一次催促，方才嗫嗫道：“是楚军。”

“楚军？”燕帝几乎不敢相信自己的耳朵，“这怎么可能，你们是不是看错了？”

“士兵来报时，说得千真万确，真是楚军。”禁军的话令燕帝慌乱不已，像个没头苍蝇一样道：“他们……他们怎么会突然来了，怎么会这样？怎么办？该怎么办？”

于成颤声道：“一定是楚帝知道了咱们和北周结盟之事，一气之下，派兵前来攻伐！”

有大臣质疑道："从张相来蓟城到现在不到十天，楚帝动作怎么这么快？"

陈一敬一把攥住王谦的衣襟，恨声道："是你，一定是你跟西楚勾结，引兵来此！"

王谦用力挣开他的手，正一正衣裳："陈将军，说话做事都要讲究证据，与其在这里无凭无据地冤枉人，还不如好好想一想，要怎么打退城外的楚军，这才是当务之急！"

陈一敬虽然恨不得一刀杀了他，但还记得孰轻孰重，朝面色苍白的燕帝道："陛下别慌，有臣在，一定不会让他们踏入蓟城半步！"

燕帝连连点头，颤声道："那……那就倚仗陈将军了，千万千万要挡住他们。"说着，他似想起什么，急忙对张启凌道："张相，我们两国已经结盟，如今我国有难，你们可不能袖手旁观。"

"当然，不过眼下最要紧的是弄清楚西楚来了多少兵马，这样才好布兵安排。"

"对对对。"燕帝迭声称是，对还站在底下的禁军道，"快派人弄清楚西楚此行士兵数量。"

禁军领命离去，过了将近半个时辰才回来："启禀陛下，西楚共来了五千兵马。"

燕帝面色古怪道："多少？"

"五千？"

在确定自己没有听错后，燕帝悬了半日的心稳稳放回原处，大声笑了起来："哈哈哈，朕还以为来了多少人，原来只有区区五千，凭这么点儿人就想攻我蓟城，楚帝未免太天真了。"

禁军面色苍白道："陛下有所不知，虽然只有五千人，但每个人手里都拿着一个古怪的兵器，勇不可当。"

燕帝不以为然道："能有多勇不可当，以一抵十吗？蓟城有士兵三万，再加上城墙防守，别说五千、五万，就算十万也休想攻下。陈一敬！"

听到燕帝叫自己，陈一敬连忙道："臣在。"

"朕立即下旨将蓟城三万士兵皆交给你调配，你一定要守住城门，切不能让西楚士兵踏入一步！"

陈一敬肃然领命："臣一定不负陛下所托。"

在经过王谦身边时，他脚步一顿，冷声道："看来楚帝并不是太相信你，否则也不会只派五千士兵来试探虚实。"

王谦面不改色道："看来陈将军对老夫真是误会甚深。"

“等退了敌军，我再来与你好好清算这笔账，一定会让陛下知道你的真面目。”

王谦微笑道：“那老夫在此恭候陈将军。”

陈一敬冷哼一声，大步离去，带领三万将士去守城了。按理来说，三万对五千，又占据了地利，应该没有任何问题，可随着时间的推移，传回来的消息一个比一个坏。

“报！我军伤亡惨重，情况十分不利！”

“报！城墙被攻破一个大洞，陈将军已经急传泥水匠过去修补！”

“报！陈将军受伤，我军伤亡已过一半！”

一个接一个的噩耗，令燕帝坐立难安，冷汗涔涔：“到底西楚来了多少士兵？”

“五千。”士兵话音未落，燕帝已是连连摇头：“五千士兵怎么可能有这样大的能耐，绝不可能。”

一直沉思的张启凌突然道：“你们先前说西楚这次的武器究竟是怎么个怪法？”

提到西楚武器，士兵眼里透出毫不掩饰的恐惧：“他们手里拿着黑色的铁杆子，杆子里会射出铁弹，被铁弹打中，非死即伤。除此之外，他们还带了好几座大炮，城墙就是被大炮轰开的。”

燕帝呵斥道：“蠢货，既然铁弹那么厉害，你们就不会避开吗？”

“那些铁弹速度极快，往往刚听到响声，就已经射到了，比弓箭快了无数倍，简直是电光火石。”

“这不可能，一定是你说谎。”燕帝连连摇头，不相信世间竟有这样神奇的武器。

“小人岂敢欺骗陛下，千真万确，而且……而且……”士兵吞吞吐吐地不敢说下去，直至于同催促了一句，方才小声道，“再这样下去，只怕今夜就能破城！”

燕帝正心烦意乱，听到这句话，更是气不打一处来：“大胆小贼，竟敢在此妖言惑众，来人，给朕拉下去乱棍打死！”

士兵没想到自己一句实话，竟招来杀身之祸，连连磕头：“陛下饶命！饶命！”

“燕帝息怒，杀他解决不了事情，当务之急是保住蓟城！”

面对张启凌的言语，燕帝没好气道：“保，怎么保？”

张启凌走到士兵面前，垂目道：“你对西楚的武器还知道些什么？”

士兵当即搜肠刮肚，在燕帝等得快要不耐烦时，道：“小人记得了，他们把那个武器称之为火枪，还有就是……火枪虽然威力很大，但似乎要隔很长时间才能射击第二次，所以每回他们都是轮流射击。”

“火枪……”张启凌喃喃低语，“还是让他们得到了。”

早在两年前，古逸臣就想到过利用火药来制作可以随身携带且杀伤力巨大的机关武器，而且像火炮那样笨重，但他还没研究成功，就被萧若傲抓走了。如今看来，萧若傲分明是得到了这种武器，并且大肆制造，用在了战场上，实在麻烦。

王谦听到了他的自言自语，追问道：“得到什么？”

“没什么。”张启凌既知他有问题，又怎么会与之多说，随口敷衍了一句，对燕帝道，“坐在这里听人说，总归是难以顾揽全局，不如我们去城头一看？”

一听说要去城头，燕帝连连摇头：“不行，那里太危险了。”

“可这里也不见得安全，相反，一旦楚军破城，皇宫就会变成最危险的地方，还请燕帝移驾。”

“陛下万万不可。”王谦连忙劝阻，转头盯着张启凌道，“你一直劝陛下移驾城墙，究竟是何居心？还是说……”他眯了眼眸，阴声道：“城外那一切，根本就是你招来的？”

张启凌微微一笑：“贼喊捉贼的人，张某见多了，但像王丞相一样，做贼能做得这样理直气壮的，张某还是第一次见，实在佩服。”

王谦面皮一颤，冷声道：“你以为这样就能够挑拨老夫和陛下了吗？幼稚！”

张启凌对他的话不置一词，抬头道：“燕帝如果想保住蓟城，保住燕国的话，那就请去城墙，否则就晚了。”

燕帝一想到楚军手里恐怖的武器，勇气全无：“朕又不会打仗，去了也做不了什么。”

“虽不能打仗，却可激励士兵拼死守城，而张某也会设法替燕帝找出对方的弱点，保住蓟城。”

“陛下乃万乘之躯，绝不能去冒险，老臣相信陈将军一定不会辜负陛下所托。”

燕帝涩声道：“还是……还是张相你去吧，朕……在这里等你消息。”

张启凌暗自摇头，这样的人，竟然还妄想统一中原，实在是可笑：“好，张某自己过去。”

张启凌随士兵一路策马往交战的城门奔去，还没到城门，就传来阵阵惊如奔雷的声音，听得人心头狂跳。

来之前，张启凌已经做好了心理准备，可亲眼看到的时候，还是被眼前这场惨烈的战争震住了。

火药弹像一把把镰刀，不断收割着燕国士兵的性命，尸体堆满了城头，猩红鲜血从尸体下面渗出，聚集成一个个小小的“湖泊”。

面对同伴的受伤乃至死亡，燕国士兵显得异常无力，火枪射程比他们最强的弓箭还要远，除了偶尔杀几个贪功冒进的西楚士兵之外，他们再也无能为力。

准确来说，这已经不是战争，而是一场一面倒的……屠杀！

“顶住！一定要给我顶住！”陈一敬披头散发地坐在城头，肩膀上缠着白色纱布，但在鲜血浸染下变成了红色。

他抓住一个想要逃走的士兵，双目赤红吼道：“回到自己的位置上去，不许后退，否则军法处置！”

“将军，不是小的要跑，是……是……真的没办法。”士兵带着哭腔道，“小的们实在顶不住了。”

陈一敬攥住他的衣襟，咬牙道：“你给本将军听清楚，顶不住也要顶，陛下还有无数蓟城百姓就在我们身后，一旦后退，就全完了。”说着，他用力将士兵推向城头的方向，“快去！”

士兵跌坐在地上，正发愣之时，一枚火药弹擦着他的头皮掠过，射在一旁的石头上，留下一个冒烟的弹坑。

士兵咽了一口唾沫，颤声道：“你……你要做英雄你自己去，别拉……我们去送死。”说着，他不顾陈一敬的呵斥，连滚带爬地跑下了城楼。

“该死！”陈一敬狠狠捶了一拳，挣扎着想要站起来，刚站起一半，便被一只手生生按了回去。

“什么人？”他不悦地喝问，待看清是张启凌后，不由得一愣，“你怎么来了？”

“我听说楚军的火枪很厉害，过来看看！”说话的工夫，又有一名士兵倒在血泊中，不断抽搐着，看样子是活不成了。

提到火枪，陈一敬恨得几乎咬碎了牙：“无论怎样，我都会守住蓟城！”说着，他又想要站起来，被张启凌按住，“你再乱动，就要失血而亡了，再说……你这样冲上去，除了多添一条性命，让这些士兵群龙无首之外，还有什么用？”

陈一敬紧紧抿着唇，眼神里充满了无奈和悲伤：“我应该怎么办？”

望着那双近乎绝望的眼睛，张启凌缓缓吐出三个字：“冲出去！”

“你疯了！”陈一敬连连摇头，“隔得这么远，都死伤这么严重，更不要说冲出去了。”要不是昨夜那一番长谈，让他对张启凌多了几分信任，他一定会以为张启凌是在存心害自己。

张启凌一边解开陈一敬肩膀上的纱布一边徐徐道："火炮也好，火枪也好，都属于远距离攻击的武器，一旦拉近距离，优势就会减弱许多。可以说，近战，是你们唯一的机会。"

陈一敬想想也是，但随即又有新的担忧："他们攻势这么激烈，能冲得出去吗？"

此时，张启凌已经完全解开了纱布，露出还在不断往外流血的伤口："不把火药弹取出来，你这血是止不住的，忍着些。"张启凌取出一把匕首，将陈一敬的伤口割开一些，然后用手指伸进去掏。

陈一敬闷哼一声，死死忍着肩膀钻心的痛楚，冷汗顺着脸颊滴到肩膀上，与鲜血混在一起，当火药弹被掏出来时，他整个人都虚脱了，这种痛楚不是一般人能够忍受的。

张启凌盯着那颗被血染红的弹头，冷声道："这么多火枪，看来楚帝是铁了心要灭燕国。"

"都怪王谦这个狗贼！"陈一敬恨恨道，"等我回去，非扒了他那身狗皮不可。"说着，他想到先前的问题，急忙道："你还没说要怎么冲出去。"

"你听。"张启凌的话令陈一敬莫名其妙："听什么？"

"他们准备两批火枪，一批射完换另一批，看起来轮流射击，其实当中还是有空隙，只是因为两方离得远，就算有空隙，你们的箭也无法对他们造成伤害，可要是拉近距离，那就不一样了。"

陈一敬连连摇头："我明白你的意思，可两枪间隙很短，就算是最快的马，也赶不及接近。"

"但足够弓箭手达到射程范围，给其他人争取时间。"

听到这里，陈一敬顿时明白过来："你……想让他们送死？"

"这是唯一的办法，否则只能在此坐以待毙！"张启凌的回答简洁而残忍。

陈一敬狠命咬着牙，他不想士兵去送死，但正如张启凌所言，如果不狠下这个心，他们所有人都会死。

"咻！呼呼！"一枚火炮弹落在城墙前，顿时一阵地动山摇，有几个士兵离城头太近，脚下一个不稳，惨叫着翻下了城墙。

"好！"陈一敬自牙缝中挤出这个字，他清楚，自己和蓟城都没有太多时间了。

很快，一批弓箭手和骑兵趁着楚军更换弹药的机会，策马冲了出去，弓箭如雨一般射向敌军，起先没什么大用，可随着两方接近，楚军开始出现伤亡，这是燕军第一次对楚军造成明显的伤害，一时士气大振。

但很快这个优势就不存在了，因为楚军已经换好了弹药，火枪轰鸣着射出一颗颗取人性命的火药弹，不断有弓箭手从马背上摔落，但剩下的人还在不断射箭，掩护后面的骑兵。

在弓箭手几乎全军覆没的时候，骑兵终于接近了楚军，正如张启凌所言，火枪的优势在近战时被严重削弱，楚军开始出现混乱，燕军重新占据了上风。

看到这一幕，陈一敬大喜过望："还是你有办法，我这就让所有士兵出城迎战，乘胜追击。"

"慢着。"张启凌并不像他那般欢喜，确切来说，他的脸色比刚才更加凝重。

"怎么了？"陈一敬疑惑地问着。

张启凌缓缓吐出三个字："天机卫！"

陈一敬骇然失色，天机卫是什么他很清楚，楚帝竟然把这支队伍也派来了吗？要是这样的话，那自己派去的人……

第二十八章　燕国危矣

他急忙往城下看去，虽然他们的优势还在，但楚军中间多了一群不知从哪里冒出来的黑衣人，这些人招招狠辣刁钻，只要出手就一定会伤人，在他们的攻击下，燕国的士兵开始一个个倒下去，优势正在一点儿一点儿消失，按照这个趋势，很快就会荡然无存。

陈一敬没想到还有这个变数，面色难看到了极点："现在要怎么办？"

"除掉伤员，你手上还有多少能用的士兵？"

"不到五千人。"说出这个数字时，陈一敬心在滴血，短短几个时辰，他们死伤过万。

"城外可还有能调动的兵马吗？"

"有，但至少需要两日。"

张启凌摇头道："来不及了，现在这个情况，连两个时辰都未必能撑到。"

"你那么聪明，能否再想想办法？"

"智谋可以在一定程度上弥补实力的不足，但当两者差距太大时，就无能为力了，至少我做不到。"说这话的时候，他想起慕千雪领兵三千，从数十倍于自己敌人手里夺得月见草的事，如果她在这里……能够解开这个死局吗？

在他们说话的工夫，燕国士兵已经彻底失去了优势，成为被屠杀的对象，张启凌摇头道："恕我实言，蓟城……怕是保不住了。"

陈一敬以刀拄地，咬牙切齿道："只要我还有一口气在，就绝不会让他们踏进蓟城半步。"说着，他又转头道，"多谢你刚才的襄助，你自己想办法逃命吧。"

“不要去。”张启凌拉住准备走下城头的陈一敬，“虽然蓟城保不住，但燕国未必会就此灭亡。”

陈一敬涩声道：“你不必安慰我，连都城都破了，哪里还保得住燕国。”

“山重水复疑无路，柳暗花明又一村。事事无绝对，与其就这样死去，不如留着性命看我所言是否属实，而且也能保全这五千将士的性命。”

陈一敬犹豫不决，他不愿意苟且活着，那比死更屈辱，但张启凌的话让他莫名升起些许希望，还有五千士兵的存亡……

“轰！”又一枚火炮弹落在城墙上，之前就被轰出一个大坑的城墙终于被彻底击穿，露出一个豁大的洞来。

陈一敬痛苦地看着从洞口涌进来的西楚士兵，涩声道：“希望你没有说错。”

“一定会有转机！”张启凌用力拍着陈一敬的肩膀，眸中精光轮现。

由于陈一敬没有再下令抵抗，西楚士兵很顺利地进入城中，护着一辆马车在蓟城百姓惊慌的目光中直奔皇宫，至于张启凌和陈一敬，自然也都被带了去。

燕帝得知城门被攻破，失魂落魄地跌坐在宝椅上，喃喃道：“完了……彻底完了……”

半晌，他猛地从椅中站了起来，歇斯底里地吼道：“快！快去准备马车，朕要离开这里！”

有大臣听到这话，劝道：“陛下，燕国正值生死存亡之际，您应该和燕国共同进退，万万不可这样离开，传扬出去，必将成为天下人的笑柄！”

燕帝恼羞成怒地吼道；“难道朕留下来，燕国就会没事吗？不会，什么都不会改变！”

“就算是这样，也应该……”大臣话未讲完，燕帝已是抽出架子上的长剑指向他，“你要死是你的事，朕不想死，滚开，别挡着朕！”

燕帝已经顾不上什么帝王的威严与仪态，他现在唯一的念头就是活着离开这里。

在逼退那名大臣后，燕帝对王谦道：“你也跟朕走。”

面对他的话，王谦一动不动，反道：“陛下怕是哪里都去不了了。”

燕帝愕然道：“你什么……”他想问王谦什么意思，话说到一半时，猛然想起陈一敬曾说过的话，脱口道，“楚军是你引来的？”

王谦微笑着欠一欠身：“陛下圣明。”

“你……”燕帝气得浑身发抖，指着他怒吼道，“朕自问待你不薄，你为何背叛朕？”

王谦缓缓敛起笑容，冷声道：“你什么都不懂，只会整天做白日梦，妄想统一中原。而我呢，论才干，论能力，论学识，哪一样不在你之上，可就因为你投生在帝王家，就永远压我一头，永远高高在上，不公平，这不公平！”

“朕已经封你为宰相，官居极品，一人之下万人之上，难道还不够吗？”

“不够！”王谦一步步上前，将燕帝逼得不断后退，直至跌坐在椅子里：“我要的是万万人之上，是你身下这把椅子！”

燕帝手指颤抖地指了他：“你做出这样丧心病狂的事，老天绝不会放过你，你……你死后一定会下十八层地狱！”

“那就等死了再说。”王谦阴恻恻道，“连你这个蠢货都能做十几年的皇帝，老夫至少可以做二十年，哈哈哈！”

趁着他仰天大笑的机会，燕帝连滚带爬地逃开，一边往外面跑一边大喊道：“护驾！快护驾！”

王谦也不阻拦，任由他跑，在跑到殿门的时候，两名禁军拦住燕帝：“丞相有令，任何人不得踏出大殿一步！”

燕帝气急败坏道：“混账东西，朕是皇帝，大燕的皇帝，朕命你们即刻拿下王谦这个逆贼！”

禁军没有理会他，也没有收回阻拦的手，燕帝的心渐渐冷了下来：“你们……你们也背叛朕？”

王谦负手走到他身边，得意扬扬道：“禁军统领也早就看你不顺眼，如今老夫许他统管燕国所有兵马，他又怎么会不乐意。”

“你们……”燕帝知道自己今日是走不了了，嘶吼道，“朕要杀了你们！”

他想要去夺刀，可惜养尊处优的他，根本不是禁军对手，不到两个回合，就踉跄着跌倒在地。

此时，外面传来整齐划一的脚步声，抬眼望去，一群穿着西楚军服的士兵正往这边走来，燕帝吓得面色苍白，手脚并用地往后退着，甚是滑稽。

走在最前面的是一个黑衣女子，长得极为美艳，一举一动皆透着一种说不出的风情，王谦认得，她是萧若傲最信任的手下，也是天机卫的首座。

王谦连忙迎下去，带着一丝谄媚道：“下官见过乔首座！”

“王丞相请起。”乔初客气道，“这次能够攻破蓟城，丞相功不可没。”

“首座客气，下官只是略尽绵薄之力，真正决定此战胜负的还是陛下与首座。”在乔初面前，王谦极尽谄媚之能，甚至提前对萧若傲以“陛下”二字相称，完全无视燕帝。

乔初看了一眼气得面色发青的燕帝，微笑道：“陛下一向赏罚分明，必会记得丞相这次的功劳。”

王谦连连叩谢，试探道：“不知这次……陛下来了吗？”

“哈哈哈，攻破蓟城这么大的事，朕怎么可以不亲至。”一个磁性的声音自殿外传来，看清来人，王谦急忙伏身跪地，“臣叩见陛下，陛下万岁万岁万万岁！”

来者正是萧若傲，一袭玄黑绛金袍子，腰带上镶着一颗硕大的东海明玉，看起来倒是潇洒。

“丞相无须多礼。”萧若傲亲自扶起王谦，微笑道，“朕还没谢王丞相送了这么重的一份厚礼呢。”

“能为陛下效劳，是臣的福气。”王谦毕恭毕敬地说着。

萧若傲满意地点点头：“朕从来不会亏待自己人，从今日起……”他指着九龙宝椅，朗声道，“那个位置就是你的了。”

王谦等的就是这句话，连忙跪下磕头谢恩，看到他这副模样，燕帝气得几乎咬碎了牙，恨恨瞪着王谦：“朕绝不会将大燕交给你这个逆贼！”

萧若傲笑道：“错了，交与不交，已经轮不到你来做主。”

燕帝色厉内荏道：“别以为你攻破蓟城就赢定了，朕……朕在城外还有十几万将士，他们很快就会来救驾，到时候你们一个都跑不了！”

萧若傲不以为然道：“那你猜猜，他们能挡得住火枪吗？”

听到火枪二字，燕帝脸上仅有的血色也消失不见，火枪……已经成为他乃至整个燕国的噩梦，他想不明白，萧若傲怎么会有这么可怕的武器，若非如此，蓟城不可能这么快被攻破。

“把人带上来。”随着萧若傲的话，张启凌和陈一敬被带了上来，陈一敬看到王谦，不知从哪来的力气，拼命挣开抓着自己的士兵，朝王谦扑去，口中怒吼道：“卑鄙小人，我杀了你！”

王谦猝不及防，被他掐住脖子，顿时喘不过气来，眼睛不断往上翻，乔初面色一寒：“大胆狂徒，竟敢在陛下面前行凶，该死！”

乔初素手一扬，一掌打在陈一敬胸口，她这一掌用了七八分力，就算陈一敬是习武之人，也难以承受，闷哼一声，连退数步，可始终没有松手，这么一会儿工夫，王谦已经被掐得只剩下半口气了。

乔初面色难看，再次一掌击在陈一敬胸口，这一次她用了十成力道，将陈一敬打得飞了出去，无法再掐住王谦的脖子。

王谦一得到自由，立刻大口大口呼吸，活了这把年纪，第一次发现呼吸是件这么美妙的事情。

萧若傲走到被打得倒地吐血的陈一敬面前："燕帝懦弱无能又狂妄自大，就算没有王谦，没有朕，燕国也存在不了多久。良禽当择目而栖，又何必在一棵腐木上吊死！"

他毫无掩饰的轻视令燕帝难堪不已，无奈势不如人，只能强行忍耐。

"呸！"陈一敬一口唾沫吐在萧若傲面上，"一日为臣子，终身为臣子。今日我败在你手上，要杀要剐悉听尊便，但要我投降于你，做梦！"

"找死！"乔初大惊，唾面对于普通人来说都是奇耻大辱，更别说萧若傲的身份了，手掌再次扬起，眸中更是杀机迸现，这一掌拍下，陈一敬必死无疑。

"住手！"萧若傲喝住她，抬手拭去面上的唾沫，淡然道，"陈将军忠肝义胆，不得无礼。"

乔初不甘道："他羞辱陛下，罪该万死！"

萧若傲眼角一扬，凉声道："朕的话，你没听清楚吗？"

乔初心中一凛，无奈地收回手："是。"

"王丞相。"听到萧若傲叫自己，王谦连忙拱手道："臣在。"

"朕将陈将军交给你，你可一定要替朕好好照顾他。"萧若傲刻意咬重了"照顾"两字，王谦哪里会不明白，满口答应："陛下放心，臣一定会好好照顾陈将军，绝不会让陛下失望。"

萧若傲满意地点点头，负手来到张启凌面前，微笑道："张相，我们又见面了。"

"真是没想到，楚帝连燕国的丞相也收买了。"

萧若傲摊摊手，不以为然道："这世上没有什么人不可以收买，包括你。"

张启凌挑一挑眉头："那我倒是想问问，楚帝打算怎么收买我？"

萧若傲伸出两根手指："一个璇玑，一个辛月，足够了吗？"

张启凌面色猛地一沉："楚帝还真是每一次都能出人意料。"

"那不是很好吗？"萧若傲笑意深深道，"这次进攻蓟城，可真是对了，不只得到燕国，还得到了你这位谋略过人的张相，双赢。"

张启凌望着那张得意扬扬的面孔，半晌，突然笑了起来："如果我是你，一定不会那么高兴。"

"哦？"萧若傲根本不相信他的话，"为什么？"

"楚帝有没有听说过'围魏救赵'的典故？"

萧若傲挑眉道："愿闻其详。"

"战国时期，诸国相争，其中魏国势大，领兵征伐赵国，赵国被困，求救于齐国，齐将田忌、孙膑为救赵国，趁魏国都城兵力空虚之际，引兵直攻魏国，迫魏国回救，从而解了赵国之围。"

萧若傲不置可否地点点头："那又如何？"

"陛下为了一个燕国，以万尊之躯领兵亲征，就不怕应天空虚，后院起火吗？"

萧若傲眼角一搐，复又笑意如初："应天有兵十万，想要让应天起火……很难。"

张启凌低头一笑："如果我没有料错，所有火枪应该都在这里了吧？"

萧若傲不明白他为何突然问这个问题："是又如何？"

"那楚帝觉得，没有火枪的十万士兵，能挡得住贵妃的绝世智谋吗？"

萧若傲从他的话里嗅到了一丝不好的气息："你什么意思？"

"楚帝以为，我来这里，真的是为了和燕国结盟吗？"在众人诧异的目光中，他缓缓说出此行真正的目的，"不，我来……是为了引你来。"

"引朕？"萧若傲隐隐觉得自己步入了一个精心策划的圈套之中。

张启凌沉声道："火枪是出自古师之手，对吗？"

萧若傲面不改色道："这话说得有趣，古逸臣不是早就送回西楚了吗，火枪怎么可能与他有关，还是说，你觉得天下就他一个机关师？"

"你送回去的只是一个冒牌货，真正的古师，一直都在西楚，在应天，在被你逼迫研制火枪。"

萧若傲一言不发地盯着他，半晌，他低低一笑，傲然道："是又如何，现在朕有火枪在手，所向披靡，北周……已经不能再威胁朕。"

这次出兵，让他对火枪的威力信心十足，假以时日，必能横扫诸国，一统中原，完成多年来的愿望。

张启凌淡然道："既是这样，那我无话可说。"

萧若傲并不打算就此罢休："你还没回答朕，为什么要引朕过来？"

在他快要等得不耐烦时，张启凌终于开口了："很简单，为了应天，为了古师。古师与贵妃是莫逆之交，贵妃绝不会任由他流落应天，受你控制。”

萧若傲面色大变，一把揪住张启凌的衣襟，追问道：“你说璇玑领兵去了应天？这不可能，朕的……”说到一半，他突然停住了声音，眼珠微微转动，不知在想些什么。

张启凌淡然道：“你的密探告诉你，陛下和贵妃早已经回了金陵，并且一直没有再离开是吗？”不等言语，他又道，“贵妃已经发现你在我军中安插了奸细，又怎么可能任由他们给你传递消息。”

萧若傲面色铁青，如果张启凌说的是真的，那他最近接到的消息一直是假的？北周……真有可能进攻西楚。

乔初轻声道：“陛下，要不要卑职派人回应天一趟？”

“也好，速去速回。”事关西楚根基，萧若傲不敢大意。

“是。”乔初正要下去安排，一名西楚士兵急匆匆奔了进来，手持奏折，跪地呼道：“陛下，应天八百里急报！”

萧若傲心中一沉，急忙接过奏折细看，越看脸色越难看，待到后面，已是近乎破裂，北周……竟然真的进攻了应天，虽然暂时不曾破城，却利用神机营救走了古逸臣。

“该死！”萧若傲恨恨地将奏折掷在地上，饶是以他的心思，也按捺不住那份惊怒。

“楚帝现在相信了吗？”

“算算路程，楚帝现在回去，应该正好赶得上，要是再耽搁，应天可就保不住了。”

萧若傲一把揪住他的衣裳，咬牙切齿道：“你以为这样就能威胁得了朕吗？”

“不敢，张某只是将事实告诉楚帝，要怎么选择，就看楚帝自己了。”

看到张启凌那副油盐不进的样子，萧若傲气不打一处来，恨不能现在就杀了张启凌，可一个古逸臣已经给应天招来大祸，再加一个张启凌……他不敢想象会有什么后果。

火枪虽厉害，可还有很大的缺陷，在解决缺陷并制造出足够数量的火枪前，西楚暂时还没有叫板北周的资格。

“楚帝想好了吗？时间可不等人哦！”

“算你狠！”萧若傲自牙缝中挤出这三个字，随即用力一拂袖子，怒喝道，“走！”

见他要走，王谦大惊：“陛下，那臣怎么办，燕国怎么办？”

萧若傲停下脚步，冷声道：“你是燕国臣子，当然留在燕国。”

王谦干笑道：“那……陛下是否会留下那五千士兵？”只要那五千士兵在自己手

里，他相信可以控制住燕国的局势。

萧若傲眸中露出讥笑之意："看来王丞相还没睡醒，他们是朕的士兵，留在燕国，怕是有所不妥。"

王谦大急："要是他们不留，陛下辛苦攻下的蓟城可就没用了，这群逆贼一定会趁机夺回去。"

"无妨，只是浪费一些火药而已。"说着，萧若傲拍着王谦的肩膀道，"如果王丞相能够控制住局势，不被他们反夺，朕会很高兴。"

"这……这怎么可能。"王谦清楚，一旦萧若傲离去，燕帝和陈一敬会把自己活生生撕成碎片，只得厚着脸皮道，"要不然……陛下留下两千也行。"

萧若傲没有理会他，对乔初道："时辰不早了，咱们走吧。"

王谦急忙跪下，拉住他的袍角哀求道："陛下，您不能不管老臣啊，老臣对您可是忠心一片。"

萧若傲俯身，笑意森森道："一个连自己国家都能背叛的人，居然跟朕说忠心，你说可笑吗？"

"不是，老臣真的……"不等他说完，萧若傲已是挣开他的手大步离去。

王谦急忙想要跟上，却被陈一敬拦住："你哪里都不许去！"

"我……我……"虽然陈一敬受了伤，连站也站不稳，王谦却被他盯着连连后退。

半晌，他转身跪在燕帝脚边，涕泪横流道："老臣糊涂，老臣一时鬼迷心窍，做出对不起陛下对不起燕国的事，老臣知错，求陛下看在老臣往日对您还算尽心尽力的份儿上，再给老臣一个机会。"

陈一敬怕燕帝心软，急忙道："陛下，一次不忠，百次不用，您千万别相信他。"

"朕知道。"燕帝恨恨地一脚将王谦踹在地上，痛声道，"你这个老匹夫，朕那么相信你，你却串通西楚来谋夺朕的江山，要不是张相那边早有安排，朕就被你害死了，你还有脸求饶，滚！"

"陛下开恩，陛下开恩啊！"王谦这次是真的怕了，可惜太晚了，燕帝就算再糊涂，也不会放他。

燕帝冷哼一声，扬头道："陈将军，朕把他交给你，是杀是剐，任由你处置！"

世事真的很奇妙，刚刚还是王谦处置陈一敬，瞬间却反了过来。

萧若傲担心应天被破，连夜带兵回援，好不容易兼程赶到，周军已经先一步撤退，虽然应天虚惊一场，但萧若傲还是气得发狂，因为他失去了古逸臣。

这次进攻蓟城，让他清楚看到了火枪恐怖的威力，但也有致命的，一是上弹时间太长，二是枪管不能长时间承受射击时的高温，如果能够克服这两个缺陷，何愁中原不能统一。

万象殿中，乔初低头站立，在她面前是面色铁青一片的萧若傲："你说什么，抢不到人？"

"是，周军人数众多，又有神机营的人护卫，卑职实在无从下手。"说着，她急忙跪下，"卑职无能，请陛下治罪！"

"是要治你的罪！"萧若傲狠狠瞪了她一眼，"周军传递假消息你不知道，他们攻到了应天你也不知道，现在朕让你去把古逸臣抢回来，你又说做不到。乔初……要不是你跟了朕十几年，朕几乎要以为你是周军派在朕身边的奸细了。"

乔初骇然，急急道："卑职对陛下绝无半分不忠之心，实在是北周太过狡猾，请陛下明察！"

"行了。"萧若傲不耐烦地摆摆手，"朕要是对你有半分疑心，你现在就不是跪在朕面前了。"

乔初松了口气："多谢陛下信任。"

萧若傲在殿中来回走着，半晌，他停在乔初面前，寒声道："朕不管你用什么办法，总之一定要把古逸臣带回来。"

乔初瞅着他，轻声道："其实卑职倒觉得，把古逸臣带回来的意义并不大。"

"怎么说？"

"这一年多来，任咱们说破了嘴皮子，软硬兼施，乃至动刑，他始终不肯替陛下研究武器，火枪还是靠着咱们的机关师，利用探子从他家中找到的机关图纸研制而成。这一次，就算把他带回来，结果也是一样。"

萧若傲面无表情道："那依你的意思，就这么让他们把人带走了？"

"当然不是。"乔初诡笑道，"就算不能为我们所用，也绝不能落在敌人的手里。杀人可比带人回来容易多了。"

萧若傲垂目于她："你想杀了古逸臣？"

"是。"乔初承认得甚是干脆，"卑职相信，就算没有他，咱们的机关师也一定能够解决上弹还有枪管的问题。"

"你相信……"萧若傲低低笑着，下一刻，他将拿在手里的奏折狠狠掷在乔初面上，厉声道，"你相信有什么用，万一解决不了这两个问题，你就算死一百次也不够弥补的。”

乔初没想到他会这么生气，吓得浑身颤抖：“卑职失言，请陛下息怒！”

“你以为朕没想过吗，可那些蠢货连照着图纸依样画葫芦都能弄得错漏百出，报废了一大批材料，你还指望他们来解决问题？简直是笑话！”

一想到那群机关师，萧若傲就气不打一处来，全部加在一起，也不及古逸臣十分之一。

“北周一直对我们虎视眈眈，齐国也不是个善茬，还有燕国，虽然弱小，可站到北周那边也是一个麻烦。朕需要火枪，需要完美的火枪去解决他们，实现朕一直以来的抱负——统一诸国。”

望着那双狂热的眼睛，乔初点头道：“卑职明白，卑职一定为陛下带回古逸臣。”

在她准备下去之时，萧若傲突然唤住她，森然道：“能带回最好，如果实在不行，也不必鱼死网破，没有朕的药……古逸臣是活不了太久的。”

乔初面色一凛，她曾无意中听萧若傲与宫中一名善于用毒解毒的太医商谈，当中有提及古逸臣的名字，如今看来，萧若傲是在古逸臣身上下了毒，防的就是今日。

再说慕千雪那边，在萧若傲领兵回援之前，带着古逸臣一众将士离开应天，往北周行去，途中天机卫几次偷袭，都因她的严密防守无功而返。

这日正在途中休息，一名士兵急匆匆来到慕千雪帐中：“启禀娘娘，古师出事了。”

慕千雪豁然一惊：“天机卫的人又来了？”

士兵摇头道：“和天机卫无关，是古师无缘无故咳血不止，而且……咳得都是黑血，大夫已经赶过去了。”

慕千雪顾不得细问，急忙去了古逸臣的营帐，一踏进里面，便闻到一股腥臭的气息，医十正在替古逸臣把脉，古逸臣面色灰败，嘴角还残留着黑色的血迹，令人心中感到不详。

好不容易等医十收回手，慕千雪急急道：“他得了什么病？”

“没有得病。”医十的回答令慕千雪极是意外，正待询问，突然心中一颤，脱口道：“中毒？”

“是。”医十沉声道，“卑职刚才给古师把脉，应该中毒有一阵子了，只是先前有药物压制，所以看不出来。”

“能解吗？”

“五脏皆已经被毒物侵蚀，除非摘尽五脏，否则无法可解。”医十的话令慕千雪心情沉到了谷底，人不能没有五脏，所以……

她看向虚弱不堪的古逸臣，又气又痛：“你为什么不早些说？”

古逸臣涩涩一笑：“说了又能如何，不过徒添烦恼。”

慕千雪死死咬着樱唇，片刻，她突然道：“林默。”

“卑职在。”林默拱手领命。

“你立刻带人去一趟应天，本宫不管你用什么办法，总之一定要得到解药。”古逸臣既是北周的机关师，更是她多年挚友，绝不能眼睁睁看着他出事。

“不用了。”古逸臣唤住准备离去的林默，“从一开始，楚帝就没打算让我活着，他那些解药，顶多只能延缓毒性发作，无法根治，反而会害了神机营的人。”

“可是……”

“从我被楚帝抓走的那一刻起，我就已经做好了必死的打算，能够在临死之前见你一面，我已经知足了。对了，我有东西给你。”古逸臣颤颤地自枕头下摸出一本册子递给慕千雪，“这是火枪的制造图册，我趁这几日默写出来的，楚帝那批是照我以前草图制造的，所以存在上弹速度太慢和枪管过热等问题，改善方法我都已经写在册子里了，只要严格照着我写的方法去制造，就可避免这些问题。”

慕千雪看着册子里一幅幅详细列着火枪制造和零件的图纸，神情复杂道：“所以你这几天不眠不休就是为了这个？”

“嗯，其实火枪的构造早在我脑海中演练过不下千遍，但在西楚时，我不敢动笔，怕被楚帝搜去。现在遇到了你，终于可以了却这桩心事了，只是可惜，不能再为你、为陛下制造更多的机关了。”

慕千雪紧紧攥着手里的册子，咬牙道：“无论如何，我都会想办法化解你身上的毒。”

“算了，生死由命，强行不得，能在临死之前再见娘娘一面，我已经知足了。”随着这话，古逸臣又呕出一口黑血来，他已经到了油尽灯枯的边缘。

慕千雪强忍着眼底的酸涩道：“别说话了，快躺下歇会儿，你不会有事的。”

在步出营帐后，慕千雪唤过医十，不甘心道：“真的一点儿办法也没有？”

医十无奈道：“没有。”

“那萧若傲呢？”

“就像古师刚才说的，楚帝手上的药只是延缓毒性发作，并不能根治，以卑职估计，就算拿到所谓的解药，顶多……也只能拖上一年。一年以后，就算有仙丹妙药，也无力回天。”

林默也在旁边，道：“娘娘，卑职还是去一趟吧，即便只有一年，对古师对大周也是好事。”

慕千雪一边走一边道：“萧若傲为人奸诈，一定会将解药藏在隐蔽处，没那么容易让你找到的。”

“总要去试过才知道。”林默知道她是担心自己，补充道，“娘娘放心，卑职会仔细的，如果实在找不到解药，就立刻走，绝不恋战。”

慕千雪正在思索时，身后突然响起一声惊呼：“什么人？！”

医十循声望去，骇然道：“不好，是古师的营帐。”

林默反应最快，当即纵身往后掠去，慕千雪和医十也急急赶了过去，就这么一会儿工夫，刚刚还好端端的士兵，这会儿皆已经倒在地上，一个个捂着喉咙在地上哀号，嘴里不断吐出白沫，痛苦不堪。

“你快看看他们。”慕千雪匆匆吩咐了医十一句，快步进到帐中，林默看到她进来，急忙道：“娘娘小心。”

慕千雪还没看清帐中的情况，耳边已是传来一个甜到发腻的声音：“来得可真快。”

“又是你？”慕千雪拧眉盯着坐在古逸臣床边的乔初。

第二十九章　三年战争

乔初把玩着垂在胸前的长发，娇笑道："是不是很惊喜啊？"

林默呵斥道："立刻离开这里，否则休怪我不客气！"

乔初故作害怕道："这么大声做什么，想吓死奴家啊。"

"我不是楚帝，你不用在这里卖弄风骚，立刻离开！"随着这话，林默的手缓缓握住刀柄，抽出一小截森寒的刀身。

乔初娇嗔道："人家大老远赶来，就为了见一面，你可倒好，一见着就赶人家走，真没良心。"

林默寒声道："我没兴趣跟你废话，走或者死，你自己选。"

乔初纤指点着樱唇，眼珠子骨碌碌一转，落在慕千雪身上："贵妃娘娘，你底下的人都这么没礼貌吗？"

慕千雪眉目冷凝如霜："你想怎么样？"

乔初嫣然一笑，回身抚过古逸臣苍白的脸庞："古师的情况，想必你们也知道了，想要他活着，只有一个办法，那就是让我把他带走。"

"不行！"林默想也不想便拒绝了她的要求。

乔初啧啧道："知道你是个狠心人，却不料你狠心到这个地步，竟想眼睁睁看着古师五脏化作毒水而死。"说着，她又转头假惺惺道，"古师你瞧瞧，这些就是你心心念念想着的人，我都替你不值。"

古逸臣咳嗽几声，吃力道："妖女，你不必在这里花言巧语，就算是死，我也绝不会跟你回去。"

“唉，你这又是何必呢，我跟陛下都很敬重古师在机关术上的造诣，只要你点头，立刻就能位极人臣，一人之下，万万人之上。”

“我就是死，也不会为你们效力，回去告诉萧若傲，让他死了这条心！”说着，古逸臣狠狠一口朝乔初吐去，本想吐她脸，可惜力气不够，只吐到了她衣服上。

乔初也不生气，取出帕子缓缓拭去唾沫：“本想客客气气请古师回去，现在看来，是不行了。”

“你……”古逸臣刚说了一个字，便被乔初捂住了嘴，手指抵在唇前，“嘘，有什么话咱们回去再说。”

乔初拍拍手，得意地对身边几个天机卫的人道：“你们把古师抬出去，记得小心一些，别伤了古师。”

慕千雪明眸冰冷如霜：“看来乔首座真是没把本宫放在眼里。”

“岂敢，天下人谁不知娘娘智谋无双，冠绝天下，只是……”乔初笑意深深道，“除非娘娘想古师死，否则最好不要阻拦！”

见她准备带人离开，林默拧眉道：“娘娘，现在怎么办？”

慕千雪尚未开口，乔初倒是先发话了：“对了，我看到古师指间沾有墨迹，应该是写过什么东西。”

慕千雪眸光一动，徐声道：“不错，他将火枪的制造方法都写了下来，包括对上弹时间和枪管过热这两个情况的改进。”

林默在旁边欲言又止，他不明白慕千雪为什么要告诉乔初实话，以乔初的性子，一定会索要册子。

乔初露出欣喜之色，急忙道：“册子在哪里？”

慕千雪取出收在袖中的册子，乔初一看到，立刻道：“把它给我。”

“娘娘不可！”林默和医十同时阻止，一旦让西楚得到火枪正确的制造方法，北周危矣。

慕千雪淡然道：“本宫可以给你，但作为交换，你要放了古师。”

“不行。”乔初立刻拒绝了她的要求，慕千雪也不生气，收回册子道：“那就没什么好谈的了，你们只管把人带走，看他会不会替你们制作火枪。”

这次轮到乔初犹豫不决了，虽然古逸臣是萧若傲指名要的人，但说到底，都是为了火枪的制作方法，只要有了方法，人带不带回，并不重要。

乔初眼珠微转，道：“我怎么知道册子是真的？”

慕千雪重新取出册子，一页页翻给乔初看，不过她动作很快，乔初还没看仔细，那一本就已经翻完了。

“如何，相信了吗？”

乔初低头想了一会儿，道：“好，一手交册子，一手交人。”

“娘娘不可！”古逸臣大惊，急忙道，“我本就是将死之人，不足为惜，这本册子关乎国势，绝不能交给他们。”

林默也觉得有所不妥，小声道：“娘娘，一旦让他们得到册子，只怕有大祸。”

慕千雪唇角微微一弯，用只有彼此能听到的声音道：“对自己这么没信心？”

林默一怔，旋即明白了她的意思，肃然点头：“卑职明白，卑职一定不会辜负娘娘的期望。”

从一开始，慕千雪就没想过真的要把册子给乔初，只是一个换回古逸臣的手段而已。

或许这个手段不够光明正大，但对于屡次违约又对古逸臣施以酷刑剧毒的西楚来说，一切皆不为过。

乔初戒备心极重，看到他们交头接耳，当即警惕道：“你们在说什么？”

“你不用管我们说什么，可以交易了吗？”

乔初犹豫片刻，点头道：“好！”

她亲自押着古逸臣走过来，眼见着离慕千雪越来越近，虚弱不堪的古逸臣不知哪来的力气，一口咬在她手臂上，鲜血直流。

“该死！”乔初吃痛，努力想要挣开，无奈古逸臣咬得极紧，怎么也挣脱不了，反而血流得越发厉害。她大怒，一掌拍在古逸臣头顶，这一次，古逸臣终于松口，仰天向后倒去。

慕千雪骇然失色，急忙奔过去，扶起满口是血的古逸臣，紧张道：“逸臣！逸臣你怎么样了？”

“我……不能跟……你回北周了。”每说一个字，就有无数鲜血从他嘴里涌出来，染红了慕千雪的衣裳。

慕千雪拼命摇头：“不会的，你不会有事的，医十，你快救逸臣，快！”

“没用的……”古逸臣摇头，忽地又笑了起来，虚弱道，“很久……很久没听到你叫我名字了，很亲切。”鲜血像泉水一样涌出来，刺得人眼睛生疼。

“你不要再说了，医十……医十是最好的大夫，他一定可以救你，一定可以！”慕千雪终是按捺不住眼底的涩意，一滴清泪滴落在古逸臣脸上。

“别哭，此生能有你这个知己，我已经很满足了。若不是你，只怕我至今还是一个碌碌无为的小人物，什么都不懂，什么都不知道。”古逸臣的精神似乎好了许多，可以一口气说这么多话，但众人心里明白，那只是回光返照而已。

古逸臣突然攥住慕千雪的手，吃力道：“答应我一件事，千万……千万不要让这本册子落到西楚手里！”

“我知道！”慕千雪哽咽道，“从一开始，我没想真的把册子交给乔初，只是骗她放了你，可你……你为什么这么傻。”

听到这话，古逸臣露出释然之色：“那就好，记着，一定把册子交给陛下，可惜……我不能再为陛下研制更多的机关奇术了，我……”他的声音渐渐轻了下来，直至不闻……

望着怀里停止呼吸的躯体，慕千雪泪如雨下，既难过又悔恨，如果她早一些发现假古逸臣，如果她刚才没有答应乔初交换，如果……

可终归……只是如果。

自从打了古逸臣一掌后，乔初目光就一直在慕千雪身上徘徊，这会儿看到她因为古逸臣的死悲痛难过，情知机会已到，突然出手抢夺她手里的册子，就在手指将要触及之时，突然眼前一花，册子失去了踪迹。

乔初定睛一看，本应该心神失守的慕千雪将册子藏到身后，令她落了空。

慕千雪面色阴寒道：“林默，把他们全部拿下，放走一个，本宫唯你是问！”

“是！”林默也憋了一肚子火，他们大老远赶来救人，结果竟然被人杀死在眼皮子底下，这事传扬出去，他这个神机营尊者也不用做了。

乔初没想到慕千雪在这种时候还防着自己，一击失手，心知想要再夺册子已经不可能了，她倒也果决，当即带人往外撤退，再不走，恐怕就真的走不了了。

林默冷哼一声，挥掌如风，生生将他们拦了下来，与此同时，神机营其他人也都纷纷现身，相互厮杀。

半个时辰后，乔初半跪在地上喘气，一把饮血的钢刀横在她颈间，而她身上满是鲜血与伤痕，狼狈不堪，完全没有刚才谈笑风生、胜券在握的模样。事实上，天机卫还活着的人，只剩下她一个，其他的全部都死在神机营刀下。

林默转头看向慕千雪：“娘娘，怎么处置？”

慕千雪目光冰冷地漫过乔初：“她怎么杀的古师，你就怎么杀她。”

“是！”林默答应一声，右手缓缓抬起，乔初眼中充斥着惶恐与害怕，她……真要死在这里了吗？

就在林默准备一掌拍下的时候，一支火箭自黑暗中窜出，直奔他面门，林默侧首避让，同时翻掌为握，竟是生生抓住了箭尾：“什么人？！”

马蹄声由远及近，恍若奔雷，惊动了北周的士兵，齐齐注视着声音传来的方向。

很快，一群西楚士兵出现在他们视线中，当先那人，竟是萧若傲。他目光自满面惊喜的乔初掠过，停留在慕千雪身上，神情复杂道：“我们又见面了，你还好吗？”

这次追捕古逸臣，虽然交给乔初去办，但始终放心不下，毕竟这是他最后的机会了，一旦踏出西楚范围，想再动手就难了，所以他悄悄带兵尾随在后。如果乔初顺利带走古逸臣，他根本不会露面。

慕千雪可没有与他叙旧的心思，冷声道：“你想救她？”

萧若傲知道她指的是乔初，点头道：“她是朕的人，希望你能卖一个人情给朕。”

慕千雪讥笑道：“本宫和楚帝之间，还有人情可言吗？”

萧若傲望着她，沉沉道：“一夜夫妻百日恩，何况咱们四年夫妻，你又何必如此绝情。”

慕千雪对他的话嗤之以鼻：“你有本事只管来抢，要本宫放人……不可能！”

萧若傲面色微沉：“你不要忘记，这里始终还是西楚地界，只要朕想，随时可以把你们留下，永远不能离开。”说着，他手微微一挥，无数士兵从黑暗中走了出来，手上拿着曾经令燕国吃了大亏的火枪，齐刷刷对准慕千雪等人。

面对这一幕，慕千雪只是冷冷一笑：“看来楚帝真以为有了这几把残缺的火枪，就可以天下无敌了。林统领！”

林默明白她的意思，抬手击掌，瞬息之间，无数火光亮起，照亮了隐藏在黑暗中的弓箭手，箭尖所指之处，正是萧若傲那些火枪手。

“这些是军中最精锐的弓箭手，你的火枪每一次射击之后，都需要将近半盏茶的时间来装弹和冷却，就算你有五千支火枪，也难免有停顿的时候，而每一次停顿，都会是他们的死期。楚帝觉着，你这些火枪手能撑过几轮？”

萧若傲冷冷扫了一眼：“原来你早有防备，难怪有恃无恐。”顿一顿，他忽地又笑了起来，“可是你算漏了一点，火枪的杀伤力和速度，都要远远高于你所谓的弓箭，一旦动起手来，你们死的人会数倍于朕，甚至包括……”他抬手指向慕千雪，“你！”

慕千雪漠然道：“北周没了本宫，还是北周，还可以逐鹿中原。可西楚没了你，就只能沦为别人口中的肥肉，如果你想拿自己性命还有西楚的前途来与本宫赌这一局，本宫奉陪！”

“你这如意算盘打得可真不错。”萧若傲面色阴沉如铁，他又一次被这女人吃得死死的。回想起来，自打她跟随东方溯去了北周之后，每一次交手，自己都是落下风的那一方。

慕千雪看到他眼底的退缩，冷笑道：“跟楚帝打交道，这算盘自然得打精一些，否则怕是怎么被吃掉的都不知道。”

萧若傲暗自吸了一口气：“也罢，咱们各退一步，你把乔初还给朕，朕放你们离开，双方都不吃亏。”

“看来楚帝还是没听清楚本宫的话。”慕千雪漫过乔初的目光森冷无情，“她杀了古师，必须要死。”说罢，她转头对林默道：“动手吧！”

“住手！”萧若傲面皮一阵抽搐，阴声道，“为了一个死人，赌上自己的性命，值得吗？”

慕千雪没有理会他，只是盯着林默，林墨点头，重新抬起手，望着那只高高在上的手掌，乔初有一种被死亡笼罩的恐惧，她知道，慕千雪这一次是铁了心要自己性命，她慌忙朝萧若傲求救：“陛下救我，救……”后面那个“我”字还没来得及说出口，林默手掌已是重重落在她头上，几乎是一瞬间，头骨四分五裂，鲜血像泉水一样自七窍涌出。

林默手一松开，她就似一块破布般软软倒在地上，一动不动。

“你……”看到乔初当着自己的面被杀，萧若傲又惊又怒，竟不知说什么好。

慕千雪对他的怒火视若无睹：“一命偿一命，很公平。”

“慕千雪！”萧若傲暴跳如雷，神情扭曲如恶鬼，“你真以为朕奈何你不得吗？”

他抬手，无数支黑黝黝的枪管一齐指向慕千雪，北周这边的弓箭手也立刻满弓瞄准他们，一时间双方气氛紧张到了极点。

就算是林默，看到这一幕也不禁心头一颤，急忙挡在慕千雪身前：“娘娘小心！”

“无妨。”慕千雪示意他退下，冷冷盯着萧若傲，“楚帝要动手，本宫一定奉陪，但本宫劝楚帝先想清楚是否承担得起后果，这世上可没有后悔药。”

她的话令萧若傲渐渐冷静下来，硬拼之下，他或许可以凭借火枪的强悍得胜，但代价无疑会是惨重的，连自己也会有危险，甚至是……死！

萧若傲心思飞转如轮，不断权衡着利弊，其实他刚才之所以愤怒得想要动兵，并不是多在意乔初，更多的是因为慕千雪的藐视。

萧若傲暗自吸了口气，冷声道："朕是讲道理的人，既然乔初杀古师在先，你要一命偿一命，也是情理之中的事。"

慕千雪一言不发地盯着萧若傲，她知道萧若傲肯定还有话说，果不其然，在短暂的停顿后，萧若傲又道："古师之死，朕很是遗憾，朕希望不会影响咱们的三年之约。"

慕千雪讥声道："你毁约在先，又对古师下毒，之后更派人杀了他，现在还要本宫遵守当初的约定？萧若傲，你不觉得可笑吗？"

萧若傲不以为然道："先前的事，朕确有不对之处，但最后朕不是把人还给你们了吗？至于他的死，更是一个意外，朕派乔初来，只是送一送古师，毕竟也是相识一场。"

林默冷笑道："楚帝这颠倒黑白的功夫要是称第二，可没人敢称第一。"

萧若傲对他的讥讽置若罔闻，望着慕千雪道："只要千雪你答应，朕立刻退兵，保证你们安然离开西楚。其实离三年之约，只有一年多时间，用这一年多换取你们这么多人安然……"

慕千雪突然打断他的话："本宫答应你！"

萧若傲没想到她会答应得这么干脆利落，一时没反应过来："你说什么？"

慕千雪再一次道："本宫答应你的要求，三年之期不改。"

林默急忙道："楚帝狼子野心又毁约在先，娘娘绝不可姑息，否则后患无穷。"

慕千雪侧首轻声道："如果本宫不答应，他一定会拼个鱼死网破，难免伤亡惨重。还有，万一古师临终前交托的册子落在他手里，那才是真的后患无穷。"

萧若傲现在还不知道古逸臣已经研究出了上弹速度和枪管过热的解决办法，乔初也没来得及说，否则以他的野心，一定会不顾一切地抢夺。

见林默仍在犹豫，慕千雪又道："相信本宫，答应他是对咱们最有利的选择，至于陛下那边，回去后本宫自会解释。"

见她这么说，林默点点头，不再言语，至于萧若傲，则一直用怀疑的目光看着慕千雪："你果真答应？"

慕千雪将颊边的碎发拨到耳后，淡然道："楚帝刚才一门心思想要劝本宫答应，现在本宫真答应了，又诸多怀疑，不相信本宫吗？"

萧若傲眸光一动，哈哈笑道："当然不是，好，那咱们就一言为定。"他倒是没说什么白纸黑字，如果真想毁约，就算有白纸黑字，也是废纸一张，这个道理，他是最清楚不过的。

“既然如此，那咱们就此别过了。”

萧若傲扬眉一笑，挥手示意士兵收枪让开：“好，咱们就此别过。”

“走。”慕千雪带着大军离开，直至他们离开西楚地界，萧若傲和他的兵马都没有再出现，这一次他倒是没有毁约。

这一次西楚之行，虽没能带回古逸臣，但带回了他用一辈子心血研制而成的火枪，总算是不幸中的万幸。

金陵郊外，明媚灿烂的春光下，东方溯拿着一支刚刚制造出来的火枪，对准五十米外的一株大树叩动扳手。

“呯！”随着一声枪响，大树应声而倒，惊起停在树梢的鸟儿，慌忙扑翅往远处飞起。

第二颗子弹上膛，一拉一扳，便可再次射击，较萧若傲那些火枪不知快了多少倍，在连射两弹后，枪管仅仅只是有些热，并不影响接下来的射击。

“好！真是好东西！”东方溯爱不释手地抚着火枪，眼中尽是欢喜之意。

慕千雪走到他身边，欠身道：“恭喜陛下得此利器。”

东方溯扶起她，微笑道：“这柄利器，是你带给朕的。”

“臣妾只是略尽绵力。”说到这里，慕千雪望着一碧如洗的天空，伤感道，“可惜古师不能亲眼看到他此生最得意的机关。”

东方溯握住她的手，一字一字道：“朕答应你，三年约满之后，一定挥师西楚，为你，为古卿报仇！”

“多谢陛下。”说着，慕千雪侧首一笑，“不过臣妾觉得，无须等三年约满。”

东方溯眉头一挑：“你想毁约？”

慕千雪掩唇一笑：“臣妾虽然是小女子，却也没打算出尔反尔，再说此事关乎陛下声威，就算借臣妾一个胆子，也不敢啊。”

“你啊，就知道寻朕开心。”东方溯笑斥了一句，随即道，“那你怎么说无须三年约满？”

“陛下可还记得咱们当初跟萧若傲的约定？”

“当然记得，三年之内，咱们的兵马不得踏足楚、齐、燕。”东方溯道，“这是永平十二年所言的盟约，如今是永平十四年，还有一年。”

“三年之内，咱们不能动兵，可没有说他们三国之间不可动兵啊。”

东方溯很快便明白了她的意思："你让他们内讧？"不等慕千雪言语，他又摇头道，"齐帝固然不是一个安分的主儿，但比起咱们，他更愿意与萧若傲合作。朕知道你妙计多端，但想要说服他帮咱们对付萧若傲，很难很难。"

"臣妾知道，所以臣妾指的并不是齐国。"

"不是齐国？"东方溯惊讶地看着她，随即已是明白过来，"你指燕国？"

"不错。"慕千雪颔首道，"经过蓟城一战，燕国与西楚已经彻底撕破了脸，而权力也落在了大将军陈一敬的手里，咱们与他曾并肩作战，而且燕国已经答应归顺我们，相信不会拒绝。"

"陈一敬……"东方溯徐徐念着这个名字，半晌，他道，"听张卿说，他之前可是极力反对归顺于我们。"

"确实，但后来经过蓟城一战，他已经想通了，不再反对。"

东方溯将火枪递给一直在旁边眼巴巴看着的予恒他们几个，缓步往前走着："就怕这个想通，只是表象。"

慕千雪何等聪明，当即就明白了他的言下之意："陛下担心陈一敬是假意归顺？"

"他始终是燕帝臣子，可信吗？"

"陈一敬虽然忠心，但不是愚忠，蓟城之战，让他明白燕帝懦弱自大，忠奸不辨，并非明主。臣妾相信他不会背叛我们。"

东方溯颔首道："朕相信你的眼光，只是……燕国弱小，全国兵力加在一起，也不足十万，你要怎么利用他们来对付西楚？"

慕千雪微微一笑："当初西楚五千人，不也生生轰开了三万将士把守的蓟城吗？"

东方溯微微一动容："火枪？"

"是。"慕千雪认真道，"只要装备上火枪，别说十万，就算一万人，也足够萧若傲头疼的了。"

"这个……"东方溯犹疑不定，火枪威力巨大，足以左右战局，现在要把它给别国士兵，难免有所顾忌。

"火枪制造复杂精巧，尤其是枪管，除非有图纸，否则就算把整支火枪拆开，也不可能复制。"

东方溯咳嗽几声，道："其实离三年之约，只剩下一年，都等了这么多年，也不在乎再多等一年。"

慕千雪心中一涩，不能说出他时日无多的实情，只得道："据臣妾所知，萧若傲一直在招揽机关师研制火枪，拖得越久对咱们越不利。”

东方溯思忖片刻，点头道：“既然这样，就按你的意思去办吧，朕让他们加紧制造火枪，陈一敬那边，就让张卿去联系，他们更熟悉一些。希望这个陈一敬不会辜负你的信任，咳咳！”

见东方溯又咳了几声，慕千雪怕他受寒，道：“虽说已经入春了，但这风吹着还有些寒凉，陛下大病初愈，不宜多吹冷风，咱们回去吧。”

“也好。”东方溯点点头，对张进道，“去把几位殿下找来。”话音刚落，树林深处传来一声枪响，令众人惊骇莫名。

东方溯正要命林默前去察看，予恒他们几个已是急急从树丛中奔了出来，其中予恒手里抱着一个昏迷不醒的姑娘，半边胸口都是血，滴了一路。

东方溯惊声道：“这是怎么回事？”

予恒简短回道：“启禀父亲，这位姑娘受了枪伤，得赶紧找大夫医治。”

“去把纪临叫来。”在张进离去后，东方溯看了一眼面若金纸的女子，“是谁打伤的？”

予恒面色发白道：“回父皇的话，儿臣刚才在林中看到一只梅花鹿，就想试一试火枪的威力，哪知道竟射中这位姑娘。”

予怀补充道：“儿臣在她身边看到一个装满蘑菇的篮子，应该是上山来采蘑菇的。”

说话间，纪临已经到了，娴熟地察看伤势，虽然看着吓人，但好在没有伤到要害，就是血流了许多，得好好休养一阵子。

因不知这姑娘家住何处，所以得东方溯同意后，予恒将她带回府中休养。今年初，东方溯恩允予恒开牙建府，正式在朝中领差。

这名女子足足过了两日方才醒过来，原来她是一个孤女，今年十三岁，比予恒小了一岁。父母在她很小的时候就过世了，多亏得乡亲帮忙，才得以长大。入春之后，她每天都会上山拾柴或者采些蘑菇拿去集市卖，换取几枚铜钱。

因为父母走得早，她连个正儿八经的名字都没有，因为她是秋天生的，所以乡亲都叫她秋妞儿。予恒嫌难听，又见她身姿轻盈，眉止清雅，给她取了个名字叫秋水，取“秋水为神玉为骨”之意。

因为秋水没有家人，唯一的房子也在初夏的一场大雨中倒塌了，所以伤好之后，就留在了予恒府中，转眼就是三年。

秋水很聪明，什么事情都是一学即会，将予恒的衣食住行打理得井井有条，成为他的心腹丫鬟。

在这三年间，中原也正经历着一场大变。东方溯依照慕千雪的计划，将大量火枪送去燕国，令燕国军事实力突飞猛进。

陈一敬一直记着萧若傲攻破蓟城之仇，只是苦于燕国实力不济，所以不敢妄动，如今有了这些火枪，自是要报昔日之仇。

他亲率一万火枪兵攻往应天，凭借火枪之威，打得西楚士兵节节败退，一路势如破竹，直逼应天。

萧若傲大为恼火，他当然知道燕国的这些火枪从何而来，但北周没有违约，他亦无可奈何，只能调集火枪兵把守应天。

这场攻城之战持续了将近一个月，最后以陈一敬粮草不足，退回燕国而告终。

虽然应天守住了，但萧若傲付出的代价却是异常惨重，他虽然也造了很多火枪，但始终不完善，只能靠数量来对抗。在这场守城战中，即便是有地利之便，依旧损失了近万支火枪、数千名士兵，而这一切……还仅仅是开始。

陈一敬铁了心要对付西楚，在休养了半年后，又一次领兵来袭。到后面，几乎是每半年一次，每一次来，都会对西楚造成巨大的损失，令萧若傲抓狂。

应天的防守一次比一次艰难，有一次几乎快要被攻破，城内尸体堆积如山，连年来的战争与火枪损耗，让西楚国库存储以一种恐怖的速度下降。

别看进攻的只是燕国，其实集结了周、燕两国之力，西楚自是难以对抗，无奈之下，萧若傲只得向齐国求救。

齐帝倒也明白唇亡齿寒的道理，爽快地答应了，借助齐国之力，终于挡住了燕国的进攻。但三年战争下来，西楚实力已是大不如前，倒是燕国，从原来谁都能踩上几脚的小国一跃而上，虽说还赶不上齐楚两国，但谁也不敢再轻视。

在这三年间，北周除了暗中支援燕国火枪外，异常平静，一丝动静也没有，似乎放弃了争夺天下的心思。但无论是萧若傲还是齐帝都十分清楚，这是暴风雨前的假象，不知什么时候就会被打破，而到时……必将有一场旷世之战。

胜者，从此独占中原；败者，一无所有。

谁都不想一无所有，所以都在拼命准备，希望成为主宰这片大地的王者。

第三十章　秋水

冬至之后，白昼变得极短，还没到酉时天就已经黑了，负责掌灯的宫人拿着杆子，一盏盏点亮灯笼，橘红光芒在寒冷的冬日里分外温暖。

“把那盏也给点起来，哟，下雪了。”张进正指挥着小太监点灯，一丝冰冷落在脸上，继而更多的冰冷落下，借着灯光，能够看到细细的雪花从夜空中飘落。

小太监点完了灯，从梯子上爬下来，看到下雪，欢喜道：“太好了，要是下大一些，明儿个就能堆雪人了。”

张进一掌拍在他后脑勺上，没好气道：“好什么好，糊涂东西。”

小太监摸着脑袋委屈道：“下雪不是挺好的嘛，总管您前阵子不是也在盼着下雪嘛。”

“以前是以前，总之现在咱家最不希望看到雪，最好连冬天也没有。”不等小太监再问，张进又道，“明儿个一早，你去内务府搬几筐银炭来，陛下这边要用，呃，还是现在去吧。”

小太监疑惑道：“承德殿不是还有大半筐吗？足够用上几日了，何必这么急。”

张进瞪了眼睛道：“让你去就去，哪来这么多废话。”

见他动怒，小太监不敢再说，赶紧冒雪去了内务府，张进搓一搓手，去御膳房端来炖好的参汤，正要入内，眼角余光看到有人过来，待看清来人后，连忙迎上去打千：“见过贵妃娘娘，娘娘万福。”

“免礼。”慕千雪客气地示意他起身，望着紧闭的殿门道，“陛下可在里面？”

“在呢，这几日奏折多，太子殿下又不在，陛下每每要批到两更多。”张进看了一眼夜雪纷飞的天空，叹息道，“原本见这几日暖和，还以为今年不会下雪了，哪知竟比前两年下得还要早，陛下又要难过了。”

慕千雪黯然道：“本宫也想，可惜四季轮回，春夏交替，非人力所能改变。”

“娘娘，医先生回来了吗？”张进有一回去漪兰殿，意外听到慕千雪和医十的对话，从而知道东方溯体内寒毒未清的事情。

“他去了西域找药，没这么快回来。”

张进凑到她耳边，小声道：“奴才昨日听到陛下在问林统领关于医先生的去向，且今年陛下畏寒的毛病又严重了几分，奴才担心……陛下早晚会起疑。”

“本宫知道了。”慕千雪应了一声，接过张进手里的参汤走了进去，殿内点着一排销金硬烛，但因为大殿深阔，所以光线依旧有些暗沉，东方溯伏在案上，似乎是睡着了，在他手边摊着许多折子。

慕千雪搁下炖盅，取来衣裳轻手轻脚地覆在他身上，又将折子按批阅与否一一叠放于案上。

铜盆里的银炭因为烧得久，火光有些暗，也不似先前那般暖和，慕千雪夹起旁边的新炭，一块块放下去，很快大殿便重新暖和起来，犹如阳春三月。

“陛下您醒了？”夏月的声音令慕千雪回过头来，果见东方溯睁开双目看着自己，她走过去柔声道，“可是臣妾吵醒了陛下？”

“没有。”东方溯握住她的手，玩笑道，“一醒来就能够看到天下第一美人，倒是真不错。说出去，不知要羡煞多少人。”

慕千雪被他说得粉面微红，抚着脸颊小声道：“什么第一美人，陛下也不怕被人笑话。”

东方溯不以为然道：“朕说的都是实话，有什么好笑话的。”

慕千雪忍了笑道：“臣妾可从没听过哪位美人是两个孩子娘亲的。”

东方溯故作轻佻地抚过她脸颊，促狭道：“这说明朕的千雪容颜永驻，青春不老！”

见夏月在旁边抿着唇直笑，慕千雪心中大羞，轻啐道：“不正经。”说话间，她意外看到东方溯额上布满了细密的汗珠，惊声道，“陛下怎么了，为何会有这么多冷汗，可是哪里不舒服？”

东方溯随手抹去冷汗，轻描淡写道：“没事，就是刚才做了一个噩梦。”

慕千雪关切地道：“什么噩梦？”

东方溯一阵恍惚，他刚才梦到自己寒毒复发，奄奄一息，千雪等人伏在自己榻前痛哭不止。那个梦极其真实，他几乎要以为是真的。

他不想慕千雪担心，随口道："朕梦到天上来了一个仙人，说千雪是仙子下凡，如今功德圆满，重返天庭。朕当然不肯，就一箭把那个仙人射了下来。"说着，他故作担心道，"千雪，你说天庭会不会来找朕算账？"

慕千雪"扑哧"一笑，顺着他的话道："陛下这胆子可真大，连仙人也敢杀。"

东方溯不假思索道："当然，为了你，别说仙人，就是玉皇大帝、如来佛祖亲临，也没有情面可讲。"这虽是一句玩笑话，却也是真的。

慕千雪舀了一碗参汤递到他手中，笑道："好了，快把参汤喝了，然后赶紧去歇息，明儿个一早还得早朝呢。"

"时间还早，朕也不困，正好把奏折批完再睡。"参汤的苦涩令东方溯微微皱眉，喝了几口后，他搁在一边，伸手去取奏折，哪知刚拿到手里，就被人给抽走了，除了慕千雪还会有谁。

东方溯笑道："朕真的不困，今夜要是不批完，明儿个就又积多了，到时候可就真要熬夜了。"

"臣妾又没说不让陛下批阅奏折，不过……"慕千雪扬眉笑道，"臣妾来念，陛下用耳朵听着就行了。"

"好，依你。"东方溯满目笑意，他知道慕千雪是用这种方法让自己避免过于劳神。

"臣启陛下，近日于海上遇一白龟，乃是祥瑞之兆，必是因为陛下恩泽四海，天威浩荡，故天降祥瑞……"明烛之下，慕千雪徐徐念着奏折，这篇奏折洋洋洒洒上千字，皆是歌功颂德之词。

东方溯听了一半便不耐烦地打断道："这是谁的折子？"

慕千雪看了一眼落款，答道："福州水师提督郑郁。"

东方溯冷笑道："身为水师提督，不好好操练水军，净想着这些东西，简直是不知所谓。"顿一顿，他又道，"太平了几年，这些官吏又不明白自己该做什么了，看来又得好好敲打一番了。"

慕千雪扫一眼奏折末尾，微笑道："臣妾倒不认为这位郑提督不知所谓。"

东方溯一怔，疑惑道："何出此言？"

"他在奏折最后写着——陛下威施四海，天下称颂，又有祥瑞相随，实乃万民之福，大周之福。唯太子年纪渐长，当册立太子妃，为皇家开枝散叶，以固国本。”

东方溯好笑道：“原来绕了半天，是想让朕为太子赐婚，他也不嫌累。”

夏月在一旁插嘴道：“他们等的就是这个机会，别说一封奏折，就是十封百封也不会嫌累。”

东方溯好奇道：“什么机会？”

夏月抿唇笑道：“陛下这些年一直不选秀，可把朝中大臣给急坏了，毕竟您不选秀，他们就不能与皇家结亲。可劝了您又不听，只能把希望寄托在太子殿下身上。”

东方溯诧异道：“竟是这样？那你又是怎么知道的？”

夏月低头道：“不瞒陛下，这事私底下都在传呢，就是不敢传到陛下您的耳中。”

“这群人啊。”东方溯哭笑不得地摇头，“这几年，确实有不少劝朕选秀的折子，但都被朕驳回去了，后来折子少了，朕以为他们消停了，原来是把主意打到太子身上去了，真是……”

慕千雪笑道：“这已经不是第一个请陛下为怀儿赐婚的奏本了。说起来，过了今年，怀儿就十六岁了，咱们真得好好考虑一下他的婚事。”她玩笑道，“臣妾记得郑提督前年面圣的时候，提过他有三个女儿，不如陛下考虑一下。”

东方溯连连摇头：“怀儿的婚事当然要考虑，但朕的儿媳妇，一定要知书达理，贤惠大度。像他这样掉在功利眼里的人教出来的女儿，绝对不行。”

慕千雪掩唇笑道：“郑提督要是听到陛下这话，不知该怎么伤心了。”

“这是他咎由自取。”东方溯不想多提这个人，转过话题道，“等怀儿回来，朕和你就一起为他选妃。”

“怀儿倒是不急，但有一个人，咱们真得好好为他选一选了。”

东方溯心思一转，已是猜到了慕千雪口中那个“他”：“你是说予恒？”

慕千雪有些无奈道：“是啊，予恒都十八了还没娶亲呢，上次臣妾问他，他还是那两个字——不急。”

“这个孩子。”东方溯摇摇头，思忖片刻，他道，“不能再由着他任性了，这样吧，他是皇后一手养大的，就由你和皇后一道为他选妃吧，待予怀回来，再为他选一位太子妃，到时候朕一起下旨，让他们兄弟俩一道完婚。”

有了东方溯的金口玉言，这件事自然就此定下，永平十七年正月，东方溯连下两道旨意，一道是册封予恒为齐郡王的旨意，另一道则是为太子和齐郡王选妃的旨意。

前一道旨意也就罢了，毕竟予恒是皇长子，能力也不错，封王是早晚的事情。后一道旨意则是令百官和各大世家沸腾，等了这么多年，终于又等到和皇家结亲的机会。

东方溯并不是一个注重门第之人，正所谓娶妻娶贤，他在意的是入选者的品行德才，所以选妃门槛放得极低，只要七品以上官员之女，年龄在十六岁以下，便可以入选。如非官宦人家女儿，但素有才名者，可凭知府或以上官员的荐表入选。换而言之，就算是平民之女，也有机会飞上枝头，从此登堂入室。

后面这个条件一出，天下人皆为之疯狂，尤其是那些家中有未出阁姑娘的，无论美丑胖瘦，都一窝蜂地去了知府衙门，希望知府能给自己家闺女开笔写荐表。

一时之间，北周各地的知府衙门成了最热闹的地方，里里外外挤满了人，有钱的带钱，有关系的找关系，实在没钱又没关系的，就把自家闺女给带了过来，希望能投知府的眼缘。

各知府不堪其扰，赶又赶不得，骂又骂不得，甚是头疼，赶紧定出了挑选标准，容貌丑陋，身材过高或过矮，体形过胖或者过瘦，或者身体有残疾与缺陷者，一律筛下。但即便是这样，还有很多人选，为此各地知府纷纷出奇招，挑选标准一改再改，到后面已是异常严苛。

譬如江宁知府，要求参选女子面孔不能有痣；又譬如绍兴知府，对肩宽、腿长甚至是手指粗细都做了明确的规定。

这样一来，符合条件的女子一下子少了许多，各府从中精心挑选三到五名，将她们送去金陵候选。在此之前，已经有画册先一步送去金陵给帝后过目。

“主子，这是清阳府刚刚送来的。”阿兰小心翼翼地将几份画轴放在已经堆得满满当当的桌案上。

阿紫捧了一盏银耳莲子羹进来，看到又堆高了几分的桌案，笑道：“这下总齐了吧？”

“早了，还有好几个府衙没有送来，算算至少还有几十份。”阿兰的话令阿紫吐了吐舌头：“这么多，得看到什么时候去啊。”

“再多也得看。”沈惜君吃了一口清甜的莲子羹，“事关太子和齐王婚事，大意不得。”

阿紫笑道：“主子看了这么多，可有中意之人？”

沈惜君指着手边的画卷道：“本宫看这个还不错。”

阿紫凑过去看了一眼，柳眉微蹙：“相貌倒是不错，评语也好，但她只是商人之女，出身不高，无论是配太子还是齐王，都不太合适呢。”

沈惜君似笑非笑地看着她："什么时候你这丫头也变得如此在意门第了？"

阿紫连忙澄清道："不是奴婢在意，就是怕委屈了二位殿下。"

沈惜君微微一笑："没什么好委屈的，娶妻娶贤，门楣出身皆是次要。本宫相信陛下也是这个意思，否则也不会允许民间女子参选。"说着，她感慨道，"希望这一次，予恒和太子都能选到自己喜欢的贤妻。"

"一定会的。"说话间，阿紫眼角余光看到予恒走进来，笑道，"主子您瞧，刚说着齐王，齐王就来了呢。"

予恒正朝沈惜君行礼，听到她的话，好奇道："在说我什么呢？"

沈惜君笑道："在说给你选妃的事情呢，你来了正好，这些是本宫挑选出来的，你过来瞧瞧，看喜欢哪一个。"

予恒眼皮微微一跳，低头答应："是。"

"你瞧瞧，这个是大学士章平的千金，自幼饱读诗书，素有才女之名，最要紧的是她心地善良，经常会派米救济一些穷苦人家。还有这个，虽说不是大家闺秀，但相貌端庄，贤惠淑德。喏，这个也是……"

沈惜君一个个介绍着她中意的女子，其中不乏容貌出色者，但予恒始终没有什么太大的反应，只是"嗯嗯"地应着，目光看似在瞧画卷，其实一直游移不定。

沈惜君看出他的心不在焉，道："怎么，都看不上？"

"不是。"予恒连忙否认，"她们都很好，只是……只是……"

沈惜君等了半天也不见他说下去，忍不住催促道："只是什么？"

"只是……"予恒踌躇不定，似有什么难言之隐。

阿紫眉心一动，脱口道："殿下该不会是已经有心上人了吧？"

予恒面庞"唰"的一下就红了，连耳根子都通红，看到这一幕，众人哪里会不明白，真让阿紫给说中了呢。

沈惜君惊喜道："既然有中意的人怎么也不告诉母后，是哪家姑娘，快说来听听。"

听到这话，予恒面皮又红了几分，简直就像要滴下血来，嗫嗫道："儿臣中意的姑娘，并不是名门闺秀。"

"无妨，只要她品性纯良，贤惠懂事就好。"说着，沈惜君又催促道，"快告诉母后，到底是谁？"

"回母后的话，是……是秋水。"

"秋水？"沈惜君万万没想到会是这么一个答案，一时怔在了那里。她当然知道秋水，三年前，予恒拿火枪狩猎，误射中她，伤好了之后就留在府里当差，倒也打理得井井有条，过年的时候，她还赏了秋水不少东西，但万万没想到，予恒居然会喜欢上她。

“是！”予恒鼓起勇气道，“儿臣与秋水两情相悦，请母后成全。”

阿紫连连摇头：“秋水只是个丫头，怎么能做齐王妃。”

“母后说过，此次选妻无关家世，只求品性纯良，秋水一直在我身边，她品性如何，我最清楚不过。”在反驳了阿紫一番后，予恒朝沈惜君跪下，再次道，“请母后成全。”

“主子……”

沈惜君抬手示意阿紫噤声，望着予恒道：“你与秋水是什么时候开始的？”

予恒认真想了一会儿，道：“儿臣也说不清，想是日久生情。”

“那母后倒是好奇了，这齐王府里那么多丫头，比秋水美貌或侍候你更久的也有，为何偏偏就与秋水生了情？”

“这……”予恒被她一下子问得答不出话来，思忖片刻，他道，“情不知所起，一往而深。如果事事可以弄得清楚明白，就不是情了。”

沈惜君展一展朱红鹭金广袖，微笑道：“倒也是这么个理，母后想见一见秋水。”

予恒欣喜道：“这么说来母后答应了？”

“答应与否，等母后见过她再说。”见她这么说，予恒也不好再追问，当即道：“那儿臣这就去告诉秋水。”

沈惜君话锋突然一转：“本宫听说户部最近事情很多？”

予恒不明白她为何会突然问起这个，如实道：“嗯，今年天气寒冷，好几个地方暴雪成灾，需要户部拨银赈灾，儿臣待会儿就要去户部做事。”

沈惜君颔首道：“既是这样，那你快回户部，秋水那边，让阿紫去传就行了。”

予恒有些犹豫道：“还是儿臣去吧，也不差这么一会儿。”

“怎么？”沈惜君似笑非笑道，“怕母后欺负你的秋水？”

予恒脸一红，连忙道：“母后说笑了，儿臣怎么会这么想。”

“既是不会，那就赶紧回户部，别误了正事。”见她这么说，予恒只得答应。

在他走后，阿紫奉命去了齐王府传召秋水，等秋水入宫，已经是一个时辰后的事情了。

秋水低头跪地，恭敬道：“奴婢给皇后娘娘请安，娘娘千岁吉祥。”

“抬起头来。”随着沈惜君的话，秋水缓缓抬起头来，她的容貌并不出众，顶多算中等之姿，唯有那双眼顾盼生姿，灵动分明。

在示意她起身后，沈惜君微笑道："这是咱们第三次见了吧？"

秋水乖巧地答道："是，第一次是齐王殿下生病，娘娘来府中看望；第二次是去年中秋，奴婢有幸跟随殿下入宫；第三次就是现在了。"说着，她有些不安道，"不知娘娘召奴婢入宫，有何吩咐？"

沈惜君接过宫人递来的茶啜了一口，望着秋水的目光渐渐冷了下来："陛下让本宫和贵妃为齐王择选王妃，岂料早有人登堂入室，觊觎王妃之位。秋水，你整日跟在齐王身边，可知那个人是谁？"

秋水面色一白，急忙跪下道："娘娘明鉴，奴婢绝无觊觎之心。"

沈惜君重重搁下茶盏，冷声道："还在这里花言巧语。当年怜你孤苦无依，让你在齐王身边当差。你可倒好，用狐媚手段勾引主子不说，还妄图飞上枝头，成为齐王妃。秋水，你这如意算盘打得倒是真不错。"

"没有！奴婢没有！"秋水拼命摇头，哽咽道，"奴婢知道自己身份卑微，能得齐王错爱，已是几世修来的福气，王妃之位……奴婢连想都没有想过。"

沈惜君冷笑道："只要抓住恒儿，这王妃之位自然就是你的，又何须再去多想。"

"奴婢真的没有。"秋水急得掉泪，"娘娘要是不信，奴婢可以对天发誓，如有违誓……"

"不必了。"沈惜君冷冷打断她的话，"你想要本宫相信你，就去劝齐王打消娶你为妃的念头。"

秋水毫不犹豫地答应："是，奴婢一定好好劝说齐王殿下，请娘娘放心。如果……"她咬一咬银牙，"殿下不肯听劝，奴婢当离开齐王府，从此再不与齐王相见。"

"希望你能说到做到。"沈惜君意味深长地说着，在又说了一番话后，她挥手道，"行了，退下吧。"

"是，奴婢告退。"秋水低头退到门边，又行了一礼后方才开门出去。

外头不知什么时候又下起了雪，一开门，北风夹杂着雪花呼啸而入，在殿内低低盘旋着。

阿紫望着重新关起的殿门道："看来真是殿下错爱，她并没有什么心眼。"说着，她叹了口气，"唉，就是身份太低了一些，否则倒是一桩不错的姻缘。"

沈惜君睨了她一眼，凉声道："你真这么觉得？"

阿紫一怔，疑惑道："难道奴婢看错了？"

阿兰在旁边道："奴婢也觉得她说话举止，确实不像一个贪图富贵之人。而且她不是说，要是劝不了齐王，就自己离开吗？"

沈惜君伸手接住一片盘旋而落的雪花，掌心的温暖令它瞬间化成一滴雪水："要真是心口如一，本宫就不担心了。"

阿紫最先明白过来："主子担心她是在以退为进？"

沈惜君没有再说什么，只道："瞧着吧，很快就知道了。"

果不其然，第二天一大早，予恒来了长信殿，一进殿中便神情激动道："母后不是都答应了吗，为何又出尔反尔？"

沈惜君停下修剪花枝的动作，转身漠然看着他："你就是这样跟母后说话的？"

予恒意识到自己失礼，低头道："儿臣鲁莽，请母后恕罪。"

沈惜君也不说话，只是回过身重新修剪多余的花枝，予恒看着她的背影，几次欲言，又生生压了下来。

在又剪去几根花枝后，沈惜君搁下银剪子，接过阿兰递来的帕子拭一拭手："你今日过来，是为了秋水的事情？"

予恒急忙道："是，母后一向重诺，为何这次要食言？"

面对予恒的质问，沈惜君也不生气，淡然道："本宫真有答应过吗？你想清楚了。"

予恒一愣，仔细回想，沈惜君昨日并没有明确答应，只说见过秋水再说，是他心急之下记错了。

"是儿臣记错，但儿臣不明白，母后为何要反对儿臣与秋水的婚事，就因为她的身份？"

"母后素无门第之见，母后反对，是因为秋水配不上你。"

"秋水虽非出身名门，但也通晓诗书，而且温柔善良，善解人意，何来配不上之说？"

"看人不能只看表面，她答应母后会劝你放弃，结果呢？就这一点，已经足够母后将她否决了。"

予恒有些生气："她劝过儿臣，是儿臣不肯答应，也是儿臣自己要来与母后议论，秋水根本不知道，母后怎么能不问青红皂白地怪到秋水身上。"

见沈惜君不言语，他又跪下恳求道："儿臣与秋水是真心相爱，除了她，儿臣谁都不要，请母后成全。"

沈惜君走到他身前，垂目道："你告诉母后，何谓真心？"

予恒不假思索地答道："弱水三千，只取一瓢。"

"那你又怎知这一瓢不是错的呢？"不等予恒言语，她又道，"回去吧，母后会替你挑选一位最合适的齐郡王妃。"

予恒咬牙道："是，儿臣不知道这一瓢是对是错，那母后又怎么知道一定是错的？在什么都没有做之前，就先一步否定，这样对儿臣与秋水都不公平。"

沈惜君垂目看着他，半晌，沉声道："就当母后不公平吧，总之她不可以做齐王妃。"

予恒没想到自己说了这么许多，沈惜君还是不肯松口，急声道："母后……"

沈惜君知道他要说什么，先一步道："母后心意已决，不必多说，退下吧。"

"殿下。"阿兰来到予恒身边，小声道，"您先回去，选妃一事没那么快定下来，等主子心情好些了，您再慢慢相求，您放心，奴婢和阿紫都会帮您的。"

予恒也没有更好的办法，点头道："那就有劳二位姑姑了。"说着，他起身朝沈惜君拱手，"儿臣告退。"

在他走后，沈惜君回到椅中端起搁置多时的茶盏，刚抿了一口便蹙眉道："茶凉了，重新沏一盏来。"

阿紫接过茶盏，一语双关道："茶凉了可以换，人心若是凉了，那就麻烦了。"

沈惜君扫了她一眼，凉声道："什么时候你也学会卖关子了？"

"奴婢不敢。奴婢只是觉得，既然殿下喜欢，主子何不成全了他们，以免伤了母子之情。"

阿兰在一旁道："奴婢见过秋水几次，甚是懂得分寸，谈吐也不错，除了身份差了一些之外，挑不出什么错来。"

沈惜君淡淡一笑："那本宫问你们，予恒身边除了她之外，还有哪几个丫头？"

阿兰二人不明白她为何突然问起这个，想了想如实道："还有一个小莺。"

"多大了？入府多久？"

"过了年刚满十四岁，前年去的大殿下身边，因为是奴婢从内务府领过去的，所以有些印象，她也是那群人里年龄最小的。过去的时候秋水也在，她一见到小莺就说喜欢，当场就把小莺挑了过去。"

"府里那么多丫头，其中不乏精明能干、才貌双全的，她却偏偏挑了一个什么都不懂的黄毛丫头跟她一起侍候予恒，你们不觉得奇怪吗？"

阿紫若有所思道："主子是说……她有意不让殿下接触其他丫鬟？"

沈惜君目光一转，落在垂手站在一旁的黄九身上："你说说看。"

黄九赔笑道："主子说话，奴才不敢插嘴。"

沈惜君眸光微微一沉，黄九倒也机智，知道这是不满意自己的回答，赶紧改口道："在奴才看来，这位秋水姑娘，确实有些心机。"

他想了一会儿，道："奴才以前在家中时，曾见过一户姓李的人家，那家老爷是个花心的主儿，无奈家中夫人看得紧，他又惧内，不能出去寻欢，就把目光瞅准了家里的丫头，但凡有点儿姿色的，都没逃过他的手掌。那些丫头被糟蹋当然不肯罢休，那阵子闹得极其厉害，不得安生，花了许多银子才算压下来，没有闹到官府去。"

"夫人一气之下，就把府里丫鬟给遣散了，只留下几个相貌丑陋的，李老爷无处拈花惹草，这才安分了下来。"

阿紫一边想一边道："也就是说，秋水早就盯上了殿下，所以故意挑选最不能对她构成威胁的小莺。"

"前年……"阿兰扳一扳手指，疑惑道，"那个时候，秋水也才十四岁吧，会有那么深远的心思吗？"

"害人之心不可有，防人之心不可无。事关恒儿终身，就算只有一丝可疑，也不能放过。"

黄九忧声道："那现在怎么办？看殿下的样子，恐怕不会轻易放弃。"

沈惜君眼眸微眯，冷冷道："她自己识趣离开最好，否则就只能送她离开了。"

秋水倒是没有食言，几天后悄悄离开了齐王府，但很快又被予恒追了回来，至于是有意还是无意，就不得而知了。唯一明确的是，这件事令予恒和沈惜君的母子关系越发紧张。

三月，所有入选的女子都已经抵达金陵，共一百零九人，被安置在一间空置的宅子里，一边学习宫中规矩一边等待着不久之后的选妃。

入春之后，天气日渐回暖，万物复苏，草长莺飞，长信殿的庭院里种着几株杏树，这会儿开满了繁密的杏花，密密匝匝遮住了半边天空。

"叽！叽叽！"几只燕子欢快地穿梭在杏花丛中，带起无数轻薄如绢绡的花瓣离开树梢，落在树下踢毽子的宫女身上。

"九十七，九十八，九十九，一百……"小宫女在旁边数着，认真之余又有几分失落，因为她刚才没有踢到一百个。

沈惜君站在檐下出神，连慕千雪进来也不知道，直至一件披风覆在身上方才惊醒过来，慕千雪微笑道："乍暖还寒，姐姐要当心。"

"来了。"沈惜君牵一牵嘴唇，算是笑了，"选妃的日子定下来了吗？"

"嗯，定在三月二十三。"

"好。"沈惜君简单应了一声，又陷入沉默之中。

慕千雪望着她阴郁的侧脸，轻声道："姐姐可是在想予恒？"

沈惜君微微一惊，随即似乎明白了什么："他去找过你了？"

"嗯，看得出他对那个丫头很在意。"

沈惜君自嘲道："是啊，在意得连我这个母后都不愿理睬了。"

"姐姐想到哪里去了，予恒只是一时被情爱冲昏了头脑，假以时日，他一定会明白姐姐的苦心。"

"假以时日……"沈惜君苦笑着摇头，"只怕是难了。"

阿兰在一旁道："娘娘有所不知，大殿下已经有五六日没来长信殿了，往常就算朝中事情再多，也会隔天就过来一趟。"

慕千雪扶着沈惜君回到殿中，待各自落座后，道："但姐姐还是不愿意成全？"

"恒儿不能娶一个这样有心机的女子为妻。"沈惜君目光一转，看着慕千雪道，"妹妹呢？"

慕千雪微微一笑："我与姐姐从来都是一样的想法。姐姐别急，我和予怀都会找机会劝他。"

"好。"沈惜君露出这几天来的第一个笑容，"说起予怀，妹妹可有看中意的人选？"

"有几个，这不是拿来给姐姐过目吗。"随着慕千雪的话，小元子捧上三份画轴，三名女子各有特色，或温婉，或天真，或英气。

沈惜君仔细看了一番，颔首道："倒是都不错，就看予怀中意哪一个。"说着，她叹了口气，"唉，希望选妃那日，予恒也能够遇到中意的，不至于一门心思盯着秋水那个丫头。"

谁也没想到，一向孝顺听话的予恒在秋水这件事上，竟是异常坚持，无论谁来劝，都是一个回答，他一定要娶秋水为郡王妃，甚至连三月二十三的选妃典礼都没去。

东方溯得知这件事后大发雷霆，一怒之下，罚他在府中思过，不许踏出一步。

第三十一章　如愿以偿

这日晌午过后，予怀来到齐郡王府，予恒正在院中舞剑，一名眉目清秀的女子站在梨花树下吹箫，剑气纵横，震落树上雪白如云的梨花，随风飘落在女子粉色撒花衣裙上，四目交错的瞬间，就算不认识的人也能看到他们之间无言的深情。

郎才女貌，真是一对再好不过的璧人。

予怀的出现令女子一惊，连忙停下箫声，屈身行礼："见过太子殿下，殿下万福。"

"秋水姑娘免礼。"在示意她起身后，予怀朗声笑道，"看样子我来得不是时候。"

"你知道就好。"予恒将长剑掷给一旁的下人，接过毛巾拭了一拭脸，半开玩笑道，"说吧，怎么赔偿？"

他与予怀虽非一母所生，但关系极好，所以私下里二人并不拘礼，极是随意。

予怀哈哈一笑："赔偿大哥两坛美酒如何？"说着他拍一拍手，张远一手一个抱着两坛酒进来。

两年前，予怀奉命调查朝中一件奇案，张远被东方溯派来协助，随后就一直跟在予怀身边。

予恒拍开其中一坛的泥封，顿时飘出一股诱人的酒香，予恒目光一亮，脱口道："是上好的竹叶青。"

予怀笑着补充道："上好的竹叶青，在窖中藏了二十年。"

予恒素来爱酒，听到这话，哪里还忍得住，当即道："果然是好酒，走，咱们一起去喝上一杯。"

秋水看到他这个样子，抿唇笑道："看把殿下急的。"说着，她又道，"奴婢去给二位殿下做几个小菜下酒。”

予恒目光温柔道：“辛苦你了。”

秋水脸庞微微一红，低头去了厨房。予恒二人则去了北书房，一进里面，予恒就迫不及待地倒了一碗，刚一入口就迭声赞叹：“好酒，真是好酒。”

“不好的东西，我岂敢拿来给大哥，这是肃王叔的珍藏，我可是磨破了嘴皮子才从他那里讨来的。”

“总算你还记着大哥。”予恒两三口喝完碗里的酒，拿起酒坛子又要倒，被予怀按住，“我给大哥倒。”

予恒笑笑收回了手，但很快又皱起了眉头，因为予怀给他倒得太少了，只有小半碗，不满道：“这么少怎么够，多倒些。”

面对他的话，予怀却是按住了酒坛，意味深长道：“小饮怡情，大饮伤身；借酒消愁，只会愁上加愁。”

予恒眸光一黯，盯着碗里金黄透明的酒液，涩然道：“现在我连府门都出不去，除了喝酒，我不知道还能做什么。”

予怀叹了口气，轻声道：“我曾去劝过母后，始终不肯松口。”

予恒沉默不言，良久，他吐出一句话：“除了秋水，我谁都不会娶。”

“我知道大哥钟意秋水，但母后也有自己的顾虑……这样僵持下去，对谁都没好处。”

予恒将酒碗一推，冷声道：“如果你是来做说客的，可以走了，酒也带走，我受不起。”

“大哥！”予怀连连摇头，有些着急道，“你一向豁达，怎么偏偏在这件事上如此固执？”

予恒捻着一片从窗外飘进来的花瓣：“我不想负了秋水，也不想负了自己。”

予怀一言不发地望着他，半晌，道：“那大哥可有想过这件事的代价？”

予恒展一展手臂，自嘲道：“我现在不就是在承受代价吗？”说着，他有些烦乱地站起身，“我最不明白的就是母后，她才见了秋水几面，就不由分说地将秋水全盘否定，这不公平！”

“母后一向最疼爱大哥，我相信她这么做一定是为了大哥好！”听到予怀帮着沈惜君说话，予恒心里更加反感，脱口道：“什么为了我好，根本就是想控制我，让我什么事情都按着她的设想去做，成为任凭她摆布的傀儡！”

予怀还在想着要怎么开解他的时候，书房的门突然被人推开，身着浅青撒金缂丝锦衣的沈惜君站在门外，旁边跪着手足无措的秋水。

“你就是这样想母后的吗？”沈惜君面上有着难掩的悲伤。

予恒怎么也没想到沈惜君会突然出现，整个人愣在那里，还是予怀扯了一下袖子方才醒过神来，忐忑不安地行礼：“见过母后。”

沈惜君盯着他，冷冷道：“回答本宫。”

予怀怕他们母子闹僵，急忙打圆场：“大哥一时说错了话，母后别往心里去。”

“哀家没问太子。”沈惜君冷冷扫了他一眼，令予怀噤若寒蝉。

予恒咬一咬牙，抬头说出心中的想法：“这么多年来，儿臣一直按母后的要求去做，可儿臣也是人，也有自己的思想，儿臣喜欢秋水，只想娶她为妻，为什么母后就是不肯成全，非要让儿臣去娶一个根本不喜欢的女子为妻？！”

“因为她不合适！”沈惜君的回答简洁明了，但并不能被予恒所接受：“那在母后看来，什么才是合适的？名门闺秀，望族千金？”

沈惜君漠然道：“谁都好，总之不能是她。”

“可儿臣就只喜欢她一人，也只想娶她一人！”予恒倔强地说着。

沈惜君气得发怔，指着他怒道：“你为了一个女人，连母后也不要了是不是？”

秋水急急爬到沈惜君面前，泣声道：“娘娘息怒，殿下并非不听您的话，是奴婢不好……”她一边哭一边磕头，“千错万错都是奴婢的错，奴婢愿意受罚，只求您别怪罪齐王殿下。若是为了奴婢，影响了您和殿下的情意，奴婢就算万死也难辞其咎。”

看到她哭得梨花带雨，予恒大是不忍，一把拉起她：“你没有错，为什么要认错？”

“不是的……奴婢……”秋水不断摇头，半晌，她自予恒掌中抽回手，哽咽道，“奴婢福薄，无缘与殿下厮守，也请殿下不要再执着，奴婢……不配。”说到最后一句，她哭得泣不成声。

予恒哪里肯放弃，再次攥住她的手，任她如何挣扎，只是紧紧攥着：“我说你配就配，此生此世，东方予恒非你不娶！”

“大哥你少说两句。”眼见两边越闹越僵，予怀急得犹如热锅上的蚂蚁，劝完了予恒，他又看向面色难看到极点的沈惜君，心思飞转如轮：“母后，儿臣……前几日新得了一个稀奇玩意儿，叫万花筒。小小一个东西，里面却犹如无边无际，多彩斑斓，极是好看，不如去儿臣那里看看吧。”

沈惜君没有理会他，只是盯着予恒，良久，她缓缓开口：“为了这个女子，你什么都不管不顾了是吗？”

她的话令予恒生出几分犹豫，但在看到秋水那双含泪欲泣的眼眸时，立刻坚定了下来：“是！”

“不要！”最先反对的不是沈惜君，而是秋水，她拼命摇头，“殿下，就当奴婢求求您，算了吧。”

“不行，我……”予恒刚说了几个字，便被秋水捂住了嘴，耳边响起她哽咽的声音，“奴婢原本只是一个连饭都吃不饱的孤女，能够跟在殿下身边，已经是三生有幸，奴婢不敢再奢求更多。如果……殿下真的在意奴婢，就请答应，不要再因为奴婢而跟陛下、跟皇后娘娘起争执了，求求您。”说罢，她强行跪了下来，任予恒怎么拉扯都不肯起身。

予恒又气又怜惜：“要娶你的人是我，你管别人做什么。”

秋水抬起满是泪痕的脸庞：“如果您不肯答应，奴婢……”她狠狠一咬银牙，“奴婢宁愿死！”

“你……”予恒没想到她会说出这样决绝的话来，一时怔在那里，半晌，他突然露出一抹笑意，眼底并无笑意，有的只是满满的讽刺与悲伤，他望向沈惜君，“母后满意了？”

沈惜君漠然道：“想明白就好，母后会替你选一个最合适的妻子。”

“母后错了。”予恒凉声道，“儿臣认定了秋水，就算一无所有，也不会辜负这份情意。”

秋水惊声道：“殿下……”

予恒知道她想说什么，打断道：“我不会让你死，就算去了阎罗殿，我也会把你抓回来，因为你要做我的新娘。”

“你！”沈惜君没想到自己说了这么多，予恒竟然还是执迷不悟地要娶秋水为妻，气得浑身发抖，半晌，她拂袖离去，只留下一句话，“本宫看你能坚持到什么时候。”

予怀叹了口气，急步跟上去，一直等上了马车，方才小声道：“母后息怒，大哥早晚会明白您的苦心。”

“就怕他一辈子都不明白。”沈惜君抚一抚疼痛欲裂的额头，眸中透出几分回忆的痕迹，“你知道本宫刚才看着那个秋水，想到了谁吗？”

予怀想一想，试探道：“可是冬梅？”

他口中的冬梅原是长信殿的宫女，长得颇有几分姿色，也正因为这几分姿色，使得她不安于本分，整日想着飞上枝头变凤凰。每一次东方溯来长信殿，她都会悉心打扮，涂脂抹粉，盼能得到东方溯的青睐，从此选在君王侧。可惜，无论她如何用心打扮，别说青睐，连正眼也没得到几个，令她甚是失望。

一段时间后，她又想出别的办法，到处打听东方溯会去的地方，然后故意路过，装成偶遇的样子，几次下来，还真是让东方溯注意到了她，不过……并不是什么好事。

东方溯看出冬梅的心思，着令内务府将她调离长信殿，改去浣衣局，从此整日都有洗不完的衣裳，别说打扮了，连休息的工夫也没有。

夏天还好，一到冬天，双手因为整日浸在冷水中，长满了冻疮，可就算这样，还是要继续洗，否则就不能吃饭睡觉。

冬梅悔不当初，可惜已经晚了，只能整日以泪洗面。

"冬梅怎么能与她相提并论，一直到现在，本宫都没看透她的心思。"沈惜君淡淡说着，当初冬梅那点儿心思，她一眼就看穿了，只是没有揭破，由着冬梅在那里上蹿下跳。

"那是谁？"予怀从马车暗格中取出一罐薄荷油，用指尖沾了一点儿，细心涂抹在沈惜君两边太阳穴上，薄荷清凉的气息，令沈惜君精神一振，头也不再那么痛了。

沈惜君眼眸微眯，缓缓吐出三个字："赵平清！"

予怀正要将薄荷油放回去，听到这话，双手一颤，罐子骨碌碌滚到了地上，他没有去捡，只是愣愣看着沈惜君，待回过神来后，迫不及待道："母后是说大哥的生母？"

"不错。"沈惜君挑起车帘，望着渐渐远去的齐王府，冷声道，"那个秋水，让本宫想起了这个已经消失多年的人。"

予怀神情复杂地坐在那里，他还小的时候，赵平清就死了，所以并没有什么记忆，但因为她是予恒的生母，所以零零碎碎听过一些，知道那是一个心计极深的女子。

在他印象里，秋水是一个温婉细心又有些害羞的女子，她……会有那么深的心思吗？

思忖半晌，他小声道："母后会不会想多了？"

沈惜君搁下帘子，看着他道："你也觉得是母后无理取闹？"

予怀急忙道："儿臣不是这个意思，只是秋水和赵氏……儿臣实在难以联系到一起。"

沈惜君抚着蹙金袖边，自嘲道："当年母后与赵氏姐妹相称的时候，又何曾想过她是那样的人，否则怎么会有那句'知人知面不知心'。"

予怀满面忧色："那现在怎么办？大哥像着魔一样要娶秋水，根本听不进劝。"

静默片刻，沈惜君徐徐道：“与其长痛，不如短痛。”

予怀心思微转，已是猜到了几分：“母后想送走秋水？”

“不错，只有她离开，才能断了予恒的念想，其实……”沈惜君眼中精光一轮，冷声道，“最好的办法是杀了秋水，永绝后患，可若是这么做了，予恒……”她伴着叹息道，“怕是永远都不会原谅本宫了。”

“大哥不是糊涂人，给他一点儿时间，总会明白的。”停顿片刻，予怀忽道，“母后，这件事交给儿臣去做吧。”

沈惜君有些惊讶地看着他，随即露出一抹笑意：“你怕他为此怨恨本宫？”

“母子没有隔夜仇，何来怨恨一说，儿臣只是不想母后太辛苦，万一您又犯了头疼的旧疾，母妃非得罚儿臣去太庙跪着不可。”

沈惜君被他哄得笑了起来，斥道：“真是生了张猴儿嘴，什么话到你嘴里，都成了道理，让人反驳不得。”

“那是因为儿臣本来就很有道理。”予怀嘻嘻一笑，又道，“既然母后答应了，儿臣明日就着手去办。”

沈惜君敛了笑容，抚着他的肩膀道：“其实你不必如此，母后应付得来。”

“儿臣知道，但儿臣想为母后分忧。”予怀咧嘴笑着，露出一排整齐雪白的牙齿。

沈惜君眸中漾起一点晶莹：“几个孩子里，就属你最懂事、最贴心了，贵妃真是好福气。”

“在儿臣心里，母后和母妃一样，都是儿臣的母亲，除非……”他故作伤心道，“母后不要儿臣了。”

沈惜君撑不住笑道：“要要要，母后舍了谁都舍不得你，行了吧？”

予怀嘻嘻一笑：“母后笑起来真好看，您往后可一定得多笑笑。”

沈惜君点一点他饱满的额头，笑道：“还说呢，就因为你隔三岔五来逗母后笑，害得母后脸上皱纹都多生了几条，再多笑，可就见不得人了。”

予怀一本正经道：“哪有，母后脸上一条皱纹也没有，不知情的人见了母后，定会以为您才二十许人呢。”

“就知道哄母后开心。”沈惜君眼中充斥着宠溺的笑意，她知道予怀是故意逗自己开心，被他这么一引一逗，心情着实舒展了许多，不似刚才那般郁结难过。

马车载着他们往昭明宫徐徐驶去，就在他们离开后不久，齐王府来了一位不速之客。

“就是你有十万火急之事找本王的人？”予恒满面疑惑地打量着眼前之人。如今已是四月天，人人都换上了软薄的春衫，可这个人却披了一件厚厚的灰色斗篷，还兜着风帽，把脸遮得严严实实，只露出小半边。

“正是。”风帽下传来略有些尖细的声音，像是掐着嗓子在说话。

“你是什么人？”予恒眉头微微一蹙，这个声音听着有些耳熟，但一时之间又想不起来。

“殿下不记得老奴了？”随着这句话，那人缓缓除下风帽，露出一张四四方方的脸来，除了有几道不深不浅的褶子之外，脸上干干净净，一点儿胡茬也没有。

予恒满面诧异地看着那张熟悉的脸：“元公公？”

“老奴给殿下请安，殿下吉祥。”元九笑着打了个千儿。

“免礼，坐。”在招呼下人奉茶后，予恒试探道，“公公今日怎么有空到我府中来，皇祖母那边不用侍候吗？”

元九微微一笑：“不瞒殿下，老奴今日过来，就是奉了太后的意思。”

“皇祖母？”予恒的目光在他脸上逡巡不定，元九应了一声后，便不再说下去，只是徐徐喝着下人刚端上来的茶水。

予恒心思一转，对垂手静立在旁边的下人道：“这里没你们的事了，下去吧。”

待得只剩下他们二人后，予恒掸一掸袖子，凉声道：“好了，这里没外人，元公公有什么话就说吧。”

元九瞅了他一眼，微笑道：“老奴听说，殿下最近为了选妃一事，和皇后闹得不可开交，连陛下……也对您很不满。”

予恒面色微微一僵，冷声道：“如果元公公过来就是为了说这事，可以请回了。”

“殿下息怒。”元九在椅中欠一欠身，垂目道，“太后她老人家知道这件事后，很是关心，特意命老奴来看望殿下，另外……还有一言相劝。”

予恒面色难看道：“连你也觉得我该听母后安排？”

元九低头一笑：“正是，还望殿下能够听从劝谏，莫要一意孤行。”

予恒嘴角含着讥讽之色：“什么时候皇祖母也成了说客？”不等元九言语，他拉下脸道，“这件事我心意已定，不劳皇祖母费心，公公请回。”

面对他的逐客令，元九不以为意道：“殿下误会了，太后并不是谁的说客，派老奴来，纯粹是为了殿下。”

“怎样都好，总之我不会改变主意。”予恒不耐烦地说着，他实在不想再听那些无聊的劝说了。

元九笑一笑："老奴知道殿下已经做好了最坏的打算，但……您以为的最坏，就真是最坏的结果吗？"

面对他绕口令一样的话语，予恒不解道："什么意思？"

"您虽非皇后娘娘所生，但自幼养在娘娘膝下，早已与亲生母子无异，母子连心，无论您做错了什么，皇后娘娘都会念在母子情分上网开一面，但对秋水姑娘就不同了。"

予恒眼皮狠狠一跳，沉声道："你到底想说什么？"

元九意味深长道："只要秋水姑娘一死，所有横在您跟皇后之间的问题就都迎刃而解了。"

"放肆！"予恒重重一拍扶手，怒喝道，"大胆奴才，竟敢妄议母后，你可知就凭刚才那句话，我就可以将你乱棍打死，就算皇祖母也无话可说。"

第三十二章　改变主意

元九平视于他："老奴贱命一条，死不足惜，只盼殿下能够明白眼前形势的凶险，莫要再一意孤行，害人害己。"

见他不顾自己的呵斥，依旧在那边说个不停，予恒越发怒不可遏，怒吼道："来人！"

守在门外的下人听到他呼喊，当即推门入内："殿下有什么吩咐？"

予恒正要命他将元九赶出去，忽地心中一动，在一阵短暂的犹豫后，他挥手道："没事了，退下吧。"

"殿下？"下人被他弄得一头雾水，一会儿让自己进来，一会儿又让自己出去，这算哪门子事情。

予恒瞪了他一眼，冷冷道："本王让你退下，没听到吗？"

见他面露不悦，下人不敢再多言，低头退了出去，伴着"吱呀"一声轻响，门重新关了起来。

予恒深吸一口气，盯着元九道："刚才那些话，都是皇祖母让你说的？"

"是。"元九垂目道，"太后说她本不应该插手这件事，就算说了，您也未必听得进去，反倒容易招来不必要的麻烦。太后考虑了很久，最终还是决定派老奴来提醒殿下，她老人家说，无论前事如何，您与她都是祖孙，血脉相连，不能明知前面是死路，还不拉您一把。"

予恒神情复杂道："皇祖母真是这样说的？"

"老奴不敢有半句欺瞒。"顿一顿，元九又道，"如果殿下希望秋水姑娘平安的话，就请不要再与皇后娘娘作对了。”

予恒烦躁道：“说来说去，你们一个个都要我放弃秋水，我就不相信母后真会……”

“一定会！”元九先一步堵住他的话，眸光深沉道，“皇后……从来不是心慈手软的主儿。”

予恒张了张嘴，却没有声音发出，掩面片刻，他涩声道：“就真的没有办法了吗？”

元九唇角勾出一缕深远的笑意：“办法一定有，就看殿下愿不愿意了。”

他的话令予恒精神一振，迫不及待道：“快说。”

没人知道元九所谓的办法是什么，在他走后，予恒将自己关在屋里整整一夜，连秋水也不见，晚膳更是一口未动。

一夜辗转难眠，翌日清晨，秋水早早来到予恒屋外，正犹豫是否敲门的时候，房门突然打开，予恒从里面走了出来。

“殿下，您怎么样了，没事吧？”秋水一边问一边紧张地打量着予恒，确定他完好无恙，方才松了一口气。

予恒抚过她眼下因为一夜未睡而泛起的乌青，歉声道：“对不起，让你担心了。”

“殿下没事就好。”秋水眼眶微润，“奴婢有一件事想求殿下。”

“你只管说就是了，还有……”予恒按住她的樱唇，语意温柔得犹如一池春水，“我说过很多次了，只有我们两个人时，不要再自称奴婢。”

秋水涩涩一笑：“奴婢的身份不会因为一个称呼而有所改变，皇后娘娘更不会因为一个称呼而对奴婢改观。殿下，算了吧，就当奴婢求您，不要再为了奴婢和皇后娘娘置气，如果因为奴婢，令殿下有所损伤，奴婢这一辈子都不会原谅自己。”她低头，与予恒十指交握，“能够天天看到您，侍候您，奴婢就心满意足了，其他的……奴婢真的不奢求，也请殿下不要再强求。”

予恒默默听着，待她说完后，温言道：“我知道了，你放心吧。”

这番话，秋水已经不是第一次说了，但每一次都会被予恒驳回，想不到这次他竟答应得如此爽快，一时倒是愣在了那里，待回过神来后，她试探道：“殿下真的想明白了？”

予恒扬眉道：“怎么，在你心里，我就是一个冥顽不灵的老顽固吗？”

秋水掩唇轻笑：“殿下知道就好。”

“你啊！”予恒宠溺地摇摇头，随即道，“好了，你好生在府中待着，我出去一趟。”

秋水神情一变，连忙拉住他道：“殿下忘记了，陛下罚您在府中禁足，说是在您想明白之前，哪里都不许去呢。”

予恒微微一笑：“我记得，所以我现在去见父皇，向他请罪。”

秋水一怔，旋即激动不已，连连点头，连话也说不利索：“好……好事，殿下好事。”

予恒抹去她不小心滴落的泪水，轻声道：“明明是坏事，却高兴成那样，这天底下也就你一个了。”

秋水笑中带泪：“对奴婢来说，没有什么比殿下安好更重要的。”

“我知道，所以我一定不会让你有事。”这句话予恒说得异常认真。

秋水被他看得粉面一红，既羞又喜，低头绞着帕子，小声道：“时辰不早了，您快去吧。”

予恒到的时候，东方溯正在批阅奏折，他不敢惊扰，悄然站在一旁，殿中寂寂无声，静得只能听到朱笔在纸上划动的“沙沙”声。

不知过了多久，东方溯停下手里的动作，抬头盯着予恒：“你来做什么？”

予恒眼皮一跳，急忙跪下道：“儿臣是来向父皇请罪的！”

东方溯取过一份奏折，一边批阅一边淡然道：“何罪之有？”

“父皇与母后悉心为儿臣挑选王妃，儿臣却胡闹任性，为一己私情，屡屡顶撞父皇和母后，惹您二位生气，于臣子是为不忠，于人子是为不孝。”说着，他伏下身去，以额触地，言辞恳切道，“儿臣不忠不孝，请父皇责罚！”

东方溯盯了他片刻，道：“怎么突然想通了？”

“昨日母后来看儿臣，儿臣看到她形容憔悴了许多。母后走后，儿臣想了许多，越想越觉得自己不该，所以天一亮，就来向父皇请罪了。”

“总算你还没有太糊涂。”东方溯点点头，“去见见你母后吧，她最近可是为你操碎了心。”

“是。”予恒恭声答应，却并不起身，东方溯打量着他道：“怎么，还有事？”

予恒咬一咬牙，抬头道：“儿臣想求父皇一个恩典。”

“说。”东方溯从他的目光中猜到了几分，但没有点破。

予恒按着心头的紧张，轻声道：“儿臣知道母后不喜欢秋水，但儿臣与秋水确是真心相爱，所以想问父皇讨个恩典，让儿臣纳她为侧室。”

“侧室？”东方溯搁下朱笔，目光冷冷巡视予恒，看不出是喜是怒。

在东方溯的盯视下，予恒流露出几分畏惧，但很快又挺直了背脊，神情坚定地回答道：“是，恳请父皇恩允。”

东方溯轻哼一声，起身走到他身前，垂目半晌，冷然道：“看来朕要收回刚才的话，你还是糊涂得很。”

“儿臣深知父皇与母后的一片苦心，但秋水为儿臣做了许多，儿臣也答应过秋水，此生绝不负她。”他抬头，言辞恳切道，“父皇一直教导儿臣要做一个顶天立地、言而有信的男子汉，所以儿臣不愿也不敢辜负秋水。”

东方溯轻笑，眸中却异常冰冷，一丝笑意也无：“学聪明了，懂得拿朕的话来将朕一军。”

“儿臣不敢。”予恒惶恐磕头，再抬起时，眼中盈满了哀然之色，“在儿臣心里，父皇雄才伟略，爱民如子，是一代明君。可儿臣想不明白，为何父皇能容天下人天下事，却唯独容不下一个秋水？”

东方溯面无表情道：“这些话是谁教你说的？”

予恒平一平激荡的气息，仰头道：“这些都是儿臣的肺腑之言，并无他人教授，再说……”他苦笑道，“人人来了府中，都是劝儿臣放弃，哪里会有人肯说这些。”

东方溯面色一寒，眸底沉黑如墨，不知在想些什么，半晌，他道：“你问朕为什么容不下一个秋水，那你呢，你又为何舍不下她？”

“父皇当年不也顶着天下人的反对，坚持迎娶贵妃娘娘吗？”

予恒脱口而出的言语，把站在旁边的张进吓了一大跳，赶紧压低了声音劝道：“殿下慎言，这两件事怎么能一样，快别说了。”

予恒并没有听从他的劝说，反而振振有词道：“有什么不一样，都是一片反对之声，都是坚持不肯放弃，非要说有什么不同，那就是贵妃娘娘当年的身份更尴尬。”

张进被他说得冷汗都下来了，恨不能捂住予恒的嘴，他不敢去看东方溯，慌声道：“我的小祖宗，你怎么越说越起劲儿了。”

予恒定定地看着面色阴沉似乌云层迭的东方溯，脸上有抛却害怕之后的决绝：“情不知所起，一往而深。父皇应该是最明白这句话的，还望父皇成全！”

他这番话，勾起东方溯年轻时的回忆，那会儿他与慕千雪的爱情真是轰轰烈烈，想着想着，目光也变得温柔起来，片刻，他带着还未散尽的温柔心肠道：“你当真这样喜欢她？”

“儿臣待她，一如当年父皇待贵妃娘娘，永不言悔。”

东方溯神色复杂地看着予恒，仿佛看到了当年的自己，沉默片刻，缓缓道：“就让她留在你府里做一个姬妾。”

姬妾是王府中位份最低的，不能被记入宗册，也没有正经位分，只比下人高一点儿。

即便是这样，也足够予恒欢喜的了，急忙道：“多谢父皇成全，儿臣……儿臣……”他激动得不知怎么说下去，只是不断磕头叩谢。

“好了。”东方溯摆一摆手，待他起身后，道，“去吧，和你母后说一声。”

“是。”予恒欣然答应，一路来到长信殿，他到的时候，沈惜君正在与慕千雪说话，瞧见他进来，皆是露出诧异之色。

“你怎么来了？”面对沈惜君的发问，予恒撩袍跪下，恳切道：“昨日母后走后，儿臣越想越后悔，所以一早进宫来向母后赔罪，还望母后见谅。”顿一顿，他又道，“儿臣仔细想过了，立秋水为正妃，确实有所不妥，之前是儿臣糊涂了。”

“你想通了？”沈惜君既惊又喜，昨日见他态度坚定，还以为要犟上很久，没想到才过了一夜，就突然开窍，真是让她意外。

“是。”予恒神情更加恳切，“还请母后不计前嫌，为儿臣挑选一位最合适的王妃。”

“好了好了。”慕千雪欣然笑道，“你母后这下子能够放心了，刚才还在发愁你的事呢。”

予恒低头道：“让母后烦心，儿臣实在不孝。”

沈惜君亦是满心欢喜，但表面上还是板着脸孔道：“你果真想明白了？”

“儿臣岂敢欺瞒母后，先前是儿臣太过任性了，只顾自己，完全没有考虑其他，若非母后谆谆善劝，儿臣这会儿怕是还糊涂着呢。”

“好。”沈惜君欣慰地点点头，“起来吧。”

“谢母后。”在起身后，予恒又朝慕千雪行了一礼，“让姨娘费心了。”

慕千雪笑道：“无妨，最要紧的是你们母子能够重归于好。”

沈惜君目光温柔地看着予恒：“既是来了，就留在这里用午膳吧，予瑾和倾心都很记挂你。”

“是。”予恒应了一声，坐在椅中欲言又止。

沈惜君看到他这副神情，问道：“怎么了，还有事情？”

“确实还有一桩。”予恒垂目道，“儿臣……要纳秋水为姬妾。”

这句话犹如一盆冷水当头浇下，将沈惜君浇得透心凉，就在刚刚，她还以为予恒想通了，原来根本就是换一个方式来达到目的。

沈惜君气愤到不行，抚着胸口道：“不行！”

予恒早料到她会这么说：“父皇已经答应了。”

“你说什么？”沈惜君几乎不敢相信自己的耳朵，直至予恒又重复了一遍，方才确定没有听错，但她并不愿意相信，连连摇头，“这不可能！”

“母后若是不信，可以去承德殿问父皇。”予恒平静道，“儿臣已经退了一步，希望母后也能退一步，两全其美。”

“你……”沈惜君正要斥责，被慕千雪拦住，“姐姐消消气，既然他们两个情深一片，咱们何不就此成全？”

沈惜君没想到连慕千雪也站在予恒那一边，又气又恼：“怎么连妹妹也跟着犯糊涂，总之本宫绝对不会答应。”

慕千雪微微摇头，上前扶起予恒，小声道：“等你母后气消之后，本宫再帮着劝劝，应该没事，毕竟你父皇已经答应了，不必担心。”

“多谢姨娘。”予恒感激地点点头。

慕千雪笑一笑，道：“话说回来，除了三年前匆匆一瞥之外，本宫就再也没有见过秋水，什么时候得空了带她入宫来给本宫见见。”

“我这边随时都可以，就怕母后……”他为难地瞅了一眼面色铁青的沈惜君，没有说下去。

慕千雪知道予恒在担心什么，拍一拍他的手道：“毕竟是母子，过几日就好了，好了，你先回去吧。”

目送他离开后，慕千雪转头看向还在生气的沈惜君：“姐姐看出问题了吗？”

沈惜君听着她似乎话中有话，蹙眉道：“什么意思？”

慕千雪纤指微扬，接住一片从门外吹进来的桃花瓣，放在鼻下轻嗅：“就在昨日，予恒还一门心思要八抬大轿迎娶秋水为正妃，结果才隔了一夜，就突然主意大改，只求一个姬妾的名分。”

沈惜君没好气道：“他知道正妃没指望，只能退而求其次。”

“那这一步退得未免也太多了，予恒……”慕千雪幽幽道，“从来就不是一个轻易妥协的人。”

她的话令沈惜君陷入沉思之中，仔细一想，确实有些不同寻常，而且予恒先去求东方溯，仿佛……

“早有预谋？”

“不错。”慕千雪望着门外，目光是与春光格格不入的冰冷，“一定有人在背后教唆予恒。”

黄九疑惑道：“谁会有那么大的胆子？”

阿紫在旁边不满道：“谁教唆的姑且不说，那个秋水闹出那么多幺蛾子，一看就不是什么好人，陛下怎么能答应让她留在大殿下身边呢？真真是糊涂了。”后面那句话她说得极是小声，但还是被沈惜君听见了，瞪了她道，“放肆，陛下是你能够非议的吗？嫌命太长的话，自己去暴室！”

“奴婢知错，请主子饶恕。”阿紫也知道自己说错了话，急忙跪下请罪。

沈惜君冷哼一声不理会她，慕千雪解释道：“姬妾与正妃不同，只是一个上不了台面的名分，所以陛下应了也就应了，不会太过在意。”

见沈惜君面色依旧阴郁，慕千雪开解道：“事已至此，姐姐再生气也无用，一切等我见过秋水再说。”

“只能这样了。”沈惜君叹一叹气，转而道，“对了，妹妹可有想到教唆予恒的那个人？”

“有几个怀疑的，但说不准，得仔细查过才能确定。”

沈惜君朝慈宁宫的方向努一努嘴：“可有那一位？”

慕千雪知道她的意思，颔首道：“有的，不过我倒希望与她无关，否则她与陛下的母子情分，可就真成笑话了。”

沈惜君默默不语，这三四月的天，说变就变，刚刚还春光正好，转眼就下起了细雨，虽说不大，却又紧又密，走在雨中，不消片刻这衣裳就都湿了。

第三十三章　别离

慕千雪一回到漪兰殿，就命小元子出宫打探，果然昨日沈惜君离开后不久，就有人来齐王府见予恒。只是那人当时戴着帽子，把脸遮得严严实实，谁也没看清他的样子。

小元子一口气把打听来的事情说完，随即道："奴才明日再去打听，或许能打听到他的身份。"

"没用的。"慕千雪否决了小元子的提议，"他有心隐瞒身份，又岂会让人看到，整个齐王府中，怕是就予恒一人看到了他的模样。"

夏月漆黑的眼珠微微一转，道："主子和皇后娘娘不都怀疑跟慈宁宫那位有关吗？只要是宫里的人，出入就一定会在敬事房留下记录，不如奴婢现在就去取来？"

"也好。"得了慕千雪的话，夏月当即冒雨去了敬事房，过了一会儿，她捧着一本厚厚的册子进来，里面记载了所有出入宫禁的人与时间，当然也包括昨日。

细细看下来，昨日除沈惜君一行之外，就再没有人出去过，慕千雪缓缓合上册子，蹙眉道："看来不是宫里的人，到底会是谁……"

这一场雨，一直下到夜里，淅淅沥沥，湿透泥地，水润万物。这场春末的雨水后，天气渐渐炎热，亦有更多的夏虫从地里钻了出来，躲在草丛中争鸣，仿佛是在说夏天来了，夏天来了！

四月末的一日，予恒带了一名女子来见慕千雪，女子显得有些局促不安。

"予恒见过姨娘。"予恒行一行礼，随即指着旁边的女子道，"姨娘，这就是秋水。"

听到予恒介绍自己，秋水连忙跪下道："奴婢给贵妃娘娘请安，娘娘万福金安。"

停顿片刻，她又磕头道，“多谢娘娘恩典。”

慕千雪扬一扬眉，疑惑道：“谢本宫什么？”

秋水抬起头，感激道：“奴婢听殿下说，皇后娘娘原本是不答应奴婢留在殿下身边的，多亏娘娘从旁劝说，皇后娘娘才肯应承。娘娘大恩，奴婢无以为报，只有多给娘娘磕几个头。”说罢，她伏身磕头，每一次都磕在明滑似镜的金砖上，发出“呯呯”的响声。

“好了，快起来，起来。”在慕千雪的一再言语下，秋水终于停下磕头的动作站了起来，这么一会儿工夫，额头已是红了一片，可见她磕得有多用力。

“花蕊，去拿药膏来给秋水姑娘擦上。”听到慕千雪的话，秋水连忙道：“不用麻烦了，奴婢没事，平日做事也经常磕到撞到，过会儿就没事了，多谢娘娘。”

慕千雪招手示意她近前，仔细打量着道：“真是个懂事乖巧的姑娘，难怪予恒那么喜欢你，非要娶你不可。”

听到这话，秋水脸颊升起两朵红云，羞怯道：“娘娘过奖了，奴婢什么都不懂，能得殿下喜欢，是奴婢的福气。”

“好。”慕千雪褪下腕间的翡翠镯子戴在她手上，“第一次见面，本宫也没备什么礼，这只镯子跟了本宫多年，就当是给你的见面礼了。”

秋水闻言，急急道：“这么贵重的礼物奴婢不能收。”说着，她就要取下镯子，被慕千雪拦住，“都快是一家人了，还这么客气做什么。”

“但是……”秋水不安地看向予恒，予恒笑道：“姨娘给你的，你就好好收着。”

见他也这么说，秋水只得收下，感激道：“多谢娘娘。”

慕千雪点点头，随即对予恒道：“长信殿去过了吗？”

予恒面色一沉，抿唇不语，慕千雪微一思忖，对夏月道：“昨日内务府送来的那批料子呢？”

“都收在库房里。”

“带秋水姑娘去挑几匹合适的，做几身好看的衣裳。”

秋水连忙道：“多谢娘娘，奴婢衣裳够穿了。”

夏月笑着拉过她：“娘娘赏的就好好收着，走吧，我带你过去。”

见拒绝不了，秋水只得跟着去了库房，在他们两个出去后，慕千雪抿了口茶，道：“说吧，怎么了？”

予恒神情复杂道：“前日秋水出门，遇到袭杀，招招要命，幸好我派人跟着，这才没有大碍。”

慕千雪讶然道：“竟有这样的事，知道是谁所为吗？”

予恒讥声道：“还会有谁？”

小元子眼皮一跳，试探道：“殿下不会是怀疑皇后娘娘吧？”

“除了她还会有谁。”予恒第一次在提起沈惜君的时候，眼中充斥着厌恶，要是沈惜君看到，不知该有多难过。

小元子悄悄瞅了慕千雪一眼，小声道：“这……应该不至于吧。”

“有什么不至于的，母后讨厌秋水也不是一天两天的事了，只是我没想到，我的妥协换来的是母后的步步紧逼，她怎么能这样……”予恒捂住脸庞，声音里透出浓浓的失望。

小元子不知该怎么开解，只得向慕千雪投去求救的目光，要是由着予恒误解下去，这对母子怕是真要从此生分了。

慕千雪盯了予恒片刻，突然道：“你为什么会派人跟着秋水？”

予恒没想到她会问起这个，目光闪烁道：“我……不放心秋水一个人外出，所以派人跟着。”

慕千雪徐徐拨着茶汤上的浮沫，头也不抬道：“金陵的治安虽说还没好到夜不拾遗的地步，但也不算差，有什么好不放心的。”

“秋水毕竟一个姑娘家，又不常出门，所以……求个安心。”予恒手指微微蜷曲，目光闪烁得越发厉害。

慕千雪不动声色地看在眼里：“抓到人了吗？”

予恒摇头道：“没有，那人一发现有人保护，就立刻逃走了。”

“无凭无据就说是皇后所为，未免有失公允。”慕千雪话音未落，予恒就激动道：“秋水平日就待在府中，极少与外人往来，更不要说结仇了。而且我说要娶秋水之前，什么事情都没有。结果一说要娶她，就出现了杀手。姨娘，您自己说，会有这样巧的事情吗？”

“你母后确实不喜欢秋水，但上次得知你愿意改纳秋水为姬妾后，气就消了许多，再加上本宫这阵子的劝说，已经接受了秋水，怎么可能再派杀手去。”

予恒对她的话嗤之以鼻：“姨娘就不要再护着她了。”

慕千雪搁下茶盏，正色道：“予恒，你过了。”

予恒愣了一下，旋即别过脸，一言不发，不知在想些什么。

“无论你母后多不喜欢秋水，都不可能派杀手去刺杀，如果你连这点儿信任都没有，那这十几年真是白过了。”

“可是……”

“好了。”慕千雪冷冷打断他的话，“本宫言尽于此，你好好回去想一想。还有……三年前，秋水在哪里，认识哪些人，做过哪些事，你并不知道，只是全听秋水一面之词。予恒，你已经成年了，也封了郡王，不再是孩童，做任何决定乃至说任何话之前都要思虑周全，不能随性妄为，记住了吗？”

予恒神情复杂地看着她，片刻，拱手道：“予恒谨记姨娘教诲。”说话间，外面传来夏月和秋水的声音，过了一会儿，二人走进来，秋水怀里抱着好几块颜色鲜艳的锦缎，一看就是上好的料子。

见予恒面色有些不大好看，秋水低头看一看怀里的料子，不安道：“殿下，奴婢是不是选得太多了？”

慕千雪在旁边道：“才那么几块，哪里多。”说着，她转头看向夏月，“怎么不多挑几块料子，本宫记得还有一些料子颜色不错，很适合秋水。”

夏月无奈道：“奴婢劝了，可秋水姑娘就只肯拿这几块，奴婢也没办法。”

慕千雪想一想道：“去把孔雀蓝和桃红绛丝那两块料子拿来，秋水肤白，正适合她。”

秋水急忙道：“真的够穿了，多谢娘娘好意。”说着，她又不安地看向予恒，予恒压下心中的烦躁，安慰道：“姨娘赏的，只管拿着就是了。”

见他也这么说，秋水只得收下夏月取来的两块料子，当然免不了迭声道谢。

望着他们离去的背影，小元子轻声道：“主子，要不要跟皇后娘娘通个气？”

“暂时不要，以免她难过。”静默片刻，慕千雪道：“去把太子叫来，本宫有话问他。”

予怀很快就到了，令慕千雪没想到的是，予瑾也一道来了，他喘着气道：“见过姨娘。”他和予恒一样，无人之时，都称慕千雪为“姨娘”，显得亲昵许多。

慕千雪连忙道：“无须多礼，快坐下，花蕊，去小厨房把炖好的参汤给三殿下拿来。”

予瑾缓了口气道：“姨娘不必麻烦，我没事，就是走多了路所以有些气喘，坐会儿就好了。”

自从梁昭仪死后，不知是受她咒言影响还是怎么的，予瑾的身子一直不大好，又有心绞痛的毛病，整日与汤药为伍，躺在床上哪里都不能去，好在这两年经过太医院的悉心调理，已经好转许多，可以下地行走了，只是不能累着。

“生病最忌讳的是稍有一些好转，就以为自己没事了，须知……”

“病来如山倒，病去如抽丝。”予怀在一旁接过话，笑道，“母妃您这话已经说过好几次了，儿臣和三弟都能倒背如流了。”

“就你最知道。”慕千雪盯了他一眼，轻斥道，“既然知道，就该让予瑾坐肩舆过来，也不至于累着。”

予瑾闻言，连忙道：“姨娘息怒，不怪二哥，是我见天气好，所以想多走走。”顿一顿，他轻声道，“我听元公公说，大哥刚刚来过了？”

“是啊，说了些事情。”虽然慕千雪说得轻描淡写，细心的予瑾还是嗅到了一丝异样：“与秋水有关？”

予怀蹙眉道：“母后已经同意他纳秋水为姬妾，还有什么好说的？”

慕千雪拨一拨袖间的流苏，望着予怀道：“你后来可有去见过秋水？”

“没有。”予怀摇头道，“母后原本打算将秋水送走，但后来大哥主动提议改纳秋水为姬妾，再加上母妃从旁劝说，那件事也就此作罢，母后也再未提起过。”

予瑾虽然不知道这件事，但他一向心细如尘，观察于微，略一思索便猜到了大概。轻咳了一声道：“姨娘这么问，是不是秋水出什么事了？”

慕千雪颔首道：“你大哥说，有人刺杀秋水。”

此言一出，二人皆是大惊，相互看了一眼，予怀率先问道：“知道是谁吗？”

“不知，不过予恒心中有怀疑的人选。”

予怀眼皮狠狠一跳，试探道：“大哥……莫不是怀疑母后吧？”

“正是。”慕千雪话音未落，予怀已是连连摇头，“儿臣可以替母后作证，绝对没有做过这样的事。”

“母妃当然知道，但……”慕千雪苦笑道，“你觉得予恒会相信吗？”

予怀默然不语，半晌，他道：“还有一事儿臣想不通，秋水会和谁结怨到这个地步？”

“或许……”予瑾嘴唇动了动，欲言又止。

慕千雪温言道：“此处没有外人，但说无妨。”

“是。”予瑾吸了口气，缓缓道，“或许秋水并不像咱们见到的那么简单。”

慕千雪赞许地看了他一眼：“本宫也是这个意思。而且，本宫查到，曾有人去过齐王府见予恒，只是那人有意隐匿身份，所以至今没有查到，不久之后，秋水便出事了，这两者之间必有联系。予怀——”

听到慕千雪叫自己，予怀连忙起身道：“儿臣在。”

“你与予恒一向要好，想办法套一套予恒的话，看那个人究竟是谁。”

予怀正要答应，予瑾先一步道：“姨娘，还是我去吧。”

“不行。”慕千雪不假思索地拒绝了他的提议，“你身子不好，当待在宫中静养，岂可奔波劳累。”

“大哥府邸离此不过十里路，乘马车过去，不过一个时辰的事情，怎么会劳累。”不等慕千雪言语，予瑾又道，“二哥与母后一向亲近，既然大哥对母后有了怀疑，对二哥必然也有一些，怎肯说实话。”

慕千雪犹豫片刻，摇头道：“问不出来，就再另想他法，总之你好好养病，不许插手这件事。”

“这几年整日待在宫里，除了吃就是睡，简直就像个废人。其实我现在身子好了许多，不用再像以前一样整日躺在床上，姨娘，你就让我帮帮忙吧。我答应您，一定会量力而为，绝不逞强。”予瑾一边说着一边朝予怀投去求救的目光。

予怀轻咳一声，道：“母妃，就让予瑾试试吧，也好出去散散心。”

予瑾连连点头：“是呢是呢，说不定心情一舒畅，病就好了。”

慕千雪被他说得笑了起来：“就你们两个话最多。”

“姨娘……”予瑾摆出一副可怜兮兮的模样，让人不忍拒绝。

慕千雪摇摇头，无奈道：“好了，就让你去吧。”

听到这话，予瑾一扫那副可怜模样，扬起一个灿烂无比的笑脸：“多谢姨娘，还是您最疼我。”

“你啊！”慕千雪宠溺地看着他，这个时候，花蕊端了参汤进来，她道，“赶紧把参汤喝了。”

“谨遵贵妃娘娘懿旨！”予瑾古灵精怪地说着，一边还朝予怀挤眼。

看到他这个样子，慕千雪好笑不已，提醒道：“记住你自己的话，量力而为，一旦发现不对，立刻回来，不许冒险。”

“嗯嗯。”予瑾一边喝参汤，一边发出含糊的应答声，甚是可爱。

几日后，借着予恒进宫请安的机会，予瑾装作偶尔遇到，顺理成章地搭上了话，二人关系本就不错，再加上予瑾刻意顺着他的话说，自是相谈甚欢。

予瑾说想去齐王府看看，予恒不疑有他，欣然答应，第二天禀了慕千雪后，带着予瑾去了府邸，直至傍晚时分方才送回，那也是予瑾第一次看到秋水。

随后的日子，予瑾经常去齐王府，或是郊游，或是对弈，或是闲谈，虽说还没问出那个神秘人的身份，二人的感情却是增进不少。予瑾也是个有耐心的，并不着急，徐徐等待机会。

五月十九，东方溯下旨为予恒和予怀赐婚，分别是大学士孙季达的长女和大将军吴风的幼女。一个知书达理，温柔贤惠；一个大方得体，英姿飒爽；皆是难得的佳人。定于八月十六，一起完婚，也算是喜上加喜。

也就在这一日，予瑾兴奋地来见慕千雪，说予恒对他已经完全信任，虽说还没有问出神秘人的身份，但应该快了。除此之外，他还发现秋水有不同寻常的举动，是什么，他没有说，只说等查清楚之后再说。

慕千雪怎么也没想到，言犹在耳，却传来予瑾不幸溺水身亡的噩耗。

乍闻这个消息时，慕千雪说什么也不敢相信自己的耳朵，直至看到予瑾冰冷的尸体，方才不得不信。

慕千雪浑浑噩噩地走出停放予瑾尸体的殿宇，当明晃晃的日光照落在身上时，她眼前一黑，失去了意识。

等她醒过来的时候，已经身在漪兰殿了，夏月坐在床边掉泪，看到她醒来，连忙转过脸抹了眼泪："主子您醒了。"

慕千雪直勾勾看着金球垂落的帐顶，半晌，她幽幽道："本宫刚才做了一个噩梦，梦到予瑾溺水而亡，很可怕。"

听到这话，夏月差点儿又落下泪来，想要说实情，又不忍说出口，正自煎熬之时，耳边又传来慕千雪的声音："本宫有些想予瑾了，你去把他叫来。"

夏月虽然不忍刺激慕千雪，但这种事情又哪里能瞒得住，哽咽道："主子没做噩梦，三殿下是真的……不在了！"

慕千雪直挺挺从床上坐了起来，用一种令人害怕的眼神盯着夏月："予瑾怎么可能会溺死？再敢胡说，本宫绝不轻饶！"说着，她揭开锦被，一边趿鞋一边喃喃道，"本宫要去看予瑾，这个时辰，他应该刚喝过药，在屋子里歇息，对，他一定在！"

看到她这个样子，夏月泪如雨下，"扑通"一声跪在地上，泣声道："奴婢知道主子心里难过，但……三殿下是真的不……"

"闭嘴！"慕千雪厉声打断夏月的话，"本宫不过是做了一个噩梦，你却一个劲儿地咒予瑾身亡，到底是何居心？！”

不等夏月言语，她赤足奔了出去，连鞋也不穿，虽然此刻已是黄昏时分，但夏日天长，阳光还是一片明亮，丝毫没有夜幕降临的感觉。

阳光无遮无掩地撒落下来，照得慕千雪一阵晕眩，之前遗落的记忆如潮水一般疯狂涌上来，她记起了昏迷之前发生的事情，记起……那具冰冷到让人绝望的身体！

一瞬间，慕千雪浑身力气像被抽尽一般，软软跌坐在地上，青石板被太阳照了一天，热得烫人，她却恍若未觉，泪水一滴一滴地滴落在滚烫的青石板上，发出“滋”的一声轻响。

紧跟出来的夏月看到这一幕，急忙去扶她：“地上烫，主子快起来。”

慕千雪犹如一个布偶娃娃，任由夏月将她扶到一旁的栏杆边坐着，半点儿声响也没有。

夏月看得心里发慌，唯恐她又晕过去，垂泪道：“主子您别这样，您……您好歹说句话，三殿下在天有灵，也不想看到您这个样子，还有……陛下和太子，他们都很担心您呢。”

夏月最后那句话印到了慕千雪耳中，双目渐渐有了焦距，没有血色的嘴唇微微颤抖，却一直没有声音发出，放在膝盖上的双手不住握紧松开。

她有许多问题，可又不敢问出口，一旦问了，就意味着予瑾真的不在了，以后……再也看不到那个虽然百病缠身却古灵精怪、心细如尘的孩子了。

在第一缕暮色出现在天空边缘的时候，终于有沙哑的声音响起：“是怎么出的事？”

夏月知道她是在问予瑾的事，涩声道：“奴婢听说是三殿下在河边游玩的时候，不小心摔下去的，等有人发现的时候，已经来不及了。”

这句话后，又是一阵长久的寂静：“陛下呢？”

“陛下把自己关在承德殿里，三殿下停在静安殿里，他的后事交给太子殿下在办。”

“皇后知道了吗？”

“嗯，皇后娘娘也很难过，一直在静安殿陪着，不肯离开。”夏月话音刚落，不远处传来一个带着哭腔的声音：“母妃！母妃！”

倾心哭着奔到慕千雪身前，攥着她的袖子泣声道：“母妃，我听说三哥哥出事了，是真的吗？”

慕千雪抬手缓缓抚过倾心焦灼害怕的脸庞，手指不住颤抖：“是，他出事了。”

这几个字犹如一盆冰水，浇熄了倾心最后一丝幻想，她“哇”地一声哭了出来，伏在慕千雪膝上久久不能平息。

予瑾最是疼爱这个妹妹，再加上两人年纪相仿，感情极好，倾心知道予瑾每天要喝苦药，经常会带糖过去，好让他嘴里没那么苦。后来长大一些，偶尔听说予瑾想吃梅子，就自己腌了梅子送去。

予瑾虽然不便出宫，但每次他身边的宫人有外出探亲的，必会托他们带些新奇有趣的东西给倾心玩耍解闷。

倾心讨厌闻药味，但予瑾所住的静安殿却是她最常去的地方，开心也好，烦闷也罢，都会去找予瑾诉说。

因为他不会像予怀那般，一人领着数样差事，忙得连听她说话的工夫也没有，也不会像予恒，几天才能见到一次。

可现在，所有的感情，所有的要好，都随着一句“溺水身亡”戛然而止，连一点儿心理准备也没有，让她怎么能不伤心。

慕千雪什么也没说，只是一遍遍抚着倾心颤抖的背脊。不知过了多久，倾心渐渐止了哭泣，抬起通红的眼眸道：“母妃，我想去看三哥哥。”

慕千雪默默地看着她，半晌，握住倾心同样冰冷的手掌，低声道：“母妃与你一起过去。”

静安殿离得并不远，就在上林苑后面，幽静清雅。当初予瑾有病在身，需要静养，所以慕千雪择了这处宫殿给他居住，没想到今日，竟会来此送他最后一程。

静安殿外挂着雪白的灵幡，在昏暗的日光下随风飘舞，透着无言的悲伤与哀恸，只是这样远远看着，倾心便汩汩落下泪来，脚步变得迟疑而缓慢，这是她第一次经历生离死别，她既想见予瑾最后一面又害怕相见。

一具楠木棺椁放在大殿中央，两边是雪白的灵帐，棺椁中供着予瑾的遗体，静安殿的宫人伏在地上哀哀哭泣着，殿内点着无数白烛，看起来有些阴森森的，香烛气息，无处不在。

“三哥哥！”倾心看到棺中面目苍白浮肿的予瑾，悲呼一声，伏在棺上大哭不止，“三哥哥你醒一醒，你说过会一直陪着我的，不能说话不算话，还有……你上次说又想吃梅子，我说不给你腌了，其实没有，那天我回去后，连夜就腌上了，都快腌好了，你起来吃啊！”

倾心声声句句，犹如杜鹃泣血，听得人心里发酸，予怀不知道什么时候站在倾心身后，扶过她单薄的肩膀，哽咽道："别哭了，还有二哥在。"

倾心拼命摇头，泣声道："我要三哥哥，我就要三哥哥，二哥你快把三哥哥叫醒，我……我求求你。"

予怀强行将倾心抱在怀里，痛苦道："二哥知道你难过，可是倾心……予瑾走了，他不会再醒了！"

"我不听，我就要三哥哥醒来！"倾心拼命挣扎着，可终归敌不过予怀的力气，只能伏在他怀里撕心裂肺地哭，哭到后面，更是晕了过去。

在将倾心抱到后殿躺下后，他回到大殿，望着从进来到现在一句话都没有说过的慕千雪，哑声道："母妃节哀。"

慕千雪探手入棺，一遍遍抚着予瑾苍白的脸颊，眼里充斥着哀恸与不舍："皇后呢？"

"母后刚才突然离去，也不说去哪里，儿臣无法离开，只得让张远跟着去。"

慕千雪素手一顿，继而道："查过死因了吗？"

予怀眸光一动，轻声道："母后怀疑三弟之死另有内幕？"

"予瑾虽不识水性，但他素来仔细，不可能无缘无故摔入河中。"这句话慕千雪说得极其肯定，没有一丝迟疑。

予怀点头道："儿臣也是这样想的，所以派人去传了仵作，应该快到了。"

等了一会儿，仵作没到，张远倒是先回来了，急匆匆来到予怀身边："启禀太子殿下，皇后娘娘出宫了。"

予怀一怔："出宫？去哪里了？"

张远摇头道："不清楚，皇后娘娘发现了卑职，让禁军把卑职拦了下来，不过他们是往东边去的。"

慕千雪眸光一动，沉声道："皇后这个时候离去，一定与予瑾的死有关，齐王府……就在那个方向，只怕要出事，你快去看看吧。"

"是。"予怀也是担心得紧，当即带着张远离去。

在他们走后不久，仵作到了。予怀请的是金陵最有名的仵作，姓宋，世代验尸，寻常尸体只需看一眼，就能够知道死因，不过为皇室验尸还是头一遭，难免有些紧张，直至将注意力放在予瑾遗体上后，才渐渐平静下来。

以予瑾的身份，当然不能用刀，宋仵作只能用眼睛能够看到的表象和经验来验尸，为了力求准确，花费了比平日多一倍的时间才算验完。

在他洗过手后，慕千雪将他引到偏殿："如何？"

"回娘娘的话，三殿下确实是溺水身亡。"

慕千雪盯着他道："何以见得？本宫听说有些凶手会在将人害死后掷到河里，伪装成溺水身亡的样子。"

"确有这样的事情，但死后掷河者，水只浸到口鼻而不能流到肺部，因为人已经没有呼吸，可小人刚才检验的时候，发现挤压三殿下胸口时，有水流出，足见三殿下溺水时还是活着的。而且三殿下身上没有任何伤痕，也排除了生前与人打斗或者被强按到水中的可能性。至于是否被人偷偷推落水中，需要去现场勘查过方才有可能知道。另外……小人在三殿下吐出的河水中闻到了些许酒味，三殿下溺水前很可能饮过酒，或许就是因为醉酒，才会失足落水。"

"还有。"仵作蹙眉道，"小人发现三殿下右手有蜷紧后被人强行掰开的痕迹，很可能他出事前手里握着什么东西。"

慕千雪对他的猜测不置可否，唤过小元子道："去找发现三殿下遗体的人，带宋仵作去现场。"

在他们二人离去后，慕千雪又让夏月去叫了林默过来，林默一见到她，便立刻跪下请罪："卑职无能，请娘娘治罪。"

"到底是怎么一回事？"慕千雪凝声问着，当日答应予瑾去查秋水时，她就留了一个心，让林默派一名神机营的人暗中保护，没想到予瑾还是出事了。

"负责保护三殿下的是十四，据他回报，在三殿下溺水之前，曾有刺客出现，想刺杀三殿下，他被引到了别处，且还受了伤，等他回来时，三殿下已经……"林默紧紧咬着牙，牙根被他咬得发酸，"都怪卑职安排不利，请娘娘责罚。"

慕千雪遥遥望着窗外暮色低垂的天空，几只乌鸦振翅飞过，落下一根黑色的羽毛："与其受罚，不如戴罪立功。找到那个刺客！本宫相信这两件事不是巧合。"

"是！"林默肃然领命，一字一字道，"就算将金陵城翻过来，卑职也一定找到那名刺客！"

再说沈惜君那边。慕千雪料得没错，她确实去了齐王府，目光一转，落在满面诧异的管家身上："去把秋水带来！"

管家被她话里的冷意冻得打了一个哆嗦，小心翼翼道："娘娘，出什么事了？"

"没听清楚本宫的话吗？"沈惜君目光冷漠到没有温度，只是一眼，就令管家冷得犹如掉到冰窖，连忙道："清楚了，小人这就去叫秋水来。"

很快，一脸茫然的秋水被带了过来，她试探道："娘娘，您找我？"

沈惜君眼底掠过尖锐的厌恶与痛恨："把她带回去。"

黄九正要把秋水带走，予恒正好回来，看到这一幕，连忙道："母后，出什么事了？"

沈惜君冷冷扫了一眼，重复着刚才的话："带走！"

"慢着！"予恒拦住黄九，再次道，"母后，到底怎么了，为什么要带走秋水？"

沈惜君冷然不语，黄九代答道："殿下还不知道吧，三殿下……出事了。"

"予瑾？他怎么了？"予恒诧异地问着，他下了早朝后就去城外的庄子巡视，直至这会儿才回来，尚不知道予瑾溺水身亡的事情。

"有人在河里发现了三殿下，救上来的时候……已经没气了。"黄九的话令予恒骇然色变，难以置信道："这……这怎么可能，三弟……是谁害他，是谁？"

沈惜君面无表情道："远在天边，近在眼前。"

"近在眼前……"予恒喃喃念着这四个字，目光在众人脸上缓缓扫过，最终落在被黄九押着的秋水身上，他似乎明白了什么，脸庞瞬间失了血色："母后怀疑是秋水？"不等沈惜君言语，他已是连连摇头，"这怎么可能，母后一定是弄错了。"

"弄错？"沈惜君眼中露出沉重的失望，挥手将一样东西掷向予恒，"你好好看看，究竟是本宫弄错，还是你所爱非人！"

这是一块水蓝色的布料，轻飘飘地落在予恒脚前，从它的边缘来看，应该是被人硬生生扯上来的，上面残留着些许绣线，只是布料太小，无法看出绣的是什么东西了。

"本宫上次看到秋水的时候，她就穿着这个颜色的衣裳，绣线也一模一样，定是她害死了予瑾。"

秋水愣愣站在那里，直至感觉到予恒的目光，方才惊醒过来，拼命摇头："没有，奴婢没有做过这样的事，奴婢冤枉！"

沈惜君咬牙呵斥道："贱婢，事到如今还敢狡辩，带回去！"

"奴婢与三殿下无冤无仇，怎么会去杀他，再说……奴婢也不可能杀得了人啊。"秋水急得眼泪都快下来了。

黄九冷哼一声："既是这样，三殿下手里怎么会抓着你的衣裳料子？"

"奴婢不知道，奴婢什么都不知道。"秋水手足无措地说着，她含泪看向一言不发的予恒，"殿下您相信奴婢，奴婢是冤枉的。"

予恒默默看着她，不知在想些什么，许久，他道："那件衣裳呢？"

这句话提醒了秋水，急忙道："衣裳就在柜子里，它可以证明奴婢是无辜的。还有……奴婢今日并没有离开过王府。"

"去取。"得了予恒的话，管家赶紧去秋水房中取来衣裳，无论料子还是绣线，都与予瑾手里抓着的那块分毫不差。但有一个问题，就是秋水的衣裳完好无缺，没有半分破损。

"怎么会这样？"黄九用力揉了揉眼睛，可衣裳还是好端端的，别说破损，连根绣线也没有断，难道……是他们弄错了？那料子只是巧合？

他面色难看地拿到沈惜君面前："娘娘请看。"

沈惜君只扫了一眼，便收回目光，漠然道："还愣着做什么，带回去。"

秋水没想到她还是要带自己走，后退几步，颤声道："不是……已经证明与奴婢无关了吗，为什么还要带奴婢走？"

"本宫做事，无须向你交代。"面对沈惜君的强硬，秋水慌得直掉泪，不知如何是好。

予恒上前一步，将秋水护在身后："母后，秋水平日连杀只鸡都不敢，怎么可能杀人，而且那件衣裳也证明予瑾临死前见到的人并不是秋水，还望母后明察。"

沈惜君冷冷道："这件事与她脱不了干系。"

"儿臣知道母后痛心予瑾之死，儿臣也一样，但是……"

"不一样。"沈惜君冷冷打断他的话，"你眼里只有这个丫头，又哪会在意旁人的死活，予瑾如是，本宫亦如是。"

面对她的误会，予恒又气又急："母后您讲些道理好不好？你先前仅凭一块料子就认定秋水是杀害三弟的凶手，儿臣已经不说了。可现在证明予瑾临死前见到的那个人根本不是秋水，您却还一再为难她，未免过分。"

沈惜君看向予恒的眼神难掩痛心之色，半晌，她深吸一口气，木然道："那你就当本宫不讲道理吧。总之今日，本宫一定要带她回宫审问。"

予恒虽然没有反驳，但也没有让开的意思，气氛一下子变得沉重压抑，令人喘不过气来。

门外传来急促的脚步声，继而予怀走了进来，看到院子里这副模样，他没有立刻说话，而是招手唤过黄九问了几句。

在知道衣裳的事情后，予怀也甚是惊讶，思忖半晌，他来到予恒身前，轻声道："大哥，既然母后想问秋水姑娘话，那就让她问几句，又不是什么大事，何必闹得这么僵硬。”

予恒侧目道：“你当真觉得如此简单？”

予怀轻叹了口气：“我知道大哥在担心什么，我答应你，如果真与秋水姑娘无关，我一定会完好无损地将她送回来。”

予恒摇头道：“没用的，母后心里早已经认定是秋水所为，还有什么好查的。”

予怀沉沉盯着他：“那大哥觉得，你能护秋水多久，一天？还是两天？”

予恒脸颊一搐，默默不语，予怀续道：“予瑾去得这么突然，无论父皇、母后，还是母妃抑或是我，都难以接受，一定要查个水落石出，我相信大哥也是一样，不想让予瑾含冤。”

对视片刻，予恒终是颔首答应：“好，记住你说过的话。”

秋水被带去了昭明宫，那件水蓝衣裳却被落下，管家捡起道：“小人这就送去。”

“我送去就行了，你下去吧。”在管家下去后，予恒一直盯着那件衣裳，过了很长时间，方才动身入宫。

秋水忐忑不安地跪在长信殿，沈惜君坐在上首，也不说话，只是冷冷盯着她，予怀站在一旁，殿内气氛凝滞如胶。

不知过了多久，沈惜君开口打破了这份令人窒息的寂静：“是谁派你来的？”

秋水茫然摇头：“奴婢不明白娘娘的意思。”

沈惜君起身走到她面前，伸手勾起她尖尖的下巴，冷冷道：“听说过暴室吗？”

秋水摸不准她的心思，怯怯道：“听说过。”

“暴室里有七十二种刑罚，每一种都可以让人不求生只求死，进了暴室的人，就算侥幸不死，也得脱层皮。”

秋水似乎被吓坏了，眼泪不断往下流：“奴婢真是冤枉的，娘娘您相信奴婢。”

“本宫不是予恒，收起你这套把戏。”沈惜君厌恶道，“本宫先前只当你是一个贪图富贵、会使些小心机的女子，现在看来，真是小觑了你。”她收紧了手指，逼问道，“说，是谁派你接近予恒，害死予瑾？”

“奴婢……没有。”秋水艰难地说着，下颌传来阵阵痛楚，像要被捏碎一般。

“不见棺材不掉泪！”沈惜君恨恨收回手，厌声道，“把她送去暴室，告诉管事，只要留着一口气，随他怎么用刑。”

“母后且慢。”予怀在她耳边小声道，“如果她真是受过训练的死士，就算刑罚再狠，也不会招供，反而会让大哥有意见，不如先将她关起，等查清予瑾死因后，再行审问。另外……”他用只有彼此能听到的声音道，“儿臣有办法查出她幕后之人。”

沈惜君眸光一跳，盯了他道：“果真？”

“儿臣不敢欺骗母后。”见予怀说得肯定，沈惜君缓缓点头，“好，就依你的话做，先把她关起来。”

望着被带下去的秋水，沈惜君咬牙道：“她先是把予恒迷得晕头转向，现在又来害予瑾，本宫真是恨不得啖她的肉，喝她的血。”

予怀宽慰道：“母后放心，若真是她害了予瑾，儿臣第一个不放过她！”

第三十四章　终知真相

夜间乌云重重，遮蔽了明月和星星，令夜色越发深沉，犹如乌墨一般，让人透不过气来。

秋水被关进了长信殿的一间杂物房中。这里已经很久没有人来打扫了，灰尘积了厚厚一地，稍一走动，便会扬起呛人的灰尘。

秋水蜷缩在角落里，这个姿势，她已经维持很久了，没有人给她送水和食物，不知是忘记了，还是存心不给。

“喵！”外面传来猫叫的声音，过了一会儿，隐约响起几声响动，似乎是在驱猫，又似乎不像，没过多久便又归于平静。

“吱呀。”门被推开，一个浑身裹在黑衣中的人闪身入内，露在黑巾外的一双眸子冷冷盯着意外而惶恐的秋水。

“你……你是什么人？”秋水紧张地问着。

黑衣人冷冷道：“他们已经盯上了你，你的身份是隐瞒不住了，继续下去，只有死路一条，跟我走吧。”

看到朝自己走来的黑衣人，秋水惊惶不已，身子往后又缩了缩：“我……我不知道你在说什么。”

黑衣人似乎有些不悦：“这里又没外人，还装什么，快走，否则等他们发现就走不了了。”

“我不认识你，我不走！”秋水仿佛被吓坏了，拼命摇头。

“主子还等着你呢，快走！”黑衣人一边说着一边不耐烦地来抓秋水，秋水惊呼一声，往旁边躲去，令黑衣人落了空，他恼怒道，“你疯了是不是！”

秋水眼底掠过一抹不易察觉的异色，下一刻，她往门外奔去，一边奔一边喊道：“来人，快来人，有刺客！”

黑衣人没想到她会这么做，一时愣在那里，待回过神来后，立刻箭步冲上去紧紧捂住秋水的嘴，低吼道：“闭嘴！”

秋水惊恐地看着他，待嘴上的手掌松开一些后，急急道：“我真的什么都不知道，也不认识你，求求你放过我！”

黑衣人眸中升起几丝疑虑，难道……真的与她无关？

这个时候，外面传来杂乱的脚步声，且有越来越近的趋势，黑衣人目光一凛，急忙放开秋水，纵身掠出窗外。

几乎是同一刻，黄九带人冲进来，恰好看到一抹黑色翻窗没入暗夜之中，面色难看道：“快去追！”

在经过秋水身边时，黄九脚步一顿，眸光沉沉地看着她，秋水惊魂未定道：“公公，那到底是什么人？”

黄九收回目光，凉声道：“咱家也不清楚，姑娘无事就好。”说罢，他拂袖离去。

正殿中，沈惜君和予怀静静地坐着，手边的茶早已经凉了，一丝热气也没有。

一道黑影如幽灵一般出现在殿中，正是刚才潜入关押秋水房间的黑衣人，他伸手摘下面巾，竟然是医十，他用和刚才截然不同的声音道：“见过皇后娘娘，见过太子殿下。”

予怀手指一动，抬眼道：“如何？”

医十摇头道：“卑职看不出异常。”

予怀眸光一沉，不死心道：“一点儿也看不出？”

“不知她是演技太好，还是真的无辜，卑职确实看不出来。”说话的时候，黄九他们也到了，沈惜君冷声道：“如何？”

“奴才瞧不出来。”

听到黄九与医十一般无二的话，予怀感觉到一阵棘手，这个秋水比想象中的更加难对付。

没等予怀想到对策，耳边已是传来沈惜君的声音：“带她去暴室吧，就算予恒要怨恨，也没办法了。”

最后这句话，她是说给予怀听的。望着黄九离去的身影，予怀眸光连闪，片刻，他唤过医十低低吩咐了几句。

就在秋水被带到暴室门口时，一个意想不到的人出现了，是静芳斋的管事方安，只听他扯着嗓子细声道："太后有旨，传秋水去静芳斋见驾。"

黄九没想到陈太后会横插一脚，一时愣在那里，直至方安准备带走秋水，方才醒过来，急忙阻拦："秋水与三殿下身亡一事有关，在查清楚之前，谁也不能带走。"

方安睁着一双细眼道："敢问奉的是哪一位旨意？"

"当然是皇后娘娘。"黄九话音刚落，方安便一甩拂柎，冷冷道："咱家奉的可是太后旨意。"

黄九明白，他这是要拿陈太后的身份来压自己一头："太后一向不过问后宫诸事。"

"不过问，不代表不能过问，你是宫中的老人，应该懂得这个道理。"方安目光幽幽地看着他，犹如两团飞舞在夜间的磷火。

黄九咬一咬牙，道："既是这样，容我禀过皇后娘娘再做定论。"

方安凉声道："我看没这个必要了，带走。"

"你……"黄九刚说了一个字，便被方安打断，"要是皇后娘娘不同意，就请她来静芳斋要人吧。"

人，最终还是被方安带走了，毕竟陈太后身份摆在那里，黄九不好太过，只能立刻去通知沈惜君他们。

再说方安那边，进了静芳斋，除了陈太后之外，秋水意外看到予恒也在，眼泪瞬间流了下来，她明白，一定是予恒请动太后将自己强行要了过来。果不其然，看到她进来，予恒起身朝闭着眼眸的陈太后长施一礼："多谢皇祖母。"

陈太后徐徐睁开眼睛，在秋水身上扫了一圈后，落在予恒身上："人，哀家帮你要来了，但皇后和贵妃必不会罢手，你保不住她的。"

予恒低头道："孙儿知道，所以想请皇祖母帮人帮到底。"

陈太后拨弄着佛珠的手指微微一顿，淡然笑道："你找错人了，哀家有心无力，帮你到这一步，已是极限了，带着你的人走吧。"

予恒并没有就此离去，他拉着秋水跪下道："孙儿知道皇祖母是疼惜孙儿的，否则也不会一再出手相救，还请皇祖母再发发慈悲，救秋水，也救孙儿一回。"

陈太后盯了他半晌，忽道："不怀疑哀家害你了吗？"

予恒知道她是在说以前的事情，当即道："以前是予恒年幼无知，还请皇祖母大人有大量，原谅孙儿。"

“罢了，起来吧。”在示意他们二人起身后，陈太后再次闭起双目，久久未语，犹如入定了一般。

大殿寂寂无声，唯闻窗外夏虫叽叽声。

不知过了多久，陈太后睁开双目，沉声道：“想要救秋水，只能去求皇帝，记着，先下手为强。”

予恒蹙眉道：“孙儿不明白。”

“当初的行刺，皇帝想来还不知道吧？”

予恒知道她指的是秋水遇刺那件事情：“是，因为只是猜测，所以儿臣没有禀告父皇。”

“这件事，还有那件完好无损的衣裳，都可以作为证据，把握好分寸，应该有机会。先入为主，是很重要的。”

予恒低头思索片刻，道：“孙儿明白了，在孙儿求得父皇相信之前，能否让秋水留在静芳斋中？”

“你倒是用心良苦。”陈太后微笑着说了一句，点头道，“就让她陪哀家说说话吧。”

予恒知道她是答应了，连忙拱手答谢，随即去了承德殿。东方溯起先哀伤予瑾的死，无心见他，但予恒坚持，甚至在外面下跪一夜，天亮之时，终于被允许入内。

没人知道予恒是怎么求的，也不知道他到底说了些什么，最终如陈太后所言，说动了东方溯，为秋水求来了生机，在查到确凿证据之前，被允许放归齐王府。

听到这个消息，最为恼怒的莫过于沈惜君，更不敢相信东方溯竟然会如此轻率放过秋水，毕竟秋水的嫌疑是最大的。

她去了承德殿，但并没有改变结果，没人知道东方溯到底是什么心思，或许……就像陈太后说的那样，受了先入为主的影响。

宋仵作在予瑾出事的河边意外发现一只山猪的尸体，离着予瑾溺水处只有一里来路，这只山猪是因为喝了过多的千日醉，从而活生生醉死的。

千日醉是一种极其烈性的酒，少少一杯，就能够让人醉上数日方醒，要是喝多了，甚至会活生生醉死，山猪就是如此。

因为烈性太重，所以一般没人喝这种酒，到后面，差不多沦为旁门左道用来讹诈骗钱的工具。

宋仵作将从两者身上取到的液体做了比较，确定予瑾临死前喝下去的不是普通酒，而是千日醉。

予瑾久病缠身，几乎滴酒不沾，更不可能主动去饮千日醉这种烈酒，所以只有一种可能，那就是被人强行灌下去的。

至于那只山猪，在它胃里发现了一些食物，很可能是装有千日醉的瓶子掉到食物里，山猪本就贪食，再受到酒香诱惑，自是没能忍住，全给吃了，结果把自己的命也给吃没了。

有了这条线索，宋仵作又重新验了一次尸，果然又让他发现了问题，在用特殊手段处理过予瑾背部后，呈现出几道勒痕，要不是重新检验，又格外留心，根本发现不了。

据得到的线索推算，应该是有人绑住予瑾，强行灌下千日醉，然后推落河中，装成失足溺水的假象。

至此，可以确定，予瑾不是意外溺水，而是被人害死的。

但这一切，只有少数几个人知道，其他人对此一无所知，只以为予瑾是意外身亡，连连叹息。

这日清晨，秋水像往常一样打了水进来侍候予恒洗漱，没想到予恒不仅早已经起身，连衣裳都换好了，是一袭玄色平纱袍子，腰间束着白玉蟒蛇扣。

“殿下怎么这么早起来了？”秋水搁下铜盆，接过予恒手里的木梳，仔细替他梳着头发。

予恒感受着梳齿划过头皮时带来的酥痒，轻声道：“今日是予瑾下葬的日子，我去送他最后一程。”

秋水的动作有微微的停滞：“三殿下的死因查清楚了吗？”

“嗯，是喝多了酒意外失足而亡。”

“那……”秋水小心翼翼道，“皇后娘娘还好吗？”

予恒望着铜镜中的她：“你怕母后还怀疑与你有关？”

秋水轻轻点了点头，予恒安慰道：“只要父皇相信你是无辜的就够了，母后……她已经魔怔了，不说也罢。”

他的话并不能令秋水安心，惴惴道：“会不会有一天，宫里的人又突然把奴婢带走？”

予恒拉过她的手，温言道：“你想到哪里去了，不会的。”

秋水迎着他的目光，柔声道：“奴婢不怕死，只怕看不到殿下。”

这句话令予恒甚是动容，握紧她的手，声音越发温和：“别怕，有我在，没有人能够伤害你。”

秋水脸庞微微一红，从他掌中抽出了手，取过一个白玉发冠仔细束住他的头发：“殿下快去用膳吧，一早空腹可不好。”

予恒点点头，在准备出门前，他想起一事，道：“最近没事不要出门。”

秋水眨一眨眼，疑惑道：“怎么了？”

“昨日听予怀说抓到了几名形迹可疑的人，怀疑是别国奸细，正准备让府尹挨家挨户地去搜。”

秋水惊讶道：“竟有这样的事，可知是哪一国派来的？”

“暂时不清楚，不过也能大概猜到，不是西楚就是齐国。”说到这里，予恒冷哼一声，“贼心不死！”

秋水点点头：“奴婢知道了，殿下放心去吧。”

在送予恒出门后，秋水回到自己屋中，紧紧关住房门，等到再出来时，已是成了一个头发花白的老妇人，哪里还有半分之前青春妩媚的样子。

秋水——懂易容术！

装扮成老妇人的秋水悄悄离开齐王府，穿过数条小巷子，又走了很长一段路，来到一间残旧破败的屋子前，门口结满了蜘蛛网，应该很久没有人来过了。

秋水熟门熟路地绕到后面，那里有一扇小门，她闪身入内，过了一会儿，拿了一盏和房子一样残旧不堪的灯笼挂在门口，也不点起，就这么悬着。

过了一会儿，两道人影先后闪进了小门，是两个相貌一样的中年人，两边太阳穴高高鼓起，明显都是高手。

站在左边那个人率先开口：“找我们兄弟有什么事？”

看到二人完好无缺，秋水松了一口气：“二位没事就好，我得到消息，太子抓到几名混入金陵的奸细，准备让金陵府尹挨家挨户搜查，二位请务必小心，不要泄露了身份。”

“知道了。”左边的中年人应了一声，“你那边的事情怎么样了？”

“周帝听了齐王的劝，将我放归府中，所以现在他们父子的关系有所缓和，至于长信殿那边，还僵持着，暂时没动作。”

秋水的话令那两人有所不满：“这么说来，差事越办越回去了？”

“二位先生息怒，我正在想办法，一定会尽快完成主子交代的事情。”

右边的中年人冷声道：“最好是这样，主子的耐心可是不多了。”

“我明白，多谢右先生提醒。”秋水连忙答应，这两人的名字很是有趣，一人叫左，一人叫右，分别称左先生、右先生。他们一直按照名字站立左右方位，从来不会站错，也从来不会分开，无论做什么事，都是两人一起行动，孟不离焦，焦不离孟。

“要是没别的事情，我们先走了。”

“恭送二位先生。”在左右二人离开后，秋水略一收拾，亦走了出去，刚一开门，便看到一角玄色平纱袍子，顺着深如浓墨的袍子看上去，她瞧见一张再熟悉不过的脸庞——予恒！

秋水倒吸一口凉气，予恒不是去扶柩出殡了吗，怎么会在这里，难道他发现了自己的身份？

这个可怕的念头刚出现，便被她狠狠压了下去，她行事一向小心谨慎，予恒不可能发现，巧合，一定是巧合。

她努力说服自己，将所有紧张与害怕都死死压在面皮下，装作若无其事的样子，用苍老的声音问道：“这位公子，您从哪儿来啊？”

秋水没有忘记自己现在的装扮，相信以她的易容术，予恒一定认不出来。

“从齐王府来。”

“齐王府……”秋水喃喃重复了一句，笑道，“老身知道，是城东的大宅子，听说里面住的是圣上的儿子，最尊贵不过。”顿一顿，她又道，“不知公子是齐王府里的哪位？来这里做什么？”

“我来找一个人。”

秋水心中一跳，赔笑道：“公子要找谁？”

“一个名叫秋水的人。”

“秋水？”秋水心跳得几乎快要蹦出来，假意思索了一会儿，摇头道，“老身没有听过这个名字，应该不是在这附近住的，否则老身一定有印象，公子去别地找找吧。”

“不必了，她就在这里。”予恒定定地看着她，目光锐利得似乎要直透内心，“你还要装到什么时候？”

秋水头皮一阵发麻，似有无数小虫在头皮上蠕动，她僵硬地笑了笑：“公子在说什么？”

予恒手掌一挥，竟是把秋水的头发生生扯了下来，不，确切来说，是一个假发。

假发一被拿走，秀发顿时如瀑布一般飞流直下，这三千青丝是秋水最喜欢的，一直悉心保养，但这一刻，她只想变成一个剃去青丝的尼姑！

“冷——秋——水！”予恒的声音犹如一把重锤，狠狠敲在秋水心中，令她第一次感觉到手足无措，满脑子只有一个念头：完了！

予恒脸上并没有揭穿的欣喜，有的只是悲哀与伤心，一直以来，无论母后怎么说，他始终坚定不移地站在秋水这一边，替她说话，甚至不惜为她与母后反目，结果现实掴了他一个大大的巴掌。

他——所爱非人！

秋水张了张嘴，却没有声音发出，尽管她能言善辩，可眼下这种情况，就算她浑身是嘴，也难脱干系。

思来想去，秋水决定赌一把。

有了决定后，她屈膝跪在予恒身前，未语泪先落：“奴婢对不起殿下，奴婢该死！”

“肯承认了吗？”在问出这句话时，予恒胸口传来阵阵绞痛，就在秋水开口之前，他还存了一丝幻想，希望眼前这个人不是秋水，是他认错了人。

秋水抬起满是泪痕的脸庞，哽咽道：“对不起……对不起……”

予恒咬牙道：“三年前那次中枪，你是故意的对不对？为的就是接近我？”

“是。”秋水哭着点头，随即用力磕头，羊脂美玉一般的额头磕在粗糙的地上，不过几下，就破了皮，渗出丝丝血迹，“奴婢欺骗殿下，罪该万死！”

予恒一言不发地盯着她，看不出心中所想，过了一会儿，一阵劲风拂过，两道人影出现在予恒身边：“那两人擅使合击之数，卑职二人一时大意，被他们给逃了。”

神机营！

这三个字如一道冷电，自秋水脑海中掠过。

在短暂的沉默后，予恒道：“立刻去禀告父皇，在圣喻下来之前，让顺天府看紧城门，许进不许出。”

待这二人离去后，予恒眸光冰冷道：“为什么要杀予瑾？”

秋水没有回答他的话，而是垂泪道：“奴婢自知罪孽深重，不敢乞求殿下原谅，但奴婢并非存心欺瞒，实在是身不由己。每一日……每一日奴婢都在煎熬中度过，恨不能将所有事情告诉殿下，可是奴婢不敢，从第一次撒谎开始，奴婢就注定回不了头了，只能不断地错下去，一直错下去。”

“你以为这样说，我就会心软放过你吗？”话音未落，予恒一把钳住她的下巴，强迫她看着自己，目光森冷如铁，“就像你说的，从你第一次骗我起，就注定不可饶恕。说，你为什么要杀予瑾？又是谁派你来的？说！”

秋水拼命摇头："奴婢不想杀三殿下的，但奴婢阻止不了，对不起！"

予恒呼吸一滞，手不自觉地松了几分："他知道了你的身份？"

"是。"秋水垂泪道，"三殿下每每来齐王府，并不是真心想与殿下对弈、闲谈，他一直在暗中调查奴婢。几日前，奴婢传信去给太……"她眸光微微一跳，改口道，"给左右二位先生，结果落在三殿下手里，被他知道了奴婢的身份。二位先生怕泄露了秘密，决意杀了三殿下。他们趁三殿下回昭明宫的路上，一个引开神机营的人，另一个用千日醉灌倒三殿下，然后将他掷入河中，装成溺水身亡的样子。"

予恒掩面，悲声道："三弟，是大哥害了你，大哥对不起你！"

秋水紧紧抱住他的腿，哭泣道："与殿下无关，千错万错都是奴婢的错，奴婢罪该万死！"

予恒眸底猩红如血，弥漫着撕裂的痛苦，他再次掐住秋水的下颌，比刚才更加用力，几乎要将骨头捏醉："你确实该死！说，是谁派你来的？"

秋水摇头，含泪道："奴婢……奴婢不能说。"

予恒额间青筋暴跳，手上又加重了几分力道："你以为我不会杀你吗？"

秋水仿佛能听到骨头裂开的声音，她忍着痛楚道："就算殿下杀了奴婢，奴婢也不能说，因为……那会害了殿下。"

予恒一怔，随即明白了什么，收回手道："是朝廷里的人？"

"没……没有。"秋水矢口否认，但眼里的慌张出卖了她，令予恒更加肯定自己的猜测，回想秋水刚才的话，她在说起那封信时，曾有短暂的停顿，而最开始的话，是说"传信去给太……"后面才改说给左右先生，会不会是有所隐瞒?

太?

予恒把自己认识的人，听说过的名字都回想了一遍，并没有一个是以"太"字开头的，而且印象里，也没有人以太字做姓。

难道是他多心了，那个字仅仅是秋水口误?

不，不是!

这个念头刚一出现便被予恒否认了，没人比他更清楚秋水有多谨慎小心，在他身边三年，一点儿破绽与错误都没有过，试问这么小心的人一个人，又怎么会口误。

这个"太"字，一定有文章。

或者……那不是名字，而是一个称号，譬如太傅、太师、太子、太……后!

予恒心底猛地一凉，死死盯着秋水："是太后对不对？"

秋水面色大变，继而拼命摇头："与太后无关，奴婢根本就不认识她老人家。"

她越是否认，予恒就越是怀疑，尤其想到陈太后为秋水特意派元九来他府中提醒一事后："太后为什么要派你来我身边，还狠心到连予瑾也杀，她到底想做什么？"

"殿下真的误会了，太后与这件事无关，您相信我！"面对秋水的苦苦哀求，予恒拂袖甩开她的手："你不说是吗，好，我自己去问！"

秋水大惊，死死地攥住予恒的袍子："不要去！殿下不要去，她……她会……"

予恒暂停脚步，面无表情道："她会怎么样？"

秋水死死咬着牙，一副左右为难的样子，在予恒耐心快要耗尽的时候，她戚戚道："殿下猜得没错，就是……太后！"

尽管早有猜测，可从秋水口中证实的时候，心里还是狠狠地搐了一下，他知道陈太后不是一个善类，否则当年也不会几番挑拨了，可怎么都没想到，她竟连自己嫡亲孙子都下得了杀手，究竟她的心肠要狠毒到何种程度才能做出这样的事。

夏日炎热若流火，躲在树叶下面的知了拼命叫着，仿佛是在叫"热死了""热死了"，然而予恒却如置身冰窖，连血流都冷得要凝固。

在长久的沉寂后，终于有声音响起："她为什么要这么做？"

秋水抹着泪水道："殿下知道，太后与贵妃有嫌隙，所以太后娘娘一直都不喜欢二殿下，更不希望他做大周的储君，可她劝不动陛下，所以只能另想他法，也就是……"她瞅了面无表情的予恒一眼，"殿下。"

"继续说下去。"

"相较于太子，太后更愿意由殿下您来做储君，可是您偏偏又和太子他们走得近，半点儿没有争储的心思，太后知道，若是照实跟您说，您一定不愿意，所以就……派了奴婢来。"

"所以这几年来，你总是在我面前有意无意地说太子的不是？"在此之前，他从来没有把这些话放在心上，只以为秋水是随口一说。

"是，按着太后的计划，婚事是第一步，离间您和皇后，后面会一步步挑拨您和太子他们的关系，激起您争储的心思。"说着，秋水又急急道，"殿下您别怪太后，说到底，太后也是为您好。"

"为我好？"予恒几乎要笑出声，满面讽刺道，"那你倒说说，怎么个好法？"

"天家无情，所谓骨肉亲情，在天家一直都是奢望。不错，现在太子对您是不错，可以后呢，谁敢保证太子不会对您猜忌怀疑，不会起杀心？几位皇子之中，您最纯厚，也最苦，太后希望您可以过得好一些。”

予恒冷笑道：“这么说来，我还要谢谢她？”

秋水听出他言语间的讥讽，仰头道：“奴婢说的都是实情，至于……三殿下，太后也很难过，她……”

“够了！”予恒十指狠狠掐着掌心，血气在胸口激荡不止，半晌，他一把攥住秋水的手腕，寒声道，“走，与我去见父皇！”

“不行！”秋水骇然摇头，脸上充满了恐惧，“殿下你千万不要去，一旦太后发现此事败露，她……她会杀了您。”说着，她似想到了什么，急忙道，“我知道左右先生在城里有一处住宅，他们现在受了伤，应该会去那里养伤，您千万要拦住他们，绝不能让他们见到太后。虽说不可能一直瞒下去，但……能拖得一时是一时。”

秋水的关心令予恒心中一软，但也只是一瞬间的事，他不可以再感情用事，更不能一错再错，冷声道：“有父皇在，有神机营在，她翻不出什么风浪来。”

“殿下您不知道，她……她……”秋水似有什么难言之隐，许久，她狠狠一咬牙，“她收买了许多江湖上的人士，左右先生还有我，都是其中之一，除了太后自己，谁也不知道金陵城还藏匿了多少高手，殿下在明，他们在暗，防不胜防，就算有神机营，也未必能护殿下周全。”

见予恒不为所动，秋水又急又慌，哀求道：“奴婢求求您，千万不要轻举妄动。”

予恒抬头看着似火骄阳，声音在炙热的夏光中有些虚幻：“所以，你要我放过她，任由予瑾枉死？”

“奴婢不是这个意思，只是在拿到太后手上那份记录着江湖人士的名单之前，暂时不要动手，一旦鱼死网破，不止殿下，连太子和陛下都会有危险。”

秋水的话令予恒有所犹豫，陈太后从来都不是一个心慈手软的主儿，在她看来，只要对自己有利，任何人都可以利用牺牲，包括自己的儿子。

思忖半晌，他问了秋水关于左右先生宅子的地址，对那两名神机营道：“准备周全一些，不要再让他们跑了。”

待神机营的人走后，他拍手唤过停留在不远处的随从，指着秋水道：“把她带回王府，今日之事，不得向任何人说起。”

临行之前，秋水终于问出一直盘桓在心中的疑问：“殿下，你是什么时候发现的？”予恒设计引她来见左右先生，又提前派神机营的人埋伏在这里，显然早就识破了自己的身份，可她想不明白，究竟是哪里露了破绽，明明一直都很小心。

“还记不记得予瑾抓在手里的那块料子？”

“记得，但奴婢的衣裳没有破，殿下也看到了。”

“我一开始也以为是母后冤枉你，可是当我拿着那件衣裳的时候，我就知道，你在撒谎。”予恒目光冷漠地看着她，“我记得有一回带你去骑马，你穿的正是那件衣裳，不小心被马厩木栏上的倒刺勾破了袖子上的一条丝线，可你当着母后面拿出来的那一件，袖上的各条丝线都完好无缺，就算修补过，也不可能一点儿痕迹都没有，唯一的解释就是你把整个袖子都换了。”

“原来如此。”秋水苦笑道，“不错，当日回来后，我发现袖子被撕破了一块，怕被发现，所以连夜用剩余的料子重新做了一个袖子，自以为天衣无缝，可以瞒天过海，没想到还是被殿下识破了。”停顿片刻，她抬头道，“所以那日，殿下去承德殿见陛下，并不是真的为奴婢求情？”

予恒点头道：“我把事情告诉了父皇，父皇也认为你后面还有人，所以将计就计。只是父皇想不到，那个人竟然会是太后。”

“奴婢这样是不是叫自作自受？”秋水涩涩说着，眼眸含泪，好不可怜。

以前予恒最受不得她这副神情，如今虽然知道她一直在欺骗自己，可四目相对时，还是有所悸动，强迫自己移开目光：“自作孽，不可活。”

“自作孽……”秋水喃喃复述，悲意更甚，“奴婢这辈子最大的错误，就是接受太后要求来接近殿下，害了自己也害了殿下，对不起……”

“不必！”予恒冷冷地打断她的话，“是我有眼无珠，错信了你，还想娶你为妻，呵呵，真是讽刺。”

秋水急忙道：“虽然奴婢的身份是假的，但奴婢对殿下的情意是真的，奴婢真的很喜欢殿下，也想与殿下厮守一生。奴婢不止一次想过要摆脱太后控制，但是……不可以。一旦背叛太后，以她的手段，是绝对不会放过殿下的，如果殿下因奴婢而受伤，奴婢一辈子也不会原谅自己。”说到动情处，她忍不住落下泪来。

“再说，太后的担心未必就是多余，殿下宅心仁厚，又是皇长子，理该为太子……”

“闭嘴！”予恒拂袖，脸庞渗出一层怒意，“再敢胡说，我现在就杀了你！”

“奴婢死不足惜，唯一放心不下的就是殿下，人善被人欺，马善被人骑，您要多为自己打算，贵妃表面和善，其实与太后一样，都不是善与人之心，否则又怎么能从一个西楚弃后一路坐上贵妃之位，还将儿子扶至太子之位……”

“我让你闭嘴！”予恒脸上怒意更甚，一脚踹在秋水胸口，“贱人死到临头，还在挑拨离间，该死！”

予恒这一脚没有留情，秋水胸口剧痛欲裂，好不容易才缓过来，捂着胸口虚弱道：“奴婢说的都是实话，殿下一定要小心贵妃母子。”

“带下去！”予恒不想再理会她，命人将她押回王府。在他们走后，予恒久久掩面，透明的液体从指缝中徐徐渗出，滴落在滚烫的地上。

静芳斋中，陈太后刚刚午睡起身，闭目坐在铜镜前由秋月给她梳头，齿梳每每漫过头皮时，都会带起一阵令人享受的酥痒。

不知什么时候，齿梳突然停了，等了许久不见继续，陈太后眉头微蹙：“秋月？秋月？”

连着唤了几声，都不见秋月答应，陈太后不悦地睁开眼眸，首先映入眼帘的是一块半人高的铜镜，以及铜镜里的三个人。

陈太后头皮阵阵发麻，浑身汗毛都竖了起来，殿内只有她和秋月二人，现在却无声无息多了一个……

借着铜镜的照映，她认出了来人，是静芳斋的一个粗使太监冯川，平日只在外殿侍候，没她的话，是不许进到内殿来的，可现在，他不止进来了，还掐住了秋月的脖子，令秋月发不出声音。

见陈太后看到了自己，冯川咧嘴露出一个令人发寒的笑容，作势欠了欠身：“奴才给太后请安，太后万福。”

“你是什么人？”陈太后转身警惕地看向冯川，到了这个时候，她可不会再以为此人是一个寻常太监。

“奴才是什么人不要紧，要紧的是奴才这会儿的来意。”顿一顿，他一脸神秘道，“太后可知，您就快大祸临头了。”

陈太后眼皮剧烈一跳，淡然道：“什么大祸？”

盯着陈太后那张保养得宜的脸，冯川一字一句道：“太后可记得，您曾派元九公公去见过大殿下。”

听到这话，陈太后再维持不住脸上的平静，骇然道：“你怎么知道？”

这件事她做得极为隐蔽，宫中除了秋月和元九之外，就只有敬事房的管事知道，现在却无缘无故多了一个知情人，让她怎能不惊。

冯川扫了一眼面色涨红的秋月，缓缓松开手，他一松手，秋月立刻浑身无力地跌坐在地上，大口大口地喘气。

冯川拍一拍手，笑道：“太后知道赵管事喜欢秋月，就暗中赐他们对食，以此将赵管事收为心腹，元九出宫的事情，就是他从中动了手脚才没有被贵妃查出来，我说的可对？”

陈太后万万没想到如此机密之事，会从这个毫不起眼的奴才嘴里说出来，不过她心思极深，没有将惊色露在脸上，只道：“你怎么知道？”

第三十五章　临终之言

冯川找了一把椅子大咧咧地坐下："按理来说，奴才确实不该知道，毕竟太后找的都是心腹谨慎之人，可太后漏了一件事……"他咧嘴露出一口雪白整齐的牙齿，"赵常水除了喜欢秋月之外，还有一个爱好，那就是喝酒，每次喝醉了酒就会口不择言，说一些不该说的事。不过他为了保住敬事房管事这个肥差，一直隐藏着这个喜好，知道的人极少，奴才恰巧就是其中一个。"

知道是赵常水泄的密，陈太后恨不得生撕了他。在瞪了一眼惴惴不安的秋月后，她冷声道："予恒是哀家的亲孙子，哀家派人去看看他有何不妥？"

"若仅仅只是看看，当然没有不妥，可偏偏说了一些不该说的话，譬如教大殿下怎么应对陛下，怎么保住秋水。"

这一次，陈太后真的坐不住了，要说出宫一事是冯川利用醉酒从赵常水那里套出来的，还能说得过去，可元九跟予恒说的话，他又是从何得知的，难道……是秋月背着自己悄悄和赵常水说了，从而被冯川得知？

秋月跟随陈太后多年，一见她神色便知她对自己起了怀疑，慌忙跪下道："奴婢绝对没有将太后交代之事告诉赵常水，请太后明察！"

陈太后也是一念之疑，静下心来后便觉得不可能，秋月跟了自己二三十年，她的嘴是不是严，自己最清楚不过。

"你到底是什么人？又是怎么知道这些的？"这句话是在问冯川。

冯川笑道："奴才不光知道这个，还知道去见大殿下是元九公公的提议，为的是让大殿下对太后心存感激，从而改善您二位的关系。"

陈太后脸上青一阵白一阵，秘密一个个被人揭开，这种感觉令她深恶痛绝，最可怕的是到现在为止，她对冯川还一无所知。

陈太后暗自吸了一口气，冷声道：“你刚才说哀家有大祸临头，又是怎么一回事？”

冯川一弹袍子，漫然道：“就在今儿个，大殿下刚刚找到了杀害三殿下的凶手。”

“是谁？”这一次陈太后倒是没太过惊讶，虽然这几年她一直待在静芳斋中吃斋念佛，少有出去的时候，但宫里大大小小事情，没一样瞒过她的，当然也包括予瑾。

这个孙子体弱多病，犹如一个药罐子，但性子却是皇子之中最细腻谨慎的，因为整日病着，所以他有更多的心思去思量考虑。

这样一个人，说他会意外跌落河中，她绝不相信，一定另有内情，只是她想不到是谁这么大胆，连当朝皇子也敢谋害。

“秋水。”当这两个字从冯川嘴里吐出来的时候，陈太后几乎以为他在开玩笑，秋水只是一个婢女，怎么有能力有胆子去害一位皇子，根本不可能。

但冯川的神色很认真，丝毫没有开玩笑的意思，也就是说……予瑾真是秋水害的，陈太后按下心中的不安，道：“为什么？”

冯川倒是没有卖关子，径直道：“因为三殿下知道了秋水的身份，所以一定得死。她本以为这件事做得神不知鬼不觉，可惜啊，人算不如天算，还是被大殿下发现了，算算时辰，大殿下这会儿应该已经去见陛下了。”

“那与哀家有何关系？”陈太后问出一直盘在心中的疑问，无论秋水是谁，杀了什么人，与她都毫无关系，大祸临头四个字，实在不知从何说起。

冯川露出一抹诡异的笑容，身子微微往前倾：“太后您猜，秋水背后的人是谁？”

陈太后眼皮剧烈跳动，心头升起一丝不祥的预感：“哀家怎么知道？”

“远在天边，近在眼前。”冯川话音刚落，秋月已是明白过来，柳眉倒竖，厉喝道：“放肆，竟敢诬蔑太后，再敢胡言乱语，就乱棍打死！”

冯川丝毫没将她的呵斥放在心里，笑意不减道：“我死不要紧，可太后……也得跟着陪葬。”

他明明是笑着说，可字里行间透着令人心惊胆战的寒意，明明是盛夏时节，秋月却忍不住打了个寒战，不安地看向陈太后，无论是冯川还是眼下的形势，都已经超出了她的掌控，只能指望陈太后。

陈太后心思飞转如轮，很明显，冯川和秋水是一伙的，他们联合起来让自己背黑锅，可要是这样，冯川根本不用来提醒自己，直接等着皇帝来问罪就是了，所以……一定另有目的。

陈太后没有将猜测说出口，而是说道："哀家并没有做过，皇帝是个明君，会相信哀家的。"

听到这话，冯川低低笑了起来："太后，您相信自己这话吗？"

陈太后有种被人看穿的感觉，既恼又怒，勉强压下后道："皇帝是哀家所生，难道还会怀疑自己母亲不成？"

"如果陛下相信太后，您这几年也不至于深居简出，夹起尾巴做人。"冯川这句话可谓是字字诛心，一点儿情面也不留。

这一次，饶是以陈太后的心思，也按捺不住，指了他怒喝道："你……你放肆！"

冯川丝毫不将她的怒气放在眼里，慢悠悠地道："虽说这几年太后与陛下关系改善了一些，但也仅止于此，在人证物证俱全的情况下，陛下一定会相信。"

秋月从他的话里听出了一些破绽："就算秋水冤枉太后，也只有一个人证，何来物证一说？"

冯川勾一勾嘴角："姑姑以为，我在静芳斋这么久，就是扫地砍柴吗？"

秋月见惯了宫中尔虞我诈、钩心斗角，又怎会听不出他的言下之意，骇然道："你……敢冤枉太后？"

冯川装模作样地叹了口气："我也不想，这不，来找太后商量了。"

看着他那一脸无辜的样子，秋水气得几乎要笑出来：这是商量吗？分明是威胁。

陈太后示意秋月退下，冷声道："你想哀家怎么做？"

"还是太后爽快。"冯川一拍手掌，笑嘻嘻道，"只要太后答应奴才一个要求，奴才会立刻让秋水改供词，保证不会在陛下面前说太后一句不是。"

"什么要求？"陈太后明白，费这么大一圈提出来的要求，一定不会简单，可她现在已经没别的法子了，只能顺着冯川的话问下去。

冯川瞅着她道："其实要求不难，以太后的手段，一定能够办到，只看您要不要去做。"

陈太后被他说得有些不耐烦，追问道："究竟是什么？"

见胃口吊得差不多了，冯川微笑道："这件事过后，您向陛下提议，让齐王领兵攻伐西楚，然后……想办法让太子变得笨一些，一个人太聪明了，难免招人厌，太后您说是不是？"

秋月听得疑惑不解："这人好端端的，怎么变笨？"

“好端端的当然不行，但若稍稍动些手脚，譬如……”冯川没有说下去，唯独脸上的笑容越发诡异，令人不安。

秋月疑惑地看着他，忽地脑海里划过一道雪亮，脱口道：“下药？”

“姑姑果然是个通透人，下药、外力，都可以让一个人变笨。”冯川说得有些口渴，大咧咧地取过陈太后一口没动的茶饮了起来，还自顾自地点头道，“嗯，是上好的六安瓜片，不错不错。”

“你……你好大的胆子！”秋月身子不住发抖，不知是气的还是慌的，眼前这个人……竟然想算计太子，而且细想起来，三位皇子都被他……确切来说，是他背后的主子给算计了。

“小人胆子一向很大。”冯川笑嘻嘻地搁下茶盏，望着面色阴晴不定的陈太后道，“如何，太后想好了吗？”

“你们要做什么？”陈太后面无表情地问着，看不出她心里在想什么。

冯川意味深长道：“做太后想做之事。”

陈太后被他说得一愣，蹙眉道：“什么意思？”

“太后不是一直想找人取代太子吗，如今三殿下早夭，能够达成太后所愿的，也就只有大殿下了。”顿一顿，冯川继续道，“大殿下屡立军功，太子却日渐蠢笨，不堪大用，太后您说……陛下会将帝位传给谁？”

陈太后冷冷盯着他，答案自是不用说的，关键在于，冯川和他背后的主子为什么要这么做，对他们又有什么好处。

“给哀家一个理由。”天上不会掉馅饼，同样，这世上没有无缘无故的好，人人做事都是为了自己的利益，他们也不例外。

冯川低头一笑：“各取所需，奴才只能说这么多了。”

陈太后在心里飞快盘算着，按现在的形势看，她只能答应，但……这么被动，实在不是她的做法，不行，无论如何都要扳回一些主动权。

想到此处，陈太后清咳一声：“既是要合作，就该表示一些诚意，你说是不是？”

“不知太后想要什么诚意？”

陈太后也不绕圈子，径直道：“哀家想知道你背后的主子，总不能合作了还不知道盟友是谁吧。”其实她心里已经猜到了几分，但还是想从冯川嘴里得到证实。

“主子不喜欢太过张扬，所以还请太后见谅。”冯川嘴紧得很，一丝风声也不肯泄露，停顿片刻，他又道，“如果太后真不想合作，那就罢了。”说着，他竟是转身离去，一丝留恋也没有。

陈太后几乎咬碎了一口银牙，这个冯川，分明是捏准了她的弱点，这才敢如此放肆，她恨不能杀了这个狗阉人，可不行，无论如何她都要忍下这口气。

在冯川快要走到门口时，陈太后终是叫住了他："好，哀家答应你。"

冯川脚步一顿，转过身来时，已是一派恭敬："太后英明！"

陈太后恨不能生扒了他的皮，无奈势不如人，再不高兴也只能把这口气往肚子里咽："这几年西楚虽然落魄了，但瘦死的骆驼比马大，齐王又从来没有正儿八经领过兵，你确定他能赢？"

"虎父无犬子，奴才相信齐王一定会赢。"冯川笑眯眯道，"再说，不是还有贵妃娘娘这个智囊在吗，她可不会坐视齐王败阵，其实这对太后来说，是个一举两得的好事。"

陈太后长眉一挑："何以见得？"

"智谋这种事，看似只是动动嘴皮子，其实最伤心神，要不是有宫里那么多珍贵的药材补着，再加上这几年的休养，贵妃哪有这么好的精神。齐王出征，贵妃必然有所牵挂，这么一来，一可劳贵妃的神，二可令她无暇顾及太子，便于太后下手。"

陈太后冷哼一声："你倒是机灵。"

冯川似乎没听到陈太后言语里的讥意，躬身道："多谢太后夸奖。"

"好了，你下去吧，记着，这所有的交易都要建立在哀家安然的份儿上，否则你们什么都得不到。"

"奴才明白，太后放心。"在冯川出去后，陈太后挺得笔直的腰杆立刻弯了下来，后背佝偻如虾，完全没了刚才的精气神。

秋月走到陈太后身后，替她揉着突突跳动的太阳穴，小声道："太后，要不要派人查查冯川的底细？"

"没用的。"陈太后叹气道，"他既敢现身，就必然做好了万全的准备，查不出来的，不过……哀家多少也猜到了一些。"

秋月试探道："那冯川……"

"你想想，眼下与咱们大周作对的，除了一个半死不活的西楚之外，还有谁？"

秋月眼皮一跳，脱口而出："齐国！"

陈太后盯着幽幽跳动的烛火："西楚不会自己要求灭自己，那么思来想去，就只有一个齐国了。"

“可这对他们有什么好处，就为了灭一个西楚？这未免也太过大费周章了。”眼下西楚被燕国那些火枪弄得焦头烂额，如果齐国有心，对付他们并不难。

“西楚被一个小小的燕国弄得边境不宁，疆域一失再失，朝堂又不宁，内忧外患，就算没其他人踩上一脚，西楚也不久矣。这一点哀家明白，齐帝更明白，他早已将西楚视为弃子，所以早在三年前就做了安排。”陈太后取了一支白玉凤钗步摇在手中，秋月乖觉地替她插在发髻上，“落井下石只能图一时痛快，没了西楚，齐国可就举步维艰了，恕奴婢直言，齐帝……不像是这样冒失的人。”

“所以才要布下秋水这枚棋子。”陈太后对镜照一照，凉声道，“哀家问你，一个国家的根本是什么？”

“民心？百官？军队？”秋月连说了几个都被陈太后否决，见秋月实在想不出，陈太后方才说出了答案，“是储君。”

“王朝想要传承下去，必须要有一个好的储君。”陈太后低头抚着银丝彩绣锦裙上的皱褶，徐徐道，“哀家虽然不喜欢予怀，但他确实有些能力，大周交在他手上，不说开拓，守业是完全没问题的。”

“现在老三死了，老二成了傻子，老大又要常年出征，死生难料，等于大周的国本全没了，你说最后得利的会是谁？”

两个字跃然于秋月脑海中：“齐国！”

“不错！”陈太后目色阴沉，似有乌云层叠，“齐帝真是打了一手好算盘。”

秋月踌躇道：“既然太后一早洞悉其中利害关系，为何还要答应冯川？”

“哀家能不答应吗？”陈太后冷冷扫了一眼，秋月赶紧低下头，暗悔自己一时口快多嘴。

陈太后平一平气息，盯着齐国所在的方向，冷声道：“他有张良计，哀家也有过墙梯，大周的基业，就算要败也得败在自己人手里，容不得那些个外人来染指！”停顿片刻，她突然话锋一转，“哀家记得，肃老王爷两年前刚添了一个孙子是不是？”

秋月不知她为何会问起这个，但刚刚受了个教训，不敢多问，如实道：“是，叫予炎，算算日子，眼下差不多刚好两周岁，听说很是聪明，小小年纪已是说得头头是道，还会认字了。”

“不错。”陈太后点头，微笑道，“明日你去肃王府传个话，就说哀家想见见这个侄孙子。”

“是。”秋月满腹疑惑地应下了，太后并不喜欢肃王一家，怎么会突然对一个孩子如此感兴趣，真是奇怪。

再说承德殿那边，东方溯面色青白地盯着跪在殿中的予恒，鼻翼微微张阖，手里的狼毫笔已是被他生生攥成了两段。

殿内气氛异常压抑，张进将头垂到了胸口，连大气也不敢喘，唯恐招来无妄之灾。

不知过了多久，东方溯终于从齿缝中挤出几个字来：“确定是太后所为？”

“秋水确是这么招供的，皇祖母表面深居简出，不问世事，实则一直未忘当年之恨，蓄意报复。依着皇祖母的设想，先是让儿臣误会父皇母后，然后再借秋水之口，怂恿儿臣争夺帝位，哪知中途被予瑾知悉，为了掩盖事实，皇祖母命人杀害了予瑾。”

“好好好！朕的母亲真是果断，连自己亲孙子都能说杀就杀了。你们说，朕是不是应该封她一个‘巾帼英雄’的称号？！”

“陛下息怒。”张进等人纷纷跪下，一个个心惊胆战，就算是再蠢笨的人，也听得出东方溯是在说反话。

东方溯将折断的笔狠狠掷在地上，脸上露着森然怒意：“如此蛇蝎心肠的人根本不配活在世上！”

张进身子一颤，他知道，东方溯对陈太后起了杀意。以前陈太后虽然屡屡犯错，但一来东方溯宅心仁厚，二来不愿背上弑母的恶名，所以屡屡留情，最严厉的惩罚也不过是迁居畅春园。

可惜，兜兜转转那么多年，最终还是没能逃过母子相残的结局，也真是可悲。

“去把秋水带来，朕要亲自审问她！”虽说予恒不会撒谎，但事关重大，还是要亲耳听一听秋水的说辞。

很快，秋水被押到了承德殿，但令予恒没想到的是，她被带来时，竟然身受重伤，奄奄一息，负责押送的几名神机营也都满身是伤。

予恒骇然道：“怎么回事？”

负责这次押送的是阿六，他捂着受伤的手臂道：“启禀陛下、齐王，我等在来的路上，遇到一群不明身份的人偷袭，那些人不知从何处得来一些极其霸道的暗器，我等猝不及防，都受了重伤，勉强杀出重围，但犯人……”他满面内疚地跪下道，“卑职失职，请陛下责罚！”

东方溯紧紧拧着眉：“抓到了吗？”

“没有，不过卑职从他们手里夺了一样东西。”阿六双手捧上一柄精致的弩箭，别看只有巴掌大，却可以同时装五支弩箭，五箭齐发，再厉害的高手也难以抵挡，不知是哪个暗器高手所做。

在弩箭尾端，刻着一个小小的“罗”字，东方溯剑眉一挑，有些惊讶：“汉中罗氏？”

罗氏一门是江湖上鼎鼎有名的暗器世家，位于汉中，而汉中，是属于西楚的，也就是说……那些杀手很可能是来自西楚。

“陛下，纪太医来了。”张进恭敬地说着，他清楚秋水的重要性，所以刚看到她受伤，就立刻机敏地去请了太医，还把医术最高明的纪临给拉来了。

东方溯微一点头，指着秋水对纪临道：“给她看看。”

“是。”纪临放下药箱，半跪在地上为秋水把脉，随后掀开染血的衣裳看了看伤口，就这么一会儿工夫，秋水已是连呕几口血出来，精神更加萎靡。

纪临从药箱中取出一颗药塞进秋水嘴里，又让人取来半碗水，喂她喝下去，做完这一切，他才朝东方溯拱手道：“陛下有什么话就快问吧，她撑不了多久。”

“连你也救不了？”东方溯诧异地问，之前看纪临施救，还以为可以保住秋水性命，没想到是这么一个答案。

纪临摇头道：“这位姑娘伤势极重，已是无力回天，只能以大补丹的药力拖延片刻。”

“一定是太后！”予恒眼底有阵阵伤痛，他虽然痛恨秋水的欺瞒，但到底曾经爱过，还是那么的刻骨铭心，现在看到她命不久矣，自是心中难过。

秋水听到他的话，微微抬头，吃力道：“不是……不是太……太后！”

予恒冷哼一声：“除了太后，在这金陵城中，还有谁会想要你的性命。”

秋水怆然一笑，勉力撑起身子，跪坐在地上：“你以为我先前与你说的，都是真的吗？”

予恒听出她话中有话，疑惑道：“什么意思？”

“我被派到你身边的用意，是让你们北周内乱四起，朝堂不宁，只要我活着一刻，就必须肩负着一刻的使命，成亲如是……招供亦如是……”

东方溯听出了她的意思，蹙眉道：“指使你的人，不是太后？”

秋水冷笑道：“你们真以为太后有那么大的能耐吗，她不过是一个替死鬼罢了，好让你一怒之下处死太后，背上弑母的骂名，无论太后怎么犯错，她都是太后，是一国之母，杀了她……呵呵，诸王与百官之中，必然有人不满。”

东方溯冷冷盯着她，半晌，徐徐道："你在包庇她！"

秋水并没有着急解释，反而一脸冷笑道："你要不信，就当是包庇吧，反正多一个人给我陪葬也没什么不好的。"

"究竟是谁派你来？说！"予恒心烦意乱地吼着，他一直以为自己问出了真相，可现在才发现，真相依旧扑朔迷离，不得而知。

秋水捂嘴一阵咳嗽，当她放下手时，掌心是殷红的鲜血，与苍白若死的面孔形成鲜明对比。望着手里代表着死亡的殷红，她眼里闪过浓重的悲哀，从来……她的命都由不得自己做主，真是可悲……

半晌，她放下手掌，疲惫道："我说了，就当是太后吧。"

"你！"予恒听得气结，一把捏住秋水修长的脖颈，咬牙道，"再不说实话，我现在就杀了你！"

秋水被掐得说不出话来，但从她的表情上可以看出，予恒这句话并不能威胁到她，想想也是，她本就是将死之人，又怎么会惧死。

"予恒。"耳边传来东方溯的声音，予恒知道他的意思，收回手负在身后，从张进的角度看去，正好可以瞧见他的手，在微微颤抖。

唉……张进在心里叹了口气，看齐王这个样子，就算秋水死了，她留下的阴影，也会一世笼罩着齐王，令予恒无法摆脱，真是祸害。

东方溯走到秋水身前，投落一片阴影："既然已经撒下了谎，朕和齐王也都相信了，为什么还要去戳破？"

一种无形的威压伴随着阴影将秋水笼罩，令她有些喘不过气来，连血流的速度都似乎慢了一些，她能感觉到皮肤上的寒毛一根根竖了起来……

良久，秋水咬牙道："他不仁，我不义！"

东方溯轩一轩长眉："这么说来，杀你的人，是你主人派来的？"

"不错！"秋水面带怒容道，"我一心一意为他办事，连性命都愿意赔上，他可倒好，一发现我身份败露，就立刻派人来行刺，真是让人寒心！"

"其实你本就做好了必死的打算，早一些晚一些也没什么！"东方溯神情淡然，看不出他心里的想法。

"那不一样！"秋水激动地叫着，"我用忠心待他，他却用戒心防我害我，我不甘心，不甘心！"

东方溯对她的话不置一词："那你倒说说，是谁派你来的？"

秋水意味深长地看了一眼刚刚走进来的予怀，痴痴地笑了起来："这个人你也认识，还是死对头！"

东方溯眸光一动，一个名字跃然于心头："萧若傲？"

"除了他，还有谁那么迫不及待地想要乱你江山，祸你东方一族性命？"秋水讽刺地说着，随即又露出哀伤之色，"乔初死后，就由我跟在他身边，燕国的火枪令他吃足了苦头，他知道你们不会放过他，但北周国力强盛，西楚却日渐衰微，两者差距越来越大，打仗不过是自取灭亡，所以他想到了由内攻外的计策，派我来齐王殿下身边，设法令你们内斗，耗损国力，如此一来，他就可以渔翁得利，像当初吞掉南昭一样，吞掉北周这块大肥肉。可惜啊，人算不如天算，他还是输了。"说到这里，秋水突然笑了起来，拍手道，"我知道了，连老天爷也看不惯他，不想他赢。"

予怀眸光沉沉道："你把所有事情都告诉我们，就不怕远在应天的家人会遭楚帝迫害，招来杀身之祸吗？"

秋水眼皮猛地一跳，继而讽刺道："太子以为，他还会留着我家人的性命吗？只怕早在派人来杀我之前，就已经杀尽了我的家人，哈哈哈哈，家人……我哪里有家人，哪里有啊！"

予怀默然不语，他能听得出秋水话里的绝望，不像是装出来的。

"噗！"秋水猛地呕出一大口血来，眼里的光芒迅速黯淡，就如一支即将烧尽的蜡烛。她转头望着予恒，用最后的力气说道："对不起……殿下对不起……你……原谅我好不好？"

予恒听到了她的话，紧紧咬着牙，直至秋水咽下最后一口气，都没有说一个字，他爱秋水，但……他做不到原谅！

予瑾一案，终随着秋水的死告终，但事情还远远没有结束，阴谋……也从来没有停止。

"儿臣有眼无珠，不仅识人不清，还屡屡顶撞母后，实在罪该万死！"予恒跪在长信殿中，在他面前坐着沈惜君。

见沈惜君久久不语，阿紫轻声道："娘娘，齐王殿下已经知错了，您就原谅了他一回吧。"

"是啊，殿下年少，难免识人不明，吃一堑长一智，奴婢相信殿下以后不会再上当了。"

“罢了，起来吧。”沈惜君原本有意训责几句，但看到他憔悴的模样又心有不忍，再加上阿紫、阿兰两个从旁劝说，更是不忍再苛责。

沈惜君招手示意予恒近前：“都办好了？”

“是，秋水已经正法，左右先生也已经被神机营格杀，只是不知金陵城还有没有他们的同党，父皇让太子暗中追查，另外……”予恒瞅了沈惜君一眼，欲言又止。

沈惜君猜到他的心思：“你给秋水立了坟？”

“是。”予恒低头道，“她虽然罪该万死，但总算……相识一场，儿臣不忍她死后曝尸荒野。”

沈惜君叹了口气：“重情重义是你的优点，也是你的弱点，你这样做，可是有违你父皇的旨意。”

东方溯痛恨秋水杀了自己的爱子，下令曝尸三日，扔去乱葬岗，不许任何人给她收尸下葬。这道旨意，他是存心下给予恒的，整个金陵中，也就他会给秋水收尸，予恒听到了，可他还是违背了。

“儿臣知罪。”面对予恒的认错，沈惜君再次叹了口气，徐声道，“人死如灯灭，前尘往事都该一笔勾销，赐她一捧黄土也未尝不可，你父皇那边，母后会去说，你不必担心。”

“多谢母后。”在落座奉茶后，沈惜君道，“本宫与贵妃商量过，予瑾骤逝，宫里宫外都是悲痛异常，不宜举办婚事，所以你和予怀的婚事一起推到明年，你看可好？”

“婚事不急。”予恒捧着温热的茶盏道，“儿臣此来，还有一事与母后商量。虽然害死三弟的人是秋水，但追根究底，真正的凶手是楚帝。此人屡屡觊觎我大周，诡计百出，不守约定，先后害死了古师、予瑾等人，实在该死！”

沈惜君仔细听着，道：“你父皇想对西楚动兵？”

“不错，西楚这些年被燕国弄得疲于应付，连失城池。而我朝休养生息，兵强马壮，可谓此消彼长，正是出兵的好时机，一举歼灭西楚。”

“倒是不错，你父皇可有说何时动兵，派谁人领兵？”

“应该秋后就会出兵。”说到这里，予恒神色一正，搁下一口未动的清茶，“母后，儿臣想随军出征！”

沈惜君一惊，没想到他会提出这样的要求，待缓过神来后，她摇头道：“不行，战场之上，凶险万分，随时都有可能受伤甚至死亡，予瑾已经不在了，你万万不可再冒险。”

“就是因为予瑾不在了，儿臣才一定要出征。”予恒咬牙道，“虽然父皇和母后都没有责怪儿臣，但儿臣心里是清楚的，予瑾……他间接死于儿臣之手，儿臣一定要亲手攻破应天，擒下楚帝，以慰予瑾在天之灵！”

“你也是上了奸人的当，才会间接酿下祸端，予瑾一向懂事，母后相信他不会怪你的。”

“儿臣知道三弟不会，可儿臣……过不了心里这关，只要一闭上眼睛，就会看到三弟浸在河里，全身都泡肿的模样。”说到这里，予恒不禁哑了嗓子，“扑通”一声跪在沈惜君面前，“求母后成全！”

“你这又是何苦呢。”沈惜君连连摇头，怜惜地看着跪在自己面前的予恒，“万一有个三长两短，你让本宫怎么办，让你父皇和大周怎么办？”

“父皇和大周那边有太子在，不会有事的，只有母后……”予恒哽咽道，“儿臣知道自己不孝，可儿臣真的很想亲手报仇，还望母后成全。”

阿紫也觉得不放心，在旁边劝道：“朝中有的是能征善战的武将，何需殿下亲自出手，战场凶险，殿下还是待在金陵为好。”

阿兰在一旁连连点头：“正是这个理，殿下听奴婢们一句劝，不要去了。”

予恒低头不语，旁人看不出他的心思，沈惜君养了他十多年，又怎么会看不出，这心里头还是一门心思想着去战场。

这个儿子的性子她很清楚，认定的事情十头牛都拉不回来，秋水如是，战场亦如是，要不是顾着自己，怕是早就向东方溯主动请缨了。

“唉。”沈惜君已经不记得这是她第几次叹气了，“非去不可？”

予恒没有回答，只道：“请母后成全。”

“你啊！”沈惜君既心疼又有些嗔怪，“每次都让母后担惊受怕，再这样下去，寿命都要被你弄得减几年。”

这句话令予恒大为内疚：“母后……”

“好了。”沈惜君摆手打断他的话，“母后也不是顽固不化的人，既然这是你的意愿，又如此坚决，母后不阻止就是了。”不等予恒欢喜，她又道：“不过你父皇答应与否，母后可就不保证了。”

予恒用力点头，高兴道：“儿臣知道，多谢母后。”

沈惜君招手示意他近前，抚着他宽阔的肩膀，感慨道：“你长大了，希望独自振翅飞翔，不肯再躲在母后羽翼下，母后真不知该欢喜还是难过。”

予恒知道她心中的不舍与难过，动容道："无论儿臣飞得多高多远，都永远是母后的儿子。远行……是为了更好地回到母后身边。"

他的话令沈惜君眼眸微红，徐徐抚过予恒棱角分明的脸庞："记住你自己的话，无论去哪里，都一定要回来。"

东方溯知道予恒想要领兵出征时，与沈惜君一样意外，几经思量，他最终还是拒绝了予恒的要求，他知道会让予恒失望，但已经失去了一个儿子，不能再失去另一个儿子。

东方溯合上最后一本奏折，轻舒一口气来到窗前，夜空中繁星点点，拱卫着中间一轮将圆未圆的皎洁明月。

外面刚下过雨，风吹在身上有些凉意，几缕桂花香夹杂在风中，令人精神一振，东方溯挑一挑眉："桂花开了？"

"是，今年桂花开得特别早，刚到八月就全开了，尤其是御书房后面这两株，开得最好不过。"张进恭敬地回答着。

东方溯若有所思道："朕记得今日是十二？"

张进笑道："陛下好记性，今日正是八月十二。"

"八月十二……"东方溯伸手接住一片被夜风吹进来的树叶，凉声道，"差不多该是时候了……"

张进知道陛下是在说出征西楚一事，不过他很清楚自己的身份，不该说的话，一个字都不会说，正因为如此，才可以长伴君侧。

第三十六章　兵临城下

不知是否吹多了冷风，东方溯弯腰咳嗽起来，咳到剧烈处面色涨红如朱砂，瞧着甚是吓人。

张进赶紧关上了窗子，将他扶到椅中抚背顺气，良久，东方溯终是止住了咳嗽，靠在椅中不住喘气，额上出了一层又一层的冷汗。

张进沏了盏热茶给他，不放心道："陛下，要不要传纪太医来看看？"

"不用了，朕没事。"虽说歇了一会儿，可东方溯气息还是有些不匀。

"可是……"

"好了，朕都说没事，哪来那么多可是。"东方溯不耐烦地打断张进，他接过茶盏喝着，握着茶盏的手指微微颤抖，令茶水洒了一些在手上。

张进虽然担心，但东方溯态度坚决，他也不敢再多说。他心里明白，陛下是怕贵妃担心，承德殿一传太医，最紧张的人就是贵妃，每次都是彻夜地陪在陛下身边。

东方溯喝过茶后，道："予恒最近怎么样了？"

"大殿下每日忙着自己的差事，除此之外就是去长信殿和漪兰殿请安。"说着，张进想起一事，"对了，初十那日还去了静芳斋。"

"静芳斋？"东方溯有些惊讶。

"是。八月初十是太后寿辰，大殿下和太子都去了，太后留他们用午膳，不过太子有事，没用膳就回来了。"

东方溯抚一抚额："朕这阵子忙着攻伐西楚的事情，都忘了母后生辰，明日一早，你去内库房挑几样合适的寿礼，代朕送去。"

张进笑道："陛下放心，贵妃娘娘已经代您送去了，一对白玉如意，一架紫檀屏风，还有一套和田籽玉首饰，都是太后喜欢的。"

"她倒是有心。"说起慕千雪时，东方溯神情异常温柔。

张进笑道："贵妃娘娘一向有心，尤其是对陛下，陛下和贵妃当真是一对神仙眷侣，宫里宫外不知道羡煞了多少人。"

东方溯扫了他一眼，似笑非笑道："这嘴皮子倒是耍得越来越利落了。"

张进连忙道："奴才说的都是实话，没半点儿虚假，前几日奴才领肃王爷进宫的时候，奴才还听他说起呢。"

"行了，把你那嘴皮子功夫收一收，别在朕面前耍宝了。"话虽如此，东方溯还是掷了一个玉扳指给他，显然张进刚才那番话很合他心意。

张进捧着扳指正要谢恩，外面传来宫人尖细的声音："启禀陛下，太后来了。"

东方溯甚是意外，刚才还说起，这一转眼就来了，真是巧得很，他朝张进努一努嘴，张进会意，快步上前开了殿门，将陈太后请入殿中。

"见过母后。"东方溯起身行了一礼，待得重新落座后，他疑惑道，"母后怎么这个时候过来？外面天寒，万一受凉可怎么是好。"

陈太后拢一拢袖子，微笑道："哀家原本傍晚就想过来的，怕扰了皇帝处理国事，便没打扰，刚才见雨停，就让冯川扶着哀家出来走走，经过承德殿时，见里面灯火还亮着，猜着皇帝没睡，便进来看看。"她看了一眼桌案上摞得整整齐齐的奏折道，"都批阅过了？"

"是。"东方溯简单应了一声，"母后刚才说傍晚就想过来，可是有什么事？"

"是有一些事情。"陈太后接过张进递来的茶，揭开盏盖拨一拨浮在上面的茶沫子，"前日是哀家生辰，予恒和予怀有心，来给哀家祝寿。"

东方溯拱手道："儿子这阵子朝事繁忙，忘了母后生辰，还请母后恕罪。"

陈太后微笑道："哀家明白，所以也没让人知会你，就怕扰了你。"顿一顿，她又道，"予恒留下来用膳时，与哀家说起攻伐西楚的事，皇帝打算什么时候出征？"

"九月下旬。"东方溯话音刚落，陈太后又问道："人都选好了？"

"已经选得七七八八了，老九领兵，张相为军师，随同出征。"

陈太后颔首道："有他们两个领兵，再加上火枪火炮，攻下应天应该不是难事。"说着，她眸光一抬，落在东方溯身上，"皇帝一向睿智，可有猜到哀家接下来要说的话？"

东方溯不动声色地道："和予恒有关？"

"不错，予恒很想出征，希望哀家帮着讲讲情，请皇帝给他一次机会。"

"不行。"东方溯不假思索地拒绝了陈太后的话，陈太后对此并不意外："你担心予恒有事？"

东方溯反问道："难怪母后不担心吗？"

"他是哀家的亲孙子，岂有不担心之理，更何况刚刚出过予瑾那事……"提到予瑾，陈太后连连叹气，伤心之意溢于言表。

半晌，陈太后抹一抹眼角的泪，道："哀家原先也与皇帝一样，坚决反对，但细细听了予恒的话后，哀家觉得应该成全。"

东方溯淡然道："所以母后今夜是来做说客的？"

陈太后没有回答他的话，而是回忆起了往事："哀家记得，你第一次出征的时候，哀家也是提心吊胆，整日吃不下睡不着，等你回来的时候，整整瘦了一大圈；那会儿哀家最害怕的就是先帝让你出征，可后来哀家渐渐想明白了，你不可能一辈子活在哀家的庇护之下，早晚有一天，需要自己去走出一条路来，既然这样，何不早一点儿走，至少哀家还能看顾些许，皇帝你说对不对？"

东方溯垂目道："母后所言极是，但予恒与儿子当年不同。"

"有何不同？"

"当年卫氏母子把持朝政，专横独行，咱们母子无依无靠，只能以身犯险，现在内政安宁，至于外政，朕有生之年，一定会替予恒和予怀平定天下，四海归一，无须他们去犯险。"

"皇帝可以保证今后十年、几十年，一直内外安宁吗？"陈太后的容颜在氤氲升起的茶雾中有些模糊，"不能，与其到时候让他们手忙脚乱地去应对，不如早一些历练起来，有老九和张相护着，当不会有事。"

东方溯漠然不语，他知道陈太后的话有理，但还是不打算让予恒出征。

陈太后看出他的心思，长长叹了口气："哀家知道，皇帝是为了予恒好，但皇帝想过没有，这真是予恒想要的好吗？"

东方溯示意张进将已经冷掉的茶拿下去换一盏："母后这是何意？"

陈太后望着烛光中蜷曲焦黑的烛芯，叹息道："回想当年，哀家何尝不是为了皇帝好，结果却弄得众叛亲离，差一点儿母子永不相见。儿孙有儿孙的路，就让他们自己去走吧。若予恒真能在战场中历练出来，对皇帝和大周都是一件好事。"

东方溯沉眸不语，他明白陈太后的意思，也知道她说得没错，但知道是一回事，做到又是一回事，毕竟是自己的亲生儿子，就这样送去充斥着战火与死亡的战场，实在放心不下。

“再多说一句，如果当年哀家阻止皇帝去西楚，今日你我又岂能安然坐在这里。所谓‘塞翁失马，焉知非福’。”说完这话，陈太后起身道，“好了，该说的哀家都说了，皇帝自己斟酌吧。”

见她要走，东方溯还没说什么，冯川倒先急了起来，暗自朝陈太后使了个眼色，陈太后却仿佛没见到，径直道：“扶哀家回去吧。”

当着东方溯的面，冯川不敢多言，低头扶着陈太后离开承德殿，在走到无人之处时，冯川不悦地质问道：“陛下明明已经动摇，为什么不趁机说下去，好坐实这件事？”

冯川的无礼令陈太后怒火丛生，不过身在宫闱几十年，早已经练就了喜怒不形于色的本事，淡然道：“说话也好，做事也罢，都要讲究一个度，一味穷追猛打，反而容易坏事。”见冯川一脸狐疑，她又道，“皇帝是从哀家肚子里爬出来的，没人比哀家更清楚他的性子，放心吧，这件事八九不离十。”

冯川眼眸微眯，寒光在眼中若隐若现：“最好是这样，否则太后这日子可就过不安生了。”

陈太后微微一笑，徐徐往静芳斋走去，裙幅在身后逶迤，如一片巨大的蛾翼……

无论是陈太后还是冯川，都没有发现站在一株桂树后面的容贵人，直至他们走得不见踪影后，容贵人才从树后走出来，脸上满是疑色。

她今夜睡不着，就独自出来走走，没想到竟意外看到这令人吃惊的一幕。

她知道冯川原先只是静芳斋的一个粗使太监，前阵子才被调到内殿侍候，她昨日去静芳斋请安时才刚见过，一副小心谨慎很懂规矩的模样，与刚才判若两人，要不是声音实在太过熟悉，她几乎要以为不是冯川了。

刚才见到的那一幕，实在太过诡异了，冯川咄咄逼人的那副样子，简直好像他是主子，陈太后……是奴才！

容贵人也被自己的想法吓了一跳，这里面一定隐藏了天大的秘密，如果自己能查清楚，说不定能得陛下欢心。

想到这里，容贵人兴奋不已，她虽然得以回宫，但也仅此而已，这几年来无论她怎样献殷勤，都未得东方溯正眼相看，更不要说召幸，日复一日地独守空房，如今骤然有了这么一个机会，她怎么能不欢喜。

夜，永远是最能掩盖罪恶的……

一切终如陈太后所料，东方溯同意了予恒的请求，许他随军出征，出征日子定在九月初十，重阳节后。

予怀知道后，也很想跟予恒一起出征，兄弟二人并肩作战，共同踏平应天，为予瑾报仇，无奈他是太子，必须留在金陵，只能暗自羡慕。

入秋之后，天暗得越来越早，申时刚过，就已经黑沉沉一片，需得点灯才能看到。予怀刚踏进漪兰殿，便看到慕千雪在灯下缝衣，笑道："母妃，您又在给大哥做衣裳了？"

慕千雪咬断穿在针尾的丝线，微笑道："是啊，再过几日他们就要出征了，得抓紧时间多做几件。"

"母妃偏心，尽顾着给大哥做，儿臣一件也没有，不公平。"话虽如此，予怀脸上却没有半分嫉妒生气之意，反而有着克制不住的笑意。

慕千雪知道他是在与自己玩笑，故意顺着那话道："既然你不愿意，那母妃不做就是了，夏月，把做好的衣裳都拿来，按着太子的尺寸全改了。"

夏月忍着笑道："是，奴婢这就去拿。"

"姑姑留步！"予怀赶紧拦住夏月，随即笑嘻嘻地凑到慕千雪面前，"母妃知道儿臣是与您开玩笑的，怎么还当起真来。"

慕千雪捏一捏他的脸颊，笑斥道："都这么大人了，还总喜欢开玩笑，没个正形，要让太傅看到，非得训你半天不可。"

提起太傅，予怀心有余悸道："母妃可千万别告诉太傅，上次和倾心一起逗了逗鹦鹉，便被太傅足足念了两个时辰。"

负责教训予怀一众皇室子弟的是一位博学多才的太傅，是当世有名的大儒，除了无人能及的学问之外，他还有一个特点，就是极其重视礼教，可谓是规行矩步。这可苦了他的学生，在他面前规规矩矩，不敢有半点儿失礼。这位太傅大人可不管你是什么身份，一旦被他抓到就是好一顿训斥，予怀也没少挨训，弄得他一提起太傅就怕。

看到他这副害怕的模样，慕千雪好笑道："也就太傅治得了你。"

"母妃辛苦了，歇一会儿吧。"予怀讨好地说着，在接过慕千雪手里的棉衣时，发现异常地沉，疑惑道，"母妃怎么做这么厚的衣裳，儿臣听说西楚比咱们这边要暖和许多，就算是冬天也用不上这么厚的棉衣。”

慕千雪微笑道：“知道为什么我们与西楚相邻，却气候相差许多？”

予怀不假思索道：“因为祁连山。”

“不错，祁连山在将咱们和西楚划分开来的同时，也挡住了这边的冬季寒风，令西楚气候温暖，不同于咱们这边。”

“既然母妃明白，为什么还要给大哥缝制如此厚的棉衣？”

慕千雪将冰冷的双手放到烧得通红的炭盆上烘着，热气一点点渗入指骨中，驱散里面的寒意：“不只你大哥，此次所有出征的士兵，都需带上这么厚的棉衣，户部那边已经在加紧赶制了。”

予怀听得越发疑惑：“儿臣不明白，这棉衣在西楚根本用不上。”

慕千雪夹了一块银炭放到有些发暗的炭盆中，看着火光一点点把银炭吞噬：“这几年祁连山雨水极多，偏偏又赶上楚帝下令砍伐树木建造宫殿，使得祁连山的树木一年比一年少，到现在，一大半都变得光秃秃了。没有了树木的根，这山石泥土自然就没那么牢固，一下雨，泥土都大量从山上流下来，轻则淹没良田，重则大面积崩塌，酿成灾祸。”

“儿臣记得，去年祁连山就发生过一起山石崩塌，幸好山下居住的人不多，又赶上是白天，所以情况还好，但也死了好几个人。”

慕千雪笑一笑，问道：“今年呢？”

予怀一边思索一边道：“今年雨水比去年还要多，很有可能再次崩塌，不过去年那件事后，儿臣就将山下的村民迁到别处，相信不会再有伤亡。”

“就只想到这些？”

她的反问令予怀一怔：“还有什么？”

“连年的土石流失，令祁连山高度明显下降，抵御寒流的作用在逐年下降，只是因为前两年寒流微弱，所以对西楚影响不大。但今年不一样，才不过八月末就冷得犹如冬天一般，这几日本宫一直在夜观星相，也曾传问过钦天监，结果都一样，今年冬天会很冷。”

予怀恍然之余又极为钦佩：“原来如此，若不是母妃说起，儿臣无论如何都想不到，母妃真是思虑周全。”

“出征在外，地利与人和必然有缺，唯一能够借助的就是天时，自然得紧紧握住。”说着，慕千雪叮嘱道，“这件事不要传扬出去，以免落到楚帝耳中，令他有了准备。”

“儿臣知道。”予怀应了一句，摇头道，“西楚连年战乱，民不聊生，楚帝竟然还有心思扩建皇宫，实在昏庸无道，就算咱们不出征，这西楚只怕也撑不了几年了。”

“千万不要小看了萧若傲。”慕千雪神色凝重道，“他与燕君不同，绝不会为了贪图一时享乐而耗损国力，那些木材……只怕别有用处。”

“儿臣明白，儿臣待会儿就去告诉大哥，让他小心行事。”予怀清楚自己母亲的本事，这么多年来，她的话从没有错过。

慕千雪点点头，转而道：“听你父皇说，这次由你负责粮草运送。天气寒冷，路上指不定什么时候就会结冰，所以一定要将运送时间算得宽裕一些，以免延误了粮草。”

予怀肃然道：“儿臣记下了，多谢母妃提醒。”

九月初十，东方泽率领二十万大军由祁连山脉向西楚进发，张启凌、予恒随军同行，共征西楚。

随着周军越过祁连山脉，关于他们的战报一封接一封送入应天，这几年燕国的穷追猛打令西楚国力渐下，这会儿得知北周出兵征伐，朝中上下皆是人心惶惶。

这日早朝，又是一封战报送到萧若傲手里，据战报显示，北周大军离应天已经不足百里，不日之内就会抵达应天城外。

“来得可真快！”萧若傲冷冷地说了一句，抬眸落在一名武将身上，“王将军，朕让你召集的大军都齐了吗？”

王将军身子一颤，神情忐忑道：“启禀陛下，已经召集到五……五万士兵。”

“五万？”萧若傲脸庞一下子沉了下来，“朕不是让你召集十万将士吗，为何只有一半？”

“陛下息怒。”王将军急忙道，“我们与燕国连年应战，再加上前阵子蕃地叛乱，费了许多兵力去镇压，一时之间实在召集不到十万士兵，就这五万也已经很勉强了，其中还有不少……”他瞅了萧若傲一眼，迟迟没有说下去。

萧若傲忍着怒火，冷声道：“讲！”

王将军咬一咬牙，如实道：“还有不少老弱士兵！”

“啪！”萧若傲重重一掌拍在扶手上，怒容满面道：“王忡，你好大的胆子，竟敢将朕的话当耳旁风！”

见龙颜震怒，文武百官尽皆跪下，王忡更是惶恐不安，额间密密全是冷汗，却不敢伸手去拭，他咽了一口唾沫，颤声道：“陛下……恕罪，臣……真的已经尽力了，您再……再给臣一点儿时间。”

萧若傲怒极反笑：“朕可以给你时间，但北周呢，他们会给朕时间吗？会吗？！”

王忡汗如雨下，伏在地上不住磕头请罪，萧若傲冷哼一声，看向低头跪地的文武百官，冷声道：“众位爱卿，现在是我西楚生死存亡之际，你们可有什么计策？”

沉寂片刻，有一名大臣抬起头，小心翼翼道：“陛下，臣有一计，不知当说不当说。”

萧若傲精神一振，连忙道：“讲！”

在萧若傲满怀期许的目光中，那位大臣缓缓吐出十个字来：“留得青山在，不怕没柴烧。”

听到这话，萧若傲眼中的光芒迅速黯淡下去，变得冰冷瘆人：“你要朕逃走？”

“不，只是暂时换一个地方韬光养晦，臣相信，以陛下的本事，一定能够夺回应天！”

“那依你之见，朕去哪里为好？”萧若傲面色平静地问着，看不出喜怒。

见萧若傲大有接受自己提议之意，大臣连忙道：“南昭归属我国已有将近二十年，虽然还有愚民负隅顽抗，但只是少数，不足为虑，故臣以为南迁最好。”

萧若傲不置可否地点点头，目光在众位大臣身上一一扫过：“你们呢，也是一样的意思吗？”

百官相视一眼，齐声道：“请陛下以大局为重，暂时南迁。”

“好！好！好！”萧若傲连说了三个好字，脸上充斥着讽刺的笑意，“瞧瞧，都瞧瞧，朕可真是有一群好臣子，这北周还没有打过来，就一个个琢磨着怎么逃走了，要不要朕派兵护送你们？”

见他语气不善，百官一个个低着头不敢接话，但萧若傲并不打算就此放过他们，寒声道：“说啊，怎么不说了，刚才不是还说得头头是道吗？”

王忡狠狠一咬牙，开口道：“臣等这么提议，都是为了陛下好，请陛下南……”最后那个“迁”字还没来得及说出口，一个水晶镇纸已是狠狠地砸在他头上，同时耳边传来阴寒如地底厉鬼的声音：“谁再敢说‘南迁’，朕现在就杀了他，让他去阎罗王那里咬舌根子！”

这句话令百官噤若寒蝉，连气也不敢喘，唯恐触了霉头，招来杀身之祸。

萧若傲深吸了几口气，勉强压住怒火，冷声道：“王忡！”

王忡赶紧爬前一步，恭敬道："臣在。"

"朕不管你用什么办法，三天之内，征集两万士兵，如果北周军队抵达应天之时，你拿不出七万士兵，朕唯你是问。"顿一顿，他又道，"还有，不许拿老弱病残来糊弄朕！"

"是。"王忡的脸皱得像吃了黄连一样，别说两万，想再凑两千都难，可萧若傲金口已开，他如果拒绝，那就是跟自己小命过不去，这可怎么办啊？

"退朝。"萧若傲不耐烦地喝了一句，拂袖离去，留下一屋子冷汗涔涔的大臣。

回到御书房，内监才刚刚生炭盆，还没来得及暖和，太监李大富小心翼翼地递过茶，赔笑道："陛下喝口茶暖暖身子吧。"

萧若傲接在手里却迟迟未喝，过了一会儿更是重重搁在紫檀边几上，震得李大富和一众宫人心惊肉跳，谁也不敢出声。

"让步允来见朕。"

"诺。"李大富赶紧下去传话，步允原是乔初的副手，乔初死后，就由他接管天机卫。

不一会儿，步允出现在御书房中，是一个二十左右的俊美少年，看着像是弱不禁风的书生，很难想象会是天机卫的首座。

"见过陛下。"步允话音未落，萧若傲已是不耐烦地摆摆手："朕让你查的事情查到了吗？"

虽说两国是死敌，但北周这次出征太过突然，先前一点儿征兆也没有，令他有些疑惑，故而派了步允调查这件事。

"查到了一些。"步允恭声道，"北周这次突然出兵，似乎与皇三子的死有关。"

萧若傲意外道："皇三子？"

"是，就在不久之前，皇三子予瑾突然溺死在河中，据查是齐王府一名叫秋水的女子所杀，周帝极为震怒，死后还曝尸数日掷入乱葬岗中。"

"女子？"萧若傲喃喃低语了一句，追问道，"她为什么要杀一名皇子？"

"这个卑职还没有查到，据坊间传闻，这名女子是齐王几年前在山林中捡到的，一直在齐王府当差，齐王很喜欢她，一度还想娶她为正妃，但被帝后阻止。"见萧若傲面有不悦，他赶紧道，"卑职会尽快查清此事！"

李大富在旁边欲言又止，萧若傲瞥见他这副神情，道："有话要说？"

李大富赶紧躬身道："回陛下的话，奴才是在想，如果这北周进攻真与皇三子的死有关，难不成……他们误以为秋水是咱们的人？”

一语惊醒梦中人！

萧若傲越想越觉得有可能，当即命步允照着这个猜测查下去，一定要调查清楚。

三日后，萧若傲没有等来步允，却等来了周军兵临城下的消息，整整二十万大军，站在城头看下去，只见黑压压的人头，根本看不到边。

与此同时，王忡也终于再次征集到两万士兵，但用的是强行征兵之法，应天附近，但凡年满十八岁的男丁，必须应召入军队。但即使是这样，人还是不够，无奈之下，他将年龄降到了十六岁，终于勉强凑够了人手。

他固然完成了任务，保住了脑袋，却弄得百姓怨声载道，民怨沸腾。这件事，萧若傲并非不知道，但他默许了王忡的做法。

在他看来，保住应天是当务之急，与之相比，所谓民心……根本不足一提。

从某个角度来说，是萧若傲自己将西楚一步步推向了灭亡。

周军的到来，令应天的气氛紧张到了极点，谁也不知道什么时候会打起来，什么时候……应天城就破了……

曾经繁华的街巷如今变得冷清无比，除了不时巡逻经过的士兵，几乎看不到其他人，满地是落叶，百姓都藏在自己家中，除非必要，否则绝不外出。

“还没有查清楚？”面对萧若傲的责问，步允跪地道：“卑职无能，请陛下恕罪！”

“哼！”萧若傲面色不善地盯着他，阴恻恻道：“是不是连你也想着南迁啊？”

上次南迁的提议被他强行压了下来，可随着周军到来，那些大臣又开始不安分起来，明里暗里透露着南迁的意思，令他很是恼火。

步允大惊，急忙跪下道：“卑职绝无此意，万望陛下明察！”

步允的态度令萧若傲颇为满意，摆手道：“行了，起来吧。”

步允暗自松了一口气，待站起来后，他道：“卑职虽然还没有查到陛下交代的事，但有一个好消息禀告陛下。”

萧若傲正待询问，忽地眉心一动，脱口道：“可是那批东西到了？”

“陛下英明。”步允微笑道，“已经运抵城中，只等陛下一声令下。”

“好！很好！”萧若傲兴奋地在殿中走着，露出这几日来的第一个笑容，他攥紧拳头，寒声道，“这一次，朕要让北周的二十万士兵有来无回！”

步允眸光一闪，上前道：“卑职还有一个好消息要禀告陛下。”

萧若傲按下心中的激动，道：“讲。”

步允压低声音道："陛下要的船都已经造好了，随时都能够下水，而且这阵子刮的正是东风。"

他这番话令萧若傲脸上的欢喜之色越来浓郁，一扫先前的阴霾，拊掌笑道："果然是好消息，看来这次老天爷站在咱们这边。"

步允讨好道："陛下是真命天子，上天当然是站在您这一边。"

萧若傲很是受用，赞许道："这件差事你办得很好，待败退北周军队后，朕重重有赏。不过现在，你先替朕去办一件事。"

"请陛下吩咐。"

萧若傲示意步允附耳过来，在他耳畔一阵低语，步允仔细记下后，恭敬道："卑职这就去办。"

这一切，东方泽并不知道，他正与张启凌还有一众副将商量进攻应天的对策，应天城门是所有城池中最高最厚的，要攻破它，绝非易事。

一名刘姓副将是个直性子，当即嚷道："还想什么，直接用火炮轰就是了，我就不相信一个石垒砖砌的城墙还能挡住火炮的攻击。"

张启凌谨慎道："咱们这次带了不少火炮，但也不能一开始就用尽，谁也不知道后面会是什么情况。"

刘副将不以为然道："军师会不会想得太多了，这楚帝都已经是瓮中之鳖了，还能耍出什么花样来。"

"多留点儿心总是没错的，而且……"张启凌意味深长道，"副将不要忘了，楚帝当年也曾得到火枪，虽说有不少缺陷，但谁能保证，在这几年里，他没找人改进过火枪的缺陷？"

刘副将被他说得哑口无言，好一会儿才憋出一句话来："那依军师之见，该怎么是好？"

张启凌心中早已有谋算，当即道："先探一探应天虚实，然后再做安排。"

"我去吧。"说这话的不是别人，正是予恒。

东方泽眉头一皱，当即道："你从未带过兵，怎可冒进，还是先在一旁观战为好。"

予恒恳切道："我虽不曾带兵，但这一路看了许多兵书，也请教过军师和诸位将军许多，相信足以应对初战，还请九叔给我这个机会。"他很清楚，纸上谈兵是没用的，只有经历过战火，才能成为一名真正的将士，也才能为予瑾报仇。

他来……不就是为了这个吗？

东方泽还想拒绝，张启凌先一步道：“就让齐王试试吧，只要咱们盯牢一些，应该没什么事。”

对于张启凌，东方泽一向尊重，既然他开了口，纵是不愿也只得答应，对予恒道：“既然军师帮你说话，就允你这一次，记着，不可逞强，若有危险，立刻撤离！”

予恒高兴不已，连忙道：“予恒明白，多谢九叔，多谢张相。”

十月初十清晨，予恒率领一万士兵攻城，正如他自己所言，虽然略显生疏，但并没有什么大错，架云梯、冲车、飞索，都有条不紊地安排着。

所谓冲车，是一种装甲起来的兵器，高达数丈，需要二十个士兵一起推动，在利用自身力量冲击城墙的同时，因为高度足够，爬在上面的士兵可以直接向城内射击，攻击守军。

城中守军显然早有准备，发现有云梯，立刻掷石泼滚油，令云梯上的士兵一个接一个哀号着摔下去。

攻城，从来都是一场最残酷的战争，可以说，每一座城池的大门，都是用无数尸骨与鲜血轰开的。

予恒虽然有心理准备，可真看到一个个刚刚还鲜活灵动的生命在自己面前摔得面目全非时，还是有些难以接受，就这么一愣神的工夫，竟没看到一支从城头射下来的利箭，等发现时已经来不及了。

就在予恒即将伤在箭刃之下时，一个人影掠到予恒身前，一手握住箭矢，并借转身之力卸去箭上的劲道。

张启凌转身看着惊魂未定的予恒，漠然道：“如果齐王下次还是这么粗心大意的话，我会建议九王将你送回金陵，以免攻城之余还要分心照顾你！”

予恒回过神来，肃然道：“多谢张相相救，我保证不会再有下一次。”

“那就好，继续吧。”张启凌掷下箭矢，步出这场攻城战。

在接下的战役中，予恒没有再让张启凌失望，拼命将看过的兵书计策化为现实中的谋略，安排人手发起一次又一次冲击，有几次士兵甚至冲到了城头，可惜人太少，很快便被守军杀死，而冲车也在数次冲撞后四分五裂，它换来的，仅仅是城墙上一个不足三寸的坑洞。

东方泽拧眉道：“这城墙真是坚固，看来除了火炮之外，别无他法。”

张启凌就在一旁，淡然道：“这么说来，九王是同意副将的做法了？”

东方泽点点头，随即道：“强攻要付出的代价太大了，而且不知要拖上多久，还是速战速决为好。”

张启凌侧目道：“如果我说有更好的法子，九王可愿一听？”

东方泽眸光一亮，当即道：“愿听其详。”

这一场初战，如先前所料的那样，在留下一地尸体后，无功而返，予恒气馁的同时也终于明白，在战争面前，个人力量微弱到几乎可以忽略不计的地步，所谓“一夫当关，万夫莫敌”，从来只存在于书中，也只有像姨娘那样智谋绝顶之人，才能凭一己之力，左右整个战局。

第三十七章　大难突至

十月十三清晨，应天百姓尚在睡梦之中时，突然被几声巨响震醒，纷纷披衣起身，结伴往巨响传来的方向奔去。

城北原本有一座土地庙，每逢初一十五都会有人去上香，香火还算不错，可这会儿所有人都傻了眼，哪里还有什么土地庙的影子，只剩下一堆焦黑的残墙断壁和零星的火光。

"这……这是怎么回事？"有人诧异地问着。

"你们看，那是什么？"有人眼尖，看到废墟里有东西在发光，绿幽幽的，看起来有点儿瘆人，左右看看，谁也不敢上前。

"有光！"说话的是城东的张屠夫，最是胆大不过，大步上前捡起那个东西，入手沉甸甸的，应该是一块石头，他左右看了一眼，惊叫道："上面有字，识字的赶紧上来认一认。"

听到这话，一名年轻书生大着胆子走了进去，借着手里的灯光逐字念道："君王无道，天地不容；灭国屠城，因果循环！"

在短暂的沉寂后，有人发问道："什么意思？"

书生摇头晃脑地解释："前一句是指天子昏庸无道，为天地所不容；后一句则是天道循环报应之意，只是这灭国屠城我还不太明白……"说到这里，他面色一白，惶惶道，"难道是指这次北周进犯？"

"不是，但也差不多了。"一名老者沉沉说着，一下子吸引了众人的目光，有认识的人问道："吴老，这是何意？"

吴老长叹一声："当今陛下怎么取得的南昭，你们都忘了吗？一夕之间，全城尽诛，连一个活口也没有留。善有善报，恶有恶报，不是不报，只是时辰未到啊。现在老天爷是在警告我们，迟到二十年的报应……来了。"

听到这话，众人皆是后颈一凉，仿佛有屠刀架在那里，张屠夫摸一摸冰凉的脖子，颤声道："你是说……北周会攻破应天，然后……屠城？"

吴老点头道："从字面上来说，是这样的。"

四周死一样的寂静，连一直吹着的寒风也突然停了，不知过了多久，有人突然哭喊道："不要！我不要死！"

这句话就像投进湖里的石子，一下子激起无数涟漪，众人纷纷喊了起来，都是一个意思——不想死。

可他们都是普通百姓，不想死又能怎么样，事情根本轮不到他们来左右，在一阵纷乱过后，突然响起一个声音："我们出城投降吧！"

出城！

这两个字就像阴霾中的一缕阳光，一下子惊醒了众人，书生最先反应过来，迭声道："对，我们出城，听说北周的皇帝是一位仁君，他的将士应该也是讲道理的，只要我们诚心投降，定能放我们一条生路！"

张屠夫在一旁连连点头："对对，我们现在就收拾东西出城！"

有人为难道："话是这么说，可城门有那么多士兵守着，我们怎么出得去？"

张屠夫沉默片刻，瞪着他那双三角眼道："那咱们多召集一些人，硬冲出去，怎么着也得搏出一条生路来！"

"说得对，我们跟他们拼了！"

"对，之前为了对付周军，强行征召士兵，我儿子才只有十六岁，就被他们逼着去冲锋陷阵，现在又想把我们都困死在这里，实在可恨！"

"冲出去！只有冲出去才有活路！"

生死存亡之际，这些原本平常甚至可以说是庸碌的百姓，爆发出从未有过的齐心与坚决。

就在他们准备分头去召集之时，一个清灵悦耳的声音传入众人耳中："这一个个的都是要去哪里啊？"

众人一惊，赶紧循声望去，待看清是一个十七八岁的清俊少年时，顿时放下了心，有妇人将事情大概解释了一遍，好心道："后生，我看你年纪轻轻丢了性命怪可怜的，不如跟我们一起走吧。”

少年挑眉，惊讶道：“我也可以一起吗？”

“当然。”妇人热情道，“把你家人还有亲戚朋友全部都叫上，别留在这里白白送了性命。”

少年欢喜地笑道：“这敢情好，只是不知我那些朋友肯不肯去。”

妇人不以为然道：“这都快要没命了，哪有不肯的道理。”顿一顿，她又道，“你朋友住在哪里，我跟你一起去。”

“那就有劳大婶了。”少年欣然答应，随即指了远远可见的皇城道，“喏，我朋友就住在那里。”

“皇宫？”妇人被吓了一跳，试探道，“你那是什么朋友啊，太监？宫女？”

“不止这些。”少年拿着一把与冬天格格不入的扇子拍打手心，笑嘻嘻道，“还有禁军、大臣、皇亲国戚，对了，还有天机卫。”

听到“天机卫”三个字，所有人都吓了一跳，下意识地退后几步，在这应天，没人不知道天机卫，那是一个神秘而又恐怖的存在，在城里流传着各种各样关于天机卫的传闻，令人闻风丧胆，无论是寻常百姓还是身居高位的大臣，最怕的就是与天机卫扯上关系，经常有大人拿天机卫来吓唬哭闹不休的孩子，往往刚说出，孩子就立刻止了哭闹，一声也不敢吭。

“你……你到底是什么人？”吴老颤声问着，就算是再蠢笨的人，也看出这少年非同寻常。

少年面带微笑道：“在下姓步名允，承蒙陛下信任，添居天机卫首座，真是惭愧！”

众人愣愣地看着步允，他们刚才听到了什么，天机卫首座……

“啊！”张屠夫最先回过神来，嚎叫一声，转身奔走，只是……被天机卫盯上的人，从来没有逃脱过。

“啪！”步允甩开折扇，凉声道：“给我打断他的腿。”

一道人影从暗中闪出，飞快追上张屠夫，还没看清他做了什么，便见张屠夫双腿以一种诡异的姿势弯曲，继而摔倒在地，不断地哀号惨叫。

步允走到他面前，笑意不减道：“刚才不是还挺能跑的吗，怎么不跑了？”说着，他又看向其他人，“还有你们，不是说要带我出城吗？”

众人满嘴苦涩，谁能想到，这么一个年轻俊美的少年，竟是天机卫首座，若是一早知道，谁会跟他说这些话，可现在后悔已经来不及了。

那厢，步允幽幽道：“你们可是楚国百姓，是陛下的子民，如今北周还没打进来，你们就盘算着要离开，还中伤陛下，简直是岂有此理。”

吴老勉强道：“天降神旨，我们……也没办法。”说着，他赶紧示意书生递过石头，“您看，我们没有说谎！”

“哼！”步允冷哼一声，看也不看那块石头，“什么狗屁神旨，根本就是北周的奸计用来蛊惑你们这些愚昧无知的人。”停顿片刻，他眸光森冷道：“我告诉你们，应天不会破，你们安安心心地在城里待着。如果再让本座发现你们有不轨之举……”他一指还在惨叫的张屠夫，“他就是你们的下场！”

两枚银针自步允指间射出，正中张屠夫双眼，连根没入，张屠夫不过挣扎了一会儿就一动不动了，显然是没气了。

这个举动将吴老等人吓得瑟瑟发抖，还有人吓得一屁股坐在地上，他们还是第一次看到这种说杀就杀的狠厉残忍，不敢再说一个字。

在命人将他们围禁起来后，步允捡起被扔在地上的“神石”，看到刻在上面的十六个字，脸颊微微抽搐。

“北周……真是能耐！”随着这几个字，手指用力，“神石”被生生捏碎，化作碎石子自指缝中漏下。

此时，有天机卫来到他身前，步允冷声道：“都查清楚了吗？”

“查清楚了，总共五个地方，都有一样的石头和字，发现的百姓大都被属下们控制住了。”

步允面色不善道：“大都？”

天机卫慌忙跪下：“有一个地方离得远了一些，等属下们过去的时候，那些人已经走得差不多了，所以……所以……”

“所以就这么回来了？一群饭桶！”步允怒骂着，那张俊美的面容因为愤怒而变得狰狞，“你知不知道这件事一旦传扬开去，会是什么后果？所有人都要跟着倒霉！”

萧若傲最近因为应天被围的事情，阴晴不定，若让他知道自己没能阻止北周的阴谋……他不敢想下去。

天机卫也知道严重性，冷汗涔涔道：“属下该死，属下……这就去把他们全部抓回来！”

步允怒极反笑：“抓？你知道是哪些人？又躲在哪里吗？”

天机卫被他说得六神无主，小心翼翼道：“还请……请首座指条明路。”

步允虽然恨极了他的失职，但也明白生气解决不了问题，勉力压下怒火，道：“加强巡逻，发现有散播谣言者，格杀勿论。”这不算是上策，甚至连中策都算不上，却是眼下唯一的办法了。

但步允还是低估了百姓对生的渴望，尽管杀了不少人，“神石预警”的谣言还是以恐怖的速度流传开去，一传十，十传百，百传千……

几乎每一天都有百姓围在城门前，要求出去，而且越来越多，这件事终于还是不可避免地传到萧若傲耳中，萧若傲大怒，将步允好一顿怒骂，责令他立刻解决这件事。

应天城外强敌环伺，如果再起内乱，这应天乃至西楚……就真的保不住了。

“立刻回去，否则一律格杀！”天色未亮，城门处一队士兵正与一大群背着包袱的百姓对峙着。

“求求你们，让我们出去吧，我们不想留在这里等死。”站在最前面的一名壮汉苦苦哀求着，就差没跪下来了。

“说了不行就不行，再不回去，我们可就真动手了！”随着这话，士兵手里的长矛往前递了一递，枪尖闪烁着瘆人的寒光。

这些人都是老实巴交的百姓，别说跟府官作对，就连看到官差都害怕，何曾见过这样的阵仗，尽皆没了主意。

旁边一个瘦个子小声道：“大力哥，不然……我们还是回去吧。”

壮汉还没说话，一名满头白发的老妇人已是一掌拍在他后脑勺上，瘦个子一脸委屈道：“娘，您打我做什么？”

老妇人呵斥道：“出来的时候，不都已经说好了吗，一定要出城，你可倒好，转眼就变了心思。”

“不是我想变，而是……”瘦个子压低了声音道，“娘您看到了，那么多人又有武器，咱们怎么斗得过。”

“斗不过也得斗，回去就是坐着等死，我老婆子一把年纪无所谓，可我的两个孙子还这么小，说什么也不能死了。哼，大不了跟他们拼了！”别看老妇人一把年纪，性子却比一般年轻人还要刚烈。

“对！跟他们拼了！”老妇人这句话引起了众人的共鸣，纷纷出声附和。这些人都是拖儿带女准备出城逃难的，大的十来岁，小的还抱在怀里，都是各自心头肉，拼了命也要保他们周全。

壮汉狠狠一咬牙，双目通红道：“说得不错，我们这么多人，就不信拼不过他们！”

面对众人的步步紧逼，士兵连连后退，不知如何是好，谁能想到，这群平日里懦弱胆小的百姓，突然会这么大胆。

“大……大人，现在怎么办？”士兵一边退一边结结巴巴地问着跟他们一起步步后退的应天府尹。

怎么办？他怎么知道怎么办？！

应天府尹在心里怒骂着，他本以为这群刁民就是心血来潮闹一下，哪知道竟然这么不依不饶，真是不好收场了。

应天府尹抬手道：“大家静一静，听本官说几句。”

在四周安静下来后，他道：“你们见到的石头，根本不是上天降下的神石，而是北周的奸计，他们攻不破城门，就想出这么一个卑鄙龌龊的法子，想让我们起内乱，大家可千万别上他们的当！现在北周在外面虎视眈眈，一旦出去，定会被他们擒杀，这又是何苦呢。”

听到这话，众人露出迟疑之色，确实，那石头出现的时机太巧了，难道……真是这样？

见众人有动摇之意，应天府尹加紧道：“大家放心，咱们应天固若金汤，又兵强马壮。别说北周只来了十万士兵，就算再加一倍、两倍，也休想踏进应天一步。”为了安抚众人，他故意将北周士兵人数少说了一半。

众人小声言论着，有被说动心的，也有怀疑的，争论不下。

半晌，那个叫大力的壮汉提出疑问：“神石从天而降，且有神光环绕，怎么可能是假的？”

“北周人狡诈阴险，不知用了什么法子令凡石发光，至于从天而降更简单了，利用投石机将石头投进城中即可，万万不要相信。”

“我们……留在城中真的不会有事吗？”人群中传来一个犹疑的声音，应天府尹连忙道：“当然，有陛下在，有本官在，有千千万万的将士在，必然能保大家平安无事。好了，听本官的话，快回去吧。”

众人相互对视，都从对方眼睛里看到了或多或少的动摇，眼瞅着这场危机就要化解，天空中突然传来一个怪声：“谎言！全部是谎言！”

应天府尹怒视四周，喝骂道：“什么人？！”

“大人……”一名士兵指着盘旋飞在天空的一只黑色大鸟，结结巴巴道，“好……

好像是那只鸟在说话。”

“胡说八道，鸟怎么会说话！”应天府尹话音未落，那个古怪声音又再次响起，“西楚气数已尽，必亡！必亡！”

这一次应天府尹听得分明，确实是从那只鸟的地方传来的，一时惊骇莫名，他活了几十年，只见到鹦鹉能够勉强学几句人话，除此之外，再没见其他鸟学过人话，这……这……这到底是什么鬼东西！

“西楚必亡，快逃！快逃！”黑鸟不断重复着这几个字，在那些刚刚才被安抚下来的百姓心中激起滔天大浪。

“是老天爷，老天爷又来给我们警示了！”老妇人最先反应过来，激动地指着那只黑鸟。

旁边的人连连点头：“对对对，一定是上天谕旨，我们一定要离开这里！”

“来人，把这只鸟给本官射下来！”应天府尹气得几乎要呕出血来，他费尽口舌好不容易才眼瞅着把这群人安抚下来，结果可倒好，突然杀出一只会说话的怪鸟，三言两语就把他刚才的努力给抹杀了，让他怎能不恨！

弓箭手瞅着他，为难道：“大人，那是只神鸟，射不得啊！”

“是啊是啊，一个不好，说不定会遭报应。”另一名弓箭手也在一旁劝着。

应天府尹横眉竖眼骂道：“什么狗屁神鸟，分明是有人装神弄鬼，赶紧把它射下来，要是射不下来，本官唯你们是问。”

在应天府尹的催促下，弓箭手们只得拉开弓弦，朝黑鸟射去，说来也奇怪，面对死亡的威胁，那只鸟竟然不闪不避，任由箭矢加身。

“射不得！”老妇人惊慌地喊着，可惜并没有什么用，箭矢像逆行的雨水，齐齐往黑鸟涌去。令人惊奇的是，明明中箭，这只黑鸟竟然什么事情都没有，依旧在天上盘旋飞翔，直至身中数箭，方才从空中落下，重重摔在地上。

老妇人惊呼一声，急忙奔了过去，她以为会看到黑鸟粉身碎骨的模样，结果却只看到一堆碎木头。

随后跟来的田大力也看到了，骇然后退：“啊，怎么会这样？”

不只是他们，所有看到的人都吓了一跳，怎么也不明白刚刚还飞在天空的鸟，怎么转眼就成了一堆木头，难道……真是神灵化身？

如果真是这样的话，那他们刚才岂不是冒犯神灵？

想到这里，那些弓箭手忐忑不安，悄悄瞅着同样面色不大好看的应天府尹，虽然不敢言，但心里都是有怨怪的。

应天府尹也是心里一阵没底，他之前认定这一切是北周在装神弄鬼，可北周再有本事，也不可能在他们眼皮子底下把一只活生生的鸟变成碎木头啊，那么就剩下唯一也是最合理的解释了——神灵！

没等应天府尹缓过神来，人群中已是传来一阵巨大的骚乱，夹杂着激动的声音：“让开，让我们出去！”

“站住！全部都给本官站住！”这一次，没人理会应天府尹色厉内荏的话，步步紧逼，很快就将他们逼到了城门处。

应天府尹背抵着城门，急得冷汗涔涔，这……这可怎么办啊？

“刁民……一群刁民！”应天府尹结结巴巴地说着，“你们再敢上前，本官……可就真不留情了！”

没人理会他，更没人停步，只是以一种异常坚定的姿势一步步往前走着，应天府尹咬牙吼道：“杀！给本官杀了这群刁民！”

士兵面面相觑，没有人动手，一是震慑于刚才“神鸟”之事，二是因为他们自己也是西楚百姓，里面甚至还有他们认识的人，这样的自相残杀，他们做不出来。

眼见离着只剩下十来步路，却不见有人动手，应天府尹几乎要急疯了，怒骂道：“为什么还不动手，杀啊！”

无论他怎样气急败坏，士兵始终不肯将屠刀落下，照此下去，这群百姓真有可能冲出城门，离开应天。

但……天机卫怎么可能不防！

“呯！”一声枪响震住了所有人，纷纷往枪响的地方看去，他们瞧见了一支正在冒烟的枪管，还有……一个倒在血泊里的人。

“这应天不是待得好好的吗，怎么偏要出城呢？”步允从后面走了出来，他还是和之前一样，大冬天里拿着一柄折扇徐徐摇着，旁人只是看着就觉得冷得慌。

田大力忍着心中的惧意，咬牙道：“我们只想求一条生路，求大人成全。”

“当然！”出乎众人意料，步允竟是爽快地答应下来，没等他们高兴，便听步允又道，“乖乖留在应天城，就是你们唯一的生路。”

田大力紧紧抿着唇，正要说话，眼前一花，一个人影已是挡在他面前，正是那名老妇人，只听她大声道：“今日，我们一定要走，不只我们，整个应天百姓都要走，有本事，你就把我们全杀了！”

他们刚才这番动静，引来许多百姓围观，老妇人这句话是在说给他们听，想要激起大家的反抗心，一起逃出应天，姜还是老的辣。

步允是何等人，怎会看不出她的心思，那张俊美的脸庞猛然一沉，阴恻恻道："一个半截身子埋进黄土的刁婆娘，竟然在我面前耍心眼，呵呵，我耍心眼的时候，你还没从娘肚子里爬出来呢！"

一个不过二十来岁的少年，居然对着一个五六十岁的老太婆说这种老气横秋的话，听来实在有些可笑。唯独那些跟随步允过来的天机卫知道，步允的话，没有半分夸张，他远比那个老妇人要年长。

旁人都以为步允年纪轻轻就坐上了天机卫首座的位置，其实步允已经六十多岁了，是一个名副其实的老头子。只是他不知用了什么诡异功法，一直维持着年轻的模样。

平日里，步允无论说话做事，都与二十来岁的少年无异，只有当他极其生气的时候，才会泄露出自己真实的年纪，譬如……现在！

在众人还没反应过来之前，步允夺过士兵手上的火枪，一声枪响过后，老妇人倒在血泊之中。

步允枪法极好，一枪毙命，连口气也没让她多喘。

老妇人的儿子愣愣看着这一切，待反应过来时，发出一声撕心裂肺的悲鸣："娘！"

老妇直勾勾盯着阴沉的天空，眼中已是没了神采，只怕连她自己也没想到，死亡会来得这么快，快到她连多看一眼儿子和孙子的机会也没有。

"我跟你拼了！"老妇的儿子双目通红地朝步允冲来，结果可想而知，枪声响过，地上的尸体又多了一具。

步允吹一吹枪口的青烟，微笑道："谁还想来啊？"

众人下意识地往后退了一步，步允在他们眼中已经成了恶鬼一样的存在，但并不是所有人都后退了，还有几个人站在原处，譬如田大力。

田大力狠命咬着牙，在几乎咬出血时，他终于松了牙，大声道："乡亲们，你们都瞧到了，他们根本没把我们当人看待，想杀就杀，就跟那些鸡鸭一样。你们说，这样的皇帝，这样的官员，会保护我们安全吗？"

在短暂的静默后，有人喊道："不会！"

"所以，为了活命，我们今日一定要冲出去，只有冲出应天才有活路！"

这一次，田大力刚说完就有人回应："不错，我们和他们拼了，就不相信他们能把我们所有人都杀了！"

紧接着，更多的人叫了起来："冲出去！冲出去！"

随着这句话，他们拿起手边能拿到的武器，朝城门冲去，那里……是他们的生机，是他们唯一的活路。

面对众人的暴动，步允只说了三个字："杀无赦！"

枪声、惨叫声、孩啼声、哭喊声交织在一起，谱下一曲人间惨剧……

这样惨烈，连城外都能听闻，予恒默默地听着那一声声哀鸣，看似平静的表象下，是两只紧紧攥在一起的拳头，手背上青筋暴起，犹如盘根纠结的树根。

不知过了多久，惨叫声终于渐渐小了下去，取而代之的是从城门底下渗出来的鲜血，即便是在阴沉的天气里，依旧红得刺目。

予恒下意识地避开目光，有些不安地问着站在旁边的张启凌："张相，我们是不是过分了？"

"兵不厌诈。"张启凌简单地回答着，和予恒相比，他显得平静许多，眼底连一丝波动也没有。

"可是……"

"如果齐王想为陛下开疆拓土，平定外敌，那就最好收起同情心，战场上，只有胜负，没有'过分'。"

予恒身子狠狠一颤，许久，他低低道："我知道了，多谢张相指教。"

自从两军交战以来，他一次次以为自己已经清楚认识了战争的惨烈与可怕，可每一次，张启凌或者九叔都会毫不留情地告诉他，他认识的、知道的，仅仅只是战争的皮毛……

张启凌转头看着他："害怕吗？"

这无疑是一个令人尴尬的问题，试想谁会愿意承认自己害怕，那简直丢尽了脸，可予恒在仔细想了一会儿后，点头道："是有些害怕，但我不想放弃。"

"好。"张启凌露出一丝赞赏的笑容，"只要你能熬过这次的种种艰难，将来必能成就一番功绩。"

这句话令予恒激动不已，拱手道："我一定不会让张相失望。"

别看张启凌平日里瞧着温和谦雅，其实骨子里是一个很高傲的人，很少有看得上眼的人，能够得到他的夸奖，难怪予恒如此激动。

"好了，传令下去，进攻吧。"张启凌拍一拍予恒的肩膀，就在点齐两万将士准备进攻应天之时，身子突然激灵灵一冷，周身寒毛全竖了起来，这是一种危险迫近的预警。

张启凌下意识地往城头看去，那里并没有异常，可危机感丝毫没有减弱，甚至越发强烈，连头皮都起了鸡皮疙瘩。

怎么会这样?

按理来说，现在所站的位置是他特意计算过的，无论弓箭还是火炮，都不能攻击到，为什么还会有这么强烈的危机感?

张启凌不敢多想，一把拉起予恒，朝身后的将士吼道："快走！"

予恒从来没见过张启凌面色这么难看，顾不得询问，以最快的速度与他一起往后退去，但还是晚了一步。

"轰！"震耳欲聋的声响从后面传来，伴随一起来的，还有巨大的热浪与气流，二人被掀起数丈高，随后重重落在地上，在他们后面的将士更是伤亡惨重，无数人倒在血泊之中，有些甚至直接被炸断了肢体……

张启凌感觉到背上传来刺痛，不用看也知道自己背上肯定血肉模糊，但他现在没时间去顾及，因为更大的危机在朝他们靠近。

一个黝黑的铁球带着炙热的气息从应天城中飞出，朝他们而来。

火炮!

这两个字在张启凌脑海中一闪而过，下一刻，他奔到还没缓过来的予恒身边，运起全身力气，赶在第二发火炮落下之前，将他抛向远处。

这样做的结果就是他自己完全暴露在火炮即将落下的地方，再没有躲闪的时间。

"张相！"予恒双目通红地想要回去救他，却被人拉住，回头看去，林默不知道什么时候来了身边。

这次西征，对北周来说意义重大，所以除了留下必要的人手，其余神机营诸人都被派了过来，包括林默。

"十四！"林默厉声喝喊，一名面目冷峻的男子扬手挥出一条长索，如灵蛇一般缠在张启凌腰间，随即迅速往后拉。

这一切说来慢，其实只是眨眼之间的事情，在十四拉动长索之时，在空中划出一道长尾的铁球也终于落下。

一瞬间火光包围了一切，诸人被气浪推得后退，等稳住身形时，十四手里的长索只剩下半截，至于张启凌，生死未卜。

"你们立刻带殿下回营地，我去救张相！"林默匆匆吩咐了一句，纵身往火光中掠去，他清楚，西楚不会就只有两枚火炮，一定还会有更多，必须得趁这个间隙救出张启凌，但前提是……张启凌还活着。

庆幸的是，火炮落下的地方离张启凌还有一丈多远，尽管晕了过去，但性命应该还在。

林默不敢耽搁，扶起张启凌快步往营地的方向奔去，正如他所料，一枚枚火炮几乎是跟着他脚步落下，从这里到军营不过短短几十丈路，却犹如在走黄泉路，步步惊心。

虽然他侥幸救出了张启凌，但其余的……就无能为力了。

两万将士，连应天的城门都没有触及，就全军覆没，这是北周有史以来最惨烈的一次失败……

第三十八章　应天城破

城楼上，一名武将放下手里的千里镜，走到步允身边：“首座，他们已经出了火炮攻击范围，无法再攻击。”

“死了吗？”步允折扇轻摇，他问的自是张启凌，此人是西楚的心腹大患。

“这个……”武将踌躇片刻，小声道，“没有。”

“啪！”步允用力合起折扇，起身冷冷盯着武将，“本座给了那么好的机会，居然没把他杀死？”

武将惶恐道：“请首座大人恕罪，末将已经尽力了，但射程太远，实在无法精准控制方向，但他带来的士兵全部都死在火炮之下，相信不下万人之数。”见步允依旧面色不善，他又急急道，“另外，末将看到张启凌被救走时昏迷不醒，应该是受了重伤，性命难保。”

最后那句话令步允面色稍有好转，但也仅此而已：“最好是这样，否则陛下问起来，本座只有如实禀告。”

步允清楚，所谓“天降神石”是北周使的计策，既不能阻止那些愚昧无知的百姓，那就将计就计。

这几年来，萧若傲一直命无数机关师和工匠日夜研究改进火枪的办法，可惜一直没什么进展，倒是意外找到了增加火炮威力的办法，令射程足足增加了一倍，成为西楚最大的杀器，之所以一直藏着不用，就是为了在关键时刻给予北周致命一击。

这一次，他们利用无数百姓性命为诱饵，让北周以为计策奏效，从而放下戒心大举进攻。

萧若傲很清楚“射人先射马”的道理，所以从一开始，他要的就是东方泽与张启凌的性命，只要这两人一死，那些士兵就成了无头苍蝇，别说二十万，就算再加一倍也不足为惧。

“是是是。”将领抹了一把冷汗，赔笑道，“虽说这次没能一下子除去陛下的心头大患，但他们死了那么多人，这会儿必定军心不稳，末将以为应该乘胜追击。”

步允打量了他一眼：“你倒说说，该怎么个乘胜追击法？”

将领精神一振，连忙道：“城中共有八万守军，火炮火枪也都一应俱全，咱们大可以出城杀敌，彻底灭了这群贼军，好让陛下安心。”说着，他拱手道，“末将愿意领兵出战。”

步允不置可否地点点头：“说得也是，如果这一战赢了，你可就是咱们最大的功臣了。”

将领心中得意，不过他也谨慎，小心翼翼地掩饰着欢喜之色，恭维道：“若能赢得此战，全仗首座决策英明，末将不敢居功。”

其实他和步允官阶只差了一级，但步允是萧若傲身边的人，深得萧若傲信任，远非他所能比拟。

“将军倒是谦虚，不过本座担心……”步允猛地一敛笑意，冷声道，“李猛，你聪明反被聪明误，功没立成反而闯下大祸，人头落地！”

李猛被他说得骇然色变，结结巴巴道：“这……这话从何……从何说起？”

步允冷哼一声，毫不留情地斥道：“稍稍得了一点儿甜头，就以为自己天下无敌，你死不要紧，可要是连累应天，连累陛下，你就是有一百个脑袋也不够砍的！”

“末将知错！末将知错！”李猛大惊，急忙低头认错。

“知错？”步允徐徐展开折扇，冷笑道，“那你倒说说自己错在哪里？”

“这……”李猛哪里知道，刚才不过是顺着步允的话说罢了，他实在答不上来，只得小声道，“请大人赐教。”

“连自己错在何处都不知道，真是蠢得无可救药！”步允毫不留情的指责令李猛满面通红，但又不敢顶撞，只能在那里干笑。

“行了，收起你那副比哭还难看的嘴脸。”步允横了一眼，冷声道，“你有火枪、火炮，难道北周没有吗？这次能够大获全胜，是因为出其不意，又占了天时地利；可要是这会儿冲出去，东方泽还在，张启凌也没死，只要他们没有昏头，必然能让你有去无回了。”

“多谢大人指教，是末将鲁莽了！”李猛听得冷汗涔涔，他确实没想到这些，只一门心思想着乘胜追击。

“但……”李猛瞅了步允一眼，欲言又止。

步允早已活成了人精，又岂会看不穿他的心思：“怎么，怕本座对付不了他们？”

李猛讨好道：“大人英明神武，足智多谋，岂会对付不了这些区区外贼。”

“还学会耍嘴皮子了。”步允冷笑一声，漠然道，“放心，本座自有对付他们的法子，想吞应天……哼，他们还没那本事！”

这个时候，有士兵走上城头，朝步允拱手道：“启禀大人，所有意图逃出城的百姓都已经处死，不知他们的尸体要如何处置？”

李猛不满道：“这还用问，当然是挖个坑埋起来。”

步允冷声道：“坑当然要挖，但……不必急着埋。”在士兵疑惑的目光中，他又道，“去把之前准备逃出城的那些人带来，本座有用。”

“是！”士兵带着疑惑离去，至于李猛，一直等着步允解释，可令他失望的是，直至离去，步允都没有提及他要这些人做什么。

再说城外，热水一盆盆端进灯火通明的营帐，等到端出来时，尽皆变成了触目惊心的血水。

躺在床榻上的张启凌双目紧闭，面若金纸，身上到处都是伤，血肉模糊，连头上都有伤，涓涓往外流血。

好不容易等到医士处理完伤口，东方泽迫不及待地问道：“他怎么样了？”

医士就着士兵端来的水洗去手上的血污，沉声道：“别的都是皮外伤，看着严重，其实休养一阵子就没事了，麻烦的是头上那个伤口……不太乐观。”

东方泽一惊，紧张道：“这血不都止了，怎么还有麻烦？”

“张相头上受了严重的撞击，不只表皮出血，脑袋里面也出了血，变成淤血积在里面，可不就是大麻烦吗？”

“那……那现在要怎么办？”

“我会每日过来针灸，如果能够化去淤血，张相就能醒过来，反之……”医士叹了口气，“你们要有心理准备。”

“该死！”东方泽恨恨一拳捶在旁边的桌案上，手背上青筋暴起，“西楚！”

谁都没想到西楚居然藏了这么一件大杀器，更没想到他们会利用应天城无辜百姓的性命来布这么一个局，活活坑杀他们两万将士，连张启凌都身受重伤，生死未卜。

林默在一旁道："刚刚查到，负责这次偷袭的是天机卫首座步允。"

东方泽压下心中的愤怒，道："什么来历？"

"不清楚，只知是一个二十岁左右的少年，乔初死后，楚帝命他接掌天机卫。此人年纪虽轻，行事却极其老辣狠厉，丝毫不输混迹官场多年的人，是一个极为难缠的主儿。"

"步允——这个名字我记下了。"东方泽眸中寒意沉沉，半晌，他对医十道，"医先生，你一定要救醒张相，要什么药材你只管开口，就算再名贵的，本王也一定找来。"

"王爷放心，在下一定会尽力而为，但能否度过此劫……"医十回头看了一眼昏迷不醒的张启凌，"还得看张相的造化。"

帐帘被人掀起，身上缠着白纱布的予恒匆匆走了进来，一见到东方泽便迫不及待地问道："九叔，张相怎么样了？要不要紧？"

东方泽皱眉道："你自己还受着伤呢，快回去歇着。"

"我不要紧。"张启凌苍白到寻不到一点儿血色的脸庞令予恒越发紧张，哪里肯回去，追问道："张相到底怎么样了，九叔你告诉我。"

见瞒不过去，东方泽只得将医十的话重复了一遍，听到张启凌有性命之忧，予恒脚步一个踉跄，险些摔倒在地，林默及时扶住："殿下小心。"

予恒没有理会他，只是低着头喃喃道："要不是为了救我，张相不会这样，是我……是我害了张相。"

他抬头，脸上已是布满了泪痕："九叔，是我害了张相，如果张相出事，我……我一辈子都不会原谅自己……"说到后面，已是哽咽着无法自抑。

"你错了！"东方泽冷声道，"害张相的人不是你，而是西楚，是萧若傲，与其这样自怨自艾，倒不如想办法攻下应天，如此方才不负张相舍命救你！"

这句话提醒了予恒，他用力点头，咬牙道："九叔说得不错，就算拼了这条性命，我也一定要攻破应天，踏平西楚！"

"这就对了。"东方泽用力拍着予恒肩膀，"好了，赶紧把眼泪擦一擦，在这战场上，可以流血可以丢命，就是不能流泪，因为那代表着懦弱与无能。"

"嗯。"予恒赶紧抹去脸上的泪水，随即想起一事，"张夫人那边……"

"出了这么大的事，瞒是瞒不住了，只能多劝着些，让夫人不要太担心，以免伤了腹中孩子。"东方泽无奈地说。这次出征，辛月放心不下，也一并来了，原本这也没什么，毕竟她出身神机营，一身功夫自保足矣，可偏偏在抵达应天的时候，意外发现有了身孕，且因为长途跋涉，胎气有所不稳，这阵子一直在营中安养。

辛月之前也怀过孕，但因为种种原因没能生下来，后来一直没能怀上，直至这次，可想而知这孩子对他们来说有多重要。

静默半晌，东方泽问起军中情况，林默面色凝重道："这次一下子死伤两万精兵，虽说还不至于伤了根本，但对士气打击很大，王爷要尽快稳定军心，以免生变。"

"本王知道。"东方泽沉沉应了一句，又道，"可有想到攻入应天的办法？"

"西楚现在有了这么远射程的火炮，对我们来说是一个很不好的消息，这意味着咱们的火炮还没进入射程，就会被他们毁掉；至于火枪……"林默摇头道，"只有在两军面对面的时候，方才能起到作用，现在这样……也是无用。"

东方泽面难看道："照你这么说，我们岂非什么都做不了？"

"呼……"外面不知什么时候刮起了大风，连用油毡做的帐帘也吹了起来，在帐中低低打转。

东方泽手背一凉，抬起来一看，上面沾了一点莹白，正在以肉眼可见的速度化去，不只是他，林默他们也沾到了。

"下雪了？"东方泽满面诧异，怪不得他那么惊讶，现在才十月，往年这雪就算来得再早，也是十一二月的事了。

林默望着帐外漆黑的天空，感慨道："或许是死的人太多，连老天爷也看不过眼，降下飞雪控诉。"

"或许吧。"东方泽目光穿过猎猎飞舞的帐帘，落在一个正快步朝这边走来的纤长身影，消息传得可真快……

辛月腹中的胎儿才刚刚三个月，正是最危险的时候，经过一段时间的调养，胎气刚刚稳固了一点儿，哪知就出了这样的事。

尽管东方泽尽量将张启凌的伤情往轻了说，但辛月怎么会察觉不出来，但她没有哭，只是点了点头："这里我照顾着就行了，你们都去忙吧。"

"夫人……"辛月异乎寻常的平静令东方泽放心不下，想要再劝几句，却被辛月打断，"我没事，之前那么多大风大浪都过来了，相信这一次也能平安度过，他……"辛月抚着尚且平坦的肚子，轻声道，"还要亲眼看着我们的孩子出世呢。"

待东方泽等人离开后，辛月坐到床榻边，握住张启凌冰冷苍白的手掌在颊边摩挲，感受着他掌心深刻的纹路，泪光在眼底若隐若现……

“你答应过我，会一生一世守护我们母子，这话我可一直记着，不许食言，否则就算你逃到地府，我也会找你算账。”辛月低低说着，泪光化作一滴晶莹，在张启凌手背留下一道长长的印子，虽然她刚才一直说没事，但心底还是害怕的，只是在人前故作坚强罢了。

“启凌，为了我，为了我们的孩子，你一定要撑下去，一定要！”辛月紧紧握住他的手，只有这样，她才能真切感觉到张启凌在身边。

这三天里，医十每天都会准时来给张启凌针灸，早晚各一次，但张启凌始终没有起色，反而呼吸越来越弱，什么东西都吃不进，只能靠参汤吊着元气。

辛月一直陪在张启凌身边，一刻都不曾离开，困了就在旁边和衣躺一会儿，没事的时候，就陪着张启凌说话，虽然张启凌不会回应，只是一个人自言自语，但她依旧乐此不疲。

东方泽劝了好几次，辛月始终不肯回去，好在她每顿都有按时用膳，胃口也不错，让人放心不少。

只有辛月自己知道，她根本没有胃口，吃，只是一个任务，为了孩子，也为了有力气继续守着张启凌。

在这三天里，天仿佛破了一个窟窿，而雪就像是从窟窿里倒出来的，纷纷扬扬，如飞絮鹅毛，将天地装扮成一片肃白。

地上已经积了厚达一尺的雪，每一脚踩下去，都是一个深坑，而积雪的厚度还在继续加深……

伴随着下雪，天气变得异常寒冷，所幸将士出征之前，都带了厚厚的棉衣，否则这样的天气，怕是要活活冻死了。

相比之下，应天城的士兵就没那么幸运了，西楚地处西南，有祁连山遮挡，冬天只需要穿一件薄薄的棉衣即可，多年来连雪都很少见到，谁都没想到今年冬天居然会冷得如此离谱。

城中士兵将所有能穿的衣裳都穿上了，还是阻挡不住寒意，一个个冻得瑟瑟发抖，连刀枪都握不住。更可怕的是，随着天气的寒冷，一些守夜的士兵熬不住，竟被活活冻死了。

“大人，昨夜又有两个人冻死了，这前前后后已经冻死七八个人了，可怎么办啊？”李猛脚步匆忙地说着，脸上有止不住的忧心。

步允慢条斯理地将手放到炭盆上烤着：“不就是死了几个人嘛，有什么好怎么办的？”

“现在是几个人，可这雪要是再下下去，死的就多了，还有……”李猛压低了声音道，“咱们的存粮不多了，要是再没粮食运进来，士兵不只挨冻还要挨饿，到时候再想他们出力守城，那是不可能的事了，得赶紧想个办法啊。”

步允微微一笑：“你说的这些，本座知道，陛下也知道。”

“那可有解决的法子？”李猛小心翼翼地问着。

步允眸光一转，忽道：“那些人怎么样了？”

李猛愣了一下方才会意过来：“一直都按大人的吩咐在做，倒是没什么异样，就是有一些人生病了，想是受寒所致。”

“受寒？”步允讥笑一声，不等李猛明白，他又道，“差不多了，他们不是一直想出城吗？你安排一下，给他们一个出城的机会，记着，别被人瞧出破绽来。另外，再加两个人进去。”

李猛一惊，脱口道：“出城？”

步允弹一弹指甲，漫然道：“怎么，你有意见？”

李猛连忙道：“末将不敢，只是……末将不明白，大人为何要放他们出城？”

“本座自有安排，你只要按本座的话去做即可。”面对步允的话，李猛并没有立刻离去，而是面有迟疑道：“这么大的事，要不要先禀告陛下？”

步允面色一沉：“不相信本座？”

“不敢，只是……末将等人已经很久没见到陛下了，甚想再一仰陛下风采。”自从北周来袭后，李猛只在最开始的时候见过萧若傲一面，随后就一直是步允在指挥。

“一仰陛下风采……”步允低低笑着，嘴角勾起一抹冷冽的弧度，“本座以为将军只懂得打仗，原来还这么会说话，真是小觑了。”

李猛被他说得有些尴尬，这话接也不是，不接也不是，只能僵硬地站在那里，好在步允并没有打算与他僵持太久，抚一抚身上那袭颇为名贵的袍子，凉声道：“陛下另有要事，所以守城之事，全权交由本座处理。”

“不知陛下有何要事？”李猛话音刚落，便感觉到两道冰冷彻骨的目光落在身上，几乎要将他冻僵，与此同时，耳边传来阴恻恻的声音：“你还没资格过问此事。”

步允话中的轻蔑刺痛了李猛，好歹他才是城中守将，却一直被步允呼来喝去，心中早已不满，只是一直敢怒不敢言。

“末将多嘴，请大人恕罪。”李猛忍气吞声地说着，他现在能做的，就是在心里把步允骂个狗血淋头，仅此而已。

“好了，快去吧。”步允并非不知道李猛那些人对自己不满，但他并不在意，只要萧若傲信任他，那就足够了。

两天后的一个夜里，因为守卫的一个“疏忽”，被困多日的百姓得以逃出应天城，但漫天大雪令他们无处可去，只能去了驻扎在城外的北周军营。

虽然北周与西楚敌对，但这些百姓是无辜的，所以东方泽收留了他们，准备等天气好转之后，再将他们送去别处。

这场雪足足下了四五天方才停歇，但雪停后的天气并没有变得暖和，反而更冷，应天城里冻死的人数在不断增加，不知是哪个士兵抢掠了百姓的衣裳来取暖，此后一发不可收拾，无数百姓仅有的棉衣被抢，活活冻死在雪地里。

李猛、应天府尹、步允甚至萧若傲都知道这件事，但他们无一例外地选择了默许，在他们眼里，百姓的命从来都不是命，不过是草芥罢了，无足轻重。

水可载舟，亦可覆舟。

终有一日，他们会为自己的冷漠残忍付出代价，而这一日……或许已经不远了。

这日，李猛一脸兴奋地走进屋子里，步允正在里面听曲，瞧见他进来，挥手示意歌女下去：“情况如何？”

李猛递过一个小小的纸卷：“一切如大人所料，周军这会儿已是焦头烂额，根本无暇攻城，另外……”他神秘地一笑，“姓张的就快活不成了。”

纸卷上的内容证实了李猛的话，步允唇角一弯，勾勒出一抹得意的笑容：“看来真是天助我们，很好。”

“那我们什么时候动手？”李猛急切地问。

步允睨了他一眼，凉声道：“怎么，你很急吗？”

李猛干笑一声，搓着手道：“末将也不想急，可这城里的存粮实在不多了，约莫着最多还能支撑六七日。”

步允取过一个金黄的橘子徐徐剥着：“本座也想快些除了这些贼军，可越是关键时刻越是急不得。”

“末将明白，可是粮食……”也怪不得李猛这么担心，要是连饭也吃不饱，谁还有心思打仗，不自己打自己就不错了。

“行了。”步允将剥好的橘子抛给他，“再等两日，两日之后，不管姓张的是死是活，都出城迎战。”

“是。”虽然李猛希望速战速决，但话说到这个份儿上，他也不便反对，再说只是两日而已，粮食还撑得住，只要周军一灭，便能够夺他们的粮草来补充自己这边。

都说福无双至，祸不单行。西楚这次却是好运连连，就在发兵之前，步允再次收到飞鸽传书，张启凌伤势过重，不治身亡。

“好！”步允重重将纸条拍在案上，脸上尽是兴奋之色，“真是天助我也！”顿一顿他对李猛道：“传本座命令，点齐所有兵马，今夜出城迎战。”

“末将领命！”李猛早就等着这句话，当即大声答应。

周楚两国今夜将背水一战，赢的那一方将会真正得到问鼎天下的资格。西楚、北周，究竟笑到最后的会是谁?

入冬以后的夜，暗得特别早，才刚到酉时便已经黑沉沉一片，连点儿月光也没有，都被乌云遮得严严实实，反倒是寒风凛冽，呼啸不止。

三更时分，紧闭多日的应天城门悄无声息地打开，数万士兵借着夜色的掩护悄悄出城，往北周营地行去，领兵的正是李猛。

步允没有出城，他负手站在城头，嘴角蓄着胸有成竹的笑容，这场仗赢的一定会是他们，因为根本没有理由输。

北周营地黑漆漆一片，只有零星几盏灯还亮着，在寒风中忽明忽灭，显得异常萧瑟，巡夜的士兵不知躲到哪里去了，不见人影。

“想攻应天，哼，本将军让你们有去无回！”李猛低低骂了一句，示意弓箭营和火枪营的士兵分两边站好，等待他发令。

除了火枪与弓箭之外，几门黑黝黝的火炮也被推了上来，正是之前让北周吃了大亏的火炮。这一次无论李猛还是步允，都下了狠心，要一举消灭周军。

“准备！”随着李猛抬起手，所有西楚士兵的神经都绷了起来，而北周依旧毫无察觉，根本不知道危险临近。

“发射！”李猛大声吼出这两个字，一瞬间，枪响炮鸣，火光漫天，覆盖了整座军营，更有无数箭矢伴随着枪炮之声，如雨一般落下，将那一座座营帐射得千疮百孔。

这样猛烈的攻势足足持续了小半个时辰，那一座座营帐或是直接毁于火炮之下，或是被枪箭射得千疮百孔，没有一处完好。

许是进攻来得太突然，又许是周军睡得太熟，竟然没有一个人逃出来，甚至连声音也没发出。

“停！”李猛得意扬扬地下令，这次大胜，必定能够令他官升一级，说不定还能捞个爵位，真是想着都开心。

“去把东方泽带来，记着，活要见人，死要见尸。”得了李猛的吩咐，一众士兵当即挨营挨帐搜了起来，然而仅仅过了一会儿，他们便急急奔了回来，神情慌张，连话都说不清楚：“将军，不……不好……不好了。”

李猛眉头一皱，不悦道：“什么不好了？”

“帐里……帐子里……我们……”最前面那个士兵有些语无伦次，说了半天也没说到重点，在李猛等得不耐烦时，旁边那名士兵代答道：“将军，营帐里没人。”

李猛不以为然道：“哪个营帐没人？”

士兵摇头，面色难看道：“所有营帐都没人。”

“你说什么，再说一遍？”李猛眼皮猛地一跳，几乎以为是自己听错了，直至士兵又重复了一遍，方才确定并不是幻听。他顾不得细问，急步来到离得最近的一座营帐，不顾帐边还在燃烧的火苗奔了进去，果然如士兵所言，里面空无一人，随后他又去了另外几座营帐，都是一样，没人！没人！

“怎么会这样？”李猛有些傻眼，要知道那可是整整十八万周军，怎么一个人也没有，都到哪里去了？

突然间，李猛身子一个激灵，一种无言的恐怖笼罩了他，冷汗涔涔冒了出来，一下子濡湿了衣裳。

下一刻，他用尽全身力气吼道：“撤，快撤！”

可惜……终归还是晚了。

无数火光从黑暗中升起，伴随着阵阵枪鸣炮响，与刚才惊人相似，只是这一次，枪炮瞄准的对象变成了楚军。

“轰！轰隆隆！”每一声枪炮响起，都会伴随着无数西楚士兵倒地，这里是开阔的平地，营帐又都毁了，他们连掩身的地方都没有，只能四散奔逃，有些侥幸逃走，但更多的是倒在地上一动不动。

不过短短片刻，七万士兵就溃不成军，尸体在地上堆成了一座座小山，等到枪火停下的时候，仅剩不到三千的残兵。

西楚……大败！

李猛半跪在地上，眼神涣散，嘴里喃喃不知在说些什么，不知过了多久，视线范围里多了一双黑靴，他木然顺着黑靴往上瞧，一张算不得熟悉的脸庞映入眼帘。

李猛转动着僵硬的眼珠，声音沙哑道：“怎么会这样？”

东方泽垂目，冷冷道："你们自以为瞒天过海，殊不知是作茧自缚！"

"这是……是你们的计策？"李猛艰难地问着。

"不错。"东方泽颔首道，"你们将城池守得如此严密，又怎会疏忽大意地让那些百姓逃出来，所以从一开始，就知道那是你们的阴谋……尤其是在发现那两名奸细后。"说到这里，他咧嘴一笑，露出两排森白的牙齿，"你们煞费苦心地布这么一个局，本王若不陪着玩一玩，未免有些不近人情。"

完了……

这是李猛唯一能想到的两个字，满以为这次偷袭胜券在握，岂知根本就是一头撞进别人的圈套，一败涂地。

原本应天有八九万士兵，借助地利尚且能守一守，现在一下子没了七万士兵，凭一万多人想要守住应天，简直是笑话。

完了，彻底完了。

"你杀了我吧。"李猛万念俱灰，也不说求饶的话，他很清楚，犯下这么大的过错，就算活着回去，萧若傲和步允也不会饶过自己，摆在他面前的，只有死路一条。

此时，两万北周士兵冲到了应天城下，城上的守军目睹了己方惨败，斗志全无，只是稍稍抵抗了一会儿便弃械投降，打开城门，令周军长驱直入。

至此，应天城彻底告破！

"好！"尽管知道应天城已成瓮中之鳖，逃不出手掌心，但真听到这个消息时，东方泽还是兴奋不已，搓手道："萧若傲抓到了吗？"

"他们已经去皇宫了，应该很快会有消息。"

"很好。"在示意报信士兵离开后，东方泽盯着李猛一会儿，突然道，"我带你去见一个人。"

李猛不知道他要带自己见谁，只是麻木地跟着来到一座远离营地的帐篷里，有一人正倚坐在榻上喝药。在看到那人一瞬间，李猛的表情就像见了鬼一样，事实上，也确实和见鬼差不多。

李猛回过神来后的第一件事就是揉眼睛，可不管他怎么揉，那人还是在那里，连样子也没有变，他颤声道："你……你不是死了吗？"

张启凌搁下喝了一半的药碗，淡然道："我若不死，你们又怎么会出城偷袭。"

"所以……一切都是假的？"李猛满嘴苦涩，他们可真是被耍得团团转。

"张相，你打算怎么处置他？"东方泽接过士兵递来的姜茶喝了一大口，舒缓一下身上的寒意。

张启凌思忖片刻，道："听说应天已经破了？"

"是，刚刚攻破，此刻正在前往皇宫的路上，应该很快就能抓到萧若傲了，这次可真多亏了张相妙计，否则不知要死多少人才能攻下应天。"

当日，张启凌为救予恒，被火炮重伤，昏迷不醒，令周军上下担心不已，尤其是辛月，身怀六甲仍然坚持守在他身边，日夜不离。

所幸上天垂怜，昏迷数日后，张启凌脑中的淤血终于散去，自昏迷中醒来，转危为安。

张启凌醒过来的第一件事就是封锁消息，正好这个时候，那些百姓逃出应天，他料定这是一个阴谋，遂将计就计，引蛇出洞，并且传出自己"重伤而死"的消息。

果然步允中计，派兵出城，令应天失守，他这会儿应该对自己的决定后悔莫及，可惜为时已晚。

"九王过誉了，就算没有今日这场仗，应天也坚持不了多久。"张启凌的话令东方泽好奇："为什么？"

"西楚气候温暖，一袭薄棉衣便足以过冬，如今倏遇寒冬，必然无法应对，恐怕城中已经冻死了不少人。而且每困一日，城中的存粮就少一日，应天又能撑多久？"张启凌目光一转，落在李猛身上："李将军，我说得对吗？"

李猛冷哼一声："成王败寇，还有什么好说的，你们要杀就杀，别在这里废话。"

张启凌盯着他道："我知道这几年楚帝伐了许多树木，他用来做什么？"

李猛梗着脖子道："我为什么要告诉你？"

东方泽看不惯他这副样子，呵斥道："阶下之囚，还敢如此狂妄！"

李猛低头不语，似乎是在考虑他的话，半晌，他道："好吧，我告诉你，那些树木是用来修建宫殿的。"

东方泽长眉一挑，轻声道："看来真是这样，没什么特别的。"

"不急，等予恒回来再说。"这次进攻应天，予恒是主将，这也是张启凌的安排，让予恒可以亲手报仇，解开心结。

在说完这句话后，张启凌便不再言语，徐徐喝着温热的药汁，东方泽虽然不知他在想什么，但多年并肩作战的情谊，让他选择无条件相信，静静等在一旁。

第三十九章　遍寻不见

午后，予恒亲自来报，入城之后，他们一路势如破竹，几乎没遇到什么阻碍，但搜遍皇宫也没有找到萧若傲。

“问过宫中的人吗？”

“嫔妃、禁军、宫人都问了个遍，但没一个人知道他去了哪里，就像凭空消失了一样。”予恒的回答令东方泽皱眉：“奇怪，这四方城门都有派人把守，他能到哪里去。”思忖片刻，他吩咐道，“加派人手，一定要找到萧若傲。”

虽然应天已破，但不找到萧若傲，这心里总是不安宁。以萧若傲的手段，假以时日，难保不会东山再起。

在予恒答应后，张启凌开口道：“殿下，皇宫如何？”

“皇宫？”予恒不明白他为什么突然问起这个，随口道，“就那个样子，并没有什么特别。”

“可有扩建大量宫殿？”

“这个……”予恒仔细回想了一下，摇头道，“应该没有。”

张启凌点头，将目光转向眼神闪烁的李猛：“看来事实与李将军说的有出入。”

李猛不自在地避开他的目光，语气僵硬道：“我说的是宫殿，是你自己以为是皇宫。”

“这么说来是行宫了，在哪里？”

“我不知道。”尽管李猛极力掩饰，还是流露出几分不安。

到了这个时候，东方泽怎会看不出其中有问题，沉声道：“李猛，你不要敬酒不吃吃罚酒。”

李猛盯了他半晌，忽地咧嘴一笑：“敬酒也好，罚酒也罢，我都没兴趣，有本事你就杀了我。”

东方泽冷哼一声：“想死是吗，本王偏不让你死？来人！”

“且慢。”在阻止了东方泽后，张启凌坐直了身子，望着李猛道，“我们来做个交易吧。”

“交易？”李猛讥笑道，“你是准备拿我的命还是拿我家人的命来做交易？”不等张启凌言语，他已是摇头道，“没用的，我烂命一条，至于家人……不过就是几个贪图钱财的女人罢了，死不足惜。”

张启凌也不气恼，淡然道：“听说你府里有一个叫采兰的丫头。”

一直不以为意的李猛，在听到“采兰”两个字时，身子猛地一颤，眼里第一次流露出恐惧之色：“我……我不记得了。”

“你记得。”张启凌示意予恒扶自己起来，趿鞋走到神情不安的李猛身前，“你十七岁娶妻，二十三岁纳第一房妾室，随后又纳了四房，共一妻五妾，但无论是妻还是妾，都没能给你生下一儿半女，反倒是你的三姨太悄悄与人私通借种，想要冒充李家子嗣，被你识破后活埋地下，一尸两命。就在去年，你看上了府里的丫头采兰，原本只是一时兴起，不承想这个丫头竟然好命地怀上了孩子，对于年近四十的你来说，自是一个天大的好消息。为了怕你府里那几个女人加害她，你悄悄将采兰送到了别院养胎，算算日子，也快有七个月了。”

李猛面如死灰，苍白的嘴唇不住地哆嗦：“你……你怎么会知道？”

“天机卫是做什么的，相信你比我更清楚，那么巧，步允派来的两个手下正是之前负责监视你的。”

李猛连连摇头：“这不可能，没人能从天机卫嘴里问出话。”

“这世上从来没有‘绝对’两个字，只看有没有用对方法，譬如你，我说得可对？”站得久了，张启凌有些支撑不住，屈膝坐在一旁的椅子里，“如果采兰死了，你李家可就真的绝后了。”

李猛整个人犹如泄了气的皮球，有气无力道：“那些木材是用来造船的。”

张启凌眼皮一跳，追问道：“造船做什么？”

“我不知道。”他生怕张启凌不信，急急道，“但我知道有一个人一定清楚。”

张启凌心思一转，已是猜到了几分：“步允？”

“不错，他是陛下最信任的心腹，而且之前伐来的木材都是他负责收取，所以他一定知道。”

予恒插话道：“萧若傲去哪里了？”

李猛摇头：“我已经很久没见过陛下了，守城之事一直都是步允在指挥。”

张启凌眉头紧拧，应天可以说是西楚的根本，萧若傲竟然交给步允处理，那只有一个解释，就是他在做一件比守住应天更重要的事。

到底……会是什么？

张启凌揉一揉隐隐作痛的额头，朝予恒道：“找到步允了吗？”

“没有，不过我已经命人在加紧搜索了。”予恒话音刚落，李猛突然道：“我知道步允在哪里，不过你们要答应我一个条件。”

“你说。”

“放了我和采兰，永不得追捕。”听到李猛的要求，东方泽冷笑一声，“给你留一点儿血脉已是仁至义尽，不要得寸进尺。”

“那你们自己去找吧。”李猛这一次竟是出奇的硬气，大有连采兰母子也不顾的架势。

李猛梗着脖子的模样令东方泽恼怒不已，呵斥道：“应天统共就那么大，能躲到哪里去，大不了挖地三尺。”

对于他的话，李猛只是一味冷笑：“那李某就在这里祝九王好运了。”

张启凌心中一动，凝声道：“步允不在城中？”

李猛竖起大拇指道：“聪明。”

“这不可能！”东方泽摇头道，“所有城门都有我们的士兵严加看守，别说人，连只苍蝇也休想飞出应天。”

“城门并不是唯一离开的途径，还有一样东西叫作……”李猛徐徐吐出两个字，“密道。”

东方泽面色一沉，他确实忽略了这一点，应天那么大，有几条密道再正常不过，步允要真是通过密道直接出城，就算他真把应天翻过来，也休想找到。

“你怎么知道步允会从密道走？”

面对张启凌的询问，李猛冷笑道：“他懂得查我，难道我就不懂得查他吗？说来也是侥幸，他原本将修建密道的工人全部杀了灭口，但手下人大意，其中一个工人在被扔到乱葬岗时还留了一口气。”

“你们想要找到陛下，就得先找到步允，赶紧想吧，拖得越久，步允离开的可能性就越大，到时候可就真找不到了。”

看到李猛得意扬扬的嘴脸，东方泽恨恨地拂袖转身，不再理会，他这个举动也等于是将决定权交给了张启凌。

张启凌犹豫片刻，颔首道：“好，只要找到步允，我就放你和采兰离开。”

听到这话，李猛兴奋不已：“此话当真？”

“一言既出，驷马难追。”张启凌的回答犹如一颗定心丸，令李猛很是满意，爽快地说出了密道所在。

林默亲自带人前往，那是一条隐藏在山林之中的密道，沿着山脉一直通出应天城，要不是有人告之，谁也想不到荒山里还藏了这么一条密道。

密道里面有新鲜的脚印，显然是步允留下的，众人沿着脚印悄然前行，这条密道很长，足足走了十几里才到尽头，移开上面的盖板后，众人走了出来，这是一间小小的屋子，里面挂着各种弓箭和野兽皮毛，看起来像是猎户住的地方。在屋子中间架了一堆火，令屋子暖洋洋的，全无冷意，一个盛满水的铁吊子悬在火上，正“嘟嘟”冒着热气。

“看来步允并没有离开。”予恒也来了。

林默谨慎道：“仔细一些，他随时有可能回来。”就在他话音落下后不久，门被人推开，寒风一下子灌了进来，吹得火堆忽明忽暗。

步允怎么也想不到林默等人竟会追到这里来，在短暂的愣神后，立刻扔下手里的野兔窜身往外逃去，脑海里只有一个念头——逃！

林默追了十几里路，好不容易来到这里，又怎么会让步允逃走，立刻跃身追去，两人都是一等一的顶尖高手，交手速度快到眼花缭乱，一追一逃，转眼已是几十上百招，旁人根本插不上手。

步允几次出狠招，都没能逼退林默，林默始终如影随行，令他无法摆脱，随着时间的推移，步允渐渐觉得有些力不从心，再这样下去，他必败无疑。

不行，他得赶紧想个办法！

步允眼角余光掠过站在一旁的予恒，心中顿时有了主意，右手并掌，带着强劲的掌风向林默拍去，林墨抬掌应对，这原本没有问题，在刚才打斗中，二人已经对掌过数次，拼的是各自内力。

哪知步允突然在半空中转身，拼着后背生受林默一掌，虽然被打得当场吐血，但他也得以借力向予恒袭去，这——才是他真正的目标！

予恒骇然失色，急忙想要后退，但已经来不及，脖颈被紧紧扣住，动弹不得："再往前一步，我就杀了他！"

林默被迫停下脚步，面色铁青欲迸："立刻放了齐王！"

手指下温热的手感令步允心中大定，抹去嘴角的血渍冷声道："可以，不过得先让齐王殿下送我一程。"

林默寒声道："应天城内外都已经被重兵包围，你走不了的。"

"是吗？"步允看了一眼旁边的予恒，阴恻恻道，"那就只有请齐王殿下为我陪葬了！"说着，他加重了手上的力道，予恒被掐得喘不过气来，脸庞涨得通红。

"住手！"林默怕他伤了予恒，急忙喝止。

步允眉眼间扬起得意之色："不想他死的话，就立刻带着你的人下山，一个都不许留，发现一个，我就剁他一根手指，十根……相信也够剁了。"

林默面颊一阵抽搐，他身为神机营尊者、禁军统领，何曾被人这样威胁过，无奈予恒在对方手上，如果硬来的话，随时会害他丧命。

萧若傲的下落固然重要，但也不能为此赔上予恒的性命，陛下可就只有这么两个儿子了，只能先放了他，然后再想办法追捕，而且……

林默心念电转，沉声道："你先放了殿下。"

步允对他的话嗤之以鼻，轻蔑道："你以为自己有资本跟我讨价还价吗？全部退下！"

僵持片刻，林默自牙缝中挤出一个字："退！"

在林默的命令下，神机营众人缓缓往山下退去，在离去之前，林默趁步允不注意，悄悄朝予恒使了个眼色。

看着一步步退下山的神机营众人，步允暗自欢喜，此处山脉连绵，且树木茂盛便于藏匿，只要遁入山林之中，别说区区十几人，就算再多十倍百倍也休想找到自己。再者，山林里有不少下山小路，对普通人来说是险路，对他来说，却是轻而易举的事情，到时候就可以彻底摆脱神机营的追捕了。

"没人……可以从神机营手里逃走！"步允正自得意间，耳边响起微弱的声音，正是予恒，他勉力从喉咙里挤出一丝声音。

"是吗？"步允用力拍着他的脸颊，冷笑道，"你放心，本座不只会全身而退，还会把你一并带走。"

“你……食言！”予恒愤怒地说着。

步允脸上的笑意更盛，凑到他耳边一字一字道：“是——又如何？”

步允无疑是得意的，因为他不只从神机营手里逃走，还带走了北周一个皇子，只要这个护身符在，北周就休想动他一根手指。

“呯！”一声突如其来的枪响吓坏了停在树梢的乌鸦，怪叫着扑棱翅膀飞向远处，几根黑色的羽毛自半空中徐徐落下。

“啊！”步允神色痛苦地捂着右腿，在那里有一个硕大的血窟窿，正不断往外冒血。

“我说过，没人能从神机营手里逃走，包括你！”予恒冷冷地盯着半跪在地上的步允，手里拿着一支还在冒青烟的火枪，与平常见到的火枪不同，这支火枪做得极是精巧，只比手掌略大一些，可以藏在袖中而不被发现。

“我要杀了你！”步允又气又痛，浑身不住发抖，他做梦也想不到予恒身上竟然藏了这么一支火枪，以至于吃了大亏。

他刚一动，右腿便传来撕裂一般的痛楚，踉跄着摔在地上，冷汗如浆水一般冒出来。

原本已经退到山腰的神机营听到枪响立刻赶了回来，将步允紧紧按在地上，动弹不得。

“殿下，您怎么样了？”林默看也不看步允，关切地问予恒。

“我没事，就是脖子有些疼。”予恒颈上残留着几个青紫的指印，都是步允刚才掐出来的。

确定予恒没有大碍后，林默松了一口气，他知道予恒身上一直藏着一支小火枪，刚才那个眼色就是让予恒找准时间对付步允。

这支火枪是离开金陵前，慕千雪特意找能工巧匠打造出来的，给予恒防身所用。为了尽量压缩枪管和机身，工匠改了一次又一次，花费了整整一个月的时间又损耗无数材料，方才打造出这么一支可以藏在身上的火枪，如今终于派上了用场。

林默扫了一眼狼狈不堪的步允，冷声道：“带回去见张相，记得给他包扎一下伤口，别让他死了。”

这一路上，受伤的步允出现了惊人的变化，先是一头黑发渐渐变白，接着皮肤开始失去弹性，变得皱纹丛生，犹如风干的老树皮。

等回到营地时，步允已经变成了一个六七十岁的垂垂老人，完全找不到之前那个俊美少年的痕迹，要不是这一路上都有无数双眼睛紧紧盯着，绝不会相信这是同一个人。

事实上，这才是步允真正的模样，之前只是靠功法强行维持的假象罢了。

在短暂的诧异过后，张启凌也不废话，开门见山道："萧若傲在哪里？"

步允半跪在地上，冷笑道："你以为我会告诉你吗？愚蠢！"

东方泽不以为然道："张相何必与他废话，直接用刑就是了。"

张启凌摇头道："没用的，像他这样的人，靠刑具是撬不开嘴的。"

"还是你聪明一点儿。"步允目光阴沉地盯着东方泽，"别以为赢了这么一场仗就赢了，要不是本座大意，你们这会儿还在城外啃砖头呢！"

东方泽冷哼一声："大意也好，失策也罢，总之我们赢了，而你成了阶下囚，还变成这副人不人鬼不鬼的模样！"

步允很怕别人提他的模样，急急将满是皱纹的双手缩进袖子里，半晌，他忽地低低笑了起来："你们真以为自己赢定了吗？"

"当然。"东方泽的回答换来步允一连串冷笑："有自信是好事，但要是自信过了头，那就变成蠢了。"

"什么意思？"

"没什么，就是有一场好戏快要上演了，相信我，一定……一定会很精彩，啧啧，真是想想都觉得兴奋。"步允舔了舔嘴唇，眼里闪烁着嗜血的光芒。

半晌，步允身子往前倾了几分，盯着东方泽道："不想你手底下十八万士兵都死在应天的话，咱们来做个交易。"

东方泽心念陡转，半晌，他突然笑了起来，而且笑得前俯后仰，连眼泪都出来了。

步允被他弄得莫名其妙，忍不住问道："你笑什么？"

东方泽勉强止了笑，讥声道："本王笑你蠢得可怜，都这个时候，还在为自己耍的那些雕虫小技沾沾自喜。交易……真亏你想得出来。"

他的话令步允心生不祥，试探道："你到底在说什么？"

东方泽抬手抹去眼角笑出的泪，"早在你'放'那些百姓出城的时候，本王与张相就猜到其中有问题，尤其是发现其中有人生病咳嗽后，更肯定了这个猜测，让医先生为他们把脉，果然发现他们当中不少人染上了瘟疫。没料错的话，你应该是把他们和先前死去的百姓尸体关押在一起，人为地制造瘟疫。"

心底最深处的秘密被倏然揭穿，纵是谨慎的步允也难掩惊骇之色："你……你怎么会知道这些，是谁告诉你的？"

“何须人说，当年萧若傲进攻我朝的时候，就曾用过这样的招数，害死许多无辜百姓，连本王也险些丧命。虽然事情已经过去多年，但本王一直都记着，本王发誓，同样的当绝不会再上第二次。”说到这里，东方泽突然笑了起来，“你倒是深得你主子的真传，连使出来的阴谋诡计都一样，佩服佩服。”

步允脸上青一阵白一阵，不甘心道：“这么说来，我先前收到的情报都是假的？”

“不这样，怎么引你上当。”东方泽拂一拂袖子，漫然道，“他们出城当日就被隔离了，所以……并没有一个士兵染上瘟疫！”

步允瘫在地上，犹如一个泄了气的皮球，他做梦也想不到自己挖空心思想出来的计策，原来一直是个笑话。

张启凌接过辛月递来的汤药，一边吹着热气一边道：“说吧，你主子在哪里。”

“陛下……”步允喃喃自语，低头盯着被烛光拉成长长一条的影子，不知在想些什么。

“呜！呜呜！”寒风呼啸不止，不时从帐帘缝隙中钻进来，吹得烛火明暗不定，烛泪缓缓滴落，顺着烛台结成倒珊瑚的样子。

东方泽等得有些不耐烦，催促道：“赶紧交代，本王还能留你一具全尸。”

“人都死了，还要全尸做什么，你喜欢的话，只管拿去喂鹰喂狗。”步允不以为然地说着，随即道，“我固然是输了，可你们也没有赢，很快……很快陛下就会回来，到时候你们全部要大难临头，金陵乃至整个北周都会血流成河！”他眼底闪烁着仇恨嗜血的光芒。

“我知道萧若傲走的时候带走了几千士兵，但他连应天都丢了，凭那几千人又能闹出什么花样来。”东方泽对他的话嗤之以鼻，“他回来倒好了，省得本王派人四处追捕。”

步允咧嘴露出一抹阴冷的笑容：“我会在黄泉路上等着你们。”

“怕是没机会了。”张启凌喝过药，凉声道，“你生前作孽太多，一下地府就得去十八层地狱受罚，咱们根本见不到。不过我倒可以把萧若傲送下来给你做伴，省得你独自一人在地狱里难熬。”说罢，他示意辛月取来地图，一边与辛月低语一边在地图上划动，当他手指划过皇宫四周的护城河时，步允瞳孔微微一缩，但只是一瞬间的事，很快便又恢复如常，看不出任何异样。

半晌，张启凌抬起清俊的眉眼：“我问你最后一遍，萧若傲在哪里？”

在短暂的沉默后，步允开口道：“好，我告诉你们。”

见他松口，东方泽心中一喜，急忙道：“快说。”

望着东方泽急切的模样，步允嘴角扯出一丝嘲弄之意：“陛下在一个你们绝对想不到的地方，就算你们翻遍应天，也休想找到。”

步允的一再戏弄，终于耗尽了东方泽的耐心，他一把攥住步允的衣襟，生生将他从地上扯了起来，咬牙切齿道：“既然你非要吃罚酒，本王成全你，本王就不信撬不开你的嘴，来人！”

“不必了。”张启凌唤住准备用刑的东方泽，说出一句谁也意想不到的话，“我已经知道萧若傲在哪里了。”

听到这话，别说东方泽，就连步允也满面诧异，他回过神来的第一个反应就是摇头：“你怎么可能知道。”

张启凌微微一笑：“因为你告诉我了。”

步允激动道：“胡说，我一个字都没有提过！”

“未必一定要说出来，表情甚至眼神同样可以说明一切。”辛月凉声道，“我夫君故意拿地图试你，果不其然，你在看到我夫君手指划过护城河时，眼神有所异常，可见这条护城河与萧若傲有关。”

步允没想到连那么细微的神情也没逃过张启凌的眼睛，一时慌乱不已，强自镇定道：“我眼睛动一下就叫有关了，真是好笑，难不成陛下还能藏在河里吗？”

“河里当然不能藏身，但他却可以通过护城河离开应天。”张启凌目光锐利如箭，直刺步允，“据我所知，这条护城河是引城外之水入城，换而言之，护城河可以直通城外。”

步允暗自蜷紧袖中的双手，脸上则是一副满不在乎之色：“确实如此，但你不会天真地以为有人可以憋气游到城外吧？就算游到最近的那一边，至少也得半个时辰，中途连个换气的地方都没有。”

东方泽微微皱眉，步允说得没错，人毕竟是生活在陆地上的，无论水性多好，都不可能一口气憋足半个时辰。

这么一来，借护城河离开应天的猜测就说不通了，与之相比，密道倒更合理一些，可他们翻遍皇宫，并没有找到任何密道。

究竟……萧若傲是怎么从他们眼皮子底下消失的？

就在东方泽百思不得其解之时，张启凌突然道：“这几年楚帝伐了祁连山大量树木，你知道是用来做什么吗？”

这句看似全不相干的话，却令步允眼皮狠狠一跳，指甲一下子掐进了掌心里，借着掌心的剧痛勉力维持着平静："树木当然是用来修建房子的，不然还能做什么？"

"那就奇怪了，这两年木材源源不断送进宫城，可既没有扩建宫城，也没有听说修建行宫，你说说，那些木材都去哪里了？"

步允不自在地别过头："我怎么知道。"

张启凌将他的神情变化看在眼里，微笑道："还有一件更奇怪的事，几年前，护城河堤有些崩塌，楚帝便下令将那一段河堤围了起来，并召集工匠修补，这原本只是一桩小事，结果召集了几千人，修了整整三年。"

"我知道这件事，当年修河堤的时候，有工部官员建议陛下将护城河挖深一丈，所以才费了这么长时日。"

张启凌颔首道："不错，是这么一回事，我也问过，那个官员姓许，是工部尚书，就在我们抵达应天的前几天，护城河修补完成，这位许尚书也因病过世，你说巧不巧？"

步允故作镇定道："生老病死，乃人之常情，有什么巧的。"

张启凌也不生气，淡然道："那我再说一件事，祁连山被伐的都是上百年的柏树，这些柏树材质坚实平滑，耐磨耐潮，是上等的造船材料。"

"一个人确实没法憋气半个时辰，但如果将他关在密不透风的大木匣子里，那么木匣中剩余的空气，足以支撑他潜渡护城河。"

东方泽恍然道："是啊，本王怎么没想到，我这就派人沿途追寻，几千人一起逃走，必定有痕迹留下。"

张启凌摇头道："他们顺着水路一路南行，你没有船只，怎么追捕？"

"船只？"东方泽寻思片刻，试探道："你是说……他们乘船南下？"

"不只如此，他们乘的还是非同一般的船，我说得对吗，步首座？"

"我……我不知道你在说什么。"步允浑身发冷，此刻的他已经完全没法掩饰心底的惊骇，他不明白，张启凌怎么会知道这么多，自己可一个字都没提过。

"你知道的。"张启凌毫不犹豫地否定了他的话，"你们应该造了一种可以潜入水中行驶的船只，只有这样，才能神不知鬼不觉地渡过护城河。你刚才说楚帝很快会回来找我们报仇，这几年西楚外战频频，内乱四起，民心早已分崩离析，想要在短时间内召集大量兵马显然是不可能的，那么只剩下一种可能——借兵！"

张启凌一口气说了许多有些气喘，歇了一会儿，继续说道："纵观诸国，有能力与我朝抗衡，又能借兵的，就只剩下齐国。从应天出发，顺河南下，可直达南昭，而南昭与齐国接壤，正好可以通过南昭抵达齐国。”

步允面色青白难看，犹如见了鬼一般，早就听闻这位东凌四皇子缜密多谋，当今世上仅次于璇玑公主，当时他还不以为然，认为自己并不会输给他，现在真正交上了手，才知道以前的想法有多天真。

“林默，立刻飞鸽传书告诉陛下。”东方泽神情异常严肃，二十万大军出征在外，金陵兵力空虚，如果肃萧若傲真说动了齐帝，出兵攻伐，那可就麻烦了。

“故事编得真精彩，可惜始终只是故事。”步允还在那边垂死挣扎，试图动摇张启凌的想法，可惜他失望了。

“是不是故事，你心里清楚，我心里也清楚。”张启凌根本不受他影响，抬头道，“王爷，留着他性命，或许还有用处。”

“好。”在命人将步允押下去后，东方泽沉声道：“刚才那个推测，你有几分把握？”

“呼……”夹杂着雪花的寒风趁着帘子掀起的间隙呼啸而入，吹得人浑身一激灵。张启凌忍不住掩唇咳嗽了几声：“九王不相信我？”

“不是，只是……”东方泽迟疑道，“真有可以潜在水中的船只吗？”

“我原本也只是大胆推测，但步允的反应证实了这一点。我不敢说十成，但七八成是有的。”从一开始，张启凌就是在试探步允，一步步根据步允细微到难以察觉的表情与动作来分析他的心思，并思索接下来的话。

东方泽沉沉点头，又问道：“你说……齐帝会蹚这浑水吗？”

“齐帝未必想帮萧若傲，但兔死狐悲的道理他很清楚，西楚灭了之后，下一个就是齐国。另外，萧若傲有足以打动齐帝的筹码，所以……他一定会答应。”

东方泽一怔：“什么筹码？”

“忘了咱们在城下吃的亏了吗？”

被他这么一提，东方泽顿时反应过来：“你是说火炮？”

“火炮与火枪杀伤力巨大，齐帝不可能不眼馋，这几年怕是没少仿造，但没有图纸注解，造出来的东西就是一堆废铁。现在萧若傲以图纸交换，哪怕是一份有残缺的图纸，也足够打动齐帝的了，更别说还有那些半浮在水里的船只。”

“说得不错。”东方泽咬牙道，“我现在就去安排，两日后动身，一定要赶在齐军之前回朝，以免被他们捷足先登。”

在东方泽离去后，辛月替张启凌掖紧被角，不无忧心道："这么快动身，你身子撑得住吗？"

张启凌笑一笑，握住她略微有些凉的素手："你夫君好歹也是习武之人，哪有这么弱不禁风的，这几日养下来，已经好了许多，不信我下地走给你看。"

辛月急忙按住他，嗔道："刚好一点儿就得意，万一绷裂了伤口，看你怎么办？"

张启凌指着自己脑袋，打趣道："伤在这里，想要绷裂可真有些难，要不你打一拳试试？"

"贫嘴！"辛月笑斥了一句，见他面露倦色，扶他躺下，"睡一会儿吧，趁着还有两日工夫，你好好养伤，能养好一点儿是一点儿。这萧若傲要是真去了齐国，后面还不知道生出多少事来呢。"说着，她又道，"我去炖盅参汤，你醒了正好可以喝。"

"这种事情交代底下人去做就是了，你累了一日，快去歇着吧。"

"这军营里都是一群大男人，粗心大意，上回连药都煎焦了，实在不让人省心，还是自己去的好。"在辛月准备离去之时，张启凌突然拉住她，歉疚道，"你怀着身子，本该好好养胎，结果却还要反过来照顾我，实在对不住。"

辛月唇角扬起一缕温暖的笑意："别以为说几句好听的就行了，这一笔笔账我可都给你记着呢，等回到金陵后，必须得加倍补偿回来，否则可不与你罢休。"

"一定！"张启凌与她相视而笑，手悄然握紧，握在那掌心里的，是属于他的真实与未来。

繁花落尽，千帆驶过，他终于找到了能够相伴一生的人，没有轰轰烈烈，只有细水长流……

在周军起程回金陵的同时，萧若傲正如张启凌所料，借道南昭来到了齐国都城临淄。不过见齐帝的过程并不顺利，一连等了五六日都没有见到齐帝，每每问起驿丞，都是一个答案，称齐帝国事繁忙，让他耐心等一等。

这日也不例外，萧若傲刚开口，驿丞便满面内疚道："小人今早才刚刚去宫城问过，这阵子奏折堆积如山，陛下实在是忙得不可开交，还请楚帝您再等几日。只要陛下一得空，立刻就会……"

"行了。"萧若傲打断他千篇一律的说辞，冷冷道，"总之我今日一定要见到齐帝。"

驿丞搓着手，一脸为难道："您这可是难为小人了，陛下见不见您，哪是小人能做主的，小人顶多只能帮着通禀一声，您还是……"

萧若傲不由分说地打断道："你告诉齐帝，他若再不肯见，我立刻就离开，以后也不必再见。"说到这里，他冷冷一笑，"我若走了，你怕是也不好交代吧。"

驿丞没想到他态度如此坚决，推脱的话还没来得及说出来，就被噎了回去，犹豫片刻，他无奈道："那好吧，为了您，小人就再跑一趟。"

在走出驿馆后，驿丞回头朝地上吐了口唾沫："都已经成丧家之犬了，还在这里作威作福，楚帝……我呸！"

北周攻入应天的消息，早已经传遍各地，临淄作为消息最灵通的地方之一，当然不会错过这个重要信息。

驿馆里，一名中年武将正在劝萧若傲："陛下，既然齐帝不愿见，咱们回去就是了，何必在这里看他们脸色。"

萧若傲拨弄着炭盆里烧得通红的炭火，漠然道："回去？回哪里去？"

"虽说北周占了应天，但咱们还有数十座城池在，只要陛下振臂一呼，立刻就能集结大军，夺回应天。"

萧若傲停下手里的铁杆子，冷笑道："这几年朝廷的情况，别人不清楚，你屠战难道也不清楚吗？西楚……早已经不是当年的西楚。"

屠战咬一咬牙，沉声道："就算这样，咱们也还有南昭在，定能东山再起。"

"南昭……"萧若傲喃喃念着这两个字，心里是说不出的错综复杂，曾几何时，他觉得覆灭南昭是最正确的决定，如今回想起来，分明是最大的错误，可惜悔之晚矣！

第四十章　三张图纸

萧若傲压下纷乱的心思，哂然道：“你是觉着北周会给我们时间，还是觉着那些南蛮人会听我的话？”

屠战无言以对，他们攻下南昭已将近二十年，可这二十年，那些南昭人始终不肯真正归降西楚，只是碍于大军镇压，不敢明着反抗，要他们助萧若傲夺回应天，简直是笑话。

至于镇压南昭的大军，因为这几年内政动乱，一次又一次调集，如今只剩下区区十万人，堪堪能够压住南昭的局势，一旦调动，那些南昭人必会趁机动乱，到时候腹背受敌，更加麻烦。

旁边一名相貌斯文的中年人蹙眉道：“臣等明白陛下的顾虑，可齐帝……恕臣直言，只怕不乐观。”他是萧若傲身边的第一谋士，叫常平，反过来就是平常二字，但他的智力绝不平常。

萧若傲眼眸微眯：“放心，咱们开出的条件，足以让他心动。”

常平犹疑片刻，道：“还有一件事，臣不知该说不该说。”

萧若傲没有说话，而是朝屠战看了一眼，屠战会意，开门走了出去，过了一会儿回来，朝萧若傲点了点头。

确定外面没人监听后，萧若傲道：“行了，你说吧。”

常平轻声道：“此次北周突然进攻应天，是因为皇三子被一名叫秋水的女子害死，而他们以为秋水是咱们的人，可事实上并不是。陛下不妨细想，楚周两国开战，对谁最有利？”

“齐国！”萧若傲张口吐出这两个字。

“正是，所以臣斗胆猜测，秋水……会不会是齐帝派去加害皇三子然后嫁祸给咱们的？”

屠战生气道：“若真是这样，齐帝未免也太卑鄙无耻了。”

“只要能得利，卑鄙一些又有何妨。”常平答了他一句，对萧若傲道，“如果真如臣猜测的那样，咱们与齐帝合作，那就是与虎谋皮！”

萧若傲神情异常平静，连眼皮也没有动一下：“你以为朕真的一点儿都没有怀疑吗？”

常平一惊，试探道：“既然陛下早有怀疑，为何还……”

萧若傲取过一只橘子徐徐剥着，一边剥一边将橘皮扔进炭盆里，很快有一股清新的气味弥漫在屋中，凉声道：“冤有头债有主，不找他找谁？”

常平眼皮一阵狂跳，他大概猜到了萧若傲的打算，只是……这实在太疯狂了，能够行得通吗？

“陛下……”常平刚说了两个字，便被萧若傲扔过来的橘子打断，“这橘子味道不错，你们两个也尝尝。”

“谢陛下赏赐。”常平知道他不愿多说，只得作罢。

等了约莫一个时辰，驿丞终于回来了，一进门就迫不及待地诉苦：“亏得小人跟看守宫门的禁军大人关系不错，又说了许多好话，他们才肯帮忙通传，要换了别人，早就被赶走了，宫禁有多森严，您是最清楚不过的，哪里能随便传得了话。”他瞅了萧若傲一眼，又道，“就为了给您传个话，小人可是把身上的银子都掏干了，还搭上一块前阵子刚买的翡翠玉佩，喏，就跟您腰间这块差不多大小模样。”

萧若傲面色微微一变，住在这里的几日，他已经给了不少银子，竟然还不知足，明目张胆地敲诈他，真是贪得无厌。

以前在西楚时，谁见了自己不是诚惶诚恐，连头也不敢抬起，敲诈，那简直是笑话。什么叫虎落平阳被犬欺，他算是明白了。

“今儿个也真是多灾多难，这不，刚回来的路上，雨天湿滑，不小心被马车磕了一下，膝盖都撞肿了，一走路就疼。”他绕来绕去说了许多，就是不提见齐帝的事情，显然是在等萧若傲将玉佩双手奉上。

萧若傲心思极深，就算心里恨不得生撕了驿丞，表面也绝不会流露出半分，反而一脸欣然地解下玉佩递过去：“要你如此辛苦，我心里实在过意不去，小小心意，还请不要嫌弃。”

“这怎么使得。”嘴里说着使不得，手却毫不犹豫地接过玉佩。

萧若傲不动声色地收入眼底，微笑道：“不过是一个小玩意儿罢了，有什么使不得的，这阵子我们可没少麻烦你。”

“楚帝真是客气。”驿丞心满意足地将玉佩放入口袋中，“也是楚帝您运气好，陛下今日原本要去天坛祈雨的，咱们这里有阵子没下雨了，结果那么巧，今儿个就下雨了，这时间便空了出来。”顿一顿，他又道，“小人已经让人备好马车，您请。”一得了好处，这效率便高得不得了，真是现实。

一直等车轱辘转动，屠战方才恨恨吐出憋了半天的话：“这个驿丞真是可恶，什么事情都成了他的功劳，还敲诈陛下，这要是在应天，我早就一刀宰了他。”

常平睨了他一眼，淡淡道：“你也说了要是在应天，所以好好忍着吧。”

屠战咬一咬牙，望着闭目养神的萧若傲道：“陛下，咱们得忍到什么时候？”

萧若傲半睁了眼眸，漠然道：“怎么，受不住了？”

“末将是个粗人，没什么受不住的，末将是怕陛下……”

“朕受得住。”萧若傲打断他的话，眼底掠过一轮精光，“要是连这些苦楚都受不了，还谈什么复国。应天是在朕手里丢的，朕一定要夺回来，不，不只是夺回应天，还要更多……”

马车不疾不徐地行驶着，雨水落在顶篷上发出“叮叮当当”的响声，垂在车前的铃铛不时被风吹动，发出清脆的铃音，与雨水交织在一起如同一曲浑然天成的妙曲，可惜，马车里的三个人都没有心思听。

马车在宫门口停住，禁军已经得了吩咐，没有阻拦萧若傲入内，但屠战与常平被挡在了外面。

“为什么拦着我们，齐帝不是说见我们吗？”屠战不悦地瞪着挡在自己身前的两名禁军。

禁军面无表情道：“陛下只说见楚帝，并不包括你们，在外面等着吧。”

“不行！”屠战不假思索地拒绝了禁军的话，他可不放心萧若傲一人进去。

另一名禁军冷笑道：“这里可不是你做主的地方，立刻退下！”

萧若傲回头道：“行了，你们在这里等着吧。”

“是。”常平拉住还想说话的屠战，正如禁军所言，这里不是他们能做主的地方，人在屋檐下，不得不低头。

萧若傲随引路太监一路穿过一座座笼罩在蒙蒙雨水中的宫殿，来到一处宫殿的西侧，也就是西暖阁。

引路太监停下脚步，细声细气道："到了，楚帝请。"

萧若傲点点头，推门走了进去，一进里面，便有一股热气扑面而来，冷热急速交替的感觉令萧若傲打了个激灵。

"来了？"一个低沉好听的声音在殿内响起，循声望去，一名身着宝蓝龙袍的男子坐在御案后擦拭一柄锃亮锋寒的宝剑，明亮亮的剑身映照出一双漆黑的眸子。

"见过齐帝。"萧若傲拱一拱手，算作见礼。

齐帝抬头，露出一张棱角分明的脸庞，他上下打量了萧若傲一眼，微笑道："朕自继位以来一直想着见萧兄一面，无奈朝中琐事繁多，无法前往应天一领萧兄风采，如今可算是得偿所愿。"

"齐帝见笑了。"

齐帝叹了口气："应天的事情，朕都听说了，可惜朕知道得太晚，否则还能派兵助萧兄一臂之力，也不至于弄成这个样子，北周实在是太过分了。"顿一顿，他又道，"之前朕因为国事繁多，所以来不及见萧兄，还望萧兄别往心里去。萧兄只管安心住在临淄，你是朕的贵客，谁也不敢为难你。"

萧若傲在心底冷笑，说的比唱的好听，自己站了这么久，连一把椅子一盏茶都不给，还好意思说什么贵客。

"齐帝好意，萧某感激不尽，但萧某始终不是齐国人，又怎好意思长住于此。"

"萧兄这么说，就是在与朕见外，你我二人虽不曾见，但神交已久，这种见外的话，以后万万不要再说了。"说着，他招手道，"朕新得了一把宝剑，吹毛断发，削铁如泥，萧兄过来看看。"

萧若傲依言走了过去，仔细打量齐帝手中之剑，剑身三尺，剑柄黝黑，看不出什么材质铸成，此剑只是这样静静放置，也寒光四射，令人不敢直视，可见绝非凡物。

萧若傲点头道："果然是一把难得的好剑，可有剑名？"

"有。"齐帝徐徐抚过剑柄，直至这个时候，萧若傲方才发现剑柄上刻着两个小篆，因为都是黑色的，所以先前不曾发现。

"太阿。"萧若傲念出剑柄上的两个字，满面诧异道，"这是太阿剑？"

"不错。"齐帝屈指一弹，剑身震动，发出一声清脆的龙吟，在暖阁中盘旋许久方才散去，"这把剑，朕找了十余年，终于让朕找到了。"

“相传这把剑铸于六国之时，由铸剑名师欧冶子与干将共同铸成，是一把威道之剑。当初晋国强大，可偏偏这把剑在最弱小的楚国铸成，晋王气不过，向楚王索剑，楚王不肯，他就出兵伐楚，楚国弱小，城池接二连三沦陷，不久之后连都城也被围了，这一围就是整整三年，粮草耗尽。楚王以身祭剑打算与城池共存亡，岂料太阿突然发威，剑气激荡，城外飞沙走石，遮天蔽日。晋军大乱，旌旗仆地，全军覆没。据说太阿剑是感受到楚王内心之威而显出惊世剑气，所以世人又将此剑称为威道之剑。”

听萧若傲娓娓说着太阿剑的来历，齐帝拍手笑道：“不错不错，想不到萧兄对太阿如此了解，看来……”他嘴角的笑意微微一深，“萧兄也是爱剑之人。”

萧若傲望着被齐帝放在架子上的太阿剑，凝声道：“谁人不爱名剑，关键是……能否守得住。”

齐帝眉梢微扬：“萧兄似乎话中有话？”

萧若傲微微一笑：“并不是每个人都能像前朝的楚王那样好运，激出太阿威道，一举扭转败势，否则太阿传世千年，怎么会一直寂寂无声，再没有展现过当年之威。”

“所以，萧兄觉得朕守不住这剑？”齐帝脸上笑意依旧，唯独那双眸子，深得看不到底。

“西楚战败，燕国归顺，诸国之中，就只剩下一个齐国，北周是不会放过的。成王败寇，到时候太阿就会成为北周的战利品。”

齐帝不置可否地点点头：“听萧兄这口气，是认定朕会输了？”

“北周有多强势，齐帝应该很清楚，当初你我联手，尚且应付得那么吃力，何况是单打独斗。若北周真的兵临临淄，恕萧某多嘴问一句，你能够撑多久，半年？一年？还是像千年前楚国一样的三年？”

齐帝弹一弹不久前才修剪过的指甲，微笑道：“不到最后一刻，谁也不知道鹿死谁手，萧兄你说是吗？”

“那火枪火炮呢，齐帝有信心对付吗？”这句话戳到了齐帝的痛处，令他眼皮狠狠一跳，自从火枪出现后，他就一直派人盯着，没人比他更清楚火枪的威力。

燕国是诸国之中最弱的，可就因为有了北周供给的火枪，将仅次于齐、周两国的西楚弄得焦头烂额，外忧内乱，若非如此，西楚也不至于在面对北周的袭击时那么不堪一击。

这几年，他没少命人研制，可惜造出来的东西全部是徒具其形，威力大相径庭，他也曾修书给萧若傲，希望他可以提供图纸，哪怕只是残缺的图纸，也好过他们一头雾水的摸索。但萧若傲怎么会将这个大杀器拱手相送，随意敷衍了过去，齐帝也无可奈何。

十年风水轮流转，萧若傲做梦也想不到，有朝一日，他会来求齐帝，而这一切，距离他当初的拒绝，远远没到十年。

齐帝收敛了心思，重新挂上让人看不出底细的笑容："不知萧兄有什么办法？"

"我们可以合作。"面对萧若傲的提议，齐帝挑一挑剑眉，以手支颐，饶有兴趣道："怎么个合作法？"

"你有兵，我有火器，我们可以一起对付北周。"

"听着倒是有几分道理，可朕怎么觉得萧兄不够诚意呢，当初朕派人送去国书，想与萧兄合作研究火器的时候，萧兄可是推得干净利落，一点儿犹豫都没有。"齐帝换了一只手，似笑非笑道，"往明白了说，萧兄是想用火器图纸来换取朕的兵马，助你夺回应天。"

"不错。"萧若傲倒也承认得干脆，"应天是在我手上失去的，我一定要把它夺回来。"

"话是没错，但……萧兄凭什么觉得朕会帮你，这可是几十万兵马，火器图纸虽然值钱，但还没有值钱到这个程度。"

"没有火器，就意味着处于下风，就算你有再多的兵马，也赢不了北周。"

面对他尖锐的言语，齐帝倒也不生气，徐声道："朕倒不这么觉得，火器确实霸道，但还不至于让朕束手无策，只是麻烦一些罢了。"

作为一个谈判者，无论心里多么担心，多么渴望，都不能表现在脸上，不能让对方猜到你的心思，在这一点上，齐帝做得很好。

萧若傲眸光微闪："那水船呢，齐帝也没兴趣吗？"

齐帝神色一动，直起身子道："什么水船？"

"可以在潜藏在水中行驶的船，不被他人发现。"萧若傲的话引起了齐帝极大的兴趣："你有？"

萧若傲没有回答他的话，而是道："火器与水船，相信足以与齐帝合作了。"

齐帝身子后仰，缓缓靠在椅背上，深不见底的眸光下是飞速转动的心思，萧若傲说的这两样对他有着莫大的吸引力，可是合作……

"就算你不帮我，北周也会对付你，你我合作，有百利而无一害。"萧若傲的声音带着一丝蛊惑。

齐帝思忖片刻，徐徐道："倒也不错，不过……"他眸光一抬，凉声道，"朕要先看一看水船。”

火器的威力，他已经很清楚了，唯独这水船，竟然可以潜藏在水中不被人发现……实在令人好奇。

“可以。”萧若傲当即答应，“我将一艘船停在临淄城外，齐帝随时可过去一观。”

“好，那就明日。”齐帝从来不是一个拖泥带水的人，当即就定下了日子。

在萧若傲离去后，一道人影从屏风后面走了出来，正是血影，他望着关起来的雕花朱门，沉声道：“陛下真打算与他合作？”

齐帝取过搁在一旁的软布，徐徐擦拭着太阿剑身：“你不愿意？”

“这个姓萧的心思太深，卑职担心他会算计陛下。”

“朕知道。”齐帝望着映照在剑身上的自己，眸光幽幽道，“所以才要答应，否则怎么知道他在打什么算盘，你说是不是？”顿一顿，他又道：“去准备一下，明日出城。”

再说萧若傲那边，一上马车，屠战便迫不及待地问道：“陛下，齐帝答应了吗？”

萧若傲抬手示意他少安勿躁，待马车驶离了宫门后，方道：“没有立刻答应，只说要看一看水船。”

屠战眼睛一亮：“那咱们是不是可以动手了？”

萧若傲没有回答他，而是转头看向常平：“你说呢？”

在问了几句他们的对话后，常平蹙眉道：“卑职以为，明日齐帝十有八九会防备，并不是动手的好时机。”

萧若傲还没说话，屠战已经闷声闷气对常平道：“你这个就是不爽快，前怕狼后怕虎，照你这样，什么事情都做不了了。”

常平白了他一眼：“我这叫谨慎，像你这样什么都不想，只管低头冲上去，最后怎么死的都不知道。”

萧若傲拦住不服气的屠战：“说来听听。”

“卑职以为，从齐帝对陛下的态度看来，他防备心极重，明日一定会带重兵前往，就算明面上没有，也会在暗中布防，贸然动手，只会坏事。”

屠战不悦道：“照你这么说，咱们什么都不做，就这么拱手把火枪和水船送给齐帝？”

“这只是权宜之计，等取得齐帝信任之后，就可以反客为主，夺得大权。”

面对常平的解释，屠战连连摇头："火器和水船是咱们手里最大的资本，一旦送出去，咱们可就什么都没了。万一齐帝过河拆桥怎么办？不妥不妥。"

"或许有所不妥，但绝对好过明日动手。"

"可是……"屠战还没来得及反对，便听萧若傲道："我同意常平的看法，明日什么都不要做。"

屠战急切道："错过明日，不知什么时候才会有良机，陛下三思啊。"

萧若傲拍着他的肩膀道："耐心一些，走错一步就会满盘皆输，咱们……输不起。"

屠战虽然不认同，但萧若傲发了话，也只能勉强点头。在回到驿站后不久，他们收到一封来自应天的飞鸽传书。

在看过传书的内容后，常平紧张道："陛下，北周似乎发现水船的秘密了。"

萧若傲抿了口茶，不以为然道："那又怎样？"

他这个态度令常平诧异不已，试探道："陛下不担心吗？"

"你以为这个秘密能一直瞒下去吗？"萧若傲晃动着手里的茶盏，茶叶在黄绿色的茶汤中沉浮不定，"张启凌是个聪明人，早晚会发现的，退一步说，就算他没发现，回去与慕千雪一说，她也必然能猜到。"说到这里，他神情有些恍惚，喃喃道："璇玑……她从来就没有猜不到的事情……"

"他们既知道了这个秘密，必然不会罢休，说不定已经猜到咱们来了齐国，这可怎么办？"常平紧张地问。

萧若傲还是那副不疾不徐的样子："兵来将挡，水来土掩，总会有办法的。"顿一顿，他道，"记着，不管齐帝怎么问，都要一口咬死，说咱们就这么一艘水船，好好藏着咱们的底牌，等关键时候再用。"

"卑职明白。"二人齐声答应。

翌日清晨，齐帝带着几个亲信微服来到临淄城外，同行的当然还有萧若傲等人，临淄城外有一条极为宽阔的河，直通南昭，再往外就入海了。

齐帝环视四周，河面平静无波，远处偶尔有小舟驶过，看起来一切如常，众人心中都有一个相同的疑问——在这么平静的河面下，真的潜藏了一艘船吗？

齐帝收回目光，微笑道："萧兄，开始吧。"

萧若傲点头，自怀中取出一个形状怪异的哨子，吹响后的哨声有些刺耳，令人有捂住耳朵的冲动，但很快他们就顾不得耳朵了，死死地盯着河面。

平静的河面在没有风的情况下，泛起阵阵涟漪，而且不断扩大，仿佛有什么庞然大物要从水里钻出来，事实也确实如此。

桅杆、船舱、船舷一一浮现，无数水流从船身上滑落，重归河中。这是一艘形状怪异的船，与其说是船，倒更像是一个长筒，整个船身都用木板钉死，看起来没有一丝空隙，船身长约十丈，宽约三丈，足足占据了半个河面的宽度。

齐帝呼吸急促地盯着渐渐浮上来的水船，竟然是真的，真有可以潜藏在水里的船，而且可以自由控制沉浮。如果有足够多的水船，他就可以神不知鬼不觉地将士兵通过渭河运到金陵城外。

“呼！”在完全浮上水面后，水船上面的顶盖被人用力推开，几名士兵从里面走了出来，朝萧若傲行礼。

萧若傲微笑道：“齐帝可还满意？”

“满意，简直是鬼斧神工。”齐帝赞赏道，“能够造出这样匪夷所思的水船，萧兄之才，朕实在佩服。”

萧若傲苦笑道：“若真有才，就不会连都城都丢了。”说着，他望着水船叹气道，“也是天不帮我，如果能早一些造出水船，就可以与北周抗衡，应天也不至于丢得那么惨。”

齐帝眉头微微一蹙：“恕我直言，这船藏于水中，确实神鬼难测，但也仅限于运送士兵，出奇不易，要说与北周抗衡……怕是有些难。”

“那是因为齐帝还没有真正见识过水船的威力。”萧若傲看向屠战，“给齐帝演示一下。”

“是。”那几名士兵回到水船中，随着顶上的盖子落下，船身一侧木板缓缓打开，露出两个黑黝黝的洞口，随着里面的东西露出来，众人尽皆骇然。谁也没想到，这艘水船竟然藏了两门火炮，这意味着水船变成了一个移动的火炮台，难怪萧若傲说可以和北周抗衡，确实没错。

这两门火炮对准的地方赫然就是齐帝，血影大惊，急忙闪身挡在齐帝身前：“保护陛下。”

随着他的话，两边草丛中传来悉索的声音，是血骑士，至少有上百人，而远处隐隐约约还有人。

正如常平所料，齐帝在这里布置了许多人手。

看到血影紧张的样子，萧若傲微微一笑：“血统领不必担心。”

在他们说话之时，两门火炮已经掉转炮口，对准河另一边的石山，远处几只小船留意到这边动静，好奇地停下来观望。

“轰隆！轰隆隆！”随着两声震耳欲聋的炮鸣，地动山摇，无数山石在漫天的火光和尘烟中滚滚落下，有一些直接掉入河中，激起巨大的水花，连远处那几只小船都受到波及，摇晃不止，船家慌了神，匆匆忙忙划船离去，不敢再停留。

等到烟尘散尽，石山重新出现在众人视线中，只是这一次，山体上多了两个豁大的坑洞。

“果然威力巨大！”齐帝满面欣喜地看着因为后挫力退出一里有余的水船，“萧兄果然有鬼神之才，竟然想到在水船之中加装火炮，如此一来，水船不只能够运人，更可成为交战的利器，好！真是好！”顿一顿，他又道，“不知萧兄有多少艘水船？”

萧若傲苦笑道：“不瞒齐帝，只有一艘。”

“一艘？”齐帝皱起了眉头，显然对萧若傲的回答很不满意，不过他并没有说出来，“那造一艘水船，需要多少时日？”

“百名工匠共建，而且物资齐全的话，大约需要两个月。”

“也就是说，朕需要调动万名工匠，方才能够在两个月里造出十艘这样的水船？”

“是。”萧若傲应了一声，又补充道，“熟练之后，这时间应该还能缩短几日。”

齐帝眸光深深地看着他：“所以萧兄能够提供给朕的仅仅只是一份图纸？”

萧若傲纠正道：“是三份图纸，水船、火枪、火炮。”

血影冷笑道：“区区三张纸，就想换取十万兵力，楚帝这算盘打得可真好。”

萧若傲目光自他脸上掠过，落在若有所思的齐帝身上：“这三张纸有多大价值，齐帝最清楚不过，绝对不会亏。另外……萧某要的不是十万兵力，而是二十万。”

“二十万？”血影倒吸一口凉气，继而冷笑道，“楚帝胃口可真是大。”

“不得无礼。”在喝退血影后，齐帝歉声道，“让萧兄见笑了。”

萧若傲淡然道：“不碍事，只是不知齐帝意下如何？”

齐帝思索片刻，道：“此事关系重大，能否让朕回去仔细想一想，三日后答复萧兄？”

萧若傲对这个回答并不满意，但此处毕竟是齐帝的主场，他也不敢逼得过紧，点头道：“好，三日后等齐帝的消息。”

三日后，齐帝传召萧若傲进宫，他答应了萧若傲以三张图纸换二十万士兵的要求，但也提了一个条件，那就是必须等三个月。

一来，二十万士兵调集需要时间；二来，他需要时间验证那三张图纸的真假，三个月时间，足够他造出十艘水船和几百支火枪了。

这个条件无疑是苛刻的，但萧若傲还是答应了，不过他也提了一个要求，就是分批提供图纸，在他交出最后一部分图纸之前，必须要见到二十万士兵以及兵符。

在送走萧若傲后，血影皱眉道："其实陛下根本不必与他做什么交易，直接让他把图纸交出来就是了。"

"交出来？"齐帝冷笑道，"朕不是没让你去驿馆找过图纸，结果呢？"

血影脸庞一红，从城外回来后，齐帝曾命他悄悄潜入驿站，伺机翻查萧若傲的随身包裹，看是否能找到图纸，结果一无所获。

血影嗫嗫道："不然……卑职再去找一次？"

齐帝接过内监递来的茶，漠然道："不必了，你再去十次也是一样的结果，找不到的，因为根本就没有图纸。"

"没有图纸？"血影满面愕然，"这么说来，萧若傲是骗咱们的？"

"这倒不至于，不过……"齐帝指一指脑袋，"他把图纸藏在了这里，除了他自己，谁都拿不到。"

"原来如此。"血影恍然，继而迟疑道，"陛下真打算用二十万大军换取图纸？"

齐帝不答反问："不好吗？"

血影忧声道："楚帝为人最是阴险狡诈不过，卑职担心他一旦手握兵权，会对陛下不利。"

"朕知道。"齐帝的回答大出血影意料之外，他不解道："既然陛下都知道，为何还要答应？"

"因为朕要那三张图纸！"光影透过窗纸照进来，其中一缕正好落在齐帝手上，他张开五指，继而缓缓握紧，光影无形无质，可在这一刻，却仿佛被他牢牢握在掌中。

"只有得到那三张图纸，朕才能够赢北周，才能够一统天下！"齐帝一字一句说着，眼底有着深深的忌惮。

别看这几年齐国安然无恙，甚至国力进一步扩大，但齐帝没有一刻是安心的，反而终日处于惶恐之中，而这一切的源头，正是北周。

东凌、燕国、西楚，一个接一个国家被北周覆灭或者招降，他很清楚，过不了多久就会轮到自己，所以早在数年前就做了安排，但还不足够，每每想到北周手里的火器，他就坐卧不安。

这几年他召集了齐国所有的机关师，可始终没能造出媲美北周的火枪，顶多是些只能用一回的残次品。可想而知，萧若傲手里的火枪、火炮还有水船对他有多大的吸引力。

“卑职只怕陛下是在与虎谋皮。”

“放心，朕不会真将兵权交给他。”齐帝打量着自己在光影下修长白皙的手指，冷冷道，“就算真有虎，那也是朕。”

寂静片刻，他又道：“北周那边可有消息传来？”

血影点头道：“有，东方泽率领的大军，已于两日前回到金陵。”

齐帝抿了一口温热的茶水：“朕让你传的书信呢？”

“依着陛下吩咐，前几日就已经送出去了，算算日子，应该快到他手里了。”

“很好。”齐帝满意地点点头，“若能里应外合，不愁北周不亡。”

血影讨好道：“陛下乃真命天子，定当一切如愿。”

齐帝唇角扬起一缕深远的笑意：“希望如此。”

图纸也好，天下也罢，他志在必得，谁也不能阻挡。

第四十一章　太子涉案

同一日，昭明宫漪兰殿中，慕千雪秀眉深锁地看着坐在对面的人："你说萧若傲造出了一种可以潜藏在水中的船？"

张启凌颔首道："除此之外，臣想不出还有什么办法，可以让萧若傲从臣与九王的眼皮底子底下逃走，且还是这样神不知鬼不觉。"停顿片刻，他又道，"今晨刚刚收到探子的消息，萧若傲果然是去了齐国。"

予恒也在，接过话道："他去齐国只有一个目的，就是怂恿齐帝助他夺回应天，然后一起对付咱们。"说着，他有些担心道，"九叔回来的时候，只在应天留了两万兵马，是不是要再增派一些？"

"不必。"慕千雪神情肯定道，"萧若傲自是这个念头，但你觉着齐帝会答应吗？"

予恒认真思忖了一会儿，道："据儿臣所知，齐帝一直觊觎火器，如果姓萧的拿这个做交换，齐帝未必不肯，更不要说他手里还掌握着可以藏在水里的船。"

慕千雪微笑道："你说得没错，这些确实都是齐帝想要的，甚至可以说梦寐以求，但并不代表他就会出兵。"

予恒试探道："姨娘是说，他想要这一切，但又不愿意付出相应的代价？"

"不错，齐帝表面看似鲁莽暴虐，其实心思之深不亚于萧若傲，试问这样的人，怎么会真心助萧若傲夺回应天？再者，一旦让萧若傲重掌应天，就等于多了一个敌人，这种亏本的买卖，他怎么会做。"

予恒深以为然地点点头："那我们现在要怎么做？"

慕千雪没有立刻回答，而是看向张启凌："张相以为呢？"

张启凌用茶盖拨一拨浮在茶汤上的沫子："据臣估算，至少半年之内齐国不会动兵，甚至……"他微微抬起眼皮，"还会想方设法讨好咱们，从而换取制造火器和船只的时间。"

慕千雪黛眉轻挑："怎么个讨好法？"

"和亲、进贡都有可能，甚至……送来咱们想要的那个人。"

予恒一怔，不解道："我们想要的人？是谁？"

那厢，慕千雪已是猜到了他的意思："你是说萧若傲？"

"不错，对齐帝而言，用一个已经榨干利用价值的亡国之君换取齐国的休养生息，这笔买卖很值得，换了我也会做同样的决定。"

慕千雪看了一眼窗外开得正盛的梅花，淡然道："所以留给咱们的时间，只有半年是吗？"

张启凌啜了一口还有些烫的茶水，摇头道："不能这么说，以咱们今时今日的国力，齐国就算拼尽全力，也不可能在半年之内追上。就算天时地利人和全部凑在一起，也至少需要五到十年。只是错过这半年，平定齐国所付出的代价会大一些。"顿一顿，他道，"这件事，陛下和娘娘要早做决断，以免延误良机。"

予恒在旁边仔细听着，询问道："姨娘，不如我们现在就去禀告父皇？"

"暂时不要，你父皇这阵子身子不好。"慕千雪否决了予恒的提议，思索片刻道，"这件事虽说要紧，但也不急这几日，让本宫仔细想一想。"说着，她又笑道："这次出征，你表现得很不错，昨日见你父皇，他夸了好几句，看来过不了多久，你就能够独当一面了。"

她的称赞令予恒既欢喜又内疚："儿臣本想亲手将楚帝抓回来交由父皇和姨娘发落，哪知连见都没见到就被他给逃了。"

"无须自责，此人素来诡计多端，连你九叔和张相都抓不到，何况是你。"说话间，窗外响起脆若金铃的笑声，只见一个十余岁的女孩站在梅树下，踮脚摘下一枝开得正灿的红梅，隔着窗子笑嘻嘻地递给慕千雪："母妃，好看吗？"

女孩一身鹅黄织锦缂丝锦衣，光洁如玉的颊边垂下一缕细细的银丝流苏，巧笑嫣然的眉眼像极了慕千雪，细白甜美，正是渐渐长大的倾心。

慕千雪接在手里，微笑道："好看。"

倾心伸手道："儿臣好不容易才摘到这枝梅花讨母妃欢心，您可得好好赏一赏儿臣。"

“你这鬼灵精，刚夸了你一句便讨起赏来。”慕千雪拿梅枝轻打着她白玉似的手心，笑道：“说吧，这次又想要什么了？”

听到这话，倾心那双黑水银似的眼珠子骨碌碌一转，指着予恒道：“儿臣想去大哥府里玩耍。”

慕千雪蹙眉道：“你平日在宫里胡闹也就罢了，还想去你大哥府里捣乱，不行。”

“哪有。”倾心嘟着小嘴，不依道，“儿臣平日里不知多乖巧，才没有胡闹呢。”话音刚落，就听到“噗噗”两声笑，却是站在旁边的元九和花蕊。

这位小公主打小就是个古灵精怪的主儿，鬼主意层出不穷，天热那阵子，去给陈太后请安，看到她养的松狮犬趴在树荫下吐舌头，说想让它凉快一些，就把好好一身毛都给剃了，陈太后哭笑不得，听说这会儿还没长齐全呢。

又有一回，周美人想吃莲子粥，但那会儿已是深秋，新鲜莲子恰好过了采摘时节，干莲子又还没送到御膳房，一时没法做。

倾心知道后，不知从哪里弄来一些新鲜莲子，让御厨做好后亲自给周美人送去，结果周美人吃完后上吐下泻，在床上躺了好几天才缓过来。

周美人吃了这么大一个亏，当然不肯罢休，跑到东方溯面前哭哭啼啼地告状。哪知东方溯听完后，一笑置之，别说惩罚，连一句责骂的话都没有，反而让周美人度量大些，莫要和小孩子一般计较，周美人气得鼻子都差点儿歪了。

诸如此类的事情还有很多，虽说大都是一些无伤大雅的玩笑，但和乖巧两个字实在是八竿子打不到一块儿。

倾心知道他们在笑什么，有些挂不住脸，跺一跺鹿皮小靴，嚷嚷道：“笑什么笑，我说错了吗？”

“没错没错，公主您……您从不胡闹！”元九努力控制脸上的肌肉，倒是勉强让他憋住了笑，花蕊就没那么好的控制力了，不仅没忍住，反而笑得越发厉害。

“你们……不理你们了！”倾心扭腰转过身，一张小脸涨得通红，不知是气的还是羞的。

予恒走到窗边揉一揉倾心的头发，笑道：“姨娘，既然倾心想去，就让她去吧，玩一会儿我再把她送回来。”

见予恒替自己说话，倾心心中一喜，也不计较他揉乱自己的宝贝秀发了，转过身眼巴巴看着慕千雪，那模样就像一只等着主人首肯的小狗，好不可怜。

慕千雪摇头道：“既然予恒替你说话，那就去吧，记着，不许捣乱，否则在你出嫁之前都不许出宫。”

“儿臣知道，多谢母妃。”听到慕千雪应允，倾心满面笑容，一扫之前可怜的模样，变脸之快，令人叹为观止。

倾心蹦蹦跳跳地来到暖阁里，拉着予恒的胳膊迫不及待道：“大哥，我们可以走了吗？”

“你啊！”予恒刮一刮她秀气的琼鼻，转头对慕千雪道：“姨娘要是没别的事，我就先告退了。”

慕千雪笑道：“去吧，有这妮子在，也说不了事。”

“哈哈，终于出来了！”踏出宫门的倾心犹如一只放飞的小鸟，欢呼雀跃，好不开心。

予恒好笑道：“瞧你这样子，有那么高兴吗？”

“当然！”倾心一本正经地回答，随即闭上眼睛深深吸了一口气，陶醉道，“就连这宫外的空气也特别好闻。”

予恒哭笑不得道：“胡说，明明都是一样的。”

“就不一样。”倾心扮了一个鬼脸，继而抱着予恒胳膊，撒娇道，“还是大哥最疼我了，不像二哥，小气得要命。”

“怎么了？”

“我和二哥说了好几次去他的东宫玩，可每一回他都找借口推脱，就是不肯让我去，好像我是什么洪水猛兽似的，讨厌他。”

看着她皱起的小鼻子，予恒笑道：“一定是你经常在宫里胡闹，所以太子才不让你去东宫。”

“才没有呢。”倾心不服气地反驳，又自夸道，“我不知道多乖，父皇经常夸我呢。”

“真的吗？”予恒挑眉道，“刚才你说这话的时候，元九他们可是都笑了。”

倾心粉面一红，不自在地绞着手指：“我就是偶尔……偶尔会开个玩笑。”似乎是怕予恒不信，急急解释道，“都是一些无伤大雅的小玩笑。”

“是吗？”予恒拖长了音，瞅着她道，“剃松狮的毛，给周美人下药，这也叫无伤大雅吗？”

倾心诧异地看着他：“大哥怎么知道？”

“宫里都传遍了，想不知道也难，就你这样子，太子怎么敢让你去东宫。”

“真是好事不出门，坏事传千里。”倾心小声嘟囔，粉颊鼓鼓的样子好不可爱，瞧得予恒忍不住捏了几下：“以后可不许再使坏了。”

“我才没有呢。”倾心生气地拨开他的手，揉着微微发红的脸颊气呼呼道，“我是剃了毛也下了药，但都是他们应得的。”

予恒好奇道：“这话怎么说？”

“那只松狮犬瞧着圆墩墩的，一副憨厚样子，其实比人还要精明，皇祖母抱着的时候，一动不动，连爪子也缩了起来。皇祖母一走，就凶得不得了。有一回我去静芳斋看到喂食的小太监，只是稍稍晚喂了一会儿，就叫唤得厉害，还抓了那个小太监一下，血都出来了，之后又跑来凶我，差点儿把我也抓了。小太监知道皇祖母喜欢它，不敢声张，更不敢责打，还反过来求我不要声张。”

倾心跳上马车，一边看车夫挥鞭策马，一边晃荡着两只小脚道：“他们惯着，我可不会，第二天我就让人把松狮抓了起来，然后把它的毛全给剃了。”说到这里，她笑嘻嘻道，“自那以后，这只松狮看到我可老实了，连叫也不敢叫。”

“它倒是想叫，不怕又被你剃毛吗？”予恒笑说了一句，“这只松狮犬算是‘罪有应得’，那周美人呢，她又哪里得罪你了？”

倾心皱着小巧的鼻子道：“这个周美人更可恶，突然心血来潮想吃莲子粥，非得让翠袖给她做，结果正赶上新鲜莲子没了，干莲子又还没送到御膳房，实在没法做。可她就不依不饶，非让翠袖做出来，不然就打断她的腿，翠袖被逼得没办法，就挽着裤腿冒险下莲湖，想去湖里捞捞看，结果莲子没捞到，却差点儿淹死了。这种任性妄为，不理会底下人死活的人，只让她闹几天肚子，已经是客气了。她还跑去父皇面前告状，好在父皇明察秋毫，没上她的当。”

“原来如此，咱们的小公主不仅不任性，还心怀正义，扶弱抑强。”予恒揶揄了一句，又好奇道，“既然错不在你，为什么不说清楚？”

“我受些冤枉没什么，又不会少一块肉。可要是说清楚了，那个小太监还有翠袖的日子就难过了，所以……”倾心摊一摊手，“就不说喽。”

予恒哈哈一笑，拍着她的脑袋道：“想不到咱们的倾心公主如此体恤照顾下人，实在让大哥刮目相看，不错不错。”

“不许再拍我的头。”倾心有些生气地拍开予恒的手，理一理秀发，抬起小巧的下巴得意道，“那当然了。”

予恒好笑道：“瞧瞧你，刚夸了一句，这小尾巴就快翘上天了。”

倾心刚要说话，眼角余光瞥见一道骑在马背上的人影，眼睛顿时一亮，一边抬起小手挥舞，一边脆生生地喊道："二哥！二哥！"

接连喊了几声，马背上的予怀方才听到，待看清他们后，诧异道："大哥？倾心？"

"吁！"马车还没停稳，倾心便跳了下来，吓得车夫心都快跳出来了，这位小主子要是出什么事，他就算有十颗脑袋也不够砍的。

倾心三步并作两步来到予怀马前："二哥，你要进宫吗？"

"嗯。"予怀一边下马一边道，"你怎么出宫来了？"

"母妃答应我去大哥府里玩一会儿。"倾心眉飞色舞地说着。

"可算是让你如愿了。"予怀哪会不知道她那点儿心思，笑语了一句对予恒道："大哥昨日回来，该在府中好好休息才是。"

"昨日？"予恒满面愕然，自己回来已经有三天了，予怀是知道的，怎么又……

倾心叹了口气道："二哥，你又记错了，大哥是大前天回来的。"

被她这么一提，予怀也想了起来，拍着额头道："瞧我这记性，老是记错事情。"

"二哥，你这阵子是不是太累了，我看你老记错事情，要不然休息几天吧？"别看倾心平日里总是和予怀吵吵嚷嚷的，其实心里比谁都关心这个二哥。

予怀笑道："我没事，就是有时候会记混了事情。"说着，他对予恒道，"今日有点儿事情，明日我在府里为大哥接风，大哥可一定得来。"

予恒打趣道："太子殿下有请，臣岂敢不来。"

倾心一听顿时来了兴趣，眨着一双黑白分明的大眼睛道："二哥，我能不能也来？"

予怀蹙眉道："我为大哥接风洗尘，你来做什么，好好待在宫里学女红，嬷嬷可是说了，你一直都不肯用心学，连最简单的鸳鸯也绣得错漏百出。"

"小气。"倾心不高兴地嘟起了小嘴，予恒见状，揉着她的头宠溺道，"别不高兴了，今儿个是十五，大哥带你去逛集市，吃的玩的随你挑，好不好？"

"好啊好啊！"倾心高兴地拍手，眼睛笑成了两弯小月牙，"还是大哥最疼我，不像二哥，小气！"

予怀听得哭笑不得，正要说话，一名随从匆匆奔到予怀耳边低声说了几句，予怀面色微微一变："竟有这样的事？"

随从点头道："嗯，江尚书这会儿已经进宫了。"

"知道了。"打发随从离去后，予怀道，"大哥，我还有些事情要去处理，先走一步，明日咱们再好好聊聊。”

“出什么事了？”

“没什么，就是前阵子北方遭灾，拨下去的一批赈灾粮草有点儿问题。”尽管予怀说得轻描淡写，但予恒分明在其眼底捕捉到一丝深重的忧虑，他也不点破，在予怀策马离去后，转头问一旁的倾心：“知道赈灾的事吗？”

倾心歪着小脑袋想了一会儿，道：“听说过，济南、宁州几个州府年前遭洪涝之害，百姓无家可归，父皇让二哥负责赈灾拨粮，江尚书从旁协助。那阵子二哥忙得脚不沾地，还病倒了，母妃怕他不按时服药，每次都让人把药煎好了给二哥送过去，盯着他喝。”

予恒思索道：“年前……这么说来，那赈灾粮草应该已经运到那几个受灾州府了。”

“应该是吧，我也不太清楚，都是母妃和二哥谈论的时候我在旁边听到的。”倾心耐着性子答了几句，催促着予恒陪她去逛集市。

两日后，予恒终于知道赈灾粮食出了什么问题，原本拨下去的该是一万石粮食、十二万银两，可实际上到灾民手里的只有十分之一二，余下的那些，全部不翼而飞。

如果按着朝廷拨下去的粮食和银钱，赈灾差不多足够了，可现在一下子锐减十之八九，那些灾民根本吃不上饱饭，分到手的是一碗碗米粒少到可以数清的粥，或者说是“粥水”更贴切一些。

宁州的地方官是个耿直的人，眼见灾民吃不饱穿不暖，当即上奏，这场赈灾是予怀负责的，他也成了第一个被问责的人，第二个则是身为户部尚书的江越。

东方溯震怒，责令他们尽快找到失踪的粮草银两，负责押运的差吏是整件事里最直接的接触者，可他们竟然一问三不知。于是只能将他们抓起来，挨个审问。

随着时间的推移，朝廷内外的风言风语渐渐多了起来，虽然说法不一，但意思大抵相同，都是说予怀和江越勾结，中饱私囊。

若只是闲言碎语也就罢了，可接下来发生的事情，令所有人为之震惊，也正式成为金陵的一桩大案。

十五名官差，全部自尽于牢中，无一生还，而在他们自尽的前一日，有狱卒证实，予怀曾经去牢中询问过他们。

予怀原本就因为赈灾粮银短缺而饱受非议，这件事无疑是雪上加霜，尽管朝廷严禁议论，但还是传了出去，有人说是予怀为了隐瞒，逼他们自尽。

这几年对于予怀为太子的反对声小了许多，但不代表不存在，只是暂时隐了下来，如今一看到予怀出事，那些声音立刻又响了起来，纷纷指责予怀监守自盗，不顾百姓死活，要求东方溯废黜予怀，严惩涉事官员。

与此同时，宁州、济南等地传来消息，灾民们因为填不饱肚子，竟是冲进那些官府和大户人家，强行抢夺粮食，混乱不堪。

而这一切，都成了那些反对派的理由，要求废黜予怀的声音一次比一次大，东方溯责令刑部十日之内查明真相。至于予怀，在查明一切之前，被暂时禁足东宫。

就在这道旨意下达的第二天，予恒来到弥漫着苦药气息的承德殿，他进来后的第一句话就是要求参与调查予怀一案。

“咳咳！”东方溯掩唇咳嗽几声，苍白的脸颊上泛起些许不正常的潮红，他看向垂手站在紫铜烛台旁边的予恒，“为什么？”

“儿臣想还太子清白。”光影投落在予恒脸庞，温润透亮。

东方溯盯了他一会儿，重新将目光投向看了一半的卷宗：“刑部、大理寺、都察院还有神机营都在追查这件事，足够了，回去吧。”

予恒一动不动地站在原处：“他们在明，儿臣在暗。”

东方溯翻页的手一顿，抬头道：“什么意思？”

“这件事很明显是有人针对太子，至于针对什么，父皇有数，儿臣也有数，儿臣有信心抓到他们。”

东方溯眼皮微微一动，静默片刻，颔首道：“既然你坚持，那就去吧，时间不多了。”

予恒精神一振，肃然道：“儿臣定不负父皇所望。”

在予恒离去后，张进端了刚刚煎好的药递给东方溯，小声道：“陛下，您真让大殿下去查吗？”

东方溯凉声道：“怎么，你不同意？”

张进连忙赔笑道：“陛下说笑了，奴才怎么敢，奴才就是怕大殿下有危险，毕竟对方的身份、目的，咱们还一无所知呢。”

“身份确实不知，但目的……予恒已经猜到了，所以他才坚持要去。”

“大殿下知道了？”张进诧异道，“刚才奴才没听大殿下说啊？”

刚才予恒说话的时候，他虽然也在，但统共就那么几句话，云里雾里，他根本就没听明白。

“等查到的时候就明白了。”见东方溯不愿多说，张进知趣地闭了嘴，侍候他喝过药后，轻声道："陛下您看了一上午的卷宗和折子，歇一会儿吧。"

东方溯点点头，闭目片刻，道："去拿笔墨来，朕写一道手谕你拿去给予恒，他这会儿应该在去东宫的路上。"

"嗻！"张进恭敬地取来笔墨，在接过蘸满墨汁的狼豪笔时，东方溯右手不能自抑地颤抖，连笔都握不住，掉落在刚刚摊开的上好纸张上。

"陛下！"张进刚碰到东方溯的手便忍不住打了一个寒战，那只手实在太冷了，简直不像人手。

张进越想越担心，匆匆往炭盆里加了几块银炭，把火烧得更旺一些后，端了一盆热水来给东方溯浸手，连着换了两盆水后，东方溯的手终于有了一丝暖意。

张进轻吁了一口气，抬头抹了一把因为屋内太热而逼出来的汗，小声道："陛下，要不要请纪太医来看看，或者医先生？"

"不用了，朕没事。"话虽如此，但谁都能听得出他的虚弱。

"可您的手……"张进还是放心不下，再次劝道，"要不还是看看吧？"

"以前留下的病根，看了也没用。"东方溯缓了口气，勉强坐直身子道，"重新铺纸备笔。"

见他态度坚决，张进暗自叹了口气，依着他的话铺纸备笔，这一次，没出什么意外，很快就写完了手谕，盖上玺印后递给了张进。在张进准备接过时，东方溯忽道："刚才的事情，不要告诉任何人。"

"是。"张进知道他是怕慕千雪担心，犹豫片刻，还是忍不住道，"小病不医，拖成大病可就麻烦了，依奴才说，还是……"

东方溯知道他要说什么，打断道："朕自己的身体自己清楚，没事的，去吧。"

张进无奈地叹了口气，带着手谕前往东宫。赶到东宫之时，正好看到予恒被禁军挡在门外，赶紧上前将圣谕交给予恒。

"多谢张公公。"在朝张进道了声谢后，予恒走了进去，在后花园里见到了被禁足在此的予怀，予怀看到他时，甚是意外："大哥怎么来了？"

"父皇已经答应让我调查赈灾粮饷一事，所以来问问你当时的情况。"说话间，予恒看到摆在桌上的棋盘，挑眉道，"都已经这个时候了，太子还有心情下棋？"

予怀将夹在指间的一枚白棋落在棋盘上，叹气道："只有下棋才能让我静下心来思考那件事。"说着，他道，"既然大哥来了，不如陪我下一盘？"

"好。"予恒取过盛着黑棋的石匣，在清理棋盘后，率先落下一子，"出事之前，可有与人结过怨？”

予怀将一颗白子落在旁边，苦笑道：“在朝中做事，哪里有不得罪人的，那些小人表面客气，私下里不知怎么埋怨。”

予恒摩挲着棋子思忖道：“如果只是小人，不可能会布这么大一个局来害你。”

“我知道，所以这几日我一直在思索这件事，但……对方布的局很精密，一直都没找到破绽。”

予恒斟酌片刻道：“说说那十几个差役的事吧。”

予怀点点头回忆道：“粮银出库的时候，我点得很清楚，一斤不差，一分不缺，所以一定是途中出了问题，那些差役一路吃喝同住，不可能一点儿没发现，所以我去了刑部牢里问他们，但并没有问出什么有用的话。我就算盘着回来想想，哪知道当天夜里就出事了。”

予恒静静听着：“我听说，他们全部是自尽？”

予怀手指一颤，夹在指尖的棋子滴溜溜掉落在棋盘上，变成一颗废子：“至少表面看来是这样。”

予恒眉心一皱：“表面？”

“嗯，我去看过，所有人都是上吊，没有挣扎或者反抗的痕迹，但……”予怀沉声道，“我不觉得这就是真相。”

予恒若有所思道：“你是不是发现了什么？”

“我调查过他们的情况，都是家里有老有小的人，有一个的妻子身怀六甲，下个月就要生了，怎么会说自尽就自尽呢。所以……”予怀抬起头，沉声道，“我怀疑是他杀。”

“我也这么觉得。”予恒应和了一句，不死心道，“难道就一点儿也没有他杀的痕迹？”

“确实没发现，但事后仵作验尸，有没有查出问题，就不知道了，那会儿我已经被禁足在此。”

“知道了，我会去问一问仵作，另外……”予恒眸光一动，忽道，“你最近有没有见过皇祖母？”

“皇祖母？”予怀疑惑道，“大哥怎么突然问起这个？”

“没什么，就是听说皇祖母最近凤体抱恙，所以问问。”予恒的回答并不能让予怀相信，大哥好不容易才进到东宫来看望，绝不会问与案情无关的事，难道……

一道灵光在予怀脑中闪过，他激动地站了起来，连碰翻了茶盏也顾不得：“大哥你怀疑……”

予恒眼睛朝不远处的禁军瞅了瞅，同时微微摆手，示意予怀不要说下去，毕竟这件事太过敏感，且牵扯极广，每一句话甚至每一个字都要三思后再出口。

予恒明白他的意思，将已经到嘴边的话咽了下去，重新落座后道：“上次见皇祖母是在半个月前，就是请了个安，没什么特别。”

“好，我知道了。”说着，予恒又问了几句，随即离开了东宫，他并没有回齐王府，而是去了刑部，有圣谕在，自然通行无阻。

十几人的尸体已经被运到义庄，但牢房里的痕迹都在，包括他们用来上吊的腰带，十几条腰带结成的吊绳悬在半空中，不时晃动一下，看得人心惊胆战。

狱卒只看了一眼吊绳，就赶紧移开目光，不敢多看，哆哆嗦嗦一边开锁一边道：“殿下，这间就是当初关押他们的牢房了，除了当初搬运尸体之外，什么都没有动过。”

“咯噔！”锁芯打开的声音，在静寂的牢房里清晰可闻，狱卒咽了口唾沫，小声道：“殿下请。”

予恒点头走了进去，狱卒倒也机灵，怕墙壁上的油灯不够亮，又取来一盏油灯照明，让予恒看清牢房里面的东西。

正如卷宗所言，牢房里没有任何挣扎或者反抗的痕迹，像极了自尽，但也仅止于像而已，予恒可不相信十几个人会全部悬梁自尽，抛下在家中等着他们归来的妻儿老小。

予恒比了一下横梁的高度，问道：“他们是怎么上去的？”

狱卒指着角落里的一个水桶道：“他们死的时候，这个水桶是被踢翻的，应该就是借着水桶踩上去的。”

“水桶？”

“是。”狱卒应了一声，又有些不好意思，“说是水桶，其实就是……屎尿桶，毕竟他们吃喝拉撒都在里面。”

见予恒要走过去，赶紧阻止道：“殿下，那东西污秽，不看也罢，万一污了您的眼，小人可担待不起。”

“无妨。”见予恒坚持，狱卒也只得让开，虽然水桶已经清理干净了，但还是散发着一股令人唯恐避之不及的异味，予恒却仿佛没有闻到，仔仔细细地看着，水桶箍得很仔细，上下各一道，令几块木板紧紧接在一起，一点儿缝隙也没有。

“呜！呜呜！”风，不知从哪里而来，吹得上面十几个吊环一起左右晃动，犹如地狱来的催命符，狱卒脸色发白地掏出胸口叠成三角形的护身黄符，捏在手里小声道：“各位大爷，冤有头债有主，可不是我逼你们自尽的，千万别来找我，我什么都不知道。”说完，他忍不住催促道，“殿下，您……看完了吗？”

“好了，走吧。”听到这话，狱卒如逢大赦，赶紧出来锁门，离开之前，还不忘双手合十拜拜。

予恒看了一眼狱卒还露在衣裳外的护身符：“你很害怕吗？”

狱卒将护身符放回衣襟里，讪笑道：“一下子死了十几个人，说不害怕是假的，求个安心，求个安心。”

予恒没有再说什么，转而道：“我看其他牢房里最多只关押了三四个人，怎么轮到他们，就是十几个人一间？”

“因为他们都是一个案子的嫌犯，再加上空余的牢房也没有了，就把他们关到一间较大的牢房里。殿下，怎么了？”

“没什么，就是有些奇怪。”予恒随口回了一句，踏出牢房的那一刻，日光普照，这是一个明媚晴朗的好天气。

予恒回头看着身后依旧森冷阴沉的牢房，但无论阳光如何明媚，无论天气怎样晴好，都无法照亮这个地方……

第四十二章　赈银下落

承德殿中，东方溯闭目躺在床上，但他睡得并不安稳，不时咳嗽一声，床榻两边各置了一个炭盆，炭火在里面嗡嗡燃烧着，令屋内温暖如春。

每当东方溯咳嗽的时候，一只温软的素手总会适时抚上他的胸口，为他减轻些许难受，让他可以继续安睡。

"咳咳咳！"东方溯突然爆发出一连串的咳嗽，任那只素手如何安抚都无济于事，一声轻软的叹息在殿内响起，充满了心疼与不舍……

"你来了。"东方溯握住停留在胸口的那只手，声音是刚醒过来的沙哑，不需睁眼，他就知道这只手的主人是谁。

"嗯。"慕千雪柔声道，"吵醒陛下了。"

东方溯睁眼看了一眼昏暗的窗外："什么时辰了？"

"刚过酉时。"慕千雪轻声说着，张进正领着一个小太监在掌灯，原本昏暗的内殿一点点变得明亮起来。

东方溯正要说话，忽地闻到一阵香气，循香望去，只见长案上的博山炉正袅袅升起白烟，香气应该就是从那里来的，他惊讶道："这是什么香气？甚是好闻。"

张进掌完了灯，在一旁笑呵呵地答道："回陛下的话，是贵妃娘娘送来的香料，说是用菩提花制成的，有宁神静气的功效。"

"菩提花？"东方溯惊讶地看向慕千雪，"据说这花极少，花开即逝，你从何得来？"

"佛念众生，心诚则灵。"慕千雪俏皮地说了一句，随即眼中漫上一层凉薄如霜的哀伤，“臣妾本想着这香料能让陛下睡得安稳一些，哪知还是没什么用。”

“谁说的。”东方溯握紧她的手，笑道，“朕刚才睡得不知多安稳。”

慕千雪牵一牵唇角：“陛下又在安慰臣妾了。”

“哪有。”东方溯微笑道，“朕说的都是实话，朕已经很久没有睡得这么安稳了，刚才咳嗽的时候，其实也差不多是醒了。”说着，他看了一眼无声没入各处的轻烟道，“朕喜欢这个香，你再帮朕制一些可好？”

“嗯。”慕千雪自不会拒绝，转而道，“今日呈上来的奏折，臣妾已经看过了，该批注的也都批注了，陛下可要再看一下？”

“不必了，依你的意思去办吧。”这几年东方溯体力日渐不支，朝中大部分事情都交给了予怀处理，如今予怀被禁足东宫，差事都停了下来，奏折当然也不能批阅，所以都交给慕千雪批阅。

慕千雪没说什么，只是定定地望着东方溯，东方溯被她看得有些莫名，摸着脸颊道：“怎么，朕的脸脏了吗？”

慕千雪摇头，眸中似有幽蓝的火焰在灼灼燃烧：“臣妾一定会帮陛下好好守着大周，不让它有半点儿闪失！”

听到这话，东方溯哂然微笑，眸光温柔如初春的池水：“朕知道，朕一直都知道！”

在喝过张进端来的参汤后，东方溯道：“予恒要调查赈灾的事情，朕答应了。”

慕千雪对此并没有意外：“他们兄弟二人感情向来深厚，如今予怀有难，予恒自不会袖手旁观。”

“是啊，看到他们两人，就仿佛看到了朕和老九，只可惜予瑾不在了，不然更好。”每每提及早夭的予瑾，东方溯心里都一阵难过，他子嗣本来就少，予瑾这一去，更是单薄。

慕千雪替他掖了掖被角，劝解道：“过去的事情多思无益，予瑾那么孝顺，相信也不希望陛下为他伤心难过。”

“朕知道。”东方溯深吸一口气，握紧慕千雪的手一字一字道，“你放心，只要有朕一日，就绝不会让人冤枉他，就算将整个金陵乃至大周翻过来，朕一定会还予怀一个清白，绝不让他受无妄之灾。”

“臣妾知道。”慕千雪浅浅一笑，她与他，从来都是互相信任的。

静了一会儿，东方溯道：“朕听说萧若傲逃去了齐国，齐帝可有什么动静？”

“暂时没有。”慕千雪答了一句，又道，“齐国的事，臣妾会仔细盯着，陛下无须担心。”

“好。”说话时，东方溯胸口一滞，气息有些不畅，喉咙也痒得很，他怕慕千雪担心，强忍了难受道，“天色不早了，你快回去吧，朕这里有张进他们照顾着就行了。”

慕千雪望着他，眸光深不见底，半晌，她顺从地点头：“是，臣妾告退。”

约莫着慕千雪走远后，东方溯才敢咳出来，他咳得很厉害，连眼泪都出来了，气息粗重得像是在拉风箱一般，极为吓人。

张进捧着毛巾的手微微发抖，他就是再蠢，也能感觉到东方溯身体不对，在漫长的等待过后，东方溯终于止了咳嗽，张进赶紧递过毛巾：“陛下擦擦脸吧。”

在端了茶给东方溯漱口后，张进看到毛巾上一条细细的血丝，眼皮狠狠一跳，轻声道：“陛下，您咳得一天比一天厉害，再这样下去，肺非咳坏不可，还是传纪太医看一看吧，不能再拖下去了。”

东方溯将茶水吐在漱盂里，挥手道：“朕没事。”

张进咬一咬牙，跪下道：“奴才求您了。”

东方溯垂目看着跪在床边的张进，半晌，他叹了口气道：“你以为纪太医来了，就能看好朕的病吗？”

“纪太医医术高明，妙手回春，定能……”

东方溯摇头打断他的话：“如果能医，朕早就传他了。”

张进愕然道：“陛下怎么知道？”

东方溯徐徐张开修长苍白的手指：“畏寒，发冷，咳嗽，咳血，你看着像什么病的症状？”

“像……”寒毒两个字就在嘴边，可张进怎么也说不出口，因为一旦坐实了这个说法，就意味着东方溯的生命进入了倒计时。

“像风寒伤肺之症。”张进小心翼翼地说着。

东方溯涩涩一笑：“到了这个时候，你还在哄骗朕。”

“奴才不敢。”张进连忙伏下身去，额头紧贴着金砖，不敢抬起。

“行了。”东方溯疲惫地摆一摆手，“你和朕心里都清楚，当年的月见草并没有完全治好朕的寒毒，如今残余的那些开始渐渐复发，朕……活不了多久了。”

张进骇然失色，忙不迭道：“陛下千万不要说这样的话，您福泽深厚，得上天庇佑，必能万岁万岁万万岁！”

“万岁？”东方溯低低笑着，眉眼间充满了无奈与伤感，“古往今来，多少帝王将相想要长生不老，万寿无疆，可又有谁做到了？富贵尚可自己争取，可这生死……天让你生就生，让你死就死，半点儿做不了主。”

张进不知道该怎么开解，只能默默掉泪，看到他这个样子，东方溯笑道：“行了，别流你那点儿马尿了，起来。”

“奴才……奴才心里难过。”张进抹着眼泪哑声道，“奴才宁可中寒毒的那个人是奴才，毕竟奴才命贱，又无亲无故的，死了也不打紧。”

他的话令东方溯心中一暖，很多时候，太监都是最底层的存在，但他们同样有情义：“可惜啊，这种事情咱们做不了主。”

张进抹了把泪，哽咽道：“虽说没有十成把握，但让纪太医他们试试也好啊，陛下为何……”

东方溯目光幽幽地看着昏暗的窗外：“如果朕传了纪临和医十，千雪一定会知道，她已经为朕操了太多太多的心，朕不想她再伤心难过。”

“可贵妃早晚会有知道的那一天，到时候娘娘一样会伤心难过。”

“那就等到时候再说，能多一日欢乐畅快也是好的。”东方溯的叹息随着菩提花的香气散入各个角落……

身是菩提树，心如明镜台。

有时候，心如明镜未必一件好事，因为那往往会平添许多痛苦……

夜间，陈太后来看了东方溯，一番闲话后，她将话题转到了予怀那桩案子上：“刑部那边可有查到什么？”

东方溯摇头道：“暂时还没有，所有证据都对予怀很不利。”

陈太后蹙眉道：“就算有再多证据，哀家都不相信会是予怀做的。”

东方溯眸光有些深沉：“母后相信予怀？”

他的话令陈太后有些不悦：“皇帝这说的什么话，予怀是哀家孙子，岂有不相信之理。”说着，她似想到了什么，沉声道，“皇帝觉得哀家希望予怀出事？”

“母后想多了。”

陈太后盯着他道：“哀家知道皇帝在想些什么，哀家之前确实不喜欢慕氏，连着她的孩子也不喜欢，可哀家不是铁石心肠的人，这几年慕氏为皇帝做的，哀家都看在眼里，说句实话，要不是她拼死夺来月见草，哀家与皇帝早已经没机会这样坐着说话，大周也不能强盛至此。

“哀家以前之所以针对她，是怕她怀有异心，现在……她用行动证明了一切，哀家还有什么好不放心的。”

冯川在一旁道：“陛下不知道，自从太子出事了，太后就一直很担心，每天都要问个三四遍。”

“得母后如此关心，是予怀的福气。”

“皇帝可一定要还他一个清白，千万不能让哀家的乖孙子蒙受不白之冤。”

“儿臣知道，予恒也在调查这件事了，还有刑部和神机营，相信很快能还予怀一个清白。”

“那就好。”陈太后松了一口气，随即又感慨道，“说起予恒，皇后将他教育得很好，又懂事又聪明，最重要的是懂得手足情深的道理，在天家，骨肉亲情最是难得，也最是贵重，他们两个都很好。”

东方溯点头道：“母后说得是，他们二人如此长进，离不开母后的教诲。”

“哀家？”陈太后连连摇头，自嘲道，“哀家连自己都做不好，怎么有资格教他们两个。回想起来，哀家以前真是错得太离谱了，幸好没有闹出大乱子，否则哀家死后也没颜面去见先帝。”说到伤心处，陈太后眼圈泛红，落下泪来。

东方溯替她拭去脸上的泪痕，安慰道：“都已经是过去的事了，母后不要再想了。”

“好，哀家不想，不想。”陈太后止了眼泪，感慨道，“哀家现在只盼着赶紧查清楚是谁陷害予怀，还他一个清白。”

“会的。”在说这两个字时，东方溯眼底掠过一抹细微到难以察觉的疑惑。

陈太后接过宫人递来的茶啜了一口，笑道：“对了，哀家今日来，还想向皇帝讨个封赏。”

东方溯大为愕然：“母后想要什么封赏？”

陈太后笑吟吟道：“这次西征，予恒不说居功至伟，也算功劳不小，皇帝可倒好，别人该封的都封了，该赏的也都赏了，就不封赏予恒，这可不公平。”

“原来母后是说这个。”东方溯恍然道，“予恒立了功，自然该赏，只是一时之间儿子还没想好赏什么，再加上出了予怀的事情，一时给耽搁了下来。不如母后帮儿子想一想，赏予恒什么好。”

陈太后摇头道：“哀家一早说过，不再插手朝廷的事，万万不能破例。”

冯川在一旁笑道：“只是提个建议罢了，算不得破例，而且太后向来考虑周到，说不定正好解了陛下的为难。”

东方溯看了一眼冯川，微笑道：“这个奴才说得在理，母后就帮着一道想想吧。”

“这……”陈太后见推辞不过，只得答应，思忖半晌道，“哀家记得予恒现在是郡王，不如赏他一个亲王，这样皇后那边也高兴，皆大欢喜。”

东方溯踌躇道：“儿子也想过，只是予恒封郡王没多久，如今一下子封了亲王……似乎快了一些。”

“这倒也是。”陈太后深以为然地点点头，“既是这样，那就只能赏些金银财帛，哀家就怕皇后不高兴，毕竟那是她唯一的儿子。”

“皇后向来明白事理，相信不会为这点儿事不高兴。”听到东方溯的话，冯川嘴唇微微蠕动，欲言又止。

他的神态被东方溯看在眼里，扬眉道：“怎么，你对朕的决定有意见？”

冯川大惊，慌忙跪下，磕头如捣蒜，嘴里翻来覆去说着同一句话：“奴才不敢！奴才不敢！”

东方溯饶有兴趣道：“你很怕朕吗？”

冯川停下磕头，小心翼翼道：“奴才不是怕陛下，只是陛下天威浩荡，任何一个人见到陛下都会被您的威严所摄。”

东方溯哂然一笑，对陈太后道：“母后，你这个奴才很会说话。”

“让皇帝见笑了。”陈太后转头呵斥道，“此处哪有你说话的份儿，赶紧退下。”

“无妨。”东方溯阻止道，“儿子也想听听他有什么话要说。”

“没有，奴才什么话也没有！”冯川拼命摇头，脸都青了，看样子似乎真的被吓坏了。

“让你说就说。”见东方溯沉下脸，冯川咽了口唾沫，结结巴巴道：“奴才……刚才是想说……陛下既然觉得……觉得西征劳功不足以封赏大殿下亲王，不如……不如等大殿下查出太子被害的真相，两功并赏，那样就……顺理成章了。”

“放肆！”东方溯还没说话，陈太后便已呵斥道，“事关朝廷与齐王，什么时候轮到你一个奴才来议论，赶紧闭嘴。”

东方溯倒是没怎么生气：“母后无须动怒，他说得也有几分道理，两功并赏，一个亲王也就顺理成章了。”

“一事归一事，再怎么样都轮不到他一个奴才来指手画脚。”陈太后异常生气，“待回去后，哀家一定重重罚他！”

予恒并不知道自己正成为陈太后与东方溯讨论的焦点，出了刑部之后，他就来到了义庄。

长宁义庄是用来停放尸体的地方，很多人都嫌晦气，所以建在人烟稀少的地方，长宁义庄也不例外，方圆五里之内只有零星几户人家，天刚暗便早早关了门。

予恒在义庄里等了一会儿，方才等到一名身形瘦小的男子匆匆而来，隔着老远便忙不迭道：“小人来迟，请殿下恕罪。”

“哪里哪里。”予恒温言道，“要说恕罪的该是我才对，要李仵作临时赶过来，也不知有没有耽搁事情。”

予恒的客气令李仵作受宠若惊：“殿下言重了，您肯差使小人，是看得起小人。”

予恒笑一笑，道：“客气话就不多说了，本王此来，是为了那十几名上吊的官差，他们的尸体你都检查过了？”

李仵作正色道：“是，查过了，他们的死因确是上吊无疑。”

“自杀？”

仵作知道予恒这么问的意思：“小人仔细检查过，确实没有发现挣扎的痕迹。不过，小人发现了一样东西。”

予恒精神一振，追问道：“是什么？”

李仵作没有立刻回答，而是瞅着四周，神情有着难掩的紧张，确定四下无人后，他提着灯笼，来到其中一具尸体前面，揭开些许白布，露出扎着发髻的头顶，在将发髻解开后，他将灯凑过来一些，轻声道：“殿下请看。”

予恒借着灯笼的光芒弯腰细看，这人的头顶有几个细小暗红的点，乍一眼看上去像是生了几颗痣，可仔细看清后却令人骇然色变——那哪是什么痣，分明是几个针尾，因为有细微的血渗出，所以看起来像是痣。

予恒面色凝重地取过一把镊子，小心翼翼地夹出一枚银针，针长三尺，尖锐细长，这样的长度，足以穿过头盖骨刺中脑部。

“生前被刺进去的？”

李仵作拿着一把放大镜，指着针旁边的头皮道：“殿下请看，针孔四周的头皮有微微卷缩收紧的痕迹，这是人皮的自我保护，所以可以肯定，在被针扎下去时，他们还是活着的。”

予恒看了一眼其他被白布蒙着的尸体：“其他人呢？”

“都一样。”李仵作的话令予恒瞳孔微微一缩，凝声道，“这么说来，他们不是自杀？”

“不是。”李仵作肯定道，“都是死后再被人吊上去，伪装成自杀的样子。”

予恒眼角含了一缕冷意：“既然知道他们不是自尽，为什么不据实上报？”不等李仵作回答，他眸光一厉，寒声道，“难不成……你也有份害太子？”

李仵作骇然摆手，慌声道：“冤枉，小人就算有天大的胆子也不敢冤枉太子，求殿下明鉴！”见予恒不为所动，他越发慌张，跪下不住磕头。

予恒面无表情道：“既然没有，为何不一早上报？”

李仵作满面无奈道：“不是小人不想说，而是不敢说。”

予恒心中一动，追问道：“有人威胁你？”

李仵作沉沉点头：“那天，小人接到刑部的命令，去牢里验尸，走到半道上时，突然被一个叫花子拉住，当时小人也没往心里去，就随便掏了几枚铜钱给他，哪知他并不接过，反而威胁小人到了刑部之后必须一口咬定所验尸体是自尽，否则小人还有小人的家人全部都要死。

“小人当时根本不相信，还骂了他一句，哪知他让小人回头往后看，小人看到……”说到此处，李仵作面露恐惧之色，颤声道，“小人看到了还没满周岁的儿子，他被一个陌生人抱在怀里，小人的娘子就在旁边，她看起来很害怕。”

“到了刑部，小人才知道这桩案子与太子有关，小人不想冤枉太子，可……”李仵作痛苦道，“小人死不要紧，可家中还有老母与妻儿，所以……”

予恒冷冷接过他的话：“所以你就昧着良心撒谎。”

李仵作垂泪道：“小人真的无心害太子，不然小人也不会……冒险告诉殿下。”

予恒讽刺道：“这会儿就不害怕连累你家人了吗？”

“怕！”李仵作倒也回答得干脆，哀求道，“所以小人希望殿下在查明对方身份之前，不要声张此事，暗中追查。”

予恒盯了他半晌，轻轻叹了口气：“罢了，总算你有几分忠义之心，本王答应就是了。”

李仵作大喜过望，连连磕头：“多谢殿下垂怜小人一家老小，多谢殿下！另外……”他欲言又止。

“有什么话就说。”

得了予恒的话，李仵作鼓起勇气道：“恕小人直言，银针刺脑，确实可以快速取命，但那是在只有少数人的情况下，现在一下子十几个，不可能一点儿动静也没有，更何况还要将他们伪装成上吊自尽的模样。”

予恒若有所思道：“你是说……有狱卒串通此事？”

“小人只是猜测，但确实有可能。”

予恒一言不发地盯着他，不知在想些什么，片刻，他道：“去把那些人头皮里的针都取出来吧，我有用。”

李仵作满口答应，很快便将所有银针取出来递给予恒，予恒接过后，突然走了出去，李仵作不明所以，跟着他一并走了出来。

予恒一路走到后院，那里有一口水井，只是已经很久没人用了，井口青苔丛生，清冷的月光洒落在井上，显得异常残旧。

予恒走到井口前，在众人的注视下松开手，任由数十根针掉入井中，李仵作大惊失色，急忙想要去接，但已经来不及，只能眼睁睁看着银针在溅起几朵小小的水花后，沉入井底不见。

“殿下您这是做什么？”李仵作一边说一边四处找绳，想要下去捞起来。

予恒一把拉住他，冷冷道：“你听清楚，从来就没有什么银针，这些人都是自尽身亡，没有人害他们。”

冷月下，予恒眉眼透着瘆人的阴冷，犹如地狱来的恶鬼。只是一眼，李仵作便忍不住打了一个寒战，战战兢兢道：“小人……小人不明白。”

“你不需要明白，只需照本王的吩咐做。”予恒眸光森冷地盯着他，“如果有人问你，那些人是怎么死的，你该怎么回答？”

“他们是被人……”见予恒变了脸色，李仵作赶紧咽下嘴边的话，改口道，“他们是自己上吊自尽的。”

“很好。”予恒满意地松开手，替他整好衣襟，“本王最喜欢识时务的人，只要你好好做事，本王不会亏待你的。”

“小人知道！小人知道！”李仵作拼命答应，到了这个时候，他就算再笨也看出来了，齐王根本不想太子脱罪。相反，他要坐实太子贪污赈灾粮银的事情，所以才会毁灭对太子有利的证据。

虽说令人诧异，但也不难理解，当今陛下膝下单薄，只有两位皇子，一旦太子定罪，齐王就会取而代之，成为大周的储君。

一直以为齐王没有争权夺利之心，没想到他竟隐藏得这么深，如此看来……

李仵作眼底掠过一丝隐晦的暗光，小心翼翼道：“殿下要是没别的事，小人就先告退了。”

予恒微笑道："去吧，记着，千万别做一些让自己后悔的事情。"

李仵作离开后，憋了半天的王虎迫不及待道："殿下，您真打算瞒下这件事？太子和贵妃可待您不薄啊。"

予恒似笑非笑道："你这是在教训本王？"

"奴才们怎么敢，只是意外殿下的决定，毕竟……您一直说要追查真相，还太子清白。"说话的是王豹，他和王虎是两兄弟，都在予恒手下当差。

"如果本王真有心害太子，你们会怎么做？"

王氏兄弟对视了一眼，皆从对方眼里看到了犹豫，他们是予恒一手带出来的，按理来说该忠心予恒，可现在害的是太子，这个罪名实在……太大了，今夜之前，他们连想都没有想过。

予恒看出他们的为难，摆手道："行了，不说这个了，本王现在有一件事要交代你们去做。"

王虎二人悄悄松了一口气，拱手道："请殿下吩咐。"

予恒警惕地看了一眼四周，压低声音道："设法偷一具尸体回王府。"

王氏兄弟被他这个要求吓了一跳，王虎愕然道："殿下您……您要尸体做什么？"

"本王自有用处，记着，一定要悄悄行事，不要被人发现了。"见予恒坚持，二人只得应下来，费了好一番工夫，终于悄悄运了一具尸体出来。

尸体运到齐王府的当夜，一个人被连夜请了过来，天亮之前又悄然离去，同一时间，尸体也借着夜色的掩护被送回义庄，一切如旧，仿佛什么事情都没有发生过。

没人知道予恒要尸体做什么，也没人知道这一夜发生了什么，一切都是一个谜。

二月二十九，刑部、大理寺、都察院三司提审予怀一案，林默和予恒也有份调查此案，得以在公堂旁听。

涉及此案的人被一一提审，虽然他们的说辞不尽相同，但矛头都无一例外指向予怀和江越，最后被传召的是李仵作。

"啪！"坐在正当中的刑部尚书一拍惊堂木，肃然道："那十几名差役的尸体可都验仔细了？"

李仵作被惊堂木的声音吓了一大跳，战战兢兢道："回大人的话，都……都验仔细了。"

"他们是怎么死的？"在刑部尚书问出这句话时，所有人都屏息看着李仵作，这群官差的死因，足以左右予怀一案的结果。

“他们……”李仵作悄悄看向予恒，四目相对的一刹那，他从对方眼里看到了警告，心中一慌，急忙收回目光，“他们……都是自尽。”

听到这话，刑部尚书眸光一沉，下意识地看了一眼站在堂下的予怀，若真是自尽，恐怕……

他不死心地问道：“果真是自尽？”

“是。”到了这个时候，李仵作已经不可能改口，只能一口咬定是自杀。

林默若有所思地看着予恒，虽然李仵作看予恒的动作很细微，而且双方目光一触即分，但还是没能逃过林默的眼睛。

大理寺卿皱一皱眉，侧过身子在刑部尚书耳边轻声道：“查了这么久，所有证供都指向太子，看样子这件案子真是太子做的。”

旁边的左都御史听到他的话，摇头道：“在没有十足把握之前，这话说不得，毕竟涉案的是太子，相信陛下不会想听这样的话。”

“证据确凿，不想听也得听啊，总不能让咱们几个……”大理寺卿压低了声音道，“窜改证供吧？”

左都御史眼皮一跳，迟疑道：“要真是这样……”

“二位慎言！”刑部尚书阻止他们继续说下去，凝声道，“虽说现在表面证供对太子不利，但二位别忘了，失踪的赈银还没有找到，也就是说，还没有物证，现在说结果还为时过早。”

“尚书大人说得是。”二人也意识到自己说得有些过了，连连点头。

这个时候，坐在一旁的林默道：“杨尚书，能否让在下问几句？”

林默是东方溯的亲信，又有份调查此案，问几句话是合情合理的事，杨尚书当然不会拒绝：“林统领只管问就是了。”

“多谢。”在简短地道了声谢后，林默来到李仵作身前，绕着他徐徐走了一圈，负手道，“你做仵作多少年了？”

李仵作摸不准他这么问的用意，小心翼翼道：“回大人的话，有二十年了。”

“二十年？”林默惊讶道，“我看你年纪也不大，竟已入行二十年那么久？”

“小人十几岁的时候，就拜在一位老师傅门下，他退休之后，就由小人接了差事，一做就做到现在。”

“月钱多少？”

“一个月二两三钱银子。”

林默点点头，又问道：“这点儿银子，足够养家了吗？”

“省着一些用足够了，而且小人家里还有几亩地，也能帮补一下。”

“省着一些……”林默饶有兴致地重复着他的话，“也就是说手头很紧，如果这个时候，有人给你一大笔银子，而代价仅仅只是在公堂上改几个字，把他杀说成自杀……”他目光一厉，牢牢锁住李仵作：“你会怎么做？”

李仵作没想到他会说这个，吓得连连摆手：“没有，没有这样的事，小人说的都是实话，那些差役确是自尽身亡，小人就算吃了熊心豹子胆，也不敢害太子殿下啊。”说着，他又道，“大人……大人要是不相信的话，可以派人去重新验尸。”

那夜，予恒丢弃银针后，他怕尸体头皮上的伤口被人发现，又特意回义庄处理了一下，相信不会有人识破。

“我当然会派人去验，只不过到时候……”林默拍一拍他僵硬的肩膀，唇角扬起冷冽如冰霜的笑容，“你肩膀上这颗脑袋可就要保不住了。”

“小人真的没有撒谎。”李仵作虽然害怕，但还是一口咬死。

“好。”林默意味深长地看了他一眼，拂袖回到椅中坐下。

杨尚书正为难要不要再审问予怀时，一名差役快步走了进来，拱手道：“启禀大人，外面来了个人，说是有赈灾银两的下落。”

听到这话，众人精神皆是为之一振，杨尚书急忙道：“快传！”

不多时，一对父子走了进来，姓蒋，以打猎为生。简单地问了几句话后，杨尚书将话题转到了赈灾银两上面：“你说你有赈灾银两的下落？”

“是。”蒋猎户小心翼翼地从怀里取出一个布袋，打开后，露出两个明晃晃的银锭，银色雪白明亮，一看就是最好的足银锭。

杨尚书一接在手里，立刻翻看底部，只见底下印着“大周宝锭”四个字，只有进入国库的银锭才会刻这几个字，虽不知是否是失窃的那一批，但属于国库是毋庸置疑的。

“这银子你从何而来？”

“回大人的话，小人前日带着儿子去城外打猎，下山的时候，突遇风雪，寸步难行，见山脚处有一座庄园，便想着去那里避一避，无奈门房拦着不让进，小人实在没办法，只能带着孩子依偎在石狮子旁边，想着好歹能挡一点儿风，本想等风雪小一点儿再走，哪知竟让小人听到一个天大的秘密。”

“什么秘密？”面对杨尚书的追问，蒋猎户像竹筒倒豆子一样，把自己听到见到的事情绘声绘色地说了出来。

那座庄园门口的石狮子雕得极大，将蒋猎户父子挡得严严实实，再加上风雪漫天，视线不明朗，所以没人发现他们两个还在门口。

“轱辘辘……”风雪中传来车轮转动的声音，继而一辆马车停在宅子门口，不，不是一辆，是有好几辆。

马车上跳下一人，上前叩门，不一会儿，刚才驱赶蒋猎户的那个门房出来应门，这一次，他的态度与刚才判若两人，满面笑容道：“张护卫，您怎么来了？”

被称为张护卫的人谨慎地看了一眼四周：“我有一些东西需要存放在庄子里，叫几个帮手出来。”

“好嘞。”门房一边答应一边进去叫人，不一会儿五个壮汉走了出来，在张护卫的吩咐下去马车里搬东西，是一个个三尺见方的黑匣子，这几个人都有一把好力气，随手能扛起百来斤重的米，可这会儿抱着这个并不算大的黑匣子竟有些吃力。

门房看着一个个从身边经过的黑匣子，好奇地问道：“张护卫，这里面都是什么东西？”

张护卫横了他一眼，冷声道：“不该问的少问，对你没好处。”

门房被他冷冰冰的语气吓得缩了缩脖子，不敢再说话，整整七辆马车，从上面搬下来四十多个黑匣子，五个壮汉来回搬了将近十趟，搬到后面已是气喘吁吁，其中一个壮汉没留神，被地上的石头绊了脚，跌倒在地上，匣子脱手飞去，重重摔在地上，掉出一个个雪白的银锭。

看到这一幕，那些壮汉皆直了眼，银锭……他们手里捧着的全部都是银锭？想到此处，他们突然有一种打开匣子的冲动。

如果全部都是银锭的话，按他们搬运的数量，只怕是有好几万两，甚至还不止。

其中一锭银子掉在摔倒的那名壮汉旁边，看得他眼睛发直，下意识地就要去捡，手还没碰到银锭，就被一条鞭子狠狠地抽在手上，当即出现一条血印，急忙缩手。抬头看去，只见张护卫面色阴冷地盯着他：“你在做什么？”

壮汉被他搞得心惊胆战，颤声道：“小人……小人想把银锭放回去。”

“快点儿！”得了张护卫的许可，壮汉赶紧捡起银锭放回匣子里，心慌意乱的他并没有发现银锭少了两个。

在所有匣子都被送到庄子里后，门房小心翼翼地问道：“张护卫，为什么会有这么多银子？”

张护卫面无表情道：“刚跟你说过的话这么快就忘了吗？”

门房搓着手讪笑道："小人……就是随口问问，不问就是了。"

张护卫轻哼一声，道："王管家呢？"

"表叔他出门采办去了，怕是要到晚上才能回来，您要不要在庄子里等他？"

"我还有事情要去办，等不了这么久。"张护卫拧着眉头想了一会儿，"你待会儿去告诫那些人，让他们不要乱说话，否则小心丢了脑袋。"

门房被他说得吓了一跳，赶紧点头："您放心，这些都是咱们庄子里使了好几年的老人，不会口无遮拦。不过……"

"不过什么？"

门房为难道："您这样突然拉这么多银子过来，又不说因由，万一……"他指一指上面，"问起来，小人实在不好交代。"

"放心，不会有人问的。"张护卫的话令门房掠过几分怀疑，"难不成……这银子就是……"

"噤声！"张护卫面色一变，急忙喝止，门房赶紧捂住嘴，虽然没有得到明确的答案，但他已经明白，这银子就是上头的。

张护卫平一平气息，道："好了，从现在起，庄子闭门谢客，除了我和主子之外，任何人不得进出，听清楚，是'不许进也不许出'。"

"听清楚了。"门房头点得跟小鸡啄米似的，"等表叔回来，我一定一五一十地告诉他，半个字也不会漏。"

"那就好。"在张护卫离去后，门房也回了庄子里，把门关得严严实实。

张护卫也好，门房也罢，都以为他们这番对话没人听到，却不知蒋猎户父子一直躲在石狮后面。更让他们没想到的是，有两锭银锭滚到了他们脚边。

蒋猎户识字不多，但平日里闲着无事喜欢去茶楼听书，听得多了，便知道了一些事，譬如朝廷国库的存银都是五十两一锭的，又譬如银锭底部都刻有"大周宝锭"四个字。

赈灾银两失窃的事情在金陵闹得沸沸扬扬，如今突然出现那么多国库银子，又一副偷偷摸摸见不得人的模样，自然令蒋猎户怀疑，所以一回城，就立刻来了刑部报案。

第四十三章　环琅阁

一直苦寻无果的失银有了线索，堂上几位大人当然不会放过，大理寺卿亲自带人按蒋猎户提供的地址前去搜寻。除此之外，左都御史则去了京兆府，在那里有金陵所有房契地契的备案，可以借此查到那所庄园的主人。

“你可还记得那名张护卫的模样？”

蒋猎户摇头道：“我怕被他们发现，没敢探头张望，不过我记得他的声音，只要让我听到他的声音，一定能够认出来。”

这一等就是半日工夫，左都御史先回来，面色不大好看，他附在杨尚书耳边低低说了几句，后者豁然一惊，忍不住问道：“看仔细了吗？”

“千真万确。”在说这四个字时，左都御史的目光在予怀脸上掠过，虽然很细微，但还是被予怀捕捉到，心不由得往下一沉。

“知道了。”杨尚书面色凝重地点点头，过了一会儿，大理寺卿也回来了，随他一起来的，还有四十多个三尺见方的黑匣子。

一看到这些黑匣子，蒋猎户便指道：“对对对，小人见到的就是这些黑匣子，里面装的全是五十两一个的银锭。”

接下来的事情，也证实了蒋猎户的说法，黑匣子被悉数打开，一时间，明晃晃的银光照亮了整个公堂，让人有些睁不开眼。

大理寺卿兴奋道：“来的路上我已经算过了，恰好就是赈灾银失窃的数目，分文不少，只可惜我们去的时候，那里已经没人了，不知是不是提前走漏了风声，得赶紧发文书缉捕，好问个究竟。”

杨尚书沉声道："不用了，我已经知道那座庄园是属于谁的。"

大理寺卿好奇道："是谁？"

杨尚书看向旁边的左都御史，左都御史缓缓道："太子殿下。"

予怀！又是予怀！

继人证之后，物证也指向予怀，难道赈银一案，真是他做的？

一时间，许多人心里浮起相同的疑问。

予怀自己也是震惊莫名，定一定神，他道："我在城外确实有几座庄园，但并没有蒋猎户说的那一处，我也不认识一个姓王的管家。"

"但地契上确实明明白白写着太子殿下的名字。"左都御史有些无奈地说着，他起初也不敢相信，拿着地契翻来覆去看了好几次才敢确定。

"地契算不得什么证据，只要肯出钱，转到谁的名下都可以。"予恒插话道，"那处庄园是什么时候转到太子名下的，在此之前的主人是谁？"

左都御史递过地契："是半年前的事情，原先的主人叫吕平，是个无名小卒，不过他的主子大殿下应该听说过，叫万三。"

"当然。"予恒露出几分讶色，叫万三的人不少，但能被他听说过的只有一人，那就是金陵首富。

此人是个传奇人物，发迹不过短短十几年，却做一行赚一行，名下产业无数，而且个个都赚得盆满钵满，简直是个奇迹。

"这么说来，吕平的宅子是万三给的？"

"这倒不是，那是吕平的祖宅，传了好几代了，至于怎么到太子名下就不得而知了，下官已经派人去传万三了，应该很快就到。"

吕平到的时候，已经是天黑时分了，审了一天又东奔西跑的，几名主审官都有些疲惫了，但还是得打起精神来。

吕平倒是干脆，把怎么丢的祖宅一五一十说了一遍。原来这个吕平是赌鬼，手头有银子赌，没银子也赌，为此还误了万三一桩生意，万三一怒之下，把他赶了出去。

原先有万三约束着还好，如今没了约束，那可就凶了，没过多久就赌得分文不剩，输红了眼的吕平把祖宅也给押上了，妄想着翻本，结果自是输得一干二净。

至于宅子怎么到了予怀名下，吕平就不知道了，至于他口中的那家赌庄，早在前两个月就结业了，这会儿人去楼空，无从问起。

几名主审低低商量着案子该怎么报上去，除了庄园是怎么转到予怀名下的还有些疑问之外，其他都已经清楚了，人证、物证皆指向予怀贪污赈灾银两……

可谁都清楚，东方溯最不想听到这个结案陈词，着实是让他们犯了难。

予怀木然地站在那里，眼神一片迷茫，似乎不知道该怎么为自己辩解，事实上，从进来到现在，他为自己说的话实在不多。

在长久的商量后，三位主审似乎达成了一致，杨尚书咳嗽一声道："齐王殿下，林统领，如果你们没有其他问题的话，那就退堂吧。"

予恒眼皮一抬，道："我还有一事想问。"

杨尚书虽有些意外，但还是客气道："齐王请便。"

予恒缓步来到蒋猎户身边，垂目道："你说只要再次听到那个张护卫的声音，便能认出来，是真的吗？"

蒋猎户信心十足道："当然。"

予恒唇角微弯："如果认不出呢？"

"一定……"没等蒋猎户说完，予恒已道："那就以命相抵。"

"这……这不对……不是……"蒋猎户没想到他一张口就要自己性命，被吓得语无伦次。

"没什么不对的，冤枉太子，当以死赔罪。"说着，他看向予怀，"太子可记得府里有多少姓张的护卫？"

予怀吃力地想了一会儿，不确定道："应该有四个……不，是五个。"

林默暗自皱眉，予怀最近的记性还有反应能力都似乎差了许多，要换了以前，他不可能连这么简单的事情都记错。

"好。"予恒点点头，对杨尚书道，"请杨尚书派人去东宫将这五名护卫传来，另外再传二十五名其他护卫，全部换上一样的服饰，好让他辨认。"

在杨尚书将事情安排下去后，予恒的目光重新落在忐忑不安的蒋猎户身上，冷冷道："我给你一次机会，如果你指的人不姓张，那就怨不得人了。"

蒋猎户吓得快哭了，他怎么也没想到，就是好心来报个案，还扯上自己小命了，可惜现在后悔已经来不及了。

一更刚过，三十名护卫一字排开站在蒋猎户身前，在一样的服饰下，他们的面容也仿佛变得相同。

"我有一些东西需要存放在庄子里，叫几个帮手出来。"

每名护卫都按要求重复着这句话，蒋猎户在旁边竖着耳朵听，事关自己性命，他可不敢不认真。

在第二十五名护卫说这句话时，蒋猎户神色一动，指着他道："你再说一遍。"

护卫面色微变，但还是按他的要求说了一遍，再次听完后，蒋猎户激动地道："是他，就是他！"

"你确定？"予恒面色有些难看。

"肯定是他！"蒋猎户斩钉截铁地说。

这一次，不只是予恒，所有人的脸色都不大好看，若说在指认之前他们还存着一丝幻想的话，那现在就是彻底没了。

蒋猎户指认的这个人，不只姓张，还是予怀最倚重的心腹——张远。

予恒双手捏得咯咯作响，自牙缝中挤出几个字："滚出去！"

在蒋猎户父子连滚带爬地离开后，他脚步沉重地来到予怀面前，痛声道："太子放心，不管怎么样，我都会找出证据，还太子一个清白。"

予怀涩声道："都到了这个时候，大哥还愿意相信我吗？"

"我们是兄弟，我不信你信谁。"予恒用力抹了一把脸，"相信大哥，一定会没事的！"

予恒步出刑部的时候，天上正好飘起细细的雪花，偶尔落在脸上，泛起一丝冰凉，王虎惊讶道："这都快三月了吧，怎么还下雪啊。"

王豹紧了紧领子，皱眉道："可不是啊，白天还挺暖和的，一下子就冷了，真是见鬼了。"顿一顿，他似乎想起了什么，小声道，"我听说人间出现大冤情的时候，老天爷就会降雪示警，这场雪会不会是……为太子下的？"

他这番话虽轻，但还是落入予恒耳中，予恒脚步一顿，回头道："什么时候你也相信这种怪力乱神的东西了？"

王豹被他盯得有些不自在，干笑道："小人就是随口一说，而且太子他确实是被冤枉的，这一点殿下您最清楚不过。"

"我？"予恒挑一挑眉，凉声道，"我清楚什么？"

王豹被他问得一愣，提醒道："那天在义庄，殿下您……"

"住口！"予恒目光倏然变得犀利，在王豹二人身上冷冷剜过，"义庄的事情，你们最好都忘了，否则别怪我这个做主子的不讲情面。"

王虎被他看得打了个寒战，赶紧一把拉住还想说话的王豹："小人一定谨记殿下的交代，将不该记的事情忘得干干净净。"

“那就好。”予恒满意地回过头，不疾不徐地在街道上走着，没人知道他心里在想些什么，包括跟了他多年的王虎兄弟。

走了一会儿，风雪似乎更密集了，打在脸上冷得令人起鸡皮疙瘩，从刑部到齐王府有一段不短的路，不知为什么，予恒始终没有上马车的念头，在寒风肆虐的空旷街道上徐徐走着，仿佛感觉不到寒冷。

在经过一条小巷时，一个黑影突然挡在他们面前，把王虎他们吓了一跳，以为有刺客，刚要拔刀，那人开口喊道：“大爷行行好，赏口饭吃吧，我已经几天没吃东西了，求求您。”

“我们身上没吃的东西，快让开。”王虎上前驱赶，哪知那个乞丐很是执着，一直要乞讨，看来真是饿得慌了。

予恒示意王虎退下，借着风灯的光芒看着眼前蓬头垢面的乞丐：“很饿？”

一听这话，乞丐拼命点头：“从前天开始，就没吃过东西，大爷随便赏点儿什么吃的就行，小人一定会铭记大爷的恩德。”

予恒盯着他半晌，侧头道：“把他带回府里去。”

听到这话，王虎他们包括那个乞丐都愣住了，不明白予恒怎么会突然心血来潮带一个乞丐回府，就算真同情，赏几个铜板或者散碎银子就是了。

“怎么，不愿意？”予恒的话令乞丐回过神来，连连点头，“当然愿意，多谢大爷！”犹豫在他眼底一闪而逝，快到让人无法捕捉。

予恒满意地点点头：“走吧。”

三个人的影子变成了四个人，而马车依旧跟在后面，车轮轱辘轱辘地滚过一块块青石板……

到了齐王府，予恒拂去身上的雪花，对王虎道：“把他带到书房去，另外去厨房拿些点心过来。”

王虎连忙道：“小人照顾他就行了，免得扰了殿下清静。”

“无妨，照我的话去做。”见予恒坚持，王虎只得带着看傻了眼的乞丐去了书房，再三叮嘱他不要乱动里面的东西后方才去厨房。

王虎拿了几碟点心过来，虽然已经冷了，但都精巧得紧，那个乞丐看得两眼放光，赶紧拿过来吃，一边还没咽下一边已是拼命往嘴里塞，看得王虎哭笑不得：“慢点儿吃，别噎着了，没人跟你抢。”

“嗯嗯。”乞丐嘴里含糊地应着，手却丝毫没有放慢动作，没过一会儿工夫，碟子就空了一半，简直就像饿死鬼投胎。

吃得正欢的乞丐突然僵在那里，眼睛直往上翻，脖子伸得直直的，显然是噎到了，王虎早料到会这样，倒了杯水递给他，乞丐赶紧接过喝了，这才把堵在嗓子眼里的糕点咽下去，长长地舒了口气。

“吱呀——”予恒带着一股寒气走进来，身后跟着王豹，他也不说话，落座后以手支颐，看着对面的乞丐大口大口吃东西。

“嗝！”乞丐在吃完最后一块点心后打了一个饱嗝，心满意足地抚一抚肚皮，讨好道：“多谢大爷赏吃的，小人已经很久没有吃这么饱了。”

“真的吗？”予恒徐徐转着手里的翠玉扳指，似笑非笑。

乞丐愣了一下，旋即挤出一副谄媚的笑容：“当然了，大爷您可真是菩萨心肠，小人行乞那么多年，就没遇上您这么善心的。”停顿片刻，他道，“不知大爷尊姓大名，小人回去后，一定日日焚香祈祷。”

王豹好笑道：“你有钱买香吗？”

乞丐讪讪笑道：“心诚则灵，不一定真要焚香。”

予恒微微一笑，侧头盯着他道：“我的身份，你不是一早就知道了吗？”

乞丐满面诧异地看着他：“小人怎么知道？刚才进来的时候，门口倒是挂着牌匾，可小人不识字啊，还请大爷垂赐。”

予恒没有回答他的问题，而是道：“说话还挺文绉绉的，读过书？”

王虎二人相互看了一眼，皆从对方眼里看到了疑惑，他们不明白，予恒怎么有闲心和一个乞丐聊这么久。

乞丐面色一白，所幸脸上黑乎乎的，倒也看不出来，他定一定神道：“大爷说笑了，小人身份卑微，怎么可能读得起书，不过是有时候蹲在茶楼角落里，听说书先生说了几句。”说着，他又道，“大爷要是没别的事，小人就告退了。”

予恒挑眉道：“你不是有话与我说吗，怎么话没说就要走？”

这一次，乞丐瞅向予恒的眼里多了几分警惕：“小人不明白大爷的意思。”

予恒身子前倾，笑意深深地看着他：“这间屋子里，可就属你最明白了，又怎会不知。”他掸一掸衣袍，凉声道，“揣着明白装糊涂可不是什么好习惯。”

“小人真的不明白。”在说这话的时候，乞丐的脚微微往外挪了几分，眼睛不时瞟向门口。

予恒将他这些细微的动作看在眼里，一直挂在脸上的笑意终于冷了下来：“看来你是非要我说个明白了，也罢，我就好好跟你说说。李仵作说他曾在街上被一名乞丐拦路，以他全家人的性命为要挟，逼迫他一口咬定那十几名差役是自尽身亡，那个乞丐……应该就是你吧。”

乞丐垂在身侧的双手微微发抖，勉强扯出一丝比哭好看不了多少的笑容：“小人是真不懂大爷在说什么，也不认识什么李仵作，更别说……”

“你认识！”予恒冷冷打断他的话，“你确实伪装得很好，但还不足以瞒过我的眼睛。”他搁下一直在手里把玩的水晶镇纸，走到坐立不安的乞丐身边，徐徐道：“从我见到你的第一眼起，你一直都在努力扮演一个乞丐，事实上，你也确实扮演得不错，但有些事情是演不了的，譬如你这双手。”

“手？”乞丐诧异地打量着自己的手，不明白有什么问题。

“乞丐以乞讨度日，但不是每一次都能讨到，所以他们会四处去翻找别人吃剩的，受人白眼，跟狗抢食都是再正常不过的事情，所以他们的手上多多少少会带一些伤。可你看看自己的手，虽然有些灰，却一点儿伤痕都没有，甚至还有保养的痕迹。只凭这一点，我就可以断定，你根本不是乞丐。

“明明不是乞丐，却在半夜三更拦住我乞讨，那就只有一个可能……”予恒俯身，在他耳边一字一字道，“你的目标不是食物，而是——我！”

乞丐定定地看着予恒，试图在他眼里找到几分不确定或者试探的痕迹，很可惜，并没有找到，他是真的识破了自己……

许久，乞丐深吸一口气，起身长揖一礼：“齐王慧眼如炬，明察秋毫，小人佩服！”

予恒唇角微弯，勾起一缕淡漠的笑意：“终于肯承认了？”

“是小人自作聪明，在殿下面前班门弄斧，还请殿下恕罪。”乞丐倒也干脆，一认到底。

予恒回到椅中坐下，盯着他道：“说吧，你到底是什么人，为什么要这么做？”

“小人姓郑，排行第三，所以都叫小人郑三，至于为什么……”郑三笑一笑，答道，“自然是为了殿下，难道殿下不想百尺竿头更进一步吗？”

予恒眼皮微微一跳，接过王虎递来的茶徐徐喝着，待喝到一半，方才抬起双眼，目光如剑穿过氤氲茶雾，落在郑三身上：“你们好大的胆子，连当朝太子也敢害。”

“如今所谓的太子，不过是陛下一厢情愿的结果罢了，论长幼，论资历，论出身，殿下哪一样不胜过太子许多，就因为陛下偏心，才错失了东宫之位。”

“所以你们就替我抱不平了？”予恒的面容隐在茶雾后，看着有些模糊。

“帝王家事，本轮不到我等无名小卒插手，但太子留着一半外族的血，还有贵妃，一旦大周落在他们母子手里，恐怕基业难保。”

“无名小卒？”予恒看着茶碗里清透碧绿的茶汤，低低笑道，“都把太子弄得身陷牢房，还自称小卒，谦虚了。”

郑三一脸正色道：“没有谦虚，我等就是供殿下差遣的小卒，现在是，以后也是。”

予恒弹去小心滴落在衣袍上的水珠，凉声道：“为什么要帮我？”不等郑三言语，他又道，“别整什么大义，无利不起早的道理我还懂得。”

郑三微微皱眉，从刚才开始，予恒就一直不按常理出牌，实在让他有些不好接话，但说到这份儿上，再藏着掖着也没意思了，而且不说一些真话，予恒那边也糊弄不过去。想到这里，他咬一咬牙道：“不瞒殿下，我们是环琅阁的人。”

王虎眉头微微一蹙，在予恒耳边道：“小人听过环琅阁，据说专门替人消灾解难，颇有些名声，不过他们很神秘，几乎没什么人知道他们的事。”

“我们环琅阁的宗旨一向是拿人钱财，与人消灾。贩夫走卒如此，达官贵人亦如此。”

予恒凉声道：“这么说来，有人拿钱买太子之位？是谁？”

“这件事是阁主亲自交代下来的，至于是谁托付的，小人身份卑微，实在不知，不过……”郑三突然笑了起来，“这不是也正合殿下之意吗？”

予恒心中一动，淡然道：“什么意思？”

“李仵作将那些差役死于他杀的事情告诉了殿下，还给了凶器，可殿下却转眼将它们扔进了井中，毁灭对太子最有利的证据。还有先前在公堂上的指认，殿下表面是帮太子，其实……是要坐实太子贪污赈灾银两的事情。”

予恒面色一变，呼吸微微急促：“你怎么知道？”

“环琅阁能够在江湖立足，自然有它的门道，知道这些事并不稀奇。”郑三轻描淡写地说着，“最重要的是，咱们和殿下站在同一条船上，一荣俱荣，一损俱损。”

予恒眼眸微眯：“你这是在威胁我？”

“岂敢。”郑三欠身道，“小人只是将事实告诉殿下，殿下如此聪明，相信一定会做出最正确的决定。”

予恒沉默片刻，道：“我要见你们阁主。”

“阁主会见您的，但不是现在。”说着，郑三话锋一转，“如今太子贪污之名，已经八九不离十了，相信三司明日一早就会进宫禀报。”

予恒扫了他一眼，冷声道："父皇对太子一向爱护有加，就算真坐实了罪名，也不会轻易答应废黜的。"

"所以，殿下好好想一番说辞，同时……多拉拢一些人，一人言轻，众人言重。就算他是天子，也不能罔顾满朝大臣的意见，您说是不是？"

"果然是站着说话不腰疼，满朝文武……是那么好拉拢的吗？笑话！"予恒讥讽了一句，郑三也不生气，笑眯眯道："殿下不必太过担心，我环琅阁一定会鼎力相助。"说着，他拱手道，"小人告辞！"

在他身影没入黑暗后，王虎小声道："小人去跟着他。"

予恒抬手阻止，眸光沉沉更甚外面的黑夜："不必了，自然有人会跟！"

王虎和王豹满腹疑惑，有人会跟着？难道除了他们二人，殿下还另外安排了人？

虽然好奇得紧，但予恒不说，他们也不敢多问，毕竟今夜发生的事情，实在太匪夷所思了，莫名出现一个假乞丐不说，还扯出了环琅阁。

原以为这场雪只是老天爷一时心血来潮，很快就会停住，哪知竟是下了整整三天，令刚刚有些入春的天气一下子又回到了寒冬腊月，冷得人瑟瑟发抖。

三月初二，天色终于放晴，地上积了厚厚的一层雪，几名小太监拿着扫帚在承德殿前扫雪，远远看到予恒过来，连忙跪下行礼。

予恒步入东暖阁，里面惯常烧着炭盆，但并不是太热，银炭只微微透出一点儿红光，显然是已经烧得很久了。

予恒取过铁钳，从旁边的炭筐里夹了几块银炭放进去，残余的火星顿时欢呼雀跃地涌了上来，不多时便烧得通红，令室内温暖如春。

"吱呀！"两扇古钱纹棂花槅扇门被推开，东方溯走了进来，予恒连忙上前扶住，手刚一碰到，便觉得异常森冷，关切道："父皇去哪里了，手这么冷？"

"难得今儿个天晴，就是在御花园走了走。"东方溯看起来精神不错。

"最近天寒，父皇当心身子。"在扶着他坐下后，予恒接过内监斟来的茶递过去，恭敬道，"父皇喝口茶暖暖身子吧。"

东方溯接在手里，慢慢啜了一口，道："知道朕今日为什么叫你来吗？"

予恒目光微微一动："儿臣听说三位大人已经将太子一案呈报父皇，想必是与这事有关。"

"不错。"东方溯搁下茶盏，轻咳了几声道，"三司会审那日你也在，对案件经过最清楚不过，无须朕再赘叙。朕想知道，太子一案可还有转机？"

予恒面色沉重道："恕儿臣直言，恐怕很难，毕竟人证物证都摆在那里。"

东方溯看着他，淡淡道："朕听说，人证还是你坐实的？"

予恒急忙跪下，满面惶恐道："儿臣该死，请父皇治罪。"

东方溯目光在他脸上打了个转，挥手道："朕又没怪你，起来说话。"

予恒谢恩起身，低眉道："儿臣当时觉得蒋猎户供词可疑，而且巧合太多，便想试他一试，哪知他竟然一下子听出张远的声音，反而害了太子，每每思及此事，儿臣都内疚万分。"

东方溯手指在茶几上"笃笃"敲了几下，凉声道："如此说来，蒋猎户供词是真的？"

"儿臣相信太子，他一定不会做那样的事，定是有人陷害，只是那些人手段高明，一时未能查出来。"说到这里，予恒又急急道，"儿臣已经在加紧追查了，请父皇再给儿臣一些时间。"

东方溯叹了口气："朕当然愿意，可有些人不答应。"

予恒试探道："父皇是说济南知府陈之同？"

"不错，他一日一本折子，催着朕审结此案。"提起此人，东方溯眉头紧拧，显然是不大待见。

想想也是正常，谁会待见一个整日催着处置自己儿子的臣子。

"不如让儿臣去劝劝他？"

"不用了。"东方溯挥手，不耐烦道，"他要是听得进劝，就不会如此了。"

陈之同性格执拗，只要是他认定的事情，十头牛也拉不回来，又不懂得人情世故，得罪了不少人。但他为政清廉，是个一心为民的好官，东方溯正是清楚这一点，才会一直忍让于他。

见他这么说，予恒也不便再说什么，垂手站在一旁，日光穿过薄薄的窗纸照进来，在他身后拉出一条长长的影子。

"朕听说你去过义庄，可有查到什么？"

"是，那日禀过父皇后就去了，想看看是否有可疑，可惜并没有。"

东方溯面颊微微一搐，颔首道："倒是有心了，依你看，谁会这般处心积虑地加害太子？"

予恒沉吟道："儿臣这几日也一直在思索这个问题，儿臣怀疑……是当年卫氏余孽。"

东方溯深深看了他一眼，道：“朕明白了，退下吧。”

“那太子的事……”

“朕会派人去查，你就别管了。”

“是，儿臣告退。”予恒拱手退出了暖阁，望着关起的朱红长门，东方溯面色瞬间冷了下来，缓缓挤出两个字：“逆子！”

话音未落，东方溯突然咳嗽起来，这一次咳得极是厉害，整个人都在颤抖，脸色潮红，额上的虚汗一层层地往外冒。

张进连忙上前替他抚背：“陛下别气坏了龙体。”

东方溯勉强止了咳嗽，喘息道：“你还知道关心朕，可那个逆子呢，竟千方百计想着谋害同胞兄弟，朕……朕真是错看了他，咳咳……”

张进劝道：“陛下息怒，大殿下……未必存那样的心思。”

“未必？”东方溯冷冷盯着张进，“这话你自己相信吗？”

张进默然不语，半晌，他叹了口气：“奴才没想到大殿下是那样的人。”

“朕又何尝想到，刚才你也瞧见了，朕一次次给他机会，他却满口胡言，一句真话也不肯说，朕……”东方溯重重一捶扶手，痛声道，“真是错看他了。”

“要不是林默在三司会审之时察觉到他有针对予怀之意，从而暗中调查，朕至今还被他蒙在鼓里，以为他是真心想帮予怀！”说到此处，东方溯不禁冷笑连连，“朕真当是生了一个好儿子，好得很！”

张进连连摇头：“大殿下与太子一向和睦友好，谁能想到他会假借查案之名，对太子落井下石。”

东方溯厌恶地指一指搁在桌案上的奏折，全是催促他尽快审结予怀一案的：“这堆东西也有他的功劳。”

张进神情一震，试探道：“陛下是说……大殿下在暗中拉拢诸位大人？”

东方溯冷笑一声：“这几日他频频出入各朝臣的府邸，自以为隐蔽，殊不知神机营的人早已经盯上了他。”

张进又一次叹气，半晌，他道：“既然陛下已经知悉了一切，为什么不喝令大殿下停手？免得他一错再错。”

“虽然朕知道他心怀不善，但并不能证明予怀是遭人陷害。再者，朕还没有查到帮他那个人的身份。”

张进眼皮微微一跳：“陛下是说……大殿下有帮手？”

“既然他觊觎太子之位，想要取予怀而代之，那么赈银失窃、差役自尽乃至现在出现的蒋猎户，就是一个精心策划的连环局，这不是他一个人能够做到的，而且赈银失窃的时候，他并不在金陵。”

“这倒也是。”张进深以为然地点点头，又问道，“神机营耳目遍布天下，难道也查不出来吗？”

提到这件事，东方溯双眉微蹙，沉声道：“那人隐藏得很深，林默查了几天都没有线索，在此之前，朕不想打草惊蛇，记好了。”最后这几个字，是对张进在说。

张进乖觉道：“陛下放心，奴才一定守口如瓶。”

再说予恒，出了承德殿后，并没有立刻出宫，而是去了长信殿请安。看到他过来，沈惜君自是十分欢喜，说了不少体己话，又留他一同用了午膳。

午膳后，予恒接过宫人递来的茶漱口，无意中瞧见摆在桌上的泥偶，是两个正在玩耍的孩童，做工甚是粗糙，像是随手捏出来的，丝毫没有宫中器物的精致感，其中一个孩童的手断了。

沈惜君顺着他的目光望去，笑道：“是不是瞧着眼熟？”

“嗯，好像在哪里见过，但一下子又想不起来。”

沈惜君含笑道：“这是你十二岁那年给太子做的，贵妃一直留着，前儿个拿出来整理的时候，不小心摔坏了一只手，很是可惜，便拿到本宫这里来，托本宫问问你，看能不能补上。”

予恒眸光一闪：“姨娘真这么说？”

沈惜君好笑道：“这是自然，母后还能骗你不成。怎么，不愿意？”

“当然不是，只是这泥偶捏得这么丑，不补也罢，儿臣让工匠做一个更好看的给姨娘送去。”

“你这说的是什么话，泥偶丑不丑不要紧，要紧的是融在泥偶里的那片心意，其他人就算做得再好再精致，也无法替代。”顿一顿，沈惜君不悦道，“你要是真不想补，那就算了，当本宫什么都没说。”

“儿臣不是那个意思，母后您别生气。”见沈惜君不理会，予恒又道，“儿臣立刻拿回去补，保证补得完完整整，要是母后觉得补一只手不够，就再多加几只。”

沈惜君被他逗得板不住脸，笑斥道：“又不是蜘蛛，哪有这么多只手。”

予恒取茶递过去：“母后笑了就好，刚才是儿臣说错话，母后大人大量，不要生儿臣的气。”

沈惜君盯着他，慨叹道：“母后不是真的生气，只是不希望你忘了兄弟手足之情，你只有予怀一个弟弟，而他也只有你一个哥哥。”

“儿臣谨记母后教诲！”予恒又把茶往前递了一递，这一回沈惜君接过茶喝了一口，算是原谅了刚才的事。

第四十四章　风不止

闲语几句话，沈惜君将话题转到了被禁足在东宫的予怀身上：“本宫听闻，太子一案很是棘手？”

“是有些麻烦，现在人证物证都对太子不利。”见沈惜君面有忧色，予恒宽慰道，“母后放心，儿臣一定会找到证据，证明太子的清白。”

“那就好。”沈惜君欣慰地点点头，如此又坐了一会儿，予恒起身告辞，直至登上等候在宫门外的马车，予恒方才沉下了脸。

王虎也跟着上了车，瞅见予恒面色不对，小声道：“殿下，可是出什么事了？”

予恒低头看着拿在手里的泥偶，寒声道：“慕氏果然可怕，连面都未见，她就察觉到了我的心思。”

王虎骇然色变，颤声道：“这……这怎么可能？！”

予恒扬一扬手里的泥偶：“这是我十二岁时做给太子的玩偶，一直收在漪兰殿，就在昨儿个，她托母后拿给我，说是让我把摔断的手给补上，你知道这是什么意思吗？”

王虎茫然摇头：“奴才不知。”

“这个泥偶既是提醒也是警告，提醒我不要忘了与太子一道长大的情谊，警告我……不要觊觎太子之位。”

王虎被他说得慌了神：“那……那现在怎么办？”

予恒紧紧攥着泥偶，一字一字道：“我既选择了这条路，就不会后退一步！”

“可贵妃已经知道了，万一她将这件事告诉陛下，殿下可就危险了，不如……”话说到一半，王虎感觉到两道凌厉如箭的目光落在自己脸上，令他激灵灵一颤，赶紧咽下了已经到嘴边的话。

予恒面色阴沉道："这样的话，我不想再听到第二次。"

王虎忙不迭答应，过了一会儿，耳边又传来予恒的话："入夜后，在后门点一盏灯。"

"是。"王虎神色一凛，那夜之后，郑三又来过一次，并且约定如果予恒要找他，就在后门点一盏灯。

到了三更时分，郑三悄然出现在书房中，在得知予恒叫他过来的用意后，不满道："这才几日工夫，就被人察觉，殿下未免也太不小心了。"

予恒正在补泥偶，听到这话抬起头来，毫不客气道："我是叫你来想办法的，要是你只懂得说废话，那可以走了。"

郑三被他说得一阵尴尬："小人不是这个意思，现在这情况，实在有些麻烦。"

予恒淡然道："你们环琅阁最拿手的不就是替人解决麻烦吗？这会儿正可以派上用场。"

"话是没错，但总要时间准备，何况是这么大的事。"郑三迟疑片刻，"贵妃那边可拖多久？"

予恒取过毛巾拭一拭手上的泥，思忖道："能拖个五六日吧，再久就不一定了。"

郑三咬牙道："小人明白，小人立刻回去与阁主商量，明日来给殿下答复。"

"错了。"予恒的话令郑三一怔，下意识问道："哪里错了？"

予恒起身走到郑三面前，他身材并不高大，却给郑三一种异常强烈的压迫感，连呼吸也觉得困难："明日，你要给我的是方案，而不是答复！"

郑三艰难地咽了口唾沫："这么大的事，小人做不了主，小人只能将殿下的要求转告阁主，看阁主是否答应。"

予恒微微低头，在他耳边一字一字道："告诉你们阁主，如果我出了事情，你们环琅阁也休想有好日子过。"

"小人明白。"郑三面色苍白地应着，在今夜之前，他并不太将这位齐王殿下放在眼里，认为他只不过是一枚棋子，如今才发现是自己小觑了，这枚棋子随时都会反客为主，危险得很，他得去提醒阁主。

"行了，回去吧。"顿一顿，予恒补充道，"仔细一些，贵妃有调动神机营之权，指不定已经派人盯住我这宅子了。"

"殿下放心，他们发现不了我。"郑三胸有成竹地说着。

予恒眸光微微一闪，颔首道："那就好，走吧。"

在郑三离开后，他唤过王虎低低吩咐了一句，王虎露出惊讶之色，但没说什么，点头退出书房。

约莫一炷香的工夫后，王虎重新出现在书房，面色有些不大好看，他朝半蹲在炭盆边烘烤干泥偶的予恒拱手道："启禀殿下，没有跟到。"

予恒轩一轩眉，道："连你也跟不上？"

王虎脸庞一红："郑三轻功极好，再加上身法诡异，小人只跟出两里路就被甩开了。"

泥偶新做的那只手臂已差不多烤干了，与原来的身子融为一体，丝毫看不出接续的痕迹。

予恒满意地直起身子，将泥偶搁到桌案上，取过旁边的帕子拭一拭手道："你的身手在神机营差不多能排到前二十，连你都跟不上，这个郑三果然有些能耐。"

王虎在一旁欲言又止，予恒扫了他一眼，淡淡道："有话就说。"

"殿下，神机营真的盯上咱们了吗？"

"怎么，怕了？"

王虎连忙道："小人烂命一条，没什么好怕的，就是怕他们坏了殿下的大事。"

予恒微微一笑："我不在几个月，别的本事没见长，嘴皮子倒是越来越利索了。"顿一顿，他道，"放心，神机营的人坏不了事，相反……我要借他们成事。"

王虎听得一头雾水："小人不明白。"

"等时机到的时候，自然就明白了。"说着，予恒看了一眼烧得正旺的炭盆，"去把炭火熄了吧，明儿个还能再用。"

王虎笑道："外头正在化雪，滴水成冰，还是让炭盆烧着吧，也用不了多少炭，听管家说府里炭还多着呢，足够用到明年。"

"这边用一点，那边用一点，浪费的可就多了，左右我也不冷。"予恒幽幽说着，目光落在黑沉沉的窗户上，不知在想些什么，半晌，他道："父皇身子不好，日夜都要用炭，你让管家挑几筐上好的银炭出来，明日一早送过去。另外，让他去库房把那盆三尺高的红珊瑚取出来，我有用。"

"是。"随着王虎离开，书房里变得寂静无声，只有风在呼啸，犹如狼奔豕突。

翌日一早，予恒踩着湿漉漉的地面来到漪兰殿，慕千雪还在洗漱，他被带到东暖阁等候。

在茶水换到第三杯的时候，外面响起环佩之声，予恒面色一正，起身等候，果不其然，慕千雪伴着冷风走了进来。

“予恒给姨娘请安，姨娘万福金安。”

“免礼。”慕千雪扶起他，温言道，“这么早过来，用过早膳了吗？”

“出来匆忙，忘了用。”予恒如实回答着。

“那就陪本宫一道用吧。”慕千雪拉着予恒的手坐下，很快便有宫人端来早膳，很简单，南瓜小米粥并四碟小菜。

慕千雪亲自盛了一碗南瓜小米粥递给予恒：“一日之计在于晨，这早膳也是最要紧的，多吃一些。”

“多谢姨娘。”予恒恭敬地接过，舀了一口咽下后赞道，“我府里的厨子也常做南瓜小米粥，就是做不出姨娘这里的味道。”

慕千雪笑道：“就是一碗粥罢了，能有什么区别，你要是真喜欢，往后多来就是了，也不差你这一口。”

“那就多谢姨娘了。”在用过早膳后，慕千雪方才问起他的来意，予恒连忙自王虎手中取过锦盒，恭敬地递上去，“请姨娘过目。”

慕千雪眸光微微一动，已是猜到了几分，打开后果不其然，是两个小小的泥偶，她拿在手里，笑容渐渐淡了下来：“想不到这么快就修补好了。”

“姨娘一直将这两个泥偶视若珍宝，予恒又怎么敢拖延，就是怕修补得不好，有负姨娘所望，好在还过得去。”

慕千雪纤指抚过泥偶接续的地方：“嗯，确实补得不错，一点儿缝隙也没有，不过……”她抬起那双秋水明眸落在予恒脸上，意味深长道，“若是内里没有补好，就算表面完好，过不了多久也会重新断裂，而且坏得更彻底，连修补的余地都没有。”

予恒起身，恭敬之色更甚刚才：“请姨娘放心，里面我也都修补好了，绝不会脱落。”

慕千雪打量了他一番，颔首道：“那就好，予怀一直都很尊重你这个大哥，予瑾已经不在了，本宫不想你们两个再出事。”

“我明白。”顿一顿，予恒又道，“虽然现在证供对太子不利，但请姨娘放心，只要我还有一口气在，就一定会为太子洗刷冤情，不让任何人冤枉他。”

“好。”慕千雪欣然道，“有你这句话，本宫就放心了。”

予恒不动声色地松了口气，讨好道：“除了这两个泥偶，我还给姨娘带了一样东西。”

慕千雪饶有兴趣地问道：“哦，是什么？”

予恒朝王虎使了个眼色，王虎会意地走了出去，过了一会儿捧进来一株三尺有余鲜红欲滴的红珊瑚，犹如一株生长茂盛的火树。底下是一只景泰蓝花盆，饰以金黄花纹，精美华贵之余亦映衬得红珊瑚灿烂夺目。

慕千雪不喜欢烦琐，故而这东暖阁一应陈设，以干净清爽为主，素净之余难免有些寡淡，丝毫不像一品贵妃的居住之处。现在这珊瑚盆景一搬进来，顿时让人眼前一亮，也给此处增添了鲜亮华贵的气息。

慕千雪抚过鲜红如宝石的珊瑚枝，称赞道：“本宫也见了不少珊瑚盆景，但这么大又颜色漂亮的，还是头一回看到，你从何处得来？”

予恒恭敬道：“前阵子，我遇到一个商人，他自称来自遥远的海中之国，这株珊瑚就是从深海之中采来的，世间罕有。我知道姨娘喜欢珊瑚，所以特地买来送给姨娘。”

“原来如此。”慕千雪微笑道，“有心了，本宫很喜欢，不过以后别再破费了。”物以稀为贵，这珊瑚如此罕见，必定价值不菲。

予恒悄悄松了一口气，讨好道：“只要姨娘喜欢，再贵也值得。”

“油嘴滑舌。”慕千雪笑斥了一句，拉过予恒的手感慨道，“珊瑚虽好，但也只是身外之物，可有可无，对本宫来说，最要紧的莫过于一家人齐齐整整，和和睦睦，你明白吗？”

在她的注视下，予恒一字一字道：“我明白姨娘的一片苦心，也一定不会有负姨娘所望。”

“那就好。”慕千雪欣慰地点点头，又说了几句话后，予恒起身告辞。望着他远去的身影，夏月轻声道：“总算大殿下懂得悬崖勒马，没有浪费主子的苦心。”

慕千雪幽幽道：“要真是这样才好。”

夏月一怔，试探道：“难道主子觉得大殿下……心口不一？”

“本宫也说不上来，且先看着吧。”慕千雪黛眉微蹙，不知在想些什么。

接下来的几日，因为予怀一案，朝中大臣分成了两派。一派认为罪证确凿，要求立刻废黜太子之位，以正法纪；另一派则认为案情尚有可疑，应该继续追查，每次上朝都吵得不可开交。

就在东方溯焦头烂额之时，又出了济南、宁州百姓入京告御状之事，予恒怕他们闹事，一得到消息就立刻出城拦下，苦苦劝说他们回去，但这些人大多有亲人死在那一场灾难中，岂肯就此罢休。一来二去，双方起了冲突，予恒怕事情闹大，一直拦着护卫不让动武，以致他自己受了伤。

在最初的气愤过去后，打伤皇子的罪名令那些人忐忑不安，好在予恒并不追究，只请他们暂时不要进京，在城外等候消息，又承诺一定会还他们一个公道。

在予恒的极力周旋下，这件事总算勉强压了下来，但仅仅过了一日，便又闹出另一件更严重的事情。

有毛贼趁夜闯进一间没人的屋子，偷取了许多金银财物，出来的时候被人抓住，扭送到京兆府衙门。

这原本只是一件小事，就算偷取的金银财物数量颇多，也不算什么大案，毕竟金陵城里多的是达官贵人、大户人家。

可在他偷来的东西里有一块玉牌，涉及一桩失踪案件，在京兆府悬了一年多，一直未破，万万没想到会突然有线索。

问清那间宅子地址后，京兆府尹豁然色变，在一番短暂的思索后，他连夜来到刑部求见杨尚书。杨尚书睡到一半被人吵醒，自是十分不悦，但在得知京兆府尹的来意后，顿时浑身一个激灵，难以置信道："你刚才说是……谁？"

"张远。"京兆府尹吐出两个令杨尚书睡意全消的字。

杨尚书借喝茶定一定心神："你想搜张家？"

"是，既然张远家中有尹小姐的玉佩，必定和她当年的失踪有关。还有，大人您想，张远只是一个护卫，怎么会有那么多金银财物，太子也不可能赏这么多，下官可以肯定，这当中一定有古怪。"

上次三司会审之后，张远因为蒋猎户的指认，被押入刑部大牢，宅子也被刑部封了，要入屋搜查，一定要得到刑部的许可，这也是他连夜过来的原因。

杨尚书眉头紧皱，就算府尹不提醒，他也想到了，可正因为想到，才觉得棘手。太子现在已经岌岌可危，若是再在张远那里查到不好的东西，太子的东宫之位，恐怕就真保不住了。

他不想予怀被废，也清楚东方溯一直想要保住予怀，所以这件事就成了烫手山芋，查也不是，不查也不是。

"大人……"京兆府尹见杨尚书久久不语，忍不住出声催促。

杨尚书正要说话，小厮走到管家耳边低低说了几句，杨尚书面色微变，在示意小厮下去后，他垂手道："老爷，尹大人来了。"

杨尚书满面诧异道："尹仲？"

"是。"在得到管家肯定的答复后，杨尚书将目光转向同样诧异的京兆府尹，京兆府尹知道他的意思，连忙摆手道："不是下官，事情还没有查明，下官怎么可能去告诉尹大人。"

杨尚书想想也是，能够做到京兆府尹的位置，可见其绝不会是一个冲动之人："那会是谁？"

京兆府尹仔细想了一想，道："知道这件事的，除了下官之外，就只有师爷和几个衙役，他们都是下官使了多年的老人，没有下官的命令，绝不会向外透露半个字，会不会……是凑巧？"

杨尚书看着外面大步走来的人影，有些无奈："是不是凑巧，很快就知道了。"

来者正是尹仲，他来到杨尚书身前，拱手道："深夜叨扰，实属冒昧，还请尚书大人见谅。"

"尹御史客气了，请坐。"说着，杨尚书又对管家道，"快去沏茶。"

"不必了。"尹仲语气急促道："听说京兆府有了小女失踪一案的线索，但因为涉及东宫，所以需要尚书大人出面，是这样吗？"

果然如此！

杨尚书与京兆府尹对视了一眼，道："这是听谁说的？"

尹仲略一犹豫，从袖中取出一张叠得四四方方的纸，中间有一个狭长的洞："有人将这个钉在下官门前的柱子上。"

杨尚书接在手里，纸上写着几行字，中间有匕首留下的痕迹："京兆府已有令爱下落，但事关东宫，不敢妄为。如欲寻回令爱，请速去刑部尚书府中。"

杨尚书沉吟不语，写这封匿名信的显然是知情人，究竟会是谁呢，师爷？衙差？抑或……都不是。

"到底小女被关在哪里，为什么还不去救她？"尹仲焦急地问。

"尹兄少安勿躁，我们现在只是有了些许线索，并不能确定尹小姐就在那里。"京兆府尹周同的安慰并没有令尹仲平静下来，反而令他想起一事，恍然道："我知道了，她被关在东宫，所以你们一个个都不敢去。"

"尹兄你误会了……"不等周同说完，尹仲已是大声道："你们不去我去，就算是太子，也不能强掳良家女子。"说着，他大步往外走去，周同赶紧将他拦住，"尹兄误会了，令爱并不在东宫。"

“那在何处？”面对尹仲的逼问，周同不知如何回答，向杨尚书投去求救的目光，杨尚书长叹一口气，对周同道：“去把那个窃贼带来，咱们一道去张宅。”

到了这个时候，他已是骑虎难下，不查也得查，否则寻女心切的尹仲绝不会罢休。

半个时辰后，众人来到张宅门口，尹仲终于知道“事关东宫”是什么意思了，思女心切的他第一个冲进黑乎乎的宅子里，一边喊着女儿的名字一边提着灯笼四处寻找。

“去把灯都点起来。”随着杨尚书的话，灯被一盏盏点亮，能够看出宅子大致的模样，这是一间一进院的宅子，三间青瓦房围合在一起，因为就张远一个人住，所以屋子里的东西很少，可以说是一目了然。

在窃贼的指点下，他们在张远所住的东厢房找到了东西，尽管早有心理准备，可真看到的时候，杨尚书他们还是被吓了一跳：翡翠簪子、珐琅鼻烟壶、珍珠链子、和田籽玉手串等，每一件价值都在百金之上，更别说还有那一沓沓的银票与金锭了，粗略计算一下，这些东西价值不下于万两。

“啊！”尹仲不知什么时候来到门口，直勾勾盯着杨尚书拿在手里的翡翠簪子，下一刻，他猛地冲进来，一把夺了过去，在仔细打量了一番后，满面激动道：“没错，是这个！”

杨尚书试探道：“这支簪子是尹小姐的？”

“对！”尹仲肯定道，“这是祖传的簪子，在萱儿十六岁那年，母亲将簪子给她，之后就一直戴在发上，从未取下过，萱儿……萱儿她一定在这里，一定在！”

可是无论尹仲怎么喊，四周都静悄悄的，没有丝毫回应，尹仲并不肯就此罢休，四处翻箱倒柜，试图找到他心心念念的爱女。

最终，真的让他找到了，却是尹萱的……尸体!

望着从泥土里扒出来的尸体，尹仲的面孔苍白如纸，嘴唇不断哆嗦着。虽然尸体已经腐烂成了白骨，但衣裳、饰物都还在，每一样都与尹萱失踪时的穿戴相符，再加上先后找到的翡翠簪子与玉佩，必是尹萱无疑。

这一年多来，尹仲无时无刻不想找回失踪的爱女，却怎么也想不到会以这样一种阴阳相隔的方式相见。

“萱儿……萱儿……”尹仲悲呼一声，扑到那具在月光下森冷可怕的白骨上，痛哭不止。

周同来到杨尚书身前，面色凝重道：“大人，恐怕这里埋的并不止尹小姐一人。”

杨尚书面颊狠狠一搐，脸色难看无比：“还有？”

周同沉沉点头，引着杨尚书来到尹萱埋骨的旁边，借着风灯照明，可以看到土里有一截白色的指骨，而尹萱无论双手还是双脚都指骨完整，没有任何短缺，所以只有一个可能，那就是他们脚下的这堆黄土里，还埋着一具尸体。

事关人命，杨尚书当即命衙差挖土，果然又挖出尸体，而且……不止一具。最终，连同尹萱在内，总共挖出四具尸体，可真是大大的“惊喜”。

李仵作被连夜叫到此处，经他检查，这几具尸体都是女子，年龄在十五岁至二十岁之间，至于死亡时间，最久的已经三年，最近的才几个月，都是被掐断颈骨致死，从手法上来看，凶手应该是同一个人。

这四具白骨，令周同想起京兆府一直悬着的几件失踪案，连夜调来卷宗和失踪者的家属，经辨认，果然就是那几件案子的失踪者。

一时之间，院子里到处都是伤心欲绝的哭声，没找到之前，心里还能存着一丝侥幸，现在却是彻底破灭了。

尹仲抬起哭得通红的双眼，咬牙切齿道：“张远！是张远杀了她们！”

“尹兄别急，此案尚未查清，未必就是张远做的……”周同话音未落，尹仲便厉声道：“尸体都在这里，还有什么没查清的。”说到这里，他冷笑连连，“我知道了，你见那姓张的是太子的人，就想包庇他。”

周同连忙道：“尹兄想到哪里去了，若这四条人命果真是张远所害，我第一个不放过他，只是……”

“有你这句话就够了！”尹仲不由分说地打断他，随即目光一转，落在杨尚书脸上，冷声道：“尚书大人一向公正严明，想来不至于做出包庇凶手的事情。”

杨尚书知道他是在逼自己表态，自不会接他的话，仔细斟酌道：“本官明白尹御史的心情，但这件事来得蹊跷，不可轻易下结论。”

尹仲痛失爱女，哪里听得进这些，愤怒道：“说来说去，你也与周同一样，想要包庇张远！”

不等杨尚书说话，他又道：“既然你们一个个不肯惩治凶手，那我就自己去见陛下！”说着，他朝那些还在哀哀哭泣的死者家属道，“如果你们想为死去的亲人讨回一个公道，让他们得以安息的话，就随我一起去告御状！”

那些人停止了哭泣，在短暂的停顿后，纷纷起身随尹仲离去。周同怕闹出事来，赶紧上前阻止，可尹仲哪里会听他的，带着人大步离去。

“大人，现在怎么办？”面对周同焦灼的询问，杨尚书长叹一口气：“风雨已至，想避是不可能了，走吧，咱们跟去看看。”

尹仲领着那些百姓一路来到昭明宫，他是监察御史，又带了那么多人来，很快便惊动了东方溯，传旨命他们入宫。

齐王府内，予恒站在檐下逗弄鹦鹉，檐外春日晴灿，拂落一地明媚。

“殿下吉祥！殿下吉祥！”两只金刚鹦鹉都是经过训练的，一看到予恒掌心的粟米粒，立刻张开尖尖的嘴喙叫了起来。

“倒是机灵，赏你们了。”予恒笑一笑，将掌心往前递了递，两只鹦鹉立刻低头啄了起来，不一会儿就啄了个精光，填饱了肚子后，两只鹦鹉开始低头用嘴梳理着身上艳丽的羽毛。

“殿下！殿下！”王虎急匆匆奔过来，神色慌张道，“出事了。”

予恒拍一拍手，淡然道：“怎么了？”

“尹御史领着十几名百姓去了昭明宫告御状，他们告的那个人……是张远。”

“他？”予恒挑一挑眉，惊讶道，“他不是在刑部牢房里关着吗，还告什么？”

王虎将昨夜发生的事情一五一十叙说了一遍，随即道：“这件事已经传遍了，到处都在议论。”

予恒回到暖阁中坐下，手指在桌上徐徐叩了几下：“父皇怎么说？”

“还不知道，但听说这次的事情，人证物证俱在，应该是逃不了的，而且……”王虎压低了声音道，“张远是太子殿下的人，这次的事情十有八九会牵连太子。”

予恒盯着外面明丽的春光，冷冷道：“不是十有八九，是一定！”

王虎忧心忡忡道：“太子本身背了贪污赈灾银两一事，再加上这个，岂不是雪上加霜。”

予恒横了他一眼，淡淡道：“怎么，这样不好吗？”

王豹听出他语气不善，赶紧向王虎递了个眼色，王虎也意识到自己说错了话，急忙道：“卑职不是这个意思，只是……只是……”他本就不善言辞，情急之下更是不知道怎么说了，急得满头大汗。

“行了。”予恒打断他，冷冷道，“念在你跟随我有些年头，这次的事情就算了，好好记着谁是你主子，同样的事情，我不想再有第二次。”

“卑职谨记殿下教诲。”王虎忙不迭地答应，暗自松了口气，最近他是越来越摸不准这位主子的性子了，尤其是在对待太子的事情上，喜怒不定，难不成……殿下真想取太子而代之？

可……陛下那么看重太子，他会答应吗？

这些事情，王虎只敢在心里想，嘴上是一个字都不敢说，以免惹祸上身。

“殿下，那四位姑娘，真的都是张远所害吗？”王豹好奇地问，他们与张远不算亲近，但也打过几次交道，怎么也看不出他是那样残虐的人。

予恒掸一掸湖蓝织锦长袍，干脆利落道：“他做不出这样的事。”

王豹一怔，旋即浮起更大的疑问：“那怎么会在他住的院子里起出尸体？还有那些首饰金银，听说足足有上万两呢，以他的俸禄，就算做上几辈子也不可能有那么多钱。”

予恒冷冷一笑：“还不明白？这是有人栽赃陷害呢。”

“栽赃？”王豹惊呼一声，难以置信道，“谁跟他有那么大的仇怨，要这样害他？”

予恒长身而起，负手走到洒满阳光的窗前，金灿灿的阳光拂落满身，光影中隐约可见细小的灰尘在飞舞：“张远不过是一个小小护卫，怎么值得人如此大费周章地对付他。”

“可那些姑娘的……”话说到一半，王豹突然明白了什么，脱口道，“他们要对付的是太子？”

“总算还不笨，瞧着吧，这件事会成为压垮太子的最后一根稻草。”予恒唇角微弯，勾起一抹与窗外阳光格格不入的阴冷笑容。

王虎低头想了一会儿，试探道：“是环琅阁？”

“应该是了，他们果然有些本事，竟想出这么一条计策来，张远……予怀……有趣有趣。”

“这么说来，那些姑娘其实是死在环琅阁手上，然后埋尸到张远的宅子里？”

予恒抚过覆了一层薄尘的窗台：“倒也未必，你们别忘了，那些姑娘都死了有一阵子，环琅阁就算再神通广大，也不可能未卜先知。他们应该是知道凶手以及埋尸之处，这次为了对付东宫，悄悄移尸过来嫁祸张远。”说到这里，予恒冷然一笑，“京兆府悬了几年没破的案子，他们居然知道得一清二楚，消息可真是灵通。”

王豹点点头，随即道：“那……咱们要不要叫郑三来问问？”

予恒淡然道：“不必了，不出意外的话，郑三今夜就会过来。”

果然不出予恒所料，三更刚过，郑三便出现在齐王府中，他笑眯眯地朝正在看书的予恒打了个千儿：“恭喜殿下，贺喜殿下。”

予恒搁下手里的书卷，扬眉道：“哦，何喜之有？”

“二殿下接二连三出事，纵陛下一心要保二殿下亦有心无力，一旦他被废，殿下您就是东宫太子，岂不是可喜可贺。”

予恒淡淡一笑：“事情还没定下来，言之过早，不过……”他满意道，“这次的事情你们办得很好。”

“果然什么都瞒不过殿下。”郑三这话等于是默认了，随即又讨好道，“为殿下办事，岂有不尽心之理。”

“很好。”予恒应了一句，又有些失望道，“可惜父皇到现在还护着东宫那位，迟迟不肯废。”

郑三胸有成竹道：“民怨已起，陛下又能护得了多久，何况他自己也情况不好，尹仲他们刚一走，立刻就有太医去了承德殿。”

予恒眼皮微微一跳：“你怎么知道？宫里也有你们环琅阁的人？”

郑三面色一变，眼珠滴溜溜转了几圈，有些不自在道：“宫里几千人，安插几个眼线又算得了什么。”

“这倒也是，你们环琅阁的本事，我这次可算是见识到了。”见予恒没有怀疑，郑三暗自松了口气，转过话题道：“尹仲这会儿还跪在昭明宫外，相信二殿下的东宫之位坐不了几日了，小人在这里预祝大殿下心想事成，青云直上。”他一边说着一边朝予恒施了一礼，笑道，“到时候，您可别忘了环琅阁出的力。”

“好说。”予恒对他的话很是受用，“我若坐上太子之位，少不了你们的好处。”顿一顿，他又道，“说起来合作这么久，我还没见过你们阁主，现在能见了吗？”

郑三笑道：“殿下不必着急，等您坐上东宫之位，阁主自然会来见您，现在还不到时候。”

予恒眸光微微一闪，颔首道：“也好。”

“殿下要是没别的吩咐，小人就先告辞了。”离开时，郑三又想到了什么，回身笑一笑，意味深长道，“相信下一次，小人就该改称呼了。”

在郑三离开后，予恒一敛笑意，对王虎道：“立刻去备马，我要进宫看望父皇。”

王虎为难道：“可这会儿宫门已经关了，殿下就算过去，也进不了宫，还是明日一早再去吧。”

他的话提醒了予恒，予恒攥一攥手，不知在想些什么，半晌，他道：“你们去宫门处打听一下，看父皇病情严不严重。”

王虎思索道："守门禁军与承德殿那边并无往来，怕是不会知道，要是陛下当真病重，皇后娘娘那边应该……"

予恒听得心烦意乱，瞪了眼睛道："让你去就去，哪里这么多废话！"

见他心情不好，王虎不敢多言，低着头走了出去，到了外面，他回头看了一眼灯火通明的暖阁，小声嘟囔道："殿下也真是奇怪，一会儿埋怨陛下不公，一会儿又这么关心陛下，也不知在想些什么。"

"自从东宫出事后，殿下就变得奇奇怪怪。"王豹拍一拍他的肩膀，感慨道，"就像以前，咱们谁能想到，殿下竟还存了入主东宫的心思。"

"可不是吗？以前看着他们两兄弟挺好，现在说翻脸就翻脸，真是让人不知说什么好。"王虎摇摇头，"算了，不说这些了，也轮不到咱们说，总之殿下怎么说咱们就怎么做，走吧。"

正如王虎所说，宫门禁军知道的少之又少，唯一清楚的，就是承德殿那边确实传了纪临，但也仅止于此。

至于尹仲，他还带着那些百姓长跪在宫门外，用他们自己的方式逼东方溯处置张远乃至予怀。

翌日一早，早朝取消，百官对取消原因都心知肚明，当中有不少人皆存着看戏的心思，在他们三三两两议论着散去后，东方泽拉住前来传旨的张进，忧声道："张公公，皇兄他还好吗？"

张进欠一欠身，道："陛下传九王您去内殿相见，请！"

东方泽精神一振，赶紧随他来到内殿，尽管来之前已有猜测，可真看到的时候，鼻子还是一酸。东方溯半躺在床上，脸色蜡黄，锦被下的身躯看起来异常消瘦，全然没有了曾经的英气。

事实上，这几年来，东方溯一直被病痛折磨，身体早已经大不如前，只是一直在强撑，如今接连遇到这么多事，之前积下的病痛自是一下子都爆发了出来。

"皇兄！"东方泽哽咽着唤了一声，一滴泪水没忍住，渗出了眼角。

东方溯缓缓睁开眼，看到他眼角的透明液体，轻哼一声："朕还没死，你哭什么。"

东方泽赶紧抹一抹眼角："臣弟这不是担心皇兄吗！"

"放心，朕死不了。"见东方溯中气还算足，东方泽稍稍放下了心，就着宫人端来的绣墩坐下。

东方溯示意张进扶他坐起一些，道："尹仲还跪在外面？"

"臣弟来的时候，他还跪着。"东方泽拧眉道，"来之前，臣弟去过张远的宅子，起出尸体的附近有新土的痕迹，那些尸体很可能是从别处移来，嫁祸给张远的。"

东方溯冷声道："谁都看得出这是一个圈套，偏偏尹仲钻了死胡同，非要朕处死张远，还要治太子一个同谋罪，真是蠢材。"

"尹仲痛失爱女，难免失了方寸。"东方泽叹了口气，"神机营可曾查出什么？"

"查出一个环琅阁和……"东方溯闭一闭目，说出两个令他痛心的字，"老大。"

"齐王？"东方溯一直没告诉他予恒涉及此案，如今乍然听闻，自是满面诧异，待回过神来后，他连连摇头，"不可能，齐王与太子自幼一起长大，感情最是深厚，怎么会……"

"人是会变的。"东方溯冷冷打断他的话，"他终归还是没敌过贪欲。"

东方泽默然不语，半晌，他道："皇兄打算怎么做？"

东方溯沉沉叹了口气："只要朕一日不废太子，他们就一日不会罢休。"

一听这话，东方泽顿时着急道："可咱们都知道太子是无辜的，怎么能让他受不白之冤！再说了，既然知道予恒其心不善、其身不正，那就更不能让他做太子了。"

"朕当然知道，这不是找你来商量了嘛！"东方溯抚一抚额，带着一丝恼怒道，"他不知从哪里找到环琅阁，把金陵城弄得乌烟瘴气，可恶。"

东方泽皱眉道："皇兄，环琅阁是什么，我怎么从未听说过？"

慕千雪正好端着药进来，听到他的话，代答道："是一个江湖组织，专门收钱替人脱罪解困，这是往好听了说，往不好听了说，就是不管是非对错，只顾收钱办事。只要肯给钱，就算是大奸大恶之人，也会想方设法帮其脱罪。"

东方泽满面惊讶道："他们竟有这么大的本事？"

"倒也不是本事，就是有些心计，擅长设局做假。"慕千雪吹凉了汤药递到东方溯嘴边，"这个环琅阁已经存在很多年了，只是因为他们一向低调，所以咱们一直没察觉到他们的存在，这一次要不是予怀出了事，予恒又跟他们扯在一起，至今还被蒙在鼓里。"

"这群人真是贼胆包天，连皇族之事也敢插手。"东方泽恨恨地说着，随即道，"他们在哪里，臣弟现在就去把他们抓来。"

东方溯推开还剩下半碗的药，蹙眉道："这群人很神秘，而且擅长隐匿，林默他们跟了很久，始终没有找到他们的老巢。"

东方泽诧异道："连神机营也跟踪不到？"

"确切地说，每次跟到一半，总会被一些事情打断，应该是环琅阁安排的。他们确实有些能耐，找的都是一些不知情的普通百姓，令我们无从追查，唯一确定和他们有关的线索就是……"慕千雪看了一眼面色阴沉的东方溯，无奈道，"齐王。"

第四十五章　争位

提到予恒，东方泽忍不住叹了口气，怎么也想不明白，那个忠厚的侄子怎么会变得如此工于心计。沉默片刻，他道："眼下最要紧的是替太子洗脱冤情，三司那边，可有新的线索？"

"如果有，就不用被他们牵着鼻子走了！"说到恨处，东方溯忍不住重重地捶在床榻上，痛声道，"朕一直以为他品性纯良，与赵氏不同，原来一直被他骗了！"

"陛下当心身子。"慕千雪怕他又气伤了身子，连忙低声劝慰，"纪院正说了，您不能再动气了，而且……臣妾总觉得予恒不是这么无情无义的人，或许是有什么误会！"

"都到了这个份儿上，还能有什么误会。"

正说话时，外面响起叩门声："启禀陛下，齐王求见。"

见东方溯面色不善，张进连忙道："奴才这就去把齐王打发走。"

东方溯盯着门外若隐若现的人影，冷冷道："让他进来，朕倒要听听，他还有什么话要说。"

片刻，予恒推门走了进来，在见过礼后，他关切道："儿臣听说父皇病了，要紧吗？"

东方溯强按了心中的怒火，淡淡道："只是小病，歇两天就好了。"

"那就好。"予恒松了口气，随即递过捧在手里的锦盒，里面是一枝须发齐全的老山参，"这是儿臣以前从参贩那里买来的，虽比不上千年人参，但也有两三百年了，正好用来给父皇补身。"

“难得你有如此孝心，很好。”在示意张进接过人参后，东方溯道，“这次罢朝，大臣们可有说什么？”

“倒也没什么，就是……”予恒瞅了他一眼，小声道，“都在议论张远那桩案子。”

东方溯坐直了身子，道：“都是怎么说的？”

予恒徐徐道：“张远先后杀害四名无辜女子，手段残忍，目无王法，其罪当诛。”

东方溯不置可否地点点头：“那依你所见，该如何处置张远？”

予恒眼皮一跳，低头道：“儿臣不敢妄言。”

“朕让你说就说。”见东方溯这么说，予恒抬起头，一字一字道，“儿臣以为，张远犯下这等滔天大罪，实在罪无可恕，当斩首示众，以正王法，以平众怒。”

见他一张口就要处死张远，东方泽心下不悦，道：“此事尚未查明，现在就说斩首，未免太过武断了。”

予恒转头道：“这件案子人证物证俱全，予恒不明白九叔所谓的尚未查明是指什么？”

“张远为人如何，你我都清楚，他绝不可能做这样的事，定是有人嫁祸于他。”

“我明白九叔的心情，初闻此事时，我比九叔还不相信，可事实就是事实，不会因为我们相信与否而改变，张远……”予恒摇头，一脸可惜道，“辜负了父皇，也辜负了太子。”

东方溯阻止东方泽继续说下去：“所以张远非死不可？”

予恒无奈道：“儿臣也希望可以留他一命，可这样做对尹御史、对那些失去亲人的百姓来说太不公平。我大周之所以能够天下齐心，平东凌，定西楚，就是因为父皇一直公平公正，爱民如子。若因为这桩事情而坏了父皇在百姓心目中的形象，张远就算死一百次一千次也不够赎罪。”

“倒是有几分道理。”东方溯淡淡说着，看不出是喜是怒，“太子那桩案子怎么样了？”

予恒拧眉道：“恕儿臣直言，案情对太子很不利，而且一直找不到对太子有利的证据，如今又出了张远那件事情，恐怕百官不会罢休，这一点，父皇得有心理准备。”

东方溯不动声色道：“你所谓的不会罢休，是指什么？”

在他灼灼的目光下，予恒一字一字道：“最坏的打算就是——废太子！”

东方泽面色一变，立刻反对道：“太子乃国之根本，岂能轻易废之，万万不可！”

予恒义正词严道：“就因为太子是国之根本，才要做好这个打算。”说罢，他朝慕千雪长揖一礼，“一直以来，姨娘都视予恒如己出，予恒本不该说这样的话，但事关大周，实在情不得已，还请姨娘见谅。”

慕千雪眸光深深地看着他：“你认为是予怀侵吞了赈银？”

“儿臣与太子一起长大，太子心性如何，儿臣很清楚，说他侵吞赈银，儿臣绝不相信。”

这话大出众人意料之外，东方泽惊讶道：“既是这样，你刚才为何说要废太子？”

“父皇、九叔还有我都相信太子无辜，可其他大臣不会相信，这阵子，百官之间关于废太子的话题越来越激烈，纵然我百般解释，依旧无济于事。所以废太子，不是因为太子有罪，而是为了给百官一个交代。”说到这里，他将目光转向一言不发的东方溯，“儿臣知道父皇不愿意这么做，但您相信儿臣，这只是权宜之计，等事情过去了，可以再立太子。”

“再立太子？”东方溯徐徐重复着这四个字，面色阴沉道，“立你为太子吗？”

予恒大惊，急忙跪下道：“儿臣无德无能，怎敢添居东宫之位。”

东方溯几乎按捺不住胸口喷涌的怒意：“难道你心里不是这么想的吗？”

予恒满面委屈道：“父皇这话实在冤煞儿臣了，儿臣由始至终都没有想过要成为太子。”

“可朕查到的事情，并非如此。”这句话犹如一道凌空劈下的惊雷，令予恒面色瞬间大变，颤声道：“儿臣……不明白父皇的意思。”

“你明白，你比任何人都要明白！”东方溯狠狠一拍床榻，面目狰狞地盯着他，“一直以来，你表面恭敬，其实心里一直不服朕立予怀为太子，千方百计想让朕废了予怀。朕告诉你，你死了这条心，朕绝不会立一个阴险歹毒的小人为太子！”

予恒愣愣站在那里，许久才回过神来，急忙伏地磕头：“儿臣不知做错了什么，引父皇如此误会，但儿臣真是冤枉的，求父皇明察！”

东方溯厌恶道：“那环琅阁呢，也是朕冤枉了你吗？”

予恒面色豁然一变，眼珠慌乱地转动着：“儿臣……不知道什么环琅阁。”

予恒一再否认，令东方溯为之气结，气息急促道：“这么说来，你是不打算收手了？”

“儿臣真是冤枉的，父皇你为什么就是不肯相信，非要把脏水往儿臣身上泼？太子是您的儿子，儿臣也是啊！”

东方溯气得浑身发抖，指了他道：“朕最后悔的就是生了你这个孽障，早知道这样，朕当初就……就……”

“就杀了儿臣是吗？”予恒哽咽道，“同样是皇子，他是天之骄子，儿臣却如地上的烂泥，无论儿臣如何努力，都及不上予怀半分。父皇，你扪心自问，这对儿臣公平吗？”

慕千雪在旁边听得连连摇头：“你误会你父皇了，他对你从未……”

“闭嘴！”予恒双目通红地打断她，咬牙道，“我自问文采也好，武功也罢，并不差，更是长子。可就因为你……因为你生的儿子，我在父皇眼里就成了一个可有可无的人，现在还要冤枉我谋夺东宫之位，你好恶毒！”

他的话如针一样，狠狠扎在慕千雪胸口，令她心痛不已：“你虽非本宫所生，可这么多年来，本宫一直视你如己出。”

予恒讥笑道：“呵呵，真是说的比唱的还好听，难怪父皇被你迷得神魂颠倒，连自己亲生儿子也不要了。”

“住嘴！”东方溯气得嘴唇发白，“自己犯下弥天大错，还要反过来怪别人，这么多年的书，你都读到哪里去了？！”

予恒怆然一笑，摇摇晃晃地站起身：“就因为读了那么多年的书，所以我一直克尽人子的本分，就算遇到再不公平的事，我也一直逼自己忍。我以为只要自己表现得足够好，父皇就会多看我几眼，原来不是，你眼里永远都只有予怀，永远都只有他一人，现在还为了他冤枉我，你——好狠的心！”最后那句话，是从牙缝中挤出来的，带着无尽的怨毒。

门突然被推开，一个娇小的人影奔了进来，拉住予恒的手焦灼道：“不是的，大哥误会了，父皇一直很疼你的，母妃也是。”

来者是倾心，她原本是来探望东方溯的，不承想会听到这样的争执，她怕予恒误会得越来越深，赶紧奔进来劝说。

予恒看着急得快要哭出来的倾心，眸底掠过一丝内疚，下一刻，他用力甩开倾心的手：“你是他们生的，当然帮着他们说话。”

倾心急得直跺脚：“不是的，大哥……”

“够了！”予恒摇头，冷声道，“我与你无话可说，以后……你也不必再叫我大哥，我受不起！”

倾心难过得直掉泪，想不明白一向疼爱自己的大哥，怎么突然变得如此冷酷无情。

予恒深吸一口气，转过头，漠然拱一拱手：“父皇要是没别的事，儿臣就告退了，省得在这里碍您的眼。"

"站住！"东方溯唤住他，寒声道，"朕问你，环琅阁的人在哪里？"

"父皇不是有神机营吗，让他们去查就是了。"此时的予恒，全然没有了刚进来时的恭敬，判若两人。或者……这才是他的真面目吧，一直被压抑在和善宽厚底下的真面目。

东方溯瞳孔狠狠一缩："这么说来，你是不肯罢手了？"

予恒冷笑道："儿臣不知怎么罢手，不如父皇教教儿臣？"

东方溯气得说不出话来，半晌，他唤了林默进来，咬牙道："把他关到宗人府去，由你亲自审问，什么时候肯说实话了，再带来见朕！"

倾心骇然，急急道："父皇不要，大哥他不是故意的，您再原谅他一次吧。"

"他不值得你替他求情。"

予恒倒也硬气，并不求饶，随林默走了出去，外面不知什么时候下起了雨，细细如针，落在身上有初春的凉意。

"林统领留步。"夏月追上林默，在他耳边道，"主子想与大殿下单独说几句话，请您行个方便。"

林默回头望去，果见慕千雪撑伞站在后面，他犹豫片刻，点头道："好吧，不要说太久。"

在林默退开后，慕千雪来到予恒身边，予恒讽刺道："怎么，刚才没骂痛快，还想再骂几句？"

慕千雪将伞往前递了递，替他挡住细密的雨丝："那日你明明修补了泥偶，为什么还要这么做？"

予恒抬头望着遮在头顶的纸伞，嘴角扬起一抹得意的笑容："我若不这么做，怎么能争取到足够的时间。"

慕千雪微微变色："张远那件事，果然是你做的？"

予恒摇头道："我只是张了张嘴而已，做事的另有其人。"

"为了东宫之位？"

"人为财死，鸟为食亡。我是长子，由我来做太子，理所当然。"这一次，予恒表现得异常平静，丝毫没有被冤枉的委屈。

"你父皇是不会立你为太子的。"

予恒耸一耸肩："我知道，但大周不是父皇一个人说了算，他不肯……自然有人会逼他肯。”他退后一步，避开伞的同时，也意味着与慕千雪泾渭分明，“到了这个时候，不妨与你直说，东宫之位……我势在必得，谁都休想阻止，包括你和父皇。”

“你就不怕你父皇盛怒之下杀了你吗？”

“不会的。”予恒信心满满，“我没有犯错，他若杀我，只会激起群臣的不满，令予怀的处境雪上加霜，到时候不只是东宫之位，连性命都未必保得住。”

慕千雪的目光在他脸上徘徊片刻，摇头道：“你从来都不是那样工于心计的人，你告诉姨娘，是不是有什么苦衷？”

予恒眸光微微一颤，转瞬已恢复如常，快到让人无法捕捉：“那是因为你从来不曾真正了解过我。”扔下这句话，他转身离开，随林默去了宗人府。

望着他离去的背影，夏月叹气道：“真是没想到，齐王竟是这样的人，主子以前真是白对他好了。”

予恒被囚禁宗人府的消息，犹如一块投入河里的石头，激起层层涟漪，不断有朝臣上奏要求东方溯释放予恒。

短短两三日工夫，就收到上百封奏折，去掉重复上奏的那些，为予恒求情的大臣，足足有六十几人。

东方溯知道予恒这阵子一直在拉拢朝臣，但万万没想到，竟然有这么多，最奇怪的是，其中半数以上，都是平日里和予恒没有往来的，现在却犹如雨后春笋，一下子冒了出来。

除了这些为予恒求情的朝臣，还有尹仲那些人，一直跪在宫门前不曾离去，饿极了就吃几口下人送来的饭菜，一门心思要置张远于死地。

接二连三的事情，令东方溯心情郁闷不已，纵然每日喝下无数苦药，也难以阻止病情恶化，体内的寒意越来越重。三月阳春的天气，承德殿里依旧炭火不断，热得人直冒汗。

这日，东方溯正在喝药，宫人匆匆走了进来，张进不悦地呵斥道：“慌慌张张地做什么，一点儿规矩也没有。”

宫人咽了口唾沫，急声道：“出事了，张公公出事了！”

张进听着不对，拧眉道：“出什么事了？”

“尹御史……尹御史一直得不到陛下召见，折子也递不进来，一气之下……撞了石狮子。”

“什么？”张进惊呼一声，想到东方溯就在不远处，赶紧闭住嘴，将宫人拉到一边，低声问道，“人怎么样了，还活着吗？”

“倒是还有一口气，但他这么一撞，剩下那些人就跟疯了一样，不断叫嚷着要见陛下，这会儿宫门外已是乱成了一团，他们让我赶紧来回了陛下，看怎么处置才好。”

“难得陛下今日精神好一些，偏偏又出这档子事，真是可恶。”正在张进盘算着要怎么告诉东方溯时，那厢已经听到动静，问起出了什么事。

张进回过身，赔笑道：“启禀陛下，也没什么要紧的事，就是……宫门那里出了一点儿小事。”

“宫门？”东方溯心中一动，追问道，“可是与尹仲有关？”

见东方溯已经猜到，张进只得硬着头皮把事情说了一遍，东方溯重重搁下喝了一半的药，恼声道：“这个尹仲，真是一刻都不让朕安生！”

张进怕他气怒伤身，赶紧劝道：“陛下息怒，奴才现在就出去看看，应该没事。”

张进还没走，便又有宫人匆匆奔进来，这一次倒是与尹仲他们无关了，但事情更严重——予恒被人在饭菜里投毒，情况危急。

东方溯骇然失色，急忙道：“大夫去了吗？要不要紧？”

“宗人府那边已经请了大夫，至于大殿下的情况尚不清楚。”

东方溯抚一抚有些眩晕的额头：“你立刻去一趟太医院，让纪临去宗人府，不管他用什么办法，一定要保住齐王性命。”尽管他不喜欢予恒，但到底是自己儿子，如今听到他性命垂危，又怎会不紧张。

“还有……”东方溯有些吃力地掀开明黄锦被，“替朕更衣，再备一辆马车，朕要去一趟宗人府。”

一听这话，张进连忙劝道：“陛下您病还没好呢，怎么能出去，万一再吹了风可怎么办？而且外面天色有些阴沉，指不定会下雨。”

东方溯好笑道：“被你说得朕像是纸人一样，风吹不得，雨沾不得。”

“奴才不是这个意思，奴才担心您的身子，您……”张进心中发急，不知该怎么说才好。

“行了，这么一点儿路，朕还撑得住，朕倒要看看，究竟是谁敢在宗人府胡来，还有尹仲他们，也该见见了。”东方溯冷冷地说着，虽然这几年一直被病痛折腾，精神大不如前，但那股君王之威并没有被消磨掉。

见他打定了主意，张进只得将劝说的话咽进肚子里，上前替他更衣。

尽管穿了棉衣，但在踏出暖阁时，东方溯还是感觉到一阵刺骨的寒意，事实上，天虽然有些阴沉，却并不冷，宫人大都已经换了单薄的春衣。

张进留意到他的身体颤了一下，关切道："陛下，要不要再加件衣裳？"

"不必了。"东方溯掩唇咳嗽一声，"走吧。"

还没到宫门，就听到外面激烈的吵嚷声，禁军死死地挡着想要冲进来的百姓，地上则躺着满头是血的尹仲。

禁军看到东方溯过来，尽皆跪下行礼，在短暂的愣神后，那些百姓纷纷跪地喊冤，要东方溯诛杀张远，为死去的亲人报仇。

在示意他们安静下来后，东方溯撑着精神道："朕也曾失去过至亲，很明白你们的心情，但这件事尚有许多可疑之处，张远未必是凶手。你们在这里跪了几日，也都累了，先回去歇着，朕答应你们，等查明真相后，一定将凶手正法，还你们一个公道。"

见那些百姓有所动摇，张进赶紧抓着机会道："陛下金口玉言，既然答应了你们，就一定会做到，赶紧回去吧。"顿一顿，他又吓唬道，"亏得陛下宽厚，否则你们这样堵着宫门，早就都抓起来了。"

被他这么一说，那些人更加萌生退意，他们都只是一些小老百姓，平日里安安分分地过日子，遇到官府，从来都是低头绕着走。这一次，要不是亲人惨死，再加上有尹仲带领，他们说什么也不敢告御状。

就在他们即将被劝退时，满头是血的尹仲撑起身子，不顾众人劝阻，艰难地爬到东方溯脚边："张远……张远就是凶手，陛下应该立即将他正法。还有太子，他管教不善，令底下人犯下这等弥天大错，也该一并受罚。"

尹仲的偏执令东方溯恼怒不已，但只能忍着气道："朕说过，这件事尚有疑点，张远很可能是被人陷害，等……"

"无缘无故谁会陷害他，而且还是四条人命。"尹仲激动地说，脸上的血令他看起来有些狰狞，"究竟陛下是真觉得案情可疑，还是存心包庇！"

张进面色一沉，呵斥道："放肆，你怎敢这样和陛下说话。"

尹仲自嘲地笑道："我都已经这个样子了，还有什么不敢的。从我决定告御状的那一天起，就已经做好了最坏的打算。哪怕赔上我的性命，也一定要替萱儿，替和她一样无辜枉死的姑娘们讨回公道！"

"对，姓张的害死那么多条人命，他该死！"

"就是，该立即处斩张远，还有太子，尹大人说得对，他也有罪。"

"说得对，天子犯法与庶民同罪，太子也不能例外！"

众人刚刚有所消退的愤怒被尹仲重新激起，纷纷出声附和，好不容易缓和下来的形势，又一次变得紧张起来，禁军赶紧挡在东方溯身前，唯恐那些人激动之下做出什么过激的事情来。

“看你干的好事！”张进恨恨地瞪了一眼躺在地上的尹仲，眼见形势越来越不能控制，他忧声道，“陛下，不如先抓起来，送到京兆府牢房关几天再放出来。”

“这么做只会令事情越发恶化！”东方溯蹙一蹙苍白的眉心，“让他们安静下来，朕有话要说。”

“是。”张进应了一声，转头扯开嗓子大声喊着，嗓子都快喊哑了，才算勉强压下那些嘈杂的吵嚷声。

东方溯低低地咳嗽几声，道：“朕知道你们痛失至亲，一心想要将凶手正法，令逝者安息。可张远一定是凶手吗？”不等众人言语，他又道，“你们哪一个亲眼看到张远杀人，如果有的话，朕立刻就传旨将他斩首！”

众人面面相觑，皆无言以对，半晌，有人不服气道：“这种事情，他怎么会让我们看到。再说了，如果一早知道，我们早就去官府告状了，哪里会拖到现在。”

另一人附声道：“不错，你说来说去，还是想要包庇他，呵呵，以前总听说陛下公正严明，从不徇私，如今看来，也不过如此。”

“朕从来都没有要包庇谁，只是你们所谓的铁证尚有疑点，朕不想无辜之人枉死，更不想凶手逍遥法外。”在短暂的沉默后，他一字一字道，“五日，你们给朕五日时间，如果五日后仍不能证明凶手另有其人，朕立即将张远正法。”

尹仲喘了口气，睁着因为失血过多而模糊不清的双眼道：“凶手就是张远，何须再等五日之久，说来说去，陛下还是想包庇他，包庇太子！也是，在陛下心里，我们这些人的性命又怎及得上太子金贵。”

张进气得直翻白眼，呵斥道：“你还嫌闹得不够乱吗，赶紧闭嘴！”

东方溯面无表情道：“被人当枪使而不自知，蠢得可怜！”

尹仲不服气，抬头想要反驳，却在接触到东方溯目光时猛地打了个寒战，不由自主地咽下了到嘴边的话。

那双眼……冷得没有一点儿温度，就像是从地府里走来的阎君，那种可怕，无法用言语来形容。

在一阵寂静后，一名中年汉子道：“我们怎么知道你会不会遵守诺言，万一你食言呢？”

张进清一清嗓子，板下脸呵斥道："放肆，陛下一言九鼎，岂会食言。"

被张进这么一斥，中年汉子不再言语，但面上还有迟疑之色，其他人也都一样，并没有退去的打算。

"不如……"在短暂的沉默后，中年汉子伸出三根手指，试探道，"改成三日？"

东方溯气得几乎要笑出来："你以为这里是菜市场吗，可以让你讨价还价，朕说了五日就五日！"

中年汉子不服气道："我们已经在这里耗了数日，再等五日也太久了，万一……"

"没有万一。"东方溯漠然打断，"五日后，朕定会给你们一个满意的答复。如果你们还不肯退去，朕唯有以扰乱宫廷的罪名，将你们押入京兆府大牢。"

众人愣愣地站在那里，直到这个时候，他们才想起来，眼前这位是当今天子，大周至高无上的存在。

他们平日里都是再老实不过的人，之所以大着胆子聚集在这里，是因为悲痛亲人惨死，想要讨回一个公道，并不是真想惹上牢狱之祸，尤其是东方溯给出了五日期限，在短暂的犹豫后，大家三三两两地散去，很快就只剩下尹仲一人。

尹仲并不甘心，但他现在已是自顾不暇，鲜血不断带走体内的温热，令他感觉越来越冷，难道……他真的要死在这里吗？

可萱儿的仇还没有报，他不甘心，不甘心！

张进瞧出尹仲情况不太好，试探道："陛下，要不要……"

东方溯知道他的意思："传太医吧，保住他的性命，朕要让他亲眼看到自己错得有多离谱。"

"嗻！"张进松了一口气，不管怎么样，尹仲的命算是保住了。

在解决了宫门的事情后，马车载着东方溯来到宗人府，负责掌管宗人府的是厉亲王，人如其名，对人对己都极为严厉，铁面无私，虽然年近七旬，但依旧精神矍铄。

得知圣驾亲临，他与林默一并迎了出来，一见到东方溯便立刻满面愧疚道："老臣看顾不力，有负陛下所托，请陛下治罪。"

"皇叔言重了。"东方溯扶住想要跪下的厉亲王，"朕相信皇叔已经尽力了，只是有些事情防不胜防。"说着，他看向站在一旁的林默："怎么样了？"

林默知道他是在问予恒的情况，如实道："纪太医还在里面诊治。"

见东方溯不说话，张进知道他是在担心予恒，又不肯说出口，遂小声安慰道："陛下别担心，大殿下福泽深厚，连上战场都没事，相信这次一定也能逢凶化吉，遇难呈祥。”

东方溯嘴唇动了动，没有说话，在厅堂等了一会儿后，纪临走了出来，见东方溯也在，不由得愣了一下，直至张进问了一声方才回过神来，拱手道：“启禀陛下，大殿下中的是砒霜之毒，好在分量不重，又发现及时，没有性命之忧，只需按时服药，清除体内毒素即可。”

“知道齐王是怎么中的毒吗？”厉王焦灼地问着，在这件事上，他是最紧张的。自接掌宗人府以来，他一直严明仔细，从未出过错，结果一出就出了这么大的错。

“下官在齐王喝的鱼汤里验出砒霜，应该就是那个了。”一听这话，厉王立刻道，“立刻去把做汤的厨子带来。”

厨子很快被带来了，得知汤里有毒，吓得魂飞魄散，拼命磕头喊冤：“不关小人的事，小人就算有天大的胆子，也不敢毒害殿下，连想都不想敢。”说到这里，他想起了什么，急忙道，“负责送膳食给齐王的是小厮阿平，或许是他在送膳途中下毒。”

厉王冷哼一声，道：“去把阿平叫来。”

“不必了。”林默突然出言阻止，在众人疑惑的目光中，他朝东方溯道，“陛下，卑职刚才问了今日负责看守的两名手下，在膳食送进去之前，他们都用银针试过，并无异常。”

林默做事一向谨慎，在奉命审问予恒后，他便派人看守，为避免出意外，任何拿给予恒的东西，都要一一检查。尤其是膳食，哪怕是一碟调料一碗水，也要用银针试过。

东方溯一怔，诧异道：“你是说，在送进房之前，汤里并没有砒霜？”

“是的。”林默接过手下递来的银针，恭敬地呈给东方溯，“陛下请看，砒霜毒性强烈，银针只需沾到一点儿就会变黑，但这根银针通体银亮，没有一丝转黑的迹象，可见厨子和送膳的小厮都没有下过毒。”

东方溯捻着银针思索片刻，道：“那在他们送来膳食后，有谁进过予恒的房间？”

林默抬头，眸光乌沉如墨：“并没有。”

东方溯眼皮狠狠一跳，神情瞬间变得极其难看，半晌，他硬邦邦地吐出四个字：“朕知道了。”

林默试探道：“那现在……”

“朕进去看看。”扔下这句话，东方溯转身走了进去，窗子都关着，光线艰难地透过窗纸照进来，在地上投下浅浅的光影。

予恒安静地躺在床上，双目紧闭，面色苍白得可怕，要不是盖在胸口的被子能看到轻微的起伏，几乎要以为他已经没了生机。

东方溯一言不发地盯着他，痛心、失望、厌恶、悲哀……无数情绪交织在眼底，复杂难言。

不知过了多久，外面响起叩门声，是解毒的汤药煎好了，在得了东方溯允许后，下人端着药走进来，小心翼翼地喂尚在昏迷中的予恒喝下。

“唔……”在下人离开后不久，予恒发出低微的声音，眼皮缓缓睁开，在适应了屋里并不明亮的光线后，他瞧见了站在床边的人影，诧异地问道：“父皇？您……您怎么会在这里？”

东方溯收起眼中的复杂，淡然道：“朕听说你中了毒，过来看看。”

听到这话，予恒流露出动容之色，但仅仅只是片刻，便又点滴不漏地收了起来，强撑着坐起来些许，讥声道：“您不是巴不得我死吗？”

东方溯漠然盯着他：“这是你对父皇说话该有的态度吗？”

“父皇……”予恒咂一咂嘴巴，嘴里还残留着汤药的苦涩，“您心里早已经没了我这个儿子，我又何必硬凑上来。”

沉默片刻，东方溯徐徐道：“所以，一直到现在，你都还认为自己没错？”

“当然。”予恒不假思索地回答着，“予怀贪污赈银，纵容手下胡作非为，残害人命。百官上奏要求废除他东宫之位，合情合理。结果呢，您为了维护他，将脏水一股脑儿往我身上泼。”他吃力地拍一拍手，满面讽刺道，“呵呵，天底下竟有这样狠心绝情的父亲，真是让我大开眼界。”

东方溯没有与他纠缠这个话题，转而道：“知道谁想要害你吗？”

予恒眸光微微一颤：“不知道。”

东方溯将他细微的表情变化看在眼里，漠然道：“朕知道。”

他的话令予恒诧异不已：“是谁？”

“你自己！”听到这三个字，予恒搁在被上的双手猛地一缩，半晌，他不自在地笑道：“我自己下毒害自己，简直是莫名其妙，我为什么要这么做？”

东方溯面无表情道：“为了逼朕废予怀！”

“我不知道您在说什么。”尽管予恒极力掩饰，仍是透出一丝心虚。

“你将事先藏起的砒霜放在自己喝的汤里，因为分量不重，喝下后，只会受些皮肉之苦，并不会送命。”

“可笑，我为什么要这么做？”

“为了逼朕废予怀！”东方溯一字一字道，“你是朕下令关入宗人府的，你这会儿中毒，会让朝中大臣认为是朕对你不满，暗中授意要你的性命。这么一来，势必会令他们对予怀更加不满，逼朕废黜予怀。”一口气说了许多，有些气喘，稍稍缓了一会儿，他继续道，“如果朕没有猜错，这会儿环琅阁的人已经在外面散播消息了，甚至造谣说朕想拿你来顶替贪污赈银的事情。”

“陛下的想象力真是丰富，不去说书可惜了。”在予恒看似漠然的表情下，是十根攥到发白的手指，还有手指上一根根突起的青筋。

“环琅阁着实有能耐，连宗人府都混进了他们的人，就像无孔不入的蝗虫。要不是这次的事，朕至今还蒙在鼓里。”

予恒紧紧咬着下唇，他终于确定，东方溯并不是在试探自己，而是真的……洞悉了他与环琅阁精心策划的一切。

许久，他咬牙问道：“你是怎么知道的？”

东方溯站得有些疲惫了，坐下道：“你们这个计划原本很完美，毕竟谁也不会想到，竟有人会下毒害自己，可偏偏你遇到了林默。”

“林默行事谨慎，所有送到你这里的膳食，都要先用银针试探，那碗汤……在送进来之前，是没有毒的。所以……”东方溯冷冷盯着那张与自己相似的脸庞，“只有一个可能，那就是你自己下毒。”

予恒缓缓松开双手，掌心布满了被指甲掐出来的紫红色印子，在打量了片刻后，他嗤笑道：“原来如此，真是百密一疏。”

尽管已经猜到了一切，但真听予恒承认的时候，东方溯胸口还是狠狠一痛，眼前这个人，真是他的儿子吗？

“朕问你最后一次，环琅阁在哪里？都有哪些人？如果你再执迷不悟……”东方溯闭一闭目，沉声道，“你会被流放边境，终此一生都不得返回金陵。”

第四十六章　君臣较量

面对东方溯最后的警告，予恒咧嘴勾勒出一道讽刺的弧度：“只怕不能如陛下所愿了。”

“什么意思？”东方溯隐约感觉到几分不祥。

予恒坐直了身子，凉声道：“你先前猜测的都对，唯独一件事错了，消息并不是现在才开始散播，而是……昨日。”

望着东方溯渐渐难看的脸色，予恒似是很痛快，笑意深深道：“算算时间，满朝文武应该都知道我在宗人府遭人下毒的事情了，当然，他们不会知道毒是我自己下的，只会以为你为了让予怀脱罪，指使神机营对我下毒，意图伪造成畏罪自杀的假象。”他撑起身子，凑到东方溯耳边，一字一字道，“父——皇——”

“混账东西！”东方溯狠狠一掌掴在予恒的脸上，他从不知道，自己的儿子竟然如此阴诡狡诈。

予恒抚着刺痛的脸颊，眼中满是仇恨的光芒：“我是混账，但这一切都是你逼的，是你逼我走到这一步的！是你！”

“满口胡言！”东方溯气得浑身发抖，抬手再次掴下，但这一次未能如愿，予恒挡住了他的手，讥笑道，“你有力气，还是留着应付那些大臣吧，算算时间，他们应该快到了。”

仿佛是为了印证予恒的话，就在他说完后不久，外头传来叩门声，继而响起张进的声音：“陛下，李太傅、林侍郎、张尚书还有林御史等人求见。”

“一群蠢货！”东方溯低低地骂了一声，面色阴沉如铁，这几个人都是极力要求他废黜予怀的，他们这会儿过来，必是听了环琅阁放出来的谣言，以为他真想让予恒顶罪。

“陛下？”张进等了一会儿，不见东方溯回答，忍不住又问了一声。

“让他们去偏厅等着。”在打发张进离去后，东方溯盯住予恒，森然道，“你以为这样，就能逼朕妥协，立你为太子了吗？朕告诉你，只要朕在位一日，就绝不会让你入主东宫！”

迎着他盛怒的目光，予恒满不在乎地笑道：“出了这么多事，予怀是一定要被废的，除了他，你就只剩下我一个儿子，不管你愿不愿意，都只能立我为太子，这是事实！”

“痴心妄想！”扔下这四个字，东方溯拂袖而去。在房门关起后，予恒仿佛一下子被抽干了力气，软软瘫在床上，手指不停地哆嗦着。

再说东方溯那边，李太傅等人果然是为了予恒而来，一起要求东方溯将予恒放出宗人府，而他们的理由也十分充分。一来，予恒并未犯下大错。二来，他在宗人府不安全。

听他们说完后，东方溯淡然道：“朕会让神机营加强守卫，不会再出现类似的事情，诸位爱卿可以放心。”

李太傅望向站在旁边的林默，眼里充满了不信任：“如果神机营能让臣等放心，就不会出现今日之事了。再说了，齐王纵然犯错，在宗人府关了这么几日也足够了，还请陛下放齐王出宗人府。”

东方溯盯了他片刻，凉声道：“何时放齐王，朕自有安排，不劳太傅操心。”不等众人言语，他又道，“这里已经没事了，你们都回去吧。”

李太傅等人并没有依言离去，相反，他们拱手道：“恳请陛下释放齐王！”

东方溯眸光一沉，面色不愉道：“朕刚才的话，你们没听清楚吗？”

张尚书上前一步，道：“臣等听清楚了，但私以为，陛下如此对齐王，实在有欠公允。”

东方溯阻止想要出声呵斥的张进，盯着张尚书道：“朕哪里有欠公允？”

在他的注视下，张尚书露出一丝怯意，但很快又鼓起勇气道：“太子侵吞赈灾银两，令受灾百姓因为得不到妥善的安置而惨死无数，罪大恶极，理应废除东宫之位。这件案子三司早已查明审结，卷宗也已经呈递陛下，可陛下始终维护太子，不肯处置。而齐王，只是希望陛下能够秉公处置，就被罚来了这宗人府，受神机营审问不说，还被人下毒，险些丢了性命。两位殿下都是皇子，陛下这般厚此薄彼，又怎称得上公允。”

“朕说过，太子一案，尚有可疑，不能凭表面证供定案。至于齐王……”东方溯冷冷道，“如果朕告诉你们，毒是他自己下的呢？”

张尚书一怔，随即连连摇头：“这不可能，哪有人毒害自己，而且臣听说……”话说到一半，他突然闭住了嘴，迟迟不曾说下去。

东方溯咳嗽几声，抬眼看他：“听说什么？”

张尚书眸光一颤，避开他犀利的目光，低低道：“臣不敢说。”

东方溯冷冷一笑：“你听说是朕下的毒，想要将赈灾银两失窃一事推到齐王身上，是不是？”

张尚书没想到他已经知道了，一时愣在那里，待回过神来后，他咬牙道：“是，确有这样的传言。”

“那你呢？”东方溯目光在李太傅他们脸上一一扫过，“还有你们，相信吗？”

李太傅拱手道：“臣等自然不信，不过陛下无故将齐王囚禁宗人府，赏罚不明，难免会惹人猜测。”说到这里，他加重语气道，“为了大周，为了陛下，老臣恳请陛下立即释放齐王。”

东方溯眸色冰冷地盯着他：“如果朕不答应呢？”

李太傅神情肃然道：“那老臣等人，唯有在这里长跪不起。”

看到纷纷跪地的众人，东方溯怒极反笑：“好啊，去了一个尹仲，又来了你们几个，真是一刻都不让朕安生！”

张尚书抬起头道：“臣等知罪，但臣等这么做，皆是为了陛下好，不想陛下一错再错！”

东方溯沉吟道：“那你倒是说说，怎么才是不错？”

见他似有被说动之意，张尚书精神一振，连忙道：“废黜太子，册齐王为东宫储君。”

李太傅在旁边皱了皱眉头，虽然张尚书说的正是他们这次过来的目的，但操之过急，恐怕不能尽如人意。

果不其然，东方溯在听到他的话后狠狠一掌击在扶手上，眸中是喷薄而出的怒意：“张执，你身为尚书，不思为朝廷出力，反而与皇子勾结，结党营私，你好大的胆子！”

张执被他突如其来的怒意与指责吓得面色发青，待回过神来后，他迭声喊冤：“冤枉，臣所作所为都是为了大周，绝无半点儿私心。”

“没有私心……”东方溯徐徐回味着这几个字，半晌，他漠然道，“如果朕告诉你，这毒就是齐王自己下的呢？”

张执一惊，随即连连摇头：“这不可能。”

“事实就是如此，砒霜，还有你们听到的那些事情，都是他故意放出去的，为的就是谋夺太子之位。”

李太傅急急道：“齐王生性至纯至孝，岂会做这样的事情。再说了，齐王被囚禁在宗人府中，连门也出不去，又怎么能传递消息，陛下切莫听信小人谗言，冤枉齐王。”

东方溯接过张进递来的茶，徐徐拨着浮在茶汤上的沫子，低沉的声音穿过袅袅茶雾传到众人耳中：“朕记得太傅今年六十有九了吧，辛苦那么多年，也该是时候享享清福了，明日一早朕就送派人送太傅回乡。”

李太傅踉跄着往后退了一步，他没想到东方溯会突然罢他的官，而且罢得这样干净利落，连一天都不让他多留。

“陛下，太傅只是据实直言，并未犯错，岂可因为这样就罢太傅的官？”张执曾是李太傅的学生，此刻见他被无端罢官，自是无法忍受。

东方溯啜了一口清茶，轻描淡写道：“张卿想到哪里去了，朕只是体谅太傅辛苦，希望他能够多一些时间含饴弄孙，颐养天年。”

李太傅紧紧地拉住还想再说话的张执，颤声道：“多谢陛下隆恩，但在还乡之前，老臣还有一件事必须要做。”随着这句话，他执袍下跪，恭敬而坚定，“二殿下失德，不宜再为东宫太子，齐王品性纯良，德行出众，又是陛下长子，当承继东宫之位！”

东方溯端着茶盏的手一顿：“赈银失窃一案，朕一定会查明，至于予恒……”他举眸，冷冷吐出三个字，“他不配！”

“陛下……”

“好了。”东方溯不愿再听他多言，搁下茶盏对张进道，“回宫！”

“嗻！”张进一甩拂尘，扯着嗓子喊道：“陛下起驾回宫！”

“陛下留步！”李太傅拦住东方溯的去路，再次重复着刚才的话，“请陛下以大周为重，立齐王为太子！”

东方溯面无表情地看着他：“若是朕不答应呢？”

李太傅抬头，眼里有着抛开生死之后的决绝：“若陛下执意如此，老臣就长跪不起，直至陛下改变主意！”

“好啊！”东方溯气急反笑，“你也学会了尹仲那一套，说说，你们还有谁要学？趁着这会儿，一并说出来！”

在短暂的静寂后，张执最先站出来：“臣愿与李太傅共同进退！”

“还有臣！”

“还有臣！”

……

同样的声音接二连三响起，细细数来，竟足有二三十声，这么多声音当然不可能是林御史他们几个发出的，一大群人从外面走进来，身上的官服无声彰显着他们的身份，文官武官皆有，官职四品、三品、二品不等，其中甚至……还有一品！

他们皆与李太傅一样，要求东方溯废黜予怀，改立予恒为太子。

面对乌压压跪了一地的臣子，东方溯面色铁青欲迸，十指紧握，茶盏承受不住力道，发出“咯咯”的声音，听得人牙酸。

许久，他自紧绷的双唇间挤出一句话：“你们这是要逼宫谋乱吗？”

“臣不敢，臣只是希望能够拨乱反正！”说话的是跪在最前面的一名老将军，他与李太傅一样，都是两朝臣子，官居一品，不同的是，李太傅是文官，他是武官。

老将军铿锵有力道：“不只是臣，外面还有数十名四品以下官员，他们与臣等一样，皆希望陛下以大周为重，不要一错再错。”

“被人当棋子而不知，真是一群蠢货！”东方溯气得怒骂了一句，平一平心中的怒意之后，冷然道，“予恒德行不足，难为太子。至于予怀，朕会查明赈银一事，如果真与他有关，朕绝不姑息！”

老将军并不认同他的话，反驳道：“大殿下是陛下嫡长子，德才兼备，前不久又随军征伐西楚，立下赫赫战功，于公于私，都该为太子，又何来难为二字？”

东方溯本就憋了一肚子气，再被他这么一激，顿时气血上涌，咳嗽不止，张进慌忙替他抚背：“陛下仔细身子，纪院正说了，您不能动气！”

“不能动气？”东方溯勉强止了咳嗽，目光冷冷扫过李太傅等人，“你瞧瞧他们，有哪一个是让朕省心的？”

张进叹了口气，劝说道：“诸位大人，陛下龙体欠安，不如你们先回去，改日再谈？”

“只要陛下应允，臣等立刻退去！”张执与他的名字一样，执着坚定。

“不错，请陛下立刻下旨改立大殿下为太子！”

“陛下身为大周天子，当以大周为重，岂可因一己私心，而将大周交给一个连赈灾救命银两都能侵吞的人的手里，陛下就不怕成为千古罪人吗？”

“二殿下若继位，必会败坏大周江山，请陛下三思再三思！”

众臣纷纷出言，一句比一句犀利，刺得东方溯耳膜生疼，面色越来越难看，仿佛随时会破裂一般。

最终，东方溯在神机营的拱卫下回到了昭明宫，但李太傅等人并没有罢休，五六十名官员齐齐跪在昭明宫前，成为一道刺目的风景。

三日后，东方溯迫于压力，释放予恒出宗人府，至于众臣请求的那两件事，他始终没有应允，所以那些人依旧跪在昭明宫前不肯离去。

此时，距离东方溯之前答应尹仲等人的期限，只剩下两日。

君无戏言，如果两日后，神机营还查不出杀尹萱等四名女子的真凶，张远必死无疑，而予怀也会因此受到牵连，再加上赈灾银两一事，废黜……难以避免。

承德殿内，东方溯正在大发雷霆，狠狠将卷宗掼在地上，厉声道：“查了这么多日，就查出这么一点儿东西来，你们是怎么……咳！咳咳！”

说到一半，东方溯弯腰咳嗽连连，脸庞泛起病态的潮红，在咳嗽过后，他松开捂着嘴唇的手，在掌心有一抹刺目的殷红。

张进也看到了，惊呼道：“陛下……”

“朕没事。”东方溯打断他的话，攥起手掌，对跪在底下的神机营众人道，“继续去查，朕不管你们用什么办法，一定要在后日天亮之前查出来！”

齐王府中，予恒正站在檐下逗弄那两只鹦鹉，嘴里还哼着小曲，看起来心情甚是不错。

“殿下。”王虎不知什么时候来到台阶下，拱手道，“郑三求见。”

“哟。”予恒挑一挑眉，似笑非笑道，“这小子胆子越来越大了，大白天的就敢来见我。”

“要不要属下打发他走？”

“不用，带他来见我。”得了予恒的话，王虎低头离去，不一会儿，他带着郑三走了进来，郑三一看到予恒，立即谄笑着行礼：“小人给太子殿下行礼，殿下万福金安。”

“一派胡言，我什么时候成了太子，好在此处没外人，否则这句话要是让人听到，非得砍了你的狗头不可，连我也会受牵连。”予恒这句话虽然是训斥，却没多少责备之意，反而透着些许欢喜。

郑三能被环琅阁派来做这么重要的事情，自是人精了，又岂会听不出予恒的言不由衷，他笑眯眯道："殿下入主东宫是早晚的事，小人不过是提前些许罢了，再说了，真要有人砍小人的头，也有殿下您保着呢，小人可不怕。"

"几天不见，你这张嘴是越来越能说会道了。"予恒将剩余的粟米粒搁在小盅里，拍一拍手道，"进来说话。"

"是。"郑三跟着他进了正堂，初夏阳光明丽，照得里面很是亮堂，予恒在正位上坐下后，接过管家递来的茶品了一口，挑眉道："嗯，不错，这是新茶吧？"

管家笑眯眯地应道："殿下英明，正是刚上来的雨前龙井。"

"雨前龙井？"予恒蹙眉道，"这茶数量不多，除了宫里头，也就东宫那边有吧。"

"以前是这样，但今年东宫被禁，内务府就把这茶送到咱们这里来了。"

"倒是机灵。"予恒笑嗤了一句，对管家道，"给郑三也来一盏，这茶可是难得。"

管家依言端来了茶，郑三受宠若惊地接过，小心翼翼地喝了一口后，赞道："小人虽然不太懂茶，也能喝得出这茶与众不同，多谢殿下赏赐，否则小人这辈子怕是都喝不到。"

予恒笑一笑，搁下还在散发着袅袅白雾的茶盏道："说吧，今儿个来做什么？"

"也没什么，就是来看看殿下您体内的毒解了没有，虽说是咱们计划好的事情，但阁主还是很担心，殿下可是金尊玉贵的身体，万一有所损伤，环琅阁就是千古罪人。"

"阁主有心了，喝了几天药，已经没有大碍了。"顿一顿，予恒又道，"说起来，我还要好好谢谢你们阁主，要不是他想出这么一条妙计，我这会儿怕是还被困在宗人府里束手无策。"

"殿下客气了，您气宇轩昂，绝非池中之物，早晚会遇风云化龙，阁主只是稍稍用一些手段，加快这个进程罢了。"虽然郑三说得谦卑客气，但眉眼间隐约透出几分得意。

予恒不动声色地看在眼里，微笑道："无论如何，我都要多谢你们阁主。"说着，他话锋突然一转，"你大白天过来，就不怕被神机营盯上？我可听说父皇下了死令，要他们全力搜寻你们环琅阁。"

"神机营虽然神通广大，但还找不到环琅阁所在，除非……"说到一半，郑三突然停住了嘴，眼珠子定定地看着予恒，予恒被他盯得莫名其妙。正要询问，眼角余光瞅见一名小厮快步走到守在门口的管家身边，低低说了几句，管家面色一变，疾步来到予恒身边，小声道："殿下，神机营的人来了，王豹在外面拦着，但应该拦不了太久。"

予恒一惊："他们怎么会来的？"

管家指一指郑三："应该是跟着他进来的。"

予恒眸光一冷，他可算知道郑三刚才说的“除非”是什么意思了，沉吟片刻，他道：“让王虎也过去，能拦多久是多久。另外，你去找个人。”

在管家和王虎离去后，予恒目光一转，落在郑三身上：“你是故意的？”

“殿下想到哪里去了，小人怎么会这么做，小人就是奉命来探望殿下，哪想到神机营竟然胆大到连齐王府也敢闯。”虽然郑三一直在为自己叫屈，但说话的时候眼珠子滴溜溜转个不停，显然还存着别的心思。

予恒哪里会相信他，不过气恼归气恼，眼下最要紧的是神机营那拨人，就他们说话的这会儿工夫，神机营已是闯了进来，后面跟着满脸无奈的王虎他们，显然是拦不住了。

“见过殿下。”说话的是一名方脸男子，面无表情地拱一拱手，予恒见过他，姓孙，在神机营排行第九，都称他孙九。

予恒满面笑容地迎上去：“孙先生怎么来了？”

孙九指一指郑三，冷声道：“卑职刚才在外面巡逻，发现这名环琅阁的贼人混入齐王府，特来擒拿。”

“他？”予恒满脸诧异道，“孙先生一定是弄错了，他是我府里的下人，并非什么环琅阁贼人。”

“殿下定是记错了。”孙九冷冷看了予恒一眼，转脸道，“把他带回去。”

“慢着！”予恒拦住准备捉拿郑三的神机营等人，“我已经说得很清楚，他是我府上的人，一没犯错，二没犯法，神机营无权捉拿。”

孙九眸光一沉：“神机营办事，殿下还是不要过问的好，带走！”

予恒拦在郑三面前，寒声道：“我刚才说得很清楚，他是我府里的人，没我的允许，谁也不许带走！”

他在心里早不知骂了多少遍，这件事分明就是环琅阁给他设的局，要彻底让他们父子决裂，并把他死死绑在环琅阁这条船上。

他虽然知道，却不得不照做，否则之前所做的一切，就都前功尽弃了，他的东宫之路也很有可能止步。

“请殿下三思。”这一次，孙九用上了警告的语气。

“请回。”予恒的坚持令孙九耗尽了耐心，冷冷道：“那就恕卑职得罪了。”顿一顿，他道，“来人，拦住齐王，将贼人带走！”

几乎是与孙九同一刻，予恒冷声道：“郑三乃我齐王府的人，无罪无错神机营要强行带走，分明是视我齐王府为无物，欺人太甚！传令下去，拦住他们，一个都不许走！”

王虎兄弟动作最快，拦在孙九等人前面，至于其他一道进来的护卫有些犹豫，毕竟站在他们面前的是神机营。

见他们迟迟不动，予恒面色一沉，喝道：“一个个都耳聋了是不是，要不要我叫大夫来给你们治一治？”

其中一个人小声提醒道：“殿下，他们是神机营……”

予恒此刻最听不得这样的话，当即打断道：“神机营就可以在齐王府撒野，就可以视朝廷律法为无物吗？你们要是怕的话，现在就给我滚出齐王府，以后都不许再踏进一步！”

见他动了怒，那些人不敢再怠慢，赶紧上去拦住，一时之间形势异常紧张，几乎可以说是一触即发。

孙九面色难看道：“殿下果真要阻止神机营办差吗？”

“不是我要阻止，而是你们神机营欺人太甚，就算闹到父皇面前，我也是这句话。”予恒打定主意要保郑三了，毕竟那关乎着他的前途。

“好！”孙九缓缓点一点头，一字一字道，“除齐王之外，任何办差的人，格杀勿论！”

随着这句话，神机营众人眸光尽皆一冷，浑身散发出阵阵杀气，仿佛一下子回到了数九寒冬。

王虎最先回过神来，悄悄看向予恒，见予恒依旧是一副无动于衷的样子，知道这一战无法避免，狠狠一咬舌尖，带着些许无奈吼道：“战！”

神机营的人无一不是身经百战，从尸山血海之中爬出来的，岂是这些王府护卫可以相提并论，没过多久，便一一倒地，不过神机营的人还是手下留了情，没有要他们的命，只是让他们无力再抵抗。

王虎兄弟是坚持最久的，但最终还是不敌神机营，以刀拄地艰难地支撑着伤痕累累的身体，但他们已经无力再战。

孙九扫了一眼倒在地上哀号的众人，漠然道：“好了，带走吧。”

“殿下救我！”郑三吓得直往予恒身后躲，他知道自己这次是来当棋子的，但没想到神机营这么狠，真要强行带走他。

予恒看了一眼神机营手里还在滴血的长刀，冷声道：“我说过，郑三是我府里的人，没人可以带走！”

面对手下为难的目光，孙九冷声道：“那就恕卑职得罪了。”说罢，他挥手道：“把齐王绑起来。”

“住手！”苍老的声音突然传入众人耳中，继而一个清瘦老迈的身影匆匆奔了进来，正是李太傅，在他身后还跟着张尚书等人，当然还有齐王府的管家。予恒清楚神机营的能耐，绝非自己府里这些人能够抗衡，所以从一开始，他打的就是拖延时间的主意，等李太傅他们过来。

一看到李太傅，予恒顿时热泪盈眶，如一个无助的幼童扑到李太傅身前，哽咽道：“太傅总算来了，您要是再不到，学生怕是再也见不到您了。”李太傅负责教授皇子与宗亲，予恒也是他的学生之一。

李太傅连忙扶住他：“殿下说到哪里去了，您是龙子凤孙，天潢贵胄，谁敢对您不敬。”

予恒含泪道：“在您和诸位大臣眼里，我是龙子凤孙，可在神机营眼中，我根本什么都不是，您瞧瞧这一地的人和血，都是他们当着我的面屠戮的！”

被他这么一提醒，李太傅也看到了，气得吹胡子瞪眼睛，连说了几个岂有此理，其他官员也是极其不满，纷纷指责神机营。

“我等只是奉命办差，还请太傅与诸位大人见谅！”孙九狠狠地瞪了一眼予恒，他没想到予恒还有这么一招，李太傅他们都是朝中重臣，如果只是一个，他们还不怎么在意，可现在是一群，多少有些顾忌。

“好一句奉命办差！”李太傅板着面孔道，“奉命办差就可以在齐王府胡作非为，不将齐王殿下放在眼里了吗？看来陛下真是把你们纵容坏了，半点儿规矩也没有！”

“这名环琅阁贼人，关乎赈灾银失窃和尹氏等人被害的案子，必须得捉回去交由陛下审问。”

“满口胡言。”予恒愤怒道：“什么环琅阁，郑三是我府里的人。”说着，他露出恍然之色，“我知道了，父皇没能在宗人府里要我的命，就变着法子从我身边的人下手，想要郑三冤枉我，下一次是谁，王虎还是王豹？”

孙九没想到他会反咬一口，沉下脸道：“殿下慎言！”

“你们都把我逼到无路可走了，还要我慎言，不觉得太可笑了吗？”予恒讽刺地说了一句，随即跪在李太傅身前，垂泪道，“太傅，你是知道学生性子的，从不与人争抢，可学生不能接受无中生有，被人一次又一次地泼脏水，求太傅为学生做主！”

“老臣明白，殿下放心。”见予恒不肯起，他又道，“殿下放心，只要老臣等人还有一口气在，就绝不会让您受半点儿委屈，哪怕是陛下也不行。”他喘了口气，又道，“这一次关乎大周国运，我等绝不会退让半步！”

同行的官员亦纷纷附声，都表示站在予恒这一边，与他共同进退。

予恒压抑着心中的得意与欢喜，感激道：“多谢太傅，多谢诸位大人。”

在将予恒扶起后，李太傅面色苍冷地盯着孙九：“你回去告诉陛下，郑三不是什么环琅阁的人，你们弄错了，如果陛下不认同，就让他来找我这把老骨头！”

“太傅这样，让我等很为难。”李太傅在朝中德高望重，而且还有那么多朝臣，一个不好，就会弄得天下大乱，就算是神机营的人也不敢乱来。

“那是你们的事情。”李太傅冷冷扔下这句话。见他寸步不让，孙九权衡片刻，只得咬牙退去。

李太傅等人不放心，又在王府里待了一阵子，确定神机营的人没有回来，方才三三两两地离去。临行之前，李太傅拉着予恒说了许久的话，意思只有一个，就是他们会不计一切，扶持予恒入主东宫。对此，予恒自是千恩万谢，亲自将他们送到府门口。

在将闲杂人等遣散后，予恒冷冷盯着郑三：“现在你满意了？”

郑三笑意深深地欠身：“多谢殿下维护之情，环琅阁一定不会让您失望。”

“这就打算走了？”予恒的话令郑三止住了脚步，恭敬道：“殿下还有什么吩咐？”

予恒徐徐抚过其中一只正在啄粟米的鹦鹉，刚才那场血战，令鹦鹉艳丽的羽毛上染了几滴血：“你给我惹了这么大的麻烦，现在拍拍屁股就想走人，是不是有些不大厚道？”

郑三讪讪笑道：“这是上头的意思，小人也没办法，殿下一向宽宏大量，想必不会和小人一般见识。”

“你倒是会说话，不过……”予恒抚着鹦鹉的手指突然一用力，两根沾血的羽毛被生生拔了下来，痛得鹦鹉怪声大叫，拼命扑棱翅膀想要飞走，无奈脚被铁链拴着，任它如何挣扎，都飞不出铁链的桎梏。

予恒若无其事地扔掉羽毛，手指竖在唇前，朝还在挣扎不休的鹦鹉道：“嘘，不要乱动，再吵的话，可就把你拿到厨房去煮了。”

不知是痛楚过去，还是听懂了予恒的话，那只鹦鹉真的安静了下来，任由予恒一遍遍抚着它身上的毛，只是这一回，它看向予恒的目光里充满了恐惧，身子瑟瑟发抖，连羽毛都似乎失去了原有的艳丽与光泽，旁边那只鹦鹉也好不到哪里去。

“对，这样就乖了。”予恒满意地松开手，对愣在一旁的郑三道，“我刚才说到哪里了？”

郑三激灵灵一抖，身上不知什么时候出了一层冷汗，黏腻得恨不得抓一抓，但他一动也不敢动，刚才的事，令他对予恒有一种莫名的畏惧，小心翼翼道：“殿下刚才夸小人会说话。”

“对，是这个话。”予恒微微一笑，负手步入厅堂，郑三知趣地跟了进去，垂手等着予恒说下面的话。

予恒侧身坐下，掸一掸用上好苏锦织成的袍子，凉声道：“我知道你们环琅阁的本事，也清楚你们这么做的用意，我跟你们是存心合作，你们却使用这样的手段来算计我，于理不合，于情更加不合，你说是不是？”

郑三连连点头：“小人明白，这件事关系重大，阁主难免慎重一些，小人保证，不会再有下一次。”

“下一次？”予恒似笑非笑道，“这一次都还没过去，就想着下一次了？”

“小人不是这个意思，小人……”一向能说会道的郑三，这会儿却是词穷起来，半天也没接上来，一张脸涨得通红。

“行了。”予恒倒也不为难他，摆手道，“开个玩笑罢了，不必当真。”

郑三松了一口气，赶紧道：“多谢殿下，殿下真是宅心仁厚、宽宏大量、英明神武。”他把自己能想到的词，一股脑儿全说了出来。

就在郑三盘算着自己是不是可以离开的时候，予恒突然道：“我这个人啊，虽说不计较，但最不喜欢的就是被别人算计，偏偏你们犯了这个忌，你说说，要怎么办？”

郑三还以为这件事过去了，没想到予恒还记着，愣了片刻，小心翼翼道：“殿下……您想怎么办？”

予恒唇角微微一扬，眼里透着几分狡意：“很简单，礼尚往来。”

郑三心思转了一圈，没想明白他这个话的意思，又不敢妄自揣测，只得硬着头皮道：“小人愚钝，还请殿下明示。”

这一次，予恒倒是没有再卖关子，徐徐道：“我对你们阁主一向倾仰有加，可惜一直未能得见，实在遗憾。”

听到这里，郑三哪会不明白，笑道：“殿下不必心急，等您入主东宫，阁主一定会亲自来道贺。”

予恒淡然一笑，身子往前倾了倾：“如果我现在就要见呢？”

予恒的目光就像一只盯住猎物的豹子，令郑三很不舒服，避着他的眼睛道：“小人身份卑微，平日连阁主的面都见不到，说不上话，还请殿下耐心……”

“行了。”予恒打断他的话，凉声道，“你能被派来与我联系，必是阁主身边的心腹，明日日落之前，我要见到你们阁主。否则……会让我很怀疑你们的诚意，甚至……不再合作下去。”

郑三大惊失色，急忙道：“殿下您……您不能这样，这不合规矩啊……”

予恒面色倏然一沉，冷冷道：“我做事还轮不到你来指手画脚！”停顿片刻，他冷声道，“回去告诉你主子，要不明日来见，要不……终止所有合作，从此路归路，桥归桥，不过……环琅阁是否还能存在下去，我就不知道了。”

郑三慌声道：“就是一点儿小事罢了，殿下何必耿耿于怀。”

“小事？”予恒指着外面还没冲去的鲜血，冷笑道，“和神机营作对，折了府里所有的护卫，这也叫小事？要不是我事先让管家去请李太傅他们过来，只怕今日连我自己也要折在神机营手里。”

郑三知道自己这边理亏在先，缩着脖子道：“可……可这么做对殿下您也没好处啊。”

“是没好处。”予恒盯着他闪烁的目光，“但我刚才说过，最憎恨人家算计我，偏偏你们犯了这个忌讳，要换了我以前的脾气，早就已经一拍两散了，哪里还有这么多废话。”

“那……那殿下想怎么办？”这一次，郑三的语气明显软了下来。

“让你们阁主明日来见我，否则……”予恒眸中寒光流动，一字一字道，“我不介意鱼死网破！”

郑三还想要推托，但在接触到予恒眸光时狠狠打了个寒战，不由自主地改了已经到嘴边的话：“小人明白。”

予恒满意地点点头：“行了，去吧。”

听到这话，郑三如逢大赦，赶紧离去，王虎看着他慌慌张张离去的身影，迟疑道：“殿下，那边会答应吗？小人听说从没人见过环琅阁阁主的真面目，他的面貌、身份、年纪，甚至是男是女都是一个谜。”

予恒走到窗边，夏光明媚，浓郁如金的阳光倾泻而下，笼罩在他身上，予恒闭目深吸一口还带着些许血腥味的空气：“你觉得，罂粟可怕吗？”

盛世帝王妃 ③

SHENGSHI DIWANGFEI

下册

我欲与君长相知

JIEYU WORKS

解语 著

新世界出版社
NEW WORLD PRESS

第四十七章　环琅阁主

王虎不明白他为什么会突然将话题转到这罂粟上来，如实道：“一沾就上瘾，自是可怕万分。”

予恒淡淡一笑，眸光穿过一碧如洗的天空，望向不明的远方：“可我觉得有一样东西比罂粟更可怕，罂粟还可以戒，它……却是怎么也戒不掉的！”

王虎挠一挠头，茫然道：“小人想不出。”

“是权力。”予恒目光越发深沉，犹如梦呓一般道，“权力才是这个世界上最可怕的东西，只要一沾上它，就会深陷其中，让人忘了自己的本性，甚至……六亲不认。”

王虎瞅着他欲言又止，予恒转身，看到他这副神气，哂然道：“你想说我是不是？”

王虎一惊，赶紧低头道：“小人不敢。”

“无妨。”相较于之前喜怒不定的脾性，这次予恒显得格外平静，“从我决定踏出这一步开始，就料到会这样了。”

王虎犹豫许久，终是忍不住道：“殿下，这些日子，您真的开心吗？”

“或许吧。”予恒笑一笑，回身继续看外面碧澄澄的天空。

“殿下！”王豹走了进来，神情复杂道，“皇后娘娘派人来传了话，请您即刻入宫一趟。”

“消息传得真快。”予恒正一正领子，转身道，“去备马吧。”

王虎忧声道：“皇后娘娘这会儿传召殿下，定是为了之前的事，殿下此刻入宫，无疑正撞在枪口上，不如先避一避吧。”

予恒摇摇头：“避得了一时避不了一世，我料到了，没事。”

见他坚持，王虎二人只得依言备马，予恒一路来到昭明宫，在将马拴在宫门口后，他走了进去，一路上所有遇到的宫人都远远避开，实在避不开的，就将头垂到最低，直到他走远方才心有余悸地抬起来。

“殿下吉祥。”阿紫快步迎出来，屈身朝予恒福一福，“主子在东暖阁等候殿下。”

“有劳姑姑了。”予恒点点头，往东暖阁走去，在经过阿紫身边时，突然被拉住，予恒诧异地看着阿紫，“姑姑还有什么事？”

阿紫叹了口气：“这种事情原本轮不到奴婢来说，但……这一次殿下是真的做错了。”

予恒面目一沉，挣开她的手：“对与错，我自己清楚，不劳姑姑费心。”

“殿下，您罢手吧，现在回头还来得及，有主子和贵妃娘娘帮您求情，陛下一定会从轻发落的。”

“求情？”予恒冷冷一笑，“姑姑这话真是可笑，我就快赢了，还要求什么情。”说罢，他大步离去，再不理会阿紫，阿紫在后面连连摇头，予恒是她看着长大的，一向谦恭懂事，怎么也想不到会变成这样，人心啊，真是变化得太快。

予恒一进暖阁，便看到一脸薄怒的沈惜君坐在上首，他只作没看到，拱手道：“儿臣给母后请安，母后万福金安。”

沈惜君冷哼一声：“你还知道本宫是你母后吗？”

予恒一脸诧异道：“母后何出此言？”

见他在这里装糊涂，沈惜君气不打一处来：“陷害太子，诬蔑张远，违逆你父皇，包庇环琅阁贼子，还与神机营动手，这一桩桩一件件，你真当本宫不知道吗？”

予恒面色平静地听着，待她说完后方才道：“这些事情，母后是从哪里听来的？”

“这么说来，你是承认了？”

“儿臣确实与神机营交过手，但那是他们无理在先，至于其他事情，与儿臣无关，母后不要听信小人谗言。”

沈惜君不知自己是该哭还是该笑：“到了这个时候，你还不肯说实话？”

“儿臣对母后一向是知无不言，言无不尽，反倒是母后……”予恒抬起头，迎着沈惜君恼怒的目光，“宁可相信别人，也不相信自己儿子。”

沈惜君气得说不出话来，阿兰在旁边小声劝着，她勉强缓了口气，痛声道：“你可知你把你父皇气得吐了血？”

予恒面色一变，当即就想问东方溯病情，然而话到嘴边又被生生咽了下去，改道：“父皇身子不好，母后该找太医才是，找儿臣做什么，儿臣又不会瞧病。”

“你……”沈惜君痛心地看着予恒，她几乎快要不认得这个一手养大的儿子了，“他可是你父皇，你就没有一点儿难过吗？”

予恒吹一吹滚烫的茶水，盯着倒映在茶水中的半张脸庞漫然道：“父皇生了病，母后就让儿臣心疼他，那儿臣生病、儿臣受委屈的时候，谁来心疼？”

“母后心疼你！”沈惜君脱口道，“这二十年来，母后自问从来没有亏待过你，到底你还有什么不满意？”

予恒抬眼道：“你是没有亏待过我，可你也从来没有为我做过什么、争过什么。”说到这里，他漠然一笑，“也是，不是自己亲生的，又怎么会尽心尽力。”

沈惜君没想到他会说这样的话，气得胸口发闷，半晌喘不上气来，阿兰急忙上前抚胸顺气，同时生气地瞪着予恒：“殿下怎么能这样和主子说话。”

“为什么不可以？”予恒讽刺道，“她一见到我就帮着别人责问，也不问问我有没有受伤，天底下哪有这样的母亲。”

“主子就是因为关心殿下，才希望你能够悬崖勒马，不要一错再错。”阿兰的话换来予恒更讽刺的笑容，“凭什么我争太子之位就是错，予怀就是理所当然，一样都是皇子，都是龙子凤孙，公平吗？”

沈惜君扶着阿兰的手站起来，咬牙道：“你要公平是吗，好，本宫跟你好好论一论公平二字！”

“你母亲蛇蝎心肠，几番谋害贵妃，最终自食恶果，贵妃念你年幼无辜，将你交给本宫抚养，这二十年来，更是对你关爱有加。你现在大了，却害她的儿子，弄得天下人都以为予怀贪污赈银。本宫问你，这公平吗？公道吗？”

“呵呵。”予恒低低一笑，讥声道，“母后与贵妃还真是要好，宁可养了二十年的儿子不要，也要帮着她说话。母后口口声声说我害太子，证据呢？”他起身，在沈惜君耳边幽幽道：“没有证据的，你永远都找不到证据。”

“啪！”见他执迷不悟，沈惜君怒上心头，狠狠一掌掴在他脸上，脱口道：“早知今日，本宫当初真不该将你养在膝下。”

予恒抚着火辣辣的脸庞，嗤笑道：“现在才来后悔，未免晚了一些。”

阿兰在予恒眼中瞅见一抹混杂着痛苦与挣扎的泪光，但定睛仔细看时又没有，暗道应该是自己眼花看错了。

沈惜君气得直落泪，想不明白自己悉心教导的孩子怎么会变成这样，难道真是有其母必有其子？无论她怎么努力，也改变不了赵平清留在他血液里的阴狠毒辣？

阿紫扶着泪流满面的沈惜君，哀求道："殿下收手吧，就当……就当是还了主子这二十年来的养育之恩。"

"债倒是讨得及时。"予恒咧嘴一笑，但那笑容并不能改变冰冷的眉眼，反而显得越发无情，"你放心，我这个人恩怨分明，她养了我二十年，我也养她二十年，很公平。至于收手……姑姑，换了是你，明知道前面是悬崖，还会一头跳下去摔得粉身碎骨吗？"

"你再不收手才真是粉身碎骨，连葬身的地方都没有！"沈惜君虽然痛心他的无情冷漠，但到底割舍不下那份母子之情，还在试图劝他回头。

"是吗？"予恒不以为然道，"就算真这样，那也是我自己选的路，不劳母后费心。"说罢，他长身而起，"儿臣还有其他事情要办，告退了。"

"予恒！"沈惜君拉住准备离去的予恒，垂泪道，"就当……母后求你，收手吧。"

予恒看了她片刻，突然端起小几上半凉的茶水，随手泼在地上，漠然道："覆水难收的道理，母后应该懂得，就算这杯子再斟满茶水，那也已经不是原来的了。"扔下这句话，他大步离去，留下伤心欲绝的沈惜君。

这一场权力引起的暴风雨，已是不可避免，只是不知……会有多少人死在这场暴风雨里……

天色微亮，齐王府中，管家端着盛着温水的铜盆蹑手蹑脚地走进予恒睡的正屋里，意外发现予恒竟然已经起来了，穿戴整齐地站在窗前。

不对！

管家仔细瞅了一眼，发现予恒穿的是昨天的衣裳，他清楚这位主子素来喜爱干净，穿过一天的衣裳必须换洗，从来没有连着穿两天的事情。

不只这样，这件穿了一天一夜的衣裳，竟然一丝皱褶也没有，予恒所有衣裳都是他负责置办的，所以每一件衣裳的绣工、料子他都很清楚，这件衣裳虽然穿着柔软舒适，但有一个问题，就是特别容易皱，稍微坐一下，便是一个褶子，除非一直站着。

也就是说……予恒很可能站了整整一夜。

"殿下。"

管家的声音惊醒了予恒，他微微侧了头道："什么事？"

"您该洗漱了。"管家将铜盆搁在雕花的木架子上，在看到予恒布满血丝的双眸时，他忍不住问出在心里盘桓了半天的问题，"殿下，您是不是一宿没睡？"

"睡不着。"予恒淡淡应了一句，用青盐刷过牙后，他将脸埋入温水中，一动也不动，在管家担心他会不会溺水的时候，终于抬了起来，长长吸了一口气，随即接过毛巾拭干水渍。

“郑三有消息吗？”

“没呢。”管家捧来一套换洗的衣裳，犹豫道，“要不小人让王虎去找找？”

予恒哂然一笑：“连神机营都找不到，你们又去哪里找。”

管家想想也是，转而道：“那殿下……今日还去上朝吗？”

“不了，左右父皇也不想见我，何必去自讨没趣。”此刻的予恒少了人前那分寸土必争的尖锐，多了几分平和。

予恒缓步走到铜镜前，望着镜中的自己，声音轻如梦呓：“今日哪里也不去，只等郑三。”

“他们……会来吗？”面对管家的询问，予恒没有说话，只是攥紧了垂在身侧的双手。

夏日炎炎，骄阳流泻似火，夏蝉声嘶力竭地叫着，仿佛是在控诉这炎热的天气。没人知道夏蝉到底喜不喜欢夏天，唯一清楚的是，它们的生命只属于夏季，一旦炎热过去，它们的生命也就走到了尽头。

“殿下！殿下！”管家匆匆奔到内堂，予恒坐在椅中闭目养神，王虎兄弟一动不动地守在旁边。

管家走到予恒身边，带着几分欣喜道：“郑三来了，还有一个中年人跟着一道过来，就是戴着斗笠，看不清长什么模样，但小人猜着，应该就是殿下要见的那个人。”

予恒豁然睁眼，一轮精光在眼底掠过，修长的食指重重地叩在铺着繁锦缠枝桌布的小几上，发出“咚”的一声响：“请他们过来。”

“小人这就去。”管家肃然离去，王虎兄弟对视一眼，皆从对方眼里看到了兴奋与好奇。

等了约莫半盏茶的工夫，管家领着两人走了进来，其中一个自是郑三，另一个因为被斗笠遮着，只见到蓄着短须的下巴。

“见过殿下。”郑三的样子看起来与往常无异，但若细心留意，会发现他的脚步一直落后斗笠人半步，绝不平行，显然此人身份非同寻常。

“免礼。”予恒随意摆摆手，目光一直落在斗笠人身上，“这位是……”

郑三倒也不卖关子，微笑道：“阁主得知殿下心意，特破例来见，以示诚意。”

予恒满面欣喜道：“久仰阁主之名，今日终于得见，实在是本王之福。”

“殿下客气了。”这是斗笠人进来后第一次说话，声音低沉而有磁性，听着应该是三四十岁左右。

予恒笑一笑，意味深长道："本王说的可不是什么客气话，这段日子，本王可没少见识阁主鬼神莫测的手段。"

"不过是雕虫小技罢了，不足挂齿。"

"如果这也叫雕虫小技，那本王真不知道什么才叫高深莫测了。"予恒感慨道，"以前总觉着贵妃手段厉害，想不到世间还有比她更厉害的人，真是佩服。"

"殿下谦虚了，您才是主导这盘棋的人，在下顶多就是在旁边出点儿主意，打打边鼓。至于贵妃……"环琅阁主声音一顿，徐声道，"她本不至于输到这个地步，只是一来我们在暗，二来，她太过关心二殿下，关心则乱，这棋……自然就下不好了。"

"不错不错，阁主说得在理。"予恒拍手称赞，随即想起还站着，连忙道，"快请坐，奉茶。"

直至管家奉上茶来，环琅阁主依旧没有除下斗笠的打算，予恒有些不悦："阁主既然来了，为何不以真面目示人？难不成到了这个时候，还对本王存有疑心？"

郑三代答道："殿下误会了，阁主只是不想有太多人瞧见，您看……"他瞅了王虎等人一眼，意思显而易见。

"这里都是我的心腹，阁主不必担心。"予恒的话并没有起到作用，环琅阁主依旧一动不动地坐在椅中，显然予恒不遣走王虎等人，他是不会除下斗笠的。

予恒虽然不大高兴，却也没办法："你们都下去吧。"

"是。"王虎三人无奈地离去，没看到传闻中的环琅阁主真面目，令他们有些失望，不过也不是一无所获，至少知道环琅阁主是一个男人，女人是不会有胡须的。

"可以了吗？"予恒没好气地问。

"多谢殿下体谅。"环琅阁主一边说着一边徐徐除下斗笠，饶是予恒，在这一刻也不禁有些紧张，一眼不眨地盯着渐渐展露在视线中的脸庞。

国字脸、短须、长眼，那是一张很普通的脸，却令予恒猛地从椅中站了起来，脸上的表情犹如见鬼一般："你……怎么会是你？"

环琅阁主似乎料到他会有这样的反应，并不意外，微笑道："一直瞒着殿下，实在对不住。"

予恒胸口激动得如潮水起伏，久久不能平静，若非亲眼所见，他怎么也想不到环琅阁的阁主会是他……

许久，予恒终于自震惊中缓了过来，神色复杂道："确实没想到，神秘莫测的环琅阁阁主竟然会是金陵首富——万三。”

万三呵呵一笑：“自我创立环琅阁以来，除了亲近的心腹之外，殿下是我见的第一个外人。”

“那本王岂非很荣幸？”

万三摇头道：“万某和环琅阁才是真的荣幸，能与太子殿下、未来的大周天子结盟合作，这是多少人求而不得的荣耀。”说着，他欠身道，“以后还请殿下多多关照。”

这番话无疑说得很是忠心，予恒唇角微微扬起：“好说，环琅阁出的力，本王都一一记在心中，未曾忘记。”

得了予恒的保证，万三满意道：“那万某就先谢过太子殿下了。”

“太子殿下……”予恒徐徐重复着这四个字，眼底有遏制不住的欣喜，喃喃道，“本王等这一日，已经等得太久了……”

“恭喜殿下苦尽甘来！”万三是个聪明人，他虽然握着予恒的把柄，却没有得意忘形，反而一直不着痕迹地讨好予恒。

环琅阁虽然能耐，但毕竟是江湖组织，其力不可能真的与皇权相提并论，这次之所以能算计到昭明宫那些人，是因为予恒，因为那些支持予恒的大臣，否则环琅阁纵然有通天能耐，也难以动摇皇权，更别提左右立储的事情了。

只有和予恒维持好关系，环琅阁才能进一步做事，至于做什么，就只有万三自己知道了。

“我记得蒋猎户当日看到张远搬运银两的宅子是吕平的，他是你的奴才，想必那间宅子，是你让他转到予怀名下的吧？”

“殿下英明。”万三恭谨道，“吕平滥赌，坏了生意，变卖祖宅，这一切都是在下安排。”

予恒眯着眼睛道：“这么说来，你在一年前就开始筹谋这件事了？”在万三点头后，他又道，“你怎么肯定本王一定会跟你们合作？”

万三微笑道：“殿下是个聪明人，一定不会错过这个机会。退一步说，殿下真不肯答应，在下也不过是损失一座宅子罢了，并没有什么了不得的。”

“金陵首富，果然财大气粗。”予恒笑语了一句，转而道，“那尹萱等人的死呢？总不至于是你杀的吧，又或者……”他眼珠子一转，幽幽道，“你们准备的时间，远比一年更久？”

“殿下误会了。”万三倒也爽快，将事情的前因后果说了一遍。原来环琅阁下面一名弟子好色成性，先后掳走并杀害了尹萱等四名女子，万三发现后，只是勒令他不许再犯事，并没有押送官府。后来为了算计张远，加重予怀的罪名，就起出那四名女子的尸体，悄悄埋到张远屋子里，并利用小偷引尹仲报官追查。

“原来出此。”予恒恍然大悟，称赞道，“万先生这一招真是高明，佩服。”顿一顿，他道，“本王还有一事想问。”

“殿下只管问，在下一定知无不言。”

“为什么你们会对承德殿的事情那么清楚，难道……”予恒压低了声音道，“父皇身边也有你们的人？”

万三面色微微一变，随即又恢复平常模样：“收买几个太监宫女并不是什么难事，只可惜皇帝身边的大太监油盐不进，难以买通，否则咱们做起事来更方便了。”

“张进要是那么容易买通，父皇就不会留他这么多年了。”予恒一边说着，一边心思飞转如轮，虽然万三说得合情合理，但他总觉得事情没那么简单。

予恒试探道：“除了那些个寻常宫人之外，万先生应该还找了一个能在父皇面前说得上话的人吧？”

万三似笑非笑道：“殿下怎么对此事如此感兴趣？”

予恒心中一凛，知道自己刚才的问题触及了万三的底线，故作轻松道：“不问清楚一些，万一哪天本王坐在承德殿上，万先生的人却在暗地里使绊子，那不是很麻烦吗？”

“哈哈哈！”万三仰头笑道，“这一点殿下尽可放心，只要殿下不负环琅阁，环琅阁亦绝不会负殿下。”

见万三执意不肯透露那名内应的身份，予恒只得作罢，转而说起了其他事情。

说了一阵子，予恒突然沉默下来，眉眼间有着挥之不去的愁色，万三疑惑道：“殿下即将入主东宫，身份贵不可言，还有何事忧愁？”

予恒苦笑道：“不到最后一刻，谁也不知道结果会是怎么样。”他长叹一声，望着窗外明丽到让人睁不开眼的夏光，忧心忡忡道，“父皇这几天一定派神机营的人到处搜寻证据，万一真让他找到对予怀有利的证据，明日……可就难说了。”

万三朗声大笑：“万某还以为殿下在担心什么，原来是这个。殿下放心，我环琅阁做事一向干净利落，别说一个神机营，就算将整个金陵城翻过来，也休想找到证据，再说……”他凑过身子，神秘道，“就算真让陛下找到证据，殿下觉得李太傅他们会信吗？”

予恒疑惑道：“什么意思？”

万三端起茶盏，他虽已经年届不惑，但因为保养得宜，瞧着颇为年轻，尤其是那双手，细白修长，比一般女子还要好看："这个时候，无论陛下做什么，在李太傅他们看来，都是存心替二殿下开脱，哪怕……"他啜了一口碧色盈盈的茶汤，感受着碧螺春独有的清香甘甜，"是真的证据。"

予恒若有所思道："你是说……无论父皇做什么，李太傅他们都不会相信？"

"不错，到了这个地步，谁都无力回天，哪怕是——"万三眼角一扬，徐徐吐出两个字，"陛下！"

予恒一喜，追问道："果真？"

"当然！"万三信心十足道，"明日承德殿上，殿下一定能得偿所愿！"

"好！"得到万三的一再保证，予恒心中大定，欣喜之余倒也没忘了许诺，"只要我入主东宫，绝不会忘了万阁主的襄助之情。"

万三等的就是这句话，当即笑着欠身："那万某在这里先谢过殿下了。"

五月初十的清晨，朝阳灿烂，撒下明媚若金的阳光，温暖得甚至有些炎热，躲在树上的夏蝉已经三三两两地叫了起来。

静幽深广的承德殿内，站满了百余位朝臣，却一丝声音也没有，气氛沉闷得让人透不过气来。

许久，站在最前面的李太傅上前一步，朝坐在九龙宝椅上的东方溯道："二殿下身为太子，不思修德修身，反而不顾灾民生死，私盗赈灾银两，又纵容手下护卫胡作非为，残害数条人命，种种行径，实在令人发指。老臣以为，二殿下不宜再为东宫太子，请陛下以朝纲法纪为重，废黜二殿下。"

东方溯目光掠过站在李太傅身边的予恒："若这些事情真是太子所为，就算太傅不说，朕也会从严处置。但经朕查实，这些事情是有小人蓄意陷害，太傅不要被小人利用了。"

"陛下口口声声说太子被人陷害，证据呢？"

东方溯看向林默，林默会意，上前道："我们查到那四名女子失踪之前，都曾与一名男子接触，几经周折终于找到了其中一名目击者，根据他的描述，那人并不是张远。另外，尹姑娘失踪的时候，张远正好被太子派去平阳办事，离此地有百里之遥，除非他会分身术，否则绝不可能杀害尹姑娘。"

"派去办事，又不见得他真的一直待在平阳，你分明就是狡辩！"尹仲激动地说着，他上次在宫门前撞头，流了许多血，好在救治及时捡回一条命，这会儿头上还包着纱布。

林默没有理会他，继续道："至于赈银失窃一案，我们查到与一个名叫'环琅阁'的江湖组织有关，应该是他们设的局。"

"证据呢？"不等林默回答，尹仲已是先一步道，"没有是吗？因为那都是假的，全部是你们为了包庇二殿下而编造出来的谎言！"

林默面色一沉："神机营从来都是有一说一，有二说二。"

对于他的回答，尹仲冷笑连连，朝东方溯道："臣记得当日在宫门前，陛下曾说过，若是五日之后还不能证明并非张远所为，就会治张远乃至二殿下的罪，陛下金口玉言，想必不会出尔反尔吧？"

东方溯料到他会这么问，凝声道："林统领刚才已经说得很清楚，令嫒被害时，张远并不在金陵，可见凶手另有其人。"

尹仲哪里听得进去，梗着脖子还要争辩，被李太傅拉住，李太傅道："或许张远那件案子尚有疑点，赈银一案却是人证物证俱全，请陛下立即废黜二殿下，改立太子。"

东方溯目光在他脸上徘徊许久，漠然道："你想让朕改立予恒为太子？"

李太傅也不掩饰，直言道："齐王殿下德才兼备，又是嫡长子，立为太子最是合适不过。"

"齐王生母出身低微，又曾犯下大错，如此出身，岂可为太子。"

李太傅是三朝元老，对赵氏的事情自是一清二楚："赵氏固然出身不高，但慕贵妃更是外族，连她诞下的皇子都能立为太子，为何齐王就不行？再者，陛下膝下统共就两位皇子，如今二殿下犯下弥天大错，大殿下是唯一的人选。"说罢，他撩袍跪下，肃然道，"请陛下立大殿下为太子，以保我大周皇室正统，千秋万代！"

在李太傅之后，数十名大臣拱手跪下，齐声道："请陛下立大殿下为太子，以保我大周皇室正统，千秋万代！"

东方溯沉声道："太子一事，朕自有定夺，无须诸位爱卿费心，起来吧。"

李太傅打定主意要趁着今日将予恒推上东宫之位，岂肯就此罢休，大声道："请陛下以大局为重，不要因为一己私情，误了天下，也误了百姓！"

张进在旁边听得冷汗直冒，这位太傅大人真是不要命了，这种话也敢说，他偷偷觑向东方溯，东方溯脸色果然阴沉得可怕。

许久，东方溯漠然道："这是朕的家事，太傅未免管得太多了些。"

"太子册立关乎大周将来的国运，与其说是陛下的家事，不如说是国事，臣等不能坐视不理。”李太傅寸步不让，他知道这些话很可能招来杀身之祸，但对自幼饱读圣贤书的他来说，有些事情远比性命更重要。

东方溯低低咳嗽几声，眯了长眸道：“如果朕不答应呢？”

“老臣就跪在这里，直至陛下回心转意。”李太傅说完这句话后，毫无疑问又是一堆附和的声音。

东方溯倒也不生气，漠然道：“朕记得前些日子已经让你告老还乡了，你却依旧留在这里，太傅，你这可是抗旨啊。”

李太傅一字一字道：“只要陛下肯立齐王为太子，老臣纵死也值得！”

东方溯盯了他片刻，忽地低低笑了起来：“一个江湖组织，竟能勾结皇子，搅得朝堂风起云涌，天下不宁，真是能耐。”说着，他转眸落在一直没说过话的予恒身上，声音里有压制不住的怒意：“你满意了？”

予恒什么也没说，只是来到李太傅身前，伸手扶住他道：“地上凉，老师身子不好，快请起来。”

李太傅并不肯起身，执拗道：“殿下不必担心老臣，这把身子骨虽然老了，但还撑得住。”

予恒微微一笑，手里又加了几分力道：“老师的心意，学生感激不尽，只是此刻，还请老师您先起来，听学生说几句话。”说着，他又对其他跪在地上的朝臣道：“诸位大人也请起。”

在予恒的劝说下，李太傅等人站了起来，尽皆疑惑地看着予恒，不明白他这会儿要说什么。

谁都瞧得出来，无论是动之以情还是晓之以理，都不可能让东方溯改变心意，唯一的办法就是强争！

予恒踏过一块块乌黑如墨玉的金砖来到台阶下，外面的天光太过晴灿，连一向难见阳光的承德殿也照了进来，恰好落在予恒身上，为他拂落一身锦绣灿烂。

东方溯眼里掠过一丝诧异，这段时间，他每一次看到予恒，都能在其眼里找到对权力的渴望和野心，但这一次……予恒的目光竟如赤子一般明净清澈，任他如何努力，都找不到一丝杂质。

究竟是予恒隐藏得太好，还是……

就在东方溯猜测之时，予恒突然跪了下来：“儿臣陷害太子，欺瞒父皇，实在罪该万死，请父皇治罪！”

第四十八章　真相大白

此言一出，众人尽皆哗然，尤其是李太傅，急步来到予恒身前，难以置信道："殿下，您……您在说什么？"

予恒温言道："多谢老师一直如此爱护学生，但……您真的错怪太子了。"

"太子私盗赈银，纵容手下胡作非为，铁证如山，怎么会是错怪？"要不是予恒目光清明，李太傅几乎要以为他得失心疯了。

予恒摇头道："从来没有什么铁证，先生被人利用了。"

李太傅还想再问，耳边响起东方溯的声音："予恒，到底是怎么一回事？"

予恒迎着东方溯疑虑的目光，平静道："儿臣从来没有想过要争夺太子之位，之所以如此种种，是为了引出要害我大周的人。"

东方溯心思一动，已是猜到了几分："环琅阁？"

"是。"予恒点头，"当初儿臣从父皇这里领了调查赈灾银两失窃的差事，最先查的，就是那十几名差役的死。"

"朕记得，你说他们确是自尽。"

予恒摇头："事实上他们是被人所杀，也是从那个时候起，儿臣知道，有人要乱我大周江山。"

东方溯拧眉道："到底是怎么一回事？"

"那日，儿臣去长宁义庄，见到了那些差役的尸体和负责验尸的李仵作，李仵作告诉儿臣，那些差役是被人用长针钉入头顶杀害，因为手法隐蔽，再加上发髻遮掩，所以没人发现。"

"李仵作告诉儿臣，针刺入的地方头皮有卷缩收紧的痕迹，从而断定他们是先被人用针钉死，然后再伪装成上吊自尽的样子。儿臣起初也相信了，可随后发现，针上除了血迹之外，还有一丝极浅的青色，这是中毒的迹象，可李仵作一个字都没有提过。"

林默蹙眉道："卑职也曾检验过那些人的尸体，并没有中毒的痕迹。"

予恒微微一笑："林统领检查的，应该是那些人的胸腹处吧？"

"不错，那些人身上没有外伤，如果中毒，只可能是从口而入。"

"或许……还可以由鼻而入。"

予恒的话令林默神情一动："殿下是说吸入？"

"不错，他们的死经历了三个步骤，第一步是吸入迷药。第二步是自己将腰带结环用于上吊。第三步是在自己头顶钉入长针，并且在挣扎之中踢掉脚下垫的东西。"

东方溯难以置信道："你说什么，那些针是他们自己钉入头顶的？"

予恒还没回答，李太傅已是连连摇头："这不可能，哪有人自己往自己头上钉入钢针的，而且他们都要上吊了，何必多此一举。"

"正常情况下当然不会，可太傅别忘了我刚才说的，他们曾吸入迷药。"

东方溯若有所悟道："是那些迷药让他们丧失心智，甚至连疼痛也不怕？"

"是，宋仵作说那是一种来自域外的迷药，很可怕，轻则昏睡，重则听任下药人摆布，他也只在多年前见过一回，却记忆深刻。"

"宋仵作？宋家的人？"

"父皇英明，正是城中最有名的仵作，宋平。"

"朕怎么不知道你曾让人验尸？"

"这个药虽然罕见，但儿臣并不认为整个金陵城，除了宋平之外，再无人认识。不过儿臣当时并不知情，只是直觉李仵作不可信，所以指出银针上的青色。事后，宋平的话也证实了儿臣的猜测。当年，除了他之外，还有一人与他同时见到了那种域外迷药，而这个人……正是李仵作。

"针体上的青色，让儿臣对他存了戒心。事后，他又告诉儿臣，说有一名乞丐威胁他，不许他将差役真正的死因说出去，否则就杀了他全家。他说他不想害人，不想昧着良心撒谎，可儿臣在他眼里看不到多少悔恨与难过，反而是捕捉到一丝隐藏在眼底深处的试探，试探儿臣是否对太子之位有所念想。"

听到这里，东方溯已是明白了大概："所以你决定将计就计？"

"是。"予恒点头道，"李仵作只是一个小卒子，问不出什么来，要抓就要抓他背后的大鱼。儿臣故意当着李仵作的面，把从尸体上取出来的钢针掷入水井之中，并透露出对东宫之位的野心，李仵作果然中计。随后，儿臣见到了郑三，也从他口里听到了环琅阁之名。”

林默疑惑道：“齐王刚才说曾请宋仵作检验，可钢针不都让您掷入井中了吗，就算随后取出，这毒也应该融于水中，难以检出了。难道，宋仵作手段当真如此神奇，能人所不能？”

予恒笑一笑道：“宋仵作确实高明，但还不至于违背常理。”停顿片刻，他一字一字道，“宋仵作验的不是针，是尸！”

“尸体？”林默骇然一惊，旋即连连摇头，“这不可能，卑职一直有派人盯着义庄，如果宋仵作去过，一定会知道。”话说到这里，他似乎明白了什么，“殿下偷运走了尸体？”

“真是什么都瞒不过林统领。”予恒微笑道，“我就是怕被人发现，所以让王虎他们悄悄运了一具尸体去王府，宋仵作是在我府上验的尸。”

林默低头思索片刻，道：“卑职听底下人回报，说是当夜有一户人家来认尸体，应该就是殿下安排的吧。”在予恒承认后，他苦笑道，“殿下瞒得卑职好苦。”

他本是随口抱怨一句，哪知予恒竟一脸正色地朝他长揖一礼：“当时实在情非得已，请林统领见谅。”

林默一惊，连忙侧身一步，避开他的行礼：“殿下客气了，快快请起。”

在这个小插曲过后，予恒继续讲述随后的事情：“儿臣几次与郑三说起想见他们阁主，都被挡了回来，非要等儿臣入主东宫，方可相见，无奈之下，儿臣只能继续演戏。”说着，刚刚站起一会儿的他又再次跪下，满面内疚道，“儿臣屡次顶撞父皇，害父皇生气伤身，实在罪该万死。”

东方溯走下台阶，亲自扶起他，动容道：“你这么做都是为了江山社稷，父皇又怎么会怪你。倒是父皇之前误会了你，以为你真的为了东宫之位不择手段，连骨肉亲情都不念了，你怪父皇吗？”

予恒连忙摇头：“是儿臣欺瞒在先，父皇误会也是再正常不过的事情。”

“好。”东方溯欣慰地点点头，“你现在选择说出整件事的来龙去脉，可是已经知道环琅阁的阁主是谁了？”

“是。”予恒面色一正，凝声道，“是万三。”

百官面面相觑，眼里皆充满了惊讶，张尚书试探道：“殿下说的万三，可是那个金陵首富？”

“不错，就是他。”在予恒说完这五个字后，承德殿静得一丝声音也没有，所有人都在努力消化这件事。

万三虽然没有一官半职，但他富甲一方，几乎金陵城里所有的赚钱营生都有他的身影，据说城里最热闹的那一条街，一大半店铺都属于他，而且还是一个大善人，经常施粥派米。

金陵百姓未必知道京兆衙门开在哪里，却一定知道万府在哪里，“万三”这两个字在金陵城简直是如雷贯耳。现在突然说万三是将朝廷搅得天翻地覆的环琅阁阁主，换谁都要发愣。

东方溯最先回过神来，犀利而寒冷的眸光落在林默身上：“立刻去将万三带来，多带些人去，朕不希望有什么意外。”

“是。”林默肃然领命，予恒费了这么多工夫才找出万三这条大鱼，要是在他手里出事，那可真是交代不过去了。

予恒突然道：“父皇，除了万三，儿臣还想再传几个人。”

“准。”

当林默等人出现在万府的时候，万三虽然诧异，但并没有反抗，顺从地跟着他们来到承德殿。

万三不着痕迹地看了一眼予恒，恰好予恒也在看他，四目一触即分，他跪下道：“草民万三叩见陛下，陛下万岁万岁万万岁！”

东方溯冷眼看着满面恭敬的万三，要不是予恒亲口指认，他怎么也想不到，万三就是弄得自己头痛欲裂、前朝不宁的罪魁祸首。

等了一会儿不见东方溯说话，万三稍稍抬起头，小声道：“不知陛下传召草民来此，是为何事？”

看着在底下装模作样的万三，东方溯一阵冷笑：“万三，你可知罪？”

“草民不知所犯何罪？”万三看似茫然的表情下是飞转如轮的心思，不断推测着眼前的形势。

先前林默突然出现在府中，着实把他吓了一跳，那一刻，甚至有转身逃走的冲动，但最终还是忍住了，跟随林默过来。一来是想看看究竟怎么一回事，二来他相信自己的能力，如此精密的计划，不可能出现破绽。但这会儿又有些拿捏不准了，尤其是予恒刚才看他的目光，说不清楚，但让他很不安，甚至有些后悔来这里。

东方溯冷冷一笑："还不肯认？"

万三满脸委屈道："草民连什么罪都不知道，实在不知如何认起。"

"不见棺材不掉泪。"东方溯冷哼一声，拂袖道，"也罢，朕提醒你一下——环琅阁。"

万三心里咯噔一下，头皮开始渐渐发麻，似有无数只小虫在爬。知道他环琅阁阁主身份的，除了几个心腹就是予恒，难道……是他出卖了自己？但应该不可能啊，供出自己，对他可没什么好处，反而会葬送了好不容易铺出来的东宫之路。

只要予恒没得失心疯，就不会做这样的事。可如果不是予恒，又会是谁？

万三强忍着扭头去看予恒的冲动，茫然道："什么环琅阁，草民从来没听说过。"

予恒走到他身前，讥声道："你不必再装模作样了，我已经将所有事情告诉了父皇，环琅阁阁主就是你——万三！"

万三眼前一阵发黑，他最担心的事情还是发生了，予恒，真的是予恒！

万三努力控制着快要跳出喉咙的心脏："齐王殿下是不是有什么误会，草民连您说的什么环……环琅阁都没听说过，又怎么会是阁主，您这玩笑未免也开得太大了。"

予恒微微一笑："昨日在齐王府，万阁主可不是这么说的。"

万三摊手道："殿下的话草民怎么一句都听不懂，昨日草民一直在家中盘账，并未出去过，更不曾去过殿下您的府邸。"

面对他的一再否认，予恒也不生气，淡然道："你不承认不要紧，很快会有人与你对质。"

这句话后，予恒不再言语，安静地望着敞开的殿门，似乎在等什么人。如此安静令万三越发不安，有一种大祸临头的感觉。

只是，他想不明白，予恒为何要这么做，难道他不想当太子，不想君临天下吗？

过了约莫一炷香的工夫，孙九走了进来，刚才他与林默一起离开，只是林默去了万府，他则去了别处。

"启禀陛下，齐王殿下，人都带到了，一个不少。"

在得到东方溯的允准后，予恒道："把他们都带进来吧。"

不一会儿，几个人被带了进来，分别是李仵作、蒋猎户、张远、郑三，还有一个头发花白的精瘦老者。前面两个都是予怀一案的关键，郑三在予恒的叙述里是万三的心腹，他在这几件案子里的重要程度可想而知，就是不知张远和那个老者来做什么。

予恒走到战战兢兢的李仵作身前："将当日在义庄与本王说的话再重复一遍。"

李仵作咽了一口唾沫，颤声道：“小人记得……殿下问小人那十几个差役的死因，经……经小人检验，他们都是自缢身亡，并无可疑。”

“并无可疑？”予恒冷笑着重复了一句，右手一扬一收，变戏法似的多了几根钢针，雪亮尖锐，“这个东西你还认得吗？”

看到钢针的那一瞬间，李仵作脸都白了，脱口而出：“这……这不是已经扔到井里了吗，怎么还在你手里？”

予恒满意地笑道：“这么说来，你是承认了。”

“小人……小人……”李仵作这才意识到自己说错了话，但为时已晚，结结巴巴地不知该怎么办。

“当夜，本王确实将钢针掷入水井之中，但第二天，又悄悄从井里捞了出来。”他俯身，盯着面色难看到极点的李仵作道，“你将钢针递给本王的时候，可不是这么说的。”

李仵作强自镇定道：“殿下……殿下是不是记错了？”

予恒直起身，漠然道：“本王已经请宋平重新验尸，那些差役除了头顶钉入钢针之外，还中了一种极为罕见的迷药，那么巧，除了宋平之外，你也知道这种迷药。”

听到这话，李仵作几乎瘫在地上，他一直以为这个秘密会烂在肚子里，怎么也想不到竟然会被人揭穿，而且还是在承德殿，在当今天子面前。

“要不要本王请宋平来与你对质？”这句话将李仵作最后一丝防御也给击溃，面若死灰地摇头，“不，不必了。”

“说吧。”说话时，予恒眼角余光瞥见郑三正拼命朝李仵作使眼色，转身走到他面前，漠然道，“你有话说？”

郑三被吓了一跳，连连摇头：“没，没有。”

那厢，李仵作已经将事情一五一十说了出来，当初郑三确实找过他，但并不是像他告诉予恒的那样，而是在那些差役死之前，确切来说，是赈灾银两刚刚失窃消息还没有传开的时候。

他为了保命还有钱财，答应了郑三的要求，找到多年前曾经见过的迷药，令那些差役心智失常，自己将钢针钉入头顶后上吊自尽，将他杀伪装成自杀。

郑三收买了一个狱卒，在那些差役吃的饭里下了迷药，然后又用酒将一同当值的两名狱卒灌醉，因为他们是被关在最里面的牢房里，又是夜里，囚犯们都睡了，所以没人发现。

“原来如此，难怪那三名狱卒的口供一直对不出问题。”杨尚书恍然大悟，他之前也曾怀疑过那些差役的死因，着重问了狱卒，并且全部单独审问，事后比对供词，发现全部一致，并且没有发现串供的情况，这才相信了他们的说辞。

“若是三人所为，无论怎么串供，多少都会留下蛛丝马迹，但如果是一人，那就可靠多了。”

予恒的解释令杨尚书连连点头，由衷道：“殿下神机妙算，下官佩服！”

“杨尚书客气了。”予恒谦虚地拱一拱手，随后走到蒋猎户面前，“好了，现在该轮到你了。”

蒋猎户急忙道：“小人从未撒谎，也没人收买小人，小人说的都是实话，那天真的看到有人运银两，而且……”他指着张远道，“就是这个人的声音，小人说的都是真的，殿下不相信，可以去问乡亲，他们知道小人脾性，从来不撒谎。”他生怕予恒不相信，一个大男人急得几乎要落下泪来。

予恒对他倒颇为客气，安慰道：“我没说不相信，只是很多时候，眼见都未必是实，何况是耳听。”

在蒋猎户不解的目光中，予恒道：“我想你再辨认一次，可以吗？”

“当然可以。”在蒋猎户应承下来后，予恒让他转过身，背对着张远和老者，随后走到张远二人旁边，低低说了几句。

在重新走回到蒋猎户身旁时，予恒道：“张护卫，可以开始了。”

“我有一些东西需要存放在庄子里，叫几个帮手出来。”张远的声音在大殿内响起，一如当初在刑部那般。

蒋猎户仔细听过后，用力点头：“对，就是这个声音。”

蒋猎户说完这句话后，所有人都用一种古怪的目光看着他，包括东方溯，因为刚才说话的并不是张远，而是他旁边那个老者，是他在模仿张远的声音。

蒋猎户知道实情后，也是满脸诧异，不明白老者的声音怎么会和张远一模一样。

“父皇，这位老者是金陵有名的口技人，可以模仿各种各样的声音，鸟叫、狼嚎、虎吼以及……人声。”

东方溯扬眉道：“你是说，当时万三找了一个会口技的人，模仿张远的声音？”

“金陵城原本有三位口技艺人，可现在只剩下二人，另外一人据说在半个月前回乡去了，但儿臣派人去他家乡问过，根本没有回去。”予恒眸光一转，落在面无表情的万三身上，“相信万阁主可以告诉我们，此人的真正去向。”

万三摇头轻笑："殿下这番推理很精彩，但草民对您说的这些当真一无所知，您一定是弄错了。"

予恒一言不发地盯着他，半晌，唇角扬起一缕讥色，也不说话，转身来到目光闪烁的郑三身前："你呢，也是不承认吗？"

郑三摊一摊手，满脸无辜道："小人是真不知道，想承认也没法承认啊。"

面对他的狡辩，予恒也不生气，淡然道："家里还有什么人？娶亲了吗？"

"还有一个老娘，至于娶亲……"郑三面色古怪道，"以前相过一个，但没成。"

"是六年前的事了吧？"予恒的话令郑三大吃一惊，他脱口道："殿下怎么知道？"

"我不只知道这个，还知道那个姑娘姓方，是一个屠户的女儿，虽不是大户人家出身，但也算知书达理，而且与你情投意合，当初要是在一起，也算美满。"

郑三苦笑道："小人福薄，没那么好命。"

"不是你没好命，而是你老娘瞧不上人家，盼着你娶万家的表小姐，我说得对吗？"

眼瞅着自己的事情被予恒一点一滴挖了出来，郑三心中不快，冷声道："殿下想知道小人的情况，直接问就行了，不必如此大费周章。"

对于他的讥讽，予恒微微一笑，续道："当初万家表小姐来金陵玩，你负责照顾，年轻细心，长相也算英俊，久而久之，这表小姐就动了心，想与你结百年之好，你娘知道这个事情后，就动了心思，希望你一步登天。可那会儿，你们已经向方屠户家下了彩礼，就等着到吉日完婚。

"你娘不甘心放弃这个机会，就去了方屠户家，强行解除婚约并把彩礼要了回来，弄得方屠户一家颜面扫地，方姑娘几番寻死，虽然都救了回来，可邻里坊间的闲言碎语，令她日日以泪洗面，方屠户为了闺女，不得以结束开了几代的肉铺，带着家人离开了金陵。

"你娘满心以为从此可以攀上高枝，平步青云，可她忘了'门当户对'四个字，她嫌弃方家，万家又何尝不嫌弃你家。表小姐的家人得知她看上了一个下人，连夜赶来将她强行带了回去，那位表小姐也是个软弱性子，被关了几天就妥协了，嫁了父母希望嫁的人。你娘攀高枝的念头落了空，回去找方屠户一家，他们已经人去楼空，懊悔不已，可已经来不及。

"你喜欢的一直是方姑娘，但被你娘生生拆散，大受打击，也因为这个事，你心灰意冷，六年来一直没有娶亲。而你娘也受到了报应，在这件事过去两年后，突然中风，从此瘫痪在床，全靠人照顾。"

郑三眼角一阵抽搐，冷冷道：“殿下对小人可真关心。”

“你是这桩案子的关键，本王怎么能不关心。”予恒绕着郑三徐徐走了一圈，似笑非笑地在他耳边道，“本王还知道一些后续，是关于那位方姑娘的，你想不想听？”

郑三知道，予恒故意这么问自己，想引他开口询问，如果他聪明一点儿，就应该闭紧嘴巴不问，可眼瞅着有方氏的下落，他忍了半晌终是没有忍住：“她……过得好吗？”

“你和方氏还未成亲，便已经有了肌肤之亲，一个姑娘家没了清白，你说她会好吗？”

“你……你怎么会知道？”郑三诧异地睁大了眼睛，这是他心里隐藏最深的秘密，连亲娘也不知道，予恒又是从何得知。

“我不止知道这个，还知道那次初尝禁果，令方氏珠胎暗结。”这句话如惊雷一般在郑三耳边炸响，令他久久不能回神。

另一边，万三的脸色也变得极为难看，眼中第一次流露出惧色。

许久，郑三终于回过神来，一把攥住予恒的袖子，迫切道：“你说……阿玉有了我的孩子？他们母子在哪里？在哪里？”

“方屠夫知道这件事情后，认为方氏败坏门风，一气之下，将刚刚生完孩子的方氏赶出了家门。他们母子无路可走，就回到了金陵，想要见你，那会儿你正好跟万三去了别处办差，门房就将他们母子给赶走了。那会儿正好是冬天，冰天雪地，一个还在月子里的女人还有一个小婴儿，你说他们会怎么样？”

郑三呆若木鸡地站在那里，半晌，他从牙缝中艰难地挤出几个字：“他们……死了？”

“是，第二天万府的人发现他们母子冻死在门口，事后，门房将这件事告诉了万三，万三怕你知道后不会继续为他办事，便将事情瞒了下来，成为一个永远的秘密。”

郑三拖着沉重的脚步来到万三面前：“爷，真是这样吗？”

万三暗自攥紧垂在袖中的双手，淡然道：“都已经过去那么久了，还提来做什么，待回去后，我帮你找一个好姑娘，成亲生子，保你儿孙满堂。”

“我只想知道，阿玉他们母子怎么样了？！”郑三面目狰狞地吼着，他跟了万三二十年，这是他第一次用这种口吻跟万三说话。

万三冷着脸不说话，予恒在一旁道：“如果你不说，我可以传门房或者你府里的其他下人来问话，他们应该很清楚。”

“不用了。”见隐瞒不过去，万三只得道，“阿玉母子确实来过，但等我知道的时候，他们已经死了，我……也没法子。”

“一句没法子就交代了两条人命，那是我的女人和孩子啊，你怎么可以这样……怎么可以……”说到后面，郑三已是蹲在地上泣不成声，他这些年一直没成亲，就是因为放不下方玉，如今知道方玉给他生了一个儿子，本是好事，可一转眼，竟然母子皆亡，而且还是死在万府门口，所有人都知道，就他像个傻瓜一样被蒙在鼓里，一无所知。

许久，郑三摇摇晃晃地站了起来，哑声道：“他们被埋在哪里？”

“门房说是扔到了城南的山丘上。”

“乱葬岗？”

万三默然不语，显然是默认了郑三的话，望着那张面对了二十年的脸，郑三低低笑了起来，一边笑一边流泪：“做得好，连张席子连捧黄土也不给，就这么扔到乱葬岗去，真是很好。”

看着又笑又哭的郑三，予恒心里泛起几分同情，说到底，他也是个可怜人：“虽然他们死了，但你至少还能亲手送他们下葬，让他们入土为安，虽然……晚了六年。”

郑三抹了把泪，心灰意冷道：“你不用安慰我，每年都有几百具无人认领的尸体扔到乱葬岗，六年时间，至少有上千具，再加上以前在的……到处都是皑皑白骨，哪里还找得到他们母子。”

予恒自袖中取出一只白银缠丝双扣镯：“可认得这个？”

说是银镯，其实已经发黑，黑不溜秋，瞧着一点儿都不起眼，郑三却是脸色大变，一把夺在手里，仔仔细细地看着，嘴里喃喃不知在说些什么。

许久，他抬起头，神情迫切而又疑惑：“这是我送给阿玉的定情信物，怎么会在你手里？”

“这是我在方玉尸体上找到的。”

郑三既惊又喜：“你……你说你找到了阿玉的尸体，真的？”

“我不会拿这种事情来骗你，而且……”予恒指一指他手里的镯子，“这是最好的证明。”

“对！证明，最好的！”郑三语无伦次地说着，下一刻，他急切道，“他们……他们母子现在哪里，我求求你，告诉我！告诉我！”

予恒看着几乎跪在他面前的郑三，暗自叹息一声，硬起心肠道：“我可以告诉你，但你得先交代一切。”

郑三紧紧咬着牙，不知在想些什么，万三这会儿已是紧张到了极点，面皮绷得紧紧的，但又不能当着东方溯等人的面呵止，只能在心里不断祈求。

可惜，满天神佛并没有听到他的祈求，在长久的思考后，郑三做出了万三最害怕的打算："好，我答应你！"

郑三从来不是一个拖泥带水的人，既然有了决定，当即朝东方溯道："启禀陛下，齐王刚才说的都是真的，一切一切都是环琅阁布的局，目的就是要逼您改立太子，重新洗牌权力中心。"

"为什么要这么做？"这是东方溯一直没想明白的事情，环琅阁只是一个江湖组织，怎么会有这么大的胆子。

"为了权力。"郑三的回答简洁明了。

予恒冷声道："你们就不怕我过河拆桥吗？"

郑三沉默半晌，说出一句令予恒诧异的话来："不怕，因为对环琅阁来说，殿下也只是一枚棋子。"

予恒指一指自己："棋子？怎么，环琅阁还想谋朝篡位，做逆臣贼子？"

郑三深吸一口气，凝声道："功成之日，大周倾灭，齐国取而代之，环琅阁会是最大的功臣，何来逆臣贼子之说。"

予恒眼皮狠狠一跳："你说什么？"

郑三冷笑道："殿下那么聪明，应该猜到了，环琅阁……并不仅仅是你们以为的江湖组织。"

予恒转头看向面无表情的万三，许久，收回目光道："是齐国的人？"

"不错，早在二十几年前，齐帝就知道，北周会是他称霸路上最大的障碍，所以安排万三潜入金陵秘密创建环琅阁，而在表面上，他是一个商人。知道他为什么做一行发一行吗？虽然那么多年来，齐国势力一直不能渗透金陵，但安排几个细作潜伏还是没问题的，多年下来，那些人多多少少有了一些成就，正是因为有他们的鼎力支持，才缔造了万三这个金陵首富。"

听到这里，就算万三城府再深也忍不住了，呵斥道："简直是胡言乱语，我是宁州府人氏，族谱在，族里的长辈也都认识，又怎么会是齐国细作？！"

郑三冷冷道："族谱上确实有你万三的名字，那些长辈也都认识你，可这一切都建立在你是万长风私生子的基础上，如果你不是呢？"

"二十几年前，万长风突然带回来一个年轻人，对族里的长辈说是流落在外面的儿子，长辈见万长风说得那么肯定，又见那年轻人聪明俊俏，便接受了，并将名字录入族谱之中，这个人就是你。

“虽然二十几年过去，不少长辈都过世了，但还有两三人在世，相信他们还记得这件事。”

“你说我不是父亲的儿子？”不等郑三言语，万三已是用力一拂袖子，斥道，“可笑，难道还会有人认错儿子的吗？”

“当然不会认错，但要是故意的呢？”到了这个时候，郑三也没什么好隐瞒的了，一五一十道，“当年万长风好赌，败尽家财不说，还欠了赌坊十几万两银子，被天天逼债，连祖宅都快要保不住了。可就在他认回你这个儿子后，赌坊就没有再找过他，那可是十几万两银子，就这么算了，可能吗？不可能，真相就是这一切都是齐帝在暗中操纵，为的就是让你在潜入金陵后，有一个名正言顺的身份。”

万三连连摇头：“你是不是得失心疯了，否则怎么会编出这些离谱的事情来。”

郑三眼底掠过一丝迟疑，到底是二十余年的主仆之情，但想起惨死的方玉母子，心肠终究是冷了下来：“你不承认不要紧，只要撬开府中所有鸟笼的底座，就一切真相大白。”

万三一直努力维持着的镇静，终于在这句话面前分离崩溃，所有害怕紧张都如潮水一样涌现在脸上：“你……你不要胡说！”

郑三唇角漫起冰冷瘆人的笑意：“既是胡说，你为何这么害怕？”

“你……你……”万三又气又慌，半晌，从牙缝里挤出两个字来，“蠢货！”

“我是蠢货，蠢得给害死自己妻儿的人卖命，其实最该死的人是我，是我！”郑三一边说一边用力捶头，现在只有痛楚才能让他好过一些。

万三气急败坏道：“我说过，我回来的时候，他们已经死了！”

“那你至少可以告诉我！”郑三嘶声吼着，眼底一片血红，“没有，你不仅瞒了我整整六年，还连一捧黄土也不肯施舍给他们母子！你……”郑三激动得说不出话来，待情绪平息了一些后，他狞笑道：“既然你不仁，那就休怪我不义了。万三……我要你去阴曹地府给阿玉母子赔罪！”

“疯子！”万三嘴唇发青地指着他道，“简直是个疯子！”

在他们争执的时候，东方溯已经派林默去万府取证，果然在那些鸟笼底座里发现万三与齐帝往来的书信。

至此，一切真相大白，万三还有环琅阁是齐帝用二十多年时间布置的棋子，一直在找机会祸乱北周。

万三原本想利用予恒一步步夺取权力，没想到反而步入了予恒的圈套，被端了个一干二净。

万三失魂落魄地站在那里，完了……真的完了……

他这一生布局无数，不知替多少有钱人解危脱困，摆脱律法的制裁。可轮到他自己时，却无计可施！

报应吗？

不，是有人蠢得连唾手可得的太子之位都不要！

想到这里，万三怒恨交加，突然冲到予恒身前，用力攥住他的衣襟，厉声道："东宫之位不好吗，帝王之位不好吗？为什么要这么做，为什么？"

予恒阻止想要冲过来的林默，漠然道："当然好，可在我心里，家人才是最重要的。"

"蠢货！蠢货！"万三气急败坏地怒骂着，他千算万算就是没算到，予恒竟连至高无上的权力都可以放弃。

半晌，万三怨毒地瞪着他："你以为这么做很伟大吗？早晚有一天你会后悔！"

"不会！"予恒说得干脆利落，一点儿犹豫也没有。

"会，你一定会后悔！"万三面目狰狞地吼着，只有这样，他心里才能舒服一些。

那厢，东方溯已经看完了书信，眼底弥漫着帝王的森冷与愤怒："真是好手段，连宫里都安插了你们的人手，说，是谁？"

听到这句话，万三眼睛猛地一亮，犹如将死之人看到了一根救命稻草，眼珠子飞快转了一圈，道："我可以告诉你，但有一个条件。"

东方溯阅人无数，岂会猜不出他的心思："你想朕放了你？"

万三倒也不遮着掩着，如实道："不错，那些细作就如一个个不知什么时候会炸裂的闷雷，用他们来换小人一条性命，这笔买卖很划算。"

东方溯怒极反笑："果然是商人，到了这个时候还不忘做买卖。"

"谢陛下夸奖。"万三自觉抓住了东方溯的痛处，腰杆子又重新挺了起来，"小人是贱命一条，死不足惜。陛下您可是万金之躯，万一伤了您或者哪位娘娘、公主，那可就不好了。"

东方溯不置可否地点点头："嗯，确有几分道理。"

万三心头一喜，赶紧游说道："只要陛下肯放小人一条生路，除了宫里的细作，所有小人知道的事情，都可以告诉陛下。”

东方溯目光一转，落在予恒身上：“他是你揪出来的，你说说，该答应吗？”

“一切听凭父皇发落。”予恒有些懊恼，“都怪儿臣，一直没能问出宫中细作的名字。”

“你已经做得很好了，余下的事情，父皇会处理。”在安慰了予恒后，东方溯重新看向万三，面色阴晴不定，许久，他终是点头道，“好，朕饶你不死。”

万三大喜，不过他并没有忽略这句话的漏洞，补充道：“不只是死罪，还有活罪。”

东方溯冷冷一笑：“倒是仔细。好，朕应承你，只要你供出宫中细作，朕就不追究你的罪。”

听到这话，万三心头的大石终于落了地，拱手道：“多谢陛下。”

“说吧，都有哪些人？”东方溯不耐烦地追问着。

万三倒也干脆，一一招供，环琅阁安排在宫中的细作竟有十五人之多，就连承德殿也有他们的人，好在只是一个在殿外侍候的粗使太监，但也足够令人心惊了。

待万三说完后，予恒蹙眉道：“只有这些人吗？”

“不错。”万三话音刚落，予恒便摇头道：“不对，你撒谎。”

万三眼皮微微一跳：“何出此言？”

“那次父皇生病，传了太医来看，这件事甚为隐秘，小方子不过是一个粗使太监，他根本不可能知道。”小方子就是万三供出来的承德殿细作。

万三眸光微闪，不自在道：“或许是别人告诉他的呢。”

“不可能。”张进斩钉截铁道，“当时承德殿知道这件事的，只有咱家和徒弟钱平二人，咱家没说，至于钱平一向嘴严，绝不可能跟小方子去碎嘴。”

看到万三闪烁的目光，东方溯哪会不知道，冷哼一声：“既然你不肯说实话，那你就留在这里吧。”

听到他隐藏在言辞间的杀意，万三大惊，急忙道：“是……是小人一时糊涂，求陛下再给小人一个机会，小人一定说实话，绝不敢再欺瞒！”

“朕问你最后一次，还有谁？！”

万三知道东方溯已经快没了耐心，不敢再讨价还价，咽了口唾沫，供出在太医院当差的一名细作。

东方溯冷冷盯着他，“还有谁？”

万三急急摆手：“这次是真没有了，全部都在这里。”说着，他试探道，“小人……可以走了吗？”

予恒连忙道：“父皇，此人狡猾多变，只怕还有所隐瞒，就算要放，也得审问清楚之后再放。”

万三急忙叫屈：“刚才确是小人一时糊涂，但这次，该说的确实全部都说了，一个字都没有隐瞒。”说着，他又试探道，“陛下金口玉言，相信不会食言吧。”

东方溯盯了他片刻，挥手道：“放他走。”

万三喜不自胜：“多谢陛下！”

予恒大急：“父皇……”

东方溯知道他要说什么，打断道：“朕刚才听你说，这二十年来，环琅阁做了许多昧良心的事？”

予恒不知道他为什么会问起这个，无奈道：“是，万三一向认钱不认人，只要肯给钱，就算是十恶不赦之人，也会想办法替其脱罪。反之，无辜的人就成了替罪羊，被他陷害坐牢甚至枉死的人不计其数。”

东方溯不置可否地点点头：“这么说来，万三……有不少仇人了？”

“是。”予恒匆匆答了一声，眼瞅着万三就快要步出大殿了，他心急如焚，再次道，“父皇，不能就这么快放他离开！”

“予恒。”东方溯不疾不徐道，“把万三是环琅阁阁主的消息放出去，相信会有很多人感兴趣。”

万三原本一只脚已经跨过门槛，听到这话，猛地又缩了回来，转过身气急败坏道：“你不是说放我离开的吗，怎么又出尔反尔？”

东方溯带着一丝猫抓老鼠的神情戏谑道：“朕何时出尔反尔了？”

万三生气道：“你放消息出去，不是存心要我的命吗？”

东方溯身子微微往前倾，一字一字道：“朕是要你的命，因为你该死！”

“你……你是天子，金口玉言，你不能食言，否则……会被天下人耻笑！”

东方溯摊一摊手，微笑道：“朕并没有食言，又何来耻笑。”

“你明明……”话说到一半，万三突然醒悟过来，是啊，东方溯刚才答应的是放自己离开北周，保证不泄露身份，并不在应承的范围之内。

万三又气又怕，指着他颤声道：“你……你算计我？”

东方溯微微一笑：“万阁主算计了那么多人，也该尝尝被人算计的滋味了。”

万三咬着牙，眼底尽是慌乱之色，这二十年来，环琅阁收钱买命，害死的人不知多少，一旦自己身份泄露，别说北周，就连金陵都走不出去。

想到这里，万三双腿发软，“扑通”一声跪在地上：“陛下一向仁慈为怀，就放小人一条生路吧，小人一定感恩戴德，以后……以后都不会再踏入北周一步，求陛下开恩！”

望着不住磕头哀求的万三，东方溯眼里没有一丝同情：“朕说过会放你，就一定会放你，至于别人朕就无能为力了，不过……朕可以给你指一条生路。”

听到有活命的希望，万三急急问道：“是什么生路？”

“用情报来换你的性命。”

万三脸颊微微一搐，目光闪烁道：“小人知道的事情都已经告诉陛下了，实在没什么情报可用来交换的。”

东方溯也不动怒，淡然道：“朕给过你机会了，是你自己不要。好了，退朝吧。”说完这话，他起身离去，连一丝犹豫也没有。

万三没想到东方溯说走就走，一时愣在那里，不知如何是好。予恒在一旁暗笑，姜果然还是老的辣。

眼见东方溯就快走得不见人影，万三终于抵不住对死亡的恐惧，脱口道：“除了我刚才供的十六名细作之外，还有一个。”

东方溯停下脚步，冷冷道：“终于肯说了吗？”

万三这才知道他早就看穿了自己，讪讪道：“小人该死，小人不该欺瞒陛下，小人……”

“行了。”东方溯懒得听他废话，径直道，“是谁？”

“他是……”万三刚说了两个字，突然喉咙一凉，紧接着似乎有什么温热的东西涌出来，他疑惑地低头看去，竟看到自己喉咙处露出一截黝黑的箭尖，上面还沾着殷红的鲜血。

与此同时，一柄薄如柳叶的匕首被击落在地上，匕首落地的地方离东方溯只有一寸之遥，显然是冲着东方溯来的。

挡在东方溯身前的林默惊出一身冷汗，刚才他要是慢一些，或者没截住这匕首，可就要闯大祸了！

此时，大殿上已是乱成了一团，百官和宫人吓得面无人色，四散奔逃，在这阵混乱中，一道身影悄悄往外走去，显然是想趁乱逃走。

“抓刺客！”孙九也在，当即纵身追去，予恒紧随其后，在追到宫门处，终于将他擒住。

“原来你也是奸细？”予恒难以置信地盯着刺客，竟然是礼部侍郎林冲，他曾与李太傅等人一起支持他入主东宫。

林冲怨毒地盯着他：“大计将成，却毁在你的手里，东方予恒，你真有种！”

“说，剩下那个细作是谁？”刚才虽然混乱，但予恒看得分明，万三喉咙中箭，就算大罗神仙也救不活。

林冲咧嘴，露出一抹阴狠的笑容：“我好不容易才杀了万三那个蠢货，又怎么会告诉你！”

予恒咬牙道：“就算你不说，我早晚也会找出来！”

“那就等你找到了再说。”说着，林冲闭紧了嘴巴，孙九面色一变，急忙去攥他的下巴，但还是晚了一步，林冲咬破了一早藏在牙里的毒囊，鸠毒发作，瞬间毙命，连施救的机会也没有。

二人无奈地回到承德殿，为防再有刺客，所有官员和宫人都被带到了殿外，殿内只剩下东方溯与林默几人，至于万三，仰面倒在血泊中，早已经气绝多时。

予恒将事情复述了一遍，跪下道：“儿臣无能，让林冲有机会自尽，请父皇责罚。”

东方溯亲自扶起他，安慰道：“他早存了必死之心，怪不得你。”

予恒忧声道：“为了阻止万三说出最后一名细作的身份，林冲不惜暴露身份，可见这名细作一定很关键。万一……他对父皇不利，那可如何是好？”

“朕会让林默逐一排查，应该很快会有眉目，在此期间，朕会加倍仔细，你不必太过担心。”说到这里，东方溯感慨道，“你这次可真是给了父皇一个大惊喜。好！很好！”

“这一切都是儿臣该做的。”面对东方溯的夸奖，予恒笑得极是腼腆，犹如一个涉世未深的大男孩，丝毫不见与万三周旋时的精明与果决。

“为什么不事先告诉父皇？”

“万三极其谨慎，这场戏只要有一丁点儿破绽，就会前功尽弃，儿臣实在不敢冒这个险。”说着，他再次跪下，“欺瞒父皇实在情非得已，还请父皇恕罪。”

东方溯欣慰道：“朕知道，只是委屈你了，也怪朕，竟没体会到你的一片苦心。”

予恒粲然一笑：“父皇千万不要这么说，只要能帮到父皇和太子，儿臣就算受再多委屈也值得。”

“好！果然是朕的好儿子！”东方溯用力拍着予恒肩膀，显然心情极好。

张进在一旁讨好道："恭喜陛下，贺喜陛下。齐王至孝，太子平安，又铲除环琅阁瓦解了齐国的阴谋，实在是三喜临门。"

"好一句三喜临门。"东方溯心情大好，"立刻传朕旨意释放太子。另外，让礼部挑选吉日，朕要册封予恒为亲王。"

"儿臣年纪尚轻，不敢受亲王位，还是……"不等予恒说下去，东方溯笑道："这亲王之位是你应得的。再说了，朕要是有功不赏，李太傅他们怕是又要埋怨朕了。"

提到李太傅等人，予恒咬一咬牙道："儿臣想用亲王之位换父皇一个恩典。"

东方溯盯着他道："你想替李太傅求情？"

"是。"予恒恳求道，"太傅等人虽有不对之处，但他们本意是为了大周好。还有尹御史，他也是被奸人蒙蔽，再加上痛失爱女，才会做出过激之事。还请父皇宽宏大量，原谅他们一次。"

东方溯笑一笑："朕知道，所以朕并没打算追究，至于亲王之位，你安安生生地受着，朕说过，这是你应得的。"

见东方溯心意已定，予恒没有再推辞："多谢父皇。"

"好了，去见见你母后吧，这阵子最难受伤心的人就是她了。"

提及沈惜君，予恒鼻子一酸，用力点头道："嗯，儿臣这就去。"

第四十九章　梅英采胜簪

在予恒赶往长信殿的时候，万三供述出来的十六名细作亦被一一擒拿归案，其中一人是静芳斋的宫女，她被带走的时候，冯川正好在交代事情。

“钱公公，这……这是怎么了？何事要带走阿妙？”冯川拉住钱平疑惑地问。

钱平冷笑道：“冯公公还不知道吧，这个女子是齐国奸细。”

冯川大惊：“奸细？这……这怎么可能，是不是弄错了？”

“冯公公还不知道承德殿发生的事吧，万三亲口供述的，绝不会有错。”

在听到“万三”二字时，冯川面色黯然一变，试探道：“钱公公说的万三可是那位金陵首富？”

钱平没有捕捉到冯川眼底一闪即逝的惊慌：“就是他，这个人是齐国派来的细作头子，弄了一个什么环琅阁，做尽坏事，还在咱们宫里安插了十几名细作，这个阿妙就是其中之一。”

冯川听得心惊肉跳：“真是人不可貌相，我看她做事勤快，还打算过阵子让她进内殿伺候太后老人家呢。”

“幸好没有，否则太后出了事，你麻烦可就大了。”

“是呢是呢。”冯川迭声答应，随即又试探道，“不知……除了阿妙之外，还有哪些人？”

“万三供了不少，大概有十几个吧，可惜最后一个没来得及说就被人灭口了。”

钱平的话令冯川心中一定：“这么说来，还有一名细作混在宫中而不知？”

“可不是嘛，陛下已经下旨一一核查宫中之人，一定要查出这名细作。”说着，钱平道，“咱家还得回去复命，告辞了。”

“钱公公慢走。”在送走钱平后，冯川快步进到暖阁，在将殿门紧紧关起后，方才长舒了一口气。

他就是万三没来得及说出口的第十七个细作，想不到……他们精心布置的计划，尽皆毁在予恒手里，好在他的身份只有万三和林冲知道，就连同在静芳斋当差的阿妙也不知道，否则后果不堪设想。

正在贵妃榻上假寐的陈太后被他惊动，睁开眼不悦道：“你这是怎么了？还有刚才外头吵吵嚷嚷的出什么事了？”

冯川咽了口唾沫，如实道：“阿妙被抓走了，还有其他人也都被抓走了，陛下……陛下知道了。”

陈太后猛地坐直了身子，紧张道：“那我们的事……”

冯川知道她要问什么，摇头道：“没有，他不知道，以后也不会知道。”

“那就好。”陈太后松气之余悄悄瞅了一眼冯川，虽然很快移开，但还是被冯川捕捉到：“你想出卖我？”

陈太后眼皮微微一动，平静道：“你想到哪里去了，哀家怎么会这么做。”

冯川走到陈太后身前，俯身捡起滑落在地上的锦毯替她重新盖好，细声道：“奴才给太后讲个故事，这以前啊，有两只蚱蜢被一个贪玩的小孩给绑在一根草绳上，咬也咬不断，挣也挣不开，走哪儿都是两个一起。久而久之，这其中一只蚱蜢觉得受束缚，没以前那么自在，就想把另一只蚱蜢给烧死，它找啊找，终于找到了一堆还没有熄灭的火，把那只蚱蜢给推进了火里。看着同伴被火烧得吱吱叫，它可高兴了，想着终于可以恢复自由了，可万万没想到，那火顺着草绳烧了过来。最后，这绳子是没了，可它也死了。”

“蚱蜢一心想着摆脱束缚，可它忘记了，大家都拴在一根绳上，一荣俱荣，一损俱损。”冯川凑到陈太后耳边，徐徐道，“太后，您说这蚱蜢是不是很蠢？”

喷吐在耳边的气息明明是温热的，陈太后却一阵阵发寒，她知道冯川是在警告自己，勉强挤出一丝笑容：“是……是挺蠢的。”

冯川微微一笑，又凑近了几分：“太后那么聪明，想必不会做跟蚱蜢一样的决定吧？”

“当然。”陈太后违心道，“你是哀家都倚重的心腹，哀家又岂会舍得离了你。”

冯川满意道：“如此就最好了，奴才一定会好好服侍太后，还有……”他压低声音道，“继续帮太后对付太子，那药效果可是很不错呢，相信过不了多久，太子就会变得痴痴傻傻，连自己姓什么叫什么都不知道。”

听到这话，陈太后身子猛地一颤：“你们已经输了，为什么还要继续下药？”

冯川不以为然道：“只是死了一些人而已，没什么大不了的，过不了多久，陛下就会再安排人过来接应。”

陈太后忧声道：“可……可予恒的态度你都知道了，他不可能听我们的。”

“奴才一早就跟万三说过，太子也好，齐王也罢，都不是咱们要的人，偏他就是不信，以为自己能够控制得住，现在好了，把自己性命也给搭上了。”冯川一边说着，一边替陈太后扶正髻上的凤钗，微笑道，“朝中那么多宗亲王室，太后到时随便抱一个垂髫小儿来就行了。”

“你倒是想得周全。”陈太后冷声说着，显然心里头并不痛快。

冯川不以为意，依旧笑眯眯道：“奴才是太后的人，当然要替太后考虑周全，忠心耿耿地侍候太后。”

陈太后抚一抚唇角，皱眉道：“你忠心的人是谁，自己心里明白，哀家不过是你手里的一枚棋子罢了。替哀家考虑……这样的笑话以后还是不要说了。”

每次陈太后蹙起眉头的时候，那些隐藏在皮肤下的皱纹就会如争食的鱼儿一般，争先恐后浮上眼角，并且一路蔓延到唇边。她虽然一直精心保养，可终究抵不过岁月的侵蚀。

冯川笑意不减道：“太后这话可真是伤奴才的心，奴才说的都是真心话，这忠心……”他意味深长道，“从来就不是一成不变的。”

陈太后神色一震，若有所思地盯着冯川：“你……”

“嘘！”冯川做了一个噤声的手势，“只要太后和奴才一条心，奴才保证，您不会白作嫁衣。”

陈太后隐约明白了他话中之意，嘴角露出一抹会意的笑容，细密的皱纹如被惊到的鱼儿，迅速散去：“若能这样，自是再好不过了。”

冯川笑一笑，正要说话，忽地神色一变，盯着窗子呵斥道：“谁？”

投在窗上的一道影子晃了晃，迅速消失不见，冯川急忙开门追出去，过了约莫一盏茶的工夫方才回来。

见他进来，陈太后急忙问道：“追到了吗，是谁？”

“没有，不过捡到了这个。”冯川递过一支梅英采胜簪，冷声道，“能够佩戴这种簪子的，应该不是咱们这里的人，而是一位主子。”

陈太后接在手里，思忖道：“哀家记得这簪子好些人都有，不过平常佩戴的人并不多，也就容贵嫔、刘氏几个。”顿一顿，她又道，“可有其他人瞧见吗？”

“都在各忙各的，负责守门的又恰好被叫去小厨房帮忙，所以没人瞧见。”

“一群没用的东西。”陈太后怒骂一句，催促道，“赶紧去查，一定要把这人找出来，绝不能让她把咱们的事说出去。”

“奴才知道。”冯川领命离去，他先去了常平殿，这几年容贵嫔凭着资历也熬到了贵嫔之位，得以独居一殿，不过却是离承德殿最远的宫殿，没有封号，只以姓氏相冠，恩宠可想而知。

到了那边，却是扑了个空，一问之下，方知容贵嫔去了采兰阁，住在采兰阁的是美人刘氏。

“我带公公过去。”说话的是常平殿的掌事宫女兰珠。

“好。”冯川应了一声，似不经意道，“姑姑怎么没跟在贵嫔娘娘身边？”

兰珠一边接过宫人递来的食盒，一边道：“主子见刘美人最近有些咳嗽，就让奴婢过来炖一盅冰糖雪梨，这不刚刚炖好。”

“原来如此。”冯川笑道，“刘美人跟贵嫔娘娘同居一殿，实在有福。”

兰珠笑一笑，道：“对了，公公这会儿过来，可是太后有什么吩咐？”

“倒也没什么，就是最近天气反常，太后身子骨又有些不舒服，想请贵嫔主子过去按按，姑姑知道，太后最中意贵嫔主子那双巧手，常说十个宫女加在一起，也不及贵嫔一根手指。”说着，冯川眼珠微微一转，“贵嫔什么时候去的采兰阁？”

兰珠想了片刻，道：“约莫一个多时辰前吧，怎么了？”

“没什么，我随便问问。”冯川随口敷衍了一句，从他见到那个人影到现在差不多半个时辰，这么说来，不是容贵嫔？又或者……兰珠在撒谎？

冯川悄悄看了一眼旁边的兰珠，心思飞转如轮。

这十来年，东方溯立意不再选秀纳妃，朝中大臣却不愿意，一而再、再而三地请求，还将皇族长辈搬出来游说，无奈之下，便挑了一些朝臣之女入宫，依据家世封美人、贵人等，但也仅止于此，她们的名字并没有记入敬事房的册子里，更没有绿头牌，也就是说，她们从来没有侍过寝，只是空有名分，刘美人就是其中之一。

容贵嫔正在与刘美人说话，瞧见冯川进来，甚是惊讶，得知冯川来意后，连忙道：“公公稍等，本宫说几句话就过去。”

“不急。”冯川笑眯眯地退到一边，目光在容贵嫔插在发髻右侧的梅英采胜簪上一扫而过。

容贵嫔点点头，接过食盒递给刘美人：“妹妹记得连汤带雪梨一起吃了，这样效果最好，明儿个本宫会再让兰珠送来，连吃上三天，咳嗽应该就好了。”

“多谢姐姐。”刘美人感激地接过，随即看向冯川，“冯公公，我也想去给太后请个安，可以吗？”

冯川还没来得及说话，容贵嫔已道：“本宫知道妹妹一片孝心，可妹妹别忘了，你这会儿身染风寒，咳嗽不止，万一传染给太后可怎么得了，还是等你病好了以后再去吧。”

刘美人连忙道：“我就远远请个安，不会传染给太后的。”

容贵嫔还要再说，冯川开口道：“难得刘美人如此有心，就一起去吧。”

“多谢公公。”刘美人满面欢喜地道谢，她去慈宁宫当然不仅仅是请安，而是想讨好陈太后，好替她在东方溯面前多说说好话。

她十六岁入宫，四年间一直独守空房，别说侍寝，连看到东方溯的次数都屈指可数。她现在已经二十岁了，要是再熬下去，就真要人老珠黄了，她可不想和容贵嫔一样，顶着所谓的贵嫔名分孤老一生。

“美人刚才一直和贵嫔在一起吗？”在去静芳斋的路上，冯川轻声问着。

刘氏面色微微一变：“是呢，一直在一起。”

冯川的目光在她面上徘徊片刻，徐声道：“奴才先前见到一个人影，很像是美人呢。”

刘美人露在袖外的指尖剧烈一颤，眼神也变得有些飘忽：“公公一定是看错了，今儿个我都没离开过采兰阁，公公不相信可以问贵嫔娘娘。”

冯川将她的神色收入眼底，微笑道：“美人的话奴才怎么会不信，再说奴才也是随口问问，美人无须在意。”

刘美人不自在地点点头，眼角余光不时瞥向走在前面的容贵嫔，显得有些心神不定。

到了静芳斋，容贵嫔行过礼后，殷勤地来到陈太后身边，蹲下身力道适中地替她揉捏肩膀和双臂。

陈太后双目微闭，满意道：“果然还是得你这双巧手，先前让他们几个按了一会儿，酸胀没缓解，反倒是疼了起来。”

容贵嫔讨好道：“太后舒服就好，臣妾以后每天来给您按一会儿。”

陈太后笑道："那不是得把你累坏了啊，不行不行。"

"只要太后舒坦，别说累一些，就算臣妾这双手废了也值得。"容贵嫔笑起来的时候，眼角有细微的纹路，到底也有些年纪了，比不得青春少艾之时。

"那哀家可舍不得。"陈太后笑语了一句，将目光转向站在门边的刘美人，蹙眉道，"怎么站这么远，来，走近一些。"

刘美人受宠若惊道："臣妾这几天受寒咳嗽，万一传给太后，可就罪该万死了。"

"哪有这么多罪该万死。"陈太后笑一笑，"既是病着，就该在屋子里好好歇着，来哀家这里做什么，这来来回回地万一加重了病情怎么办。"说着她又看向冯川，"你怎么也不拦着一些。"

刘美人连忙道："不怪冯公公，是臣妾想来给太后请安。再说，看到太后慈颜，臣妾这病已是好了许多。"

陈太后撑不住笑道："果然是容贵嫔调教出来的人，这两张嘴一模一样，就知道哄哀家。"

听到这话，容贵嫔嗔道："太后冤枉臣妾，臣妾哪有调教什么，刘美人说的那些都是她自己的真心话。"

刘美人接过话道："是呢，臣妾说的都是心里话，一点儿不掺假。"

"好了，哀家知道你们都是有孝心的孩子。"陈太后接过宫人递来的茶盏，刚一揭开盖子，六安瓜片独有的清香便弥漫了整个暖阁，她徐徐啜了一口，漫不经心道，"承德殿的事情你们都听说了吗？"

刘美人面色一变，赔笑道："臣妾不知道呢。"

陈太后垂目落在容贵嫔脸上，容贵嫔知道她的意思，微笑道："太后是知道臣妾的，从来不过问前朝之事，不过……今儿个宫里不甚太平。"

陈太后微微点头："哀家也是刚刚知道，原来予恒争夺东宫之位的事情是假的，他是想借此引出环琅阁背后的主谋。如今万三伏法，齐国安插的细作也被一一揪了出来，总算是一切雨过天晴。"说着，她心有余悸道，"哀家真是没想到，连这静芳斋也混进了齐国的细作，真是可怕。"

冯川拧眉道："奴才听说，还差了一名细作，万三在供出之前就被人灭口了。"

陈太后看着容贵嫔二人道："你们二人可有在常平殿见到什么可疑的人？"

容贵嫔轻叹了一口气，黯然道："这细作都是冲着陛下的，臣妾住得那么远，说句伤心的话，十天半个月也难见到陛下一面，那些细作又怎么会费心思混入常平殿，要混也是混去漪兰殿或者长信殿。”

陈太后微一点头，对刘美人道：“那你呢？”

刘美人低着头不知在想些什么，听到陈太后问她，身子猛地一颤，似被吓到了，神情也有些慌张：“臣妾也没见过。”

陈太后的目光在她脸上徘徊，片刻，淡然道：“没事了，你跪安吧。”

“臣妾告退。”刘美人总觉得陈太后看自己的眼神有些古怪，但具体又说不出来。

在刘美人离去后，陈太后突然抬手徐徐抚着容贵嫔的脸庞，掌心的纹路令容贵嫔面颊微微发痒，她诧异地仰起头：“太后……”

“秀英和予瑾走后，就你一直陪在哀家身边了。”陈太后手指攀上容贵嫔发髻，一勾一转，那支梅英采胜簪已是落在她手上。

容贵嫔恭敬道：“臣妾一定会好好孝敬太后。”

陈太后笑一笑，把玩着簪子道：“你以为从别处拿一支来插在髻上，就能骗过哀家了吗？”

容贵嫔满面诧异道：“太后您在说什么，这簪子……原本就是臣妾的啊。”

“是吗，哀家怎么瞧着有些像刘美人那支？”

容贵嫔委屈道：“刘美人确实有一支一模一样的，但这支真是臣妾的，这种事情臣妾没必要欺瞒太后。”

见她说得情真意切，陈太后眼底掠过一丝松弛：“这么说来，是哀家错怪你了？”

容贵嫔连忙跪下道：“臣妾不敢。”顿一顿，她抬起眼睛，试探道，“只是……臣妾不明白，太后为何会问起这个。”

冯川在一旁道：“贵嫔有所不知，奴才刚才扶太后去外面散步，无意中听到花丛后面有人在埋怨太后，奴才赶过去的时候，人已经不在了，只留下一支梅英采胜簪。”

“原来如此。”容贵嫔恍然之余似又想到了什么，脱口道，“难不成……”

陈太后等了一阵子不见她说下去，追问道：“难不成什么？”

容贵嫔神情慌张道：“没……没什么。”

陈太后打量着她，漠然道：“怎么，连哀家也不能说？”

“不是，臣妾只是……”容贵嫔不安道，“只是担心有所误会。”

陈太后眸光一沉，冷冷道：“说！”

容贵嫔无奈道：“启禀太后，在冯公公来之前，刘美人匆匆忙忙来见臣妾，要臣妾去她那里，又说若是有人问起，就说臣妾一直与她在一起。臣妾觉得奇怪，就问怎么一是怕说了之后会让万三察觉嘛。”

沈惜君抚着他俊朗的面容，感慨道：“母后知道，可母后心疼啊，这么大的委屈，你就一直自己一个人受着，还受了这么久。也怪母后不好，不仅不相信你，还打了你，一想到这个，母后心里就难受，母后……”

予恒见她越说越难过，赶紧握住她的手：“不怪母后，要怪就怪儿臣演技太好，看来以后儿臣可以去戏班子混饭了。”

沈惜君原本已经快要落泪，被他这么一打岔，顿时笑了起来，嗔怪道：“就知道贫嘴。”

予恒笑着扶她到亭子里坐下：“母后养了儿臣那么多年，别说打几个巴掌，就算要儿臣的命，那也是应该的。”

“你啊。”沈惜君拭去眼角的泪水，欣慰道，“母后这辈子最骄傲的事情，就是有你这个儿子，就算现在老天爷要把母后的命收回去，母后也可以瞑目了。”

一听这话，予恒急忙道：“母后快别说这样晦气的话，您可得长命百岁，看着儿臣娶妻生子呢。”

予恒的紧张令沈惜君心中越发温暖，微笑道：“好好好，母后长命百岁，长命百岁。”

她一边说着一边又去剥莲子，予恒连忙拦住她：“这莲子苦，母后还是别吃了。”

沈惜君笑道：“你采来的莲子，再苦也变成甜的了，再说莲子能够明目清火，是好东西。”说着，她看了一眼四周，感慨道，“果然心情好了看什么都舒坦，真好。”

予恒有些内疚道：“是儿臣不好，让母后担心难过，儿臣答应您，以后都不会了。”

沈惜君笑语道：“母后可记住你的话了，不许耍赖。”在予恒答应后，她又语重心长道，“这次的事，母后知道你是为了顾全大局，怕露了破绽功亏一篑，但你要答应母后，一定不能有下一次了。虽然你不是母后亲生的，但在母后心里，早已经与亲生无异，你要是有什么三长两短，母后……真不知该怎么办。”

“儿臣明白。”予恒抹去眼角的湿润，笑道，“以后有什么事情，儿臣都与母后商量着办。”

“一言为定？”

“一言为定！”听到予恒的回答，沈惜君心中一松，笑意重新染上眉眼，转而道，“太子那边怎么样了？”

“张公公已经去东宫传旨，这会儿应该已经开释了。”说到这里，予恒眉眼一沉，神情有些抑郁。

看到他这副神情，沈惜君道：“还在担心最后那名细作？”

“嗯，一日不除就一日是个祸患。”予恒愁眉道，“但经此一事，他肯定会隐藏得更深，也不知能不能揪出来。”

沈惜君拍拍他的手，安慰道：“明儿个本宫去找贵妃商议，她一向足智多谋，定能找出那个细作来，你别太担心。”

予恒应了一声，咧嘴道：“说起姨娘，儿臣骗了她那么久，得赶紧去赔个不是，也不知姨娘会不会把儿臣轰出来。”

兰珠在一旁打趣道：“还真有可能，殿下这次着实是把咱们给骗惨了，贵妃娘娘这会儿怕是正哭笑不得呢。”

予恒不好意思地摸摸鼻子，讪讪道：“轰就轰吧，大不了多去几次，反正我这脸皮还算厚实。”

“你啊。”沈惜君宠溺地笑着，突然笑容渐渐敛了起来，定定地看着予恒，不知在想些什么，予恒察觉到她的神情变化，蹲在身前关切地问道：“母后怎么了？”

“没什么。”沈惜君摇摇头，抚着予恒俊朗的面容，黯然道，“母后只是……有些担心你父皇。”

予恒心思一转，已是猜到了几分：“父皇的病情依旧没有好转？”

沈惜君忧容满面道：“别说好转，不恶化本宫就谢天谢地了，希望接下来的日子太平一些，让你父皇能够好好休养，等医十回来。”

予恒黯然道：“是儿臣不好，没有事先将计划告诉父皇，令父皇心神劳损，加重了病情。”

“若没有你帮着对付环琅阁，你父皇这病怕是要更重。”沈惜君叹了口气，“说到底，还是以前落下的病根，一天没治好，本宫这心就一天不得安生。”

予恒也不知该怎么劝，只得道：“父皇吉人天相，一定会没事的，母后别太担心。”

“希望是这样。”话虽如此，到底是压了一块石头在心上，不复之前的轻松愉悦，更没了赏鱼看书的心思，坐了一会儿便让予恒扶着回了长信殿。

再说漪兰殿，花蕊提着一桶水，仔仔细细地擦着正殿角角落落，连回廊扶手和台阶也不放过，简直亮得能照出人影来。

吴七一边修剪庭院里的花草一边笑道："我说花蕊，这里里外外你都擦好几遍了，还没擦完啊？"

花蕊白了他一眼："你懂什么，太子殿下马上要来了，当然得擦干净一些。"

吴七打趣道："就怕你擦得太干净，害太子殿下打滑摔跤，那可有趣了。"

"呸呸呸！"花蕊没好气道，"今儿个大喜的日子，也不知道说些好听的，万一要是被你这乌鸦嘴触了晦气，我一定告诉主子，让她好好罚你！"

"你擦的地，要罚也先罚你！"吴七笑着顶了她一句，他们二人只要碰到一起就针锋相对，吵吵嚷嚷，活脱脱就是一对冤家。

"你！"花蕊说不过他，气得跺脚，差点儿踢倒了旁边的水桶，看到里面晃来晃去的水，忽地眼睛一亮，拿抹布蘸了水用力向吴七甩去，吴七没料到她会有这么一招，被甩得满身是水。

"好啊，说不过人家就动起手来了是不是？看我不剪了你的头发。"吴七抹了把脸上的水珠，凶神恶煞地绞着手里的剪刀。

花蕊朝他扮了一个鬼脸，正好夏月经过，她赶紧拉住告状："姑姑，吴七要剪我头发。"

夏月好笑道："这话他从去年说到今年，眼瞅着都两年了，还一根头发丝都没剪过呢。"

花蕊不服气道："那是因为他没找到机会。"

夏月刮一刮她红扑扑的脸颊，笑斥道："你们两个啊，天天碰到一起就斗嘴，水火不相容。要不然，明儿个我跟主子说说，把吴七调去内务府当差，前儿个遇到内务府总管，还和我抱怨说最近内务府事情多，忙不过来呢。"

"不要！"

"不要！"

花蕊和吴七异口同声地拒绝，发现彼此说的话一样时，脸庞皆是微微一红，好在原本就被太阳晒得通红，倒也看不出来。

夏月摇头道："瞧瞧你们，碰一起斗嘴，分开又不肯，简直是前世的冤家。"说到这里，她突然抿嘴笑了起来，瞅着二人拖长音道，"该不会……

花蕊在旁边脸红得快要烧起来了，赶紧转移话题："姑姑，太子到了没？"

"还没有，应该快了。"夏月话音未落，花蕊便急急道："那……那我去外面看看。”

她走后，吴七也赶紧低头修剪花枝，看也不敢看夏月，唯恐她揪着刚才的话不放，好在夏月并没有再说，反而低低叹了口气。

“姑姑！姑姑！”刚刚走出去的花蕊兴奋地奔了进来，“太子殿下来了！”

看到大步走进来的予怀，夏月欢喜得几乎落下泪来，双手搭在腰间福了一福，哽咽道：“奴婢给太子殿下请安，殿下万福。”

“姑姑请起。”予怀温和地说着，却没有像以前一样去搀扶。

夏月直起身，仔仔细细地打量着予怀，心疼道：“瞧瞧，才这么几日工夫，就清瘦了许多，面色也差了，定是吃得不好。”

“是吗？”予怀摸一摸脸颊，微笑道，“都已经过去了，姑姑别担心。”

“对对对，都过去了。”夏月抹去眼角的泪花，欢喜道，“奴婢这就去给殿下做您最喜欢吃的梅菜扣肉还有萝卜丝饼，您待会儿多吃一些。”

“好。”予怀看了一眼夏月身后的正殿，“母妃在里面吗？”

“在！”夏月连忙点头，“瞧奴婢这记性，尽顾着和殿下说话，忘了主子还在里面等着呢，您快进去吧。”说着，她对花蕊道：“你陪殿下进去，我去小厨房。”

“嗯。”花蕊欢喜地答应，陪着予怀走了进去，慕千雪正在沏茶，瞧见予怀进来，目光瞬间变得慈爱无比：“回来了？”

她说得那样轻和，仿佛予怀只是去游玩一趟，而不是在生死边缘艰难地挣扎求生。

“是，儿臣回来了。”予怀牵一牵嘴角，他看慕千雪的眼神很怪，有激动，有欣喜，还有……陌生。

慕千雪没有留意到他眼底的古怪，伸手抚过予怀消瘦的脸庞，微笑道：“瘦了一些，好在精神还不错。”

小元子在一旁道：“殿下不知道，您被禁足的这些日子，主子天天食不知味，睡不安寝，就怕您有什么事，好在终于是雨过天晴了。”说着，他殷勤地端上茶，“这是殿下您爱喝的六安瓜片，今年六安瓜片歉收，主子这里统共也只得了三两，知道您爱喝，都给您留着呢。”

“多谢母妃。”说着，予怀一撩石青绎金长袍跪在地上，歉疚道，“都怪儿臣大意，中了奸人歹计，自己身陷囹圄不说，还让母妃担惊受怕，实在罪该万死。”

“有心算无心，怪不得你，快起来。”慕千雪慈爱地扶起他，待得坐下后，她道，“见过你大哥了吗？”

予怀摇头道："没有，儿臣一出东宫，就去见了父皇，之后就是来母妃这里，尚未看到大哥。"

"这次的事，你真要好好谢谢你大哥，要不是他忍辱负重，设计揭穿了齐国和万三的阴谋，你可就真的危险了，连母妃都难以救你。"

"儿臣知道，儿臣待会儿就去找大哥。"予怀应了一声，徐徐抿着茶，过了一会儿，夏月走了进来，将一张纸递给慕千雪："这是纪太医刚刚派人送来的，请主子过目。"

慕千雪才看了一眼，便蹙起了细致的双眉："怎么药量一下子加重了这么多？"

"纪院正说原本的分量对陛下已经没用了，现在这个分量，已经是纪院正几番斟酌的结果了，不能再减了。"

予怀听得疑惑，道："姑姑，这是什么，药方吗？"

夏月点头道："嗯，开给陛下的药方。"

予怀不解道："既是开给父皇的，怎么拿到这里来了？"

"主子曾交代过太医院，每一次变更药方都要先拿来过目。"

"哦。"予怀应了一声不再言语。那厢，慕千雪道："既然减不了，那就用着吧，让纪临在陛下服药的半个时辰内都留在承德殿，以便随时照应，一旦情况不对，就赶紧停药。"

"奴婢知道。"在夏月退出去后，予怀道："母妃，父皇这是怎么了？"

慕千雪叹了口气："你父皇的身体原本就不好，又赶上环琅阁的阴谋，几番动怒，更是雪上加霜，原先开的药已是起不了作用了。"

"哦。"予怀淡淡应了一声，便又低头喝茶，再不多问一声，仿佛生病的只是一个毫不相干的人。

这样的淡漠令小元子诧异，在他印象里，太子是最孝顺的，以往陛下咳嗽几声都要紧张半天，怎么这回如此淡漠。

难不成还在为禁足的事情生气？可太子并不是一个小气的人，而且他应该很清楚，禁足一事是情非得已。

小元子有心想问，可又不知道该怎么开口，只得把已经到嘴边的话又咽了回去。

那厢，慕千雪眼底也掠过一丝诧异，她并没有直接问出口，而是以一种极为委婉的方式道："母妃知道这次的事令你受了许多委屈，但母妃和你父皇一直相信你是无辜的，禁足只是权宜之计。"

"儿臣明白。"予怀的回答简洁明了，没有一个多余的字。

慕千雪愣了一下，随即神色复杂地点点头："明白就好。"

小元子暗自皱眉，予怀的回答并无不对，但他总觉得哪里不对劲儿，但具体又说不上来。

予怀倒像没事人似的，徐徐饮着茶，偶尔说几句话，坐了一会儿，宫人来请他们到偏殿用膳，夏月也回来了，笑盈盈地将一盘梅菜扣肉摆到予怀面前："料都是奴婢放的，交代他们蒸足半个时辰，殿下快尝尝看。"

"好。"予怀拿起银筷挟了一片肥瘦相间的肉放到嘴里，只是嚼了几口便吐了出来，皱眉道："太腻了。"

夏月诧异道："不会啊，殿下您以前最喜欢这样半肥半瘦的了。"

"我从来不喜欢油腻的东西。"予怀直截了当地回答，丝毫不顾及就在旁边的夏月。

夏月被他说得尴尬不已，讪笑道："那……那奴婢下次挑不肥的。"说着，她赶紧将萝卜丝饼推过去，"殿下吃这个，这个不腻。"

予怀只是看一眼，便意兴阑珊地搁下筷子："算了，没胃口，不吃了。"

夏月没想到自己精心制作的两道菜都被予怀嫌弃，一时不知该怎么说，还是慕千雪替她解了围："今儿个天热，难免没胃口，别往心里去。"说着，她朝予怀道，"夏月一片心意，怎么着也吃几口。"

予怀并没有因为慕千雪的劝说而改变态度："儿臣真的没胃口，母妃吃就是了。"

予怀的无礼令慕千雪颇为不悦，正要言语，夏月已道："不怪殿下，是奴婢手艺不好。"说着，她讨好道，"殿下喜欢吃什么，奴婢立刻让御厨去做，您怎么着也得吃点儿。"

"不用麻烦了。"予怀扫了一圈，勉强拿过一个红糖糍粑，"我吃这个就行了。"

见他坚持，夏月只得作罢，因为予怀的挑剔，这一顿午膳吃得并不愉快。午膳后，花蕊一边收拾一边嘟囔道："殿下的嘴什么时候变这么挑了，那么多菜都不中意。也就姑姑忍得住，换了我早就被气哭了。"

夏月笑笑："这有什么好气的，殿下也不是故意挑刺。"

花蕊拧着两条弯弯的眉毛，疑惑道："我总觉得殿下这次回来有些变了，变得……呃，不近人情，要换了以前，他就算再不喜欢，也不会这样说，更别说那明明就是他中意吃的菜，偏偏就是一口不动。"

小元子听到她的话，道："殿下嘴一向挑，你们不知道罢了。"

花蕊眨眨圆溜溜的眼睛，不解道："不会啊，我记得殿下有什么吃什么，从来不挑的。”

“那是因为殿下不说。”在将碗碟端给宫人端下去后，小元子对夏月道，“其实殿下是真不喜欢吃梅菜扣肉，那萝卜丝饼也只是一般。”

夏月诧异道：“那殿下为什么……”

“为什么要说喜欢是吗？”在夏月点头后，小元子道，“你还记不记得第一次做这道菜的情形，你说你最拿手的就是做这道菜，切肉的时候，还一不小心切到了手。”

“记得，怎么了？”

“其实殿下一点儿都不喜欢吃梅菜，也不喜欢半肥半瘦的肉，只是见你辛苦，怕你失望，所以才说喜欢。”

“这……”夏月不愿相信这话，但她清楚，小元子是不会拿这样的事来开玩笑的，她定一定心神，道：“你怎么知道的？”

“有一回，我奉主子之命送些东西去东宫，恰好那里的厨子也做了一道梅菜扣肉，殿下一筷没动，还让厨子以后都不要做了。”

“既是这样，你为什么不告诉我？”

小元子耸一耸肩道：“我倒是想说，可殿下不让，说是你的心意，还说偶尔吃吃味道也不错。”

花蕊恍然点头，随后又奇怪道：“既然殿下以前那么体谅，怎么今儿个又都说了？还说得那么直接，简直能把人噎死。”

“所以才说奇怪，简直……”小元子拧着眉毛，努力想着可以形容予怀的言语。

“简直像变了一个人是吗？”身后突然传来一个声音，令小元子豁然开朗，连连点头，“对对对，就像变了一个人。”

说完这话，他才意识到这个声音不对，赶紧转身，只见慕千雪扶着吴七的手站在门口，赶紧跪下道：“奴才该死，请主子恕罪。”

夏月与花蕊也都屈身行礼：“小元子并非有意议论殿下，请主子网开一面。”

“都起来吧。”慕千雪走到椅子边坐下，望着忐忑不安的几个人道，“何止你们，连本宫都觉得予怀像变了一个人似的。”

夏月安慰道：“或许是殿下刚解了禁足，心情还没调整过来，过几日就好了。”说着，她问道，“殿下回去了吗？”

“嗯，他说去齐王府道谢。”慕千雪叹息一声，望着夏月道，“予怀不是没经历过事情的人，若仅仅是禁足，不至于让他变成这个样子。”

夏月试探道："难不成……还有别的事情？"

"本宫也说不上来，总觉得和以前不大一样。"

小元子思忖道："奴才觉得殿下性子变得很冷漠，听到陛下龙体欠安，也没有一句询问的话，要换了以前，一定很担心。还有，殿下先前看夏月的眼神很陌生。"

花蕊眼珠子骨碌碌一转，突然道："我知道了，有人狸猫换太子！"

小元子一怔，旋即哭笑不得道："你这脑袋瓜子在想些什么，还狸猫换太子。"

花蕊不服气道："戏文上不是这么演的吗？再说以前古先生不就被人换过吗？"

"太子禁足的那段日子，禁军与神机营日夜在东宫看守，我倒想问问，要怎么样才能把太子换出来？"

"这……"花蕊被小元子问得答不上话来，不服气道，"那你说说，殿下这是怎么回事？"

小元子自是答不出来，见慕千雪面有忧色，安慰道："殿下应该是有什么事情烦恼，等解决了就好了，主子别太担心。"

"也只能这样了。"慕千雪叹一叹气，对小元子道，"趁着这会儿天色还早，你去一趟张府，请张相入宫。"

"是。"在小元子退下后，花蕊好奇道："主子您找张相做什么啊？"

夏月轻斥道："自然是有事，哪来这么多话。"

花蕊也自知多嘴，吐一吐舌头不敢再问，慕千雪倒是没有生气，纤指抚过供在青花瓷瓶中的百合花瓣，眸光轻抬，望向高远明丽的天际，一群不知名的鸟雀正振翅飞过："来而不往非礼也。"

盛夏之后，便是秋季了，四季之中，唯独秋季是丰收之季，百姓欢喜，国库丰盈，最是让人高兴。

可这个秋季，齐帝却是怎么都高兴不起来，先是北周在边境增兵，虽说暂时没有进攻，却犹如悬在头顶的一把利剑，令他压力倍增。紧接着当年在争储之中败给他的凌王拥兵造反，险些打到临淄。再然后是齐帝最喜欢的小儿子外出打猎的时候被几个歹人袭击，在一众护卫拼死保护下捡回一条性命，但也受了惊吓，回来后大病一场。

一连串的事情令齐帝焦头烂额，但这还没完，一向平静的临淄城不时闹出刺客事件，被刺杀的都是朝廷重臣，短短一个月里，就有两位大臣遇刺身亡，还有几个都受了不同程度的伤。一时之间人心惶惶，齐帝为了安抚人心，将一向只负责守卫皇宫的血骑士给调了过去，再辅以禁军日夜巡逻，这才算太平下来，但那些刺客还在，一旦他们松懈，刺杀事件就会继续。

“陛下，王丞相来了。”太监独有的尖细声音在昏暗的大殿中响起。

靠在龙椅中的齐帝缓缓双目，沉声道：“宣！”

“遵旨。”在太监躬身退下后不久，一名四旬左右的中年人走了进来，在殿中间站定，拱手行礼：“参见陛下。”

示意他起身后，齐帝开门见山地问道：“造得怎么样了？”

王丞相恭敬道：“火枪和火炮都已经造好，也试过了，确实威力极大，至于水船，船体都已经造好，只差最关键的部分便可入水试验。”

“他还不肯？”齐帝冷冷问着，面容在光线昏暗下无法看清。

“是。臣问他讨要过许多次，他都以陛下还没将二十万大军交给他为借口推搪。”说着，王丞相拧眉道，“看这样子，不给他兵马，他是绝不会交出图纸的。”

齐帝沉默片刻，道：“朕交代你办的事呢？”

“臣都依着陛下的吩咐去做了，但萧若傲既不亲近女色，也不饮酒，就连吃的东西，也都要银针试过之后才肯入口，实在是无从下手。”

齐帝冷笑一声：“他倒是谨慎得很。”

“这件事确实很麻烦，不然……”王丞相瞅了他一眼，试探道，“臣再想想别的办法？”

齐帝眸光微动，凉声道：“你想用刑？”

“陛下英明。”王丞相复行一礼，抬头道，“人总归是人，不是铁打的，只要皮肉之苦足够，不信他不说。”

“水船是他东山再起的唯一指望，他是不会说的。”齐帝毫不犹豫地否决了他的主意。

“可咱们也不能真给他二十万大军。”王丞相无奈道，“一来拨出去这么多士兵，必然会严重损耗咱们大齐国力；二来萧若傲不是善与之辈，他的目标也绝不只北周一个。”

“朕知道。”齐帝抚过光滑如璧的扶手，沉沉道，“所以朕才召你来商议，留给咱们的时间不多了。”

王丞相一怔，正要问他后面这句话的意思，身后传来脚步声，回头看去，竟是血影，衣角随脚步而动，带起一阵淡淡的血腥气，细细看去，银灰色的袍子上溅了不少血迹，看来是刚刚经历过一场恶战，连衣裳都没来得及换。

血影走到王丞相身边，单膝跪地道：“启禀陛下，卑职刚才抓到一名杀害董大人的刺客，可惜被他伺机自尽，未能活捉。”

“其他刺客呢？”

“暂时还没消息，不过那人临死之前，有一句话让卑职转述陛下。”

齐帝盯着他道：“说了什么？”

血影如实复述：“来而不往非礼也。”

齐帝眼底掠过一道精光，喃喃道：“果然是她了。”

王丞相思忖着齐帝话里的那个“她”，忽地灵光掠过，一个名字脱口而出：“璇玑公主？！”

“不错，万三身份曝光，她知道是朕的人，所以寻思着来报复了。”齐帝起身走到一座青铜雕云纹祥鹤烛台前，烛台里的蜡烛因为燃得久，烛芯焦黑蜷曲成一团，令烛光黯淡昏暗，不复之前的明亮。他取过搁在旁边的铜挑子，挑一挑烛芯，正好秋风从没有关严的门缝中吹进来，双管齐下，烛苗“忽”地被拉长，比原先更加明亮。

王丞相恍然道：“臣明白了，难怪陛下说时间不多，是得赶紧完成水船，对付北周。”

齐帝拍一拍手，凉声道：“错了。”

王丞相一怔，任他怎么想都不明白自己错在哪里，只得道：“请陛下明示。”

“就算咱们现在完成水船，也需一段时间来适应，不是立刻就能够动用的。万一北周先动兵，那咱们就被动了。”

王丞相试探道：“那陛下说的时间……”

齐帝淡淡一笑，说出一句令王丞相意想不到的话来：“朕打算把萧若傲交给北周，用来换取足够的时间。”

虽然出乎意料，但王丞相在齐帝还是皇子的时候就跟着他，最懂得齐帝的心意，很快便猜到了：“陛下是想用萧若傲堵住璇玑公主的报复？”

“不错。”齐帝眯眸盯着明亮的火焰，冷声道，“她这几年没少动手脚，就在前两日，运往边境的一批粮草失窃，至今下落不明。这件事朕一直压着不让声张，以免好不容易安抚下来的人心又浮动。但朕压得了一次、两次，压不了一辈子，谁也不知道她究竟在齐国安插了多少奸细。”

“臣明白。”王丞相沉声道，“北周不止一次问咱们要人，若是将萧若傲交出去，确实能换一阵子太平，但水船怎么办？难道要放弃？”

“当然不是。”齐帝转身，沉沉盯着他，“水船要完成，人也要交！”

王丞相眼珠子飞快转着，他这回算是听明白了，齐帝召他来是想要一个两全之策，但这两件事是对立的，两全……谈何容易。

齐帝也不催促，慢悠悠喝着宫人递来的茶，一时之间，大殿异常安静，连外面秋风卷过落叶的声音也能听到。

待得一盏茶喝尽，齐帝抬眼道：“如何，想好了吗？”

王丞相正想得绞尽脑汁，听到他这么问，连忙打起精神道：“臣以为，既然酒色不能令萧若傲就范，不妨用财。”

听到他的话，齐帝顿时沉下眉眼，重重搁下空盏：“丞相是在与朕开玩笑吗？”

萧若傲好歹也曾当了十几年的皇帝，虽然现在落魄了，但还不至于见钱眼开，财？简直是笑话！

“臣错言，陛下息怒。”王丞相一边跪下请罪，一边迅速整理思路，解释道，“臣所谓的财，是指萧若傲想要的东西。”

齐帝冷笑道：“他想要的东西，无非是二十万大军，可你知道，朕不可能真的给他。”

“臣知道，其实……”王丞相抬头，嘴角噙着一缕诡异的笑容，“咱们齐国的士兵，只有陛下才能得心应手地指挥，其他人都是借陛下之威，只要陛下一声令下，谁敢不从？”

王丞相这番话看似与他们议论的事情无关，可仔细想来，句句有关，齐帝若有所思道：“你是说……让朕撒谎？”

王丞相连忙道：“陛下向来一言九鼎，岂会撒谎？臣是说……或许有人盗走陛下您的兵符，假传圣意。”

齐帝击掌笑道：“还是丞相足智多谋，就这么办！”

王丞相笑意深深道：“臣会安排好一切，请陛下放心。”

“好！”齐帝欣然答应，随即又叮嘱道，“记着，一定要在得到完整正确的最后一张图纸后才能动手，朕不想前功尽弃。”

“臣明白！”王丞相再次行了一礼后，退出了幽深昏暗的大殿，没入寒意阵阵的秋风之中。

当萧若傲从宫人手里接过兵符时，激动不已，等了这么久，终于等到二十万大军，总算是不负这些日子的忍辱负重。

王丞相将萧若傲的神情变化看在眼里，在示意宫人下去后，他道："兵符已经交给萧帝了，这水船图纸……"

萧若傲怎会不明白他的心思，倒也爽快，当即让人取来笔墨，将最后也是最核心的一部分图纸画在上面，但他并没有递给王丞相，反而收入怀中。

王丞相沉下脸道："萧帝这是要食言？"

"丞相误会了。"萧若傲不疾不徐道，"虽说兵符在了，但兵马是否到齐尚不知晓，待我见到二十万大军之后，立刻就将图纸交给丞相。"

王丞相讽刺道："萧帝倒是仔细。"

萧若傲也不动气，微笑道："这世道太乱，还是仔细一些为好。"

王丞相冷哼一声，拂袖道："兵马都已经在东城外，萧帝随时可以前往。"

"好！"萧若傲应了一声，转头道，"常平，你去告诉屠战，让他带几个人，随我一同前往东城外。"

"是。"常平刚要下去，忽地想起一事，"王丞相，这兵符送来，为什么没有旨意相随？"

"谁说没有！"王丞相道，"陛下传的是口谕，不相信你问赵公公。"

常平迟疑道："但……口说无凭。"

听到这话，送来兵符的赵公公有些不高兴，拉着脸道："常大人这是担心咱家假传圣旨吗？"

"不敢。"

赵公公轻哼道："咱家可没那胆子，再说了，要不是陛下准允，哪里来的兵符，亏得你还是个谋士，怎么也不动动脑子。"在他瞧来，萧若傲不过是一个丧家之犬，所以这话说得尖酸刻薄，一点儿情面也不留。

"是是是，公公说得是。"常平心思极深，纵是再不悦，也不会露了半点儿在脸上。

"行了，快去吧。"赵公公不耐烦地挥一挥手，对王丞相道，"奴才兵符已经送到，就先回去复命了。"

"有劳公公了。"在赵公公走后不久，屠战也到了，一行众人来到东城门外，那里果然黑压压站满了士兵，一个个盔甲鲜亮，身姿笔挺，一看就是身经百战的士兵。

屠战趁王丞相不注意，小声道："卑职还以为齐帝会拿些老弱病残充数，没想到全是精兵，总算他有点儿良心。”

萧若傲扫了他一眼，没有说话，那厢常平已经接过领将递来的册子翻了一遍：“共计十二营，每营一万八千人，总共二十万有余。”

萧若傲点点头，取出之前拿到的兵符，是一只青铜制成的老虎，但又不能说一只，因为它只有一半。

帝王手中一半，将军手里一半，只有这两半合二为一的时候，才可以调动军队，这是一直以来的规矩，认符不认人。

看到那半个兵符，领将立刻取出由他保管的半个，当即严密无缝地合在一起，领将面容一肃，跪下道：“虎体合一，我等听从调遣！”

“将军请起。”纵是一向喜怒不形于色的萧若傲也不禁露出了笑意，在领将起身后，他道：“军中共备了多少粮草？”

行军打仗，士兵固然是根基，粮草却也是重中之重，试问连饭都吃不饱，谁还肯卖命打仗？

领将如实道：“备了一个月左右的粮草。”

“好。”萧若傲满意地点点头，朝王丞相拱手道，“请丞相替萧某多谢齐帝，这份情义，萧某一定铭记于心。”

“好说。”王丞相淡淡应了一句，眼睛一直落在萧若傲身上，萧若傲明白他的意思，自袖中取出图纸递过去。

王丞相接过图纸递给同行的一名中年人，此人是齐国最顶尖的工匠，负责建造水船，对整个船体构造都一清二楚，图纸是真是假，一看便知。

工匠仔仔细细看过后，点头道：“图纸没有问题。”

听到这话，王丞相绷在心头的弦终于松了下来，示意工匠退下，朝萧若傲拱手道：“祝愿萧帝早日踏平北周，光复西楚。”

“多谢王丞相吉言，请替萧某谢过齐帝。”

王丞相笑眯眯地点头：“好说好说。”随即笑道，“萧帝要是没别的吩咐，在下就回去复命了。”

在王丞相离去后，屠战意气风发道：“有这二十万大军在，我非灭了北周不可。”

常平皱一皱眉头：“小心一些，我总觉得事情没那么简单。”

屠战不以为然道：“你就是喜欢疑神疑鬼，兵符在了，大军在了，粮草也在了，还能有什么事。”说着，他朝萧若傲道，“陛下，兵马齐备，我们是否现在就起程？”

常平阻拦道："陛下，齐帝素来吝啬多疑，从不将兵权交给别人，连他自己的儿子都不肯，现在突然给咱们二十万大军，您不觉得很可疑吗？"

萧若傲沉吟片刻，对屠战道："你去看看粮草，若是没有异常，就下令出发。"

"遵旨！"屠战欣然答应，临走前不忘朝常平投去一个得意的眼神。

见萧若傲不信自己的话，常平大急："陛下……"

萧若傲抬手打断他的话："朕明白你的担心，所以你去帮朕做一件事。"

当日，萧若傲带领二十万大军连夜离开临淄城，他们并没有前往北周，而是去了南昭。

第五十一章　出战齐国

二十万大军看似不少，但与庞大强盛的北周相比，实在算不得什么，真要打起来，怕是还没看到金陵，就已经全军覆没了。

西楚虽灭，各方的势力却还在，并不肯就此归顺，故而这半年来，北周一直在设法平定各方，无暇顾及南昭。所以从一开始，萧若傲打的主意就是向齐帝借兵之后，去南昭休养生息，扩大势力，然后东山再起。

当然，这兵借来之后，是断然不会还了，正所谓刘备借荆州，有去无还。

自从南昭被灭后，南昭百姓一直在想方设法地反抗西楚统治，也正是因为这样，这二十多年来，萧若傲一直都派兵镇压，在西楚被灭的几个月前，还派了几万士兵来，如今留在南昭的楚兵大概有十几万。

在萧若傲离开十日后，王丞相匆匆入宫，一见到齐帝便满面欢喜地跪下大声道："陛下大喜！大喜啊！"

齐帝正在与新纳的美人调情，听到这话，一把推开怀里妖娆的美人，看也不看跌了个狗吃屎的美人，死死盯着王丞相："水船成了是不是？"

"是！"王丞相眉飞色舞道，"第一艘水船已经大功告成，并且下水试过，一切完好，没有任何异常！"

"好！好！好！"齐帝连说了三个好字，起身不断来回走着，那张向来喜怒不形于色的脸上这会儿尽是欢喜兴奋之情，"等这么久，终于是等到了！"

王丞相恭维道："有了火枪火炮还有如今的水船，攻克北周，一统天下指日可待，实在是可喜可贺！"

齐帝龙心大悦，意气风发道：“不错，有这三样利器在手，北周再不能阻拦朕的脚步。”

“好！”齐帝大吼一声，“传令下去，全力制造水船，入冬之前，朕要看到五十艘水船！”

王丞相被他的话吓了一跳，为难道：“陛下，现在离入冬只有不足两个月的时间，五十艘水船……实在来不及。”

齐帝眸光一冷，缓步来到他身前，语气异常客气：“丞相刚才说什么？朕没听清。”

王丞相身子剧烈一颤，他跟随齐帝多年，知道他越是说得客气就越是心里不满，战战兢兢道：“臣……臣一定竭尽所能，在入冬之前完成五十艘水船。”

“很好。”齐帝满意地点点头，“要人要物只管和工部说，朕会让他们倾全国之力供应。”

听到这话，王丞相心里的那块大石总算松了些许：“多谢陛下。”

“起来吧。”在王丞相起身后，齐帝走到窗前，望着天上成群结队飞过的大雁，嘴角浮起一缕阴狠的笑容，“北周……呵呵，很快就没这两个字了。”

寂静片刻，他转过身道：“水船一事，一定要严加保密，不得泄露丝毫，否则朕唯你是问！”

“臣遵旨，但……”王丞相欲言又止，眼睛瞅着站在龙椅边的那位带着异族风情的美人，这是东域刚刚送来的美人，因其美艳绝伦，入宫之后很受齐帝宠爱。

齐帝嘴角微微一勾，朝正在揉胳膊的美人道：“你过来。”

见齐帝想起了自己，美人赶紧走了过去，娇嗔道：“陛下，你刚才把奴家摔得好疼啊。”

“是吗？”齐帝轻抚着那张娇艳如桃花瓣的脸蛋，喃喃道，“那么美的脸，可真有些舍不得。”

美人眨着杏仁一般的眼睛，好奇道：“什么舍不得？”

“为了大业，再舍不得也只得舍得，始终……非我族类。”齐帝一边叹气一边将手移到她脖子处，没等美人明白是怎么一回事，那只刚刚还温柔无比的手倏然收紧，一下子变成了阎罗王的索命手。

“唔！唔唔！”美人被掐得脸庞通红，看齐帝的眼神充满了恐惧，犹如在看一个恶鬼，那双眼珠子瞪得几乎要迸出眼眶，她拼命挣扎可惜无济于事，那只手无情地带走了她的生命，而她至死也没明白，齐帝为什么要杀自己。

随着齐帝的松手，刚刚还娇艳如花的美人如破布一样倒在地上，一动不动，而齐帝甚至没有一丝不舍，非要说有，那也是对她容貌的不舍。

周围的宫人如木雕泥塑一般站在那里，没有一点儿惊讶或者恐慌，这种事情对他们来说，早已经司空见惯。

齐帝拍拍手，淡然道："好了，这样就没有人泄密了。"

"陛下英明。"王丞相看得一身冷汗，虽说这名姬妾是一定要死的，但换了他，可做不到亲自下手。

在示意宫人将尸体拖下去后，齐帝道："那边怎么样了？"

王丞相精神一振，赶紧道："回陛下的话，他们已经快到南昭了。"

齐帝冷笑道："动作倒真快。"

王丞相瞅着他试探道："陛下，是否……"

齐帝知道他想说什么，挥手道："去吧，按计划行事。"

"遵旨。"王丞相会意地退了下去，殿内重新恢复平静，秋光从窗口洒落，看起来宁静平和，丝毫看不出刚刚有一条鲜活的生命在这里死去。

在齐国边境，一大队盔甲鲜明的士兵步伐整齐地往前走着，萧若傲带着常平与屠战策马走在大军前面。

"走快一些，我们要赶在日落之前进入南昭地界。"常平回头催促，旁边的屠战皱了皱眉头，赶路的这些日子，常平说最多的就是"走快一些"，好似后面有狼在追一样。兵符都在他们手上了，齐帝还能要回去不成，真是胆小，也不知陛下看中他什么。

突然，一阵急促的马蹄声传入众人耳中，常平回头看去，越过无数黑压压的人头，一支十几个人的队伍映入眼帘，带头的那个人常平认得，是血影。

"停下！停下！"血影一边策马飞奔，一边大声喊着。

血影的出现令常平心生不祥，想要呵斥队伍走快一些，但话到嘴边又咽了回去，他清楚，无论催促与否，都不可能快过飞奔而来的马匹，只能眼睁睁看着血影追上他们。

"吁！"血影勒住马绳，拱手道，"见过萧帝。"

萧若傲眸光一冷，淡然道："血统领怎么来了？"

血影看了一眼大军，道："陛下刚刚发现有宫人偷刻兵符，私调大军，特命卑职前来追回。"

屠战听着不对，粗声粗气道："你什么意思？"

血影扫了他一眼，面无表情道："有人买通宫人盗取陛下手中的半个兵符，依照复刻，做了一个假兵符，之后又到丞相府中假传圣旨，从而偷调二十万大军。"

"放屁！"屠战怒喝道，"明明就是你们拿出来的兵符，一转眼怎么又成假的了？"

"我已经说得很清楚了。"血影回了他一句，对萧若傲道，"卑职知道这件事令萧帝很为难，但确实是宫人假传圣旨，现在宫人已经被陛下处死，还请萧帝归还回大军，好让卑职回去交差。"

萧若傲脸上阴云密布，这个齐帝果然不怀好心，刚一过河就打算拆桥："这二十万大军是齐帝允诺的，他身为一国之君，却出尔反尔，说出去岂不让天下人笑话？"

"萧帝错了，陛下从未允诺过您什么，反倒是您串通宫人，谋算大军，实在不该。您别忘了，在您被北周追杀的时候，是陛下顾念昔日情谊，冒着与北周为敌的危险保全了您，您怎么可以恩将仇报？"

常平恼怒道："说的比唱的还好听，什么情谊，他只是想要水船的秘密罢了，现在得到了完整图纸，就想把大军要回去，算得可真精明。"

血影轻蔑地看了他一眼，口气强硬道："请萧帝交还大军！"

"如果我不还呢？"

"这事可由不得你。"说罢，血影自怀里取出一块铜符，高举过顶，大声道，"兵符在此，全体将士听令！"

屠战大骇，这兵符明明在他们这里，怎么又出来一块，定睛细看，那兵符确实与他们手上这个一模一样，这……这到底怎么回事？

诧异的不只是屠战他们，还有领将，虎符合一一向是调兵的唯一，可现在出现了两块虎符，他们该听谁的？

见将士没反应，血影面色一沉，厉喝道："没听到本座的话吗？还是说你们想要背叛大齐，背叛陛下？"

这句话无疑是很严重的，领将犹豫片刻，上前道："能否让末将仔细看一下虎符？"

"当然！"血影当即将虎符递了过去，两块兵符贴合得紧密无缝，而后他又问萧若傲要了虎符，两块相较之下，血影那块贴合得更好，也更像真的。

血影接过领将递回来的虎符，冷声道："可以了吗？"

"嗯。"领将点点头，对萧若傲道，"既然萧帝手上的这枚虎符是伪造的，我等就不能再听命前往南昭了。"

屠战大急："什么伪造，这虎符就是你们那个狗皇帝给的，他现在想反悔，所以又造了一枚，想将你们哄回去，你们自己动动脑子，这虎符哪是说伪造就能伪造的。”

屠战的不敬令领将越发反感，漠然道：“总之血统领手上的虎符是真的，我等必须听他命令。”说着，他转头大声道，“全军将士听令，立刻回程！”

屠战气得浑身发抖，恨不得一刀宰过去，总算他还有理智，知道自己再能打也不可能是二十万将士的对手，不知所措地看向一言不发的萧若傲：“陛下……我们现在怎么办？”

见萧若傲不说话，他又急急朝常平道：“你不是主意最多吗？赶紧想个办法啊。”

常平瞪了他一眼：“现在相信我的话了？”

“信，快想办法。”相比屠战的紧张，常平要淡定许多，嘴角甚至还有讽刺的笑容，“别担心，陛下早做了安排，这二十万大军——就是咱们的。”

“这……这话怎么说？”任屠战怎么问，常平都不再解释，只让他安心看下去。

那厢，二十万大军已经转过身，准备返回临淄，但血影并没有就此离去，而是盯着萧若傲道：“卑职来之前，陛下特意交代了，说萧帝独自前往南昭太过危险，为了安全起见，还是随卑职一道回临淄城的好。”

“如果我不回去呢？”

“那卑职只有得罪了。”随着血影的话，他身后几名血骑士已经策马上前，包围萧若傲等人。

“这么说来，我是非去不可了？”

“萧帝能够体谅就好，请吧。”面对血影毫无敬意的言语，萧若傲淡淡道：“可惜我在临淄已经住够了，不想再回去。”

血影目光一沉，阴声道：“那就得罪了。”

眼见血骑士逼近，常平朝二十万将士道：“主子有危险，尔等还不护驾？”

众将士用一种看疯子的目光看着常平，他们是齐国人，怎么也轮不到萧若傲来做他们的主子，更别说那块虎符还是假的了。

常平早料到他们会有这样的反应，冷笑道：“你们以为虎符不在，就无须听令了是吗？都看看自己掌心。”

众将士将信将疑地抬起手，每一个人都在自己掌心找到一个细小的黑点，若不仔细看，根本发现不了，就算偶尔有发现的，也只以为是不小心沾到的污迹。

有士兵用力擦拭着黑点，可就算他们擦破了皮，黑点也没有一点儿被抹去的迹象，这样的异常令他们心慌意乱，三三两两问这是什么。

在众人的追问注目下，常平张嘴吐出一个字："毒。"

这个字一出口，士兵们顿时炸开了锅，有几个急脾气的当即冲上来要常平交出解药，甚至按住他搜身。

常平也不反抗，任由他们搜身，结果自是一无所获，一名士兵在往他脸上揍了一拳后厉声道："把解药交出来！"能够让他们所有人一起中毒，必是下在了食水之中。

常平抹去嘴角的血迹，冷笑道："解药没有，贱命倒是有一条，你们只管拿去就是了。"

正所谓软的怕硬的，硬的怕横的，横的怕不要命的。他这么一说，士兵反倒不知该怎么办了。

血影已是想明白了其中的牵扯，怒喝道："竟然用毒药这种下三烂的手段，真是卑鄙小人！"

"论卑鄙，又怎及你那位主子。"萧若傲轻飘飘地说了一句，而他接下来的话，彻底断了血影的心思，"别妄想带他们回去医治，这毒极为少见，你们那些个太医想要配治出解药，至少得十天半个月，可他们毒发的时间只有一天，只要一天没服用解药，就会立刻毒发身亡，大罗神仙都救不了。"

血影面色一白，色厉内荏道："你别以为这样就唬得了我。"

萧若傲轻蔑一笑，看向已经乱成一锅粥的士兵："是生是死，你们自己选择，如果选择跟着我，我定不会亏待你们，待我复国之后，你们都会是功臣，保你们一生富贵无忧！"

血影唯恐士兵被他们说动，赶紧道："别听他胡说，当年璇玑公主倾力助他登上皇位，结果怎样你们是清楚的，这样一个卑劣小人的话，你们觉得能够相信吗？还有，想想你们的妻儿老小，如果今日你们随他而去，就是叛国贼，你们的家人全部要被处死。"

这番话果然说动了一部分士兵，决定跟血影回去，性命固然要紧，但家人更重要，明知道体内蕴藏着剧毒，仍然决定冒险一试。

二十万士兵分成了两大阵营，虽然没有具体数字，但可以看得出，跟随萧若傲的是大部分，有将近三分之二。

之后，血影又屡次游说，但终归是战胜不了那些人对死亡的恐惧，人数始终定格在三分之一。

"萧若傲，今日之事，我会如实禀告陛下，来日定当要你加倍奉还！"恨恨抛下这句话后，血影领着士兵离去。

屠战不甘心道：“陛下，为什么不拦下他们？”

“虽然这十几万士兵归顺了我们，但那是迫于无奈，强迫他们自相残杀只会加深对咱们的恨意，得不偿失。再说了……不过是一群将死之人，何必费劲儿动手。”萧若傲咧嘴露出雪白的牙齿，在这黄昏落日下看来森冷可怕。

屠战连连点头：“还是陛下英明！”

“多跟常平学着点儿。”说罢，萧若傲掉转马头，“走吧，去南昭。”

黄昏时分的夕阳余光无疑是极美的，可对血影来说，却犹如夺命之光，跟他回临淄的六七万士兵，无一例外在第二天黄昏毒发身亡，从毒发到死亡，只有短短半个时辰，顷刻之间地上堆满了尸体，那场面，没人愿意经历第二次。

齐帝知道这件事，心都在滴血，那可是整整二十万大军啊，竟然不是死就是叛，没一个回来。

他恨不得御驾亲征，将萧若傲大卸八块，可终归是只能想想，这一仗他打不起，也不敢打。

就算齐国底子再深厚，一下子失去二十万大军也是伤筋动骨了，短时间内，除非调动边关守军，否则根本凑不齐这么多士兵，更何况还有北周这个强敌一直虎视眈眈。

齐帝不仅不敢打，还要想方设法瞒住这个消息，以免北周乘虚而入，他把所有的希望都寄托在那些水船上，北周一灭，下一个目标就是萧若傲。

虽然齐帝极力隐瞒，但天下没有不透风的墙，他失去二十万大军的消息终归是传到了金陵，传到了东方溯耳中。

“皇兄，如今齐国空虚，正是咱们出征的大好时机，臣弟愿意领兵前往，为皇兄攻下临淄。”东方泽第一个请缨，在他之后，诸将也纷纷请命出征。

江越迟疑道：“齐帝狡诈多变，这件事会不会又是他想出来的诡计？”

“咳咳！”东方溯低低咳嗽几声，看向默然不语的张启凌，“张相意下如何？”

“据臣派去南昭的探子回报，萧若傲确实带着大批齐国士兵去了南昭，所以这件事应该是真的。”

“知道萧若傲现在躲在哪里吗？”

张启凌摇头道：“南昭境内多山川林木，便于隐藏，所以暂时还没查到，臣已经让他们全力追查。”

“好。”东方溯动一动有些发麻的身子，“那依张相所见，现在是出征齐国的时候吗？”

张启凌沉吟片刻，说出了他的意见：“百足之虫，死而不僵，何况齐国还没死。出征可以，但须得谨慎再谨慎。”

东方泽对他的话有些不以为然：“齐国全盛之时尚不敌我国，何况是现在。”

张启凌淡淡一笑：“九王只看到齐国损失了二十万士兵，可曾想过，齐帝为什么会心甘情愿交出二十万大军的兵权？就算是一个大善人，也不会轻易交出自己的家底去帮助别人，何况……齐帝从来不是什么善与之辈。”

这句话令东方泽哑然，是啊，齐帝素来自私吝啬，可在萧若傲这件事上却异常大方，先是收留他在临淄，为此不惜与北周正面为敌。现在又赔他二十万大军，实在说不过去，难不成齐帝转了性子？

在满朝文武疑惑不解的目光中，东方溯问道：“张卿是否猜到了什么？”

张启凌欠一欠身，道：“正所谓无利不起早，臣猜测萧若傲应该是用足够让齐帝动心的利益做交换，譬如……他从应天逃走的方法。”

“水中之船？”东方溯也想到了这一点。

“不错。”张启凌点头之余，又不无遗憾道，“这半年来，臣一直在研究此物，奈何并不精通机关术，古师又已经过世，一直没什么进展。”

当初古逸臣被萧若傲用计劫去西楚，连带着他的札记、书籍、笔记，但凡与机关术有关系的东西，也全部被带去了西楚，正是靠那些东西，萧若傲手底下的机关师才造出了水船。

东方泽一边思索一边徐徐道：“齐帝用二十万大军做交换，也就是说……他已经掌握了水船的制造方法？”

“很有可能。”张启凌话音未落，东方泽便急急道：“那还等什么，赶紧集结兵马，进攻临淄，否则等他造出水船，咱们就被动了。”

张启凌摇头道：“九王又怎么知道齐帝还没有造出水船？如果已经造出，我们这一去……说句不中听的，叫作羊入虎口。”

东方泽被他说得没了主意，摊手道：“这也不行，那也不行，到底要怎么做？”

张启凌默然不语，事实上，这就是一个赌博。赌赢了，从此天下大定，再没有一个势力能够与北周抗衡。赌输了，一向无往不利的北周军队就会遭到重创，失去绝对优势。

大殿寂寂无声，偶尔响起一两声压抑后的咳嗽，秋光透过敞开的殿门，在黝黑发亮的金砖上投下一片光影。

“传朕旨意，集结大军，出征齐国！”东方溯低沉的声音伴着咳嗽声在安静的大殿中响起。

张启凌一惊，连忙道：“陛下……”

东方溯抬手打断他的话：“朕明白张相的担心，现在齐国是否拥有水船还是未知数，可要是再等下去……未知就变成一定了。”

“我们与齐国之间，早晚有一战，与其不知结果地等下去，倒不如趁着我朝现在士气正盛，主动进攻！”

见东方溯心意已定，张启凌不再劝说，拱手道：“臣明白了，臣必当竭尽全力，为陛下攻下齐国。”

东方泽连忙道：“臣弟请求领兵出征，扬我大周国威！”

“臣也请求出征！”众武将纷纷请命出征。

最终，东方泽为主帅，张启凌为军师，又点了副将、前锋、参将等数十名，于十一月初十，率十万精兵出征齐国。

出征之日，东方溯撑着病体亲自送行，可见对这一战的重视。

尽管东方溯已经当机立断，但还是晚了一步，在这一场战役中，齐帝凭借水船的出其不意以及装备在上面的火炮火枪令北周军队受到重创，死伤数万人，余者退入山谷据守。

同时，负责运送粮草的队伍在途中被劫，远在齐国境内的大军遭到了断粮危机，又被齐军包围，不能外出觅粮，情况岌岌可危，随时都有全军覆没的危险。

战报被八百里加急送到了金陵，东方溯当即召集兵马，北周实力雄厚，又经过这么多年的休养生息，很快便再次召集了八万士兵，但在选择主将人选时却出现了问题。

原来东方泽出征时，为了应对可能出现的水船，东方溯几乎挑选了整个大周最好的将士，余下的不是年纪太大，就是经验不足，以至于一下子寻不出合适的主将人选。

予恒倒是一个不错的人选，有勇有谋，也曾随军出征，可毕竟年纪尚轻，要他一人面对这种局面，实在太过勉强。万一再失败，就算国力强大也难以承受。

这件事成为一大难题，横在东方溯心中，一日不定主将人选，大军就一日不能出征，东方泽等人生还的希望亦会减少一分。

冬雪初霁的这一日，慕千雪去上林苑散步，刚到那里，便看到予恒匆匆走来，瞧见慕千雪，予恒眼圈倏地一红，几乎要落下泪来。

"这是怎么了？"慕千雪惊讶地问。

她温柔的声音令予恒越发难过，"扑通"一声跪在冰冷刺骨的雪地里，哽咽道："姨娘，您快去劝劝父皇吧。"

"这是做什么，赶紧起来。"慕千雪急急将他拉起，拍去他沾在膝盖上的雪后，疑惑道，"你父皇怎么了？"

"父皇……"予恒抹一抹眼角的泪光，"他要御驾亲征！"

慕千雪被这话吓了一跳："你……你说什么？"

"我刚刚去见过父皇，父皇决定亲征齐国，不日之内就要出发，任我怎么劝都不听，万般无奈之下只能来找姨娘。父皇一向最爱重姨娘，只有您才劝得动父皇。"一向有主见的予恒，这会儿却像个不知所措的小儿，眼巴巴地看着慕千雪。

"你别急，坐下慢慢说。"慕千雪拉着他到旁边的亭子里坐下，待仔仔细细问过后，凝声道，"这么说来，此事尚未公布天下。"

"嗯，父皇今日刚刚做的决定，儿臣和江尚书他们都在，谁都劝不动，不出意外的话，明儿个一早会颁旨公布，等到那时候就改不了了。"

花蕊皱着两道弯弯的柳叶眉："陛下病情一直反复无常，怎么受得了天寒地冻的奔波征战，非得加重病情，甚至……"

她瞅一瞅眉目含愁的慕千雪，没有继续说下去，但那意思谁都听得出来。确实，东方溯的身子经不起任何折腾。

见慕千雪不说话，予恒又急急道："姨娘，您一定要劝父皇收回成命，我愿意领兵出征，我答应您，一定会救出九叔，也一定会攻破临淄。"

慕千雪拍拍他的手："本宫知道了，本宫现在就去见你父皇，你先回去吧。"

在目送予恒离开后，慕千雪带着花蕊去了承德殿，刚到门外，便被张进拦住："娘娘留步，陛下有旨，不许任何人打扰。"

慕千雪讶然道："本宫也不可以？"

"请娘娘恕罪。"张进无奈地说。

慕千雪阻止想要说话的花蕊，道："既是这样，本宫就在这里等候陛下召见。"

张进为难道："外面正在化雪，天寒地冻的，娘娘还是回去吧。"

慕千雪黛眉轻扬，温和而坚定道："本宫不为难公公，也请公公不要阻止本宫。"

张进知道她的意思，叹了口气道："那奴才进去给您通禀一声。"

"有劳了。"慕千雪点头道谢，张进倒也有心，让宫人端来一盆烧得正盛的炭火放置在慕千雪脚边，虽说起不了大作用，但多少能取点儿暖。

这一等，就是整整一日，太阳从东到西再到西沉山后，那扇殿门始终不肯打开，铜盆里的炭加了五六次，才不至于熄灭。

冬天昼短夜长，太阳一落山，这天就迅速暗了下来，寒风平地而起，在黑暗中呼啸，风中夹杂着被吹起来的积雪，越发寒冷。

花蕊缩了缩被吹得冰凉的脖子，小声道："主子，天都黑了，不然咱们先回去，明儿个再来吧。"

"明儿个就来不及了。"慕千雪一动不动地说着，转头见花蕊冻得面色发青，心中一软，"你若觉得冷，就先回去吧。"

听到这话，花蕊连连摇头："奴婢一点儿都不冷，奴婢在这里陪主子。"

在花蕊感觉要冻僵的时候，闭了整整一日的朱红殿门终于缓缓打开，张进再次走了出来，恭敬地打了个千儿："陛下请贵妃娘娘进去。"

慕千雪暗自松了一口气，在道了声谢后，拖着僵麻的双腿走了进去，刚一进殿，便有暖烘烘的热气扑面而来，迅速温暖着冻了一整日的身子。

东方溯闭目斜倚在龙榻上，搁在小几上的紫铜博山炉正在徐徐燃着，不断从炉孔中飘出的氤氲白烟令大殿充斥着沉香独有的宁神气息，只是因为燃得久了，香气已经变得极淡。

慕千雪走到香炉边，舀了一勺沉香添入博山炉中，香料在炭火的温热下徐徐化开，香气渐盛。

"何事一定要见朕？"东方溯不知何时睁开了眼睛。

慕千雪欠一欠身，柔声道："臣妾听说陛下想要御驾亲征？"

东方溯对她的话并不意外，坐起身子道："予恒告诉你了？"

"征途艰险，又正值寒冬腊月，予恒难免担心。"慕千雪倒了一盅热茶递到他手中。

东方溯捧着温热的茶盏，淡然道："朕又不是第一次亲征，有什么好担心的。"

"以往陛下龙体康健，自是无恙，如今病情未愈，实在不宜出征。"说到这里，慕千雪深深欠下身去，"臣妾恳请陛下以龙体为重，收回成命。"

东方溯静静看着她，半晌，忽道："朕的病，还有痊愈的那一日吗？"

慕千雪不动声色道："只要陛下静心休养，避免疲劳伤神，自会好转。"

"好转……"东方溯怆然一笑，眼眸充斥着淡淡的忧伤，"你打算瞒朕到什么时候？"

慕千雪眼皮微微一跳，茫然道："臣妾不明白陛下的意思。"话音未落，东方溯突然握住她的手，突如其来的寒凉令慕千雪不由自主地打了个寒战。

东方溯自嘲道："你也觉得很冷是不是，这殿里地龙、炭盆都烧着，张进他们热得冒汗，朕却还冷得慌，别人能烘一日的暖炉，到朕手里，连半日都撑不住。"

慕千雪听得心里发慌，听东方溯的语气……似乎知道了自己的病情，她勉强笑道："陛下风寒未愈，自然比别人怕冷一些，等病好以后就没事了。"

东方溯抚过那张钟情了一辈子的脸颊，涩然道："瞒了这么久，不累吗？"

"陛下别胡思乱想，您就是患了一些难缠的小症，看着吓人，实则并无大碍，您要是不相信，可以传纪太医前来询问。"

"不用了。"东方溯摇头，目光哀凉如水，"他的话定与你一样，只是千雪，朕自己的身子怎么会不知道，到底……是寒毒未清。"

这句话犹如惊雷炸响，令慕千雪一下子呆在那里，待得回过神来，她急急道："陛下想到哪里去了，寒毒早在您服下月见草的时候，就已经驱除得一干二净了，您……"

"千雪！"东方溯加重了语气，"你要怎样才肯跟朕说实话？"

这句话瞬间抽尽了慕千雪仅余的力气，她双腿一软，无力地跌坐在榻边，终归……终归是瞒不住了。

东方溯想要扶起她，却力不从心，寒毒正一点点儿蚕食他的身体："人生在世，皆有一死，不过早些晚些的区别罢了，朕……"

"不会！"慕千雪激动地打断他，"陛下洪福齐天，一定能够转危为安，医十……医十已经去找药了，他一定会找到医治陛下的药，一定……一定会没事的。"

这些年来，她凭着过人的智谋，闯过一个又一个关卡，唯独生死，是怎么都跨不过去的难关……

东方溯淡淡一笑："生死由命，朕早已经看开了，你也不必难过。"

第五十二章　迫立誓言

“不可以！”慕千雪拼命摇头，紧紧握住他停留在脸颊上的手掌，那抹冰凉成了她唯一可以握住的温暖，“陛下说过，要与我白头到老，永不分离，你是一言九鼎的皇帝，你不可以食言，不可以……”说到后面，她已是泪流满面。

东方溯温柔拭去她滑落脸颊的泪水，往往这边刚抚去，那边又落下来，怎么都拭不干：“朕何尝舍得，可天命如此，由不得我们做主。”

慕千雪摇头，咬着细白的银牙道：“若这是天命，我们就逆天而行！”

东方溯玩笑道：“你还想学孙猴子闯地府去改生死簿不成？”

慕千雪被他说得破涕为笑，眸光深情而坚定：“为了陛下，别说是改生死簿，就算将地府搅个天翻地覆又如何！”

“朕知道。”东方溯目色温柔如二月时分的春风，“为了朕，你什么都愿意做，可千雪，朕最怕的就是你这样。”他扶起她，一字一字道：“朕不求万寿无疆，只求你好好的，不要再为朕冒险，不是每一次都有那么好的运气。”

慕千雪知道他的意思，哀然道：“没有陛下相伴，每一日，每一刻，对臣妾来说，都是折磨。”她轻吸一口气，徐徐道，“不求同年同月同日生，只求生死相随。”

“朕最不愿意见到的就是这个。”东方溯叹了口气，望着她道，“千雪，答应朕，就算朕不在了，你要也好好……”

“臣妾不答应！”慕千雪知道他想说什么，不假思索地打断，含泪道，“若陛下不希望臣妾有事的话，就撑下去，医十一定会找到解药，治好陛下体内的寒毒。”

东方溯怅然一笑：“连月见草都没用，还能有什么解药，这一点，你心里最清楚，不过是在自欺欺人罢了。”

“不是！”慕千雪激动地否认，刺金广袖下，那双手紧紧交握着，十根纤指被攥得发白，她怕自己稍一松手，就会控制不住颤抖。

望着那张苍白如纸的脸庞，东方溯心里亦是难受得紧，可为了千雪的将来，他只能硬下心肠：“你若不答应，朕与你，无论阳关道还是黄泉路上，都绝不相见！”

慕千雪没想到他会说出如此狠绝无情的话来，一时怔在那里：“陛下……”

“来人！”东方溯唤过张进，冷冷道，“送贵妃回去。从今往后不许贵妃踏入承德殿一步，谁敢私放，一律乱棍打死。”

“奴才遵旨。”张进在心里叹了口气，别看这话说得绝情，实则用心良苦，唉，人生在世，哪怕是天子，也有种种不能化解的苦恼。

慕千雪用力咬着朱唇，许久，颤声道：“陛下一定要这样逼臣妾吗？”

“朕……”东方溯刚说了一个字，胸口忽地一闷，捂唇连连咳嗽，身子随咳嗽不住发颤，犹如一片在寒风中颤抖的落叶，实在令人担心。

许久，东方溯终于止住了咳嗽，当他松开手时，张进骇然惊呼：“陛下，您……您又咳血了。”

东方溯苍白不见血色的掌心上赫然出现殷红的鲜血，显然是刚才咳出来的，慕千雪也瞧见了，急忙道：“快去请纪太医过来。”

“没事，死不了。”东方溯漠然说了一句，对张进道，“送贵妃出去。”

张进瞅了一眼慕千雪，小声道：“陛下，奴才还是……先去请纪太医吧。”

东方溯目光一沉：“听不到朕的话吗？”

见他态度坚决，张进只得朝慕千雪道：“娘娘，奴才送您回去吧。”

慕千雪没有理会他，望着东方溯的目光哀凉如夜水：“陛下一定要这样逼臣妾吗？”

迎着她的目光，东方溯差一点儿心软，他强迫自己别过头，冷然道：“是！”

慕千雪闭目，在眸中挣扎多时的泪水终于还是顺着眼角落了下来，许久，她睁开眼，艰难点头：“好，臣妾答应您！”

东方溯心中一松：“好，你随我发下誓愿，我一句，你一句。”待慕千雪答应后，他徐徐道，“妾慕氏，对天起誓。”

“妾慕氏，对天起誓。”

“从今往后，绝不自寻短见，纵遇困难险境，也必设法活于世间，护佑大周。”

“从今往后，绝不自寻短见，纵遇困难险境，也必设法活于世间，护佑大周。”

东方溯满意地点点头，说出最为难也是最关键的一句：“如有违誓，妾夫君东方溯当永沦鬼道，不得超生！”

“陛下？！”慕千雪悚然一惊，难以置信地看着东方溯，他……他怎么可以用自己来做违誓的代价。

东方溯面无表情地喝道：“念！”

“如有违誓，妾夫君……夫君……”慕千雪艰难地重复着，可后面那句近乎诅咒的话怎么都说不出口，她跪下哀求道：“陛下要臣妾做什么都可以，唯独这个誓言……臣妾做不到啊。”

“做不到也要做，念！”东方溯强迫自己硬起心肠，他要彻底断绝慕千雪违誓的念头，让她在自己走后可以好好活下去，他知道这样会让千雪很痛苦，也很不公平，但……就当是他自私吧。

“我……”

“念……咳咳！”东方溯胸口气息一阵激涌，忍不又剧烈咳嗽起来，刺目的殷红从捂嘴的指缝中渗出来，吓得张进魂飞魄散，传太医也不是，不传也不是。

慕千雪泪如雨下，许久，她一字一字艰难道：“如有违誓，妾夫君东方溯当……永沦鬼道……不得超生！”

听她念完最后一个字，东方溯精神一松，整个人瘫在了榻上，慕千雪一边扶住他一边朝愣在那里的张进厉喝道：“还不赶紧传纪太医！”

“奴才这就去！”张进激灵灵一抖，火急火燎地往外奔去。

慕千雪抖抖擞擞地拿帕子拭着东方溯唇边的血渍，哪知越擦越多，整块帕子都是血，向来温柔的声音因为紧张而变得尖锐刺耳：“我已经照你的话发了誓，你不可以有事，听到没有，不可以！”

“朕知道。”东方溯握住她被血染红的手，“为了你，朕一定会拼尽全力撑下去，多陪你一日，你就能少一日痛苦。”

纪临几乎是奔进来的，进殿后顾不得请安，赶紧上前扣住东方溯的手腕，仔细诊了一会儿后，眉头微展，舒了口气道：“还好还好，不是太严重，臣开几服药，陛下按时服用，静心休养，避免劳累、动怒，应该就能好转。”

慕千雪心中一松，拭一拭泪，问道：“医十可有消息传来？”

纪临一怔，不明白他怎么当着东方溯的面问起医十来了，这件事他们可是一直牢牢瞒着。

见他迟迟不语，慕千雪知道他的顾虑：“陛下都已经知道了，说吧。”

听到这句话，纪临心里说不出是什么滋味，想不到瞒来瞒去，到底还是瞒不过。他定一定神，道：“前两天医十派人送回来一些珍贵药材，都是他在外面搜集采摘到的，对陛下病情颇有益处，但除根的药……暂时还没有找到。”

慕千雪神情一黯，这个“暂时”已经用了一年又一年，不知什么时候是个头，抑或……永远不会有头。

“知道了，你下去开方吧。”纪临离去后，慕千雪接过张进递来的热毛巾替东方溯拭去残余的血渍，随即道，“纪太医刚才的话，陛下都已经听到了，必须得静心休养，不可劳累费神。”

东方溯看一眼在烛台下结成倒挂珊瑚的烛泪，道：“你不想朕出征？”

“不是臣妾不想，而是陛下的身子无法支撑。”慕千雪哀求道，“万一有什么三长两短，您让臣妾、让大周怎么办？”

东方溯沉声道：“朕明白你的担心，可朝廷的情况你是知道的，青黄不接，除了老九带去的那些，能用的将领已经没多少了。万一输了这一战，不知又要等多少年，甚至……以后都没这个机会。”

齐国的水船，一直是东方溯的心头大患，而且根据前线传来的战报，那些水船不只可以藏匿水中，还装载了火炮，威力巨大。

慕千雪仰头，目光坚韧果敢：“朝中或许没有合适的将领，但陛下眼前有一个。”

东方溯料到她会这么说，并不感到意外：“你已经为朕冒了太多次险，足够了，这一次，让朕自己去解决，亲手除去大统路上最后一个障碍。”说到这里，他眼中透出深深的期望，“朕希望在死之前，可以看到天下归一。”

慕千雪不假思索道：“臣妾答应您，一定会为陛下踏平临淄，双手奉上齐帝人头。”

“朕知道你的能力，但……”东方溯扶着她的手起身走到朱红长窗前，外面冷风呼啸，吹得投在窗纸上的树影剧烈摇晃，苍白的手指触到窗棂，在片刻的犹豫后，用力往外推去，一瞬间，寒风灌了进来，如恶虎一样迅速吞噬着殿内的温度，烛火被吹得猛烈摇晃，忽明忽暗，随时都会熄灭，桌案上的纸更是被吹得到处都是，漫天飞舞。

“陛下！”慕千雪惊呼一声，赶紧关紧窗子，阻隔了寒风的肆虐，从开窗到关窗，不过短短片刻，蜡烛已是被吹熄了好几支，张进赶紧取出火折子掌灯，同时让宫人把掉了满地的纸捡起来。

见东方溯没有大碍，慕千雪心中一松，嗔怪道："陛下怎么一点儿也不爱惜身子，这外头天寒地冻的，万一冻坏了怎么办？快去炭盆旁边坐着暖一暖身子。"

东方溯笑一笑，在回到椅中坐下后，他道："你知道朕幼时第一件记得的事情是什么？"

"是什么？"

"是战争！"东方溯带着久远的回忆道，"四岁那年，有贼子趁着父皇外出狩猎，兴兵作乱，亏得神机营的人拼死守卫，禁军及时赶到，方才化险为夷。朕记得那个时候，母后一直紧紧抱着朕，一直到今年，朕都记得那个怀抱……是世间最温暖的地方。"想到曾经的陈太后，东方溯忍不住叹了口气："可惜啊，后来母后钻了牛角尖，又被小人利用，导致性情大变，做下许多错事。"

"太后心里还是有陛下的，否则也不能迷途知返。"

东方溯点点头，继续着刚才的问题："后来，东凌犯境，我奉父皇之命出征，那一战算是给自己挣了一点儿地位。再后来就是去西楚救你，也是刀光血影，生死一线。之后就更不用说了，一次又一次征战，可以说大周今日的太平盛世，皆是以战争换来的。"

"战争，是一种以戈止戈的手段，它意味着杀戮，但又能带来和平，让百姓从此安居乐业。"

东方溯定定地望着慕千雪，目光清明如水："朕生于战争，长于战争，朕想在生命走到尽头之前，再征一次战，换来一个真正的太平盛世，而不是……这样在床榻上腐朽地死去！"

慕千雪内心矛盾而挣扎，她懂东方溯，懂他内心的期待与热血。可同时，她又不希望东方溯去冒险，毕竟他的身子……

到底……到底她该怎么抉择？

殿中寂寂无声，连风也突然安静了下来，只有炭盆里的银炭偶尔爆出"哔剥"的一声轻响。

不知过了多久，慕千雪终于有了决定，一字一字道："臣妾明白陛下心意，臣妾不会再阻拦，但臣妾有一个要求。"

"你说。"

"臣妾要随陛下一起上战场。"这个话刚一出口，便被东方溯厉声拒绝："不行！"

"陛下可以出征，臣妾为什么不可以？"

“朕说过，你要留在这里辅佐予怀，自从赈银失窃那件事后，予怀精神便一直不大好，总是丢三落四，也不知怎么一回事。”东方溯叹了口气，“再说了，一个人上战场冒险不够，非得再带上一个吗？”

“既然陛下也知道冒险，就该明白臣妾的心意，再说有臣妾相随，胜算也大一些不是吗？”

东方溯被她说得语塞，闷声道：“总之朕说不可以就不可以，没有商量的余地。”他说得急了，忍不住又低咳几声。

慕千雪正要争辩，张进捧着刚刚煎好的药来到她身前：“娘娘，陛下该服药了。”说罢，他小声道，“出征一事，还有好些日子，娘娘慢慢再劝就是了，无须急于一时，万一再惹陛下动气，那可就不好了。”

“也只能这样了。”慕千雪轻叹了口气，不再提这件事，服侍东方溯服下药后，便退出了承德殿。

后宫一向是消息传递最快的地方，不出一日工夫，东方溯要御驾亲征的消息便传遍了宫闱。

静芳斋中，陈太后听完秋月的话，呵斥道：“就皇帝那个身子，怎么能出征，真是胡闹！”

“是说呢，但陛下态度坚决，听说连慕贵妃都劝不动。”

听到这话，陈太后冷冷一笑：“是劝不动，还是根本没有用心劝，只有她自己知道。”

秋月眼皮一跳，试探道：“太后是说……慕贵妃并不反对陛下亲征？”

陈太后睨了她一眼：“你别忘了现在的储君是谁，皇帝真要是出了事，得益最大的就是他们母子了。”顿一顿，她又道，“不行，哀家要去劝劝皇帝，秋月，去备肩舆。”

“不必了。”冯川拦住准备离去的秋月，笑容诡异道，“太后不觉得这是一桩好事吗？”

陈太后满面诧异道：“好事？你糊涂了不成？”

“糊涂的人是太后。”冯川毫不客气的顶撞令陈太后心生不悦，但又不好发作，只得闷声道：“你这是什么意思？”

“只要陛下在一日，咱们的大事就一日不能成，现在好不容易有这个机会，为何要放弃？”

陈太后冷冷盯着他，石青绣金线滚雪白风毛立领衬得她甚是威严：“你竟要哀家送自己亲生儿子去死？”

冯川不以为意地笑笑：“太后记得陛下是您亲子，陛下却已经不记得您这位亲娘了。这几年您在静芳斋的日子往好了说，那是颐养天年，可往坏了说呢，根本就是软禁，只要走出静芳斋范围，那就一定有人盯着。”说着，他啧啧几声，摇头道，“这样的日子，奴才都看着难过，真亏得您能忍到现在！”

这句话像一根尖锐的针，透过精美华丽的衣裳狠狠扎进陈太后心头，眉眼间的威严迅速退去，取而代之的是软弱，默然片刻，她有些无力道：“就算这样，哀家也不能……送皇帝去死。”

冯川笑意深深道：“太后与其担心陛下，倒不如好好想一想自己的处境。”

秋月听出他话中有话：“你这是什么意思？”

“太后和慕贵妃早已是不死不休，如今碍着陛下，她不敢对太后做什么，可要是陛下归天了呢？”在陈太后渐趋难看的脸色中，他续道，“陛下的情况，太后您是知道的，就算不出征，又能撑得了几年？”

陈太后被他说得没了主意：“那……那该怎么办？”

冯川微微一笑，俯身在她耳边幽幽道：“先下手为强，后下手遭殃。与其优柔寡断地等下去，不如当机立断！”

秋月就在旁边，听得分明，略一思索后，她摇头道：“这话不对，陛下出征，朝中就是慕氏母子揽权独大，还有大殿下帮着，咱们只会被动，又哪来的‘先下手为强’？”

“妇人之见。”冯川轻蔑地扫了她一眼，“贵妃在，咱们当然没机会，可要是贵妃不在呢？”

陈太后心中一动：“把话说清楚一些。”

“是。”冯川最擅长的就是察言观色，一听陈太后问这话，就知道她心里也有些数了，这脸上的笑意顿时又深了几分，“这慕贵妃虽说不是什么好人，但她对陛下总算有几分情义。如今陛下亲征，她定会要求随军出征，但陛下不会答应，咱们要做的，就是劝陛下应下来。只要陛下与贵妃一走，这朝堂就剩下太子一人，最是容易对付。”

陈太后默默听着，扬眉道：“你别忘了，还有一个予恒呢。”

冯川讨好道：“那又如何，不过是两个根基不深的小子罢了，又怎么是太后您的对手。”

“你最厉害的就是这张嘴，死的都能让你给说活了。”就在冯川以为她已经答应的时候，陈太后突然话锋一转，凉声道，“可惜啊，哀家拼死拼活，不过是给他人作嫁衣罢了，不值得，不值得。”

冯川心思一转，已明白了她话中之意，拍一拍袖子，欠身道：“既然太后不愿再为他人作嫁衣，那就……做给自己穿。”

陈太后眸中精光一轮，盯着他道：“你舍得吗？”

冯川连忙道：“奴才是太后的奴才，太后说往东，奴才绝不敢往西；说往火里钻，奴才绝不敢往水里蹚。”

“呵呵。”陈太后掩唇轻笑，似乎听到什么好笑的话，半晌，她抬头，眸中精光比刚才更甚，犀利得如要刺入冯川肺腑之中，“这话真是越说越中听了，可哀家记得……你是齐国人吧。”

冯川迎着她的目光道：“奴才身是齐国，心却在太后这边。”

“是吗？”陈太后端起一旁的碧螺春，慢悠悠地饮着，显然是在等冯川说下去。

“奴才算是想明白了，无论奴才做得再好，对齐帝来说，都只是一枚棋子，一个奴才，顶多就是封赏些金银，官爵是想都不敢想，毕竟还没听说过哪个太监被封侯拜相的。”

“古语有云：宁做鸡头，不做凤尾。何况相比齐国，国土辽阔、物产丰富的北周才是凤凰。”

陈太后淡淡一句：“你觉得哀家会相信你吗？”

冯川讨好道：“太后慧眼如炬，当知奴才说的句句都是肺腑之言，再说，欺骗太后，对奴才可没好处。”

陈太后面色倏然一冷，轻哼道：“你骗哀家的次数还少吗？”

“奴才发誓，从今往后，绝不敢对太后有一字欺瞒，还望太后给奴才一个改过的机会，奴才一定会竭尽所能，助太后成就大事！”

这一回，冯川倒真没有撒谎，他跟了陈太后那么多年，见惯了宫中奢靡的生活，早就不想再回到以前近乎苦行僧一样的生活，只是以前齐帝安排的细作都在，又有万三这个知道他身份的人，所以再不愿也只能继续为齐帝卖命。可现在不一样了，万三死了，齐帝又忙于应战，迟迟没有派人来跟自己接头。如果能趁这个机会助陈太后掌控朝政，甚至辅佐新帝登基，那他就是一人之下、万万人之上的大功臣，荣华富贵，权倾朝野，根本不在话下。

“若你再骗哀家，又当如何？”陈太后也早察觉到他的心态变化，只是一直没有说破。

冯川急忙道：“奴才若有一字欺瞒，就粉身碎骨，死无葬身之地。”

陈太后抚一抚脸颊，淡然道：“与其说这些没用的，倒不如做出些实事给哀家瞧瞧。”

冯川知道她这是要自己纳投名状，赶紧凑上去：“请太后吩咐。”

陈太后微微一笑，侧眸道：“秋月，去把炭盆搬过来。”

“是。”秋月依言端来炭盆，里面银炭烧得正旺，刚一靠近，便感觉到一股热浪扑面而来。

在冯川疑惑的目光中，陈太后捻着佛珠徐徐道：“哀家这几年一直吃斋念佛，眼里最见不得血腥。”

冯川赶紧讨好道：“太后真是菩萨心肠。”

面对冯川的吹捧，陈太后只是淡淡一笑，取过旁边的铜杆子拨一拨盆里通红的炭火，道：“只要你能踩着这里过去，哀家从此就信你。”

冯川面色瞬间一白，盆里烧着的可是货真价实的炭火，这要是踩过去，皮肉非得烧焦了不可。

陈太后睇了他一眼：“怎么，不敢了？”

冯川身子一颤，赶紧赔笑道：“奴才对太后忠心耿耿，别说是区区一盆炭，就算是刀山火海，太后一声令下，奴才也照闯不误，只是……奴才这双腿不是还得留着给太后您跑腿嘛，这么废了岂不可惜？”

秋月嗤笑道：“说的比唱的还好听，绕来绕去，还不是怕了。”

“奴才冤枉，奴才……”不等冯川说完，陈太后冷冷道：“哀家已经把话搁这里了，至于踩与不踩……你自己瞧着办吧。”

冯川心里甚是憋屈，自他挑明身份后，一直牢牢钳制着陈太后，陈太后根本不敢为难他，哪里像现在。

他虽然百般不高兴，但为了将来的荣华富贵，只能忍气吞声，他试着把脚抬到炭盆上，尽管隔着靴底，热气还是渗了进来，只是片刻工夫，就感觉到一阵阵发烫，而这还仅仅是搁在上面，并没有放下去……

秋月冷声道：“真要不敢的话，就赶紧说，别勉强。”

冯川咬一咬牙，再咬一咬牙，罢了，正所谓“富贵险中求，功名危中取”，只要熬过这一关，他后半辈子就不用再奔波卖命了。

想到这里，他忍着心头巨大的恐惧把脚放了下去，鞋底刚一碰到炭火，就传来一股毛发烧焦的气味，闻着这瘆人的气味，冯川几乎想把脚收回来了，但到底是忍住了，甚至整只脚踩了上去。

炭火在短暂的暗淡后，立刻又明亮起来，而且比刚才更甚，就在冯川几乎能闻到自己皮肉烧焦的气味时，一盏茶泼在他脚上，虽说冒起一阵呛人的白烟，但总算把蹿起来的火势给逼了回去。

陈太后搁下空茶盏，见冯川脚还搁在炭盆上，曼声道："再不把脚拿回来，可就真烧熟了。"

听到这话，冯川赶紧抽回脚，顾不得隐隐作痛的脚底，"扑通"一声跪下叩首："多谢太后，太后您就是活菩萨，奴才以后一定日日烧香，祈祷您老人家长命百岁……不，长命千岁万岁。"

陈太后淡淡道："别耍嘴皮子了，只要你往后忠心替哀家办事，哀家绝不会亏待了你。"

冯川连忙道："奴才一定尽心竭力，绝不让太后失望。"

陈太后笑一笑，挥手道："行了，下去涂点儿药，否则起了泡可就不好走路了。"

在冯川千恩万谢地离开后，秋月轻声道："太后，您真相信他？"

"怎么，你不信？"陈太后睨了一眼空茶盏，秋月会意地重新沏了一盏："虽说他这会儿对太后您恭恭敬敬，连炭盆也肯踏，可到底是齐国人，这心思必定不在咱们这里。"

陈太后徐徐吹着滚烫的茶水："冯川是一个聪明人，而越是聪明的人，越不会在意自己的身份，对他们来说，利益才是最要紧的。"

"这倒也是。"秋月点点头，随即又迟疑道，"奴婢就怕他是一头养不熟的白眼狼，野心太大，不满足您给他的利益。"

陈太后唇角凝起一个冰冷的笑容："真到那个份儿上，就由不得他放肆了。"顿一顿，她道，"你去一趟长信殿，请皇后过来，就说是商谈皇帝御驾亲征一事。"

秋月一怔："这事不是该去与陛下商谈吗？"

"皇帝是哀家生的，他什么性子哀家最清楚，就凭哀家一个人，劝不了他。"

"可是……"秋月瞅着她，欲言又止。

陈太后最见不得这种神气，不悦道："有什么话就说，吞吞吐吐的成什么样子。"

"是。"秋月应了一声，轻声道，"皇后对您一直有成见，只怕她不会听您的话。"

陈太后冷笑道："她何止是对哀家有成见，简直是恨之入骨。"

秋月疑惑道："既然太后都知道，为何还要……"

"她恨哀家不假，但她对皇帝确有几分真情，事关皇帝安危，你说她听不听？"

秋月恍然："太后英明，奴婢这就去长信殿。"

果然，沈惜君得知后没有拒绝，随秋月来了静芳斋，与陈太后商谈至傍晚方才离去，在她之后，陈太后又陆续召见了易氏、容贵嫔等人。

十二月初八是一年一度的腊八节，古语有云："腊八粥，吃不完，吃了腊八粥便丰收。"所以在这一日，家家户户都要煮上一锅腊八粥，宫中也不例外，御膳房还有各宫各院的小厨房一大早就熬上了。

静芳斋东花厅中，冯川舀了一碗热腾腾的腊八粥递到陈太后面前，恭敬道："太后请用粥。"

陈太后看到粥里的一抹红色，蹙眉道："放了红枣？"

秋月在一旁道："厨子知道太后不喜欢红枣的味道，哪里敢放，那是红豆呢，取一个红红火火的意头。"

"总算他们没昏了头。"确定粥里没有红枣后，陈太后方才拿起了勺子徐徐吃着。

当年先帝还在卫太后尚是贵妃的时候，最喜欢的一道粥点就是红枣银耳羹，有一回陈太后也在，就陪着吃了一碗，吃的时候，随口说了一句红枣太甜，哪知就惹了卫太后不高兴，自那之后，天天命人送一碗红枣银耳羹到陈太后屋里，并让宫人亲眼看着陈太后吃完再离去。

卫太后是一品贵妃，陈太后只是一个小小宫嫔，根本不敢违背，就这样，她吃了整整一个月的红枣银耳羹。这件事导致她后来对红枣深恶痛绝，别说吃了，连看都不想看。曾经就有一个厨子因为忘了陈太后这个忌讳，在老鸭汤中用了几粒红枣，被陈太后痛打一顿，赶出宫去。

用过腊八粥，陈太后礼了一会儿佛，觉得有些困倦，便去暖阁歇下，原本只打算睡一会儿，哪知一觉醒来，已是将近黄昏。

秋月一边服侍她更衣，一边道："太后，钱公公来了有一阵子了，这会儿还在前殿等着呢。”

陈太后眉头一皱：“他来做什么？”

秋月替她理好裙裾，道：“说是传陛下口谕，请您去承德殿一趟。”

陈太后心思一转，已是猜到了几分：“知道了，走吧。”

第五十三章　锦囊

冬日的黄昏寒冷漆黑，风灯只能勉强照见一尺多的路，不时被呼啸而过的冷风吹得摇晃不定，寒意像无孔不入的虫子，从袖口领口钻进去，冻得人寒毛直立。

“啊！啊啊！”几只寒鸦飞过漆黑的天空，飘下一根同样漆黑的羽毛。

“太后，陛下就在里面。”钱平停在暖阁门口恭敬地说。

“好。”陈太后点点头，示意秋月等留在外面，推门走了进去。

暖阁一如既往烧着地龙与炭盆，温暖如春，一扫外面的寒冷，沉香的气息混在暖气中，令人精神一振。东方溯很喜欢沉香的中正平和，经常会在殿中点一些沉香，尤其是身子不舒服的时候，沉香的香气能够稍稍缓解痛楚，有助于入睡。

暖阁里只有东方溯一人，他以手支颐，斜坐在椅中，似乎是睡着了，陈太后放缓了原本就极轻的脚步，取过搁在木架子上的披风，轻手轻脚地覆在他身上，尽管这个动作很轻，但还是惊动了东方溯，他眼皮颤了几下，缓缓睁开来。

陈太后有些懊恼：“吵醒你了？”

“原本就没睡着，不过是闭着眼养养神罢了。”东方溯坐直了身子，“这么冷的天要母后过来一趟，实在辛苦了。”

“这说的什么话。”陈太后在他旁边坐下，“就算你不让钱平来，哀家也打算过来一趟。”顿一顿，她关切地问道，“身子怎么样了，有没有好一些？”

“就是老样子。”东方溯笑一笑，抬头望着窗外已经完全黑下的天色，在这片漆黑中，隐隐传来雷声在云层中滚动的声音，他感慨道，“入冬这么多日子都不见打雷，还以为今年不会有冬雷了。”

陈太后笑道："冬雷阵阵夏雨雪，年年如是，又岂会例外。"

东方溯抚着身上的披风，回忆道："儿子记得年幼时，每到冬天，经常被冬雷惊醒，惶恐难安，任奶娘怎么哄都哄不住，那个时候，母后就会出现在儿子屋里，抱着儿子一遍一遍说不要怕，有母亲在。"

陈太后有些惊讶道："那个时候，你才四岁不到，竟还记得？"

"不知道为什么，别的事情都忘得差不多了，唯独这件事记得清楚，想忘都忘不了。"

陈太后慈爱地笑笑，随即嗔怪道："还说呢，你四岁以后就不要哀家陪了，有一回哀家过来，还被你赶走。"

"因为儿子想要变得勇敢，勇敢到可以保护母后，而不是一辈子躲在母后的羽翼下。"

"哀家知道，所以后来再打雷，哀家都没有去安慰你，有时候实在放心不下，就躲在外面透过门缝悄悄看你。"

"知子莫若母，母后一向是最了解儿子的。"说到这里，东方溯突然话锋一转，"可为什么母后现在变得一点儿都不懂儿子了？"

陈太后面容一滞，沉寂片刻，道："你是说出征那件事？"

东方溯也不与她绕圈子，点头道："不错，母后明明知道儿子不希望贵妃随同出征，却偏偏游说皇后、易氏、容贵嫔她们到儿子面前进言，希望儿子带贵妃出征。"

陈太后淡淡一笑："哀家知道皇帝担心贵妃，不想她冒险，可哀家同样担心你。你性子执拗，认定的事情绝不会更改，就像当年，所有人都让你不要去西楚，你偏偏就去了，那一阵子，哀家天天跪在佛前祈祷，请求佛祖保佑你平安归来。"

"儿子会与上次那样平安归来，母后无须担心。"

听到这话，陈太后激动道："你是哀家十月怀胎生下的儿子，哀家怎么能不担心。"

"儿子福泽深厚，从小到大，多少艰难险阻都闯过来了，这一次也不会例外。"

陈太后拉了他的手，涩声道："就算有再多的运气，这会儿也用得差不多了，更别说你还生着病，根本就是有去无……"后面那个"回"字，她想着不吉利，又咽了回去，改而道，"你……你让哀家怎么能不担心？"

"母后想到哪里去了，儿子……"

陈太后打断道："你不必说好听的话安慰哀家，总之要不就放弃亲征，要不就同意贵妃随行。你就算不为自己着想，也得为贵妃、为哀家、为予怀、为大周千千万万的百姓着想啊。”

东方溯淡淡道：“母后说到哪里去了。”

“哀家说的都是事实，贵妃的心意你是知道的，你现在不肯带她同去，万一……哀家是说万一，出什么事，贵妃必会万分自责。再者，哀家可不认为她当真会留在金陵城中。”

东方溯眉头一皱：“母后这是什么意思？”

“贵妃什么性子，你比哀家更清楚，与你一样执拗坚定，她既然有了这个念头，就一定会想尽办法去实现，与其偷偷摸摸地跟去，倒不如应了她，大大方方带去，如此还安全一些。”

“母后不必再说了，儿子是不会带贵妃去的。”

东方溯态度之坚决出乎陈太后意料之外，她心思一转，忽然叹了口气：“既然如此，你带哀家去吧。”

东方溯一惊，急忙道：“母后这是何意？”

“既然哀家不能劝动你，那就只有陪你一起上战场，万一……”陈太后强颜笑道，“有什么暗器暗箭，哀家也能帮你挡一挡。”

东方溯皱眉道：“母后这说的什么话，儿子怎么能让您去挡暗箭，这话以后都不要再说了。”

“那你要母后怎么办，难道眼睁睁看你出事吗？溯儿，母后只有你一个儿子啊。”说到这里，陈太后泪如雨下，好不伤心。

“母后您……您……”东方溯被她哭得手足无措，一时不知如何是好。

哭了一阵子，陈太后突然抹一抹眼泪，吸气道：“哀家现在就去收拾东西，前路是豺狼也好，恶虎也罢，咱们母子都一起去面对。”顿一顿，又似想起了什么，急急道，“对了，得让秋月多带些炭火，你怕冷，这一去至少得两三个月，不多带些可不行。”

东方溯被她说得哭笑不得，又有些感动，拉住她道：“战场凶险，母后您年事已高，断断不能去。”

陈太后态度异常坚硬：“除非你斩了哀家双腿，不然哀家非去不可！”

东方溯一脸无奈，半晌，他叹了口气，道：“也罢，贵妃的事情，儿子再考虑考虑。”

陈太后心中一松，面上却是分毫不露，反而连连摇头：“你不用敷衍母后，总之哀家非去不可。”

"儿子没有敷衍，是真的会考虑。"见东方溯说得认真，陈太后半信半疑道："果真？"

"果真！"

"那好，哀家等你想仔细。"如此又叮嘱了几句后，陈太后起身离开。

等在外面的秋月看到陈太后出来，连忙扶住她："太后，咱们快回去，听这雷声，怕是快下雨了。"

陈太后点点头，就着她的搀扶往静芳斋行去，雷声一直在云层中滚动，不时掠过一道银蛇，划破漆黑的天际。

他们刚踏进静芳斋，冬雨就落了下来，打在树叶上沙沙作响，秋月抚去陈太后身上的雨滴，庆幸道："还好回来及时，不然就淋到雨了。"

"到底还是沾了几滴，冷得紧。"陈太后站在炭盆前，伸出冰凉的手烤着，好一会儿这身子才算暖和回来。

冯川端着一盏刚刚温好的羊奶递过去，轻声道："太后，陛下请您过去，可是为了出征的事？"

陈太后抿了一口香滑的羊奶，淡然道："除了这个，还能有什么。"

冯川试探道："那陛下……回心转意了吗？"

陈太后冷笑一声："哀家这个儿子是个死心眼，哪能这么容易回心转意，哀家说得嘴皮子都破了，最后还把自己给搭上去，也不过是让他稍稍有些意向罢了。"

听到这话，冯川忐忑不安道："万一陛下还是一门心思不肯带贵妃去战场，那可怎么办？"

陈太后似笑非笑道："你不是一向鬼主意最多吗，这会儿又没了？"

冯川讪讪一笑，讨好道："奴才那点儿小心思，哪里搬得上台面，更别说入太后法眼了。"说着，他又忍不住问道，"太后，陛下那边要不要再劝劝？"

陈太后搁下喝了一半的羊奶，摇头道："做到这一步就够了，再继续下去，就该惹人怀疑了。"

冯川点点头，但神情颇为不安，陈太后知道他在想什么："不必担心，哀家不劝，自然有人会劝。"

秋月眼珠子一转，道："贵妃？"

"不错。"陈太后笑意深深道，"最想她跟去战场的，不是哀家，也不是你们，而是她自己，所以她一定会想方设法劝说，直至皇帝同意。"说着，她又警告道："这阵子除了自己的分内事，其他事情一律不许管，也不许多嘴，否则出了什么岔子，可别怪哀家心狠。”

秋月二人一凛，急忙低头答应。

这一场冬雨下了一夜，雨停后不久，开始飘起了雪，起初只是细细一些，后面越下越大，犹如鹅毛飞絮，漫天飘落，在地上积起厚厚一层雪。

正如陈太后所料，在她之后，慕千雪又几次去承德殿，为的都是随同出征一事，虽然东方溯一直不曾松口，但原本坚定的念头已是开始渐渐动摇。

常平殿中，容贵嫔接过宫人递来的几枝梅花，通过一个小小的圆洞递进一个半透明的箱子里，箱中几只不属于这个季节的蝴蝶正在翩翩起舞，看到梅花，立刻扇动色彩斑斓的翅膀飞了过来，停在花朵上贪婪地吸吮着花蜜。

这几只蝴蝶是入冬前容贵嫔让人抓来的，养在琉璃箱中，底下熏以炭火，令箱子始终温暖如春，又让人日日采来花朵喂养，这才活到现在。

兰珠走到容贵嫔身边，低头唤了声主子，容贵嫔眸光一动，对站在两边的宫人道：“这里没你们的事了，下去吧。”

待宫人都退出后，容贵嫔道：“什么事？”

兰珠轻声道：“得到消息，陛下刚刚召了太子和大殿下去承德殿，虽不知说什么，但根据之前探到的消息，陛下很可能改变心意，答应贵妃随同出征，所以召他们来交代监国之事。”

容贵嫔一边伸手逗弄蝴蝶，一边道：“知道了，继续去打听。”

“主子……”兰珠欲言又止。

看到她这副神气，容贵嫔蹙眉道：“怎么，还有事？”

“奴婢听说，这次贵妃的事情，太后出了许多力，您说……会不会是有什么阴谋？”

容贵嫔收回手，淡然道：“阴谋也好，阳谋也罢，与咱们有关吗？”

“就怕这一切是冯川的主意，欲对大周不利。”兰珠愁眉道，“虽说陛下对主子不好，那么多年也只给了主子一个贵嫔，但好歹荣华无忧，万一大周出事，咱们日子可就更不好过了。”

容贵嫔微微一笑，拍一拍手突然道：“你觉得太后傻吗？”

兰珠被她问得一怔，待回过神来后，摇头道：“当然不傻。”

“那就是了，只要她不傻，就知道大周对她来说意味着什么，没了大周，没了皇帝生母这个身份，她就是一个垂死的老太婆，什么都不是。”

兰珠听得一头雾水：“奴婢不明白主子的意思。”

“很简单，她不会完全受冯川控制，如果贵妃随行这件事是她促成的，那一定是对她有好处。换而言之，就是对大周有好处，那你说，本宫为什么要阻止呢？”

兰珠恍然大悟：“原来如此，还是主子细心。”

琉璃箱中的蝴蝶已经吃饱了，飞离了那几株梅花，容贵嫔抽出来闻了闻，已是没了原来扑鼻而来的清香，她随手掷在一旁：“对了，除了陛下那桩事，太后最近还做过什么？”

兰珠仔细想了想，道：“没什么特别的，就是有时候会传肃老王爷的小孙子去静芳斋解闷。”

“肃老王爷？”

“对，那孩子奴婢见过，长得粉雕玉琢一般，着实可爱，怪不得太后喜欢。”

容贵嫔隐隐觉得不对，但又说不出来，只得让兰珠继续盯着，兰珠应了一声，迟疑道：“奴婢一直不明白，主子为什么不把太后的事情告诉陛下？万一太后知道当日在静芳斋外偷听的人是您，后果不堪设想。”

“你不说，本宫不说，她又怎么会知道，难不成……”容贵嫔眼波一转，冷冷落在兰珠脸上，“你想出卖本宫？”

兰珠大惊，急忙跪下喊冤：“冤枉啊，奴婢就算有天大的胆子，也不敢出卖主子，求主子明鉴。”

她的反应令容贵嫔很是满意，笑道：“本宫不过是与你开个玩笑，这么认真做什么，起来吧。”

“谢主子。”兰珠忐忑不安地站起身，再不敢继续刚才的话题，倒是容贵嫔主动说了起来：“陛下也好，太后也好，对本宫来说，都不是可以倚靠的人。说出太后之事，陛下就算信了，顶多也就封赏一个不痛不痒的妃位，一年也见不到一次君颜，更不用说被召幸临宠了，有意思吗？”

容贵嫔越说越激动，疾步冲到铜镜前，盯着镜中不再年轻的容颜：“你看看这张脸，从青春到渐渐迟暮，从如花娇艳到渐渐老去，十几年了，本宫等了十几年，却一无所有，恨，本宫好恨！”

说到这里，容贵嫔神经兮兮地笑了起来，抚着脸颊阴声道：“既然他不肯垂顾本宫，那本宫又何必管他死活，就这样看着他们母子相争斗个你死我活，岂不快活！”

容贵嫔这个样子，看得兰珠直起鸡皮疙瘩，但又不能说什么，只能在一旁赔笑。

十二月十五夜里，多日不见的月亮自云层中探出头来，未化的积雪在月光照耀下越发清冷。

漪兰殿东暖阁里，夏月来回穿梭，指挥宫人将一碟碟色香味俱全的菜肴摆放在桌上。

“这道翡翠丸子放萝卜丝饼那边，殿下喜欢吃。哎，端小心一些，别把汤给洒了。

“这糖醋海蜇谁让做的，不知道主子最近咳嗽，碰不得这些海鲜一类的东西吗，赶紧撤下去，记得交代厨房一声。

“还有这个菜叶，都炒黄了还端上来，赶紧撤下去重新炒，记得嫩一些，大殿下不喜欢太熟的。”

花蕊捧着一个精致的小盅进来，看到夏月忙得团团转，打趣道：“瞧把姑姑忙的，这不知道的人还以为今夜是姑姑宴请呢。”

“贫嘴。”夏月斥了一句，“雪梨汤好了吗？”

“好了。”花蕊一边说着一边揭开小盅的盖子，雪梨独有的清香顿时随热气飘了出来，夏月闻了一口，满意道：“嗯，炖足了火候，没有偷懒。”

花蕊抿嘴笑道：“姑姑一再叮嘱，谁敢偷懒，不怕被姑姑剥了皮吗？”

夏月故作生气道：“你这妮子，说得我好像江洋大盗一样，我有这么可怕吗？”

花蕊笑嘻嘻道：“姑姑不可怕，只是一遇到主子的事情就特别紧张。”

夏月点一点她的额头，笑道：“我不紧张主子难道还紧张你吗，鬼灵精！”话刚说完，便看到慕千雪扶着小元子进来，连忙拉了花蕊行礼。

慕千雪看了一眼膳桌，道：“都备齐了吗？”

“还差一道凤尾虾和松鼠鱼，应该也快了。”夏月话刚说完，宫人便端着一道色彩艳丽形似凤尾的菜上来，正是凤尾虾，过了一会儿，松鼠鱼也随之而至，香气扑鼻。

夏月一边拿银罩子盖起菜一边道：“花蕊，你去瞧瞧二位殿下来了没有，这些菜凉了可不好吃。”

“是。”花蕊应了一声，刚打开门，便瞧见予恒走了进来，赶紧屈膝行礼，“见过大殿下。”

“免礼。”在示意花蕊起身后，予恒朝慕千雪拱手一礼，歉疚道：“临出门的时候，刑部那边出了些事情，急着要处理，所以来晚了一些，请姨娘见谅。”

慕千雪温言道：“无妨，事情处理好了吗？”

“是半年前一桩关于入室盗窃引致的杀人案，原本那个贼人已经认罪，也签字画押了，定了今日处斩，可临到刑场，那犯人又喊起冤来，监斩官怕出冤案，所以派人来禀告，我与刑部尚书商量后，决定停止行刑，择日重审此案。”

慕千雪仔细听他说完，颔首道：“你们做得对，杀人不过是一刀的事情，死而复生却是万万不能，所以每一桩案子都要查得清清楚楚，既不能放过一个恶人，也不能错杀一个好人。”

“予恒明白，请姨娘放心。”说话间，宫人端了茶进来，慕千雪微笑道：“来，先喝杯茶暖暖身子，等予怀来了咱们一起用膳。”

予恒笑道：“茶饮不饮不要紧，有一样东西，却是一定要问姨娘讨的。”

慕千雪好奇道：“哦，是什么？”

予恒没有直接回答，而是道：“莆根水暖雁初下，梅经香寒蜂未知。”

小元子喃喃重复了一遍，疑惑道：“殿下，这是什么意思？”

“算是一个谜语吧。”说到这里，予恒想起一事，取下佩在腰间的和田玉勒子，朝小元子晃一晃道，“你不是一直很喜欢这个玉勒子吗，要是能猜到，就赏你了。”

小元子大喜，赶紧搜肠刮肚，可他虽然认字，读的书却不多，想了半天也没想起这诗是谁写的，更别说是诗的意思了。他想了半天，根据诗面上表浅的意思试探道：“可是梅花？”

予恒抿了口茶：“对了一半，再给你一次机会，再猜不对的话，这玉勒子可就没你的份儿了。”

小元子急得抓耳挠腮，连着想了好几个与梅花有关的，但又不敢轻易说出口，毕竟机会只有一次。

小元子实在拿不准谜底，眼巴巴地瞅着慕千雪，希望她能给点儿提示，瞧见他这副可怜兮兮的样子，慕千雪微微一笑，对夏月道：“最近天寒，你去把给大殿下准备的酒烫一烫。”

听到这话，小元子眼睛一亮，脱口道：“是梅子酒！”

予恒笑望慕千雪道：“姨娘，您这样可不公平哦。”

慕千雪黛眉轻扬：“本宫什么都没说，你别冤枉本宫。”

“您是没明说，但烫酒两个字，已经把谜底都给泄露了。”

慕千雪似笑非笑道：“这可怪不得本宫，要怪就怪你自己出的谜题太简单。”

予恒一怔，旋即笑了起来，满面无奈道：“是是是，怪我出得太简单，下回一定挑个难的。”说罢，见小元子目光热烈地盯着自己，随手把玉勒子扔给他，笑斥道，“瞧你那点儿出息，我还会赖你不成，拿着！”

小元子赶紧接在手里，满面笑容地道谢：“多谢殿下赏赐！”

在夏月将烫好的梅子酒拿来后，花蕊也回来了，在她身后跟着张远。张远进来朝慕千雪和予恒行了一礼，恭敬道：“见过贵妃娘娘、齐王殿下。”

“免礼。”慕千雪摆一摆手，“怎么不见太子？”

“回娘娘的话，太子殿下临时有要紧事，不能入宫陪您用膳，特让卑职来禀告一声，以免您空等。”

“不来了？”夏月满面诧异道，“之前不是都说好了吗，怎么说不来就不来了？”

“这个……我也不清楚。”张远尴尬地回了一句。

“这晚膳都备好了，突然不来，岂不浪费，而且……”夏月眸光一闪，止住了嘴边的话，改而道，“主子，要不奴婢去一趟东宫，请殿下过来？”

“不必了。”慕千雪淡淡说了一句，对还等在那里的张远道，“本宫知道了，你回去吧。”

远离去后，慕千雪叹了口气，伤感道：“太子与本宫是越来越生分了，连一起用顿晚膳都不肯。”

予恒心里也是一样的感觉，但他怕慕千雪难过，不敢说出口，安慰道：“姨娘说到哪里去了，太子跟谁生分都不会跟您生分，定是临时有要紧事缠身，抽不出空来。”

慕千雪黯然道：“生不生分，本宫心里清楚。”

予恒担忧地看着她：“姨娘……”

“本宫没事。”慕千雪撑起略有些勉强的笑容，“不说这个了，赶紧用膳吧，这一桌子菜可别浪费了。”

予恒有意逗她开心，故意拍着胸膛夸张道：“有我在，保准浪费不了。”

虽然予怀缺席，但在予恒的说说笑笑下，这顿饭吃得并不沉闷，菜也动了许多，晚膳过后，花蕊端上来两碗豆沙丸子，小小的丸子半浮在暗红色的豆沙汤里，好不可爱。

予恒吃了一口，眉飞色舞地赞道：“嗯，果然还是姨娘这里的豆沙丸子最好吃，甜而不腻，软糯可口。”

慕千雪笑着摇头：“你啊，吃不下就别逞强，小心把胃撑坏了。”

“哪有，别说这小小一碗，就算再有两三碗，我也吃得下。”说着，他三口并作两口吃完了碗里的豆沙丸子，将空碗递给花蕊，含糊道：“再盛一碗，盛满些。”

“不要盛了，去沏盏普洱给齐王。”说着，慕千雪看向予恒，慈爱道，“你的心意本宫都知道，本宫很喜欢。”

予恒费力咽下嘴里的丸子，尴尬地挠挠头：“什么都瞒不了姨娘。”

慕千雪微微一笑，突然道：“你父皇同意了。”

予恒正要问同意什么，突然灵光一闪，脱口道：“出征一事？”

“不错。”

在一番短暂的沉寂后，予恒低声道：“什么时候动身？”

“后日。”

听到这个回答，予恒诧异道：“这么快？”

“拖得越久，你九叔那边就越危险，速战速决。”顿一顿，慕千雪又道，“今夜召你们来，就是想说这件事，结果予怀……”

予恒咬一咬牙道：“姨娘放心，明日我去请太子，怎么着也要他过来。”

“不必了。”慕千雪摇头道，“他今夜不来也好，能让本宫下定决心。”在予恒疑惑的目光中，她自袖中取出一个锦囊，郑重其事地递给予恒：“这个锦囊你好好收着，我与你父皇不在的日子里，若是遇到危及大周而你又解决不了的事情时，就把它打开。”

锦囊触手柔软，隐约能感觉到里面有纸一样的东西，予恒疑惑道：“这是什么？”

“到时候就知道了。”见慕千雪不肯说，予恒只得压下心中的好奇，将之藏入怀中，过了一会儿，他试探道，“姨娘，是不是有什么事情我不知道？”

慕千雪望着窗外漆黑如墨的夜色，喃喃道：“希望一切都是本宫多虑了。”

“梆梆——”外面传来打更的声音，慕千雪回过神来，道：“不早了，回去吧，路上小心。”

“予恒告退。”予恒拱手退出了暖阁，其实他心里还有许多疑团未解，但看慕千雪的态度，就算问了也不会有结果，只能作罢。

宫外，小厮裹着厚厚的棉袄站在背风处，借着月光看到予恒出来，赶紧牵着马走过来，请他上马。

“去东宫。”听到这话，正在牵马的小厮愣了一下，仰头提醒道：“殿下，这可都两更天了，不如明天去吧？”

“让你去就去，哪来这么多废话。”见予恒面色不愉，小厮不敢再说话，牵马往东宫的方向走去。东宫依昭明宫而建，不过一炷香的工夫就到了。

东宫门口，两盏灯笼静静挂着，橘红色的灯光如水一般静静散开，驱散四周的黑暗，两名护卫站在灯下无聊地打哈欠，盼着赶紧天亮换值，好回去睡个饱觉。

马蹄声在寂静的黑夜里听来格外明显，两名护卫相互看了一眼，奇怪，这大半夜的谁在街上骑马，还是在东宫门口，难道……

随着马蹄声越来越近，两人一马出现在护卫视线中，待看清坐在马背上的人影，两名护卫皆松了一口气，松开握在刀柄上的手上前行礼：“见过齐王殿下。”

予恒也不与他们多言，径直道：“我有事需面见太子，你们立刻去通传。”

护卫为难道：“这个时辰，太子早已经歇下了，殿下还是明日再来吧。”

予恒面色一沉，冷声道：“事关紧要，若是因为你们不肯通传而耽搁了，就算有十个脑袋也不够砍的！”

护卫被他严厉的措辞吓了一跳，犹豫片刻，那名高个头护卫道：“那……那小人去试试，至于太子殿下肯不肯见，就不是小人能做主的了。”

“快去！”在予恒的催促下，护卫快步走了进去，过了约莫一盏茶的工夫，他面色苍白地走出来：“太子殿下请您进去。”

在予恒走进去后，另一名护卫小声道：“怎么，被太子骂了？”

高个护卫心有余悸道：“能不被骂吗！差点儿要赏梃杖，还好张护卫劝住了。说起来，殿下这脾气是越来越大了，跟以前比，简直是判若两人。”

“是说呢，唉，这日子是越来越难熬了。”护卫叹了口气，不再说话。

予恒经常来东宫，对这里甚是熟悉，很快就到了予怀居住的宫殿，张远已是候在那里，迎上来打了个千儿，道：“太子已经起身了，殿下请。”说着，他压低声音道，“深夜惊醒，太子心情不大好，殿下您当心一些。”

“我知道了，多谢提醒。”在道了声谢后，予恒随他走了进来，予怀正坐在椅中喝茶，脸色不大好看。

予恒走到他身前，拱手道：“见过太子殿下。”

面对他的行礼，予怀也不叫坐，冷冷道：“到底出了什么十万火急的事，大哥你连个安稳觉都不肯让我睡？”

“太子恕罪，臣刚刚去了兵部，兵部尚书说这批铸造出来的火枪有问题，事关出征齐国，他不敢怠慢，立刻来找太子商量，您却不肯见他，不知这是何故？”不知从什么时候开始，予恒不再像以前那样随便，而是一口一个“太子”，一个口一个“臣”，遵礼但显得生分。或许……不是予恒想改，而是他不能再随便。

予怀一怔："这是什么时候的事？"

"就今日，黄昏时分。"予恒话音未落，予怀已道："这不可能，从下午起，我就一直在府中，他根本就没来过。"

"是不是那会儿有其他人在，所以底下人没有禀报？"

予怀摇头道："今儿个也就上午有些事，午后一直都没事。"

予恒眸光一闪，沉声道："这么说来，殿下并不是临时有事不能去漪兰殿陪贵妃用膳？"

予怀没想到他会突然把话扯到这上面，愣了片刻，恼羞成怒道："你在试探我？"

"是。"予恒坦然承认，"臣不明白，太子为什么宁可撒谎，也不肯陪姨娘用顿晚膳。"

"我的事情不用你管。"予怀冷冷地盯着他，"倒是你，故意欺骗，该当何罪？"

"臣有罪，那太子呢？"予恒痛声道，"为了这顿晚膳，整个漪兰殿从早忙到晚，姨娘更是一直等着，就盼着能和你好好吃一顿饭，结果等来的是什么，是你的欺骗。"

"够了！"予怀重重搁下茶盏，恼怒地起身道，"别以为我叫你一声大哥，你就可以在这里肆意妄为。再这样胡乱言语，就立刻给我滚出去！"

予恒深吸一口气，努力平复胸口激涌的气息："臣不敢，臣只是希望太子能多去陪陪姨娘。"

"我有空的时候自然会去看母妃，不劳你这个外人操心。"予怀刻意咬重"外人"两个字，别说予恒，就连张远听着都觉得刺耳。

默然片刻，予恒凝声道："或许在太子眼里，我只是一个外人，但我一直视姨娘如母，谁要是欺负姨娘，我绝不与他罢休，就算是太子你……也不例外！"

予怀怒极反笑，拍手道："好啊，真是好啊，居然教训起我来了，看来我真是要好好教一教大哥，什么是——君臣之道。"

张远见势不对，上前道："太子息怒，齐王想来只是紧张贵妃娘娘，并非有意顶撞太子。"

予怀横了他一眼，冷冷道："他给你什么好处，让你这样帮他说话？"

张远大惊，急忙跪下道："齐王从来没给过属下好处，请殿下明鉴。"见予怀不语，他又道，"属下只是不想太子和齐王伤了兄弟之情。"

予怀冷笑连连："这么说来，我倒是还要谢谢你？"

张远低着头不敢说话，予怀冷哼一声，对予恒道："念在兄弟一场的份儿上，这次我就不与你计较了，走吧。”

他的冷漠令予恒心中难过，闭一闭目，沉声道：“你计不计较，我无所谓，但是姨娘那边，我希望你明日去一趟。”见予怀仍是没什么反应，予恒咬牙道，“父皇后日就要出征了，姨娘也会随行，这一去，不知要多久，她有许多话想跟你说。”

予怀面容微微一动，复又归于平静，端起茶徐徐啜着，竟是一个字也不说，张远暗自叹了口气，起身走到予恒身边，低声道：“殿下您先回去吧，太子这里……属下会想办法劝说。”

予恒也知道再僵持下去只会令二人之间的裂痕越来越大，叹了口气后拂袖离开。

在他身后，予怀冷冷相望，他知道予恒在生自己的气，要换了以前，一定会难过或者紧张，但现在……心中一片寂静，连一丝涟漪都泛不起来。

不知从什么时候开始，他的心变得越来越冷，冷到只在乎自己一个……

第二天，予怀进宫去见了慕千雪，但也仅止于此，一层无形的隔阂横在母子之间，不复从前的亲密。

第五十四章　东宫

十二月十七日，东方溯领兵八万，出征齐国，慕千雪随行，这一战将决定北周是一统天下还是止步于齐国。

陈太后站在城楼上，遥遥望着远去的大军，心中百味杂陈。东方溯身体虚弱，又被寒毒缠身，这一去，他们母子可能再也见不到了，虽说剩余的情分不多，到底还是有些伤感。

“恭喜太后，贺喜太后。”冯川的声音顺着晨风送入耳中，陈太后侧目，凉声道：“八字没一撇的事情，早了。”

“不早。”冯川神秘兮兮道，“奴才打听到，前夜里，太子和齐王起了争执，这以后可有的热闹了。”

陈太后一惊：“怎么回事？”

冯川将打听来的事情细细说了一遍，随后道：“太后您想，一顿晚膳都能引来这么多事，这接下来的监国理政，事情必然更多。咱们再适时煽上几把风，这反目……是迟早的事。”

陈太后抚一抚脸颊，微笑道：“都说江山易改，本性难移，可你的药，却能令一个人心性大变，真是神奇。”说到这里，她突然盯住冯川，似笑非笑道，“冯川，你会不会对哀家下药？”

冯川大惊失色，急忙跪下道：“奴才就算吃了熊心豹子胆，也绝不敢伤害太后凤体，求太后明鉴！”说着，他又满脸委屈道，“太后要是不相信奴才，奴才……就从这城楼上跳下去，以明心志。”

见陈太后不说话，他咬一咬牙，走到城墙边，声音微微颤抖：“太后，奴才要是死了，您就赏奴才一捧黄土，下辈子……奴才还侍候您。”

“行了，把你这套把戏收起来。”陈太后的话令冯川甚是尴尬，讪讪道：“奴才说的都是真心话。”

“好好替哀家办事，哀家亏待不了你，反之……”陈太后走到城墙边，望着数十丈高的城墙，冷冷道，“哀家会让你连从这里跳下去的机会都没有，明白吗？”

“奴才明白！明白！”冯川连连答应，一阵寒风吹过，身子激灵灵一颤，冷得直发抖。

“人都安排好了吗？”听到陈太后的话，冯川赶紧道：“都安排妥当了，相信不久之后就能看到效果。”

“好。”陈太后满意地笑笑，目光一转，掠过城中的肃王府，“几日不见，有些想念那孩子了，你明日去把他抱来，在静芳斋养几日。”

“是。”冯川讨好道，“每次进宫，小世子谁抱都不要，就是喜欢粘着太后您老人家，可见这缘分深得很。”

陈太后扶着他的手缓步走到城楼：“那孩子确实讨人喜欢，就不知道长大以后，是否也这样。”

冯川连忙接上话：“有太后悉心教导，小世子一定孝顺懂事，断不会辜负了太后的一片苦心。”

陈太后被他说得心中欢喜，笑道：“你这张嘴皮子最厉害，总能哄得哀家开心。”

冯川迭声叫屈：“奴才哪有哄，这一字字一句句都是奴才的肺腑之言。”

陈太后笑一笑，道：“你记着，嘴皮子好不过能哄得一时，真正要紧的，还是差事办得好。”

冯川最是机灵，当即顺竿往上爬：“奴才懂得，奴才一定尽心竭力为太后办好差事，纵粉身碎骨也绝不往后退半步。”

帝妃离京，监国理政的重任自是落到了予怀这个太子身上，予恒与肃亲王从旁辅佐，倒也相安无事。

正月初一，东宫发生了一件不大不小的事情，予怀在宫中饮多了酒，回到东宫后醉倒在廊下，恰好那日负责值夜的宫人悄悄溜出去看望家人，以致予怀吹了一夜冷风，并因此染上风寒，在床上躺了好几日。

陈太后知道这件事后，凤颜大怒，重重责罚那名宫人，并亲自挑选了数名貌美的宫女，前去照料予怀的衣食住行，就在一切安排妥当准备带这群宫女去东宫的时候，却在宫门口被人拦了下来。

沈惜君扶着阿紫的手，淡然道："这是要去哪里啊？"

冯川打了个千儿，恭敬道："回皇后娘娘的话，太后知道太子殿下因为下人疏于照顾而生病，甚是心痛。为免再有类似的事情，特意挑选了几名聪明伶俐的宫人给太子殿下送去。"

沈惜君笑一笑，道："这可巧了，本宫也选了几个懂事的宫人准备送去东宫。"

冯川愣一愣，旋即笑眯眯道："娘娘和太后真是心有灵犀，有您二位这般悉心照顾，太子殿下想再生病也难。"说着，他瞅一瞅站在沈惜君身后的花蕊等人，讨好道，"要是娘娘不嫌弃，奴才帮您把人送过去，省得花蕊姑娘多跑一趟。"

"花蕊原本就是要去东宫的，何来多跑二字。"沈惜君的话令冯川一怔，他试探道："花蕊姑娘也要去东宫？"

沈惜君似笑非笑道："怎么，冯公公有意见？"

冯川连忙道："奴才不敢，只是……花蕊姑娘是漪兰殿的人，这突然去东宫，难免有些意外。"

"贵妃不在宫中，花蕊去照顾太子，有什么好意外的。不只花蕊，他们几个都是以前在漪兰殿侍候太子的，最懂太子喜好，可比你那几个好多了。"

"是是是。"冯川迭声答应，随即道，"那奴才陪花蕊姑娘一道过去。"

"本宫想过了，太子那边有花蕊他们几个知根知底的人照顾就够了，人太多反而嘈杂，不利太子歇息，所以……"沈惜君指一指那群宫女，"她们几个就不要过去了。"

冯川面色一变，没想到沈惜君打的是这个主意，心思一转，赔笑道："这是太后的意思，奴才做不了主，还请娘娘恕罪。"

沈惜君低头抚着手中的暖炉："你这是拿太后压本宫？"

"奴才岂敢，实在是……"冯川话没说完，沈惜君已道："既然不是，那就这么定了。"说着，她侧目道："花蕊，带他们去吧，记着，好好侍候太子。"

"奴婢知道。"花蕊朝沈惜君行了一礼，领着身后的几个人往宫门走去，看到这一幕，冯川有些发急，拦住花蕊道："娘娘，这样不太好吧，不然……您先去禀了太后？"

"放肆！"刚刚还和颜悦色的沈惜君突然沉下脸，"什么时候轮到你来教本宫做事了？！”

“奴才不敢。”

“不敢？”沈惜君冷笑道，“本宫看你敢得很。冯川，别以为你是太后的人，就可以蹬鼻子上脸，无论太后多宠信你，你都只是一个奴才，别说本宫是陛下亲封的皇后，就算是贵人、美人，也轮不到你来指手画脚。”

冯川虽然不服气，但毕竟身份摆在那里，只得忍气吞声道：“娘娘教训得是，奴才知错。”

“知错？”沈惜君打量着他，漠然道，“本宫怎么没看出来？”

冯川咬一咬牙，抬手轻掴着自己脸颊，一边掴一边请罪，眼见沈惜君不说话，只得加重了力道，几掌下来，一张还算俊秀的脸庞变得通红，刺痛不已。

在冯川双手掴得发麻时，沈惜君总算是开了口：“看在太后的面子上，本宫就不与你计较了，刚才那几巴掌，算是对你的告诫，免得以后犯了大错还不知道。你自己丢了性命事小，连累太后被人说不懂得管教下人事大。”

“多谢娘娘教诲，奴才感激不尽。”冯川气得要死，明明是她鸡蛋里挑骨头，故意挑自己的刺，结果还说成是为了自己好。

“还不走？”

“奴才告退。”在冯川离去后，花蕊忧声道：“他在娘娘这里受了气，一定会去太后面前嚼舌根子，到时候……”

“没事的。”沈惜君知道她担心什么，微笑道，“本宫与太后早就一堆嫌隙，也不在乎再多这么一件两件。”说着，她神色郑重道：“太后明摆着是要往东宫塞人，这次被本宫挡了回去，她一定会再想别的法子。宫里头本宫能挡着，就怕她从宫外着手。”

花蕊正色道：“娘娘放心，奴婢一定照顾好太子，绝不让人有机会害他。”

沈惜君欣慰地点头：“那本宫将太子交托给你，要是遇到解决不了的事情，就来告诉本宫，或者予恒。”

“奴婢知道。”花蕊郑重向沈惜君行礼后离去。

待花蕊等人走后，沈惜君抚一抚袖口油光水滑的风毛道：“走吧，去静芳斋。”

阿紫蹙眉道：“主子，您真要去给太后赔礼吗？”

“你不乐意？”面对沈惜君的反问，阿紫嫌恶道：“一看那群花枝招展的宫女，就知道她用意不善了，要不是主子及时制止，这东宫非得被那群妖精闹翻了天不可。”

沈惜君被她说得笑了起来：“翻什么天，哪有这么夸张。”顿一顿，她道，“无论太后真正的用意是什么，表面上来看，她并没有错，本宫阻止了她的人，于情于理都要去说一声。”

阿紫闷声道：“奴婢知道，只是不想看到她。”

“本宫何尝愿意见到，可她毕竟是陛下生母，本宫也不能太过，该给的面子还是要给的。”说罢，她看了一眼阴沉的天色，催促道，“走吧，再耽搁下，怕是又要下雪了。”

静芳斋中，檀香阵阵，陈太后坐在上首，徐徐拨动指尖滚圆的佛珠，冯川顶着一张被掴红的脸跪在地上，满面委屈道：“奴才受些苦楚不要紧，但打狗还要看主人面，皇后娘娘这么做，分明是不把太后您放在眼里。”

“她眼里早就没了哀家。”陈太后的面容在兽首鎏金香炉不断飘出的白烟下有些不真切。

冯川不服气道：“可也不能这样欺辱，不管怎么说，太后您都是陛下生母，民间尚分个长幼尊卑，何况是天家。”

陈太后静默片刻，起身走到冯川身前，她今儿个穿了一袭墨蓝色锦衣，极为简洁，并不见宫中惯用的蹙金织银绣法，一眼看上去，犹如城中妇人常穿的粗蓝布衣裳，唯有凑近看，才能瞧见那一团团与衣裳近乎同色的蟹爪菊纹，低调而奢华。

陈太后目光在他脸上掠过，淡淡道：“这么说来，你是想让哀家给你去讨个公道？”

“奴才身份卑贱，受些委屈是再正常不过的，哪敢劳动太后，奴才是担心皇后这次得势之后，会越发跋扈，不将太后放在眼中。”冯川小心翼翼斟酌着话语。

“你这话严重了，皇后确实有些过分，但还说不上跋扈。”

冯川愣愣看着陈太后，一时有些反应不过来，怎么听着这话，陈太后……像是在帮皇后说话？

正自疑惑之时，耳边传来陈太后的声音：“瞧着吧，很快她就会来赔礼道歉了。”

就在这句话落下后不久，宫人走了进来：“启禀太后，皇后娘娘来了。”

陈太后微微一笑，回到椅中坐下：“让她进来吧。”

刚一踏进暖阁，便有混合了阵阵檀香的热气扑面而来，虽说一消外面带来的寒意，却令沈惜君微微蹙眉。不知为何，每次她在静芳斋闻到檀香都会觉得不舒服，别的地方却不会，真是奇怪，或许是她潜意识拒绝来这里？

“臣妾见过太后。”这些年，她对陈太后一直以太后相称，客气而生疏。

“免礼。”在示意沈惜君落座后，陈太后温言道，“皇后的来意，哀家已经知道了，还是你考虑得周到，想到让花蕊他们几个去东宫侍候，哀家不如你。”

沈惜君原本已经做好被训斥的准备，没想到她不仅一句斥责的话都没有，反而还夸赞自己，当然，她不会把这夸赞当成真心。

待回过神来后，她在椅中欠一欠身，道：“多谢太后体谅，臣妾还是考虑不周，没有事先禀告太后，令您白忙活一场，真是对不住。”

陈太后对她略有些不敬的话不以为意，笑一笑：“为自己孙子做事，就算白忙活哀家也开心。”说到这里，她叹了口气，感慨道，“活到哀家这把年纪，别无所求，只盼家人和睦安好。”

“太后能够这么想，实在是后宫之福，天下之福。”面对沈惜君毫无诚意的恭维，陈太后神色复杂道：“过了这么多年，你还是不肯原谅哀家？”

沈惜君眉目平静道：“太后多想了。”

陈太后失望道：“你到底还是不能释怀，不过也难怪，当年哀家确实错得离谱，好在没有酿成大错，也算是不幸中的大幸。”顿一顿，她道，“哀家最近要茹素静修，为皇帝和将士祈福，太子那边，你费心多看顾着一些。”

“这是臣妾应该做的。”静默片刻，沈惜君起身道，“太后要是没别的吩咐，臣妾先行告退了。”

“去吧。”得了陈太后的言语，沈惜君扶着阿紫的手离去，才刚到申时，外面就已是昏暗异常，借着仅剩的日光，能够看到一片片细小的雪花从天空中飘落。

“娘娘留步。”秋月唤住走到门口的沈惜君，恭敬地递过一把油纸伞，“这是太后给您挡雪用的。”

沈惜君示意阿紫接过，颔首道：“请姑姑代本宫多谢太后。”

“娘娘慢走。”目送沈惜君离去后，秋月回到暖阁，此时冯川正揭开香炉盖子添香，檀香最能宁神静气，却不能令冯川平静下来，一直悄悄瞅着陈太后，欲言又止。

“对哀家不满？”听到陈太后突然出声，冯川心中一慌，炉盖险些掉在地上，在将香炉合上后，他垂手道：“奴才不敢。”

陈太后拿起青花缠枝的茶盏，慢悠悠道：“不敢说，而不是没有。”

冯川犹豫片刻，轻声道：“奴才只是替太后不值，您辛辛苦苦选了这么久的人，结果连宫门都没迈出去，就被皇后一句话打了回来。虽说陛下出征前，让皇后统管六宫，可也不能这么过分，说到底，您才是真正的六宫之主。”

陈太后目光犀利地往他面上一扫：“说了那么多，无非是嫌哀家对皇后太过客气，没替你讨还那几个巴掌。”

这句话无疑说到了冯川心坎里，但嘴上仍道：“奴才万万不敢有这样的念头。”

“行了。”陈太后搁下喝了一半的茶盏，突然道，“你真以为哀家想把那几个人塞到东宫去吗？”

冯川被她问得一愣：“那不是太后吩咐的吗？”

陈太后冷笑一声，盯着朱红殿门冷冷道：“哀家那是做给皇后看的。”

秋月最先会意过来：“太后早料到皇后会阻止？”

“哀家是想试一试她，没想到过了这么些年，她依旧对哀家百般戒备。”说到刚刚离去的沈惜君，陈太后脸色不大好看。

“眼下有皇后挡道，要明着往东宫送人是不可能了，只能另想他法。”秋月思索片刻，又道，“奴婢有个亲戚在城里当牙婆，奴婢可以找她想想办法。”

牙婆是指贩卖胭脂、花粉等为生的人，但不过这些都是表面营生，暗地里兼着给大户人家选买宠妾、歌妓、舞女等行当，所以这群人瞅着不起眼，其实门路极多。

陈太后垂目拨动着一颗颗滚圆的佛珠，光影穿过薄薄的灯罩投落在脸上：“不必了，该送的早已经送进去了。”

冯川惊讶地道：“送进去了？是谁，奴才怎么不知道？”

陈太后唇角微微一弯，唇角泛起鱼尾般的细纹：“该你知道的时候，自然会知道。”

见她不愿透露，冯川不敢多问，但这心里始终跟猫抓一样痒得紧，趁着去小厨房传膳的机会，悄悄问一旁的秋月：“姑姑知道是谁吗？”

秋月撑开伞，声音幽凉如檐外不断落下的夜雪：“你跟着太后也有些年头了，应该知道她老人家不喜欢多嘴的人，特别是在背后嚼舌根子的。”

冯川被她说得涨红了脸，尴尬道：“我就是随口问问，姑姑不方便说就算了。”说着，他搓着手，小声道，“姑姑最是大度，又喜欢与人为善，想必不会计较我一时失言。”

“计较？”秋月似笑非笑地看着他，“你是怕我把这事告诉太后吧？”

“真是什么都瞒不过姑姑。”冯川讪讪笑着，眼睛一直瞅着秋月，秋月摆手道：“行了，我没那么碎嘴，以后长点儿记性。”

听到这话，冯川松了一口气，赶紧道谢，又殷勤地取过伞替秋月挡住头顶飘落的雪花，自己大半个身子都露在伞外，遇到不平整的路面，还会细心提醒。

走了一会儿，冯川轻声道："前些日子听姑姑提起家中父亲重病，不知好了没有？"

提起这事，秋月忍不住叹了口气，伤感道："都说了是重病，哪有那么容易好。说实话，能不能保命都是未知数，毕竟年纪大了，以前家里穷，父亲日熬夜熬，年轻的时候没感觉，如今老了，这病痛全部都冒了出来。"

"是这么个理呢。"冯川摇摇头，"我那边有几株人参，虽不是什么上百年的老货，可也有七八十年了，比药铺里卖的那些强多了，待会儿我给姑姑送过去，帮老人家补补身子。"

冯川的客气令秋月甚是意外，推辞道："这怎么好意思，你还是自己留着吧。"

冯川瞅了一眼四周，确定没人后，小声道："虽然我是齐国人，可现在我是真心一门心思替太后办事，跟姑姑也算得上是一家人，所以姑姑实在无须客气。"

秋月睨了他一眼，似笑非笑道："你倒是会套关系，这才几句话工夫，都成一家人了。"顿一顿，她凉声道，"你说这么多，无非是想从我嘴里套消息。"

冯川一脸正色道："天地良心，我说的可都是实心话，没有半点儿虚情假意。"

秋月抿唇一笑："这些话你还是留着讨好太后去吧。"

"太后是主子，姑姑是家人。"不等秋月言语，冯川抢先道，"人参我一会儿就送到姑姑房里去，你一定得收，就当是为了老人家。"

秋月犹豫片刻，终是松了口："那好吧，我代父亲谢谢你。"

"姑姑客气了。"说话间，已是快到小厨房，就在冯川准备加快脚步的时候，耳边突然传来秋月的声音："其实那件事也不是什么秘密，你仔细想一想太子是怎么变成如今这样的，就能估计到几分了。"

这句话看似说得没头没脑，但仔细一想便明白了过来，只是……这话里的意思，还有些让人摸不着头脑。

冯川将她的话揉碎掰开，一字一个字地琢磨，半晌，两道眉毛狠狠一跳，脱口道："是……"

"嘘！"秋月做了一个噤声的手势，"心里知道就好，不要说出来。"

"是是是。"冯川迭声答应，满面感激道，"多谢姑姑相告……"见秋月面色不愉，心思一动，已是意识到自己这句话的问题，改口道："姑姑什么都没说，是我自己猜到的。"

见他如此知趣，秋月露出一丝满意的笑容："赶紧走吧，太后还等着呢。"

花蕊等人到东宫之后，顺理成章地接管了予怀的衣食起居，花蕊一直跟在慕千雪身边做事，别看年纪不大，做起事情来却是一板一眼，将事情安排得妥妥当当，让人挑不出一丝错来。

这日，花蕊正在东偏厅里看着下人洒扫，一名十四五岁梳着双鬟的小丫头捧着一盅茶盏，眼睛红通通的，一副刚哭过的样子。

花蕊瞧着奇怪，唤住她道："宁月，你这是怎么了？"

听到她的话，被称为宁月的小丫头嘴巴一扁，委屈道："刚才殿下让我泡一盏龙井茶，结果端进去的时候，殿下非说他要的是君山银针，是我泡错了茶，好一顿责备。可我记得很清楚，就是龙井，是殿下记错了。"

花蕊温言道："如今陛下不在，朝廷的担子悉数落在殿下身上，大大小小不知要管多少事，偶尔记错也是情理之中的事情，别往心里去。"

在宁月点头后，她催促道："快去沏茶吧，给殿下送去后赶紧回来，我教你剪窗花，你上次不是说想学吗？"

听到这话，宁月一扫先前的郁闷，欣喜道："我这就去，姑姑可千万等我回来。"

"好，我一定等你，还会给你准备好吃的东西，快去吧。"得了花蕊的承诺后，宁月赶紧去沏茶，唯恐晚了一步花蕊会不等自己。

望着急急忙忙离去的宁月，花蕊笑着摇头，真是个单纯的丫头，一点点小事都能够让她高兴半天。

宁月是管家江安的远房侄女，家在济南，她的父亲做点儿小生意，一家三口的日子虽说不上富足，但也衣食无忧。然而天有不测风云，前年济南、宁州几个州府遭到了洪灾，家被洪水冲垮了，不只所有家当没了，父亲也死在了那场洪灾之中。

宁月的母亲带着她一路乞讨，准备去金陵投靠在东宫当差的远房大伯，结果积劳成疾，在途中一病不起，勉强拖了半个月，最终还是撒手而去，听说她死的时候眼睛一直闭不上，担心宁月无人照顾。

十三岁的宁月哭得死去活来，她买不起棺材，只能向别人讨来一张破席子，勉强卷了母亲的尸身，推到她用木棍挖了一夜才挖出来的坑里埋葬，也算是入土为安。

安葬了母亲后，宁月为了填饱肚子，讨过、偷过，甚至跟野狗抢过食，总算上天垂怜，让她有惊无险地见到了江安，江安给她在东宫谋了个差事，她年纪小，性子单纯善良，很讨大家喜欢，包括才来不久的花蕊。

宁月回来，瞧见桌上摆着她爱吃的桂花糕，欣喜不已，一边往嘴里塞一边含糊道：

“姑姑你真好，我正好饿着呢。”

“吃慢些，小心噎着。”话刚说完，宁月就噎到了，不上不下，直翻白眼，花蕊赶紧给她倒了一杯茶，宁月大口地喝下，总算把堵在喉咙里的糕点咽了下去，大口大口地喘着气。

花蕊轻斥道：“看你，又没人和你抢，急什么。”

“嘻嘻，我这不是饿了嘛。”宁月笑吐着舌头，她笑起来的时候，露出两边的小虎牙，再加上一对弯成月牙的眼睛，很是可爱。

“你啊。”花蕊笑着摇头，“行了，赶紧吃吧。”

在吃了两块桂花糕后，宁月拿起剪子，照着花蕊的样子，有模有样地剪起了窗花，剪的都是喜庆吉祥的花纹，譬如“五谷丰登”“连年有余”“如意吉祥”等。

在剪废了几张纸后，宁月渐渐掌握剪纸的技巧，开始剪出完整的窗花，花蕊拿在手里仔细端详了一会儿，笑道：“看你整日叽叽喳喳的，想不到还挺细心的，不错。”

“这不是姑姑教得好嘛。”宁月笑嘻嘻地说着，在重新拿起一张纸剪了一会儿后，她瞅了一眼四周，压低声音道，“姑姑，你有没有觉得殿下现在性子越来越古怪，而且老忘记事情？”

花蕊好笑道：“怎么，到这会儿还记着那盏茶啊？”

“才不是呢。”宁月连连摇头，“我是说真的，上回阿寿砍了一棵桂花树，被殿下骂得狗血淋头，挨了一顿打不说，还扣了两个月的月钱，可那树明明就是殿下让他砍的，嫌树长得不好。这样的事情还有不少呢，只是没人敢当着殿下的面说。跟我刚来的时候比，殿下简直就像变了个人似的，就连陛下和贵妃娘娘都不大愿意搭理。”说到这里，她凑近几分，小声道，“姑姑应该知道贵妃娘娘出征之前，曾请殿下去宫中用膳，但殿下没去，姑姑知道是为什么吗？”

花蕊心中一动，不动声色道：“这事我知道，说是临时有要事，过不去。”

宁月一脸神秘道：“根本没什么事，殿下把自己一个人关在书房里，那天我正好路过，听到里面有说话声，我以为有客人来了，恰好窗子有条缝，就悄悄往里面瞅了一眼，结果根本没人，殿下一个人在对着空气自言自语。”说到这里，她露出几分惧意，连声音也有些发抖，“姑姑，你说殿下是不是被什么不干净的东西缠身了？要不要请和尚道士来驱驱邪？”

“不许胡说，殿下是天黄贵胄，妖邪根本不能近身，而且……”花蕊盯着手中锃亮的剪刀出神。

宁月等了一会儿不见她说下去，好奇地问道："而且什么？"

"没什么。"花蕊摇摇头，转而道，"这一两年，殿下身边可有发生过什么事？"

宁月仔细想了一会儿，茫然摇头："都是一些小事，并没什么要紧的。呃，非要说什么，就是年前新来了一个厨娘，殿下很喜欢她做的家常小菜，现在殿下吃的菜，基本都是出自她之手。"

"你是说刘三娘？"

"嗯。"宁月一边剪纸一边随口道，"我也吃过她的菜，感觉很普通，不明白殿下为什么这么喜欢。"

说者无意，听者有心，花蕊将"刘三娘"这个名字记在心里，并在随后的日子里暗自留心，结果真让她发现了古怪。

刘三娘有一个不成文的规矩，就是她做好的菜谁也不许碰，哪怕是端到膳桌上也不行。有一回，刘三娘有事出去，帮厨不懂规矩，把她搁在灶台旁边的菜端了过去，刘三娘发现后大发脾气，要厨房管事将这名帮厨赶出府。

这帮厨是管事亲戚，也是他安排进来做事的，自然不肯答应，哪知刘三娘一状告到予怀面前，也不知她说了些什么，当天予怀就将那名帮厨赶出了府，还将管事狠狠训了一顿，罚了半年月钱。

自从这件事后，管事再不敢得罪刘三娘，她说什么就是什么，唯恐一个不好，又告到予怀面前，到时候别说月钱，怕是连这个管事的位置都没有了。

一个人性情突然大变，有两种可能，一个是受到严重的刺激，另一个就是被人下了药，在不知不觉间就改变了。

予怀虽然经历了赈银失窃的案子，但无论东方溯还是予恒都坚定地站在他这一边，替他洗清冤屈，并没有受什么委屈，更谈不上刺激。而且仔细回想，在这件案子之前，予怀性子已经出现了细微的变化，只是以前不明显，所以忽略了过去。

如果是下药，那么这个刘三娘最是可疑，而她出现的时机也对得上，难道真是她？

为了探出这个刘三娘的底细，花蕊时不时地去一趟厨房，与她搭上几句话，一来二去，二人渐渐地熟悉起来，但也仅止于此。刘三娘依然守着她的规矩，不许任何人碰她做的菜，哪怕手沾一下碗边都不行。而且自打经过帮厨的事情后，她越发仔细，从菜做出来直至端到予怀面前的这段时间里，绝不许菜离开她的视线。

第五十五章　花折

这日傍晚时分，花蕊来到厨房，因为予怀还没有成亲，就他一个主子，所以并不需要做太多菜，只有两个灶台烧着，一个煨汤，一个翻炒，底下人要等予怀的菜端过去后才能另外煮，灶台也都是分开的。

刘三娘站在灶台前，接过帮厨递来的虾仁放入锅中翻炒。这是一道龙井虾仁，鲜香四溢，令人颇有食欲，在虾仁刚熟还没有变老的时候，刘三娘迅速出锅盛碟，令它得以保持住最好的味道。

刘三娘转身的时候，看到站在一旁的花蕊，讶然道："姑姑什么时候来的？"

花蕊笑道："有一会儿了，难怪殿下喜欢吃你做的菜，光是看着就快流口水了。"

刘三娘抹了抹手，笑道："姑姑别取笑我了，我就只会做几个家常小菜，比不得那些大厨的手艺，更别说雕花拼盘什么的了，实在上不得台面。姑姑要是喜欢，我下次做几道菜给您尝尝。"

"那我就不和你客气了。"花蕊笑一笑，不动声色地打量着刘三娘那张颇为年轻秀气的脸庞，"其实你这么年轻，为什么不再找一户好人家嫁了，而要来这里当差做事？"

听到这话，刘三娘身子微微一颤，低头盯着自己脚尖，近乎呢喃道："嫁人有什么好，还不如一个人自在。"

花蕊惊讶道："成亲生子，是每个女子都要经历的过程，有何不好？"

刘三娘抬起头来，盯着她道："姑姑不是也没嫁吗？"

花蕊没想到她会这么问，一时愣在那里，半晌方才道："我与你不同，自少入宫，已经习惯了在主子身边的日子，嫁了人反而不习惯。”

刘三娘神情淡漠道：“我也是一样，一个人自由自在不知多好，为什么还要作茧自缚？”

“你以前的夫君……不好？”花蕊试探地问着，她只知刘三娘嫁过人，是杭州人氏，至于她怎么会独自一人来金陵，并不知晓。

刘三娘显然并不愿意提这些，刻意回避道：“菜快凉了，我得赶紧给殿下送去。”

就在刘三娘端着菜准备离去时，宁月快步走了进来：“三娘你在就好了，外面有人找你。”

刘三娘满面诧异道：“找我？”

宁月点头道：“是呢，你快去看看吧。”

刘三娘下意识道：“除了咱们东宫的人，我在金陵并无人相识，怎么可能有人找我，你是不是听错了？”

“我听得清清楚楚，就是找你的，说不定是你在杭州的家人来看你了。”宁月一脸认真地说。

听到这话，刘三娘有些意动，踌躇道：“可我还要给殿下去送膳呢。”

“我刚才碰到张远，他说殿下还在看折子，一时半会儿好不了，你去了也是搁着变冷，还不如晚一些热好再过去。”

“去见一见吧，也花不了多少时间。”见花蕊也这么说，刘三娘点点头，解下围裙随宁月出去，她做好的那几道菜就搁在灶台边，没人动。事实上，不管是厨子还是帮厨都下意识地远离那几道菜，唯恐步了以前那个人的后尘。

趁着没人注意，花蕊取出随身携带的银针刺入那道龙井虾仁之中，待得再抽出之时，花蕊已是变了颜色，原本雪亮的银针竟然蒙了一层淡淡的青色。

有毒！

花蕊眼前一阵发黑，双腿一软，整个人跌坐在地上，旁边的人瞧见赶紧过来扶住，七嘴八舌地问她怎么了。

花蕊根本听不见他们的话，两耳嗡嗡作响，大脑一片空白，在那些人急得准备去叫大夫的时候，她终于缓过神来，确定银针在自己手里握着没人注意后，暗自松了一口气，起身道：“我没事，就是刚才一下子有些头晕。”

旁边一人关切道：“晕得这么突然，而且脸色也差，还是让大夫来看看吧。”

“想是早上吃少了，所以头晕，没事的。”花蕊勉强扯出一个比哭好看不了多少的笑容，“我还有事，先回去了，你们忙吧。”

离开厨房后，花蕊疾步回到自己房中，再将房门紧紧关起来，她颤抖着摊开手，半截发青的银针静静躺在掌心。

不是她眼花，也不是她多疑，殿下是真的中了毒，主子没有猜错！

慕千雪对予怀的异常早有怀疑，也曾寻借口让纪临给他把过脉，结果脉象一切正常，没有任何异常，连纪临也能瞒过，可见这毒的诡异可怕。

不行，她要赶紧把这件事告诉纪临。

花蕊正在出门，突然身子一僵，继而发狂一样地往厨房奔去，因为她想起一件更要紧的事。

当花蕊上气不接下气地奔到厨房时，之前摆在灶台上的那几道菜已是不见了踪影，倒是宁月在那里，她心头一颤，急忙问道：“那几道菜呢？”

宁月被她盯得有些发慌，怯怯道：“刘三娘给殿下端了过去。”

听到这话，花蕊急得直跺脚：“糊涂东西，你怎么不拦住？”

宁月委屈地道：“拦了啊，可是她非要送去，我也没办法。”

花蕊强迫自己冷静下来：“你们怎么这么快回来了？”

宁月四下瞅了一眼，小声道：“刘三娘见那人不认识，便赶着回来了，连话也不肯多说，我实在是没法子。”说到这里，她想起一事，“对了，姑姑你刚才去哪里了，怎么不见人影？”

花蕊没心思理她，匆匆忙忙往予怀住的清风阁奔去，宁月也赶紧跟了上去，所幸两边离得并不远，很快就到了。

花蕊到的时候，正好看到刘三娘将乌木筷子递给予怀，桌上摆着刘三娘做的菜，那道龙井虾仁也在其中。

眼见予怀就要去夹菜了，花蕊顾不得解释，冲上去一把打掉予怀手里的筷子：“吃不得！”

予怀看着被打落到地上的筷子，不悦道：“为什么吃不得？”

花蕊指了愣在一旁的刘三娘，恨声道：“这个毒妇利用殿下的信任，在菜里下毒，谋害殿下。”

听到这话，刘三娘整个人都慌了，结结巴巴辩解：“没……没有，殿下……我没有下毒，没有。”

“你不用在这里演戏，我用银针试过，色呈微青，分明是有毒。”说着，花蕊将银针递给予怀，予怀看到微微发青的银针，顿时变了颜色，手掌重重拍在桌上，震得碗碟都跳了起来：“你好大的胆子！”

刘三娘被予怀盯得双腿发软，跪在地上连话也说不出，只是拼命摇头，用这种苍白无力的方式为自己辩解。

“说，为什么要害我？”

“殿下对……对奴婢有恩，奴婢又……怎么会害您？”刘三娘停了好几次才说完这句再简单不过的话。

“没有？”予怀怒极反笑，将银针掷到她面前，“那这个怎么解释？”

“奴婢不知道，奴婢真的什么都没做过，奴婢是冤枉的。再说……奴婢好端端的害殿下做什么？”刘三娘一边说一边爬前几步，试图拉扯予怀的袍角，却被他厌恶地踢倒在地上，看起来甚是无助。

“到了这个时候，你还在狡辩，真是不见棺材不掉泪！”花蕊冷冷说着，“我问过，你是一年多前来的，而殿下就是在那个时候性情大变，现在又在你做的菜里验出毒性，还不是你？”

刘三娘也不说话，只是不停地哭，哭得予怀心烦意乱，恼怒道：“来人，把这个贱妇拉下去狠狠地打，打到她肯说实话为止。”

要换了以前的予怀，就算再生气，也不会轻易动用严刑拷问，这性子真是变了许多。

“冤枉，奴婢冤枉！”看到朝自己走过来的侍卫，刘三娘终于有了反应，大声喊冤，可惜并没有人相信，护卫一左一右架住她，强行往外拖走，在快要拖出门口的时候，她似乎想到了什么，大声高叫，“仅凭一根不知从哪里来的银针就说奴婢下毒，奴婢不服，奴婢要求当着所有人的面重新验菜，若验出来果真有毒，奴婢愿受任何责罚！”

予怀犹豫了一下，示意护卫将她放开，并让张进取来数枚银针，先试了离予怀最近的一道清蒸鲈鱼，银针并没有发青的痕迹，而接下来的几道菜也尽皆如是。

“姑姑，你不是说菜里有毒吗，为何这几道试下来都没事？”予怀有些疑惑地问。

不只予怀奇怪，花蕊自己也想不明白，目光在膳桌上扫了几圈后，终于发现问题出在哪里：“回殿下的话，奴婢先前试的是龙井虾仁，应该只有那道菜有毒。”

予怀点点头，重新取过一根银针探入龙井虾仁之中，待得取出之时，银针并没有像花蕊说的那样变色，依旧锃亮银白。

“怎么会这样？”花蕊难以置信地盯着银针，下一刻，她从张远手里取过最后一枚银针数次刺入龙井虾仁，结果都一样。

“不可能，这不可能！”花蕊喃喃自语，明明就有毒，怎么一转眼又没毒了？这到底是怎么一回事？

正当花蕊心绪大乱之时，刘三娘激动地一边哭一边道：“殿下您看到了，奴婢是清白的，奴婢没有下毒！”

“姑姑，这到底是怎么一回事？”面对予怀的质问，花蕊张了张嘴，但并没有声音发出，因为她自己都解释不了。

正当众人一头雾水的时候，一个小小的声音从外面传了进来：“是……是奴才换了菜。”

循声望去，只见门口站着一个畏畏缩缩的身影，花蕊认识他，是厨房里的帮厨阿财，不知他是什么时候过来的。

在示意阿财进来后，予怀问道：“你说你换了菜？”

“是。”阿财点点头，“三娘做菜的时候，姑姑突然来了厨房，后来宁月也来了，说有人找三娘，在三娘跟宁月出去后，我看到……”他瞅了花蕊一眼，低声道，“看到姑姑偷偷地往三娘做好的龙井虾仁里撒了点儿东西……”

花蕊几乎不敢相信自己的耳朵，厉声打断：“满口胡言，我什么时候撒过东西？！”

阿财身子一颤，垂低了头不敢说话，予怀扫了花蕊一眼，淡然道：“姑姑无须着急，只要你确实没做过，就没人冤枉得了你。”

花蕊心中一凉，虽然予怀这话没问题，但她分明嗅到丝丝怀疑的气息，阿财的话，终归让他起了疑心。

“说下去！”

阿财咽了口唾沫，小声道：“在姑姑走后，我试了试，觉得味道不太对，怕出事，便拿一旁剩下的食材重新炒了一份龙井虾仁，原先那份，我倒在窗外了。”

听到他在那里颠倒黑白，花蕊气得浑身发抖，怒喝道：“我与你往日无冤，近日无仇，你为何要这样害我？”

阿财叹了口气，徐徐道：“姑姑与我不仅无仇无冤，还曾有恩于我，那次我不小心打破了碗，是姑姑帮着隐瞒，令我免受责备，这份恩情，我一直铭记于心。如今碰上这样的事，于情，我应该睁一只眼闭一只眼，当什么都没看到。可于理……姑姑，三娘是无辜的，你怎么能这样害她！”

花蕊恨得几乎要呕出血来，她和阿财的交集仅止于都在东宫当差，相互叫得出名字，除此之外再无其他，更没什么打破碗的事情，阿财编造出这么一个谎言，无非是想坐实她加害刘三娘的事情。

她懂了，阿财和刘三娘根本就是一伙的，联合起来对付她，且分明是有备而来，仿佛……早就知道了一切。

怎么会这样？

这件事她只告诉过宁月一人，难道是宁月……

这个念头刚一出现，便被花蕊否定了，刘三娘可疑还是宁月告诉她的，所以绝不可能是她。

予怀的目光在花蕊脸上徘徊片刻，开口道：“阿财说的是真的吗？”

花蕊心中一痛，予怀……到底还是怀疑自己了：“奴婢是什么样的人，殿下最清楚不过，何时做过这种诬陷他人的事情？再说了，害刘三娘，对奴婢又有什么好处？”

予怀默然不语：是啊，刘氏只是一个厨娘，花蕊何必费心费力去对付她？

“奴婢……知道。”一个怯怯的声音从外面传来，花蕊猛地一震，这个声音……她僵硬地转过身，一张再熟悉不过的脸庞映入眼帘。

予怀漠然盯着站在门外的宁月：“你知道什么？”

宁月怯生生地看了他一眼，小声道：“奴婢知道姑姑为什么要陷害三娘。”

“说下去。”

宁月绞着衣角，不安地道：“前阵子，姑姑觉得嘴里没味道，想吃蜜汁蜂巢糕，听说三娘做得最好，就让她做一笼，但三娘当时着急给殿下准备晚膳，实在没空做点心，就没答应，当时为了这件事情，闹得很不愉快，事后姑姑经常在奴婢面前抱怨，说三娘仗着殿下恩宠，不将她放在眼里，着实可恶，定要好好教训一番。”说到这里，她似乎怕予怀责怪，急急道，“奴婢一直都有在劝说姑姑，让她别计较这种小事，这几日姑姑不再提起此事，奴婢还以为她看开了，哪知……竟准备了这样的手段。”

花蕊脑袋嗡嗡作响，险些摔倒，要不是亲耳听见，她说什么也不相信宁月会这样冤枉自己。

她强忍着一阵阵的晕眩来到宁月面前，声音沙哑得像砂纸磨过：“你为什么要害我？”

宁月颤颤地抬起头，下一刻，她仿佛受了极大的惊吓，眼泪瞬间冒了出来，一边哭喊一边磕头，“对不起，我不该说出来的，姑姑别打我！求求你，别打我！”

予怀眉头一皱：“怎么回事？”

惊恐中的宁月根本听不到他的话，一直不停磕头，直至阿财拉住她，又劝说了许久，方才渐渐平复下来。

予怀又催问了一遍后，宁月含泪卷起袖子，那两条本应该白嫩无瑕的胳膊上竟布满了一条条红印，一看就知道是被棍棒一类的东西打出来的，触目惊心。

“姑姑刚来的时候，对奴婢很好，可后来渐渐变了，每次姑姑不开心的时候，就会拿我出气，棍子打，东西砸，她不许我告诉别人，还说……殿下是她看着长大的，在这东宫，她就是半个主子，就算我说出去，殿下也不会相信。”

众人倒吸一口凉气，真是一波未平一波又起，刘三娘的事情还没有审清楚，又冒出这件事来。

花蕊气得嘴唇发白，她一直以为宁月天真烂漫，胸无城府，所以将其当成妹妹一般疼爱，哪知宁月根本就是一头披着羊皮的豺狼，一直在等待时机咬断她的喉咙。

呵呵，天天打鹰，却不想被鹰啄了眼！

阿财瞅着予怀，吞吞吐吐道：“还有一件事，奴才……奴才不知当说不当说。”

予怀这会儿正心烦意乱，自是没什么好脸色给他，不耐烦道：“讲！”

“姑姑来了之后，曾借宁月的口，让奴才们孝敬府里的人，大多数都给了，少则几两，多则十几二十两。”

予怀盯了他片刻，目光一转，落在宁月身上：“真有这样的事？”

宁月咬一咬银牙，点头道：“是，大概收了一千余两，还有一些首饰，都给姑姑了。”

“呵呵。”花蕊突然笑了起来，下一刻，一记清脆的巴掌落在宁月脸上，眼底怒火灼烧，“我自问待你不薄，你为何要这样处心积虑地害我？”

宁月不说话，只是捂着通红的脸颊低头哭泣，要换了以前，花蕊或许还会心疼怜惜，可现在，只剩下愤怒与厌恶，扬手又是一掌掴下，厉声道：“我问你为什么？”

这一掌比刚才更重，嘴角破裂渗出殷红的血来，宁月还是不说话，捂脸哭泣不止，可怜又委屈。

“真是个十足的戏胚子！”花蕊冷哼一声，对一言不发的予怀道，“殿下，他们三个联合起来诬陷奴婢，您千万不要相信。”

阿财梗了脖子道：“殿下，到底是我们诬陷，还是姑姑欺上瞒下，只要去她房里一搜便知。"

予怀犹疑片刻，唤过张远道："你去房里看一看。"事情闹得这么严重，必须得查个清楚明白。

"是。"张远领命离去，过了约莫一盏茶的工夫，他提着一个沉甸甸的包袱回来，在经过花蕊身边时低低叹了口气。

这声叹息犹如一记重锤，狠狠敲打在花蕊胸口，难道……

予怀目光在包袱上停留片刻，道："如何？"

张远打开包袱，里面满是银锭和碎银子，偶尔夹杂着一些首饰和银票："这是卑职在花蕊姑姑房中搜到的东西，卑职点算过，价值差不多在千两左右。"

予怀脸色终是彻底沉了下来："姑姑，这些你做何解释？"

"这些东西不是奴婢的，所有事情都是他们编造出来陷害奴婢。"宁月、刘三娘、阿财显然是一伙的，他们表面装着互不相熟，一步步引她步入圈套。

予怀冷冷盯着她："姑姑刚才说，你没理由害刘三娘，那我现在倒是想听听，他们有什么理由害你？"

花蕊忍着心中的寒意道："除掉了奴婢，他们就能够继续在殿下膳食里下药。"

予怀对她的回答嗤之以鼻："我好端端的，何来下药之说！"

"殿下身子自然是好，可性情却变了许多，是非不辨，刚愎自用，和以前相比，简直就像变了个人。"

"放肆！"予怀本就被搅得心烦意乱，这会儿又被花蕊当众指责，顿时怒上心头，"我敬你是母妃身边的人，叫你一声姑姑，你不要得寸进尺。"

花蕊涩涩一笑："要换了以前的殿下，绝不会说这样的话。"

"我一直都是我，从来没有变过，倒是你……"予怀眼眸中寒光闪烁，"看来我真是待你太客气了，令你肆意妄为，将东宫搅得乌烟瘴气。"

"这么说，殿下是相信他们了？"

"我只相信事实！"予怀冷哼一声，"我问你，你认罪吗？"

花蕊深吸一口气，道："没有做过的事情，奴婢不知道该怎么认。"

"好！真是好！"随着这几个字，予怀眼中的寒意越来越盛，张远怕出事，劝道："殿下息怒，或许这件事并非表面所见这么简单。"

予怀目光犀利如箭："怎么，你要站在她那边？"

张远深知他喜怒不定的性子，小心翼翼道："卑职只是觉得花蕊姑姑是贵妃娘娘身边的人，实在不像会做出这样事情的人，还请殿下明察，以免冤枉了无辜。”

“冤枉……”予怀冷笑一声，眸光森森道，“看来你也和她一样，觉得我是非不辨，好坏不分。”

张远大惊，连忙跪下请罪，予怀盯了他一会儿，徐徐道：“既是这样，我就如你所愿，查个清楚明白。”

“江总管。”听到予怀叫自己，身为东宫总管的江安赶紧上前，恭敬道：“奴才在。”

“去把所有人都叫来，我有话问他们。”

“是。”江安动作很快，不到一炷香的工夫，就把所有下人都给叫了过来，一排排站在院子里。

予怀扫了他们一眼，冷然道：“我问你们，花蕊来了之后，可有问你们讨要过孝敬？”

听到这话，众人皆露出不安之色，低着头不敢说话，予怀看了江安一眼，江安会意，上前呵斥道：“殿下在问你们话呢，还不快说！”

有胆子小的人，被江安这么一吓，慌不迭道：“奴才给过姑姑五两银子的孝敬。”

他开了头，其他人纷纷接上来，就像阿财说的那样，花蕊借宁月的口，向他们勒索过孝敬，虽然心里不情愿，但敢怒不敢言，只能交了，有些实在没钱的，就用首饰或者其他值钱东西来抵。

待他们七嘴八舌地说完后，予怀对张远道：“你都听清楚了？”

“听清楚了。”张远低头道，“所有事情都是宁月出面，所谓孝敬，也都是宁月的一面之词，卑职以为，并不可信。”

听到他将矛头指向自己侄女，江安不悦道：“张护卫这是说宁月撒谎了？”

“在没有查清楚之前，任何事情都有可能。”

张远的回答并不能令江安满意，他朝予怀拱手道：“殿下，宁月这丫头才只有十五岁，她怎么可能有那么多心思去冤枉别人？再说了，要真是宁月撒谎，那些银子又怎么会在花蕊那里，还有阿财和刘三娘，总不至于所有人都联合起来冤枉她吧。”

予怀没说什么，只道：“我乏了，除了花蕊之外，所有人都退下。”

“殿下……”江安还想再说，两道冷厉的目光望了过来，“没听到我的话吗？”

江安心中一颤，不敢再言语，拉着宁月退了下去，很快，屋子里只剩下予怀和花蕊二人。

予怀盯了花蕊片刻，徐徐道："你是母妃身边的老人，又是母后安排来的，我一直对你很信任，可惜，你让我失望了。"

听到这话，花蕊突然笑了起来，两道清泪顺着笑纹缓缓流下，令人好不心酸。

予怀皱眉道："你在笑什么？"

"我在笑自己，一门心思想找出害殿下的人，好不容易终于找到了，可殿下宁愿相信那几个居心叵测的人，也不肯相信我，你说，是不是很好笑？"

予怀冷冷道："一个两个或许是冤枉你，可众口一词，难道全是假的吗？"

"他们想尽办法要除掉我，当然是做足了准备。"花蕊抹去眼泪，神情坚定道，"无论殿下问一百次一千次，我都是一个回答——我没有做任何对不起殿下的事情。"

予怀厌烦道："我本想着，如果你知错，就看在母妃的面上，饶你一回，现在看来……不必了。"

到了这个时候，花蕊反而平静下来："殿下要杀我？奴婢贱命一条，死不足惜，只是有一件事，希望殿下可以答应。"

"说。"

花蕊一字一字道："将宁月三人赶出东宫，永不许他们再踏入半步。"

听到这话，予怀刚刚有些消退的怒火顿时又蹿了起来，而且比之前更猛，恼声道："到了这个地步，竟还想着害人，真是死不悔改！"

"来人，把她拉出去……"在护卫的注视下，予怀缓缓吐出四个字，"乱棍打死！"

张远一直守在外面，听到这话，吓了一大跳，赶紧进来求情："姑姑虽然有错，但罪不至死，还请殿下开恩！"

予怀根本不理会他，再次道："拉出去。"

"殿下！"见他心意坚定，张远急得跺脚，"姑姑是皇后娘娘派来的，您要杀她，怎么着也得跟皇后娘娘说一声吧。"

"处置她之后，我自会去说。"任张远怎么说，予怀竟是油盐不进，一门心思要杀花蕊。

看着被强行拖出去的花蕊，张远心急如焚，现在去找救兵肯定是来不及了，难道……真要眼睁睁看着花蕊死在乱棍之下？

怎么办？怎么办？

在张远拼命想办法的时候，儿臂粗的棍子已经开始一下下打在花蕊身上，当着予怀的面，没人敢留情。

“请殿下将宁月三人……赶出东宫！”

“请殿下……将宁月三人……赶出东宫！”

花蕊忍着筋断骨裂的痛楚一遍遍重复着相同的话，可惜，她的苦口良言并不能令予怀醒悟，反而招来更深的厌恶：“打，给我狠狠地打！”

听到这话，护卫打得越发卖力，在这大冬天，竟热得满头大汗，其中一人竟是生生打断了棍子，不得不重新去拿。

在这样的虐打后，花蕊后背血肉模糊，找不到一块好皮肉，额头布满了一层又一层的冷汗，她已经痛得发不出声音，但嘴还在一张一合，血水不断从嘴角渗下。

“殿下！”张远实在看不下去了，冒着被予怀责罚的危险，跪下哀求，“就算姑姑真的做错了，她现在也受到惩罚了，求您饶她一条性命吧。”见予怀不为所动，他又道：“不管怎么说，姑姑都是贵妃娘娘身边的人，不看僧面看佛面。”

见他提及慕千雪，予怀心中一动，犹豫片刻，开口道：“住手。”

当护卫停下来的时候，花蕊已经被打得只剩下一口气，像块破布一样躺在地上，鲜血不断浸透衣衫，流淌到地上，汇成一个触目惊心的血泊。

“看在母妃的面子上，我就饶你一命，再有下一次，绝不轻饶！”扔下这句话，予怀拂袖而去。

在他走后，张远急急奔过去，看到花蕊奄奄一息的凄惨模样，这个七尺男儿鼻子一酸，他努力忍着眼泪哽咽道：“没事了，姑姑别怕，没事了！”

他想要去扶，又怕令花蕊伤上加伤，不敢轻举妄动，后来还是跟在他身边的护卫找来担架，把花蕊抬到了屋里。

在让人看着花蕊后，张远一路狂奔来到东街上的一间医馆，扔下一锭银子就拉着大夫低头往外奔，结果一时没注意撞到了人，他顾不得抬头细看，急急道：“对不起！对不起，我还有要紧事，借过一下。”

“张远？”听到这个熟悉的声音，张远一怔，下意识地抬起头，只见予恒正诧异地看着他。

“这是怎么了？”予恒听说这家医馆里藏了一支几百年的野山参，打算买去给沈惜君补身，结果刚一进门就撞见了张远。

张远摇头，涩涩道：“是姑姑……她快死了。”

“花蕊姑姑？”在得到肯定的答案后，予恒面色一凛，赶紧让人牵来两匹马，三人分乘两匹马，往东宫飞驰而去。

一到东宫，张远便拉着被颠得晕头转向的大夫往花蕊屋子奔去，予恒面色阴沉地跟在后面，来的路上他已经听张远讲述了大概的事情经过，但在看到花蕊时还是吓了一跳。

花蕊身上的衣裳已经看不到原来的颜色，只剩下刺目的殷红，并且顺着床沿不断往下滴，地上已经凝成了一个血泊。和满身殷红形成鲜明对比的是花蕊的脸庞，苍白得可怕，看不到一丝血色。

“大夫，你快救救她，快！”在张远的催促下，大夫上前小心翼翼地给花蕊把脉，又掀开衣裳，仔细看了她背后的伤势，摇头道：“救不了了，准备后事吧。”

这句话犹如五雷轰顶，震得张远双耳嗡嗡作响，他好不容易才求得太子留花蕊一条性命，结果……竟还是救不了？

“不……不会的，一定有办法，大夫，你救救她，我求求你，无论多少银两我都可以给。”

大夫满面无奈道：“不是我不肯救，实在是伤得太重，没办法。”

予恒沉声道：“我知道你手上有一支几百年的野山参，只要你肯拿出来，多少银子我都给。”

大夫苦笑道：“爷有所不知，这位姑姑五脏破裂，六腑俱损，就算神仙下凡也救不了。说句实话，她能够撑到现在，已经算奇迹了。”

“张远……”花蕊不知什么时候睁开了眼，气若游丝地唤着。

“我在，姑姑我在！”张远跌跌撞撞地来到床边，紧紧握住花蕊艰难伸来的手。

“谢谢你救我……”听到这句话，张远憋了半天的泪水终于忍不住落下，“对不起，要是我能早一点儿劝殿下停手，姑姑就不会伤得那么重，更不会……对不起。”

花蕊努力挤出一丝笑容：“你已经尽力了，这是……命数，我只是……只是放心不下……”

“齐王殿下……”听到花蕊叫自己，予恒走上前，轻声道：“我在，姑姑有什么话只管说。”

花蕊吐出一口涌上来的血水，气若游丝道：“太子……被小人迷惑，您一定要帮他。”

“我去找纪临，他会有办法的。”予恒答应一声，就要往外面走，却被花蕊拉住袖子，吃力地摇头：“没用的，我知道自己……没救了，求……求求你。”

予恒努力咽下堵在喉咙里的涩意，哑声道：“你放心，我与太子是兄弟，一定会好好帮他。”

“那就好……”花蕊露出欣慰的笑意，渐渐涣散的目光漫过予恒和张远，看向阴沉的天空，“可惜……见不到主子了，我……我好想她……”

花蕊声音渐次低下，直至无声，手重重垂落，一动不动，只有带走她生命的鲜血还在顺着指尖往下滴。

予恒死死地攥着双手，眸底通红，他从来没想过，花蕊会以这种方式死去，而且还是死在……

予恒深吸一口气，对沉浸在悲伤之中的张远道：“去找几个人来，把姑姑好生安葬。”说完这句话，他转身离去。

他不会让花蕊就这么白死，谁害过她，就百倍奉还！

第五十六章　真真假假

在位于东宫角落一间不起眼的屋子里，宁月一边嗑着瓜子一边晃荡着纤细的脚：“三娘，你说……她还活得了吗？”

“等阿财回来不就知道了吗？急什么。”刘三娘蹲在墙角撬开一块砖头，从里面取出一个小小的瓶子，打开瓶盖，从里面挑出一些淡黄色的粉末藏在右手指甲缝里，随即将瓶子放回原处，“本来是要直接打死的，偏偏冒出一个张远来，真多事。”

“张远……”宁月轻张檀唇，吐出两片瓜子壳，阳光透过破旧的窗纸照在那张年轻姣好的脸庞上，显得有些阴恻恻，“看来咱们又多了一个要除去的人。”

“你可不要胡来。”刘三娘警告道，“万一被太子发现，咱们可就麻烦了。”

“我知道。”宁月应了一句，随即又不以为然道，“其实以太子现在的情况，根本发现不了咱们的事，否则也不会把花蕊打得半死了。”

“小心驶得万年船。”刘三娘将右手掌心向上，放在燃烧的蜡烛上，随着烛焰的热度，粉末渐渐融化，像油脂一样在指缝里流淌，在离开烛焰后，又渐渐凝固，紧紧贴附在指甲内侧，极为隐蔽。

“知道了。”宁月磕完最后一颗瓜子，有些不耐烦地嘟囔道，“阿财怎么还不来？真慢。”话音刚落，便有人推门走了进来，正是阿财，确定外面没人后，他关起门。

宁月眸光一亮，跳下椅子兴奋地问道：“死了吗？”

“死了。”听到阿财的回答，宁月高兴地直拍手：“好啊好啊，终于是死了，不用再看到那张惹人厌烦的脸了。”

谁能想到，一个十几岁的小姑娘，心肠竟是这样恶毒，视人命如无物。

刘三娘是三人之中年纪最长的，心思也最细，见阿财脸色有异，问道："怎么，还有事？"

阿财点点头："齐王来了。"

"齐王？"宁月愣了一下，旋即拍手娇笑道，"来得可真是时候，又有好戏看了。"

刘三娘却不像她那样乐观，蹙着眉尖道："别高兴得太早了。"

"为什么？"宁月不解道，"咱们做这么多事，最主要的目的，不就是把齐王引来，然后看他们狗咬狗吗？"

"话是不错，但他来得太早了，这对咱们不是一件好事。"刘三娘沉沉说着，停顿片刻，她道，"最近咱们不要再见面了，千万别让齐王瞧出破绽。"

宁月不以为然道："真瞧出了也没什么，太子可不会信他，没太子同意，他能把咱们怎么样。"

刘三娘睨了她道："当着太子的面，当然不会做什么，可背地里呢？他到底是一朝亲王，没了太子庇佑，咱们在他眼里就跟几只蚂蚁差不多。"

"蚂蚁……"宁月晃一晃纤细的双脚，眸底闪动着不甘的光芒，"我可不会做一辈子蚂蚁。"

"那也是以后的事情，总之现在一切小心。"说罢，刘三娘俯身吹熄了蜡烛，为免被人瞧见他们三个在一起，她先让阿财离开，随即是宁月，最后才是她。

刘三娘虽然身份不高，但因为她做的菜深得予怀喜欢，得以一人住一间房，就在厨房后面那一排厢房的最东侧，门口种着一排桂花树，倒也幽静。

刘三娘像往常一样推门进去，意外发现有人，在短暂的诧异过后，赶紧屈身行礼："见过齐王殿下，殿下万福。"

予恒看也不看她，晃着手里的茶盏对旁边的王虎道："这普洱倒还不错，就是涩味重了一些，你知道是什么原因吗？"

王虎憨憨笑道："卑职是粗人，对卑职而言，茶就解渴一个用处，其他的一概不知。"

"你这种就叫牛嚼牡丹。"予恒笑斥了一句，低头深嗅了一口，徐徐道，"普洱茶苦涩味越重，其茶品往往越高，大都是一芽一叶，或者一芽两叶的上品。"

王豹稍微懂一些茶，疑惑道："不对啊，卑职曾在江尚书府中喝过一盏普洱，说是陛下赏的珍品，并没有什么涩味啊。"

"那是因为已经放置多年，而这个是新茶，为什么普洱茶越陈越贵，就是这个道理。”说到这里，予恒终于抬眼看向还维持着屈膝行礼姿势的刘三娘，微笑道，“想不到三娘竟收藏了这样上品的普洱，真是让本王意外。”

刘三娘忍着发酸的双腿，赔笑道：“奴婢哪收藏得起这么贵重的茶叶，是太子殿下知道奴婢喜欢喝普洱，恩赏下来的，一直没舍得喝。”

“原来如此。”予恒轩一轩眉，“倒是本王鲁莽了，没经你同意，便沏了茶。”

刘三娘赶紧道：“殿下客气了，您肯喝奴婢的茶，是奴婢几世修来的福气。”

“倒是会说话。”予恒笑一笑，抬手道，“别拘礼了，起来吧。”

“多谢殿下。”刘三娘暗自嘘了一口气，可总算是能起身了，这两条腿酸得都快打哆嗦了。

予恒接过重新满上的普洱茶，似笑非笑道：“本王听说你今日受了委屈，是真的吗？”

刘三娘摸不清他的来意，谨慎答道：“确有此事，不过现在已经没事了。”

“没事了……”予恒徐徐咀嚼着这几个字，刚刚还温和如春风化雨的目光瞬间冷了下来，“有人因你而惨死，你可倒好，竟用这么几个字给打发了，还真是蛇蝎心肠。”

刘三娘大惊，急忙跪下道：“齐王误会了，花蕊姑姑因为以前的一些过节，怀恨在心，诬陷奴婢，奴婢什么都没有做过。”

予恒倾了身子，似笑非笑地盯着她：“这么说来，是本王冤枉你了？”

“奴婢不敢。”刘三娘低头，她有些不敢看那张凑近的脸，总有一种说不出的恐惧。

“本王看你敢得很！”随着这句话，滚烫的茶水泼在刘三娘脸上，痛得她浑身发抖，又不敢当着予恒的面尖叫，只能捂着刺痛的脸颊拼命忍耐。

“要几个宫女进来，给本王仔细搜她的身！”随着予恒的话，王虎叫了两名宫女进来，将刘三娘全身上下仔仔细细搜了一遍，连发髻和首饰也没有放过，什么都没有发现。

“东西呢？”予恒拧眉问着，花蕊说过，刘三娘一直在悄悄给予怀下药，早在刘三娘回来之前，他就已经将这间屋子搜查了一遍，没有找到什么可疑的东西，现在她身上也没有，究竟藏到哪里去了。

刘三娘露出半张被烫红的脸，颤声道：“奴婢……不明白殿下的意思。”

予恒冷哼一声：“你不用在本王面前装模作样，交出药，供出指使你的人，本王尚能饶你一条性命。”

刘三娘恍然大悟，满脸委屈道："原来齐王是相信了姑姑的话，殿下对我有恩，我怎么可能会害他。"

予恒冷冷一笑："恩将仇报的事情，本王看得多了，不想死的话，就赶紧供出一切，否则……姑姑是怎么死的，本王就十倍还在你身上。"

"奴婢真是冤枉的，为什么殿下就是不肯相信。"刘三娘边说边落泪，好不伤心。

予恒也不生气，漠然道："既然你非要吃罚酒，本王没有不成全的道理，王虎！"

王虎点点头，上前强行掰开刘三娘的嘴，将一粒黑色的药丸塞了进去，然后一抬一拍，药丸骨碌碌滚过喉咙落入腹中。

刘三娘惊慌失色道："你……你给我吃了什么？"

予恒弹一弹指甲，凉声道："听说过蛊吗？"

刘三娘大惊，面色难看无比："苗疆毒蛊？"

予恒长眉一挑，道："你们听听，一个寻常厨娘怎么会说得出'苗疆毒蛊'四个字。"

刘三娘眼皮一跳，遭了，她一时惊慌，说了不该说的话，心思飞转如轮，掩盖道："我……也是以前逃难时，无意中听人说起的。"

予恒也不追究，望着透过窗格子投在地上的光影慢悠悠道："苗疆有蛊不知千万，其中毒性最烈的属金蚕蛊。传说，把十二种毒虫放在缸中密封起来，让它们自相残杀，一年之后，剩下来的那一只就会发生变化，形如蚕，色金黄，故而称之为金蚕蛊。而用金蚕蛊制成的毒，是天下毒物之最，无形无色，中毒者如有千万条虫在周身咬齿，痛楚难当。简而言之就是八个字——求生不得，求死不能。"

刘三娘被他说得浑身直起鸡皮疙瘩，刚要说话，突然想起一个可怕的事情："你……你给我吃的是金蚕蛊毒？"

"呵呵。"予恒的笑在这屋子里听来阴诡妖异，半晌，他止了笑声，一字一字道："除了金蚕蛊，本王……实在想不出还有什么毒能够配你这毒妇！"

刘三娘身子战栗不止，赶紧伸指去抠喉，可除了清水之外，什么都没有吐出来，面色灰败如土，她第一次感觉到害怕。

许久，刘三娘从那张苍白无色的嘴里挤出一句话来："我没有犯错，你……你不能这样对我。"

予恒居高临下地看着她："本王说你错，你就一定错。说你该死，就一定该死！"

刘三娘被这股无形气势压得喘不过气来，以前也曾见过予恒几回，都是温文尔雅的模样，从不知道，原来这位齐王可以如此强势霸道。

许久，刘三娘勉强道："我……我是太子的人，你不能这么对我。"

"你不必拿太子压我。"予恒一语戳破了她的心思，漠然道，"金蚕蛊毒会在三天后发作，你有三天的时间慢慢考虑。"说罢，他带着王虎二人拂袖离去。

望着他们远去的身影，刘三娘脸上尽是怨毒之色，片刻，她突然跌跌撞撞地追了上去，一边追一边喊着"齐王饶命"四个字。

这样的大喊大叫很快引来了众人的注意，包括在厨房当差的阿财，别看他一副木讷的样子，其实心思活络得紧，略一思索，便猜到了刘三娘的用意，快步往清风格奔去。

王豹回头看了一眼，轻声道："殿下，再让她这么喊下去，恐怕会把太子引来。"

予恒冷冷道："引来了正好。"

王豹看出他心中的愤怒，提醒道："殿下，那位始终是太子，争不得，也争不起。"

王虎也忧心忡忡道："其实刚才殿下那样做，已经是逾越了，太子怪罪下来，咱们很难交代的，不然……还是等陛下和贵妃娘娘回来了再说。"

予恒一言不发地抿着唇，王豹二人说的他都知道，可只要一想到花蕊死得那么惨，他就抑制不住心中的愤怒。

在快要走到门口的时候，予怀出现了，看到刘三娘披头散发追在予恒后面的模样，大为诧异，拉住她道："这是怎么了？"

看到予怀，刘三娘哭着跪了下来："殿下慈悲，快救救奴婢！"

予怀被她弄得莫名其妙："这到底是怎么一回事？"

"齐王觉得是奴婢陷害姑姑，非要奴婢认罪下毒，奴婢不认，他……他就逼奴婢服下金蚕蛊毒！"

听完刘三娘的话，予怀骇然色变，金蚕蛊是什么东西他是知道的，大哥……怎么会有那种阴毒东西？

跟这个比，更令他震惊的是予恒竟然私自逼供他的人，还强迫服下金蚕蛊毒，简直……简直岂有此理！

在让阿财扶住刘三娘后，予怀来到停下步伐的予恒面前，言语间含了几分薄怒："她说的是真的吗？"

"不错。"听到予恒承认，予怀面色一沉，寒声道："简直荒唐，把解药交出来。"

予恒平静道："那得看她自己了。"

对视片刻，予怀突然笑了起来，厌恶道："看来花蕊没少在你面前嚼舌根子，早知道这样，我就不该饶她。”

他不说还好，这一说，予恒勉强压抑的愤怒如火山一般喷薄而出：“饶她？你那也叫饶她吗？五脏六腑，全身肋骨，就没一处好的！”

予怀眼底掠过一丝歉疚，但也仅此而已，转瞬恢复了一贯的漠然：“那是她咎由自取。”

予恒气得连连摇头：“花蕊拼了命地维护你，临死之前，还让我一定要帮你，结果却换来你一句‘咎由自取’，你的良心不会痛吗？太子殿下！”

予怀惊声道：“她……她临死之前？她死了？”

“被你打成那个样子，还能不死吗？”说到这里，予恒气极反笑，“再说了，这不正合了太子殿下您的心意吗？！”

予怀被他说得有些不安，低低道：“我……我不知道。”

“不知道？”予恒讽刺道，“是不知道棍子会打死人，还是不知道人会死？”

他的态度惹怒了予怀，仅有的内疚与不安也在这份恼怒中烟消云散：“她犯错在先，我依律处置，有何不对？倒是你，私闯东宫也就算了，竟然还对我宫里的人下毒，你眼里还有没有我这个太子？！”

望着那张既熟悉又陌生的面孔，予恒说不出是什么滋味，半晌，他哽咽道：“我眼中一直都有太子，但太子……已经被小人迷惑得看不清人心，更看不清真相。”

予怀根本听不进他的话，冷哼道：“把解药交出来，否则休怪我不念兄弟之情。”

“殿下。”王豹怕再争论下去予恒会吃亏，小声劝道，“卑职知道殿下痛心姑姑惨死，但人死不能复生，继续争论下去，只会让那些小人得意，还是先行退去，慢慢再做打算。”

予恒一言不发地站在那里，也不知将王豹的劝说听进去了没有，另一边，予怀已经等得不耐烦了，再次催促。

“殿下！”在王豹急得冒汗时，予恒终于有了反应：“我没有下毒。”

刘三娘一怔，旋即急促道：“你明明……”

“我明明逼你吞了药是吗？”予恒随口接过她的话，旋即轻蔑道，“你真以为我会有那种阴损的毒药吗，不过是一颗补气益血的药丸，用来吓唬你罢了。”

听到这话，刘三娘松了口气，但还是有些不放心：“当真？”

“倒是惜命得紧。”予恒讽刺了一句，“大夫还在，让他把一下脉就知道了。”

在予怀的示意下，大夫上前给刘三娘把脉，果然如予恒所言那般，一切正常，没有丝毫中毒的迹象。

“臣现在可以走了吗？太子！”予恒刻意咬重了“太子”两个字，借此稍稍宣泄胸口无处可出的怒气。

“走吧。”在予恒转过身时，予怀突然又开口，“齐王近日多有操劳，如今朝中无事，齐王就留在府中好生歇息吧。”

予恒身子一僵，别看予怀表面说得客气，其实是夺他的权，让他变成闲人一个，但……予怀是太子，他有这个权力。

予恒深吸一口气，回身迎着予怀冰冷的目光一字一字道：“多谢太子关心，臣……感激涕零。”

曾几何时，他在这里与予怀把酒言欢，无所不谈，可现在……物是人非。

“臣还有一个请求，望太子恩允。”

“讲。”

“无论花蕊生前是对是错，都是姨娘身边的人，人死如灯灭，还请太子看在姨娘的面上，让臣将她带回去安葬，也算是给她最后一份体面。”

这个要求并不过分，予怀略一思索便应了下来：“好。”

“多谢太子。”在经过刘三娘身边时，予恒脚步微微一顿，继而大步离去，在他身后，是见鬼一样的刘三娘。

“金蚕蛊是苗疆最厉害的蛊毒，又岂是寻常大夫能够检查出来的，蠢货。”

这是予恒趁着在她身边停留时说的话，这么说来……她真的中了金蚕蛊的毒，只是……那个大夫没有检查出来？又或者说予恒在撒谎吓她？

究竟……哪个是真哪个是假？

等她回过神来想找予恒问个清楚明白时，予恒早已经走得不见踪影，见予怀也要离开，她赶紧叫住道：“殿下，齐王他……”

予怀这会儿也是心烦得紧，不耐烦道：“我已经处置了齐王，这件事到此为止，谁都不许再提。”

见他这么说，刘三娘只得将嘴边的话咽了回去，待四周的人都散去后，阿财过来扶起她，庆幸道：“还好太子不相信齐王，否则麻烦就大了。”

刘三娘却不像他那么高兴，面色铁青道：“现在已经足够麻烦的了！”

阿财听着这话不对，疑惑道：“怎么了？”

在听刘三娘说了予恒那番话后，阿财也是大惊失色，不知所措道：“那……那现在怎么办？”

刘三娘犹豫片刻，道：“今晚我要出去一趟，你和宁月仔细监视太子。”

阿财心思一动，已是猜到了她要去哪里：“出了那么大的事情，是该要回去一趟。”

夜，寒冷寂静，一条黑影穿过空旷的街头，来到昭明宫的一处宫门外，黑影警惕地扫了一眼四周，确定没人后，屈指在门上有节奏地敲着，过了一会儿，门“吱呀”地开了一条缝，在黑影入内后又重新关上。

静芳斋中，陈太后正要歇下，门外突然传来冯川的声音：“太后，三娘来了。”

陈太后打了个哈欠，有些不悦道：“还真会挑时候，让她进来吧。”

秋月也在，听到这话连忙取来玄狐披风，披在陈太后身上，又往炭盆里加了几块炭，好让屋子更暖和一些。

冯川领着一名女子走了进来，要是予怀在这里，一定会认出这名女子的身份——刘三娘！

见到坐在上首的陈太后，刘三娘赶紧伏身行礼：“奴婢给太后请安，太后万福金安。”

陈太后抬一抬手：“怎么突然进宫来了，东宫那边出事了吗？”

刘三娘赶紧将花蕊的事情说了一遍，随后满脸委屈道：“原本一切顺利，哪知齐王突然跑来兴师问罪，还逼奴婢服下金蚕蛊。”

陈太后满面惊讶道：“金蚕蛊？他怎么会有那种东西？”

“奴婢也不知道，后来太子问起，他改口说是寻常药丸，故意诓骗奴婢的，大夫也确实查不出什么来，可临走的时候，他又说真是金蚕蛊，只是大夫检查不出来，也不知他哪句话是真哪句话是假。”

陈太后接过秋月递来的茶，用碗盖撇去上面的茶沫子，低头啜了一口，徐徐道：“你怕了？”

望着那张在茶雾后似笑非笑的脸庞，刘三娘突然打了个冷战，赔笑道：“奴婢贱命一条，死也就死了，没什么好怕的，就怕坏了太后大事，那奴婢就算死上十次也不够赔的。”

陈太后微微一笑：“哀家一直以为你做得一手好菜，原来这嘴也是能说会道，难怪太子被你哄得晕头转向。”

刘三娘不知该怎么接话，只能讪讪笑着，陈太后瞥了她一眼，淡淡道：“别担心，哀家可以担保，你绝对没有中毒。”

听到这话，刘三娘心里涌起一阵狂喜，别看她表面说得不在意，其实心里怕得要命，否则也不会这么急匆匆来见陈太后了。

在最初的狂喜过后，刘三娘心中又起疑惑，试探道：“太后……怎么知道？”

“予恒是哀家看着长大的，不说了解十分，至少也有八九分，性子直，又有几分清高。你说说，这样的人，怎么会随身携带毒药，而且还是金蚕蛊这种阴毒少见的毒药？”

刘三娘恍然大悟，最后一点儿担心也随着这话烟消云散，讨好道：“还是太后慧眼如矩，识破了齐王的诡计。”

“这算不得什么，他……”话说到一半，陈太后突然停了下来，刚刚还颇为红润的脸色迅速变得惨白。

秋月站得最近，也看得最分明，诧异道：“太后，您怎么了？”

陈太后没有理会她，只是直勾勾盯着刘三娘，刘三娘被她盯得心里发毛，想避又不敢避，更不知自己哪句话说错了，憋了一会儿，忍不住问道：“太后……”

“呯！”刚说了两个字，一个青花瓷盏狠狠砸在她身前的金砖上，瞬间四散炸开，碎瓷片四散飞射，有一片擦着刘三娘手臂飞过，留下一道血痕。

掷茶盏过来的正是陈太后，只见她怒容满面地指着刘三娘斥骂道：“亏哀家如此倚重你，你竟蠢钝如猪，被人利用了还不知道！”

突然遭此变故，刘三娘吓坏了，顾不得手臂上的伤口，带着哭腔道：“奴婢……奴婢实在不知自己做错了什么，惹太后生这么大的气，还请太后明示！”

秋月也在一旁劝道：“太后消消气，别气坏了身子。”

陈太后缓了口气，冷声道：“予恒逼你服下的确实不是什么金蚕蛊，之所以临走前在你耳边说这样的话，是因为他料准你在慌乱害怕之下会去找身后的主子。也就是说……予恒这会儿已经知道你是哀家的人！”

冯川最先反应过来，惊声道：“原来齐王打的是这个主意，想不到他心计如此之深。”

秋月也慌了神：“齐王既然知道了这些，一定会告诉太子，这么一来，咱们的计划可就都毁在他手上了。”

刘三娘终于知道自己犯了多大的错，瘫坐在地上簌簌发抖，想要求饶，却连说话的力气也没有。

殿内沉静无声，气氛压抑得让人喘不过气来，陈太后揉一揉额角：“还好现在是夜里，予恒再急，也不至于这时候去敲东宫的门，趁着这个工夫，都想一想，看有什么应对的法子。”

冯川低头想了一会儿，沉声道：“依奴才愚见，唯今之计，只有先下手为强。”

陈太后眸光微动：“说下去。”

“其实齐王知不知道真相，并不要紧，要紧的是太子相信与否。”说到这里，冯川脸上露出诡异的笑容，“齐王不是一口咬定说没下毒吗，要是三娘这个时候突然毒发……您说，太子还会相信齐王吗？”

听完这番话，陈太后脸上渐渐露出几分笑意：“嗯，确是这么个道理，还是你脑筋活络。”

刘三娘也听到冯川的话，顿时惊骇欲死，拼命磕头哀求：“太后饶命，求太后饶命！”

陈太后淡淡扫了她一眼，对冯川道：“你说哀家要留她性命吗？”

冯川恭敬道：“三娘生死，皆由太后圣心独裁，奴才不敢多言。”

陈太后似笑非笑道：“你这恭维的话，是越说越溜了，不过……”她沉下眉目，语气也冷了下来，“哀家现在想听有用的。”

见她这么说，冯川只得道：“依奴才愚见，留着三娘对太后更有利。”

“好。”陈太后满意地点点头，对秋月道，“去把锁在匣子里的药瓶拿来。”

秋月应了一声，不一会儿取来一个白瓷小瓶，在陈太后的示意下递给刘三娘，在刘三娘疑惑的目光中，陈太后徐徐道：“这里面装的是牵机药，你服下吧。”

“牵机……”刘三娘喃喃重复着，下一刻，身子如筛糠一样抖了起来，瓶子险些从手中滑落，“太后……您不是说留奴婢性命吗？”

对于她的质问，陈太后倒也不生气，拂一拂袖子，淡然道：“牵机虽毒，却不会立刻发作，你有足够的时间回到东宫，让予怀给你请大夫解毒。”

刘三娘盯着手里不起眼的小瓷瓶，她不想死，也不想拿自己性命冒险，但……她别无选择。想到这里，刘三娘把心一横，揭开瓶盖，将牵机药喝了下去，随后离开了昭明宫。

刚一回到东宫，刘三娘便感觉腹部剧痛，继而手脚控制不住地抽搐，她知道，这是牵机药发作了，赶紧去敲宁月的门，好在离得近，几步路就到了，等宁月披衣来开门的时候，她已经站不住，瘫坐在地上，脸色发青，冷汗涔涔。

宁月被吓了一大跳，赶紧扶住她，大声叫起同住一屋的侍女，七手八脚地把她扶进屋里："三娘，你这……这是怎么了？"

刘三娘的意识已经开始有些模糊了，强撑着道："我……我很难受，大……大夫，快去找大夫！"

"好好好，我现在就去请大夫！"宁月赶紧答应，匆匆忙忙往外跑去，好在这时候天已经亮了，闭了一夜的店铺开始三三两两打开了门。

当宁月拉着大夫回来的时候，刘三娘已经陷入昏迷之中，脸色青得吓人，这个大夫医术倒是不错，很快便诊出刘三娘是中了牵机药的毒，先用银针封堵各处大穴，延缓毒性扩散，随后开了药方，让宁月赶紧去煎来。

在灌下药后不久，刘三娘幽幽醒来，虽然还很虚弱，但皮肤下的青色褪了许多，可见这药是对的。

在送走大夫后，众人围在刘三娘身边七嘴八舌地问着中毒一事，但无论他们怎么问，刘三娘都不肯说，只是默默流泪。

宁月急得直跺脚："哭有什么用，你倒是赶紧说啊，究竟怎么一回事。"

刘三娘别过头，哽咽道："别问了，就当……是我自己不小心吃坏了东西。"

"什么不小心，你中的可是牵机之毒，这种药平常根本碰不到，再说，你也不是粗心大意的人，定是……"话说到一半，宁月似乎想到了什么，"是齐王对不对？"

听到这话，刘三娘眼泪流得越发厉害，这无疑是默认了宁月的猜测，宁月气呼呼道："好一个齐王，说话不算数，我现在就告诉太子去。"

"不要去！"刘三娘拉住她，垂泪道，"昨日的事情，已经是一团乱，我不想再令太子心烦。"

宁月正要说话，突然感觉刘三娘手指在她掌心划动，细细一感觉，那些划痕组成一个字——去！

知道了刘三娘的真实心意，宁月故作生气道："你被害得连命都没有了，怎么能不告诉太子。"说着，她用力挣开刘三娘的手，往清风阁奔去。

予怀刚好上朝回来，听到宁月声泪俱下的哭诉，甚是震惊，当即来见了刘三娘，刘三娘等的就是这个机会，表面上口口声声说自己身份卑微，不值得为此追究，其实句句针对予恒，宁月也不失时机地在旁边煽风点火，真正是杀人不见血。

在予怀怒容满面地离去后，刘三娘将昨夜的事情一五一十告诉了宁月，宁月又惊又怕，心有余悸道："好一个齐王，幸好太后英明，及时发现了他的诡计，否则咱们都得毁在他手里。"

刘三娘点头道："希望这次的事能够让他们兄弟彻底决裂，省得再出什么岔子。"

外面不知什么时候起了风，呼啸不止，偶尔有那么几丝从窗缝中漏进来，令屋子里的温度一下低了下来。

宁月拉了拉衣领，小声道："这药，还得下多久？"

"按太后说的，再有半个来月就差不多了，只是我现在这个样子，没法子下药，这药断了，重新再用起来效果可就不好了。"刘三娘愁容满面地说着。

宁月眼珠子一转，心中已是有了主意："除了膳食，还有一个地方可以下药。"

刘三娘一怔，旋即已是明白过来："你是说茶水？"

"不错，正好侍候茶水的小七回乡去了，叔父正想找个人顶替，我开口，他一定会答应。"

刘三娘想了一会儿，点头道："也只有这样了，你小心一些，可千万别被人发现了。还有，小心张远，别看他平日不声不响的，心眼可多着呢，昨日就是他把齐王引来，才平白惹出这么多事。"

"放心吧，我已经想好了对付他的方法，很快，你就看不到这只咬人的狗了。"宁月娇声说着，她长得圆润可爱，一眼看上去天真娇憨，胸无城府，但事实上，她是三人当中最有心计的那一个。

第五十七章　忠奸不辨

再说予怀，回到书房后始终心绪难平，烦躁地掷开看了一半的折子，对候在一旁的张远道："去把齐王叫来。"

张远犹豫片刻，道："殿下，卑职以为刘三娘一事颇有些可疑，应该先行查清。"

予怀眉头一皱，正要说话，外面有人来禀，说是予恒求见，予怀一怔，随即冷笑道："真是说曹操曹操就到，传他进来。"

望着依命离去的下人，张远担心地皱起了眉头，齐王来的可真不是时候，希望他们二人不会闹得太僵。

予恒带着一身寒意走进来，在离予怀几步远的地方站定，客气而生疏地行礼："见过太子殿下。"

予怀目光在他脸上打了几个转，淡淡道："齐王一早过来，是为何事？"

予恒微低了头道："臣有一件极为重要的事要向太子殿下禀告。"

"哦？"予怀轩一轩眉，"什么事？"

"以刘三娘的身份，她没动机也没理由对太子用毒，必是有人指使，所以昨日臣离开经过她身边的时候，诓骗她药丸有毒，只是那大夫没有诊断出来。人都是怕死的，臣料定她在慌乱之下，一定会去找背后的主子商量。"

予怀默然听着："结果呢？"

"果然不出臣所料，刘三娘趁夜色离开东宫，去了……昭明宫。"

"昭明宫？"予怀讶然道，"她无端端去那里做什么？"

予恒摇头："并非无端端，她的主子就在那里。"

“是谁？”

迎着予怀询问的目光，予恒徐徐吐出两个字：“太后！”

“太后？”予怀满面诧异地重复着这两个字，旋即大声笑了起来，仿佛听到一件极为可笑的事情。半晌，他拭去眼角笑出的泪水，拍手道，“一直以为齐王严谨，不擅嬉笑，原来竟这么会说笑话。”

“臣绝不会拿这种事来说笑！”予恒正色说着，之前看予怀听得认真，他以为至少有几分相信，没想到竟是被当成了笑话。

“不会……”予怀徐徐咀嚼着这两个字，下一刻，手掌狠狠拍在旁边的紫檀小几上，震得茶盏跳起老高，茶水溅满小几的同时，也映照出予怀狰狞的面孔，“还有什么事情是你不会不敢的？齐王，你真以为我奈何不了你吗？”

予恒被他说得莫名其妙：“臣说错了什么？”

他的茫然落在予怀眼里，成了彻彻底底的虚伪：“到了这个时候，你还不承认？”

“太子要臣承认什么？”予恒实在不知他怒从何来，要说不相信是陈太后所为，也不至于如此大动肝火。

眼瞅着情况越来越不对，张远冒着被予怀训斥的危险，提醒道：“今日一早，刘三娘突然出事，大夫来看了，说是中了牵机之毒，好在看得及时，保住了性命，刘三娘说是齐王殿下您……”

“让你多嘴了吗？”面对予怀冷冰冰的斥责，张远无奈地闭上了嘴巴，好在事情已经说得差不多了，余下那半句话，料想齐王也能猜得出来。

那厢，予恒终于明白自己“错”在哪里了，又好气又好笑，连连摇头：“原来如此，好一个恶人先告状。”

予怀冷冷一笑：“听这语气，是刘氏冤枉你了？”

听着予怀话中浓浓的怀疑，予恒心里说不出是什么滋味，他强迫自己不要去想，平静道：“臣是什么样的人，殿下最清楚不过，臣既然说没做过，就一定没做过，那药确实是益气补身的药丸，没有半点儿害处。”

“至于刘三娘为什么会突然毒发，定是她知道了臣派人跟踪的事情，怕事情暴露，所以恶人先告状，太子不要中了她的奸计。”

张远趁机道：“齐王说得对，殿下定要仔细查清楚。”

予怀目光在他脸上刮过，犀利而冰冷：“什么时候轮到你教我做事了？”

“卑职不敢。”张远的认错并不能令予怀满意，冷冷道，“先是花蕊，接着又是你，看来我平日真是太纵容你们了，令你们忘了自己的身份，更忘了谁才是主子，去外面好好跪着，没我的话，不许起来。”

“是。”张远什么也没有辩解，默默起身走到外面跪着，风声呼啸，夹杂着冰冷的雨滴，在他衣服上留下一滴滴濡湿的痕迹。

看到跪在风雨之中的张远，予恒恼怒道：“张远并没有说错，太子这样罚他，不觉得过分吗？”

予怀冷眼扫过：“究竟是我过分，还是齐王手伸得太长？”

“什么意思？”

“这里是东宫，是我的府邸，齐王却屡屡插手，在我府中指手画脚，这手……还不够长吗？”

予恒气得哭笑不得：“我是不想太子被奸人蒙蔽，令仇者快、亲者痛。”

予怀对他的话嗤之以鼻：“孰是孰非，我心里一清二楚。我以为昨日的事，会让你收敛一些，不曾想你竟变本加厉，真是令我失望。”

予恒神情复杂地看着他：“所以……太子宁愿相信一个来历不明的下人，也不愿意相信臣？”

予怀面无表情道：“我只相信事实。”

这句话一下子激起了予恒积压在心底的愤怒与委屈，厉声道：“事实就是你被人下药，是非不明，对错不分，糊涂透顶！”

“放肆！”被他这样当面指责，予怀顿时大怒，“你眼里还有我这个太子吗？”

予恒痛声道：“就是因为有太子，才不希望你一错再错！”

“一错再错的那个人是你！”予怀怒容满面道，“看在母后的面上，我对你一容再容，你却得寸进尺，先是听信花蕊胡言，害我府中下人，随后又冤枉太后，简直是莫名其妙。”说到这里，他突然笑了起来，透着一种说不出的诡异：“我明白了，你自诩为父皇长子，却没有被册为太子，你不甘心，昨日又被我夺了参政之权，所以编造出这么一个谎言，想让我与太后为敌，你好从中得利，甚至夺走太子之位。呵呵，父皇和母妃出征在外，皇后是你养母，她一定会帮你，你们母子真是打得一手好算盘。”

虽然知道予怀是受药物影响才会说出这样的话，可予恒还是忍不住伤心：“你想到哪里去了，我们自幼一起长大，我是什么样的人，难道你不清楚吗？”

“以前确实清楚，但人都是会变的，尤其是在涉及功利的时候，太子之位……皇帝之位……足以让你变成另一个人！”

“变的那个人是你！”看到予怀自以为是的模样，予恒气得一把揪住他的衣襟，“你醒一醒，不要再被人利用了！”

予怀意外没有动怒，只是平静地看着他，半晌，嘴角勾起一道深远的弧度：“你说得没错，我是该醒了。来人！”

守在外面的护卫听到他的喊声，赶紧推门走了进来，看到予恒扯着予怀衣裳的情景不由得愣了一下，待回过神来后，恭敬道：“殿下有何吩咐？”

予怀冷冷盯着予恒，一字一字道：“你们都看到了，齐王以下犯上，目无君主，立刻将他押入京兆府大牢！”

一众护卫没想到会是这样的事，虽然听清楚了予怀的话，但都一个个犹豫着不敢上前，毕竟那是齐王，是天黄贵胄，押去京兆府，未免……

其中一名年长些的护卫大着胆子道：“殿下，您和齐王是不是有什么误会？”

予怀冷冷盯着他，令那护卫一阵心慌，后悔自己多嘴，正想要请罪，耳边已是传来森冷的声音：“将他一并押去京兆府！”

护卫万万没想到自己一句好意的询问会惹来牢狱之灾，慌得急忙跪下请罪，无奈予怀心冷如铁，根本不给他机会：“还不赶紧把他们押下去？！”

其他护卫怕会落得一样下场，不敢再犹豫，走到予恒身边，小声说了一句“得罪”后，将他押了起来。

予恒紧紧咬着牙，眼底充斥着痛心、难过和悲伤：“你究竟要错到什么时候才能清醒？”

“我现在很清醒！”予怀冷冷地说着，那双眼冷得没有一丝感情，简直就不像人的眼。

张远一直留意屋中的动静，这会儿看到予怀执意要将齐王押去京兆府，心中大急，顾不得自己还在受罚，起身上前道：“太子息怒，齐王真的是为您好，您醒一醒吧！”

予怀怒极反笑：“呵呵，看来你是一门心思向着齐王了，好，很好！”

“卑职……”

予怀漠然打断他的话：“我刚才说得很清楚，没我的话，不得起身，你现在违令，说吧，该怎么处置？”

张远咬牙道：“卑职贱命一条，任由殿下处置，卑职只求您不要中小人奸计，伤了与齐王的情谊！”

“好！”予怀徐徐吐出这个字，不等众人反应过来，突然抽出护卫腰间的佩刀，刀尖在半空中划过一道雪亮的寒光，等到寒光散去，刀尖已是指向张远的喉咙。

予恒骇然失色："你想做什么？"

"违令者——当斩！"在说出这句话时，予怀心中竟升起一种嗜血的冲动，刀……不由自主地往前递了几分，刀尖锋利无比，瞬间划开张远的皮肤，流下一道殷红的痕迹。

予恒见势不对，赶紧上前攥住他的手，怒吼道："你是不是疯了？！"

他的怒吼令予怀神智稍一清醒，但很快又被心中的魔鬼操控，讥笑道："你们主仆感情倒是很好，互相维护。"

"我不是维护，而是……"予恒气得不知该怎么说，努力让自己冷静下来，"张远跟了你那么多年，就算真的犯了什么错，也不至于要处死这么严重。"

予怀冷冷一笑："原来齐王也知道张远跟了我多年，我告诉你，将张远推上死路的那个人不是我，是你！因为是你收买他，是你让他背叛我！"

"我没有！"予恒说得心力交瘁，不知该怎么样才能让予怀相信。

"够了。"予怀一拂袖袍，"不用再惺惺作态，就算你说得天花乱坠，我也不会相信。"

"好！"予恒深吸一口气，努力让自己冷静下来，"你可以不相信我，但张远……真的不能杀。"

望着一脸紧张的予恒，予怀突然低低笑了起来，一边笑一边说着"有趣"二字，令众人一脸茫然，不知他口中所谓的"有趣"是什么意思。

予恒皱眉问道："太子笑什么？"

"我笑你自身都难保了，还想着顾别人，真是不自量力！"说到最后几个字时，予怀脸上已经没有了任何笑意，取而代之的是冰冷无情。

静默片刻，予恒沉沉叹了口气："或许吧，但我真的不想太子一错再错，有朝一日，太子清醒过来，必定会后悔今日所作所为。"

"够了。"每次听到类似的话，予怀心里都会升起一股无名怒火，恨不得将所有人与事焚烧殆尽，而这团怒火，在瞧见跪在刀下的张远时，膨胀到了极点。

刺下去！刺下去！

在予怀心里，一直有一个声音在唆使他，令他握着刀柄的手一紧再紧。

不远处，宁月和阿财一直躲在墙角后偷看，见予怀一直没有刺下去，宁月不满地嘟囔道："还等什么，赶紧一刀下去就了结了。"

阿财蹙眉道："到底是跟了那么多年的人，总要想一想，犹豫不怕，就怕太子……最终狠不下这个心。"

宁月眼珠子滴溜溜转了几圈，落在阿财身上，阿财被她盯得浑身不自在："你看我做什么？"

宁月嘴角扬起一抹："你不是怕太子狠不下心吗，那就去帮他一把。"

阿财茫然道："我怎么帮？"

宁月在他耳边低低说了一阵，阿财为难道："这能行得通吗？"

"当然。"宁月自信道，"太子对张远早已不满至极，之所以迟迟没有下手，是因为还缺了一点儿火，你去帮忙放起来后，自然就一切顺利。"

阿财翻了个白眼："那你怎么自己不去？"

"让你去就去，哪来这么多废话，我也得回去和三娘通个气，免得两边话对不上。"在宁月的催促下，阿财无奈地从墙后走了出来，略略调整了一下心情后，哭丧着脸奔到予怀面前，也不说话，直接跪在地上"呯呯"磕了几个头。

"你来做什么？"予怀本就心烦气躁，自是没什么好脸色给他。

"奴才有事禀告。"

"有什么事以后再说，滚下去。"

阿财瞅了一眼跪在旁边的张远，抬头道："奴才说的事情，与张护卫有关。"

予怀神情一动，道："说下去。"

阿财深吸一口气，似是下了什么决心："张护卫之所以对花蕊姑姑百般维护，并非仅仅出于相识之谊，而是……他们根本有私情。"

此言一出，众人尽皆哗然，尤其是张远，面色铁青道："休得胡说！"

阿财被他瞪得发怵，但到了这一步，怎么着也要撑下去，定一定神，梗着脖子道："我亲眼看到你和花蕊姑姑搂搂抱抱，哪里胡说，不只我，三娘也看到了，她不想你们难堪，所以一直忍着没说，也不让我说。她是一片好心，哪知反而遭来你们的报复，幸好殿下英明，还了三娘清白，否则已是含恨九泉。"

张远气得说不出话来，他是个实诚人，怎么也想不到会有人睁着眼睛说瞎话。他缓了口气，愤然道："我与花蕊姑姑清清白白，绝无苟且之事，你不要在这里血口喷人。"

"我说的都是事实，你恨殿下伤了花蕊，就去找齐王求救，哪知道花蕊还是死了，你就借齐王之手，逼三娘服下牵机毒药，好置她于死地，幸好老天有眼，把三娘从鬼门关拉了回来。”

张远又气又恨，朝予怀道：“殿下不要听他胡说，卑职从来没有做过对不起殿下的事，花蕊姑姑也一样。”

予怀一言不发地盯着他，四目相对，张远的心一点一点地沉了下去，他在予怀眼里看到了怀疑……

阿财也瞧见了，暗自窃喜，趁势道：“殿下要是不相信，可以去问三娘。”

张远刚要说话，予恒先一步道：“三娘三娘，倒是叫得亲切，何时变得这么熟了？”

阿财的面颊被他犀利的目光盯得有些刺痛：“我与三娘并不相熟，只是不忍她受那么大的委屈。”说着，他按住心里的慌张，抬头道，“倒是齐王，您这样屡屡加害一个无辜之人，就不会觉得内疚吗？”

予恒冷冷一笑：“果然是一伙的，一样的黑白颠倒。”

阿财咬一咬牙，朝予怀道：“奴才有办法证明刚才所说之事。”

“怎么证明？”

“花蕊姑姑右肩有一块红色的胎记。”这是刚才宁月告诉他的，自从花蕊来了东宫后，她一直刻意接近，又都是女子，知道这个并不稀奇。但这一切，从阿财嘴里说出来，就太不正常了，除了撞见花蕊与张远“苟且”之外，很难再找到合理的解释。

果不其然，阿财的话令予怀本就不怎么好看的脸色越发难看，狠狠瞪着张远咬牙道：“你好大的胆子！”

“卑职没有做过！”张远说得斩钉截铁，可惜并不能打消予怀的疑心与愤怒。

“你——该死！”终于，予怀连最后一点儿犹豫也没有了，手腕一翻，刀刃在半空中划出一道雪亮的痕迹，朝张远胸口狠狠刺下。

眼见张远就要丧命于刀下，一只手猛然握住钢刀，几乎能听到刀刃划破皮肉的声音，鲜血顺着刀刃不断滴落。

“你做什么？”予怀满面恼怒地盯着满手是血的予恒，正是他拦住了刀。

予恒忍着钻心的痛楚道：“仅凭这个奴才的一面之词，就要斩杀张远，未免太过草率了。”

“齐王是说阿财冤枉他了？”予怀冷笑道，“那胎记怎么解释？”

“胎记固然隐秘，但并非没人知道，好比太子不就知道吗？”这句话堵得予怀答不上来，恼羞成怒道：“总之张远是我东宫的人，是生是死，轮不到你来做主，放开！”

“臣不敢。”予恒不仅没有松手，反而握得更紧，一字一字道，“太子是国之储君，一言一行皆为天下臣民典范，若太子在没有确凿证据并且未经审讯的情况下动用私刑，未免有失公正，传扬出去，亦会有损太子声威。”

“巧言令色！”予怀不屑道，“你若以为这样就能逼我放过张远，未免太天真了！”

予怀充满偏激与怀疑的言语，令予恒心里一阵阵发凉，但事关张远性命，再怎么样他都要坚决下去，绝不能让花蕊的悲剧重演。

“臣愿意用性命担保，张远绝对没有做过对不起太子殿下的事，还请殿下仔细查清之后，再做定论。”

“性命担保？”予怀冷笑道，“难道查出是事实，你要给他陪葬吗？”

不等予恒说话，张远已是急急道：“齐王殿下不要！”

予怀讥笑道：“瞧见了吗，连他自己都心虚了。”

张远被他说得满心委屈，忍不住道：“卑职一生光明磊落，清白无愧，没什么好心虚的，无奈小人诡计多端，迷惑主上，卑职实在不敢拿齐王的性命做赌注。”

予怀面色一沉，旋即笑道：“都学会拐着弯骂主子了，真是长进不少。”

张远转身朝予恒磕了个头，感激道：“多谢齐王好意，卑职贱命一条，不值得您这样做，还请齐王放手。”

予恒看了一眼还在滴血的手掌，一字一字道：“太子今日若执意要杀张远，就请连臣一并杀了吧！”

张远骇然失色，急忙道：“万万不可，齐王……”不等他说完，予恒已是不由分说地打断：“我说过会保你性命，就一定会保你！”

他这么做，不仅仅是为了张远，更多的是为了予怀，张远若死了，予怀恐怕就真回不了头了，他答应过姨娘会好好辅佐予怀，无论情况多么艰难，都要坚持下去！

当然，他并非仅凭一腔热血，花蕊出事后，他看过姨娘给的锦囊，足以保住他和张远性命。只是……若非万不得已，他不想拿出锦囊。

予怀脸色阴晴不定，杀机不时在眼中迸现，阿财在旁边暗笑，太子本就在气头上，齐王还这样触怒太子，简直是自讨死路。

齐王一死，太后就能召集群臣，以太子失德滥杀为由，将其废黜，就算东方溯出征归来，也再无子嗣继承皇位，只能挑选宗室子弟立为储君，肃王之孙大有机会。一石三鸟，再好不过！

再说了，以东方溯的身子，十之八九熬不到出征归来，到时候，太后就是大周身份最尊贵的人，大权在握。至于慕贵妃，没有皇帝撑腰，没有子嗣傍身，根本不足为虑。

太后一定会重赏他们，从此富贵荣华，半世无忧！

就在阿财几乎看到自己风光得意的样子时，予怀突然将钢刀掷在地上，他这个动作，无疑是表示放过张远。

看到这一幕，予恒长舒了一口气，还好还好，予怀并没有完全丧失理智，他顾不得满是鲜血的双手，伏身跪下："太子英明！"

予怀面无表情道："死罪可免，活罪难饶，将张远罚去宁古塔为奴，终此一生，不得再回金陵。"

张远知道，这已经是予恒拿性命换来的最好结局："多谢太子不杀之恩！"

阿财没想到事情会突然翻转，急忙道："太子，张远多番欺瞒，又对您不忠，万万不可轻饶！"

予怀本就心烦意乱，被他这么一说，更是火上心头："你是什么东西，也敢在这里指手画脚？！"

阿财被他瞪得脖子发凉，赶紧低了头："奴才不敢！"

予恒和张远被带下去，予怀也随即离开，直至他走得不见踪影，阿财方才打着哆嗦站了起来。

宁月正好回来，看到残留在地上的血，心中一喜："张远死了？"

"没有。"阿财将事情原原本本说了一遍，宁月皱起两条秀气的眉毛，不悦道："又是齐王，真是碍手碍脚。"

"那现在怎么办？"

宁月咬一咬手指，凝声道："现在风头火势，咱们还是不去凑热闹了，虽说张远没死，但好在齐王被关入京兆府大牢，这件事一定会在朝中掀起轩然大波，还有皇后，她是齐王养母，绝不会坐视不理，咱们也算是有个交代了。"

阿财深以为然地点点头："是这个理，那我回去做事了。"

"去吧。"在阿财走后，宁月也转身准备去刘三娘那里，令她没想到的是，江安竟然站在离她不远的地方。

宁月按下惊诧，笑吟吟地走过去："叔父不是跟殿下一道走了吗，怎么会在这里？"

江安沉着脸道："殿下让我来看看，没想到还真瞧见了一些东西。"

这句话令宁月一惊，予怀让他来的，难道……予怀对他们起疑了？

她按下心里的惊疑，茫然道："叔父看到了什么？"

"你不必再惺惺作态，刚才你和阿财的话，我全都听到了，你们……你们果然是一伙的，联合起来加害花蕊和张远。”说到这里，江安满面痛心道，“亏我还帮着你说话，你竟然……竟然……”他气得说不下去，待缓了口气后，怒气冲冲地指着宁月喝问道：“说，是谁让你这么做的？”

宁月一脸无辜道：“我真不知道叔父在说什么，我就是恰好碰到阿财，随口问了几句，什么加害花蕊和张远，我怎么会做这样的事，叔父一定是听错了。”

“听错？”江安气极反笑，指着她道，“你不说是不是，好，我告诉太子殿下去！”

江安拂袖要走，在经过宁月身边时，耳中传来异常冷漠的声音：“好好的装糊涂不行吗，非要把事情挑出来。”

江安身子一震，转头看着宁月，宁月脸上已经找不到刚才的无辜和天真，取而代之的是令人不安的阴冷。

他回过神来，痛声道：“这么说来你是承认了？”

“不错。”宁月干脆利落地承认，令江安心里最后一丝侥幸随之破灭：“你……你为什么要这么做？”

“因为有人要他们死。”

江安急忙问道：“是谁？”

宁月把玩着耳边的碎发，漫不经心道：“如果我是你，就会管好自己的嘴，不要问一些不该问的事。”

江安没有理会她的话，再次追问：“我问你是谁？”

宁月打量了他一眼，嘟嘴道：“明明是人，怎么就听不懂人话呢？”不等江安言语，她突然拍手笑道，“我知道了，是披着人皮的畜生。”

“你……”江安气得背过气去，涨红了脸道，“我怎么说也是你叔父，是长辈，你怎么敢这样说话，一点儿长幼规矩也没有！”

宁月不以为然道：“我本来是要给你面子的，可惜啊，你自己不要，又能怪得了谁。”

江安满嘴苦涩，一直以来，宁月在他面前都是乖巧懂事天真烂漫的模样，无论如何都想不到，她竟还隐藏了这样一副可怕面容。

“罢了罢了。”江安摇摇头，准备离开，却被宁月拦住：“怎么，想去告密？”还是那一脸天真无邪的笑容，却令江安不寒而栗，更令他记起花蕊和张远是怎么一死一流放的。

江安下意识地往后退了一步，声音微微发抖：“你不要胡来，这里是东宫，要是你杀了我，太子一定会知道。”

宁月咯咯轻笑：“叔父想到哪里去了，你是我长辈，又对我有恩，我怎么会杀你。”

听到这话，江安轻吁了一口气，但下一刻，他的心立刻又随着这句话被紧紧揪了起来：“你要告密，我也没法子，只是可怜了婶母还有刚出生不久的阿宝，唉，叔父你好不容易得了这么一根独苗，转眼就没了，真是可惜，到了九泉之下，也没脸见江家的列祖列宗不是。”

江安一下子白了脸，江家三代单传，他生了六个女儿，在年近五十之时，得了一个儿子，当真是捧在手里怕掉了，含在嘴里怕化了。

“你……你不用吓唬我，我不会上你的当。”江安的色厉内荏又怎么逃得过宁月的眼睛，笑意又深了几分：“是不是吓唬，试一下就知道了，但要是赌输了，阿宝可就没命了，叔父真要赌吗？”

望着江安难看到发青的面容，宁月笑吟吟道：“还有一件事我要提醒叔父，我姓江，是你侄女，也是你安排在东宫当差的，我若是奸细，那你呢？你觉得太子会饶过你吗？”

“不会，太子会对你恨之入骨，并且这把怒火延伸到阿宝、婶母还有姐姐妹妹他们身上，也就是说……你们一家人都要为我陪葬！呵呵，叔父，你玩得起吗？”

江安很想说话，却发不出声音，甚至连张嘴也做不到，尽管不想承认，但宁月确实刺中了他的要害，他……玩不起！

宁月替他理一理衣襟，幽幽道：“知道为什么活得最长久的，偏偏是那些个疯子白痴吗？因为他们什么都不知道，也不会去想，糊涂——则长命！”

江安听懂了她话里的意思，但……予怀待他不薄，如此恩将仇报，实在说不过去。

宁月看出他的心思，声音阴毒而蛊惑：“这人啊，还是要多为自己着想一些，古人不是也说了嘛，‘人不为已，天诛地灭’。”

江安眼里闪过挣扎、痛苦、难过、无奈，他不想背叛予怀，可是……

“你不是宁月。”江安突然说出这么一句话。

宁月一怔，复又笑了起来：“确实不是，但在外人眼里我就是宁月，是你江安的侄女，这个界线，你是怎么也画不清了。”

江安向后踉跄几步，倚在冰冷的树干上，就这么一会儿工夫，他整个人像老了十几岁，皱纹疯狂地爬满脸颊。

宁月凑到他耳边，吐气道：“我突然很想阿宝，要不……”

“不要！”江安脱口而出，眼里是满满的惊恐，而这句话也成了压垮他的最后一根稻草，他低下头，痛苦道，“我……我答应你！”

“很好。”宁月对他的识趣很满意，“对了，还有一件事情要叔父帮忙。”

“什么事？”江安心惊肉跳地问着。

宁月没有与他拐弯抹角，径直道：“我想去茶房当差。”

“你想做什么？”宁月突如其来的要求，令江安颇为不安。

“能有什么，就是现在这份差事做得有些烦，再加上茶房缺人，就换个差事喽。”宁月一脸无辜地说着，这要换了以前，江安不会怀疑，可现在……他说什么也不会相信。

他正想问个清楚，耳边传来凉飕飕的声音：“我是在知会你，而不是跟你商量，这一点，叔父可不要弄错了。”

江安无奈地点点头，在宁月准备离开的时候，他鼓起勇气道：“你……不要伤害太子！”

对于他的话，宁月只是置之一笑，江安不过是一条匍匐在她脚下的可怜虫罢了，根本没资格和她谈条件。

再说了，不伤害太子，她怎么完成太后交代的任务，真是可笑！

第五十八章　牢狱之灾

静芳斋的佛堂像往常一样，香烟缭绕，陈太后执着一串沉香佛珠，闭目跪在佛前，嘴里喃喃不知在念些什么。

门被人推开，秋月走到她身边，附耳低语："太后，太子殿下来了。"

陈太后微微睁开双目，望着慈悲庄严的佛像："东宫是不是出事了？"

秋月点点头："太后英明，齐王被太子关入京兆府大牢，张远则被发配宁古塔。"

"看来他多多少少还是疑到哀家这里来了。"说着，陈太后抬了抬手，秋月会意地扶她起来，犹豫道："那还见吗？"

陈太后徐徐道："不见只会令他疑心更甚，所以，非见不可。"

秋月忧声道："太子现在喜怒不定，又是怀着疑心而来，奴婢担心……他会伤到太后。"

陈太后微微一笑："他再怎么喜怒不定，都只是一个黄毛小儿，若哀家连他也搞不定，又怎么拨乱反正？"

秋月想想也是，展颜笑道："太后说得极是，是奴婢杞人忧天了。"

陈太后点了三炷香供在佛前，随后扶着秋月走来到暖阁，予怀正在里面不耐烦地踱步，看到她进来，神色一凛，拱手道："见过皇祖母。"

"无须多礼，快坐下。"待各自落座后，陈太后扫了一眼予怀旁边一口没动的茶，微笑道，"怎么不喝茶，不合口味？"

"没有。"予怀扯一扯嘴角，随手端起已经凉了的茶喝了一口。

陈太后笑一笑，捻着佛珠道："今儿个怎么有空来看皇祖母？"

“最近府里出了一些怪事，弄得孙儿焦头烂额，就想请皇祖母帮着断一断。”予怀努力想从她眉眼间寻到些许古怪，可惜并没有。

陈太后吹一吹茶汤上的浮沫，笑语道：“你府里的事，自己瞅着办就是了，再不行就问问皇后，怎么大老远跑来问哀家，哀家老了，想起事来比以前迟钝多了，能给你什么意见。”

“皇祖母历经三朝，论眼光，论阅历，论果断，谁又能比得上皇祖母您。孙儿遇到的问题，只有皇祖母才能帮着解惑。”

陈太后撑不住笑了起来，对秋月道：“你听听，太子今儿个这嘴跟抹了蜜似的，让哀家没办法拒绝。”说着，她慈祥道，“行了，说吧，什么事。”

予怀将这两日发生在东宫的事情大概说了一遍，包括将予恒关入京兆府大牢的事，当然，他并没有说出予恒对陈太后的指控。

听完他的叙说，陈太后面色凝重道：“竟有这样的事？”

“千真万确，因为这件事，我与大哥闹得不可开交，也不知该怎么收场，母后将大哥视如己出，定是向着大哥的，父皇与母妃又不在，思来想去，就只能来问皇祖母。”

“这件事确实难办。”陈太后沉声道，“说实话，这件事确实处置得草率了，花蕊和张远也就罢了，他们毕竟是奴才，可予恒不一样，他是你大哥，是皇子皇孙，闹成这个样子，失了和气不说，传扬出去也会让人笑话，说你们同室操戈。”说到这里，她有些埋怨道，“虽说予恒插手你东宫的事情，是僭越了，可你也不能这么冲动，全然不像你平日的沉稳。”

予怀叹气道：“孙儿原本一直敬重大哥，虽心不悦却也不想伤了兄弟之情，可大哥说了一件事，实在令孙儿难以忍受。”

陈太后自然知道他要说什么，不动声色道：“哦，什么事？”

“大哥说……”予怀望着陈太后，说出酝酿许久的话，“三娘、宁月他们是皇祖母的人，是皇祖母让他们对孙儿下药，然后嫁祸花蕊。”

尽管予怀极力遮掩，但以陈太后的眼光又怎会看不出他掩藏在平静假象下的试探，故作震惊之色，愣在那里久久没有说话。

秋月生气道：“满口胡言，太后疼爱太子都来不及，又怎么会派人加害太子殿下，大殿下简直是疯了！”

“不得放肆！”在斥了秋月一句后，陈太后长长叹了口气，皱纹如鱼纹一般，争先恐后地游上脸颊，令她看起来老了许多，“予恒一直都不喜欢哀家，但哀家着实没想到，他竟对哀家痛恨至此。”

“这么说来，果然是大哥编造出来的？”

陈太后不语，只是低头抚着绣有墨竹花纹的裙裾，暖阁寂寂，安静得连银炭在铜盆里燃烧的声音都可以听见。

就在予怀等得不耐烦时，陈太后终于开口了：“把予恒放了吧。”

予怀一怔，下意识问道：“为什么？”

陈太后注视着他，一字一字道：“为了你们兄弟，为了大周。”

“可是……”

“哀家知道你想说什么。”陈太后打断他，沉沉道，“真相是什么并不要紧，要紧的是大周百年基业，是你们兄弟和睦，后宫安宁，所以齐王没有错。”说到这里，陈太后环视了四周一眼，轻声道：“哀家当年一时糊涂，犯下大错，好在皇帝念着母子亲情，原谅哀家，更让哀家回到静芳斋颐养天年，这些年对哀家来说，就像偷来的一样，现在……该是时候还了。”

秋月满脸紧张道：“太后您……您突然说这些做什么，还什么？”

陈太后哀哀看着秋月：“皇帝这一辈子吃了许多苦，现在他出征在外，哀家不能再令他分心了。”

“不！”秋月拼命摇头，跪下道，“您并没有做过，是齐王冤枉，根本……根本没理由，也没道理认这件事的。”

陈太后抚着她脸颊，涩声道：“不是每件事都要讲道理，讲理由，要是这么说，哀家早就不应该在这世上了。”不等秋月言语，她望向眉头紧皱的予怀，“你出宫后，亲自去京兆府给你大哥赔罪，然后把他接出来，皇后那边也去好好认个错，至于哀家，会出一份罪己诏公诸天下。”

“皇祖母想将这件事揽上身？”予怀眉头紧紧皱着，他心绪纷乱，不知道该不该相信陈太后。

“享了这么多年福，也该为大周、为你们这些小辈做些事情了。”说罢，陈太后对冯川道：“去拿笔墨来。”

“太后三思啊！”冯川跪地急呼，把戏演得十足。

“去拿！”面对陈太后的命令，冯川始终跪在地上，一动也不动。

面对冯川无声的抗议，陈太后怒容满面道：“你以为你不去拿，哀家就没办法了吗？秋月！”

听到陈太后叫自己，秋月“扑通”一声跪下：“太后三思！”

陈太后又连着叫了几个人，都是一个样子，气得她说不出话来，待缓过气后，她咬牙道：“好，哀家自己去拿！”

“太后！”秋月声泪俱下地拦住她，“罪己诏一下，您就是大周的罪人，到时候……太子想保您都保不住。”

“哀家不需要任何人保！”面对陈太后的坚决，秋月爬到不知所措的予怀面前，拼命磕头，铺地的是在官窑里精心炼制出来的金砖，光滑如镜，坚硬如铁，没磕几个，秋月额头就红肿一片：“太子殿下，现在就您劝得了太后，您快说几句话吧。”见予怀不说话，她又哭道，“奴婢可以用性命保证，太后绝对没有害过您，连一点儿加害的心思都没有，若有一句虚言，让奴婢死无全尸！”

在秋月看来，任何恶毒的誓言，都不过是一种取信别人的手段，除此之外，誓言再无用处。

予怀心乱如麻，就在他一个愣神的工夫，陈太后已是绕过秋月离去，他们赶紧追上去，只见陈太后来到书房，正准备铺纸磨墨。

“皇祖母……”予怀刚说了三个字，陈太后便打断道：“哀家心意已决，你无须多言。”

予怀咬牙不语，心思飞转如轮，在陈太后蘸墨准备下笔的时候，他一把握住陈太后的手腕，在陈太后诧异的目光中道：“若此事真是皇祖母所为，孙儿什么话都不会说，但若不是，就是冤枉无辜，这样的事情，孙儿做不出来。”

陈太后一怔，旋即露出欣慰的笑容，徐徐抚过予怀的脸颊：“慕贵妃将你教得很好，以前是哀家误解她了，她回来后，你代哀家向她说声对不起。”

不等予怀言语，她已是挣开了手，一份罪己诏在她笔下一气呵成，洋洋洒洒数百字，字字诛心，这份罪己诏一颁布，陈太后就成了千古罪人，受天下之人唾骂。

陈太后轻舒一口气，轻轻拿起罪己诏递给予怀：“拿去吧，这是皇祖母能为你做的最后一件事，以后……大周就靠你们兄弟二人了，千万……千万不要让皇祖母失望。”

予怀怔怔看着手里的罪己诏，薄薄一张纸，轻若鸿毛，可他却感觉重逾千钧，几乎要拿不住。

“快去吧，记住哀家的话，一定要和予恒修好，万万不可伤了兄弟和气。”陈太后的这句话，终于令予怀下定了决心，双手交叉，只听得“嘶啦”一声，那份罪己诏被撕成了两片。

“你，你这是做什么？”陈太后满面诧异地问着。

“皇祖母并没有害过孙儿，所以这份罪己诏并不符实。”

陈太后连连摇头：“你这孩子怎么还不明白哀家的意思，是……”

“孙儿明白，所以更不能让皇祖母遭受无妄之灾。”不等陈太后言语，他又道，“这件事孙儿会处理，皇祖母不必担心。”

“孙儿告退！”他直接拱手离去，不给陈太后再拒绝的机会。

在他离去后，其他人也都被遣了下去，只剩下冯川和秋月在暖阁里侍候。

秋月端上重新沏好的茶，满面笑容地讨好道：“太后真是料事如神，把太子那点儿心思抓得死死的。”

解决了予怀的事情，陈太后心情极好：“你与冯川也做得不错。”

冯川赶紧道：“太后过奖了，奴才们就是敲个边鼓。”他往铜盆里添了一块炭，让屋子更暖和一些，“看太子的样子，对您是深信不疑了，接下来，咱们只管看戏就是了。”

陈太后低头看着自己倒映在茶汤中的面容，嘴角是狡猾如狐的笑容：“都好好看着，就快到最精彩的地方了。”

再说予怀那边，刚出静芳斋就被匆匆赶来的黄九给拦住了，面色复杂地打了个千儿：“皇后娘娘请太子殿下过去一趟。”

“消息倒是灵通！”予怀轻哼一声，大步往长信殿走去，黄九紧随其后。

到了长信殿，沈惜君若有所思地坐在殿中，看到他进来，眼底掠过难以言喻的复杂。

在行过礼后，予怀开门见山道：“母后召儿臣来，想必是为了大哥的事情，大哥他……”

“他犯了错，所以你才将他关入大牢，本宫明白。”沈惜君的话令予怀愣了一愣，他已经做好被质问的准备，哪知沈惜君竟如此通情达理，不对，这当中一定有古怪。

想到这里，他谨慎道：“母后明白就好。”

“本宫请太子过来，是想问太子打算如何处置予恒？”

予怀略一沉吟：“大哥犯下律例，自是依律例处置。”

“是这个道理。”见沈惜君一直顺着予怀说，阿紫二人暗自着急，但又不便说话，只能干看着。

“花蕊和张远的事情，本宫也都听说了，确实查清楚了吗？毕竟他们二人是宫中的老人，要谨慎一些，说起来，花蕊还是本宫做主去你府里的。”

“确凿无误。”见予怀这般刚愎自用，沈惜君暗自叹了口气，打起精神道：“本宫想去牢中探望予恒。”

予怀蹙眉道：“母后乃是六宫之主，身份尊贵，岂可踏足那种地方。”

“不管怎么说，予恒都是本宫抚养长大的，若不能探望，心中实在难受，太子一向贴心懂事，当能明白本宫心情。”顿一顿，她又道，“本宫从未求过太子什么事，只这一次。”

要是一进来沈惜君就教训呵斥，态度强硬，予怀根本不会理她，现在这样伏低请求，倒是让他有些不好拒绝，思虑再三，他勉强道：“那好吧，我让禁军护送母后过去。”

“好！好！好！”沈惜君连说了三个好字，显然很高兴。

予怀不想在此多留，淡然道：“要是母后没别的事情，儿臣先行告退。”

在黄九送予怀出去后，阿紫跺足道：“主子，太子都荒唐成这样了，您干吗对他那么客气？”

“可不是嘛，他将齐王关进牢里时，可一点儿都没客气。”阿兰也是愤愤不平。

沈惜君面色沉沉地看着紧闭的殿门，冷声道：“那依着你们，本宫该怎么做，训斥？责罚？那样做只会适得其反，予恒就是最好的例子。”

阿紫想想也是，不知所措道：“那……那要怎么办？难道就任由齐王关在大牢里吗？”

“眼下最要紧的是弄清楚为什么会闹得这么严重，又是哪些人从中作乱。”说到这里，她看向从外面回来的黄九，“太子果然去了静芳斋？”

“是。”黄九应了一声，又道，“要不要奴才去打听一下太子与太后说了些什么？”

“她是不会让你打听出来的。”沈惜君望着投在窗纸上的树影，幽幽道，“一切等本宫见过齐王后再说。”

翌日一早，沈惜君在禁军的护卫下，微服来到京兆府大牢，京兆府尹早就得到了消息，亲自在牢外迎接：“娘娘万福。”

沈惜君点点头：“有劳了。”

“娘娘请。”府尹知道她急着见予恒，知趣地陪她来到牢房，予恒身份特殊，为免被一些不相干的人知道，他被安排在牢房最里面，旁边的几间牢房都被清空，算是难得的清静。

看到除下风帽的沈惜君，予恒大吃一惊，急忙道：“母后，您怎么来了？”

沈惜君走进牢房，心疼地打量着他："你都这个样子了，本宫怎么能不来看看。"

予恒故作轻松道："这里很好啊，有吃有喝，也没人吵闹，儿臣不知多自在。"

"还贫嘴！"沈惜君被他说得哭笑不得，轻轻打了一下，哪知正好打在予恒手上，痛得他倒吸一口凉气，尽管很快就做出若无其事的样子，还是被沈惜君发现，一把抓过他的手，发现他两只手掌包着厚厚的纱布，并且有鲜血渗出。

"这……这是怎么回事？"

"不小心被刀划了一下，母后无须担心。"予恒轻描淡写的语气并不能令沈惜君安心，她不顾予恒的反对小心翼翼解开纱布，在看到掌心深可见骨的伤痕时，眼泪顿时落了下来。

予恒最怕她的眼泪，赶紧道："母后，您……您别哭啊，真的没事。"

"都伤成这样了，还说没事，幸好我带了药来，黄九。"

"在。"黄九捧着一个匣子上前，打开后，里面摆满了药，止血的、续骨的、补气的、治内伤的，足足有十几瓶。

予恒打趣道："母后这是把御药房都搬空了吧。"

"还贫嘴！"沈惜君白了他一眼，让阿紫去打一盆清水来，将伤口仔细拭净，随后擦上止血去淤的药膏，她拿来的药膏自是珍品，一擦上去便感觉阵阵凉意，痛楚舒缓了许多。

在重新包扎了伤口后，沈惜君不放心地问他还有哪里受伤，确定没有后，方才让黄九盖上药匣，放在予恒身边，叮嘱道："记得三天换一次药，千万不要让伤口发炎，里面还有一些补气养身的药丸，你也可以拿来服用。"

予恒既感动又内疚："对不起，让母后担心了。"

"母子之间，无须说这些客气的话。"沈惜君拉着他在牢房中唯一的一条长凳中坐下，凝声道，"你将事情仔仔细细告诉本宫，究竟为什么会闹得这么严重。"

予恒依言将事情讲述了一遍，沈惜君细细听完后，拧眉道："这么说来，一切都是太后指使？"

"不错，否则刘三娘不会深夜去静芳斋，太后从来都没放弃夺权。"说到这里，他叹息道，"千算万算没想到她会用刘三娘的命来栽赃诬陷，以致上了她的当，太子……"说到予怀，予恒心里五味杂陈，一时竟不知该怎么说。

沈惜君漠然道："太子那边，你就别指望了。"

予恒心中一动："母后见过太子了？"

沈惜君点头道："本宫见他之前，他刚从静芳斋出来——风平浪静。"在予恒苍白的面色中，她道，"你知道这四个字意味着什么吗？"

"知道。"他低低道，"他选择相信太后。"

"不错。本宫与他说了几句，虽然没有明言，但字里行间可以听得出，他对你，并不信任。"沈惜君忧心忡忡道，"就算咱们找到确凿的证据，太子也会认为是假的，先入为主令这件事成了一个死结。"

予恒抬头看着漆黑潮湿的牢顶："太子虽然心智偏颇，但绝不会成为她手里的傀儡，所以，太后接下来要做的，应该就是除去太子。"

沈惜君蹙眉道："太子是陛下亲立，就算她是太后，也无权废黜。"

予恒涩然一笑："正常情况当然不能废黜，可如果太子做出昏庸无道、天怒人怨的事情来，她就可以召集群臣，共同弹劾太子，这在咱们大周的历史上，也不是没有过。"

阿紫在旁边道："话虽如此，但那种事情不是说找就能找到的，说不定她还没找到，陛下和贵妃娘娘就回来了。"

予恒笑一笑，说出一句令众人为之诧异的话来："何须去找，现成的已经有了。"

阿紫茫然道："现成的？哪里有？"

沈惜君最先应过来，脱口而出："你？"

"不错。"予恒话音未落，沈惜君已是激动地抓住他手臂："不许胡说，本宫绝不允许他伤害你！"

予恒无奈道："恕儿臣直言，真到了那一刻，恐怕不是母后能够阻止……"

"无论如何，本宫都不会让你有事！"在打断予恒的话后，沈惜君用力一咬细白的贝齿，那张端庄秀丽的脸庞浮现一抹狠意，"她要争是吗，本宫就陪她争到底！"

这句话令予恒心中浮起不好的预感，不等他说话，沈惜君又道："你且先在这里待着，放心，很快就没事了。"

"母后！"予恒拉住转身欲走的沈惜君，紧张道，"您是不是要对付太后？"

沈惜君没有说话，但她的眼神已经给了予恒答案，连忙道："太后老奸巨猾，您赢不了她的，千万不要！"

"赢不了，却可两败俱伤。"沈惜君缓缓吐出这九个字，她按住予恒嘴唇，令他无法说出已经到了嘴边的话，"你是知道母后的，决定好的事情不会轻易更改，你也不行。"

“儿臣明白，但如果……有更好的办法呢？”

沈惜君将信将疑地看着他：“你有法子？”

予恒将她拉到牢房角落里，细细低语，至于说了些什么，只有他们母子二人知道，连阿紫和黄九他们都没听到。

“此话当真？”不等予恒回答，沈惜君又将信将疑道，“你该不会是骗母后的吧？”

“儿臣就算再胡闹，也不会拿这件事开玩笑，请母后相信儿臣。”见予恒说得认真，沈惜君放下心来，眼中的阴霾渐渐散去：“如此本宫就放心了。”

在又说了几句话后，沈惜君依依不舍地离开了牢房。

冬日短暂，太阳早早就下了山，仅余几丝霞光在昏暗中挣扎，黄叶落尽的树枝在寒风中摇摆不定，乍一眼看去，恍若游走在暗夜里的魑魅魍魉。

夜幕下，一道人影穿过大街小巷，来到东宫。随着铜环叩响，过了一会儿，厚重的大门开了一条缝，年过花甲的门房探出头来，他显然是认识来者的，一句没问便开门让其走了进来，并带着他来到一间透着灯光的屋子外。

门房恭敬道：“殿下，方侍卫来了。”

静默半晌，屋里传出予怀的声音：“让他进来。”

方侍卫小心翼翼地走了进去，屋里烧着炭，温暖如春，全然没有外面的寒凉冰冷，他瞅着一眼坐在案后翻看奏折的予怀，轻声道：“见过太子殿下。”

予怀搁下手里的折子，抬头道：“去过了？”

方侍卫知道他问的是谁，恭敬道：“去过了，这会儿已经回宫了。”

“都说了些什么？”

“皇后娘娘不许卑职们近前，所以无从得知，但从牢里出来后，皇后娘娘神情舒展了许多，卑职猜测应该是谈得不错。”

“谈得不错……”予怀食指徐徐扣着桌案，凉声道，“这可让人好奇了，都关进大牢了，还能不错到哪里去。”

“或许……”方侍卫轻声道，“他们想到了全身而退的法子。”

予怀冷冷一笑：“我可没打算轻饶……”话说到一半，他突然止了声音，露出若有所思的神情，“难道他们打的是那个主意？”

“什么主意？”方侍卫好奇地问着，话刚出口他就后悔了，这不是他这种身份能问的，赶紧道，“卑职多嘴，请殿下恕罪。”

"罢了。"予怀挥一挥手，"有谁听到了他们的话？"

方侍卫略一思索，利落地说出三个名字来："阿紫、阿兰，还有黄九。"

"知道了，下去吧。"在方侍卫快要走到门口的时候，他突然道，"阿紫母亲年纪大了，腿脚不灵活，起夜的时候，不小心摔了一跤，腿骨摔断了，让她赶紧回去瞧瞧。"

方侍卫一怔，下意识地问道："殿下怎么知道？"

"你只管照这个话去说就是了。"说完这句话，予怀重新拿起奏折，显然是不打算解释。

方侍卫明白他的意思，只得带着满腹疑问下去，在他走后不久，宁月捧着一盏刚沏好的茶进来，声音是一贯的娇糯动听："殿下请用茶。"

予怀有些意外道："怎么是你？"

宁月早料到他会这么问，当即道："茶房缺人，叔父就让奴婢来帮忙。"

予怀挑一挑眉毛："江安让你来的？"

"嗯。"她吐一吐舌头，娇憨道，"叔父嫌奴婢手头的差事太轻松，正好茶房缺人手，就过来帮一阵子。"

听到是江安的意思，予怀放下了戒心，江安跟随他多年，老实可靠，否则也不会让他当东宫总管。

予怀做梦也想不到，江安早已经被宁月控制，在那张骗过无数人的娇憨可爱的面容下，是比狐狸还要诡异可怕的心计。

盏盖刚一揭开，便有一股醇厚的香味随水汽飘出来，茶汤橙黄浓厚，予怀有些意外："普洱茶？"

"嗯，这是熟普洱，茶性温和，又有暖胃养胃的功效，冬天最适合喝这茶。"

"你还懂茶？"

"奴婢父亲生前最喜欢喝茶，经常会和奴婢说一些品茶之道，久而久之，也就记住了。父亲说普洱分生熟两种，生茶适合夏天，清热去火；熟茶适合冬天，暖胃养气。还有呢，因为熟茶性温，如果拿来泡脚，可以促进足部血脉循环，通经舒络，还能防治冻疮呢。"

予怀笑道："说得头头是道，看来让你到茶房当差是对了。"

宁月转着黑白分明的眼睛，小声道："那奴婢是不是可以涨月钱？"

予怀愣了一下，旋即好笑道："你这妮子，夸了几句就要涨月钱，还真会顺杆爬，怎么，月钱不够你花吗？”

宁月掰着手指头，愁眉苦脸道：“首饰、胭脂水粉、零嘴、衣裳，每个月都紧巴巴的。”说着，她笑嘻嘻道，“殿下那么宅心仁厚，一定会体谅奴婢的。”

“古灵精怪。”予怀被她恭维得心情甚好，“罢了，看在你身兼两份差事的份儿上，月钱也按着两份领吧。”

宁月大喜，急忙跪地叩谢：“谢太子殿下恩赏。”隐藏在阴影里的嘴角悄然弯起，区区几两银子的月钱，她根本不放在心中，之所以如此，是为了彻底打消予怀的戒心，相信她只是一个普通丫头。

她看了一眼那杯还没动过的普洱茶，不着痕迹地催促道：“殿下您快试试奴婢的沏茶手艺。”

予怀点点头，端起茶喝了一口，茶汤入口之初略有些苦涩，但很快就穿透牙缝，沁渗齿龈，化苦涩为甘甜，满口芳香，令人神清气爽。

“确实不错。”听到予怀说出这两个字，宁月心中一松，笑道：“那奴婢以后天天给您沏。”

她在茶中下了从刘三娘那里拿来的药粉，而且是双倍剂量，绿茶味淡，容易尝出异常，普洱就不同了，茶味醇厚浓重，足以掩盖一切异常。

“三娘怎么样了？”听到予怀问自己，宁月连忙定一定神：“今儿个精神看着好了一些，就是身体还虚弱。”

“让她好好休息，过几日再让大夫来看看。”

“是。”宁月答应一声，望着予怀欲言又止，看到她这副神气，予怀拧眉道：“怎么了？”

“殿下……”宁月绞着衣角，小声道，“打算怎么处置齐王？”

予怀眉心一动：“你希望我怎么处置？”

宁月瞅了他一眼，怯生生道：“奴婢不敢说。”

“让你说就说，哪这么多废话。”见予怀不耐烦，宁月露出惊慌害怕之色，咬着嘴唇小声道：“齐王差点儿害死三娘，奴婢当然希望殿下能够重罚，但……他是殿下兄长，又是皇后娘娘之子，正所谓不看僧面看佛面，要是重罚了他，皇后娘娘面上过不去，也会给您招来怨怪，所以……奴婢也不知道该怎么办。”顿一顿，她又道，“三娘一直说算了，不要伤了您和皇后娘娘的和气……”话音未落，便听到“呯”的一声重响，予怀将茶盏重重搁在桌案上，面色阴沉如铁：“皇后娘娘，皇后娘娘，你倒真叫得欢，干脆去长信殿侍候得了！”

“殿下息怒。”宁月慌得赶紧跪地请罪，颤声道，“奴婢也是担心您有事，这才多说了几句，奴婢该死。”

“滚出去！”予怀不耐烦地将宁月赶了出去，他也不知道自己为什么会发这么大的火，就是觉得“皇后娘娘”这四个字有种说不出的讽刺。

在宁月离开后很久，他都无法静下心来，一口喝掉还剩着半盏的普洱茶，努力压抑着胸口那股莫名其妙的烦躁。

第五十九章　这一别

冬夜漫漫，卯时过半天才蒙蒙亮，阿紫打着哈欠从屋里走出来，刚一出门，便觉得脖子一冷，打了个哆嗦，抬眼望去，密集的雪花打着转从天空中飘落，刚才就是一片雪花落到了衣领中。

“这个鬼老天，又下雪。”阿紫嘟囔了一句，拿着面盆到厨房打水，那里有用灶火余烬捂了一夜的水，不热，但比外面用冷水洗面舒坦多了。

“呼。”面巾抹过，带走脸上的惺忪睡意，在将水倒掉后，阿紫熟练地起火煮粥，先将泡了一夜的干贝蒸熟，撕成丝，待粥煮开的时候，放入香菇、干贝和马蹄片，再用小火慢慢炖，熬得差不多了，再加入鸡肉。

黄九一进厨房，便闻到一股鲜香的气息，笑着打趣道：“哟，姑姑今儿个怎么想起做你拿手的干贝粥了？”

阿紫一边往锅里添葱花一边道：“主子这几天胃口不好，每次吃不了几口就说饱了，这干贝粥味道鲜美，勾人食欲，希望能让主子多吃一些。”

听到这话，黄九叹了口气：“是说呢，自打大殿下出事后，主子就一直吃不好睡不好，人也消瘦了，偏又不肯去跟太子讨情。”

“讨情？”阿紫冷笑一声，盖上砂锅盖道，“太子被小人迷惑得团团转，早已不是以前的太子了，只怕主子还没开口，就被太子给驳回来了，那天太子什么嘴脸，你也看到了，去趟京兆府都是主子好不容易才要出来的。”

黄九踌躇道：“姑姑，你说太子关着大殿下，到底要做什么？”

“谁知道呢，总之不会是什么好事。”阿紫无奈地说了一句，“主子起了吗？”

黄九振一振精神，道："我来的时候，阿兰姑姑刚去侍候主子起身了，应该差不多了。"

"知道了。"阿紫端起茶盏就要出门，一时没注意，跟匆匆奔进来的黄十撞了个满怀，还好粥没洒出来。

阿紫护着砂锅，不悦道："你这家伙，跑这么急做什么？"

黄十喘了口气，急急道："刚才负责看守宫门的方侍卫过来，说姑姑家人来报信，您母亲出事了，让您赶紧回去看看。"

他与黄九是两兄弟，他们二人的母亲生了十个孩子，无奈家中太穷，不是饿死就是病死，最后就剩下他们两兄弟，眼看着也快饿死了，正好有宫里的人来招宦官，就一道送进了宫，虽说要挨那一刀，从此不能娶妻生子，但好歹有饭吃，有衣裳穿，偶尔还能得一点儿恩赏，贴补家里。

后来他们被调来长信殿当差，勤快踏实，颇得沈惜君倚重，这月钱、赏赐越来越多，家里自然也就越来越好。在他们入宫后，黄母又生了一个男丁，有了两个哥哥的帮衬，自然顺风顺水，这会儿已经娶妻生子。

"什么？"阿紫惊呼一声，急忙追问道，"出什么事了，要不要紧？"

"这个我也不知道，姑姑还是自己问方侍卫吧，他这会儿还在长信殿外等着呢。"

"好，好。"阿紫一生未嫁，除了沈惜君之外，最紧张的就是自己家人，尤其是渐渐年迈的母亲，这会儿听到母亲出事，自是心乱如麻，不知怎么是好，还是黄九接过她手里的粥罐，体谅道："姑姑快过去吧，这粥我给主子拿过去。"

"那就麻烦你了。"阿紫感激地点点头，随黄十来到长信殿外，果见方禹等在那里，赶紧奔上去连珠炮一样地问道，"我母亲出什么事了？要不要紧？他们人呢？"

方禹安慰道："姑姑别急，令堂起夜的时候，不小心摔断了腿，因为年纪大，所以情况有些不大好，再加上令堂惦念，所以希望您回去看看。"

听到母亲情况不大好，阿紫更加心慌意乱："我也想回去，可是……"

方禹知道她在为难些什么："皇后娘娘深明事理，又一向疼爱姑姑，一定会同意的。"

"说得也是。"阿紫连连点头，"那我现在就去跟主子说。"

方禹不着痕迹地松了一口气："那卑职就先走了。"

听到这话，阿紫才想起来还没道谢，赶紧道："多谢方侍卫特意跑这一趟，实在感激不尽，这点儿小东西，请方侍卫务必拿着。"说着，她退下腕间的绞丝银镯塞到方禹手里，方禹推辞不过，只得收下。

他走后，阿紫来到东暖阁，沈惜君正在喝粥，瞧见她进来，关切道：“你母亲怎么样了？”

黄九在旁边解释道：“主子见姑姑没来，便问了一声。”

阿紫点点头，朝沈惜君欠一欠身：“有劳主子记挂，母亲只是摔了一跤，但因为年纪大了，所以情况不大好，奴婢……”她有些忐忑，“想回去看看，不知可否？”

“母亲生病，做儿女的理应回去看看。”沈惜君爽快地应了下来，转而对黄九道，“去拿两盒燕窝来，再把上次内务府送来的两支野山参取来，对了，再挑几匹合适的锦缎，让阿紫一并带回去。”

阿紫连连摆手：“主子允许奴婢出宫探望，已是感激不尽，怎敢再拿这么多名贵的东西。”

沈惜君拉过她的手，笑道：“你和阿兰打小跟着本宫，为了照顾本宫，一生未嫁，当年最艰难的那段日子，也是你们陪着本宫熬过来。咱们三个名为主仆，实与姐妹无异，你家人就是本宫家人，些许东西又算得了什么。”

“可是……”阿紫还要推辞，阿兰在一旁打趣道：“主子让你拿着就拿着，再要推辞，小心主子生气，连宫门都不让你出，到时候看你怎么办。”

阿紫被她说得笑了起来，嗔道：“就你话最多。”说罢，她朝沈惜君屈膝一礼，感激道，“奴婢代母亲谢过主子恩赏。”

“好！”沈惜君笑拍着她的手，待黄九取来东西后，手谕也写好了，一并交到阿紫手中，温言道，“要是不放心你母亲，就在家里住一晚，明儿个再回来，本宫这里有阿兰和黄九他们侍候着，你不用担心。”

阿紫感动得直落泪，哽咽道：“主子您真好。”

沈惜君拭去她掉落的眼泪，笑语道：“行了，快去吧。”

“嗯。”阿紫再次向沈惜君行了一礼后，捧着东西离开了长信殿，望着她离去的背影，沈惜君感慨道：“希望她母亲没事，否则这丫头不知要伤心成什么样子了。”

阿兰笑道：“有主子洪福庇佑，阿紫的娘一定能够逢凶化吉，长命百岁。”

“希望是这样。”沈惜君做梦也想不到，这一别，竟然会是永别……

阿紫家住在东城尽头，有几十里路，她出宫之后雇了一辆马车，也是她运气好，刚出宫门不久，就遇见有马车经过，平日里皇城附近可是人影都少见。

车轱辘不断在湿滑的地上滚过，一圈又一圈，风雪越来越大，好在车帘厚实，两边绑住之后，基本没什么风漏进来，车厢里不至于太冷，就是不能掀帘看外面。

阿紫归家心切，不断催促车夫快一些，说来也奇怪，十几里路虽不短，却也算不得长，平日里走路也就一两个时辰的事，可这马车驶了整整一个多时辰，还没有到。

“车夫，到了吗？”阿紫隔帘问着。

“就快了，姑娘别急。”车夫的回答和前几次一模一样，连一个字都没有变过，但这一回，阿紫起了疑心，悄悄解开旁边的车帘往外看，虽然风雪弥漫，视线不明，但大致还是能够看清的，两边都是山，连个人影都没有。

这……这根本就是在城外！

“我不是跟你说东城柳子街吗？你驶来城外做什么，停车，快停车！”面对阿紫的呵斥，车夫不仅没有停车，反而挥鞭催促马跑得更快一些。

“停车啊！”不论阿紫如何呵斥，车夫就是不肯停下，阿紫又惊又急，解开前面的车帘想要去抢夺缰绳，这个时候，一抹比飞雪还要冷上几分的冰凉横在她颈间：“乖乖地回去坐着，否则别怪我不客气！”

阿紫僵硬地低头看去，一柄锋利无比的匕首抵在自己颈间，相信只要握着匕首柄的手稍稍用力，就可以夺走自己性命。

阿紫不敢轻举妄动，颤声道：“你……你想做什么？”

“乖乖坐好，我带你去一个地方。”车夫冷冷说着，一扫之前老实巴交的模样。

“好，我不动，你也不要乱来，杀人是犯法的。”阿紫依言坐下，眼睛始终盯着车夫手里的匕首，“你抓我无非是想求财，我把银子都给你，还有燕窝、人参和绸缎，这些都是值钱东西，随便拿一样去就能换得百十两银子。”见车夫不说话，她又道：“我是皇后娘娘的人，你要是害了我性命，皇后娘娘绝不会善罢甘休，一定会找到你。”

这一次，车夫有了反应，咧嘴笑道：“我不仅知道你是皇后娘娘的人，还知道你跟了她很多年。”

阿紫一惊，听这语气，分明是存心冲着自己来的，不是普通劫财，昭明宫外的遇见也不是巧合，只是他怎么知道自己会在这个时候出宫？

“你到底是什么人？”

“过会儿就知道了。”说完这句话，车夫不再言语，赶着马车一路狂奔，最终停在山脚下一间不起眼的小屋前。

“进去。”车夫推着阿紫走了进去，屋子是用木板搭起来的，顶上铺着茅草，很是简陋，旁边还连着一间小房，用帘子隔开，应该是厨房。墙上挂着弓箭还有几张兽皮，看样子应该是猎户狩猎时住的地方，只是现在天寒地冻，动物都缩在洞穴里，根本捕捉不到，所以没来住。

车夫关起门后，一步步向阿紫逼近，阿紫被他迫得连连后退，直至抵住墙壁，无处可退，她颤声道：“你……你究竟要做什么？”

车夫把玩着赶马用的车鞭，慢悠悠道：“就是问几个问题，只要你老实回答，我立刻就放你走，要是不回答……”他虚挥一下马鞭，冷笑道，“这东西抽在身上的滋味可不好受。”

阿紫咽了口唾沫，努力让自己冷静下来：“你问就是了。”

“好。”车夫点点头，“皇后娘娘去牢里见齐王的时候，他们都说了些什么？”

阿紫没想到他要问的是这个，怔了一怔，疑惑道：“你问这个做什么？与你有什么关系？”

车夫吊起眼睛，厉声呵斥道：“什么时候轮到你来问我话了，快说。”

阿紫咬一咬唇，心思飞转如轮，片刻，她道：“主子进去后，替齐王包扎了伤口，问了问与太子争执的经过，又嘱咐几句就走了，并没有什么特别。”

车夫一言不发地盯着她，眼里是毫不掩饰的怀疑与暴戾，和他那张憨厚的面庞形成鲜明对比。

人不可貌相，说的就是这种。

半晌，车夫咧嘴露出一丝狞笑：“看来你是敬酒不吃要吃罚酒了，也罢，这鞭子很久没尝过人血的味道了，正好拿你开开荤。”

随着这句话，鞭子狠狠落在阿紫身上，厚厚的棉衣当即被抽破，棉絮从破口中涌出来，飞得到处都是，倒是和外面的雪有几分相似。

“咝！”阿紫倒吸一口凉气，即便隔着棉衣也能感觉到疼痛，不敢想象直接抽在皮肉上是什么样的痛。

“说不说？”

“你要我说的我都说了，实在不知还能说什么。”话音刚落，又是一鞭子抽在身上，这一回车夫显然是刻意挑过位置，就抽在原先那个地方，失去棉絮的保护，这鞭子可比原先疼多了。

阿紫几乎能听到皮肉绽开的声音，火辣辣地疼，但她还是刚才的答案——无可奉告。

鞭子像狂风暴雨一样落在阿紫身上，看着就疼，更别说是打在身上了，阿紫努力蜷缩身子，减少鞭子能够打到的地方，可并不能改善什么，不消片刻，后背还有双手已是伤痕累累，连脸上也挨了好几鞭，衣裳早已破烂不堪。

不知抽了多久，连车夫自己也觉得有些累了，方才停下手，他喘了口气，瞪着瑟瑟发抖的阿紫："不想再受皮肉之苦的话，就赶紧说出来。"

阿紫忍痛抬头，虚弱道："我……我真的什么都说了，没有骗你。"

车夫恼怒地踢了她一脚："真以为我拿你没办法吗？告诉你，整顿皮肉的办法多了去了，别说是你，就是铁打的嘴也一样撬开。"说着，他蹲俯下身，一把抬起阿紫的下巴，打量着她脸上的鞭痕，啧啧道，"瞧瞧你这身细皮嫩肉，几下鞭子就成这样了，可受不了那些刑罚，听话，乖乖说出来，我保证，立刻放你走。"

阿紫犹豫片刻，小声道："真的吗？"

见她被说动，车夫心中一喜，连忙道："当然，你要是不信，我可以对天发誓，绝无虚言。"

听到这话，阿紫忽地笑了起来，看着他道："你这个样子，让我想起一个人。"

"谁？"

"太后。"阿紫徐徐吐出这两个字，在车夫渐趋难看的面色中道，"她和你一样，喜欢用发誓来欺骗别人，然后继续作恶。"

会那么紧张主子和齐王的谈话内容，甚至不惜绑架自己的，只有两个人，一个是太后，另一个……

不会，一定不会是他！

"你好大的胆子，竟然敢戏弄我！"车夫恼怒不已，一掌掴在阿紫脸上，顿时浮现五个鲜红的指印。

阿紫抚着脸颊，冷笑道："是你撒谎在先，从你绑架我的那一刻起，就根本没打算放过我，是吗？"

车夫没想到她会看穿自己的心思，一时嗫嗫地说不出话来，半晌，他恼羞成怒道："是又怎么样，你老老实实交代，还能死得痛快一些，否则有你好受的。"

"噗！"阿紫狠狠将一口血沫吐在他脸上，怒骂道，"卑鄙无耻的狗东西，别说我不知道，就算真知道，也不会告诉你一个字！"

"你！"车夫气得浑身发抖，半晌，咬牙切齿道，"贱人，我看你能嘴硬到什么时候！"说完这句话，又一轮狂风疾雨般的鞭子落在阿紫身上，令阿紫痛得几乎要晕厥过去，但无论怎么痛，她都紧紧咬着牙，不肯呼一声痛。

许久，车夫终于停下手，不是他大发慈悲，而是再打下去，阿紫就要被活活打死了。

“真是茅坑里的石头，又臭又硬！”车夫恨恨扔掉鞭子走了出去，他并没有把门锁起来，以阿紫现在的情况，爬出屋子都难，更何况是逃走。

阿紫虽然虚弱得连起身的力气都没有，但心思一直在飞快地转动，到了这个时候，她已经明白，所谓母亲摔断腿让她速回家看看是假的，目的是为了诓骗自己出宫。

关于方禹，有两种可能，一种是他也被骗了，另一种……他和这个车夫，根本就是一伙的，联起手来骗自己。仔细想来，后一种可能性更大一些。

怎么办，她该怎么办?

没等阿紫想出脱困的法子，车夫又走了进来，但这一次，除了他之外，还有两个人。当阿紫看清那两个人的模样时，全身的血都往头上涌，头皮像要炸开一样。

“阿紫！”

“阿紫！”那两人分别是老妇与中年男子，他们也看到了阿紫，惊呼一声，快步奔了上来，老妇一边落泪一边道，“你怎么……怎么伤成这样？”

“娘，大哥，你们怎么会来这里？”

“是他带我们来的，我们不肯，就拿刀逼着来。”中年人是阿紫的大哥，姓任，名大力。

阿紫怒视车夫：“你抓我也就算了，抓我娘和大哥做什么，他们什么都不知道。”

车夫挥一挥染血的鞭子，不怀好意道：“不把他们抓来，怎么让你说实话？”

阿紫又恨又怕，怒骂道：“你要敢动他们一根汗毛，我就算做鬼也不会放过你！”

对于她的威胁，车夫丝毫不在意，掏着耳朵道：“他们的命就攥在你手里，要生还是要死，自己看着办吧！”

阿紫恨得几乎要呕出血来，从被车夫抓来的那一刻起，她就已经做好了最坏的打算，可怎么也想不到，对方竟卑鄙到拿至亲的性命来威胁自己。

“妹妹，究竟出什么事了，为什么要打你，还要抓我们？”任大力慌乱地问着，他虽是个市井小民，些许眼力劲儿还是有的。正所谓来者不善，善者不来。

阿紫没有说话，只是紧紧咬着牙，不是她不想说，而是不知道从何说起，望着年迈的母亲，她心痛如绞，这么多年不能在母亲身边侍候已是不孝，现在还要让母亲因为自己担惊受怕，怎么过意得去。

“主子和齐王真的只说了那些话，我没有骗你。”为了母亲和兄长，阿紫语气放软了许多。

“不见棺材不掉泪！”车夫冷哼一声，目光在任氏母子二人身上徘徊，狞笑道，“你说，我先打谁好？”

听到这话，阿紫慌得心都要飞出来了，不知从哪里来的力气，挣扎着挡在二人身前：“你要打就打我，不要动他们。”

她这个反应，令车夫笑意更深：“果然很紧张，看来这步棋走对了。”

“我求求你，放过他们，他们是无辜的。”阿紫实在是没法子，只能垂泪哀求。

“我说得很清楚，他们的死活掌握在你手里，想清楚了。”面对车夫的逼迫，阿紫不知如何是好，她不想出卖沈惜君和予恒，更不想眼睁睁看着母亲和大哥惨死。

太后！她恨死太后了！

“想好了吗？”车夫的声音犹如从九幽地府而来的催命符，令阿紫六神无主。

车夫等了一会儿，始终不见阿紫出声，面色一沉，阴恻恻道：“看来是还没想好，罢了，我帮你好好想一想！”说罢，他扬鞭往任母身上挥去。

“不要！”阿紫骇然惊呼，脱口道，“我说！”

鞭子在离任母仅有一寸的地方停下，车夫得意道：“早这么乖巧不就好了，非得闹腾这么久，快说。”

阿紫努力平一平心绪，断断续续道：“主子去见齐王，先是上药，之后……问起他和太子起争执的过程，然后……”

见她说的话与先前一样，车夫眉头一皱，恶狠狠道：“还耍花样，看来你是真不想他们活了！”说着，他作势又举起鞭子，阿紫急忙道，“我没有，那么多话，你总得让我一句句说。”

“最好是这样。”车夫面色不善地收起鞭子，落在阿紫身上的那双眼睛里透着不加掩饰的凶狠。

阿紫握紧任母因为恐惧而不停颤抖的手，接着刚才的话继续道：“齐王将事情都告诉了主子，主子很生气，说太子刚愎自用，是非不分，随后又议论了太后几句，说她居心不良，祸国殃民。”

车夫仔细听着，等了一会儿不见阿紫继续说下去，催促道：“继续说下去。”

“没有了。”见车夫要发火，阿紫急急道，“我知道的都说了，真没别的了，我自己不要命，难道连母亲和大哥的命也不要了吗，真的就这些。”

车夫将信将疑地盯着她，随即往隔着帘子的厨房看了一眼，隐约有一只手从帘缝中挥过。

车夫眉头一挑，收回目光恶狠狠地盯着阿紫："我倒要看看，你对皇后到底有多忠心！"话音未落，鞭子迅速挥下，狠狠落在任母背上，而这……仅仅只是个开始。

任母年迈，哪受得了这样的鞭打，没几下就倒在地上，哀呼惨叫，阿紫一边用身子替任母挡鞭子一边哭求他停手。

正如她自己所说，可以不要自己性命，却万万见不得辛苦将自己抚养长大的母亲受这样的苦楚。

"尽忠还是尽孝，你自己选择！"车夫冷冷抛下这句话，手里的鞭子依旧在不停挥落，丝毫没有停下的迹象。

任大力双目赤红地冲上去，嘴里吼道："欺负我娘和我妹妹，我和你拼了！"

车夫露出一丝轻蔑的笑意，脚下一发力，已是避开了任大力，令他扑了个空，并趁其脚下不稳的时候，抬脚用力踢在任大力腿弯处，令他彻底失去重心，摔倒在地上，并被车夫踩住。

"放开我！"任大力拼命挣扎，他力气不小，平常一个人能挑起一百多斤的担子，可那只脚就跟铁铸的一样，死死钉在他背上，怎么也挣不开。

车夫低头冷笑："别以为有几分蛮力，就天下无敌了，老子让你趴着，你就得乖乖趴着！"

任大力咬牙道："究竟我们哪里得罪了你，让你要这样害我们？"

"这个就要问你妹妹了，她老老实实回答，你们娘仨一点儿苦都不用受，可偏偏她选择了忠心，那就只能委屈你们了。"

任大力听得一头雾水，他艰难地转过头看向不住垂泪的阿紫道："妹妹，什么忠心，他在说什么？"

听到他的话，阿紫泪落得越发凶猛，半晌，她跪在车夫面前，哀求道："我真的把一切都告诉你了，你放过他们吧，求求你！"

车夫抬手就是一鞭，狠狠抽在阿紫耳朵上："我说好几遍了，拿消息来换他们的命，你这耳朵聋了是不是？要不要我再抽几鞭给你去去耳屎啊？！"

"我知道的都说了，你就算把他们打死，也没别的话了啊！"阿紫痛得浑身发抖，鲜血自耳根处滴落，淌满了脖子，再加上满身的伤口，让她看起来就像是一个血人。

车夫根本不相信她的话，冷笑道："忠心是好事，可有时候太忠心了，就会害人害己了。"说着，他啧啧摇头，"我真替你家人悲哀，一个这么大年纪，一个家里有妻有子，这会儿却都要因为你而丧命！"

“我……”阿紫流露出挣扎之色，许久，她深吸一口气，似乎下定了决心，抬头道，“我可以告诉你，但你必须要保证他们安全。”

车夫看了一眼帘子，点头道：“可以。”

虽然阿紫对他的话有所怀疑，但就眼下的情况，似乎也没别的法子了，她拭去流到脸上的血，道：“你蹲下来，我只告诉你一人听，省得他们听见后，你又有理由灭口。”

车夫爽快地答应，蹲下身道：“说吧。”

“主子说……”阿紫低低说着，她的声音很轻，令车夫听不太清，遂把耳朵往阿紫那边又凑了凑，哪知道阿紫竟然一口咬住他耳朵，鲜血瞬间流了下来！

“啊！”车夫撕心裂肺地叫着，“松开！快松开！”

阿紫不仅没有松开，反而咬得更加用力，竟生生把车夫的右耳咬了下来，血流如注。

趁车夫痛得在地上打滚的工夫，阿紫让任大力扶起任母离去，任母一把拉住她：“咱们一块儿走。”

阿紫不安地看了一眼微微晃动的帘子：“你们先走，我马上就来。”

“可是……”任母还在犹豫，阿紫已经用力将他们推到了门口，朝任大力道：“娘身子不好，又挨了打，你快带她去看大夫！”

趁任母没注意，她悄悄在任大力耳边道：“屋里很可能还有其他人，快带娘走，不然就来不及了，回城之后，立刻去京兆府报官，让府尹带你去见皇后娘娘，记着，千万不要回家！以后……家里就靠你了！”

任大力在她眼里看到了绝望，他突然明白，妹妹根本没想走，她是骗母亲的，因为她知道如果不这么说，母亲爱女心切，是绝对不会离开的。

“走！”任大力拼命逼住快要落下的眼泪，从喉咙里吼出这个字，他不想阿紫有事，可他更清楚，要是不走，不只阿紫，他和任母的性命也会交代在这里，甚至……没人会知道他们的死。

看到任大力二人离开，车夫顾不得满是鲜血的右耳，怒吼一声追了上去，要是让任氏母子逃走，他……不敢想自己的下场。

阿紫冲过去，拼死从后面抱住他，任车夫怎么打都不松手，眼见任氏母子跑得越来越远，车夫恨得两只眼睛要呕出血来，怒骂：“贱人！贱人！”

眼看着就要来不及了，车夫手掌一翻，之前用来威胁阿紫的匕首滑落在掌中，只要他回手将匕首朝阿紫背心刺下去，阿紫就必死无疑。

他本就是一个杀手，杀人对他来说是再简单不过的事情，可这一次却迟迟没有动手，眼里闪烁着激烈的挣扎，不时看向已经归于平静的帘子，许久，他终于缓缓放下匕首，任由任氏母子逃出视线范围。

阿紫也看到了，确定母亲和大哥平安后，那股不知从哪里来的力气顿时消失殆尽，取而代之的是无休无止的疼痛和疲惫。

阿紫清楚，就算车夫不动手，以自己现在的情况，也活不了多久了，但在闭目之前，她还有一件事要做。

车夫将匕首收回袖中，想要让阿紫松手，阿紫却主动松开了，但接下来的事情，令他脸色大变，脱口喊道："不要！"

可惜，一切都晚了，阿紫掀开了那道一直垂落的帘子，果然，帘后有人，但并不是她预料中的那一个，而是……

阿紫呆若木鸡地站在那里，虽然光线不明，但已经足够看清帘后之人的模样了，怎么会是……他！

阿紫嘴唇苍白如纸，她最担心的事情到底还是发生了，抓自己的人不是太后，而是……太子！

予怀面无表情地看着阿紫，是的，藏身于帘后的就是他，也是他让车夫将阿紫劫来这里，更是他……命人抓了任氏母子。

"你……为什么要这么做？"许久，阿紫终于找到了自己的声音，艰难问出这句话。

那厢，车夫已经面无人色地跪在地上，磕头求饶："小人失职，让她冲撞了太子，求太子大人大量，原谅小人这一回！"

予怀没有理会他，绕过阿紫来到摆在屋子正中间的八仙桌前，取过一只缺了个口子的茶盏在手里把玩，目光垂落，不知在想些什么。

"我问你为什么要这么做？"阿紫迟迟不见他回答，冲上去再次质问。

"为什么？"予怀徐徐重复着她的话，那张面容爬上几分笑意，看着似乎没有那么冷峻，但若仔细看他的眼睛，就会发现，他根本没在笑，所谓的"笑容"只是一个表情。

"皇后去见齐王之时还忧心忡忡，从牢里出来时却眉头舒展，一扫之前的阴霾。阿紫，换了是你，你觉得正常吗？"

阿紫瞳孔微缩，予怀又没有去过牢里，他怎么会知道如此细微的事情？

正当她百思不得其解时，一道灵光自脑海中划过，倏然照亮了茫然的思绪，一个名字脱口而出："方禹，是他告诉你的对不对？"

予怀并不意外她能猜到方禹，要是连这点儿能耐也没有，也不配做皇后身边的人："不错，方禹是我的人。"

果然又是他，该死！

正当阿紫恨不能生啖方禹时，一只冰凉的手抚过她的耳根，令她浑身一个哆嗦。

予怀看一看沾在手上的鲜血，悠然道："你很聪明，能发现我藏身在帘后，可为什么这么聪明的人，不知道善待自己呢，真是可惜了这身细皮嫩肉。"

阿紫悲伤地看着他："奴婢死不足惜，但皇后娘娘和齐王，都是真心为了太子，为什么太子您就是不肯相信？"

予怀取过帕子拭一拭手，凉声道："如果没什么不可告人的事，为什么你宁可死，也不肯说出他们的谈话，就这样还口口声声让我相信，阿紫，你不觉得可笑吗？"

"我……"阿紫一时竟无言以对，半晌，她涩声道，"以前您不会说这样的话。"

"那是我以前太相信外人，可现在不会了，所以……"他抬眼，落在满是伤痕的阿紫身上，"若不想死得太难受，就说出实话。"他接下来的一句话，让阿紫如坠冰洞，"别以为你娘和大哥真的逃走了，我都在这里了，附近又怎么会没人把守，你的做法，不过是让他们去外面兜一圈，吹吹风雪罢了。"外面隐约传来几声嘈杂，但很快就被风雪声掩盖。

"不要！不要！"这句话击溃了阿紫仅有的信念，瘫倒在予怀脚下，"他们是无辜的，求殿下开恩。"见予怀不为所动，她有些绝望，"贵妃娘娘最是宅心仁厚，她若知道殿下这样滥杀无辜，一定会很伤心。"

予怀眉目一寒，用力钳住阿紫下巴，一字一字道："不要拿母妃来压我，是你们想要夺我太子之位，你们都该死！"

听到这话，阿紫突然笑了起来，连眼泪都出来了："是，是有人要夺太子之位，但并不是主子，更不是齐王，而是太后。可笑您竟然帮着敌人，真是蠢得可怜！"

"放肆！"阿紫的话刺痛了予怀，愤怒在他眼里疯狂凝聚，"我没有那么多耐心被你玩，再不说的话，你就等着给你娘和大哥收尸吧！"

阿紫面色苍白如纸，可始终没有说话，别说她没有听到沈惜君和予恒的密语，就算真听到了，也……也不能说。

“好！有骨气！”弥漫在予怀脸上的冷笑，在惨白日光的照射下，显得阴森森，“来人，把他们押上来！”

等了一会儿，有人走了进来，但并不是予怀以为的任氏母子，而是两名护卫，身上有几处伤痕，正在不断往下滴血，面色皆难看得紧。

予怀眉头一皱：“怎么回事，人呢？”

“启禀殿下……”二人对视了一眼，艰难道，“人被林千救走了。”

予怀难以置信地盯着二人：“再说一遍！”

二人怕他责怪，急忙跪下道：“卑职二人原本已经抓到任氏母子，但林千突然发难，趁卑职二人不备，突然出手，并救走了任氏母子。”

予怀大怒，厉吼道：“你们两个是死人吗，由着他把人带走，为什么不追？”

“追了，但……实在追不上。”护卫话音未落，予怀已是狠狠一脚踹在他身上：“既然是这样，为什么不立刻来报？”

另一名护卫赶紧道：“殿下叫卑职二人之时，刚刚才回来，正想禀报。”

“刚刚？正好？”予怀气急反笑，“倒是推得一干二净，我是不是还要夸你们几句，说你们带伤追敌，英勇可嘉？”

二人知道他说的是反话，哪里敢答应，不断磕头请罪，这个时候，屋里突然响起一阵不合时宜的笑声。

阿紫站起身拍手大笑：“好！真是好！”

“贱人！”予怀正没处撒气，看到她这样，气不打一处来，狠狠掴在她脸上，将她打得跌在地上。

阿紫嘴动了动，吐出一颗带血的牙齿，可就是这样，她还在笑，仿佛感觉不到任何痛楚，待得笑够了，她讽刺道：“看来不是人人都跟殿下一样糊涂，东宫还是有明事理的人。”

予怀气急败坏道：“你以为他们这样就没事了吗，这里离城门有好几里路，有的是机会把他们抓回来。”说着，他朝那两名护卫吼道，“还愣着干什么，快去抓人，要是抓不回林千这个狗东西，你们两个就提头来见！”

“是。”二人满嘴苦涩地答应，跑了这么久，哪里还追得回来，可要是不答应，他们两个的脑袋现在就得交代在这里。

望着跌跌撞撞跑出去的两名护卫，阿紫丝毫不担心，一直不停地笑着，她的笑容落在予怀眼里自是无比碍眼，愤然道：“再笑我杀了你！”

“你只管杀就是了，我本来就没打算活着出去，可太子，走到这一步，你还能回头吗？”

予怀冷哼一声：“笑话，我走的是正统之道，何须回头！”

“正统？”阿紫笑得越发大声，“看来太子真是被他们害得不浅，再这样下去，早晚败了大周。我真替陛下和贵妃难过，他们对你寄予厚望，你却被人下药而不自知，真是蠢得可怜！”

这是阿紫第二次说“蠢得可怜”四个字，予怀本就憋了一肚子气，如今被她一再讥笑，哪里还忍得住，目光一寒，伸手扣住阿紫脖子，寒声道：“我再给你最后一次机会，他们到底说了什么？”

“齐王说他会救你，会帮你守着大周江山，太子……满意了吗？”说这话的时候，阿紫一直在笑。

“哼！”予怀挥手，将阿紫像破布一样往地上摔去，阿紫当即口吐鲜血，手脚不断抽搐，可见五脏六腑都受了伤，她眼睛直勾勾盯着茅草屋顶，眼神渐渐黯淡下去，受了太多的伤，流了太多的血，就算没有这一摔，她也支撑不了多久了。

终于，她一动不动，只有血还在继续从她身体里流出来，从温暖到冰冷……

车夫上前试了试鼻息，小声道：“殿下，她死了！”

“还用你说！”予怀烦恼地瞪了他一眼，他本想着从阿紫嘴里问出当日沈惜君和予恒在牢里说的话，哪知道阿紫嘴这么硬，宁死不屈，最可恨的是，还让任氏母子逃走了，这要是追回来还好，否则……定会闹出不小的风波。

“将这里一把火烧了，别留下痕迹。”扔下这句话，予怀大步离去，留下车夫善后。

第六十章　取一平衡

再说任氏母子，在林千的保护下，终于回到了城里，在踏进城门时，三人皆松了一口气，直至这一刻，他们方才确定自己还活着。

林千将任母从任大力背上扶了下来，道："太子不会就此罢休，一定会去你们家中追捕，所以现在绝不能回家，得赶紧找个地方藏起来。"

任大力抹去额头的汗水，道："我知道，阿紫和我说了，她还让我进城后立刻去京兆府报官。"

被他这么一提，林千也想了起来，连连点头："对对对，立刻去京兆府。"

"不行！"任母拦住他们，回头看着人来人往的城门道，"我们得在这里等阿紫，不然她会找不到我们。"

直至这会儿，任母还被蒙在鼓里，以为阿紫真的会来和他们相聚。

想到拼死保护他们逃出来的阿紫，任大力悲从中来，几乎落下泪来，他吸一吸鼻子，故作轻松道："分开前妹妹说了，她会来京兆府和咱们相见，那里安全。"

"真的吗？"任母将信将疑地问着。

"当然了，我怎么会拿这种事开玩笑。"见他说得肯定，任母不再怀疑，随他们来到京兆府。

阿紫是皇后身边的人，听到她出事，京兆府尹哪里还坐得住，当即就要入宫禀报，并让人将他们几个保护起来。

在经过林千身边时，他突然想起一件事，停下脚步轻声道："你可是东宫侍卫？"

林千眸光一动，拱手道："府尹大人好眼力，在下正是东宫侍卫，曾与大人有一面之缘。”

府尹抚着半长的胡须道：“既然你在这里，那阿紫姑姑的事情，太子想必也知道了，为什么不直接请太子入宫禀报？”

林千当然不会把事实说出来，毕竟这件事太耸人听闻了，他意味深长道：“大人为官多年，当明白有些事问得，有些事问不得的道理。”

府尹面色一凛：“本官明白。”虽然不清楚究竟是怎么一回事，但有一点可以肯定，就是这件事绝不简单。

四名健壮的轿夫抬着官轿快步往昭明宫的方向行去，就是这样，坐在轿里的京兆府尹还不满意，不断地催促他们抬快一些。

不知过了多久，轿子突然停下，府尹掀起侧帘看了一眼，发现并没有到昭明宫，不满道：“怎么不走了？”

片刻，轿外传来一个淡漠的声音：“府尹大人就这么不愿意见到我吗？”

府尹身子一颤，这个声音……

他赶紧掀起帘来，果见予怀冒着风雪策马在前，玄狐披风上覆满了雪，似乎是赶了不少路，四名轿夫皆已经跪在地上。

府尹急忙从轿里出来，长揖一礼，恭敬道：“参见太子殿下，殿下千岁千岁千千岁！”

予怀居高临下地看着他，也不叫起，淡淡道：“府尹如此着急，是要去哪里？”

“回太子的话，下官有十万火急的事需向皇后娘娘禀报。”

予怀眼皮一跳，看来真是让他猜对了，他按下心思，不着痕迹道：“朝廷有什么事，你禀告我就是了，怎么跑去惊动皇后娘娘？还有没有点儿规矩！”

“这个……”在府尹犹豫着该怎么回答时，耳边又传来予怀的话：“怎么，连我也不能知道？”

“殿下误会了。”府尹急忙否认，旋即为难道，“事实上……下官也不知道是什么事。”

听到这话，予怀悄悄松了一口气，故作不解道：“到底怎么一回事？”

府尹不敢隐瞒，将林千与任氏母子来找他并央求进宫禀报皇后的事情一五一十说了一遍。

待他说完，予怀冷笑道：“我道是谁，原来是他们。”

府尹一怔，试探道：“殿下知道这件事？”

予怀点点头，说出一早编造好的谎言："阿紫与我府里一名护卫私通，被我发现，在缉拿之时，不慎被他们逃跑，任氏母子应该是怕我为难，所以想求皇后庇护，但他们又进不了宫，所以就找上了你。"

府尹不疑有他，恍然道："原来如此。"顿一顿，他又有些疑惑，"那林千怎么也跟任氏母子在一起？"

"他与私逃的那名护卫交好。"予怀的回答简单短促，但已经足够府尹明白，心中略一合计，轻声道："那殿下的意思……是不想惊动皇后娘娘？可阿紫姑姑毕竟是娘娘身边的人，总得交代一声。"

"我明白。"予怀掸一掸肩上的雪花，淡然道，"其实我也没打算为难他们，毕竟男未婚女未嫁，又不是什么十恶不赦的事情。只是被他们蒙在鼓里，一时气愤才训斥了几句，哪知道他们竟然害怕私逃。"

听到这话，府尹讨好地恭维道："殿下心胸宽广，实乃天下万民之福。"

予怀微微一笑："我已经让人去找他们了，让他们只管安心回来，其实母后一直很在意阿紫和阿兰的终身大事，不止一次说过希望她们有个好归宿，只是一直没找到合适的。如今难得有阿紫中意的，我岂有不成人之美的道理。"

"殿下英明！"府尹深揖一礼，他做梦也想不到，阿紫早已经死在眼前这位口口声声要"成人之美"的太子殿下手里。

"起来吧。"予怀摆手，"咱们先去衙门一趟，省得他们担惊受怕，皇后那边，我自会去说，你不必担心。"

"是。"府尹连连点头，随予怀回了京兆府衙。令他意外的事，林千和任氏母子竟然不在那里，问了衙差，都说没看到。

予怀脸色瞬间沉了下来，冷冷道："三个大活人在眼皮子底下不见了，居然没一个人瞧见，汪府尹，这就是所谓最精锐的衙差？"

汪府尹被他说得汗都下来了，讪讪道："可能……他们正好走开了，所以没瞧见，毕竟不是犯人，不至于时时刻刻盯着。"

"那还是我错怪了？"

"不是不是！"汪府尹也不知该怎么说，理一理有些混乱的思绪，"此事确实是他们疏忽了，殿下放心，下官立刻派人去把他们找回来。"

"最好是这样，否则……"予怀环视了一眼府衙，冷哼道，"我不介意整顿一下京兆府衙。"停顿片刻，他又道："找到后立刻派人通知我。"说罢，他拂袖离去。

“恭送太子殿下。”直至予怀走得不见踪影后，汪府尹方才敢起身，眼里有些疑惑，只是三个微不足道的小人物罢了，太子怎么如此紧张，难不成……另有隐情？

“大人，我们……现在要怎么办？”衙差的声音令汪府尹回过神来，翻了翻白眼，没好气道：“没听到太子的话吗？全部都去找，找到为止。”

在衙差领命离去后，汪府尹也走了，屋子变得静悄悄，大雪纷纷扬扬，缓缓覆盖住地上的脚印，令雪地重新变得平静洁净，就像……这些脚印从来没出现过。

不知过了多久，摆在角落里的榉木柜子开了一条缝，隐约可以看到一双眼睛，颇有些瘆人。

确定屋中没人后，柜门被推开，林千走了出来，紧接着是任氏母子，原来他们根本没有离开，一直都躲在这个柜子里。

当予怀看到屋中没人时，第一个反应就是逃走了，根本不会想到他们就在眼皮子底下。

任大力脸色难看地看着林千道：“真让你猜对了，这个府尹和太子是一伙的，差点儿着了他的道。”

汪府尹走后，林千越想越不放心，他们不害人，但也不能没了防人之心，京兆府衙差众多，要神不知鬼不觉地离去，实在有些困难，更别说还带着一个受伤的老妇人，所以他想出一个混淆视线的办法，趁衙差不备，一起躲入衣柜之中，做出离开的假象。

“那……那现在该怎么办？”任母慌乱地问着。

任大力咬一咬牙：“我直接去宫门，我就不相信，会见不到皇后娘娘。”

“恐怕是真的见不到。”林千毫不留情地打击，“皇宫没你想的那么简单，更不是凭一腔热血就能进的。再者，太子能收买方禹将阿紫姑姑骗出来，同样可以收买其他人。到时候皇后娘娘没见到，倒是先被太子给抓了。”

任大力被他说得一阵气馁：“这也不行那也不行，难道要坐以待毙吗？”

“当然不是。”林千眸光微闪，“汪府尹不行，我们就去找另一个人，他是陛下最信任的臣子，一定不会与太子同流合污。”

“谁？”

“江越！”

京兆府的衙差都被派出去寻找林千三人，守卫疏松，他们很容易就离开了衙门，为了避开在街上巡逻的衙差，他们绕了很大一段路才来到江府，见到江越的时候，已是傍晚时分。

这一次，林千将实情告诉了江越，一是出于对他的信任，二来，现在宫门已关，虽说二品以上大臣可以入宫，但若不说出实情，江越绝对不会帮这个忙。

夜长则梦多，他不敢拖到明天！

听完林千的话，江越久久没有回过神来，他也感觉到予怀最近脾气渐长，听不进谏言，但万万没想到，他会这样……这样……丧心病狂！

许久，江越缓过神来，死死地盯着林千三人：“你们……真的没有骗本官？”不是他疑心重，实在是这件事太耸人听闻了。

如果此事属实，那么予怀……是万万不能再为太子了！

任母狠狠一咬牙，跪地抬手道：“我任李氏如有一句虚言，就让我子女皆亡，无子送终。死后不入任家祖坟，不得棺木遮身，永世不得超生！”

江越没想到她会发这样的毒誓，连忙搀扶道：“老夫人言重了，快快请起。”为人母者，最在意紧张的就是自己子女，如今任母拿子女起誓，可见其心意。

“江大人，我们真的没有撒谎，求您帮帮我妹妹，她……求求你！”任大力想说阿紫死得惨，可看到任母在旁边，后面的话又咽了回去。

“你放心，本官既然知道了这件事，就一定不会袖手旁观。”在安抚了他们后，江越在屋中来回踱步，思绪飞转如轮。

许久，江越脚步一顿：“来人！”

“老爷有什么吩咐？”进来的是江府管家。

“立刻去备马车，本官要进宫。”听到这话，管家面色一凛，印象里，老爷很少在宫门关闭后进宫，而每一次去，都有大事发生，难道这回……

“是。”他不敢多问，垂手答应，“奴才这就去准备。”

“还有，不用叫车夫了。”江越指一指林千，“他来赶车就行了。”

在管家离去后，林千疑惑道：“江大人想让我与您一道入宫？”

江越不答反问：“难道你不想早一些见到皇后娘娘吗？”

“当然想。”林千不假思索回答，“可是娘娘会肯见卑职吗？”

“这个本官会想办法。”说着，他指着任氏母子道，“他扮车夫，你们二位委屈一些，扮作下人，一道进宫见皇后娘娘。太子既然能想到京兆府，早晚也能想到我这里，你们在这里待得越久就越危险。”

任氏母子当然不会有意见，当即答应下来。

马蹄飞扬，载着江越一行人冒雪往昭明宫驰去，在雪地中留下两行长长的印子……

果然如江越所料，予怀在遍寻不至后，想到了他这里，但晚了一步，江越已经带人去了昭明宫，等他追到宫门口的时候，只有一辆空马车停在那里。

“该死！”予怀脸色阴寒如铁，他虽不怕沈惜君知道这件事，但在没查清楚她和予恒牢中谈话的内容时，不想打草惊蛇，现在看来是不行了。

再说江越那边，带着任氏母子三人匆匆来到长信殿，沈惜君原本已经准备歇下了，得知江越连夜求见，赶紧让阿兰替她更衣前往暖阁。江越是什么人她很清楚，这个时候来见自己，必是出了大事。

看到沈惜君进来，江越连忙拱手行礼：“参见皇后娘娘，娘娘千岁千岁千千岁。”

沈惜君扶着黄九的手落座，温言道：“免礼，不知江尚书漏夜来见本宫，是为何事？”

江越还没来得及说话，任大力已经伏倒在地，声泪俱下地喊道：“求皇后娘娘为阿紫做主！”

“阿紫？”沈惜君满面诧异，“她怎么了，你又是谁？”

任大力抬起满是泪痕的脸，哽咽道：“小人是阿紫兄长，这是我们的母亲。”

“兄长？母亲？”沈惜君愕然重复着这几个字，黄九率先回过神来，疑惑道：“老夫人不是摔断腿了吗，怎么又……”

“没有！”任母哭诉道，“老妇什么事情都没有，他们是骗子，为了骗阿紫出宫，为了害她！”

“害她？”沈惜君被这两个字刺痛了头皮，豁然起身，盯着任母追问道，“谁要害阿紫，是谁？”

“太子！”林千在旁边缓缓吐出这两个字。

沈惜君一怔，旋即连连摇头：“不可能，太子与阿紫无冤无仇，连交集也不多，怎么可能害她，休得胡说！”

“小人是东宫侍卫，所有事情都是小人亲眼所见，没有一句虚假。”林千斩钉截铁的话语令沈惜君胸口一阵阵发凉。

阿紫……

沈惜君猛地打了一个激灵，想起一件最要紧的事情，急急道：“阿紫人呢？”

任母也想了起来，急忙磕头哀求：“她被太子关在城外一间小屋里，娘娘快去救她！”

听到这话，沈惜君不假思索地唤过黄九：“立刻传一队禁军，去城外救人！”

林千哀恸地看了一眼任母，轻声道：“不用去了。”

“为什么不去？”任母第一个发问，激动道，“阿紫正等着我们呢，怎么可以不管她？”

林千不忍说出瞒了一天的实情，可真相……终归有揭晓的那一刻，他深吸一口气，飞快道：“因为阿紫已经死了。”

“你说什么？”任母一下子没听清。

“我说……”林千实在不忍再说第二遍，死死攥着拳头，最后还是任大力忍痛说出了口：“娘，妹妹……已经死了。”

任母愣愣地看着他，许久，一记清脆的巴掌打破了这寂静长夜：“你是不是疯了，居然咒自己妹妹死，再敢胡说，信不信我打死你这不肖子？！”

两行泪水从任大力眼中流了下来，看得任母心惊胆战，不祥的预感也越来越强烈，她厉声道：“好端端的流什么马尿，你妹妹又没死，赶紧给我擦了。”

“母亲！”任大力哭着跪倒在地上，一遍遍地说着对不起。

他这个样子，令任母眼前一阵阵发黑，脚步踉跄，林千赶紧上前扶住：“老夫人节哀。”

任母紧紧咬着牙关，半晌，她涩声道：“阿紫真的……不在了吗？”在得到肯定的答应后，她泪如雨下，“你们……你们早就知道了是不是？”

“是。”林千叹息道，“阿紫姑姑受了那么重的伤，就算太子不对付她，也活不久，更何况……太子还要从她嘴里问出话。其实阿紫姑姑早就知道自己命不久矣，但她知道，若不骗您，您是万万不会走的。”

“所以……”任母神情呆滞地看着自己的双手，“我抛弃了自己闺女，把她扔在一条死道上。”

“不是！不是！”林千哽咽道，“如果我们当时不走，只会全死在那里，到时候，连个申冤的人都没有。”

任母怔怔站在那里，半晌，尖锐的哭泣声在暖阁中响起，她哭了很久很久，哀悼无辜惨死的女儿，哀悼未曾出口的告别……

沈惜君跌坐在椅中，脑海里一片混乱，她刚才听到了什么，阿紫……阿紫死了？

今早阿紫还活生生站在她面前，叩谢赏赐，她还叮嘱阿紫不必急着回宫，在家中住上一夜。这才过去几个时辰，一个大活人就没了？

而且……害死阿紫的，还是予怀？那个她视如己出的人？

不可能，这不可能！

许久，她忍着一阵阵晕眩，艰难道：“真的……是太子？”

“千真万确！”任大力从牙缝中挤出这四个字，随即爬到几乎要晕厥过去的沈惜君面前，额头用力磕在冰冷坚硬的金砖上，用力之大，就连在门口的宫人都能听到“砰砰”的磕头声，“杀人偿命，求皇后娘娘为妹妹做主！”

阿兰早已泪流满面，她与阿紫十来岁的时候就在一起，同吃同住，比亲姐妹还要亲，两人甚至约好，一辈子不嫁，将来老了，就俩姐妹相互照顾。言犹在耳，人却已经……

“主子！”阿兰悲呜一声，跪下道，“阿紫死得好冤，您一定要为她做主！”一同跪下的，还有黄九、黄十以及暖阁里的每一个宫人。

望着乌压压跪了一地的众人，沈惜君一个字也说不出来，这一切来得太过突然，突然到她一点儿心理准备也没有。

先是予恒，现在又是阿紫，予怀……他真的疯了吗？

任大力迟迟不见沈惜君说话，以为她不愿为阿紫讨还公道，有些愤怒：“阿紫一直对您最是忠心不过，为了保守您和大殿下的秘密，受尽酷刑，现在她死了，您一句话也没有吗？还是说您根本就想包庇太子？”

沈惜君心乱如麻，她是绝对不会让阿紫白白枉死的，可那样一来，予怀的所作所为就会被公诸天下，废黜是一定的，而且有了这么大的污点，终其一生，也不可能再被复立。

千雪出征之前，她应承过，会好好照顾予怀，现在弄成这个样子，她真不知要怎么跟千雪交代。

许久，她自干涩的喉咙里挤出两个字：“太子……”

没等她说下去，任母已是抬起满是泪痕的脸庞，一字一字道：“杀人偿命，天经地义！”

这八个字，把沈惜君嘴边的话悉数堵了回去，从阿紫死的那一刻起，她就已经没有了任何退路。

或许……还在更早一些。

沈惜君闭目，缓慢而深长地吸吐气息，待得再睁开时，那双眼里已是没有了犹豫、不安、挣扎，取而代之的是坚毅、果断、决绝！

既不能退，那就继续走下去，无论对错！

“阿兰，去取本宫凤印来。”说罢，她又侧目对黄九道，“笔墨侍候！”

很快，笔墨与凤印都取了过来，蘸满墨水的狼豪笔提在手里重逾千斤，指尖更是微微发抖，这一落下，可就无法回头了。

可她……还有的选择吗？

沈惜君自嘲地笑着，深吸一口气，落笔于光洁的澄心堂纸上，很快一道召集群臣的谕令在她笔下一气呵成。

在将谕令交给黄九后，她走到江越身前，恳切道："江尚书在朝中德高望重，能否请您与黄九一道去各位大人府中，共传谕令？"

江越面色一正，拱手深揖一礼："臣谨遵皇后娘娘懿旨！"

在他们走后，沈惜君让黄十安排任氏母子歇下后，她带着阿兰去了静芳斋，入夜后的雪比白天时候又大了，纷纷扬扬，几乎看不清前面的路，风灯只能照见方圆几尺的地。

静芳斋的宫人看到沈惜君深夜前来，很是意外，看到她要进去，赶紧拦住："太后已经歇下了，皇后娘娘明日再来吧。"

沈惜君面无表情道："本宫有要事，必须立刻面见太后。"

"实在有所不便，娘娘请回！"宫人的态度客气而坚决。

沈惜君面色一沉，呵斥道："混账东西，耽误了事情，你就是有十个脑袋也不够砍的，滚开！"

宫人被她斥得不敢出声，趁这个工夫，沈惜君拂袖走了进去，等宫人想起阻止的时候，已是来不及。

冯川打着哈欠准备去睡觉，隐约瞧见有人走过来，只当是静芳斋的宫人，直至近前，方才发现是沈惜君。

奇怪，这么晚了，她来做什么？

这个念头还没转完，追着沈惜君过来的宫人急急奔到他面前："冯管事，皇后娘娘非要这时候见太后，任小的怎么劝都不肯听。"

冯川眸光一闪："知道了。"说罢，他迎上去，朝沈惜君打了个千儿，恭敬道，"奴才给皇后娘娘请安，娘娘万福金安！"

沈惜君停下脚步，冷冷道："你也想阻拦本宫？"

"奴才岂敢阻拦娘娘玉驾，只是太后已经歇下，您就这样进去，实在有些不妥，还是让奴才进去通禀一声，总得让太后更衣吧。"

沈惜君打量了他一眼："也罢。"

“谢娘娘体谅。”冯川又行了一礼，方才转身入内，殿中烛火大都熄了，只有零星一两支还燃着，甚是昏暗。

冯川来到垂落的鲛纱帘前，小声道：“太后！”

隔了片刻，帘后传来凉沉的声音：“何事？”

“皇后娘娘来了。”

殿内寂静无声，许久，一只手自帘后探了出来，冯川连忙上前打起帘子，扶陈太后坐起来，陈太后蹙眉道：“她来做什么？”

“奴才不清楚，不过皇后娘娘一向是无事不登三宝殿的主儿。”冯川一边点亮榻边的纱灯一边道，“她硬闯进来，又挑这么个时间，应该是出大事了。”

陈太后抚一抚脸颊，心中已有了几分猜测：“十有八九是太子出事了。”顿一顿，她道，“替哀家更衣。”

当陈太后穿戴整齐来到前殿的时候，沈惜君正面色沉冷地站着，看到她进来，微一欠身，就算作行礼。

陈太后笑吟吟道：“怎么站着，快坐下，冯川，让他们奉茶。”

“不必了。”沈惜君冷冷拒绝，“臣妾今日读到一句话，不能尽解其意，臣妾听闻太后读尽千书，博学广闻，故特来请教。”

陈太后一怔，复已笑了起来，对刚进来的秋月道：“你听听，皇后现在也学会给人戴高帽，这要是回答不出来，哀家可就没脸见人了。”说着，她神情慈祥道，“博学广闻谈不上，哀家尽力就是了。”

沈惜君点点头，凝声诵道：“幼而不孙弟，长而无述焉，老而不死是为贼。”

听到是这么一句话，陈太后脸色一松，微笑道：“哀家以为是什么难题，原来是这句话。”顿一顿，她徐徐道，“这句话出自《论语·宪问》，原句是‘原壤夷俟。子曰：“幼而不孙弟，长而无述焉，老而不死是为贼。”以杖扣其胫’。意思就是说原壤叉开双腿坐着等待孔子。孔子骂他说，年幼的时候，你不讲孝悌，长大了又没有什么可说的成就，老而不死，真是害人虫……”说到这里，陈太后似乎明白了什么，脸色瞬间沉了下来，盯着沈惜君的目光犀利如箭，缓缓道：“皇后这是在拐着弯骂哀家吗？”

沈惜君没有回答她的话，而是道：“当年太后糊涂，犯下弥天大错，幸得陛下原谅，方才得以回到静芳斋，重享天伦之乐。都说失去之后，方懂得珍惜，臣妾本以为，太后会好好珍惜这来之不易的晚年之福，如今看来，是臣妾错了。”

陈太后冷哼一声：“皇后有话不妨直说，无须在这里拐弯抹角、指桑骂槐。”

“臣妾在说什么，太后最是清楚。”沈惜君痛声道，“予怀也好，予恒也罢，都是你的亲孙子，你怎么忍心这么对待他们。还有陛下，出征归来知道这一切，他会有多伤心？太后，这一切你都想过吗？”

陈太后眸光微微一颤，转瞬又恢复漠然：“哀家不知道你在说什么。”

沈惜君看着她戴在颈间的佛珠，冷笑道：“心存恶念之人无论拜多少佛，吃多少斋，也不会有好下场。”说到这里，她上前一步，声音幽幽如从地底钻出来，“太后，您就不怕午夜梦回，大周的列祖列宗来找您索命吗？”

陈太后取过一个橘子徐徐剥着，剥下来的金黄橘皮被她扔入炭盆之中，橘皮受到高温，立刻卷了起来，表面也渐渐发黑：“难得皇后有时间训教，你们都好好听着，别负了皇后一片好意。”

秋月会意道：“奴婢仔细听着呢，只是皇后娘娘说的都是什么恶念啊、索命啊，奴婢实在有点儿怕。”

冯川接过话道：“奴才也觉着瘆得慌。”说到这里，他瞅了沈惜君一眼，小声道，“皇后娘娘要是做了良心不安的事情，就去佛前请罪，何必在这里说呢。”

听到这话，阿兰再也忍不住，怒斥道：“该感到良心不安的是你们，连自己亲孙子也害，还有没有人性！”

“放肆！”秋月呵斥道，“太后面前不许无礼！”

“太后……”阿兰徐徐念着这两个字，下一刻，一口唾沫狠狠吐在地上，满面厌恶地指着陈太后道，“她也配为太后？！”

“该死！”秋月一个箭步冲上去，扬手朝着闪避不及的阿兰的脸庞挥下，在离着只剩下一寸之距时，手腕被人紧紧握住，动弹不得。

“大……”她想说大胆，却在看到对方时，把后面的那个字生生吞了回去。

沈惜君松开手，冷冷道：“本宫的人，还轮不到你来教训！”

秋月被她盯得有些心慌，咽了口唾沫道：“阿兰对太后不敬，理应受罚！”

“有吗？”沈惜君淡淡一笑，“本宫怎么没听到？”

见她不认，秋月憋红着脸道：“所有人都听到了。”说到这里，她眼珠微微一转，突然道，“皇后乃是六宫之主，奴婢相信您一定会秉公处理。”

这句话等于是逼着沈惜君处置阿兰了，以沈惜君的心思，怎么会看不出来，她也不生气，淡然道：“倒是能言善辩，难怪太后如此喜欢你。”

“多谢皇后夸奖。”秋月话音未落，沈惜君已是声色俱厉地训斥道：“你仗着是太后的人，又有几分口才，就咄咄逼人、自以为是，动辄就要打骂，丝毫没有将本宫放在眼里。如今竟还以为本宫是在夸你，真是又蠢又恶！”

秋月没想到她会一下子翻脸，一时愣在那里，待回过神来后，她不敢与沈惜君争辩，朝陈太后跪下哭诉道：“奴婢冤枉，求太后为奴婢做主。”

陈太后剥了一瓣橘子放到嘴里，咽下后对冯川道：“今年的橘子很甜，哀家记得予炎那孩子喜欢吃橘子，你明儿个记得告诉内务府，送一些去肃王府。”

“是。”

见陈太后不理会自己，秋月满面委屈道：“太后……”

陈太后抬手止住她后面的话，转眸看向沈惜君：“皇后有什么事，直说吧。”

沈惜君盯着她，一字一字道：“阿紫死于太子之手，如今她家人要太子血债血偿，太后您满意了？”

陈太后满面诧异道：“竟有这样的事？”

沈惜君冷笑道：“你处心积虑对太子下药，等的不就是今天吗？予恒被关在牢里，若是太子再被废，那这大周就落在了你手里，任你为所欲为！”

对视片刻，陈太后忽地低头笑了起来，每次她笑起来的时候，皱纹就会争先恐后爬上那张精心保养的脸庞，暴露出她已是一个花甲老人。

许久，她抬起满是皱纹的脸，似笑非笑道：“让哀家猜猜，你派人去召集君臣，商议废黜太子一事对不对？”

沈惜君瞳孔一缩，冷冷道：“你终于肯承认了吗？”

陈太后颔首道：“不错，是哀家对予怀下药，让他变得心性暴戾、冷漠残酷。”

沈惜君银牙紧咬，恨声道：“你已经一把年纪了，为什么不能安安分分待在宫里，非要搅得天下大乱？”

“因为哀家不甘心！”陈太后从椅中站起来，大声吼出这几个字。

“先帝在的时候，哀家要看卫氏脸色，小心翼翼地在后宫存活。先帝走后，她儿子继位，哀家除了看卫氏，还得看她儿子脸色。后来皇帝登基，哀家以为终于能够熬出头了，哪知道又要看慕氏的脸色。呵呵，哀家是皇帝生母，却要看一个妃子脸色，你不觉得可笑吗？”

沈惜君直直盯着她的眼睛：“所以你就连自己孙子都不放过？！”

“孙子？”陈太后冷冷一笑，眼中尽是厌弃之色，“哀家从来没有承认过那个孽种是哀家的孙子，是大周的皇孙！”停顿片刻，她又寒声道：“皇帝糊涂，被妖女迷得晕头转向。哀家可没糊涂，想谋夺我大周江山，哼，想都不要想！”

殿外，寒风呼啸而过，投落在窗纸上的树影摇晃不定，犹如行走在黑暗中的鬼魅，令人不敢多看。

在长久的寂静后，沈惜君忽道：“你让我想起一个人。”

“谁？”

“卫氏！”听到这两个字，陈太后双眼微眯，目光冷冷若窗外未曾停歇的寒风：“你拿一个贼妇来与哀家相提并论？”

沈惜君摇头：“不是相提并论，是你不如她。”

原本听到前面几个字，陈太后脸色稍稍缓和，哪知接下来是这么一句话，顿时勃然大怒，手掌用力击在扶手上：“大胆！”

沈惜君没有理会她的愤怒，自顾自道：“卫氏虽狡诈好权，心胸狭窄，却对自己的子孙爱护有加，从未有半分加害，连念头也没有。而不像你，但凡不顺意者，莫说孙子，连从自己肚子里爬出来的亲生儿子都不放过。以前读书，念到‘最毒妇人心’那句时，总是不以为然，觉得古人言过其实，如今才发现，原来真是这样！”

“你……”陈太后气得浑身哆嗦，半晌，她顺了气道，“哀家看在你是晚辈的份儿上，不与你计较，你倒好，竟是得寸进尺，想说就说，想骂就骂，丝毫不将哀家放在眼里。”

“有德者，世人皆敬之。无德者，纵狗亦不敬。”这十几个字，落在陈太后耳中，简直是字字诛心。

“好！”陈太后面色阴寒道，“皇后真是长进了，连这种大逆不道的话都敢说出口，哀家今日，就好好训诫训诫你！”说着，她扬声道：“来人，带皇后去佛像前跪着。”

“谁敢！”沈惜君冷冷扫视着涌进来的宫人，一种无形的威严自她身上散发出来，迫得宫人无一敢动。

冯川见状，呵斥道：“一个个愣着做什么，没听到太后的话吗？”

宫人面面相觑，虽然心里害怕，可到底不敢违背陈太后的意思，无奈道：“娘娘恕罪。”

“滚开！”沈惜君用力挥开一个准备碰自己的宫人的手臂，“本宫乃陛下亲封的皇后，统摄六宫，执掌凤印。你们长了几颗脑袋，也敢对本宫不敬？”

秋月刚才被她训了一顿，正怀恨在心，听到这话，当即道：“皇后固然尊贵，可也不能越过太后，你对太后不敬，就该受罚。”

黄十看到这副阵仗有些害怕，惴惴不安道：“主子，现在要怎么办？”

沈惜君没有理会他，盯着陈太后道：“天一亮，百官就会进宫商议太子一事，太后想让他们瞧见你惩戒臣妾的样子吗？”

“任谁见到，哀家都无愧于心！”陈太后义正词严地说着，要是不知情的人见了，定会相信她。

迎着那张伪善的脸庞，沈惜君忽地嫣然一笑，她五官明丽，是天生的美人胚子，当初赵平清就很嫉妒，后宫之中，也就慕千雪更胜一筹。虽然如今有些年纪，但因为保养得宜，与年轻时并没有多大分别。笑起来时，犹如百花齐放、百媚生姿，令众人看痴了眼。

“要是没了臣妾，废黜太子的事可就进行不下去了，太后心心念念盼的就是这么一刻，若是为了一时意气而错过，实在可惜。”

陈太后眼底疑惑丛生，她现在有点儿摸不准沈惜君打的是什么主意了，按理来说，沈惜君应该很不想废太子，召集群臣是迫于无奈，怎么现在看起来，似乎……很乐意?

难道……她想借机扶持齐王上位?

是了，一定是这样!

蠢货，自己好不容易才进行到这一步，又怎么会给她钻空隙的机会，真是个没脑子的东西，难怪这么多年一直被慕氏压着。

想到这里，陈太后眉峰渐展，重新拨动指尖的佛珠：“你不是不希望废太子吗？”

“于情，确实不想。于理，不得不为之。我所能做的，就是在两者之间，取一平衡。”

“好一句不得不为之。”陈太后微微一笑，“哀家就看看，你能平衡到哪一步。”说着，她挥手示意众人让开，任由沈惜君离去。

第六十一章　黄雀欲来

“太后，咱们就这么算了吗？”秋月咬着唇，眼中尽是不甘之色。

陈太后睨了她一眼，淡淡道：“怎么，委屈了？”

秋月被她盯得有些犹豫，但到底还是不甘心，小心翼翼道：“奴婢是什么身份，别说是被皇后训斥，就是打死也没资格觉得委屈，但太后您不一样，六宫之中，您才是最尊贵的，皇后她凭什么那么蹬鼻子上脸，呼呼喝喝，丝毫没有将太后您放在眼里。”

“这么说来，你是在为哀家不甘了？”不等秋月说话，陈太后已是冷笑道，“什么时候你也学会口不对心了？”

秋月心中一慌，低下头嗫嗫道：“奴婢没有。”

“你跟了哀家那么多年，哀家还能不晓得你的心思。”陈太后漠然地说了一句，起身走到放在紫檀长案上的错金香炉前，香料已经燃光了，几乎闻不到什么香气，但炉身还是暖的，揭开盖子后，还能看到底下星星点点的炭火光芒。

陈太后舀了一勺檀香进去，不多时，便有细细的白烟自一个个炉孔中飘了出来，殿中无风，这白烟就直直往上升，没入角落之中。

“皇后固然可恼，但正事要紧，只要能废黜太子，哀家受些许委屈又有什么要紧的。”

冯川一直跟在她身边，此刻听到这话，疑声道：“奴才有一事不明。”

陈太后的面容在白烟中若隐若现：“皇后为什么明知道是陷阱还要跳下去？”

冯川连忙恭维道：“太后英明。”

“要是哀家没料错，她应该是想借这个机会，扶持自己儿子上位，毕竟……皇帝就这么两个儿子，也算合情合理。”

秋月不以为然道：“齐王可还被关在牢里呢，怎么可能继位。”

冯川眸光微闪：“姑姑不要忘了，一旦太子被废，他之前所做的决定，都会被一一推翻，这其中自然也包括将齐王关入京兆府的决定。”

“这倒也是。”秋月想一想，“不过依太子现在的性子，应该是不会轻易罢休。”

“兔子急了还咬人呢，何况是嗑了药的疯子。”陈太后深吸一口檀香，幽幽笑道，“瞧着吧，这金陵很快就要翻天了。”

冯川讨好道：“皇后自以为打了一手好算盘，其实都在太后的预料之中。等他们斗得两败俱伤之时，咱们就可以坐收渔翁之利！”

“不错。”陈太后打了个哈欠，面有倦色地对秋月道，“哀家乏了，扶哀家去休息吧。”

“是。”在秋月扶着陈太后准备去内殿时，外面传来“扑通”一声，像是什么东西掉在地上，陈太后眉头一紧，这个声音听着很像是雪块掉落在地上的声音，但万一……不是呢？现在可不是寻常时候。

想到这里，她朝冯川看了一眼，冯川会意道：“奴才去看看。”

门虽然很快就关了起来，但寒风还是夹杂着雪花呼啸而入，吹得烛火一阵摇晃，铜盆里的炭火也是忽明忽暗。

过了片刻，冯川走了进来，只这么片刻工夫，他头发上就落满了雪花，可见外面雪下得有多大。

冯川顾不得掸落身上的雪花，急急地递上手里的东西：“太后您快看。”

陈太后定睛一看，竟是一只冻僵的鸽子，应该还没死，在那里微微发抖：“鸽子？”

冯川走上前一步，在她耳边低声道：“太后，这是齐国的信鸽。”

倏闻这话，陈太后脸色大变，难以置信道：“齐国的信鸽？你确定？”

冯川肯定道：“奴才是齐国人，不止一次接触过信鸽，一定不会认错。最显著的特征就是这群鸽子右翼内侧少了一片羽毛，这是齐国用来防止其他信鸽冒充的办法。”说着，冯川扳开鸽子右翼，果然如其所言，少了一片羽毛，因为鸽子羽毛众多，若非刻意寻找，根本注意不到。

秋月解开绑在信鸽脚上的竹筒，从里面取出一张卷起来的小纸，令她奇怪的是，这张纸竟是空白的，一个字也没有。

在秋月惊讶的目光中，陈太后淡淡道：“去端盆水来，把纸浸在里面。”

果然，当纸浸在水里后，不消片刻便显出一个个字来，显然用来写字的墨水被人动了手脚，遇水方显。

纸上只有寥寥几字："主力尽出，可攻。"

秋月念了一遍，疑惑道："这是什么意思？"

陈太后拧眉不语，这几个字蕴含的信息太少，就算是她一时之间也猜之不透，信鸽是齐国的，也就是说，这是齐国人写的信，他们写给谁呢？

半晌，她对冯川道："你可认得出纸上字迹？"

"不认得，不过……"冯川斟酌道，"奴才觉着前面那四个字，像是在说咱们。"

这句话给陈太后提了醒，令她眼前豁然开朗，连连点头："不错，老九失利，皇帝亲征，带走朝中最精锐的士兵，可不就是'主力尽出'嘛，但……'可攻'二字，实在有些让人猜不透。"

秋月试探道："算算时间，虽然雪天难行，但陛下他们怎么着也该到临淄了，会不会是齐帝打算出城攻击？"

"要是这样，一声令下即可，何须飞鸽传书这么麻烦，再说了，齐国离这里千里之遥，信鸽就算迷路，也不至于飞到这里。"

暖阁寂寂无声，三人都在猜测着纸条的意思，殷红的烛泪一滴滴落下，顺着烛台结成倒珊瑚的形状，因为烧得久了，烛芯变得焦黑蜷曲，不复之前那般明亮。

陈太后取过箩里的小银剪子，剪去无用的烛芯，在渐盛的光亮中，她徐徐道："哀家明白了，他们要攻的，不是皇帝，而是金陵！"

此言一出，冯川二人皆是为之大惊，秋月最先反应过来："这不可能，齐国正被陛下围困，怎么可能还有余力进攻金陵，除非……"她突然止住了话，因为想到一个可怕的事情——除非，东方溯输了！

陈太后看出她的心思，淡然道："哀家虽然不喜欢慕氏妖女，但不可否认，她确有几分能耐，有她陪着皇帝出征，就算是输，也不至于这么快。"

秋月松气的同时，疑惑也重新浮了上来："既然如此，齐国要怎么进攻咱们？"

陈太后睨了她一眼，凉声道："哀家有说是齐国吗？"

秋月一怔："如今就剩下齐国未平，不是齐国还会有谁？"

"谁？"陈太后凉声道，"好好想一想，慕氏的死对头是谁？"

冯川眼皮一跳，脱口而出："萧帝！"

"不错，虽然西楚没了，萧若傲可没死，他还诓了齐帝二十万大军去南诏呢。"

“奴才明白了。”冯川努力理着有些混乱的思绪，边想边道，“萧帝发现陛下出征齐国，觉得这是一个机会，又怕是陷阱，所以飞鸽传信给他安排在金陵里的探子，一问虚实。偏偏探子派去回禀的信鸽因为天气寒冷，掉落在静芳斋，让咱们意外得知了这件事。”

陈太后颔首道：“应该就是这么回事了。”

“城里就几万禁军，要是萧帝来袭，根本就不是对手，太后……怎么办？”秋月慌乱的样子令陈太后不悦，呵斥道：“影子都还没见你就慌成这个样子，真要打来，是不是连话都不会说了？”

秋月被她训得满面通红，低声道：“奴婢知罪，但……奴婢也是担心太后。”

陈太后拧眉不语，她虽然训斥了秋月，但这件事确实难办，萧若傲就像一只被逼到绝境的豺狼，一旦抓到机会，就会毫不犹豫地扑上来撕咬，以求翻身的机会。

“咕咕。”屋里暖和，令信鸽渐渐恢复过来，抖抖湿润的翅膀，发出几声轻叫。

望着那只信鸽，陈太后眸光一亮，有些急促地道：“它还能飞吗？”

冯川仔细检查了一下，道：“它掉下来的时候，应该已经飞得很低了，所以没有摔断筋骨，休养一两天，应该就能飞了。”

“好！”陈太后眸中露出一丝喜色，命秋月取来纸墨，不过那墨并不是普通墨汁，而是遇水方显的碘墨，提笔蘸墨，在纸上写下同样的六个字，连字迹都一模一样，但意思截然相反。

有伏，不可进攻。

看到这六个字，冯川露出一丝喜色，恭维道：“太后妙计，实在令人佩服。”

陈太后扔下笔，望着渐渐隐去的字迹，淡然道：“算不得什么妙计，希望能瞒天过海，拖到大局定下。”

冯川接过她递来的纸：“一定能如太后之意。”

“梆！梆！梆！”外面传来打更的声音，已是三更时分，陈太后抚一抚额，倦声道：“这人老了就是不中用，才熬了一会儿夜，就头疼得很，想想哀家年轻的时候，先帝患病，都是哀家在旁边日日夜夜侍候，别说一个晚上，连着三四个晚上不睡都没事，哪像现在。”

秋月关切道：“太后赶紧去歇着吧，天亮之后，可有一堆事情忙活着呢。”

陈太后点点头，对冯川道：“好好照顾它，伤好之后，就让它带信归去，要是回去太晚，难免萧帝不会起疑。”在冯川答应后，她又叮嘱道，“记着，不要让第四个人知道这件事。”

“奴才省得。”印象里，陈太后很少有这样细碎的叮嘱，可见她对这件事的紧张。

再说予怀那边，没有截住江越，他并没有尾随进宫，而是回了东宫，然而无数探子却纷纷在这个大雪纷飞的寒夜外出。

“江尚书和黄九去了侍郎季大人府上！”

“江尚书和黄九去了京兆府！”

……

消息一个接一个传回来，大半夜的工夫，已是报了十几个名字，而且还在继续，面对来来去去的探子，予怀一言不发地坐在椅中，面色阴沉如铁。

“殿下喝茶。”面对递到面前的茶盏，予怀一把夺过，狠狠地掼在地上，雪白瓷片伴着浓重的普洱茶香四散飞溅。

宁月吓得白了脸，慌忙跪在地上，磕头如捣蒜：“奴婢该死，请殿下息怒！”

摔了茶盏的予怀，心气稍稍有些顺，但仍是没什么好脸色：“与你无关，起来。”

宁月松了一口气，小心翼翼地将碎瓷盏收拾掉，随后怯怯道：“很晚了，殿下怎么还不歇息？”

予怀冷笑道：“都有人要欺上门来了，我哪还睡得着。”

宁月一脸茫然道：“这里是东宫，有太子您在，哪个敢无礼。”

“无礼狂妄的人多了去了，只是你不知道。”说话的工夫，又有一名探子进来禀报，“启禀殿下，他们刚刚去了肃王府。”

予怀脸上还未散去的冷笑因为这句话变得更深：“连肃王府都不放过，看来真是要往死里磕了。”

探子出去的时候，没有将门关紧，风稍微一吹，寒风拼命灌进来，吹得人直打哆嗦，予怀却恍若未觉，一直盯着五指张开的手掌，不知在想些什么。

宁月赶紧上前关门，回来后，瞅着予怀欲言又止，半晌，她似乎忍不住心里的好奇，小心翼翼地问道：“殿下，出什么事了？”

“有人想要将我赶下太子之位。”在说这话的时候，予怀眼睛一直盯着手掌，仿佛那里有一个世界在转动。

“啊！”宁月故作惊讶道，“谁敢做这样大逆不道的事？”

“谁？”予怀收回目光，冷笑道，“你说还有谁？”

宁月眸光一转，脱口说出早已经在心里准备了许久的话：“齐王？”

予怀轻笑一声，补充道："还有一个皇后。"

宁月皱着鼻子道："这两人真不要脸，明明是他们做错了事，竟然还心存怨恨，想要谋夺太子之位，奴婢虽然没读过什么书，却也知道好歹，他们这样做，简直是以怨报德，可耻。"这番话是她故意顺着予怀心思说的，落在予怀耳中，自是百般舒坦。

"连你一个十几岁的丫头都知道的事情，他们母子却半点儿不知，你说，我怎么能由着他们夺去这东宫、这天下？"说到这里，予怀忽地叹了口气，"只是不知，母妃归来知道这一切，会有多难过。"

"太子是陛下亲册，这东宫与天下，只有太子才配得享，他们母子觊觎，就是大周的罪人，罪大恶极。奴婢相信贵妃娘娘会体谅您。"

宁月的声音带着阴毒的蛊惑，逼退了予怀最后一丝犹豫，他蜷起手指，紧紧握住，一字一字道："你说得不错，天下是父皇传给我的，绝不能落在别人的手里！"

宁月知道他已经被彻底说动了心，恭敬道："太子英明神武，一定能够守住江山，不让奸人得逞！"

这场雪下了一天一夜，直至黎明时分，方才有止歇之势，整个金陵城都积了厚厚一层雪，朱红宫墙在白雪的衬托下，显得异常沉重肃穆。

长信殿中，沈惜君穿着正红九凤鹭金华服，端坐椅中，在她对面是数十位官员，无一不是朝中大臣，包括肃亲王这样的宗亲。

沈惜君抿茶润了润有些干涩的嗓子："要说的本宫都说了，接下来就看各位大人的意思了。"

数十位官员脸上皆有着掩饰不住的惊色，有几个凑在一起低低说着，半晌，有人道："皇后娘娘，阿紫真是太子所杀吗？"

沈惜君循声望去，是礼部的季侍郎："阿紫的母亲、大哥，还有东宫护卫林千都可以作证，若非确凿无误，本宫岂会召诸位大人来此。"

季侍郎沉吟道："恕臣直言，刑部要定一人杀人罪，需得有人证和物证，现在只有人证而没物证，要说人是太子杀的……似乎有些牵强。"

任母激动道："我亲眼看着他们虐打阿紫，难道还会有假吗，还是说我会恶毒到咒自己女儿？"

季侍郎连忙道："老夫人不要激动，本官只是提出确实存在的疑点，并没有说你撒谎。"待任母平静下来后，他再次道，"老夫人是亲眼看着太子杀人的吗？"

"不是。"这两个字任母说得很勉强，她虽是个市井妇人，却也听得出这个回答会对他们很不利，但又不能睁眼说瞎话。

“那就是了，眼见为实，老夫人根本就没看见，又怎么能够一口咬定是太子，说不定阿紫姑娘现在还好好活着，毕竟谁也没见到她的尸体，老夫人无须如此悲观。”季侍郎果然如任母猜想的那样言语，甚至能够明显听到他松气的声音。

听到季侍郎这话，任母刚刚压下去的火又蹿了上来，而且比之前更猛烈，她强行压抑着道：“季侍郎，你有子女吗？”

季侍郎没料到她会突然问这个，愣了一下方才道：“有一子。”

“这么说来，是独子了。”任母突然话锋一转，“要是今日被毒打的人是你儿子，你还能这样淡定吗？”

“这……”季侍郎被她问得出不出话来，好半天才涨红着脸道，“什么事都要讲究证据，不能没证没据胡乱冤枉人。”

林千看不过眼，站出来道：“下令抓阿紫姑姑的，确实就是太子，他当时就藏身在木屋的帘后。虽然卑职没有亲眼看到太子杀人，但……卑职实在想不到太子放人的理由。”

季侍郎对他的话不以为然：“若真是太子，以他的能力，又岂会放任你们离开。”

听到这话，一旁的汪府尹露出若有所思之色，沈惜君留意到他的神情，道：“汪府尹可是知道什么？”

汪府尹一怔，连忙起身赔笑道：“臣……不太清楚。”他很清楚眼前的局势，往浅了说，这就是一桩命案，不算什么。可要是往深了说，这就是一场夺嫡大战。自己只是一个四品府尹，实在不宜涉身其中。

“是吗？”沈惜君微微一笑，但接下来的话，却让汪府尹脸色大变，“你是京兆府尹，负责金陵治安，当最清楚大周律例，其中有一条，叫欺君之罪，犯者——必诛！”

望着那洞悉一切的双眼，汪府尹心中大慌，跪下道：“皇后娘娘恕罪！”

“现在可以说了吗？”面对沈惜君的追问，汪府尹不敢再隐瞒，将昨日在进宫途中遇到予怀的事情一五一十说了一遍，随后小心翼翼道：“其实臣当时对太子的说法有所怀疑，再加上任老夫人三人突然离开，更是疑上加疑，但碍于其太子身份不敢多问，万万没想到竟是这么严重的事情，否则臣说什么也会进宫禀告娘娘。”

沈惜君没有表情的脸庞下，是正在不断滴血的心，阿紫跟了她几十年，不只死于非命，还要被人扣上私奔的污名，而这一切的始作俑者就是予怀，是她疼了那么多年的予怀。

阿兰也是气得眼眶发红，指着汪府尹道："你身为一府之长，遇到事情不动脑筋想一想吗？阿紫若是有喜欢人，娘娘成全还来不及，又怎么会私奔。还带太子去见老夫人，幸好老夫人他们机警，否则全部都要死在你手里。要真是这样，别说乌纱，连你的命都不够赔。"

汪府尹被她说得满面通红，但这件事确实是他疏忽大意，只能任由阿兰说着。

"不许无礼。"在喝止了阿兰后，沈惜君看向刚刚进来的黄九，黄九一夜未睡，眼下有明显的乌青，但还算精神，"找到了吗？"

"没有。"黄九无奈道，"不只没找到人，连老夫人说的那间屋子都不见了。"

任大力一惊，急忙道："怎么会这样，这屋子又不会飞。"

黄九苦笑道："屋子是不会飞，但它是木头，遇火成灰。"

沈惜君最先反应过来："被人烧了？"

"是。"黄九低头道，"奴才去的时候，已经烧成了废墟，只是零星一些余火还燃着，里面没有找到尸体，应该是被移到别处埋起来了，最好的打算……就是她还活着。"

沈惜君眼睛微微一亮，但很快又黯了下去，以予怀现在的心性，阿紫活着的概率不到万分之一，她打起精神道："有让人在附近搜寻吗？"

黄九点头道："奴才雇了一些村民在附近搜寻，一有消息就会来禀报，黄十已经在宫门处等着了。"

"好。"听着黄九妥帖的安排，沈惜君心中一松，将精神重新放到殿内大臣的身上，"诸位还有什么要说的吗？"

众人相互看了一眼，其中一位须发皆白的官员起身道："阿紫的事情，臣等深表遗憾，但要为这件还没查清楚的事情定太子的罪，臣以为言之过早，至少……等找到尸体后再商议。"

他是礼部尚书、三朝元老，在朝中颇有几分威望，这么一说，顿时得到了许多大臣的附和，毕竟废黜太子是关乎国本的大事，如今东方溯不在，谁也不愿意背这个锅。

听到他们的话，任大力激动道："都说皇子犯法与庶民同罪，怎么到你们这里就变了？还有没有王法？"

"王法一直都在，是你们不守规矩，无凭无据冤枉太子，要不是看在皇后娘娘的份儿上，凭刚才那些话，就可以治你一个诬告之名。"季侍郎先前被任母憋着一口气还在呢，这会儿找到这机会，当然顺势撒到任大力身上。

沈惜君眸中精光一轮，淡淡道："这么说来，本宫还要谢谢季大人了？"

听到这话，季侍郎方才发现自己无意中把沈惜君也给扯了进来，任氏母子他无所谓，沈惜君却是万万不能得罪的，连忙低头赔罪："臣不是那个意思，请娘娘恕罪。"

沈惜君冷冷道："要是连最基本的规矩都记不住，这礼部侍郎，你也不用当了。"

"娘娘说得是。"季侍郎脸涨得比之前更红。

沈惜君不愿再理会他，将目光转向一直没说过话的肃亲王："肃老王爷，您对此有何意见？"

肃老亲王一字一字斟酌道："老臣明白娘娘忧虑之心，也明白老夫人他们痛失亲人的心情，不过此事关系重大，老臣以为，应当仔细查明，若查证确为太子暴虐失德，当重责不怠。"言下之意，就是如果证明这一切，他会站在沈惜君这一边，同意废黜予怀。

礼部尚书眉头微微一皱，显然他并不认同肃老亲王的话，在他看来，礼法正统可比区区一个宫女的性命重要多了。就算沈惜君宠爱阿紫，那也是宫女，因为一个宫女就要废黜太子，简直是可笑。但碍于肃老亲王的身份，没有立刻反对。

不少人都和他有一样的想法，根本不将阿紫的死当回事，任氏母子或许懵懂，但沈惜君又怎么会瞧不出他们的心思，虽然怒在心头，却不能发作，毕竟阿紫的尸体还没有找到。

就在各存心思的时候，黄十匆匆忙忙奔了进来，人还没站稳就着急上火道："主子，找到了！找到了！"

沈惜君精神一振，紧紧盯着他："可是找到阿紫尸体了？"

黄十连连点头，喘了口气道："之前九哥托人去找姑姑尸体，那些村民把附近新起来的鼓包都翻个遍，就是没找到，结果有村民在回去的途中，经过一个乱葬岗，无意中发现一群野狗正在啃噬一具新鲜尸体，看衣裳很像姑姑，就赶走了野狗。事后，他们在姑姑身上发现了一个银镯子。"说着，他取出一只犹带着鲜血的银镯子，还没来得及说话，任母已经扑过来一把夺过镯子，眼泪瞬间落了下来，泣声道："这是阿紫……的镯子，她去平阳王府侍候娘娘前，我亲手给她戴上的，盼着能保她平安，这么多年来，她从未取下来……闺女，我可怜的闺女，你怎么抛下为娘走了啊，你让为娘以后怎么办？！"说到这里，她再也忍不住白发人送黑发人的悲伤，号啕大哭，真是见者伤心，闻者落泪。

沈惜君悄悄拭去眼角的泪，对黄十道："来报信的村民呢？"

“来了两个人，正在宫门口候着呢。”黄十话音未落，沈惜君已道：“去把他们叫进来。”

望着黄十离去的身影，一些官员脸色有些不大好看，心里都打起了小鼓，要真找到阿紫的尸体，那事情可就不好办了，得想个办法脱身才行。

季侍郎也是其中之一，眼珠微微一转，拱手道：“天色不早，臣等还要去上早朝，不如等娘娘查清楚之后，再召臣等来商议。”

沈惜君啜了一口茶，淡然道：“这么冷的天，要诸位大人来回跑，本宫实在于心不忍。”

“多谢娘娘关心，臣等……”季侍郎话还没说话，沈惜君又慢悠悠地接下去道：“所以本宫一早就派人去了承德殿，告诉太子，本宫有事与诸位大人商议，不能去上早朝。”

这句话一下子堵死了季侍郎的后路，令季侍郎再也说不出推托的话来，只能言不由衷地强笑道：“娘娘考虑得真周到。”

沈惜君笑一笑，转眸看向众人：“诸位大人还有什么意见吗？”

“一切听凭娘娘吩咐。”有了季侍郎的前车之鉴，众臣哪里还会不明白，沈惜君这是打定主意要把事情弄个水落石出了，在此之前，是不会允许他们离开的，他们就算再不愿，也只能捏着鼻子认了。

不多时，黄十领着两名畏首畏尾的村民进来，他们做梦也没想到，有朝一日，自己竟然能够入宫见当今皇后娘娘，又激动又害怕，刚一进殿就“扑通”“扑通”两声跪下了，也不会说话，只是拼命磕头。

黄十哭笑不得道：“跪近一些，不然娘娘都听不到你们说话。”

二人也不敢起身，就膝行着往前挪，在黄十的教导下，二人唤了声“皇后娘娘吉祥”。

沈惜君自任母手里接过银镯，道：“这个东西，你们在哪里发现的？”

二人小心翼翼地抬起头来，待看清手镯后小声道：“是……是在一具尸体的手上，当时差点儿让野狗给叼走了。”

听到这话，任母眼泪又下来了，哽咽道：“她长什么模样？”

其中一人摇头道：“认不出来，那张脸被人给划花了，就认出是个女的，衣裳和黄公公说的一模一样。”

“尸体现在在哪里？”

“在离宫城十里的一间废屋里放着，那东西晦气，不敢抬过来，而且……”那人有些为难道，“说实话，实在有些吓人。”

沈惜君轻吸一口气，扬眉道：“诸位大人可有兴趣随本宫走一趟？”

众人一惊，包括礼部尚书在内的好几人异口同声道：“使不得。”

“有何使不得？”

礼部尚书拱手道：“娘娘乃是千金之躯，身份贵重，岂可接触尸体那么晦气的东西，娘娘万万不可。”

沈惜君微微一笑：“谁死后不是尸体一具，有什么晦气不晦气的。”

“可终归是不大好，还请……”礼部尚书还待再劝，沈惜君径直道：“本宫心意已决，阿兰，让人备轿。”

“是。”阿兰欠身离去，走到门口时，门突然自己开了，一直在等候机会的寒风趁机呼啸而入，令殿内温度为之一冷，随寒风一同出现的还有一道身影。

“见过太子殿下，殿下万福。”阿兰的声音令一众官员精神一振，有几个甚至是松了一口气，连忙起身朝大步走进来的予怀行礼，“参见太子殿下。”

“免礼。”予怀越过众人，来到唯一还坐着的沈惜君面前，在一番静默后，他垂目，一如既往那般行礼，就像什么都没发生过，“见过母后。”

任母冲到他面前，怒视道：“你就是太子？”

“不错。”予怀话音未落，任母已是攥住他的衣裳，咬牙切齿道：“你这个杀人凶手，把我女儿还给我，还给我！”

季侍郎呵斥道：“不得对太子殿下无礼！”

任母哪里会理会他，死死盯着予怀，眼里是无尽的怒火与恨意：“你杀了我女儿，我要你给她偿命！偿命！”

作为一个刚刚失去女儿的母亲，她已经失去了理智，攥着满是皱纹的拳头狠命打着予怀，此刻的任母只有一个念头，那就是为女儿报仇，旁边的任大力虽然没有动手，但他的眼神里也是一样的仇恨。

“阿兰！”听到沈惜君的话，阿兰回过神来，赶紧上前拦住任母：“大娘不要这样，有什么话咱们慢慢说。”

任母嘶声道：“还有什么好说的，他就是杀人凶手！”

第六十二章　废太子诏书

“阿紫出了事，我跟您一样难过，但这样解决不了任何问题，反而会给人抓住把柄，所以您听我的话，千万千万要忍住。相信主子，她绝不会让阿紫枉死，一定会讨还这个公道。”在阿兰的劝说下，任母渐渐安定下来，但眼里的怒火还在。

予怀若无其事地整一整衣裳，淡然道：“母后先是将诸位大人召到长信殿，现在又招来这么一个疯婆子，到底是怎么了？”

“本宫问你，阿紫是你杀的吗？”

予怀一脸无辜道：“我好端端的杀一个宫女做什么，母后这话问得真是可笑。”

“若真不是你，那就最好了。”沈惜君说话的时候一直盯着予怀的眼睛，试图在那里找到些许不安和内疚，但很可惜，并没有。

这样的予怀，终于让她彻底寒了心，废黜……是阻止他继续错下去的唯一办法！

“既然这样，太子就随本宫和诸位大臣一起去见一见阿紫的尸体，若真不是你所为，本宫定当还你一个清白。”

予怀瞳孔微缩，随即爽快地答应：“好。”目光在林千脸上一扫而过，尽管只有那么一瞬，仍然让林千感觉到浓浓的杀机。相信如果沈惜君不能废黜予怀，予怀一定会杀了林千这个背叛者。

沈惜君也看到这一幕了，不动声色地唤过黄九，在他耳边低低说了几句，黄九点点头，悄然退了出去。

一行几十顶轿子在村民的指领下，浩浩荡荡来到一间被废弃的屋子里，刚一进屋，就闻到一股浓浓的血腥气，屋里两张桌子拼在一起，上面摆着一具类似人形的东西，因为用白布覆着，所以看不清，但大家心里都知道，那必是阿紫的尸体。

当白布被揭开的时候，几个胆小的官员已是连连呕吐，剩下那些官员也都一个个脸色不大好看，那具尸体实在是太瘆人了，浑身上下就没有一块好皮肉，尤其是脸，有划痕，也有被狗咬过的痕迹，尤其是那个鼻子，整个被咬掉了，露着两个黑黑的洞，给人一种会随时坐起来的错觉。

任母痛哭一声，不顾血污，挣开阿兰的搀扶，扑上去紧紧抱着尸体大声哭嚎："阿紫，我可怜的女儿！"

沈惜君压下心中的酸涩，望着予怀一字一字道："我朝以仁德治天下、统万民，这也是你被册为太子时，你父皇一再叮嘱教导的话，言犹在耳，你却已经都忘了，变得如此残暴无道，实在太让本宫失望了，你父皇若知，也必痛心难过。"

予怀微笑道："母后说到哪里去了，儿臣一向谨记父皇教诲，怎会做出残暴之事，若这桌上尸体真是阿紫，那一定与儿臣无关。"

沈惜君早料到他不会承认，冷声道："带上来！"

随着她的话，方禹被黄九带了上来，尽管极力装出平静的样子，但眼底深处的闪烁出卖了他内心的慌张："参见皇后娘娘、太子殿下。"

沈惜君既不叫起也不说话，只是默然盯着他，无声的静默往往比训斥喝骂更加令人不安。果然，没过多久，方禹就忍不住，小心翼翼地试探道："不知娘娘召卑职前来，有何吩咐？"

"昨日是你来长信殿传信是不是？"

方禹垂在阴影里的嘴角一搐，低声道："是。"

"是谁告诉你，阿紫母亲摔断了腿？"

方禹故意想了一下，道："瞧着是一个三十几岁的农夫，因为匆忙，卑职来不及追问，等后面出来的时候，他人已经不在了。"

沈惜君唇角微微一牵："说来也巧，今儿个黄九出宫的时候，碰到了那个人，他的说法与你并不一样。"

方禹愕然抬头，这是一个他随口编出来的人，黄九怎么可能碰到一个根本不存在的人！假的，一定是假的。

他知道，却不能戳破，因为这是他自己说的，要是否认，就证明他之前说的话都是假的，是故意诓骗阿紫出宫，间接害死了她。

皇后那么疼阿紫，一旦被她抓到把柄，是断断不会放过他的，所以他说什么也不能承认自己撒谎。

在方禹心思飞转之时，一名年约三旬，肤色黝黑，穿着一身蓝布麻衣，上面还打了好几个补丁的农夫忐忑不安地走了进来，和之前那两个村民一样，没见过什么世面，两条腿都在打哆嗦。

“认识他吗？”顺着沈惜君手指的方向，农夫仔细瞅了一眼，连连点头：“认识，昨儿个一早，就是他守在宫门口。”他的声音有些粗嘎，像是被人掐着脖子。

“你们都说了什么？”

农夫定一定神，道：“小人是任婶的邻居，任婶见天冷，就做了几件衣裳给阿紫姑娘，但她身子不大好，大力又有事情出门去了，就托小人把点心捎给在宫里当差的阿紫姑娘，因为不能进宫，小人就把衣裳给了那位大人，托他转递。”他指的“大人”，自然就是方禹。

沈惜君黛眉微挑：“也就是说，你并没有和他说任老夫人摔断了腿，要阿紫立刻回去？”

农夫满面诧异道：“任婶腿脚好端端的，我怎么会说那样的话。”

“本宫知道了。”沈惜君点点头，将目光转向方禹，怒意隐约可见，“你好大的胆子，竟然敢诓骗本宫！”

“没有，卑职没有，卑职……”方禹急得满头大汗，想要解释又不知怎么说，只能向予怀投去求救的目光。

予怀淡淡道：“母后仅凭一个农夫的片面之词，就说方禹撒谎，未免有些武断了。”

“太子也说了，他只是一个农夫，试问有什么理由去冤枉一名七品侍卫？”面对沈惜君的反问，予怀意味深长道：“他当然没理由，可要是有人指使，那就另当别论了。”

“太子这是何意？”

“母后心知肚明，又何必非得揭穿呢。”

沈惜君淡然一笑：“本宫只知道，方禹诓骗阿紫出宫，对其严刑威逼，这种人——该杀！”

听到最后两个字，方禹浑身一颤，冷汗瞬间冒了出来，密密布满额头，有几滴甚至沿着额角流了下来。

“卑职没有害过阿紫，卑职是冤枉的，这个人……这个人……”话就在嘴边，却怎么也说不出口，这可真是哑巴吃黄连，有苦难言。

这个时候，任母也站了出来，斩钉截铁道：“老妇确曾让阿发带了几件衣裳去，他没有撒谎，老妇可以拿性命保证！”

眼见沈惜君眼里的杀机越来越浓重，方禹情急之下，脱口道：“胡说，你根本不认识他，更没有带过什么衣裳，你们在撒谎！”

阿兰突然冲过去，用力将他拉到桌前，指着阿紫残缺不全的尸体，咬牙切齿道：“你看清楚，就是因为你，阿紫才会变成这样！”

阿紫的两只眼睛被秃鸠啄走，只剩下两个空空的黑洞，在这阴森森的天气里，尤为瘆人，只一眼，方禹便赶紧别过头，不敢再看。但阿兰并不打算这么放过他，厉声道：“看啊，为什么不看了？心虚吗？难道你害人之前没有想过后果吗？说啊！”

方禹被她逼问得心慌意乱，用力挣开阿兰的手：“都说了人不是我杀的，我没有！”

阿兰盯了他片刻，突然笑了起来，这样的反常令她看起来越发可怕，她凑到方禹耳边，幽幽道：“刚才主子说你该杀，我倒不觉得，像你这样的人，应该活着，让阿紫夜夜来找你，陪你聊聊天、解解闷，你说好不好？好不好？”

“我不要，我……我什么都不知道！”方禹被她说得乱了分寸，话也变得语无伦次，心里的防线正在节节溃败。

予怀也看出了这一点，知道不能再任由阿兰他们问下去，道：“阿紫出了事，大家心里都难过，可现在无凭无据，就要说方侍卫加害阿紫，未免过了，还是等查清楚之后再说吧。母后您说是不是？”

阿兰接过他的话：“太子这样帮着他说话，难道他是太子的人？”

予怀眸光一沉，对沈惜君道：“母后，我看在她是你身边人的份儿上，不一般计较，但若再有下一次，别说我不给母后面子。”

阿兰不理会他，再次凑到满脸不安的方禹耳边，喷吐在耳根处的气息本应该是温热的，方禹却只感觉到一阵阵凉意，仿佛是从地府吹上来的冷风：“你瞧，阿紫正在看你呢，她有很多话要跟你说。”

方禹用力推开她，捂着耳朵大喊道：“不要再说了，求求你不要再说了！”

这一次，阿兰真的没有再说话，但接下来的一幕，将方禹的魂都给吓出来了，一直静静躺在桌上的尸体突然坐了起来，那双没有眼珠子的眼睛直勾勾“盯”着方禹！

不只方禹，所有人都被这个骇人的情景吓得面无人色、四散奔逃，有几个胆小的甚至晕了过去，明明已经死了，怎么还会坐起来，难道……难道真的有鬼？

想到这里，所有人都感觉脖子一阵阵发凉，要不是禁军拦在外面，早已经逃出去了。

这一幕终令方禹崩溃，跪在地上哭喊求饶：“不关我事，是太子让我骗你出宫的，我不知道他会杀你，你要找就找太子去报仇，他才是凶手！”

“终于肯说了吗？”在一众被吓坏的人之中，沈惜君异常平静，从始至终，神情都没有出现过任何变化，仿佛这一切早在她意料之中。

予怀眼中掠过疑色，奇怪，按理来说，突然看到尸变，就算再大胆的人也会失色，绝不可能如此镇定，除非……

正自思索间，一道微弱的银光掠过，定睛看去，不止一道，好几道银光横在半空中，只是因为太细，所以先前没注意到。

这些银光是一条条细如发丝的渔线，一头连着阿紫，另一头穿过房梁，连接后屋，他明白了，阿紫根本没有坐起来，也根本没有什么尸变，是有人利用这些渔线拉起阿紫的尸体，做出尸变的假象。

不用问，这一切定是沈惜君的主意，用这个方法来骗方禹说出实话，卑鄙！

沈惜君发现予怀注意到了那些银丝，但此刻，她顾不得这些，趁事情还没有被揭穿，盯着方禹追问道：“太子为什么要抓阿紫，他要做什么？”

“当日皇后娘娘去牢里看望过齐王殿下，太子传我去问话，得知娘娘出来时面色舒展，猜测你们有了对付他的法子，所以抓阿紫去问话。他知道阿紫不会轻易招供，所以抓了任氏母子去逼供，至于当中发现了什么，我真不知道！”说罢，方禹朝阿紫的尸体连连磕头，“我知道的都已经说了，我真没想杀你，求求你放过我！”

至此，一切真相大白！

阿紫，果然是予怀杀的，而目的就是要知道当日在牢中沈惜君与予恒说了些什么，是否会动摇到他的太子之位！

沈惜君哀然望着阿紫，虽然凶手还未被惩治，但总算是真相大白了，阿紫不用再背负着所谓私奔的污名。

她深吸一口气，冷冷盯着予怀：“太子，你还有何话好说！”

予怀哂然一笑，讥声道：“母后真是好算计，竟连这种办法都想得出来，儿臣自愧不如。”

礼部尚书疑惑道：“太子这是何意？”

予怀转身走到门口，突然抽出其中一名禁军腰间的佩刀，继而回屋，在众人诧异的目光中，扬手斩向半空，只听“嗤嗤”两声轻响，银光断裂，阿紫的尸体重重落下，激起桌上细微的灰尘，与此同时，后屋传来一声闷哼，里面似乎有人。

“这……这是怎么回事？”肃老王爷诧异地问。

“她事先安排人，在阿紫尸体上缠好渔线，连接到后屋，等方禹心智薄弱之时，后屋的人就拉起渔线，做出尸变的样子，借此来吓唬方禹。因为渔线细如发丝，再加上屋内光线暗淡，所以并没有人发现。”

“原来如此。”肃老王爷恍然点头，继而想起一件更为重要的事情，“这么说来，皇后娘娘并没说错，阿紫真是太子杀的？”

方禹愣愣看着从阿紫身上垂落的渔线，直至这时，他才知道自己上了沈惜君的当，然而，悔之晚矣。

肃老王爷一直是个眼里容不得沙子的人，如今虽然年纪大了，却还是老性子，见予怀不说话，他不依不饶地追问道：“太子，请您如实回答老臣！”

予怀冷冷扫过瘫在地上的方禹，漠然道：“不错，是我杀的。”

他当然知道这一承认对自己意味着什么，可眼下的形势，已经由不得他否认，不过，沈惜君想要凭阿紫一条性命将他拉下太子之位，未免太过天真。

听到予怀的话，众臣一阵哗然，接下来的神色各有不同，或担忧，或皱眉，或叹息，或暗自窃喜。

沈惜君清咳一声，徐徐道：“诸位大人，太子已经承认谋害阿紫，这般行径，实在有失太子之德，故本宫提议，废黜予怀太子之位，禁足东宫，由肃老亲王与几位重臣一同监国，待陛下归来之后，再做定夺。”

听到这话，众臣一片沉默，片刻，季侍郎率先道：“启禀娘娘，臣以为，单凭阿紫姑娘一事就要废黜太子，未免有些小题大做，不如先记下此事，等陛下回来之后，再行处置。”

“小题大做？”沈惜君眉目清冷地看着他，“那依季大人的意思，什么样的事情才叫大事？”

季侍郎被她一下子问得说出不出话来，还是旁边的礼部尚书替他解围：“自然是关乎江山社稷、百姓安危之事。”

“阿紫不是百姓，花蕊不是百姓，张远不是百姓吗？”面对沈惜君的一连串逼问，礼部尚书涨红了脸道：“区区三个人，怎么能代表万千百姓？”

“恕本宫不能赞同尚书的话，古人有云：修身齐家治国平天下。就是指凡事由小见大，不能齐国，则不能治国平天下。”

礼部尚书沉眸道：“这么说来，江尚书是站在皇后娘娘这一边了？”

“我不站任何人一边，心中只存道理！”对于江越的话，礼部尚书嗤之以鼻，他环视了众人一眼，“皇后娘娘的意思，诸位大人都听到了，那就一起说说吧，究竟要不要废黜太子？”

众人窃窃私语，过了一会儿，开始三三两两表态，说来也有趣，双方恰好各执一半，一个不多一个不少。

“太子为国之根本，就算真犯了错，也要等陛下回来之后再说。”礼部尚书振振有词，他是最反对的那一个，顿一顿，他突然意味深长道，“皇后娘娘这样急着废黜太子，莫不是为了齐王吧？”

沈惜君眸光一厉，冷冷道：“尚书这是何意？”

“陛下只有两子，若是太子被废，那齐王就是理所当然的太子人选，娘娘这算盘打得可真好。”

“放肆！”阿兰冷眉喝道，“娘娘一心为朝廷百姓，如今却被你污蔑，简直岂有此理！”

“是公正还是私心，大家心知肚明。”说着，礼部尚书又道，“总之废黜太子一事，我等绝不同意。”

在他之后，那些站在予怀这一边的大臣也纷纷表态，态度甚是坚决，想要让他们改变主意，怕是难得很。

黄九也看出了这一点，为难道：“主子，现在怎么办？”

沈惜君的目光在众人脸上扫过，落在从刚才起就一直没说过话的予怀身上，徐徐道：“太子到现在还觉得自己没错吗？”

“儿臣承认在阿紫的事情上，有些操之过急，但大哥对我无礼，母后又与大哥私谈这么久，还不许别人旁听，儿臣难免有所怀疑。”说着，他长揖一礼，满面诚恳道，“儿臣在此向母后赔罪，还请母后大人大量，不要与儿臣一般计较，儿臣保证，以后一定三思而后行，绝不再鲁莽冲动。”

沈惜君默默相望，努力想要在那双黑眸眼底找到些许内疚的痕迹，可惜，她失望了，予怀……已经被药物变成了另外一个人。

她深吸一口气，对汪府尹道：“你速回一趟京兆府，将齐王带去承德殿，本宫有事情宣布。”

汪府尹还没来得及说话，予怀已是脸色一变，反对道：“齐王犯上无礼，当受责罚，岂能就此放出大牢？”

面对他的阻拦，沈惜君也不生气，淡淡道：“太子说得有理，不过本宫想问一句，是犯上无礼罪重，还是杀人罪重？如果齐王要被关在大牢，那太子怕是要押去午门斩首了。”

礼部尚书面色一变：“皇后娘娘慎言！”

“该慎言的人是你！”沈惜君声音倏然一厉，呵斥道，“本宫在与太子说话，你虽是一品大员，却也不能随意插话，你眼里还有没有本宫与太子？”

礼部尚书被她斥得哑口无言，涨红着脸赔罪：“臣知罪，请娘娘宽恕。”

“好好管着自己的嘴，别犯了错还懵懂不知。”沈惜君冷冷训斥了一句，重新看向予怀，“太子，本宫说得对吗？”

予怀面上青一阵白一阵，许久，他无奈道：“母后所言极是。”

放了予恒，他心里一百个一千个不愿意，可沈惜君拿他杀阿紫的事情来威胁，如果他不放，那就要杀人偿命。

沈惜君料到他会这么说，毕竟没人会拿自己的性命冒险：“汪府尹，你都听到了？”

汪府尹拭一拭额上的冷汗，连连点头：“下官听到了，下官这就回去带齐王进宫。”

在汪府尹离去后，众人也都乘上候在外面的轿子，往昭明宫行去，沈惜君是最后一个离开的，在经过伤心欲绝的任母身边时，她轻声道：“老夫人放心，本宫一定为阿紫讨还一个公道。”

任母拼命点头，抓着沈惜君的手哽咽道：“娘娘您千万不要放过太子，他……他就是个禽兽！”

沈惜君轻叹一声，道：“太子固然有错，但并不是罪魁祸首。”

“不是罪魁祸首？”任母疑惑道，“可明明……就是他杀的啊？”

“这件事不是一句两句能够说清的，等事情解决后，本宫再细细告诉老夫人。”说着，她对阿兰道，“你留下照顾老夫人和……阿紫。”

“奴婢知道。”阿兰点头之余，又担心道，“娘娘您可一定要小心，太子和那一位都不是会善罢甘休的主儿，一定会拼死反扑。”

“本宫心里有数，你不必担心。”

在他们到承德殿后不久，汪府尹也带着予恒到了，予恒在牢里关了几日，看着有些清瘦，好在精神不错。

沈惜君的目光自众人脸上掠过："好了，人都齐了，继续说说太子的事吧。"

季侍郎恰好站在予怀旁边，予怀在他耳边低低说了几句，季侍郎点点头，上前道："启禀娘娘，还少了一人。"

沈惜君对他说的那个人心知肚明，但并没有说破，淡淡道："谁？"

"太后娘娘。"季侍郎话音刚落，那些支持予怀的人迭声赞同，更有人意有所指道："废黜太子是关乎国本的大事，陛下不在，就理应由太后主持，断不能任由某些人独断专行。"

对于他们的讥讽，沈惜君不置一词，唤过黄九道："去请太后过来。"

"是。"黄九依言离去，过了约莫一炷香的时间，陈太后的身影出现在众人视线中，一身铁锈红撒银线菊纹锦衣衬得她甚是精神。

"参见太后，太后万福金安。"众臣齐齐朝步入殿中的陈太后行礼。

"免礼。"在命众人起身后，陈太后来到沈惜君身边，蹙眉道，"哀家听黄九说，皇后要废黜太子，果有此事？"

沈惜君淡然道："太子妄害人命，有失储君之德，臣妾不敢包庇。"

"这么说来是真的了？"不等沈惜君应声，陈太后已是沉下脸道，"荒谬！太子乃是皇帝当着文武百官的面册立，又诏告天下，岂可说废就废。"

沈惜君早料到她会这么说，神情平静道："陛下若知太子如此行径，相信也会做出与臣妾一样的决定。"

"相信？"陈太后扫了旁边的予恒一眼，冷笑道，"那要是皇后说，皇帝想改立予恒为太子，哀家和百官也要相信？"

沈惜君低头道："臣妾不敢。"

"哀家看你敢得很！"陈太后一敛笑意，怒视道，"哀家知道阿紫死了，你心里难过，但也不该小事化大，闹得宫里宫外鸡犬不停，还要废太子，简直是笑话！"

"当年卫氏一族犯下弥天大罪，你身为卫氏后人，本该流放千里，皇帝和哀家念你无辜，又受了不少苦，不仅没有责罚，还让你继续留在长信殿，做你的皇后娘娘。这么多年来，你不思感恩，反而打起了东宫的主意。"陈太后满面痛惜地责问，"皇后，你自问对得起皇帝吗？"

沈惜君默然听着，待她说完后，冷言道："既然太后说起当年，臣妾就好好与你说一说。当年，你因为不满慕贵妃异族人的身份，对她多番刁难加害，陛下念母子情分，不忍追究太过，只是将你赶去园子。后来你借着梁氏一事，重新回到昭明宫。本以为你吃斋念佛，是真的悔过了，结果却依旧心存恶念，暗中对予怀下药，让他变得暴戾残忍，满手鲜血。佛若知道，必会背身，不愿再受你香火。”

予怀挡在陈太后身前，怒目道：“你怎可这样跟皇祖母说话，无礼！”

望着不明真相的予怀，沈惜君痛在心头：“她将你害成这样，说再多都是轻的。”

“不知所云！”予怀冷哼一声，对陈太后道，“皇祖母别将她的话放在心上，等父皇回来，孙儿定会如实告诉父皇。”

“好。”陈太后欣慰地点点头，随后又看向沈惜君，神情坚定道，“只要有哀家一日，就绝不允许你借口干涉朝政，除非皇帝下旨废黜，否则大周只有一个太子，那就是予怀！”

予恒突然插话道：“也就是说，如果有父皇的旨意，就可以废黜太子是吗？”

“不错。”陈太后暗自皱眉，予恒的话让她觉得有些不对劲儿，但又说不出来。

“好。”予恒点点头，自怀中取出一个锦囊，正是慕千雪离去前交给他的那一个，他举起锦囊，面向众臣一字一字道：“锦囊里有一道父皇出征之前亲笔书写的诏书，而诏书的内容，正是废黜太子！”

这突如其来的变故，令所有人都愣在那里，齐王刚才在说什么……他有陛下诏书？而且是废太子的诏书？

这……这怎么可能？

予怀最先回过神来，脸色难看道：“满口胡言，父皇怎么可能会写这样的诏书！”

予恒端然道：“诏书就在锦囊之中，千真万确！”

“不可能！”予怀激动地否认，随即似乎想到了什么，指着予恒道，“我知道了，你和皇后为了谋夺我的东宫之位，就伪造父皇诏书。”

“是否伪造，辨过就知。”说着，予恒转身看向肃老亲王还有江越他们，“诸位都是追随父皇多年的臣子，相信对父皇的笔迹很熟悉，就请你们辨别一下，这封诏书，是否出自父皇之手。”说着，他命人搬来长案，将从锦囊里取出来的薄纸摊开在案上。

肃老亲王等人凑到长案前，一字一字看过去，确实是东方溯的笔迹，底下也盖了天子玺印。可以说，除了没像其他诏书那样誊写在特定的纸上，没有任何问题。

“怎么样了？”别看予怀问得随意，其实心里紧张得很，他一开始确实认定是予恒伪造诏书，但随着诏书摊开，这个念头开始渐渐动摇。

他自幼跟在东方溯身边，从小到大，不知见东方溯写了多少字，诏书上的一笔一画与他从前所见的一般无二，除非伪造诏书的人临摹功力登峰造极，否则……这就是真的！

礼部尚书抬起头，吞吞吐吐道："看着……确实像……像陛下笔迹。"他当然知道予怀想听到什么样的答案，可他盯得眼睛都花了，也没在诏书里找到一丝一毫的可疑，实在是没办法啊。

"不可能！"予怀激动道，"父皇最疼我了，绝不可能下诏废黜，而且父皇出征之前，什么事情都没有，怎么可能留下这么一道诏书，假的，一定是假的。"

予恒脸色平静道："父皇确实很疼你，对你寄予了极大的希望，他从来都没想过要废黜你。"

他的话令予怀越发不解，怔怔道："既然如此，为什么……"

"因为姨娘看出你心性大变，冷漠无情，她本想暗中追查，但九皇叔告急，她要随父皇御驾亲征，万般无奈之下，姨娘唯请父皇留下这道旨意，这本是以防万一的举措，哪知还是用到了。"予恒黯然神伤，要不是实在没办法，他绝不会拿出这道旨意。

"不可能……不可能……"予怀喃喃重复着这句话，片刻，他猛地抬头，目光狠戾如正在争夺食物的野兽，面目狰狞道，"太子之位是我的，别说区区一张废纸，就算父皇来了，也休想从我手里夺走！休想！"说着，他伸手往摆在桌案上的诏书抓去，虽然嘴里说不在乎，心中到底还是忌惮的。

予恒料到他会这么做，先一步将诏书拿在手中，大声喝道："来人！"

守在外面的禁军听到声音，匆匆奔了进来："齐王有何吩咐？"

予恒将诏书高举过顶："陛下有旨，废二殿下太子之位，尔等立刻将他拿下，关入宗人府等候陛下处置！"

"别听他胡说！"虽然没毁了诏书，但予怀并不打算束手就擒，"诏书是假的，该抓起来的人是齐王！"

"这……"见他们二人各执一词，一众禁军面面相觑，不知该听谁的好。

"没听到太子的话吗，陛下出征多日，怎可能传旨下诏，分明是齐王伪造圣旨，立刻将他抓起来，若有反抗……"陈太后眸中寒光一闪，冷冷吐出四个字，"格杀勿论！"

面对陈太后的呵斥，禁军不敢再犹豫，握着刀柄徐徐向予恒逼近："殿下，得罪了。"

"站住！"肃老亲王突然挡在予恒面前，声如洪钟，"本王看过诏书，确是陛下亲笔所书，也有天子玺印，齐王没有撒谎，尔等当遵从齐王号令，否则就是抗旨犯上，当诛九族！”

江越上前与肃老亲王并肩而立，大声道：“不错，本官可以作证！”

“本官也可以作证！”

“还有本官！”

……

在肃老亲王和江越之后，那些官员纷纷站了出来，占了三分之二，大多数是原先支持予恒的官员，还有一小部分是见形势不对，从予怀阵营中转过来的。

“一群见风使舵的小人！”予怀恨恨骂了一句，目光扫过往他这边走来的禁军，忽地笑了起来，面容显得异常阴冷，他转身，背对众人一步步踏上金銮台阶，走到那张代表至高无上权力的九龙宝椅面前，手指缓缓抚过冰冷华丽的椅身。半晌，有阴恻恻的声音响起：“你们以为这样就能赢我了吗？”

“予怀，停手吧，你不要一错再错了！”明知不可能，沈惜君还是忍不住出言劝说。

“我没有错，错的是你们！”予怀愤然转身，双目赤红如血，眼底杀机大起，寒声道，“本想好心给你们留条活路，现在看来，不必了！”

这两日，宁月在他茶水中下了大量的药，药物已经彻底改变了他的心性，再无理智可言。

“东宫六率听令，立刻格杀殿内逆贼，不得有误！”予怀朝殿外扬声大喝，众臣听到这话，皆是脸色一白。

东宫六率也属于禁军，但又和一般禁军不同，它隶属于东宫太子，负责东宫守卫，人数在千人左右，在没有皇帝诏令的情况下，这些人是不允许踏足昭明宫的，没想到予怀悄悄地把他们安排了进来。

虽然金陵城中有三万禁军，但在昭明宫的并不多，现在予怀突然发难，情况实在堪虞。

予怀连唤数声，但殿外始终静悄悄的，一个人都没有出现，只有几只刚刚觅食归来的乌鸦振翅掠过，落下几根黑色的羽毛。

“人呢？人都到哪里去了？”予怀愤怒地吼着，他明明安排了人手，怎么会一个人影都不见。

“你不必等了，他们不会来的。”沈惜君淡淡地说。

予怀猛然看向她，恶狠狠地逼问道：“你做了什么？”

“本宫耳目不算聪灵，但也不至于又聋又瞎，连那么大的动静都没有察觉。趁出宫之际，本宫已传令禁军，将他们全部拿下。”说到这里，沈惜君抚一抚发髻，微笑道，“总算禁军还认得本宫的凤令，没费多大周折！”

“你！”予怀怒不可遏，如果目光可以杀人，沈惜君已是不知死了多少次，他悉心安排的一切，全毁在了这俩母子手上，让他怎能不恨。

“拿下吧。”这一回，禁军没有任何犹豫，上前捉拿予怀和陈太后，陈太后面如死灰，输了那么多次，她以为总能赢一回，没想到……还是输了。

这一次，不会有任何人再给她翻身的机会，她彻彻底底地输了！

这一场宫变，最终以予怀下狱、予恒代为监国结束，但事情并没有就此结束。在风平浪静的表面下，另一个危机正在渐渐迫近……

“梆！梆！梆！天干物燥，小心火烛。”远远传来更夫的声音，小断揉一揉犯困的双眼，朝还在案后俯首批阅奏折的予恒道：“殿下，三更了，明日还得早朝，您赶紧歇息吧。”

予恒头也不抬道：“我还有几封折子要看，你要是实在困得慌，就下去吧。”

小断无奈地叹了口气，他虽然很想睡，但主子不歇息，他做下人的又怎么能呼呼大睡，就在这个时候，外面突然有人叩门，他赶紧打起精神上前开门，只见王虎走进来拱手道：“殿下，审出来了。”

予恒手里的笔一顿，抬头道：“江宁月？”

王虎点头道：“是，她已经都招了，药也找到了，这会儿纪太医已经赶去宗人府了。”

“纪太医找到解毒的方子了？”在问这句话的时候，予恒的声音微微发抖。

“纪太医没有说，但卑职猜着应该是有的，否则不会这么急着赶去。”

“好！好！”予恒连连点头，随即急促道，“快去备马，我现在就去宗人府。”

予恒一路急驰，硬生生将半个时辰的路缩短到了一炷香的工夫，负责看守宗人府的两名守卫远远看到他策马过来，赶紧拱手行礼：“参见齐王殿下！”

“吁！”予恒勒住马绳，翻身下马，“纪太医在里面吗？”

“回殿下的话，纪太医半个时辰前就到了，这会儿正在为废太子诊治。”

“肃老王爷也到了，正等着殿下呢。”两名守卫殷勤地回答着，当今陛下就两个儿子，如今原太子被废，眼前这个必定会成为下一任太子，自得好好巴结。

予恒并不知道他的心思，就算知道也没兴趣理会，催促道：“带我去。”

“是。”其中一名守卫赶紧在前面持灯引路，寒风在黑夜呼啸，吹得两边落尽黄叶的树枝晃动不止，犹如张牙舞爪的鬼魅。

守卫停在后院一间透着亮光的厢房前，恭敬道：“殿下，就是在这里了。”

“知道了。”在挥手示意守卫退下后，予恒推门走了进去，果然人都在，他扶住上来见礼的肃老亲王，“怎么样了？”

肃老亲王看了一眼正在专心为予怀施针的纪临，轻声道：“刚刚给二殿下灌了麻沸散，以便于施针，药方已经开下去了，正在煎煮。”

“好。”予恒点点头，“纪太医有没有说有几成把握？”

“这个倒是没说，不过……”肃老亲王忧声道，“我瞧纪太医看过那药后，脸色不大对劲儿，方子也是斟酌了很久才开的，怕是有些麻烦。”

“有劳皇叔了。”等了约莫一盏茶的工夫，纪临终于施完了针，直至这个时候，他才看到予恒，赶紧起身行礼。

“二殿下怎么样了？”虽然是予恒一手废了予怀的太子之位，但无论人前人后，他从来不称“废太子”三字，皆以二殿下呼之，在他心里，太子永远只有一人，那就是予怀。这一次，是因为着了小人的道，才不得已为之。

纪临叹了口气，摇头道：“情况不太好。”

予恒心中一沉，急忙道：“下在予怀身上的毒药不是找到了吗，难道还制不成解药？是不是缺了哪些药材？你告诉我，我立刻派人去找。”

“药材都有，但……有一些伤害是不可逆的。”

“什么意思？”

纪临徐徐道：“江宁月供出来的药，经过臣检查，最主要的成分是石硫黄、白石英、赤石脂。”

听到这里，予恒脸色大变，脱口而出：“五石散？”

再没有人比他更清楚纪临所说的那几样东西，当年，他外祖父就是因为在茶叶中掺杂五石散，导致无数人上瘾，险些引发大乱，之后，陈太后又曾用这件事做文章，想拉拢他。

“用在二殿下身上的药，比五石散少了两味主药，所以算不得五石散，毒性也相对小一些，但因为中毒时间太长，再加上后面增大剂量，所以还是影响到了二殿下。”

“五石散！”予恒咬牙切齿道，“这个害人的东西，怎么一直屡禁不止！”

肃老亲王沉吟片刻，道：“当年赵信那件事情出来后，贵妃娘娘曾日夜钻研，最终研究出了化解五石散之瘾的药方，这张方子，太医院应该有收录。”

“确实是有，下官开的那张方子，就是根据贵妃娘娘那张方子加以改动之后开的，至于效果怎样，要等二殿下服下之后才能知晓。”

“如果有效，予怀是不是能彻底好转？”予恒满脸期望地看着纪临，纪临知道予怀想听什么，但他只能摇头：“不能。”

予恒一怔，继而追问道：“为什么？”

“殿下有没有见过当年服食五石散上瘾的那些人？”纪临突然问这个，予恒不由得愣了愣，随即摇头道：“不曾。”

“虽然贵妃娘娘慈悲，替他们解了五石散的瘾，但毒性并没有随之解去，依旧留在他们体内，一点点蚕食他们的五脏六腑甚至大脑。五年，这是最长命一个的存活时间，大多数人都在三四年后死去。”予恒怔怔听着，嘴唇的血色以肉眼可见的速度退去，许久，他颤声道：“你说他们都……死了？”

“是，无一例外！”纪临的话犹如一盆冷水当头浇下，淋得予恒透心凉，与此同时，另一个可怕的念头从心底蹿了出来，他不敢问，但又不得不问，挣扎许久，他鼓起勇气道：“所以予怀……予怀也会……”后面那个字，他实在说不出口。

“具体情况要等二殿下醒来服药之后，方才得知，但……”纪临无奈道，“确实不乐观。”

予恒脚步踉跄地往后退，直至靠在冰冷的墙上方才停住，失尽血色的双唇一直重复着相同的话：“怎么会这样……怎么会这样……”

肃老亲王沉沉叹了口气，强打起精神安慰道：“现在还是未知之数，殿下不要太担心了。”

予恒眼圈一红，涩声道：“如果……我早一些发现，早些阻止，就不至于这么严重，要是……予怀真出了事，我要怎么向父皇和姨娘交代？”

“谁也不想这样的，二殿下福厚，一定会没事的。”除了这些，肃老亲王不知道自己还能说些什么。

第六十三章　大梦醒来

等了约莫一个多时辰，麻沸散药效退去，予怀渐渐醒了过来，看到予恒在，神情猛地一变，用力挥开他的手，激动道："你已经抢走了我的东宫之位，还来做什么？"顿一顿，他恍然道，"我知道了，你想看我有多落魄，呵，东方予恒，我告诉你，别以为自己真的赢了，那道诏书一定是假的，等父皇回来，看到你这样谋逆篡位，一定会杀了你！"

予恒眉头一皱，对纪临道："纪太医，怎么还是这个样子？"

"殿下别急。"纪临一边说着一边取出温在热水里的药盅，里面是煎好的药，他倒了一碗黑色的药汁递到予怀面前，"二殿下，喝药了。"

"我又没生病，喝什么药？"予怀一脸戒备地说着，继而想起自己昏睡前发生的事情，责问道："你先前给我喝的是什么药，为什么我喝完后什么都不记得了？"

"那是麻沸散，便于臣为殿下施针，至于这碗汤药，是用来化解殿下体内毒素的，还请殿下趁热服用！"

予怀冷笑一声，挥手就要将药碗打落，却被予恒一把攥住了手腕，动弹不得，予恒沉声道："喝药！"

"放手！"面对予怀的呵斥，予恒不为所动，大有不喝药就不松手的架势，予怀怒不可遏道："我不喝又怎么样？！"

予恒面无表情地看着他，半晌，冷冷道："纪太医，麻烦你灌下去。"

"你！"予怀气得肺都快炸了，在一阵剧烈的咳嗽后，他恶狠狠地盯着予恒，"最好不要让我有机会，否则，今日所受的耻辱，我必十倍、百倍奉还于你！"

"我倒希望有这么一日。"予恒涩涩地说，这句话的意思肃亲王懂了，纪临懂了，唯独……予怀不懂。

药灌下去后不久，予怀便突然浑身抽搐，呕吐不止，折磨到黎明时分，才算安静下来，昏睡不醒。

予恒一直在旁边等着，看到纪临收回搭脉的手，急忙问道："怎么样了？"

纪临神色复杂道："起作用了，但……不是很乐观。"

"你把话说清楚。"予恒垂在身侧的双手微微发抖，唯恐听到他最害怕的答案，可终归还是……听到了。

"多服用几次，应该就能驱除二殿下体内的毒素了，但正如臣之前所说，毒可驱，伤不可逆。五脏六腑都有程度不同的损伤，非药石所能奏效！"

予恒眼前一阵阵发黑，双腿一软，竟是跌坐在地上，旁边正烧着炭盆，炭火散发出来的高温扭曲了四周的空气。许久，他勉强问道："还有多久？"

"若好好调理，尚有数年时间，否则……"纪临叹息道，"只得数月。"

"数月……"予恒喃喃重复着这两个字，两行热泪无声滴落在烧得正旺的炭火上，发出"嗤"的几声轻响，迅速化作水汽消失在空气中。

"造孽！造孽！"肃老亲王连连叹息，"真的一点儿办法也没有？我看予怀精神还不错。"

"二殿下精神亢奋，是因为有药物在激发他的元气，一旦停药，病症就会慢慢显现。"纪临心里也是难受得紧，身为大夫，见得最多的是生离死别，最害怕的，也是生离死别。

不知过了多久，予恒从地上站了起来，朝肃老亲王拱手道："今日的早朝，请皇叔祖代为主持，我想多陪陪予怀。"

"好。"肃老亲王有心安慰几句，却不知从何说起，只能用力拍拍予恒的肩膀。

待他们离去后，予恒走到床边坐下，望着予怀苍白如纸的脸庞，脑海中不断浮现少年时的情景，他们还说过，要做一辈子好兄弟，可原来……一辈子这么短，短到他还没有准备好，就要结束了。

"咳咳。"昏迷中的予怀突然咳嗽起来，气息急促地喘不过来，脸上泛起异样的潮红，予恒赶紧替他拍背，好一会儿才渐渐止住。

予怀觉得自己做了一个很长很长的梦，梦里的他变成了另一个人，残虐、多疑、冷血，连自己亲近的人都可以手起刀落，他很努力地想要醒来，却始终不得其法，只能眼睁睁看着自己犯下一个又一个愚蠢至极的错误。

还好，这只是一个梦。

当予怀睁开眼时，最先映入眼帘的一双布满血丝的眼睛，眼睛的主人模样很眼熟，却一下子想不起来。

看到予怀醒转，予恒赶紧压下心中的难过，强打起精神道："醒了，有没有觉得哪里难受？"

听到这个熟悉的声音，予怀一下子清醒过来，对了，这是大哥，他真是糊涂，怎么连大哥也不认得了。

"大哥……"不过是两个再简单不过的字，予恒却险些落下泪来，他已经很久没听予怀这么叫他了，每次见了，都是以"齐王"呼之，疏离无情。只凭这两个字，他就知道予怀一定是恢复正常了。

予恒死命忍住眼底的酸涩，哑声道："没事了？"

"我能有什……"予怀一边说着一边想要坐起来，刚一动就感觉胸口闷得很，连气都喘不匀。

予恒按住他道："你刚醒，好好躺着。"

待气息缓过来后，予怀疑惑地问道："大哥，我这是怎么了，为何一点儿力气也没有？"

予恒一怔，随即小心翼翼地问道："你不记得了？"

予怀皱眉，反问道："记得什么？"

"没什么，你……受了寒，自己又不当心，结果病情加重，昏了过去，纪太医刚刚才走。"予恒心情复杂地说，他知道这个谎言撑不了多久，但又实在不忍说出实情。

"是吗，我竟一点儿也不记得了，记性可真差。"予怀不疑有他，笑一笑，"大哥，我有些渴了。"

"好，我去给你倒水。"予恒扶他靠着床头坐好，然后走到桌前倒了一盏茶，"喝慢些，别呛着了。"

就着予恒的手喝了大半盏后，嗓子终于不再干涩难受，他随口道："大哥，我刚才做了一个梦。"

"什么梦？"

"挺荒诞的，我变成一个很可怕的人，杀了花蕊、阿紫，赶走了张远，最后连大哥都想杀。"

予恒正在搁茶盏的手微微一颤，不动声色地笑道："杀那么多人，是挺荒诞的。"

"是啊，幸好是……"予怀想说"幸好是梦"，但说到一半突然愣在了那里，他终于发现不对劲儿了，"这是哪里？"

予恒眸光一动，淡然道："这是我府邸。"

"你府邸？"予怀狐疑地盯着予恒，齐王府他不知来过几次，对那里的一砖一瓦、一草一木都很熟悉，这根本不是予恒的住处，他也从来没在齐王府见过这样的屋子。

"不然还能是哪里？"予恒好笑地反问着，随即道，"你大病未愈，身子很虚弱，再睡一会儿吧，我还有些事情要处理，晚点儿再来看你。"

予怀目光在他脸上巡视，突然道："大哥，你是不是有事情瞒着我？"

予恒笑一笑："我能有什么事情瞒着你，赶紧睡吧，别瞎想了。"

在予恒离开后，予怀怔怔盯着帐顶，脑海一时闪现予恒说过的话，一时闪现之前做过的"梦"，那个梦真实得可怕，仿佛……那一幕幕都是真的。

真的……

回想起予恒听他提及那个"梦境"时的不自在，还有这间陌生的屋子，一个恐怖的念头渐渐自心底滋生，激得他全身汗毛倒竖，毛骨悚然。

在这份恐惧下，他强撑起酸软无力的身子往门口走去，勉强走了几步，踉跄摔倒在地上，怎么也爬不起来。

守在门口的王豹听到屋里动静，推门走了进来，看到予怀摔在地上，赶紧上前搀扶："殿下怎么起来了，您身子弱，这天又寒凉，可不能下地。"

在将予怀扶上床后，王豹意识到一件事，赶紧回身关了门，但还是晚了一步，被予怀看到屋外的情景："这是哪里？"

王豹心头一颤，赔笑道："这里当然是齐王府了。"

"不对！"予怀不假思索地否决了他的话，"齐王府是什么样子，我比你还要清楚，绝对不是外面那样。"

王豹一边替他掖被一边道："卑职无端端地骗您做什么，真是齐王府，前阵子天干物燥，下人不小心把院子给点着了，虽然很快扑灭了，但还是烧了一些，王爷干脆就休整了一下，您没过来，所以不知道。"

予怀瞥了他一眼，什么也没说，就在王豹以为他信了自己的说辞时，予怀再次掀开被子下地，吓得王豹赶紧按住道："殿下您要做什么？"

予怀挣开他的手，道："既然你不肯说，我只有自己去看。"

“卑职不是都说了嘛，真是齐王府，您怎么就不信呢。”任凭王豹怎么说，予怀始终坚持下地，把王豹急得汗都出来了，不知如何是好。

从床榻到门口，不过十来步的距离，但对大病未愈的予怀而言，比往常百步千步走得还要费力，但无论怎样跌跌撞撞，也无论王豹怎样劝阻，他始终没有停下的意思。

在一番艰难的前行后，予怀手指终于碰到了略有些粗糙的门闩，就在他准备拉开的时候，王豹按住了门，脸上尽是无奈之色：“殿下不必开门，卑职告诉您就是了，为了您的身子，还请先回床榻躺下。”

在予怀依言回床榻半坐后，王豹抹了把脸，涩声道：“这里是宗人府。”

“宗人府……”予怀喃喃低语，眼中满是茫然之色，他不明白自己怎么会身处宗人府，皇室宗亲只有在犯下大错的时候，才会被关押……

关押!

予怀神色猛地一变，死死攫视着王豹：“我是不是杀了人？”

“殿下记得了？”王豹这句反问令予怀面如死灰，果然，那不是梦，自己……真的杀了人，而且不止一个。

予怀没有回答他的话，面无表情道：“把你知道的都说出来。”

到了这一步，王豹也没什么好再隐瞒的了，一五一十地把事情讲述了一遍，和予怀的“梦”一模一样，半点儿偏差都没有。

花蕊……阿紫……张远……

想到这一个个被自己加害的人，予怀泪流满面，尤其是阿紫，竟被他活活打死，他怎么会变得这么冷血残暴，怎么会……

予怀以手捂面，不断有透明的液体从指缝中漏出，看到他痛苦不堪的样子，王豹心里也难过得紧，安慰道：“殿下也别太难过了，您是受了太后毒害才会性情大变，并非本意，皇后娘娘和王爷都知道，并没有怪你。王爷还说，废太子是不得已之举，等事情过去后，他会禀明陛下，复您太子之位。”

“太子……呵呵。”予怀放下手，怆然道，“你觉得我还有脸当这个太子吗？”

“殿下……”

“好了！”予怀打断他的话，抹去脸上的泪痕，“太后是不是也在宗人府？”

“太后那边，王爷会处理，殿下别想太多了。”

予怀沉声道：“我问你太后在不在？”

见他执意要问这事，王豹无奈地点点头：“在。”

“好。”予怀双手哆哆嗦嗦地取过搁在木架上的衣裳穿着，王豹见状，急忙问道：“殿下您做什么？”

“我有话要亲自问她。”王豹还没来得及开口阻止，他已是抬眼冷声道，“要不带路，要不就滚到一边去！”

见他心意已决，王豹只得帮着穿好衣裳，一边让人去禀告予恒和肃老亲王，一边扶着他来到关押陈太后的屋子。

光线随着屋门被推开，洒入昏暗的室内，突如其来的明亮令陈太后不由自主地闭上了眼睛，等她适应光线睁开时，发现眼前多了两个人，其中一个正是予怀。

陈太后瞳孔微微一缩，片刻，有漠然的声音在屋中响起：“会到这里来，看来纪临已经研制出解药了。”

予怀努力克制着心中杀人的冲动，咬牙切齿道：“为什么要这么做？”

“这句话该去问生你的那个女人。”陈太后徐徐拨动着手里的佛珠，一颗颗打磨滚圆的沉香珠子自她指尖划过。

“你想说什么？”

陈太后冷冷一笑：“哀家所做的一切，都是被她所逼，她是一切祸患的根源，是大周的毒瘤，而你——”她上前一步，盯着予怀一字一字道，“也是一样！”

她这样的话，连王豹都听得刺耳，冷哼道：“死到临头还不知悔改，真是死不足惜！”

陈太后的目光刺在他脸上：“凭你也配议论哀家生死，可笑！不错，哀家是败了，但无论如何，哀家都是皇帝生母，别说你主子，就算是皇帝，也不敢动哀家性命，除非想在史书中留下万古骂名！”

皇帝生母——这四个字，足以成为保她不死的护身符。

“就算我和我母妃该死，那大哥又碍着你什么了，为什么你连他也不肯放过？还有阿紫，他们又犯了什么错？”

陈太后不以为然道：“予恒是赵氏所生，那个贱人造孽无数，她的儿子又能是什么好东西，死不足惜。至于阿紫他们，不过是区区几个奴才罢了，死就死了，有什么好议论的。”

予怀站得有些累了，扶着椅子坐下：“我死了，大哥死了，而父皇又出征在外，这朝廷就由你说了算。万一父皇有什么三长两短，你就可以扶持一个你中意的人上位，做你的牵线傀儡。”

他缓了口气道："如果我没料错，就算父皇平安归来，你也会想尽办法夺权。"

陈太后面无表情道："皇帝被你们母子迷惑得神志不清，大周历经百年积累，才有今日的基业，不能毁在他的手里。"

予怀怒极反笑："这么说来，你倒都是为大周着想了？"

"当然。"陈太后话音未落，予怀便猛地击掌站了起来，额头青筋暴涨："满口谎言，所有一切的一切，都是为了自己，你不甘心幽居静芳斋，不甘心只有太后的空名，所以你想尽办法夺权，为此不惜加害自己的儿子和孙子，更不惜站在皑皑白骨之上。一切的一切，都只为了权力二字！"

"让我猜猜，为了便于控制，你会选择一个年纪幼小的皇室子弟继位，予炎……就是一个不错的人选，对吗？"

陈太后眼眸微眯，眼底是不再掩饰的厌恶："你和你母亲一样，都让哀家讨厌得紧！"

"彼此彼此。"予怀毫不客气地回敬她。

陈太后冷哼一声："你说哀家贪恋权位，心狠手辣，连自己的儿子、孙子都不放过，可要不是有你们母子的存在，哀家何须如此，你们才是一切灾难的根源！"

予怀正要说话，一个苍白的声音比他先一步响起："谁都可以说慕贵妃的不是，唯独你不可以。"

陈太后面色一变，冷冷盯着被推开的门，予恒和肃老亲王并肩而入，刚才说话的正是肃老亲王。

"你什么意思？"

肃老亲王大步来到陈太后面前，声音沉凉如呼啸在屋外的寒风："若贵妃不至北周，以卫氏母子的手段，陛下根本没机会登上帝位，而你也依旧在卫氏鼻息下苟延残喘，别说母仪天下，连能不能活到现在，都是未知之数。"

陈太后瞳孔微缩，冷冷道："你什么时候也成了慕氏的人，这样帮着她说话。"

"我这一生，从来不偏帮任何人，只遵循'道理'二字。"肃老亲王的声音掷地有声。

陈太后满面冷笑道："被人当枪使，还自以为有道理，果真是个老糊涂。"

肃老亲王默默盯着她，半晌，有些庆幸道："还好陛下不像你一样自私狠毒，否则我大周就真的危矣了。"

"哼。"陈太后拂袖，阴冷的目光在予怀等人脸上扫过，"你们等着，早晚有你们后悔的时候。”

“王爷。”王虎匆匆奔了进来，将一封奏折递给予恒，低声道：“八百里急报！”

予恒展开一看，脸色瞬间变得极其难看：“人呢？”

王虎知道他是问送奏折来的人，急忙道：“在外面等着。”

“立刻带他进来。”见他神情凝重，王虎不敢多问，赶紧去传人，予怀走过去道：“大哥，出什么事了？”

予恒将奏折递给他，闷声道：“你自己看。”

予怀看过之后，脸色也不大好看：“南诏不是早就归顺了吗，怎么又……”

“别忘了谁藏身在南诏。”予恒的话令予怀沉默下来，是啊，他怎么把这个人给忘了，这下可真麻烦了。

陈太后听到了他们的话，试探道：“萧若傲？”

“与你无关。”予恒冷冷扫了她一眼，对予怀和肃老亲王道，“咱们出去说。”

没等他们答应，陈太后又道：“萧若傲率兵往金陵来了是不是？”

这句话令予恒停下准备往外走的脚步，疑虑地盯着陈太后：“你怎么知道？”

在短暂的愣神后，陈太后突然大声笑了起来，竟是一副欢愉之色，肃亲王再三呵斥之后，她方才渐渐止了笑，讥声道：“看来连老天也看不惯你们得意。”

予怀拧眉道：“你到底什么意思？”

陈太后抚一抚脸颊，凉声道：“大概十多日前，有一只信鸽因为寒冷，无力飞行，落在静芳斋，在它脚上系着一封密信，上面写着‘主力尽出，可攻’六个字。”

予怀正要问什么意思，一道灵光猛地掠过脑海：“萧若傲！”

“不错，这只信鸽所要去的地方，正是萧若傲那里，而信，是他安插在金陵里的密探所写。”

予恒理一理思绪，愤然道：“这么说来……人是你招来的了？”

陈太后冷笑道：“哀家会搬石头砸自己的脚吗，信烧了，改寄了另一封，上面写着‘有伏，不可进攻’。”

予恒一怔，满面疑惑道：“既是这样，为何……他还是来了？”

这时，王虎带着一名风尘仆仆的士兵进来：“殿下，人到了。”

予恒暂时搁下心里的疑问，对那名士兵道：“到底怎么回事？”

“回殿下的话，大概一个月前，一支军队突然出现在南诏边境，并且袭击了我军，经查，是萧帝的军队。”

“你说什么，一个月前？”予恒满面疑惑地问，按陈太后刚才的话，萧若傲十几天前还在等消息，怎么可能袭击边境，他往陈太后的方向看去，陈太后脸上也是一脸愕然。

“是，一个月前。”

予怀蹙眉道：“边境到这里，快马加鞭，十天足矣，为什么才来报？”

“萧帝军队包围了我们，死伤惨重，将军率众拼死冲击，方才冲出一条路来。”说着，他跪下道，“还请殿下立刻派兵增援，将军他们撑不了多久了。”

“不对，这不对！”陈太后激动道，“明明是十几日前的事情，怎么说是一个月前。”

士兵肯定道：“小人记得很清楚，一个月零两天。”

屋中寂寂无声，半晌，予恒叹了口气道：“我明白了，那只信鸽根本就是一个幌子！”

陈太后不解道：“你什么意思？”

“从一开始，萧帝就确定金陵守卫空虚，但他生性谨慎，为了增加进攻的胜算，又布了一个局，信鸽就是这个局的主角。”

予怀若有所思道：“大哥是说，那只信鸽是故意落在静芳斋的？”

“不错。”予恒点头道，“探子计算好了严寒天气下信鸽飞行的时间，让它‘恰好’落在昭明宫，至于落于何人之手，那并不重要。”

“信鸽被发现后，有两种可能，一是连密信一起被毁掉。二是更改密信，传递错误信息。你……”予恒转身看向陈太后，毫不客气道，“自以为聪明，殊不知早已被人算计。”

陈太后被他说得脸上青一阵红一阵，恼羞成怒道：“你有空说这么多废话，倒不如担心担心自己，如果边境守军没能挡住萧若傲，那他现在已经在来金陵的路上，就凭你手上的几万禁军，根本不可能抵挡得住。”

“那不是正合你意吗？”予恒毫不客气地说。

这次陈太后倒是没恼怒，冷声笑道：“这就叫天作孽犹可恕，自作孽不可活。”

予怀在旁边听得气愤：“到了这个时候，你竟还在幸灾乐祸，你以为萧帝破城之后会放过你吗？我告诉你，真到了那个时候，没人能独善其身。”

“你错了。”陈太后扬眉冷笑道，“你们会死，哀家却不会。”

肃老亲王疑惑地问道：“何出此言？”

陈太后倒也不隐瞒，扬声道：“萧帝一旦破城，最先要做的就是安抚人心，毕竟金陵城外有十数万百姓，试问还有谁比哀家更能帮他做这件事？”

肃老亲王难以置信道：“你身为太后，竟然帮着外敌，你……你疯了不成？”

陈太后对他的话不以为然：“哀家帮他的前提是金陵城破，若你们长进一些，守住金陵，自然就不会有这事。”顿一顿，她又道，“说来说去，还是你们无能，怪不得哀家。”

“你……”肃老亲王指着她，竟是想不出合适的言语，半晌，他一拂袖子，恼怒地扔下四个字，“不可理喻！”

相较于肃老亲王，予怀倒是显得异常平静：“对你来说，只要能够活命，能够继续安享荣华富贵，做什么都可以，哪怕是出卖自己的国家？”

陈太后被他这番毫不留情的话刺得老脸微红，扬脸道：“哀家说过，造成这一切的原因，是你们无……”

“回答我！”予怀厉声打断她，面色阴冷如铁。

“哀家说过，人不为己，天诛地灭。”有那么一瞬间，陈太后不敢直视他仿佛要噬人般的目光。

予怀盯了她片刻，徐徐点头：“我明白了。”说着，他上前夺过陈太后手里的佛珠，冷声道，“相信我，佛祖不会想要看到你。”

在予怀快要走到门口的时候，陈太后突然道：“佛祖怎样想的，哀家不知道，但哀家知道，阎王很想看到你，应该……用不了多久就能相见了。”

听到这话，予恒脸色蓦地一变，急声朝陈太后喝道：“胡说什么，闭嘴！”

他的反应令陈太后嘴角的弧度更深了几分：“看来哀家没有说错。”

予怀转过身来，狐疑道：“什么意思？”

见他起疑，予恒心中一紧，故作无事道：“没事，别听她在那里乱嚼舌根子，你遭逢大难不死，后福无穷，阎王哪里见得着你。”说着，他又道，“这里冷，快回屋子里去吧，正好我有些事情要和你商量。”

他的话并没能让予怀相信，狐疑道：“大哥，你是不是还有事情瞒着我？”

“不都告诉你了吗，还能有什么事，你体内的毒不是已经解了吗，怎么还疑神疑鬼的，快走吧。”予恒越是催促，予怀就越是怀疑，略一沉吟，他来到陈太后身前，开门见山地问道：“为什么说阎王想见我？”

予恒心急如焚，又不能明说，只能隐晦地警告陈太后：“你敢乱说一个字，我绝不与你客气！”

陈太后微微一笑：“哀家知道，你恨透了哀家，恨不得一刀了结，可是你不敢，无论哀家做错了多少事，都是你祖母，是大周的皇太后，别说你，就是你父皇也不敢动哀家。”说罢，她将目光转向予怀，“你就没觉得，醒来之后，身体虚弱得可怕，连走路都要人扶？”

予怀眸光一动，道：“大病初愈，这是很正常的情况。”

“对别人来说，或许是正常，但对你来说，绝对不是。”陈太后眼里闪烁着报复的冷光，“哀家下的药，哀家自己最是清楚，你——活不了太久了！”

“闭嘴！”予恒没想到她真的说了出来，气急败坏地吼道，“你真以为我不敢杀你吗？”

“我活不了太久……”予怀喃喃念叨着这句话，目光茫然无神，任予恒怎么说都不答话，只是一遍又一遍重复着那几个字。许久，他喃喃道：“我快死了？”

“没这回事，别听这个老妖婆胡说！”予恒极力安抚着，可这样的话连他自己都骗不过，又怎么能骗过予怀，眼见予怀眼里的悲哀越来越甚，他恨极怒极，竟是一把抽出王豹腰间的佩刀，在空中划过一道冰冷如霜的寒光，当寒光散尽时，那把刀已是横在了陈太后颈间。

这突如其来的变故，惊住了所有人，包括陈太后，愣愣地站在那里，连闪躲也忘记了，还是予怀最先回过神来，紧紧攥住予恒握刀的手：“大哥不可！”

予恒眸底血红：“放手！今日我非杀了个老妖婆不可！”

“你若杀了她，这辈子都不能回头了，也不能……”予怀不知想到了什么，止住了后面的话，改而道，“总之绝对不可以！”

予恒看了他一眼，冷冷道：“她该死！”

“我知道，但你不能动手。”予怀拼命摇头，“大哥，就当我求你，把刀放下。”

“二殿下说得不错，大殿下你不可以冲动。”肃老亲王也在旁边劝着，在一番长久的挣扎后，予恒终于放下了刀。

在夺过予恒手里的刀后，予怀长出了一口气，走到还在微微发抖的陈太后身前：“我还能活多久？”

“予怀。”听到予恒焦灼的声音，予怀侧目道：“大哥，我想知道自己的事情。”

见他这样说，予恒咬一咬牙道：“既然你一定要知道，大哥告诉你。”他闭一闭目，颤声道，“纪太医说你被那毒药伤了身子，五脏六腑俱有损伤，药石难医，若能好好调理，尚得数年时间，否则……只得数月。”

予怀怔怔看着他，忽地长揖一礼，哽咽道：“多谢大哥。”没人比他更清楚，要予恒说出这些话有多艰难。

“报！”外面突然响起士兵急切的声音，王豹走到门口，过了一会儿，他神色匆匆地回到予恒身边，低声道：“殿下，有探子回禀，在离金陵二百余里的地方发现一支军队，人数不少。”

予恒面色一变：“萧军？”

“是！”王豹点点头，“按照路程估计，应该十日之后就会抵达金陵。”

予恒低头咬着食指指甲，这是他自幼就有的习惯，心情紧张之时，就会不由自主地咬指甲，这几年已经改了许多。

半晌，予恒意识到自己的举动，放下手指道：“我知道了，让探子继续盯着，随时回报。”

在王豹出去传话后，予怀忧声道：“大哥，现在怎么办？”

予恒拍一拍他的肩膀，微笑道：“兵来将挡，水来土掩，总会有办法的，别那么担心。”

“可是……”不等予怀说下去，予恒已道：“行了，这事大哥会应付，你就安安心心养好身子，等这件事过去后，大哥就召集天下名医为你看病，一定能治好你的身子。”

“我想帮你！”为免予恒再阻止，这四个字予怀说得飞快。

予恒愣了一下，疑惑道：“帮我什么？”

“我们都知道，萧帝是冲着金陵来的，可现在父皇母妃出征在外，所以金陵现在只能靠我们来守卫，绝不可以落入贼人之手。”

“刚才说了，这件事大哥会应付，你现在要做的就是……”不等予恒说完，予怀已激动道：“金陵有多少守卫，大哥清楚，我也清楚，就算有地利人和，也难以与十几二十万大军抗衡。想要守住，谈何容易。我虽没什么大能耐，但总归可以尽一份心力。再说了，一人计短，二人计长，或许能让我们想出一个好法子。”

予恒叹气道：“你说的这些，我当然知道，可是你的身子……”

予怀知道他在担心什么：“纪太医都说了，我至少还有几个月的性命，等过了这段时间再休养也来得及。”见予恒不说话，他又道，“再不然，我答应大哥，你让我休息我就休息，绝不顶撞。”

见予怀心意已决，予恒只得道："这可是你说的，若有不听，就不许再参与这件事。"

予怀爽快地答应："一言为定。"

"天真！"陈太后抚着颈上微微流血的伤口，恼怒地啐了一声，予怀走到她身前，冷声道："不要以为有太后这个身份在，就真没人动得了你。人在做，天在看，不是善恶不报，只是时辰未到。"

要换了先前，被他这样教训，陈太后一定会驳上几句，可这次她竟有些不敢，不知是因为脖子上的伤口，还是因为……予怀冷到极点的目光。

第六十四章　兵临城下

从宗人府出来，予恒便将所有精力放到了即将到来的萧军身上，清点士兵、粮草和安排城门守卫，整个人忙得团团转，一天经常只睡两个时辰。至于予怀，没回东宫，而是在齐王府住了下来，帮着予恒一起应对即将到来的恶战。

禁军加上金陵城里城外的士兵，总共不到四万人，粮草倒是还算丰足，撑上半年也足够了，要换了其他军队，予恒倒还有信心，可萧若傲握有火枪与火炮的秘密，就算只得了七八成，也足够可怕了，而且他在南昭窝藏了那么久，谁也不知道是否已经解决了火枪火炮的不足。如果解决了，他们面对的压力会更大。

王虎大步踏入书房，恭敬地朝俯首桌案的予恒道："殿下，所有将士都已经齐集，随时听候殿下调遣。"

"萧军离我们还有多远？"予恒头也不抬地问着，在他面前摊着一张金陵的布防图，金陵有四个城门，任何一个城门被攻破，都会令城内遭到灭顶之灾，所以，每一个都必须守住，不容有失。

王虎沉声道："还有二十余里。"

"也就是说……还有一天工夫，他们就会抵达金陵？"在说这话的时候，予恒又不由自主地咬起了食指指甲，只有这样，他才能保持冷静。

王虎无奈道："不出意外的话，是这样。"

"我让你传的话怎么样了？"

"已经依殿下的吩咐告诉诸位将领了，都说愿意追随殿下，生死不改。另外……"他瞅了予恒一眼，小声道，"肃老王爷不知怎么知道了，非得要一起。"

“胡闹！”予恒呵斥道，“皇叔祖都这把年纪了，哪里经得起折腾，是谁传出去的？”

“卑职不知。”说着，他突然跪下道，“请殿下带上卑职兄弟二人。”

予恒微微一怔：“你们？”

“是。”王虎斩钉截铁道，“卑职兄弟都是一样的意思——愿意生死追随殿下！”

予恒叹了口气，看向他的目光柔和了几分：“不怕吗？”

“卑职兄弟都是孑然一身，又有什么好怕的。”说着，他俯首于地，一字一字道，“请殿下成全！”

予恒无奈道：“我走的这一步，九死一生，你们又何必凑这个热闹，命可只有一条。”

“请殿下成全！”王虎什么也没说，只是重复着刚才的话。

予恒起身将他扶起，温言道：“既然你们都想好了，我答应就是了。”

王虎欣然道：“多谢殿下。”

予恒点点头：“趁着还有时间，再去清点一遍人手和武器，另外，记着，这件事一定要瞒住二殿下，绝不让他知道。”

“卑职明白，但……”王虎望着他，露出踌躇之色。

“有什么话就直说。”

“恕卑职说句不中听的话，万一此次殿下有什么三长两短，而二殿下又身患绝症，大周要怎么办？”

予恒神色一黯，随即笑道：“大难不死，后福无穷，我相信二弟一定能够吉人天相，长命百岁。”

“可是……”

“没有可是，总之这件事，我一定要去做，明白吗？”

见劝不动他，王虎只得点头答应：“明白，卑职一定会拼尽所有，保殿下平安。”

“好。”予恒笑着点点头。

当夜，负责看守南城门的士兵借千里镜发现萧军踪影，离金陵只有数里远，他们来得比想象中更快。

厚重的城门紧紧闭着，但并不能给将士们多少安心，因为来的萧军实在太多了，密密麻麻望不到边际，至少有十几万人，而他们只有区区四万不到，当真能够抵挡得住吗？

在四方城门上，皆悬着一块厚重的铁板，是予恒命全城铁匠在这十天里打造出来的，厚达数尺，为了这四块厚重的铁板，甚至融了一些不常用的铁器，直至两天前才做好，没人知道予恒要用来做什么，就这么悬在城门上，乍一眼看去，犹如悬在头顶的重剑，让人忍不住心慌。

予恒赶到城头的时候，予怀已经在了，消瘦的身影在夜色中看起来极为单薄，予恒眉头一紧，快步走过去，带着几分嗔怪道："你怎么跑到这里来了，虽说入春了，可这天气还着凉着呢，尤其是夜里，赶紧回去歇息。"

"萧军来袭在即，我又怎么歇得住。"沉默片刻，予怀沉声道，"我问过士兵，天亮之前，萧军就会兵临城下。"

予恒拍着他的肩膀道："有大哥在，绝不会让他们踏进金陵一步，你只管安心就是了。"

予怀定定看着他，忽道："大哥，你真的有信心吗？"

予恒眸光一动："当然。"顿一顿，他似笑非笑道，"怎么，不相信大哥？"

予怀将目光投向黑沉沉的远处，仿佛能够听到马蹄踏过地面的声音："不是不信，而是……"而是什么，他没有说下去，改道，"让我再待一会儿，看看萧军来势如何。"

见他这么说，予恒叹了口气道："这可是你说的，要是再不听，就依着咱们之前的约定，不许再参与这件事。"

"好。"予怀点头答应，在他们说话的时候，士兵正在不停往城头搬东西，油锅、巨石、火枪等，都是守城要用到的东西。

令他们意外的是，萧军在离着城门还有半里地的时候停了下来，原以为他们是稍加休整，哪知竟是就地扎营。

要知道，就算是距离最远的投石机，也不可能达到半里射程，他们……打的是什么主意？这个答案很快就揭晓了——火炮！

萧军在营地前面架起八门火炮，炮口一致对准城门，这一幕令予恒有些诧异，北周也有火炮，虽然射程比投石机远，但同样不能达到半里之遥，就算勉强达到，其威力在厚厚的城墙面前也已经小到可以忽略不计。

虽然如此，予恒还是命众人躲起来，小心为上。事实证明，他这个举动是正确的，那些火炮的射程比所有人预想的都要长，直直砸落在城墙上，随着轰隆的巨响声，城墙漫起满天烟尘，在烟尘散去后，上面赫然出现数个大洞，最深的那个，直接炸去了半面城墙。

予恒脸色大变，他料到这一仗难打，却没想到这么难打，才刚开战，就吃了这么大的亏，最无奈的是这么长的距离，他们连反击的机会都没有。

予怀脸色也是难看得紧："萧帝怎么会有威力如此巨大的火炮？"

"看来在南昭的这段日子，他没少费心思。"望着远处又开始装弹的士兵，予恒咬牙道，"本想将他们留到最后，现在看来，是不行了。"

予怀知道他说的是谁，点头道："也只能这样了，否则再轰几下，城墙就要穿了。"

予恒屈指叩于唇前，随着一声清脆的口哨，十余道黑影飞掠下城头，迅速往萧军所在的方向奔去。

这些是出征前慕千雪为防万一，特意留下来的一部分神机营，这次萧军来袭，他们自然也被调动起来，只是没想到，竟然一开战就要用到这支奇兵。

望着飞奔而来的神机营众人，骑在马背上的萧若傲冷笑一声，扬声道："开枪！"

听到这声命令，火炮手猛然低下身子，露出站在他们后面的一群火枪手，毫不犹豫地朝神机营众人开枪。

要换了普通士兵，这一波枪声过后，怕是都得毙命，但神机营的人个个武功高明，又久经生死，火枪只是延缓了他们前进的速度，并未有伤亡。

但……这只是开始。

枪声过后，那排火枪手立刻后退重新上弹，原本站在他们后面的一排火枪手则立刻扣动准备已久的火枪，接着是第三排……周而复始，枪声足足持续了一盏茶的工夫。

在这样密集的火枪射击中，终于有人被射中，受伤甚至死亡，但还是有七八个人接近了萧军，他们分成了两拨，一拨毁去火炮，另一拨则冲向了看似没有任何防备的萧若傲。

射人先射马，擒贼先擒王。

只要杀了萧若傲，这支大军就会瓦解，就算……希望再小，他们也要一试。

萧若傲也发现了他们的意图，嘴角勾起一道冰冷的弧度："不自量力！"

阿七冲在最前面，望着越来越接近的萧若傲，他并没有激动，反而将警惕提到了最高，常年在生死边缘徘徊，让他明白了一个道理——越是平静，往往越是危险。

事实果然如此，在离着还有一丈距离时，阿七背上猛地一阵发寒，下意识地回身格挡，"叮叮叮"，无数根细如牛毛的针被刀打落在地，但还是有几根成了漏网之鱼，刺入阿七后背，一下子摔倒在地，连起身的力气也没有。

原本以阿七的身手是不可能轻易被暗算的，但这些针袭来时毫无声音，还是他感觉到危机迫近，方才回身挡住了大部分。

不只阿七，其他神机营也被这些针所伤，纷纷跌在地上，更可怕的是，他们双手以肉眼可见的速度变黑，而且不断往上蔓延，很明显是中了剧毒。

“神机营也不过如此。”一双镶着珍珠的粉白绣鞋出现在阿七的视线中，抬眼看去，一个面容姣好的女子正撑着伞，似笑非笑地看着他。

阿七艰难地撑起身子：“你……是谁？”

“要你命的人。”女子徐徐转动着伞，她蓄着尖长的指甲，上面涂了丹蔻，但并不是寻常女子所用的红色、粉色，而是墨绿色的，给人一种极为诡异的感觉。

阿七望着变成灰黑色的双手，突然想起一事，脱口道：“你是蛊女？”

南昭国中多沼泽瘴气之处，那些地方极易滋生毒虫蛇蚁，滋扰住在附近的百姓，被咬伤中毒的不计其数，在与毒虫的对抗中，那些人渐渐学会了驱虫豢养之法，开始了与毒虫共生的生活，到后来，就演变成了蛊。

不知是否因女子体质属阴，豢养蛊虫的人群之中，以女子居多，被称之为蛊女。

萧若傲派去征伐南诏的军队，曾多次受到蛊女们的反抗，在很长一段时间里，蛊女成了他们的噩梦。这么多年来，南诏一直没有被彻底收服，和这个也有一定关系。

按理来说，蛊女们和萧若傲是死对头，是绝对不可能帮他的，但眼前这个女子的手法，确实很像蛊女。

撑伞女子嫣然一笑：“倒是有些见识。”

阿七能感觉到毒素在体内蔓延，连喘气都困难：“南昭被他所毁，你为什么还要反过来帮他？”

“因为我喜欢他，至于国仇……”女子俯身，笑吟吟地看着阿七，“与我何干？”

阿七被她问得怔了一下，半晌，苦笑道：“确实与你无干。”

女子直起身子，不屑道：“我原以为神机营有多难对付，如今看来，是我多虑了。”

“不是多虑，而是你小觑了神机营。蛊女可驱毒虫毒蛇，确实不好对付，但你不想一想，神机营在大周屹立百年而不倒，岂会没有一点儿手段？”阿七的脸因为体内剧毒侵蚀，变成半黑半白的阴阳脸，甚是可怕。

女子掩唇娇笑，并不相信阿七的话：“瞧瞧你半死不活的样子，再看看其他人，手段？笑话！”

“我们早已经找到……”说到一半，阿七突然浑身颤抖，两眼不断往上翻，几乎看不到黑眼珠子，显然是快死了。

女子被他勾起了好奇心，又怕神机营真有什么对付自己的办法，俯身问道："找到什么？"

"找到……找到……"后面几个字阿七说得极轻，为了能够听清他的话，女子又往阿七方向凑近了几分，嘴里催促道："说清楚一些。"

"找到……"翻白的眼珠子突然回到眼眶之中，与此同时，阿七运起全身力气，狠狠一掌击在女子胸口，令该女子踉跄后退，并当场吐出一口血来，伞也掉落在地上。

女子捂着胸口，怒容满面地盯着阿七："你敢阴我？"

"我早说过，你小觑了神机营。"这一掌用尽阿七内力的同时，也加快了毒素的蔓延，那张脸几乎看不到正常肤色。

女子恨恨咬着染血的牙齿，半晌，她露出一丝阴狠的笑容："我决定了，不让你死得这么痛快，让你亲眼看着被我的宝贝一点点儿吃掉。"说着，右手一扬，一颗黑色的药丸出现在指尖，就在准备喂给阿七的时候，她突然脸色一变，不由自主地跪在地上，手脚一点儿力气也没有。

不对！

女子低头往胸口看去，发现衣襟上有一点儿黑色的血迹，像是被针刺出来的，因为伤口太小，所以她先前并没有察觉。与此同时，原本嫩白的双手也渐渐变黑，和阿七等人如出一辙。

"你居然下毒？"血呈黑色，显然是中了毒，真是阴沟里翻船。

"以其人之道，还治其人之身。"阿七无力地松开手，在那里藏着一枚细如牛毛的针，正是刚才刺中他身体的毒针，被他悄悄拿在手里。

女子一阵心慌，赶紧吞下原本要喂给阿七的药丸，待咽下后，方才有时间怒斥："蠢货，我自己的毒难道还会没法子解吗？"

阿七没有理会她，因为他已经不能再说话了，仰面躺在地上，胸口平静得没有一丝起伏。他知道那一掌那一针，不足以要女子的性命，但他已经尽力了，余下的……只能靠齐王他们自己了。

但愿……大周能够渡过这个难关！

看到女子受伤，萧若傲下马来到她身前，关切道："九画，你怎么样了，要紧吗？"

他的话令九画苍白的面容浮现一丝绯红："妾身还好，就是需要一点儿时间休养。"

"那就好。"萧若傲目光扫过死去的神机营众人，冷然道，"你放心，这一掌的仇，朕必百倍替你讨还。"

“多谢帝君。”在九画下去休息后，萧若傲抬头，遥遥望着站在城头的予恒等人，眸中寒光四射：“火炮继续！”

他的话令屠战露出为难之色：“陛下，咱们的火炮已经开始变形，怕是支撑不了几发了，未必能够在报废之前轰穿北周的城墙。”

为了让火炮有更远的射程，他们对火炮进行了改造，确实达到了想要的距离，但代价也是巨大的，一架全新的火炮在连续射上几发后，就会彻底报废，不能再用。

萧若傲冷然不语，常平在旁边道：“将军误会了，陛下要的不是轰穿城墙，而是轰溃北周的军心，只要军心一散，金陵就唾手可得。”

屠战恍然点头：“我明白了。”

在短暂的停止后，火炮又一次轰向金陵城，炮声轰鸣，砖石飞溅，这一幕，成了许多人心中的噩梦。

“呯！”在又一声巨响后，厚达几丈的城墙竟被生生轰出一个洞来，虽然只是一个勉强能通过人的小洞，却足以令萧军军心大振，周军如丧考妣。

屠战两眼放光地看着那个破洞，恨不能再多砸几炮，可惜他们带来的几架火炮都已经毁得不能再用了：“陛下，请允许末将出战！”

萧若傲没有说话，而是望向了常平，常平知道他是在问自己的意见，斟酌道：“眼下还不是进攻的最好时机，但可以给周军再施加一些压力，让他们见识一下我军的厉害。”

萧若傲点头道：“也好，屠战，你领两千精兵过去，记着点到即可，无须强行攻城。”

“末将领旨！”虽然只是一场试探战，但足令好战的屠战激动不已，当即点齐两千骑兵，往金陵城下奔去。

“立刻让工匠修补！所有士兵准备！”予恒知道他们的意思，一边喊话城下，让早就安排好的工匠修补城墙，一边命士兵在城墙上应战。

滚油、石头、弓箭、火枪，在城墙上组成一面“盾牌”，而在盾牌后是拼命修补城墙的工匠，这画面听起来有些可笑，可实际上……只能用“惨烈”两个字来形容。

“梁老四，你带五百人应付城头上的那些人，余下的都给老子攻城墙上的洞，别让他们堵上！谁要是能冲进去，官升三级，赏银一百！”屠战是粗人不假，但他并不蠢，相反，因为多年征战，颇有用兵头脑，他清楚要用两千人攻下金陵城是痴人说梦，所以从一开始，他就是冲着城墙那个破开的洞来的。

小小蚁穴尚且能令千里之堤崩溃，何况他这里有足足两千精兵。

屠战的话令那些士兵亢奋不已，纷纷将手里的火枪对准了破洞后面的工匠，有一些胆大的，一边扣动火枪一边往前走。

“呯！呯呯！”密集的火枪声震耳欲聋，不断有工匠被火枪射中，倒在地上不知生死，也不知是否予恒大意，竟然没有安排士兵守卫，使得萧军步步紧逼，很快就逼到了城墙下。

城墙上，予恒也看到了这一幕，惊慌失措地喊道：“拦住他们，千万不能让他们冲进来！”

周军同样是心慌意乱拼命拦截，可到底距离太远，效果不大，何况另一边还有萧军攻城，意图爬上城墙。

也许是太慌张，予恒竟然忘了加派士兵去底下阻拦，只是一味让士兵在城头上做着效果微乎其微的抵抗。

城墙下的屠战看到这一幕，咧嘴笑了起来，对旁边的副将道：“我还道这齐王有多能耐，原来也是一个草包！”

副将讨好道：“什么齐王，说白了就是一个养尊处优的公子哥儿，只会纸上谈兵，哪里能跟将军您相比。依末将看，要不了几天，这齐王就会崩溃，到时候将军一举攻进金陵，那可是大功一件，末将在这里先祝贺将军了。”

副将这番话让屠战甚是受用，不过面上还是做出几分谦虚之意：“现在说这些为时过早，等真攻下了金陵再说。”

在他们说话的时候，几名萧军已是踩着破碎的砖瓦冲进缺口，谁也没想到，才第一天，就有萧军冲进金陵，这无疑是一个很不好的开头。

缺口不大，并不能看清进去的萧军，但火枪声、惨叫声，还有予恒惨白如纸的面孔已经足够说明一切。

可悲的是，直至这个时候，他还没想到派兵下去增援，直至予怀提醒，方才慌慌张张地派了一队士兵下去，但……士气已衰，对付两三个无妨，可如果要对付两三千甚至两三万呢？

予恒慌慌张张的样子令屠战更加轻视，不屑道：“说他纸上谈兵都是抬举了。”说着，他对副将道，“传令下去，所有人全力进攻缺口，本将军重重有赏！”

有了之前成功的例子，再加上城内一片混乱的防守，萧军信心大足，一个个叫嚣着往里冲，不再像之前那么小心翼翼。

负责守城的周军看来是真的乱了分寸，在城头上乱成一团，连防守都忘记了，看得屠战冷笑连连："有这么一个儿子，想不亡国都难！"说着，他一勒马绳，往城墙缺口的方向奔去。

旁边副将愣了一下，旋即明白过来，急忙追上去拦住："将军可是要入城？"

"不错！"屠战倒是回答得爽快，一点儿不拖泥带水。

"万万不可。"副将大惊，迭声劝道，"虽说周军不堪一击，但总归有几万人，咱们只有区区两千，这……这太冒险了。"

屠战冷笑道："你瞧瞧他们那副德行，别说几万，就是几十万，本将军也不在乎。"

"将军勇猛盖世，自非这些无能之辈所能匹敌，但双拳难敌四手，再说他们又有火枪，还是小心一些为好。"见屠战不以为然，副将又道，"不如先禀告陛下，随后再做打……"

"不必！"屠战冷冷打断他的话，"告诉陛下，这功劳十之八九又成常平的了，他吃肉本将军喝汤的日子够多了。这次，本将军定要赢他一回。"

"可是……"副将还要再劝，屠战已经绕过他往缺口奔去，通过缺口可以看到，墙城后面已经看不到修补工匠了，想来大都死于萧军刀下，偶有侥幸不死的，也都忙逃命去了，哪还有心思修什么城墙。

副将见拦不住，只得跟着过去，他们很顺利就通过了缺口，顺利得……不同寻常。

屠战本以为自己会看到周军被自己手下士兵追杀抱头鼠窜的场景，结果却完全相反。所有冲入金陵城的萧军，全部五花大绑，并被周军刀架着脖子，一动不敢动。

因为他们站的位置是在缺口两边，所以外面的人无法看到，只能凭声音还有偶尔见到的画面猜测，也正因为这样，屠战才会被误导，以为自己的士兵在城中占尽优势。

一看到那些精神抖擞盔甲鲜明的周军，屠战就知道自己上当了，他反应倒也快，当即掉转马头想要离去，但还是晚了一步，在他后面是一队火枪手，数十支黑黝黝的枪口皆对着他，只要稍有异动，就会死于火枪之下！

屠战虽然气得发狂，但他毕竟身经百战，知道眼下最要紧的是离开，一边暗暗握紧刀柄，一边不着痕迹地打量着四周，试图寻找出一个可以逃走的漏洞。

"啪啪啪！"就在双方僵持之时，头上突然传来拍手声，抬头望去，只见予恒正一边拍手一边慢悠悠地走下来。

看到予恒，屠战气不打一处来，怒骂道："好你个贼小子，居然敢算计本将军！"

"将军误会了。"予恒微笑道，"本王久闻将军英名，只是一直没有机会一见，如今难得将军前来，自得请入城中好好聚一聚。”

“我呸！”屠战朝地上吐了口唾沫，恨声道，“这次是老子大意，上了你的当，有本事撤走这些火枪手，咱们明刀明枪地战上一回。”

予恒轩一轩眉，指着自己脑袋道：“将军看看这是什么？”

屠战不知他为什么这么问，没好气道：“还能是什么，当然是你小子的贼头。”

予恒走到离他不远的地方站定，似笑非笑道：“既然这脑袋在，又怎么可能像将军一样做出无脑之事呢？”

屠战这才反应过来，气得七窍生烟，怒吼道：“你敢耍我？！”

予恒眸光一沉，冷冷道：“耍你又如何，成王败寇。”

在城墙被攻破的时候，他就料到萧军会派兵来试探攻城，所以故意在城头上作慌乱无能的样子，引萧军纷纷入城，一旦他们进到城中，早已安排好的士兵就会将他们擒住，拉到外面看不到的地方，然后故意惨叫逃跑，装出不敌的样子。

至于那些工匠，他们确实被萧军的火枪射中，但并没有死，在他们胸口衣服下藏了一块铁片，火枪射出的子弹都被铁片给挡下了，顶多只是有些疼痛。

“卑鄙小人！”屠战脸颊抽搐不止，胸口是压抑不住的愤怒，他征战那么多年，还是头一次吃这么大的亏。

予恒微微一笑：“要怪就怪将军自己太过大意。”

屠战咬牙道：“你以为抓住我，就能守住金陵了吗？做梦，我告诉你，陛下对金陵志在必得，你们一个都逃不了。”

予恒笑意不减道：“百余年来，不知多少人想要占据金陵，却无一人成功，你们也不会例外。”

屠战冷哼道：“瞧着吧，等攻下金陵，本将军非得把你身上的肉一块块割下来不可！”

听到这话，予怀摸着下巴道：“嗯，这个主意不错，我记得大哥你养了几只鹰，正好可以喂给它们吃。”

屠战被他说得有些发慌，色厉内荏道：“你……你敢。”

予怀好笑道：“你都是我们的手下败将了，还有什么不敢的。”说着，他作势打量了屠战一眼，“看这体形，约莫着两三天就能吃完。”

屠战被他看得后背发凉，暗悔自己多嘴，咬牙道：“既然落在你们手里，要杀要剐悉听尊便，不过你们也别得意，黄泉路上，我等着！”

予恒突然道：“我不会杀你，至少现在。”在屠战疑惑的目光中，他一字一字道，“我要你亲眼看着萧帝落败，看着西楚彻底灭亡！”

不知为何，他的目光让屠战内心生出一种强烈的恐惧感，仿佛……真的一切会毁在他手上一样。

他按住恐慌，故作镇定道：“凭你们几个，连金陵都守不住，还想对付陛下，简直是痴人说梦！”

“是不是痴人说梦，你很快就会知道了。”说罢，予恒挥手道，“把他押到城墙上吊起来，记着吊高一些，好让萧军看个清楚！”

屠战脸色发白，真要这样吊起来，他这一世英名可就全完了：“你……你有本事杀了我！”

予恒笑道：“屠将军对我扫灭萧军大有用处，岂可轻易杀之。”

屠战恨恨地咬着发酸的牙齿，他清楚，以眼下的情况，是逃不走的，要想摆脱对方的诡计还有羞辱，就只有一个办法，那就是——自尽！

屠战不动声色地将全身功力运到右手处，只要他将手掌照着天灵盖拍下去，就算头骨再硬，也非死不可，只是……真的要死吗？

就在半个时辰前，他还做着复国第一功臣的美梦，转眼之间就……实在有些难以接受。

可他……还有别的选择吗？

一旦被挂到城头，就会对萧军士兵造成不可估量的打击，就算勉强逃出去，陛下也不会放过他。

想到这里，屠战狠一狠心，再狠一狠心，用力挣开抓着自己的周军，抬起右手用力往天灵盖拍去，眼见着就要拍实，后背传来细微的刺痛，紧接着运聚在右手的力道如流水一般泄去，转眼之间竟是丝毫不剩，拍在天灵盖上的手掌软绵绵，别说自尽，连一只蚊子都拍不死。

“你是谁？”屠战惊慌失措地问着不知何时站在自己身后的一名中年人，在其手里拿着一枚细长的银针，刚才他感觉到的刺痛，应该就是银针刺入造成的。

予怀凉声道：“大哥早料到你不会束手就擒，所以特意请来纪太医，封住你的内力，令你无法自尽。”

屠战大怒，张口想要说话，却被走上来的王豹捏住下颌用力一扯一拉，顿时下颌脱臼，无法合上嘴。

王豹拍一拍手，冷笑道："这下清静了，也省得你咬舌自尽。"

屠战气得满脸通红，喉咙里不断发出"吼吼"的声音，但也仅止于此，被封住功力的他，什么都做不了。

再说萧军那边，屠战领兵冲进去后，留在外面的萧军一直在密切观察里面的情况，令他们意外的是，原本里面杀声震天，在屠战他们进去后，反而静了下来，几乎听不到声音，实在反常。

众人面面相觑，猜不透里面到底是什么情况，有几个实在按捺不住心中的好奇，走近几步通过缺口往里面张望，竟发现工匠正在迅速修补缺口。

他们刚才不是杀了许多工匠吗，怎么一转眼又冒出来这么多，金陵城有那么多工匠吗？

这件事还没想明白，便又想起另一件更为可怕的事情来。工匠能够毫无顾忌地修补缺口，那就表示屠将军落在了他们手里。

屠将军可是萧帝手下第一大将，无论被擒还是被杀，都是一件大事，必须得立刻告诉萧帝。

想到这里，那些萧军赶紧往回跑，其中一人无意中回头看了一眼，就是这一眼，令他脚下像生了根一样，再无法迈步。

旁边的人见他没跟上来，催促道："停下来做什么，赶紧去禀告陛下。"

那名士兵指着城头，结结巴巴道："你……你们……看！"

诸人好奇地顺着他手指的方向看去，只一眼，所有人都跟见了鬼一样，在城头上，他们看到了失去音讯的屠战，此刻正被人绑起并且吊到杆子上。

屠战——真的被抓了！

第六十五章　屠战之死

当萧若傲从结结巴巴的士兵口中得知这件事时，勃然大怒，腾腾杀意在眼中流转：“这个蠢钝如驴的东西，朕一再告诫他不可贪功冒进，点到即可，他竟全当成了耳旁风，把自己连同两千精兵都搭了进去不说，还拖累朕。”

九画柔声劝道：“帝君莫急，周军一时半会儿应该不敢动屠将军，咱们有机会将他救出来。”在她左颊有几道细细的黑线，犹如蜿蜒的小蛇，这是之前被阿七算计的结果，虽及时服了解药，但毒性太强，有余毒蔓延到了脸上，需要一段时间才能彻底清除。

萧若傲冷哼一声，面无表情道：“救这个蠢货做什么，朕头疼的是另一件事。”

九画一怔，疑惑道：“还有何事？”

常平也在旁边，他略一思索已猜到了萧若傲的心烦之事：“陛下可是担心士气？”

“还是国师最懂朕心。”常平已经被萧若傲册封为国师，论地位，尚在屠战之上，这也是屠战如此忌恨常平的原因。

“你瞧瞧这些士兵，先前还士气高昂，现在一个个垂头丧气，心生怯意，这样下去还怎么攻城？！”萧若傲越说越气，重重一掌拍在扶手上，只听“咔嚓”一声，紫檀扶手竟是生生被拍裂。

“帝君莫急，待入夜之后，妾身就将小红放入他们饮用的水源处，以小红身上的毒性，只要他们饮上一口，就会立刻中毒，到时候，金陵就不堪一击了。”九画话音未落，常平已是摇头否决：“没用的。”

九画脸色一冷，纤手一扬，已是摸在腰间的竹筒上：“国师这是不相信我的手段？

要不要现在就让小红给国师演示一番？”

看到那个不起眼的竹筒，常平眼中流露出极深的忌惮之意：“九画姑娘误会了，小红的毒性，常某亲眼见过，又岂会不信。”

他的话令九画面色稍缓，手微微松开：“既是如此，为何说没用？”

“九画姑娘有所不知，我查阅过以前的记载，金陵城中有一条地下暗河，水量足够供全城百姓饮用，平常并不怎么使用，可一旦金陵被围，就会改饮暗河之水，以防城外有人下毒，所以我才说在这件事上，小红起不了作用。”

九画恍然，朝金陵的方向愤愤道：“倒是谨慎得很！”

恼归恼，到底是没办法。

萧若傲遥遥望着城头的方向，脸色阴晴不定，不知在想些什么，半晌，他道：“可有办法？”

常平知道他是在问自己，拱手道：“塞翁失马，焉知非福。”

萧若傲眸光一动，落在常平脸上：“何出此言？”

“屠将军被擒，对士兵来说，确是一个打击，可若换一个角度来看，未必不是激励士气的一样利器。”

“利器？”萧若傲若有所思地重复着这两个字，“继续说下去。”

“周军将屠将军挂在城头，就是为了消磨咱们的士气，这步棋走得确实不错，可如果屠将军死了，就会在一定程度上激起士兵的仇恨，尤其是屠将军带出来的那些亲兵。在很多时候，仇恨会让人爆发出前所未有的潜力，甚至以一敌十，历史上那些著名的以少胜多的战例，多多少少有仇恨的影子。”

九画蹙眉道：“倒有几分道理，但周军好不容易才抓到屠将军，又怎么会轻易杀之。”

常平微微一笑，意味深长道：“他们当然不会，但我们可以。”

九画一惊，脱口道：“你想借刀杀人？”

萧若傲一怔，望向九画的目光深不见底：“怎么突然问起这个？”

“妾身在想，是要怎样倾国倾城的美人，才能令帝君如此念念不忘。”九画尽量说得若无其事，仿佛只是不经意间的一问，唯独蜷紧在广袖中的手指泄露了她心中的紧张。

萧若傲凝视她片刻，忽地走过去握住她的手，在九画诧异而娇羞的目光中，将她的手指一根根掰开，口中淡淡道：“不要试图去比一些你不能比的人，那只会害了你自己。”

九画身子一颤，她知道萧若傲看穿了自己的小心思，也从其看似平淡的语气中听到了警告，她知道自己应该识趣地闭嘴，但始终抵不过心中的不甘，鼓起勇气道：“难道天下女子都不及她美貌？”

萧若傲手指一顿，旋即松开，任由九画刚刚汲取到些温暖的手又归于冰冷，目光遥遥望着金陵城的方向，声音如同梦呓：“她自是倾国倾城，美貌无双，但她吸引人的从来都不仅仅只是美貌。”

萧若傲的目光温柔如一池春水，这是九画从未在他眼中看到过的，嫉妒令她脱口而出：“所以帝君后悔了？”

这句话令萧若傲眸光倏然一冷，落在九画脸上，令她不寒而栗，也对自己脱口而出的话后悔不已，无奈话已出口，无法收回，只能局促不安地站在那里。

萧若傲抬手抚过九画冰冷的脸庞：“朕刚才说过，有些人不是你能比的，记住了，朕不想再说第三次。”

“妾身……谨记帝君教诲。”九画身子微微发抖，不敢迎视他冷到极点的目光。

“好。”萧若傲满意地点点头，眸光一转，又有了几分温度，手指一挑，勾起九画光洁的下巴，眼底流转着若有似无的情意，“只要你好生辅佐朕攻下金陵，朕一定不会亏待你。”

望着那张近在咫尺的俊脸，九画近乎窒息，双手按在“怦怦”乱跳的胸口，面色酡红如胭脂：“帝君放心，妾身一定会倾力襄助，绝不令帝君失望！”

九画离去，在她身后是萧若傲冰冷无情的目光，表面的温情与暧昧，只是为了让九画更好地替他卖命，在他心里，九画只是一枚棋子，仅此而已。

棋子……当这两个字掠过脑海时，萧若傲的神情突然变得复杂难言，后悔、仇恨、愤怒、痴迷，一起交织在他的脸上。

当年的慕千雪也是他手里的一枚棋子，结果他却被这枚棋子夺去了江山，沦为亡国之君，最可笑的是，他竟然在人到中年时，发现自己真的喜欢上了这枚棋子。都说时间是治愈情伤最好的良药，可对他一点儿效果也没有，这几年来，他没有一刻忘记过那抹纤秀的身影，可越是记得就越痛苦。

他转头，遥遥望着渐渐被夜幕覆盖的金陵城，他发誓，一定要让慕千雪再回到自己身边，而这一切，就从攻下金陵开始！

夜，深浓如墨，火光仅仅能驱散方圆三尺距离的黑暗，随着时间的推移，城墙上原本精神抖擞的周军开始有些犯困，但还是强打精神，等着轮值的人来接替，城墙被火炮炸开的洞在全金陵所有工匠的赶工下已经修补完成，给了城内守军极大的信心。

屠战被吊在高高的杆子上，因为被卸了下巴，嘴巴滑稽地张着，亏得这会儿刚入春，否则不知要被迫吃上多少只虫子，他两只眼睛闭着，也不知是睡还是醒。

“叽叽！叽叽！”刚刚从泥土里钻出来的春虫在城墙下不停地叫着，给这个安静至极的夜晚增添了那么一丝声音。

“梆！梆！梆！梆！”城内传来打更的声音，已是四更天了，城墙上的守军皆松了一口气，看样子，今晚萧军是不会来了，毕竟再过一会儿天就要亮了。

这人精神一松，困意就像挥之不去的苍蝇一样，一直纠缠不放，有些士兵实在熬不过这困意便抱着兵器打起了盹。

城墙上传来窸窸窣窣的声音，因为太轻，没人注意到，就算注意到，也会以为是春虫啼鸣，并不会往心里去。

上千条黑影，像壁虎一样攀爬在城墙上，一点点往上移动，在他们爬过的地方，有细小的坑洞，每一个都有拇指那么深，仔细看去，可以看到他们手脚都套着布满铁钉的工具，正是借助这些工具刺入城墙的力道，方才能够往上抓行。

最先爬上城墙的是屠青，他悄无声息地翻入城头，低头悄悄往屠战的方向走去，周军没想到萧军会在这种时候潜上来，一路过来，竟是没人发现。

眼看就快到了，斜次里突然冲出一名北周士兵，拦住了去路，这人原本是方便回来，哪知险些撞到人，正要说话，目光突然被对方身上所穿的衣裳吸引，这……这不是萧军的衣裳吗？

下一刻，他看到屠青眼里的凶光，顿时明白过来，萧军！萧军趁他们不备，爬上城墙！士兵大惊，急忙扯开嗓子大叫，但从喉咙里蹿上来的不是声音，而是腥浓的鲜血，不断往嘴里涌。

他颤抖地低下头，一柄短小的匕首正插在自己喉咙里，他拼尽全力从疯狂涌出的血水中挤出一丝声音：“唔……呃……”

有离得近的士兵听到他的声音，往这边看来，没等他高兴，屠青突然上前抱住他，借他的身影挡住看过来的士兵目光，嘴里道：“走着走着也能睡着，真是服了你，来来来，我扶你到旁边去睡，反正也快换值了。”

旁边士兵听到这话，以为真是这样，再加上天色又黑看不清情况，遂将头扭了回去，就在屠青以为可以蒙混过关的时候，身后突然传来一个声音：“站住！”

屠青眼皮狠狠一跳，被迫停下了脚步，但后面的脚步声却一下接一下地响着，越来越近……

予恒冷冷盯着前面“搀扶”着的两道身影，抬手悄然做出包围的手势，周军虽然不明白他为何要这么做，但对予恒的信任，让他们不假思索地做出了反应，将屠青团团包围，围聚起来的火把照亮了四周，令屠青那身敌军衣裳无处遁形。

见身份暴露，屠青把心一横，利用手里的士兵为盾牌，飞快往离着不远的屠战奔去，这才是他此行的目的。

王虎眼皮一跳，已看穿了他的意图，赶紧纵身追上去，同时朝四周的士兵吼道：“快拦住他，绝不能让他救走屠战！”

士兵回过神来，在他们准备阻拦时，被爬上城墙的萧军拦住，安静了大半夜的城墙，再一次变得刀光剑影，杀声四起，但……并不是所有萧军都冲在前面。

萧军的将领孙扬带着数名亲兵藏在暗处，冷眼看着战成一团的双方士兵，一旦有北周的士兵倒在他们附近，亲兵就会悄悄将他们拉过来，若是没死就再补上一刀，然后除下他们的衣裳套在自己身上，再往脸上抹血污，让人看不出他们的样貌，待几人全部装扮好后，孙扬冷声道：“记住，屠战只能死在周军的手里，绝不能让人发现你们的真实身份，否则我与你们都担待不起。”

“属下们一定誓死完成任务！”亲兵的回答令孙扬颇为满意，“去吧。”

几名亲兵冲出去，一边装模作样地挥舞着钢刀一边悄悄接近屠战，那边，屠青与王虎打得如火如荼，在他身后，屠战正在用掉落在地上的钢刀磨手里的绳子，在王虎追上来之前，屠青只来得及砍断吊着屠战的绳索。

“噔！”看到最后一点儿麻绳也被割断，屠战大喜过望，赶紧解开脚上的绳索，捡起刀冲上去和屠青一起对付王虎，恨声道：“咱们父子并肩作战，杀他们个片甲不留！”

看到越围越多的北周士兵，屠青低声道：“父亲，咱们此次来的人不多，脱身要紧，不宜恋战。等咱们回去点齐兵马之后，再报今日之仇。”

“也罢。”屠战虽一心想报被掳之仇，但也看出形势对自己这边不利，当即答应下来。

屠青精神一振，趁着逼退王虎的工夫，迅速道：“后面有一座儿子事先让人搭好的云梯，咱们从那里走。”

“好。”屠战一边应付四周越来越多的周军，一边不动声色地往后面退，这一次，他们退得格外小心，就连王虎都没发现他们的意图，只当是久战不敌被逼退。

好不容易退到云梯那里，屠青他们还没来得及高兴，就发现云梯被人截断，根本不能再用，屠青骇然色变："怎么会这样？"

就在他心神一个恍惚之时，刀光一闪，胸口被追上来的一名"周军"划开一道长长的口子，鲜血立刻涌了出来，染红了前襟，好在伤口不深，没有性命之忧！

"儿子！"屠战又惊又怒，大吼着抡起刀往那名"周军"身上砍去，这一刀若是砍实了，"周军"不死也要去掉半条命，就在这个时候，"周军"突然道："将军不认识属下了吗？"

屠战下意识地停下刀，疑惑地看着眼前这名满面血污的"周军"，此人看起来确实有些眼熟，应该是他认识的人，可他怎么会认识北周的士兵？

眼角余光扫过"周军"身上的衣裳，发现胸口开了一个大洞，按照这个情况，非死即伤，可眼前这个士兵生龙活虎，丝毫没有受伤的样子，实在不合情理，除非……是冒充的。

这个时候，屠战终于想了起来，他确实认识这个人，是孙扬的亲兵！

"你——"屠战正待揭穿对方的身份，突然胸口一凉，面孔瞬间变得煞白，颤抖着低头看去，一柄尖利的匕首正插在自己胸口，握着匕首的正是站在对面的"周军"。

"周军"咧嘴露出森白的牙齿："屠将军，对战之时分神，可是兵家大忌啊。"

"你……你是……"屠战努力想要说出后面的话，可对方并不给他机会，用力抽出匕首，这一刀扎得又狠又准，匕首在的时候还没什么，抽出时心头血像泉水一样喷涌而出，迅速带走屠战的性命，至于那名"周军"，在杀死屠战后，迅速混入北周士兵之中。

"父亲！父亲！"屠青悲声大呼，顾不得逼过来的周军，抱住仰面摔倒的屠战，大声哭喊，屠战听到了他的声音，艰难地张嘴想要告诉他杀自己的人是孙扬，可无论怎么努力，都发不了声音，只能含恨而终！

"父亲！"屠青抱着尚有余温的尸体痛哭不已，他本是来救屠战脱困的，哪知反而令屠战送了性命，心中自是悲痛自责。

见屠战已死，孙扬心中暗喜，趁乱来到屠青身边，拉住他催促道："此地不宜久留，快走！"

屠青甩开他的手，双目通红地在人群中搜寻杀害父亲的凶手，可惜那人躲得太快，他连样子都没有看清："我要杀光这群人，替父亲报仇！"

“我知道你心里难过，可你睁眼看看，敌强我弱，咱们来的人快死光了，你自己也受了伤，根本不是敌手！”孙扬话音未落，屠青便厉声吼道：“你怕了就自己走，我就算赔上性命，也要杀光他们！”

“就怕你死了也无济于事，到时候屠将军的仇谁来报？”这句话问得屠青哑口无言，他心里也明白，凭自己一人不可能打得赢那么多人，可要他就这么离开，他——不甘心！

见屠青不说话，孙扬知道他被自己说动了心思，又道：“君子报仇，十年不晚。更何况我们和北周的仇，根本不需要等上十年那么久。相信屠将军也不希望你因为一时意气，白白送了性命。”

屠青伸出颤抖的手，阖上屠战大睁的双眼：“可云梯已经断了，我们下不去的。”

“云梯没有断！”

孙扬的话令屠青一怔，旋即苦笑道：“是真的断了，孙将军不相信自己去看。”

“当初架云梯的时候，我就担心会被周军发现截断云梯，所以让士兵顺着云梯，每隔一丈就钉一枚铁钉，虽说难了一些，但还是能够下去的。”

他的话令屠青精神一振，急忙奔到城墙边，果见城墙上插着一枚枚手臂长的铁钉，之前他将注意力都放在云梯上，所以没有发现。

“少将、孙将军，我们快顶不住了！”苦苦支撑的萧军焦灼地叫着，他们已经从一开始的千余人降到了几百人，而且还在迅速减少。相反，周军却在不断增多。

“快走吧！”孙扬的再一次催促终于令屠青下定了决心，他将屠战绑在自己背上，和孙扬一起纵身往城墙外跃去，左躲右闪，避过了北周士兵的箭雨。

跟随他们活着回去的萧军，不足百人，可谓损失惨重。从表面上来看，他们这一次不仅没救出屠战，还搭进去那么多人，简直是惨败。唯独孙扬知道，他们并没有败。

予恒负手站在城墙上，遥遥望着在晨雾中若隐若现的萧军，不知在想些什么。

“大哥。”予怀的声音将予恒从沉思中拉了回来：“点算出来了吗？”

“嗯，萧军死七百二十三人，伤二百零七人。我军死一百三十九人，伤三百七十七人。”

予恒点点头，沉声道：“将死去的将士好好埋葬，过后找到他们的家人，妥善安置，他们是为大周战死的，断不能薄待了他们的家人。”

“我知道。”予怀应了一声，“另外，发现了一件奇怪的事情。”

“什么事？”

“有四名死去的士兵没有穿外衣和盔甲，而在另一边，找到了四套扔在地上的盔甲和衣裳，我比对过尺寸，是他们的。”

予恒诧异道：“怎么会这样？”

“我也想不明白，唯一能够肯定的是，衣裳和盔甲是在死后被除下的，因为衣裳破口和他们身上的致命伤吻合，这好端端地剥他们衣裳，大哥你说怪不怪。”

“盔甲……”予恒喃喃念着这两个字，“还在吗？带我去看看。”

“都在呢。”予怀答应一声，带予恒去了发现尸体的地方，果然他们只穿了贴身的衣裳，盔甲和外袍都被除下了。

予怀让人将四套满是血污与破洞的衣裳拿了上来，在逐一检查这些衣裳时，一道灵光在予恒脑海中掠过，但还没来得及抓住就已经消失得无影无踪。

予恒心思飞转如轮，试图想起那道灵光的信息，但无论他怎么努力，都想不起来，正黯然之时，旁边的王虎突然道：“咦，这不是昨天那人穿的吗？”

予恒神色一变，急忙追问：“是谁？”

王虎不明白他为何这么紧张，如实道：“就是昨日杀了屠战的那个士兵，虽然衣裳都是一样的，但他衣裳上破的地方特别多，盔甲都几乎烂了，所以属下印象特别深。”说着，王虎疑惑道，“奇怪，昨日屠战死的时候，他并没什么事，怎么一转眼又死了，还连衣裳都被人脱了。”

予恒心头剧烈一震，脱口道：“我明白了，明白了！”

予怀不解道：“大哥你明白什么了？”

予恒兴奋道：“刚才检查他们衣裳时，我就觉得很奇怪，但一下子又说不上来，刚才王虎那番话，终于让我想明白是怎么一回事了。”停顿片刻，他说出一句令所有人震惊的话，“杀死屠战的，并不是咱们的人，而是萧军！”

予怀最先反应过来，连连摇头：“这不可能，他们连夜偷袭是为了救屠战，又怎么会杀他。”

“屠战被咱们俘虏，就算将他救回去，也挽回不了失去的颜面和士气，可如果屠战死了，那就另当别论。”

予怀思忖道：“屠战是萧帝手下第一大将，他一死，必定更损士气，不利于他这次进攻。”

予恒摇头否决了他的话：“你错了，结果恰恰相反。”

“相反？”予怀听得满头雾水，“我不明白。”

随着朝阳升起，雾气渐渐散去，令他们可以清楚看到远处黑压压的萧军，鲜明的盔甲在朝阳下闪烁着肃冷的光芒，予怀有一种错觉，今日的萧军似乎一扫昨日的低迷，变得……勇猛锐利。

真的是错觉吗？

予恒也看到了这一幕，叹息道：“从昨夜到现在，我一直百思不得其解，萧帝明知道城中有重兵把守，不可能救走屠战，为什么还要派人来送死，只是为了那个微乎其微的可能吗？但他从来不是一个会打没把握仗的人。”

旁边一名将军深以为然道：“末将曾与萧帝打过一回交道，确如齐王所言。”

予恒一字一字道：“从一开始，萧帝就不打算救走屠战，相反，他要屠战死！”

“可这对他有什么好处？”予怀知道予恒不会拿这种事情来开玩笑，但他实在想不明白当中缘由。

“仇恨从来都是激励人心的最好工具，屠战在萧军中有着极大的威望，他死了，萧军必定仇恨我们，这么一来，低落的士气就会得到恢复，甚至比之前更加高涨。”

“原来如此。”予怀恍然之余，又有新的疑问爬上心头，“可他怎么保证，咱们会在混乱之中杀死屠战。再说了，领兵的可是屠青，他是屠战的儿子，哪有派儿子杀老子的道理？而且我看屠战死的时候，他很伤心，甚至冒险带走了屠战的尸体。”

王虎附声道：“不错，怎么看他都不像是装的。”

予恒冷冷一笑，突然拔剑往王虎刺去，王虎大惊，急忙纵身避到一边，饶是他闪躲得快，耳边的头发也被斩断了一缕，没等他站稳，剑光又如鬼魅一般追上了来，如影随形，招招迫命。

王虎左躲右闪，狼狈不堪，好不容易躲过这一连串进攻，已满头冷汗，他又是惊慌又是委屈：“殿下，属下……做错了什么了？”

予恒没有回答，而是问道：“我的武功比屠战如何？”不等王虎回答，又道，“不许撒谎。”

“殿下武功高超，但比屠战……”他瞅着面无表情的予恒，小心翼翼道，“还差了一点点儿。”

“那你的武功，比普通士兵又如何？”

王虎不明白他为什么要这么问，如实道：“以一当十，不在话下。”

予恒将剑扔给一旁的王豹，凉声道：“我武功不及屠战，你尚不能应对，一个普通士兵，又怎么能杀得了屠战。”

王虎还在琢磨他这句话的意思时，予怀已是明白过来，脱口道：“我懂了，萧军乔装成我朝士兵，趁乱杀死屠战，至于屠青，只是一颗被蒙在鼓里的棋子。”

“不错，现在所有萧军都以为屠战死在咱们手里，仇恨令他们重新燃起了士气。”

“这个萧帝果真如传闻所言那般心狠手辣，为了胜利，连自己手下的得力大将都能杀害，难怪母妃当年被他害得那么惨。”予怀转头看向城外的萧军，眸中寒光闪烁，“这种人——该杀！”

予恒拍拍他紧绷的肩膀：“好了，折腾大半宿，快回去睡吧，别累着了。”

予怀也确实觉得累了，点头道：“好，大哥也早点儿去休息，接下来还有许多硬仗要打呢。”

“知道了，去吧。”在目送予怀离开后，予恒唤过王豹，“死伤人数清算出来了吗？”

王豹点头道：“出来了，因为事出突然，又是将士们最犯困疏忽的时候，所以情况有些严重。”

予恒眸光微微一黯：“就是说咱们又折损惨重？”

“是的。”王豹沉默片刻，忽道，“殿下，不如咱们以其人之道还治其人之身。”

“偷袭？”这一次王虎脑袋倒是很灵光，一下子反应过来。

“不错。”王豹盯着城外的萧军，冷声道，“他们远道而来，最麻烦的就是补给，如果咱们能烧了他们的粮仓，就能迫令他们退兵。”

“好主意！”王虎兴奋地击掌，迫不及待道，“等天一黑，我就带人去烧了他们的粮草，看他们饿着肚子还怎么围城。”

“你们能想到的事情，萧帝会想不到吗？”予恒的话就像一盆当头浇下的冷水，瞬间浇熄了二人心头刚刚燃起的火。

王虎晃了晃脑袋，有些不甘心道：“说不定……萧帝真给疏忽了呢。”

“这种九死一生的办法，不提也罢。对咱们来说，任何一点儿折损都有可能是致命的。”在说这话时，予恒走到内城墙边，默默望着城门后那块一直悬而未落的厚重铁板。

王豹身子一颤，疾步上前挡住他的目光，急切道：“不可以！殿下不可以！”

王虎也会过意来，连连摇头：“殿下刚才说烧粮草是九死一生的办法，您这个简直是十死无生，万万不可。”

见予恒不说话，王虎急得汗都出来了：“殿下您就算不为自己考虑，也要为金陵城千千万万的百姓考虑，您要是出了什么事，谁来保护他们？”

予恒目光越过二人，望向城下走远的予怀："不是还有予怀在吗？"

"不是属下怀疑二殿下的能力，是他的身子根本撑不了多久。"说到这里，王豹用力一咬舌尖，借着剧痛鼓起勇气道，"若非要那样才能保住金陵，也该是二殿下去做，而不是……"

"啪！"一记响亮的耳光落在王豹左颊，打断他还没说完的话，予恒目光冷厉如箭："不要再让我听到这话，否则就不是一记耳刮子了。"说罢，他拂袖离去。

王虎叹了口气，扶起王豹道："你跟了殿下那么多年，又不是不清楚他的性子，怎么可能答应。"

"我知道，可就是憋不住想说，难道你不是吗？"

"说了又能怎样，殿下是不会答应的。"王虎一边说一边叹着气，他从来都不是一个多愁善感的人，可这几天总是在不停地叹气。

沉寂半晌，王豹忽地目光一亮，脱口道："有办法了。"

王虎一怔，旋即激动得浑身发抖，迭声追问："什么办法？快说！快说！"

王豹徐徐吐出三个字："二殿下！"

王虎一怔，随即明白过来："你是说，让二殿下……"

"不错。"王豹用力点头，"只有二殿下出面才能阻止。"

王虎迟疑道："话是没错，但殿下刚才的话你听到了，他是绝不会放过你的。"

王豹涩然一笑："只要能保殿下周全，赔上我一条性命又有什么关系。"

"说得好！"王虎低吼一声，用力抓住王豹的肩膀，"走，我陪你一起去见二殿下。"

"不行。"王豹连连摇头，拧眉道，"这种事情，我一个人去就行了，你跟去，那不是白白送命吗？绝对不行。"

"我们是兄弟，既为兄弟，自得有难同当。再说了，就算我不去，殿下也不会相信我是无辜的。"

王豹刚要说话，王虎已不由分说道："就这么定了，走！"

见劝不了他，王豹无奈道："那好吧，咱们兄弟共同进退。"

"你们哪里都不许去。"身后突如其来的声音令王虎二人变了脸色，急忙回头，只见予恒脸色阴寒地站在不远处，"原是以防万一，没想到还真防对了。"

王豹面色苍白如纸，讷讷道："我们……我们也是为……殿下好。"

"所以就将我的话当成耳旁风吗？你们眼里还有我这个主子吗？！"面对予恒声色

俱厉的呵斥，王虎“扑通”一声跪在地上，哽咽道：“就是因为属下心里有殿下，才不想看到殿下去送死啊，求殿下收回成命！”

王豹在旁边跪下，声音沙哑道：“属下知道殿下手足情深，不想二殿下去冒险，可金陵离不开您，皇后娘娘也离不开您啊。”他伏地，额头重重磕在染血的青石板上，声泪俱下哀求，“请殿下三思再三思！”

予恒双手紧握成拳，强行压下眼底的涩意，唤过两名士兵，冷声道：“王虎二人目无法纪，不遵军令，立刻将他们绑起来关入大牢之中，没有我允许，不许任何人看望。”

“殿下！”王虎二人齐声呼喊，可惜并不能令予恒改变心意，秘密……依旧是秘密！

第六十六章　予怀出战

接下来的日子，平静而又压抑，萧军一直没有再攻城，但谁都知道，这是暴风雨前的宁静，攻城……只是早晚的事。

“呜！呜呜！”第五日清晨，天刚蒙蒙亮，城外响起嘹亮的号角声，听到这个声音，城上士兵神情猛地一紧，赶紧往城外望去，在离城门十余丈的地方，黑压压列了一排火炮，在火炮后面，是黑压压的士兵，隔着这么远，都能感觉到那份肃杀之气。

敌军来袭！

士兵赶紧吹响自己这方的号角，两军决一死战的日子终于来了，金陵……能守得住吗？

没人知道，毕竟双方实力悬殊，援军也迟迟没有到来……

予恒赶到的时候，萧军的火炮已经开始攻城，这一次火炮攻击范围不像上回那样远，城中守军的火炮可以攻击得到。

一时之间，两军火炮轰鸣，萧军火炮不时被摧毁，士兵更是不断倒地，可没有一个萧军士兵退缩，反而更加不要命地发射火炮。

余下的萧军安静地站在后面，无论前方如何进攻，他们都没有动作，予恒知道，他们在等待机会，一旦城墙被攻破，就会如洪水一样冲进来。

“是屠青！”予怀眯眼看着站在火炮边的一名战将，那名战将也感觉到了他的目光，抬眼望来，眸中尽是冰冷的杀意。

“他一心想要报仇，却不知凶手就在身边。”说到这里，予恒突然愣了一下，目光在黑压压的萧军中搜寻，但并没有找到那个人。

予怀察觉到他的异常，道：“大哥在找谁？”

“看到萧帝了吗？”听到这话，予怀的目光来回搜索了几遍，摇头道：“没有，应该怕伤到，所以在后面躲着吧。”

“或许吧。”予恒点点头，但总觉得有哪里不对。

火炮轰鸣，硝烟四起，没有亲身经历过战争的人，永远不会知道战争有多残酷，刚刚还活生生的人，转眼就成了一具尸体，阴阳两隔。

金陵的城墙全部都是用糯米汁、桐油混合泥浆浇筑出来的，以此来增加石材与石材之间的强度与韧性，远比一般城墙更加结实，可依旧抵不住火炮接二连三的攻击，尤其屠青还让人盯准了往原先破开的城墙处打，不多时，就已经轰出一个巨大的坑洞，再这样下去，不消多时，就能再次破开。

予怀看了一眼旁边为数不多的火药：“大哥，我们不能再这样被动下去了，一起出城迎战吧。”

“好！”予恒狠狠一咬牙，对旁边的亲兵道，“抓住二殿下。”

予怀看着按住自己肩膀的士兵，诧异道：“大哥，你做什么？”

予恒沉声道：“是要出城迎战，但不是我们，而是我。”

“为什么？”

“父皇远征不在，你我二人，怎么着也要留一个守在城中，守住城中的百姓。”

“就算是这样，也该是我出战，我本就是将死之人。”予怀大声吼着，眼里有透明的液体在闪烁。

予恒默然一笑：“可你是我弟弟，哪有做哥哥的推弟弟去死的？”

“大哥……”

“好了。”予恒打断道，“我心意已决，你不用再说，我领兵出城之后，悬在四方城门的铁门会落下，那是用精铁铸成的，就算是火炮也不能轻易轰开，希望能够撑到援兵到来。”说罢，他转身离去，走了几步，又突然停下，微微侧头：“我出城之后，你把王虎他们放了吧，先前因为他们要将这件事告诉你，所以被我关了起来。”

“噔噔噔！”在予恒准备走下城头的时候，一队盔甲鲜明的士兵突然快步奔了上来，越过予恒，将手里钢刀对准抓着予怀的那两名亲兵。

突如其来的变故令所有人都愣在了那里，予恒最先反应过来，惊声道：“你们做什么？快把刀放下！”

没人理会他，依旧维持着原来的动作，予恒恼怒道：“我让你们放下，耳朵聋了吗？”

城墙上一片寂静，只有城下火炮轰鸣的声音，这时，一个苍老的声音缓缓响起：“放开二殿下。”

予恒眉头一紧，往声音传来的方向看去，只见肃老亲王踏着台阶，缓步走上来：“皇叔祖，你这是做什么？”

肃老亲王走到他身前，对视片刻，沉沉叹了口气：“老臣知道齐王爱护二殿下的心情，但事关社稷安危，当以大局为重。”

予恒眼皮一跳：“我一向以大局为重，皇叔祖是知道的。”

“可这一次并没有。”肃王再次叹了口气，对还抓着予怀的两名亲兵喝道，“还不放开二殿下？！”

他虽然老了，但威严尚在，这么一喝，那两名亲兵顿时有些不知所措，双手不自觉地松了几分，被予怀趁机挣开。

予恒面色一变，想要上前抓住予怀，却被肃老亲王带来的士兵团团围住，迫不得已停下了脚步，惊怒道：“放肆，立刻退开！”

予怀走到他身前，面带哀伤道：“大哥，你真以为我什么都不知道吗？”

予恒被他说得一愣：“你，你什么意思？”

“你我兄弟二十余年，再没有人比我更了解你的为人，早在看到那四扇铁门的时候，我就猜到了几分，所以才请来皇叔祖，为的就是在这个时候阻止你。”

予恒万万没想到自己的心思竟被予怀猜了个通透，一时怔在了那里，半晌才挤出一句话来：“你……你糊涂！”

“糊涂的不是我，而是大哥。”予怀痛声道，“我都是一个将死的人了，让我去打这场仗不是刚刚好吗，为什么你非要冲出去，非要去送死？”

予恒抿唇不语，直至予怀一再逼问，方才憋出一句话来：“因为我是大哥！”

予怀揪住他衣领，激动道：“所以你就一个人扛下所有的事，宁可死也要保护一个半死不活的废人，你就是个傻子！咳咳咳！”

他说得有些急了，一口气喘不上来，捂嘴剧烈地咳嗽着，好一会儿方才缓过来，指着予恒一字一字道：“我告诉你，大周不是你一个人的责任，金陵也不是你一个人的担子。这一仗——我来打！”

予恒又气又急：“你疯了是不是，就你这副身子板，风吹着就倒了，还怎么打仗？”说着，他又急急朝肃老亲王道，“皇叔祖，予怀胡闹，怎么您老也跟着他一并胡闹？赶紧让他们退下。”

肃老亲王什么也没说，只是不住地摇头叹气，做出这个决定，对他来说并不容易。

予怀捂嘴咳了几声，抬头道：“大哥，你听我一次，就一次！”

“别的事情我都可以依你，唯独这件事不行！”予恒激动道，“你要是还认我这个大哥，就立刻收手。”

予怀默默看着他，半晌，沉声道：“既是这样，那就没办法了。”说着，他对围着予恒的士兵道，“把齐王绑起来！”

“你们敢！”予恒的怒吼并不能阻止他们的动作，很快被绑了个结结实实，与此同时，王虎二人也出现在予恒视线中，不等他发问，予怀已解释道：“是我把他们放出来的。”说到这里，他轻笑道，“看来我这废太子的身份还有些用处。”

此刻，城下的士兵已经集结，只等主帅一声令下，便会出城迎战，予恒急得眼睛都红了：“你要是还认我这个大哥，就立刻收手！”

“大哥，我早晚都要死，与其死在床榻上，不如战死沙场，至少死得其所，也算是……稍稍弥补我以前犯下的错。”

“你不会死的，纪院正还有那么多太医，他们一定能治好你的病，你要弥补，等病好了以后有的是时间弥补。”面对予恒的话，予怀苦笑不止：“大哥，你就不要自欺欺人了，我问过纪太医，除非华佗再世、扁鹊重生，否则没救了。”

“万一真的有奇迹出现呢？”予恒咬牙道，“父皇，姨娘，你都不管了吗？还是说你想让我内疚一辈子？”

“奇迹……”予怀涩涩一笑，“哪来这么多奇迹，不过是自欺欺人的说法罢了，至于父皇和母妃……”他眼底掠过浓浓的思念与哀伤，片刻，他努力挤出一丝笑容：“不是还有大哥吗，相信大哥一定会代我尽孝的。”

“你……你怎么就是不听呢！”眼见予怀准备下城楼，予恒恨不得冲上去拉住他，无奈被绑着手脚，连走一步都难，只得道，“予怀，就当大哥求你，不要出城！”

听到这话，予怀竟真的停下脚步，转身来到予恒面前，他这个举动令予恒欣喜，以为他改变了主意，但接下来的话，却犹如一盆冷水当头浇下，令他从头凉到了脚。

“这一战，我是无论如何不会放弃的，另外，我也想借这次的事，除去一个为祸朝廷已久的祸害。”他紧紧握住予恒的肩膀，哽咽道，“大哥，多谢你这么多年来一直那么照顾我包容我，下辈子，下辈子我们再做兄弟！”

“好，下辈子再做兄弟！”隐忍许久的泪水自予恒眸中无声滑落。

予怀紧紧抱住他，许久方才依依不舍地松开：“我走了，以后……金陵就靠大哥守着了。”

“好。”予恒用力点头，沙哑道，“除非马革裹尸，否则绝不让萧军踏入金陵一步，但你也要答应大哥一件事。”

“大哥请说！”

“我不管你用什么办法，总之一定要活着回来，咱们兄弟很久没有一起喝酒了。”

予怀愣了一下，旋即露出一抹明澈的笑容：“好，待我归来之后，与大哥痛饮，不醉不归！”

听到这话，予恒紧到几乎打结的眉头终于松了些许：“记住了，不醉不归！”

在予怀准备离开时，王虎二人追了上来，跪下道：“多谢二殿下阻止大殿下犯险，卑职二人无以为报，唯有追随二殿下出城杀敌！”

予怀扶起他们：“我带的人足够了，你们二人就留在这里好好帮着大哥镇守金陵，萧军……来势汹汹，我与那四道铁门未必能够阻止得了。”后面那两句，他说得极轻，以免被予恒听到。

“二殿下……”王虎知道他这是做好了必死的准备，难过得不知该怎么说，予怀知道他心里的想法，笑道：“行了，别婆婆妈妈的，好好守着金陵。”

王虎无奈地点点头，拱手道：“二殿下深明大义，必为世人称颂，千古流芳！”

予怀笑一笑，抬头望着阴沉沉的天空，城下火炮声还在继续，喃喃道：“我不求虚名，只求能够守住金陵，如此……纵死亦无憾了。”

有士兵快步奔上城头，在予怀耳边低低说了一句，予怀眸光微微一亮：“下去吧。”

在士兵退下后，予怀最后看了一眼予恒，头也不回地走下了城楼，城门下，陈太后正惶恐不安地看着围在四周的士兵，看到予怀下来，急忙道：“你把哀家带来这里做什么？”

半个多时辰前，几名士兵突然冲进门强行将她带到此处，说是奉了予怀的命令。

予怀负手走到她身前，凉声道：“你曾说过，无论是我、大哥，还是父皇，都奈何你不得，对吗？”

陈太后愕然道：“你大老远带哀家来此处，就是为了问这个吗？”

予怀冷冷道：“回答我！”

“不错。”不知为何，予怀的目光令陈太后有些畏惧，竟不敢直视。

予怀唇角微弯，勾勒出一道冰冷的笑纹：“你猜，如果我带着你出城迎战萧军，结果会怎么样？”

陈太后瞳孔猛地一缩，骇然道：“你……你敢！”

听到这话，予怀唇边的笑纹顿时深了几分：“我都是一个将死的人了，还有什么好怕的。”

陈太后露在袖外的十指不住颤抖，色厉内荏道：“你……你这样就是谋害哀家，传扬出去，定会被世人唾骂。”

“世人唾骂也好，遗臭万年也罢，都不过是身后空名。人都死了，还在乎这些做什么，你说是不是，皇祖母！”予怀一边说一边往前走。

陈太后被他逼得一步步后退，脚不小心踩到裙裾，跌倒在地上，青玉簪从发髻上滑落，摔在地上，随着“叮”的一声脆响断成了两截。

望着予怀布满杀意的双眼，陈太后终于怕了，颤抖着道：“你……你不能这么对哀家，不管怎么说，哀家……哀家都是你皇祖母。”

“皇祖母？哈哈哈！”予怀大声笑着，笑声里满是讽刺，半晌，他止住大笑，俯身盯着陈太后，一字一字道，“你对我下药，让我与大哥自相残杀的时候，有想过自己是我的皇祖母吗？”

陈太后咽了一口唾沫，颤声道：“那是哀家一时糊涂，哀家知错了，真的知错了。”见予怀不为所动，她扑过去拉住予怀的手，垂泪道，“予怀，你再原谅哀家一次，哀家答应你，从此潜心修佛，再不参与朝堂之事，你相信哀家。”

予怀讥笑道：“父皇相信了你，我相信了你，结果呢？”

“哀家保证，这是最后一次，最后一次！”

“一次不忠，百次不用。更何况你骗了我们一次又一次。”予怀毫不留情地甩开她的手，“把她绑到马车里去！”

“是！”士兵早就等候多时，此刻听到他一声令下，当即架起陈太后往旁边的马车走去。

“哀家是当今太后，立刻放开哀家，否则……否则哀家砍了你们的头，诛你们九族！”陈太后惊慌失措地喊着，但不论她怎么喊叫都无济于事，很快被拖到了马车边，脚上的鞋也都掉了，狼狈不堪。

“你不能杀哀家，不能！”陈太后拼命挣扎，但她年老体衰，怎么可能敌得过孔武有力的士兵，很快被绑了个结实。

“予怀，哀家的好孙子，求求你，求求你放过哀家，哀家发誓，一定会改过！”陈太后老泪纵横，她是真的吓坏了，万万没想到予怀竟恨到了这个地步，不惜两败俱伤。

“将她扔到马车上。”予怀对她的哀求置若罔闻。

陈太后见哀求无用，心中怨毒无比，咬牙道：“小畜生，你这样害哀家，一定会有报应的。对了，还有你那个娘，你们全都会有报应！”

她的咒骂只换来予怀一句话：“把她的嘴堵上，我不想再听她说一个字。”

下一刻，一块散发着酸臭气味的破布被强行塞进了嘴里，令她无法再说话，只能发出“唔唔”的声音。

那厢，予怀一一扫过站在城门前的士兵，沉声道：“萧军围城，援军迟迟未到，金陵危在旦夕，为了守住金陵，守住我们的家国，我要出城与萧军决一死战，你们——可愿跟随？”

“我等愿誓死追随二殿下！”数万士兵齐齐跪下，响亮的声音在城门久久环绕，纵是城外震耳欲聋的火炮亦不能将之震散。

予怀欣慰，大声道：“好！我们不亡，金陵不破！”

“我们不亡，金陵不破！”

“我们不亡，金陵不破！”

士兵们一遍遍重复着予怀的话，性命固然重要，可还有很多东西比性命更要紧，譬如家人，譬如信念。

在这家国存亡的关头，他们愿意用性命去守护，哪怕从此不能归家，不能饮酒吃肉，也无怨无悔。

疯子！全部都是疯子！

这是陈太后此刻唯一的念头，在她的努力下，终于吐掉了嘴里的破布，但绑着手脚的绳索却是怎么也弄不掉，反而引来了旁边士兵的注意，趁着予怀没留意这边，急忙道：“你放了哀家，哀家许你荣华富贵。”

士兵满面冷笑：“你都自身难保了，还怎么许我？”

“他们虽然不敬哀家，但你别忘了哀家是太后，攒下的金银珠宝足够你三辈子衣食无忧，可比你每个月拿几两银子的俸禄好多了。”

“这个嘛……”士兵摩挲着下巴，似乎在考虑她的话。

见士兵有所心动，陈太后暗自欢喜，急忙又道：“哀家用性命担保，字字属实，没有半分虚假，你也不想你家人一世贫穷吧。”

“说得倒也有几分道理。”士兵徐徐点头，就在陈太后以为他会放了自己的时候，一口浓痰重重吐在她脸上，吐痰的人，正是那名士兵。

“你做什么？”陈太后气得浑身发抖，她从没受过这样的奇耻大辱，更别说唾自己的还是一个连品阶都没有的粗俗士兵。

“老妖妇，你以为每个人都跟你一样无耻吗？相比昧着良心得来的荣华富贵，我宁可清贫度日，至少心安理得。”士兵不屑地说，“还有，要不是你，金陵也不会危难至此，你理该以死赎罪！”

“不知好歹的狗东西，你一定会……唔唔！”话没说完，破布已是再次塞进了嘴里，令她无法说话。

那边，予怀也都安排好了，最后看了一眼站在城头的予恒后，他翻身上马，随后拔出腰间佩剑，大声道：“所有将士，随我出城！”

“轰隆隆！”萧军一直想要攻破的城门，在尘烟弥漫中缓缓打开，一并出现在萧军视线中的还有予怀带领的数万士兵。

屠青也看到了，咧嘴露出狰狞的笑容：“好啊，天堂有路你不走，地狱无门偏要闯进来。所有将士听令，跟老子冲过去，别让他们关门！”他边说边一挟马腹，往大开的城门奔去。

“冲啊！”萧军毫不犹豫地跟上去，只要冲进金陵，他们就等于赢了。

可接下来的事情，令他们傻了眼，在快要冲到时，一道巨大的铁门轰然落下，死死挡住还来不及关闭的城门。

屠青神色一变，急忙拉住缰绳，脸色难看地盯着那道看起来厚重无比的铁门，这可比原先的城门难攻多了，只是……这铁门易下不易起，那些人难道不打算回去了吗？

屠青目光扫了一圈，最终落在予怀身上，大声道：“报上名来，本将军刀下不斩无名小辈！”

“东方予怀。”予怀的回答简单明了。

“东方？”屠青一怔，道：“东方溯是你什么人？”

予怀脸色一沉，呵斥道：“放肆，父皇名讳岂是你能够称呼的。”

听到这话，屠青恍然道：“原来是皇子，好。”他屈指一弹手里长刀，刀身受震，发出清脆的鸣响，“我这把刀还从来没饮过皇子的血，正好拿你开刀。”

“谁生谁死，还不一定。”予怀的话引来屠青哈哈大笑，屠青满面不屑道：“就你这样子，还想赢本将军，痴心妄想！”

屠青突然腾空而起，刀刃在半空中划过一道雪亮的痕迹，朝予怀狠狠落下，若是这一刀砍实了，予怀不死也要重伤。

“当！”长剑如寒月升起，又如清雪凌空，挡住了足以要命的那一刀，代价是喷出一口猩红的鲜血。

见予怀遇袭，旁边的几名将军连忙拔刀出鞘，屠青虽然勇猛，却也不是那么多人的对手，当即借力后退，折身回到自己的坐骑上。

望着咳血的予怀，屠青满面讽刺：“这么一刀都受不了，你还怎么与我打，不过是自寻死路罢了。”

予怀颤抖地自怀中取出参片服下，压住胸口翻涌的血气，随即抬手抹去嘴边的血迹，强自镇定道：“要是力气大就能赢，你们也不至于沦为亡国奴，连个安身的地方也没有。”

他这句话刺痛了屠青，脸色瞬间变得难看无比：“找死！”

自从西楚被灭之后，他们一直像丧家之犬一样到处逃亡，后来虽苟安于南昭，可也并不安宁，所以才迫不及待想趁金陵防守空虚之时，将之攻下，重建西楚。

“所有火枪手，准备！”随着屠青一声令下，无数黑洞洞的枪口对准了予怀等人。

陈太后透过车帘缝隙，看到这一幕，吓得头皮一阵阵发麻，努力想要说话，无奈被塞着嘴，只能发出“唔唔”的声音，没有人听到，就算听到，也不会有人理会她。

曾经高高在上的太后，如今沦落到这个地步，真是应了那句话——因果循环，报应不爽。

在萧军亮出火枪时，城墙上仅余的士兵也都纷纷举起火枪，对准城下的萧军。

无论人数，还是火枪数量，他们都不及萧军，但他们会为城下的同胞、为金陵，拼尽最后一颗枪弹！

屠青看了一眼城头，冰冷的薄唇微微勾起，手势微微一动，那些萧军是他们父子一手训练出来的，一看到这个手势顿时明白了，分出一部分，枪口朝上，对准城上的士兵。

就在屠青准备挥手落下之时，予怀突然道：“少将军，你这一战，是为萧帝，还是屠将军？”

屠青轻蔑道：“你不必再拖延时间，这一次，我一定会攻破金陵，完成陛下与我父亲的心愿。”

“如果你是为萧帝，我无话可说，但如果你是为了屠将军……恐怕屠将军在天之灵，难以瞑目。”

屠青一愣，收起手道："你这是什么意思？"

予怀也不与他绕圈子，径直道："屠将军并不是死在我们手中，而是萧帝。"

屠青怔怔地看着他，半晌，突然大声笑了起来，许久方才渐渐停下，满面讽刺地望着予怀："我还以为二殿下亲自出战，是有什么奇招，原来是用这种下三烂的手段，看来……我真是高估你了。"随着这话，他再次抬起手，但这一次依旧没有挥下，不是他突然心软，而是予怀随后说的一句话。

"就在几日之前，你们还士气低落，现在却突然变得高涨，为什么？因为屠将军，他的死，激励了原本低迷的士气。可以说，屠将军的生死牵动着所有他带出来的士兵，这个道理，你明白，我也明白，你说，我们会蠢得杀死屠将军吗？他活着可比死了有用得多，否则当初我们也不会费那么大力气将他活捉了。"

屠青脸色阴晴不定，虽然他不想相信，但予怀说得确实在理，难道……真是陛下……

这个念头刚冒出来，便被他狠狠甩出脑海，不会的，父亲跟了陛下几十年，出生入死，不知立过多少汗马功劳，更曾救过陛下性命，陛下绝不可能那么对待父亲，分明是予怀存心挑拨，想要离间他们君臣的关系，好保住金陵。

想到这里，屠青紧绷的心弦渐渐松开，是的，他绝不能上了对方的当，从而错失这个大好时机。

"不要以为跟了萧帝多少年，立了多少功，他就会在意，论心狠手辣，没人比得过他，我母妃就是最好的例子！"

予怀一直在留意他的神情，看到屠青神色舒展，怎会不明白他的心思，又是一剂猛药落下。

果然，这句话令屠青刚刚坚定的心思又生出几分动摇，旁边的副将孙扬见他迟迟不动手，上前道："少将军，该动手了。"

"我自有分寸。"屠青心烦意乱地回了一句，随即望着予怀道，"当时情况混乱，你们错手杀死父亲，也是很正常的事。"

予怀看了一眼屠青旁边的孙扬，捂嘴咳了几声，喘息道："少将军可还记得，与你一起来营救屠将军的人是谁。"

"孙扬。"屠青话音未落，予怀的声音便又接了上来："孙扬又是谁的人？"

这句话如惊雷炸响，令屠青浑身僵硬，孙扬……孙扬是国师常平的人，而常平……一直与父亲不和。

他从来没怀疑过萧帝与常平的动机，直至今日予怀提起，方才发现一直以来被他忽略的一件事，为什么萧帝不指派别人与他一起潜入金陵营救父亲，却偏偏是孙扬？

其实就算没有孙扬，他一人也足够应付了，可萧若傲偏偏就派了孙扬去，究竟是为了救人，还是……细思极恐。

慢着，屠青突然想到一件事，父亲致死的那道伤痕，干净利落，与其说是误伤，更像是……蓄意。

孙扬在一旁听得冷汗涔涔，强自镇定道："少将军莫要听信他的挑拨，末将一直对屠将军敬仰有加，直至今日，末将都在自责那日没将屠将军救出，又怎可能加害将军。"

屠青脸色沉沉地看着他，也不知是信还是不信，那两道带刺的目光，令孙扬头皮发麻，仿佛有无数只小虫子在头皮上面蠕动。

那厢，予怀的声音还在继续："你我为敌，你要攻城，我无话可说，但你要想清楚，攻城，究竟是为了谁。你父亲的死，又是谁之过！"

眼见屠青神情越来越不对，孙扬唯恐他真的被说动，连忙道："少将军……"

"父亲是你杀的？"屠青突然开口，令孙扬头发几乎根根炸起，暗自咽了口唾沫，硬着头皮道："不是！"

"当真？"屠青眼里闪动着浓浓的疑色，他知道不该相信敌人，可细想起来，当日确实太可疑了。

"少将军就算不相信末将，也该相信陛下。千军易得，一将难求，屠将军又是陛下最得力的将领，怎么可能下杀令？"孙扬努力掩饰心底的虚怯，但还是被屠青捕捉到了一丝，瞬息之间，滔天怒火漫上了眉眼，长刀寒厉，横在孙扬颈间："真的是你！"

孙扬没想到他会突然发难，面色煞白如纸，话也说不出，好一会儿才颤声道："少将军，这……这玩笑可万……万万开不得。"

屠青咬牙切齿道："父亲一生精忠报国，就算西楚亡了，也未曾有离弃之念，竭尽全力助陛下重整河山，结果……要了他性命的，恰恰就是陛下，真是讽刺！"

"陛下没有，少将军……"话说到一半，孙扬颈间传来一阵刺痛，低头看去，刀刃不知何时割开了皮肤，渗出鲜红的血液。

"再不说实话，我就让你再也说不出话来。"屠青此刻满脑子都是冤死的父亲，根本无暇顾及予怀，更没有看到一队北周士兵正在悄悄绕到他们的后方。

孙扬看到屠青眼里毫不掩饰的杀意，真的慌了神，迭声求饶："少将军饶命，末将真的不知道。"

“看来，你是不打算说了。”屠青冷冷盯着他，随着他执刀的手渐渐收紧，刀刃更深地割入孙扬的脖子，鲜血不断流出，看这样子，很快就会割到颈脉，而且这种死法，比干脆利落的一刀毙命更令人害怕。

这一次，孙扬是真的慌了神，迭声道：“我说……我说！”

屠青停下手里的动作，沉声呵斥：“说！”

“陛下他……他……发现……”孙扬结结巴巴地说着，就在屠青等得不耐烦想要催促时，突然孙扬眼中精光一厉，头往旁边一侧，在屠青反应过来之前，已是脱出了刀刃的范围，随即一挟马腹，往后退了数丈，远远离开屠青，几名将士也赶了过来，将他围在中间。

屠青没想到他是诓骗自己，恼怒不已：“好你个卑鄙小人！”

孙扬心有余悸地捂着流血不止的脖子，真险，差一点儿就死了，他望着怒容满面的屠青，冷声道：“你和你父亲一样，蠢得不可救药！”

“不许骂我父亲！”在屠青心里，屠战是天神一样的存在，没有人能够亵渎。

孙扬这会儿已是定下心来，讥声道：“说你蠢还不相信，事到如今，告诉你也无妨，你父亲——是我杀的！”

“你！”虽然早有预料，但真切听到的时候，屠青还是心神大震，眼前一阵发黑，几乎要从马背上摔下来，赶紧握紧缰绳稳定身子，咬牙道，“你终于承认了，为什么？”

“因为他必须死！”在说这六个字的时候，孙扬嘴角微扬，屠青知道，这是他在嘲讽父亲。

想到父亲一世尽忠，临了死在自己人手里，身后还得不到应有的尊敬，屠青心如刀割，咬牙道：“你们这样对得起父亲吗？”

“他既为臣子，就该有为国家为陛下牺牲的觉悟。”说到此处，孙扬又冷冷一笑，“再说了，要不是因为他鲁莽大意，被北周生擒活捉，我们的士气岂会低落。”

屠青气得说不出话来，他是个武将，论口舌之利，怎么是孙扬的对手，好一会儿才从牙缝里挤出几个字：“卑鄙小人！”

孙扬根本不将他的斥责放在心上，凉声道：“你本来可以安安稳稳地做少将军，建功立业，甚至成为复国功臣，可惜啊，你们两父子是一样的蠢，一样的无可救药！”

屠青气得面色发青，恨声道：“你一再侮辱父亲，今日——我非杀了你不可！”说罢，他就要策马奔过去，突然后脑传来尖锐的破空声，汗毛瞬间立了起来，下意识低头，一支利箭贴着他头顶飞过去，箭尖所过之处，断发如柳絮一般，纷纷飘落。

屠青急忙转头看去，一名弓箭手正在搭第二支箭，先前那支箭正是他射出的。

“郑山，你也是孙扬的人？！”屠青瞳孔急缩，言语中带着难以置信的惊意，这名弓箭手是他一直以来颇为器重的下属，没想到竟然是孙扬的人！

郑山听到了他的话，但并没有理会，只是将第二支箭尖再次对准屠青，倒是孙扬在一旁道：“你说错了，他是国师的人。”

“又是一个狼心狗肺的东西！”屠青冷冷说着。孙扬笑道：“你错了，这叫良禽择木而栖，跟着你们父子，这辈子都不会有出息。”说着，他朝弓箭手使了个眼色，后者会意，右手松开拉满的弓弦，弓箭再次激射而出。

这没有完，一支箭刚离弦，第二支、第三支立刻接踵而至，分别对准屠青的脖颈、眉心、眼睛，皆是盔甲保护不到的地方。

狠、准、快。

这是屠青看中他的地方，万万没想到，有朝一日，郑山射出的箭会朝向自己。

屠青勉强避过了一两支，第三支却是怎么也没办法避开，激射而至的铁箭在他眼中迅速放大。

我命休矣！

屠青脑海中闪过这四个字，绝望地闭上了眼睛。

“叮！”一支黑羽箭后发先至，堪堪撞在原先那支箭身上，令它偏离了方向，射入离屠青不到两尺距离的地上。

孙扬和郑山皆是脸色一变，齐齐望向黑羽箭射出的方向，是予怀，他这会儿正捂着嘴拼命咳嗽。他那副弱不禁风的样子，令人无法相信，可弓箭就在他手上，除了他之外，没有第二人。

“咳咳！”予怀勉强止住咳嗽，露出苍白的笑容，“暗箭偷袭，这可不是什么好习惯。”

孙扬万万想不到会被一个痨病鬼坏了事，又气又恨，与此同时，屠青策马朝他冲来，顿时大慌，赶紧策马后撤。

他知道屠青厉害，和屠战一样勇武有力，以一敌百不在话下，自己虽也有些本事，但完全不是屠青的对手。

第六十七章　无路可退

接下来，萧军士兵看到了令他们目瞪口呆的一幕，孙扬在前面逃，屠青在后面拼命追，那眼神像是要把孙扬生吞活剥了一般。不知情的人见了，还以为孙扬是北周的人呢。

孙扬身边那几名将领纷纷举刀阻拦，但没有一个能在屠青手中走上三个回合，更有甚者，一刀毙命，身首异处。

孙扬吓得魂都飞了，一边拼命策马逃亡，一边朝两边的士兵吼道："屠青居功自傲，行谋逆之事，你们还愣着做什么，赶紧杀了他！"

正当士兵犹豫着是否要举起手中的钢刀火枪时，屠青铿锵有力的声音传入耳中："这个卑鄙小人杀害我父亲，当斩！"

他们刚才的争吵多多少少被一些士兵所听到，这会儿更是得到了证实，这些士兵大多是屠战一手带出来的，所以他们不约而同地选择了袖手旁观。

"该死！"孙扬怒骂了一句，更拼命地往前奔，但没跑多远，胯下的马突然哀鸣一声，跌倒在地上，孙扬毫不防备，被狠狠摔在地上，左后马腿上插着一柄寒光闪闪的钢刀，正是屠青掷过来的。

孙扬回过神来想逃的时候，已经来不及了，屠青从马腿中抽出钢刀，横在孙扬还在流血的颈间。

"少将军饶命，我……我也是听命行事。"孙扬到底怕死，急急哀求。

"现在知道求饶了，你杀我父亲的时候呢？"面对屠青的质问，孙扬慌声道："我知道对不起老将军，可这是陛下与国师下的命令，我……我只是一个小小副将，不敢不从。少将军要报仇，该去找他们报才对。”生死当头，他已经完全顾不得脸面了。

“你放心，我一定会去找他们算账，不过现在……先与你算！”说完这句话，屠青手起刀落，但对准的并不是孙扬脖子，而是他的两条腿。

“啊！”刀落得太快，直至两条腿离体，孙扬才感觉到强烈的疼痛，几乎晕厥过去。

屠青面无表情地从怀里掏出金创药洒在孙扬的伤口处，像他们这种行军打仗的人，身上都会带着止血的药。

这金创药极有效果，一瓶下去，那么大的两个伤口，竟然开始慢慢止血，不过这药并没有止痛的效果，孙扬依旧痛得死去活来，冷汗涔涔。

此时，军队后方突然冒起腾腾浓烟，令人心生不祥，继而有一名士兵急奔而来，朝屠青跪下急禀：“启禀少将军，有北周士兵潜入我军后方，以火药焚烧我方粮草，虽然现在正在灭火，但天干物燥，恐怕……损失严重。”

跟随屠青的一名将领轻声道：“少将军，末将知道您心中悲痛，但北周居心叵测，我军危在旦夕，还请少将军以大局为重。”

屠青一脸冷漠地看着他：“所以，我要连杀父之仇也放下是吗？”

“少将军……”

屠青抬手打断他的话：“你不必说了，我做不到。”

这样干净利落的回答，令将领不知所措：“那……那现在怎么办？”

“我要去找萧若傲问个清楚，至于你们，要打还是要停战……自便。”说罢，屠青将孙扬用绳子绑住，拴在马上，拖着他往另一侧城门奔去。

予怀远远看到他的举动，恍然道：“原来如此。”

旁边的将士不明白他突然说这句话的意思，疑惑道：“殿下在说什么？”

予怀咳嗽数声，虚弱道：“自从开战之后，你们可有看到过萧帝？”

将领一怔，随即摇头道：“不曾。”

“我原先一直不明白，为何这么重要的战役，萧帝一直不露面，如今才想到，他其实早就露面了，只是去了另一座城门。不知……”予怀满面担忧道，“他攻进来了没有。”

将领一惊，急忙道：“要不要提醒大殿下？”

“不用了。”予怀摇头道，“若是在放下铁门之前没攻进，那现在也会被拦在城外，若是已经攻进……这么久了，大哥那边应该已经得到消息，再说我们也帮不上忙。”说着，他肃然道：“眼下，还是准备应付萧军的进攻吧。”

将领不以为然道："主将都跑了，还打什么，就算打起来，那也不过是一盘散沙罢了。"说着，他满面钦佩地望着予怀，"二殿可真厉害，不费一兵一卒，就让他们自相残杀，难怪您要领兵出战。"

其他将领也纷纷点头，眼中满是敬仰之色。

予怀横了他一眼，淡然道："你以为我们赢定了？"

将领一愣，反问道："难道不是吗？"

"你想得太简单了。"予怀叹息一声，望着正在重整队形的萧军，忧声道，"萧帝心思缜密，又怎么会不防着屠青，必然早就做足了准备，孙扬是第一道防线，还有第二道、第三道。"

将领拧眉道："可他们粮草都被烧毁了，还打什么！"

"就是因为粮草没了，才更要打，只要攻入金陵，粮草、补给，吴将军，你觉得还会是问题吗？"

听到这里，吴将军脸上已没有了刚才的轻松，是啊，他们烧了萧军粮草的同时，也将萧军逼到绝境，为了填饱肚子，为了活下去，他们一定会不顾一切地进攻金陵。

事实也正如予怀所料，萧军面上的动摇与退意正在渐渐退去，取代而之的是无处可退的决绝。

北周也好，萧军也好，在这一刻，都无路可退。

既然不可退，那么只有一战，以定最后的胜者！

火枪、弓箭、长矛、利刃，无数兵器在城墙下碰撞，而每一次碰撞，都会有人倒下，或是周军，或是萧军。

这样的激战，陈太后乘坐的马车自是不能幸免于难，和陈太后的尸体一样，千疮百孔，几乎没有完好之处。

一直到死，陈太后的眼睛都大大睁着，充满不甘。

在今日之前，她从来没想过自己会死，更没想过会是这种死法，但……她确实死了，为她的一生画上一个并不光彩的句号，也印证了那句古话——善恶到头终有报，不是不报，只是时辰未到！

屠青一路拖着重伤的孙扬来到北城门，萧若傲与常平果然在这里，他们正集中所有火力，意图破开城墙。事实上，他们已经破开了一半，如果城墙上再没有士兵防守的话，天黑之前，恐怕就能破开整道城门。

萧若傲脸色阴沉地骑在马上，他这次将大部分兵力放在原先的城门上，吸引守军注意力，自己则率领一队精兵突击北城门。

北城门守军薄弱，根本不是对手，无须多久，便破开了城门，他正要策马进城，突然一道精铁打造的铁门当头落下，幸好他退得快，否则怕是要被当场劈成两半了。

他千算万算，都没算到北周竟然还有这么一招，真是可恨，希望能在援军赶到之前破开城墙。

"驾！驾驾！"常平听到远处传来的马蹄声，举目望去，待看清马背上的人时，脸色一变，策马来到一直盯着城墙的萧若傲身边："陛下，屠青来了。"

萧若傲眉头一蹙，疑惑道："他来做什么？"

"他在这种时候过来，恐怕有问题。"常平话音刚落，屠青已来到近前，一只手握缰绳，另一只手里握着染血的钢刀。

孙扬被拖了一路，整个后背磨得血肉模糊，早已是奄奄一息，他看到了常平，但已经没有力气开口求救了。

常平也看到了悲惨至极的孙扬，骇然道："少将军，孙副将怎么变成这样了？还有，你不在前方领兵，来这里做什么？"

屠青冷冷盯着他，常平从他目光中读到了强烈的敌意与愤怒，这不是一个臣子该有的目光，难道……常平看了一眼孙扬，已猜到了大概。

屠青目光一转，落在萧若傲身上："陛下，臣有话要问。"

常平能够猜到的事情，萧若傲自然也能猜到，他不动声色道："问吧。"

"我父亲，可是陛下派孙扬所杀？"屠青话音未落，常平已呵斥道："休得胡言，屠将军是死于北周之手，这是所有人都看到的。"

"双眼看到的，不见得就是真相，否则我也不至于被你们骗到今日。"说着，屠青用力一拉绑着孙扬的绳子，令孙扬在空中转了半圈，然后重重地摔在常平面前，满面讽刺道，"孙扬已经全部都招了，由不得你们不认。"

常平待要言语，被萧若傲抬手制止，他盯着满面愤恨的屠青，沉声道："你想怎样？"

屠青咬着森白的牙齿，一字一字道："杀人偿命，天经地义！"

萧若傲脸色平静地听着，随即道："这么说来，你是想杀朕了？"

屠青寒声道："你与常平都是该死之人，当诛！"

萧若傲对他的话付诸一声叹息："朕本想留你一条性命，如今看来，是不行了。"

屠青听出他话中凛冽的杀意，担心迟则生变，当即用力一踩脚踏，纵身向萧若傲扑去，锋利尖锐的刀尖直取萧若傲的胸口。

面对迎面扑来的屠青，萧若傲不闪不避，犹如吓傻了一般，但离得越近，屠青心中的不安就越发浓重，仿佛……有什么不好的事情即将发生。

在刀尖离萧若傲不足三尺距离时，数支短小的黑色袖箭如幽灵一般突然出现在视线中，带着尖锐的破空声朝屠青飞来，每支箭都指向要害之处。

电光火石之间，屠青在半空中一个腾挪，随即翻滚落地，避开了那几支要命的袖箭。

屠青双目通红地半跪在地上，差一点儿……他差一点儿就刺中萧若傲了，可恶！

其实在那一瞬间，他曾想过不躲闪袖箭，一命换一命，但很快就发现袖箭比他的速度更快，若不闪避，只会白白送死。

他不怕死，但在死之前，一定要先杀了萧若傲与常平。

“杀了他！”萧若傲吩咐着悄无声息出现在他身后的四名黑衣人，语气冰冷如霜，没有一丝怜悯或者不舍。对他来说，不能利用的人，死了比活着好，更别说屠青还想杀他。

那四名黑衣人是萧若傲一手培植的贴身护卫，也就是从前的天机卫，具体有多少人，武功如何，武器又如何，都是一个谜，连屠战都不清楚，只是知道有这么一支队伍存在。

暗器、长刀、长索、匕首，每一个黑衣人使用的武器都不相同，或阴诡难测，或勇猛刚劲，或刁钻古怪。在他们的围攻下，勇猛如屠青，也屡屡负伤，虽然都不是致命的伤，但已经足够令他发狂了。

屠青一边应战，一边心思飞转，再这样下去，自己会被活活耗死，而萧若傲与常平，一点儿事情都不会有。

不行，就算死，也要拉萧若傲一起死，让他去阴间给父亲磕头认错！

想到这里，屠青暗自一咬牙，对着朝自己肋下刺来的匕首不闪不避，任由其刺入肋骨之中。与此同时，趁着黑衣人愣神之际，迅速一刀落下，又快又准，几乎将黑衣人劈成了两半。

随后，他又用同样自残的方法杀了另外三个黑衣人，但付出的代价也是惨重的，满身伤痕，整个人犹如从血池中捞起来一般。

那些士兵紧紧握着兵器，却没有一个人有勇气上前，眼睁睁看着他往萧若傲的方向走去。

屠青走过的地方，留下一道长长的血迹，触目惊心，若是一直下去，鲜血流光只是早晚的事。

望着近在咫尺的萧若傲，屠青咧嘴，令那张布满鲜血的脸庞看起来越发狰狞："萧若傲，看你还往哪里……"

"逃"字还没来得说出口，屠青突然感觉胸口一凉，低头看去，一截刀尖从胸口透出。下一刻，那截刀尖猛地消失在胸口，继而一股温热的液体喷涌而出，并同时带走了身体仅有的温度。

屠青仰天倒下，倒下时，他看到一名黑衣人提着尚在滴血的刀站在他身后……

萧若傲来到目光正在迅速涣散的屠青身前，冷声道："朕的护卫，可不止四个人。"

屠青死死瞪着他，不甘心地吐出在阳世间的最后一口气……

父亲，您这辈子做得最错的，就是效忠一个不该效忠的人，从而赔上自己的性命。

儿子本想替您报仇，可惜……连拉他一起死都做不到，但儿子相信，天理循环，因果报应，他一定不会有好下场，我们父子就在阴曹地府等着他！

在解决了屠青后，萧若傲面无表情地回到城墙边，萧军的进攻一直在继续，此刻，他们离城墙另一端已经不足一丈距离。但同样，火枪火炮的弹药都已经空了，只能靠巨木来撞击，一点一点消耗城墙。

时间，他们现在最需要的就是时间，只要有足够的时间，就能够破墙入城。

在屠青死后不久，报信的士兵也到了，禀报着前方城门的战报，当知道粮草被烧掉一大半后，萧若傲也不禁面颊一阵抽搐，半晌，他道："知道了，去吧，随时来报。"

在士兵离去后不久，城头上突然出现大量士兵，继而滚油、石头、利箭纷纷落下，令毫无防备的萧军损失惨重。

常平眉头紧皱地看着这一幕，城内周军既然已经知道了他们攻击此处城门的消息，一定会拼死防守，就算勉强攻入，情况恐怕也不乐观。原本倒是可以让主力来援，可现在……

常平思忖片刻，来到脸色阴沉的萧若傲身边，沉声道："陛下，眼下情况对咱们不利，不如……撤兵吧。"

他的话令萧若傲眼皮狠狠一跳，脱口道："不可能！"

常平早料到他会这么回答，沉声道："臣明白陛下心情，但现在这个情况，恕臣直言，再打下去……凶多吉少！"

萧若傲狠狠瞪着他："你到底知不知道这一战对朕来说有多重要？"

“臣知道，正因为知道，才请陛下三思。”顿一顿，常平又道，“或许另一边还有机会，但北城门……就算勉强攻进去，也必然有无数周军拼死抵抗，一个不成，反而被困在城中，陛下还是放弃吧。”

萧若傲死死攥着双手，眼见就快要攻进城了，退兵……让他怎么甘心！

可现实是残酷的，随着城头上周兵的反击，不断有萧军士兵倒下，虽然也有抵抗，可弹药早已经用尽，身在城下的他们，只能靠仅有的箭矢，效果微乎其微。

那些士兵早就心生退意，只是迫于严酷的军令，方才不敢后退，但军令再严酷也只能压得住一时，继续下去，崩溃只是早晚的事。

见萧若傲迟迟不下令，常平心急如焚，催促道：“还请陛下早做决定！”

萧若傲到底是个拿得起放得下的主儿，在几番咬牙后，终于下了退兵的命令，听到这个命令，无论是城里的周军还是城外的萧军，都松了一口气，如潮水一般迅速退去，与主力会合。

此时，予怀所在的那处城门，两军之间的战争已经趋于白热化，鲜血四溅，杀声震天。

无论是北周还是萧军，都知道这是他们最后的机会，不顾一切想要赢得这场战役，可胜利者只能有一个。

“咳咳！”在射中一名萧军的喉咙后，予怀捂嘴激烈地咳嗽着，那张苍白的面孔泛起异常的潮红，要不是周围的将士帮他挡着敌军，自己早已经死在乱刀之下。

待勉强止住咳嗽后，予怀抬头环视四周，映入眼帘的是一张张浴血奋战的脸庞，将士们……真的是拼死在守卫身后的城池。

可到底，他们还是人太少，随着战斗的加剧，倒下的人越来越多，虽然往往能带走一个甚至两个萧军，可在绝对的人数下，情况对他们越来越不利。

希望……援军能在他们全军覆没之前赶到。

另一边，萧若傲的心情也是极其郁闷，北城门失利也就罢了，可这里，他安排了将近二十万大军，人数占据绝对优势，可就是在这种情况下，损失依旧极其惨烈。

如果这一战赢了，并且赶在北周援军之前攻入金陵还好，否则……

萧若傲不敢再想下去，摆在他眼前的就只有一条路，那就是赢，必须要赢！

只有赢，他才可以复国，才可以图谋天下，否则……他就只是一个失败者。

可惜，老天往往不愿意遂人所愿，这一次……也是。

“驾！驾驾！”远处尘土飞扬，如一团沙尘暴，向金陵迅速逼近，伴随这片沙尘一起逼近的，还有轰鸣如雷的马蹄声。

常平是第一个注意到的人，当他看清一面在沙尘中若隐若现的旗帜时，脸色迅速大变，急忙奔到萧若傲身边，慌声道："陛下，北周的援军到了！"

萧若傲顺着他手指的方向看去，脸色比常平还要难看数倍，咬牙切齿道："早不来，晚不来，偏偏赶在这时候来！"

"将士们已经筋疲力尽，伤亡惨重，断然不是援军的对手，请陛下立刻决定。"

萧若傲怎会听不出他话里的意思："你要朕撤兵？"

同样是撤军，这一次要比北城门那回严重多了，因为这等于全军撤退，放弃金陵。

"是！"常平虽是个书生，却异常果决，否则萧若傲也不会将他倚为心腹。

萧若傲脸色阴寒道："你应该清楚知道，这一次撤兵，意味着什么。"

"是。"常平的回答简洁明了，一个多余的字也没有。

萧若傲瞳孔狠狠一缩，寒声道："那你还敢要朕撤兵？"

"留得青山在，不怕没柴烧。所以陛下现在要保的是实力，等待复起的机会。"

他这句话将萧若傲心里的怨气与愤怒悉数勾了起来，厉声道："等待等待，你就会让朕等待，朕受够了！"

常平沉声道："臣知道陛下委屈，可明知前面有墙，陛下还要一头撞上去，撞得头破血流，甚至丢掉性命吗？"

萧若傲狠命咬着牙，牙龈被咬得一阵阵发酸，放弃——他最不喜欢这两个字，可偏偏今天，一而再再而三地出现，将他逼得走投无路。

在他们说话的时候，那团"沙尘"又离近了许多，隐约能够看到里面策马疾奔的人影，常平焦灼道："时间不多了，请陛下立刻下令，再拖下去，想走都不行了。"

在一口牙齿几乎要被咬碎的时候，萧若傲终于传令撤退，与北城门那次相比，这一回更加屈辱无奈。

他不仅失去了志在必得的金陵，更失去了一半士兵与粮草，连能否支撑回到南昭喘息都是一个未知之数，更别说……他还要应付北周的追击。

在离开前，他看到了被围困的予怀，一个念头猛然自脑海中掠过，下一刻，他朝一直围绕在身边的几名黑衣人下令："不惜一切代价，把他抓过来。"

黑衣人当即策马奔过去，借着突如其来的攻势，强行破开予怀身边的防守，将他一把抓到马背上，然后迅速撤离，待到周军反应过来的时候，已是回到萧若傲身边，并且迅速撤离。

“追！”予恒在城头看得分明，急声大吼，心中只有一个念头，那就是绝不能让萧若傲抓走予怀。

周军追得固然是快，可萧若傲等人更快，为了赶在援军抵达之前撤离，一个个皆是拼了命地奔逃，战马被催得嘶鸣不断，两个大鼻孔拼命呼气吸气。

眼见萧若傲带着予怀越奔越远，予恒大急，不顾将士们的阻拦，强行以游绳下城，夺马狂追。

萧若傲对予恒恨之入骨，此刻见他单枪匹马追来，自不会放过机会，不断寻机会回身射箭，箭箭直指予恒要害。一来阻拦了予恒追击，二来若是能趁乱杀了予恒，就会令北周军心大乱，说不定他们还能反败为胜。

予恒一边策马追赶，一边在马背上闪避，好几次都是险之又险地避过，有一次几乎要掉下马去。

“驾！驾驾！”予恒带着追上来的北周将士努力追击，在他们的努力下，两者之间的距离几乎不足十丈。

一心想着救予怀的他们，忽略了萧若傲嘴角那一缕若隐若现的冷笑，以及……射完箭矢后，他一直放在身前不曾显露于周军面前的右手，在那里……有一支异常精巧的火枪。

那些箭矢，只是萧若傲布下的一重迷雾，真正的杀招是这支火枪，所有人都以为萧军的火药在之前的攻城战里就全部用完了。殊不知，萧若傲手里还有一支火枪，精巧，却威力巨大，十丈之内，无物不穿！

萧若傲一直在等予恒追入十丈之内，如今机会终于来了，只要……只要这一枪射准了，北周仅有的两位皇子就会一死一俘，到时候军心必定大乱，没有军心的队伍，就算来再多援军也没什么可惧的，不过是一群散沙罢了。

是不是可以反败为胜，就看这一枪了！

萧若傲深吸一口气，猛然转身抬枪，朝着予恒的眉心，毫不犹豫地扣动扳机。

虽然这一枪是在马背上射出，但他就是在马背上得的天下，对他而言，马背就如平地，他有绝对的信心，一定可以射中予恒，解决这个年轻棘手的心腹大患。

予恒忽略了他的手，但萧若傲何尝不是忽略了一直被他扔在马背上的予怀，虽然被颠簸得几乎丢了半条命，但予怀还是注意到了这一点，在萧若傲回身之时，他用仅余的所有力气狠狠撞在萧若傲身上。

差之分毫，失之千里！

予怀突如其来的一撞，令萧若傲枪口一下子失去了准头，子弹擦着予恒鬓角飞了过去，高温令他的头发瞬间烧焦，但命保住了。

在予恒惊出一身冷汗的时候，萧若傲心里的愤怒上升到了极点，他攻夺金陵的计划、东山再起的大计，一而再再而三地毁在这俩兄弟手里，简直就是他命中的克星。若不是还有理智克制着，他会毫不犹豫地杀了予怀。

萧若傲是一个极其果断的人，既然没有机会，就绝不会拖泥带水，强压下愤恨与不甘，用力一挟马腹，带着余下的十来万士兵逃离。

这一场追逐，持续了整整三天，不断有萧军被俘，但始终没能抓到萧若傲。最后，更是在一处山林中失去了萧若傲的踪迹，予怀也一同失踪，生死未卜。

予恒一边派人继续寻找，一边传令各边境，绝不能让萧若傲逃回南昭，只要他在北周境内，早晚总能找到，可要是逃回南昭，那就难说了。而且，予怀的身子让他很担心，他不想找到的时候是一具冷冰冰的尸体！

深夜，齐国临淄城外的一间营帐中，慕千雪在灯下看着金陵城刚刚送来的书信，一身戎装的她，依旧清丽动人，且比宫装时多了几分飒爽英姿。

“咳咳！”几声低沉的咳嗽惊动了慕千雪，连忙来到未被烛光照亮的营帐另一端。

东方溯躺在床上，手紧紧捂在嘴上，不知是不是光线的原因，他的脸色看起来很差，略有些凌乱的发髻里隐约可见有银光在闪烁。

“陛下醒了。”慕千雪一边说着一边将东方溯扶起，又拿了两个软枕垫在后面，让他可以靠得舒服一些。

东方溯又咳了几声，虚弱地问道：“朕睡了多久？”

“大约有两个时辰，陛下很久没睡过这么久了，看来这次医先生的药很有效。”慕千雪柔声说着，谁能想到，就是这么一个丝毫不懂武功的柔弱女子，可以面对千军万马而不皱一下眉头。

东方溯扯一扯苍白的薄唇：“你是不是又诓朕了？”

慕千雪一脸委屈道：“上次多说了半个时辰，招来陛下好一顿训斥，臣妾哪里还敢诓骗，是真的睡了两个时辰，不信您自己看铜漏。”

东方溯被她说得一阵好笑：“瞧你这张猴儿嘴，朕就说了你几句，到你嘴里就成训斥了，真是个爱冤枉人的妮子！”说到这里，他不知想到了什么，怔怔地望着慕千雪。

慕千雪以为他又不舒服了，神色一下子紧张起来：“臣妾立刻去叫医先生过来。”

东方溯拉住意欲离去的慕千雪："别担心，朕没事。"见慕千雪犹有不信之色，他笑道，"朕真的没事，只是想到了以前的事。"

"妮子……妮子……朕以前总喜欢这么叫你。"东方溯露出回忆之色，嘴角不自觉地翘了起来。

见他确实没事，慕千雪放下心来，侧身在床边坐下，打趣道："是呢，不过臣妾现在年纪大了，陛下再叫这两个字，怕是心里要膈应了。"

"不会。"东方溯抚过她柔软光滑的脸庞，露出只有慕千雪一人方能得见的温柔笑容，"你还是和以前一样美，一点儿都没变过，变的是朕，朕老了。"

慕千雪侧身俯在他胸口，声音温柔得如一池微微荡漾的春水："陛下老了，臣妾也老了，咱们一起白头，一起老到……"话未说完，一只微凉的手指已是抵在唇间，止住她嘴边的话，"嘘！不许说晦气的话。"

慕千雪一怔，随即嫣然轻笑，拉下他的手道："人生在世，皆逃不过'生老病死'四个字，哪有什么晦气不晦气的。再说了，能与陛下一起死，臣妾可一点儿不觉得晦气，相反，是一种福气。"

东方溯低头，一言不发地看着她，半晌，忽道："千雪，答应朕一件事可好？"

"什么事？"

"你先答应朕。"东方溯异常坚决的态度令慕千雪愣了一下，在片刻的犹豫后，她点头道："好，臣妾答应。"

听到这话，东方溯目光微微一松："无论朕在与不在，你都要好好活下去，守着咱们的儿子，咱们的江山！"

儿子……

这两个字，令慕千雪胸口狠狠抽搐了一下，下意识地回头看了一眼桌案，那里摆着一封还未合起的奏折。

"千雪？千雪？"东方溯连着唤了几声，才见慕千雪回过神来，眉心未能及时压下的愁色令他一怔，随即联想到自己刚才的话，瞬间脸色大变，一把抓住慕千雪的手，急促道："是不是予怀出事了？"

慕千雪连忙掩饰住忧色，微笑道："予怀好好地待在金陵，能有什么事。"说着，她挣扎了一下手臂，"陛下您抓疼臣妾了。"

东方溯连忙松开手，但对她的话始终将信将疑，片刻，他忽地指着桌案上的奏折道："那是金陵送来的吗？"

“是。”慕千雪硬着头皮答应了一声，她不敢欺瞒，因为看东方溯的样子，怕是十有八九要看奏折，果不其然，东方溯伸手道：“拿来给朕看。”

慕千雪心中叹息一声，无奈地取来奏折，不过她刻意折着另一边，在那里，写着予怀被掳、生死未卜的字句。东方溯身体已经很差了，再受刺激，怕是要撑不住了。其实……前面写的事情，已经足够惊人的了。

刚看了几行，东方溯的面色就变了，手也不停哆嗦，直至看到后面，神色方才有所好转。

在东方溯准备翻页之前，慕千雪从他手里抽走了奏折：“陛下放心，予恒和予怀守住了金陵，萧若傲一步都没能踏进去。”

东方溯寒声道：“出征之前，朕就防着他可能趁机作乱，果不其然。”说着，他又关切道，“予怀他们怎么样？”

“他们二人好好的，陛下只管安心。”慕千雪掩饰得很好，没人看得出她是强颜欢笑，但还是不足以令东方溯尽信，疑声道：“既然如此，你刚才为什么不告诉我？”

慕千雪莞尔道：“臣妾倒是想说，陛下给臣妾机会了吗？陛下一醒来，就一直在催着臣妾应承一个根本不知道是什么的问题。”

东方溯想想也是，疑心顿时打消了大半：“这么大的事，你应该一收到奏折就告诉朕。”

“好好好，是臣妾的错，以后一有奏折就立刻叫醒陛下，这总可以了吧？”慕千雪一边笑一边替他掖着被角。

“你啊！”东方溯好笑地摇头，随即感慨道，“算算日子，离开金陵也有好几个月了，真希望赶紧结束这场战事回去。”

“快了。”慕千雪温言道，“临淄已是强弩之末，撑不了多久了，要是赶得紧，三四月就能回到金陵。”

“希望如此。”东方溯点点头，又想到刚才的话题，郑重其事道，“记得你答应过朕的话。”

慕千雪默默看着他，半晌，她轻声道：“臣妾的人生，因为陛下方才重新有了希望与光彩。若是失去了陛下，臣妾就算活着，也不过是一具行尸走肉。”

“不会。”东方溯抚着她的脸颊，目光是只属于慕千雪的温柔，“朕不在了，你还有予怀，还有大周江山，你舍得吗？”

“舍得！”这两个字，慕千雪说得干净利落，不带一丝犹豫与迟疑。

“你……”东方溯又心疼又怜惜，一时不知该说什么才好。许久，他长叹了一口气，握住那只纤细的柔荑，“可是朕舍不得。”

“陛下……”

“你先听朕说完。”东方溯打断她的话，“第一，比起同生共死，朕更想看到你好好活着。第二，虽然西楚已亡，但萧若傲未死，他一定会想尽办法复国，予怀虽然聪明，但说实话，他还年少，不是萧若傲的对手，这次能够守着金陵，有天时也有地利，下一次，未必能这么幸运。更别说还有一个齐国，攻破临淄，并不等于彻底消灭了齐国，百足之虫死而不僵的道理，你应该懂得。”

“还有第三……朕穷尽一生，方才打下如今的江山，很艰难，但更艰难的是守住这片锦绣河山，朕时日无多，予怀还需要磨砺，予恒也不够，只有你……”他握紧掌中的纤手，一字一字道，“只有你才能够守住它！”

慕千雪涩声道：“所以，陛下就将全部担子扔给了臣妾？”

东方溯叹了口气：“你就当朕自私吧。”

“若臣妾说不呢？”

在长久的静寂后，东方溯徐徐道：“那个时候，朕已赴黄泉之路，无论你做什么，朕都无可奈何，但从此以后，黄泉路上，地府之中，只要是有慕千雪的地方，都一定不会有东方溯！”

他的决绝坚定，令慕千雪心中苦涩万分，哽咽道：“陛下需要如此绝情吗？”

东方溯没有回答她的问题，而道：“朕说得出做得到！”

慕千雪低头，两滴清泪自眼中滴下，落在那身戎装上，不同于锦缎的柔软细腻，泪水并不能渗进偏硬的戎装之中，一直孤零零地停留在表面，如无处可去的孩子。

“好，臣妾……答应陛下。”不过是短短的六个字，慕千雪却仿佛用尽了全身力气。

“好！好！好！”东方溯很高兴，连着说了三个“好”字，他知道，这样很难为慕千雪，可至少……在他死后，慕千雪还能活着，那就足够了。

终归，还是拗不过他……

第六十八章　恩怨两销

得到这个等待已久的回答，东方溯长长松了一口气，说了这么久的话精神有些不济，遂让慕千雪扶他回床上。

这时外面传来士兵急促的声音："启禀陛下、娘娘，临淄城中有人摇动白旗，并且派人送来一封书信！"

白旗？

东方溯与慕千雪对视一眼，皆从对方眼中看到了惊讶，白旗意味着投降，难道……齐帝在苦撑了这么多日后，终于无以为继，决定投降了？

想到这里，东方溯激动不已，连忙道："进来！"

随着他的话，一名士兵掀帘走了进来，单膝跪地，将一封书信高举过顶，不等东方溯发话，慕千雪已从其手中接过书信，递给东方溯。

"好！好！好！"东方溯几乎是一目十行地看完，那张苍白的脸上露出难得的笑容，连说了三个好字。

"陛下这么高兴，可是齐国投降了？"

"不错。"东方溯将信递给慕千雪，笑道，"真是要什么来什么，刚才还想着尽快解决，一转眼，齐国就投降了，真是太好了。"

慕千雪唇边的笑意在看到信中的一行字时倏然凝固，眉眼间更是露出难掩的惊意："他们要陛下亲自入城受降？"

东方溯颔首道："不错，这是齐帝唯一的条件。"

慕千雪盯着纸上那一个个墨字，凝声道："齐帝心思之狡诈，不亚于萧若傲，突然提这么一个要求，恐怕有诈。”

东方溯眸光微闪，徐徐道：“不入虎穴，焉得虎子。”

听到这话，慕千雪一惊：“陛下真打算入城？”不等东方溯回答，她已是连连摇头，“不行，陛下乃是万乘之尊，绝对不可以犯险。”

“去请九王和林统领过来。”在打发士兵离去后，东方溯道，“朕知道你在担心什么，但若不答应，临淄就会顽抗到底，万一在他们投降之前我们就粮草耗尽，那可前功尽弃了。”

“无论如何，陛下都不可以犯险，要去，也是臣妾去。”

“齐王不会答应的。”东方溯话音未落，慕千雪便接过道：“那就逼着他答应，临淄已成危城，而他，也将成亡国之君，由不得他做主！”

“千雪。”见慕千雪态度坚决，东方溯微微沉下脸，语气也比刚才重了几分，颇有几分警告之意。

慕千雪咬一咬唇，倔强道：“任何事情，臣妾都能听陛下的，包括不殉葬的事，但这一桩，除非陛下传令绑了臣妾，否则万万不行。”顿一顿，她又道，“而且臣妾相信，这并不是臣妾一人的意思，九王、林统领，乃至所有将士都会是一样的意思。”

“你太担心了，有神机营跟着，就算齐帝耍花样，也可全身而退。”

“不怕一万，就怕万一。”慕千雪的态度异常坚决，任东方溯怎么说，都不肯松口，二人就这样僵持着，直至东方泽与林默到来。

东方泽二人听到这件事，也是眉头紧蹙，齐帝若是诚心投降，打开城门，放下兵器就是了，根本不需要东方溯入城，仔细想来，确实有很大的可能在耍花样。

可东方溯说得也没错，他们粮草不多了，再耗下去，还不知道是谁先耗倒，一旦给临淄喘息的机会，以后想再攻破可就难了。

两件事，各有利弊，实在让人难以抉择。

半晌，林默率先开口打破了沉默：“属下倒有一计，或许可行。”

慕千雪眸光一亮，催促道：“快说。”

林默拱手道：“属下手底下有擅长易容术者，虽略显粗糙，但应该可以瞒过，可让其易容成陛下的样子入城受降，齐帝是真心投降便罢，否则，也不会有大碍。”

东方溯摇头道：“齐帝心思多疑，除非易容得惟妙惟肖，否则恐怕难以瞒过。”

林默满面无奈，要将一个人易容成另一个全不相干的人谈何容易，六七分已是极限。

这时，一直没说话的东方泽突然道：“林统领，你看我与皇兄有几分相似？”

林默一怔，在仔细打量了一番后，道：“应该有五六分。”

“那再易容一番，应该有八九分了吧。”听到这里，林默已是明白了他的意思：“九王想代陛下入城？”

“不错。”东方泽道，“别人易容，顶多只有六七分，可我与皇兄是一父同胞的兄弟，原本就长得有几分相似，再经过易容的话，足以瞒天过海。”

“不行。”东方溯断然拒绝了他的话，“你是当朝亲王，岂可犯险。”

“臣弟不能犯险，皇兄就可以了吗？”他这句话堵得东方溯说不出话来，好一会儿方挤出几个字来：“总之不许去。”

“皇兄。”东方泽恳切道，“臣弟知道你担心，可如果要入城，臣弟无疑是最好的人选，就算真有什么事情，臣弟身子强健又有武功，逃出城也容易一些。”

东方溯沉默不语，他知道东方泽说得都在理，但他们是同胞兄弟，又一起同生共死那么多年，实在不舍得送兄弟去犯险。

“皇兄！”见东方溯迟迟不说话，东方泽急得跪了下来，“你就让臣弟去吧，臣弟答应您，一定活着回来，绝不食言！”

东方溯一言不发地看着他，半晌，他伸手，用力抓着东方泽的肩膀，一字一字道：“记住你的话，绝对，绝对不可以食言！”

东方泽知道他是同意了，当即用力点头：“臣弟一定不负皇兄！”

又说了一会儿，东方溯精神实在支撑不住，遂服药歇下，在替他盖好被子后，慕千雪与东方泽轻手轻脚地走出了营帐。

无数星子在夜中空闪烁，熠熠生辉，夜风拂过，有森冷的寒意袭来，慕千雪取出一样东西交给东方泽：“这个你拿着。”

东方泽望着手中小巧精致的火枪，笑道：“嫂子这是在担心臣弟？”

“明日入城有多危险，你知道，我也知道，这火枪可以藏在袖中，紧要关头，或许能救你一命。”

东方泽摇头，将火枪还给慕千雪：“这是皇兄特意让工匠为嫂子打造的，还是嫂子留着吧，再说……若齐帝真耍花样，嫂子以为区区一支火枪，能保得住臣弟性命吗？”

慕千雪银牙紧咬，是啊，火枪虽然威力巨大，但在千军万马面前，区区一支火枪，根本无济于事。

见慕千雪面有忧色，东方泽笑道：“嫂子不必太过担心，以前有算命先生替臣弟算过，寿元整整八十二，明日一定不会有事。”

慕千雪无奈地点点头："希望如此，否则我真不知怎么向皇上交代。"

听到这话，东方泽面色一正，道："予怀的事情，皇兄还不知道吧？"

"嗯，被我推脱了过去，虽说纸包不住火，但……能瞒多久是多久吧，希望……予怀平安。"说到这里，慕千雪潸然泪下，这泪，她已经忍了很久。

东方泽安慰道："嫂子放心，予怀打小就福泽深厚，一定能够平安归来。"说着，他又自责道，"都怪臣弟大意，要是当初没有中齐国的奸计，就不用劳烦皇兄来救，金陵也不会陷入那样的危机之中。"

"要是事事料知，那岂不是成了神仙，当初天机老人号称窥尽天机，他穷尽一生，以六国为棋子，布下前所未有的大局，想帮张相统一六国，结果不也输了吗？"

提到此事，慕千雪心中感慨万千，万宝阁的相遇还历历在目，却已经物是人非，曾经的仇人变成了至交。

"娘娘在说我？"熟悉的声音自身后传来，正是张启凌。

东方泽笑道："真是说曹操，曹操就到。"

慕千雪将事情大致讲述了一遍，道："你是军师，意下如何？"

张启凌沉吟片刻，道："九王代替陛下入临淄，确实是最好的折中之法，至于齐帝是否包藏祸心，九王明日不妨一试。"

东方泽眼睛一亮："怎么个试法？"

"明日，你入城之时，要求齐帝亲迎，若齐帝真心投降，他一定会答应。反之，他若不出现，就表明此事有诈，九王可以立刻抽身而退，不至于陷入危险之中。"

东方泽恍然，连连点头，笑道："还是军师有办法，化被动为主动。不错不错，明日就照这个方法一试真假。"

张启凌想一想，道："明日我也过去，真出了什么事，相互也有个照应。"

"这……"东方泽犹豫道，"有军师同去当然好，但万一出事，两军交战，恐怕无暇照顾军师周全。"

慕千雪抿唇笑道："军师虽是文臣，却并非手无缚鸡之力的书生，论武功，他比你只强不弱。"

她这么一提，东方泽也想了起来，拍着额头道："对对对，臣弟忘记了，该打！"

一切就此商定，是非成败，皆看明日！

翌日一早，东方泽早早起床，让人替他易容化妆，别说，一番妆容下来，几乎与东方溯一模一样，若非细看，根本辨不出来真假。

慕千雪仔细打量了一番，道："样子是像了，神态不像。陛下常年患病，身体虚弱。你却精神熠熠，很容易被人看出破绽。"

东方泽从小到大几乎没生过什么病，这会儿要他扮成病恹恹的样子，实在是难为了他，练了许久，才勉强有一点儿样子。

慕千雪又让人将他的脸和唇涂白了一些，叮嘱道："到了城下，尽量少说话，以免露出破绽。"

"知道了。"东方泽话音刚落，有人挑帘走了进来，竟是东方溯，他赶紧上前扶住，紧张道，"皇兄怎么过来了，有什么事情，您让人来传一声，臣弟过去就是了。"

东方溯掩唇咳了几声，浮起一个虚弱的微笑："你代朕犯险，朕又怎能不来送行。再者……"他喘了口气，"朕若不来，你这么走出去，岂非惹人怀疑？"

东方泽明白过来："还是皇兄考虑得周到。"

东方溯打量着东方泽，半晌，他点头道："像，真像。"

东方泽故意咳嗽几声，声音虚弱道："这样是不是更像了？"

东方溯被他引得笑了起来，待笑过后，他道："可还记得答应过朕的话吗？"

东方泽肃然道："臣弟未敢有片刻忘记，再说，有军师陪我同往，皇兄只管安心在此等候。"

"好！"东方溯点点头，对一旁的张启凌道，"朕就托付给你了。"

张启凌拱手道："陛下放心，臣一定尽力而为。"

在辞别东方溯与慕千雪后，东方泽离开了营帐，在"艰难"地乘上马车后，他带着张启凌、林默以及百余名士兵来到临淄城下。

林默朝站在城门的齐军大声道："陛下入城受降，尔等还不立刻打开城门！"

随着一声悠长的"吱呀"声，钉满铆钉的厚重城门缓缓打开，这座都城，终于在周军面前露出了真容。

张启凌看了一眼站在城门内侧的齐军，冷声道："齐帝何在？"

一名武将走出来道："陛下在宫中，请！"

张启凌微微一皱眉，与林默对视了一眼，道："齐帝既为降臣，就该来此亲迎，岂有待在宫城中的道理，立刻去传！"

武将正要说话，一名士兵飞快地奔到他身边，在耳边低低说了几句，武将面色一变："陛下当真这么说？"

"是。"士兵肯定地点点头。

“知道了。”在挥手示意士兵退下后，武将目光阴寒地望着张启凌，随即又看向垂着帘子的马车，“车中所乘的，当真是周帝吗？”

林默不动声色道：“当然。”

武将冷然一笑，朝马车拱手道：“久闻周帝威名，今日得见，末将实在激动不已，还请周帝启帘，让末将一睹风采。”

林默冷声道：“齐帝来了，自然会启帘。”

他的话令武将脸上的笑容越发森寒，阴阴道：“是吗？末将还道周帝是不敢启帘呢。”

“什么意思？”

武将讥笑道：“行了，别在这里装腔作势了，马车里面的根本不是周帝。”

林默心神剧震，九王冒充陛下入临淄一事是机密，此人怎么知道，还是说……他是故意在诓自己？

想到这里，林默压下思绪，喝道：“满口胡言，陛下就在马车中，怎会有假！”

“咳咳！”马车中传来几声咳嗽，随即一只修长的手掀开了帘子，露出一张苍白的面容，“是谁在外面胡言乱语？”

林默连忙道：“回陛下的话，是齐国的将军。”

东方泽目光一转，落在不远处的武将身上，沉声道：“怎么，还有人假冒朕吗？”

武将冷声道：“你不必在这里惺惺作态，你根本就不是周帝。”不等东方泽言语，他又道，“天下谁人不知周帝与璇玑公主情意深重，就连出征也在一起，从不分开，若你真是周帝，璇玑公主一定在旁边，可她并没有，所以——你是假冒的！”

林默与东方泽皆没有想到，破绽竟然是出在这里，齐帝心思实在缜密得可怕。

“陛下说了，他原本是不忍见百姓受苦，所以愿意投降，哪知你们竟然这般对待，既然如此，那就没什么好说的了。”说到这里，武将抬手，随着他这个动作，两边士兵皆拔出了佩刀，缓缓朝他们逼近，刀光森寒，刺得人睁不开眼睛。

“且慢！”张启凌一边阻止士兵的逼近，一边不动声色地看着四周，听武将的话，应该是齐帝看出破绽，也就是说，齐帝就在附近。

“还有何话好说？”武将不耐烦地说着。

“这件事确实是我们不对，但也是因为陛下龙体欠安，不得已而为之，还请齐帝和将军能够原谅，再给我们一次机会。”在说这话的时候，张启凌眼角余光扫到一名站在角落的中年士兵，此人蓄着胡子，约莫四十左右，乍一眼看去并不起眼，但仔细观察，就会发现他两边的士兵一直若有若无地挡在其身前，且他的靴子虽与其他人一样是黑色的，但料子明显不同，如果没有猜错，这个人就是齐帝。

武将踌躇不语，显然此事不是他能够拿主意的，他似乎想要回头，但又生生忍住了，唤过一名士兵，在其耳边低低说了几句。

士兵点头，往皇城的方向望去，很快不见踪影。在他走后，那名中年士兵在旁边一人耳边说了一句，后者微一点头，趁人不备，悄悄离去，所去的方向与先前那名士兵一致。

看到这里，张启凌已经能够确定，手悄然背到身后，等了约莫一炷香多的时间，原先那名士兵匆匆奔了回来，道："启禀将军，陛下宅心仁厚，已是答应了他们的请求。"

"好吧。"武将点点头，对张启凌道，"既然陛下应允，那就再给你们一次机会。"

"多谢多谢。"张启凌连连道谢，随即转身，就在所有人都以为他要离去之时，张启凌倏然回身，右手抬起，袖口蓄势多时的短箭激射而出，箭尖所指正是装扮成普通士兵的齐帝。

"不好，保护陛下！"武将最先发现，骇然色变，一边喊一边往齐帝的方向奔去，无奈还是晚了一步，只能眼睁睁看着短箭正中齐帝咽喉。

齐帝做梦也想不到自己会以这种方式死去，他明明想好了，骗周帝入城，乱箭射死，怎么到最后……死的是自己？

无论齐帝如何不甘，他终归还是死了，结束了几十年的皇帝生涯，也让临淄城彻底失去了抵抗的勇气，纷纷投降。

这一战的胜利虽有些意外，但更多的是欣喜，出征多时，终于可以回京了。

因为风雪交加的缘故，他们班师回京的路途并不算顺利，走了半个多月才只走了不到一半的路程。

探子顶着风雪来到张启凌马前，拱手道："启禀军师，前方有一支军队，约有数千人。"

"数千人？"张启凌心中疑惑，按理来说，诸国皆已灭，应该再没有军队，除非……

张启凌脸色一变，急忙追问道："他们竖的是什么旗子？"

"萧字旗。"探子的话证实了张启凌的猜测，在命探子继续勘察后，他策马来到后面的一辆马车边，轻叩一下车棂，道："启禀贵妃，臣有事奏禀。"

在他话落下后不久，车帘掀开，慕千雪从马车中走了出来，道："怎么了？"

张启凌没有回答，而道："陛下睡下了吗？"

在慕千雪点头后，他压低声音道："探子刚才来回报，说前方有一支几千人的军队，他们竖的萧字旗。"

慕千雪眼皮狠狠一颤："萧若傲？"

张启凌点头道："应该是。"

慕千雪冷笑道："来得可真巧，省了本宫四处寻找。"

"这就叫天网恢恢，疏而不漏。"说着，张启凌看了一眼平静的车厢，轻声道，"二殿下应该也在其中，一旦两军交战，陛下就会知道金陵发生的事情，陛下身子已经极弱，再受刺激，恐怕……"他叹了口气，转而道："臣请想娘娘允臣带两千精兵，前去截住他们，救回二殿下。"

慕千雪略一思索，点头道："好，就依张相所言。"说着，她又神色复杂道，"予怀……本宫就托付张相了，请一定要将他救回。"

"臣一定尽力。"在张启凌准备策马离去时，马车中突然传出虚弱无比的声音："慢着。"

慕千雪一惊，急忙进到车厢中，只见东方溯正强撑着要起身，她赶紧扶住，慌声道："陛下怎么醒了？"

东方溯目光复杂地看着她："朕若不醒，怎么知道予怀出事了？"

慕千雪勉强笑道："予怀一直待在金陵，能出什么事，是陛下听岔了。"

东方溯抬起病得只剩下皮包骨头的手，徐徐抚过慕千雪脸上的笑容："看看你，笑得多不自在，是萧若傲对不对？"

见瞒不过去，慕千雪只得点头："金陵一战，虽然得以守住，但予怀……被萧若傲掳去。"

东方溯缓缓点头："咱们与萧若傲二十多年的恩仇，也该是时候做个了断了。"说着，他缓了口气，沉声道，"传令全军，加快速度，追上萧军，朕要亲自救回予怀。另外，火枪手藏起来，到时候从后面夹击。"

慕千雪无奈地点点头，随着大军速度加快，半日后，他们与萧军正式相逢。

萧若傲脸色阴沉如铁，万万没想到，自己千避万避，竟然还是没有避过，与周军撞了个正着。

周军出征齐国，此刻回来，十有八九齐国已经灭了，也就是说，北周终于统一六国，成为中原真正的霸主。

这一切，原本应该是他的，就因为二十几年前的一念之差，令他失去了一切，沦为丧家之犬，可恨！

"去把东方予怀带过来。"随着萧若傲的话，予怀被两名士兵带了过来，此刻的他已经只剩下一口气了。

萧若傲策马来到前面，双目隔着漫天风雪一瞬不瞬地盯着站在马车旁边的慕千雪，心情复杂万分，说不出是爱是恨。

慕千雪看到他身边的予怀心疼不已，急忙道："萧若傲，立刻放了予怀。"

萧若傲敛起心思，冷笑道："我好不容易才将他抓到，岂能就这么给放了。"

慕千雪咬牙道："你想怎样？"

萧若傲冷笑一声，喝道："东方溯呢，让他出来！"

"朕在这里。"东方溯缓缓掀开帘子，虽然他已经被病痛折磨得不成样子，但帝王的威严犹在，震慑着萧若傲身后的残军败将。

"你已经成瓮中之鳖，无处可逃，放了予怀，朕尚能留你一条生路。"

"东方溯，我承认，当初是我小觑了你，让你有机会走到这一步，但这一次，你未必赢定了。"

东方溯冷冷一笑："是吗，朕看不出你还有什么机会。"

"就凭他！"萧若傲咬一咬牙，举刀指向昏迷不醒的予怀，"全部放下武器，退出三里之外，否则，我立刻杀了他！"

东方溯脸色难看道："你敢！"

"都到了这一步，我还有什么不敢的。"这般说了一句，萧若傲又道，"退还是不退？"

这个时候，予怀幽幽醒转，看到近在眼前的东方溯与慕千雪又惊又喜，待知道发生了什么事后，他拼尽全身力气喊道："父皇，儿子早已经是残命一条，早晚得死，您不必顾惜儿臣，切莫答应他的要求。"

"闭嘴！"萧若傲狠狠地瞪了他一眼，催促道，"如何，想好了吗？"

"父皇！"予怀痛声道，"此人诡计多端，心肠歹毒，若让他离去，必定后患无穷。"

东方溯没有理会他，在短暂的沉默后，他沉声道："好，朕退，不过你要保证，一定要放了予怀。"

"不可以！"予怀拼命叫喊，但并不能阻止那些士兵在雪地里放下手中的兵刃，并一步步往后退去。

萧若傲露出得意的笑容，只要这一次能够逃出去，他一定能东山再起，一定可以！

这个时候，旁边突然传来一声惊呼，随即手中一沉，一股温热的液体溅到了脸上，没等他明白究竟发生了什么事，耳中传来慕千雪尖锐绝望的哭声。

“予怀！予怀！”

萧若傲愣愣看着被自己刀刃刺穿胸口的予怀，鲜血正从他嘴边一滴滴落下，予怀脸上带着一丝痛快的笑意，在不断滴落的鲜血中，艰难道：“现在……我看你拿……拿着什么来……威胁。”

说完这句话，予怀艰难转头，看向悲痛震惊的东方溯二人，他很想要说话，但已经没有力气了，只能在心底默默轻语。

父皇，母妃，儿臣本就是将死之人，不过是早死一刻罢了，无须难过，能够在临死之前见到你们一面，儿臣已经知足了，若有下一世，儿臣……还想当你们的儿子！

看到自己最心爱的儿子死在眼前，东方溯双目通红，撑着摇摇欲坠的身子，嘶声喊出一个字：“杀！”

萧军本就没有什么抵抗的勇气，不过半日工夫，就已经全部被俘虏，无一逃走，萧若傲也被抓住，这一次，再没有幸运二字，动手取他性命的不是别人，正是慕千雪！就像予怀一样，被冰冷的刀刃穿心而亡。

二十余年的恩怨，至此终于画上了一个句号，从此，世间再无萧若傲这个人。

这一切的代价是惨烈的，予怀自尽，东方溯大悲大怒之下，病情急转直下，勉强熬到金陵后便撒手而去。临终之时，他一直紧紧握着慕千雪的手，有太多太多的不舍，可惜，上天不肯给他机会。

只盼下一世，他们……还能再做夫妻。

七七四十九日服丧期满之后，唯一的皇子予恒继承皇位，改年号为永宁，寓意六国统一，天下永平。

予恒登基之后，励精图治，令大周日渐强盛，并尊奉沈惜君与慕千雪为东西两宫太后，孝顺有加。

两宫太后，但凡有病痛，予恒皆亲侍汤药，寸步不离，哪怕后来他已经年逾六十，也依旧如此，从未有半分怠慢。

在他的精心侍奉下，慕千雪八十三岁方寿终正寝，去的那一日，她面含笑意。

东方溯，我遵守了诺言，如今，终于又可以见到你，真好……

（全书完）